新編　日本幻想文学集成

9

中島敦
矢川澄子 編

神西清
池内紀 編

石川淳
池内紀 編

芥川龍之介
橋本治 編

森鷗外
須永朝彦 編

国書刊行会

新編・日本幻想文学集成　9

目次

中島敦　矢川澄子 編　9

芥川龍之介　橋本治編 479

森鷗外　須永朝彦 編　641

新編・日本幻想文学集成 9

装画　梅木英治
装丁　柳川貴代

中島敦

矢川澄子　編

明　暗

狐憑

ネウリ部落のシャクに憑《つ》きものがしたといふ評判である。色々なものが此《こ》の男にのり移るのださうだ。鷹《たか》だの狼《おおかみ》だの獺《かわうそ》だのの霊が哀れなシャクにのり移つて、不思議な言葉を吐かせるといふことである。

後に希臘《ギリシヤ》人がスキュティア人と呼んだ未開の人種の中でも、この種族は特に一風変つてゐる。彼等は湖上に家を建てて住む。野獣の襲撃を避ける為である。数千本の丸太を湖の浅い部分に打込んで、其《そ》の上に板を渡し、其処《そこ》に彼等の家々は立つてゐる。床《ゆか》の所々に作られた落し戸を開《あ》け、籠《かご》を吊《つる》して彼等は湖の魚を捕る。独木舟《まるきぶね》を操り、水狸や獺を捕へる。麻布の製法を知つてゐて、獣皮と共に之《これ》を身にまとふ。馬肉、羊肉、木苺《きいちご》、菱《ひし》の実等を喰ひ、馬乳や馬乳酒を嗜《たしな》む。牝馬《めうま》の腹に獣骨の管を挿入《さしい》れ、奴隷《どれい》に之を吹かせて乳を垂下《たれさが》らせる古来の奇法が伝へられてゐる。

ネウリ部落のシャクは、斯《こ》うした湖上民の最も平凡な一人であつた。

シャクが変《へん》になり始めたのは、去年の春、弟のデックが死んで以来のことである。その時は、北方から剽悍《ひようかん》な遊牧民ウグリ族の一隊が、馬上に偃月刀《えんげつとう》を振りかざして疾風の如くに此《こ》の部落を襲うて来た。湖上の民は必死になつて禦《ふせ》いだ。初めは湖畔に出て侵略者を迎へ撃つた彼等も名だたる北方草原の騎馬兵に当りかねて、湖上の栖処《すみか》に退いた。湖岸との間の橋桁《はしげた》を撤して、家々の窓を銃眼に、投石器や弓矢で応戦した。独木舟を操るに巧みでない遊牧民は、湖上の村の殲滅《せんめつ》を断念し、湖畔に残された家畜を奪つただけで、又、疾風の様に北方に帰つて行つた。後《あと》には、血に染《にじ》んだ湖畔の土の上に、頭と右手との無い屍体《したい》ばかりが幾つか残されてゐた。頭と右手だけは、侵略者が斬取《きりと》つて持つて帰つて了《しま》つた。頭蓋骨《ずがいこつ》は、その外側を鍍金《めつき》して髑髏《どくろ》杯《はい》を作るため、右手は、爪をつけたまま皮を剝《は》いで手袋《てぶくろ》とするためである。シャクの弟のデックの屍体《したい》もさうした辱《はずか》しめを受けて打捨《うちす》てられてゐた。顔が無いので、服装と持物とによつて見分ける外《ほか》はないのだが、革帯の目印と鉞《まさかり》の飾《かざり》とによつて紛《まぎ》れもない弟の屍体をたづね出した時、シャクは暫《しばら》く茫《ぼう》つとしたまま其《そ》の惨《みじ》めな姿を眺めてゐた。其《そ》の様子が、どうも、弟の死を悼《いた》んでゐるのとは何処《どこ》か違ふやうに見えた、と、後《あと》でさう言つてゐた者がある。

　その後間もなくシャクは妙な譫言《うわごと》をいふやうになった。何が此《こ》の男にのり移つて奇怪な言葉を吐かせるのか、初め近処の人々には判らなかつた。言葉つきから判断すれば、それは生きながら皮を剝がれた野獣の霊ででもあるやうに思はれる。一同が考へた末、それは、蛮人に斬取《きりと》られた彼の弟デックの右手がしやべつてゐるのに違ひないといふ結論に達した。四五日すると、シャクは又別の霊の言葉を語り出した。今度は、それが何の霊であるか、直ぐに判つた。武運拙《つたな》く戦場に斃《たお》れた顚末《てんまつ》から、死後、虚空《こくう》の大霊に頸筋《くびすじ》を摑《つか》まれ無限の闇黒《あんこく》の彼方《かなた》へ投げやられる次第を哀《かな》しげに語るのは、明らかに弟デック其《そ》の人と、誰もが合点《がてん》した。シャクが弟の屍体の傍に茫然《ぼうぜん》と立つてゐた時、秘《ひそ》かにデックの魂が兄の中に忍び入つたのだと人々は考へた。

　さて、それ迄は、彼の最も親しい肉親、及び其《そ》の右手のこととて、彼にのり移るのも不思議はなかつたが、其《そ》の後一時平静に復《かえ》つたシャクが再び譫言《うわごと》を吐き始めた時、人々は驚いた。今度は凡《およ》そシャクと関係のない動物や人間共の言葉だつたからである。

　今迄にも憑《つ》きもののした男や女はあつたが、斯《こ》んなに種々雑多なものが一人の人間にのり移つた例《ためし》はない。或《ある》時は、此《こ》の部落の下の湖を泳ぎ廻る鯉《こい》がシャクの口を仮《か》りて、鱗族《いろくず》達の生活の哀しさと楽しさとを語つた。或時は、トオラス山の隼《はやぶさ》が、湖と草原と山脈と、又その向ふの鏡の如き湖との雄大な眺望について語つた。草原の牝《めす》狼が、白けた冬の月の下で飢《うえ》に悩みながら一晩中凍《い》てた土の上を歩き廻る辛《つら》さを語ることもある。

　人々は珍しがつてシャクの譫言《うわごと》を聞きに来た。をかしいのは、シャクの方でも（或ひは、シャクに宿る霊共の方でも）多くの聞き手を期待するやうになつたことである。シャクの聴衆は次第にふえて行つたが、或《ある》時彼等の一人が斯《こ》んなことを言つた。シャクの言葉は、憑《つ》きものがしやべつてゐるのではないぞ、あれはシャクが考へてしやべつてゐるのではないかと。
成程《なるほど》、さう言へば、普通憑《つ》きもののした人間は、もつと恍惚《こうこつ》とした忘我の状態でしやべるものである。シャクの態度には余り狂気じみた所がないし、其《そ》の話は条理が立ち過ぎてゐる。少し変《へん》だぞ、といふ者がふえて来た。

シャク自身にしても、自分の近頃してゐる事柄の意味を知つてはゐない。勿論、普通の所謂《いわゆる》憑きものと違ふらしいことは、シャクも気がついてゐる。しかし、何故自分は斯《こ》んな奇妙な仕草を幾月にも亙《わた》つて続けて、猶《なお》、倦《う》まないのか、自分でも解らぬ故《ゆえ》、やはり之《これ》は一種の憑きものの所為《せい》と考へていいのではないかと思つてゐる。初めは確かに、弟の死を悲しみ、其《そ》の首や手の行方を憤《いきどお》ろしく思ひ画《えが》いてゐる中《うち》に、つい、妙なことを口走つて了《しま》つたのだ。之は彼の作為でないと言へる。しかし、之が元来空想的な傾向を有《も》つシャクに、自己の想像を以て自分以外のものに乗り移ることの面白さを教へた。次第に聴衆が増し、彼等の表情が、自分の物語の一弛《いつし》一張《いつちよう》につれて、或ひは安堵《あんど》の・或ひは恐怖の・偽《いつわり》ならぬ色を浮べるのを見るにつけ、此《こ》の面白さは抑へ切れぬものとなつた。空想物語の構成は日を逐《お》うて巧みになる。想像による情景描写は益〻《ますます》生彩を加へて来る。自分でも意外な位、色々な場面が鮮かに且《か》つ微細に、想像の中に浮び上つて来るのである。彼は驚きながら、やはり之は何か或る憑きものが自分に憑いてゐるのだと思はない訳に行かない。但《ただ》し、斯《こ》うして次から次へと故《ゆえ》知らず生《う》み出されて来る言葉共を後々《のちのち》迄も伝へるべき文字といふ道具があつてもいい筈《はず》だといふことに、彼は未だ思ひ到らない。今、自分の演じてゐる役割が、後世どんな名前で呼ばれるかといふことも、勿論知る筈がない。

シャクの物語がどうやら彼の作為らしいと思はれ出してからも、聴衆は決して減らなかつた。却《かえ》つて彼に向つて次々に新しい話を作ることを求めた。それがシャクの作り話だとしても、生来凡庸なあのシャクに、あんな素晴らしい話を作らせるものは確かに憑きものに違ひないと、彼等も亦《また》作者自身と同様の考へ方をした。憑きもののしてゐない彼等には、実際に見もしない事柄に就いて、あんなに詳しく述べることなど、思ひも寄らぬからである。湖畔の岩陰や、近くの森の樅《もみ》の木の下や、或ひは、山羊《やぎ》の皮をぶら下げたシャクの家の戸口の所などで、彼等はシャクを半円にとり囲んで坐《すわ》りながら、彼の話を楽しんだ。北方の山地に住む三十人の剽盗《ひょうとう》の話や、森の夜の怪物の話や、草原の若い牡牛《おうし》の話などを。

若い者達がシャクの話に聞き惚《ほ》れて仕事を怠るのを見て、部落の長老連が苦《にが》い顔をした。彼等の一人が言つた。シャクのやうな男が出たのは不吉の兆《きざし》である。もし憑《つ》きものだとすれば、斯《こ》んな奇妙な憑きものは前代未聞だし、もし憑きものでないとすれば、斯《こ》んな途方もない出鱈目《でたらめ》を次から次へと思ひつく気違ひは未だ曽《かつ》て見たことがない。いづれにしても、こんな奴《やつ》が飛出したことは、何か自然に悖《もと》る不吉なことだと。此《こ》の長老が偶〻《たまたま》、家の印として豹《ひょう》の爪を有《も》つ・最も有力な家柄の者だつたので、この老人の説は全長老の支持する所となつた。彼等は秘《ひそ》かにシャクの排斥を企《たくら》んだ。

シャクの物語は、周囲の人間社会に材料を採ることが次第に多くなつた。何時《いつ》迄も鷹《たか》や牡牛《おうし》の話では聴衆が満足しなくなつて来たからである。シャクは、美しく若い男女の物語や、吝嗇《りんしょく》で嫉妬《しっと》深い老婆《ろうば》の話や、他人には威張つてゐても老妻にだけは頭の上がらぬ酋長《しゅうちょう》の話をするやうになつた。脱毛期の禿鷹《はげたか》の様な頭をしてゐるくせに若い者と美しい娘を張合つて惨《みじ》めに敗れた老人の話をした時、聴衆がドツと笑つた。余り笑ふので其《そ》の訳を訊《たず》ねると、シャクの排斥を発議した例の長老が最近それと同じ様な惨めな経験をしたといふ評判だからだ、と言つた。

長老は愈〻《いよいよ》腹を立てた。白蛇のやうな奸智《かんち》を絞つて、彼は計をめぐらした。最近に妻を寝取られた一人の男が此の企《くわだて》に加はつた。シャクが自分にあてこする様な話をしたと信じたからである。二人は百方手を尽くして、シャクが常に部落民としての義務を怠つてゐることに、みんなの注意を向けようとした。シャクは釣をしない。シャクは馬の世話をしない。シャクは森の木を伐《き》らない。獺《かわうそ》の皮を剝《は》がない。ずっと以前、北の山々から鋭い風が鵝毛《がもう》の様な雪片を運んで来て以来、誰か、シャクが村の仕事をするのを見た者があるか?

人々は、成程《なるほど》さうだと思つた。実際、シャクは何もしなかつたから。冬籠《ふゆごも》りに必要な品々を頒《わ》け合ふ時になつて、人々は特に、はつきりと、それを感じた。最も熱心なシャクの聞き手までが。それでも、人々はシャクの話の面白さに惹《ひ》かれてゐたので、働かないシャクにも不承無承《ふしょうぶしょう》冬の食物を頒け与へた。

厚い毛皮の陰に北風を避け、獣糞《じゅうふん》や枯木を燃した石の炉の傍で馬乳酒を啜《すす》りながら、彼等は冬を越す。岸の蘆《あし》が芽ぐみ始めると、彼等は再び外へ出て働き出した。

シャクも野に出たが、何か眼の光も鈍く、呆《ぼ》けたやうに見える。人々は、彼が最早物語をしなくなつたのに気が付いた。強《し》ひて話を求めても、以前したことのある話の蒸し返ししか出来ない。いや、それさへ満足には話せない。言葉つきもすつかり生彩を失つて了《しま》つた。人々は言つた。シャクの憑《つ》きものが落ちたと。多くの物語をシャクに語らせた憑きものが、最早、明らかに落ちたのである。

憑きものは落ちたが、以前の勤勉の習慣は戻つて来なかつた。働きもせず、さりとて、物語をするでもなく、シャクは毎日ぼんやり湖を眺めて暮らした。其《そ》の様子を見る度に、以前の物語の聴手達は、この莫迦面《ばかづら》の怠け者に、貴い自分達の冬籠《ふゆごも》りの食物を頒《わ》けてやつたことを腹立たしく思出《おもいだ》した。シャクに含む所のある長老達は北叟笑《ほくそえ》んだ。部落にとつて有害無用と一同から認められた者は、協議の上で之《これ》を処分することが出来るのである。

硬玉の頸飾《くびかざり》を著《つ》けた鬚《ひげ》深い有力者達が、より〳〵相談をした。身内《みうち》の無いシャクの為に弁じようとする者は一人も無い。

丁度雷雨季がやつて来た。彼等は雷鳴を最も忌《い》み恐れる。それは、天なる一眼の巨人の怒れる呪《のろ》ひの声である。一度此《こ》の声が轟《とどろ》くと、彼等は一切の仕事を止めて謹慎し、悪《あ》しき気を祓《はら》はねばならぬ。奸譎《かんけつ》な老人は、占《せん》卜者《ぼくしゃ》を牛角杯二箇で以て買収し、不吉なシャクの存在と、最近の頻繁《ひんぱん》な雷鳴とを結び付けることに成功した。人々は次の様に決めた。某日《ぼうじつ》、太陽が湖心の真上を過ぎてから西岸の山毛欅《ぶな》の大樹の梢《こずえ》にかかる迄の間に、三度以上雷鳴が轟いたなら、シャクは、翌日、祖先伝来のしきたりに従つて処分されるであらう。

其《そ》の日の午後、或《ある》者は四度雷鳴を聞いた。或者は五度聞いたと言つた。

次の日の夕方、湖畔の焚火《たきび》を囲んで盛んな饗宴《きょうえん》が開かれた。大鍋《おおなべ》の中では、羊や馬の肉に交《まじ》つて、哀れなシャクの肉もふつ〳〵煮えてゐた。食物の余り豊かでない此《こ》の地方の住民にとつて、病気で斃《たお》れた者の外《ほか》、凡《すべ》ての新しい屍体は当然食用に供せられるのである。シャクの最も熱心な聴手だつた縮れつ毛の青年が、焚火に顔を火照《ほて》らせながらシャクの肩の肉を頬張《ほおば》つた。例の長老が、憎い仇《かたき》の大腿骨《だいたいこつ》を右手に、骨に付いた肉を旨《うま》さうにしやぶつた。しやぶり終つてから骨を遠くへ抛《ほう》ると、水音がし、骨は湖に沈んで行つた。

ホメロスと呼ばれた盲人《めくら》のマエオニデェスが、あの美しい歌どもを唱《うた》ひ出すよりずつと以前に、斯《こ》うして一人の詩人が喰はれて了《しま》つたことを、誰も知らない。

（昭和一七年七月『光と風と夢』）

木乃伊

大キュロスとカッサンダネとの息子、波斯王《ぺるしや》カンビュセスが埃及《えぢぷと》に侵入した時のこと、その麾下《きか》の部将にパリスカスなる者があつた。父祖は、ずつと東方のバクトリア辺から来たものらしく、何時《いつ》迄たつても都の風になじまぬ頗《すこぶ》る陰鬱《いんうつ》な田舎《いなか》者である。何処《どこ》か夢想的な所があり、その為、相当な位置にゐたにも拘《かか》はらず、何時も人々の嘲笑を買つてゐた。

波斯軍がアラビヤを過ぎ、愈〻《いよいよ》埃及の地に入つた頃から、このパリスカスの様子の異常さが朋輩《ほうばい》や部下の注意を惹《ひ》きはじめた。パリスカスは見慣れぬ周囲の風物を特別不思議さうな眼付《めつき》で眺めては、何か落著《おちつ》かぬ不安げな表情で考へ込んでゐる。何か思出《おもいだ》さうとしながら、どうしても思出せないらしく、いら〳〵してゐる様子がはつきり見える。埃及軍の捕虜共が陣中に引張られて来た時、その中の或る者の話してゐる言葉が彼の耳に入つた。暫《しばら》く妙な顔をして、それに聞入つてゐた後、彼は、何だか彼等の言葉の意味が分るやうな気がする、と、傍の者に言つた。自分で其《そ》の言葉を話すことは出来ないが、彼等の話す言葉だけは、どうやら理解できるやうだ、といふのである。パリスカスは部下をやつて、その捕虜が埃及人か、どうか（といふのは、埃及軍の大部分は希臘《ぎりしや》人その他の傭兵《ようへい》だつたから）を尋ねさせた。たしかに埃及人だといふ返辞である。彼は又不安な表情をして考へに沈んだ。彼は今迄に一度も埃及に足を踏入《ふみい》れたこともなく、埃及人と交際をもつたこともなかつたのである。激しい戦の最中《もなか》にあつても、彼は、なほ、ぼんやりと考へこんでゐた。

敗れた埃及軍を追うて、古《いにしえ》の白壁の都メムフィスに入城した時、パリスカスの沈鬱《ちんうつ》な興奮は更に著しくなつた。癲癇《てんかん》病者の発作直前の様子を思はせることも屢〻《しばしば》である。以前は嗤《わら》つてゐた朋輩達も少々気味が悪くなつて来た。メムフィスの市《まち》はづれに建つてゐる方尖塔《オベリスク》の前で、彼は其《そ》の表に彫られた絵画風な文字を低い声で読んだ。そして、同僚達に、その碑を建てた王の名と、その功業とを、矢張《やはり》、低い声で説明した。同僚の諸将は、皆、へんな気持になつて顔を見合せた。パリスカス自身も頗《すこぶ》るへんな顔をしてゐた。誰も（パリスカス自身も）、今迄パリスカスが埃及《えぢぷと》の歴史に通じてゐるとも、埃及文字が読めるとも、聞いたことがなかつたのである。

其《そ》の頃から、パリスカスの主人、カンビュセス王も次第に狂暴な瘋癲《ふうてん》の気に犯され始めたやうである。彼は埃及王プサメニトスに牛の血を飲ませて、之《これ》を殺した。それだけでは慊《あき》たらず、今度は、半年前に崩じた先王アメシスの屍《しかばね》を辱《はずか》しめようと考へた。カンビュセスが含む所のあつたのは、寧《むし》ろアメシス王の方だつたからである。彼は自ら一軍を率ゐて、アメシス王の廟所《びょうしょ》のあるサイスの市《まち》に向つた。サイスに着くと、彼は、故アメシス王の墓所を探出《さがしだ》し、その屍を掘出して、己《おのれ》の前に持つて来るやう、一同に命令した。

かねて斯《か》かる事のあるべきを期してゐたものと見え、アメシス王の墓所の所在は巧みに晦《くら》まされてゐた。波《ぺる》斯《しや》軍の将士はサイス市内外の多数の墓地を一つ〳〵発《あば》いて検《あらた》めて歩かねばならなかつた。

さて、パリスカスも、此《こ》の墓所捜索隊の中に加はつてゐた。他の連中は、埃及貴族の木乃伊《みいら》と共に墓に納められた無数の宝石、装身具、調度類の掠奪《りやくだつ》に夢中になつてゐたが、パリスカスだけは、そんなものには目も呉《く》れず、相変らず沈鬱《ちんうつ》な面持《おももち》で、墓から墓へと歩き廻つてゐた。時々その暗い表情の何処《どこ》かに、曇天の薄れ陽《び》のやうな明るみが射しかけることもあるが、それは直ぐに消えて、又、元の落著《おちつき》のない暗さに戻つて了《しま》ふ。心の中に、何か、或る、解けさうで解けないものが引掛つてゐるやうな風である。

捜索を始めてから何日目かの或る午後、パリスカスは、たつた一人で、或る非常に古さうな地下の墓室の中に立つてゐた。何時《いつ》、同僚や部下と、はぐれて了つたものか、この墓は市《まち》のどの方角に当るものか、それらは、まるで判らない。とにかく、何時もの夢想から醒《さ》めて、ひよいと気が付いて見たら、たつた一人で古い墓室の薄暗がりの中にゐた、といふより外《ほか》はない。

眼が暗さに慣れるにつれ、中に散乱した彫像、器具の類や、周囲の浮彫、壁画などが、ぼうつと眼前に浮上つて来た。棺は蓋《ふた》を取られたまゝ投出され、埴輪人形《ウシヤブチ》の首が二つ三つ、傍にころがつてゐる。既に他の波斯《ぺるしや》兵の掠奪《りやくだつ》にあつた後であることは、一見して明らかである。古い埃《ほこり》のにほひが冷たく鼻を襲ふ。闇の奥から、大きな鷹頭神の立像が、硬い表情でこちらを覗《のぞ》いてゐる。近くの壁画を見れば、豺《やまいぬ》や鰐《わに》や青鷺《あおさぎ》などの奇怪な動物の頭をつけた神々の憂鬱《ゆううつ》な行列である。顔も胴もない巨《おお》きな眼《ウチヤト》が一つ、細長い足と手とを生《は》やして、其《そ》の行列に加はつてゐる。

　パリスカスは殆《ほとん》ど無意識に足を運ばせて奥へ進んだ。五六歩行くと、彼は躓《つまず》いた。見ると、足許《あしもと》に木乃伊《みいら》がころがつてゐる。彼は、又殆ど何の考《かんがえ》もなしに其の木乃伊を抱起《だきおこ》して、神像の台に立掛《たてか》けた。数日来見飽きる程見て来た平凡な木乃伊である。彼は、その儘《まま》、行過ぎようとして、ふと其《そ》の木乃伊の顔を見た。途端に、冷熱いづれともつかぬものが、彼の脊筋《せすじ》を走つた。木乃伊の顔に注いだ視線を、最早外《そ》らすことが出来なくなつた。彼は、磁石に吸寄《すいよ》せられたやうに、凝乎《じつ》と身動きもせず、その顔に見入つた。

　どれ程の長い間、彼は其処《そこ》に、さうしてゐたらう。

　その間に、彼の中に非常な変化が起つたやうな気がした。彼の身体を作上《つくりあ》げてゐる、あらゆる元素どもが、彼の皮膚の下で、物凄《ものすご》く（丁度、後世の化学者が、試験管の中で試みる実験のやうに）泡立ち、煮えかへり、其《そ》の沸騰が暫《しば》らくして静まつた後は、すつかり以前の性質《もと》と変つて了《しま》つたやうに思はれた。

　彼は大変やすらかな気持になつた。気がつくと、埃及《えぢぷと》入国以来、気になつて仕方のなかつたこと――朝になつて思出《おもいだ》さうとする昨夜の夢のやうに、解りさうでゐて、どうしても思出せなかつたことが、今は実に、はつきり判るのである。なんだ。こんな事だつたのか。彼は思はず声に出して言つた。「俺は、もと、此《こ》の木乃伊だつたんだよ。たしかに。」

　パリスカスが此《こ》の言葉を口にした時、木乃伊が、心持、脣《くちびる》の隅《すみ》をゆがめたやうに思はれた。何処《どこ》から光が落ちて来るのか、木乃伊の顔の所だけ仄明《ほのあか》るく浮上つてゐて、はつきり見えるのである。

　今や、闇を劈《つんざ》く電光の一閃《いつせん》の中に、遠い過去の世の記憶が、一《いち》どきに蘇《よみがえ》つて来た。彼の魂が曽《かつ》て、此《こ》の木乃伊に宿つてゐた時の様々な記憶が。砂地の灼《や》けつくやうな陽《ひ》の直射や、木蔭の微風のそよぎや、氾濫《はんらん》のあとの泥のにほひや、繁華な大通《おおどおり》を行交《ゆきか》ふ白衣の人々の姿や、沐浴《もくよく》のあとの香油の匂《におい》や、薄暗い神殿の奥に跪《ひざまず》いた時の冷やかな石の感触や、さうした生々しい感覚の記憶の群が忘却の淵から一時に蘇《よみがえ》つて、殺到して来た。

その頃、彼はプターの神殿の祭司ででもあつたのだらうか。だらうか、と云ふのは、彼の曽《かつ》て見、触れ、経験した事物が今彼の眼前に蘇つて来るだけで、その頃の彼自身の姿は一向に浮かんでこないからである。

ふと、自分が神前に捧げた犠牲の牡牛《おうし》の、もの悲しい眼が、浮かんで来た。誰か、自分のよく知つてゐる人間の眼に似てゐるなと思ふ。さうだ。確かに、あの女だ。忽《たちま》ち、一人の女の眼が、孔雀石《くじやくいし》の粉を薄くつけた顔が、ほつそりした身体つきが、彼に馴染《なじみ》のしぐさと共に懐かしい体臭迄伴つて眼前に現れて来た。あゝ懐かしい、と思ふ。それにしても夕暮の湖《みずうみ》の紅鶴の様な、何と寂しい女だらう。それは疑《うたがい》もなく、彼の妻だつた女である。

不思議なことに、名前は、何一つ、人の名も所の名も物の名も、全然憶出《おもいだ》せない。名の無い形と色と匂と動作とが、距離や時間の観念の奇妙に倒錯した異常な静けさの中で、彼の前に忽《たちま》ち現れ、忽ち消えて行く。

彼は最早木乃伊《みいら》を見ない。魂が彼の身体を抜出《ぬけだ》して、木乃伊に入つて了《しま》つたのであらうか。

又、一つの情景が現れる。自分は酷《ひど》い熱で床の上に寐《ね》てゐるらしい。傍には妻の心配さうな顔が覗《のぞ》いてゐる。その後《うしろ》には、まだ誰やら老人らしいのや子供らしいのがゐる様子である。ひどく咽喉《のど》が渇く。手を動かすと、直ぐに妻が来て、水を飲ませて呉《く》れる。それから暫く、うと〳〵する。眼が覚めた時は、もうすつかり熱がひいてゐる。うす眼をあけて見ると、傍で妻が泣いてゐる。後《うしろ》で老人達も泣いてゐるやうだ。急に、雨雲の陰が湖の上を見る〳〵暗く染めて行くやうに、蒼《あお》い大きな翳《かげ》が自分の上にかぶさつて来る。目の眩《くら》むやうな下降感に思はず眼を閉ぢる。――

其処《そこ》で彼の過去の世の記憶はぷつつり切れてゐる。さて、それから幾百年間の意識の闇が続いたものか、再び気が付いた時は、(即《すなわ》ち、それは今のことだが)一人の波斯《ぺるしや》の軍人として、(波斯人としての生活を数十年送つた後)己《おのれ》の曽ての身体の木乃伊の前に立つてゐたのである。

奇怪な神秘の顕現に慄然《りつぜん》としながら、今、彼の魂は、北国の冬の湖の氷のやうに極度に澄明《ちようめい》に、極度に張りつめてゐる。それは尚《なお》も、埋没した前世の記憶の底を凝視し続ける。其処《そこ》には、深海の闇に自ら光を放つ盲魚共のやうに、彼の過去の世の経験の数々が音もなく眠つてゐるのである。

其《そ》の時、闇の底から、彼の魂の眼は、一つの奇怪な前世の己《おのれ》の姿を見付け出した。

前世の自分が、或る薄暗い小室《こべや》の中で、一つの木乃伊《みいら》と向ひ合つて立つてゐる。をののきつつ、前世の自分は、其《そ》の木乃伊が前々世の己《おのれ》の身体であることを確認せねばならない。今と同じやうな薄暗さ、うすら冷たさ、埃《ほこり》つぽいにほひの中で、前世の己は、忽然《こつぜん》と、前々世の己の生活を思出《おもいだ》す……

彼はぞつとした。一体どうしたことだ。この恐ろしい一致は。怯《おそ》れずに尚仔細《しさい》に観るならば、前世に喚起した、その前々世の記憶の中に、恐らくは、前々々世の己の同じ姿を見るのではなからうか。合せ鏡のやうに、無限に内に畳まれて行く不気味な記憶の連続が、無限に——目くるめくばかり無限に続いてゐるのではないか？

パリスカスは、全身の膚《はだ》に粟《あわ》を生じて、逃出《にげだ》さうとする。しかし、彼の足は、すくんで了《しま》ふ。彼は、まだ木乃伊の顔から眼を離すことが出来ない。凍つたやうな姿勢で、琥珀《こはく》色の干涸《ひか》らびた身体に向ひあつて立つてゐる。

翌日、他の部隊の波斯《ぺるしや》兵がパリスカスを発見した時、彼は固く木乃伊を抱いたまま、古墳の地下室に倒れてゐた。介抱されて漸《ようや》く息をふき返しはしたが、最早、明らかな狂気の徴候を見せて、あらぬ譫言《うわごと》をしやべり出した。その言葉も、波斯語ではなくて、みんな埃及《えぢぷと》語だつたといふことである。

（昭和一七年七月『光と風と夢』）

山月記

　隴西《ろうさい》の李徴《りちょう》は博学才穎《さいえい》、天宝の末年、若くして名を虎榜《こぼう》に連ね、ついで江南尉《こうなんい》に補せられたが、性、狷介《けんかい》、自ら恃《たの》む所頗《すこぶ》る厚く、賤吏《せんり》に甘んずるを潔《いさぎよ》しとしなかつた。いくばくもなく官を退いた後は、故山、虢略《かくりゃく》に帰《き》臥《が》し、人と交《まじわり》を絶つて、ひたすら詩作に耽《ふけ》つた。下吏となつて長く膝《ひざ》を俗悪な大官の前に屈するよりは、詩家としての名を死後百年に遺《のこ》さうとしたのである。しかし、文名は容易に揚《あが》らず、生活は日を逐《お》うて苦しくなる。李徴は漸《ようや》く焦躁《しょうそう》に駆られて来た。この頃から其《そ》の容貌《ようぼう》も峭刻《しょうこく》となり、肉落ち骨秀《ひい》で、眼光のみ徒《いたず》らに炯々《けいけい》として、曽《かつ》て進士に登第した頃の豊頬《ほうきょう》の美少年の俤《おもかげ》は、何処《どこ》に求めやうもない。数年の後、貧窮に堪へず、妻子の衣食のために遂《つい》に節を屈して、再び東へ赴《おもむ》き、一地方官吏の職を奉ずることになつた。一方、之《これ》は、己《おのれ》の詩業に半ば絶望したためでもある。曽ての同輩は既に遥か高位に進み、彼が昔、鈍物として歯牙《しが》にもかけなかつた其《そ》の連中の下命を拝さねばならぬことが、往年の儁才《しゅんさい》李徴の自尊心を如何《いか》に傷《きず》つけたかは、想像に難《かた》くない。彼は怏々《おうおう》として楽しまず、狂悖《きょうはい》の性は愈〻《いよいよ》抑へ難くなつた。一年の後、公用で旅に出、汝水《じょすい》のほとりに宿つた時、遂《つい》に発狂した。或《ある》夜半、急に顔色を変へて寝床から起上ると、何か訳の分らぬことを叫びつつ其《そ》の儘《まま》下にとび下りて、闇の中へ駈出《かけだ》した。彼は二度と戻つて来なかつた。附近の山野を捜索しても、何の手掛りもない。その後李徴がどうなつたかを知る者は、誰もなかつた。

　翌年、監察御史《かんさつぎょし》、陳郡《ちんぐん》の袁傪《えんさん》といふ者、勅命を奉じて嶺南《れいなん》に使《つかい》し、途《みち》に商於《しょうお》の地に宿つた。次の朝未だ暗い中《うち》に出発しようとした所、駅吏が言ふことに、これから先の道に人喰虎《ひとくいどら》が出る故《ゆえ》、旅人は白昼でなければ、通れない。今はまだ朝が早いから、今少し待たれたが宜《よろ》しいでせうと。袁傪は、しかし、供廻りの多勢なのを恃《たの》み、駅吏の言葉を斥《しりぞ》けて、出発した。残月の光をたよりに林中の草地を通つて行つた時、果して一匹の猛虎が叢《くさむら》の中から躍《おど》り出た。虎は、あはや袁傪《えんさん》に躍りかかるかと見えたが、忽《たちま》ち身を飜《ひるがえ》して、元の叢に隠れた。叢の中から人間の声で「あぶない所だつた」と繰返し呟《つぶや》くのが聞えた。其《そ》の声に袁傪は聞き憶《おぼ》えがあつた。驚懼《きょうく》の中にも、彼は咄嗟《とっさ》に思ひあたつて、叫んだ。「其《そ》の声は、我が友、李徴子ではないか？」袁傪は李徴と同年に進士の第に登り、友人の少かつた李徴にとつては、最も親しい友であつた。温和な袁傪の性格が、峻峭《しゅんしょう》な李徴の性情と衝突しなかつたためであらう。

叢の中からは、暫《しばら》く返辞が無かつた。しのび泣きかと思はれる微《かす》かな声が時々洩《も》れるばかりである。ややあつて、低い声が答へた。「如何《いか》にも自分は隴西《ろうさい》の李徴である」と。

袁傪は恐怖を忘れ、馬から下りて叢に近づき、懐かしげに久闊《きゅうかつ》を叙した。そして、何故叢から出て来ないのかと問うた。李徴の声が答へて言ふ。自分は今や異類の身となつてゐる。どうして、おめ〳〵と故人《とも》の前にあさましい姿をさらせようか。且《か》つ又、自分が姿を現せば、必ず君に畏怖嫌厭《いふけんえん》の情を起させるに決つてゐるからだ。しかし、今、図《はか》らずも故人に遇《あ》ふことを得て、愧赧《きたん》の念をも忘れる程に懐かしい。どうか、ほんの暫くでいいから、我が醜悪な今の外形を厭《いと》はず、曾《かつ》て君の友李徴であつた此《こ》の自分と話を交《かわ》して呉《く》れないだらうか。

後《あと》で考へれば不思議だつたが、其《そ》の時、袁傪は、この超自然の怪異を、実に素直に受容れて、少しも怪《あやし》まうとしなかつた。彼は部下に命じて行列の進行を停め、自分は叢の傍に立つて、見えざる声と対談した。都の噂《うわさ》、旧友の消息、袁傪が現在の地位、それに対する李徴の祝辞。青年時代に親しかつた者同志の、あの隔てのない語調で、それ等《ら》が語られた後、袁傪は、李徴がどうして今の身となるに至つたかを訊《たず》ねた。草中の声は次のやうに語つた。

今から一年程前、自分が旅に出て汝水《じょすい》のほとりに泊つた夜のこと、一睡《いっすい》してから、ふと目を覚ますと、戸外で誰かが我が名を呼んでゐる。声に応じて外へ出て見ると、声は闇の中から頻《しき》りに自分を招く。覚えず、自分は声を追うて走り出した。無我夢中で駈《か》けて行く中《うち》に、何時《いつ》しか途《みち》は山林に入り、しかも、知らぬ間に自分は左右の手で地を攫《つか》んで走つてゐた。何か身体中に力が充ち満ちたやうな感じで、軽々と岩石を跳《と》び越えて行つた。気が付くと、手先や肱《ひじ》のあたりに毛を生じてゐるらしい。少し明るくなつてから、谷川に臨んで姿を映して見ると、既に虎となつてゐた。自分は初め眼を信じなかつた。次に、之《これ》は夢に違ひないと考へた。夢の中で、之は夢だぞと知つてゐるやうな夢を、自分はそれ迄に見たことがあつたから。どうしても夢でないと悟らねばならなかつた時、自分は茫然《ぼうぜん》とした。さうして懼《おそ》れた。全く、どんな事でも起り得るのだと思うて、深く懼れた。しかし、何故こんな事になつたのだらう。分らぬ。全く何事も我々には判らぬ。理由も分らずに押付けられたものを大人しく受取つて、理由も分らずに生きて行くのが、我々生きもののさだめだ。自分は直ぐに死を想うた。しかし、其《そ》の時、眼の前を一匹の兎《うさぎ》が駈け過ぎるのを見た途端に、自分の中の人間は忽《たちま》ち姿を消した。再び自分の中の人間が眼を覚ました時、自分の口は兎の血に塗《まみ》れ、あたりには兎の毛が散らばつてゐた。之が虎としての最初の経験であつた。それ以来今迄にどんな所行をし続けて来たか、それは到底語るに忍びない。ただ、一日の中に必ず数時間は、人間の心が還《かへ》つて来る。さういふ時には、曾《かつ》ての日と同じく、人語も操《あやつ》れれば、複雑な思考にも堪へ得るし、経書《けいしょ》の章句を誦《そら》んずることも出来る。その人間の心で、虎としての己《おのれ》の残虐な行《おこない》のあとを見、己《おのれ》の運命をふりかへる時が、最も情なく、恐しく、憤《いきどお》ろしい。しかし、その、人間にかへる数時間も、日を経るに従つて次第に短くなつて行く。今迄は、どうして虎などになつたかと怪しんでゐたのに、此《こ》の間ひよいと気が付いて見たら、己《おれ》はどうして以前、人間だつたのかと考へてゐた。之は恐しいことだ。今少し経《た》てば、己《おれ》の中の人間の心は、獣としての習慣の中にすつかり埋《うも》れて消えて了《しま》ふだらう。丁度、古い宮殿の礎《いしずえ》が次第に土砂に埋没するやうに。さうすれば、しまひに己は自分の過去を忘れ果て、一匹の虎として狂ひ廻り、今日の様に途《みち》で君と出会つても故人《とも》と認めることなく、君を裂き喰《くろ》うて何の悔《くい》も感じないだらう。一体、獣でも人間でも、もとは何か他のものだつたんだらう。初めはそれを憶《おぼ》えてゐるが、次第に忘れて了ひ、初めから今の形のものだつたと思ひ込んでゐるのではないか？　いや、そんな事はどうでもいい。己の中の人間の心がすつかり消えて了へば、恐らく、その方が、己はしあはせになれるだらう。だのに、己の中の人間は、その事を、此《こ》の上なく恐しく感じてゐるのだ。ああ、全く、どんなに、恐しく、哀《かな》しく、切なく思つてゐるだらう！　己が人間だつた記憶のなくなることを。この気持は誰にも分らない。誰にも分らない。己と同じ身の上に成つた者でなければ。所で、さうだ。己がすつかり人間でなくなつて了《しま》ふ前に、一つ頼んで置き度《た》いことがある。

袁傪《えんさん》はじめ一行は、息をのんで、叢中《そうちゆう》の声の語る不思議に聞入つてゐた。声は続けて言ふ。

他でもない。自分は元来詩人として名を成す積りでゐた。しかも、業未だ成らざるに、この運命に立至《たちいた》つた。曽《かつ》て作る所の詩数百篇、固《もと》より、まだ世に行はれてをらぬ。遺稿の所在も最早判らなくなつてゐよう。所で、その中、今も尚記誦《なおきしよう》せるものが数十ある。之《これ》を我が為に伝録して戴《いただ》き度《た》いのだ。何も、之に仍《よ》つて一人前の詩人面《づら》をしたいのではない。作の巧拙は知らず、とにかく、産を破り心を狂はせて迄自分が生涯それに執着した所のものを、一部なりとも後代に伝へないでは、死んでも死に切れないのだ。

袁傪は部下に命じ、筆を執《と》つて叢中の声に随《したが》つて書きとらせた。李徴の声は叢《くさむら》の中から朗々と響いた。長短凡《およ》そ三十篇、格調高雅、意趣卓逸、一読して作者の才の非凡を思はせるものばかりである。しかし、袁傪は感嘆しながらも漠然と次の様に感じてゐた。成程《なるほど》、作者の素質が第一流に属するものであることは疑ひない。しかし、この儘《まま》では、第一流の作品となるのには、何処《どこ》か（非常に微妙な点に於て）欠ける所があるのではないか、と。

旧詩を吐き終つた李徴の声は、突然調子を変へ、自らを嘲《あざけ》るが如くに言つた。

羞《はず》しいことだが、今でも、こんなあさましい身と成り果てた今でも、己《おれ》は、己の詩集が長安風流人士の机の上に置かれてゐる様《さま》を、夢に見ることがあるのだ。岩窟《がんくつ》の中に横たはつて見る夢にだよ。嗤《わら》つて呉《く》れ。詩人に成りそこなつて虎になつた哀れな男を。（袁傪は昔の青年李徴の自嘲癖《じちようへき》を思出《おもいだ》しながら、哀《かな》しく聞いてゐた。）さうだ。お笑ひ草ついでに、今の懐《おもい》を即席の詩に述べて見ようか。この虎の中に、まだ、曽ての李徴が生きてゐるしるしに。

袁傪は又下吏に命じて之を書きとらせた。その詩に言ふ。

偶因狂疾成殊類《たまたまきようしつによつてしゆるいとなる》　災患相仍不可逃《さいかんあいよつてのがるべからず》

今日爪牙誰敢敵《こんにちのそうがだれかあえててきせん》　当時声跡共相高《とうじのせいせきともにあいたかし》
我為異物蓬茅下《われはいぶつとなるほうぼうのもと》　君已乗軺気勢豪《きみはすでにようにじょうじてきせいごうなり》
此夕渓山対明月《このゆうべけいざんのめいげつにたいし》　不成長嘯但成嘷《ちょうしょうをなさずただこうをなす》

時に、残月、光冷《ひや》やかに、白露は地に滋《しげ》く、樹間を渡る冷風は既に暁《あかつき》の近きを告げてゐた。人々は最早、事の奇異を忘れ、粛然《しゆくぜん》として、この詩人の薄倖《はつこう》を嘆じた。李徴の声は再び続ける。

何故こんな運命になつたか判らぬと、先刻は言つたが、しかし、考へやうに依《よ》れば、思ひ当ることが全然ないでもない。人間であつた時、己《おれ》は努めて人との交《まじわり》を避けた。人々は己を倨傲《きよごう》だ、尊大だといつた。実は、それが殆《ほとん》ど羞恥心《しゆうちしん》に近いものであることを、人々は知らなかつた。勿論、曽《かつ》ての郷党《きようとう》の鬼才といはれた自分に、自尊心が無かつたとは云はない。しかし、それは臆病《おくびよう》な自尊心とでもいふべきものであつた。己《おれ》は詩によつて名を成さうと思ひながら、進んで師に就《つ》いたり、求めて詩友と交《まじわ》つて切磋琢磨《せつさたくま》に努めたりすることをしなかつた。かといつて、又、己《おれ》は俗物の間に伍《ご》することも潔《いさぎよ》しとしなかつた。共に、我が臆病な自尊心と、尊大な羞恥心との所為《せい》である。己《おのれ》の珠《たま》に非《あら》ざることを惧《おそ》れるが故《ゆえ》に、敢《あえ》て刻苦して磨かうともせず、又、己《おのれ》の珠なるべきを半ば信ずるが故に、碌々《ろくろく》として瓦《かわら》に伍することも出来なかつた。己《おれ》は次第に世と離れ、人と遠ざかり、憤《ふん》悶《もん》と慙恚《ざんい》とによつて益々《ますます》己《おのれ》の内なる臆病な自尊心を飼ひふとらせる結果になつた。人間は誰でも猛獣使であり、その猛獣に当るのが、各人の性情だといふ。己《おれ》の場合、この尊大な羞恥心が猛獣だつた。虎だつたのだ。之《これ》が己《おれ》を損ひ、妻子を苦しめ、友人を傷つけ、果ては、己の外形を斯《か》くの如く、内心にふさはしいものに変へて了《しま》つたのだ。今思へば、全く、己《おれ》は、己の有《も》つてゐた僅《わず》かばかりの才能を空費して了つた訳だ。人生は何事をも為《な》さぬには余りに長いが、何事かを為すには余りに短いなどと口先ばかりの警句を弄《ろう》しながら、事実は、才能の不足を暴露するかも知れないとの卑怯《ひきよう》な危惧《きぐ》と、刻苦を厭《いと》ふ怠惰とが己の凡《すべ》てだつたのだ。己よりも遥かに乏しい才能でありながら、それを専一《せんいつ》に磨いたがために、堂々たる詩家となつた者が幾《いく》らでもゐるのだ。虎と成り果てた今、己は漸《ようや》くそれに気が付いた。それを思ふと、己は今も胸を灼《や》かれるやうな悔《くい》を感じる。己には最早人間としての生活は出来ない。たとへ、今、己《おれ》が頭の中で、どんな優れた詩を作つたにした所で、どういふ手段で発表できよう。まして、己の頭は日毎《ひごと》に虎に近づいて行く。どうすればいいのだ。己の空費された過去は？　己は堪《たま》らなくなる。さういふ時、己は、向うの山の頂《いただき》の巌《いわお》に上り、空谷《くうこく》に向つて吼《ほ》える。この胸を灼《や》く悲しみを誰かに訴へたいのだ。己は昨夕も、彼処《あそこ》で月に向つて咆《ほ》えた。誰かに此《こ》の苦しみが分つて貰《もら》へないかと。しかし、獣どもは己の声を聞いて、唯《ただ》、懼《おそ》れ、ひれ伏すばかり。山も樹も月も露《つゆ》も、一匹の虎が怒り狂つて、哮《たけ》つてゐるとしか考へない。天に躍《おど》り地に伏して嘆いても、誰一人己の気持を分つて呉《く》れる者はない。丁度、人間だつた頃、己の傷つき易《やす》い内心を誰も理解して呉れなかつたやうに。己の毛皮の濡《ぬ》れたのは、夜露のためばかりではない。

漸《ようや》く四辺《あたり》の暗さが薄らいで来た。木《こ》の間《ま》を伝つて、何処《どこ》からか、暁角《ぎょうかく》が哀《かな》しげに響き始めた。

最早、別れを告げねばならぬ。酔はねばならぬ時が、（虎に還《かえ》らねばならぬ時が）近づいたから、と、李徴の声が言つた。だが、お別れする前にもう一つ頼みがある。それは我が妻子のことだ。彼等は未だ虢略《かくりゃく》にゐる。固《もと》より、己の運命に就いては知る筈《はず》がない。君が南から帰つたら、己は既に死んだと彼等に告げて貰へないだらうか。決して今日のことだけは明かさないで欲しい。厚かましいお願《ねがい》だが、彼等の孤弱を憐《あわ》れんで、今後とも道途《どうと》に飢凍《きとう》することのないやうに計らつて戴《いただ》けるならば、自分にとつて、恩倖《おんこう》、之《これ》に過ぎたるは莫《な》い。

言終《いいおわ》つて、叢中《そうちゅう》から慟哭《どうこく》の声が聞えた。袁《えん》も亦《また》涙を泛《うか》べ、欣《よろこ》んで李徴の意に副《そ》ひ度《た》い旨を答へた。李徴の声は併《しか》し忽《たちま》ち又先刻の自嘲《じちょう》的な調子に戻つて、言つた。

本当は、先《ま》づ、此《こ》の事の方を先にお願ひすべきだつたのだ、己が人間だつたなら。飢ゑ凍《ここ》えようとする妻子のことよりも、己《おのれ》の乏しい詩業の方を気にかけてゐる様な男だから、こんな獣に身を堕《おと》すのだ。

さうして、附加《つけくわ》へて言ふことに、袁傪《えんさん》が嶺南《れいなん》からの帰途には決して此《こ》の途《みち》を通らないで欲しい、其《そ》の時には自分が酔つてゐて故人《とも》を認めずに襲ひかかるかも知れないから。又、今別れてから、前方百歩の所にある、あの丘に上つたら、此方《こちら》を振りかへつて見て貰ひ度い。自分は今の姿をもう一度お目に掛けよう。勇に誇らうとしてではない。我が醜悪な姿を示して、以て、再び此処《ここ》を過ぎて自分に会はうとの気持を君に起させない為であると。

袁傪《えんさん》は叢《くさむら》に向つて、懇《ねんご》ろに別れの言葉を述べ、馬に上つた。叢の中からは、又、堪へ得ざるが如き悲泣《ひきゅう》の声が洩《も》れた。袁傪も幾度か叢を振返りながら、涙の中に出発した。

一行が丘の上についた時、彼等は、言はれた通りに振返つて、先程の林間の草地を眺めた。忽《たちま》ち、一匹の虎が草の茂みから道の上に躍《おど》り出たのを彼等は見た。虎は、既に白く光を失つた月を仰いで、二声三声咆哮《ほうこう》したかと思ふと、又、元の叢に躍り入つて、再び其《そ》の姿を見なかつた。

（昭和一七年一月「文学界」）

文字禍

文字の霊などといふものが、一体、あるものか、どうか。

アッシリヤ人は無数の精霊を知つてゐる。夜、闇の中を跳梁《ちようりよう》するリル、その雌のリリツ、疫病をふり撒《ま》くナムタル、死者の霊エティンム、誘拐者ラバス等、数知れぬ悪霊共がアッシリヤの空に充《み》ち満ちてゐる。しかし、文字の精霊に就いては、まだ誰も聞いたことがない。

其《そ》の頃――といふのは、アシュル・バニ・アパル大王の治世第二十年目の頃だが――ニネヱの宮廷に妙な噂《うわさ》があつた。毎夜、図書館の闇の中で、ひそ〳〵と怪しい話し声がするといふ。王兄シャマシュ・シュム・ウキンの謀叛《むほん》がバビロンの落城で漸《ようや》く鎮まつたばかりのこととて、何か又、不逞《ふてい》の徒の陰謀ではないかと探つて見たが、それらしい様子もない。どうしても何かの精霊どもの話し声に違ひない。最近に王の前で処刑されたバビロンからの俘囚《ふしゆう》共の死霊の声だらうといふ者もあつたが、それが本当でないことは誰にも判る。千に余るバビロンの俘囚は悉《ことごと》く舌を抜いて殺され、その舌を集めた所、小さな築山《つきやま》が出来たのは、誰知らぬ者のない事実である。舌の無い死霊に、しやべれる訳がない。星占や羊肝卜《ようかんぼく》で空《むな》しく探索した後、之《これ》はどうしても書物共或ひは文字共の話し声と考へるより外《ほか》はなくなつた。たゞ、文字の霊（といふものが在《あ》るとして）とは如何《いか》なる性質をもつものか、それが皆目《かいもく》判らない。アシュル・バニ・アパル大王は巨眼縮髪の老博士ナブ・アヘ・エリバを召して、此《こ》の未知の精霊に就いての研究を命じ給《たも》うた。

その日以来、ナブ・アヘ・エリバ博士は、日毎《ひごと》問題の図書館（それは、其《そ》の後二百年にして地下に埋没し、更に後二千三百年にして偶然発掘される運命をもつものであるが）に通《かよ》つて万巻の書に目をさらしつゝ研鑽《けんさん》に耽《ふけ》つた。両河地方《メソポタミヤ》では埃及《エジプト》と違つて紙草《パピルス》を産しない。人々は、粘土の板に硬筆を以て複雑な楔形《くさびがた》の符号を彫りつけてをつた。書物は瓦《かわら》であり、図書館は瀬戸物屋の倉庫に似てゐた。老博士の卓子（その脚には、本物《ほんもの》の獅《し》子《し》の足が、爪さへ其《そ》の儘《まま》に使はれてゐる）の上には、毎日、累々《るいるい》たる瓦の山がうづたかく積まれた。其等《それら》重量ある古知識の中から、彼は、文字の霊に就いての説を見出《みいだ》さうとしたが、無駄であつた。文字はボルシッパなるナブウの神の司《つかさど》り給ふ所とより外《ほか》には何事も記されてゐないのである。文字に霊ありや無しやを、彼は自力で解決せねばならぬ。博士は書物を離れ、唯《ただ》一つの文字を前に、終日それと睨《にら》めつこをして過した。卜者《ぼくしや》は羊の肝臓《かんぞう》を凝視することによつて凡《すべ》ての事象を直観する。彼も之《これ》に倣《なら》つて凝視と静観とによつて真実を見出さうとしたのである。その中《うち》に、をかしな事が起つた。一つの文字を長く見詰めてゐる中《うち》に、何時《いつ》しか其《そ》の文字が解体して、意味の無い一つ一つの線の交錯としか見えなくなつて来る。単なる線の集りが、何故、さういふ音とさういふ意味とを有《も》つことが出来るのか、どうしても解らなくなつて来る。老儒ナブ・アヘ・エリバは、生れて初めて此《こ》の不思議な事実を発見して、驚いた。今迄七十年の間当然と思つて看過してゐたことが、決して当然でも必然でもない。彼は眼から鱗《こけら》の落ちた思《おもい》がした。単なるバラ〱の線に、一定の音と一定の意味とを有《も》たせるものは、何か？　こゝ迄思ひ到つた時、老博士は躊躇《ちゆうちよ》なく、文字の霊の存在を認めた。魂によつて統《す》べられない手・脚・頭・爪・腹等が、人間ではないやうに、一つの霊が之を統べるのではなくて、どうして単なる線の集合が、音と意味とを有つことが出来ようか。

　この発見を手初めに、今迄知られなかつた文字の霊の性質が次第に少しづつ判つて来た。文字の精霊の数は、地上の事物の数程多い、文字の精は野鼠《のねずみ》のやうに仔《こ》を産んで殖える。

　ナブ・アヘ・エリバはニネヹの街中を歩き廻つて、最近に文字を覚えた人々をつかまへては、根気よく一々尋ねた。文字を知る以前に比べて、何か変つたやうな所はないかと。之によつて文字の霊の人間に対する作用《はたらき》を明らかにしようといふのである。さて、斯《こ》うして、をかしな統計が出来上つた。それに依《よ》れば、文字を覚えてから急に蝨《しらみ》を捕《と》るのが下手になつた者、眼に埃《ほこり》が余計はひるやうになつた者、今迄良く見えた空の鷲《わし》の姿が見えなくなつた者、空の色が以前程碧《あお》くなくなつたといふ者などが、圧倒的に多い。「文字ノ精ガ人間ノ眼ヲ喰ヒアラスコト、猶《ナオ》、蛆虫《ウジムシ》ガ胡桃《クルミ》ノ固キ殻ヲ穿《ウガ》チテ、中ノ実ヲ巧《タクミ》ニ喰ヒツクスガ如シ」と、ナブ・アヘ・エリバは、新しい粘土の備忘録に誌した。文字を覚えて以来、咳《せき》が出始めたといふ者、くしやみが出るやうになつて困るといふ者、しやつくりが度々出るやうになつた者、下痢するやうになつた者なども、かなりの数に上る。「文字ノ精ハ人間ノ鼻・咽喉《ノド》・腹等ヲモ犯スモノノ如シ」と、老博士は又誌した。文字を覚えてから、俄《にわ》かに頭髪の薄くなつた者もゐる。脚の弱くなつた者、手足の顫《ふる》へるやうになつた者、顎《あご》がはづれ易《やす》くなつた者もゐる。しかし、ナブ・アヘ・エリバは最後に斯《こ》う書かねばならなかつた。「文字ノ害タル、人間ノ頭脳ヲ犯シ、精神ヲ麻痺《マヒ》セシムルニ至ツテ、スナハチ極マル。」文字を覚える以前に比べて、職人は腕が鈍り、戦士は臆病《おくびよう》になり、猟師は獅子《しし》を射損《いそこな》ふことが多くなつた。之《これ》は統計の明らかに示す所である。文字に親しむやうになつてから、女を抱いても一向楽しうなくなつたといふ訴へもあつた。もつとも、斯《こ》う言出《いいだ》したのは、七十歳を越した老人であるから、之は文字の所為《せい》ではないかも知れぬ。ナブ・アヘ・エリバは斯《こ》う考へた。埃及《エジプト》人は、ある物の影を、其《そ》の物の魂の一部と見做《みな》してゐるやうだが、文字は、その影のやうなものではないのか。

獅子といふ字は、本物《ほんもの》の獅子の影ではないのか。それで、獅子といふ字を覚えた猟師は、本物の獅子の代りに獅子の影を狙《ねら》ひ、女といふ字を覚えた男は、本物の女の代りに女の影を抱くやうになるのではないか。文字の無かつた昔、ピル・ナピシュチムの洪水以前には、歓びも智慧《ちえ》もみんな直接に人間の中にはひつて来た。今は、文字の薄被《ヴエイル》をかぶつた歓びの影と智慧の影としか、我々は知らない。近頃人々は物憶えが悪くなつた。之も文字の精の悪戯《いたずら》である。人々は、最早、書きとめて置かなければ、何一つ憶《おぼ》えることが出来ない。着物を着るやうになつて、人間の皮膚が弱く醜くなつた。乗物が発明されて、人間の脚が弱く醜くなつた。文字が普及して、人々の頭は、最早、働かなくなつたのである。

ナブ・アヘ・エリバは、或る書物狂の老人を知つてゐる。其の老人は、博学なナブ・アヘ・エリバよりも更に博学である。彼は、スメリヤ語やアラメヤ語ばかりでなく、紙草《パピルス》や羊皮紙に誌された埃及文字までをすら〳〵と読む。凡《およ》そ文字になつた古代のことで、彼の知らぬことはない。彼はツクルチ・ニニブ一世王の治世第何年目の何月何日の天候まで知つてゐる。しかし、今日の天気は晴か曇か気が付かない。彼は、少女サビツがギルガメシュを慰めた言葉をも諳《そら》んじてゐる。しかし、息子をなくした隣人を何と言つて慰めてよいか、知らない。彼は、アダッド・ニラリ王の后《きさき》、サンムラマットがどんな衣裳《いしよう》を好んだかも知つてゐる。しかし、彼自身が今どんな衣服を着てゐるか、まるで気が付いてゐない。何と彼は文字と書物とを愛したであらう！　読み、諳《そら》んじ、愛撫《あいぶ》するだけではあきたらず、それを愛するの余りに、彼は、ギルガメシュ伝説の最古版の粘土板を嚙砕《かみくだ》き、水に溶かして飲んで了《しま》つたことがある。文字の精は彼の眼を容赦なく喰ひ荒し、彼は、ひどい近眼である。余り眼を近づけて書物ばかり読んでゐるので、彼の鷲形《わしがた》の鼻の先は、粘土板と擦れ合つて固い胼胝《たこ》が出来てゐる。文字の精は、又、彼の脊骨《せぼね》をも蝕《むしば》み、彼は、臍《へそ》に顎《あご》のくつつきさうな傴僂《せむし》である。しかし、彼は、恐らく自分が傴僂《せむし》であることを知らないであらう、傴僂といふ字なら、彼は、五つの異つた国の字で書くことが出来るのだが。ナブ・アヘ・エリバ博士は、此《こ》の男を、文字の精霊の犠牲者の第一に数へた。たゞ、斯《こ》うした外観の惨《みじ》めさにも拘《かか》はらず、此の老人は、実に——全く羨《うらや》ましい程——何時《いつ》も幸福さうに見える。之《これ》が不審といへば、不審だつたが、ナブ・アヘ・エリバは、それも文字の霊の媚薬《びやく》の如き奸猾《かんかつ》な魔力の所為《せい》と見做《みな》した。

偶〻《たまたま》アシュル・バニ・アパル大王が病に罹《かか》られた。侍医のアラッド・ナナは、此《こ》の病《やまい》軽からずと見て、大王の御衣裳を借り、自ら之をまとうて、アッシリヤ王に扮《ふん》した。之によつて、死神エレシュキガルの眼を欺《あざむ》き、病を大王から己《おのれ》の身に転じようといふのである。此《こ》の古来の医家の常法に対して、青年の一部には、不信の眼を向ける者がある。之は明らかに不合理だ、エレシュキガル神ともあらうものが、あんな子供瞞《だま》しの計に欺かれる筈《はず》があるか、と、彼等は言ふ。碩学《せきがく》ナブ・アヘ・エリバは之を聞いて厭《いや》な顔をした。青年等の如く、何事にも辻褄《つじつま》を合せたがることの中には、何かしらをかしな所がある。全身垢《あか》まみれの男が、一ケ所だけ、例へば足の爪先だけ、無闇《むやみ》に美しく飾つてゐるやうな、さういふをかしな所が。彼等は、神秘の雲の中に於ける人間の地位をわきまへぬのぢや。老博士は浅薄な合理主義を一種の病と考へた。そして、其《そ》の病をはやらせたものは、疑《うたがい》もなく、文字の精霊である。

　或日《あるひ》若い歴史家（或ひは宮廷の記録係）のイシュデイ・ナブが訪ねて来て老博士に言つた。歴史とは何ぞや？　と。老博士が呆《あき》れた顔をしてゐるのを見て、若い歴史家は説明を加へた。先頃《さきごろ》のバビロン王シャマシュ・シュム・ウキンの最期について色々な説がある。自ら火に投じたことだけは確かだが、最後の一月《ひとつき》程の間、絶望の余り、言語に絶した淫蕩《いんとう》の生活を送つたといふものもあれば、毎日ひたすら潔斎してシャマシュ神に祈り続けたといふものもある。第一の妃《きさき》唯一人と共に火に入つたといふ説もあれば、数百の婢妾《ひしよう》を薪《たきぎ》の火に投じてから自分も火に入つたといふ説もある。何しろ文字通り煙になつたこととて、どれが正しいのか一向見当がつかない。近々、大王は其等《それら》の中の一つを選んで、自分にそれを記録するやう命じ給ふであらう。これはほんの一例だが、歴史とは之《これ》でいゝのであらうか。

賢明な老博士が賢明な沈黙を守つてゐるのを見て、若い歴史家は、次の様な形に問を変へた。歴史とは、昔、在《あ》つた事柄をいふのであらうか？　それとも、粘土板の文字をいふのであらうか？

獅子狩《ししがり》と、獅子狩の浮彫とを混同してゐるやうな所が此《こ》の問の中にある。博士はそれを感じたが、はつきり口で言へないので、次の様に答へた。歴史とは、昔在つた事柄で、且《か》つ粘土板に誌されたものである。この二つは同じことではないか。

書洩《かきも》らしは？　と歴史家が聞く。

書洩らし？　冗談ではない、書かれなかつた事は、無かつた事ぢや。芽の出ぬ種子は、結局初めから無かつたのぢやわい。歴史とはな、この粘土板のことぢや。

若い歴史家は情なさうな顔をして、指し示された瓦《かわら》を見た。それは此《こ》の国最大の歴史家ナブ・シャリム・シュヌ誌す所のサルゴン王ハルディア征討行の一枚である。話しながら博士の吐き棄《す》てた柘榴《ざくろ》の種子が其《そ》の表面に汚らしくくつついてゐる。

ボルシッパなる明智の神ナブウの召使ひ給ふ文字の精霊共の恐しい力を、イシュデイ・ナブよ、君はまだ知らぬと見えるな。文字の精共が、一度或る事柄を捉へて、之を己《おのれ》の姿で現すとなると、その事柄は最早、不滅の生命を得るのぢや。反対に、文字の精の力ある手に触れなかつたものは、如何《いか》なるものも、その存在を失はねばならぬ。太古以来のアヌ・エンリルの書に書上げられてゐない星は、何故《なにゆえ》に存在せぬか？　それは、彼等がアヌ・エンリルの書に文字として載せられなかつたからぢや。大マルヅック星（木星）が天界の牧羊者（オリオン）の境を犯せば神々の怒《いかり》が降《くだ》るのも、月輪《げつりん》の上部に蝕《しょく》が現れればフモオル人が禍《わざわい》を蒙《こうむ》るのも、皆、古書に文字として誌されてあればこそぢや。古代スメリヤ人が馬といふ獣を知らなんだのも、彼等の間に馬といふ字が無かつたからぢや。此《こ》の文字の精霊の力程恐ろしいものは無い。君やわしらが、文字を使つて書きものをしとるなどと思つたら大間違ひ。わしらこそ彼等文字の精霊にこき使はれる下僕《しもべ》ぢや。しかし、又、彼等精霊の齎《もたら》す害も随分ひどい。わしは今それに就いて研究中だが、君が今、歴史を誌した文字に疑《うたがい》を感じるやうになつたのも、つまりは、君が文字に親しみ過ぎて、其《そ》の霊の毒気に中《あた》つたためであらう。

若い歴史家は妙な顔をして帰つて行つた。老博士は尚暫《なおしばら》く、文字の霊の害毒があの有為な青年をも害《そこな》はうとしてゐることを悲しんだ。文字に親しみ過ぎて却《かえ》つて文字に疑を抱くことは、決して矛盾ではない。先日博士は生来の健啖《けんたん》に任せて羊の炙肉《あぶりにく》を殆《ほとん》ど一頭分《いっとうぶん》も平らげたが、その後当分、生きた羊の顔を見るのも厭《いや》になつたことがある。

青年歴史家が帰つてから暫くして、ふと、ナブ・アヘ・エリバは、薄くなつた縮《ちぢ》れつ毛の頭を抑へて考へ込んだ。今日は、どうやら、わしは、あの青年に向つて、文字の霊の威力を讃美しはせなんだか？　いま〳〵しいことだ、と彼は舌打をした。わし迄が文字の霊にたぶらかされをるわ。

実際、もう大分前から、文字の霊が或る恐しい病を老博士の上に齎してゐたのである。それは彼が文字の霊の存在を確かめるために、一つの字を幾日もじつと睨《にら》み暮した時以来のことである。其《そ》の時、今迄一定の意味と音とを有《も》つてゐた筈《はず》の字が、忽然《こつぜん》と分解して、単なる直線どもの集りになつて了《しま》つたことは前に言つた通りだが、それ以来、それと同じ様な現象が、文字以外のあらゆるものに就いても起るやうになつた。彼が一軒の家をじつと見てゐる中《うち》に、その家は、彼の眼と頭の中で、木材と石と煉瓦《れんが》と漆喰《しっくい》との意味もない集合に化けて了ふ。之《これ》がどうして人間の住む所でなければならぬか、判らなくなる。人間の身体を見ても、其《そ》の通り。みんな意味の無い奇怪な形をした部分々々に分析されて了ふ。どうして、こんな恰好《かっこう》をしたものが、人間として通つてゐるのか、まるで理解できなくなる。眼に見えるものばかりではない。人間の日常の営み、凡《すべ》ての習慣が、同じ奇体な分析病のために、全然今迄の意味を失つて了つた。最早、人間生活の凡ての根柢《こんてい》が疑はしいものに見える。ナブ・アヘ・エリバ博士は気が違ひさうになつて来た。文字の霊の研究を之《これ》以上続けては、しまひに其《そ》の霊のために生命をとられて了《しま》ふぞと思つた。彼は怖《こわ》くなつて、早々に研究報告を纏《まと》め上げ、之をアシュル・バニ・アパル大王に献じた。但《ただ》し、中に、若干の政治的意見を加へたことは勿論である。武の国アッシリヤは、今や、見えざる文字の精霊のために、全く蝕《むしば》まれて了つた。しかも、之に気付いてゐる者は殆《ほとん》ど無い。今にして文字への盲目的崇拝を改めずんば、後に臍《ほぞ》を噬《か》むとも及ばぬであらう云々《うんぬん》。

　文字の霊が、此《こ》の讒謗者《ざんぼうしや》をただで置く訳が無い。ナブ・アヘ・エリバの報告は、いたく大王の御機嫌を損じた。ナブウ神の熱烈な讃仰者《さんぎようしや》で当時第一流の文化人たる大王にして見れば、之は当然のことである。老博士は即日謹慎を命ぜられた。大王の幼時からの師傅《しふ》たるナブ・アヘ・エリバでなかつたら、恐らく、生きながらの皮剝《かわはぎ》に処せられたであらう。思はぬ御不興に愕然《がくぜん》とした博士は、直ちに、之が奸譎《かんけつ》な文字の霊の復讐《ふくしゆう》であることを悟つた。

　しかし、まだ之だけではなかつた。数日後ニネヹ・アルベラの地方を襲つた大地震の時、博士は、たま〱自家の書庫の中にゐた。彼の家は古かつたので、壁が崩れ書架が倒れた。夥《おびただ》しい書籍が——数百枚の重い粘土板が、文字共の凄《すさ》まじい呪《のろい》の声と共に此《こ》の讒謗者の上に落ちかゝり、彼は無慙《むざん》にも圧死した。

（昭和一七年一月「文学界」）

名人伝

趙《ちよう》の邯鄲《かんたん》の都に住む紀昌《きしよう》といふ男が、天下第一の弓の名人にならうと志《こころざし》を立てた。己《おのれ》の師と頼むべき人物を物色するに、当今弓矢をとつては、名手・飛衛《ひえい》に及ぶ者があらうとは思はれぬ。百歩を隔てて柳葉を射るに百発百中するといふ達人ださうである。紀昌は遥々《はるばる》飛衛をたづねて其《そ》の門に入つた。

飛衛は新入の門人に、先《ま》づ瞬《まばた》きせざることを学べと命じた。紀昌は家に帰り、妻の機織《はたおり》台の下に潜《もぐ》り込んで、其処《そこ》に仰向《あおむ》けにひつくり返つた。眼とすれ〳〵に機躡《まねき》が忙しく上下往来するのをじつと瞬かずに見詰《みつ》めてゐようといふ工夫《くふう》である。理由を知らない妻は大いに驚いた。第一、妙な姿勢を妙な角度から良人《おつと》に覗《のぞ》かれては困るといふ。厭《いや》がる妻を紀昌は叱《しか》りつけて、無理に機を織り続けさせた。来る日も来る日も彼はこの可笑《おか》しな恰《かつ》好《こう》で、瞬きせざる修練を重ねる。二年の後には、遽《あわ》だしく往返する牽挺《まねき》が睫毛《まつげ》を掠《かす》めても、絶えて瞬くことがなくなつた。彼は漸《ようや》く機《はた》の下から匍出《はいだ》す。最早、鋭利な錐《きり》の先を以て瞼《まぶた》を突かれても、まばたきをせぬ迄になつてゐた。不意に火の粉が目に飛入らうとも、目の前に突然灰神楽《はいかぐら》が立たうとも、彼は決して目をパチつかせない。彼の瞼は最早それを閉ぢるべき筋肉の使用法を忘れ果て、夜、熟睡してゐる時でも、紀昌の目はクワッと大きく見開かれた儘《まま》である。竟《つい》に、彼の目の睫毛と睫毛との間に小さな一匹の蜘蛛《くも》が巣をかけるに及んで、彼は漸く自信を得て、師の飛衛に之《これ》を告げた。

それを聞いて飛衛がいふ。瞬かざるのみでは未だ射《しや》を授けるに足りぬ。次には、視ることを学べ。視ることに熟して、さて、小を視ること大の如く、微《び》を見ること著《ちよ》の如くなつたならば、来《きた》つて我に告げるがよいと。

紀昌は再び家に戻り、肌着の縫目から虱《しらみ》を一匹探し出して、之を己《おの》が髪の毛を以て繫《つな》いだ。さうして、それを南向きの窓に懸け、終日睨《にら》み暮らすことにした。毎日々々彼は窓にぶら下つた虱《しらみ》を見詰める。初め、勿論それは一匹の虱に過ぎない。二三日たつても、依然として虱である。所が、十日余り過ぎると、気のせゐか、どうやらそれがほんの少しながら大きく見えて来たやうに思はれる。三月目の終りには、明らかに蚕《かいこ》ほどの大きさに見えて来た。虱を吊《つ》るした窓の外の風物は、次第に移り変る。熙々《きき》として照つてゐた春の陽は何時《いつ》か烈《はげ》しい夏の光に変り、澄んだ秋空を高く雁《かり》が渡つて行つたかと思ふと、はや、寒々とした灰色の空から霙《みぞれ》が落ちかゝる。紀昌は根気よく、毛髪の先にぶら下つた有吻類《ゆうふんるい》・催痒性《さいようせい》の小節足動物を見続けた。その虱も何十匹となく取換へられて行く中《うち》に、早くも三年の月日が流れた。或日《あるひ》ふと気が付くと、窓の虱が馬の様な大きさに見えてゐた。占《し》めたと、紀昌は膝《ひざ》を打ち、表へ出る。彼は我が目を疑つた。人は高塔であつた。馬は山であつた。豚《ぶた》は丘の如く、雞《とり》は城楼と見える。雀躍《じやくやく》して家にとつて返した紀昌は、再び窓際の虱に立向ひ、燕角《えんかく》の弧《ゆみ》に朔《さく》蓬《ほう》の幹《やがら》をつがへて之《これ》を射れば、矢は見事に虱の心《しん》の臓を貫いて、しかも虱を繋いだ毛さへ断《き》れぬ。

紀昌は早速師の許《もと》に赴《おもむ》いて之を報ずる。飛衛は高蹈《こうとう》して胸を打ち、初めて「出かしたぞ」と褒《ほ》めた。さうして、直ちに射術の奥儀秘伝を剰《あま》す所なく紀昌に授け始めた。

目の基礎訓練に五年もかけた甲斐《かい》があつて紀昌の腕前の上達は、驚く程速い。

奥儀伝授が始まつてから十日の後、試みに紀昌が百歩を隔てて柳葉を射るに、既に百発百中である。二十日の後、一杯に水を湛《たた》へた盃《さかずき》を右肱《ひじ》の上に載せて剛弓を引くに、狙《ねら》ひに狂ひの無いのは固《もと》より、杯中の水も微動だにしない。一月の後、百本の矢を以て速射を試みた所、第一矢が的に中《あた》れば、続いて飛来《とびきた》つた第二矢は誤《あやま》たず第一矢の括《やはず》に中《あた》つて突き刺さり、更に間髪を入れず第三矢の鏃《やじり》が第二矢の括にガツシと喰ひ込む。矢矢《しし》相属し、発発《はつはつ》相及んで、後矢の鏃は必ず前矢の括に喰入《くいい》るが故に、絶えて地に墜《お》ちることがない。瞬《また》く中《うち》に、百本の矢は一本の如くに相連なり、的から一直線に続いた其《そ》の最後の括は猶《なお》弦を銜《ふく》むが如くに見える。傍で見てゐた師の飛衛も思はず「善《よ》し！」と言つた。

二月の後、偶〻《たまたま》家に帰つて妻といさかひをした紀昌が之を威《おど》さうとて烏号《うごう》の弓に綦衛《きえい》の矢をつがへきりりと引絞つて妻の目を射た。矢は妻の睫毛《まつげ》を三本射切つて彼方《かなた》へ飛び去つたが、射られた本人は一向に気づかず、まばたきもしないで亭主を罵《ののし》り続けた。蓋《けだ》し、彼の至芸による矢の速度と狙《ねら》ひの精妙さとは、実に此《こ》の域に迄達してゐたのである。

最早師から学び取るべき何ものも無くなつた紀昌は、或日《あるひ》、ふと良からぬ考へを起した。

彼が其《そ》の時独《ひと》りつく〴〵と考へるには、今や弓を以て己に敵すべき者は、師の飛衛をおいて外《ほか》に無い。天下第一の名人となるためには、どうあつても飛衛を除かねばならぬと。秘《ひそ》かに其《そ》の機会を窺《うかが》つてゐる中《うち》に、一日偶〻郊野に於て、向ふから唯一人歩み来る飛衛に出遇《であ》つた。咄嗟《とつさ》に意を決した紀昌が矢を取つて狙ひをつければ、その気配を察して飛衛も亦《また》弓を執《と》つて相応ずる。二人互ひに射れば、矢は其《そ》の度《たび》に中道にして相当り、共に地に墜《お》ちた。地に落ちた矢が軽塵《けいじん》をも揚げなかつたのは、両人の技が何《いず》れも神《しん》に入《い》つてゐたからであらう。さて、飛衛の矢が尽きた時、紀昌の方は尚《なお》一矢を余してゐた。得たりと勢込《いきおいこ》んで紀昌が其《そ》の矢を放てば、飛衛は咄嗟に、傍《かたわら》なる野茨《のいばら》の枝を折り取り、その棘《とげ》の先端を以てハッシと鏃《やじり》を叩《たた》き落した。竟《つい》に非望の遂《と》げられないことを悟つた紀昌の心に、成功したならば決して生じなかつたに違ひない道義的慚愧《ざんき》の念が、此《こ》の時忽焉《こつえん》として湧起《わきおこ》つた。飛衛の方では、又、危機を脱し得た安堵《あんど》と己《おの》が伎倆《ぎりよう》に就いての満足とが、敵に対する憎しみをすつかり忘れさせた。二人は互ひに駈寄《かけよ》ると、野原の真中に相抱いて、暫《しば》し美しい師弟愛の涙にかきくれた。
（斯《こ》うした事を今日の道義観を以て見るのは当らない。美食家の斉《せい》の桓公《かんこう》が己《おのれ》の未だ味はつたことのない珍味を求めた時、厨宰《ちゆうさい》の易牙《えきが》は己《おの》が息子を蒸焼《むしやき》にして之《これ》をすすめた。十六歳の少年、秦《しん》の始皇帝《しこうてい》は父が死んだ其《そ》の晩に、父の愛妾《あいしよう》を三度《みたび》襲うた。凡《すべ》てそのやうな時代の話である。）

涙にくれて相擁しながらも、再び弟子が斯《か》かる企みを抱くやうなことがあつては甚《はなは》だ危《あや》いと思つた飛衛は、紀昌に新たな目標を与へて其《そ》の気を転ずるに如《し》くはないと考へた。彼は此《こ》の危険な弟子に向つて言つた。最早、伝ふべき程のことは悉《ことごと》く伝へた。儞《なんじ》がもし之以上斯《こ》の道の蘊奥《うんのう》を極めたいと望むならば、ゆいて西の方《かた》大行の嶮《けん》に攀《よ》ぢ、霍山《かくざん》の頂《いただき》を極めよ。そこには甘蠅《かんよう》老師とて古今を曠《むな》しうする斯道《しどう》の大家がをられる筈《はず》。老師の技に比べれば、我々の射《しや》の如きは殆《ほとん》ど児戯に類する。儞の師と頼むべきは、今は甘蠅師の外《ほか》にあるまいと。

紀昌は直ぐに西に向つて旅立つ。其《そ》の人の前に出ては我々の技の如き児戯にひとしいと言つた師の言葉が、彼の自尊心にこたへた。もしそれが本当だとすれば、天下第一を目指す彼の望《のぞみ》も、まだ〳〵前途程遠い訳である。己《おの》が業が児戯に類するかどうか、兎《と》にも角《かく》にも早く其《そ》の人に会つて腕を比べたいとあせりつつ、彼は只管《ひたすら》に道を急ぐ。足裏を破り脛《はぎ》を傷つけ、危巌《きがん》を攀《よ》ぢ桟道《さんどう》を渡つて、一月の後に彼は漸《やうや》く目指す山巓《さんてん》に辿《たど》りつく。

気負ひ立つ紀昌を迎へたのは、羊のやうな柔和な目をした、しかし酷《ひど》くよぼ〳〵の爺《じい》さんである。年齢は百歳をも超えてゐよう。腰の曲つてゐるせゐもあつて、白髯《はくぜん》は歩く時も地に曳《ひ》きずつてゐる。

相手が聾《つんぼ》かも知れぬと、大声に遽《あわた》だしく紀昌は来意を告げる。己《おの》が技の程を見て貰《もら》ひ度《た》い旨を述べると、あせり立つた彼は相手の返辞をも待たず、いきなり背に負うた楊幹麻筋《ようかんまきん》の弓を外《はず》して手に執《と》つた。さうして、石《せつ》碣《けつ》の矢をつがへると、折から空の高くを飛び過ぎて行く渡り鳥の群に向つて狙《ねら》ひを定める。弦に応じて、一箭《いつせん》忽《たちま》ち五羽の大鳥が鮮やかに碧空《へきくう》を切つて落ちて来た。

一通り出来るやうぢやな、と老人が穏かな微笑を含んで言ふ。だが、それは所詮《しよせん》射之《しやの》射《しや》といふもの、好漢未《いま》だ不《ふ》射之《しやの》射《しや》を知らぬと見える。

ムツとした紀昌を導いて、老隠者は、其処《そこ》から二百歩ばかり離れた絶壁の上迄連れて来る。脚下は文字通りの屏風《びようぶ》の如き壁立千仞《せんじん》、遥か真下に糸のやうな細さに見える渓流《けいりゆう》を一寸覗《ちよつとのぞ》いただけで忽《たちま》ち眩暈《めまい》を感ずる程の高さである。その断崖《だんがい》から半ば宙に乗出した危石の上につか〳〵と老人は駈上り、振返つて紀昌に言ふ。どうぢや。此《こ》の石の上で先刻の業を今一度見せて呉《く》れぬか。今更引込もならぬ。老人と入代《いれかわ》りに紀昌が其《そ》の石を履《ふ》んだ時、石は微《かす》かにグラリと揺らいだ。強《し》ひて気を励まして矢をつがへようとすると、丁度崖《がけ》の端から小石が一つ転がり落ちた。その行方を目で追うた時、覚えず紀昌は石上に伏した。脚はワナ〳〵と顫《ふる》へ、汗は流れて踵《くびす》に迄至つた。老人が笑ひながら手を差し伸べて彼を石から下し、自ら代つて之《これ》に乗ると、では射《しや》といふものを御目《おめ》にかけようかな、と言つた。まだ動悸《どうき》がをさまらず蒼《あお》ざめた顔をしてはゐたが、紀昌は直ぐに気が付いて言つた。しかし、弓はどうなさる？　弓は？　老人は素手《すで》だつたのである。弓？　と老人は笑ふ。弓矢の要る中《うち》はまだ射之射ぢや。不射之射には、烏漆《うしつ》の弓も粛慎《しゆくしん》の矢もいらぬ。

丁度彼等の真上、空の極めて高い所を一羽の鳶《とび》が悠々と輪を画《えが》いてゐた。その胡麻《ごま》粒ほどに小さく見える姿を暫《しばら》く見上げてゐた甘蠅《かんよう》が、やがて、見えざる矢を無形の弓につがへ、満月の如くに引絞つてひやうと放てば、見よ、鳶は羽ばたきもせず中空から石の如くに落ちて来るではないか。

紀昌は慄然《りつぜん》とした。今にして始めて芸道の深淵を覗《のぞ》き得た心地であつた。

九年の間、紀昌は此《こ》の老名人の許《もと》に留《とど》まつた。その間如何《いか》なる修業を積んだものやらそれは誰にも判らぬ。

九年たつて山を降りて来た時、人々は紀昌の顔付の変つたのに驚いた。以前の負けず嫌ひな精悍《せいかん》な面魂《つらだましい》は何処《どこ》かに影をひそめ、何の表情も無い、木偶《でく》の如く愚者の如き容貌《ようぼう》に変つてゐる。久しぶりに旧師の飛衛を訪ねた時、しかし、飛衛はこの顔付を一見すると感嘆して叫んだ。之《これ》でこそ初めて天下の名人だ。我儕《われら》の如き、足下《あしもと》にも及ぶものでないと。

邯鄲《かんたん》の都は、天下一の名人となつて戻つて来た紀昌を迎へて、やがて眼前に示されるに違ひない其《そ》の妙技への期待に湧返《わきかえ》つた。

所が紀昌は一向《いつこう》に其《そ》の要望に応《こた》へようとしない。いや、弓さへ絶えて手に取らうとしない。山に入る時に携へて行つた楊幹麻筋《ようかんまきん》の弓も何処かへ棄《す》てて来た様子である。其《そ》のわけを訊《たず》ねた一人に答へて、紀昌は懶《ものう》げに言つた。至為《しい》は為《な》す無く、至言は言を去り、至射《ししや》は射ることなしと。成程《なるほど》と、至極《しごく》物分りのいい邯鄲の都人士は直ぐに合点《がてん》した。弓を執《と》らざる弓の名人は彼等の誇《ほこり》となつた。紀昌が弓に触れなければ触れない程、彼の無敵の評判は愈〻《いよいよ》喧伝《けんでん》された。

様々な噂《うわさ》が人々の口から口へと伝はる。毎夜三更《こう》を過ぎる頃、紀昌の家の屋上で何者の立てるとも知れぬ弓《ゆみ》弦《づる》の音がする。名人の内に宿る射道の神が主人公の睡《ねむ》つてゐる間に体内を脱け出し、妖魔を払ふべく徹宵《てつしよう》守護に当つてゐるのだといふ。彼の家の近くに住む一商人は或夜《あるよ》紀昌の家の上空で、雲に乗つた紀昌が珍しくも弓を手にして、古《いにしえ》の名人・羿《げい》と養由基《ようゆうき》の二人を相手に腕比べをしてゐるのを確かに見たと言ひ出した。その時三名人の放つた矢はそれ〴〵夜空に青白い光芒《こうぼう》を曳《ひ》きつつ参宿《しんしゆく》と天狼星《てんろうせい》との間に消去つたと。紀昌の家に忍び入らうとした所、塀《へい》に足を掛けた途端に一道の殺気が森閑《しんかん》とした家の中から奔《はし》り出てまともに額《ひたい》を打つたので、覚えず外に顚落《てんらく》したと白状した盗賊もある。爾来《じらい》、邪心を抱く者共は彼の住居の十町四方は避けて廻り道をし、賢い渡り鳥共は彼の家の上空を通らなくなつた。

　雲と立罩《たちこ》める名声の只中《ただなか》に、名人紀昌は次第に老いて行く。既に早く射《しや》を離れた彼の心は、益〻《ますます》枯淡虚静の域にはひつて行つたやうである。木偶《でく》の如き顔は更に表情を失ひ、語ることも稀《まれ》となり、つひには呼吸の有無さへ疑はれるに至つた。「既に、我と彼との別、是と非との分を知らぬ。眼は耳の如く、耳は鼻の如く、鼻は口の如く思はれる。」といふのが、老名人晩年の述懐である。

　甘蠅《かんよう》師の許《もと》を辞してから四十年の後、紀昌は静かに、誠に煙の如く静かに世を去つた。その四十年の間、彼は絶えて射を口にすることが無かつた。口にさへしなかつた位だから、弓矢を執《と》つての活動などあらう筈《はず》が無い。勿論、寓話作者としてはここで老名人に掉尾《とうび》の大活躍をさせて、名人の真に名人たる所以《ゆえん》を明らかにしたいのは山々ながら、一方、又、何としても古書に記された事実を曲げる訳には行かぬ。実際、老後の彼に就いては唯《ただ》無為にして化したとばかりで、次の様な妙な話の外《ほか》には何一つ伝はつてゐないのだから。

　その話といふのは、彼の死ぬ一二年前のことらしい。或日《あるひ》老いたる紀昌が知人の許《もと》に招かれて行つた所、その家で一つの器具を見た。確かに見憶《みおぼ》えのある道具だが、どうしても其《そ》の名前が思出《おもいだ》せぬし、其《そ》の用途も思ひ当らない。老人は其《そ》の家の主人に尋ねた。それは何と呼ぶ品物で、又何に用ひるのかと。主人は、客が冗談を言つてゐるとのみ思つて、ニヤリととぼけた笑ひ方をした。老紀昌は真剣になつて再び尋ねる。それでも相手は曖昧《あいまい》な笑《えみ》を浮べて、客の心をはかりかねた様子である。三度紀昌が真面目《まじめ》な顔をして同じ問を繰返した時、始めて主人の顔に驚愕《きようがく》の色が現れた。彼は客の眼を凝乎《じつ》と見詰《みつ》める。相手が冗談を言つてゐるのでもなく、気が狂つてゐるのでもなく、又自分が聞き違へをしてゐるのでもないことを確かめると、彼は殆《ほとん》ど恐怖に近い狼《ろう》狽《ばい》を示して、吃《ども》りながら叫んだ。

「ああ、夫子《ふうし》が、――古今無双の射の名人たる夫子が、弓を忘れ果てられたとや？　ああ、弓といふ名も、その使ひ途《みち》も！」

其《そ》の後当分の間、邯鄲《かんたん》の都では、画家は絵筆を隠し、楽人は瑟《しつ》の絃《げん》を断ち、工匠は規矩《きく》を手にするのを恥ぢたといふことである。

悟浄出世

寒蟬敗柳《かんせんはいりゅう》に鳴き大火西に向ひて流るゝ秋のはじめになりければ心細くも三蔵は二人の弟子にいざなはれ嶮難《けんなん》を凌《しの》ぎ道を急ぎ給《たも》ふに、忽《たちま》ち前面に一条の大河あり。大波湧返《わきかえ》りて河の広さそのいくばくといふ限りを知らず。岸に上りて望み見る時傍に一つの石碑あり。上に流沙河の三字を篆字《てんじ》にて彫付け、表に四行の小楷字《かいじ》あり。

八百流沙界《はちひやくりゆうさのかい》
三千弱水深《さんぜんじやくすいふかし》
鵞毛飄不起《がもうただよいうかばず》
蘆花定底沈《ろかよどみてそこにしずむ》

——西遊記——

一

其《そ》の頃流沙河《りゅうさが》の河底に栖《す》んでをつた妖怪《ばけもの》の総数凡《およ》そ一万三千、中で、渠《かれ》ばかり心弱きは無かつた。渠《かれ》に言はせると、自分は今迄に九人の僧侶を啖《く》つた罰で、其等《それら》九人の髑髏《しやれこうべ》が自分の頸《くび》の周囲《まわり》について離れないのださうだが、他の妖怪等《ばけものら》には誰にもそんな髑髏《しやれこうべ》は見えなかつた。「見えない。それは儞《おまえ》の気の迷《まよい》だ」と言ふと、渠《かれ》は信じ難《がた》げな眼で、一同を見返し、さて、それから、何故自分は斯《こ》うみんなと違ふんだらうといつた風な悲しげな表情に沈むのである。他の妖怪等は互ひに言合《いいお》うた。「渠《あいつ》は、僧侶どころか、ろくに人間さへ咋《く》つたことは無いだらう。誰もそれを見た者が無いのだから。鮒《ふな》やざこを取つて喰つてゐるのなら見たこともあるが」と。又彼等は渠《かれ》に綽名《あだな》して、独言悟浄《ごじよう》と呼んだ。渠《かれ》が常に、自己に不安を感じ、身を切刻む後悔に苛《さいな》まれ、心の中で反芻《はんすう》される其《そ》の哀《かな》しい自己苛責《かしやく》が、つい独り言となつて洩《も》れるが故《ゆえ》である。遠方から見ると小さな泡が渠《かれ》の口から出てゐるに過ぎないやうな時でも、実は彼が微《かす》かな声で呟《つぶや》いてゐるのである。「俺は莫迦《ばか》だ」とか、「どうして俺は斯《こ》うなんだらう」とか、「もう駄目だ。俺は」とか、時として「俺は堕天使《だてんし》だ」とか。

当時は、妖怪に限らず、あらゆる生《いき》ものは凡《すべ》て何かの生れかはりと信じられてをつた。悟浄が曾《かつ》て天上界で霊霄殿《れいしようでん》の捲簾《けんれん》大将を勤めてをつたとは、此《こ》の河底で誰言はぬ者も無い。それ故頗《すこぶ》る懐疑的な悟浄自身も、竟《つい》にはそれを信じてをるふりをせねばならなんだ。が、実をいへば、凡《すべ》ての妖怪《ばけもの》の中で渠《かれ》一人はひそかに、生れかはりの説に疑《うたがい》をもつてをつた。天上界で五百年前に捲簾大将をしてをつた者が今の俺になつたのだとして、さて、其《そ》の昔の捲簾大将と今の此《こ》の俺とが同じものだといつてい〻のだらうか？　第一、俺は昔の天上界のことを何一つ記憶してはをらぬ。其《そ》の記憶以前の捲簾大将と俺と、何処《どこ》が同じなのだ。身体が同じなのだらうか？　それとも魂が、だらうか？　ところで、一体、魂とは何だ？　斯《こ》うした疑問を渠《かれ》が洩《も》らすと、妖怪《ばけもの》共は「又、始まつた」といつて嗤《わら》ふのである。あるものは嘲弄《ちようろう》するやうに、あるものは憐愍《れんびん》の面持《おももち》を以て「病気なんだよ。悪い病気の所為《せい》なんだよ」と言うた。

事実、渠《かれ》は病気だつた。

何時《いつ》の頃から、又、何が因《もと》でこんな病気になつたか、悟浄はそのどちらをも知らぬ。ただ、気が付いたら其《そ》の時はもう、此《こ》のやうな厭《いと》はしいものが、周囲に重々しく立罩《たちこ》めてをつた。渠《かれ》は何をするのもいやに成り、見るもの聞くものが凡て渠《かれ》の気を沈ませ、何事につけても自分が厭はしく、自分に信用がおけぬやうに成つて了《しも》うた。何日も何日も洞穴に籠《こも》つて、食も摂《と》らず、ギヨロリと眼ばかり光らせて、渠《かれ》は物思ひに沈んだ。不意に立上つて其《そ》の辺を歩き廻り、何かブツ〳〵独り言をいひ又突然坐《すわ》る。その動作の一つ〳〵を自分では意識してをらぬのである。どんな点がはつきりすれば、自分の不安が去るのか。それさへ渠《かれ》には解らなんだ。たゞ、今迄当然として受取つて来た凡《すべ》てが、不可解な疑はしいものに見えて来た。今迄纏《まと》まつた一つの事と思はれたものが、バラ〳〵に分解された姿で受取られ、その一つの部分々々に就いて考へてゐる中《うち》に、全体の意味が解らなくなつて来るといつた風だつた。

医者でもあり・占星師でもあり・祈禱《きとう》者でもある・一人の老いたる魚怪が、或時《あるとき》悟浄を見て斯《こ》う言うた。

「やれ、いたはしや。因果な病にかゝつたものぢや。此《こ》の病にかゝつたが最後、百人の中《うち》九十九人迄は惨《みじ》めな一生を送らねばなりませぬぞ。元来、我々の中には無かつた病気ぢやが、我々が人間を咋《く》ふやうになつてから、我々の間にも極く稀《まれ》に、之《これ》に侵される者が出て来たのぢや。この病に侵された者はな、凡ての物事を素直に受取ることが出来ぬ。何を見ても、何に出会うても『何故?』と直ぐに考へる。究極の・正真正銘の・神様だけが御存じの『何故?』を考へようとするのぢや。そんな事を考へては生物《いきもの》は生きて行けぬものぢや。そんな事は考へぬといふのが、此《こ》の世の生物の間の約束ではないか。殊《こと》に始末に困るのは、此《こ》の病人が『自分』といふものに疑《うたがい》をもつことぢや。何故俺は俺を俺と思ふのか? 他《ほか》の者を俺と思うても差支《さしつか》へなからうに。俺とは一体何だ? 斯《こ》う考へ始めるのが、この病の一番悪い徴候ぢや。どうぢや。当りましたらうがの。お気の毒ぢやが、此《こ》の病には、薬もなければ、医者もない。自分で治すよりほかは無いのぢや。余程の機縁に恵まれぬ限り、先《ま》づ、あんたの顔色のはれる時はありますまいて。」

二

文字の発明は疾《と》くに人間世界から伝はつて、彼等の世界にも知られてをつたが、総じて彼等の間には文字を軽蔑《けいべつ》する習慣があつた。生きてをる智慧《ちえ》が、そんな文字などといふ死物で書留められる訳がない。(絵にならまだしも画《えが》けようが。)それは、煙を其《そ》の形の儘《まま》に手で執《と》らへようとするにも似た愚かさであると、一般に信じられてをつた。従つて、文字を解することは、却《かえ》つて生命力衰退の徴候《しるし》として斥《しりぞ》けられた。悟浄が日頃憂鬱《ゆううつ》なのも、畢竟《ひっきょう》、渠《かれ》が文字を解するために違ひないと、妖怪《ばけもの》共の間では思はれてをつた。

文字は尚《とうと》ばれなかつたが、しかし、思想が軽んじられてをつた訳ではない。一万三千の怪物の中には哲学者も少くはなかつた。たゞ、彼等の語彙《ごい》は甚《はなは》だ貧弱だつたので、最もむづかしい大問題が、最も無邪気な言葉で以て考へられてをつた。彼等は流沙河《りゆうさが》の河底にそれ〴〵考へる店を張り、ために、此《こ》の河底には一脈の哲学的憂鬱が漂うてゐた程である。或る賢明な老魚は、美しい庭を買ひ、明るい窓の下で、永遠の悔《くい》なき幸福に就いて冥想《めいそう》してをつた。或る高貴な魚族は、美しい縞《しま》のある鮮緑の藻《も》の蔭で、竪琴《たてごと》をかき鳴らしながら、宇宙の音楽的調和を讃《たた》へてをつた。醜く・鈍く・馬鹿《ばか》正直な・それでゐて、自分の愚かな苦悩を隠さうともしない悟浄は、斯《こ》うした知的な妖怪《ばけもの》どもの間で、いゝ嬲《なぶ》りものになつた。一人の聡明《そうめい》さうな怪物が、悟浄に向ひ、真面《まじ》目《め》くさつて言うた。「真理とは何ぞや?」そして渠《かれ》の返辞をも待たず、嘲笑《ちようしよう》を口辺に浮かべて大胯《おおまた》に歩み去つた。又、一人の妖怪《ばけもの》――これは鮐魚《ふぐ》の精だつたが――は、悟浄の病を聞いて、わざ〳〵訪ねて来た。悟浄の病因が「死への恐怖」にあると察して、之《これ》を哂《わら》はうがためにやつて来たのである。「生ある間は死なし。死到れば、既に我なし。又、何をか懼《おそ》れん。」といふのが此《こ》の男の論法であつた。悟浄は此《こ》の議論の正しさを素直に認めた。といふのは、渠《かれ》自身決して死を怖れてゐたのではなかつたし、渠《かれ》の病因も其処《そこ》には無かつたのだから。哂はうとしてやつて来た鮐魚《ふぐ》の精は失望して帰つて行つた。

妖怪《ばけもの》の世界にあつては、身体《からだ》と心とが、人間の世界に於ける程はつきりと分れてはゐなかつたので、心の病は直ちに烈《はげ》しい肉体の苦しみとなつて悟浄を責めた。堪へ難くなつた渠《かれ》は、つひに意を決した。「この上は、如何《いか》に骨が折れようと、又、如何に行く先々で愚弄《ぐろう》され哂はれようと、とにかく一応、この河の底に栖《す》むあらゆる賢人、あらゆる医者、あらゆる占星師に親しく会つて、自分に納得の行く迄、教《おしえ》を乞《こ》はう」と。
渠《かれ》は粗末な直綴《じきとつ》を纏《まと》うて、出発した。

何故、妖怪《ばけもの》は妖怪であつて、人間でないか? 彼等は、自己の属性の一つだけを、極度に、他との均衡《つりあい》を絶して、醜い迄に、非人間的な迄に、発達させた不具者だからである。或るものは極度に貪食《どんしよく》で、従つて口と腹が無闇《むやみ》に大きく、或るものは極度に淫蕩《いんとう》で、従つてそれに使用される器官が著しく発達し、或るものは極度に純潔で、従つて頭部を除く凡《すべ》ての部分がすつかり退化しきつてゐた。彼等はいづれも自己の性向、世界観に絶対に固執してゐて、他との討論の結果、より高い結論に達するなどといふ事を知らなかつた。他人の考《かんがえ》の筋道を辿《たど》るには余りに自己の特徴が著しく伸長し過ぎてゐたからである。それ故《ゆえ》、流沙河《りゅうさが》の水底では、何百かの世界観や形而上学《けいじじょうがく》が、決して他と融和することなく、或るものは穏かな絶望の歓喜を以て、或るものは底抜けの明るさを以て、或るものは願望《ねがい》はあれど希望《のぞみ》なき溜息《ためいき》を以て、揺動《ゆれうご》く無数の藻草《もぐさ》のやうにゆら〳〵とたゆたうてをつた。

三

最初に悟浄が訪ねたのは、黒卵道人《こくらんどうじん》とて、其《そ》の頃最も高名な幻術の大家であつた。余り深くない水底に累々《るいるい》と岩石を積重ねて洞窟《どうくつ》を作り、入口には斜月三星洞の額が掛かつてをつた。庵主《あんじゅ》は、魚面人身、よく幻術を行《おこな》うて、存亡自在、冬、雷を起し、夏、氷を造り、飛者《とり》を走らしめ、走者《けもの》を飛ばしめるといふ噂《うわさ》である。悟浄は此《こ》の道人に三月仕へた。幻術などどうでもいゝのだが、幻術を能《よ》くする位なら真人であらうし、真人なら宇宙の大道を会得《えとく》してゐて、渠《かれ》の病を癒《いや》すべき智慧《ちえ》をも知つてゐようと思はれたからだ、併《しか》し、悟浄は失望せぬ訳に行かなかつた。洞《ほら》の奥で巨鼇《きょごう》の背に坐《すわ》つた黒卵道人も、それを取囲む数十の弟子達も、口にすることといへば、凡《すべ》て神変不可思議の法術のことばかり。又、その術を用ひて敵を欺《あざむ》かうの、何処其処《どこそこ》の宝を手に入れようのといふ実用的な話ばかり。悟浄の求めるやうな無用の思索の相手をして呉《く》れるものは誰一人としてをらなんだ。結局、莫迦《ばか》にされ哂《わら》ひものになつた揚句《あげく》、悟浄は三星洞を追出された。

次に悟浄が行つたのは、沙虹隠士《さこういんし》の所だつた。之《これ》は、年を経た蝦《えび》の精で、既に腰が弓のやうに曲り、半ば河底の砂に埋もれて生きてをつた。悟浄は又、三月の間、此《こ》の老隠士に侍して、身の廻りの世話を焼きながら、その深奥な哲学に触れることが出来た。老いたる蝦の精は曲つた腰を悟浄にさすらせ、深刻な顔付で次のやうに言うた。

「世はなべて空《むな》しい。この世に何か一つでも善きことがあるか。もし有りとせば、それは、此《こ》の世の終《おわり》がいづれは来るであらうことだけぢや。別にむづかしい理窟《りくつ》を考へる迄もない。我々の身の廻りを見るがよい。絶えざる変転、不安、懊悩《おうのう》、恐怖、幻滅、闘争、倦怠《けんたい》。方《まさ》に昏々昧々《こんこんまいまい》紛々若々として帰する所を知らぬ。我々は現在といふ瞬間の上にだけ立つて生きてゐる。しかも其《そ》の脚下の現在は、直ちに消えて過去となる。次の瞬間も又次の瞬間も其《そ》の通り。丁度崩れ易《やす》い砂の斜面に立つ旅人の足許《あしもと》が一足毎《ごと》に崩れ去るやうだ。我々は何処《どこ》に安んじたら良いのだ。停《とま》らうとすれば倒れぬ訳に行かぬ故《ゆえ》、やむを得ず走り下り続けてゐるのが我々の生ぢや。幸福だと？　そんなものは空想の概念だけで、決して、或る現実的な状態をいふものではない。果敢《はか》ない希望が、名前を得ただけのものぢや。」

　悟浄の不安げな面持《おももち》を見て、之《これ》を慰めるやうに隠士は付加へた。

「だが、若い者よ。さう懼《おれ》れることはない。浪《なみ》にさらはれる者は溺《おぼ》れるが、浪に乗る者は之を越えることが出来る。此《こ》の有為転変《ういてんぺん》をのり超えて不壊《ふえ》不動の境地に到ることも出来ぬではない。古《いにしえ》の真人は、能《よ》く是非《ぜひ》を超え善悪を超え、我を忘れ物を忘れ、不死不生の域に達してをつたのぢや。が、昔から言はれてをるやうに、さういふ境地が楽しいものだと思うたら、大間違ひ。苦しみも無い代りには、普通の生《いき》ものの有《も》つ楽しみも無い。無味、無色。誠に味気ないこと蠟《ろう》の如く砂の如しぢや。」

　悟浄は控へ目に口を挟んだ。自分の聞き度《た》いと望むのは、個人の幸福とか、不動心の確立とかいふ事ではなくて、自己、及び世界の究極の意味に就いてである、と。隠士は目脂《めやに》の溜《たま》つた眼をしよぼつかせながら答へた。

「自己だと？　世界だと？　自己を外《ほか》にして客観世界など、在《あ》ると思ふのか。世界とはな、自己が時間と空間との間に投射した幻ぢや。自己が死ねば世界は消滅しますわい。自己が死んでも世界が残るなどとは、俗も俗、甚《はなは》だしい謬見《びゅうけん》ぢや。世界が消えても、正体の判らぬ・此《こ》の不思議な自己といふ奴《やつ》こそ、依然として続くぢやらうよ。」

悟浄が仕へてから丁度九十日目の朝、数日間続いた猛烈な腹痛と下痢《げり》の後に、此《こ》の老隠者は、つひに斃《たお》れた。斯《か》かる醜い下痢と苦しい腹痛とを自分に与へるやうな客観世界を、自分の死によつて抹殺《まっさつ》出来ることを喜びながら……。

悟浄は懇《ねんご》ろに後をとぶらひ、涙と共に、又、新しい旅に上《のぼ》つた。

噂《うわさ》によれば、坐忘《ざぼう》先生は常に坐禅を組んだまゝ眠り続け、五十日に一度目を覚まされるだけだといふ。そして、睡眠中の夢の世界を現実と信じ、たまに目覚めてゐる時は、それを夢と思つてをられるさうな。悟浄が此《こ》の先生をはる〴〵尋ねて来た時、やはり先生は睡《ねむ》つてをられた。何しろ流沙河《りゅうさが》で最も深い谷底で、上からの光も殆《ほとん》ど射《さ》して来ない有様故《ゆえ》、悟浄も眼の慣れる迄は見定めにくかつたが、やがて、薄暗い底の台の上に結跏趺《けっかふ》坐《ざ》したまま睡つてゐる僧形《そうぎょう》がぼんやり目前に浮かび上つて来た。外からの音も聞えず、魚類も稀《まれ》にしか来ない所で、悟浄も仕方なしに、坐忘先生の前に坐《すわ》つて眼を瞑《つぶ》つて見たら、何かヂーンと耳が遠くなりさうな感じだつた。

悟浄が来てから四日目に先生は眼を開いた。すぐ目の前で悟浄があわてゝ立上り、礼拝《らいはい》をするのを、見るでもなく見ぬでもなく、たゞ二三度瞬《まばた》きをした。暫《しばら》く無言の対坐を続けた後悟浄は恐る〳〵口をきいた。「先生。早速でぶしつけでございますが、一つお伺ひ致します。一体『我』とは何でございませうか?」「咄《とつ》! 秦時《しんじ》の轅轢鑽《たくらくさん》!」といふ烈《はげ》しい声と共に、悟浄の頭は忽《たちま》ち一棒を喰《くら》つた。渠《かれ》はよろめいたが、又座に直り、暫くして、今度は十分に警戒しながら、先刻の問を繰返した。今度は棒が下りて来なかつた。厚い脣《くちびる》を開き、顔も身体も何処《どこ》も絶対に動かさずに、坐忘先生が、夢の中でのやうな言葉で答へた。「長く食を得ぬ時に空腹を覚えるものが儞《おまえ》ぢや。冬になつて寒さを感ずるものが儞ぢや。」さて、それで厚い脣を閉ぢ、暫く悟浄の方を見てゐたが、やがて眼を閉ぢた。さうして、五十日間それを開かなかつた。悟浄は辛抱強く待つた。五十日目に再び眼を覚ました坐忘先生は前に坐つてゐる悟浄を見て言つた。「まだ居たのか?」悟浄は謹《つつ》しんで五十日待つた旨を答へた。「五十日?」と先生は、例の夢を見るやうなトロリとした眼を悟浄に注いだが、ぢつと其《そ》の儘《まま》ひと時ほど黙つてゐた。やがて重い脣《くちびる》が開かれた。

「時の長さを計る尺度が、それを感じる者の実際の感じ以外に無いことを知らぬ者は愚かぢや。人間の世界には、時の長さを計る器械が出来たさうぢやが、のち〳〵大きな誤解の種を蒔《ま》くことぢやらう。大椿《だいちん》の寿も、朝《ちよう》菌《きん》の夭《よう》も、長さに変りはないのぢや。時とはな、我々の頭の中の一つの装置《しかけ》ぢやわい。」

さう言終《いいおわ》ると、先生は又眼を閉ぢた。五十日後でなければ、それが再び開かれることがないであらうことを知つてゐた悟浄は、睡《ねむ》れる先生に向つて恭《うやうや》〻しく頭を下げてから、立去つた。


「恐れよ。をののけ。而《しか》して、神を信ぜよ。」

と、流沙河《りゆうさが》の最も繁華な四辻《よつつじ》に立つて、一人の若者が叫んでゐた。

「我々の短い生涯が、その前と後とに続く無限の大永劫《えいごう》の中に没入してゐることを思へ。我々の住む狭い空間が、我々の知らぬ・又我々を知らぬ・無限の大広袤《こうぼう》の中に投込まれてゐることを思へ。誰か、自らの姿の微小さに、をののかずにゐられるか。我々はみんな鉄鎖に繋《つな》がれた死刑囚だ。毎瞬間毎《ごと》に其《そ》の中の幾人かづつが我々の面前で殺されて行く。我々は何の希望もなく、順番を待つてゐるだけだ。時は迫つてゐるぞ。その短い間を、自己欺瞞《ぎまん》と酩酊《めいてい》とに過さうとするのか？　呪《のろ》はれた卑怯者奴《ひきようものめ》！　其《そ》の間を汝の惨《みじ》めな理性を恃《たの》んで自惚《うぬぼ》れ返つてゐるつもりか？　傲慢《ごうまん》な身の程知らず奴！　噴嚔《くしやみ》一つ、汝の貧しい理性と意志とを以てしては、左右出来ぬではないか。」

白皙《はくせき》の青年は頰《ほお》を紅潮させ、声を嗄《か》らして叱咤《しつた》した。其の女性的な高貴な風姿の何処《どこ》に、あのやうな激しさが潜んでゐるのか。悟浄は驚きながら、其《そ》の燃えるやうな美しい瞳《ひとみ》に見入つた。渠《かれ》は青年の言葉から火の様な聖《きよ》い矢が自分の魂に向つて放たれるのを感じた。

「我々の為《な》し得《う》るのは、只《ただ》神を愛し己《おのれ》を憎むことだけだ。部分は、自らを、独立した本体だと自惚れてはならぬ。飽く迄、全体の意志を以て己の意志とし、全体の為にのみ、自己を生きよ。神に合するものは一つの霊となるのだ。」

確かに之《これ》は聖《きよ》く優れた魂の声だ、と悟浄は思ひ、しかし、それにも拘《かか》はらず、自分の今饑《う》ゑてゐるものが、この様な神の声でないことをも、又、感ぜずにはゐられなかつた。訓言《おしえ》は薬のやうなもので、痎瘧《おこり》を病む者の前に瘇腫《はれもの》の薬をすゝめられても仕方がない、と、そのやうな事も思うた。

その四辻から程遠からぬ路傍《ろぼう》で、悟浄は醜い乞食《こじき》を見た。恐ろしい佝僂《せむし》で、高く盛上つた背骨に吊《つ》られて五臓は凡《すべ》て上に昇つて了《しま》ひ、頭の頂《いただき》は肩よりずつと低く落込んで、頤《おとがい》は臍《へそ》を隠すばかり。おまけに肩から背中にかけて一面に赤く爛《ただ》れた腫物が崩れてゐる有様に、悟浄は思はず足を停めて溜息《ためいき》を洩《も》らした。すると、蹲《うずくま》つてゐる其《そ》の乞食《こじき》は、頸《くび》が自由にならぬまゝに、赤く濁つた眼玉をじろりと上向け、一本しかない長い前歯を見せてニヤリとした。それから、上に吊上《つりあが》つた腕をブラ〳〵させ、悟浄の足許《あしもと》迄よろめいて来ると、渠《かれ》を見上げて言つた。

「僭越《せんえつ》ぢやな。わしを憐《あわ》れみなさるとは。若い方よ。わしを可哀想《かわいそう》な奴《やつ》と思ふのかな。どうやら、お前さんの方が余程可哀想に思へてならぬが。この様な形にしたからとて、造物主をわしが怨《うら》んどるとでも思つてゐなさるのぢやらう。どうして〳〵。逆に造物主を讃《ほ》めとる位ですわい、この様な珍しい形にして呉《く》れたと思うてな。これからも、どんな面白い恰好《かっこう》になるやら、思へば楽しみのやうでもある。わしの左臂《ひじ》が雞《とり》になつたら、時を告げさせようし、右臂が弾弓《はじきゆみ》になつたら、それで鴞《ふくろう》でもとつて炙《あぶ》り肉をこしらへようし、わしの尻《しり》が車輪になり、魂が馬にでもなれば、こりや此《こ》の上なしの乗物で、重宝《ちょうほう》ぢやらう。どうぢや。驚いたかな。わしの名はな、子輿《しよ》というてな、子祀《しし》、子犂《しれい》、子来《しらい》といふ三人の莫逆《ばくぎゃく》の友がありますぢや。みんな女偊《じょう》氏の弟子での、ものの形を超えて不生不死の境に入つたれば、水にも濡《ぬ》れず火にも焼けず、寝て夢見ず、覚めて憂《うれ》無きものぢや。此《こ》の間も、四人で笑うて話したことがある。わし等《ら》は、無を以て首《かしら》とし、生を以て背とし、死を以て尻としとる訳ぢやとな。アハヽヽ……」

気味の悪い笑ひ声にギヨツとしながらも、悟浄は、此《こ》の乞食こそ或ひは真人といふものかもしれんと思うた。この言葉が本物《ほんもの》だとすれば大したものだ。併《しか》し、此《こ》の男の言葉や態度の中に何処《どこ》か誇示的なものが感じられ、それが苦痛を忍んで無理に壮語してゐるのではないかと疑はせたし、それに、此《こ》の男の醜さと膿《うみ》の臭さとが悟浄に生理的な反撥《はんぱつ》を与へた。渠《かれ》は大分心を惹《ひ》かれながらも、こゝで乞食に仕へることだけは思ひ止まつた。たゞ先刻の話の中にあつた女偊《じょう》氏とやらに就いて教《おしえ》を乞《こ》ひ度《た》く思うたので、其《そ》の事を洩《も》らした。
「あゝ、師父か。師父はな、之《これ》より北の方、二千八百里、この流沙河《りゅうさが》が赤水・墨水と落合ふあたりに、庵《いおり》を結んでをられる。お前さんの道心さへ堅固なら、随分と、教訓《おしえ》も垂れて下されよう。折角修業なさるがよい。わしからも宜《よろ》しくと申上げて下されい。」と、みじめな佝僂《せむし》は、尖《とが》つた肩を精一杯いからせて横柄《おうへい》に云うた。

四

流沙河と墨水と赤水との落合ふ所を目指して、悟浄は北へ旅をした。夜は葦間《あしま》に仮寝の夢を結び、朝になれば、又、果《はて》知らぬ水底の砂原を北へ向つて歩み続けた。楽しげに銀鱗《ぎんりん》を飜《ひるが》へす魚族共《いろくずども》を見ては、何故《なにゆえ》に我一人斯《か》くは心怡《たの》しまぬぞと思ひ侘《わ》びつゝ、渠《かれ》は毎日歩いた。途中でも、目ぼしい道人修験者《しゅげんじゃ》の類は、剰《あま》さず其《そ》の門を叩《たた》くことにしてゐた。

貪食《どんしょく》と強力とを以て聞える虯髯鮎子《きゅうぜんねんし》を訪ねた時、色飽く迄黒く、逞《たくま》しげな、此《こ》の鯰《なまず》の妖怪《ばけもの》は、長髯《ちょうぜん》をしごきながら「遠き慮《おもんぱかり》のみすれば、必ず近き憂《うれい》あり。達人は大観せぬものぢや。」と教へた。「例へば此《こ》の魚ぢや。」と、鮎子《ねんし》は眼前を泳ぎ過ぎる一尾の鯉《こい》を摑《つか》み取つたかと思ふと、それをムシャ〳〵かぢりながら、説くのである。「この魚だが、この魚が、何故、わしの眼の前を通り、而《しか》して、わしの餌《え》とならねばならぬ因縁をもつてゐるか、をつく〴〵と考へて見ることは、如何《いか》にも哲仙にふさはしき振舞《ふるまい》ぢやが、鯉を捕へる前に、そんな事をくど〳〵と考へてをつた日には、獲物は逃げて行くばつかりぢや。先《ま》づ素早く鯉を捕へ、之《これ》にむしやぶりついてから、それを考へても遅うはない。鯉は何故《なにゆえ》に鯉なりや、鯉と鮒《ふな》との相異に就いての形而上学的《けいじじょうがく》考察、等々の、莫迦々々《ばかばか》しく高尚な問題にひつかゝつて、何時《いつ》も鯉を捕へそこなふ男ぢやらう、お前は。お前の物憂《ものう》げな眼の光が、それをはつきり告げとるぞ。どうぢや。」確かにそれに違ひないと、悟浄は頭を垂れた。妖怪は其《そ》の時既に鯉を平げて了《しま》ひ、なほ貪婪《どんらん》さうな眼付《めつき》を悟浄のうなだれた頸筋《くびすじ》に注いでをつたが、急に、其の眼が光り、咽喉《のど》がゴクリと鳴つた。ふと首を上げた悟浄は、咄嗟《とつさ》に、危険なものを感じて身を引いた。妖怪の刃のやうな鋭い爪《つめ》が、恐ろしい速さで悟浄の咽喉をかすめた。最初の一撃にしくじつた妖怪の怒《いかり》に燃えた貪食的な顔が大きく迫つて来た。悟浄は強く水を蹴《け》つて、泥煙を立てると共に、愴惶《そうこう》と洞穴を逃れ出た。苛《か》刻《こく》な現実精神をかの獰猛《どうもう》な妖怪から、身を以て学んだ訳だ、と、悟浄は顫《ふる》へながら考へた。

隣人愛の教説者として有名な無腸公子の講筵《こうえん》に列した時は、説教半ばにして此《こ》の聖僧が突然饑《うえ》に駆られて、自分の実の子（もつとも彼は蟹《かに》の妖精故《ゆえ》、一度に無数の子供を卵からかへすのだが）を二三人、むしや〳〵喰《た》べて了《しま》つたのを見て、仰天した。

慈悲忍辱《にんにく》を説く聖者が、今、衆人環視の中で自分の子を捕へて食つた。そして、食ひ終つてから、その事実をも忘れたるが如くに、再び慈悲の説を述べ始めた。忘れたのではなくて、先刻の飢《うえ》を充《み》たす為の行為は、てんで彼の意識に上つてゐなかつたに相違ない。こゝにこそ俺の学ぶべき所があるのかも知れないぞ、と、悟浄はへんな理窟《りくつ》をつけて考へた。俺の生活の何処《どこ》に、あゝした本能的な没我的な瞬間があるか。渠《かれ》は、貴《とうと》き訓《おしえ》を得たと思ひ、跪《ひざまず》いて拝んだ。いや、こんな風にして、一々概念的な解釈をつけて見なければ気の済まない所に、俺の弱点があるのだ、と、渠《かれ》は、もう一度思ひ直した。教訓を、罐詰《かんづめ》にしないで生《なま》の儘《まま》に身につけること、さうだ、さうだ、と悟浄は今一遍、拝《はい》をしてから、うや〳〵しく立去つた。

蒲衣子《ほいし》の庵室《あんしつ》は、変つた道場である。僅《わず》か四五人しか弟子はゐないが、彼等は何《いず》れも師の歩みに倣《なろ》うて、自然の秘鑰《ひやく》を探究する者共であつた。探究者といふより、陶酔者と言つた方がいゝかも知れない。彼等の勧めるのは、唯《ただ》、自然を観《み》て、しみ〴〵と其《そ》の美しい調和の中に透過することである。

「先《ま》づ感じることです。感覚を、最も美しく賢く洗錬《せんれん》することです。自然美の直接の感受から離れた思考などとは、灰色の夢ですよ。」と弟子の一人が言つた。

「心を深く潜ませて自然を御覧なさい。雲、空、風、雪、うす碧《あお》い氷、紅藻《べにも》の揺れ、夜水中でこまかくきらめく珪藻《けいそう》類の光、鸚鵡貝《おうむがい》の螺旋《らせん》、紫水晶の結晶、柘榴石《ざくろいし》の紅、蛍石《ほたるいし》の青。何と美しく其等《それら》が自然の秘密を語つてゐるやうに見えることでせう。」彼の言ふことは、まるで詩人の言葉のやうだつた。

「それだのに、自然の暗号文字を解くのも今一歩といふ所で、突然、幸福な予感は消去り、私共は、又しても、美しいけれども冷《つめ》たい自然の横顔を見なければならないのです。」と、又、別の弟子が続けた。「之《これ》も、まだ私共の感覚の鍛錬《たんれん》が足りないからであり、心が深く潜んでゐないからなのです。私共はまだ〳〵努めなければなりません。やがては、師のいはれる様に『観《み》ることが愛することであり、愛することが創《つく》造ることである』やうな瞬間をもつことが出来るでせうから。」

其《そ》の間も、師の蒲衣子《ほいし》は一言も口をきかず、鮮緑の孔雀石《くじやくいし》を一つ掌《てのひら》にのせて、深い歓《よろこ》びを湛《たた》へた穏やかな眼《まな》差《ざし》で、ぢつとそれを見《み》詰めてゐた。

悟浄は、此《こ》の庵室《あんしつ》に一月ばかり滞在した。その間、渠《かれ》も彼等と共に自然詩人となつて宇宙の調和を讃《たた》へ、その最奥の生命に同化することを願うた。自分にとつて場違ひであるとは感じながらも、彼等の静かな幸福に惹《ひ》かれたためである。

弟子の中に、一人、異常に美しい少年がゐた。肌は白魚《しらうお》のやうに透きとほり、黒瞳《こくとう》は夢見るやうに大きく見開かれ、額《ひたひ》にかゝる捲毛《まきげ》は鳩《はと》の胸毛のやうに柔かであつた。心に少しの憂《うれい》がある時は、月の前を横ぎる薄雲ほどの微《かす》かな陰翳《かげ》が美しい顔にかゝり、歓びのある時は静かに澄んだ瞳《ひとみ》の奥が夜の宝石のやうに輝いた。師も朋《ほう》輩《ばい》も此の少年を愛した。素直で、純粋で、此《こ》の少年の心は疑ふことを知らないのである。たゞ余りに美しく、余りにかぼそく、まるで何か貴《とうと》い気体ででも出来てゐるやうで、それがみんなに不安なものを感じさせてゐた。少年は、ひまさへあれば、白い石の上に淡飴色《うすあめいろ》の蜂蜜《はちみつ》を垂らして、それでひるがほの花を画《えが》いてゐた。

悟浄が此《こ》の庵室を去る四五日前のこと、少年は朝、庵《いおり》を出たつきりで戻つて来なかつた。彼と一緒に出て行つた一人の弟子は不思議な報告をした。自分が油断をしてゐるひまに、少年はひよいと水に溶けて了《しま》つたのだ、自分は確かにそれを見た、と。他の弟子達はそんな莫迦《ばか》な事がと笑つたが、師の蒲衣子はまじめにそれをうべなつた。さうかも知れぬ、あの児《こ》ならそんな事も起るかも知れぬ、余りに純粋だつたから、と。

悟浄は、自分を取つて喰《く》はうとした鯰《なまず》の妖怪の逞《たくま》しさと、水に溶去《とけさ》つた少年の美しさとを、並べて考へながら、蒲衣子の許《もと》を辞した。

蒲衣子の次に、渠《かれ》は斑衣鱖婆《はんいけつば》の所へ行つた。既に五百余歳を経てゐる女怪だつたが、肌のしなやかさは少しも処女と異る所がなく、婀娜《あだ》たる其《そ》の姿態は能《よ》く鉄石の心をも蕩《とろ》かすといはれてゐた。肉の楽しみを極めることを以て唯一の生活信条としてゐた此《こ》の老女怪は、後庭に房《ぼう》を連ねること数十、容姿端正な若者を集めて、この中に盈《み》たし、その楽しみに耽《ふ》けるに方《あた》つては、親昵《しんじつ》をも屏《しりぞ》け、交遊をも絶ち、後庭に隠れて、昼を以て夜に継ぎ、三月に一度しか外に顔を出さないのである。悟浄の訪ねたのは丁度此《こ》の三月に一度の時に当つたので、幸ひに老女怪を見ることが出来た。道を求める者と聞いて、鱖婆は悟浄に説き聞かせた。ものうい憊《つか》れの翳《かげ》を、嬋娟《せんけん》たる容姿の何処《どこ》かに見せながら。

「この道ですよ。斯《こ》の道ですよ。聖賢の教《おしえ》も仙哲の修業も、つまりは斯《こ》うした無上法悦の瞬間を持続させることに其《そ》の目的があるのですよ。考へても御覧なさい。この世に生を享《う》けるといふことは、実に、百千万億恒河《ごうが》沙劫《しやこう》無限の時間の中でも誠に遇《あ》ひ難《がた》く、有り難きことです。しかも一方、死は呆《あき》れる程速やかに私達の上に襲ひかゝつて来るものです。遇ひ難きの生を以て、及び易《やす》きの死を待つてゐる私達として、一体、斯《こ》の道の外《ほか》に、何を考へることが出来るでせう。あゝ、あの痺《しび》れるやうな歓喜！　常に新しいあの陶酔！」と女怪は酔つたやうに豔妖淫靡《えんよういんび》な眼を細くして叫んだ。

「貴方《あなた》はお気の毒ながら大変醜い御方故《おかたゆえ》、私の所に留《とど》つて戴《いただ》かうとは思ひませぬから、本当のことを申しますが、実は、私の後房では毎年百人づつの若い男が困憊《つかれ》のために死んで行きます。しかしね、断《ことわ》つて置きますが、その人達はみんな喜んで、自分の一生に満足して死んで行くのですよ。誰一人、私の所へ留つたことを怨《うら》んで死んだ者はありませなんだ。今死ぬために、この楽しみが之《これ》以上続けられないことを悔《くや》んだ者はありましたが。」

悟浄の醜くさを憐《あわ》れむやうな眼付《めつき》をしながら、最後に鱖婆《けつば》は斯《こ》うつけ加へた。

「徳とはね、楽しむことの出来る能力のことですよ。」

醜いが故に、毎年死んで行く百人の仲間に加はらないで済んだことを感謝しつゝ、悟浄はなほも旅を続けた。


賢人達の説く所は余りにもまち〳〵で、渠《かれ》は全く何を信じていゝやら解らなかつた。

「我とは何ですか？」といふ渠《かれ》の問に対して、一人の賢者は斯《こ》ういうた。「先《ま》づ吼《ほ》えて見ろ。ブウと鳴くやうならお前は豚《ぶた》ぢや。ギヤアと鳴くやうなら鵞鳥《がちよう》ぢや」と。他の賢者は斯《こ》う教へた。「自己とは何ぞや、と無理に言ひ表さうとさへしなければ、自己を知るのは比較的困難でない」と。又、曰《いわ》く「眼は一切を見るが、自らを見ることが出来ない。我とは所詮《しよせん》、我の知る能《あた》はざるものだ」と。

別の賢者は説いた、「我は何時《いつ》も我だ。我の現在の意識の生ずる以前の・無限の時を通じて我と云つてゐたものがあつた。（それを誰も今は、記憶してゐないが）それがつまり今の我になつたのだ。現在の我の意識が亡《ほろ》びた後の無限の時を通じて、又、我と云ふものがあるだらう。それを今、誰も予見することが出来ず、又其《そ》の時になれば、現在の我の意識のことを全然忘れてゐるに違ひないが」と。

次の様に言つた男もあつた。「一つの継続した我とは何だ？　それは記憶の影の堆積《たいせき》だよ」と。此《こ》の男は又悟浄にかう教へて呉《く》れた。「記憶の喪失といふことが、俺達の毎日してゐることの全部だ。忘れて了《しま》つてゐることを忘れて了つてゐる故《ゆえ》、色んな事が新しく感じられるんだが、実は、あれは、俺達が何もかも徹底的に忘れちまふからのことなんだ。昨日のことどころか、一瞬間前のことをも、つまり其《そ》の時の知覚、その時の感情をも何もかも次の瞬間には忘れちまつてるんだ。其等《それら》の、ほんの僅《わず》か一部の、朧《おぼろ》げな複製があとに残るに過ぎないんだ。だから、悟浄よ、現在の瞬間てやつは、何と、大したものぢやないか」と。


さて、五年に近い遍歴の間、同じ容態に違つた処方をする多くの医者達の間を往復するやうな愚かさを繰返した後、悟浄は結局自分が少しも賢くなつてゐないことを見出《みいだ》した。賢くなる所《どころ》か、何かしら自分がフハ〳〵した（自分でないやうな）訳の分らないものに成り果てたやうな気がした。昔の自分は愚かではあつても、少くとも今よりは、しつかりとした―それは殆《ほとん》ど肉体的な感じで、とにかく自分の重量を有《も》つてゐたやうに思ふ。それが今は、まるで重量のない・吹けば飛ぶやうなものになつて了《しま》つた。外《そと》から色んな模様を塗り付けられはしたが、中味のまるで無いものに。こいつは、いけないぞ、と悟浄は思つた。思索による意味の探索以外に、もつと直接的な解答《こたえ》があるのではないか、といふ予感もした。かうした事柄に、計算の答のやうな解答を求めようとした己《おのれ》の愚かさ。さういふ事に気が付き出した頃、行手《ゆくて》の水が赤黒く濁つて来て、渠《かれ》は目指す女偊《じよう》氏の許《もと》に着いた。

女偊氏は一見極めて平凡な仙人で、寧《むし》ろ迂愚《うぐ》とさへ見えた。悟浄が来ても別に渠《かれ》を使ふでもなく、教へるでもなかつた。堅彊《けんきよう》は死の徒、柔弱《にゆうじやく》は生の徒なれば、「学ばう。学ばう」といふコチコチの態度を忌まれたもののやうである。たゞ、ほんの時たま、別に誰に向つて言ふのでもなく、何か呟《つぶや》いてをられることがある。さういふ時、悟浄は急いで聞耳《ききみみ》を立てるのだが、声が低くて大抵《たいてい》は聞きとれない。三月の間、渠《かれ》は竟《つい》に何の教《おしえ》も聞くことが出来なかつた。「賢者が他人に就いて知るよりも、愚者が己《おのれ》に就いて知る方が多いもの故《ゆえ》、自分の病は自分で治さねばならぬ」といふのが、女偊氏から聞き得た唯一の言葉だつた。三月目の終《おわり》に、悟浄は最早あきらめて、暇乞《いとまご》ひに師の許《もと》へ行つた。すると其《そ》の時、珍しくも女偊師は縷々《るる》として悟浄に教《おしえ》を垂れた。「目が三つ無いからとて悲しむことの愚かさに就いて」「爪や髪の伸長をも意志によつて左右しようとしなければ気の済まない者の不幸に就いて」「酔うてゐる者は車から墜《お》ちても傷《きずつ》かないことに就いて」「しかし、一概に考へることが悪いとは言へないのであつて、考へない者の幸福は、船酔《ふなよい》を知らぬ豚《ぶた》のやうなものだが、たゞ考へる事について考へることだけは禁物であるといふことに就いて」。

女偊氏は、自分の曽《かつ》て識《し》つてゐた・或る神智を有する魔物のことを話した。其《そ》の魔物は、上は星辰《せいしん》の運行から、下は微生物類の生死に至る迄、何一つ知らぬことなく、深甚《しんじん》微妙な計算によつて、既往のあらゆる出来事を溯《さかのぼ》つて知り得《う》ると共に、将来起るべき如何《いか》なる出来事をも推知し得るのであつた。所が、此《こ》の魔物は大変不幸だつた。といふのは、この魔物が或る時ふと、「自分の凡《すべ》て予見し得る全世界の出来事が、何故《なにゆえ》に（経過的な如何にしてではなく、根本的な何故に）その如く起らねばならぬか」といふ事に想到し、其《そ》の究極の理由が、彼の深甚微妙なる大計算を以てしても竟《つい》に探し出せないことを見出《みいだ》したからである。何故向日葵《ひまわり》は黄色いか。何故草は緑か。何故凡てが斯《か》く在《あ》るか。この疑問が、この神通力広大な魔物を苦しめ悩ませ、つひに惨《みじ》めな死に迄導いたのであつた。

女偊《じょう》氏は又、別の妖精のことを話した。之《これ》は大変小さなみすぼらしい魔物だつたが、常に、自分は或る小さな鋭く光つたものを探しに生れて来たのだと云つてゐた。その光るものとはどんなものか、誰にも解らなかつたが、とにかく、小妖精は熱心にそれを求め、そのために生き、そのために死んで行つたのだつた。そして到《とう》頭《とう》、其《そ》の小さな鋭く光つたものは見付からなかつたけれど、其《そ》の小妖精の一生は極めて幸福なものだつたと思はれると女偊氏は語つた。斯く語りながら、しかし、之等《これら》の話のもつ意味に就いては、何の説明もなかつた。たゞ、最後に、師は次のやうな事を言つた。

「聖なる狂気を知る者は幸《さいわい》ぢや。彼は自らを殺すことによつて、自らを救ふからぢや。聖なる狂気を知らぬ者は禍《わざわい》ぢや。彼は、自らを殺しも生かしもせぬことによつて、徐々に亡《ほろ》びるからぢや。愛するとは、より高貴な理解の仕方。行ふとは、より明確な思索の仕方であると知れ。何事も意識の毒汁《どくじゅう》の中に浸《ひた》さずにはゐられぬ憐《あわ》れな悟浄よ。我々の運命を決定する大きな変化は、みんな我々の意識を伴はずに行はれるのだぞ。考へても見よ。お前が生れた時、お前はそれを意識してをつたか？」

悟浄は謹《つつ》しんで師に答へた。師の教《おしえ》は、今殊《こと》に身にしみて良く理解される。実は、自分も永年の遍歴の間に、思索だけでは益〻《ますます》泥沼に陥るばかりであることを感じて来たのであるが、今の自分を突破《つきやぶ》つて生れ変ることが出来ずに苦しんでゐるのである、と。それを聞いて女偊氏は言つた。

「渓流が流れて来て断崖《だんがい》の近く迄来ると、一度渦巻《うずまき》をまき、さて、それから瀑布《ばくふ》となつて落下する。悟浄よ。お前は今其《そ》の渦巻の一歩手前で、ためらつてゐるのだな。一歩渦巻にまき込まれて了《しま》へば、那落《ならく》までは一息。

その途中に思索や反省や低徊《ていかい》のひまはない。臆病《おくびよう》な悟浄よ。お前は渦巻きつゝ落ちて行く者共を恐れと憐《あわ》れみとを以て眺めながら、自分も思ひ切つて飛込まうか、どうしようかと躊躇《ちゆうちよ》してゐるのだな。遅かれ早かれ自分は谷底に落ちねばならぬとは十分に承知してゐるくせに。渦巻にまき込まれないからとて、決して幸福ではないことも承知してゐるくせに。それでもまだお前は、傍観者の地位に恋々として離れられないのか。物凄《ものすご》い生の渦巻の中で喘《あえ》いでゐる連中が、案外、はたで見る程不幸ではない（少くとも懐疑的な傍観者より何倍もしあはせだ）といふことを、愚かな悟浄よ、お前は知らないのか。」

師の教《おしえ》の有難さは骨髄《こつずい》に徹して感じられたが、それでも尚何処《なおどこ》か釈然としないものを残したまゝ、悟浄は、師の許《もと》を辞した。

最早誰にも道を聞くまいぞと、渠《かれ》は思うた。「誰も彼も、えらさうに見えたつて、実は何一つ解つてやしないんだな」と悟浄は独言《ひとりごと》を云ひながら帰途についた。『お互ひに解つてるふりをしようぜ。解つてやしないんだつてことは、お互ひに解り切つてるんだから』といふ約束の下《もと》にみんな生きてゐるらしいぞ。斯《こ》ういふ約束が既に在《あ》るのだとすれば、それを今更、解らない解らないと云つて騒ぎ立てる俺は、何といふ気の利かない困りものだらう。全く。」

五

のろまで愚図《ぐず》の悟浄のことゆゑ、翻然大悟《ほんぜんたいご》とか、大活現前とか云つた鮮やかな芸当を見せることは出来なかつたが、徐々に、目に見えぬ変化が渠《かれ》の上に働いて来たやうである。

はじめ、それは賭《かけ》をするやうな気持であつた。一つの選択が許される場合、一つの途《みち》が永遠の泥濘《でいねい》であり、他の途が険《けわ》しくはあつても或ひは救はれるかも知れぬのだとすれば、誰しも後の途を選ぶにきまつてゐる。それだのに何故躊躇してゐたのか。そこで渠《かれ》は初めて、自分の考へ方の中にあつた卑しい功利的なものに気付いた。嶮《けわ》しい途を選んで苦しみ抜いた揚句《あげく》に、さて結局救はれないとなつたら取返しのつかない損だ、といふ気持が知らず〱の間に、自分の不決断に作用してゐたのだ。骨折損を避けるために、骨はさして折れない代りに決定的な損亡へしか導かない途《みち》に留《とどま》らうといふのが、不精《ぶしよう》で愚かで卑しい俺の気持だつたのだ。女偶《じよう》氏の許《もと》に滞在してゐる間に、しかし、渠《かれ》の気持も、次第に一つの方向へ追詰《おいつ》められて来た。初めは追詰められたものが、しまひには自ら進んで動き出すものに変らうとして来た。自分は今迄自己の幸福を求めて来たのではなく、世界の意味を尋ねて来たと自分では思つてゐたが、それはとんでもない間違ひで、実は、さういふ変つた形式の下《もと》に、最も執念深く自己の幸福を探してゐたのだといふことが、悟浄に解りかけて来た。自分は、そんな世界の意味を云々《うんぬん》する程大《たい》した生《い》きものでないことを、渠《かれ》は、卑下感を以てゞなく、安らかな満足感を以て感じるやうになつた。そして、そんな生意気をいふ前に、とにかく、自分でもまだ知らないでゐるに違ひない自己を試み展開して見ようといふ勇気が出て来た。躊躇《ちゆうちよ》する前に試みよう。結果の成否は考へずに、唯《ただ》、試みるために全力を挙げて試みよう。決定的な失敗に帰したつていゝのだ。今迄は何時《いつ》も、失敗への危惧《きぐ》から努力を抛《ほう》棄《き》してゐた渠《かれ》が、骨折損を厭《いと》はない所に迄昇華されて来たのである。

六

悟浄の肉体は最早疲れ切つてゐた。

或日《あるひ》、渠《かれ》は、とある道端にぶつ倒れ、そのまゝ深い睡《ねむ》りに落ちて了《しま》つた。全く、何もかも忘れ果てた昏睡《こんすい》であつた。渠は昏々として幾日か睡り続けた。空腹も忘れ、夢も見なかつた。

ふと、眼を覚ました時、何か四辺《あたり》が青白く明るいことに気がついた。夜であつた。明るい月夜であつた。大きな円《まる》い春の満月が水の上から射し込んで来て、浅い川底を穏かな白い明るさで満たしてゐるのである。悟浄は、熟睡のあとのさつぱりした気持で起上つた。途端に空腹に気づいた。渠《かれ》はその辺を泳いでゐた魚類を五六尾手摑《てづか》みにしてむしや〱頬張《ほおば》り、さて、腰に提《さ》げた瓢《ふくべ》の酒を喇叭《らつぱ》飲みにした。旨《うま》かつた。ゴクリ〱と渠《かれ》は音を立てて飲んだ。瓢の底迄飲み干して了《しま》ふと、いゝ気持で歩き出した。

底の真砂《まさご》の一つ一つがはつきり見分けられる程明るかつた。水草に沿うて、絶えず小さな水泡《みなわ》の列が水銀球のやうに光り、揺れながら昇つて行く。時々渠《かれ》の姿を見て逃出《にげだ》す小魚共の腹が白く光つては青水藻《あおみどろ》の影に消える。悟浄は次第に陶然として来た。柄にもなく歌が唱《うた》ひ度《た》くなり、すんでのことに、声を張上げる所だつた。その時、ごく遠くの方で誰かの唱つてゐるらしい声が耳に入つて来た。渠《かれ》は立停《たちどま》つて耳をすました。其《そ》の声は水の外から来るやうでもあり、水底の何処《どこ》か遠くから来るやうでもある。低いけれども澄透《すみとお》つた声でほそ〲と聞えてくる其の歌に耳を傾ければ、

江国春風吹不起《こうこくのしゆんぷうふきたたず》
鷓鴣啼在深花裏《しやこないてしんかのうちにあり》
三級浪高魚化竜《さんきゆうなみたこうしてうおりゆうにかす》
痴人猶戽夜塘水《ちじんなおくむやとうのみず》

どうやら、そんな文句のやうでもある。悟浄は其《そ》の場に腰を下して、なほもじつと聴入《ききい》つた。青白い月光に染まつた透明な水の世界の中で、単調な歌声は、風に消え行く狩の角笛《つのぶえ》の音《ね》のやうに、ほそ〲と何時《いつ》迄もひゞいてゐた。

寐《ね》たのでもなく、さりとて覚めてゐたのでもない。悟浄は、魂が甘く疼《うず》くやうな気持で茫然《ぼうぜん》と永い間其処《そこ》に蹲《うずくま》つてゐた。その中《うち》に、渠《かれ》は奇妙な、夢とも幻ともつかない世界にはひつて行つた。水草も魚の影も卒然と渠《かれ》の視界から消え去り、急に、得もいはれぬ蘭麝《らんじや》の匂《におい》が漂うて来た。と思ふと、見慣れぬ二人の人物が此方《こちら》へ進んで来るのを渠《かれ》は見た。

前なるは手に錫杖《しやくじよう》をついた一癖ありげな偉丈夫《いじようぶ》。後なるは、頭に宝珠瓔珞《ほうじゆようらく》を纏《まと》ひ、頂《いただき》に肉髻《につけい》あり、妙相端厳《たんごん》、仄《ほの》かに円光を負うてをられるは、何さま尋常人《ただびと》ならずと見えた。さて前なるが近づいて云つた。

「我は托塔《たくとう》天王の二太子、木叉《もくしやえ》恵岸《がん》。これにいますは即《すなわ》ち、わが師父、南海の観世音《かんぜおん》菩薩《ぼさつ》摩訶薩《まかさつ》ぢや。天竜・

夜叉《やしや》・乾闥婆《けんだつば》より、阿脩羅《あしゆら》・迦楼羅《かるら》・緊那羅《きんなら》・摩喉羅伽《まごらか》・人・非人《ひにん》に至る迄等しく憫《あわ》れみを垂れさせ給《たも》ふ我が師父には、この度、爾《なんじ》、悟浄が苦悩《くるしみ》をみそなはして、特にこゝに降《くだ》つて得度《とくど》し給ふのぢや。有難く承《うけたまわ》るがよい。」

覚えず頭《こうべ》を垂れた悟浄の耳に、美しい女性的な声——妙音《みようおん》といふか、梵音《ぼんおん》といふか、海潮音といふか——が響いて来た。

「悟浄よ、諦《あきら》かに、我が言葉を聴いて、よく之《これ》を思念せよ。身の程知らずの悟浄よ。未だ得ざるを得たりといひ未だ証《あかし》せざるを証《あかし》せりと云ふのをさへ、世尊《せそん》は之を増上慢《ぞうじようまん》とて難ぜられた。さすれば、証《あかし》すべからざる事を証《あかし》せんと求めた爾《なんじ》の如きは、之を至極の増上慢といはずして何といはうぞ。爾の求むる所は、阿羅漢《あらかん》も辟支仏《びやくしぶつ》も未だ求むる能《あた》はず、又求めんともせざる所ぢや。哀れな悟浄よ。如何《いか》にして爾の魂は斯《か》くもあさましき迷路に入つたぞ。正観を得れば浄業《じようごう》たちどころに成るべきに、爾、心相羸劣《るいれつ》にして邪観に陥り、今この三途《さんず》無量の苦悩に遭《あ》ふ。惟《おも》ふに、爾は観想によつて救はるべくもないが故《ゆえ》に、之より後は、一切の思念を棄《す》て、たゞ〳〵身を働かすことによつて自らを救はうと心掛けるがよい。時とは人の作用《はたらき》の謂《いい》ぢや。世界は、概観による時は無意味の如くなれども、其《そ》の細部に直接働きかける時始めて無限の意味を有《も》つのぢや。悟浄よ。先《ま》づふさはしき場所に身を置き、ふさはしき働きに身を打込め。身の程知らぬ『何故』は、向後《こうご》一切打棄《うちす》てることぢや。之をよそにして、爾の救ひは無いぞ。さて、今年の秋、此《こ》の流沙河《りゆうさが》を東から西へと横切る三人の僧があらう。西方金蟬《きんぜん》長老の転生《うまれかわり》、玄奘《げんじよう》法師と、その二人の弟子共ぢや。唐の太宗《たいそう》皇帝の綸命《りんめい》を受け、天竺国大雷音寺《てんじくこくだいらいおんじ》に大乗三蔵の真経《しんぎよう》をとらんとて赴《おもむ》くものぢや。悟浄よ、爾も玄奘に従うて西方に赴け。これ爾にふさはしき位置《ところ》にして、又、爾にふさはしき勤めぢや。途《みち》は苦しからうが、よく、疑はずして、たゞ努めよ。玄奘の弟子の一人に悟空《ごくう》なるものがある。無知無識にして、唯《ただ》、信じて疑はざるものぢや。爾は特に此《こ》の者について学ぶ所が多からうぞ。」

悟浄が再び頭をあげた時、其処《そこ》には何も見えなかつた。渠《かれ》は茫然《ぼうぜん》と水底の月明の中に立ちつくした。妙な気持である。ぼんやりした頭の隅で、渠《かれ》は次のやうなことをとりとめもなく考へてゐた。

「……さういふ事が起りさうな者に、さういふ事が起り、さういふ事が起りさうな時に、さういふ事が起るんだな。半年前の俺だつたら、今の様なをかしな夢なんか見る筈《はず》はなかつたんだがな。……今の夢の中の菩薩の言葉だつて、考へて見りや、女偊《じよう》氏や虯髯鮎子《きゆうぜんねんし》の言葉と、ちつとも違つてやしないんだが、今夜はひどく身にこたへるのは、どうも変だぞ。そりや俺だつて、夢なんかが救済《すくい》になるとは思ひはしないさ。しかし、何故か知らないが、もしかすると、今の夢の御告《おつげ》の唐僧とやらが、本当に此処《ここ》を通るかも知れないといふやうな気がして仕方がない。さういふ事が起りさうな時には、さういふ事が起るものだといふやつでな。……」

渠《かれ》はさう思つて久しぶりに微笑した。

七

その年の秋、悟浄は、果して、大唐《だいとう》の玄奘法師に値遇《ちぐう》し奉《たてまつ》り、其《そ》の力で、水から出て人間と成りかはることが出来た。さうして、勇敢にして天真爛漫《らんまん》な聖天大聖《せいてんたいせい》孫悟空や、怠惰な楽天家、天蓬元帥《てんぽうげんすい》猪悟能《ちよごのう》と共に、新しい遍歴の途に上ることとなつた。しかし、其《そ》の途上でも、まだすつかりは昔の病の脱け切つてゐない悟浄は、依然として独り言の癖を止めなかつた。渠《かれ》は呟《つぶや》いた。

「どうもへんだな。どうも腑《ふ》に落ちない。分らないことを強《し》ひて尋ねようとしなくなることが、結局、分つたといふことなのか？　どうも曖昧《あいまい》だな！　余り見事な脱皮ではないな！　フン、フン、どうも、うまく納得が行かぬ。とにかく、以前程、苦にならなくなつたのだけは、有難いが……。」

――「わが西遊記」の中――

（昭和一七年一一月『南島譚』）

悟浄歎異——沙門悟浄の手記——

昼餉《ひるげ》の後、師父が道傍《みちばた》の松の樹の下で暫《しばら》く憩《いこ》うてをられる間、悟空《ごくう》は八戒《はつかい》を近くの原つぱに連出《つれだ》して、変身の術の練習をさせてゐた。

「やつて見ろ！」と悟空が言ふ。「竜になり度《た》いと本当に思ふんだ。いいか。本当にだぜ。此《こ》の上無しの、突きつめた気持で、さう思ふんだ。ほかの雑念はみんな棄《す》ててだよ。いいか。本気にだぜ。此《こ》の上なしの・とことんの・本気にだぜ。」

「よし！」と八戒は眼を閉ぢ、印《いん》を結んだ。八戒の姿が消え、五尺《しやく》ばかりの青大将が現れた。傍で見てゐた俺は思はず吹出《ふきだ》して了《しま》つた。

「莫迦《ばか》！　青大将にしか成れないのか！」と悟空が叱《しか》つた。青大将が消えて八戒が現れた。「駄目《だめ》だよ、俺は。全くどうしてかな？」と八戒は面目無げに鼻を鳴らした。

「駄目々々。てんで気持が凝らないんぢやないか、お前は。もう一度やつて見ろ。いいか。真剣に、かけ値無しの真剣になつて、竜に成り度《た》い竜に成り度いと思ふんだ。竜に成り度いといふ気持だけになつて、お前といふものが消えて了《しま》へばいいんだ。」

よし、もう一度と八戒は印を結ぶ。今度は前と違つて奇怪なものが現れた。錦蛇《にしきへび》には違ひないが、小さな前《まえ》肢《あし》が生えてゐて、大蜥蜴《おおとかげ》のやうでもある。併《しか》し、腹部は八戒自身に似てブヨ〱膨れてをり、短い前肢で二三歩匍《は》ふと、何とも云へない無恰好《ぶかつこう》さであつた。俺は又ゲラ〱笑へて来た。

「もういい。もういい。止《や》めろ！」と悟空が怒鳴る。頭を掻《か》き〱八戒が現れる。

悟空。お前の竜に成り度いといふ気持が、まだまだ突き詰めてゐないからだ。だから駄目なんだ。

八戒。そんなことはない。これ程一生懸命に、竜に成り度い竜に成り度いと思ひ詰めてゐるんだぜ。こんなに強く、こんなにひたむきに。

悟空。お前にそれが出来ないといふ事が、つまり、お前の気持の統一がまだ成つてゐないといふことになるんだ。

八戒。そりやひどいよ。それは結果論ぢやないか。

悟空。成程《なるほど》ね。結果からだけ見て原因を批判することは、決して最上のやり方ぢやないさ。しかし、此《こ》の世では、どうやらそれが一番実際的に確かな方法のやうだぜ。今のお前の場合なんか、明らかにさうだからな。

悟空によれば、変化《へんげ》の法とは次の如きものである。即《すなわ》ち、或るものに成り度《た》いといふ気持が、此《こ》の上無く純粋に、此《こ》の上無く強烈であれば、竟《つい》には其《そ》のものに成れる。成れないのは、まだ其《そ》の気持が其処《そこ》迄至つてゐないからだ。法術の修業とは、斯《か》くの如く己《おのれ》の気持を純一無垢《むく》、且《か》つ強烈なものに統一する法を学ぶに在《あ》る。此《こ》の修業は、かなりむづかしいものには違ひないが、一旦其《いったんそ》の境に達した後は、最早以前の様な大努力を必要とせず、唯《ただ》、心を其《そ》の形に置くことに依《よ》つて容易に目的を達し得《う》る。之《これ》は、他の諸芸に於けると同様である。変化の術が人間に出来ずして狐狸《こり》に出来るのは、つまり、人間には関心すべき種々の事柄が余りに多いが故《ゆえ》に精神統一が至難であるに反し、野獣は心を労すべき多くの瑣事《さじ》を有《も》たず、従つて此《こ》の統一が容易だからである、云々《うんぬん》。

悟空は確かに天才だ。之は疑ひ無い。それは初めて此《こ》の猿を見た瞬間に直ぐ感じ取られたことである。初め、赭顔《あからがお》・鬚面《ひげづら》の其《そ》の容貌《ようぼう》を醜いと感じた俺も、次の瞬間には、彼の内から溢《あふ》れ出るものに圧倒されて、容貌のことなど、すつかり忘れて了《しま》つた。今では、時に此《こ》の猿の容貌を美しい（とは云へぬ迄も少くとも立派だ）とさへ感じる位だ。其《そ》の面魂《つらだましい》にも其《そ》の言葉つきにも、悟空が自己に対して抱いてゐる信頼が、生々《いきいき》と溢《あふ》れてゐる。此《こ》の男は嘘のつけない男だ。誰に対してよりも、先《ま》づ自分に対して。此《こ》の男の中には常に火が燃えてゐる。豊かな、激しい火が。其《そ》の火は直ぐに傍にゐる者に移る。彼の言葉を聞いてゐる中《うち》に、自然に此方《こちら》も彼の信ずる通りに信じないではゐられなくなつて来る。彼の側にゐるだけで、此方までが何か豊かな自信に充《み》ちて来る。彼は火種。世界は彼の為に用意された薪《たきぎ》。世界は彼に依つて燃される為に在《あ》る。

我々には何の奇異も無く見える事柄も、悟空の眼から見ると、悉《ことごと》く素晴らしい冒険の端緒だつたり、彼の壮烈な活動を促す機縁だつたりする。もと〳〵意味を有《も》つた外《そと》の世界が彼の注意を惹《ひ》くといふよりは、寧《むし》ろ、彼の方で外の世界に一つ〳〵意味を与へて行くやうに思はれる。彼の内なる火が、外《そと》の世界に空《むな》しく冷えた儘《まま》眠つてゐる火薬に、一々点火して行くのである。探偵《たんてい》の眼を以て其等《それら》を探し出すのではなく、詩人の心を以て（恐ろしく荒つぽい詩人だが）彼に触れる凡《すべ》てを温《あたた》め、（時に焦《こが》す惧《おそれ》も無いではない。）其処《そこ》から種々な思ひ掛けない芽を出させ、実を結ばせるのだ。だから、渠《かれ》・悟空の眼にとつて平凡陳腐《ちんぷ》なものは何一つ無い。毎日早朝に起きると決つて彼は日の出を拝み、そして、始めてそれを見る者の様な驚嘆を以て其《そ》の美に感じ入つてゐる。心の底から、溜息《ためいき》をついて、讃嘆するのである。これが殆《ほとん》ど毎朝のことだ。松の種子から松の芽の出かかつてゐるのを見て、何たる不思議さよと眼を瞠《みは》るのも、此《こ》の男である。

此《こ》の無邪気な悟空の姿と比べて、一方、強敵と闘つてゐる時の彼を見よ！　何と、見事な、完全な姿であらう！　全身些《いささ》かの隙《すき》もない逞《たくま》しい緊張。律動的で、しかも一分《いちぶ》の無駄も無い棒の使ひ方。疲れを知らぬ肉体が歓《よろこ》び・たけり・汗ばみ・跳ねてゐる・其《そ》の圧倒的な力量感。如何《いか》なる困難をも欣《よろこ》んで迎へる強靭《きようじん》な精神力の汪《おう》溢《いつ》。それは、輝く太陽よりも、咲誇《さきほこ》る向日葵《ひまわり》よりも、鳴盛《なきさか》る蟬《せみ》よりも、もつと打込んだ・裸身の・壮《さか》んな・没我的な・灼熱《しやくねつ》した美しさだ。あのみつともない猿の闘つてゐる姿は。

一月《ひとつき》程前、彼が翠雲山《すいうん》中で大いに牛魔《ぎゆうま》大王と戦つた時の姿は、未だにはつきり眼底に残つてゐる。感嘆の余り、俺は其《そ》の時の戦闘経過を詳しく記録に取つて置いた位だ。

……牛魔王一匹の香獐《こうしよう》と変じ悠然として草を喰《くら》ひゐたり。悟空之《これ》を悟り虎に変じ駈《か》け来《きた》りて香獐を喰はんとす。牛魔王急に大豹《だいひょう》と化して虎を撃たんと飛び掛かる。悟空之《これ》を見て狻猊《からしし》となり大豹目掛けて襲ひかかれば、牛魔王、さらばと黄獅《きじし》に変じ霹靂《へきれき》の如くに哮《たけ》つて狻猊を引裂かんとす。悟空この時地上に転倒すと見えしが、竟《つい》に一匹の大象となる。鼻は長蛇の如く牙《きば》は筍《たかんな》に似たり。牛魔王堪《こら》へかねて本相を顕《あらわ》し、忽《たちま》ち一匹の大白牛たり。頭《かしら》は高峯の如く眼は電光の如く双角は両座の鉄塔に似たり。頭より尾に至る長さ千余丈《じょう》、蹄《ひづめ》より背上に至る高さ八百丈。大音《だいおん》に呼ばはつて曰《いわ》く、儞悪猴《なんじわるざる》今我を如何《いかん》とするや。悟空又同じく本相を顕し、大喝《だいかつ》一声するよと見るまに、身の高さ一万丈、頭《かしら》は泰山《たいざん》に似て眼は日月《じつげつ》の如く、口は恰《あたか》も血池にひとし。奮然鉄棒を揮《ふる》つて牛魔王を打つ。牛魔王角を以て之《これ》を受止め、両人半山の中にあつて散々に戦ひければ、寔《まこと》に山も崩れ海も湧返《わきかえ》り、天地も之がために反覆《はんぷく》するかと、すさまじかり。…………

何といふ壮観だつたらう！　俺はホッと溜息《ためいき》を吐《つ》いた。傍から助太刀《すけだち》に出ようといふ気も起らない。孫行《ぎょう》者《じゃ》の負ける心配が無いからといふのではなく、一幅《いっぷく》の完全な名画の上に更に拙《つたな》い筆を加へるのを愧《は》ぢる気持からである。

災厄は、悟空の火にとつて、油である。困難に出会ふ時、彼の全身は（精神も肉体も）焔々《えんえん》と燃上る。逆に、平穏無事の時、彼は可笑《おか》しい程、しよげてゐる。独楽《こま》のやうに、彼は、何時《いつ》も全速力で廻つてゐなければ、倒れて了《しま》ふのだ。困難な現実も、悟空にとつては、一つの地図――目的地への最短の路《みち》がハッキリと太く線を引かれた一つの地図として映るらしい。現実の事態の認識と同時に、其《そ》の中にあつて自己の目的に到達すべき道が、実に明瞭《めいりょう》に、彼には見えるのだ。或ひは、其《そ》の途《みち》以外の一切が見えない、といつた方が本当かも知れぬ。闇夜の発光文字の如くに、必要な途だけがハッキリ浮かび上り、他は一切見えないのだ。我々鈍根のものが未だ茫然《ぼうぜん》として考へも纏《まと》まらない中《うち》に、悟空はもう行動を始める。目的への最短の道に向つて歩き出してゐるのだ。人は、彼の武勇や腕力を云々《うんぬん》する。しかし、其《そ》の驚くべき天才的な智慧《ちえ》に就いては案外知らないやうである。彼の場合には、その思慮や判断が余りにも渾然《こんぜん》と、腕力行為の中に溶け込んでゐるのだ。

俺は、悟空の文盲《もんもう》なことを知つてゐる。曽《かつ》て天上で弼馬温《ひっぱおん》なる馬方《うまかた》の役に任ぜられながら、弼馬温の字も知らなければ、役目の内容も知らないでゐた程、無学なことを良く知つてゐる。しかし、俺は、悟空の（力と調和された）智慧《ちえ》と判断の高さとを何ものにも優《ま》して高く買ふ。悟空は教養が高いとさへ思ふこともある。少くとも、動物・植物・天文に関する限り、彼の智識は相当なものだ。彼は、大抵の動物なら一見して其《そ》の性質、強さの程度、その主要な武器の特徴などを見抜いて了《しま》ふ。雑草に就いても、どれが薬草で、どれが毒草かを、実に良く心得てゐる。その癖、其《そ》の動物や植物の名称（世間一般に通用してゐる名前）は、全然《まるで》知らないのだ。彼は又、星によつて方角や時刻や季節を知るのを得意としてゐるが、角宿《かくしゅく》といふ名も心宿《しんしゅう》といふ名も知りはしない。二十八宿の名を悉《ことごと》くそらんじてゐながら実物《ほんもの》を見分けることの出来ぬ俺と比べて、何といふ相異だらう！　目に一丁字《いっていじ》の無い此《こ》の猴《さる》の前にゐる時程、文字による教養の哀れさを感じさせられることはない。

悟空の身体の部分々々は――目も耳も口も脚も手も――みんな何時《いつ》も嬉《うれ》しくて堪《たま》らないらしい。生々《いきいき》とし、ピチ〱してゐる。殊《こと》に戦ふ段になると、其等《それら》の各部分は歓喜の余り、花にむらがる夏の蜂《はち》のやうに一斉《いっせい》にワアーッと歓声を挙げるのだ。悟空の戦ひぶりが、其《そ》の真剣な気魄《きはく》にも係らず、何処《どこ》か遊戯《ゆうげ》の趣を備へてゐるのは、このためであらうか。人は良く「死ぬ覚悟で」などと云ふが、悟空といふ男は決して死ぬ覚悟なんかしない。どんな危険に陥つた場合でも、彼は唯《ただ》、今自分のしてゐる仕事（妖怪を退治するなり、三蔵法師を救ひ出すなり）の成否を憂《うれ》へるだけで、自分の生命のことなどは、てんで考への中に浮かんで来ないのである。太《たい》上老君《じょうろうくん》の八卦炉《はっかろ》中に焼殺されかかつた時も、銀角《ぎんかく》大王の泰山《たいざん》圧頂の法に遭《お》うて、泰山・須弥山《しゅみせん》・峨眉山《がびさん》の三山の下に圧《お》し潰《つぶ》されさうになつた時も、彼は決して自己の生命の為に悲鳴を上げはしなかつた。最も苦しんだのは、小雷音寺《しょうらいおんじ》の黄眉老仏のために不思議な金鐃《きんにょう》の下に閉ぢ込められた時である。推《お》せども突けども金鐃は破れず、身を大きく変化させて突破《つきやぶ》らうとしても、悟空の身が大きくなれば金鐃も伸びて大きくなり、身を縮めれば金鐃も亦《また》縮まる始末で、どうにも仕様がない。身の毛を抜いて錐《きり》と変じ、之《これ》で穴を穿《うが》たうとしても、金鐃には傷一つ付かない。その中《うち》に、ものを蕩《とろ》かして水と化する此《こ》の器の力で、悟空の臀部《でんぶ》の方がそろ〱柔くなり始めたが、それでも彼は唯《ただ》妖怪に捕へられた師父の身の上ばかりを気遣《きづか》つてゐたらしい。悟空には自分の運命に対する無限の自信があるのだ。（自分では其《そ》の自信を意識してゐないらしいが。）やがて、天界から加勢に来た亢金竜《こうきんりゆう》が其《そ》の鉄の如き角《つの》を以て満身の力をこめ、外から金鐃を突通《つきとお》した。角は見事に内まで突通つたが、此《こ》の金鐃は恰《あたか》も人の肉の如くに角に纏《まと》ひついて、少しの隙《すき》も無い。風の洩《も》る程の隙間でもあれば、悟空は身をけし粒と化して脱《のが》れ出るのだが、それも出来ない。半ば臀部は溶けかかりながら、苦心惨憺《さんたん》の末、つひに耳の中から金箍棒《きんそうぼう》を取出して鋼鑽《きり》に変へ、金竜の角の上に孔《あな》を穿《うが》ち、身を芥子粒《けしつぶ》に変じて其《そ》の孔に潜み、金竜に角を引抜かせたのである。漸《ようや》く助かつた彼は、柔くなつた己《おのれ》の尻のことも忘れ、直ぐさま師父の救ひ出しに掛かるのだ。後になつても、あの時は危《あぶな》かつたなどと決して言つたことが無い。「危ない」とか「もう駄目《だめ》だ」とか、感じたことが無いのだらう。此《こ》の男は、自分の寿命とか生命とかに就いて考へたことも無いに違ひない。彼の死ぬ時は、ポクンと、自分でも知らずに死んでゐるだらう。その一瞬前迄は溌剌《はつらつ》と暴れ廻つてゐるに違ひない。全く、此《こ》の男の事業は、壮大といふ感じはしても、決して悲壮な感じはしないのである。

猿は人真似をするといふのに、これは又、何と人真似をしない猿《さる》だらう！　真似どころか、他人から押付けられた考へは、仮令《たとえ》それが何千年の昔から万人に認められてゐる考へ方であつても、絶対に受付けないのだ。自分で充分に納得できない限りは。

因襲も世間的名声も此《こ》の男の前には何の権威も無い。

悟空の今一つの特色は、決して過去を語らぬことである。といふより、彼は、過去《すぎさ》つた事は一切忘れて了《しま》ふらしい。少くとも個々の出来事は忘れて了ふのだ。其《そ》の代り、一つ一つの経験の与へた教訓は其《そ》の都度、彼の血液の中に吸収され、直ちに彼の精神及び肉体の一部と化して了ふ。今更、個々の出来事を一つ一つ記憶してゐる必要はなくなるのである。彼が戦略上の同じ誤《あやまり》を決して二度と繰返さないのを見ても、之《これ》は判る。しかも彼は其《そ》の教訓を、何時《いつ》、どんな苦い経験によつて得たのかは、すつかり忘れ果ててゐる。無意識の中《うち》に体験を完全に吸収する不思議な力を此《こ》の猿《さる》は有《も》つてゐるのだ。

但《ただ》し、彼にも決して忘れることの出来ぬ怖ろしい体験がたつた一つあつた。或る時彼は其《そ》の時の恐ろしさを俺に向つてしみぐ\と語つたことがある。それは、彼が始めて釈迦如来《しゃかにょらい》に知遇し奉《たてまつ》つた時のことだ。

其《そ》の頃、悟空は自分の力の限界を知らなかつた。彼が藕糸歩雲《ぐうしほうん》の履《くつ》を穿《は》き鎖子《さし》黄金の甲《よろい》を着け、東海竜王から奪つた一万三千五百斤《きん》の如意金箍棒《にょいきんそうぼう》を揮《ふる》つて闘ふ所、天上にも天下にも之《これ》に敵する者が無いのである。列仙の集まる蟠桃会《はんとうえ》を擾《さわ》がし、其《そ》の罰として閉ぢ込められた八卦炉《はっかろ》をも打破つて飛出すや、天上界も狭しとばかり荒れ狂うた。群がる天兵を打倒し薙《な》ぎ倒し、三十六員の雷将を率《ひき》ゐた討手《うつて》の大将祐聖真君《ゆうせいしんくん》を相手に、霊霄殿《れいしょうでん》の前に戦ふこと半日余り。其《そ》の時丁度、迦葉《かしょう》・阿難《あなん》の二尊者を連れた釈迦牟尼《しゃかむに》如来が其処《そこ》を通りかかり、悟空の前に立ち塞《ふさ》がつて闘ひを停め給《たも》うた。悟空が怫然《ふつぜん》として喰つて掛かる。如来が笑ひながら言ふ。「大層威張《いば》つてゐるやうだが、一体、お前は如何《いか》なる道を修し得たといふのか?」悟空曰《いわ》く「東勝神州傲来国《ごうらいこく》華果山に石卵より生れたる此《こ》の俺の力を知らぬとは、さてさて愚かな奴《やつ》。俺は既に不老長生の法を修し畢《おわ》り、雲に乗り風に御し一瞬に十万八千里を行く者だ。」如来の曰く、「大きなことを言ふものではない。十万八千里はおろか、我が掌《てのひら》に上つて、さて、其《そ》の外へ飛出すことすら出来まいに。」「何を!」と腹を立てた悟空は、いきなり如来の掌の上に跳《おど》り上つた。「俺は通力《つうりき》によつて八十万里を飛行《ひぎょう》するのに、爾《なんじ》の掌の外に飛出せまいとは何事だ!」言ひも終らず觔斗雲《きんとうん》に打乗つて忽《たちま》ち二三十万里も来たかと思はれる頃、赤く大いなる五本の柱を見た。渠《かれ》は此《こ》の柱の許《もと》に立寄り、真中の一本に、斉天大聖到此一遊と墨くろぐ\と書きしるした。さて再び雲に乗つて如来の掌に飛帰り、得々《とくとく》として言つた。「掌どころか、既に三十万里の遠くに飛行して、柱にしるしを留《とど》めて来たぞ!」「愚かな山猿よ!」と如来は笑つた。「汝《なんじ》の通力が抑ゝ《そもそも》何事を成し得《う》るといふのか? 汝は先刻から我が掌の内を往返したに過ぎぬではないか。嘘と思はば、此《こ》の指を見るがよい。」悟空が異《あや》しんで、よくよく見れば、如来の右手の中指に、未だ墨痕《ぼっこん》も新しく　斉天大聖到此一遊　と己《おのれ》の筆跡で書き付けてある。「これは?」と驚いて振仰《ふりあお》ぐ如来の顔から、今迄の微笑が消えた。急に厳粛に変つた如来の目が悟空をキツと見据ゑたまゝ、忽《たちま》ち天をも隠すかと思はれる程の大きさに拡がつて、悟空の上にのし掛かつて来た。悟空は総身《そうみ》の血が凍るやうな怖《おそろ》しさを覚え、慌《あわ》てて掌の外へ跳《と》び出さうとした途端に、如来が手を翻《ひるがえ》して彼を取抑《とりおさ》へ、その儘《まま》五指を化して五行山とし、悟空を其《そ》の山の下に押込め、唵嘛呢叭咪吽《おんまにはつめいうん》の六字を金書して山頂に貼《は》り給《たも》うた。世界が根柢《こんてい》から覆《くつがえ》り、今迄の自分が自分でなくなつた様な昏迷《こんめい》に、悟空は尚暫《なおしばら》く顫《ふる》へてゐた。事実、世界は彼にとつて其《そ》の時以来一変したのである。爾後《じご》、餓《う》うる時は鉄丸を喰《くら》ひ、渇する時は銅汁を飲んで、岩窟《がんくつ》の中に封じられた儘《まま》、贖罪《しよくざい》の期の充《み》ちるのを待たねばならなかつた。悟空は、今迄の極度の増上慢《ぞうじようまん》から、一転して極度の自信の無さに堕《お》ちた。彼は気が弱くなり、時には苦しさの余り、恥も外聞も構はずワア〱と大声で哭《な》いた。五百年経《た》つて、天竺《てんじく》への旅の途中に偶〻《たまたま》通り掛かつた三蔵法師が五行山頂の呪符《じゆふ》を剝《は》がして悟空を解き放つて呉《く》れた時、彼は又ワア〱と哭いた。今度のは嬉《うれ》し涙であつた。悟空が三蔵に随《したが》つて遥々《はるばる》天竺迄ついて行かうといふのも、唯《ただ》この嬉しさ有難さからである。実に純粋で、且《か》つ、最も強烈な感謝であつた。

　さて、今にして思へば、釈迦牟尼によつて取抑《とりおさ》へられた時の恐怖が、それ迄の悟空の・途方も無く大きな（善悪以前の）存在に、一つの地上的制限を与へたもののやうである。しかも尚、此《こ》の猴《さる》の形をした大きな存在が地上の生活に役立つものと成る為には、五行山の重みの下に五百年間押し付けられ、小さく凝集する必要があつたのである。だが、凝固して小さくなつた現在の悟空が、俺達から見ると、何と、段違ひに素晴らしく大きく見事であることか！

　三蔵法師は不思議な方《かた》である。実に弱い。驚く程弱い。変化《へんげ》の術も固《もと》より知らぬ。途《みち》で妖怪に襲はれれば、直ぐに摑《つか》まつて了《しま》ふ。弱いといふよりも、まるで自己防衛の本能が無いのだ。此《こ》の意気地の無い三蔵法師に、我々三人が斉《ひと》しく惹《ひ》かれてゐるといふのは、一体どういふ訳だらう？（こんな事を考へるのは俺だけだ。悟空も八戒も唯《ただ》何となく師父を敬愛してゐるだけなのだから。）私は思ふに、我々は師父のあの弱さの中に見られる或る悲劇的なものに惹かれるのではないか。之《これ》こそ、我々・妖怪からの成上り者には絶対に無い所のものなのだから。三蔵法師は、大きなものの中に於ける自分の（或ひは人間の、或ひは生物《いきもの》の）位置を――その哀れさと貴《とうと》さとをハツキリ悟つてをられる。しかも、其《そ》の悲劇性に堪へて尚《なお》、正しく美しいものを勇敢に求めて行かれる。確かに之だ、我々に無くて師に在《あ》るものは。成程《なるほど》、我々は師よりも腕力がある。多少の変化の術も心得てゐる。併《しか》し、一旦己《いったんおのれ》の位置の悲劇性を悟つたが最後、金輪際《こんりんざい》、正しく美しい生活を真面目《まじめ》に続けて行くことが出来ないに違ひない。あの弱い師父の中にある・この貴い強さには、全く驚嘆の外《ほか》は無い。内なる貴さが外《そと》の弱さに包まれてゐる所に、師父の魅力があるのだと、俺は考へる。もつとも、あの不埒《ふらち》な八戒の解釈に依《よ》れば、俺達の——少くとも悟空の師父に対する敬愛の中には、多分に男色的要素が含まれてゐるといふのだが。

全く、悟空のあの実行的な天才に比べて、三蔵法師は、何と実務的には鈍物《どんぶつ》であることか！　だが、之《これ》は二人の生きることの目的が違ふのだから問題にはならぬ。外面的な困難にぶつかつた時、師父は、それを切抜ける途《みち》を外に求めずして、内に求める。つまり自分の心をそれに耐へ得《う》るやうに構へるのである。いや、其《そ》の時慌《あわ》てて構へずとも、外的な事故に依つて内なるものが動揺を受けないやうに、平生《へいぜい》から構へが出来て了《しま》つてゐる。何時何処《いつどこ》で窮死しても尚《なお》幸福であり得る心を、師は既に作り上げてをられる。だから、外に途を求める必要が無いのだ。我々から見ると危《あぶな》くて仕方の無い肉体上の無防禦《むぼうぎょ》も、つまりは、師の精神にとつて別に大した影響は無いのである。悟空の方は、見た眼には頗《すこぶ》る鮮やかだが、しかし彼の天才を以てしても尚打開できない様な事態が世には存在するかも知れぬ。併し、師の場合には其《そ》の心配は無い。師にとつては、何も打開する必要が無いのだから。

悟空には、嚇怒《かくど》はあつても苦悩は無い。歓喜はあつても憂愁は無い。彼が単純に斯《こ》の生を肯定できるのに何の不思議もない。三蔵法師の場合はどうか？　あの病身と、禦《ふせ》ぐことを知らない弱さと、常に妖怪共の迫害を受けてゐる日々とを以てして、なほ師父は怡《たの》しげに生を肯《うべな》はれる。之は大《たい》したことではないか！

をかしいことに、悟空は、師の自分より優《まさ》つてゐる此《こ》の点を理解してゐない。唯《ただ》何となく師父から離れられないのだと思つてゐる。機嫌の悪い時には、自分が三蔵法師に随《したが》つてゐるのは、ただ緊箍咒《きんそうじゅ》（悟空の頭に嵌《は》められてゐる金の輪で、悟空が三蔵法師の命《めい》に従はぬ時には此《こ》の輪が肉に喰ひ入つて彼の頭を緊《し》め付け、堪へ難《がた》い痛みを起すのだ。）のためだ、などと考へたりしてゐる。そして「世話の焼ける先生だ。」などとブツ〳〵言ひながら、妖怪に捕へられた師父を救ひ出しに行くのだ。「危《あぶな》くて見ちやゐられない。どうして先生はあゝなんだらうなあ！」と云ふ時、悟空はそれを弱きものへの憐愍《れんびん》だと自惚《うぬぼ》れてゐるらしいが、実は、悟空の師に対する気持の中に、生《い》き物《もの》の凡《すべ》てが有《も》つ・優者に対する本能的な畏敬《いけい》、美と貴《とうと》さへの憧憬《しようけい》が多分に加はつてゐることを、彼は自ら知らぬのである。

もつと可笑《おか》しいのは、師父自身が、自分の悟空に対する優越を御存じないことだ。妖怪の手から救ひ出される度毎《たびごと》に、師は涙を流して悟空に感謝される。「お前が助けて呉《く》れなかつたら、わしの生命はなかつたらうに！」と。だが、実際は、どんな妖怪に喰はれようと、師の生命は死にはせぬのだ。

二人とも自分達の真の関係を知らずに、互ひに敬愛し合つて（勿論、時には一寸《ちよつと》したいさかひはあるにしても）ゐるのは、面白い眺めである。凡《およ》そ対蹠《たいせき》的な此《こ》の二人の間に、しかし、たつた一つ共通点があることに、俺は気が付いた。それは、二人が其《そ》の生き方に於て、共に、所与を必然と考へ、必然を完全と感じてゐることだ。更には、その必然を自由と見做《みな》してゐることだ。金剛石と炭とは同じ物質から出来上つてゐるのださうだが、その金剛石と炭よりももつと違ひ方の甚《はなは》だしい此《こ》の二人の生き方が、共に斯《こ》うした現実の受取り方の上に立つてゐるのは面白い。そして、この「必然と自由の等置」こそ、彼等が天才であることの徴《しるし》でなくて何であらうか？

悟空、八戒、俺と我々三人は、全くをかしい位それぐ\に違つてゐる。日が暮れて宿が無く、路傍の廃寺に泊ることに相談が一決する時でも、三人はそれぐ\違つた考への下《もと》に一致してゐるのである。悟空は、斯《か》かる廃寺こそ屈竟《くつきよう》の妖怪退治の場所だとして、進んで選ぶのだ。八戒は、今更他処《よそ》を尋ねるのも億劫《おつくう》だし、早く家に入つて食事もしたいし、眠くもあるし、といふのだし、俺の場合は、「どうせ此《こ》の辺は邪悪な妖精に満ちてゐるのだらう。何処《どこ》へ行つたつて災難に遭《あ》ふのだとすれば、此処《ここ》を災難の場所として選んでもいいではないか」と考へるのだ。生《い》きものが三人寄れば、皆この様に違ふものであらうか？　生きものの生き方程面白いものは無い。

孫行者《ぎようじや》の華《はな》やかさに圧倒されて、すつかり影の薄らいだ感じだが、猪悟能《ちよごのう》八戒も亦《また》特色のある男には違ひない。兎《と》に角《かく》、此《こ》の豚《ぶた》は恐ろしく此《こ》の生を、此《こ》の世を愛してをる。嗅覚《きゆうかく》・味覚・触覚の凡《すべ》てを挙げて、此《こ》の世に執《しゆう》してをる。或る時八戒が俺に言つたことがある。「我々が天竺《てんじく》へ行くのは何の為だ？ 善業を修して来世に極楽に生れんが為だらうか？ 所で、其《そ》の極楽とはどんな所だらう。蓮《はす》の葉の上に乗つかつて唯《ただ》ゆら〳〵揺れてゐるだけでは仕様が無いぢやないか。極楽にも、あの湯気の立つ羹《あつもの》をフウ〳〵吹きながら吸ふ楽しみや、こり〳〵皮の焦げた香《こう》ばしい焼肉を頬張《ほおば》る楽しみがあるのだらうか？ さうでなくて、話に聞く仙人のやうに唯《ただ》霞《かすみ》を吸つて生きて行くだけだつたら、あゝ、厭《いや》だ、厭だ。そんな極楽なんか、真平《まつぴら》だ！ 仮令《たとえ》、辛《つら》い事があつても、又それを忘れさせて呉《く》れる・堪《こた》へられぬ怡《たの》しさのある此《こ》の世が一番いゝよ。少くとも俺にはね。」さう言つてから八戒は、自分が此《こ》の世で楽しいと思ふ事柄を一つ一つ数へ立てた。夏の木蔭の午睡。渓流の水浴。月夜の吹笛《すいてき》。春暁の朝寐《あさね》。冬夜の炉辺歓談。……何と愉《たの》しげに、又、何と数多くの項目を彼は数へ立てたことだらう！ 殊《こと》に、若い女人《によにん》の肉体の美しさと、四季それ〴〵の食物の味に言ひ及んだ時、彼の言葉は何時《いつ》迄経《た》つても尽きぬものの様に思はれた。俺は魂消《たまげ》て了《しま》つた。此《こ》の世に斯《か》くも多くの怡しき事があり、それを又、斯《か》くも余す所無く味はつてゐる奴《やつ》がゐようなどとは、考へもしなかつたからである。成程《なるほど》、楽しむにも才能の要《い》るものだなと俺は気が付き、爾来《じらい》、此《こ》の豚を軽蔑《けいべつ》することを止《や》めた。だが、八戒と語ることが繁《しげ》くなるにつれ、最近妙な事に気が付いて来た。それは、八戒の享楽主義の底に、時々、妙に不気味なものの影がちらりと覗《のぞ》くことだ。「師父に対する尊敬と、孫行者への畏怖《いふ》とが無かつたら、俺はとつくに斯《こ》んな辛《つら》い旅なんか止《や》めて了つてゐたらう。」などと口では言つてゐる癖に、実際は其《そ》の享楽家的な外貌《がいぼう》の下に戦々兢々《きようきよう》として薄氷《はくひよう》を履《ふ》むやうな思ひの潜んでゐることを、俺は確かに見抜いたのだ。いはゞ、天竺《てんじく》への此《こ》の旅が、あの豚にとつても（俺にとつてと同様）、幻滅と絶望との果《はて》に、最後に縋《すが》り付いた唯《ただ》一筋の糸に違ひないと思はれる節《ふし》が確かにあるのだ。だが、今は八戒の享楽主義の秘密への考察に耽《ふけ》つてゐる訳には行かぬ。兎《と》に角《かく》、今の所、俺は孫行者からあらゆるものを学び取らねばならぬのだ。他の事を顧みてゐる暇は無い。三蔵法師の智慧《ちえ》や八戒の生き方は、孫行者を卒業してからのことだ。まだ〳〵俺は悟空から殆《ほとん》ど何ものをも学び取つてをりはせぬ。流沙河《りゆうさが》の水を出てから、一体どれ程進歩したか？ 依然たる呉下《ごか》の旧阿蒙《きゆうあもう》ではないのか。此《こ》の旅行に於ける俺の役割にしたつて、さうだ。平穏無事の時に悟空の行き過ぎを引き留め、毎日の八戒の怠惰を戒《いまし》めること。それだけではないか。何も積極的な役割が無いのだ。俺みたいな者は、何時何処《いつどこ》の世に生れても、結局は、調節者、忠告者、観測者にとゞまるのだらうか。決して行動者には成れないのだらうか？

孫行者の行動を見るにつけ、俺は考へずにはゐられない。「燃え盛る火は、自らの燃えてゐることを知るまい。自分は燃えてゐるな、などと考へてゐる中《うち》は、まだ本当に燃えてゐないのだ。」と。悟空の闊達無碍《かつたつむげ》の働きを見ながら俺は何時《いつ》も思ふ。「自由な行為とは、どうしてもそれをせずにはゐられないものが内に熟して来て、自《おの》づと外に現れる行為の謂《いい》だ。」と。所で、俺はそれを思ふだけなのだ。未だ一歩でも悟空について行けないのだ。学ばう、学ばうと思ひながらも、悟空の雰囲気の持つ桁違《けたちが》ひの大きさに、又、悟空的なるものの肌合の粗《あら》さに、恐れをなして近付けないのだ。実際、正直な所を云へば、悟空は、どう考へても余り有難い朋輩《ほうばい》とは言へない。人の気持に思ひ遣《や》りが無く、只《ただ》もう頭からガミ〳〵怒鳴り付ける。自己の能力を標準にして他《ひ》人《と》にもそれを要求し、それが出来ないからとて怒りつけるのだから堪《たま》らない。彼は自分の才能の非凡さに就いての自覚が無いのだとも云へる。彼が意地悪でないことだけは、確かに俺達にも良く解る。たゞ彼には弱者の能力の程度がうまく呑《の》み込めず、従つて、弱者の狐疑《こぎ》・躊躇《ちゆうちよ》・不安などに一向同情が無いので、つい、余りのぢれつたさに癇癪《かんしやく》を起すのだ。俺達の無能力が彼を怒らせさへしなければ、彼は実に人の善い無邪気な子供の様な男だ。八戒は何時《いつ》も寝過《ねすご》したり怠《なま》けたり化《ば》け損《そこな》つたりして、怒られ通しである。俺が比較的彼を怒らせないのは、今迄彼と一定の距離を保つてゐて彼の前に余りボロを出さないやうにしてゐたからだ。こんな事では何時迄経《た》つても学べる訳が無い。もつと悟空に近附き、如何《いか》に彼の荒さが神経にこたへようとも、どし〳〵叱《しか》られ殴《なぐ》られ罵《ののし》られ、此方《こちら》からも罵り返して、身を以てあの猿から凡《すべ》てを学び取らねばならぬ。遠方から眺めて感嘆してゐるだけでは何にもならない。

夜。俺は独《ひと》り目覚めてゐる。

今夜は宿が見付からず、山陰の渓谷の大樹の下に草を藉《し》いて、四人がごろ寝をしてゐる。一人おいて向ふに寝てゐる筈《はず》の悟空の鼾《いびき》が山谷《さんこく》に谺《こだま》するばかりで、その度《たび》に頭上の木の葉の露《つゆ》がパラ〳〵と落ちて来る。夏とはいへ、山の夜気は流石《さすが》にうすら寒い。もう真夜中は過ぎたに違ひない。俺は先刻から仰向《あおむ》けに寝ころんだ儘《まま》、木の葉の隙《すき》から覗《のぞ》く星共を見上げてゐる。寂しい。何かひどく寂しい。自分があの淋《さび》しい星の上にたつた独りで立つて、真暗《まつくら》な・冷たい・何にも無い世界の夜を眺めてゐるやうな気がする。星と云ふ奴《やつ》は、以前から、永遠だの無限だのといふ事を考へさせるので、どうも苦手《にがて》だ。それでも、仰向いてゐるものだから、いやでも星を見ない訳に行かない。青白い大きな星の傍に、紅《あか》い小さな星がある。そのずつと下の方に、稍々《やや》黄色味を帯びた暖かさうな星があるのだが、それは風が吹いて葉が揺れる度に、見えたり隠れたりする。流れ星が尾を曳《ひ》いて、消える。何故か知らないが、其《そ》の時不図《ふと》俺は、三蔵法師の澄んだ寂しげな眼を思ひ出した。常に遠くを見詰めてゐるやうな・何物かに対する憫《あわ》れみを何時《いつ》も湛《たた》へてゐるやうな眼である。それが何に対する憫れみなのか、平生《へいぜい》は一向見当が付かないでゐたが、今、ひよいと、判つたやうな気がした。師父は何時も永遠を見てゐられる。それから、その永遠と対比された地上のなべてのもののの運命《さだめ》をもはつきりと見てをられる。何時かは来る滅亡《ほろび》の前に、それでも可憐《かれん》に花開かうとする叡智《ちえ》や愛情《なさけ》や、さうした数々の善きものの上に、師父は絶えず凝乎《じつ》と愍《あわ》れみの眼差《まなざし》を注いでをられるのではなからうか。星を見てゐると、何だかそんな気がして来た。俺は起上つて、隣に寝てをられる師父の顔を覗《のぞ》き込む。暫《しばら》く其《そ》の安らかな寝顔を見、静かな寝息を聞いてゐる中《うち》に、俺は、心の奥に何かがポツと点火されたやうなほのかな温かさを感じて来た。

――「わが西遊記」の中――

（昭和一七年一一月『南島譚』）

盈《えい》虚《きょ》

衛《えい》の霊公の三十九年と云ふ年の秋に、太子蒯聵《かいがい》が父の命《めい》を受けて斉《せい》に使《つかい》したことがある。途《みち》に宋《そう》の国を過ぎた時、畑に耕す農夫共が妙な唄《うた》を歌ふのを聞いた。

既定爾婁豬
盍帰吾艾豭

牝豚《めすぶた》はたしかに遣《や》つた故《ゆえ》
早く牡《おす》豚を返すべし

衛の太子は之《これ》を聞くと顔色を変へた。思ひ当ることがあつたのである。

父・霊公の夫人（といつても太子の母ではない）南子《なんし》は宋の国から来てゐる。容色よりも寧《むし》ろ其《そ》の才気で以てすつかり霊公をまるめ込んでゐるのだが、此《こ》の夫人が最近霊公に勧め、宋から公子朝といふ者を呼んで衛の大夫《たいふ》に任じさせた。宋朝は有名な美男である。衛に嫁《とつ》ぐ以前の南子と醜関係があつたことは、霊公以外の誰一人として知らぬ者は無い。二人の関係は今衛の公宮で再び殆《ほとん》どおほつぴらに続けられてゐる。宋の野人《やじん》の歌うた牝豚牡豚とは、疑ひもなく、南子と宋朝とを指してゐるのである。

太子は斉から帰ると、側臣の戯陽速《ぎようそく》を呼んで事を謀《はか》つた。翌日、太子が南子夫人に挨拶《あいさつ》に出た時、戯陽速は既に匕首《あいくち》を呑《の》んで室の一隅の幕の陰に隠れてゐた。さりげなく話をしながら太子は幕の陰に目くばせをする。急に臆《おく》したものか、刺客は出て来ない。三度合図をしても、たゞ黒い幕がごそ〳〵揺れるばかりである。太子の妙なそぶりに夫人は気が付いた。太子の視線を辿《たど》り、室の一隅に怪しい者の潜んでゐるのを知ると、夫人は悲鳴を挙げて奥へ跳び込んだ。其《そ》の声に驚いて霊公が出て来る。夫人の手を執《と》つて落着けようとするが、夫人は唯《ただ》狂気のやうに「太子が妾《わたし》を殺します。太子が妾を殺します」と繰返すばかりである。霊公は兵を召して太子を討《う》たせようとする。其《そ》の時分には太子も刺客も疾《と》うに都を遠く逃げ出してゐた。

宋《そう》に奔《はし》り、続いて晋《しん》に逃れた太子蒯聵《かいがい》は、人毎《ひとごと》に語つて言つた。淫婦《いんぷ》刺殺といふ折角《せつかく》の義挙も臆病《おくびよう》な莫迦《ばか》者の裏切によつて失敗したと。之《これ》も矢張《やはり》衛から出奔《しゆつぽん》した戯陽速が此《こ》の言葉を伝へ聞いて、斯《こ》う酬《むく》いた。とんでもない。こちらの方こそ、すんでの事に太子に裏切られる所だつたのだ。太子は私を脅して、自分の義母を殺させようとした。承知しなければ屹度《きつと》私が殺されたに違ひないし、もし夫人を巧《うま》く殺せたら、今度は必ず其《そ》の罪をなすりつけられるに決つてゐる。私が太子の言を承諾して、しかも実行しなかつたのは、深謀遠慮の結果なのだと。

晋では当時范《はん》氏中行《ちゆうこう》氏の乱で手を焼いてゐた。斉《せい》・衛の諸国が叛乱《はんらん》者の尻押《しりおし》をするので、容易に埒《らち》があかないのである。

晋に入つた衛の太子は、此《こ》の国の大黒柱たる趙簡子《ちようかんし》の許《もと》に身を寄せた。趙氏が頗《すこぶ》る厚遇したのは、此《こ》の太子を擁立することによつて、反晋派たる現在の衛侯に楯突《たてつ》かうとしたに外《ほか》ならぬ。

厚遇とはいつても、故国にゐた頃の身分とは違ふ。平野の打続く衛の風景とは凡《およ》そ事変《ことかわ》つた・山勝ちの絳《こう》の都に、侘《わび》しい三年の月日を送つた後、太子は遥かに父衛侯の訃《ふ》を聞いた。噂《うわさ》によれば、太子のゐない衛国では、已《や》むを得ず蒯聵の子・輒《ちよう》を立てゝ、位に即《つ》かせたといふ。国を出奔する時後に残して来た男の児《こ》である。当然自分の異母弟の一人が選ばれるものと考へてゐた蒯聵は、一寸《ちよつと》妙な気がした。あの子供が衛侯だと？　三年前のあどけなさを考へると、急に可笑《おか》しくなつて来た。直ぐにも故国に帰って自分が衛侯となるのに、何の造作も無いやうに思はれる。

亡命太子は趙簡子の軍に擁せられて意気揚々と黄河を渡つた。愈〻《いよいよ》衛の地である。戚《せき》の地迄来ると、しかし、其処《そこ》からは最早一歩も東へ進めないことが判つた。太子の入国を拒む新衛侯の軍勢の邀撃《ようげき》に遇《あ》つたからである。

戚《せき》の城に入るのでさへ、喪服をまとひ父の死を哭《こく》しつゝ、土地の民衆の機嫌をとりながらはひらなければならぬ始末であつた。事の意外に腹を立てたが仕方が無い。故国に片足突つ込んだ儘《まま》、彼は其処《そこ》に留《とど》まつて機を待たねばならなかつた。それも、最初の予期に反し、凡《およ》そ十三年の長きに亙《わた》つて。

最早（曽《かつ》ては愛らしかつた）己《おのれ》の息子の輒《ちよう》は存在しない。己の当然嗣《つ》ぐべき位を奪つた・そして執拗に己の入国を拒否する・貪欲《どんよく》な憎むべき・若い衛侯が在るだけである。曽《かつ》ては自分の目をかけてやつた諸大夫《たいふ》連が、誰一人機嫌伺ひにさへ来ようとしない。みんな、あの若い傲慢《ごうまん》な衛侯と、それを輔《たす》ける・しかつめらしい老猾《ろうかい》な上卿《しようけい》・孔叔圉《こうしゆくぎよ》（自分の姉の夫に当る爺《じい》さんだが）の下で、蒯聵などといふ名前は昔からてんで聞いたこともなかつたやうな顔をして楽しげに働いてゐる。

明け暮れ黄河の水ばかり見て過した十年余りの中《うち》に、気まぐれで我が儘《まま》だつた白面の貴公子が、何時《いつ》か、刻薄で、ひねくれた中年の苦労人に成上つてゐた。

荒涼たる生活の中で、唯《ただ》一つの慰めは、息子の公子疾であつた。現在の衛公輒とは異腹の弟だが、蒯聵が戚の地に入ると直ぐに、母親と共に父の許《もと》に赴《おもむ》き、其処《そこ》で一緒に暮らすやうになつたのである。志を得たならば必ず此《こ》の子を太子にと、蒯聵は固く決めてゐた。息子の外《ほか》にもう一つ、彼は一種の棄鉢《すてばち》な情熱の吐け口を闘雞《とうけい》戯《ぎ》に見出《みいだ》してゐた。射倖心《しやこうしん》や嗜虐《しぎやく》性の満足を求める以外に、逞《たくま》しい雄雞《おんどり》の姿への美的な耽溺《たんでき》でもある。余り裕《ゆた》かでない生活《くらし》の中から莫大《ばくだい》な費用を割《さ》いて、堂々たる雞舎を連ね、美しく強い雞共を養つてゐた。

孔叔圉《こうしゆくぎよ》が死に、其《そ》の未亡人で蒯聵の姉に当る伯姫《はくき》が、息子の悝《かい》を虚器に擁して権勢を揮《ふる》ひ始めてから、漸《ようや》く衛の都の空気は亡命太子にとつて好転して来た。伯姫の情夫・渾良夫《こんりようふ》といふ者が使《つかい》となつて屢〻《しばしば》都と戚との間を往復した。太子は、志を得た暁には汝《なんじ》を大夫《たいふ》に取立て死罪に抵《あた》る咎《とが》あるも三度迄は許さうと良夫に約束し、之《これ》を手先としてぬかり無く策謀を運《めぐ》らす。

周の敬王の四十年、閏《うるう》十二月某日蒯聵は良夫に迎へられて長駆《ちようく》都に入った。薄暮女装して孔氏の邸《やしき》に潜入、姉の伯姫や渾良夫と共に、孔家の当主衛の上卿《しようけい》たる・甥《おい》の孔悝《こうかい》（伯姫からいへば息子）を脅し、之《これ》を一味に入れてクウ・デ・タアを断行した。子・衛侯は即刻出奔《しゆつぽん》、父・太子が代つて立つ。即《すなわ》ち衛の荘公である。南子に逐《お》はれて国を出てから実に十七年目であつた。

荘公が位に立つて先づ行《おこな》はうとしたのは、外交の調整でも内治の振興でもない。それは実に、空費された己《おのれ》の過去に対する補償であつた。或ひは過去への復讐《ふくしゆう》であつた。不遇時代に得られなかつた快楽は、今や性急に且《か》つ十二分に充《み》たされねばならぬ。不遇時代に惨《みじ》めに屈してゐた自尊心は、今や俄《にわ》かに傲然《ごうぜん》と膨《ふく》れ返らねばならぬ。不遇時代に己《おのれ》を虐《しいた》げた者には極刑を、己を蔑《さげす》んだ者には相当な懲《こら》しめを、己に同情を示さなかつた者には冷遇を与へねばならぬ。己の亡命の因であつた先君の夫人南子が前年亡くなつてゐたことは、彼にとつて最大の痛恨事であつた。あの姦婦《かんぷ》を捕へてあらゆる辱《はずか》しめを加へ其《そ》の揚句極刑に処してやらうといふのが、亡命時代の最も愉《たの》しい夢だつたからである。過去の己に対して無関心だつた諸重臣に向つて彼は言つた。余は久しく流離の苦を嘗《な》め来たつた。どうだ。諸子にもたまにはさういふ経験が薬《くすり》だらうと。此《こ》の一言で直ちに国外に奔《はし》つた大夫《たいふ》も二三に止《とど》まらない。姉の伯姫と甥《おい》の孔悝《こうかい》とには、固《もと》より大いに酬《むく》いる所があつたが、一夜宴に招いて大いに酔はしめた後、二人を馬車に乗せ、御者に命じて其の儘《まま》国外に駆り去らしめた。衛侯となつてからの最初の一年は、誠に憑《つ》かれた様な復讐《ふくしゆう》の月日であつた。空しく流離の中《うち》に失はれた青春の埋合《うめあわ》せの為に、都下の美女を漁《あさ》つては後宮に納《い》れたことは附加へるまでもない。

前から考へてゐた通り、己《おのれ》と亡命の苦を共にした公子疾を彼は直ちに太子と立てた。まだほんの少年と思つてゐたのが、何時《いつ》しか堂々たる青年の風を備へ、それに、幼時から不遇の地位にあつて人の心の裏ばかりを覗《のぞ》いて来たせゐか、年に似合はぬ無気味な刻薄さをチラリと見せることがある。幼時の溺愛《できあい》の結果が、子の不遜《ふそん》と父の譲歩といふ形で、今に到る迄残り、はたの者には到底不可解な気の弱さを、父は此《こ》の子の前にだけ示すのである。此《こ》の太子疾と、大夫に昇つた渾良夫《こんりようふ》だけが、荘公にとつての腹心といつてよかつた。

或《ある》夜、荘公は渾良夫に向つて、先《さき》の衛侯輒《ちよう》が出奔に際し累代《るいだい》の国の宝器をすつかり持去つたことを語り、如《い》何《か》にして取戻すべきかを計つた。良夫は燭《しよく》を執《と》る侍者を退席させ、自ら燭を持つて公に近付き、低声に言つた。亡命された前衛侯も現太子も同じく君の子であり、父たる君に先立つて位に在《あ》られたのも皆自分の本心から出たことではない。いつそ此《こ》の際前衛侯を呼戻し、現太子と其《そ》の才を比べて見て優れた方を改めて太子に定められては如何《いかが》。若《も》し不才だつたなら、其《そ》の時は宝器だけを取上げられれば宜《よ》い訳だ。……其《そ》の部屋の何処《どこ》かに密偵《みつてい》が潜んでゐたものらしい。慎重に人払ひをした上での此《こ》の密談が其《そ》の儘《まま》太子の耳に入つた。

次の朝、色を作《な》した太子疾が白刃《はくじん》を提《さ》げた五人の壮士を従へて父の居間へ闖入《ちんにゆう》する。太子の無礼を叱咤《しつた》するどころではなく、荘公は唯《ただ》色蒼《あお》ざめて戦《おのの》くばかりである。太子は従者に運ばせた牡豚《おすぶた》を殺して父に盟《ちか》はしめ、太子としての己《おのれ》の位置を保証させ、さて渾良夫《こんりようふ》の如き奸臣《かんしん》はたちどころに誅《ちゆう》すべしと迫る。あの男には三度迄死罪を免ずる約束がしてあるのだと公が言ふ。それでは、と太子は父を威《おど》すやうに念を押す。四度目の罪がある場合には間違ひなく誅戮《ちゆうりく》なさるでせうな。すつかり気を呑《の》まれた荘公は唯々《いい》として「諾」と答へるほかは無い。

翌年の春、荘公は郊外の遊覧地籍圃《せきほ》に一亭を設け、墻塀《しようへい》、器具、緞帳《どんちよう》の類を凡《すべ》て虎《とら》の模様一式で飾つた。落成式の当日、公は華やかな宴を開き、衛国の名流は綺羅《きら》を飾つて悉《ことごと》く此《こ》の地に会した。渾良夫はもと〳〵小姓上りとて派手好みの伊達《だて》男である。此《こ》の日彼は紫衣に狐裘《こきゆう》を重ね、牡馬二頭立の豪奢《ごうしや》な車を駆つて宴に赴《おもむ》いた。自由な無礼講《ぶれいこう》のこととて、別に剣を外《はず》しもせずに食卓に就《つ》き、食事半ばにして暑くなつたので、裘を脱いだ。此《こ》の態《てい》を見た太子は、いきなり良夫に躍《おど》りかかり、胸倉《むなぐら》を摑《つか》んで引摺《ひきず》り出すと、白刃を其《そ》の鼻先に突きつけて詰《なじ》つた。君寵《くんちよう》を恃《たの》んで無礼を働くにも程があるぞ。君に代つて此《こ》の場で汝を誅するのだ。

腕力に自信の無い良夫は強《し》ひて抵抗もせず、荘公に向つて哀願の視線を送りながら、叫ぶ。嘗《かつ》て御主君は死罪三件まで之《これ》を免ぜんと我に約し給《たも》うた。されば、仮令《たとえ》今我に罪ありとするも、太子は刃を加へることが出来ぬ筈《はず》だ。

三件とや？　然《しか》らば汝の罪を数へよう。汝今日、国君の服たる紫衣をまとふ。罪一つ。天子直参《じきさん》の上卿《しょうけい》用たる衷甸両牡《ちゅうじょうりょうぼ》の車に乗る。罪二つ。君の前にして裘《きゅう》を脱ぎ、剣を釈《と》かずして食ふ。罪三つ。

それだけで丁度三件。太子は未だ我を殺すことは出来ぬ、と、必死にもがきながら良夫が叫ぶ。

いや、まだある。忘れるなよ。先夜、汝は主君に何を言上《ごんじょう》したか？　君侯父子を離間しようとする佞臣奴《ねいしんめ》！

良夫の顔色がさつと紙の様に白くなる。

之《これ》で汝の罪は四つだ。といふ言葉も終らぬ中《うち》に、良夫の頸《くび》はがつくり前に落ち、黒地に金で猛虎を刺繍《ししゅう》した大緞帳《どんちょう》に鮮血がさつと迸《ほとばし》る。

荘公は真蒼《まっさお》な顔をした儘《まま》、黙つて息子のすることを見てゐた。

晋《しん》の趙簡子の所から荘公に使《つかい》が来た。衛侯亡命の砌《みぎり》、及ばず乍《なが》ら御援《おたす》け申した所、帰国後一向に御挨拶《ごあいさつ》が無い。御自身に差支《さしつか》へがあるなら、せめて太子なりと遣《つか》はされて、晋侯に一応の御挨拶がありたい、といふ口上である。かなり威猛高《いたけだか》な此《こ》の文言《もんごん》に、荘公は又しても己《おのれ》の過去の惨《みじ》めさを思出《おもいだ》し、少からず自尊心を害した。国内に未だ紛争《ごたごた》が絶えぬ故《ゆえ》、今暫《しばら》く猶予され度《た》い、と、取敢《とりあ》へず使を以て言はせたが、其《そ》の使者と入れ違ひに衛の太子からの密使が晋に届いた。父衛侯の返辞は単なる遁辞《とんじ》で、実は、以前厄介《やっかい》になつた晋国が煙たさ故の・故意の延引なのだから、欺《だま》されぬやうに、との使である。一日も早く父に代り度いが為の策謀と明らかに知れ、趙簡子も流石《さすが》に些《いささ》か不快だつたが、一方衛侯の忘恩も又必ず懲《こら》さねばならぬと考へた。

其《そ》の年の秋の或《ある》夜、荘公は妙な夢を見た。

荒涼たる曠野《こうや》に、檐《のき》も傾いた古い楼台が一つ聳《そび》え、そこへ一人の男が上つて、髪を振り乱して叫んでゐる。

「見えるわ。見えるわ。瓜《うり》、一面の瓜だ。」見覚えのあるやうな所と思つたら其処《そこ》は古《いにしえ》の昆吾《こんご》氏の墟《あと》で、成程《なるほど》到る所累々《るいるい》たる瓜ばかりである。小さき瓜を此《こ》の大きさに育て上げたのは誰だ？　惨《みじ》めな亡命者を時めく衛侯に迄守り育てたのは誰だ？　と楼上で狂人の如く地団駄《じだんだ》を踏んで喚《わめ》いてゐる彼《か》の男の声にも、どうやら聞き憶《おぼ》えがある。おやと思つて聞き耳を立てると、今度は莫迦《ばか》にはつきり聞えて来た。「俺は渾良夫《こんりようふ》だ。俺に何の罪があるか！　俺に何の罪があるか！」

荘公は、びつしより汗をかいて眼を覚した。いやな気持であつた。不快さを追払はうと露台へ出て見る。遅い月が野の果《はて》に出た所であつた。赤銅色《しやくどういろ》に近い・紅《あか》く濁つた月である。公は不吉なものを見たやうに眉《まゆ》を顰《ひそ》め、再び室に入つて、気になるままに灯の下で自ら筮竹《ぜいちく》を取つた。

翌朝、筮師を召して其《そ》の卦《け》を判ぜしめた。害無しと言ふ。公は欣《よろこ》び、賞として領邑《りようゆう》を与へることにしたが、筮師は公の前を退くと直ぐに倉皇《そうこう》として国外に逃れた。現れた通りの卦を其《そ》の儘《まま》伝へれば不興を蒙《こうむ》ること必《ひつ》定故《じようゆえ》、一先《ひとま》づ偽つて公の前をつくろひ、さて、後に一散に逃亡したのである。公は改めて卜《ぼく》した。その卦兆の辞を見るに「魚の疲れ病み、赤尾を曳《ひ》きて流《ながれ》に横たはり、水辺を迷ふが如し。大国これを滅ぼし、将《まさ》に亡びんとす。城門と水門とを閉ぢ、乃《すなわ》ち後より踰《こ》えん」とある。大国とあるのが、晋《しん》であらうことだけは判るが、其《そ》の他の意味は判然としない。兎《と》に角《かく》、衛侯の前途の暗いものであることだけは確かと思はれた。

残年の短かさを覚悟させられた荘公は、晋国の圧迫と太子の専横とに対して確乎《かつこ》たる処置を講ずる代りに、暗い予言の実現する前に少しでも多くの快楽を貪《むさぼ》らうと只管《ひたすら》にあせるばかりである。大規模の工事が相継《あいつ》いで起され過激な労働が強制されて、工匠石匠等《ら》の怨嗟《えんさ》の声が巷《ちまた》に満ちた。一時忘れられてゐた闘雞戯《とうけいぎ》への耽溺《たんでき》も再び始まつた。雌伏《しふく》時代とは違つて、今度こそ思ひ切り派手に此《こ》の娯《たの》しみに耽《ふけ》ることが出来る。金と権勢とに饜《あ》かして国内国外から雄雞《おんどり》の優れたものが悉《ことごと》く集められた。殊《こと》に、魯《ろ》の一貴人から購《もと》め得た一羽の如き、羽毛は金の如く距《けづめ》は鉄の如く、高冠昂尾《こうかんこうび》、誠に稀《まれ》に見る逸物である。後宮に立入らぬ日はあつても、衛侯が此《こ》の雞の毛を立て翼を奮《ふる》ふ状《さま》を見ない日は無かつた。

一日、城楼から下の街々を眺めてゐると、一ケ所甚《はなは》だ雑然とした陋穢《ろうわい》な一劃《いつかく》が目に付いた。侍臣に問へば戎《じゆう》人《じん》の部落だといふ。戎人とは西方化外《けがい》の民の血を引いた異種族である。眼障《めざわ》りだから取払へと荘公は命じ、都門の外十里の地に放逐させることにした。幼を負ひ老を曳《ひ》き、家財道具を車に積んだ賤民《せんみん》共が陸続と都門の外へ出て行く。役人に追立てられて慌て惑ふ状《さま》が、城楼の上からも一々見て取れる。追立てられる群集の中に一人、際立《きわだ》つて髪の美しく豊かな女がゐるのを、荘公は見付けた。直ぐに人を遣《や》つて其《そ》の女を呼ばせる。戎人《じゆうじん》己《き》氏《し》なる者の妻であつた。顔立は美しくなかつたが、髪の見事さは誠に輝くばかりである。公は侍臣に命じて此《こ》の女の髪を根本《ねもと》から切取らせた。後宮の寵姫《ちようき》の一人の為にそれで以て髢《かもじ》を拵《こしら》へようといふのだ。丸坊主にされて帰つて来た妻を見ると、夫の己氏は直ぐに被衣を妻にかづかせ、まだ城楼の上に立つてゐる衛侯の姿を睨《にら》んだ。役人に笞打《むちう》たれても、容易に其《そ》の場を立去らうとしないのである。

冬、西方からの晋《しん》軍の侵入と呼応して、大夫《たいふ》・石圃《せきほ》なる者が兵を挙げ、衛の公宮を襲うた。衛侯の己《おのれ》を除かうとしてゐるのを知り先手を打つたのである。一説には又、太子疾との共謀によるのだともいふ。

荘公は城門を悉《ことごと》く閉ぢ、自ら城楼に登つて叛軍《はんぐん》に呼び掛け、和議の条件を種々提示したが石圃は頑《がん》として応じない。やむなく寡《すくな》い手兵を以て禦《ふせ》がせてゐる中《うち》に夜に入つた。

月の出ぬ間の暗さに乗じて逃れねばならぬ。諸公子・侍臣等《ら》の少数を従へ、例の高冠昂尾の愛雞を自ら抱いて公は後門を踰《こ》える。慣れぬこととて足を踏み外して墜《お》ち、したたか股《もも》を打ち脚を挫《くじ》いた。手当をしてゐる暇は無い。侍臣に扶《たす》けられつつ、真暗な曠野《こうや》を急ぐ。兎《と》にも角《かく》にも夜明迄に国境を越えて宋《そう》の地に入らうとしたのである。大分歩いた頃、突然空がぼうつと仄黄色《ほのきいろ》く野の黒さから離れて浮上つたやうな感じがした。月が出たのである。何時《いつ》かの夜夢に起されて公宮の露台から見たのとまるでそつくりの赤銅色《しやくどういろ》に濁つた月である。いやだなと荘公が思つた途端、左右の叢《くさむら》から黒い人影がばら〱と立現れて、打つて掛つた。剽盗《ひようとう》か、それとも追手か。考へる暇もなく激しく闘はねばならなかつた。諸公子も侍臣等も大方は討《う》たれ、それでも公は唯《ただ》独り草に匍《は》ひつつ逃れた。立てなかつたために却《かえ》つて見逃されたのでもあらう。

気が付いて見ると、公はまだ雞《とり》をしつかり抱いてゐる。先程から鳴声一つ立てないのは、疾《と》うに死んで了《しま》つてゐたからである。それでも捨て去る気になれず、死んだ雞を片手に、匍つて行く。

原の一隅に、不思議と、人家らしいもののかたまつた一郭が見えた。公は漸《ようや》く其処《そこ》迄辿《たど》り着き、気息奄々《えんえん》たる様《さま》でとつつきの一軒に匍ひ込む。扶《たす》け入れられ、差出された水を一杯飲み終つた時、到頭《とうとう》来たな！ といふ太い声がした。驚いて眼を上げると、此《こ》の家の主人らしい・赭《あか》ら顔の・前歯の大きく飛出た男がじつと此方《こちら》を見詰《みつ》めてゐる。一向に見憶《みおぼ》えが無い。

「見憶えが無い？ さうだらう。だが、此奴《こいつ》なら憶えてゐるだらうな。」

男は、部屋の隅に蹲《うずく》まつてゐた一人の女を招いた。其《そ》の女の顔を薄暗い灯の下で見た時、公は思はず雞《とり》の死骸を取り落し、殆《ほとん》ど倒れようとした。被衣を以て頭を隠した其《そ》の女こそは、紛れもなく、公の寵姫《ちょうき》の髢《かもじ》のために髪を奪はれた己氏《きし》の妻であつた。

「許せ」と嗄《しわが》れた声で公は言った。「許せ。」

公は顫《ふる》へる手で身に佩《お》びた美玉をとり外して、己氏の前に差出した。

「これをやるから、どうか、見逃して呉《く》れ。」

己氏は蕃刀《ばんとう》の鞘《さや》を払つて近附きながら、ニヤリと笑つた。

「お前を殺せば、璧《たま》が何処《どこ》かへ消えるとでもいふのかね？」

これが衛侯蒯聵《かいがい》の最期であつた。

（昭和一七年七月「政界往来」）

牛人

魯《ろ》の叔孫豹《しゆくそんひよう》がまだ若かつた頃、乱を避けて一時斉《せい》に奔《はし》つたことがある。途《みち》に魯の北境庚宗《こうそう》の地で一美婦を見た。俄《にわ》かに懇《ねんご》ろとなり、一夜を共に過して、さて翌朝別れて斉に入つた。斉に落着き大夫《たいふ》国氏《こくし》の娘を娶《めと》つて二児を挙げるに及んで、曽《かつ》ての路傍一夜の契《ちぎり》などはすつかり忘れ果てて了《しま》つた。

或《ある》夜、夢を見た。四辺の空気が重苦しく立罩《たちこ》め不吉な予感が静かな部屋の中を領してゐる。突然、音も無く室《へや》の天井が下降し始める。極めて徐々に、しかし極めて確実に、それは少しづつ降りて来る。一刻毎《ごと》に部屋の空気が濃く淀《よど》み、呼吸が困難になつてくる。逃げようともがくのだが、身体は寝床の上に仰向《あおむ》いた儘《まま》どうしても動けない。見える筈《はず》はないのに、天井の上を真黒な天が磐石《ばんじやく》の重さで押しつけてゐるのが、はつきり判る。愈々《いよいよ》天井が近づき、堪《た》へ難《がた》い重みが胸を圧した時、ふと横を見ると、一人の男が立つてゐる。恐ろしく色の黒い傴僂《せむし》で、眼が深く凹《くぼ》み、獣の様に突出《つきで》た口をしてゐる。全体が、真黒な牛に良く似た感じである。牛《ぎゆう》！　余《われ》を助けよ、と思はず救《すくい》を求めると、其《そ》の黒い男が手を差伸べて、上からのし掛かる無限の重みを支へて呉《く》れる。それからもう一方の手で胸の上を軽く撫《な》でて呉れると、急に今迄の圧迫感が失《なくな》つて了《しま》つた。ああ、良かつた、と思はず口に出した時、目が醒《さ》めた。

翌朝、従者下僕等《ら》を集めて一々検《しら》べて見たが、夢の中の牛男《うしおとこ》に似た者は誰もゐない。其《そ》の後も斉の都に出入する人々に就いて、それとなく気を付けて見るが、それらしい人相の男には絶えて出会はない。

数年後、再び故国に政変が起り、叔孫豹は家族を斉に残して急遽《きゆうきよ》帰国した。後、大夫《たいふ》として魯の朝《ちよう》に立つに及んで、始めて妻子を呼ばうとしたが、妻は既に斉の大夫某と通じてゐて、一向夫の許《もと》に来ようとはしない。

結局、二子孟丙《もうへい》・仲壬《ちゅうじん》だけが父の所へ来た。

或《ある》朝、一人の女が雉《きじ》を手《て》土産《みやげ》に訪ねて来た。始め叔孫《しゅくそん》の方ではすつかり見忘れてゐたが、話して行く中《うち》に直ぐ判つた。十数年前斉《せい》へ逃れる道すがら庚宗《こうそう》の地で契《ちぎ》つた女である。独りかと尋ねると、伜《せがれ》を連れて来てゐるといふ。しかも、あの時の叔孫の子だといふのだ。兎《と》に角《かく》、前に連れて来させると、叔孫はアツと声に出した。色の黒い・眼の凹《くぼ》んだ・傴僂《せむし》なのだ。夢の中で己を助けた黒い牛男《うしおとこ》にそつくりである。思はず口の中で「牛！」と言つて了《しま》つた。すると其《そ》の黒い少年が驚いた顔をして返辞をする。叔孫は一層驚いて、少年の名を問へば、「牛《ぎゅう》と申します」と答へた。

母子共に即刻引取られ、少年は豎《じゅ》（小姓）の一人に加へられた。それ故《ゆえ》、長じて後も此《こ》の牛に似た男は豎《じゅ》牛《ぎゅう》と呼ばれるのである。容貌《ようぼう》に似合はず小才の利く男で、頗《すこぶ》る役には立つが、何時《いつ》も陰鬱《いんうつ》な顔をして少年仲間の戯《たわむ》れにも加はらぬ。主人以外の者には笑顔一つ見せない。叔孫にはひどく可愛《かわい》がられ、長じては叔孫家の家政一切の切廻《きりまわ》しをするやうになつた。

眼の凹んだ・口の突出《つきで》た・黒い顔は、極く偶《たま》に笑ふとひどく滑稽《こっけい》な愛嬌《あいきょう》に富んだものに見える。こんな剽軽《ひょうきん》な顔付の男に悪企《わるだくみ》など出来さうもないといふ印象を与へる。目上の者に見せるのは此《こ》の顔だ。仏頂面《ぶっちょうづら》をして考へ込む時の顔は、一寸《ちょっと》人間離れのした怪奇な残忍さを呈する。儕輩《さいはい》の誰彼が恐れるのは此《こ》の顔だ。意識しないでも自然に此《こ》の二つの顔の使ひ分けが出来るらしい。

叔孫豹の信任は無限であつたが、後嗣《こうし》に直さうとは思つてゐない。秘書乃至《ないし》執事としては無類と考へてゐたが、魯《ろ》の名家の当主とは、其《そ》の人品《じんぴん》からしても一寸考へにくいのである。豎牛も勿論それは心得てゐる。叔孫の息子達、殊《こと》に斉から迎へられた孟丙・仲壬の二人に向つては、常に慇懃《いんぎん》を極めた態度をとつてゐる。彼等の方では、幾分の不気味さと多分の軽蔑《けいべつ》とを此の男に感じてゐるだけだ。父の寵《ちょう》の厚いのに大して嫉妬《しっと》を覚えないのは、人柄の相違といふものに自信をもつてゐるからであらう。

魯《ろ》の襄《じょう》公が死んで若い昭公の代となる頃から、叔孫《しゅくそん》の健康が衰へ始めた。丘蕕《きゅうゆう》といふ所へ狩に行つた帰りに悪寒《おかん》を覚えて寝付いてからは、漸《ようや》く足腰が立たなくなつて来る。病中の身の廻りの世話から、病床よりの命令の伝達に至る迄、一切は竪牛《じゅぎゅう》一人に任せられることになつた。竪牛の孟丙《もうへい》等《ら》に対する態度は、しかし、愈〻《いよいよ》遜《へりくだ》つてくる一方である。

叔孫が寝付く以前に、長子の孟丙の為に鐘を鋳《い》させることに決め、其《そ》の時に言つた。お前はまだ此《こ》の国の諸《しょ》大夫《たいふ》と近附《ちかづき》になつてゐないから、此《こ》の鐘が出来上つたら、其《そ》の祝《いわい》を兼ねて諸大夫を饗応《きょうおう》するが宜《よ》からうと。明らかに孟丙を相続者と決めての話である。叔孫が病に臥《ふ》してから、漸《ようや》く鐘が出来上った。孟丙は、かねて話のあつた宴会の日取の都合を父に聞かうとして、竪牛に其の旨を通じて貰《もら》つた。特別の事情が無い限り、竪牛の外《ほか》は誰一人病室に出入出来なかつたのである。竪牛は孟丙の頼《たのみ》を受けて病室に入つたが、叔孫には何事も取次がない。直ぐ外へ出て来て孟丙に向ひ、主君の言葉として出《で》鱈目《たらめ》な日にちを指定する。指定された日に孟丙は賓客を招き盛んに饗応して、其《そ》の座で始めて新しい鐘を打つた。病室で其《そ》の音を聞いた叔孫が怪しんで、あれは何だと聞く。孟丙の家で鐘の完成を祝ふ宴《うたげ》が催され多数の客が来てゐる旨を、竪牛が答へる。俺の許《ゆるし》も得ないで勝手に相続人面《づら》をするとは何事だ、と病人が顔色を変へる。それに、客の中には斉《せい》にゐる孟丙殿の母上の関係の方々も遥々見えてゐる様です、と竪牛が附加へる。不義を働いた曽《かつ》ての妻の話を持出すと何時《いつ》も叔孫の機嫌が見る〱悪くなることを、良く承知してゐるのだ。病人は怒つて立上らうとするが、竪牛に抱きとめられる。身体に障《さわ》つてはいけないといふのである。俺が此《こ》の病でてつきり死ぬものと決めて掛かつて、もう勝手な真似を始めたのだなと歯咬《はが》みをしながら、叔孫は竪牛に命ずる。構はぬ。引捕《ひっとら》へて牢《ろう》に入れろ。抵抗するやうなら打殺しても宜《よ》い。

宴が終り、若い叔孫家の後嗣《こうし》は快く諸賓客を送り出したが、翌朝は既に屍体となって家の裏藪《うらやぶ》に棄《す》てられてゐた。

孟丙の弟仲壬《ちゅうじん》は昭公の近侍某と親しくしてゐたが、一日友を公宮の中に訪ねた時、偶〻《たまたま》公の目に留《とま》つた。二《ふた》言《こと》三《み》言《こと》、その下問に答へてゐる中《うち》に、気に入られたと見え、帰りには親しく玉環《ぎょっかん》を賜《たま》はつた。大人しい青年で、親にも告げずに身に佩《お》びては悪からうと、豎牛《じゅぎゅう》を通じて病父に其《そ》の名誉の事情を告げ玉環を見せようとした。牛は玉環を受取つて内に入つたが、叔孫には示さない。仲壬《ちゅうじん》が来たといふことさへ話さぬ。再び外に出て来て言つた。父上には大変御喜びで直ぐにも身に着ける様にとのことでした、と。仲壬はそこで始めてそれを身に佩《お》びた。数日後、豎牛が叔孫に勧める。既に孟丙《もうへい》が亡《な》い以上、仲壬を後嗣《こうし》に立てることは決つてゐる故《ゆえ》、今から主君昭公に御目通《おめどお》りさせては如何《いかが》。叔孫《しゅくそん》がいふ。いや、まだそれと決めた訳ではないから、今からそんな必要はない。しかし、と牛が言葉を返す。父上の思召《おぼしめし》はどうあらうと、息子の方では勝手にさう決め込んで、最早直接君公に御目通りしてゐますよ。そんな莫迦《ばか》な事がある筈《はず》は無いといふ叔孫に、それでも近頃仲壬が君公から拝領したといふ玉環を佩びてゐることは確かですと牛が請《う》け合ふ。早速仲壬が呼ばれる。果して玉環を佩びてゐる。公からの戴《いただ》きものだと云ふ。父は利かぬ身体を床の上に起して怒つた。息子の弁解は何一つ聞かれず、直ぐに其《そ》の場を退いて謹慎せよといふ。

其《そ》の夜、仲壬はひそかに斉《せい》に奔《はし》つた。

病が次第に篤《あつ》くなり、焦眉《しょうび》の問題として真剣に後嗣のことを考へねばならなくなつた時、叔孫豹《しゅくそんひょう》は矢張《やはり》仲壬を呼ばうと思つた。豎牛にそれを命ずる。命《めい》を受けて出ては行つたが、勿論斉にゐる仲壬に使《つかい》を出しはしない。早速仲壬の許《もと》へ使を遣《つか》はしたが非道なる父の所へは二度と戻らぬといふ返辞だつたと復命する。此《こ》の頃になつて漸《ようや》く叔孫にも、此《こ》の近臣に対する疑ひが湧《わ》いて来た。汝《なんじ》の言葉は真実か？ と屹《きっ》として聞き返したのは其《そ》の為である。どうして私が偽《いつわり》など申しませう、と答へる豎牛の脣《くちびる》の端が、其《そ》の時嘲《あざけ》るやうに歪《ゆが》んだのを病人は見た。こんな事は此《こ》の男が邸《やしき》に来てから全く始めてであつた。カツとして病人は起上らうとしたが、力が無い。直ぐ打倒れる。其《そ》の姿を、上から、黒い牛の様な顔が、今度こそ明瞭《めいりょう》な侮蔑《ぶべつ》を浮かべて、冷然と見下す。儕輩《さいはい》や部下にしか見せなかつたあの残忍な顔である。家人や他の近臣を呼ばうにも、今迄の習慣で此《こ》の男の手を経ないでは誰一人呼べないことになつてゐる。其《そ》の夜病大夫《たいふ》は殺した孟丙のことを思つて口惜《くや》し泣きに泣いた。

次の日から残酷な所作が始まる。病人が人に接するのを嫌ふからとて、食事は膳部《ぜんぶ》の者が次室迄運んで置き、それを豎牛《じゆぎゆう》が病者の枕頭《ちんとう》に持つて来るのが慣はしであつたのを、今や此《こ》の侍者が病人に食を進めなくなつたのである。差出される食事は悉《ことごと》く自分が喰つて了《しま》ひ、からだけを又出して置く。膳部の者は叔孫《しゆくそん》が喰べたことと思つてゐる。病人が餓《うえ》を訴へても、牛男《うしおとこ》は黙つて冷笑するばかり。返辞さへ最早しなくなつた。誰に助《たすけ》を求めようにも、叔孫には絶えて手段が無いのである。

偶《たまたま》此の家の宰《さい》たる杜洩《とせつ》が見舞に来た。病人は杜洩に向つて豎牛の仕打《しうち》を訴へるが、日頃の信任を承知してゐる杜洩は冗談と考へててんで取合はない。叔孫が尚《なお》も余り真剣に訴へると、今度は病熱のため心神が錯乱したのではないかと、いぶかる風である。豎牛も亦《また》横から杜洩に目配《めくばせ》して、頭の惑乱した病者にはつくづく困り果てたといふ表情を見せる。しまひに、病人はいら立つて涙を流しながら、痩《や》せ衰へた手で傍の剣を指し、杜《と》洩《せつ》に「之《これ》であの男を殺せ。殺せ、早く！」と叫ぶ。どうしても自分が狂者としてしか扱はれないことを知ると、叔孫は衰へ切つた身体を顫《ふる》はせて号泣する。杜洩は牛《ぎゆう》と目を見合せ、眉《まゆ》をしかめながら、そつと室《へや》を出る。客が去つてから始めて、牛男《うしおとこ》の顔に会体《えたい》の知れぬ笑《わらい》が微《かす》かに浮かぶ。

餓《うえ》と疲れの中に泣きながら、何時《いつ》か病人はうと〳〵して夢を見た。いや、眠つたのではなく、幻覚を見ただけかも知れぬ。重苦しく淀《よど》んだ・不吉な予感に充《み》ちた部屋の空気の中に、たゞ一つ灯が音も無く燃えてゐる。輝きの無い・いやに白つぽい光である。じつとそれを見てゐる中《うち》に、ひどく遠方に——十里も二十里も彼方《かなた》にあるもののやうに感じられて来る。寝てゐる真上の天井が、何時かの夢の時と同じ様に、徐々に下降を始める。ゆつくりと、併《しか》し確実に、上からの圧迫は加はる。逃れようにも足一つ動かせない。傍を見ると黒い牛男が立つてゐる。救《たすけ》を求めても、今度は手を伸べて呉《く》れない。黙つてつツ立つた儘《まま》にやりと笑ふ。絶望的な哀願をもう一度繰返すと、急に、慍《おこ》つたやうな固い表情に変り、眉《まゆ》一つ動かさずに凝乎《じつ》と見下す。今や胸の真上に蔽《おお》ひかぶさつて来る真黒な重みに、最後の悲鳴を挙げた途端に、正気に返つた。……

何時か夜に入つたと見え、暗い部屋の隅に白つぽい灯が一つともつてゐる。今迄夢の中で見てゐたのは矢張《やはり》この灯だつたのかも知れない。傍を見上げると、これ又夢の中とそつくりな豎牛の顔が、人間離れのした冷酷さを湛《たた》へて、静かに見下してゐる。其《そ》の貌《かお》は最早人間ではなく、真黒な原始の混沌《こんとん》に根を生やした一個の物のやうに思はれる。叔孫《しゅくそん》は骨の髄まで凍る思ひがした。己《おのれ》を殺さうとする一人の男に対する恐怖ではない。寧《むし》ろ、世界のきびしい悪意といつた様なものへの、遜《へりくだ》つた懼《おそ》れに近い。最早先刻迄の怒《いかり》は運命的な畏怖《いふ》感に圧倒されて了《しま》つた。今は此《こ》の男に刃向《はむか》はうとする気力も失《う》せたのである。

三日の後、魯《ろ》の名大夫《めいたいふ》、叔孫豹《しゅくそんひょう》は餓ゑて死んだ。

（昭和一七年七月「政界往来」）

弟子

一

魯《ろ》の卞《べん》の游俠《ゆうきょう》の徒、仲由《ちゅうゆう》、字《あざな》は子路《しろ》といふ者が、近頃賢者の噂《うわさ》も高い学匠・陬人孔《すうひとこう》丘《きゅう》を辱《はずか》しめて呉《く》れようものと思ひ立つた。似而非《えせ》賢者何程のことやあらんと、蓬頭突鬢《ほうとうとつびん》・垂冠《すいかん》・短後《たんこう》の衣といふ服装《いでたち》で、左手に雄雞《おんどり》、右手に牡豚《おすぶた》を引提《ひっさ》げ、勢猛《いきおいもう》に、孔丘が家を指して出掛ける。雞を揺り豚を奮《ふる》ひ、嗷《かまびす》しい脣吻《しんぷん》の音を以て、儒家の絃歌講誦《げんかこうしょう》の声を擾《みだ》さうといふのである。

けたたましい動物の叫びと共に眼を瞋《いか》らして跳び込んで来た青年と、圜冠句履《えんかんこうり》緩《ゆる》く玦《けつ》を帯びて几《き》に凭《よ》つた温顔の孔子との間に、問答が始まる。

「汝《なんじ》、何をか好む?」と孔子が聞く。

「我、長剣を好む。」と青年は昂然《こうぜん》として言ひ放つ。

孔子は思はずニコリとした。青年の声や態度の中に、余りに稚気満々たる誇負を見たからである。血色のいい・眉《まゆ》の太い・眼のはつきりした・見るからに精悍《せいかん》さうな青年の顔には、しかし、何処《どこ》か、愛すべき素直さが自《おの》づと現れてゐるやうに思はれる。再び孔子が聞く。

「学は則《すなわ》ち如何《いかん》?」

「学、豈《あに》、益あらんや。」もと〱之《これ》を言ふのが目的なのだから、子路は勢込《いきおいこ》んで怒鳴るやうに答へる。

学の権威に就いて云々《うんぬん》されては微笑《わら》つてばかりもゐられない。孔子は諄々《じゅんじゅん》として学の必要を説き始める。人君にして諫臣《かんしん》が無ければ正を失ひ、士にして教友が無ければ聴を失ふ。樹も縄を受けて始めて直《なお》くなるのではないか。馬に策《むち》が、弓に檠《けい》が必要な様に、人にも、其《そ》の放恣《ほうし》な性情を矯《た》める教学が、どうして必要でなかろうぞ。匡《ただ》し理《おさ》め磨いて、始めてものは有用の材となるのだ。

後世に残された語録の字面などからは到底想像も出来ぬ・極めて説得的な弁舌を、孔子は有《も》つてゐた。言葉の内容ばかりでなく、其《そ》の穏かな音声・抑揚の中にも、それを語る時の極めて確信に充《み》ちた態度の中にも、どうしても聴者を説得せずにはおかないものがある。青年の態度からは次第に反抗の色が消えて、漸《ようや》く謹聴の様子に変つて来る。

「しかし」と、それでも子路は尚《なお》逆襲する気力を失はない。南山の竹は揉《た》めずして自ら直《なお》く、斬《き》つて之《これ》を用ふれば犀革《さいかく》の厚きをも通すと聞いてゐる。して見れば、天性優れたる者にとつて、何の学ぶ必要があらうか？

孔子にとつて、こんな幼稚な譬喩《ひゆ》を打破る程たやすい事はない。汝《なんじ》の云ふ其《そ》の南山の竹に矢の羽をつけ鏃《やじり》を付けて之を礪《みが》いたならば、啻《ただ》に犀革を通すのみではあるまいに、と孔子に言はれた時、愛すべき単純な若者は返す言葉に窮した。顔を赧《あか》らめ、暫《しばら》く孔子の前に突立つた儘《まま》何か考へてゐる様子だつたが、急に雞《とり》と豚《ぶた》とを抛《ほう》り出し、頭を低《た》れて、「謹しんで教《おしえ》を受けん。」と降参した。単に言葉に窮したためではない。実は、室《へや》に入つて孔子の容《すがた》を見、其《そ》の最初の一言を聞いた時、直ちに雞豚《けいとん》の場違ひであることを感じ、己《おのれ》と余りにも懸絶した相手の大きさに圧倒されてゐたのである。

即日、子路は師弟の礼を執《と》つて孔子の門に入つた。

二

このやうな人間を、子路は見たことがない。力千鈞《せんきん》の鼎《かなえ》を挙げる勇者を彼は見たことがある。明《めい》千里の外を察する智者の話も聞いたことがある。しかし、孔子に在《あ》るものは、決してそんな怪物めいた異常さではない。ただ最も常識的な完成に過ぎないのである。知情意の各〻《おのおの》から肉体的の諸能力に至る迄、実に平凡に、しかし実に伸び〳〵と発達した見事さである。一つ〳〵の能力の優秀さが全然目立たない程、過不及無く均衡のとれた豊かさは、子路にとつて正《まさ》しく初めて見る所のものであつた。闊達《かつたつ》自在、些《いささ》かの道学者臭も無いのに子路は驚く。此《こ》の人は苦労人だなと直ぐに子路は感じた。可笑《おか》しいことに、子路の誇る武芸や膂力《りよりよく》に於てさへ孔子の方が上なのである。ただそれを平生《へいぜい》用ひないだけのことだ。俠者《きようしや》子路は先《ま》づ此《こ》の点で度胆《どぎも》を抜かれた。放蕩《ほうとう》無頼《らい》の生活にも経験があるのではないかと思はれる位、あらゆる人間への鋭い心理的洞察がある。さういふ一面から、又一方、極めて高く汚れない其《そ》の理想主義に至る迄の幅の広さを考へると、子路はウーンと心の底から呻《うな》らずにはゐられない。兎《と》に角《かく》、此《こ》の人は何処《どこ》へ持つて行つても大丈夫な人だ。潔癖な倫理的な見方からしても大丈夫だし、最も世俗的な意味から云つても大丈夫だ。子路が今迄に会つた人間の偉さは、どれも皆その利用価値の中に在《あ》つた。これ〳〵の役に立つから偉いといふに過ぎない。孔子の場合は全然違ふ。ただ其処《そこ》に孔子といふ人間が存在するといふだけで充分なのだ。少くとも子路には、さう思へた。彼はすつかり心酔して了《しま》つた。門に入つて未だ一月ならずして、最早、此《こ》の精神的支柱から離れ得ない自分を感じてゐた。

後年の孔子の長い放浪の艱苦《かんく》を通じて、子路程欣然《きんぜん》として従つた者は無い。それは、孔子の弟子たることによつて仕官の途《みち》を求めようとするのでもなく、又、滑稽《こつけい》なことに、師の傍に在つて己《おのれ》の才徳を磨かうとするのでさへもなかつた。死に至る迄渝《かわ》らなかつた・極端に求むる所の無い・純粋な敬愛の情だけが、此《こ》の男を師の傍に引留《ひきと》めたのである。嘗《かつ》て長剣を手離せなかつた様に、子路は今は何としても斯《こ》の人から離れられなくなつてゐた。

其《そ》の時、四十而不惑《しじゆうにしてまどわず》といつた・その四十歳に孔子はまだ達してゐなかつた。子路より僅《わず》か九歳の年長に過ぎないのだが、子路は其《そ》の年齢の差を殆《ほとん》ど無限の距離に感じてゐた。

孔子は孔子で、此《こ》の弟子の際立つた馴《な》らし難さに驚いてゐる。単に勇を好むとか柔を嫌ふとかいふならば幾らでも類はあるが、此《こ》の弟子程ものの形を軽蔑《けいべつ》する男も珍しい。究極は精神に帰すると云ひでう、礼なるものは凡《すべ》て形から入らねばならぬのに、子路といふ男は、その形からはひつて行くといふ筋道を容易に受けつけないのである。「礼と云ひ礼と云ふ。玉帛《ぎよくはく》を云はんや。楽と云ひ楽と云ふ。鐘鼓《しようこ》を云はんや。」などといふと大いに欣《よろこ》んで聞いてゐるが、曲礼《きよくれい》の細則を説く段になると俄《にわ》かに詰《つ》まらなささうな顔をする。形式主義への・此《こ》の本能的忌避と闘つて此《こ》の男に礼楽を教へるのは、孔子にとつても中々の難事であつた。が、それ以上に、之《これ》を習ふことが子路にとつての難事業であつた。子路が頼るのは孔子といふ人間の厚みだけである。其《そ》の厚みが、日常の区々たる細行の集積であるとは、子路には考へられない。本《もと》があつて始めて末が生ずるのだと彼は言ふ。併《しか》し其《そ》の本《もと》を如何《いか》にして養ふかに就いての実際的な考慮が足りないとて、何時《いつ》も孔子に叱《しか》られるのである。彼が孔子に心服するのは一つのこと。彼が孔子の感化を直ちに受けつけたかどうかは、又別の事に属する。

　上智と下愚は移り難いと言つた時、孔子は子路のことを考へに入れてゐなかつた。欠点だらけではあつても、子路を下愚とは孔子も考へない。孔子は此《こ》の剽悍《ひようかん》な弟子の無類の美点を誰よりも高く買つてゐる。それは此《こ》の男の純粋な没利害性のことだ。此《こ》の種の美しさは、此《こ》の国の人々の間に在《あ》つては余りにも稀《まれ》なので、子路の此《こ》の傾向は、孔子以外の誰からも徳としては認められない。むしろ一種の不可解な愚かさとして映るに過ぎないのである。しかし、子路の勇も政治的才幹も、此《こ》の珍しい愚かさに比べれば、ものの数でないことを、孔子だけは良く知つてゐた。

　師の言に従つて己《おのれ》を抑へ、兎《と》にも角《かく》にも形に就《つ》かうとしたのは、親に対する態度に於てであつた。孔子の門に入つて以来、乱暴者の子路が急に親孝行になつたといふ親戚中の評判である。褒《ほ》められて子路は変な気がした。親孝行どころか、嘘ばかりついてゐる様な気がして仕方が無いからである。我儘《わがまま》を云つて親を手古摺《てこず》らせてゐた頃の方が、どう考へても正直だつたのだ。今の自分の偽りに喜ばされてゐる親達が少々情無くも思はれる。こまかい心理分析家ではないけれども、極めて正直な人間だつたので、斯《こ》んな事にも気が付くのである。ずつと後年になつて、或時《あるとき》突然、親の老いたことに気が付き、己《おのれ》の幼かつた頃の両親の元気な姿を思出《おもいだ》したら、急に泪《なみだ》が出て来た。其の時以来、子路の親孝行は無類の献身的なものとなるのだが、兎《と》に角《かく》、それ迄の彼の俄《にわ》か孝行は斯んな工合《ぐあい》であつた。

三

或日《あるひ》子路が街を歩いて行くと、曽《かつ》ての友人の二三に出会つた。無頼《ぶらい》とは云へぬ迄も放縦《ほうしよう》にして拘《こだ》はる所の無い游俠《ゆうきよう》の徒である。子路は立止つて暫《しばら》く話した。その中《うち》に彼等の一人が子路の服装をじろ〱見廻し、やあ、之《これ》が儒服といふ奴《やつ》か？　随分みすぼらしいなりだな、と言つた。長剣が恋しくはないかい、とも言つた。子路が相手にしないでゐると、今度は聞捨《ききずて》のならぬことを言出した。どうだい。あの孔丘といふ先生は中々の喰はせものだつて云ふぢやないか。しかつめらしい顔をして心にもない事を誠しやかに説いてゐると、えらく甘い汁が吸へるものと見えるなあ。別に悪意がある訳ではなく、心安立《やすだ》てからの何時《いつ》もの毒舌だつたが、子路は顔色を変へた。いきなり其《そ》の男の胸倉《むなぐら》を摑《つか》み、右手の拳《こぶし》をしたたか横面に飛ばした。二つ三つ続け様に喰《くら》はしてから手を離すと、相手は意気地なく倒れた。呆気《あつけ》に取られてゐる他の連中に向つても子路は挑戦的な眼を向けたが、子路の剛勇を知る彼等は向つて来ようともしない。殴《なぐ》られた男を左右から扶《たす》け起し、捨台詞《すてぜりふ》一つ残さずにこそ〱と立去つた。

何時《いつ》か此《こ》の事が孔子の耳に入つたものと見える。子路が呼ばれて師の前に出て行つた時、直接には触れないながら、次の様なことを聞かされねばならなかつた。古《いにしえ》の君子は忠を以て質となし仁を以て衛となした。不善ある時は則《すなわ》ち忠を以て之《これ》を化し、侵暴ある時は則ち仁を以て之を固うした。腕力の必要を見ぬ所以《ゆえん》である。兎《と》角小人《かくしようじん》は不遜《ふそん》を以て勇と見做《みな》し勝ちだが、君子の勇とは義を立つることの謂《いい》である云々《うんぬん》。神妙に子路は聞いてゐた。

数日後、子路が又街を歩いてゐると、往来の木蔭で閑人達の盛んに弁じてゐる声が耳に入つた。それがどうやら孔子の噂《うわさ》のやうである。――昔、昔、と何でも古《いにしえ》を担ぎ出して今を貶《けな》す。誰も昔を見たことがないのだから何とでも言へる訳さ。しかし昔の道を杓子定規《しやくしじようぎ》に其《そ》の儘《まま》履《ふ》んで、それで巧《うま》く世が治まるくらゐなら、誰も苦労はしないよ。俺達にとつては、死んだ周公よりも生ける陽虎様《ようこさま》の方が偉いといふことになるのさ。下剋上《げこくじよう》の世であつた。政治の実権が魯《ろ》侯から其《そ》の大夫《たいふ》たる季孫氏《きそんし》の手に移り、それが今や更に季孫氏の臣たる陽虎といふ野心家の手に移らうとしてゐる。しやべつてゐる当人は或ひは陽虎の身内の者かも知れない。

——所で、その陽虎様が此《こ》の間から孔丘を用ひようと何度も迎へを出されたのに、何と、孔丘の方からそれを避けてゐるといふぢやないか。口では大層な事を言つてゐても、実際の生きた政治にはまるで自信が無いのだらうよ。あの手合《てあい》はね。

子路は背後《うしろ》から人々を分けて、つか〳〵と弁者の前に進み出た。人々は彼が孔門の徒であることを直ぐに認めた。今迄得々と弁じ立ててゐた当の老人は、顔色を失ひ、意味も無く子路の前に頭を下げてから人垣の背後《うしろ》に身を隠した。眥《まなじり》を決した子路の形相が余りにすさまじかつたのであらう。

其《そ》の後暫《しばら》く、同じ様な事が処々で起つた。肩を怒らせ炯々《けいけい》と眼を光らせた子路の姿が遠くから見え出すと、人々は孔子を刺《そし》る口を噤《つぐ》むやうになつた。

子路は此《こ》の事で度々師に叱《しか》られるが、自分でもどうしやうもない。彼は彼なりに心の中では言分《いいぶん》が無いでもない。所謂《いわゆる》君子なるものが俺と同じ強さの忿怒《ふんぬ》を感じて尚且《なおか》つそれを抑へ得るのだつたら、そりや偉い。しかし、実際は、俺程強く怒りを感じやしないんだ。少くとも、抑へ得る程度に弱くしか感じてゐないのだ。屹度《きつと》……。

一年程経つてから孔子が苦笑と共に嘆じた。由《ゆう》が門に入つてから自分は悪言を耳にしなくなつたと。

四

或時《あるとき》、子路が一室で瑟《しつ》を鼓《こ》してゐた。

孔子はそれを別室で聞いてゐたが、暫《しばら》くして傍《かたわ》らなる冉有《ぜんゆう》に向つて言つた。あの瑟の音を聞くがよい。暴厲《ぼうれい》の気が自《おのずか》ら漲《みなぎ》つてゐるではないか。君子の音は温柔にして中《ちゅう》に居り、生育の気を養ふものでなければならぬ。昔舜《しゅん》は五絃琴《ごげんきん》を弾じて南風《なんぷう》の詩を作つた。南風の薫《くん》ずるや以て我が民の慍《いかり》を解くべし。南風の時なるや以て我が民の財を阜《おおい》にすべしと。今由《ゆう》の音を聞くに、誠に殺伐激越、南音に非《あら》ずして北声に類するものだ。弾者の荒怠暴恣《ぼうし》の心状を之《これ》程明らかに映し出したものはない。

――

後、冉由《ぜんゆう》が子路の所へ行つて夫子《ふうし》の言葉を告げた。

子路は元々自分に楽才の乏しいことを知つてゐる。そして自《みずか》らそれを耳と手の所為《せい》に帰してゐた。併《しか》し、それが実はもつと深い精神の持ち方から来てゐるのだと聞かされた時、彼は愕然《がくぜん》として懼《おそ》れた。大切なのは手の習練ではない。もつと深く考へねばならぬ。彼は一室に閉《と》ぢ籠《こも》り、静思して喰《くら》はず、以て骨立《こつりつ》するに至つた。数日の後、漸《ようや》く思ひ得たと信じて、再び瑟《しつ》を執《と》つた。さうして、極めて恐る〳〵弾じた。其《そ》の音を洩《も》れ聞いた孔子は、今度は別に何も言はなかつた。咎《とが》めるやうな顔色も見えない。子貢《しこう》が子路の所へ行つて其《そ》の旨を告げた。師の咎《とがめ》が無かつたと聞いて子路は嬉《うれ》しげに笑つた。

人の良い兄弟子の嬉しさうな笑顔を見て、若い子貢も微笑を禁じ得ない。聡明《そうめい》な子貢はちやんと知つてゐる。子路の奏でる音が依然として殺伐な北声に満ちてゐることを。さうして、夫子《ふうし》がそれを咎め給はぬのは、痩《や》せ細る迄苦しんで考へ込んだ子路の一本気を愍《あわれ》まれたために過ぎないことを。

五

弟子の中で、子路程孔子に叱《しか》られる者は無い。子路程遠慮なく師に反問する者もない。「請《こ》ふ。古《いにしえ》の道を釈《す》てて由《ゆう》の意を行はん。可ならんか。」などと、叱られるに決つてゐることを聞いて見たり、孔子に面と向つてづけ〳〵と「是《これ》ある哉《かな》。子《し》の迂《う》なるや！」などと言つてのける人間は他に誰もゐない。それでゐて、又、子路程全身的に孔子に凭《よ》り掛かつてゐる者もないのである。どし〳〵問返すのは、心から納得出来ないものを表面《うわべ》だけ諸《うべな》ふことの出来ぬ性分だからだ。又、他の弟子達の様に、嗤《わら》はれまい叱られまいと気を遣《つか》はないからである。

子路が他の所では飽く迄人の下風に立つを潔《いさぎよ》しとしない独立不羈《ふき》の男であり、一諾千金《いちだくせんきん》の快男児であるだけに、碌々《ろくろく》たる凡弟子《ぼんていし》然《ぜん》として孔子の前に侍《はんべ》つてゐる姿は、人々に確かに奇異な感じを与へた。事実、彼には、孔子の前にゐる時だけは複雑な思索や重要な判断は一切師に任せて了《しま》つて自分は安心し切つてゐる様な滑稽《こつけい》な傾向も無いではない。母親の前では自分に出来る事迄も、して貰《もら》つてゐる幼児と同じ様な工合《ぐあい》である。退いて考へて見て、自ら苦笑することがある位だ。

だが、之《これ》程の師にも尚《なお》触れることを許さぬ胸中の奥所がある。此処《ここ》ばかりは譲れないといふぎり〳〵結著の所が。

即《すなわ》ち、子路にとつて、此《こ》の世に一つの大事なものがある。其《そ》のものの前には死生も論ずるに足りず、況《いわ》んや、区々たる利害の如き、問題にはならない。俠《きよう》といへば稍〻《やや》軽すぎる。信といひ義といふと、どうも道学者流で自由な躍動の気に欠ける憾《うら》みがある。そんな名前はどうでもいい。子路にとつて、それは快感の一種の様なものである。兎《と》に角《かく》、それの感じられるものが善きことであり、それの伴はないものが悪《あ》しきことだ。極めてはつきりしてゐて、未だ嘗《かつ》て之に疑《うたがい》を感じたことがない。孔子の云ふ仁とはかなり開きがあるのだが、子路は師の教《おしえ》の中から、此の単純な倫理観を補強するやうなものばかりを選んで摂《と》り入れる。巧言令色足恭《スウキヨウ》、怨《ウラミ》ヲ匿《カク》シテ其《ソ》ノ人ヲ友トスルハ、丘之《コレ》ヲ恥ヅ　とか、生ヲ求メテ以テ仁ヲ害スルナク身ヲ殺シテ以テ仁ヲ成スアリ　とか、狂者ハ進ンデ取リ狷者《ケンシヤ》ハ為《ナ》サザル所アリ　とかいふのが、それだ。孔子も初めは此《こ》の角《つの》を矯《た》めようとしないではなかつたが、後には諦《あきら》めて止《や》めて了《しま》つた。兎《と》に角《かく》、これはこれで一匹の見事な牛には違ひないのだから。策《むち》を必要とする弟子もあれば、手綱《たづな》を必要とする弟子もある。容易な手綱では抑へられさうもない子路の性格的欠点が、実は同時に却《かえ》つて大いに用ふるに足るものであることを知り、子路には大体の方向の指示さへ与へればよいのだと考へてゐた。敬ニシテ礼ニ中《アタ》ラザルヲ野トイヒ、勇ニシテ礼ニ中ラザルヲ逆トイフ　とか、信ヲ好ンデ学ヲ好マザレバソノ蔽《ヘイ》ヤ賊、直ヲ好ンデ学ヲ好マザレバソノ蔽ヤ絞　などといふのも、結局は、個人としての子路に対してよりも、いはば塾頭格としての子路に向つての叱言《こごと》である場合が多かつた。子路といふ特殊な個人に在《あ》つては却《かえ》つて魅力となり得るものが、他の門生一般に就いては概《おおむ》ね害となることが多いからである。

六

晋《しん》の魏楡《ぎゆ》の地で石がものを言つたといふ。民の怨嗟《えんさ》の声が石を仮りて発したのであらうと、或る賢者が解した。既に衰微した周室は更に二つに分れて争つてゐる。十に余る大国はそれ〴〵相結び相闘つて干戈《かんか》の止む時がない。斉侯《せい》の一人は臣下の妻に通じて夜毎《よごと》その邸《やしき》に忍んで来る中《うち》に遂《つい》に其《そ》の夫に弑《しい》せられて了《しま》ふ。楚《そ》では王族の一人が病臥《びょうが》中の王の頸《くび》をしめて位を奪ふ。呉《ご》では足頸《あしくび》を斬取《きりと》られた罪人共が王を襲ひ、晋では二人の臣が互ひに妻を交換し合ふ。この様な世の中であつた。

魯《ろ》の昭公は上卿《しょうけい》季平子を討《う》たうとして却つて国を逐《お》はれ、亡命七年にして他国で窮死する。亡命中帰国の話がととのひかかつても、昭公に従つた臣下共が帰国後の己《おのれ》の運命を案じ公を引留《ひきと》めて帰らせない。魯の国は季《き》孫《そん》・叔孫《しゅくそん》・孟孫《もうそん》三氏の天下から、更に季氏の宰《さい》・陽虎《ようこ》の恣《ほしいまま》な手に操られて行く。

所が、その策士陽虎が結局己《おのれ》の策に倒れて失脚してから、急に此《こ》の国の政界の風向きが変つた。思ひがけなく孔子が中都の宰として用ひられることになる。公平無私な官吏や苛斂誅求《かれんちゅうきゅう》を事とせぬ政治家の皆無《かいむ》だつた当時のこととて、孔子の公正な方針と周到な計画とは極く短い期間に驚異的な治績を挙げた。すつかり驚嘆した主君の定公が問うた。汝《なんじ》の中都を治めし所の法を以て魯国を治むれば則《すなわ》ち如何《いかが》？　孔子が答へて言ふ。何ぞ但《ただ》魯国のみならんや。天下を治むると雖《いえど》も可ならんか。凡《およ》そ法螺《ほら》とは縁の遠い孔子が頗《すこぶ》る恭《うやうや》しい調子で澄まして斯《こ》うした壮語を弄《ろう》したので、定公は益〻《ますます》驚いた。彼は直ちに孔子を司空《しくう》に挙げ、続いて大司寇《だいしこう》に進めて宰相の事をも兼《か》ね摂《と》らせた。孔子の推挙で子路は魯国の内閣書記官長とも言ふべき季氏の宰となる。孔子の内政改革案の実行者として真先に活動したことは言ふ迄もない。
孔子の政策の第一は中央集権即《すなわ》ち魯《ろ》侯の権力強化である。この為には、現在魯侯よりも勢力を有《も》つ季《き》・叔《しゆく》・孟《もう》・三桓《かん》の力を削《そ》がねばならぬ。三氏の私城にして百雉《ひやくち》（厚さ三丈《じよう》・高さ一丈）を超えるものに郈《こう》・費《ひ》・成《せい》の三地がある。先《ま》づ之等《これら》を毀《こぼ》つことに孔子は決め、その実行に直接当つたのが子路であつた。

自分の仕事の結果が直ぐにはつきりと現れて来る、しかも今迄の経験には無かつた程の大きい規模で現れて来ることは、子路の様な人間にとつて確かに愉快に違ひなかつた。殊《こと》に、既成政治家の張り廻《めぐ》らした奸悪《かんあく》な組織や習慣を一つ〱破砕して行くことは、子路に、今迄知らなかつた一種の生甲斐《いきがい》を感じさせる。多年の抱負の実現に生々《いきいき》と忙しげな孔子の顔を見るのも、流石《さすが》に嬉《うれ》しい。孔子の目にも、弟子の一人としてではなく一個の実行力ある政治家としての子路の姿が頼もしいものに映つた。

費の城を毀《こわ》しに掛かつた時、それに反抗して公山不狃《こうざんふちゆう》といふ者が費人を率ゐ魯の都を襲うた。武子台に難を避けた定公の身辺に迄叛軍《はんぐん》の矢が及ぶ程、一時は危《あやう》かつたが、孔子の適切な判断と指揮とによつて纔《わず》かに事無きを得た。子路は又改めて師の実際家的手腕に敬服する。孔子の政治家としての手腕は良く知つてゐるし、又その個人的な膂力《りよりよく》の強さも知つてはゐたが、実際の戦闘に際して之《これ》程の鮮やかな指揮ぶりを見せようとは思ひがけなかつたのである。勿論、子路自身も此《こ》の時は真先に立つて奮《ふる》ひ戦つた。久しぶりに揮《ふる》ふ長剣の味も、まんざら棄《す》てたものではない。兎《と》に角《かく》、経書《けいしよ》の字句をほじくつたり古礼を習うたりするよりも、粗《あら》い現実の面と取組み合つて生きて行く方が、此《こ》の男の性に合つてゐるやうである。

斉《せい》との間の屈辱的媾和《こうわ》の為に、定公が孔子を随へて斉の景公と夾谷《きようこく》の地に会したことがある。其《そ》の時孔子は斉の無礼を咎《とが》めて、景公始め群卿諸大夫《ぐんけいしよたいふ》を頭ごなしに叱咤《しつた》した。戦勝国たる筈《はず》の斉の君臣一同悉《ことごと》く顫《ふる》へ上つたとある。子路をして心からの快哉《かいさい》を叫ばしめるに充分な出来事ではあつたが、此《こ》の時以来、強国斉は、隣国の宰相としての孔子の存在に、或ひは孔子の施政の下に充実して行く魯《ろ》の国力に、懼《おそれ》を抱き始めた。苦心の結果、誠に如何《いか》にも古代支那《しな》式な苦肉の策が採られた。即《すなわ》ち、斉から魯へ贈るに、歌舞に長じた美女の一団を以てしたのである。斯《こ》うして魯侯の心を蕩《とろ》かし定公と孔子との間を離間しようとしたのだ。所で、更に古代支那《しな》式なのは、此《こ》の幼稚な策が、魯国内反孔子派の策動と相俟《あいま》つて、余りにも速く効を奏したことである。魯侯は女楽に耽《ふけ》つて最早朝《ちょう》に出なくなつた。季桓子《きかんし》以下の大官連も之に倣《なら》ひ出す。子路は真先に憤慨して衝突し、官を辞した。孔子は子路程早く見切《みきり》をつけず、尚《なお》尽くせるだけの手段を尽くさうとする。子路は孔子に早く辞《や》めて貰《もら》ひ度《た》くて仕方が無い。師が臣節を汚すのを懼《おそ》れるのではなく、ただ此《こ》の淫《みだ》らな雰囲気の中に師を置いて眺めるのが堪《たま》らないのである。

孔子の粘り強さも竟《つい》に諦《あきら》めねばならなくなつた時、子路はほつとした。さうして、師に従つて欣《よろこ》んで魯の国を立退《たちの》いた。

作曲家でもあり作詞家でもあつた孔子は、次第に遠離《とおざか》り行く都城を顧みながら、歌ふ。

彼《か》の美婦の口には君子も以て出走すべし。彼《か》の美婦の謁《えつ》には君子も以て死敗すべし。…………

斯《か》くて爾後《じご》永年に亙《わた》る孔子の遍歴が始まる。

七

大きな疑問が一つある。子供の時からの疑問なのだが、成人になつても老人になりかかつても未だに納得できないことに変りはない。それは、誰もが一向に怪しまうとしない事柄だ。邪が栄えて正が虐げられるといふ・ありきたりの事実に就いてである。

此《こ》の事実にぶつかる毎《ごと》に、子路は心からの悲憤を発しないではゐられない。何故だ？　何故さうなのだ？　悪は一時栄えても結局は其《そ》の酬《むくい》を受けると人は云ふ。成程《なるほど》さういふ例もあるかも知れぬ。しかし、それも人間といふものが結局は破滅に終るといふ一般的な場合の一例なのではないか。善人が究極の勝利を得たなどといふ例《ためし》は、遠い昔は知らず、今の世では殆《ほとん》ど聞いたことさへ無い。何故だ？　何故だ？　大きな子供・子路にとつて、之《これ》ばかりは幾ら憤慨しても憤慨し足りないのだ。彼は地団駄《じだんだ》を踏む思ひで、天とは何だと考へる。天は何を見てゐるのだ。其《そ》の様な運命を作り上げるのが天なら、自分は天に反抗しないではゐられない。天は人間と獣との間に区別を設けないと同じく、善と悪との間にも差別を立てないのか。正とか邪とかは畢竟《ひつきよう》人間の間だけの仮の取決《とりきめ》に過ぎないのか？　子路が此《こ》の問題で孔子の所へ聞きに行くと、何時《いつ》も決つて、人間の幸福といふものの真の在《あ》り方に就いて説き聞かせられるだけだ。善をなすことの報《むくい》は、では結局、善をなしたといふ満足の外《ほか》には無いのか？　師の前では一応納得したやうな気になるのだが、さて退いて独りになつて考へて見ると、矢張《やはり》どうしても釈然としない所が残る。そんな無理に解釈して見た揚句の幸福なんかでは承知出来ない。誰が見ても文句の無い・はつきりした形の善報が義人の上に来るのでなくては、どうしても面白くないのである。

天に就いての此《こ》の不満を、彼は何よりも師の運命に就いて感じる。殆ど人間とは思へない此の大才、大徳が、何故斯《こ》うした不遇に甘んじなければならぬのか。家庭的にも恵まれず、年老いてから放浪の旅に出なければならぬ様な不運が、どうして斯《こ》の人を待たねばならぬのか。一夜、「鳳鳥《ほうちよう》至らず。河、図を出《いだ》さず。已《や》んぬるかな。」と独言《ひとりごと》に孔子が呟《つぶや》くのを聞いた時、子路は思はず涙の溢《あふ》れて来るのを禁じ得なかつた。孔子が嘆じたのは天下蒼生《そうせい》の為だつたが、子路の泣いたのは天下の為ではなく孔子一人の為である。

斯《こ》の人と、斯《こ》の人を竢《ま》つ時世とを見て泣いた時から、子路の心は決つてゐる。濁世《じよくせ》のあらゆる侵害から斯《こ》の人を守る楯《たて》となること。精神的には導かれ守られる代りに、世俗的な煩労汚辱を一切己《おの》が身に引受けること。僭越《せんえつ》ながら之《これ》が自分の務《つとめ》だと思ふ。学も才も自分は後学の諸才人に劣るかも知れぬ。しかし、一旦《いつたん》事ある場合真先に夫子《ふうし》の為に生命を抛《なげう》つて顧みぬのは誰よりも自分だと、彼は自ら深く信じてゐた。

八

「ここに美玉あり。匵《ひつ》に匵《おさ》めて蔵《かく》さんか。善賈《ぜんこ》を求めて沽《う》らんか。」と子貢《しこう》が言つた時、孔子は即座に、「之《これ》を沽らん哉《かな》。之を沽らん哉。我は賈《あたい》を待つものなり。」と答へた。

さういふ積りで孔子は天下周遊の旅に出たのである。随《したが》つた弟子達も大部分は勿論沽《う》り度《た》いのだが、子路は必ずしも沽らうとは思はない。権力の地位に在《あ》つて所信を断行する快《こころよ》さは既に先頃の経験で知つてはゐるが、それには孔子を上に戴《いただ》くといつた風な特別な条件が絶対に必要である。それが出来ないなら、寧《むし》ろ、「褐《かつ》（粗衣）を被《き》て玉を懐《いだ》く」といふ生き方が好ましい。生涯孔子の番犬に終らうとも、些《いさ》かの悔《くい》も無い。世俗的な虚栄心が無い訳ではないが、なまじひの仕官は却《かえ》つて己《おのれ》の本領たる磊落闊達《らいらくかつたつ》を害するものだと思つてゐる。

様々な連中が孔子に従つて歩いた。てきぱきした実務家の冉有《ぜんゆう》。温厚の長者閔子騫《びんしけん》。穿鑿《せんさく》好きな故実家の子《し》夏《か》。些か詭弁《きべん》派的な享受家宰予《さいよ》。気骨稜々《りようりよう》たる慷慨《こうがい》家の公良孺《こうりようじゅ》。身長《みのたけ》九尺《しやく》六寸《すん》といはれる長人孔子の半分位しかない短矮《たんわい》な愚直者子羔《しこう》。年齢から云つても貫禄《かんろく》から云つても、勿論子路が彼等の宰領格である。

子路より二十二歳も年下ではあつたが、子貢といふ青年は誠に際立《きわだ》つた才人である。孔子が何時《いつ》も口を極めて賞《ほ》める顔回《がんかい》よりも、寧《むし》ろ子貢の方を子路は推《お》し度《た》い気持であつた。孔子から其《そ》の強靭《きようじん》な生活力と、又その政治性とを抜き去つた様な顔回といふ若者を、子路は余り好まない。それは決して嫉妬《しつと》ではない。（子貢子張《しちよう》輩は、顔淵《がんえん》に対する・師の桁外《けたはず》れの打込み方に、どうしても此《こ》の感情を禁じ得ないらしいが。）子路は年齢が違ひ過ぎてもゐるし、それに元来そんな事に拘《こだ》はらぬ性《たち》でもあつたから。唯《ただ》、彼には顔淵の受動的な柔軟な才能の良さが全然呑《の》み込めないのである。第一、何処《どこ》かヴイタルな力の欠けてゐる所が気に入らない。其処《そこ》へ行くと、多少軽薄ではあつても常に才気と活力とに充《み》ちてゐる子貢の方が、子路の性質には合ふのであらう。此《こ》の若者の頭の鋭さに驚かされるのは子路ばかりではない。頭に比べて未だ人間の出来てゐないことは誰にも気付かれる所だが、しかし、それは年齢といふものだ。余りの軽薄さに腹を立てて一喝《いつかつ》を喰はせることもあるが、大体に於て、後世畏《おそ》るべしといふ感じを子路は此《こ》の青年に対して抱いてゐる。

或時《あるとき》、子貢が二三の朋輩《ほうばい》に向つて次の様な意味のことを述べた。——夫子《ふうし》は巧弁を忌むといはれるが、併《しか》し夫子自身弁が巧過《うます》ぎると思ふ。之《これ》は警戒を要する。宰予《さいよ》などの巧さとは、まるで違ふ。宰予の弁の如きは、巧さが目に立ち過ぎる故《ゆえ》、聴者に楽しみは与へ得ても、信頼は与へ得ない。それだけに却《かえ》つて安全といへる。夫子のは全く違ふ。流暢《りゆうちよう》さの代りに、絶対に人に疑《うたがい》を抱かせぬ重厚さを備へ、諧謔《かいぎやく》の代りに、含蓄に富む譬喩《ひゆ》を有《も》つ其《そ》の弁は、何人《なんぴと》と雖《いえど》も逆らふことの出来ぬものだ。勿論、夫子《ふうし》の云はれる所は九分《ぶ》九厘《りん》迄常に謬《あやま》り無き真理だと思ふ。又夫子の行はれる所は九分九厘迄我々の誰もが取つて以て範とすべきものだ。にも拘《かか》はらず、残りの一厘——絶対に人に信頼を起させる夫子の弁舌の中の・僅《わず》か百分の一が、時に、夫子の性格の（其《そ》の性格の中の・絶対普遍的な真理と必ずしも一致しない極少部分の）弁明に用ひられる惧《おそ》れがある。警戒を要するのは此処《ここ》だ。之《これ》は或ひは、余り夫子に親しみ過ぎ狎《な》れ過ぎたための慾の云はせることかも知れぬ。実際、後世の者が夫子を以て聖人と崇《あが》めた所で、それは当然過ぎる位当然なことだ。夫子ほど完全に近い人を自分は見たことがないし、又将来も斯《こ》ういふ人はさう現れるものではなからうから。ただ自分の言ひ度《た》いのは、その夫子にして尚且《なおか》つ斯《か》かる微小ではあるが・警戒すべき点を残すものだといふ事だ。顔回のような夫子と似通つた肌合《はだあい》の男にとつては、自分の感じるやうな不満は少しも感じられないに違ひない。夫子が屢々《しばしば》顔回を讃《ほ》められるのも、結局は此《こ》の肌合のせゐではないのか。………

青二才の分際で師の批評などをこがましいと腹が立ち、又、之を言はせてゐるのは畢竟《ひつきよう》顔淵への嫉妬《しつと》だとは知りながら、それでも子路は此《こ》の言葉の中に莫迦《ばか》にし切れないものを感じた。肌合の相違といふことに就いては、確かに子路も思ひ当ることがあつたからである。

己達《おれたち》には漠然としか気付かれないものをハツキリ形に表《あらわ》す・妙な才能が、此《こ》の生意気な若僧《わかぞう》にはあるらしいと、子路は感心と軽蔑《けいべつ》とを同時に感じる。

子貢が孔子に奇妙な質問をしたことがある。「死者は知ることありや？　将《は》た知ることなきや？」死後の知覚の有無、或ひは霊魂の滅不滅に就いての疑問である。孔子が又妙な返辞をした。「死者知るありと言はんとすれば、将《まさ》に孝子順孫、生を妨げて以て死を送らんとすることを恐る。死者知るなしと言はんとすれば、将に不孝の子其《そ》の親を棄《す》てて葬《ほうむ》らざらんとすることを恐る。」凡《およ》そ見当違ひの返辞なので子貢は甚《はなは》だ不服だつた。勿論、子貢の質問の意味は良く判つてゐるが、飽く迄現実主義者、日常生活中心主義者たる孔子は、此《こ》の優れた弟子の関心の方向を換へようとしたのである。

子貢は不満だつたので、子路に此《こ》の話をした。子路は別にそんな問題に興味は無かつたが、死そのものよりも師の死生観を知り度《た》い気が一寸《ちよつと》したので、或時《あるとき》死に就いて訊《たず》ねて見た。

「未だ生を知らず。いづくんぞ死を知らん。」之《これ》が孔子の答であつた。

全くだ！　と子路はすつかり感心した。しかし、子貢は又しても鮮やかに肩透《かたすか》しを喰つたやうな気がした。それはさうです。併《しか》し私の言つてゐるのはそんな事ではない。明らかにさう言つてゐる子貢の表情である。

九

衛《えい》の霊公は極めて意志の弱い君主である。賢と不才とを識別し得ない程愚かではないのだが、結局は苦い諫《かん》言《げん》よりも甘い諂諛《てんゆ》に欣《よろこ》ばされて了《しま》ふ。衛の国政を左右するものは其《そ》の後宮であつた。夫人南子《なんし》は夙《つと》に淫奔《いんぽん》の噂《うわさ》が高い。未だ宋《そう》の公女だつた頃異母兄の朝《ちよう》といふ有名な美男と通じてゐたが、衛侯の夫人となつてからも尚《なお》宋朝を衛に呼び大夫《たいふ》に任じて之と醜関係を続けてゐる。頗《すこぶ》る才走つた女で、政治向の事に迄容喙《ようかい》するが、霊公は此《こ》の夫人の言葉なら頷《うなず》かぬことはない。霊公に聴かれようとする者は先《ま》づ南子に取入るのが例であつた。

孔子が魯《ろ》から衛に入つた時、召を受けて霊公には謁《えつ》したが、夫人の所へは別に挨拶《あいさつ》に出なかつた。南子が冠《かんむり》を曲げた。早速人を遣《つか》はして孔子に言はしめる。四方の君子、寡君《かくん》と兄弟たらんと欲する者は、必ず寡小《かしよう》君《くん》（夫人）を見る。寡小君見んことを願へり云々《うんぬん》。

孔子も已《や》むを得ず挨拶に出た。南子は絺帷《ちい》（薄い葛布《くずふ》の垂れぎぬ）の後に在《あ》つて孔子を引見する。孔子の北面稽首《けいしゆ》の礼に対し、南子が再拝して応へると、夫人の身に着けた環佩《かんぱい》が璆然《きゆうぜん》として鳴つたとある。

孔子が公宮から帰つて来ると、子路が露骨に不愉快な顔をしてゐた。彼は、孔子が南子風情《ふぜい》の要求などは黙殺することを望んでゐたのである。まさか孔子が妖婦《ようふ》にたぶらかされるとは思ひはしない。しかし、絶対清浄である筈《はず》の夫子《ふうし》が汚らはしい淫女《いんじよ》に頭を下げたといふだけで既に面白くない。美玉を愛蔵する者が其《そ》の珠《たま》の表《おも》面《て》に不浄なるものの影の映るのさへ避け度《た》い類《たぐい》なのであらう。孔子は又、子路の中で相当敏腕な実際家と隣り合つて住んでゐる大きな子供が、何時《いつ》迄たつても一向老成しさうもないのを見て、可笑《おか》しくもあり、困りもするのである。

一日、霊公の所から孔子へ使《つかい》が来た。車で一緒に都を一巡しながら色々話を承《うけたまわ》らうと云ふ。孔子は欣《よろこ》んで服を改め直ちに出掛けた。

此《こ》の丈《たけ》の高いぶつきらぼうな爺《じい》さんを、霊公が無闇《むやみ》に賢者として尊敬するのが、南子には面白くない。自分を出し抜いて、二人同車して都を巡《めぐ》るなどとは以ての外《ほか》である。

孔子が公に謁《えつ》し、さて表に出て共に車に乗らうとすると、其処《そこ》には既に盛装を凝らした南子夫人が乗込んでゐた。孔子の席が無い。南子は意地の悪い微笑を含んで霊公を見る。孔子も流石《さすが》に不愉快になり、冷やかに公の様子を窺《うかが》ふ。霊公は面目無げに目を俯《ふ》せ、しかし南子には何事も言へない。黙つて孔子の為に次の車を指《ゆび》さす。

二乗の車が衛の都を行く。前なる四輪の豪奢《ごうしや》な馬車には、霊公と並んで嬋妍《せんけん》たる南子夫人の姿が牡丹《ぼたん》の花のやうに輝く。後《うしろ》の見すぼらしい二輪の牛車《ぎつしや》には、寂しげな孔子の顔が端然と正面を向いてゐる。沿道の民衆の間には流石に秘《ひそ》やかな嘆声と顰蹙《ひんしゆく》とが起る。

群集の間に交《まじ》つて子路も此《こ》の様子を見た。公からの使《つかい》を受けた時の夫子《ふうし》の欣《よろこ》びを目にしてゐるだけに、腸《はらわた》の煮え返る思ひがするのだ。何事か嬌声《きようせい》を弄《ろう》しながら南子が目の前を進んで行く。思はず嚇《かつ》となつて、彼は拳《こぶし》を固め人々を押分けて飛出さうとする。背後《うしろ》から引留める者がある。振切らうと眼を瞋《いか》らせて後を向く。子若《しじやく》と子正《しせい》の二人である。必死に子路の袖《そで》を控へてゐる二人の眼に、涙の宿つてゐるのを子路は見た。子路は、漸《ようや》く振上げた拳を下す。

翌日、孔子等《ら》の一行は衛《えい》を去つた。「我未だ徳を好むこと色を好むが如き者を見ざるなり。」といふのが、其《そ》の時の孔子の嘆声である。

十

葉公子高《しようこうしこう》は竜を好むこと甚《はなは》だしい。居室にも竜を雕《ほ》り繍帳《しゆうちよう》にも竜を画《えが》き、日常竜の中に起臥《きが》してゐた。之《これ》を聞いたほん物《もの》の天竜が大きに欣《よろこ》んで一日葉公の家に降《くだ》り己《おのれ》の愛好者を覗《のぞ》き見た。頭は牖《まど》に窺《うかが》ひ尾は堂に拖《ひ》くといふ素晴らしい大きさである。葉公は之を見るや怖《おそ》れわなないて逃げ走つた。其《そ》の魂魄《こんぱく》を失ひ五色主無し、といふ意気地無さであつた。

諸侯は孔子の賢の名を好んで、其《そ》の実を欣《よろこ》ばぬ。何《いず》れも葉公の竜に於ける類《たぐい》である。実際の孔子は余りに彼等には大き過ぎるもののやうに見えた。孔子を国賓として遇しようといふ国はある。孔子の弟子の幾人かを用ひた国もある。が、孔子の政策を実行しようとする国は何処《どこ》にも無い。匡《きよう》では暴民の凌辱《りようじよく》を受けようとし、宋《そう》では姦臣《かんしん》の迫害に遭《あ》ひ、蒲《ほ》では又兇漢《きようかん》の襲撃を受ける。諸侯の敬遠と御用学者の嫉視《しつし》と政治家連の排斥とが、孔子を待ち受けてゐたものの凡《すべ》てである。

それでも尚《なお》、講誦《こうしよう》を止《や》めず切磋《せつさ》を怠らず、孔子と弟子達とは倦《う》まずに国々への旅を続けた。「鳥よく木を択《えら》ぶ。木豈《あ》に鳥を択ばんや。」などと至つて気位は高いが、決して世を拗《す》ねたのではなく、飽く迄用ひられんことを求めてゐる。そして、己等《おのれら》の用ひられようとするのは己が為に非《あら》ずして天下の為、道の為なのだと本気で、——全く呆《あき》れたことに本気でさう考へてゐる。乏しくとも常に明るく、苦しくとも望《のぞみ》を捨てない。誠に不思議な一行であつた。

一行が招かれて楚《そ》の昭王の許《もと》へ行かうとした時、陳《ちん》・蔡《さい》の大夫《たいふ》共が相計《あいはか》り秘《ひそ》かに暴徒を集めて孔子等《ら》を途《みち》に囲ましめた。孔子の楚に用ひられることを惧《おそ》れ之《これ》を妨げようとしたのである。暴徒に襲はれるのは之が始めてではなかつたが、此《こ》の時は最も困窮に陥つた。糧道が絶たれ、一同火食せざること七日に及んだ。流石《さすが》に、餒《う》ゐ、疲れ、病者も続出する。弟子達の困憊《こんぱい》と恐惶《きようこう》との間に在《あ》つて孔子は独り気力少しも衰へず、平生《へいぜい》通り絃歌《げんか》して輟《や》まない。従者等の疲憊《ひはい》を見るに見兼《みか》ねた子路が、些《いささ》か色を作《な》して、絃歌する孔子の側に行つた。さうして訊《たず》ねた。夫子《ふうし》の歌ふは礼かと。孔子は答へない。絃を操る手も休めない。さて曲が終つてから漸《ようや》く言つた。

「由《ゆう》よ。吾汝《われなんじ》に告げん。君子楽《がく》を好むは驕《おご》るなきが為なり。小人楽を好むは慴《おそ》るるなきが為なり。それ誰の子ぞや。我を知らずして我に従ふ者は。」

子路は一瞬耳を疑つた。此《こ》の窮境に在つてなほ驕るなきが為に楽《がく》をなすとや？　しかし、直ぐに其《そ》の心に思ひ到ると、途端に彼は嬉《うれ》しくなり、覚えず戚《ほこ》を執《と》つて舞うた。孔子が之《これ》に和して弾じ、曲、三度《みたび》めぐつた。傍にある者又暫《しばら》くは飢《うえ》を忘れ疲《つかれ》を忘れて、此《こ》の武骨な即興の舞に興じ入るのであつた。

同じ陳蔡《ちんさい》の厄《やく》の時、未だ容易に囲みの解けさうもないのを見て、子路が言つた。君子も窮することあるか？と。師の平生の説によれば、君子は窮することが無い筈《はず》だと思つたからである。孔子が即座に答へた。「窮するとは道に窮するの謂《いい》に非《あら》ずや。今、丘《きゆう》、仁義の道を抱《いだ》き乱世の患に遭《あ》ふ。何ぞ窮すとなさんや。もしそれ、食足らず体瘁《つか》るるを以て窮すとなさば、君子も固《もと》より窮す。但《ただ》、小人は窮すればここに濫《みだ》る。」と。其処《そこ》が違ふだけだといふのである。子路は思はず顔を赧《あか》らめた。己《おのれ》の内なる小人を指摘された心地である。窮するも命なることを知り、大難に臨んで些《いささ》かの興奮の色も無い孔子の容《すがた》を見ては、大勇なる哉《かな》と嘆ぜざるを得ない。曽《かつ》ての自分の誇《ほこり》であつた・白刃《はくじん》前に接《まじ》はるも目まじろがざる底《てい》の勇が、何と惨《みじ》めにちつぽけなことかと思ふのである。

十一

許《きよ》から葉《しよう》へと出る途《みち》すがら、子路が独り孔子の一行に遅れて畑中の路《みち》を歩いて行くと、蓧《あじか》を荷《にの》うた一人の老人に会つた。子路が気軽に会釈して、夫子を見ざりしや、と問ふ。老人は立止つて、「夫子々々と言つたとて、どれが一体汝《なんじ》のいふ夫子《ふうし》やら俺《おれ》に分る訳がないではないか」と突堅貪《つつけんどん》に答へ、子路の人態《にんてい》をじろりと眺めてから、「見受けた所、四体を労せず実事に従はず空理空論に日を暮らしてゐる人らしいな。」と蔑《さげす》むやうに笑ふ。それから傍の畑に入り此方《こちら》を見返りもせずにせつせと草を取り始めた。隠者の一人に違ひないと子路は思つて一揖《いちゆう》し、道に立つて次の言葉を待つた。老人は黙つて一仕事してから道に出て来、子路を伴つて己《おの》が家に導いた。既に日が暮れかかつてゐたのである。老人は雞《とり》をつぶし黍《きび》を炊《かし》いで、もてなし、二人の子にも子路を引合せた。食後、些《いささ》かの濁酒に酔《よい》の廻つた老人は傍なる琴を執《と》つて弾じた。二人の子がそれに和して唱《うた》ふ。

湛々《タンタン》タル露アリ
陽ニ非《アラ》ザレバ晞《ヒ》ズ
厭々《エンエン》トシテ夜飲ス
酔ハズンバ帰ルコトナシ

明らかに貧しい生活《くらし》なのにも拘《かか》はらず、寔《まこと》に融々たる裕《ゆた》かさが家中に溢《あふ》れてゐる。和《なご》やかに充《み》ち足りた親子三人の顔付の中に、時として何処《どこ》か知的なものが閃《ひらめ》くのも、見逃し難《がた》い。

弾じ終つてから老人が子路に向つて語る。陸を行くには車、水を行くには舟と昔から決つたもの。今陸を行くに舟を以てすれば、如何《いかん》？　今の世に周の古法を施さうとするのは、丁度陸に舟を行《や》るが如きものと謂《い》ふべし。猨狙《さる》に周公の服を着せれば、驚いて引裂き棄《す》てるに決つてゐる。云々《うんぬん》……子路を孔門の徒と知つての言葉であることは明らかだ。老人は又言ふ。「楽しみ全くして始めて志を得たといへる。志を得るとは軒冕《けんべん》の謂《いい》ではない。」と。澹然無極《たんぜんむきよく》とでもいふのが此《こ》の老人の理想なのであらう。子路にとつて斯《こ》うした遁世《とんせい》哲学は始めてではない。長沮《ちようそ》・桀溺《けつでき》の二人にも遇《あ》つた。楚《そ》の接与《せつよ》といふ佯狂《ようきよう》の男にも遇つたことがある。しかし斯《こ》うして彼等の生活の中に入り一夜を共に過したことは、まだ無かつた。穏やかな老人の言葉と怡々《いい》たる其《そ》の容《すがた》に接してゐる中《うち》に、子路は、之《これ》も亦《また》一つの美しき生き方には違ひないと、幾分の羨望《せんぼう》をさへ感じないではなかつた。

併《しか》し、彼も黙つて相手の言葉に頷《うなず》いてばかりゐた訳ではない。「世と断《た》つのは固《もと》より楽しからうが、人の人たる所以《ゆえん》は楽しみを全《まつと》うする所にあるのではない。区々たる一身を潔《いさぎよ》うせんとして大倫を紊《みだ》るのは、人間の道ではない。我々とて、今の世に道の行はれない事ぐらゐは、とつくに承知してゐる。今の世に道を説くことの危険さも知つてゐる。しかし、道無き世なればこそ、危険を冒しても尚《なお》道を説く必要があるのではないか。」

翌朝、子路は老人の家を辞して道を急いだ。みち〳〵孔子と昨夜の老人とを並べて考へて見た。孔子の明察があの老人に劣る訳はない。孔子の慾があの老人よりも多い訳はない。それでゐて尚且《なおか》つ己《おのれ》を全うする途《みち》を棄《す》て道の為に天下を周遊してゐることを思ふと、急に、昨夜は一向に感じなかつた憎悪を、あの老人に対して覚え始めた。午《ひる》近く、漸《ようや》く、遥か前方の真青《まつさお》な麦畠《むぎばたけ》の中の道に一団の人影が見えた。其《そ》の中で特に際立《きわだ》つて丈《たけ》の高い孔子の姿を認め得た時、子路は突然、何か胸を緊《し》め付けられるやうな苦しさを感じた。

十二

宋《そう》から陳《ちん》に出る渡船の上で、子貢《しこう》と宰予《さいよ》とが議論をしてゐる。「十室の邑《ゆう》、必ず忠信丘《きゆう》が如き者あり。丘の学を好むに如《し》かざるなり。」といふ師の言葉を中心に、子貢は、此《こ》の言葉にも拘《かか》はらず孔子の偉大な完成は其《そ》の先天的な素質の非凡さに依《よ》るものだといひ、宰予は、いや、後天的な自己完成への努力の方が与《あずか》つて大きいのだと言ふ。宰予によれば、孔子の能力と弟子達の能力との差異は量的なものであつて、決して質的なそれではない。孔子の有《も》つてゐるものは万人のもつてゐるものだ。ただ其《そ》の一つ〳〵を孔子は絶えざる刻苦によつて今の大きさに迄仕上げただけのことだと。子貢は、併し、量的な差も絶大になると結局質的な差と変る所は無いといふ。それに、自己完成への努力をあれ程迄に続け得ること其《そ》れ自体が、既に先天的な非凡さの何よりの証拠ではないかと。だが、何にも増して孔子の天才の核心たるものは何かといへば、「それは」と子貢が言ふ。「あの優れた中庸への本能だ。何時如何《いついか》なる場合にも夫子《ふうし》の進退を美しいものにする・見事な中庸への本能だ。」と。

何を言つてるんだと、傍で子路が苦い顔をする。口先ばかりで腹の無い奴等め！ 今此《こ》の舟がひつくり返りでもしたら、奴等はどんなに真蒼な顔をするだらう。何といつても一旦《いつたん》有事の際に、実際に夫子《ふうし》の役に立ち得るのは己《おれ》なのだ。才弁縦横の若い二人を前にして、巧言は徳を紊《みだ》るといふ言葉を考へ、矜《ほこ》らかに我が胸中一片の氷心《ひようしん》を恃《たの》むのである。

子路にも、併《しか》し、師への不満が必ずしも無い訳ではない。

陳《ちん》の霊公が臣下の妻と通じ其《そ》の女の肌着を身に着けて朝《ちよう》に立ち、それを見せびらかした時、泄冶《せつや》といふ臣が諫《いさ》めて、殺された。百年ばかり以前の此《こ》の事件に就いて一人の弟子が孔子に尋ねたことがある。泄冶の正諫《せいかん》して殺されたのは古《いにしえ》の名臣比干《ひかん》の諫死《かんし》と変る所が無い。仁と称して良いであらうかと。孔子が答へた。いや、比干と紂王《ちゆうおう》との場合は血縁でもあり、又官から云つても少師であり、従つて己《おのれ》の身を捨てて争諫し、殺された後に紂王の悔寤《かいご》するのを期待した訳だ。之《これ》は仁と謂《い》ふべきであらう。泄冶の霊公に於けるは骨肉の親あるにも非《あら》ず、位も一大夫《いちたいふ》に過ぎぬ。君正しからず一国正しからずと知らば、潔《いさぎよ》く身を退くべきに、身の程をも計らず、区々たる一身を以て一国の淫婚《いんこん》を正さうとした。自ら無駄に生命を捐《す》てたものだ。仁どころの騒ぎではないと。

其《そ》の弟子はさう言はれて納得して引き下つたが、傍にゐた子路にはどうしても頷《うなず》けない。早速、彼は口を出す。仁・不仁は暫《しばら》く措《お》く。しかし兎《と》に角《かく》一身の危《あやう》きを忘れて一国の紊乱《ぶんらん》を正さうとした事の中には、智不智を超えた立派なものが在《あ》るのではなからうか。空《むな》しく命を捐つなどと言ひ切れないものが。仮令《たとえ》結果はどうあらうとも。

「由《ゆう》よ。汝《なんじ》には、さういふ小義の中にある見事さばかりが眼に付いて、それ以上は判らぬと見える。古《いにしえ》の士は国に道あれば忠を尽くして以て之《これ》を輔《たす》け、国に道無ければ身を退いて以て之を避けた。斯《こ》うした出処進退の見事さは未だ判らぬと見える。詩に曰《い》ふ。民 僻《よこしま》多き時は自ら辟《のり》を立つることなかれと。蓋《けだ》し、泄冶の場合にあてはまるやうだな。」

「では」と大分長い間考へた後《あと》で子路が言ふ。結局此《こ》の世で最も大切なことは、一身の安全を計ることに在《あ》るのか！　身を捨てて義を成すことの中《うち》にはないのであらうか！　一人の人間の出処進退の適不適の方が、天下蒼生《そうせい》の安危といふことよりも大切なのであらうか！　といふのは、今の泄冶《せつや》が若《も》し眼前の乱倫に顰蹙《ひんしゅく》して身を退いたとすれば、成程《なるほど》彼の一身はそれで良いかも知れぬが、陳《ちん》国の民にとつて一体それが何にならう！　まだしも、無駄とは知りつつも諫死《かんし》した方が、国民の気風に与へる影響から言つても遥かに意味があるのではないか。

「それは何も一身の保全ばかりが大切とは言はない。それならば比干《ひかん》を仁人と褒《ほ》めはしない筈《はず》だ。但《ただ》、生命は道の為に捨てるとしても捨て時・捨て処がある。それを察するに智を以てするのは、別に私《わたくし》の利の為ではない。急いで死ぬるばかりが能ではないのだ。」

　さう言はれれば一応はそんな気がして来るが、矢張《やはり》釈然としない所がある。身を殺して仁を成すべきことを言ひながら、其《そ》の一方、何処《どこ》かしら明哲保身を最上智と考へる傾向が、時々師の言説の中に感じられる。それがどうも気になるのだ。他の弟子達が之《これ》を一向に感じないのは、明哲保身主義が彼等に本能として、くつついてゐるからだ。それを凡《すべ》ての根柢《こんてい》とした上での・仁であり義でなければ、彼等には危《あやう》くて仕方が無いに違ひない。

　子路が納得し難《がた》げな顔色で立去つた時、その後姿を見送りながら、孔子が愀然《しゅうぜん》として言つた。邦《くに》に道有《あ》る時も直《なお》きこと矢の如し。道無き時も又矢の如し。あの男も衛《えい》の史魚《しぎょ》の類だな。恐らく、尋常な死に方はしないであらうと。

　楚《そ》が呉《ご》を伐《う》つた時、工尹商陽《こういんしょうよう》といふ者が呉の師を追うたが、同乗の王子棄疾《きしつ》に「王事なり。子、弓を手にして可なり。」といはれて始めて弓を執《と》り、「子、之を射よ。」と勧められて漸《ようや》く一人を射斃《いたお》した。しかし直ぐに又弓を韔《かわぶくろ》に収めて了《しま》つた。再び促されて又弓を取出し、あと二人を斃したが、一人を射る毎《ごと》に目を掩《おお》うた。さて三人を斃すと、「自分の今の身分では此《こ》の位で充分反命するに足るだらう。」とて、車を返した。

　此《こ》の話を孔子が伝へ聞き、「人を殺すの中、又礼あり。」と感心した。子路に言はせれば、併《しか》し、こんなとんでもない話はない。殊《こと》に、「自分としては三人斃《たお》した位で充分だ。」などといふ言葉の中に、彼の大嫌ひな・一身の行動を国家の休戚より上に置く考へ方が余りにハッキリしてゐるので、腹が立つのである。彼は怫然《ふつぜん》として孔子に喰つて掛かる。「人臣の節、君の大事に当りては、唯《ただ》力の及ぶ所を尽くし、死して而《しか》して後に已《や》む。夫子《ふうし》何《なん》ぞ彼を善《よ》しとする？」孔子も流石《さすが》に之《これ》には一言も無い。笑ひながら答へる。「然《しか》り。汝《なんじ》の言の如し。吾《われ》、ただ其《そ》の、人を殺すに忍びざるの心あるを取るのみ。」

十三

衛《えい》に出入りすること四度、陳《ちん》に留《とど》まること三年、曹《そう》・宋《えい》・蔡《さい》・葉《しょう》・楚《そ》と、子路は孔子に従つて歩いた。

孔子の道を実行に移して呉《く》れる諸侯が出て来ようとは、今更望めなかつたが、しかし、最早不思議に子路はいらだたない。世の溷濁《こんだく》と諸侯の無能と孔子の不遇とに対する憤懣焦躁《ふんまんしょうそう》を幾年か繰返した後、漸《ようや》く此《こ》の頃になつて、漠然とながら、孔子及びそれに従ふ自分等《ら》の運命の意味が判りかけて来たやうである。それは、消極的に命なりと諦《あきら》める気持とは大分遠い。同じく命なりと云ふにしても、「一小国に限定されない・一時代に限られない・天下万代の木鐸《ぼくたく》」としての使命に目覚めかけて来た・かなり積極的な命なりである。匡《きょう》の地で暴民に囲まれた時昂然《こうぜん》として孔子の言つた「天の未だ斯《こ》の文を喪《ほろぼ》さざるや匡人《きょうひと》それ予《われ》を如何《いかん》せんや」が、今は子路にも実に良く解つて来た。如何《いか》なる場合にも絶望せず、決して現実を軽蔑《けいべつ》せず、与へられた範囲で常に最善を尽くすといふ師の智慧《ちえ》の大きさも判るし、常に後世の人に見られてゐることを意識してゐる様な孔子の挙措《きょそ》の意味も今にして始めて頷《うなず》けるのである。あり余る俗才に妨げられてか、明敏子貢《しこう》には、孔子の此《こ》の超時代的な使命に就いての自覚が少い。朴直《ぼくちょく》子路の方が、其《そ》の単純極まる師への愛情の故《ゆえ》であらうか、却《かえ》つて孔子といふものの大きな意味をつかみ得たやうである。

放浪の年を重ねてゐる中《うち》に、子路も最早五十歳であつた。圭角《けいかく》がとれたとは称し難《がた》いながら、流石《さすが》に人間の重みも加はつた。後世の所謂《いわゆる》「万鍾《ばんしょう》我に於て何をか加へん」の気骨も、炯々《けいけい》たる其《そ》の眼光も、痩浪人《やせろうにん》の徒《いたず》らなる誇負から離れて、既に堂々たる一家の風格を備へて来た。

十四

孔子が四度目に衛《えい》を訪れた時、若い衛侯や正卿孔叔圉《せいけいこうしゆくぎよ》等《ら》から乞《こ》はれるままに、子路を推《お》して此《こ》の国に仕へさせた。孔子が十余年ぶりで故国に聘《むか》へられた時も、子路は別れて衛に留《とど》まつたのである。

十年来、衛は南子夫人の乱行《らんぎよう》を中心に、絶えず紛争を重ねてゐた。先《ま》づ公叔戍《こうしゆくじゆ》といふ者が南子排斥を企て却《かえ》つて其《そ》の讒《ざん》に遭《あ》つて魯《ろ》に亡命する。続いて霊公の子・太子蒯聵《かいがい》も義母南子を刺さうとして失敗し晋《しん》に奔《はし》る。太子欠位の中《うち》に霊公が卒《しゆつ》する。やむを得ず亡命太子の子の幼い輒《ちよう》を立てて後を嗣《つ》がせる。出公《しゆつこう》が之《これ》である。出奔《しゆつぽん》した前太子蒯聵は晋の力を借りて衛の西部に潜入し虎視《こし》眈々《たんたん》と衛侯の位を窺《うかが》ふ。之を拒《こば》まうとする現衛侯出公は子。位を奪はうと狙《ねら》ふ者は父。子路が仕へることになつた衛の国は此《こ》の様な状態であつた。

子路の仕事は孔家《こうけ》の為に宰として蒲《ほ》の地を治めることである。衛の孔家は、魯ならば季孫氏《きそんし》に当る名家で、当主孔叔圉《こうしゆくぎよ》は夙《つと》に名大夫《めいたいふ》の誉《ほまれ》が高い。蒲は、先頃南子の讒に遭つて亡命した公叔戍の旧領地で、従つて、主人を逐《お》うた現在の政府に対してこと〴〵に反抗的な態度を執《と》つてゐる。元々人気《じんき》の荒い土地で、嘗《かつ》て子路自身も孔子に従つて此《こ》の地で暴民に襲はれたことがある。

任地に立つ前、子路は孔子の所に行き、「邑《ゆう》に壮士多くして治め難《がた》し」といはれる蒲の事情を述べて教《おしえ》を乞《こ》うた。孔子が言ふ。「恭にして敬あらば以て勇を懾《おそ》れしむべく、寛にして正しからば以て強を懐《いだ》くべく、温にして断ならば以て姦《かん》を抑《おさ》ふべし」と。子路再拝して謝し、欣然《きんぜん》として任に赴《おもむ》いた。

蒲に着くと子路は先《ま》づ土地の有力者、反抗分子等《ら》を呼び、之と腹蔵なく語り合つた。手なづけようとの手段ではない。孔子の常に言ふ「教へずして刑することの不可」を知るが故《ゆえ》に、先づ彼等に己《おのれ》の意の在《あ》る所を明かしたのである。気取の無い率直《そつちよく》さが荒つぽい土地の人気に投じたらしい。壮士連は悉《ことごと》く子路の明快闊達《かつたつ》に推服した。それに此《こ》の頃になると、既に子路の名は孔門随一の快男児として天下に響いてゐた。「片言以て獄を折《さだ》むべきものは、それ由《ゆう》か」などといふ孔子の推奨の辞までが、大袈裟《おおげさ》な尾鰭《おひれ》をつけて普《あまね》く知れ渡つてゐたのである。蒲《ほ》の壮士連を推服せしめたものは、一つには確かに斯《こ》うした評判でもあつた。

三年後、孔子が偶〻《たまたま》蒲を通つた。先づ領内に入つた時、「善《よ》い哉《かな》、由《ゆう》や、恭敬にして信なり」と言つた。進んで邑《ゆう》に入つた時、「善い哉、由や、忠信にして寛なり」と言つた。愈〻《いよいよ》子路の邸《やしき》に入るに及んで、「善い哉、由や、明察にして断なり」と言つた。轡《くつわ》を執《と》つてゐた子貢が、未だ子路を見ずして之《これ》を褒《ほ》める理由を聞くと、孔子が答へた。已《すで》に其《そ》の領域に入れば田疇《でんちゅう》悉《ことごと》く治まり草萊《そうらい》甚《はなは》だ辟《ひら》け溝洫《こうきょく》は深く整つてゐる。治者恭敬にして信なるが故《ゆえ》に、民其の力を尽くしたからである。其の邑に入れば民家の牆屋《しょうおく》は完備し樹木は繁茂してゐる。治者忠信にして寛なるが故《ゆえ》に、民其の営を忽《ゆるが》せにしないからである。さて愈〻《いよいよ》其の庭に至れば甚だ清閑で従者僕《ぼく》僮《どう》一人として命に違《たが》ふ者が無い。治者の言、明察にして断なるが故に、其の政《まつりごと》が紊《みだ》れないからである。未だ由《ゆう》を見ずして悉《ことごと》く其《そ》の政を知つた訳ではないかと。

十五

魯《ろ》の哀公《あいこう》が西の方大野《かたたいや》に狩して麒麟《きりん》を獲た頃、子路は一時衛《えい》から魯に帰つてゐた。其《そ》の時小邾《しょうちゅ》の大夫《たいふ》・射《えき》といふ者が国に叛《そむ》き魯に来奔《らいほん》した。子路と一面識のあつた此《こ》の男は、「季路をして我に要せしめば、吾盟《われちか》ふことなけん。」と言つた。当時の慣ひとして、他国に亡命した者は、其《そ》の生命の保証をその国に盟つて貰《もら》つてから始めて安んじて居《い》つくことが出来るのだが、此《こ》の小邾の大夫は「子路さへ其《そ》の保証に立つて呉《く》れれば魯国の誓《ちかい》など要《い》らぬ」といふのである。諾を宿するなし、といふ子路の信と直とは、それ程世に知られてゐたのだ。所が、子路は此《こ》の頼《たのみ》をにべも無く断《ことわ》つた。或人《あるひと》が言ふ。千乗の国の盟《ちかい》をも信ぜずして、唯子《ただし》一人の言を信じようといふ。男児の本懐之に過ぎたるはあるまいに、何故《なにゆえ》之を恥とするのかと。子路が答へた。魯国が小邾と事ある場合、其《そ》の城下に死ねとあらば、事の如何《いかん》を問はず欣《よろこ》んで応じよう。しかし射《えき》といふ男は国を売つた不臣だ。

若《も》し其《そ》の保証に立つとなれば、自ら売国奴《ど》を是認することになる。己《おれ》に出来ることか、出来ないことか、考へる迄もないではないか!

子路を良く知る程の者は、此《こ》の話を伝へ聞いた時、思はず微笑した。余りにも彼のしさうな事、言ひさうな事だつたからである。

同じ年、斉《せい》の陳恒《ちんこう》が其《そ》の君を弑《しい》した。孔子は斎戒すること三日の後、哀公の前に出て、義の為に斉を伐《う》たんことを請《こ》うた。請ふこと三度。斉の強さを恐れた哀公は聴かうとしない。季孫《きそん》に告げて事を計れと言ふ。季康《きこう》子《し》が之《これ》に賛成する訳が無いのだ。孔子は君の前を退いて、さて人に告げて言つた。「吾、大夫《たいふ》の後《しりえ》に従ふを以てなり。故《ゆえ》に敢《あえ》て言はずんばあらず。」無駄とは知りつつも一応は言はねばならぬ己《おのれ》の地位だといふのである。(当時孔子は国老の待遇を受けてゐた。)

子路は一寸《ちよつと》顔を曇らせた。夫子《ふうし》のした事は、ただ形を完《まつと》うする為に過ぎなかつたのか。形さへ履《ふ》めば、それが実行に移されないでも平気で済ませる程度の義憤なのか?

教《おしえ》を受けること四十年に近くして、尚《なお》、此《こ》の溝はどうしようもないのである。

十六

子路が魯《ろ》に来てゐる間に、衛《えい》では政界の大黒柱孔叔圉《こうしゆくぎよ》が死んだ。其《そ》の未亡人で、亡命太子蒯聵《かいがい》の姉に当る伯《はく》姫《き》といふ女策士が政治の表面に出て来る。一子悝《かい》が父圉《ぎよ》の後《あと》を嗣《つ》いだことにはなつてゐるが、名目だけに過ぎぬ。伯姫から云へば、現衛侯輒《ちよう》は甥《おい》、位を窺《うかが》ふ前太子は弟で、親しさに変りはない筈《はず》だが、愛憎と利慾との複雑な経緯があつて、妙に弟の為ばかりを計らうとする。夫の死後頻《しき》りに寵愛《ちようあい》してゐる小姓上りの渾良夫《こんりようふ》なる美青年を使《つかい》として、弟蒯聵との間を往復させ、秘《ひそ》かに現衛侯逐出《おいだ》しを企んでゐる。

子路が再び衛《えい》に戻つて見ると、衛侯父子の争《あらそい》は更に激化し、政変の機運の濃く漂つてゐるのが何処《どこ》となく感じられた。

周の昭王の四十年閏《うるう》十二月某日。夕方近くなつて子路の家にあわただしく跳び込んで来た使があつた。孔家の老・欒寧《らんねい》の所からである。「本日、前太子蒯聵《かいがい》都に潜入。唯今《ただいま》孔氏の宅に入り、伯姫《はくき》・渾良夫《えんりようふ》と共に当主孔悝《こうかい》を脅して己《おのれ》を衛侯に戴《いただ》かしめた。大勢は既に動かし難《がた》い。自分（欒寧）は今から現衛侯を奉じて魯に奔《はし》る所だ。後《あと》は宜《よろ》しく頼む。」といふ口上である。

愈〻《いよいよ》来たな、と子路は思つた。兎《と》に角《かく》、自分の直接の主人に当る孔悝が捕へられ脅されたと聞いては、黙つてゐる訳に行かない。おつ取り刀で、彼は公宮へ駈《か》け付ける。

外門を入らうとすると、丁度中から出て来るちんちくりんな男にぶつつかつた。子羔《しこう》だ。孔門の後輩で、子路の推薦によつて此《こ》の国の大夫《たいふ》となつた・正直な・気の小さい男である。子羔が言ふ。内門はもう閉《しま》つて了《しま》ひましたよ。子路。いや、兎に角行くだけは行つて見よう。子羔。併《しか》し、もう無駄ですよ。却《かえ》つて難に遭《あ》ふこともないとは限らぬし。子路が声を荒らげて言ふ。孔家の禄《ろく》を喰《は》む身ではないか。何の為に難を避ける？

子羔を振切つて内門の所迄来ると、果して中から閉《しま》つてゐる。ドン〳〵と烈《はげ》しく叩《たた》く。はひつてはいけない！と、中から叫ぶ。其《そ》の声を聞き咎《とが》めて子路が怒鳴つた。公孫敢《こうそんかん》だな、其《そ》の声は。難を逃れんが為に節を変ずるやうな、俺は、そんな人間ぢやない。其《そ》の禄を利した以上、其《そ》の患を救はねばならぬのだ。開《あ》けろ！開《あ》けろ！

丁度中から使の者が出て来たので、それと入違ひに子路は跳び込んだ。

見ると、広庭一面の群集だ。孔悝の名に於て新衛侯擁立の宣言があるからとて急に呼び集められた群臣である。皆それ〴〵に驚愕《きようがく》と困惑との表情を浮かべ、向背《こうはい》に迷ふものの如く見える。庭に面した露台の上には、若い孔悝が母の伯姫と叔父の蒯聵とに抑《おさ》へられ、一同に向つて政変の宣言と其《そ》の説明とをするやう、強《し》ひられてゐる貌《かたち》だ。

子路は群衆の背後《うしろ》から露台に向つて大声に叫んだ。孔悝《こうかい》を捕へて何になるか！　孔悝を離せ。孔悝一人を殺したとて正義派は亡びはせぬぞ！

子路としては先づ己《おのれ》の主人を救ひ出し度《た》かつたのだ。さて、広庭のざわめきが一瞬静まつて一同が己《おのれ》の方を振向いたと知ると、今度は群集に向つて煽動《せんどう》を始めた。太子は音に聞えた臆病《おくびよう》者だぞ。下から火を放つて台を焼けば、恐れて孔叔（悝）を舎《ゆる》すに決つてゐる。火を放《つ》けようではないか。火を！

既に薄暮のこととて庭の隅々に篝火《かがりび》が燃されてゐる。それを指さし乍《なが》ら子路が、「火を！　火を！」と叫ぶ。

「先代孔叔文子（圉《ぎよ》）の恩義に感ずる者共は火を取つて台を焼け。さうして孔叔を救へ！」

台の上の簒奪《さんだつ》者は大いに懼《おそ》れ、石乞《せききつ》・盂黶《うえん》の二剣士に命じて、子路を討《う》たしめた。

子路は二人を相手に激しく斬《き》り結ぶ。往年の勇者子路も、しかし、年には勝てぬ。次第に疲労が加はり、呼吸が乱れる。子路の旗色の悪いのを見た群集は、此《こ》の時漸《ようや》く旗幟《きし》を明らかにした。罵声《ばせい》が子路に向つて飛び、無数の石や棒が子路の身体に当つた。敵の戟《ほこ》の尖端《さき》が頬《ほお》を掠《かす》めた。纓《えい》（冠の紐《ひも》）が断《き》れて、冠が落ちかかる。左手でそれを支へようとした途端に、もう一人の敵の剣が肩先に喰ひ込む。血が迸《ほとばし》り、子路は倒れ、冠が落ちる。倒れながら、子路は手を伸ばして冠を拾ひ、正しく頭に着けて素速く纓を結んだ。敵の刃の下で、真赤に血を浴びた子路が、最期の力を絞つて絶叫する。

「見よ！　君子は、冠を、正しうして、死ぬものだぞ！」

全身膾《なます》の如くに切り刻まれて、子路は死んだ。

魯《ろ》に在《あ》つて遥かに衛《えい》の政変を聞いた孔子は即座に、「柴《さい》（子羔《しこう》）や、其《そ》れ帰らん。由《ゆう》や死なん。」と言つた。果して其《そ》の言の如くなつたことを知つた時、老聖人は佇立瞑目《ちよりつめいもく》すること暫《しば》し、やがて潸然《さんぜん》として涙下つた。子路の屍《しかばね》が醢《ししびしお》にされたと聞くや、家中の塩漬類を悉《ことごと》く捨てさせ、爾後《じご》、醢は一切食膳《しよくぜん》に上《のぼ》さなかつたといふことである。

李陵

一

漢の武帝の天漢二年秋九月、騎都尉《きとい》・李陵《りりよう》は歩卒五千を率ゐ、辺塞遮虜鄣《へんさいしやりよしよう》を発して北へ向つた。阿爾泰《アルタイ》山脈の東南端が戈壁沙漠《ゴビさばく》に没せんとする辺の磽确《こうかく》たる丘陵地帯を縫つて北行すること三十日。朔風《さくふう》は戎衣《じゆうい》を吹いて寒く、如何《いか》にも万里孤軍来《きた》るの感が深い。漠北・浚稽山《しゆんけいざん》の麓《ふもと》に至つて軍は漸《ようや》く止営した。既に敵匈奴《きようど》の勢力圏に深く進み入つてゐるのである。秋とはいつても北地のこととて、苜蓿《うまごやし》も枯れ、楡《にれ》や檉柳《かわやなぎ》の葉も最早落ちつくしてゐる。木の葉どころか、木そのものさへ（宿営地の近傍を除いては）、容易に見つからない程の・唯沙《ただすな》と岩と磧《かわら》と、水の無い河床との荒涼《こうりよう》たる風景であつた。極目人煙を見ず、稀《まれ》に訪れるものとては曠野《こうや》に水を求める羚羊《かもしか》ぐらゐのものである。突兀《とつこつ》と秋空を劃《くぎ》る遠山の上を高く雁《かり》の列が南へ急ぐのを見ても、しかし、将卒一同誰一人として甘い懐郷の情などに唆《そそ》られるものはない。それ程に、彼等の位置は危険極まるものだつたのである。

騎兵を主力とする匈奴に向つて、一隊の騎馬兵をも連れずに歩兵ばかり（馬に跨《またが》る者は、陵とその幕僚数人に過ぎなかつた）で奥地深く侵入することからして、無謀の極といふ外《ほか》は無い。その歩兵も僅《わず》か五千、絶えて後援は無く、しかも此《こ》の浚稽山は、最も近い漢塞《かんさい》の居延《きよえん》からでも優に一千五百里（支那《しな》里程）は離れてゐる。統率者李陵への絶対的な信頼と心服とが無かつたなら到底続けられるやうな行事ではなかつた。

毎年秋風が立ち始めると決つて漢の北辺には、胡馬《こば》に鞭《むち》うつた剽悍《ひようかん》な侵略者の大部隊が現れる。辺吏が殺され、人民が掠《かす》められ、家畜が奪略される。五原《ごげん》・朔方《さくほう》・雲中・上谷・雁門《がんもん》などが、その例年の被害地である。

大将軍衛青《えいせい》・嫖騎《ひようき》将軍霍去病《かくきよへい》の武略によつて一時漠南《ばくなん》に王庭無しといはれた元狩《げんしゆ》以後元鼎《げんてい》へかけての数年を除いては、ここ三十年来欠かすことなく斯《こ》うした北辺の災《わざわい》がつゞいてゐた。霍去病が死んでから十八年、衛青が歿《ぼつ》してから七年。浞野侯趙破奴《さくやこうちようはど》は全軍を率ゐて虜《ろ》に降《くだ》り、光禄勲《こうろくくん》徐自為の朔北に築いた城障も忽《たちま》ち破壊される。全軍の信頼を繫《つな》ぐに足る将帥《しようすい》としては、わづかに先年大宛《たいえん》を遠征して武名を挙げた弐師《じし》将軍李広利《りこうり》があるに過ぎない。

その年——天漢二年夏五月、——匈奴の侵略に先立つて、弐師将軍が三万騎に将として酒泉《しゆせん》を出た。頻《しき》りに西辺を窺《うかが》ふ匈奴の右賢王を天山に撃たうといふのである。武帝は李陵に命じて此《こ》の軍旅の輜重《しちよう》のことに当らせようとした。未央宮《びおうきゆう》の武台殿に召見された李陵は、しかし、極力その役を免ぜられんことを請《こ》うた。陵は、飛将軍と呼ばれた名将李広の孫。夙《つと》に祖父の風ありといはれた騎射の名手で、数年前から騎都尉《きとい》として西辺の酒泉・張掖《ちようえき》に在《あ》つて射《しや》を教へ兵を練つてゐたのである。年齢も漸《ようや》く四十に近い血気盛りとあつては、輜重の役は余りに情無《なさけな》かつたに違ひない。臣が辺境に養ふ所の兵は皆荊楚《けいそ》の一騎当千の勇士なれば、願はくは彼等の一隊を率ゐて討《う》つて出《い》で、側面から匈奴の軍を牽制《けんせい》したいといふ陵の嘆願には、武帝も頷《うなず》く所があつた。しかし、相つゞく諸方への派兵のために、生憎《あいにく》、陵の軍に割《さ》くべき騎馬の余力が無いのである。李陵はそれでも構はぬといつた。確かに無理とは思はれたが、輜重の役などに当てられるよりは、むしろ己《おのれ》の為に身命を惜しまぬ部下五千と共に危《あやう》きを冒す方を選びたかつたのである。臣願はくは少を以て衆を撃たんといつた陵の言葉を、派手好きな武帝は大いに欣《よろこ》んで、その願《ねがい》を容れた。李陵は西、張掖に戻つて部下の兵を勒《ろく》すると直ぐに北へ向けて進発した。当時居延《きよえん》に屯《たむろ》してゐた彊弩都尉路博徳《きようどといろはくとく》が詔を受けて、陵の軍を中道迄迎へに出る。そこ迄は良かつたのだが、それから先が頗《すこぶ》る拙《まず》いことになつて来た。元来この路博徳といふ男は古くから霍去病の部下として軍に従ひ、邳離侯《ひりこう》に迄封ぜられ、殊に十二年前には伏波《ふくは》将軍として十万の兵を率ゐて南越を滅《ほろぼ》した老将である。その後、法に坐《ざ》して侯を失ひ現在の地位に堕《おと》されて西辺を守つてゐる。年齢からいつても、李陵とは父子ほどに違ふ。曽《かつ》ては封侯をも得たその老将が今更若い李陵如きの後塵《こうじん》を拝するのが何としても不愉快だつたのである。彼は陵の軍を迎へると同時に、都へ使《つかい》をやつて奏上させた。今方《まさ》に秋とて匈奴の馬は肥え、寡兵《かへい》を以てしては、騎馬戦を得意とする彼等の鋭鋒《えいほう》には些《いささ》か当り難《がた》い。それ故《ゆえ》、李陵と共にこゝに越年し、春を待つてから、酒泉・張掖《ちょうえき》の騎各五千を以て出撃した方が得策と信ずるといふ上奏文である。勿論、李陵はこのことをしらない。武帝はこれを見ると酷《ひど》く怒つた。李陵が博徳と相談の上での上書と考へたのである。我が前ではあの通り広言しておき乍《なが》ら、今更辺地に行つて急に怯気《おじけ》づくとは何事ぞといふ。忽《たちま》ち使が都から博徳と陵の所に飛ぶ。李陵は少を以て衆を撃たんと吾《わ》が前で広言した故、汝《なんじ》は之《これ》と協力する必要はない。今匈奴が西河に侵入したとあれば、汝は早速陵を残して西河に馳《は》せつけ敵の道を遮《さえぎ》れ、といふのが博徳への詔である。李陵への詔には、直ちに漠北に至り東は浚稽山《しゅんけいざん》から南は竜勒水《りょうろくすい》の辺迄を偵察観望し、もし異状無くんば、浞野侯《さくやこう》の故道に従つて受降城に至つて士を休めよとある。博徳と相談してのあの上書は一体何たることぞ、といふ烈《はげ》しい詰問のあつたことは言ふ迄も無い。寡兵を以て敵地に徘徊《はいかい》することの危険を別としても、尚《なお》、指定されたこの数千里の行程は、騎馬を持たぬ軍隊にとつては甚《はなは》だむづかしいものである。徒歩のみによる行軍の速度と、人力による車の牽引力《けんいんりょく》と、冬へかけての胡地《こち》の気候とを考へれば、之は誰にも明らかであつた。武帝は決して庸主《ようしゅ》ではなかつたが、同じく庸主ではなかつた隋《ずい》の煬帝《ようだい》や始皇帝《しこうてい》などと共通した長所と短所とを有《も》つてゐた。愛寵《あいちょう》比無き李夫人の兄たる弐師《じし》将軍にしてからが兵力不足のため一旦《いったん》、大宛《たいえん》から引揚《ひきあ》げようとして帝の逆鱗《げきりん》にふれ、玉門関《ぎょくもんかん》をとぢられて了《しま》つた。その大宛征討も、たかゞ善馬がほしいからとて思立《おもいた》たれたものであつた。帝が一度言出したら、どんな我が儘《まま》でも絶対に通されねばならぬ。況《ま》して、李陵の場合は、元々自ら乞《こ》うた役割でさへある。（たゞ季節と距離とに相当に無理な注文があるだけで）躊躇《ちゅうちょ》すべき理由は何処《どこ》にも無い。彼は、斯《か》くて、「騎兵を伴はぬ北征」に出たのであつた。

浚稽山の山間には十日余留《とど》まつた。その間、日毎《ひごと》に斥候《せっこう》を遠く派して敵状を探つたのは勿論、附近の山川地形を剰《あま》す所なく図に写しとつて都へ報告しなければならなかつた。報告書は麾下《きか》の陳《ちん》歩楽といふ者が身に帯びて、単身都へ馳《は》せるのである。選ばれた使者は、李陵に一揖《いちゆう》してから、十頭に足らぬ少数の馬の中の一匹に打《うち》跨《また》がると、一鞭《ひとむち》あてゝ丘を駈下《かけお》りた。灰色に乾いた漠々たる風景の中に、その姿が次第に小さくなつて行くのを、一軍の将士は何か心細い気持で見送つた。

十日の間、浚稽山《しゆんけいさん》の東西三十里の中には一人の胡兵をも見なかつた。

彼等に先立つて夏の中《うち》に天山へと出撃した弐師《じし》将軍は一旦《いつたん》右賢王を破りながら、その帰途別の匈奴の大軍に囲まれて惨敗した。漢兵は十に六・七を討《う》たれ、将軍の一身さへ危《あやう》かつたといふ。其《そ》の噂《うわさ》は彼等の耳にも届いてゐる。李広利《りこうり》を破つたその敵の主力が今どの辺りにゐるのか？　今、因杅《いんう》将軍公孫敖《こうそんごう》が西河・朔方の辺で禦《ふせ》いでゐる（陵と手を分つた路博徳《ろはくとく》はその応援に馳せつけて行つたのだが）といふ敵軍は、どうも、距離と時間とを計つて見るに、問題の敵の主力では無ささうに思はれる。天山から、そんなに早く、東方四千里の河南（オルドス）の地迄行ける筈《はず》がないからである。どうしても匈奴の主力は現在、陵の軍の止営地から北方郅居《しつきよ》水《すい》迄の間あたりに屯《たむろ》してゐなければならない勘定になる。李陵自身毎日前山の頂《いただき》に立つて四方を眺めるのだが、東方から南へかけては只《ただ》漠々たる一面の平沙《へいさ》、西から北へかけては樹木に乏しい丘陵性の山々が連つてゐるばかり、秋雲の間に時として鷹《たか》か隼《はやぶさ》かと思はれる鳥の影を見ることはあつても、地上には一騎の胡兵をも見ないのである。

山峡の疎林の外《はず》れに兵車を並べて囲ひ、その中に帷幕《いばく》を連ねた陣営である。夜になると、気温が急に下つた。士卒は乏しい木々を折取つて焚《た》いては暖をとつた。十日もゐる中《うち》に月は無くなつた。空気の乾いてゐるせゐか、ひどく星が美しい。黒々とした山影とすれ〳〵に、夜毎《よごと》、狼星《ろうせい》が青白い光芒《こうぼう》を斜めに曳《ひ》いて輝いてゐた。十数日事無く過した後、明日は愈〻《いよいよ》此処《ここ》を立退《たちの》いて、指定された進路を東南へ向つて取らうと決したその晩のことである。一人の歩哨《ほしよう》が見るとも無く此《こ》の爛々《らんらん》たる狼星を見上げてゐると、突然、その星の直ぐ下の所に頗《すこぶ》る大きな赤黄色い星が現れた。オヤと思つてゐる中《うち》に、その見なれぬ巨《おお》きな星が赤く太い尾を引いて動いた。と続いて、二つ三つ四つ五つ、同じやうな光がその周囲に現れて、動いた。思はず歩哨が声を立てようとした時、其等《それら》の遠くの灯《ひ》はフツと一時に消えた。まるで今見た事が夢だつたかの様に。

歩哨の報告に接した李陵は、全軍に命じて、明朝天明と共に直ちに戦闘に入るべき準備を整へさせた。外に出て一応各部署を点検し終ると、再び幕営に入り、雷の如き鼾声《かんせい》を立てゝ熟睡した。

翌朝李陵が目を醒《さ》まして外へ出て見ると、全軍は既に昨夜の命令通りの陣形をとり、静かに敵を待ち構へてゐた。全部が、兵車を並べた外側に出、戟《ほこ》と盾《たて》とを持つた者が前列に、弓弩《きゆうど》を手にした者が後列にと配置されてゐるのである。此《こ》の谷を挟んだ二つの山はまだ暁暗《ぎようあん》の中に森閑《しんかん》とはしてゐるが、そこゝの巌陰《いわかげ》に何かのひそんでゐるらしい気配が何となく感じられる。

朝日の影が谷合にさしこんでくると同時に、（匈奴は、単于《ぜんう》が先《ま》づ朝日を拝した後でなければ事を発しないのであらう。）今迄何一つ見えなかつた両山の頂《いただき》から斜面にかけて、無数の人影が一時に湧《わ》いた。天地を撼《ゆる》がす喊声《かんせい》と共に胡兵は山下に殺到した。胡兵の先登《せんとう》が二十歩の距離に迫つた時、それ迄鳴《なり》をしづめてゐた漢の陣営から始めて鼓声《こせい》が響く。忽《たちま》ち千弩《せんど》共に発し、弦に応じて数百の胡兵は一斉に倒れた。間髪《かんはつ》を入れず、浮足立つた残りの胡兵に向つて、漢軍前列の持戟者《じげきしや》等が襲ひかかる。匈奴の軍は完全に潰《つい》えて、山上へ逃げ上つた。漢軍之《これ》を追撃して虜首《りよしゆ》を挙げること数千。

鮮やかな勝ちつぷりではあつたが、執念深い敵が此《こ》の儘《まま》で退くことは決して無い。今日の敵軍だけでも優に三万はあつたらう。それに、山上に靡《なび》いてゐた旗印から見れば、紛れも無く単于の親衛軍である。単于がゐるものとすれば、八万や十万の後詰《あとづめ》の軍は当然繰出《くりだ》されるものと覚悟せねばならぬ。李陵は即刻此《こ》の地を撤退して南へ移ることにした。それもこゝから東南二千里の受降城へといふ前日迄の予定を変へて、半月前に辿《たど》つて来た其《そ》の同じ道を南へ取つて一日も早くもとの居延塞《きよえんさい》（それとて千数百里離れてはゐるが）に入らうとしたのである。

南行三日目の午《ひる》、漢軍の後方遥か北の地平線に、雲の如く黄塵《こうじん》の揚《あが》るのが見られた。匈奴騎兵の追撃である。翌日は既に八万の胡兵が騎馬の快速を利して、漢軍の前後左右を隙《すき》もなく取囲《とりかこ》んで了《しま》つてゐた。但《ただ》し、前日の失敗に懲《こ》りたと見え、至近の距離に迄は近付いて来ない。南へ行進して行く漢軍を遠捲《とおまき》にしながら、馬上から遠矢を射かけるのである。李陵が全軍を停めて、戦闘の体形をとらせれば、敵は馬を駆《か》つて遠く退き、搏戦《はくせん》を避ける。再び行軍をはじめれば、又近づいて来て矢を射かける。行進の速度が著《いちじる》しく減ずるのは固《もと》より、死傷者も一日づつ確実に殖《ふ》えて行くのである。飢ゑ疲れた旅人の後をつける曠野《こうや》の狼《おおかみ》のやうに、匈奴の兵は此《こ》の戦法を続けつゝ執念深く追つて来る。少しづつ傷《きず》つけて行つた揚句《あげく》、何時《いつ》かは最後の止《とど》めを刺さうと其《そ》の機会を窺《うかが》つてゐるのである。

且《か》つ戦ひ、且つ退きつゝ南行すること更に数日、或る山谷の中で漢軍は一日の休養をとつた。負傷者も既にかなりの数に上つてゐる。李陵は全員を点呼して、被害状況を調べた後、傷の一ケ所に過ぎぬ者には平生《へいぜい》通り兵器を執《と》つて闘《たたか》はしめ、両創を蒙《こうむ》る者にも尚《なお》兵車を助け推《お》さしめ、三創にして始めて輦《れん》に載せて扶《たす》け運ぶことに決めた。輸送力の欠乏から屍体《したい》はすべて曠野《こうや》に遺棄する外《ほか》は無かつたのである。此《こ》の夜、陣中視察の時、李陵は偶〻《たまたま》或る輜重車《しちようしや》中に男の服を纏《まと》うた女を発見した。全軍の車輛《しやりよう》について一々取調べた所、同様にして潜《ひそ》んでゐた十数人の女が捜し出された。往年関東の群盗が一時に戮《りく》に遇《あ》つた時、その妻子等《ら》が逐《お》はれて西辺に遷《うつ》り住んだ。其等《それら》寡婦の中《うち》衣食に窮するままに、辺境守備兵の妻となり、或ひは彼等を華客とする娼婦《しようふ》となり果てた者が少くない。兵車中に隠れて遥々漠北迄従ひ来たつたのは、さういふ連中である。李陵は軍吏に女等を斬《き》るべくカンタンに命じた。彼女等を伴ひ来たつた士卒については一言のふれる所も無い。澗間《たにま》の凹地《くぼち》に引出された女共の疳高《かんだか》い号泣《ごうきゆう》が暫《しばら》くつゞいた後、突然それが夜の沈黙に呑《の》まれたやうにフツと消えて行くのを、軍幕の中の将士一同は粛然たる思ひで聞いた。

翌朝、久しぶりで肉薄来襲した敵を迎へて漢の全軍は思ひきり快戦した。敵の遺棄屍体三千余。連日の執拗《しつよう》なゲリラ戦術に久しくいら立ち屈してゐた士気が俄《にわ》かに奮《ふる》ひ立つた形である。次の日から又、故《もと》の竜城の道に循《したが》つて、南方への退行が始まる。匈奴は又しても、元の遠捲《とおまき》戦術に還《かえ》つた。五日目、漢軍は、平沙《へいさ》の中に時に見出《みいだ》される沼沢地《しようたくち》の一つに踏入《ふみい》つた。水は半ば凍り、泥濘《でいねい》も脛《はぎ》を没する深さで、行けども〳〵果てしない枯葦《かれあし》原《はら》が続く。風上《かざかみ》に廻つた匈奴の一隊が火を放つた。朔風《さくふう》は焔《ほのお》を煽《あお》り、真昼の空の下に白つぽく輝《かがやき》を失つた火は、すさまじい速さで漢軍に迫る。李陵は直ぐに附近の葦《あし》に迎へ火を放たしめて、辛《かろ》うじて之《これ》を防いだ。火は防いだが、沮洳地《そじよち》の車行の困難は言語に絶した。休息の地の無いまゝに一夜泥濘《でいねい》の中を歩き通した後、翌朝漸《ようや》く丘陵地に辿《たど》りついた途端に、先廻りして待伏《まちぶ》せてゐた敵の主力の襲撃に遭《あ》つた。人馬入乱れての搏兵《はくへい》戦である。林間から騎馬隊の烈《はげ》しい突撃を避けるため、李陵は車を棄《す》てゝ、山麓《さんろく》の疎林の中に戦闘の場所を移し入れた。

の猛射は頗《すこぶ》る効を奏した。偶〻《たまたま》陣頭に姿を現した単于《ぜんう》とその親衛隊とに向つて、一時に連弩《れんど》を発して乱射した時、単于の白馬は前脚を高くあげて棒立《ぼうだち》となり、青袍《せいほう》をまとうた胡主は忽《たちま》ち地上に投出された。親衛隊の二騎が馬から下りもせずに、右左からさつと単于を掬《すく》ひ上げると、全隊が忽ち之《これ》を中に囲んで素早く退いて行つた。乱闘数刻の後漸《ようや》く執拗《しつよう》な敵を撃退し得たが、確かに今迄に無い難戦であつた。遺《のこ》された敵の屍体は又しても数千を算したが、漢軍も千に近い戦死者を出したのである。

　この日捕へた胡虜《こりよ》の口から、敵軍の事情の一端を知ることが出来た。それによれば、単于は漢兵の手強《てごわ》さに驚嘆し、己《おのれ》に二十倍する大軍をも怯《おそ》れず日に〳〵南下して我を誘ふかに見えるのは、或ひは何処《どこ》か近くに伏兵があつて、それを恃《たの》んでゐるのではないかと疑つてゐるらしい。前夜その疑《うたがい》を単于が幹部の諸将に洩《も》らして事を計つたところ、結局、さういふ疑も確かにあり得るが、ともかくも、単于自ら数万騎を率ゐて漢の寡勢を滅《ほろぼ》し得ぬとあつては、我々の面目に係《かか》はるといふ主戦論が勝を制し、之より南四五十里は山谷がつゞくがその間力戦猛攻し、さて平地に出て一戦しても尚《なお》破り得ないとなつたらその時始めて兵を北に還《かえ》さうといふことに決つたといふ。之を聞いて、校尉《こうい》韓延年《かんえんねん》以下漢軍の幕僚達の頭に、或ひは助かるかも知れぬぞ、といふ希望の様なものが微《かす》かに湧《わ》いた。

　翌日からの胡軍の攻撃は猛烈を極めた。捕虜の言の中に在《あ》つた最後の猛攻といふのを始めたのであらう。襲撃は一日に十数回繰返された。手厳《てきび》しい反撃を加へつゝ漢軍は徐々に南に移つて行く。三日経《た》つと平地に出た。平地戦になると倍加される騎馬隊の威力にものを言はせ匈奴軍は遮二《しやに》無二《むに》漢軍を圧倒しようとかかつたが、結局又も二千の屍体を遺《のこ》して退いた。捕虜の言が偽りでなければ、之で胡軍は追撃を打切る筈《はず》である。たかゞ一兵卒の言つた言葉故《ゆえ》、それ程信頼できるとは思はなかつたが、それでも幕僚一同些《いささ》かホツとしたことは争へなかつた。

　其《そ》の晩、漢の軍侯、管敢《かんかん》といふ者が陣を脱して匈奴の軍に亡《に》げ降《くだ》つた。嘗《かつ》て長安都下の悪少年だつた男だが、前夜斥候《せつこう》上の手抜かりに就いて校尉・成安侯韓延年のために衆人の前で面罵《めんば》され、笞《むち》打たれた。それを含んで此《こ》の挙に出たのである。先日渓間《たにま》で斬《ざん》に遭《あ》つた女共の一人が彼の妻だつたのだとも云ふ。管敢は匈奴の捕虜の自供した言葉を知つてゐた。それ故、胡陣に亡《に》げて単于《ぜんう》の前に引出されるや、伏兵を懼《おそ》れて引上げる必要のないことを力説した。言ふ。漢軍には後援が無い。矢も殆《ほとん》ど尽きようとしてゐる。負傷者も続出して行軍は難渋を極めてゐる。漢軍の中心を為《な》すものは、李将軍及び成安侯韓延年の率ゐる各八百人だが、それ〴〵黄と白との幟《のぼり》を以て印としてゐる故《ゆえ》、明日胡騎の精鋭をして其処《そこ》に攻撃を集中せしめて之《これ》を破つたなら、他は容易に潰《かい》滅《めつ》するであらう、云々《うんぬん》。単于は大いに喜んで厚く敢を遇し、直ちに北方への引上《ひきあげ》命令を取消した。

翌日。李陵韓延年速《すみや》かに降《くだ》れと疾呼《しっこ》しつゝ胡軍の最精鋭は、黄白の幟を目指して襲ひかかつた。その勢《いきおい》に漢軍は、次第に平地から西方の山地へと押されて行く。遂《つい》に本道から遥かに離れた山谷の間に追込まれて了《しま》つた。四方の山上から敵は矢を雨の如くに注いだ。それに応戦しようにも、今や矢が完全に尽きて了つた。遮虜鄣《しゃりょしょう》を出る時各人が百本づつ携へた五十万本の矢が悉《ことごと》く射悉《いつく》されたのである。矢ばかりではない。全軍の刀槍矛戟《とうそうぼうげき》の類も半ばは折れ欠けて了つた。文字通り刀折れ矢尽きたのである。それでも、戟《ほこ》を失つたものは車輻《しゃふく》を斬《き》つて之を持ち、軍吏は尺力を手にして防戦した。谷は奥へ進むに従つて愈〻《いよいよ》狭くなる。胡卒は諸所の崖《がけ》の上から大石を投下し始めた。矢よりも此《こ》の方が確実に漢軍の死傷者を増加させた。死屍《しし》と纍石《るいせき》とで最早前進も不可能になつた。

其《そ》の夜、李陵は小袖《しょうしゅう》短衣の便衣を著《つ》け、誰もついて来るなと禁じて独り幕営の外に出た。月が山の峡《かい》から覗《のぞ》いて谷間に堆《うずたか》い屍《しかばね》を照らした。浚稽山《しゅんけいさん》の陣を撤する時は夜が暗かつたのに、又も月が明るくなり始めたのである。月光と満地の霜《しも》とで片岡の斜面は水に濡《ぬ》れたやうに見えた。幕営の中に残つた将士は、李陵の服装からして、彼が単身敵陣を窺《うかが》つてあはよくば単于と刺違《さしちが》へる所存に違ひないことを察した。李陵は中々戻つて来なかつた。彼等は息をひそめて暫《しばら》く外の様子を窺つた。遠く山上の敵塁から胡笳《こか》の声が響く。かなり久しくたつてから、音もなく帷《とばり》をかゝげて李陵が幕の内にはひつて来た。駄目《だめ》だ。と一言吐き出すやうに言ふと、踞《きょ》牀《しょう》に腰を下した。全軍斬死の外《ほか》、途《みち》は無いやうだなと、又暫《しばら》くしてから、誰に向つてともなく言つた。満座口をひらく者は無い。やゝあつて軍吏の一人が口を切り、先年浞野《さくや》侯趙破奴《こうちょうはど》が胡軍のために生擒《いけど》られ、数年後に漢に亡《に》げ帰つた時も、武帝は之《これ》を罰しなかつたことを語つた。この例から考へても、寡兵を以て、かく迄匈奴を震駭《しんがい》させた李陵であつてみれば、たとへ都へ逃れ帰つても、天子は之《これ》を遇する途《みち》を知り給《たも》ふであらうといふのである。李陵はそれを遮《さえぎ》つて言ふ。陵一個のことは暫《しばら》く措《お》け。とにかく、今数十矢もあれば一応は囲みを脱出することも出来ようが、一本の矢も無い此《こ》の有様では、明日の天明には全軍が坐《ざ》して縛《ばく》を受けるばかり。唯《ただ》、今夜の中《うち》に囲みを突いて外に出、各自鳥獣と散じて走つたならば、その中には或ひは辺塞《へんさい》に辿《たど》りついて、天子に軍状を報告し得る者もあるかも知れぬ。案ずるに現在の地点は鞮汗山《ていかんざん》北方の山地に違ひなく、居延《きよえん》までは尚《なお》数日の行程故《ゆえ》、成否のほどは覚束《おぼつかな》無いが、ともかく今となつては、其《そ》の他に残された途《みち》は無いではないか。諸将僚も之《これ》に頷《うなず》いた。全軍の将卒に各二升《ます》の糒《ほしいい》と一個の冰片《ひょうへん》とが頒《わか》たれ、遮二無二《しゃにむに》、遮虜鄣《しゃりょしょう》に向つて走るべき旨がふくめられた。さて、一方、悉《ことごと》く漢陣の旌旗《せいき》を倒し之を斬《き》つて地中に埋めた後、武器兵車等の敵に利用され得る惧《おそれ》のあるものも皆打毀《うちこわ》した。夜半、鼓《こ》して兵を起した。軍鼓の音も惨《さん》として響かぬ。李陵は韓校尉と共に馬に跨《また》がり壮士十余人を従へて先登《せんとう》に立つた。此《こ》の日追ひ込まれた峡谷の東の口を破つて平地に出、それから南へ向けて走らうといふのである。

　早い月は既に落ちた。胡虜《こりょ》の不意を衝《つ》いて、ともかくも全軍の三分の二は予定通りの峡谷の東口を突破した。しかし直ぐに敵の騎馬兵の追撃に遭《あ》つた。徒歩の兵は大部分討《う》たれ或ひは捕へられたやうだつたが、混戦に乗じて敵の馬を奪つた数十人は、その胡馬に鞭《むち》うつて南方へ走つた。敵の追撃をふり切つて夜目にもぼつと白い平沙《へいさ》の上を、のがれ去つた部下の数を数へて、確かに百に余ることを確かめ得ると、李陵は又峡谷の入口の修羅場にとつて返した。身には数創を帯び、自らの血と返り血とで戎衣《じゅうい》は重く濡《ぬ》れてゐた。彼と並んでゐた韓延年はすでに討たれて戦死してゐた。麾下《きか》を失ひ全軍を失つて、最早天子に見《まみ》ゆべき面目は無い。彼は戟《ほこ》を取直《とりなお》すと、再び乱軍の中に駈入《かけい》つた。暗い中で敵味方も分らぬ程の乱闘の中《うち》に、李陵の馬が流矢《ながれや》に当つたと見えてガツクリ前にのめつた。それとどちらが早かつたか、前なる敵を突かうと戈《ほこ》を引いた李陵は、突然背後から重量のある打撃を後頭部に喰《くら》つて失神した。馬から顛落《てんらく》した彼の上に、生擒《いけど》らうと構へた胡兵共が十重《とえ》二十重《はたえ》とをり重なつて、とびかゝつた。

二

九月に北へ立つた五千の漢軍は、十一月に入つて、疲れ傷《きずつ》いて将を失つた四百足らずの敗兵となつて辺塞《へんさい》に辿《たど》りついた。敗報は直ちに駅伝を以て長安の都に達した。

武帝は思ひの外《ほか》腹を立てなかつた。本軍たる李広利の大軍さへ惨敗してゐるのに、一支隊たる李陵の寡軍に大した期待のもてよう道理が無かつたから。それに彼は、李陵が必ずや戦死してゐるに違ひないとも思つてゐたのである。たゞ、先頃李陵の使《つかい》として漠北から、「戦線異状無し、士気頗《すこぶ》る旺盛《おうせい》」の報をもたらした陳歩楽だけは（彼は吉報の使者として嘉《よみ》せられ郎となつてそのまゝ都に留《とど》まつてゐた）成行上どうしても自殺しなければならなかつた。哀れではあつたが、之《これ》はやむを得ない。

翌、天漢三年の春になつて、李陵は戦死したのではない。捕へられて虜《ろ》に降《くだ》つたのだといふ確報が届いた。武帝は始めて嚇怒《かくど》した。即位後四十余年。帝は既に六十に近かつたが、気象の烈《はげ》しさは壮時に超えてゐる。神仙の説を好み方士巫覡《ふげき》の類を信じた彼は、それ迄に己《おのれ》の絶対に尊信する方士共に幾度か欺《あざむ》かれてゐた。漢の勢威の絶頂に当つて五十余年の間君臨した此《こ》の大皇帝は、その中年以後ずつと、霊魂の世界への不安な関心に執《しつ》拗《よう》につきまとはれてゐた。それだけに、その方面での失望は彼にとつて、大きな打撃となつた。かうした打撃は生来闊達《かつたつ》だつた彼の心に、年と共に群臣への暗い猜疑《さいぎ》を植ゑつけて行つた。李蔡《りさい》・青翟《せいかく》・趙周《ちょうしゅう》と、丞相《じょうしょう》たる者は相ついで死罪に行はれた。現在の丞相たる公孫賀の如き、命《めい》を拝した時に己《おの》が運命を恐れて帝の前で手離しで泣出した程である。硬骨漢汲黯《こうこつかんきゅうあん》が退いた後は、帝を取巻くものは、佞臣《ねいしん》に非《あら》ずんば酷吏であつた。

さて、武帝は諸重臣を召して李陵の処置に就いて計つた。李陵の身体は都にはないが、その罪の決定によつて、彼の妻子眷属《けんぞく》家財等の処分が行はれるのである。酷吏として聞えた一廷尉《ていい》が常に帝の顔色を窺《うかが》ひ合法的に法を枉《ま》げて帝の意を迎へることに巧みであつた。或《ある》人が法の権威を説いて之《これ》を詰《なじ》つたところ、之に答へていふ。前主の是《ぜ》とする所之が律となり、後主の是とする所之が令となる。当時の君主の意の外《ほか》に何の法があらうぞと。群臣皆此《こ》の廷尉の類であつた。丞相公孫賀、御史大夫《ぎょしたいふ》杜周《としゅう》、太常《たいじょう》、趙弟《ちょうてい》以下、誰一人として、帝の震怒《しんど》を犯して迄陵のために弁じようとする者は無い。口を極めて彼等は李陵の売国的行為を罵《ののし》る。陵の如き変節漢と肩を比《なら》べて朝《ちょう》に仕へてゐたことを思ふと今更乍《なが》ら愧《は》づかしいと言出した。平生《へいぜい》の陵の行為の一つ一つが凡《すべ》て疑はしかつたことに意見が一致した。陵の従弟《いとこ》に当る李敢が太子の寵《ちょう》を頼んで驕恣《きょうし》であること迄が、陵への讒謗《ざんぼう》の種子になつた。口を緘《かん》して意見を洩《も》らさぬ者が、結局陵に対して最大の好意を有《も》つ者だつたが、それも数へる程しかゐない。

唯《ただ》一人、苦々しい顔をして之等《これら》を見守つてゐる男がゐた。今口を極めて李陵を讒誣《ざんぶ》してゐるのは、数ケ月前李陵が都を辞する時に盃《さかずき》をあげて、其《そ》の行を壮《さか》んにした連中ではなかつたか。漢北からの使者が来て李陵の軍の健在を伝へた時、流石《さすが》は名将李広《りこう》の孫と李陵の孤軍奮闘を讃《たた》へたのも又同じ連中ではないのか。恬《てん》として既往を忘れたふりの出来る顕官連や、彼等の諂諛《てんゆ》を見破る程に聡明《そうめい》ではありながら尚《なお》真実に耳を傾ける事を嫌ふ君主が、此《こ》の男には不思議に思はれた。いや、不思議ではない。人間がさういふものとは昔からいやになる程知つてはゐるのだが、それにしても其《そ》の不愉快さに変りはないのである。下大夫の一人として朝《ちょう》につらなつてゐたために彼も亦《また》下問を受けた。その時、此《こ》の男はハツキリと李陵を褒《ほ》め上げた。言ふ。陵の平生《へいぜい》を見るに、親に事《つか》へて孝、士と交《まじ》はつて信、常に奮《ふる》つて身を顧みず以て国家の急に殉ずるは誠に国士の風ありといふべく、今不幸にして事一度破れたが、身を全《まっと》うし妻子を保《やす》んずることをのみ唯《ただ》念願とする君側の佞人《ねいじん》ばらが、此《こ》の陵の一失を取上げて之《これ》を誇大歪曲《わいきょく》し以て上の聡明を蔽《おお》はうとしてゐるのは、遺憾《いかん》此の上極まりない。抑々《そもそも》陵の今回の軍《いくさ》たる、五千に満たぬ歩卒を率ゐて深く敵地に入り、匈奴《きょうど》数万の師を奔命《ほんめい》に疲れしめ、転戦千里、矢尽き道窮《きわ》まるに至るも尚全軍空弩《くうど》を張り、白刃《はくじん》を冒して死闘してゐる。部下の心を得て之に死力を尽さしむること、古《いにしえ》の名将と雖《いえど》も之には過ぎまい。軍敗れたりとはいへ、その善戦のあとは正《まさ》に天下に顕彰するに足る。思ふに、彼が死せずして虜《ろ》に降《くだ》つたといふのも、潜《ひそ》かに彼《か》の地にあつて何事か漢に報いんと期してのことではあるまいか。……………

並ゐる群臣は驚いた。こんな事のいへる男が世にゐようとは考へなかつたからである。彼等はこめかみを顫《ふる》はせた武帝の顔を恐る〳〵見上げた。それから、自分等《ら》を敢《あえ》て全軀保妻子《くをまっとうしさいし》の臣と呼んだ此《こ》の男を待つものが何であるかを考へて、ニヤリとするのである。
向ふ見ずな其《そ》の男――太史令《たいしれい》・司馬遷《しばせん》が君前を退くと、直ぐに「全軀保妻子の臣」の一人が、遷と李陵との親しい関係について武帝の耳に入れた。太史令は故《ゆえ》あつて弐師《じし》将軍と隙《げき》あり、遷が陵を褒《ほ》めるのは、それによつて、今度、陵に先立つて出塞《しゅつさい》して功の無かつた弐師将軍を陥《おとし》いれんがためであると言ふ者も出てきた。とも角も、たかゞ星暦卜祝《ぼくしゅく》を司《つかさど》るに過ぎぬ太史令の身として、余りにも不遜《ふそん》な態度だといふのが一同の一致した意見である。をかしな事に、李陵の家族よりも司馬遷の方が先に罪せられることになつた。翌日、彼は廷尉に下された。刑は宮《きゅう》と決つた。

支那で昔から行はれた肉刑の主なものとして、黥《げい》、劓《ぎ》（はなきる）剕《ひ》（あしきる）宮、の四つがある。武帝の祖父・文帝の時、此《こ》の四つの中《うち》三つ迄は廃せられたが、宮刑のみは其の儘《まま》残された。宮刑とは勿論、男を男でなくする奇怪な刑罰である。之《これ》を一に腐刑ともいふのは、その創《きず》が腐臭を放つが故《ゆえ》だともいひ、或ひは、腐木の実を生ぜざるが如き男と成り果てるからだともいふ。此《こ》の刑を受けた者を閹人《えんじん》と称し、宮廷の宦官《かんがん》の大部分が之《これ》であつたことは言ふ迄も無い。人もあらうに司馬遷が此《こ》の刑に遭《あ》つたのである。しかし、後代の我々が史記の作者として知つてゐる司馬遷は大きな名前だが、当時の太史令司馬遷は眇《びょう》たる一文筆の吏に過ぎない。頭脳の明晰《めいせき》なことは確かとしても其《そ》の頭脳に自信をもち過ぎた、人づき合ひの悪い男、議論に於て決して他人《ひと》に負けない男、たかぐ〵強情我慢の変屈《へんくつ》人としてしか知られてゐなかつた。彼が腐刑に遭つたからとて別に驚く者は無い。

司馬氏は元《もと》周の史官であつた。後、晋《しん》に入り、秦《しん》に仕へ、漢の代となつてから四代目の司馬談が武帝に仕へて建元年間に太史令をつとめた。この談が遷の父である。専門たる律・暦・易《えき》の他に道家の教《おしえ》に精《くわ》しく又博《ひろ》く儒、墨、法、名、諸家の説にも通じてゐたが、それらを凡《すべ》て一家の見を以て綜《す》べて自己のものとしてゐた。己《おのれ》の頭脳や精神力についての自矜《じきょう》の強さはそつくり其《そ》の儘《まま》息子の遷に受嗣《うけつ》がれた所のものである。彼が、息子に施した最大の教育は、諸学の伝授を終へて後に、海内《かいだい》の大旅行をさせたことであつた。当時としては変つた教育法であつたが、之が後年の歴史家司馬遷に資する所の頗《すこぶ》る大であつたことは、いふ迄もない。

元封元年に武帝が東、泰山《たいざん》に登つて天を祭つた時、偶〻《たまたま》周南で病床にあつた熱血漢司馬談は、天子始めて漢家の封を建《た》つる目出度《めでた》き時に、己《おのれ》一人従つて行くことの出来ぬのを慨《なげ》き、憤を発してその為に死んだ。古今を一貫せる通史の編述こそは彼の一生の念願だつたのだが、単に材料の蒐集《しゆうしゆう》のみで終つて了《しま》つたのである。その臨終の光景は息子・遷の筆によつて詳しく史記の最後の章に描かれてゐる。それによると司馬談は己《おのれ》の又起《た》ち難《がた》きを知るや遷を呼び其《そ》の手を執《と》つて、懇《ねんご》ろに修史の必要を説き、己《おのれ》太史となりながらこの事に著手《ちやくしゆ》せず、賢君忠臣の事蹟《じせき》を空しく地下に埋《うずも》れしめる不甲斐《ふがい》なさを慨《なげ》いて泣いた。「予死せば汝《なんじ》必ず太史とならん。太史とならば吾《わ》が論著せんと欲する所を忘るるなかれ」といひ、之《これ》こそ己に対する孝の最大なものだとて、爾《なんじ》それ念《おも》へやと繰返した時、遷は俯首流涕《ふしゆりゆうてい》して其《そ》の命に背《そむ》かざるべきを誓つたのである。

父が死んでから二年の後、果して、司馬遷は太史令の職を継いだ。父の蒐集した資料と、宮廷所蔵の秘冊とを用ひて、直ぐにも父子相伝の天職にとりかゝりたかつたのだが、任官後の彼に先《ま》づ課せられたのは暦の改正といふ大事業であつた。此《こ》の仕事に没頭すること丁度満四年。太初元年に漸《ようや》く之を仕上げると、直ぐに彼は史記の編纂《へんさん》に着手した。遷、時に年四十二。

腹案はとうに出来上つてゐた。その腹案による史書の形式は従来の史書のどれにも似てゐなかつた。彼は道義的批判の規準を示すものとしては春秋《しゆんじゆう》を推《お》したが、事実を伝へる史書としては何としてもあきたらなかつた。もつと事実が欲しい。教訓よりも事実が。左伝《さでん》や国語になると、成程《なるほど》事実はある。左伝の叙事の巧妙さに至つては感嘆の外《ほか》はない。しかし、その事実を作り上げる一人々々の人間についての探求が無い。事件の中に於ける彼等の姿の描出は鮮やかであつても、さうした事をしでかす迄に至る彼等一人一人の身許《みもと》調べの欠けてゐるのが、司馬遷には不服だつた。それに従来の史書は凡《すべ》て、当代の者に既往をしらしめる事が主眼となつてゐて、未来の者に当代を知らしめるためのものとしての用意が余りに欠けすぎてゐるやうである。要するに、司馬遷の欲するものは、在来の史には求めて得られなかつた。どういふ点で在来の史書があきたらぬかは、彼自身でも自ら欲する所を書上げて見て始めて判然する底《てい》のものと思はれた。彼の胸中にあるモヤ〳〵と鬱積《うつせき》したものを書現《かきあらわ》すことの要求の方が、在来の史書に対する批判より先に立つた。いや、彼の批判は、自ら新しいものを創るといふ形でしか現れないのである。自分が長い間頭の中で画《えが》いて来た構想が、史といへるものか、彼にも自信はなかつた。しかし、史といへてもいへなくても、とに角《かく》さういふものが最も書かれなければならないものだ（世人にとつて、後代にとつて、就中《なかんずく》己《おのれ》自身にとつて、）といふ点については、自信があつた。彼も孔子《こうし》に倣《なら》つて、述べて作らぬ方針を執《と》つたが、しかし、孔子のそれとは多分に内容を異にした述而不作《のべてつくらず》である。司馬遷にとつて、単なる編年体の事件列挙は未だ「述べる」の中にはひらぬものだつたし、又、後世人の事実そのものを知ることを妨《さまた》げる様な、余りにも道義的な断案は、寧《むし》ろ「作る」の部類に入るやうに思はれた。

漢が天下を定めてから既に五代・百年、始皇帝の反文化政策によつて湮滅《いんめつ》し或ひは隠匿《いんとく》されてゐた書物が漸《やうや》く世に行はれ始め、文の興《おこ》らんとする気運が鬱勃《うつぼつ》として感じられた。漢の朝廷ばかりでなく、時代が、史の出現を要求してゐる時であつた。司馬遷個人としては、父の遺嘱《いしよく》による感激が学殖・観察眼・筆力の充実を伴つて漸《やうや》く渾然《こんぜん》たるものを生み出すべく醱酵《はつこう》しかけて来てゐた。彼の仕事は実に気持よく進んだ。むしろ快調に行きすぎて困る位であつた。といふのは、初めの五帝本紀《ごていほんぎ》から夏殷周秦《かいんしゆうしん》本紀あたり迄は、彼も、材料を按排《あんばい》して記述の正確厳密を期する一人の技師に過ぎなかつたのだが、始皇帝を経て、項羽《こうう》本紀に入る頃から、その技術家の冷静さが怪しくなつて来た。ともすれば、項羽が彼に、或ひは彼が項羽にのり移りかねないのである。

項王則《スナワ》チ夜起キテ帳中ニ飲ス。美人有リ。名ハ虞《グ》。常ニ幸セラレテ従フ。駿馬《シュンメ》名ハ騅《スイ》、常ニ之《コレ》ニ騎ス。是《ココ》ニ於テ項王乃《スナワ》チ悲歌慷慨《コウガイ》シ自ラ詩ヲ為《ツク》リテ曰《イワ》ク「力山ヲ抜キ気世ヲ蓋《オオ》フ、時利アラズ騅逝《ユ》カズ、騅逝カズ奈何《イカン》スベキ、虞ヤ虞ヤ若《ナンジ》ヲ奈何《イカン》ニセン」ト。歌フコト数闋《スウケツ》、美人之《コレ》ニ和ス。項王泣《ナミダ》数行下ル。左右皆泣キ、能《ヨ》ク仰ギ視《ミ》ルモノ莫《ナ》シ……

これでいいのか？　と司馬遷は疑ふ。こんな熱に浮かされた様な書きつぷりでいいものだらうか？　彼は「作ル」ことを極度に警戒した。自分の仕事は「述ベル」ことに尽きる。事実、彼は述べただけであつた。しかし何と生気溌剌《はつらつ》たる述べ方であつたか？　異常な想像的視覚を有《も》つた者でなければ到底不能な記述であつた。彼は、時に「作ル」ことを恐れるの余り、既に書いた部分を読返して見て、それあるが為に史上の人物が現実の人物の如くに躍動すると思はれる字句を削る。すると確かにその人物はハツラツたる呼吸を止《や》める。之《これ》で、

「作ル」ことになる心配はない訳である。しかし、（と司馬遷が思ふに）之《これ》では項羽《こうう》が項羽でなくなるではないか。項羽も始皇帝も楚《そ》の荘王もみんな同じ人間になつて了《しま》ふ。違つた人間を同じ人間として記述することが、何が「述べる」だ？「述べる」とは、違つた人間は違つた人間として述べることではないか。さう考へてくると、やはり彼は削つた字句を再び生かさない訳には行かない。元通りに直して、さて一読して見て、彼はやつと落ちつく。いや、彼ばかりではない。そこにかゝれた史上の人物が、項羽や樊噲《はんかい》や范増《はんぞう》が、みんな漸《ようや》く安心してそれ〴〵の場所に落ちつくやうに思はれる。

調子の良い時の武帝は誠に英邁闊達《えいまいかつたつ》な・理解ある文教の保護者だつたし、太史令といふ職が地味な特殊な技能を要するものだつたために、官界につきものの朋党《ほうとう》比周の擠陥讒誣《せいかんざんぶ》による地位（或ひは生命）の不安定からも免れることが出来た。

数年の間、司馬遷は充実した・幸福といつていゝ日々を送つた。（当時の人間の考へる幸福とは、現代人のそれとひどく内容の違ふものだつたが、それを求めることに変りはない。）妥協性は無かつたが、何処《どこ》迄も陽性で、良く論じ良く怒り良く笑ひ就中《なかんずく》論敵を完膚《かんぷ》なき迄に説破することを最も得意としてゐた。

さて、さうした数年の後、突然、此《こ》の禍が降《くだ》つたのである。

薄暗い蚕室《さんしつ》の中で——腐刑施術後当分の間は風に当ることを避けねばならぬので、中に火を熾《おこ》して暖かに保つた・密閉した暗室を作り、其処《そこ》に施術後の受刑者を数日の間入れて、身体を養はせる。暖く暗いところが蚕《かいこ》を飼ふ部屋に似てゐるとて、それを蚕室と名付けるのである。——言語を絶した混乱のあまり彼は茫然《ぼうぜん》と壁によりかゝつた。憤激よりも先に、驚きのやうなものさへ感じてゐた。斬《ざん》に遭《あ》ふこと、死を賜《たま》ふことに対してなら、彼には固《もと》より平生《へいぜい》から覚悟が出来てゐる。刑死する己《おのれ》の姿なら想像して見ることもできるし、武帝の気に逆《さか》つて李陵を褒《ほ》め上げた時もまかり間違へば死を賜ふやうな事になるかも知れぬ位の懸念《けねん》は自分にもあつたのである。所が、刑罰も数ある中で、よりによつて最も醜陋《しゅうろう》な宮刑にあはうとは！　迂闊《うかつ》といへば迂闊だが、（といふのは、死刑を予期する位なら当然、他のあらゆる刑罰も予期しなければならない訳だから）彼は自分の運命の中に、不測の死が待受《まちう》けてゐるかもしれぬとは考へてゐたけれども、このやうな醜いものが突然現れようとは、全然、頭から考へもしなかつたのである。常々、彼は、人間にはそれ〴〵其《そ》の人間にふさはしい事件しか起らないのだといふ一種の確信のやうなものを有《も》つてゐた。之《これ》は長い間史実を扱つてゐる中《うち》に自然に養はれた考へであつた。同じ逆境にしても、慷慨《こうがい》の士には激しい痛烈な苦しみが、軟弱の徒には緩慢なじめ〴〵した醜い苦しみが、といふ風にである。たとへ始めは一見ふさはしくないやうに見えても、少くともその後の対処のし方によつてその運命はその人間にふさはしいことが判つてくるのだと。司馬遷は自分を男だと信じてゐた。文筆の吏ではあつても当代の如何《いか》なる武人よりも男であることを確信してゐた。自分でばかりではない。この事だけは、如何に彼に好意を寄せぬ者でも認めない訳には行かないやうであつた。それ故《ゆえ》、彼は自らの持論に従つて、車裂《くるまざき》の刑なら自分の行手に思ひ画《えが》くことが出来たのである。それが齢《よわい》五十に近い身で、この辱《はずか》しめにあはうとは！　彼は、今自分が蚕室《さんしつ》の中にゐるといふ事が夢の様な気がした。夢だと思ひたかつた。しかし、壁によつて閉ぢてゐた目を開くと、うす暗い中に、生気のない・魂迄が抜けたやうな顔をした男が三四人、だらしなく横たはつたり坐《すわ》つたりしてゐるのが目に入つた。あの姿が、つまり今の己《おのれ》なのだと思つた時、嗚咽《おえつ》とも怒号ともつかない叫びが彼の咽頭《のど》を破つた。

　痛憤と煩悶《はんもん》との数日の中には、時に、学者としての彼の習慣から来る思索が——反省が来た。一体、今度の出来事の中で、何が——誰が——誰のどういふ所が、悪かつたのだといふ考へである。日本の君臣道とは根柢《こんてい》から異つた彼《か》の国のこととて、当然、彼は先《ま》づ、武帝を怨《うら》んだ。一時はその怨懣《えんまん》だけで、一切他を顧みる余裕はなかつたといふのが実際であつた。しかし、暫《しばら》くの狂乱の時期の過ぎた後には、歴史家としての彼が、目覚めて来た。儒者と違つて、所謂《いわゆる》先王の価値にも歴史家的な割引をすることを知つてゐた彼は、後王たる武帝の評価の上にも、私怨のために狂ひを来たさせることは無かつた。何といつても武帝は大君主である、そのあらゆる欠点にも拘《かか》はらず、此《こ》の君がある限り、漢の天下は微動だもしない。高祖は暫く措《お》くとするも、仁君文帝も名君景帝も、此《こ》の君に比べれば、やはり小さい。たゞ大きいものは、その欠点までが大きく写つてくるのは、之《これ》は已《や》むを得ない。司馬遷は極度の憤怨《ふんえん》の中にあつても此《こ》の事を忘れてはゐない。今度のことは要するに天の作《な》せる疾風暴雨霹靂《へきれき》に見舞はれたものと思ふ外《ほか》はないといふ考へが、彼を一層絶望的な憤《いきどお》りへと駆つたが、又一方、逆に諦観へも向はせようとする。怨恨《えんこん》が長く君主に向ひ得ないとなると、勢ひ、君側の姦臣《かんしん》に向けられる。彼等が悪い。たしかにさうだ。しかし、この悪さは、頗《すこぶ》る副次的な悪さである。それに、自矜心《じきょうしん》の高い彼にとつて、彼等小人輩《しょうじんばら》は、怨恨の対象としてさへ物足りない気がする。彼は、今度ほど好人物といふものへの腹立を感じたことは無い。これは姦臣や酷吏よりも始末が悪い。少くとも側から見てゐて腹が立つ。良心的に安つぽく安心してをり、他にも安心させるだけ、一層怪《け》しからぬのだ。弁護もしなければ反駁《はんばく》もせぬ。心中、反省もなければ自責もない。丞相公孫賀の如き、その代表的なものだ。同じ阿諛《あゆ》迎合《げいごう》を事としても、杜周《としゅう》（最近この男は前任者王卿《おうけい》を陥《おとしい》れてまんまと御史《ぎょし》大夫《だいふ》となりおほせた）のやうな奴は自らそれを知つてゐるに違ひないが、このお人好しの丞相ときた日には、その自覚さへない。自分に全躯保妻子の臣といはれても、かういふ手合は、腹も立てないのだらう。こんな手合は恨みを向けるだけの値打さへない。

司馬遷は最後に憤懣《ふんまん》の持つて行き所を自分自身に求めようとする。実際、何ものかに対して腹を立てなければならぬとすれば、結局それは自分自身に対しての外《ほか》は無かつたのである。だが、自分の何処《どこ》が悪かつたのか？　李陵のために弁じたこと、之《これ》は如何《いか》に考へて見ても間違つてゐたとは思へない。方法的にも格別拙《まず》かつたとは考へぬ。阿諛《あゆ》に堕するのに甘んじない限り、あれはあれで外《ほか》にどうしやうもない。それでは、自ら顧みて疚《やま》しくなければ、そのやましくない行為が、どのやうな結果を来たさうとも、士たる者はそれを甘受しなければならない筈《はず》だ。成程《なるほど》それは一応さうに違ひない。だから自分も肢解《しかい》されようと腰斬《ようざん》にあはうと、さういふものなら甘んじて受けるつもりなのだ。しかし、この宮刑は――その結果斯《か》く成り果てた我が身の有様といふものは、――之は又別だ。同じ不具でも足を切られたり鼻を切られたりするのとは全然違つた種類のものだ。士たる者の加へられるべき刑ではない。之ばかりは、身体のかういふ状態といふものは、どういふ角度から見ても、完全な悪だ。飾言《しょくげん》の余地はない。さうして、心の傷だけならば時と共に癒《い》えることもあらうが、己《おの》が身体のこの醜悪な現実は死に至る迄つゞくのだ。動機がどうあらうと、このやうな結果を招くものは、結局「悪かつた」といはなければならぬ。しかし、何処《どこ》が悪かつた？　己《おのれ》の何処《どこ》が？　何処も悪くなかつた。己は正しい事しかしなかつた。強《し》ひていへば、唯《ただ》、「我在《あ》り」といふ事実だけが悪かつたのである。
茫然《ぼうぜん》とした虚脱の状態で坐《すわ》つてゐたかと思ふと、突然飛上り、傷《きずつ》いた獣の如くうめきながら暗く暖い室《へや》の中を歩き廻る。さうした仕草を無意識に繰返しつゝ、彼の考へも亦《また》、何時《いつ》も同じ所をぐる〳〵廻つてばかりゐて帰結するところを知らないのである。

我を忘れ壁に頭を打ちつけて血を流したその数回を除けば、彼は自らを殺さうと試みなかつた。死にたかつた。死ねたらどんなに良からう。それよりも数等恐ろしい恥辱が追立《おいた》てるのだから死をおそれる気持は全然なかつた。何故死ねなかつたのか？　獄舎の中に、自らを殺すべき道具のなかつたことにもよらう。しかし、それ以外に何かゞ内から彼をとめる。はじめ、彼はそれが何であるかに気付かなかつた。たゞ狂乱と憤懣《ふんまん》との中で、たえず発作的に死への誘惑を感じたにも拘《かか》はらず、一方彼の気持を自殺の方へ向けさせたがらないものがあるのを漠然と感じてゐた。何を忘れたのかはハツキリしないながら、とにかく何か忘れものをしたやうな気のすることがある。丁度そんな工合《ぐあい》であつた。

許されて自宅に帰り、其処《そこ》で謹慎するやうになつてから、始めて、彼は、自分が此《こ》の一月狂乱にとり紛れて己《おの》が畢生《ひつせい》の事業たる修史のことを忘れ果てゝゐたこと、しかし、表面は忘れてゐたにも拘《かか》はらず、その仕事への無意識の関心が彼を自殺から阻《はば》む役目を隠々の中《うち》につとめてゐたことに気がついた。

十年前臨終の床で自分の手をとり泣いて遺命した父の惻々《そくそく》たる言葉は、今尚《なお》耳底にある。しかし、今疾痛惨《さん》憺《たん》を極《きわ》めた彼の心の中に在《あ》つて尚修史の仕事を思ひ絶たしめないものは、その父の言葉ばかりではなかつた。それは何よりも、その仕事そのものであつた。仕事の魅力とか仕事への情熱とかいふ怡しい態《てい》のものではない。修史といふ使命の自覚には違ひないとしても更に昂然《こうぜん》として自らを恃《じ》する自覚ではない。恐ろしく我の強い男だつたが、今度の事で、己《おのれ》の如何《いか》にとるに足らぬものだつたかを沁々《しみじみ》と考へさせられた。理想の抱負のと威張《いば》つて見た所で、所詮《しょせん》己は牛にふみつぶされる道傍《みちばた》の虫けらの如きものに過ぎなかつたのだ。「我」はみじめに踏みつぶされたが、修史といふ仕事の意義は疑へなかつた。このやうな浅間《あさま》しい身と成果《なりは》て自信も自恃《じじ》も失ひつくした後、それでも尚《なお》世にながらへて此《こ》の仕事に従ふといふ事は、どう考へても怡《たの》しい訳はなかつた。それは殆《ほとん》ど、如何《いか》にいとはしくとも最後迄その関係を絶つことの許されない人間同志のやうな宿命的な因縁に近いものと、彼自身には感じられた。とにかく此《こ》の仕事のために自分は自らを殺すことができぬのだ（それも義務感からではなく、もつと肉体的な、此《こ》の仕事との繋《つな》がりによつてである）といふことだけはハツキリしてきた。

当座の盲目的な獣の苦しみに代つて、より意識的な・人間の苦しみが始まつた。困つたことに、自殺できないことが明らかになるにつれ、自殺によつての外《ほか》に苦悩と恥辱とから逃れる途《みち》の無いことが益〻《ますます》明らかになつてきた。一個の丈夫《じょうふ》たる太史令司馬遷は天漢三年の春に死んだ、そして、その後に、彼の書残した史をつゞける者は、知覚も意識もない一つの書写機械に過ぎぬ、――自らさう思ひ込む以外に途は無かつた。無理でも、彼はさう思はうとした。修史の仕事は必ず続けられねばならぬ。之《これ》は彼にとつて絶対であつた。修史の仕事のつゞけられるためには、如何にたへがたくとも生きながらへねばならぬ。生きながらへるためには、どうしても、完全に身を亡《な》きものと思ひ込む必要があつたのである。

五月の後、司馬遷は再び筆を執《と》つた。歓《よろこ》びも昂奮《こうふん》も無い・たゞ仕事の完成への意志だけに鞭打《むちう》たれて、傷《きず》ついた脚を引摺《ひきず》り乍《なが》ら目的地へ向ふ旅人のやうに、とぼ〳〵と稿を継いで行く。最早太史令の役は免ぜられてゐた。些《いささ》か後悔した武帝が、暫《しばら》く後に彼を中書令に取立てたが、官職の黜陟《ちゆつちよく》の如きは、彼にとつてもう何の意味もない。以前の論客司馬遷は、一切口を開かずなつた。笑ふことも怒ることも無い。しかし、決して悄然《しょうぜん》たる姿ではなかつた。寧《むし》ろ、何か悪霊にでも取り憑《つ》かれてゐるやうなすさまじさを、人々は緘黙《かんもく》せる彼の風貌《ふうぼう》の中に見て取つた。夜眠る時間をも惜しんで彼は仕事をつゞけた。一刻も早く仕事を完成し、その上で早く自殺の自由を得たいとあせつてゐるもののやうに、家人等《ら》には思はれた。

凄惨《せいさん》な努力を一年ばかり続けた後、漸《ようや》く、生きることの歓《よろこ》びを失ひつくした後も尚《なお》表現することの歓びだけは生残り得るものだといふことを、彼は発見した。しかし、その頃になつてもまだ、彼の完全な沈黙は破られなかつたし、風貌の中のすさまじさも全然和らげられはしない。稿をつゞけて行く中《うち》に、宦者《かんじゃ》とか閹奴《えんど》とかいふ文字を書かなければならぬ所に来ると、彼は覚えず呻《うめ》き声を発した。独り居室にゐる時でも、夜、牀上《しょうじょう》に横になつた時でも、不図《ふと》この屈辱の思ひが萌《きざ》してくると、忽《たちま》ちカーッと、焼鏝《やきごて》をあてられるやうな熱い疼《うず》くものが全身を駈《か》けめぐる。彼は思はず飛上り、奇声を発し、呻《うめ》きつゝ四辺を歩きまはり、さて暫《しばら》くしてから歯をくひしばつて己《おのれ》を落ちつけようと努めるのである。

三

乱軍の中に気を失つた李陵が獣脂を灯《とも》し獣糞《じゆうふん》を焚《た》いた単于《ぜんう》の帳房の中で目を覚ました時、咄嗟《とつさ》に彼は心を決めた。自ら首刎《は》ねて辱《はずか》しめを免れるか、それとも今一応は敵に従つておいて其《そ》の中《うち》に機を見て脱走する――敗軍の責を償《つぐな》ふに足る手柄を土産《みやげ》として――か、此《こ》の二つの外《ほか》に途《みち》は無いのだが、李陵は、後者を選ぶことに心を決めたのである。

単于は手づから李陵の縄を解いた。その後の待遇も鄭重《ていちよう》を極めた。且《そ》鞮侯《ていこう》単于とて先代の呴犂湖《くりこ》単于の弟だが、骨格の逞《たくま》しい巨眼赭髯《しやぜん》の中年の偉丈夫《いじようぶ》である。数代の単于に従つて漢と戦つては来たが、未だ李陵程の手《て》強《ごわ》い敵に遭《あ》つたことは無いと正直に語り、陵の祖父李広《りこう》の名を引合《ひきあい》に出して陵の善戦を讃《ほ》めた。虎《とら》を格殺したり岩に矢を立てたりした飛将軍李広の驍名《ぎようめい》は今も尚胡地《なおこち》に迄語り伝へられてゐる。陵が厚遇を受けるのは、彼が強き者の子孫であり又彼自身も強かつたからである。食を頒《わ》ける時も強壮者が美味をとり老弱者に余り物を与へるのが匈奴《きようど》の風《ふう》であつた。此処《ここ》では、強き者が辱《はずか》しめられることは決してない。降将李陵は一つの穹廬《きゆうろ》と数十人の侍者とを与へられ賓客の礼を以て遇せられた。

李陵にとつて奇異な生活が始まつた。家は絨帳《じゆうちよう》穹廬、食物は羶肉《せんにく》、飲物は酪漿《らくしよう》と獣乳と乳醋酒《にゆうさくしゆ》。着物は狼《おおかみ》や羊や熊の皮を綴《つづ》り合はせた旃裘《せんきゆう》。牧畜と狩猟と寇掠《こうりやく》と、この外《ほか》に彼等の生活はない。一望際涯のない高原にも、しかし、河や湖や山々による境界があつて、単于直轄地《ちよつかつち》の外は左賢王右賢王左《さ》谷蠡《ろくり》王《おう》右谷蠡王以下の諸王侯の領地に分けられてをり、牧民の移住は各〻《おのおの》その境界の中に限られてゐるのである。城郭も無ければ田畑も無い国。村落はあつても、それが季節に従ひ水草を逐《お》つて土地を変へる。

李陵には土地は与へられない。単于麾下《きか》の諸将と共に何時《いつ》も単于に従つてゐた。隙《すき》があつたら単于の首でも、と李陵は狙《ねら》つてゐたが、容易に機会が来ない。仮令《たとえ》、単于《ぜんう》を討果《うちはた》したとしても、その首を持つて脱出することは、非常な機会に恵まれない限り、先《ま》づ不可能であつた。胡地《こち》にあつて単于と刺違《さしちが》へたのでは、匈奴は己等《おのれら》の不名誉を有耶無耶《うやむや》の中《うち》に葬つて了《しま》ふこと必定故《ゆえ》、恐らく漢に聞えることはあるまい。李陵は辛抱強く、その不可能とも思はれる機会の到来を待つた。

単于の幕下《ばっか》には、李陵の外《ほか》にも漢の降人が幾人かゐた。その中の一人、衛律《えいりつ》といふ男は軍人ではなかつたが、丁霊王《ていれいおう》の位を貰《もら》つて最も重く単于に用ひられてゐる。その父は胡人だが、故《ゆえ》あつて衛律は漢の都で生れ成長した。武帝に仕へてゐたのだが、先年協律都尉《とい》李延年の事に坐するのを懼《おそ》れて、亡《に》げて匈奴に帰したのである。血が血だけに胡風になじむ事も速く、相当の才物でもあり、常に且鞮侯《そていこう》単于の帷幄《いあく》に参じて凡《すべ》ての劃策《かくさく》に与《あず》かつてゐた。李陵はこの衛律を始め、漢人の降《くだ》つて匈奴の中にあるものと、殆《ほとん》ど口を聞かなかつた。彼の頭の中にある計画に就いて事を共にすべき人物がゐないと思はれたのである。さういへば、他の漢人同志の間でも亦《また》、互ひに妙に気まづいものを感じるらしく、相互に親しく交《まじ》はることが無いやうであつた。

一度単于は李陵を呼んで軍略上の示教を乞《こ》うた事がある。それは東胡に対しての戦だつたので、陵は快く己《おの》が意見を述べた。次に単于が同じやうな相談を持ちかけた時、それは漢軍に対する策戦に就いてであつた。李陵はハツキリと嫌な表情をしたまま口を開かうとしなかつた。単于も強《し》ひて返答を求めようとしなかつた。それから大分久しく立つた頃、代・上郡を寇掠《こうりゃく》する軍隊の一将として南行することを求められた。此《こ》の時は、漢に対する戦には出られない旨を言つてキツパリ断つた。爾後《じご》、単于は陵に再び斯《こ》うした要求をしなくなつた。待遇は依然として変らない。他に利用する目的は無く、唯《ただ》士を遇するために士を遇してゐるのだとしか思はれない。とにかく此《こ》の単于は男だと李陵は感じた。

単于の長子・左賢王が妙に李陵に好意を示し始めた。好意といふより尊敬といつた方が近い。二十歳を越したばかりの・粗野ではあるが勇気のある真面目《まじめ》な青年である。強き者への讃美が、実に純粋で強烈なのだ。初め李陵の所へ来て騎射を教へてくれといふ。騎射といつても騎の方は陵に劣らぬ程巧《うま》い。殊《こと》に、裸馬を駆る技術に至つては遥かに陵を凌《しの》いでゐるので、李陵はたゞ射《しゃ》だけを教へることにした。左賢王は、熱心な弟子となつた。陵の祖父李広《りこう》の射に於ける入神の技などを語る時、蕃族《ばんぞく》の青年は眸《ひとみ》をかゞやかせて熱心に聞入《ききい》るのである。よく二人して狩猟に出かけた。ほんの僅《わず》かの供廻《ともまわ》りを連れただけで二人は縦横に曠野《こうや》を疾駆しては狐《きつね》や狼《おおかみ》や羚羊《かもしか》や鵰《わし》や雉子《きじ》等を射た。或る時など夕暮近くなつて矢も尽きかけた二人が——二人の馬は供の者を遥かに駆抜《かけぬ》いてゐたので——一群の狼に囲まれたことがある。馬に鞭《むち》うち全速力で狼群の中を駆け抜けて逃がれたが、その時、李陵の馬の尻《しり》に飛びかゝつた一匹を、後に駈けてゐた青年左賢王が彎刀《わんとう》を以て見事に胴斬《どうぎり》にした。後で調べると二人の馬は狼共に脚を嚙《か》み裂かれて血だらけになつてゐた。さういふ一日の後、夜、天幕の中で今日の獲物を羹《あつもの》の中にぶちこんでフウ〳〵吹き乍《なが》ら啜《すす》る時、李陵は火影《ほかげ》に顔を火照《ほて》らせた若い蕃王《ばんおう》の息子に、不図《ふと》友情のやうなものをさへ感じることがあつた。

天漢三年の秋に匈奴が又もや雁門《がんもん》を犯した。之《これ》に酬《むく》いるとて、翌四年、漢は弐師《じし》将軍李広利に騎六万歩七万の大軍を授けて朔方《さくほう》を出《い》でしめ、歩卒一万を率ゐた強弩都尉《きょうどとい》路博徳に之を援《たす》けしめた。従《ひ》いて因杅《いんう》将軍公孫敖《こうそんごう》は騎一万歩三万を以て雁門を、游撃《ゆうげき》将軍韓説《かんえつ》は歩三万を以て五原を、それ〴〵進発する。近来にない大北伐である。単于《ぜんう》はこの報に接するや、直ちに婦女・老幼、畜群・資財の類を悉《ことごと》く余吾水（ケルレン河）北方の地に移し、自ら十万の精騎を率ゐて李広利・路博徳の軍を水南の大草原に邀《むか》へ撃つた。連戦十余日。漢軍は竟《つい》に退くの止《や》むなきに至つた。李陵に師事する若き左賢王は、別に一隊を率ゐて東方に向ひ因杅将軍を迎へて散々に之を破つた。漢軍の左翼たる韓説の軍も亦《また》得る所無くして兵を引いた。北征は完全な失敗である。李陵は例によつて漢との戦には陣頭に現れず、水北に退いてゐたが、左賢王の戦績をひそかに気遣《きづか》つてゐる己《おのれ》を発見して愕然《がくぜん》とした。勿論、全体としては漢軍の成功と匈奴の敗戦とを望んでゐたには違ひないが、どうやら左賢王だけは何か負けさせたくないと感じてゐたらしい。李陵は之に気がついて激しく己を責めた。

その左賢王に打破られた公孫敖が都に帰り、士卒を多く失つて功が無かつたとの廉《かど》で牢に繋《つな》がれた時、妙な弁解をした。敵の捕虜が、匈奴軍の強いのは、漢から降《くだ》つた李将軍が常々兵を練り軍略を授けて以て漢軍に備へさせてゐるからだと言つたといふのである。だからといつて自軍が敗けたことの弁解にはならないから、勿論、因杅将軍の罪は許されなかつたが、之《これ》を聞いた武帝が、李陵に対して激怒したことは言ふ迄もない。一度許されて家に戻つてゐた陵の一族は再び獄に収められ、今度は、陵の老母から妻、子、弟に至る迄悉《ことごと》く殺された。軽薄なる世人の常とて、当時隴西《ろうさい》(李陵の家は隴西の出である)の士大夫《したいふ》等皆李家を出したことを恥としたと記されてゐる。

此《こ》の知らせが李陵の耳に入つたのは半年程後のこと、辺境から拉致《らち》された一漢卒の口からである。それを聞いた時、李陵は立上つてその男の胸倉をつかみ、荒々しくゆすぶりながら、事の真偽を今一度たしかめた。たしかに間違のないことを知ると、彼は歯をくひ縛《しば》り、思はず力を両手にこめた。男は身をもがいて、苦悶《くもん》の呻《うめ》きを洩《も》らした。陵の手が無意識の中《うち》に其《そ》の咽喉《のど》を扼《やく》してゐたのである。陵が手を離すと、男はバツタリ地に倒れた。その姿に目もやらず、陵は帳房の外へ飛出した。

目茶苦茶《めちやくちや》に彼は野を歩いた。激しい憤《いきどお》りが頭の中で渦を巻いた。老母や幼児のことを考へると心は灼《や》けるやうであつたが、涙は一滴も出ない。余りに強い怒りは涙を涸渇《こかつ》させて了《しま》ふのであらう。

今度の場合には限らぬ。今迄我が一家は抑〻《そもそも》漢から、どの様な扱ひを受けてきたか? 彼は祖父の李広の最期を思つた。(陵の父、当戸は、彼が生れる数ケ月前に死んだ。陵は所謂《いわゆる》、遺腹の児《こ》である。だから、少年時代迄の彼を教育し鍛へ上げたのは、有名な此《こ》の祖父であつた。)名将李広は数次の北征に大功を樹《た》てながら、君側の姦佞《かんねい》に妨げられて何一つ恩賞にあづからなかつた。部下の諸将が次々に爵位封侯を得て行くのに、廉潔な将軍だけは封侯はおろか、終始変らぬ清貧に甘んじなければならなかつた。最後に彼は大将軍衛青《えいせい》と衝突した。流石《さすが》に衛青にはこの老将をいたはる気持はあつたのだが、その幕下の一軍吏が虎《とら》の威を借りて李広を辱《はずか》しめた。憤激した老名将は直ぐにその場で——陣営の中で自ら首刎《は》ねたのである。祖父の死を聞いて声をあげてないた少年の日の自分を、陵は未だにハツキリ憶《おぼ》えてゐる。

…………

陵の叔父、(李広の次男)李敢《りかん》の最期はどうか。彼は父将軍の惨《みじ》めな死について衛青を怨《うら》み、自ら大将軍の邸《やしき》に赴《おもむ》いて之《これ》を辱しめた。大将軍の甥《おい》に当る嫖騎《ひようき》将軍霍去病《かくきよへい》がそれを憤《いきどお》つて、甘泉宮《かんせんきゆう》の猟の時に李敢を射殺した。武帝はそれを知りながら、嫖騎将軍をかばはんがために、李敢は鹿《しか》の角に触れて死んだと発表させたのだ。…………

「司馬遷の場合と違つて、李陵の方は簡単であつた。憤怒《ふんぬ》が凡《すべ》てであつた。（無理でも、もう少し早くかねての計画――単于《ぜんう》の首でも持つて胡地を脱するといふ――を実行すれば良かつたといふ悔《くい》を除いては、）たゞそれを如何《いか》にして現すかゞ問題であるに過ぎない。彼は先刻の男の言葉「胡地にあつて李将軍が兵を教へ漢に備へてゐると聞いて陛下が激怒され云々《うんぬん》」を思出《おもいだ》した。漸《ようや》く思ひ当つたのである。勿論彼自身にはそんな覚えは無いが、同じ漢の降将に李緒《りしょ》といふ者がある。元、塞外都尉《さいがいとい》として奚侯城《けいこうじょう》を守つてゐた男だが、之《これ》が匈奴に降《くだ》つてから常に胡軍に軍略を授け兵を練つてゐる。現に半年前の軍《いくさ》にも、単于に従つて、（問題の公孫敖《こうそんごう》の軍とではないが）漢軍と戦つてゐる。之だと李陵は思つた。同じ李将軍で李緒と間違へられたに違ひないのである。

その晩彼は単身李緒の帳幕《ちょうばく》へと赴《おもむ》いた。一言も言はぬ、一言も言はせぬ。唯《ただ》の一刺しで李緒は斃《たお》れた。

翌朝李陵は単于の前に出て事情を打明けた。心配は要《い》らぬと単于は言ふ。だが母の大閼氏《だいえんし》が少々うるさいから――といふのは、相当の老齢であり乍《なが》ら、単于の母は李緒と醜関係があつたらしい。単于はそれを承知してゐたのである。匈奴の風習によれば、父が死ぬと、長子たる者が、亡父の妻妾《さいしょう》の凡《すべ》てをその儘《まま》引きついで己《おの》が妻妾とするのだが、流石《さすが》に生母だけはこの中に入らない。生みの母に対する尊敬だけは極端に男尊女卑の彼等でも有《も》つてゐるのである――今暫《しばら》く北方へ隠れてゐて貰《もら》ひたい、ほとぼりがさめた頃に迎へを遣《や》るから、と附加へた。その言葉に従つて、李陵は一時従者共をつれ、西北の兜銜山《とうかんざん》（額林達班嶺）の麓《ふもと》に身を避けた。

間もなく問題の大閼氏が病死し、単于の庭《てい》に呼戻《よびもど》された時、李陵は人間が変つたやうに見えた。といふのは、今迄漢に対する軍略にだけは絶対に与《あずか》らなかつた彼が、自から進んで其《そ》の相談に乗らうと言出したからである。単于は此《こ》の変化を見て大いに喜んだ。彼は陵を右校王に任じ、己《おの》が娘の一人をめあはせた。娘を妻にといふ話は以前にもあつたのだが、今迄断りつゞけて来た。それを今度は躊躇《ちゅうちょ》なく妻としたのである。丁度酒泉張掖《ちょうえき》の辺を寇掠《こうりゃく》すべく南に出て行く一軍があり、陵は自ら請うて其《そ》の軍に従つた。しかし、西南へと取つた進路が偶々《たまたま》浚稽山《しゅんけいさん》の麓《ふもと》を過《よぎ》つた時、流石《さすが》に陵の心は曇つた。曽《かつ》て此の地で己《おのれ》に従つて死戦した部下共のことを考へ、彼等の骨が埋められ彼等の血の染み込んだ其《そ》の砂の上を歩きながら、今の己《おの》が身の上を思ふと、彼は最早南行して漢兵と闘ふ勇気を失つた。病と称して彼は独り北方へ馬を返した。
翌、太始元年、且鞮侯単于《そていこうぜんう》が死んで、陵と親しかつた左賢王が後を嗣《つ》いだ。狐鹿姑《ころくこ》単于といふのが之《これ》である。

匈奴の右校王たる李陵の心は未だにハツキリしない。母妻子を族滅された怨《うらみ》は骨髄に徹してゐるものの、自ら兵を率ゐて漢と戦ふことが出来ないのは、先頃の経験で明らかである。再び漢の地を踏むまいとは誓つたが、此《こ》の匈奴の俗に化して終生安んじてゐられるかどうかは、新単于への友情を以てしても、まださすがに自信が無い。考へることの嫌ひな彼は、イラ〳〵してくると、いつも独り駿馬《しゅんめ》を駆つて曠野《こうや》に飛び出す。秋天一碧《いつぺき》の下、嘎々《かつかつ》と蹄《ひづめ》の音を響かせて草原となく丘陵となく狂気の様に馬を駆けさせる。何十里かぶつとばした後、馬も人も漸《ようや》く疲れてくると、高原の中の小川を求めてその滸《ほとり》に下り、馬に飲《みず》かふ。それから己《おの》れは草の上に仰向《あおむ》けにねころんで、快い疲労感にウツトリと見上げる碧落《へきらく》の潔《きよ》さ、高さ、広さ。あゝ我もと天地間の一微粒子のみ、何《なん》ぞ又漢と胡とあらんやと不図《ふと》そんな気のすることもある。一しきり休むと又馬に跨《また》がり、がむしやらに駈《か》け出す。終日乗り疲れ黄雲が落暉《らつき》に曛《くん》ずる頃になつて漸く彼は幕営に戻る。疲労だけが彼の唯《ただ》一つの救ひなのである。

司馬遷が陵の為に弁じて罪を獲たことを伝へる者があつた。李陵は別に有難いとも気の毒だとも思はなかつた。司馬遷とは互《たがい》に顔は知つてゐるし挨拶《あいさつ》をしたことはあつても、特に交《まじわり》を結んだといふ程の間柄ではなかつた。むしろ、厭《いや》に議論ばかりしてうるさい奴《やつ》だ位にしか感じてゐなかつたのである。それに現在の李陵は、他人の不幸を実感するには、余りに自分一個の苦しみと闘ふのに懸命であつた。余計な世話と迄は感じなかつたにしても、特に済《す》まないと感じることがなかつたのは事実である。

初め一概に野卑滑稽《こつけい》としか映らなかつた胡地の風俗が、しかし、その地の実際の風土・気候等を背景として考へて見ると決して野卑でも不合理でもないことが、次第に李陵にのみこめて来た。厚い皮革製の胡服でなければ朔北《さくほく》の冬は凌《しの》げないし、肉食でなければ胡地の寒冷に堪へるだけの精力を貯へることが出来ない。固定した家屋を築かないのも彼等の生活形態から来た必然で、頭から低級と貶《けな》し去るのは当らない。漢人の風を飽く迄保たうとするなら、胡地の自然の中での生活は一日と雖《いえど》も続けられないのである。

曽《かつ》て先代の且鞮侯単于《そていこうぜんう》の言つた言葉を李陵は憶《おぼ》えてゐる。漢の人間が二言目《ふたことめ》には、己《おの》が国を礼儀の国といひ、匈奴の行を以て禽獣《きんじゅう》に近いと見做《みな》すことを難じて、単于は言つた。漢人のいふ礼儀とは何ぞ？　醜いことを表面だけ美しく飾り立てる虚飾の謂《いい》ではないか。利を好み人を嫉《ねた》むこと、漢人と胡人と何《いず》れか甚《はなは》だしき？　色に耽《ふけ》り財を貪《むさぼ》ること、又何れか甚しき？　表《うわ》べを剝《は》ぎ去れば畢竟何等《ひつきようなんら》の違ひはない筈《はず》。たゞ漢人は之《これ》をごまかし飾ることを知り、我々はそれを知らぬだけだ、と。漢初以来の骨肉相喰《あいは》む内乱や功臣連の排斥擠陥《せいかん》の跡を例に引いてから言はれた時、李陵は殆《ほとん》ど返す言葉に窮した。実際、武人たる彼は今迄にも、煩瑣《はんさ》な礼のための礼に対して疑問を感じたことが一再ならずあつたからである。たしかに、胡俗の粗野な正直さの方が、美名の影に隠れた漢人の陰険さより遥かに好ましい場合が屢〻《しばしば》あると思つた。諸夏の俗を正しきもの、胡俗を卑しきものと頭から決めてかゝるのは、余りにも漢人的な偏見ではないかと、次第に李陵にはそんな気がして来る。たとへば今迄人間には名の外《ほか》に字《あざな》がなければならぬものと、故《ゆえ》もなく信じ切つてゐたが、考へて見れば字が絶対に必要だといふ理由は何処《どこ》にもないのであつた。

彼の妻は頗《すこぶ》る大人しい女だつた。未だに良人《おっと》の前に出るとおづ〳〵してろくに口も利けない。しかし、彼等の間に出来た男の児《こ》は、少しも父親を恐れないで、ヨチ〳〵と李陵の膝《ひざ》に匍上《はいあが》つて来る。その児の顔に見入りながら、数年前長安に残してきた―そして結局母や祖母と共に殺されて了《しま》つた――子供の俤《おもかげ》を不図《ふと》思ひうかべて李陵は我しらず憮然《ぶぜん》とするのであつた。

陵が匈奴に降《くだ》るよりも早く、丁度その一年前から、漢の中郎将蘇武《そぶ》が胡地に引留《ひきと》められてゐた。

元来蘇武は平和の使節として捕虜交換のために遣《つか》はされたのである。所が、その副使某が偶〻《たまたま》匈奴の内紛に関係したために、使節団全員が囚《とら》へられることになつて了つた。単于は彼等を殺さうとはしないで、死を以て脅《おど》して之《これ》を降《くだ》らしめた。たゞ蘇武一人は降服を肯《がえ》んじないばかりか、辱《はずか》しめを避けようと自ら剣を取つて己《おの》が胸を貫いた。昏倒《こんとう》した蘇武に対する胡毉《こい》の手当といふのが頗《すこぶ》る変つてゐた。地を掘つて坎《あな》をつくり熅火《うんか》を入れて、その上に傷者を寝かせ其《そ》の背中を蹈《ふ》んで血を出させたと漢書《かんじょ》には誌《しる》されてゐる。この荒療治のお蔭で、不幸にも蘇武は半日昏絶《こんぜつ》した後に又息を吹返《ふきかえ》した。且鞮侯単于《そていこうぜんう》はすつかり彼に惚《ほ》れ込んだ。数旬の後漸《ようや》く蘇武の身体が回復すると、例の近臣衛律《えいりつ》をやつて又熱心に降《こう》をすすめさせた。衛律は蘇武が鉄火の罵詈《ばり》に遭《あ》ひ、すつかり恥をかいて手を引いた。その後蘇武が窖《あなぐら》の中に幽閉《ゆうへい》された時旃毛《せんもう》を雪に和して喰《くら》ひ以て飢《うえ》を凌《しの》いだ話や、つひに北海のほとり人無き所に徙《うつ》されて牡羊《おひつじ》が乳を出さば帰るを許さんと言はれた話は、持節十九年の彼の名と共に、余りにも有名だから、玆《ここ》には述べない。とにかく、李陵が悶々《もんもん》の余生を胡地に埋めようと漸《ようや》く決心せざるを得なくなつた頃、蘇武は、既に久しく北海（バイカル湖）のほとりで独り羊を牧してゐたのである。

李陵にとつて蘇武は二十年来の友であつた。曽《かつ》て時を同じうして侍中《じちゆう》を勤めてゐたこともある。片意地でさばけないところはあるにせよ、確かに稀《まれ》に見る硬骨の士であることは疑ひないと陵は思つてゐた。天漢元年に蘇武が北へ立つてから間も無く、武の老母が病死した時も、陵は陽陵迄その葬を送つた。蘇武の妻が良人《おっと》の再び帰る見込無しと知つて、去つて他家に嫁《か》したといふ噂《うわさ》を聞いたのは、陵の北征出発直前のことであつた。その時、陵は友の為にその妻の浮薄をいたく憤《いきどお》つた。

しかし、計らずも自分が匈奴に降《くだ》るやうになつてから後は、もはや蘇武に会ひたいとは思はなかつた。武が遥か北方に遷《うつ》されてゐて顔を合はせずに済むことを寧《むし》ろ助かつたと感じてゐた。殊《こと》に、己《おのれ》の家族が戮《りく》せられて再び漢に戻る気持を失つてからは、一層この「漢節を持した牧羊者」との面接を避けたかつた。

狐鹿姑《ころくこ》単于が父の後を嗣《つ》いでから数年後、一時蘇武が生死不明との噂が伝はつた。父単于が竟《つい》に降服させることの出来なかつた此《こ》の不屈の漢使の存在を思出《おもいだ》した狐鹿姑単于は、蘇武の安否を確かめると共に、若《も》し健在ならば今一度降服を勧告するやう、李陵に頼んだ。陵が武の友人であることを聞いてゐたのである。已《や》むを得ず陵は北へ向つた。

姑且水《こじょすい》を北に溯《さかのぼ》り郅居水《しつきょすい》との合流点から更に西北に森林地帯を突切《つっき》る。まだ所々に雪の残つてゐる川岸を進むこと数日、漸《ようや》く北海の碧《あお》い水が森と野との向ふに見え出した頃、此《こ》の地方の住民たる丁霊族の案内人は李陵の一行を一軒の哀れな丸木小舎《ごや》へと導いた。小舎の住人が珍しい人声に驚かされて、弓矢を手に表へ出て来た。頭から毛皮を被つた鬚《ひげ》ぼう〳〵の熊の様な山男の顔の中に、李陵が曽《かつ》ての移中厩監蘇子《いちゆうきゆうかんそし》卿《けい》の俤《おもかげ》を見出《みいだ》してからも、先方がこの胡服の大官を前《さき》の騎都尉李少卿《きといりしようけい》と認める迄には尚暫《なおしばら》くの時間が必要であつた。蘇武の方では陵が匈奴に事《つか》へてゐることも全然聞いてゐなかつたのである。

感動が、陵の内に在《あ》つて今迄武との会見を避けさせてゐたものを一瞬圧倒し去つた。二人とも初め殆《ほとん》どものが言へなかつた。

陵の供廻《ともまわ》りどもの穹廬《きゆうろ》がいくつか、あたりに組立てられ、無人の境が急に賑《にぎ》やかになつた。用意して来た酒食が早速小舎に運び入れられ、夜は珍しい歓笑の声が森の鳥獣を驚かせた。滞在は数日に亙《わた》つた。

己《おの》が胡服を纏《まと》ふに至つた事情を話すことは、流石《さすが》に辛《つら》かつた。しかし、李陵は少しも弁解の調子を交《まじ》へずに事実だけを語つた。蘇武がさり気なく語る其《そ》の数年間の生活は全く惨憺《さんたん》たるものであつたらしい。何年か以前に匈奴の於軒王《おけんおう》が猟をするとて偶〻《たまたま》ここを過ぎ蘇武に同情して、三年間つゞけて衣服食料等を給して呉《く》れたが、その於軒王の死後は、凍《い》てついた大地から野鼠《のねずみ》を掘出《ほりだ》して、飢ゑを凌《しの》がなければならない始末だと言ふ。彼の生死不明の噂《うわさ》は彼の養つてゐた畜群が剽盗《ひようとう》共のために一匹残らずさらはれて了《しま》つたことの訛伝《かでん》らしい。陵は蘇武の母の死んだことだけは告げたが、妻が子を棄《す》てて他家へ行つたことは流石《さすが》に言へなかつた。

此《こ》の男は何を目あてに生きてゐるのかと李陵は怪しんだ。いまだに漢に帰れる日を待ち望んでゐるのだらうか。蘇武の口うらから察すれば、今更そんな期待は少しももつてゐないやうである。それでは何の為に斯《こ》うした惨憺《さんたん》たる日々をたへ忍んでゐるのか？　単于《ぜんう》に降服を申出《もうしで》れば重く用ひられることは請合《うけあい》だが、それをする蘇武でないことは初めから分り切つてゐる。李陵の怪しむのは、何故早く自ら生命を絶たないのかといふ意味であつた。李陵自身が希望のない生活を自らの手で断ち切り得ないのは、何時《いつ》の間にか此《こ》の地に根を下《おろ》して了つた数々の恩愛や義理のためであり、又今更死んでも格別漢のために義を立てることにもならないからである。蘇武の場合は違ふ。彼にはこの地での係累《けいるい》もない。漢朝に対する忠信といふ点から考へるなら、何時《いつ》迄も節旄《せつぼう》を持して曠野《こうや》に飢ゑるのと、直ちに節旄《せつぼう》を焼いて後自ら首刎《は》ねるのとの間に、別に差異はなささうに思はれる。

はじめ捕へられた時、いきなり自分の胸を刺した蘇武に、今となつて急に死を恐れる心が萌《きざ》したとは考へられない。李陵は、若い頃の蘇武の片意地を――滑稽《こつけい》な位強情な痩我慢《やせがまん》を思出《おもいだ》した。単于《ぜんう》は栄華を餌《えさ》に極度の困窮の中から蘇武を釣らうと試みる、餌につられるのは固《もと》より、苦難に堪へ得ずして自ら殺すことも亦《また》、単于に（或ひはそれによつて象徴される運命に）負けることになる。蘇武はさう考へてゐるのではなからうか。運命と意地の張合ひをしてゐるやうな蘇武の姿が、併《しか》し、李陵には滑稽や笑止には見えなかつた。想像を絶した困苦・欠乏・酷寒・孤独を、（しかも之《これ》から死に至る迄の長い間を）平然と笑殺して行かせるものが、意地だとすれば、この意地こそは誠に凄《すさま》じくも壮大なものと言はねばならぬ。昔の多少は大人気なくも見えた蘇武の痩我慢が、斯《か》かる大我慢に迄成長してゐるのを見て李陵は驚嘆した。しかも此《こ》の男は自分の行《おこない》が漢に迄知られることを予期してゐない。自分が再び漢に迎へられることは固《もと》より、自分がかゝる無人の地で困苦と戦ひつゝあることを漢は愚か匈奴の単于にさへ伝へて呉《く》れる人間の出てくることをも期待してゐなかつた。誰にもみとられずに独り死んで行くに違ひない其《そ》の最後の日に、自ら顧みて最後まで運命を笑殺し得た事に満足して死んで行かうといふのだ。誰一人己《おの》が事蹟《じせき》を知つてくれなくとも差支《さしつか》へないといふのである。李陵は、曽《かつ》て先代単于の首を狙《ねら》ひながら、その目的は果すとも、自分がそれをもつて匈土《きようど》の地を脱走し得なければ、折角の行為が空《むな》しく、漢に迄聞えないであらうことを恐れて、竟《つい》に決行の機を見出《みいだ》し得なかつた。人に知られざることを憂《うれ》へぬ蘇武を前にして、彼はひそかに冷汗《ひやあせ》の出る思ひであつた。

　最初の感動が過ぎ、二日三日とたつ中《うち》に、李陵の中に矢張《やはり》一種のこだはりが出来てくるのをどうする事もできなかつた。何を語るにつけても、己《おのれ》の過去と蘇武のそれとの対比が一々ひつかゝつてくる。蘇武は義人、自分は売国奴《ど》と、それ程ハツキリ考へはしないけれども、森と野と水との沈黙によつて多年の間鍛へ上げられた蘇武の厳しさの前には己の行為に対する唯一の弁明であつた今迄のわが苦悩の如きは一溜《ひとたま》りもなく圧倒されるのを感じない訳にいかない。それに、気のせゐか、日日《ひにち》が立つにつれ、蘇武の己に対する態度の中に、何か富者が貧者に対する時のやうな――己の優越を知つた上で相手に寛大であらうとする者の態度を感じ始めた。何《ど》処《こ》とハツキリはいへないが、どうかした拍子にひよいとさういふものの感じられることがある。繿褸《ぼろ》をまとうた蘇武の目の中に、時として浮ぶかすかな憐愍《れんびん》の色を、豪奢《ごうしや》な貂裘《ちようきゆう》をまとうた右校王李陵は何よりも恐れた。

十日ばかり滞在した後、李陵は旧友に別れて、悄然《しようぜん》と南へ去つた。食糧衣服の類は充分に丸太小舎に残して来た。

李陵は単于《ぜんう》からの依嘱《いしよく》たる降服勧告については到頭口を切らなかつた。蘇武の答は問ふ迄もなく明らかであるものを、何も今更そんな勧告によつて蘇武をも自分をも辱《はずか》しめるには当らないと思つたからである。南に帰つてからも、蘇武の存在は一日も彼の頭から去らなかつた。離れて考へる時、蘇武の姿は却《かえ》つて一層きびしく彼の前に聳《そび》えてゐるやうに思はれる。

李陵自身、匈奴への降服といふ己《おのれ》の行為を善《よ》しとしてゐる訳ではないが、自分の故国につくした跡と、それに対して故国の己に酬《むく》いた所とを考へるなら、如何《いか》に無情な批判者と雖《いえど》も、尚《なお》、その「やむを得なかつた」ことを認めるだらうとは信じてゐた。所が、こゝに一人の男があつて、如何に「やむを得ない」と思はれる事情を前にしても、断じて、自らにそれは「やむを得ぬのだ」といふ考へ方を許さうとしないのである。

飢餓も寒苦も孤独の苦しみも、祖国の冷淡も、己の苦節が竟《つい》に何人《なんぴと》にも知られないだらうといふ殆《ほとん》ど確定的な事実も、この男にとつて、平生《へいぜい》の節義を改めなければならぬ程の止《や》むを得ぬ事情ではないのだ。

蘇武の存在は彼にとつて、崇高な訓誡でもあり、いらだたしい悪夢でもあつた。時々彼は人を遣《つか》はして蘇武の安否を問はせ、食品、牛羊、絨氈《じゆうたん》を贈つた。蘇武を見たい気持と避けたい気持とが彼の中で常に闘つてゐた。

数年後、今一度李陵は北海のほとりの丸木小舎を訪ねた。その時途中で雲中の北方を戍《まも》る衛兵等《ら》に会ひ、彼等の口から、近頃漢の辺境では太守以下吏民が皆白服をつけてゐることを聞いた。人民が悉《ことごと》く服を白くしてゐるとあれば天子の喪に相違ない。李陵は武帝の崩じたのを知つた。北海の滸《ほとり》に到《いた》つて此《こ》の事を告げた時、蘇武は南に向つて号哭《ごうこく》した。慟哭《どうこく》数日、竟《つい》に血を嘔《は》くに至つた。その有様を見ながら、李陵は次第に暗く沈んだ気持になつて行つた。彼は勿論蘇武の慟哭《どうこく》の真摯さを疑ふものではない。その純粋な烈《はげ》しい悲嘆には心を動かされずにはゐられない。だが、自分には今一滴の涙も泛《うか》んでこないのである。蘇武は、李陵の様に一族を戮《りく》せられることこそなかつたが、それでも彼の兄は天子の行列に際して一寸《ちよつと》した交通事故を起したために、又、彼の弟は或る犯罪者を捕へ得なかつたことのために、共に責《せめ》を負うて自殺させられてゐる。どう考へても漢朝から厚遇されてゐたとは称し難《がた》いのである。それを知つての上で、今目の前に蘇武の純粋な痛哭《つうこく》を見てゐる中《うち》に、以前には唯《ただ》蘇武の強烈な意地とのみ見えたものの底に、実は、譬《たと》へやうも無く清冽《せいれつ》な純粋な漢の国土への愛情（それは、義とか節とかいふ外から押しつけられたものではなく、抑へようとして抑へられぬ、こん〳〵と常に湧出《わきで》る最も親身な自然な愛情）が湛《たた》へられてゐることを、李陵は始めて発見した。

李陵は己《おのれ》と友とを隔てる根本的なものにぶつかつていやでも己自身に対する暗い懐疑に追ひやられざるをえないのである。

蘇武の所から南へ帰つて来ると、丁度、漢からの使者が到着した所であつた。武帝の死と昭帝の即位とを報じて旁〻《かたがた》当分の友好関係を——常に一年とは続いたことの無い友好関係だつたが——結ぶための平和の使節である。その使《つかい》としてやつて来たのが、図《はか》らずも李陵の故人《とも》・隴西《ろうさい》の任立政《じんりつせい》等三人であつた。

その年の二月武帝が崩じて、僅《わず》か八歳の太子弗陵《ふつりよう》が位を嗣《つ》ぐや、遺詔によつて侍中奉車都尉霍光《かくこう》が大司馬大将軍として政《まつりごと》を輔《たす》けることになつた。霍光は元、李陵と親しかつたし、左将軍となつた上官桀《けつ》も亦《また》陵の故人であつた。この二人の間に陵を呼返《よびかえ》さうとの相談が出来上つたのである。今度の使にわざ〳〵陵の昔の友人が選ばれたのは其《そ》のためであつた。

単于《ぜんう》の前で使者の表向《おもてむき》の用が済むと、盛んな酒宴が張られる。何時《いつ》もは衛律《えいりつ》がさうした場合の接待役を引受けるのだが、今度は李陵の友が来た場合とて彼も引張り出されて宴につらなつた。任立政は陵を見たが、匈奴の大官連の並んでゐる前で、漢に帰れとは言へない。席を隔てゝ李陵を見ては目配《めくば》せをし、屢〻《しばしば》己《おのれ》の刀環を撫《な》でて暗に其《そ》の意を伝へようとした。陵はそれを見た。先方の伝へんとする所も略〻《ほぼ》察した。しかし、如何《いか》なる仕草を以て応《こた》へるべきかを知らない。

公式の宴が終つた後で、李陵・衛律等《ら》ばかりが残つて牛酒と博戯《ばくぎ》とを以て漢使をもてなした。その時任立政《じんりつせい》が陵に向つて言ふ。漢では今や大赦令が降《くだ》り万民は太平の仁政を楽しんでゐる。新帝は未だ幼少のこととて君が故旧たる霍子孟《かくしもう》・上官少叔《しょうしゅく》が主上を輔《たす》けて天下の事を用ひることとなつたと。立政は、衛律を以て完全に胡人になり切つたものと見做《みな》して——事実それに違ひなかつたが——その前では明らさまに陵に説くのを憚《はばか》つた。唯霍光《ただかくこう》と上官桀《けつ》との名を挙げて陵の心を惹《ひ》かうとしたのである。陵は黙して答へない。暫《しばら》く立政を熟視してから、己《おの》が髪を撫《な》でた。その髪も椎結《ついけつ》とて既に中国の風ではない。やゝあつて衛律が服を更《か》へるために座を退いた。初めて隔てのない調子で立政が陵の字《あざな》を呼んだ。少卿《しょうけい》よ、多年の苦しみは如何《いか》ばかりだつたか。霍子孟と上官少叔から宜《よろ》しくとのことであつたと。その二人の安否を問返《といかえ》す陵のよそ〳〵しい言葉におつかぶせるやうにして立政が再び言つた。少卿よ、帰つてくれ。富貴《ふうき》などは言ふに足りぬではないか。どうか何もいはずに帰つてくれ。蘇武の所から戻つたばかりのこととて李陵も友の切なる言葉に心が動かぬではない。しかし、考へて見る迄も無く、それはもはやどうにもならぬ事であつた。「帰るのは易《やす》い。だが、又辱《はずか》しめを見るだけのことではないか？　如何《いかん》？」言葉半ばにして衛律が座に還《かえ》つてきた。二人は口を噤《つぐ》んだ。

会が散じて別れ去る時、任立政はさり気なく陵の傍に寄ると、低声で、竟《つい》に帰るに意無きやを今一度尋ねた。陵は頭を横にふつた。丈夫《じょうぶ》再び辱しめらるゝ能《あた》はずと答へた。その言葉がひどく元気の無かつたのは、衛律に聞えることを惧《おそ》れたためではない。

後五年、昭帝の始元六年の夏、此《こ》の儘《まま》人に知られず北方に窮死すると思はれた蘇武が偶然にも漢に帰れることになつた。漢の天子が上林苑中で得た雁《かり》の足に蘇武の帛書《はくしょ》がついてゐた云々《うんぬん》といふあの有名な話は、勿論、蘇武の死を主張する単于《ぜんう》を説破するための出鱈目《でたらめ》である。十九年前蘇武に従つて胡地に来た常恵《じょうけい》といふ者が漢使に遭《あ》つて蘇武の生存を知らせ、此《こ》の嘘を以て武を救出《すくいだ》すやうに教へたのであつた。早速北海の上に使《つかい》が飛び、蘇武は単于の庭《てい》につれ出された。李陵の心は流石《さすが》に動揺した。再び漢に戻れようと戻れまいと蘇武の偉大さに変りは無く、従つて陵の心の笞《しもと》たるに変りはないに違ひないが、併《しか》し、天は矢張り見てゐたのだといふ考へが李陵をいたく打つた。見てゐないやうでゐて、やつぱり天は見てゐる。彼は粛然として懼《おそ》れた。今でも己《おのれ》の過去を決して非なりとは思はないけれども、尚《なお》こゝに蘇武といふ男があつて、無理ではなかつた筈《はず》の己の過去をも恥づかしく思はせる事を堂々とやつてのけ、しかも、その跡が今や天下に顕彰されることになつたといふ事実は、何としても李陵にはこたへた。胸をかきむしられる様な女々《めめ》しい己の気持が羨望《せんぼう》ではないかと、李陵は極度に惧《おそ》れた。

別れに臨んで李陵は友の為に宴を張つた。いひたいことは山程あつた。しかし結局それは、胡に降《くだ》つた時の己の志が那辺《なへん》にあつたかといふこと。その志を行ふ前に故国の一族が戮《りく》せられて、もはや帰るに由《よし》無くなつた事情とに尽きる。それを言へば愚痴《ぐち》になつて了《しま》ふ。彼は一言もそれについてはいはなかつた。たゞ、宴酣《たけなわ》にして堪へかねて立上り、舞ひ且《か》つ歌うた。

径万里兮度沙幕《ばんりをゆきすぎさばくをわたる》
為君将兮奮匈奴《きみのためしようとなりてきょうどにふるう》
路窮絶兮矢刃摧《みちきゅうぜつししじんくだけ》
士衆滅兮名已隤《ししゅうほろびなすでにおつ》
老母已死雖欲報恩将安帰《ろうぼすでにしすおんにむくいんとほっするもまたいずくにかかえらん》

歌つてゐる中《うち》に、声が顫《ふる》へ涙が頬《ほお》を伝はつた。女々しいぞと自ら叱《しか》りながら、どうしやうもなかつた。

蘇武は十九年ぶりで祖国に帰つて行つた。

司馬遷は其の後も孜々《しし》として書続けた。

此《こ》の世に生きることをやめた彼は書中の人物としてのみ活《い》きてゐた。現実の生活では再び開かれることのなくなつた彼の口が、魯仲連《ろちゅうれん》の舌端《ぜったん》を借りて始めて烈々と火を吐くのである。或ひは伍子胥《ごししょ》となつて己《おの》が眼を抉《えぐ》らしめ、或ひは藺相如《りんしょうじょ》となつて秦《しん》王を叱《しっ》し、或ひは太子丹《たん》となつて泣いて荊軻《けいか》を送つた。楚《そ》の屈原《くつげん》の憂憤を叙して、その正《まさ》に汨羅《べきら》に身を投ぜんとして作る所の懐沙之賦《かいさのふ》を長々と引用した時、司馬遷にはその賦がどうしても己《おのれ》自身の作品の如き気がして仕方《しかた》が無かつた。

稿を起してから十四年、腐刑の禍に遭《あ》つてから八年。都では巫蠱《ふこ》の獄が起り戻《れい》太子の悲劇が行はれてゐた頃、父子相伝のこの著述が大体最初の構想通りの通史が一通り出来上つた。之《これ》に増補改刪推敲《かいさんすいこう》を加へてゐる中《うち》に又数年が過ぎた。史記百三十巻、五十二万六千五百字が完成したのは、既に武帝の崩御に近い頃であつた。

列伝第七十太史公自序の最後の筆を擱《お》いた時、司馬遷は几《き》に凭《よ》つたまゝ惘然《ぼうぜん》とした。深い溜息《ためいき》が腹の底から出た。目は庭前の槐樹《えんじゆ》の茂みに向つて暫《しばら》くはゐたが、実は何ものをも見てゐなかつた。うつろな耳で、それでも彼は庭の何処《どこ》からか聞えてくる一匹の蟬《せみ》の声に耳をすましてゐるやうに見えた。歓びがある筈《はず》なのに気の抜けた漠然とした寂しさ、不安の方が先に来た。

完成した著作を官に納め、父の墓前に其《そ》の報告をする迄はそれでもまだ気が張つてゐたが、それ等《ら》が終ると急に酷《ひど》い虚脱の状態が来た。憑依《ひようい》の去つた巫者《ふしや》のやうに、身も心もぐつたりとくづほれ、まだ六十を出たばかりの彼が急に十年も年をとつたやうに耄《ふ》けた。武帝の崩御も昭帝の即位も嘗《かつ》てのさきの太史令司馬遷の脱殻《ぬけがら》にとつてはもはや何の意味ももたないやうに見えた。

前に述べた任立政《じんりつせい》等が胡地に李陵を訪《たず》ねて、再び都に戻つて来た頃は、司馬遷は既に此の世に亡《な》かつた。


蘇武と別れた後の李陵に就いては、何一つ正確な記録は残されてゐない。元平元年に胡地で死んだといふことの外《ほか》は。

既に早く、彼と親しかつた狐鹿姑《ころくこ》単于《ぜんう》は死に、その子壺衍鞮《こえんてい》単于の代となつてゐたが、その即位にからんで左賢王、右谷蠡王《うろくりおう》の内紛があり、閼氏《えんし》や衛律等と対抗して李陵も心ならずもその紛争にまきこまれたらうことは想像に難《かた》くない。

漢書の匈奴伝には、その後、李陵の胡地で儲《もう》けた子が烏藉都尉《うせきとい》を立てゝ単于とし、呼韓邪《こかんや》単于に対抗して竟《つい》に失敗した旨が記されてゐる。宣帝の五鳳《ごほう》二年のことだから、李陵が死んでから丁度十八年目にあたる。李陵の子とあるだけで、名前は記されてゐない。

幸福

昔、此《こ》の島に一人の極めて哀れな男がゐた。年齢《とし》を数へるといふ不自然な習慣が此《こ》の辺には無いので、幾歳《いくつ》といふことはハツキリ言へないが、余り若くないことだけは確かであつた。髪の毛が余り縮れてもをらず、鼻の頭がすつかり潰《つぶ》れてもをらぬので、此《こ》の男の醜貌《しゅうぼう》は衆人の顰笑《ひんしょう》の的となつてゐた。おまけに脣《くちびる》が薄く、顔色にも見事な黒檀《こくたん》の様な艶《つや》が無いことは、此《こ》の男の醜さを一層甚《はなは》だしいものにしてゐた。此《こ》の男は、恐らく、島一番の貧乏人であつたらう。ウドウドと称する勾玉《まがたま》の様なものがパラオ地方の貨幣であり、宝であるが、勿論、此《こ》の男はウドウドなど一つも持つてはゐない。ウドウドも持つてゐない位だから、之《これ》によつて始めて購《あがな》ふことの出来る妻をもてる訳がない。たつた独りで、島の第一長老《ルバツク》の家の物置小舎《ごや》の片隅に住み、最も卑しい召使として仕へてゐる。家中のあらゆる卑しい勤めが、此《こ》の男一人の上に負はされる。怠け者の揃《そろ》つた此《こ》の島の中で、此《こ》の男一人は怠ける暇が無い。朝はマンゴーの繁《しげ》みに囀《さえず》る朝鳥よりも早く起きて漁に出掛ける。手槍《ピスカン》で大蛸《おおだこ》を突き損《そこな》つて胸や腹に吸ひ付かれ、身体中腫《は》れ上ることもある。巨魚タマカイに追はれて生命《いのち》からぐ〳〵独木舟《カヌー》に逃げ上ることもある。盥《たらい》ほどもある車渠貝《アキム》に足を挟まれ損つたこともある。午《ひる》になり、島中の誰彼が木蔭や家の中の竹床の上でうつら〳〵午睡をとる時も、此《こ》の男ばかりは、家内の清掃に、小舎の建築に、椰子《やし》蜜《みつ》採りに、椰子縄綯《な》ひに、屋根葺《ふ》きに、家具類の製作に、目が廻る程忙しい。此《こ》の男の皮膚はスコールの後の野鼠《のねずみ》の様に絶えず汗でびつしより濡《ぬ》れてゐる。昔から女の仕事と極《き》められてゐる芋田《ムセイ》の手入の外《ほか》は、何から何迄此《こ》の男が一人で働く。陽《ひ》が西の海に入つて、麵麭《パン》の大樹の梢《こずえ》に大蝙蝠《おおこうもり》が飛び廻る頃になつて、漸《ようや》く此《こ》の男は、犬猫にあてがはれるやうなクカオ芋《いも》の尻尾と魚のあらとにありつく。それから、疲れ果てた身体を固い竹の床《ゆか》の上に横たへて眠る――パラオ語でいへばモ・バヅ、即《すなわ》ち石になるのである。

彼の主人たる此《こ》の島の第一長老《ルバツク》はパラオ地方――北は此《こ》の島から南は遠くペリリュウ島に至る――を通じて指折の物持ちである。此の島の芋田の半分、椰子《やし》林の三分の二は此《こ》の男のものに属する。彼の家の台所には、極上鼈甲《べつこう》製の皿が天井迄高く積上げられてゐる。彼は毎日海亀《うみがめ》の脂《あぶら》や石焼の仔豚《こぶた》や人魚の胎児や蝙蝠《こうもり》の仔の蒸焼などの美食に饜《あ》いてゐるので、彼の腹は脂ぎつて孕《はら》み豚の如くにふくらんでゐる。彼の家には、昔その祖先の一人がカヤンガル島を討つた時敵の大将を唯《ただ》の一突きに仕留《しと》めたといふ誉れの投槍《なげやり》が蔵されてゐる。彼の所有する珠貨《ウドウド》は、玳瑁《たいまい》が浜辺で一度に産《う》みつける卵の数ほど多い。その中で一番貴いバカル珠に至つては、環礁《リーフ》の外に跳梁《ちようりよう》する鋸鮫《のこぎりざめ》でさへ、一目見て驚怖退散する程の威力を備へてゐる。今、島の中央に巍然《ぎぜん》として屹立《きつりつ》する・蝙蝠模様で飾られた・反《そ》り屋根の大集会場《バイ》を造つたのも、島民一同の自慢の種子《たね》である蛇頭の真赤な大戦舟を作ったのも、凡《すべ》て此《こ》の大支配者《ムレーデル》の権勢と金力とである。彼の妻は表向きは一人だが、近親相姦禁忌《きんしんそうかんきんき》の許す範囲に於て、実際は其《そ》の数は無限といつてよい。

此《こ》の大権力者の下僕たる・哀れな醜い独り者は、身分が卑しいので、直接の主人たる此《こ》の第一長老《ルバツク》は固《もと》より、第二第三第四ルバックの前を通る時でも、立つて歩くことは許されなかつた。必ず匍匐膝行《ほふくしつこう》して過ぎなければならないのである。もし、独木舟《カヌー》に乗つて海に出てゐる時に長老の舟が近付かうものなら、賤《いや》しき男は独木舟《カヌー》の上から水中に跳び込まねばならぬ。舟の上から挨拶《あいさつ》する如き無礼は絶対に許されない。或る時さうした場合にぶつかり、彼が謹《つつ》しんで水中に飛び込まうとすると、一匹の鱶《ふか》の姿が目に入つた。彼が躊躇《ちゆうちよ》するのを見た長老《ルバツク》の従者が、怒つて棒切を投げつけ、彼の左の目を傷《きず》つけた。已《や》むを得ず、彼は鱶の泳いでゐる水の中に跳び込んだ。其《そ》の鱶がもう三尺《しやく》大きい奴《やつ》だつたら、彼は、足の指を三本喰切《くいき》られただけでは済まなかつたに違ひない。

此《こ》の島から遥か南方に離れた文化の中心地コロール島には、既に、皮膚の白い人間共が伝へたといふ悪い病が侵入して来てゐた。その病には二つある。一つは、神聖な天与の秘事を妨げる怪《け》しからぬ病であつて、コロールでは男が之《これ》にかかる時は男の病と呼ばれ、女がなる場合は女の病といはれる。もう一つの方は、極めて微妙な・徴候の容易に認め難《がた》い病気であつて、軽い咳《せき》が出、顔色が蒼《あお》ざめ、身体が疲れ、痩《や》せ衰へて何時《いつ》の間にか死ぬのである。血を喀《は》くこともあれば、喀かないこともある。此《こ》の話の主人公たる哀れな男は、どうやら、此《こ》の後《あと》の方の病気にかかつてゐたらしい。絶えず空咳《からぜき》をし、疲れる。アミアカ樹の芽をすり潰《つぶ》して其《そ》の汁を飲んでも、蛸樹《オゴル》の根を煎《せん》じて飲んでも、一向に効き目が無い。彼の主人は之に気が付き、哀れな下男が哀れな病気になつたことを大変ふさはしいと考へた。それで、此《こ》の下男の仕事は益〻《ますます》ふえた。

哀れな下男は、しかし、大変賢い人間だつたので、己《おの》が運命を格別辛《つら》いとは思はなかつた。己《おのれ》の主人が如何《いか》に苛刻であつても、尚《なお》、自分に、視《み》ることや聴くことや呼吸すること迄禁じないから有難いと思つてゐた。自分に課せられる仕事が如何に多くとも、なほ婦人の神聖な天職たる芋田《ムセイ》耕作だけは除外されてゐることを有難く思はうと考へた。鱶《ふか》のゐる海に跳び込んで足の指三本を失つたことは不幸のやうだが、それでも脚全体を喰切られなかつたことを感謝しよう。空咳の出る疲れ病に罹《かか》つたことも、疲れ病と同時に男の病に迄罹る人間もあることを思へば、少くとも一つの病だけは免れたことになる。自分の頭髪が乾いた海藻《かいそう》の様に縮れてゐないことは明らかに容貌《ようぼう》上の致命的欠陥には違ひないが、荒れ果てた赭土丘《アケツ》の様に全然頭髪の無い人間だつて俺は知つてゐる。自分の鼻が踏みつけられたバナナ畑の蛙《かえる》のやうに潰《つぶ》れてゐないことも甚《はなは》だ恥づかしいことは確かだが、しかし、全然鼻のなくなつた腐れ病の男も隣の島には二人もゐるのだ。

だが、足《た》るを知ること斯《か》くの如き男でも、やはり、病が酷《ひど》いよりも軽い方がいいし、真昼の太陽の直射の下でこき使はれるよりも木蔭で午睡《ひるね》をした方が快い。哀れな賢い男も、時には、神々に祈ることがあつた。病の苦しみか労働の苦しみか、どちらかを今少し減じ給《たま》へ。もし此《こ》の願《ねがい》が余りに慾張り過ぎてゐないなら、何卒《なにとぞ》、と。

タロ芋《いも》を供へて彼が祈つたのは、椰子蟹《やしがに》カタツツと蚯蚓《みみず》ウラヅの祠《ほこら》である。此《こ》の二神は共に有力な悪神として聞えてゐる。パラオの神々の間では、善神は供物を供へられることが殆《ほとん》ど無い。御機嫌をとらずとも祟《たたり》をしないことが分つてゐるから。之《これ》に反して、悪神は常に鄭重《ていちょう》に祭られ多くの食物を供へられる。海嘯《つなみ》や暴風や流行病は皆悪神の怒《いかり》から生ずるからである。さて、力ある悪神・椰子蟹《やしがに》と蚯蚓《みみず》とが哀れな男の祈願を聞入れたのかどうか、とにかくそれから暫《しばら》くして、或《ある》晩この男は妙な夢を見た。

其《そ》の夢の中で、哀れな下僕は何時《いつ》の間にか長老《ルバツク》になつてゐた。彼の坐《すわ》つてゐるのは母屋《おもや》の中央、家長のゐるべき正座《しようざ》である。人々は皆唯々《いい》として彼の言葉に従ふ。彼の機嫌を損ねはせぬかと惴々焉《ずいずいえん》として懼《おそ》れるものの如くである。彼には妻がある。彼の食事の支度に忙しい婢女《ひじよ》も大勢ゐる。彼の前に出された食卓の上には、豚《ぶた》の丸焼や真赤に茹《ゆ》だつたマングローブ蟹や正覚坊《しようがくぼう》の卵が山と積まれてゐる。彼は事の意外に驚いた。夢の中ながら、夢ではないかと疑つた。何か不安で仕方が無い。

翌朝、目が醒《さ》めると、彼はやはり屋根が破れ柱の歪《ゆが》んだ何時《いつ》もの物置小舎の隅に寝てゐた。珍しく、朝鳥の鳴く音にも気付かず寝過ごしたので、家人の一人に酷《ひど》く叩《たた》かれた。

次の夜、夢の中で彼は又長老になつた。今度は彼も前夜程驚かない。下僕に命令する言葉も前夜よりは大分横柄になつて来た。食卓には今度も美味佳肴《かこう》が堆《うずたか》く載つてゐる。妻は筋骨の逞《たくま》しい申し分の無い美人だし、章《た》魚《こ》の木の葉で編んだ新しい呉蓙《ござ》の敷き心地もヒヤ〱と冷たくて誠に宜《よろ》しい。しかし、朝になると、依然として汚ない小舎の中で目を醒ました。一日中烈《はげ》しい労働に追ひ使はれ、食物としてはクカオ芋《いも》の尻尾と魚のあらとしか与へられないことも今迄通りである。

次の晩も、次の次の晩も、それから毎晩続いて、哀れな下僕は夢の中で長老になつた。彼の長老ぶりは次第に板について来た。御馳走《ごちそう》を見ても、もう初めの頃のやうに浅間《あさま》しくガツ〱するやうなことは無い。妻との間に争ひをしたことも度重なつた。妻以外の女に手出しが出来ることを知つてからも久しくなる。島民等《ら》を頤《い》使《し》して、舟庫《ふなぐら》を作らせたり祭祀《さいし》をとり行《おこな》つたりもした。司祭《コロン》に導かれて神前に進む彼の神々《こうごう》しさに、島民共は斉《ひと》しく古英雄の再来ではないかと驚嘆した。彼に仕へる下僕の一人に、昼間の彼の主人たる第一長老と覚《おぼ》しき男がゐる。此《こ》の男の彼を怖れる様といつたら、可笑《おか》しい位である。それが面白さに、彼は、第一長老に似た此《こ》の下僕に一番酷《ひど》い労働をいひつける。漁もさせれば、椰子蜜《やしみつ》採りもさせる。我が乗る舟の途《みち》に当るからとて、此《こ》の下僕を独木舟から鱶《ふか》の泳ぐ水中に跳び込ませたこともある。哀れな下僕の慌てまどひ畏《おそ》れる様が、彼にいたく満足を与へる。

　昼間の劇《はげ》しい労働も苛酷な待遇も最早彼に嘆声を洩《も》らさせることはない。賢い諦めの言葉を自らに言つて聞かせる必要もなくなつた。夜の楽しさを思へば、昼間の辛労の如き、ものの数ではなかつたからである。一日の辛《つら》い仕事に疲れ果てても、彼は世にも嬉《うれ》しげな微笑を浮べつつ、栄耀栄華《えいようえいが》の夢を見るために、柱の折れかかつた汚ない寝床へと急ぐのであつた。さういへば、夢の中で摂《と》る美食の所為《せい》であらうか、彼は近頃めつきり肥《ふと》つて来た。顔色もすつかり良くなり、空咳《からぜき》も何時《いつ》かしなくなつた。見るからに生き〳〵と若返つたのである。


　丁度哀れな醜い独身者の下僕が斯《こ》うした夢を見始めた頃から、一方、彼の主人たる富める大長老も亦《また》奇態な夢を見るやうになつた。夢の中で、貴き第一長老は惨《みじ》めな貧しい下僕になるのである。漁から椰子《やし》蜜《みつ》採りから椰子縄作りから麺麭《パン》の実取りや独木舟造りに至る迄、ありとあらゆる労働が彼に課せられる。から仕事が多くては、無数に手の生えてゐる蜈蚣《むかで》でも遣《や》り切れまいと思はれる程だ。其等《それら》の用をいひつける主人といふのが、昼間は己《おのれ》の最も卑しい下僕である筈《はず》の男である。之《これ》が又ひどく意地悪で、次から次へと無理をいふ。大蛸《おおだこ》には吸ひ付かれ、車渠貝《しやこがい》には足を挟まれ、鱶《ふか》には足指を切られる。食事はといへば、芋《いも》の尻尾と魚のあらばかり。毎朝、彼が母屋《おもや》の中央の贅沢《ぜいたく》な呉蓙《ござ》の上で目を醒《さ》ます時は、身体は終夜の労働にぐつたりと疲れ、節々《ふしぶし》がズキ〳〵と痛むのである。毎晩斯《こ》ういふ夢を見てゐる中《うち》に、第一長老の身体から次第に脂気《あぶらけ》がうせ、出張つた腹が段々しぼんで来た。実際芋の尻尾と魚のあらばかりでは、誰だつて痩《や》せる外《ほか》はない。月が三回盈欠《みちかけ》する中《うち》に長老はみじめに衰へて、いやな空咳《からぜき》までするやうになつた。

　竟《つい》に、長老が腹を立てて下僕を呼びつけた。夢の中で己《おのれ》を虐げる憎むべき男を思ひ切り罰してやらうと決心したのである。

　所が、目の前に現れた下僕は、嘗《かつ》ての痩せ衰へた・空咳をする・おど〳〵と畏《おそ》れ惑《まど》ふ・哀れな小心者ではなかつた。何時《いつ》の間にかデツプリと肥《ふと》り、顔色も生き〳〵として元気一杯に見える。それに、其《そ》の態度が如何《いか》にも自信に充《み》ちてゐて、言葉こそ叮寧《ていねい》ながら、どう見ても此方《こつち》の頤使《いし》に甘んずるものとは到底思はれない。悠揚たる其《そ》の微笑を見ただけで、長老は相手の優勢感にすつかり圧倒されて了《しま》つた。夢の中の虐待者に対する恐怖感迄が甦《よみがえ》つて来て彼を脅した。夢の世界と昼間の世界と、何《いず》れがより現実なのかといふ疑《うたがい》が、チラと彼の頭を掠《かす》めた。痩せ衰へた自分の如き者が今更咳をしながら此《こ》の堂々たる男を叱《しか》り付けるなどとは、思ひも寄らぬ。

長老は、自分でも予期しなかつた程の慇懃《いんぎん》な言葉で、下男に向ひ、彼が健康を回復した次第を尋ねた。下男は詳しく夢のことを語つた。如何《いか》に彼が夜毎《よごと》美食に饜《あ》き足るか。如何に婢僕《ひぼく》にかしづかれて快い安逸を娯《たの》しむか。如何に数多《あまた》の女共によつて天国の楽しみを味はふか。

下僕の話を聞き終つて、長老は大いに驚いた。下男の夢と己《おのれ》の夢との斯《か》くも驚くべき一致は何に基《もとづ》くのか。夢の世界の栄養が醒《さ》めたる世界の肉体に及ぼす影響は、又斯《か》くの如く甚《はなは》だしいのか。夢の世界が昼の世界と同じく（或ひはそれ以上に）現実であることは、最早疑ふ余地が無い。彼は、恥を忍んで、下男に己《おの》が毎夜の夢のことを告げた。如何に自分が夜毎劇《はげ》しい労働を強《し》ひられるか。如何に芋《いも》の尻尾と魚のあらとだけで我慢せねばならぬか。

下男はそれを聞いても一向に驚かぬ。さもあらうと云つた顔付で、疾《と》くに知つてゐた事を聞くやうに、満足げな微笑を湛《たた》へながら鷹揚《おうよう》に頷《うなず》く。其《そ》の顔は、誠に、干潟《ひがた》の泥の中に満腹して眠る海鰻《カシボクー》の如く、至上の幸福に輝いてゐる。この男は、夢が昼の世界よりも一層現実であることを既に確信してゐるのであらう。アヽと心からの溜息《ためいき》を吐《つ》きながら、哀れな富める主人は貧しく賢い下僕の顔を嫉《うらや》ましげに眺めた。

× × × ×

右は、今は世に無きオルワンガル島の昔話である。オルワンガル島は、今から八十年ばかり前の或《ある》日、突然、住民諸共《もろとも》海底に陥没して了《しま》つた。爾来《じらい》、この様な仕合せな夢を見る男はパラオ中にゐないといふことである。

（昭和一七年一一月『南島譚』）

遍　歴——「和歌《うた》でない歌《うた》」より

ある時はヘーゲルが如《ごと》万有をわが体系に統《す》べんともせし
ある時はアミエルが如つゝましく息をひそめて生きんと思ひし
ある時は若きジイドと諸共《もろとも》に生命に充《み》ちて野をさまよひぬ
ある時はヘルデルリンと翼《はね》並べギリシャの空を天翔《あまがけ》りけり
ある時はフィリップのごと小《ち》さき町に小《ちい》さき人々《ひと》を愛せむと思ふ
ある時はラムボーと共にアラビヤの熱き砂漠に果てなむ心
ある時はゴッホならねど人の耳を喰ひてちぎりて狂はんとせし
ある時は淵明《えんめい》が如疑はずかの天命を信ぜんとせし
ある時は観念《イデア》の中に永遠を見んと願ひぬプラトンのごと
ある時はノヴーリスのごと石に花に奇《く》しき秘文を読まむとぞせし
ある時は人を厭《いと》ふと石の上に黙《もだ》もあらまし達磨《だるま》の如く
ある時は李《り》白《はく》の如く酔ひ酔ひて歌ひて世をば終らむと思ふ
ある時は王維《おうい》をまねび寂《じゃく》として幽篁《ゆうこう》の裏《うち》にひとりあらなむ
ある時はスウィフトと共にこの地球《ほし》のYahoo《ヤフー》共をば憎みさげすむ
ある時はヴェルレエヌの如雨の夜の巷《ちまた》に飲みて涙せりけり
ある時は阮籍《げんせき》がごと白眼に人を睨《にら》みて琴を弾ぜむ

ある時はフロイドに行きもろ人の怪《あや》しき心理《こころ》さぐらむとする
ある時はゴーガンの如逞《たく》ましき野生《なま》のいのちに触ればやと思ふ
ある時はバイロンが如人の世の掟踏躙《おきてふみにじ》り呵々《かか》と笑はむ
ある時はワイルドが如深き淵に堕《お》ちて嘆きて懺悔《ざんげ》せむ心
ある時はヴィヨンの如く殺《あや》め盗み寂しく立ちて風に吹かれなむ
ある時はボードレエルがダンディズム昂然《こうぜん》として道行く心
ある時はアナクレオンとピロンのみ語るに足ると思ひたりけり
ある時はパスカルの如心いため弱き蘆《あし》をば讃《ほ》め憐《あわ》れみき
ある時はカザノヴのごとをみな子の肌をさびしく尋《と》め行く心
ある時は老子のごとくこれの世の玄のまた玄空《むな》しと見つる
ある時はゲエテ仰ぎて吐息しぬ亭々《ていてい》としてあまりに高し
ある時は夕べの鳥と飛び行きて雲のはたてに消えなむ心
ある時はストアの如くわが意志を鍛へんとこそ奮《ふる》ひ立ちしかある時は其角《きかく》の如く夜の街に小傾城《けいせい》などなぶらん心
ある時は人麿《ひとまろ》のごと玉藻《たまも》なすよりにし妹《いも》をめぐしと思ふ
ある時はバッハの如く安らけくたゞ芸術に向はむ心
ある時はティチアンのごと百年《ももとせ》の豊けきいのち生きなむ心
ある時はクライストの如われとわが生命を燃して果てなむ心
ある時は眼《め》・耳・心みな閉ぢて冬蛇《ふゆへび》のごと眠らむ心
ある時はバルザックの如コーヒーを飲みて猛然と書きたき心
ある時は巣父《そうほ》の如く俗説を聞きてし耳を洗はむ心
ある時は西行《さいぎょう》がごと家をすて道を求めてさすらはむ心

ある時は年老い耳も聾《し》ひにけるベートーベンを聞きて泣きけり
ある時は心咎《とが》めつゝ我の中のイエスを逐《お》ひぬピラトの如く
ある時はアウグスティンが灼熱《しやくねつ》の意慾にふれて焼かれむとしき
ある時はパオロに降《お》りし神の声我にもがもとひたに祈りき
ある時は安逸の中ゆ仰ぎ見るカントの「善」の厳《いつ》くしかりし
ある時は整然として澄みとほるスピノザに来て眼《め》をみはりしか
ある時はヴレリイ流に使ひたる悟性の鋭《と》き刃《は》身をきずつけし
ある時はモツァルトのごと苦しみゆ明るき芸術《もの》を生まばやと思ふ
ある時は聡明と愛と諦観をアナトオル・フランスに学ばんとせし
ある時はスティヴンソンが美しき夢に分け入り酔ひしれしこと
ある時はドオデェと共にプロヴンスの丘の日向《ひなた》に微睡《まどろ》みにけり
ある時は大雅堂《たいがどう》を見て陶然と身も世も忘れ立ちつくしけり
ある時は山賊多きコルシカの山をメリメとへめぐる心地
ある時は縄目解かむともがきゐるプロメシュウスと我をあはれむ
ある時はツァラツストラと山に行き眼鋭《まなこす》るどの鷲《わし》と遊びき
ある時はファウスト博士が教へける「行為《タート》によらで汝《な》は救はれじ」
遍歴《へめぐ》りていづくにか行くわが魂《たま》ぞはやも三十《みそぢ》に近しといふを

解説

中島敦における歌のわかれ

矢川澄子

1

ひたぶるに詠みけるものか四十日余《よそかまり》五百の歌をわがつくれりし

昭和十二年の秋晩く、年譜によれば十一月から十二月にかけて、いかなるはずみからか中島敦はにわかに劇しい作歌熱の虜となり、夜を日についで一気に五百余首を得ました。

このときの作品は現在、筑摩書房全集版の第二巻によって、ほぼその全容をうかがうことができます。まずここにも収めた「遍歴」をはじめとする一群の「和歌《うた》でない歌《うた》」、生きもの尽しともいうべき「河馬」、そのほか「Miscellany」としてまとめられたものの大方が当時の即興の産物のようです。その狂熱がようやく峠をこえ、作者はいま、あたかも憑き物のおちたように憮然として腕組みしつつ、のこされた歌稿の山に目をやっているところでしょう。

まさしく彼は〝ひたぶるに〟詠みつづけたのでした。とどまるところを知らず、自動的に。というより、これはもう何物かに憑り移られて知らず知らず詠まされてしまったという感じさえあったでしょう。〝詠みけるものか〟の詠嘆にはしかし、よけいな反省や自嘲のいろはたえて見られません。むしろ過ぎ去った荒淫のあとをなつかしみ、いとおしんでいるような風情にもうけとれます。それどころかこの日頃、おのれをかくも陶酔させてくれた三十一文字なる古典的伝承玩具の偉力にあらためて目をみはるといった、初々しい子供のようなおどろきさえうかがわれるのです。

中島敦にこうした短歌作品のあることは意外と知られていません。「山月記」や「李陵」の硬質な文体に魅せられてはじめて全集版を手にした読者は、第一巻の主要作品をひととおり読み了えて二巻目にいたり、ここへきて思わず目をこするのが慣いのようです。

だいたいこの巻には、一巻目の完成作にいたるまでの若書きの習作や異稿などが網羅されており、全体がともすれば前巻の補遺的なやや雑然とした趣きをおびています。そのような構成だけに、それらの散文や雑纂のあいだに居心地わるく挟まれた「歌稿その他」の数十ページほどが、視覚的にも断然きわだって眩《まぶ》しくわたしたちの目をうつのです。

この煌《きら》めきははたしてどこからくるものでしょうか。端正無比な散文の書き手として知られるこの作家にとって、時ならぬこの和歌《うた》狂いははたして何を意味していたのでしょうか。そもそも中島敦にとって短歌とはいったい何だったのか、そのあたりの径庭《けいてい》に少しくこだわってみる必要がありそうです。

2

昭和十二年といえば一九三七年、日中戦争のはじまった年でもありますが、短命の作家にとって個人的にはどのような時期に当っていたでしょうか。

中島敦はこの四年まえの昭和八年、東大の国文科を出て、大学院に通うかたわら横浜高等女学校に国語、英語、博物の教師として就職しています。文筆上でいえば、この年九月の「斗南先生」は、卒業論文以前には同人誌の習作の類しかのこしていない敦にとって、ほぼ処女作とみて差支えないでしょう。

この年はまた、学生結婚だった妻とのあいだに子供もでき、名実共に社会人、家庭人としてあらたな生活のはじまった年でもありました。

それからわずか九年後の昭和十七年、中島敦は宿痾《しゅくあ》の喘息により早くも世を去っています。とすれば昭和十二年は、足かけ十年ほどの彼のみじかい文筆生活のうちでもほぼ真中の折返し地点に位置しているわけです。

年譜によれば、喘息の発作がはげしくなって敦が体力の衰えを自覚しはじめたのは昭和十四年あたりからです。ここしばらく、中島敦は、虚弱とはいえほぼ人並みの社会生活を送っていました。先年、二五歳で中央公論の新人賞に「虎狩」を応募して佳作となったあと、つづく作品の発表にはあまり意欲がわかなかったのか、書き上げた「狼疾記」や「かめれおん日記」の草稿も手許に止めたままです。少くとも二十代後半のこの時期、彼はひとり書斎にこもることよりも、家族や友人とのつきあいや、コンサート通い、庭作りなど、戸外生活を積極的にたのしんでいたらしいふしさえうかがわれます。勤め先でも週二十三時間の授業をこなし、教員野球チームに加わるほどの元気がありました。春夏の休みを利用して旅に出ることも多く、とりわけ昭和十一年春には小笠原に、また夏には三週間以上をかけて中国の杭州、蘇州あたりまで足をのばしています。

といっても、もちろん、つぎの作品の構想がなかったわけではありません。いや、前年から抱えこんでいた「北方行」は、舞台の設定からいってもこの作家としては従来の枠を一歩も二歩ものりこえた、かなり意欲的な長篇小説に結実するはずでした。

ここで中島敦は、「斗南先生」以来の主人公黒木三造をすすんで海彼《かいひ》の大陸に赴かせています。そのうえ、作者のもうひとつの分身ともいうべき折毛伝吉を登場させ、三造の年長の従姉である白未亡人や中日混血のその娘たちの織りなす人間模様に当時の大陸の政情をも重ね合せて、少くとも構図の上ではゲエテの「ウイルヘルム・マイステル」にも匹敵するような一種の教養小説か、もしくは蕩々たる国際級の大河小説を展開するに足りるだけの布石を完了していたのでした。

愚人、夢ヲ語ル、といいます。もともとデカルトの末《まっ》裔《えい》を以て任ずるこの作家は、生来徹底した理知のひとでありますし、荒唐無稽な夢の語り手として出発したのではありませんでした。「斗南先生」が作者の実在の伯父、漢学者中島斗南の正確無比な肖像画にほかならないことは度々指摘される通りですが、そこには語り手である甥・三造（＝敦、すなわち作者自身）の自己分析が、斗南の行動の客観描写とおなじ冷静さでもって終始対比的に描き出されています。

いったいこの作家には一種の実証精神というか、科学的客観性への熄《や》みがたい執着のようなものがあって、語り手を黒木三造とするにせよもしくは地のままの私でゆくにせよ、いざ筆を走らせはじめたがさいご、作家自身の心身両面にわたる厳密な自己分析に及ぶことをほとんど倫理的要請とみなしていたかのような感さえあります。これは初期の作品に共通していえることですが、この頃からしかし作者は、こうしたリアリズムもしくは自然主義のおちいる必然的な陥穽、すなわち対象に正確に迫ろうとすればするほどそれを捉えるレンズそのものの精度を問題にせざるを得ず、またそのようにしてレンズたる作家自身の眼にこだわるかぎり結果的には作品がますます私小説的相貌をおびてきてしまうといったディレンマを、内心煩わしく感じつづけていたにちがいありません。

ほかでもない大学の卒業論文に中島敦はつとに「耽美派」をとりあげ、自然主義の破壊的非建設的側面を見究めた上で、鷗外漁史のディレッタンティズムに共感を表明し、文芸本来の浪漫的精神の再興として谷崎潤一郎の登場を高く評価したのでした。それからわずか四五年のまに彼は自己分析の不毛の泥沼に早くもおちいりつつある自分を見出すのです。

複数の主人公を擁し、地平の彼方にまで射程をひろげた「北方行」は、こうした逼塞《ひっそく》からのがれでるための思いきったこころみでもありました。小説の冒頭のシーンが三造の旅立ちの船上であることも、こうしてみるとなにか象徴的です。おのれの「自己分析の過剰」と「行為への怯懦《きょうだ》」に愛想をつかし、「この三四年の間、彼を喜ばせ、彼を酔はせてゐた一切のものからの脱走」をはげしく欲《ほ》り求める、ひとりの青年の。

この小説はしかし、知られるように完結にはいたりませんでした。三造はともかく、作者はついに脱走を果さぬまま、それどころか、複数の病んだ主人公たちのとめどもない独白に雁字《がんじ》がらめで身動きもままならぬまま、続稿を断念せざるをえなくなったのです。

「狼疾記」と「かめれおん日記」とは、未完に終ったこの長篇のいわば副産物ともみられます。この二作をまとめて作家が「過去帳」と名づけていることも、なにか示唆的です。

3

ともあれ、「遍歴」をはじめとする五百余りの和歌は、このような作家によって、このような状況のもとに誕生したのでした。散文作品の上での行きづまりと、この時ならぬ和歌狂いと。偶然か、それとも必然か。この符合はいったい何を物語っているのでしょうか。

「過去帳」のひとつ「かめれおん日記」には、〝今迄和歌を作つたことのない私〟が書き散らした〝妙なもの〟として、「石とならまほしき夜の歌」八首のうちの五首までがほぼそのまま引かれています。

我はもや石とならむず石となりて冷たき海を沈み行かばや

たまきはるいのち寂しく見つめけり冷たき星の上にわれはゐる

（以下略）

尤も中島敦が和歌をこころみたのはもちろんこれがはじめてではありません。前年の春には「小笠原紀行」として百首、また夏の中国旅行では「朱塔」と題して七四首、といったように、もっぱら旅日記の役を果したのがこの詩型でした。旅のみにはとどまりません。日記、もしくはメモ。そうです。シャリアピンからティボオにおよぶ一連の「Mes Virtuoses」なども、音楽会めぐりもしくは聴きある記の類ですし、時々折々の感興を即刻定着させるのにこの三十一文字形式は恰好の器であることを敦はつとに知りつくしていて、自在に使いこなしてもいました。

天才はともかく、天分とか天稟《てんぴん》とかいった讃辞をこの夭折のひとに冠せてよいならば、こうした硬軟両極のことばを駆使する彼の自在さにこそ呈すべきではありますまいか。歌稿のうちのまたべつのグループ「霧・ワルツ・ぎんがみ」にはつぎのようなト書きが添えられています。

鬼神をもあはれと思はすると、いにしへ人の言いけむ三十一文字と、な思ひ給ひそ。これはこれ、眼碧き紅毛人が秋の宵の一ときをハヴナふかしつゝ卓の上にもてあそぶてふトラムプの、「三十一《サーテイワン》」。首尾良く字数が三十一に近づきましたらば、御手拍子、御喝采の程をと、先づはいさゝか口上めきたれど。

手品師めかしたせりふの裏に、ほとんど神技にも似たことば使いの巧者のかぎりない自負が見てとれましょう。じっさいこれが和歌であるかどうかは彼自身いささか疑問だったかもしれません。父祖伝来の儒家の子に生れ、幼時から外地にあって異国のことばをきくことも多かった「蒙古族《モンゴオル》われ」＝中島敦にとって、このようにして大和ことばをもてあそぶことは、なにかこう出自を偽って母国語以外のことばで勝負するといったやんちゃな悦びさえ伴っていたかもしれません。

「ある時は……」の林立には及びませんが、「放歌」と題して十二首、わが歌そのものをあげつらった連作があります。

　我が歌は拙《つた》なかれどもわれの歌他《こと》びとならぬこのわれの歌

　我が歌はをかしき歌ぞ人麿も憶良もいまだ得詠《よ》まぬ歌ぞ

また、

　わが歌は腹の醜物《しこもの》朝《あさま》泄ると厠の窓の下に詠む歌

　わが歌は吾が遠つ祖《おや》サモスなるエピクロス師にたてまつる歌

　わが歌はわが胸の辺《へ》の喘鳴《ぜんめい》をわれと聞きつゝよみにける歌

友人とのたまさかの会食も（聘珍樓雅懐）、愛児との交歓も（チビの歌）、この秋、身辺雑事のことごとくがたちどころに器を得、歌になりました。

この耽溺から作者はしかし、ある日卒然として目ざめます。〝ひたぶるに〟の述懐のあとには、このにわか歌よみがしばしの恍惚からさめてゆく過程自体がつづいてうたわれています。

　敷島の大和の和歌《うた》は楽しけどわれのゐるべきところにあらじ

　美しき白痴女といひてまし思想をもたぬ和歌《うた》の美しさ

そして、ついに――

デカルトの末裔われは去《い》なむとす三十一文字を愛《は》しと
は思へど

4

結論をいそぎましょう。

散文ではとうに行きづまったはずのおのれの自己表白が、ひとたび五七五七七という定型の枠を藉りればいとも楽々となされること。この事実に思いあたったとき、中島敦の胸には忽然《こつぜん》として悟るところがあったのではなかろうか、というのがわたしのいささか斜視的な推論なのです。

なにが自分をのびのびとうたわせてくれたのか。いやしくも創作者たるべき自分にとって、この自在感こそがもっとも望ましいものであるとすれば、ひるがえってもっともアクチュアルで不羈《ふき》奔放な自己表白を達成するためには当然、ある種の制約、ある種の外在的な枠づけが必要とされるのではなかろうか、と。

この枠取りを中島敦がどこに求めたかは、その後の諸作品の物語る通りです。

中島敦＝黒木三造＝折毛伝吉と、とめどもなく自己増殖をつづける不毛の〝私〟は影をひそめ、悟浄が、一万三千の妖怪どもがさざめきはじめました。袁傪《えんさん》が虎となった李徴《りちょう》とことばを交し、子路が、そして司馬遷が語りはじめたのでした。

司馬遷は其の後も孜々《しし》として書続けた。
此の世に生きることをやめた彼は書中の人物としてのみ活きてゐた。現実の生活では再び開かれることのなくなつた彼の口が、魯仲連《ろちゅうれん》の舌端《ぜったん》を借りて始めて烈々と火を吐くのである。或ひは伍子胥《ごししょ》となつて己が眼を抉《えぐ》らしめ、或ひは藺相如《りんしょうじょ》となつて秦王を叱し、或ひは太子丹となつて泣いて荊軻《けいか》を送つた。楚の屈原の憂憤を叙して、その正に汨羅《べきら》に身を投ぜんとして作る所の懐沙《かいさ》之《の》賦《ふ》を長々と引用した時、司馬遷にはその賦がどうしても己自身の作品の如き気がして仕方が無かつた。

そういえば「遍歴」のなかには、〝ある時は司馬遷のごと……〟の一行はたしか見当らなかったな。――わたしはふたたびあの林立する五十余本の列柱を思いうかべます。これはまさしく歌集自体がひとつの壮麗な殿堂です。大げさにいえばここには明治このかた昭和十二年にいたるまでの、この国の知識階級の脳裡に貯えこまれたかぎりでの基礎文献がまるごとおさまっています。知識階級といってわるければ文学青年、もしくは、一日に岩波文庫の星ひとつずつ平らげることをモットオとしたという、旺盛な知的貪欲ぶりを誇ったかつての旧制高校生たちの。

おなじようなリストアップならば、敦ならずともやってのけられる若者が当時いくらもいたかもしれません。しかし、「ある時は○○の如く」の○○になりきること、それだけは、ただ創造者であるこの詩人にのみゆるされた特権だったのです。

遍歴《へめぐ》りていづくにか行くわが魂ぞはやも三十路に近しといふを

「遍歴」のさいご、反歌ともいうべきこの一首には、これもまたリストには洩れているもののおそらく彼の親炙《しんしゃ》していたにちがいないペイターの、いやペイターの「マリウス」に引かれた皇帝ハドリアヌスの、辞世の歌の残照がかすかにうかがわれます。

それともこれはのこされた彼の命数を知るわたしたちの、単なる感傷にすぎないのでしょうか。いや、彼とてもおそらくこの頃にはある程度、早逝を覚悟していたにちがいありません。ともあれその死までのわずか五年ほどの日々を、中島敦はまさしく司馬遷のごとく書きつづけました。そしてここに見られる数々の端正にして瑰麗《かいれい》な作品をわたしたちの手にのこしたのでした。

神西清

池内紀 編

母 子

夜の鳥

去年の夏のことだ。

H君夫妻が、終戦後はじめて軽井沢の別荘びらきをするといふので、われわれ旧友二三人が招かれたことがある。そのなかに、久しぶりでわれわれの前に姿をあらはしたG君もゐた。これは思ひがけなかつた。

われわれ仲間といふのは、ほんの高等学校の頃に同室だつただけの関係なのだが、そんな漠然とした若い時代の友情が、めいめい別れ別れに大学へ進んでからも、やがて社会へ出てからも、案外そこなはれずに続いてゐたのである。

同勢は六人ほどで、文科系統が多かつたけれども、G君は工科だつた。もう一人、魏《ぎ》さんといふ山東《さんとう》出身の留学生がゐて、これは医科だつた。のつぽといつていいくらゐ背の高い男で、とつつきの悪い不愛想なところがあつたが、実は飄々《ひょうひょう》とした楽天家で、案外すみに置けない粋人《すいじん》でもあつた。魏怡春《ぎいしゅん》といふ名前が、まさに体《たい》をあらはしてゐたわけである。

そんな彼に、われわれはよく甘えたり、罪のない艶聞《えんぶん》をからかつたりしたものだ。大学を出ると長崎へ行つて、はじめは医大につとめ、やがて開業した。日本人の細君をもらつたとかいふ噂《うわさ》もあつたが、そのへんから段々消息がぼやけて来て、まもなく戦争になつた。山東へ帰つたらしいと、誰いふとなしにそんな風聞も伝はつたが、確かなところは分らなかつた。もし帰つたとすれば、彼の運命は果してどうなつてゐるだらう。無事で、若白毛《わかしらが》がますます霜《しも》を加へて、相変らず飄々としてゐるだらうか。……われわれはまづ、そんなことを噂し合つた。

G君は、われわれの仲間では唯一《ただ》人の山岳部員だつた。かと云つて先頭に立つて賑《にぎや》かに音頭をとるのではなく、むしろ黙々として小人数で沢歩きをするといつた風であつた。一度など、単身で雨あがりのザンザ洞へいどんで、トラヴァスの失敗から人事不省になつたことさへある。まだ沢歩きが今ほどはやらない時分のことだから、木樵《きこ》り小屋の人がひよつこり水を汲《く》みに降りて来なかつたら、とつくにGは白骨を水に洗はれてゐたに相違ない。……そんな経験のあつたことを、われわれ仲間でさへ余程あとになつて、彼が何首かの歌に歌ひこむまでは、さつぱり知らずにゐた始末だつた。

歌といへば、Gはわれわれの中で唯一人の歌よみでもあつた。当時の風潮にしたがつてアララギ調で、なかでも千樫《ちかし》に私淑《ししゆく》してゐたらしいが、ちよいちよい校友会雑誌などに載るその作品は全部が全部自然諷詠《ふうえい》で、たえて人事にわたらなかつた。格調がととのひすぎて、つめたく取澄ましてゐるやうな彼の歌風は、学校の短歌会の連中から変に煙たがれてゐたらしい。そこでも彼は孤独だつたのだ。学校の先輩に当る詩人に、Gがわれわれの仲間のSを介して、歌稿の批評をもとめたことがある。その人は詩壇きつての理知派と云はれてゐたが、一流のきらりと光るやうな微笑とともに、

「ああ、この人は鉱物だね」

と評し去つたさうだ。Sは面白がつて、この評語をわれわれに披露したが、さすがに当人には匿《かく》してゐたらしい。悪意の批評ではないまでも、少しばかり的を射すぎてゐると思つたのだらう。Sは世話ずきな男だつた。なるほどさう言はれてみれば、Gには人間を鉱物に還元して考へるやうなところがあつた。そのためには先《ま》づ自分自身を、鉱物に還元するのである。自然との対話によつて、やうやく自分の孤独を満たしたやうな人なら、古来めづらしいことではない。さういふ人たちは好んで自分を草木に化する。Gはそれができない性格だつた。あるひは草木の時代を、まだ自分が生まれないずつと遠い昔に経過してゐるのかも知れなかつた。がとにかく、そんな人間は詩歌など作らぬ方がいい――と、例の理知派の詩人は皮肉つてゐるらしく思はれた。その詩人は、その後まもなく毒薬自殺をした。そしてGは、やがて忘れたやうに歌を作らなくなつた。

Gは、大学では建築をやつた。卒業設計は大がかりな綜合《そうごう》病院のプランだつた。いよいよ出来あがつて提出

する前、彼は大きな図面を何枚もわれわれに見せて、かなり丁寧に説明してくれたものだが、今ではもう、おそろしく沢山《たくさん》の棟《むね》に分れた複雑きはまる見取図や、オランダの民家を見るやうな柔らかな屋根の色や線が、おぼろげに記憶に残つてゐるだけで、こまごました技術上の苦心や抱負などは、当時にしてもわれわれには見当さへつかなかつた。

が、そんな夢みたいな設計図でも、専門家の眼には何か見どころがあつたらしい。Gは卒業後しばらく東京のT工務所につとめたのち、ちやうど京城《けいじよう》に新たに建つことになつた大きな病院の仕事に、破格なほど高い椅子《いす》を与へられた。そのまま大陸に居すわつてしまひ、やがて満洲へ渡つたことだけはわれわれの耳に伝はつたが、あとはさつぱり消息が絶えた。つまりGは、例の魏さんに次いでわれわれの視界から姿を消したのである。

そんな彼に、われわれはHの別荘で、ほとんど二十年ぶりに再会したわけだ。懐かしいといふより、一種の間のわるさが先に立つた。年月の空白といふものは、男の場合でも女の場合でも、何ともぎごちないものだからである。男女の間なら、一種の擬勢でそれを埋めることができるかも知れない。だが男どうしでは、その助け舟も頼みにはならない。

外交官のSは、身についた社交辞令で、とにかくGのその後の生活について根掘り葉掘り問ひかけたが、満足な答は得られなかつた。Gが照れる先に、当のSが照れてゐるのだから話にならない。結局わかつたことは、Gが現在独身であること（その口ぶりでは、どうやら一度は結婚したらしくある――）、それにもう一つ、朝鮮や満洲に十ほど病院を建てて来た、といふことだけだつた。口数の少ない曽《かつ》ての彼を見馴《みな》れてゐるわれわれは、それだけで十分満足した。やがて、交際ずきなHの細君《さいくん》の奔走《ほんそう》で、知合ひの夫人や令嬢を招いての夜会になつた。Hの細君としては、早くもGの後添《のちぞい》のことを想像に描いてゐたのかも知れない。その席でGは案外器用な踊りぶりを見せたが、令嬢にしろ夫人にしろ、彼が注意を特にかたむけたと思《おぼ》しい相手は一人もなかつた。大きい眼をむいてひそかに彼の一挙一動に気をくばつてゐたHの細君は、ほとんど露骨な失望の色を見せた。

夜会から一日おいての朝、われわれは夏山登りを思ひついて、あまり気の進まないらしいGに案内役を無理やり承諾させた。Gはしばらく思案してゐたが、浅間といふ誰やらの提案をしりぞけて、一文字山から網張山を経て鼻曲山へ出る尾根歩きならお附合ひしてもいいと言ひ出した。それなら都合によつては、霧積《きりづみ》温泉に泊る手もあるといふのである。

ゆふべの令嬢たちの中からも二人ほど加はることになつて、出発は午《ひる》ちかくなつた。のみならず、その夏はまだこのコースを踏んだ人があまりないと見えて、思はぬ場所に藪《やぶ》がはびこつてゐたりして、女連中の足はかなか捗《はかど》らなかつた。鼻曲山の頂上にたどり着いた頃は、落日が鬼押出《おにおしだし》の斜面に大きくかかつてゐた。日帰りはあきらめなければならなかつた。われわれは日の影りかけてゐる東の尾根を霧積へ下りることはやめて、明るい西斜面づたひに小瀬温泉をめざした。温泉に着いてみるともう暗かつた。

その晩、わたしはGと同じ小部屋で寝ることになつた。あかりを消して眼をつぶつてみたが、疲れてゐるくせに眠気がささない。Gも同じらしかつた。殆《ほとん》ど一時間ほどもさうしてゐた挙句に、どつちから言ひだすともなく連れだつて浴室へ下りた。

月はなく、山あひの闇が思ひがけないほどの重さで窓に迫つてゐた。湯川の瀬音が耳もとへ迫つたり、遠のいたりしてゐた。私たちは湯ぶねの中に向ひあつて瞑目《めいもく》したまま、その音を聞くともなしに聞いてゐた。まるで息をしてゐるのが私たち二人ではなくて、却《かえ》つて自然の方であるやうな気がした。

何かしら苦しい沈黙だつた。するとその時、すぐそこの松山の中でギギッとけたたましい啼《な》き声がした。同時にするどい羽音がして、中ぞらへ闇を裂いた。そして消えた。

「なんだらう、雉子《きじ》かな?」と私は言つてみた。

「さあね、五位鷺《ごいさぎ》ぢやないかな。」

Gは目をつぶつたまま、鈍い声で答へた。あとはふたたび瀬音だつた。

湯からあがつて、また寝床へもぐりこんだが、今度もやつぱり寝つけない。先に辛抱を切らしたのはGの方だつた。彼はライターをつけて、枕もとの水をうまさうに飲んだ。私も腹這《はらば》ひになつて、暗がりでタバコを吸ひだした。

「寝られないかい?」とGがきく。

「うん。つい鼻の先まで夢は来てるんだが、どうもいけない。……さつきの鳥の声がまた聞えさうな気なんかがして、また夢のやつ、スイと向うへ逃げちまふ。」

「ああ、あの声か。……やつこさん、蛇《へび》にでも襲はれたかな。」

「さうかも知れない。とにかく、から耳につきだしたら百年目だ。」

Gは低く笑つた。暫《しばら》くして、何気ない調子でこんなことを言ひだした。——

「何か話でもしようか。君があんなことを言ひだすものだから、僕まであの声が耳について来た。……」そこで言葉をきつて、「実はね、あの鳥の声で、ふつと思ひだしたことがあるんだよ。つまらん話だがそれでもしようか。」

私が承知をすると、Gは次のやうな話をしだした。……

＊

内地を出て、最初の五年ほどは京城にゐた。つぎの七年は満洲にゐた。そのあひだにまづまづ自分の仕事と呼んで差支へない病院を、大小とりまぜて十ほど作つた。最後の三つなどは、設計から施工の監督まで僕の手一本でやつた。なかでも新京《しんきよう》の慶民病院は、規模こそ小さかつたが、まあ悪くはないと思つてゐるのだがね。その仕事が済むと、まもなく太平洋戦争になつた。満洲の建設どころではあるまいから、その辺で見きりをつけて、外地歩きから足を洗はうかと思つた。うつかり帰ると待つてゐましたとばかり徴用されるぞ——そんなことを言つて威《おど》かす友人もゐた。なるほど徴用も結構だが、マーシャル・カロリンあたりの設営隊へ駆りだされるのは、ぞつとしなかつた。もう一つ二つ建てておきたい病院の夢もあるものでね。くだらん執着には違ひない。だが、どうも自分が、まんいち前線基地へでも出ていつたら最後、まつ先に脳天を射抜かれるやうな男に思へてならなかつたのだ。……ああ、家内かい？（と彼は私の挿んだ質問にこたへて）家内は京城でもらつて、京城で死なした。産褥熱《さんじよく》だつた。子供も一緒に死んでしまつたから、まあ、その点はさばさばしたものだが、とにかく僕は躊躇《ちゆうちよ》したね。

そのまま役所通ひをしながら形勢を窺《うか》がつてゐると、やがて華北交通から来ないかと言つて来た。最初の仕事は、北京《ペキン》の郊外あたりに鉄道病院みたいなものを作るのだといふ。僕はその頃、採光の様式についてちよつとした発見をしたところだつた。もちろん机上のプランだから、なんとかして実地に試してみたくてならなかつた。それには材料の上で或る註文《ちゆうもん》があつた。その材料が北支なら、まだまだ使へる可能性があるやうに想像された。

そこで僕は休暇をとつて大連《だいれん》へ行つた。満鉄の本社に北支の事情に明るい先輩がゐたので、その人の意見を求めるつもりだつた。あひにくその人は天津《てんしん》へ出張中で、あと四五日しないと帰つて来ないといふことだつた。大連は二度目だつたが、どうも好きになれない町だ。星ケ浦に泊ることにしたが、どうもそこも、安手のブルジョア趣味で僕を落着かせない。白状すると、僕はその頃ちよつとばかりノスタルジヤにやられてゐたのかも知れなかつた。何しろ内地通ひの便船が、つい目と鼻の先で煙を吐いてゐるのだからね。

そこでホテルの支配人に、どこか静かな場所はないかと相談を持ちかけてみると、旅順《りよじゆん》の町はづれにある黄金台ホテルといふのを教へてくれた。もつともこんな時世だし、避暑のシーズンも過ぎたしするので、休業してゐるかも知れない……といふ話だ。電話で連絡してみると、あと十日ぐらゐで閉めるところだといふ。なるほどもう九月も中旬にかかつてゐた。僕は早速トランク一つぶらさげて出かけた。

些《いささ》か不安な気持もあつた。旅順といへば、小さい時から植ゑつけられてゐる先入主があつたからね。つい血なまぐさい、かさかさした土地を想像しがちだつた。だが行つてみて、僕の想像はきれいに裏ぎられた。青い小さな湾をひつそり抱いてゐるやうな町だつた。海岸通りのアカシヤの並木が美しかつた。

黄金台といふのは、湾口を東から扼《やく》してゐる岬の名だ。ホテルはその岬の裏側にあつた。市街から洋車でものの二十分もかからうかといふ松林のなかに、置き忘れられたやうに立つてゐた。バンガロー風のポーチに立つて、二三べん大きな声で呼んでみても暫《しばら》くは誰も出て来ない。そんなホテルだつた。

泊り客はどうやらゐないらしかつた。いや第一、使用人もゐるのかゐないのか分らぬほどだつた。ポーチに出て来たのも若い支配人自身なら、二階の部屋へ案内してくれたのも同じ彼だつた。閑静を通りこして、むしろ無人に近い。僕はちよつと狐《きつね》につままれたやうな気がしたね。

下のサロンで、支配人が手づから運んで来てくれたお茶を飲んでから、僕は海岸へ出てみた。ちよつと七里ケ浜を思はせるやうな荒れさびた浜だつた。薄ぐもりの空の下で、黄海の波が鉛《なまり》いろにうねつてゐた。人つ子ひとりゐない。ペンキの褪《あ》せた海水小屋がぽつりぽつりと立つてゐる。みんな鍵がかけてある。僕はそれを一つ一つ覗《のぞ》いて廻つた。何か風俗のきれはしでも落ちてゐはしまいかと思つたのだ。何もなかつた。ただ作りつけのベンチの上に、砂が乾いてゐるだけだつた。やうやく一つ、桃色の破れスリッパの片つぽが落ちてゐるのを見つけた時には、何かしらほつとした気持だつた。

僕は引き返して、ホテルの前を通りこし、裏山へ登るらしい道をみつけると、ぶらぶらのぼつていつた。松、とべら、ぐみ、あふち、そんな樹々のつやつやした葉なみが、じつに久しぶりで眼にしみた。何しろ十何年のあひだ僕は緑らしい緑を見ずにゐたのだからね。だんだん登つて行くと、ちらほら家の屋根らしいものが見えはじめた。最初に現はれた一軒は、張りだした円室を持つた古めかしい洋館だつた。外まはりの漆喰《しつくい》は青ずんで、ところどころ剝《は》げ落ちてゐる。ポーチを支へてゐる石の円柱も、風雨にさらされて黒ずんでゐる。窓の鎧《よろい》戸《ど》の破れから覗いてみると、なかの薄暗がりに椅子《いす》テーブルが片寄せに積みあげられ、鼠《ねずみ》が喰ひ散らしたらしい古新聞や空罐《あきかん》などがちらばつてゐる。そのほかに小会堂風のだの、バンガロー風のだのが、林間のそこここに立つてゐたが、どれを見ても内も外も一様にひどく荒廃してゐた。その建築様式や住み方の工合《ぐあい》が、なんとなくロシヤ臭い。僕は、ひよつとするとこれは、昔ここがロシヤの要塞だつた頃の遺物ぢやあるまいかと思つた。夕闇が迫つてゐた。僕はすこし不気味になつて、その空屋部落を立去つた。

夕食はがらんとした食堂で、一人きりで食べた。そのあとで支配人が顔を見せたので、例の空屋部落のことを聞いてみると、やつぱり思つたとほり、ステッセルの幕僚たちの官舎だといふことだつた。

「すつかり荒れてしまひました。何しろ四十年からになりますからね。それでも修繕しいしい、貸別荘に使つてゐました。ええ、夏場などハルビンあたりのロシヤ人が、よく来てゐたものです。この二、三年ぱつたり姿を見せなくなりましたがね。いくら修繕しても雨漏《あまも》りがして、今ぢやとても住めたものぢやありませんよ。」

そんなことを支配人は言つた。

僕は部屋へあがつて、今しがた支配人がくれた案内記を読みはじめた。そして、さも遊覧客らしく、明日の予定を心に描きはじめた。さうでもするよりほかに仕事がなかつたからだ。森閑《しんかん》としてゐた。下にも二階にも物音ひとつしなかつた。時々かすかに波の音が伝はつてきた。そのうちにふつと、さつき見た空屋の一つのエレヴェーションが眼にうかんだ。ちよつと使つて見たい線がそこにあつたのだ。僕はスケッチ・ブックを出して、記憶をたどりながら素描しはじめた。どこかで水の音がした。二階の廊下を鍵の手にまがつたずつと奥のあたりで、誰かが水道の栓をひねつたらしい。音はすぐやんだ。空耳かも知れなかつた。ちよつと気になつたが、すぐ忘れた。

鉛筆のついでに、例の小会堂風の空屋の印象を素描してみたりした。そのうちに僕の眼前を、あの外套《がいとう》みたいな灰色の軍服をきたロシヤの将校たちの姿が、ちらちらしはじめた。それがあの空屋を出たり入つたりする。ポーチの敷石に引きずる佩剣《はいけん》の音もする。……それが幻といふより夢に近かつたらしい。僕はいつのまにかうとうとしてゐたのだ。

はつと目がさめた。何か音がしたと見える。しばらく耳をすましてゐたが、何も聞えない。僕はもう寝ようと思つて、いつもの習慣どほり、寝る前のうがひをしようと思つた。廊下へ出て、すぐ前の洗面室へはいつた。カランをひねらうとしてふと気がつくと、水盤は栓がしつぱなしで、濁つた水が八分目ほどたまつてゐた。そのうへ、そこらぢゆうに水がはねかつてゐる。明らかに僕の仕業ではない。僕はちよつと不愉快になつて小窓をあけ、そこからうがひの水を吐かうと思つた。

空はすつかり曇つてゐるらしい。低い、押しつけるやうな闇だつた。その中へ、咽喉《のど》の水を吐きだした途端に、ほら、ちやうど先刻みたいなギギーッと裂くやうな啼声《なきごえ》と、けたたましい羽ばたきがしたのさ。不意のことだし、不愉快になりかけてゐた矢先のことだしするので、そのぎよつとした感じが、しこりのやうに残つて変に腹だたしく、暫《しば》らくは寐《ね》つけなかつた。

あくる日は晴れだつた。僕は昨夜の予定どほり、朝のうちから博物館へ出かけた。案内記で大体の見当はつけてゐたが、こんな半島の先つぽ、しかも戦蹟《せんせき》としてばかり名高いこの町に、よくもあれだけの博物館があつたものだ。はじめの幾室かは仏像の蒐集《しゆうしゆう》だつた。僕はもちろん、仏像のことはよく分らない。だが、ぼんやり眺めてゐることは好きだ。朝鮮の頃はさうでもなかつたが、満洲ではついぞそんな心の休まるやうな時にめぐまれなかつた。僕はだんだん引き入れられるやうに一つ一つケースを覗《のぞ》いて廻つた。洛陽《らくよう》だの太原《たいげん》だの西安《せいあん》だのから来たものが多い。北魏《ほくぎ》の石の仏頭は、スフィンクスみたいな表情をしてゐた。六朝《りくちよう》の石仏の一つは、うつとりと睡《ねむ》たさうな微笑を浮べてゐた。ガンダーラの小さな石の首からは、ギリシャの海の音が聞えた。宋《そう》の青銅仏は概して俗だが、木彫りには、いゝものがあつた。なかに徳利《とくり》をさげた観音の立像がある。僕は法隆寺の酒買ひ観音を思ひだした。ああ、あの百済《くだら》観音さ。それから大学の頃Y教授に引率されてちよいちよい見学に行つた奈良の寺々のあの dim light を思ひだした。僕は僕の青春を思ひだした。……

をかしな話だ。千何百年も昔の遺物にとり囲まれながら、青春を思ひだすなんて。だが、さうした遺物が彫られたり刻まれたりした頃、人類はやはり何といつても若かつたのだ。いはば人類の若い息吹きが、鑿《のみ》の跡に香りたかくこもつてゐるのだ。みづみづしい力だ。ゆたかな気魄《きはく》だ。それにしても、なんといふ堅固さだらう。なんといふ耐久力だらう。それを見てゐると心が温まつてくる。造型といふものへの、かすかな信頼も湧《わ》いてくる。……

そんなことを言ふと、回顧趣味だとか古代マニヤだとかいつて笑はれるかも知れない。笑はれたつて構はない。古代を笑ふ近代マニヤ連中の内兜《うちかぶと》は、すつかり見透しなのだからね。あの連中の傲慢《ごうまん》な表情はじつは裏返された卑屈感と焦躁《しようそう》にすぎない。あの連中とはつまりわれわれのことだ。僕たちは、たとへ逆立ちしたつて、もはや古代の建築や彫刻のあのゆたかな安定性には達しられないだらう。人類は疲労した。日は沈みつつあるのだ。

たしかに人類の技術は、近代に入つて異常な進歩をとげた。僕たちの畑にしたつて建築材料も構造力学も、この二三十年に面目を一新した。だが、ガラスは紙より強い。鉄筋は木骨より丈夫だなんて、のんきな事を言つちやゐられない。生活はそのため、ちつとも確実さを増してはゐないのだ。技術の進歩はひよつとすると、人類が自分の疲労をかくすために発明した興奮剤にすぎないのかも知れない。厚化粧かも知れない。その反面に、陰険な破壊力は幾何級数的、いやそれ以上の勢ひで増大しつつあるのだ。それが近代といふものなのだ。そんな近代にもし思ひおごれるやうな人があつたら、それは残念ながら近代人とは言へまい。……

ざつとさういつた考へが、仏像を覗《のぞ》きまはつてゐるうちに次第に頭をもたげて、僕はいつのまにか興奮してゐた。僕はその頃、建築材料のことで或る難問に逢着《ほうちやく》してゐたので、いさゝか神経衰弱ぎみだつたのかも知れない。やがて西域出土物の室にはいつて、ムルックの石窟《せつくつ》寺のものだといふ壁画の断片を見たり、小さな像や壺《つぼ》の破片を眺めたりした。壁画は、色彩といひ描線といひ、法隆寺の金堂のあれにそつくりだつた。僕ははげしい郷愁を感じた。もつともその郷愁は、奈良へ向ふよりは一層つよく西方へ惹《ひ》かれるものだつた。僕はためらつてゐた北京赴任を、ほとんど決心した。

ミイラ室を最後に、僕は博物館を出た。そこには高昌《こうしよう》国人だといふミイラが、さう、たしか六七体ほどならべてあつた。高昌といふ国を僕は知らなかつた。君もひよつとすると知らないかもしれない。案内記によると、西域といつてもずつと中国寄りの、天山南路にあつた国で、大たい五世紀ごろから七世紀ごろまで存続してゐたらしい。もと匈奴《きようど》の根拠地だつたのが、次第に漢民族の侵蝕をかうむつて、遂《つい》にその殖民地になつたのだといふ。いはばトルキスタンとフンと漢と、この三つの勢力が早くから抗争して交流してゐた地方なのだ。したがつて一口に高昌人といつても、その正確な人種的決定は案外むづかしいかもしれない。現に当の匈奴にしてからが、蒙古《もうこ》系とする説とトルコ系とする説とがあつて、はつきりした結論は出てゐないといふではないか。いや、そんな詮議だてはどうでもいいことだつた。僕は目《ま》のあたりに古代人を見たのだ。その生きてゐる姿を見たのだ。もし生きてゐると言つて悪ければ、生きてゐる以上の、と言ひ直してもいい。何しろそのミイラたちは、千三百年ものあひだ、そのままの恰好《かつこう》でじつと眠りつづけてゐるのだからね。……

身長は大きい方ではなかつた。褐色に黒ずんで固まつてゐるものだから、尚《なお》さら小さく見えた。顔は面長《おもなが》の方だつた。骨組はがつしりしてゐるらしいが、どれも一様に胸はくぼみ、腰骨がひどく出張《でば》つて見えた。そんな姿から、僕は彼らの遊牧生活を、まざまざと思ひ描くことができた。彼らを起きあがらせ、片手に長い杖《つえ》をつかせ、荒野に羊の群を追はせることができた。女性のミイラも二三体あつた。男よりも一段と小柄で、一層しなび疲れてゐるやうに思へた。そのためか恥骨の隆起がするどく目についた。あの下には子宮が枯れ凋《しぼ》んで、まだ残つてゐるだらうか——僕はふつと、そんな妙なことを考へた。多分のこつてゐるだらう——僕は自分に答へた。畏怖《いふ》といつてもいいほどの何かみづみづしい感動だつた。僕は情慾の脈うちを感じた。そればかりか、からだの一部にひそかな充血をさへおぼえた。

彼らはひつそりと横たはつてゐた。もし小声で呼びかけたら、千三百年のヴェールを払ひのけて、むつくり起きあがつて来さうな気がした。それはまつたく確実なことのやうに思はれた。そんなむくろの群を、いつのまに西へ廻つたのか、まるで落日のやうに赤ちやけた反射光が、静かに照らしてゐた。影が深くなつて、そのためミイラたちは浮き立つやうに見えた。僕は時計を見た。もう三時近かつた。僕はまるで古代の重みから脱《のが》れでもするやうに、急ぎ足で外へでた。そして眩《まぶ》しいほど白い、ひろびろした街路へ出ると、ほつと大きな息をついた。アカシヤの並木がかすかにそよいでゐた。

ホテルに帰つてからも、僕はまだ何か幻にうかされてゐるやうな気がした。それはもう、感動といふよりは疲労のせゐだつたらう。何しろ昼飯もわすれて、五時間ちかくガラス棚を覗《のぞ》き廻つてゐたのだからね。僕は大急ぎでトーストと珈琲《コーヒー》をたのむと、誰もゐないサロンで満洲日報を読みはじめた。なるべく早く現実へもどる必要を感じたからだ。景気のいい戦争記事が、大きな活字でべたべた並べ立ててあつた。だがどれを読んでも空々しい感じしかしなかつた。さうだ、一刻も早く北京へ——そんな声が、心の隅でささやいてゐた。それも早ければ早いほどいい。一日おくれればそれだけ、僕の求めるものが失はれて行くやうな気がした。僕を蘇生《そせい》させてくれるエレクシールが、どしどし減つて行くやうな気がした。僕は危ふく大連へ電話を申込まうとさへした。だが例の先輩がまだ帰任してゐないことは明らかだつた。僕はしぶしぶ諦《あき》らめた。

だが、そんな風にふらふらしてゐた僕を、すばやく現実へ引きもどしてくれるものが、案外手ぢかな所から現はれた。はじめは小刻みな沓音《くつ》だつた。それが二階から下りて来たのだ。敷物が薄いからよく響く。下りきると、急ぎ足と言つていいほどの足どりで帳場の前を横ぎり、まつすぐこつちへ向つて来た。ライラック色の支那《しな》服をきた脊《せ》の高い女だつた。廊下のまん中で立ちどまると、いきなりこつちへ横を見せて、奥の食堂の方を透かすやうに見た。ほとんど肩すれすれまで、むきだしになつてゐる豊かな二の腕が、蠟《ろう》色に汗ばんで、どうやら胸をはずませてゐるらしい。一二歩、食堂の方へ行きかけたがやめて今度はキッとこつちを見た。もし僕が新聞を楯《たて》にしてゐるのでなかつたら、おそらく眼と眼がぶつかつたに相違ない。そして僕は何かしら声を立てたにちがひない。あの女だ——と僕は咄嗟《とつさ》に思つたからだ。が、女は僕に気づかなかつた。瞬間ありありと失望の色を浮べると、長い裾《すそ》を蹴《け》るやうにして姿を消した。例の支那服特有の裾の裂け目から、きりりと締つたふくらはぎが、一度二度ひらめいた。臙脂《えんじ》色の小さな沓《くつ》もちらりと見えたやうだ。そのどつちも僕は見覚えがあつた。

僕は耳を澄ました。沓音はポーチの敷石にひびき返つて、外へ出ていつたらしい。暫《しばら》くすると洋車の出て行くらしい軋《きし》りがかすかにした。

ところで君は、一体その女は僕にとつて何者なのかと、いささか好奇心をもやしてゐるかも知れないね。もしさうだつたら、なんとも申訳ない次第だ。現実はあひにくと、小説ほど都合よくできてはゐないからね。実をいふと僕はその女について、ほとんど知つてゐることはないんだよ。一体あれは何者だつたらうと、未だに時どき思ひだすぐらゐのところさ。

さうだ、どうせここまで話したら、はつきり言つてしまはう。僕はその女に、三昼夜半ほど前に、たつた一度会つたことがあるだけだつた。会つたといつても、安心したまへ、汽車の中でのことだ。僕はそれまで勤めてゐた民生部を、大体やめる決心がつくと、辞表を懇意な上役にあづけて、新京を去つて奉天《ほうてん》へ行つた。二人ほど別れを告げたい友達がゐたものでね。二日ほどして、大連行きの朝の急行に乗りこむと、案内されたコンパートメントは僕一人だつたのを幸ひ、発車するかしないうちにうとうとしはじめた。しばらくして僕はボーイに揺り起された。席がなくつて困つてゐる婦人がある。少々ゆづつてあげてくれないか——といふのだ。コンパートメントは四人はたつぷり掛けられる。僕はしぶしぶ快諾した。何しろ二晩悪友のお附合をさせられた挙句で、僕はひどく睡《ねむ》かつたものでね。やがてはいつて来たのが今いつた女だつたのだ。

その時はライラック色ではなしに、こまかい紅色の花を一面に散らした黒い服を着てゐた。持物もそれにふさはしい地味で上品なものだつた。歯ぎれのいい支那語でことわりを言ひ、にこやかに席についた。かすかに竜涎香《りゆうぜんこう》が匂つた。お伴の若い小間使も入口ちかく席を占めた。僕は一目で、これは満人ではないと睨《にら》んだ。なんぼ僕だつて七年もゐれば、そのくらゐの見分けはつくさ。

大人びた物をぢしない身のこなしだつた。はじめはただ美しいと思つたその顔も、近々と横から眺めれば三十の半ばには少なくも達してゐるらしい。愛想よく二言三言はなしかけて来たが、こちは何しろお耳に入れるも恥かしいブロークンな満語だ。まあ大体のところ、日本内地からやつて来た旅行者に見立ててもらふ方針で、言葉すくなに応待するうち、向うもおよその安心が行つたものか、何やら小声で小間使とうなづき合はせると、みごとな宣化葡萄《ぶどう》の小籠《こかご》をとりだして、まづ僕に取れと言つてすすめた。僕はなるべく小さな一房を選んで頂《ちよう》戴《だい》する。僕はふと思ひだした、小脇のポートフォリオの中から、ゆふべ友人の細君が「道中で召上れ」といつて呉《く》れたハルビンのチョコレートの小函《こばこ》を出し、蓋《ふた》を払つてうやうやしく夫人にすすめた。

そのへんで僕は御免かうむつて食堂へ立つたから、あとのことは知らない。食堂では昼間は禁制のビールを二本ほど、できるだけ緩《ゆつ》くり飲んだ。帰つてみると夫人と小間使とは、互《たがい》にもたれ合つて安らかに眠つてゐた。夫人の頭は、まるまるした小間使の肩にあづけてある。臙脂《えんじ》色の小沓《こぐつ》をはいた片足は、無心に通路の中ほどへ投げだしてあつた。葡萄の籠は半ば空つぽになつて、洗面台の上にのせてある。そこで僕も安心して、こつそり窓ぎはの席に坐《すわ》るとぐつすり寝てしまつた。ボーイか誰かが起してくれたと見え、僕がやつと目を覚ました時には、列車はもう大連西郊の工場街にかかつてゐ、夫人はすつかり身仕舞ひをして、廊下の窓に倚《よ》つてゐたといふわけだ。そのまま、税関の検査のどさくさのうちに離れ離れになつたのだから、まあしごく泰平無事だつたといへるだらうね。

所もあらうに、季節はづれの旅順なんかで、しかもそんな人気《ひとけ》のないホテルで、その女にぱつたり再会したのだ。ちつとは驚いてもよからうぢやないか、だがそれつきり、その日は彼女の姿を見かけなかつた。夕食はやつぱり僕一人だつた。

あの婦人はここに泊つてゐるわけではあるまいと、僕は断案をくだした。おそらく知人かそれとも良人《おつと》を訪ねてきて、それがゐないので失望して帰つたのだらう。もしそれだとすると、誰か僕のほかに二階に泊つてゐる人があることになる。その人が夜更けに水道の栓をひねつたり、洗面盤の水をはねかしたりしたわけだ。だがまた、その下手人《げしゆにん》は必ずしも泊り客でなくてもいいわけだ。二階の客の用にそなへて、ホテルでは大抵どこか二階の奥あたりに、ボーイの詰所《つめしよ》があるはずだ。そこにシーズン外れの時節には、コックさんか何かが寝泊りしてゐてもいいわけだ。……そんなことを僕は漠然と考へた。その女が誰を訪ねて来たかといふ点は、依然として不明なわけだが、さうさうこだはる必要もないことだつた。

あくる日は殆《ほと》ど終日、僕はホテルにゐなかつた。午前中は例の空屋部落へ行つて、だいぶ長いこと歩き廻つたりスケッチをとつたりした。それから一たんホテルに帰ると、旧市街へ出かけた。ふと目についた戦蹟《せんせき》巡覧のバスに、空席があるといふので、ふらりとそれに乗りこんだ。バスは、天井に大きな弾痕《だんこん》のあるロシヤ軍の将校集会所を振りだしに、山へ登つて、坦々《たんたん》たるドライヴ・ウェイを上下しながら、主防備線づたひにぐるぐるめぐつて行く。主だつた激戦地ではバスを降りて、運転手が朴訥《ぼくとつ》な口調で説明してくれる、堡塁《ほうるい》やジグザグの攻撃路などが、一々丹念に復元されてゐて、廃墟といふより、何か精巧な模型の上でも歩いてゐるやうに空々しい。それなりに、肉弾といふ奇怪な言葉が、するどく思ひ返されもする。東鶏冠山《とうけいかんざん》の北堡塁《ほくほうるい》や、松樹山の補備砲台は、平生《へいぜい》セメントや煉瓦《れんが》をいぢくる商売がら、つい熱心に見て廻つたが、けつきよく僕にわかつたことは、chair à canon と human bullet と、この二つの言葉の、はつきりした区別にすぎなかつた。そのはざまから、胸にきりきり突刺さつてくる針があつた。

午後はまた博物館へ行つた。昨日みのこした工芸品の蒐集《しゆうしゆう》を、何か腑抜《ふぬ》けたやうな気持で眺めてまはつた。まあ雍正《ようせい》だの李朝《りちよう》だの青花《せいか》だのといふ類《たぐ》ひだつたが、なかに不思議なものがあつた。陳列棚一ぱいぎつしりつまつた鼻煙壺のコレクションだ。鼻煙壺といふから、まあ嗅《かぎ》タバコの入れ物だらう。その香水壜《びん》ほどの可愛《かわ》いらしいやつが、色玻璃《はり》だの玉石だの白磁だの、稀《まれ》には堆朱《ついしゆ》だのの肌をきらめかせながら、ざつと二三百ほども並んでゐるのだ。これには呆《あき》れたね。おそらく乾隆康熙《けんりゅうこうき》のころの宮女なんかが使つたものだらう。つい楽しくなつて眺めてゐるうち、僕はふつと例のライラック夫人を思ひだした。いや、つまらん聯想《れんそう》のいたづらだが、満洲に渡つて七年、僕は正直のところあれだけの美人にはついぞお目にかからなかつたやうな気がする。……

★

Gは言葉を切つた。しばらく黙つてゐたが、やがてライターをつけた。タバコを吸ひつける束《つか》のま、Gの横顔が闇の中にうかんでゐた。どうやら笑ひを含んでゐるらしかつたが、その性質が突きとめられないうちにライターは消えた、私は無言だつた。

「僕の話は、まあこれでお仕舞なんだが」と、やがてGは言つた。――「もつとも、もし君がまだ眠気《ねむけ》がささないといふのなら、もう一つ二つ蛇足を添へてもいいがね。」

　私が「ああ」と答へると、Gは時どきタバコの火で横顔をぼんやり浮き出させながら、次のやうな話をした。

「その真夜中のことだ。僕はがやがやいふ人声で目が覚めた。じつと聞いてゐると、どうやらそれはすぐ下の玄関先でしてゐるらしい。人数は二人らしく、あたり憚《はば》からぬ高声で何やら口論してゐる。乱暴な支那語で、もちろん中身はわからない。しばらく我慢してゐたが、やがてマッチをすつて時計を見た。四時だつた。だんだん聞くうちに、べつに喧嘩《けんか》でもないらしいことが分つた。ものの十五分も僕はそのまま横になつてゐたらうか。突然、どこか二階の窓がガタリとあいて、いきなり「ギギッ」と叫んだ者がある。僕は思はず跳ね起きた。一昨日の晩の、あの夜鳥の叫びにそつくりだつたのだ。僕は窓を押しあけた。洋車が二台、梶棒《かじぼう》の根もとのランプを都合四つ明るくきらめかせながら、静かに馬車廻しの植込みをまはつて出て行くところだつた。……ではあの高話しは、車夫が早目に来て退屈まぎれにしてゐた雑談だつたのだ。いやそれよりも僕が思はず自分の眼を疑つたのは、その前の俥《くるま》に乗つてゐるのが、ほとんど紛れもなくあの支那婦人だつたことだ。後の俥は樹《こ》立《だち》の加減で見さだめる暇がなかつたが、まづこのあひだの小間使だつたらしい。とにかく女に違ひなかつた。

……」

「そんなに早く、どこへ行つたんだらう」と、Gが暫《しばら》く黙つてゐるので私はきいた。

「あとで時間表を見たら、五時に出る大連行の初発があつた。それに乗ると、大連で乗換へて、奉天発北京行の特急にちやうど間に合ふことも分つた……」

「つまりその女の人は、北京か天津から来てゐたといふわけだね。ところで、その二階の窓から、まるで夜の鳥みたいな声で叫んだといふ人物は、結局だれだつたのだい。」

「知らない。声から判ずると、どうやら男のやうでもあり、また女のやうでもあつた。甲高《かんだか》い叫び声といふものは、その区別がつきにくいものだよ。」

「なるほど。……で君は、別に調べても見なかつたのかい。」

「そんな必要があつたらうか?」とGは反問した。思ひなしか、声が少しとがつてゐた。

「いや失敬々々。……それで君は、その女の人にまたどこかでめぐり会つたのかい。」

「いや、会はなかつた。どこの何者かも、むろん知らない。ただ名前だけは知つてゐる。それはWei Jolanといふのだ。……あくる日の午後、僕も旅順を立つたが。出発の間ぎはになつて支配人が、忘れてゐた署名を僕にもとめたのだ。その宿帳は大型な薄つぺらなもので、まだ卸《おろ》したてと見え最初のページが出てゐた。その一ばん下のところに、達者な横文字で、はつきりWei Jolanと書いてあつた。出発はちやんとその日の日附になつてゐた。到着は僕の来た前の日だつた。アドレスは果して天津だつた。」

「なんだつてわざわざ横文字なんかで書いたんだらうな。」

「知らない。たぶん天津や北京あたりには、そんな習慣があるのだらう。国籍は民国人になつてゐたからね。」

「ウェイ・ジョーランか……いい響きだね。漢字ではどう書くのかな。」

「ジョーランは多分、若いといふ字に、蘭だらう。ウェイは、むろん魏《ぎ》だ。」

「え、魏だつて?……あの魏さんの魏かい?」

返事が絶えた。私はGが闇のなかでうなづいたやうな気配を感じた。そこでやうやく、私は自分の迂闊《うかつ》さに思ひあたつた。

「ああ、さうだつたのか。つい気がつかなかつたよ……」

私はほかに言ひやうがなかつた。私たちの仲間で、Gと魏怡春《ぎいしゆん》の二人がとりわけ親しかつたことを私は思ひだしたのだ。魏がGのすぐ下の妹に恋して、結婚の申込をまでしたといふ噂《うわさ》さへあつたほどである。そのときSなどは可笑《おか》しがつて、面とむかつて魏怡春をからかひなどしたものだつたが、魏さんはもちろん例の飃々《ひようひよう》とした態度で、かるくあしらつてゐたものだつた。そしてGは？……そのGの胸の中を、私は今頃になつて——そろそろ髪の毛のうすくなつた今頃になつて、夜の鳥の手引きではじめて知つたのである。

（昭和二四年八月「文学界」）

ハビアン説法

昨日はよつぽど妙な日だつた。日曜のくせにカラリと晴れた。これが第一をかしい。無精な私が散歩に出る気になつた。これも妙だ。北条の腹切り窟《やぐら》の石塔を、今のうちに撮影しておかうなどと、殊勝な心掛をおこした。これが第三にをかしい。おまけにまた……いや、順を追つて話すとしよう。

とにかく、カメラをぶらさげて家を出た。Nといふ小川を渡る。そこから爪先《つまさき》あがりになつて、やがて細い坂道にかかる。その坂道が、いつの間にやら、真新しいアスファルトに変つてゐた。

登りつめると、水色の高級車が一台とまつてゐて、その先にいきなり、思ひもかけぬ別天地がひらけた。広びろした庭の小砂利《こじやり》をふんで、セーラー服や吊《つり》スカートの少女たちが、三々五々つつましやかに歩き廻つてゐる。ははあ、園遊会だな、と咄嗟《とつさ》に思つたのは吾《われ》ながら迂《う》闊千万《かつせんばん》で、正面の数寄屋《すきや》づくりの堂々たる一棟は、なんと大きな十字架を、藁《わら》屋根の上にそびえさせてゐるではないか。詳しく言ふと、藁屋根のてつぺんに白木の櫓《やぐら》を組みあげ、その中に鐘を釣り、その頂きに何やら黒ずんだ十字架を立ててゐるのだ。面白い趣向である。まさしくこれは南蛮寺だと、例の悪い癖で早速あだ名をつけた。

折しもドミンゴ（日曜）のこととて、会堂の戸《と》障子《しようじ》はあけ放たれ、屋内に立ち居する信徒の姿が見える。黒いアビト姿のバテレン神父もちらちらする。オラショ（祈禱）は既に果てたと見え、ちらほら帰る人もある。

道をへだてたこちら側は清浄な運動場で、そこでは青年男女が、ハンドボールに興じてゐる。ピカピカなニュー・ルックの自転車の稽古《けいこ》をする者もある。

私はさうした光景を見て、この分ではひよつとすると、めざす窟なんぞはとうに埋立《うめた》てられ、石塔は敷石にでもなつて居はすまいかと心配になり、大急ぎで上へ登つた。幸ひにして、窟《やぐら》も石塔もツツガなく、稲束の置場に利用されてゐた。日の傾かぬうちにと、石塔に打掛けられた稲束を取りのけ、二三のアングルからカメラに収めたが、さてそこで窟のほとりに佇《たたず》んで、改めてエケレジヤ（教会）の壮観に眺め入つたのである。

元来この台地一帯は、北条氏の菩提寺《ぼだいじ》だつた東勝寺の旧跡で、且《か》つその一門滅亡の地でもある。太平記を按《あん》ずるに、義貞《よしさだ》のため一敗地にまみれ、この寺を枕に割腹焼亡した一族主従は、相模《さがみ》入道高時《たかとき》を頭に総《す》べて八百七十余人、「血は流れて大地に溢《あふ》れ、満々として洪河の如《ごと》く」だつたといふ。その地が今化してエケレジヤとなり、信徒が群れ、ガラサ（聖寵）は降《くだ》り、朝夕アンゼラスの鐘が鳴る。世事茫々《ぼうぼう》とはこの事だらうか。

もつとも、不浄の地を転じて浄福の地に化することは、古今東西その例に乏しくないやうだ。現にこのK市にも極楽寺《ごくらくじ》があつて、古老の言によると、その地は往昔の刑場であり、古く地獄谷の称があつたといふ。であるから私が無限の感慨をそそられるのは、寧《むし》ろそのことではなくて、現に私がその前に立つてゐる石塔の主と、キリシタン宗との間に存するところの、浅からざる因縁についてである。けだしキリシタン宗は、恰《あたか》も足利《あしかが》の世に初めてわが国に渡来した。北条氏は足利氏の縁者である。その北条氏の滅亡遺恨の地に、今や南蛮寺が建つ。ジャボ（天狗）を相手に田楽《でんがく》を舞つた狂将の幽魂、今は全く瞑《めい》すべしであらうか。

それにしても、この会堂を敢《あえ》て南蛮寺と名づけた私の気持ちは、必ずしも一片の気紛れだけではない。京都や安土《あづち》のエケレジヤの建築様式については、南蛮屏風《びょうぶ》や扇面洛中洛外《らくちゅうらくがい》名所図などに徴して、ほぼ仏寺の体《てい》であつたと推定されてゐるが、これが地方へ行くと、むしろ武将の邸宅がそのまま会堂として提供された例が多い。豊後《ぶんご》の大友フランシスコ義鎮《よししげ》、肥前《ひぜん》の大村バルトロメオ純忠《すみただ》などの場合がそれだ。つまり南蛮寺としては、この方がむしろ本筋なのであつて、星移り物変つて昭和の今日、政商の別業が化してエケレジヤとなる如《ごと》きは、まことに南蛮寺の本旨《ほんし》に適《かな》つたものと言はねばならぬ。……

私は、藁《わら》屋根の上の例の櫓《やぐら》を眺めながら、しばらくそんな史的考察に耽《ふけ》つたのち、やをら立上つて、もと来た道を引返した。

私が再びエケレジヤの前に差しかかつたとき、知人H君のお嬢さんが友だち二三と腕を組んで出て来て、出会ひがしらに私に挨拶《あいさつ》した。私が修道院の所在をたづねると、すぐ隣に聳《そび》える二階建の宏壮な日本家屋を指さして見せた。瓦葺《かわらぶ》きの大きな門はしまつてゐたが、丁度《ちょうど》その時くぐりがカタリとあいて、一人の老神父が出て来た。お嬢さんたちと立話をしてゐる私を、その父兄とでも思つたのだらうか、神父はにこやかに私に会釈をしたので、私もあわてて礼を返す拍子に、ふとかのウルガン伴天連《バテレン》の風貌《ふうぼう》を思ひ浮べた。

　ウルガン伴天連といふのは、信長の好意をかち得て、京都に南蛮寺を建立したイタリアの傑僧である。その風貌を或る古書は伝へて「其長《ソノタケ》九尺余、胴ヨリ頭小サク、面《オモテ》赤ク眼丸クシテ鼻高ク、傍ヲ見ル時ハ肩ヲ摺《コス》リ、口広クシテ耳ニ及ビ、歯ハ馬ノ歯ノ如《ゴト》ク雪ヨリモ白シ、爪《ツメ》ハ熊ノ手足ニ似タリ、髪ハ鼠《ネズミ》色ニシテ……」云々《うんぬん》と記してゐる。私は何も今しがた出会つた老神父が、右のやうな異相の人物だつたと言ふつもりはない。ただ、もし元亀《げんき》天正《てんしょう》の頃の日本人に見せたら、この老神父もまた、定めしかのウルガン伴天連の如く見えたことだらうと思ふわけである。

　さて、そのやうにして南蛮寺門前を辞した私が、無量の感慨に耽りつつ坂道を下り、橋を渡り、道を左へ取つて尚《なお》も散歩をつづけて行くと、やがて日蓮上人辻説法《にちれんしょうにんつじぜっぽう》の址《あと》に差し掛つた。見ればその前に人だかりがしてゐる。通りすがりに横目でうかがふと、円頂僧形《そうぎょう》の赤ら顔の男が、上人腰掛石の上につつ立ち、何ごとか熱弁をふるふ様子である。傍には、顔色の悪い瘠《や》せた青年が、復員服を着て立つてゐる。青年の右手には、桃太郎の絵にあるやうな白い幟《のぼり》が握られ、白地に紅く、Rといふ字が染めだしてある。

　私はそのまま行き過ぎようとした。私は生来、宣伝といふものを好まない。宣伝するのもされるのも、共に嫌ひである。ましてやこれは、場所がらといひ弁士の恰好《かっこう》といひ、てつきり近頃はやりの新興宗教の宣伝にきまつてゐる。尚更《なおさら》のこと興味がない。

　ところがその時、まるで私の袂《たもと》をぐいと引戻しでもするやうに、弁士がいきなり黄色い声を張りあげて、

「よいかな、お立会」と叫んだ。

　これはまた、意外の呼びかけを聞くものである。そこらの新興宗教と違つて、ガマの油でも売り出すのかも知れん。そんなら久しぶりで一見の価値がある。私は人垣のうしろに立つた。

人垣といつても大した人数ではない。せいぜい十二、三人ほどだが、みんな相当のインテリらしい人品《じんぴん》である。アロハの兄ちやんや闇屋風の者は一人もゐない。買物籠《かご》をさげた主婦の姿もない。むづかしい顔をして熱心に聞いてゐる。客種から察するところ、新興宗教だとしても、よほど高級な一派と見える。

「よいかな、お立会」と、弁士はもう一ぺん言つて、射抜くやうな目つきで聴衆を睨《ね》めまはした。

「ここが肝腎かなめな所ぢや。されば信長公の招きを受けたウルガン伴天連《バテレン》（おや、またウルガンが現はれたぞ！）弘法《こうぼう》の好機ござんなれと喜び勇《いさ》んで京を指して上《のぼ》つたが、そのとき摂州《せつしゆう》住吉の社《やしろ》、たちまち鳴動して、松樹六十六本が顚倒《てんとう》に及んだぞ。よいかな、六十六本ぢやぞ。この六十六を何と見る。まぎれもない、わが日本国の国かずぢや。」

甲高《かんだか》いくせにネチネチした、どうも不愉快な声である。私はよつぽど立去らうかと思つたが、この松の木のことでちよつと興味を引かれた。こんどの敗戦の直後、このK市では急に松が枯れだした。目ぼしい松は、一本残らず赤枯れに枯れた。それを思ひ出したのである。何を言ひ出すか暫《しばら》く聞いてみよう。

「それはさて置き、ウルガン伴天連やがて安土に到着して、信長公の目通りに出る。身には、蝙蝠《こうもり》の羽を拡げたやうなアビトといふ物を着け、御前に進んで礼をする。その礼式は、足指を揃《そろ》へて向うへ差出し、両手を組んで胸に当て、頭をずいと仰向《あおむ》くる。懐中の名香《みようごう》、そのとき殿中に薫《こう》じ渡る。献上の品は何々ぞ。七十五里を一目に見る遠目金《とおめがね》、芥子粒《けしつぶ》を卵の如《ごと》くに見る近目金、猛虎の皮五十枚、五町四方見当なき鉄砲、伽羅《きやら》百斤《きん》、八畳釣りの蚊帳《かや》、四十二粒の紫金《しこん》を貫《ぬ》いたコンタツ。……すべてこれ、信長公をたばかり、その甘心を買はうとの魂胆ぢや。さるにても、むざとその手に乗せられた信長公こそ稀代《きたい》のうつけ者。すなはち京都四条坊門《しじようぼうもん》に四町四方の地を寄進なつて、南蛮寺の建立を差許さるる。堂宇《どうう》は七宝《しつぽう》の瓔珞《ようらく》、金襴《きんらん》の幡《はた》、錦《にしき》の天蓋《てんがい》に荘厳をつくし、六十一種の名香は門外に溢《あふ》れて行人《こうじん》の鼻をば打つ。さればウルガン伴天連、とても一人では弘法力に及ばずとて、更に本国より呼寄せたるは、フラテン伴天連、ケリコリ伊留満《イルマン》。ヤリイス伊留満。この三人もやがて信長公に目通りする。献上の品々、さきの例《ため》しに劣りがない。……」

弁士はちよつと言葉を切つて、また探るやうな目で聴衆を見まはした。別に不穏な空気もない様子に、気を

よくしたらしく、

「されば南蛮キリシタン宗は」と、一段とさはやかな調子で先をつづけた。「一気に繁昌《はんじょう》に赴《おもむ》いたが、もとより普《あま》ねく病難貧苦を救うて現安後楽の願ひを成就《じょうじゅ》せんとの宗旨《しゅうし》であれば、やがて江州伊吹山《ごうしゅういぶきやま》に五十町四方の地を拓《ひら》いて薬草園となし、本国より三千種の種苗《しゅびょう》を取寄せてこれに植うる。さて洛中洛外《らくちゅうらくがい》の非人乞食で大病難病を患《わず》らふ者を集め、風呂に入れて五体を浄《きよ》め、暖衣を与へて養生をさするに、癩瘡《らいそう》なんどの業病《ごうびょう》も忽《たちま》ちに全快せぬはない。その噂《うわさ》を聞き伝へ、近隣諸国の人々貧富貴賤《きせん》の別《わ》かちなく南蛮寺に群集し、且《か》つは説教を聴聞《ちょうもん》し、且つは投薬の恵みにあづかる。何がさて南蛮キリシタン国は広大富貴《ふうき》の国なれば、投薬の報謝、門徒の布施は一せつ受けぬ。却《かえ》つて宗門に帰依《きえ》する者には、毎日一人あて米一升《しょう》、銀八分をば加配する。されば忽ちに愚民の甘心を……」

「愚民とは何だ、人民と言へ！」と、ここで初めて野次《やじ》が飛ぶ。

弁士はさつと鼻白《はなじろ》んで、暫《しばら》く絶句した。そのすきに聴衆がざわつきだす。

「どうも論旨《ろんし》が、少々唯心論的ぢやありませんかな」と、隣の男がその連れに話しかける。若い教員風の男である。

「さやう、どうもあの幟《のぼり》にあるRといふ字が臭いですよ」と応じたのは、鼻眼鏡《めがね》をかけた学者ふうの紳士で、「はじめは Radical《ラジカル》 か、それとも Revolutia《レヴォルシャ》 の意味かなと思つて、こりや面白さうだと期待したんですがね、どうやらあれは、Reaction《レアクション》 の意味なのかも知れんですな。」

そのうちに、弁士がまた喋《しゃべ》りだした。シッと制する声が起る。二人は黙つた。

「……これは失言、おわびを申します。さてその人民どもを誑《たぶ》らかす邪法の方便は、まだまだそれだけではない。手拭《てぬぐい》を以て馬と見せ、砂塵《さじん》を投げて鳥となし、爪《つめ》より火を出してタバコを吸ひ、虚空《こくう》を飛行し地に隠れ、火の粉を降らして沃土《ようど》を現じ、その他さまざまの幻術を使ふ。……」

「そんなことで人民は騙《だま》されないぞ！」

「同感、同感！」

だいぶ不穏な形勢に、弁士は些《いささ》かあわて気味で、片手を振りふり早口になつた。

「されば、されば先《ま》づ聞かれい。もとより人民も騙《だま》されなんだが、信長公もさすが不審と思召《おぼしめ》され、南蛮宗と仏門の宗論をさせんと思ひ立たれた。その時の南蛮宗の論師は、学僧フルコム伴天連《バテレン》。まつた仏門の論師は、かく申す愚僧梅庵。安土城の大広間において、舌端《ぜつたん》火を吐いて渡りあつたる一条は……」

聴衆はシンとなつた。話が俄然《がぜん》、立廻《たちまわ》り模様になつたからである。弁士は北叟笑《ほくそえ》んで、

「愚僧問ふ―『それ仏僧は乞食托鉢《たくはつ》を旨《むね》とする。喜捨の人はその功徳《くどく》によつて仏果を得る。然《しか》るに南蛮宗は一切の施物《せもつ》を受けず、却《かえ》つて之《これ》を施《ほどこ》して下民《げみん》……いや人民の甘心を買ひ、わが一党の邪魔をすること尤《もつと》も奇怪なり。その底意《そこい》は如何《いか》に？』フルコム答ふ―『わが南蛮四十二国、みなデウス如来《によらい》を拝むによつて、苦患《くげん》なく乞食なく病者なし、なんぞ貧者を駆つて施物を集めんや。いま却つて我らが底意を忖度《そんたく》す。汝《なんじ》の心底こそいやしむべし。』愚僧また問ふ―『さらば既に苦患なし、何とて貴国に宗教はあるぞ？』フルコム答へて―『それは未だにジャボ（天狗）が住むゆゑぢや。それデウス如来はスピリツアル・スブスタンシヤとて無色無形の実体、またサピエンチイシモ（三世了達の智）たり。未だ人間を造らざるに先だち、まづ無量のアンジョ（天人）を造つて、厳にデウスのみを拝さんことを訓《さと》し給《たま》ふ。然るにアンジョの中にルシヘルと云へる者、インテリゲンシヤ（知）に傲《おご》つて慢心を起し、人の生くるはパンのみによる也《なり》と言ひ、己れを拝さんことを衆に勧む。デウス赫怒《かくど》したまひ、ルシヘルこの罪によつてインヘルノに堕《お》つ。これジャボの初めなり。この類《たぐ》ひのジャボ殊《こと》に頗《すこぶ》る当今の貴国に多し。よつて斯《か》くは布教に努む。』愚僧呵々《かか》大笑、たち所に破して曰《いわ》く―『笑止なりやフルコム、自縄自《じじようじ》縛《ばく》とはこれ汝の返答のことか。もしデウス汝の言の如《ごと》くにサピエンチイシモならば、何とて罪に落つべきルシヘルをば造つたぞ。落つると知つて造りたらば、これ天下第一の悪業なり。また知らずして造りたらば、デウスがサピエンチイシモたるの実いづこにありや。如何《いか》に如何に』と詰め寄れば、フルコム黙然《もくねん》として早や返答がない。すなはち愚僧、懐中に匿《かく》し待つたるクルスを取りいだし、これを三段に折つて座中に投げ散らせば、満座はどつとばかりどよめき渡り、めでたく宗論は結着した。……」

聴衆の中でも、そこここに感歎《かんたん》の声がもれる。弁士は得意げにあたりを見廻し、

「さて、お立会」と言ひかけた。

ところが、その時早しその時おそし、聴衆のなかに忽《たちま》ち破《や》れ鐘のやうな哄笑《こうしよう》が起つて、ぬつと前へせせりだした一名の壮漢がある。弁士と同じく僧形《そうぎよう》で、頭には柿《かき》色の網代笠《あじろがさ》をいただき、太い長杖をついてゐる。後姿なので人相も年の頃も分らないが、声から察するところ、まづ五十がらみの年配でもあらうか。つかつかと石段へ歩み寄ると、

「なつかしや梅庵、この声が分るかの」と言つた。静かな太い声である。

梅庵はその瞬間、かすかに顔色を変へたやうだつたが、口は利かない。

「分らずば言はうか。わしはその昔そなたと宗論をして、そなたを論破して、そなたの頭に扇子《せんす》をふるつたあの柏翁《はくおう》ぢやよ。ほれ、今そなたがした作り宗論のなかの、そなた自身の役割を実際にしたのは、確かこの柏翁であつたはずぢやの。……なつかしや梅庵、いやさ不干《ふかん》ハビアン。」

梅庵はよろよろつとした。復員服があわててそれを支へる。聴衆の中でぶつぶつ呟《つぶや》き声が起る。柏翁と名乗る僧は、悠然と先をつづける。

「なうハビアン、思へばそなたは哀《かな》しい男ぢや。そなたはもと、恵春というて禅門の僧であつたものを、はからずも癩瘡《らいそう》を病んで膿血《うみち》五臓にあふれ、門徒の附合も叶《かな》はず、真《ま》葛《くず》ケ原《はら》で乞食をして年を経たところを、南蛮宗ウルガン和尚の手に救はれ、懇《ねんご》ろな投薬加療その験《げん》あつて忽《たちま》ち五体は清浄となる。その恩に感じて南蛮キリシタン宗に帰依《きえ》し、ハビアンと名を改め、カテキスタ（同宿）として天晴《あつぱ》れ才学を謳《うた》はれたも束の間、一朝にして己れがインテリゲンシヤに溺《おぼ》れ、増長慢《ぞうちようまん》に鼻をふくらし、恩顧の宗門に弓を引いて『破デウス』の一書を著はす。その魂、救《すくい》を求むれども神仏儒蛮いづれにも安心を得ず。つひに（と、ここで柏翁は幟《のぼり》の文字をずいと指さし）Resistantia《レジスタンシヤ》宗の教祖となつて、死すれども死せず、死せざれども生ぜず、永劫《えいごう》にロギカの亡霊となつて中有《ちゆうう》をさまよひ、今また四百歳の後、姿をここに現ず、哀《あわ》れむべし、汝《なんじ》ハビアン。……」

柏翁がここまで言つたとき、不思議なことが起つた。もつとも妙なことばかり起る日だから、今更どんな珍事がもち上つても大して驚かないつもりだが、とにかく忽然《こつぜん》として梅庵も復員服も、かき消すやうに失《う》せてし

まつたのである。あとには例の白い幟が、これまた地上を離れて、ふはりふはりと空へ舞ひあがる。松の木をかすめ家なみを越え、うしろの山へ飛んで行く。その白い地色に、ちらちら紅い色のまじるのは、例のRの大文字がちらつくのか、それとも夕焼けの色が映るのか。それはもう確めるすべもなかつた。……

（昭和二五年一月「朝日評論」）

わが心の女

僕がこのＱ島に来てから二週間の見聞は、すでに三回にわたつてＲＴＷ放送局へ送つたテレヴィによつて大体は御承知かと思ふ。僕の滞留許可の期限は明日で切れるのだが、思ひがけぬ突発事故のため、出発は相当延びることになりさうだ。その突発事故といふのは、第一には僕を襲つた恋愛であり、第二には、昨日この島に勃発《ぼつぱつ》した革命騒ぎだ。島の政府は、それを反革命暴動と呼んで、規模も小さいし、もはや鎮定されたも同様だと、すこぶる楽観的な発表をしてゐるけれど、僕の見るところでは、事態はさほど簡単ではないやうだ。

　ともあれ、革命騒ぎのため、電波管理は恐ろしく厳重になつた。殊《こと》に外国人は一切発信の自由を奪はれ、僕の携帯用テレヴィ送信器も一時差押へをくつてゐる。空港はすべて、軍用ないし警察用の飛行機のほか離着陸を禁止された。僕は手も足も出ないのである。そこで僕は、密航船といふ頗《すこぶ》る原始的な手段に、この通信を託することにする。もつともそれだつて、きびしいレーダ網を果して突破できるかどうか。万全を期するため、ついでにコピーを一通つくつて、罎《びん》に密封して海中に投じることにしよう。この早手廻しの遺書（？）が、結局無用に帰することを僕は祈る。失恋と革命騒ぎと——この二重の縛《いま》しめから、明日にも解放されんことを僕は僕のために祈る。

　僕がこの島にやつて来て最初の十日ほどの間に味はつた驚異については、僕は既に三回のテレヴィ放送で、かなり実証的に報告しておいたはずだ。まつたく、北緯七十五度、西経百七十度といふ氷海の一孤島に、突然ＲＴＷ局の特派員として出張を命ぜられた時には、家族よりも僕自身の方がよつぽど色を失つたものである。しかも季節は、われわれの暦によれば十一月の末であつた。僕は生まれつき頗《すこぶ》る寒さに弱い体質である。しかし報道記者としての僕の野心は、つひに一切の顧慮や逡巡《しゆんじゆん》にうち勝つた。僕は意を決して、あの冷雨の朝、Q島政府差廻しの成層圏機の客として、（おそらく甚《はなは》だ悲痛な顔をして）ハネダ空港を飛び立つた。そのとき君は、温室咲きの紅バラを一籠《ひとかご》、僕にことづけたつけね。Q島の大統領に贈呈してくれといふ伝言だつた。この伝言は、しかし残念ながら果すことができなかつた。それには次のやうな事情がある。

バラが冷気で枯れたのではない。それどころか、機中の完全な保温装置と、僕の熱心な灌水《かんすい》とによつて、バラは刻一刻と生気を増して行つたのだ。ところが驚いたことには、北緯七十三度を越えたと機中にアナウンスされた頃から、君の紅バラはみるみる醜い暗灰色に変色しはじめた。すでに飛行機はいちじるしく高度を低めて、人も植物も、Q島の放射する強烈な原子力熱気の圏内に入りはじめたのである。

まもなく、Q島南端の空港に着陸したとき、防疫検査は峻烈《しゆんれつ》をきはめた。君に委託されたバラは、その時すでに暗灰色の花びらに黒褐色の斑点《はんてん》をすらまじへて、およそグロテスクを極めてゐたが、僕は敢然として防疫吏の前に、これは日本北岸原産の麝香《じやこう》バラといふ珍種である旨《むね》を主張してゆづらなかつた。防疫吏は僕の主張を一笑に附して、このバラは既に枯死して久しいと宣告した。そして両の手のひらで花びらをもむと、事実バラの花びらは、石灰のやうに飛散してしまつた。僕は恥ぢ入つた。

さて僕はといふと、この峻烈かつ炯眼《けいがん》な防疫吏の手で、全裸にされた。頭髪、胸毛、恥毛など一切の毛髪も、薬物によつて脱去され、全身消毒ののち、透明な衣服を与へられた。それは下着から上衣《うわぎ》やネクタイに至るまで、悉《ことごと》くガラス繊維で織られたものであるが、かなり柔軟性があつて、着心地は悪くない。僕はQ国の国是《こくぜ》たる透明主義の洗礼を、まづここで受けたわけである。ついでに記しておけば、Q国の制服は男は無色透明、女は淡青色透明のガラス服であつて、一さい除外例を認めない。

僕は日本人として、勿論《もちろん》すこぶる当惑と羞恥《しゆうち》を感じ、せめて黒色ガラスの服を与へられたいと抗弁これ努めたが、無駄であつた。のみならず、僕が必死になつて叫び立てた「黒」および「羞恥」といふ二語は、いたく係官の心証を害したらしい。彼らは暫《しばら》く何事か協議した。ファシスト？　狂人？　などといふ囁《ささや》きが僕に聞えた。しかし結局、滞留許可証は与へられた。滞留場所は、ＨＷ一〇九Ｐといふ指定である。

君はこのＨＷ一〇九Ｐといふのを、どんな場所だと思ふか？　僕が先日の放送で、それを極楽にも比すべき豪壮快適なホテルとして紹介したのを、恐らく君は記憶してゐるだらう。だがあれは、プレスコードの勧告に従つたまでのことで、実は病院——しかもその精神科だつたのである。僕がひそかに盗み見た僕のカルテには、封建主義的羞恥《しゆうち》症と記載してあつた。さして重症でなかつたものか、それとも山羊《ヤギ》博士の治療が卓抜であつたせゐか、僕は三日ほどで全快を宣せられた。さてそこで僕は、ホテル住まひの身になれたか？　断じて否《いな》。僕が次に居住を指定された場所は、同じ病院内の、なんと産婦人科であつた。

　全く、なんといふ侮辱だらう。僕の忿懣《ふんまん》はその極に達したが、今度も抗弁は無効であつた。僕は科長である鰐《ワニ》五郎博士、および研究室附きの若い看護婦、鶉《ウズラ》七娘に引渡され、病棟内の小部屋に収容された。

　改めて言ふまでもなくＱ国の家屋は、その国是《こくぜ》に則《のつと》つて、礎石と鉄骨を除くほかは壁も床も天井も屋根も、全部が無色の透明ガラスである。カーテンや家具や食器も、やはり同様である。病院建築にしても、無論その例外ではない。もつとも技術的ないし人道的な見地から、特例として局所的な遮蔽《しやへい》の行はれる場合もある。つまり分娩《ぶんべん》とか掻爬《そうは》とかの、苦痛や惨忍性を伴ふ場合がそれであつて、この時は手術台なり分娩台なりを、到底肉眼の堪へぬほど強烈な白熱光をもつて包むのである。ただし患者および施術者に限つて、特殊な黒眼鏡《めがね》の着用が許される。つまり光を以て光を制するわけで、この遮蔽法は頗《すこぶ》る透明主義の理想にかなふものと言はなければならぬ。（ちなみにこの遮蔽法は男女間の或るプライヴェートな交渉の場合にも、当分のあひだ適用を許されてゐる。）

　さて、僕の収容された室《へや》の両隣りはガラスの壁を境に手術室であり、ガラスの廊下をへだてた向うは診察室であつた。そこで僕は、眼のやり場に窮して、神経衰弱になつたか？　断じて否。僕はここに於《おい》て、はじめて病院当局の意の存するところを知つた。僕が産婦人科に収容されたのは、つまり羞恥症の快癒状態を実地によつて検証するためであつたのだ。僕はこのテストにパスして、一週間後には解放されるはずであつた。

　僕がこの二度目の入院中に見聞したことで、書きもらしてならぬことがある。それは女性を「女性」から解放する研究が、すでにこの国ではかなり進んでゐることである。それは煎《せん》じつめれば、出産を全免ないし禁止することでなければならない。精子と卵子との試験管内における人工交配は、すでにQ国では一般化されてゐるけれど、それでもまだ遊戯的な恋愛の結果たる妊娠《にんしん》現象は、必ずしも減少してはゐないと言はれる。それは現にこの鰐博士の分娩《ぶんべん》室や手術室が、日々相当の賑《にぎ》はひを示してゐることでも明らかだ。これに対しては専門家の間で、幾つかの根本的研究が進められつつある。例へば山羊博士は、去精の男性一般に及ぼす悪影響の除去について研究中である。これに反して鰐博士は、むしろ子宮や乳房《ちぶさ》の自然退化を促進する方を捷径《しょうけい》と見て、既に三十年をその研究に費《ついや》して来た権威者である。そして僕の見るところでは、鶉《ウズラ》七娘といふ看護婦は、主としてこの方面の研究の助手および恐らくは実験台をも勤めてゐるらしかつた。けだし僕は二人が研究室にこもつて、二人きりで例の白熱光幕に包まれるのを屡々《しばしば》見かけたからである。

さういふ時、博士はよく「阿耶《アヤ》、阿耶《アヤ》」といふ絶叫を漏《も》らした。僕はそれを、博士が感きはまつて口にする彼女の愛称かと思つたものである。それとも、それはQ語の単なる感嘆詞だつたかも知れない。僕はひそかに嫉妬《しっと》を感じた。阿耶は楚々《そそ》たる美しい娘であつた。淡青色のガラス服を透して見えるその胸には、みづみづしいつぶらな乳頭がぴんと張つてゐた。それはまだ些《いささ》かも退化の兆候を示してゐなかつた。僕はそれを見るたびに、何かほつとするのだつた。

僕はすでに外出を許されてゐた。嫉妬を紛らすため、僕はよく外出した。中央公園の素晴らしさについては、既に僕の送つたテレヴィで御承知のことと思ふ。やがて十二月に入らうといふこの氷海の孤島の公園は、ありとあらゆる熱帯蘭《らん》の花ざかりである。その間に点々と、竜眼《りゅうがん》やマンゴーなどの果樹が、白や黄いろの花を噴水のやうにきらめかせてゐる。星形をした大きな池には、赤蓮《はす》や青蓮が咲きほこり、熱帯魚がルビイ色の魚鱗《ぎょりん》をきらめかせてゐる。樹間には極楽鳥の翅《つばさ》がひるがへり、芝生には白孔雀《くじゃく》が、尻尾《しっぽ》をひろげて歩いてゐる。

公園には博物館もあつた。陳列品の中で思ひがけなかつたのは、ミイラの夥《おびただ》しい蒐集《しゅうしゅう》であつた。非常に保存がよく、繃帯《ほうたい》まで原態をとどめてゐるのも少なくなかつた。その中で特に、赤膚媛《アカラヒメ》と標記された若い女性の一体と、片氏月姫《ガシグツキ》と標記された一体とが、著《いちじ》るしく僕の注目をひいた。前者は日本奥羽《おうう》地方出土とあつて、豊かな乳房がありありと面影をとどめてゐる。後者は天山南路出土とあつて、下腹部の隆起がどうやら子宮の厳存を思はせた。

僕はまた、ほとんど毎晩のやうに、一流の劇場のボックスに納まつた。そこでは、盛装を凝らした紳士淑女の姿に接することができる。盛装とは言つても、もちろん男子服はあくまで無色透明、婦人服は淡青色透明のガラス織であることは変りはない。その代り様々のアクセッサリーの趣向にかけて、特に女性は恐らく世界最高の洗煉《せんれん》に達してゐると称していいだらう。例へば某高官の美しい夫人は、臍窩《せいか》にダイヤモンドを嵌《は》めこんでゐる。

紅、黄、紫、藍《あい》、黒などの、禁ぜられた衣裳《いしょう》を着用できるのは、舞台上の扮装《ふんそう》の場合だけである。それも概して半透明ガラス織を限度とするが、ただ例外として特殊のショウには、不透明の衣裳の使用が許されてゐる。ある運命的な晩、僕は図らずもその種のショウを観た。そして「彼女」を「発見」したのである！

それはストリップ・ショウで当りをとつてゐる小劇場であつた。舞台の中央から、跳込台《とびこみ》のやうなものが観客席へ突き出してゐる構造も、わが国などと同じである。はじめ僕は、このショウに大した期待を持つてゐなかつた。全く、平生《へいぜい》透明ガラスの衣裳で歩いてゐる女たちが、それを脱がうと脱ぐまいと同じことではないか。ところが幕があくに及んで、僕は自分の不明を謝さなければならなかつた。Q国でストリップといふのは、逆に衣裳《いしょう》を重ねることだつたのである。

フランス王朝風、支那《しな》宮女風、カルメン風、歌麿《うたまろ》風など、あらゆる艶麗《えんれい》または優美の限りをつくした衣裳が、次々に舞台の上で、精妙な照明の変化のまにまに、静々《しずしず》と着用されてゆくのであつた。着け終ると、舞踊が始まり、つひにプリマドンナが橋がかりの突端まで進み出て、妖艶《ようえん》きはまるポーズを作る。われわれの眼からすれば、ファッション・ショウにすぎないものを凝視する観客席の緊迫感は、真に異常なものがあつた。

つひに最後の幕が来た。それは日本の王朝時代に取材したショウであつたが、はじめのうち幽暗であつた照明が、次第に明るさを増して、やがてプリマドンナが現はれた時、観客の興奮は青白い火花でも散らしさうであつた。彼女はゆるやかに十二単衣《ひとえ》を着け終ると、淡紫の檜扇《ひおうぎ》（もちろんガラス製であるが）をもつて顔を蔽《おお》ひながら、橋がかりへ歩を移し、そこで扇をかざして婉然《えんぜん》と一笑した。僕はその顔を見ておどろいた。それは彼女であつた。あの阿耶《アヤ》であつた。

それを見てからといふもの、僕がどんな懊悩《おうのう》の日夜を送つたかは、くどくどしく述べる気力がない。一口に言へば、僕は嫉妬《しつと》と恋の鬼になつたのである。ある午後、僕は博士の不在を見すまして、猛然と彼女に迫つた。阿耶は拒まなかつた。二人は黒眼鏡《めがね》をかけて、白熱光裡《り》の人となつた。しかし僕は、いたづらに不能者たる自分を発見したにすぎなかつたのである。阿耶のからだは、まさにガラスのやうに冷めたかつたのだ。

「阿耶！　お願ひだ……」と、僕はあへぎあへぎ哀願した。「今晩あすこの楽屋で……十二単衣すがたで……ね、いいだらう？　君は僕の……心の……」

「心の……ですつて？」と阿耶は、唇を反らして冷笑した。「なんていふお馬鹿《ばか》さんなの！　心の……十二単衣……」彼女は、水色ガラスのシュミーズを着ながら、嘲《あざけ》るやうに繰り返した。

「とても似合ふんだ。あれでなくちやいけないんだ。……ね、楽屋で、今晩……」

「およしなさい、みつともない！　第一この私に、そんな真似《まね》ができると思つて？『女性解放』青年同盟の執行委員の私に！」

「ぢや、なんだつて君は、あんな姿で舞台に立つたのだ？」

「わからない人！　あれは男性の色情を馴化《じゅんか》するため、青年同盟が採択した方法なのです。ああして刺戟《しげき》の反復でもつて、男の脳中枢を麻痺させるんだわ。」

僕は茫然《ぼうぜん》と立ちすくんだ。危く白熱光を消さないままで、黒眼鏡をはづしかけたほどである。がその時、病院の中庭で、けたたましい銃声が立てつづけに響いた。自動車の爆音がきこえ、やがて大勢の足音が、入り乱れて廊下をこつちへ近づいて来た。僕たちが研究室へ飛びこむと同時に、廊下のドアから、顔面蒼白《そうはく》の鰐博士が駈《か》けこんで来、あとから黒い影が二つ、風のやうに押しこんで来た。

影たちの手にはギラギラ光るピストルがあつた。

それが一斉に火を吐いた。鰐博士はばつたり倒れた。

「反動……革命だ……」といふのが、その唇をもれた最後の囁《ささや》きであつた。阿耶は僕の胸のなかで失神した。

僕は二人の下手人《げしゆにん》を見た。そして、それがあの博物館にあつた赤膚《アカラ》媛《ヒメ》、牙氏《ガシ》月姫《グツキ》といふ二体のミイラに他ならぬことを認めた。一人は乳房《ちぶさ》を揺り立てて笑ひ、もう一人はこれ見よがしに子宮部を突き出して哄笑《こうしよう》した。と、さつと身をひるがへして、再び風のやうに走り去つた。……

噂《うわさ》によると、反乱はまだ続いてゐるさうである。もはや市中には銃声は聞えないが、急速に地方へ波及しつつあるらしい。その首謀者は、二三の高級軍人の夫人たちだとも言ふが、真偽のほどは判明しない。

きのふ僕は阿耶《アヤ》の葬儀に列した。弔砲《ちようほう》が鳴つて、非常な盛儀であつた。あのまま息を引きとつた彼女の顔は、ガラスの棺《ひつぎ》のなかで白蠟《はくろう》のやうに静かであつた。僕は純白の花束を、人々の後ろから墓穴のなかへ投げてやつた。さらば、わが心の女よ！

（昭和二七年四月「別冊文芸春秋」）

雪の宿り

文明《ぶんめい》元年の二月なかばである。朝がたからちらつきだした粉雪は、いつの間にか水気の多い牡丹《ぼたん》雪に変つて、午《ひる》をまはる頃には奈良の町を、ふかぶかとうづめつくした。興福寺の七堂伽藍《しちどうがらん》も、東大寺の仏殿楼塔も、早くからものの音をひそめて、しんしんと眠り入つてゐるやうである。人気《ひとけ》はない。さういへば鐘の音さへも、今朝からずつととだえてゐるやうな気がする。この中を、仮に南都の衆徒三千が物の具に身をかためて、町なかを奈良坂へ押し出したとしても、その足音に気のつく者はおそらくあるまい。

申《さる》の刻になつても一向に衰へを見せぬ雪は、まんべんなく緩やかな渦を描いてあとからあとから舞ひ下りるが、中ぞらには西風が吹いてゐるらしい。塔といふ塔の綿帽子が、言ひ合はせたやうに西へかしいでゐるのでそれが分る。西向きの飛簷垂木（ひえんたるき）は、まるで伎楽（ぎがく）の面のやうなおどけた丸い鼻さきを、ぶらりと宙に垂れてゐる。

うつかり転害門《てがいもん》を見過ごしさうになつて、連歌師貞阿《れんがしていあ》ははたと足をとめた。別にほかのことを考へてゐたのでもない。ただ、たそがれかけた空までも一面の雪に罩《こ》められてゐるので、ちよつとこの門の見わけがつかなかつたのである。入込《いりこ》んだ妻飾《つまかざ》りのあたりが黒々と残つてゐるだけである。少しでも早い道をと歌姫越えをして、思はぬ深い雪に却《かえ》つて手間どつた貞阿は、単調な長い佐保路《さほじ》をいそぎながら、この門をくぐらうか、くぐらずに右へ折れようかと、道々決し兼ねてゐたのである。

ここまで来れば興福寺の宿坊はつい鼻の先だが、応仁の乱れに近ごろの山内《さんない》は、まるで京を縮めて移して来たやうな有様で、連歌師風情《ふぜい》にはゆるゆる腰をのばす片隅もない。いや矢張り、このまま真すぐ東大寺へはいつて、連歌友達の玄浴主《よくす》のところで一夜の宿を頼まうと、この門の形を雪のなかに見わけた途端に貞阿は心をきめた。

玄浴主《よくす》は深井坊《じんじ》といふ塔頭《たつちゆう》に住んでゐる。いはゆる堂衆の一人である。堂衆といへば南都では学匠のことだが、それを浴主などといふのは可笑《おか》しい。浴主は特に禅刹《ぜんさつ》で入浴のことを掌《つかさど》る役目だからである。しかし由玄はこの通り名で、大華厳寺《けごんじ》八宗兼学《はつしゆうけんがく》の学侶のあひだに親しまれてゐる。それほどにこの人は風呂好きである。したがつて寝酒も嫌ひな方ではない。貞阿のひそかに期するところも、実はこの二つにあつたのである。


その夜、客あしらひのよい由玄の介抱で、久方ぶりの風呂にも漬《つか》り、固粥《かたかゆ》の振舞ひにまで預つたところで、実は貞阿として目算《もくさん》に入れてなかつた事が持上つた。雪はまだ止《や》む様子もない。風さへ加はつて、庫裡《くり》の杉戸の隙間《すきま》から時折り雪を舞ひ入らせる。そのたびに灯の穂が低くなびく。板敷の間の囲炉裏《いろり》をかこんで、問はず語りの雑談が暫《しばら》く続いた。

貞阿は主人の使で、このあひだ兵庫の福原へ行つて来た。主人といふのは関白一条兼良《かねら》で、去年の十一月に本領安堵《あんど》がてら落してやつた孫房家《ふさいえ》の安否を尋ねに、貞阿を使に出したのである。兵庫のあたりはまだ安穏な時分なので、須磨の浦もその足で一見して来た。貞阿はそこの話をした。それから話は自然、いま家族を挙げて興福寺の成就院に難を避けて来てゐる関白のことに移つて、太閤《たいこう》もめつきり老《ふ》けられましたな、などと玄浴主が言ふ。とつて六十八にもなる兼良のことを、今さら老けたとは妙な言艸《いいぐさ》だが、事実この矍鑠《かくしやく》たる老人は、近年めだつて年をとつた。それは五年ほど前に腹ちがひの兄、東福寺の雲章一慶が入寂し、引続いて同じ年に、やはり腹ちがひの弟の東岳徴昕《ちようきん》が遷化《せんげ》して以来のことである。肉親の兄弟でもあり、学問の上の知己でもあつたこの二人の禅僧を喪《うしな》つて、兼良生来の勝気な性分もめつきり折れて来た。あの勧修念仏記《かんじゆねんぶつき》を著したのはその年の秋のことである。そこへ今度の大乱である。貞阿はそんな話をして、序《つい》でに一慶和尚の自若たる大往生《だいおうじよう》ぶりを披露した。示寂の前夜、侍僧に紙を求めて、筆を持ち添へさせながら、「即心即仏、非心非仏、不渉一途、阿弥陀仏」と大書《たいしよ》したと云ふのである。玄浴主は、いかさま禅浄一如の至極境、と合槌《あいづち》を打つ。

客は湯冷めのせぬうちに、せめてもう一献《いつこん》の振舞ひに預《あずか》つて、ゆるゆる寝床に手足を伸ばしたいのだが、主人の意は案外の遠いところにあるらしい。それがこの辺から段々に分つて来た。尤《もつと》も最初からそれに気が附かなかつたのは、貞阿の方にも見落しがある。第一殆《ほとん》ど二年近くも彼は玄浴主《よくす》に顔を見せずにゐた。応仁の乱れが始まつて以来の東奔西走で、古い馴染《なじみ》を訪ねる暇もなかつたのである。自分としては戦乱にはもう厭々《あきあき》してゐる。しかし主人の身になつてみれば、紛々たる巷説《こうせつ》の入りみだれる中で、つい最近まで戦火の渦中に身を曝《さら》してゐたこの連歌師《れんがし》の口から、その眼で見て来た確かな京の有様を聞きたいのは、無理もない次第に違ひない。しかも戦乱の時代に連歌師の役目は繁忙を極めてゐる。差当《さしあた》つては明日にも、恐らく斎藤妙椿《みようちん》のところへであらう、主命で美濃《みの》へ立たなければならぬと云ふではないか。今宵をのがして又いつ再会が期し得られよう。……そんな気構へがありありと玄浴主の眼の色に読みとられる。

それにもう一つ、貞阿にとつて全くの闇中の飛礫《ひれき》であつたのは、去年の夏この土地の法華寺《ほつけじ》に尼公として入られた鶴姫のことが、いたく主人の好奇心を惹《ひ》いてゐるらしいことであつた。世の取沙汰《とりざた》ほどに早いものはない。貞阿もこの冬はじめて奈良に暫《しばら》く腰を落着けて、鶴姫の噂《うわさ》が色々とあらぬ尾鰭《おひれ》をつけて人の口の端《は》に上《のぼ》つてゐるのに一驚を喫したが、工合《ぐあい》の悪いことには今夜の話相手は、自分が一条家に仕へるやうになつたのは、そもそも母親が鶴姫誕生の折り乳母《うば》に上《あが》つて以来のことであるぐらゐの経歴なら、とうの昔に知り抜いてゐる。

……

主人の口占《くちうら》から、あらまし以上のやうな推察がついた今となつては、客も無下《むげ》に情《じよう》を強《こわ》くしてゐる訳にも行かない。実際このやうな慌《あわただ》しい乱世に、しかも諸国を渉《わた》り歩かねばならぬ連歌師の身であつてみれば、今宵の話が明日は遺言とならぬものでもあるまい。それに自分としても、語り伝へて置きたい人の上のないこともない。……さう肚《はら》を据《す》ゑると、銅提《ひさげ》が新たに榾火《ほたび》から取下ろされて、赤膚焼《あかはだやき》の大湯呑《ゆのみ》にとろりとした液体が満たされたのを片手に扣《ひか》へて、折からどうと杉戸をゆるがせた吹雪《ふぶき》の音を虚空《こくう》に聴き澄ましながら、客はおもむろに次のやうな物語の口を切つた。

*

御承知のとほり、わたくしは幼少の頃より、十六の歳でお屋敷に上《あが》りますまで、東福寺の喝食《かつしき》を致してをりました。ちやうどその時分、やはり俗体のままのお稚児《ちご》で、奥向きのお給仕を勤めてをられた衆のなかに、松《まつ》王《おう》丸といふ方がございました。わたくしより六つほどもお年下でございましたらうか、御利発なお人なつこい稚児様で、ついお懐《なつ》きくださるままに、わたくしも及ばずながら色々とお世話を申上げたことでございました。これが思へば不思議な御縁のはじまりで、松王様とはつい昨年の八月に猛火《みようか》のなかで遽《あわただ》しいお別れを致すまで、ものの十八年ほどの長い年月を、陰になり日向《ひなた》になり断えずお看《み》とり申上げるやうな廻《めぐ》り合せになつたのでございます。あの方のお声やお姿が、今なほこの眼の底に焼きついてをります。わたくしが今宵の物語をいたす気になりましたのも、余事はともあれ実を申せば、この松王様のおん身の上を、あなた様に聞いて頂きたいからなのでございます。

その頃は、先刻もお話の出ました雲章一慶さまも、お歳《とし》こそ七十ぢかいとは申せまだまだお壮《さか》んな頃で、かねがね五山の学衆の、或ひは風流韻事にながれ或ひは俗事政柄《せいへい》にはしつて、学道をおろそかにする風のあるのを痛くお嘆き遊ばされて、日ごろ百丈清規《ひやくじようしんぎ》を衆徒に御講釈になつてをられました。その厳しいお躾《しつ》けを学衆の中には迷惑がる者もをりまして、今《いま》義堂などと嘲弄《ちようろう》まじりに端《はし》たない陰口を利く衆もありましたが、御自身を律せられますことも洵《まこと》にお厳しく、十七年のあひだ嘗《かつ》てお脇を席《むしろ》におつけ遊ばした事がなかつたと申します。この御警策の賜物《たまもの》でございませう、わたくし風情《ふぜい》の眼にも、東福寺の学風は京の中でも一段と立勝《たちまさ》つて見えたのでございます。されば他の諸山からも、心ある学僧の一慶様の講莚《こうえん》に列《つら》なるものが多々ございました。その中には相国寺《しようこくじ》のあの桃源瑞仙《ずいせん》さまの、まだお若い姿も見えましたが、この方は程朱《ていしゆ》の学問とやらの方では、一慶さま一のお弟子であつたと伺つてをります。

このお二方はよく御同道で、一条室町の桃花坊（兼良邸）へ参られました。そのお伴にはかならず松王様をお連れ遊ばすのが例で、御利発な上に学問御熱心なこのお稚児を、お二方ともよくよくの御鍾愛《ごしようあい》のやうにお見受け致しました。わたくしが桃花坊へ上りました後々も、一慶さまや瑞仙さまが奥書院に通られて、太閤《たいこう》殿と何やら高声で論判をされるのが、表の方までもよく響いて参つたものでございます。さういふお席で、お伴について来られた松王様が、傍《かたわ》らにきちんと膝《ひざ》を正されて、易だの朱子だのと申すむづかしいお話に耳を澄ましてをられるお姿を、わたくしどももよく垣間見《かいまみ》にお見かけしたものでございました。

この松王様のことは、くだくだしく申上げるまでもなく、かねてお聞及びもございませう。右兵衛佐殿《うひようえのすけ》（斯《し》波《ば》義敏《よしとし》）の御曹子《おんぞうし》で、そののち長禄の三年に、義政公の御輔導役伊勢《いせ》殿（貞親《さだちか》）の、奥方の縁故に惹《ひ》かされての邪曲《よこしま》なお計らひが因《もと》で父君が廃黜《はいちゆう》の憂《う》き目にお遇ひなされた折り、一時は武衛《ぶえい》家の家督を嗣《つ》がれた方でございます。それも長くは続きませず、二年あまりにて同じ伊勢殿のお指金《さしがね》でむざんにも家督を追はれ、つむりを円《まる》められて、人もあらうにあの蔭凉軒《おんりようけん》の真蘂西堂《しんずいせいどう》のもとに、お弟子に入られたのでございました。このお痛はしいお弟子入りについては、色々とこみ入つた事情もございますが、搔撮《かいつま》んで申せばこれは、父君右兵衛佐殿の調略の牲《にえ》になられたのでございました。松王様が家督をおすべり遊ばした後は、やはり伊勢殿のお差図《さしず》で、いま西の陣一方の旗がしら、左兵衛佐殿《さひようえのすけ》（斯波義廉《よしかど》）が渋川家より入つて嗣がれましたが、右兵衛さまとしてみれば御家督に未練もあり意地もおありのことは理の当然、幸ひお妾の妹君《てかけ》が、そのころ新造さまと申して伊勢殿の寵愛無双《ちようあいむそう》のお妾であられたのを頼つて、御家督におん直りのこと様々に伊勢殿へ懇望せられました事の序《ついで》で、これまた黒衣の宰相などと囃《はや》されて悪名天下にかくれない真蘂西堂にも取入つて、そのお口添へを以て公方《くぼう》様をも動かさんものとの御たくらみから、松王様を蔭凉軒に附けられたものでございます。いやはや何と申してよいやら、浅ましいのは人の世の名利《みようり》争ひではございますまいか。これが畠山《はたけやま》殿の御相続争ひと一つになつて、この応仁の乱れの口火となりましたのを思へば、その陰にしひたげられて、うしろ暗い企らみ事の只《ただ》のお道具に使はれておいでの松王様のお身の上は、なかなかお痛はしいの何のと申す段のことではございません。

このたびの大乱の起るに先だちましては、まだそのほかに瑞祥《ずいしよう》と申しますか妖兆と申しますか、色々と厭《いや》らしい不思議がございました。まづ寛正《かんしよう》の六年秋には、忘れも致しません九月十三日の夜亥《い》の刻ごろ、その大いさ七八尺《しやく》もあらうかと見える赤い光り物が、坤方《ひつじさる》より艮方《うしとら》へ、風雷のやうに飛び渡つて、虚空《こくう》は鳴動、地軸も揺るがんばかりの凄《すさ》まじさでございました。忽《たちま》ちにして消え去つた後は白雲に化したと申します。そのとき安部殿（在貞）などの奉《たてまつ》られた勘文《かんもん》では、これは飢荒、疾疫群死、兵火起、あるひは人民流散、流血積骨の凶兆であつた趣でございます。当時、何《なん》ぴとの構へた戯《ぎ》れ事でございませうか、天狗《てんぐ》の落文《おとしぶみ》などいふ札を持歩く者もありまして、その中には「徹書記《てつしょき》、宗砌《そうぜい》、音阿弥、禅竺、近日此方《こちら》へ来《きた》ル可《べ》シ」など記してあつたと申します。前《さき》のお二人はわたくしの思ひ違へでなくば、これより先に亡くなつてをられますが、観世《かんぜ》殿が一昨年、金《こん》春《ぱる》殿が昨年と続いて身罷《みまか》られましたのも不思議でございます。それにしましても世の乱れにとつて、歌よみ、連歌師《れんがし》、猿楽師《さるがくし》など申すものに何の罪科がございませう。思へばひよんな風狂人もあつたものでございます。

わたくし風情《ふぜい》が今更めいて天下の御政道をかれこれ申す筋ではございません。それは心得てをりますが、何としてもこの近年の御公儀のなされ方は、わたくし共の目に余ることのみでございました。天狗星《てんぐせい》の流れます年の春には花頂若王子《にゃくおうじ》のお花御覧、この時の御前相伴衆《ごぜんしょうばんしゅう》の箸《はし》は黄金をもつて展《の》べ、御供衆《おともしゅう》は沈香《じんこう》を削つて同じく黄金の鍔口《つばぐち》をかけたものと申します。その前の年は観世の河原猿楽御覧、更には、これは貴方《あなた》さまよく御存じの公方《くぼう》さま春日社御参詣、また文正《ぶんしょう》の初めには花の御幸。……いやいやそんな段ではございません、その公方さま花の御所の御造営には甍《いらか》に珠玉を飾り金銀をちりばめ、その費《つい》え六十万緡《さし》と申し伝へてをりますし、また義政公御母君御《み》台所《だいどころ》の住まひなされる高倉の御所の腰障子《こししょうじ》は、一間の値ひ二万銭《せん》とやら申します。上《かみ》このやうななされ方ゆゑ、したがつては公家《くげ》武家の末々までひたすらに驕侈《きょうし》にふけり、天下は破れば破れよ、世間は滅びば滅びよ、人はともあれ我身さへ富貴《ふうき》ならば、他より一段栄《え》耀《よう》に振舞はんと、このやうな気風になりましたのも物の勢ひと申しませうか。

その一方に民の艱難《かんなん》は申すまでもございません。例の流れ星騒動の年には、大嘗会《だいじょうえ》のありました十一月に九ケ度、十二月には八ケ度の土《ど》倉役《そうやく》がかかります。徳政とやら申すいまはしい沙《さ》汰《た》も義政公御治世に十三度まで行はれて、倉方も地下《じげ》方も悉《ことごと》く絶え果てるばかりでございます。かてて加へて寛正はじめの年は未聞の大凶作、翌《あく》る年には疫《え》病《やみ》さへもはやり、京の人死《ひとじに》は日に幾百と数しれず、四条五条の橋の下に穴をうがつて屍《しかばね》を埋める始末となりました。一穴ごとに千人二千人と投げ入れますので、橋の上に立つて見わたしますと流れ出す屍も数しれず、石ころのやうにごろごろと転《まろ》んで参ります。そのため賀茂《かも》の流れも塞《ふさ》がらんばかり、いやその異様な臭気と申したら、お話にも何にもなるものではございません。いま思ひだしても、ついこの頬《ほお》のあたりに漂つて参ります。人の噂《うわさ》ではこの冬の京の人死は締めて八万二千とやら申します。

願阿弥陀仏《がんあみだぶつ》と申されるお聖《ひじり》は、この浅ましさを見るに見兼ねられて、義政公にお許しを願つて六角堂の前に仮屋を立て、施行《せぎよう》をおこなはれましたが、このとき公方《くぼう》様より下された御喜捨はなんと只《ただ》の百貫文《もん》と申すではございませんか。また、五山の衆徒に申し下されて、四条五条の橋の上にて大施餓鬼《せがき》を執行《しゆぎよう》せしめられましたところ、公儀よりは一紙半銭の御喜捨もなく、費《つい》えは悉《ことごと》く僧徒衆の肩にかかり、相国寺のみにても二百貫文を背負ひ込んだとやら。花の御所の御栄耀《ごえよう》に引きくらべて、わたくし風情《ふぜい》の胸の中までも煮えたつ思ひが致したことでございます。

このやうな天災地妖がたび重なつては、御政道は暗し、何ごとか起らずにゐるものではございません。応仁元年正月の初めより、京の人ごころは何かしら異様な物を待つ心地で、あやしい胸さわぎを覚えてをりましたところ、果せるかなその月の十八日の夜、洛北《らくほく》の御霊林《ごりようばやし》に火の手は上つたのでございます。

尤《もつと》もわたくしは二三日前より御用で近江《おうみ》へ参つてをりまして、その夜のことは何も存じません。御用もそこそこに飛ぶやうに帰つて参りますと、騒ぎは既に収まつて、案外に京の町は落着いてをります。とは申せその底には容易ならぬ気配も動いてをりますし、桃花坊はその夜の合戦の場より隔たつてをりませんので、すぐさま御家財御衣裳《ごいしよう》の御引移しが始まります。太平記と申す御本を拝見いたしますと、去《さ》んぬる正平《しようへい》の昔、武蔵守《むさしのかみ》殿（高師直《こうのもろなお》）が雲霞《うんか》の兵を引具《ひきぐ》して将軍（尊氏《たかうじ》）御所を打囲まれた折節、兵火の余烟《よえん》を遁《のが》れんものとその近辺の卿相雲客《けいしようううんかく》、或ひは六条の長講堂、或ひは土御門《つちみかど》の三宝院《さんぼういん》へ資財を持運ばれた由《よし》が、載せてございますが、いざそれが吾身《わがみ》のことになつて見ますれば、そぞろに昔のことも思ひ出《い》でられて洵《まこと》に感無量でございます。この度の戦乱の模様では、京の町なかは危いとのことで、どこのお公卿《くげ》様も主に愛宕《あたご》の南禅寺へお運びになります。この一条家でも、御縁由《ゆかり》の殊更《ことさら》に深い東山の光明峰寺《こうみようぶじ》をはじめとし、東福、南禅などにそれぞれ分けてお納めになりました。京ぢゆうの土倉《どそう》、酒屋など物持ちは言はずもがな、四条《しじよう》坊門、五条油小路《こうじ》あたりの町屋の末々に至るまで、それぞれに目ざす縁故をたどつて運び出すのでございませう、その三四ケ月と申すものは、京の大路小路は東へ西への手車小車に埋めつくされ、足の踏《ふ》んどころもない有様。中にはいたいけな童児が手押車を押し悩んでゐるのもございます。わたくしも、その絡繹《らくえき》たる車の流れをかいくぐるやうに、御家財を積んだ牛車《ぎつしや》を宰領して、幾たび賀茂の流れを渡りましたやら。その都度、六年前の丁度《ちようど》この時節に、この河原に充《み》ち満ちてをりました数万の屍《しかばね》のことも自《おの》づと思ひ出でられ、ああこれが乱世のすがたなのだ、これが戦乱の実相なのだと、覚えず暗い涙に咽《むせ》んだことでございました。

室町のお屋敷には、桃華文庫と申す大切なお文倉《ふみぐら》がございます。これも文和《ぶんな》の昔、後芬陀利花院《ごふだらくいん》さま（一条経通《つねみち》）御在世の砌《みぎり》、折からの西風に煽《あお》られてお屋敷の寝殿二棟《しんでんふたむね》が炎上の折にも、幸ひこの御秘蔵の文庫のみは恙《つつが》なく残りました。瓦《かわら》を葺《ふ》き土を塗り固めたお倉でございますので、まあ此度《このたび》も大事《だいじ》はあるまいと、太閤《たいこう》さまもこれには一さい手をお触れにならず、わざわざこのわたくしを召出されて、文庫のことは呉々《くれぐれ》も頼むと仰せがございました。お屋敷に仕へる青侍《あおさぶらい》の数も少いことではございませんが、殊更《ことさら》わたくしにお申含めになつたについては、少々訳がらもございます。それは太閤さまが心血をそそがれました新玉集《しんぎよくしゆう》と申す連歌《れんが》の撰集《せんしゆう》二十巻が、このお文倉に納めてありまして、わたくしもその御纂輯《ごさんしゆう》の折ふしには、お紙折りの手伝ひなどさせて頂いたものでございます。ゆくゆくは奏覧にも供へ、また二条摂政さま（良基《よしもと》）の菟玖波《つくば》集の後を承《う》けて勅撰《ちよくせん》の御沙汰《ごさた》も拝したいものと私《ひそ》かに思定《おもいさだ》めておいでの模様で、いたくこの集のことをお心に掛けてございました。尤《もつと》もこれは、なまじえせ連歌など弄《もてあそ》ぶわたくしの思ひ過しもございませう。お文倉には和漢の稀籍群書およそ七百余合、巻かずにして三万五千余巻が納めてありましたとのことで、中には月輪殿《つきのわ》（九条兼実《かねざね》）の玉葉《ぎよくよう》八合、光明峯寺殿（同道家《みちいえ》）の玉蘂《ぎよくずい》七合などをはじめ、お家累代《るいだい》の御記録の類も数少いことではございませんでした。

さうから致すうち一月の末には、太閤は宇治の随心院へ奥方様とお二人で御座を移されました。御老体のほどを気づかはれたお子様がたのお勧めに従はれたものでございませう。さあさうなりますと、身に余る大役をお請けした上に、大樹とも頼む太閤はおいでにならず、東の御方様はじめお若い方々のみ残られました桃花坊で、わたくしは茫然《ぼうぜん》と致してしまひました。見渡すところ青侍の中には腕の立ちさうな者はをりませず、夜ふけて風の吹き募ります折りなどは、今にも兵《つわもの》どもの矢たけびが聞えて来はしまいか、どこぞの空が兵火に焼けてゐはしまいかと落々瞼《おちおちまぶた》を合はす暇さへなく、蔀《しとみ》をもたげては闇夜の空をふり仰ぎふり仰ぎ夜を明かしたものでございました。

さいはひ五月の末ごろまでは何事もなく過ぎました。とは申せ安からぬ物の気配は日一日と濃くなるばかり。東西両陣の合戦の用意が日ごとに進んで参る有様が手にとるやうに窺《うかが》はれます。その中を、わたくしにとって只《ただ》一つの心頼みは、あの松王丸様なのでございました。いやさうではございません。すでに御家督をおすべりになつて、蔭凉軒《おんりようけん》にて御祝髪ののちの、見違へるやうな素円《そえん》さまなのでございます。お歳ははや二十四、ああ世が世ならばと、御立派に御成人のお姿を見るたびに、わたくしは覚えず愚痴の涙も出るのでございました。……実は先刻から申しそびれてをりましたが、この松王さまが（やはり呼び慣れたお名で呼ばせて頂きませう——）、いつの間にやら鶴姫さまと、深いおん言交《いいかわ》しの御仲であつたのでございます。母親にたづねてみますれば色々その間のいきさつも分明《ぶんめい》いたしませうが、そのやうな物好き心が何の役にたちませう。ただ、武衛家の御家督に立たれました頃ほひ、太閤様にぢきぢきの御申入れがあつたとやら無かつたとやら、素《もと》より陪臣《ばいしん》のお家柄であつてみれば、そのやうな望みの叶《かな》へられよう道理もございません。それ以来松王さまのお足も自然表むきには遠のいたのでございます。

わたくしとしましては只《ただ》そのお心根がいぢらしく、おん痛はしく、お頼みにまかせて文使《ふみ》ひの役目を勤めてをつたのでございます。お目にかかる折々には、打融《うちと》けられた磊落《らいらく》なお口つきで、「室町が火になつたら、俺が真すぐ駈《か》けつけてやるぞ。屈強な学僧づれを頼んで、文庫も燃させることではないぞ」などと、仰《おお》せになつたものでございます。この御言葉だけでも、わたくしにはどれほど心づよく思はれましたことか。のみならず夕暮どきなど、裏庭の築山《つきやま》のあたりからこつそり忍んで参られることもございました。そのやうな折節には、母親のひそかな計らひで、片時の御対面もあつたやうでございました。また時によつては、「文庫を燃させなんだらその褒美《ほうび》に、姫をさらつて行くからさう思へ」などと御冗談もございました。実を申せばわたくしは内心に、どれほどさうなれかしと望んだことで御座いませう。渦を巻く猛火《みようか》のなかを、白い被衣《かつぎ》をかづかれた姫君が、鼠《ねずみ》色の僧衣の逞《たくま》しいお肩に乗せられて、御泉水のめぐりをめぐつて彼方《かなた》の闇にみるみるうちに消えてゆく、そのやうな夢ともつかぬ絵姿を心に描いては、風の吹き荒れる晩など樹立《こだち》のざわめくお庭先の暗がりに、よく眺め入つたものでございました。悲しいことに、それもこれも現《うつつ》とはなりませんでした。尤《もつと》もわたくしの眼《まなこ》の中にゐがいた火の色と白と鼠の取り合はせは、後日まつたく思ひもかけぬ相《すがた》で現はれるには現はれましたが、それはまだ先の話でございます。

忘れも致しません、五月二十六日の朝まだき、おつつけ寅《とら》の刻でもありましたらうか、北の方角に当つて時ならぬ太鼓《たいこ》の磨り打ちの音が起りました。つづいてそれがどつと雪崩《なだれ》を打つ鬨《とき》の声に変ります。わたくしは殆《ほとん》どもう寝間着姿で、寝殿《しんでん》のお屋敷に攀《よ》ぢ登つたのでございます。暫《しばら》くは何の見分けもつきませんでしたが、やがて乾方《いぬゐ》に当つて火の手が上ります。その火が次第に西へ西へと移ると見るまに、夜もほのぼのと明けて参りました。見れば前《さき》の関白様（兼良男教房《のりふさ》）をはじめ、御一統には悉皆《しつかい》お身仕度を調へて、お廂《ひさし》の間にお出ましになつてをられます。東の御方（兼良側室）はじめ姫君、侍女がたは、いづれも甲斐《かいがい》々々しいお壺装束《つぼそうぞく》。わたくしも、かう成りましては腹巻の一つも巻かなくてはと考へましたが、万が一にも雑兵《ぞうひよう》乱入の砌《みぎり》などには却《かへ》つて僧形《そうぎよう》の方が御一統がたの介抱を申上げるにも好都合かと思ひ返し、慣れぬ手に薙刀《なぎなた》をとるだけのことに致しました。何せこの歳まで、本物の戦さと申すものは人の話に聞くばかり、今になつて顧みますと可笑《おか》しくなりますが、小半時ほどは胴の顫《ふる》へがとまりません。いやはやとんだ初陣《ういじん》ぶりでございました。

そのうちに物見に出ました青侍《あおさぶらい》もぼつぼつ戻つて参ります。その注進によりますと、今日の戦さの中心は洛《らく》北《ほく》とのことで、それも次第に西へ向つて、南一条大宮のあたりに集まつてゆくらしいと申すのでございましたが、時刻が移りますにつれどうしてそんな事ではなく、やがて東のかた百万遍《ひやくまんべん》、革堂《こうどう》（行願寺）のあたりにも火の手が上ります。これは稍〻《やや》艮方《うしとら》へ寄つてをりますので、折からの東風に黒々とした火煙は西へ西へと流れるばかり、幸ひ桃花坊のあたりは火の粉《こ》もかぶらずにをりますが、もし風の向きでも変つたなら、炎の中をどうして御一統をお落し申さうかと、只《ただ》もう胸を衝《つ》かれるばかりでございます。頼みの綱は兼々《かねがね》お約束の松王さまばかり、それも室町のあたりは火にはかからぬと思召《おぼしめ》してか、或ひはまた相国寺の西にも東にも火の手の上つてをります有様では、無下《むげ》にその中を抜け出しておいで遊ばすわけにも参らぬものか、一向に姿をお見せになりません。やがてその日も暮れました。夜に入つて風は南に変つたとみえ、百万遍、雲文寺のかたの火焔《かえん》も盧山寺《ろざんじ》あたりの猛火《みようか》も、次第に南へ延びて参ります。渦巻きあがる炎の末は悉《ことごと》く白い煙と化して棚びき、その白雲の照返《てりかえ》しでお庭先は、夜どほしさながら明方のやうな妙に蒼《あお》ざめた明るさでございます。殊《こと》に凄《すさ》まじいのは真夜中ごろの西のかたの火勢で、北は船岡山《ふなおかやま》から南は二条のあたりまで、一面の火の海となつてをりました。

やうやうにその夜も無事にすぎて、翌《あく》る二十七日には、朝の間のどうやら鬨《とき》の声も小止《おや》みになつたらしい隙《すき》を見計らひ、東の御方は鶴姫さまと御一緒に中御門《なかみかど》へ、若君姫君は九条へと、青侍《あおさぶらい》の御警固で早々にお落し申上げました。やれ一安心と思つたが最後、気疲れが一ときに出まして、合戦の勢《いきおい》がまた盛返《もりかえ》したとの注進も洞《うつ》ろ心に聞きながし、わたくしは薙刀《なぎなた》を杖《つえ》に北の御階《みはし》にどうと腰を据《す》ゑたなり、夕刻まではそのまま動けずにをりました。この日の戦《いくさ》も酉《とり》の終までには片づきまして、その夜は打つて変つてさながら狐《きつね》につままれたやうな静けさ。物見の者の持寄りました注進を編み合はせてみますと、この両日に炎上の仏刹《ぶつさつ》邸宅は、革堂《こうどう》、百万遍、雲文寺をはじめ、浄菩提寺、仏心寺、窪の寺、水落の寺、安居院《あぐい》の花の坊、あるひは洞院《とういん》殿、冷泉《れいぜい》中納言、猪《いの》熊《くま》殿など、夥《おびただ》しいことでございましたが、民の迷惑も一方ならず、一条大宮裏向ひの酒屋、土倉、小家、民屋はあまさず焼亡いたし、また村雲の橋の北と西とが悉皆《しつかい》焼け滅んだとのことでございます。

さりながらこれはほんの序の口でございました。住むに家なく、口に糊《こ》する糧《かて》もない難民は大路小路に溢《あふ》れてをります。物とり強盗は日ましに繁《しげ》くなつて参ります。かてて加へて諸国より続々と上つてまゐる東西両陣の足軽《あしがる》と申せば、昼は合戦、夜は押込みを習ひとする輩《やから》ばかり、その荒々しい人相といひ下賤《げせん》な言葉つきと云ひ、目にし耳にするだに身の毛がよだつ思ひでございました。さうなりますと最早や戦さなどと申すきれい事ではございません。昼日なかの大路を、大刀《たち》を振りかざし掛声《かけごえ》も猛に、どこやらの邸《やしき》から持ち出したものでございませう、重たげな長櫃《ながびつ》を四五人連れで舁《か》いて渡る足軽の姿などは、一々目にとめてゐる暇《いとま》もなくなります。築地《ついじ》の崩れの陰などでは、抜身《ぬきみ》を片手に女どもをなぐさんでをります浅ましい有様が、ちよつと使に出ましても二つや三つは目につきます。夜は夜で近辺のお屋敷の戸蔀《しとみ》を蹴《け》破《やぶ》る物音の、けたたましい叫びと入りまじつて聞えて参ることも、室町あたりでさへ珍らしくはございません。まことにこの世ながらの畜生道《ちくしょうどう》、阿鼻《あび》大城とはこの事でございませう。

そのやうな怖ろしいことが来る日も来る夜も打続いてをりますうち、六月八日には、遂《つい》に一大事となつてしまひました。その午《うま》の刻ばかりに、中御門《なかみかど》猪熊《いのくま》の一色《いっしき》殿のお館に、乱妨人が火をかけたのでございます。それのみではございません。近衛《このえ》の町の吉田神主の宅にも物取りどもが火を放つたとやら、忽《たちま》ちに九ケ所より火の手をあげ、折からの南の大風に煽《あお》られて、上京《かみぎょう》の半ばが程はみるみる紅蓮《ぐれん》地獄となり果てました。火焔《かえん》の近いことは五月の折りの段ではなく、吹きまく風に一時は桃花坊のあたりも煙をかぶる仕儀となりまして、わたくしは最早やお庭を去らず、お文庫の瓦《かわら》屋根にじつと見入りながら、最後の覚悟をきめたほどでございました。屋根をみつめてをりますと、その上を這《は》ふ薄い黒煙のなかに太閤《たいこう》様のお顔が自然かさなつて見えて参ります。あの名高い江家《ごうけ》文庫が、仁平《にんぺい》の昔に焼亡して、闔《とびら》を開く暇《いとま》もなく万巻の群書片時に灰となつたと申すのも、やはり午《うま》の刻の火であつたことまでが思ひ合はされ、不吉な予感に生きた心地もございませんでした。幸ひこの火も室町小路《こうじ》にて止まりました。さうさう、松王様はその夕刻、おつつけ戌《いぬ》の刻ほどにひよつくりお見えになり、わたくしがお怨《うら》みを申すと、

「なに、ついそこの武者の小路で見張つてをつたよ」と、事もなげに仰《おお》せられました。

その日の焼亡はまことに前代未聞の沙汰《さた》で、下《しも》は二条より上《かみ》は御霊《ごりょう》の辻《つじ》まで、西は大舎人《おおとねり》より東は室町小路を界《さかい》におほよそ百町あまり、公家《くげ》武家の邸《やしき》をはじめ合せて三万余宇が、小半日の間《ま》に灰となり果てたのでございます。さうなりますと町なかで焼け残つてゐる場所とては数へるほどしかございません。お次はそこが火の海と決まつてをりますので、桃花坊も中御門のお宿も最早これまでと思ひ切りその翌《あく》る日には前《さき》の関白様は随心院へ、また東の御方様は鶴姫様ともども光明峰寺へ、それぞれお移し申し上げました。

越えて八月の半ばには等持、誓願の両寺も炎上、いづれも夜火でございます。その十八日には洛中《らくちゅう》の盗賊どもこぞつて終《つい》に南禅寺に火をかけて、かねてより月卿雲客《げっけいうんかく》の移し納めて置かれました七珍財宝を悉《ことごと》く掠《かす》め取つてしまひます。これも夜火でございましたが、粟田《あわた》口の花頂青蓮院《しょうれんいん》、北は岡崎の元応寺までも延焼いたし、丈

余の火柱が赤々と東山《ひがしやま》の空を焦がす有様は凄《すさ》まじくも美麗な眺めでございました。

……ああ、由玄どの、今あなたは眉《まゆ》をお顰《ひそ》めなされましたな。いえ、よく分つてをります、美麗だなどと大それた物の言ひやう、さぞやお耳に障《さわ》りませう。神罰もくだりませう、仏罰《ぶつばち》も当りませう、それもよく心得てをります。けれどこの貞阿は実《じつ》に感じたままをお話しするまででございます。まことに人間の心ほど不思議なものはありませぬ。火をくぐり、血しぶきを見、腐れた屍《しかばね》に胆《きも》を冷やし、人間のする鬼畜《きちく》の業《ごう》を眼《まなこ》にするうち、度胸もついて参ります、捨鉢《すてばち》な荒《すさ》びごころも出て参ります、それとともに、今日は人の身、明日はわが上と、日ごと夜ごとに一身の行末《ゆくすえ》を思ひわび、或ひは儚《はかな》い夢を空だのみにし、或ひは善きにつけ悪《あ》しきにつけ瑞祥《ずいしょう》に胸とどろかせるやうな、片時の落居《らっきょ》のいとまとてない怪しい心のみだれが、いつしかに太い筋綱に縒《よ》り合はさつて、いやいや吾《わ》が身ひとの身なんどは夢幻の池の面《も》にうかぶ束《つか》のまの泡沫《うたかた》にしか過ぎぬ、この怖ろしい乱壊《らんえ》転変《てんぺん》の相《すがた》こそ何かしら新しいものの息吹《いぶ》き、すがすがしい朝を前触れる浄《きよ》めの嵐なのではあるまいかと、わたくしごとの境涯を離れて広々と世を見はるかす健気《けなげ》な覚悟も湧《わ》いて参ります。旧《ふる》き代の富貴《ふうき》、栄耀《えよう》の日ごとに毀《こぼ》たれ焼かれて参るのを見るにつけ、一掬《いっきく》哀惜の涙を禁《とど》めえぬそのひまには、おのづからこの無慚《むざん》な乱れを統《す》べる底の力が見きはめたい、せめて命のある間にその見知らぬ力の実相をこの眼で見たい、その力のはたらきから新しい美のいのちを汲《く》みとりたい……このやうな大それた身の程しらずの野心も、むくむくと頭をもたげて参ります。一身の浮き沈みを放下《ほうか》して、そのやうな眼《まなこ》であらためて世の様を眺めわたしますと、何かかう暗い塗籠《ぬりごめ》から表へ出た時のやうに眼《まなこ》が冴《さ》え冴《ざ》えとして、あの建武《けんむ》の昔二条河原の落書《らくしょ》とやらに申す下剋上《げこくじょう》する成《なり》出者《でもの》の姿も、その心根の賤《いや》しさをもつて一概に見どころなき者と貶《おと》しめなみする心持にもなれなくなります。今までは只《ただ》おぞましい怖《おそろ》しいとのみ思つてをりました足軽《あしがる》衆の乱波《らっぱ》も、土一揆《つちいっき》衆の乱妨も檀林巨刹《だんりんきょさつ》の炎上も、おのづと別の眼《まなこ》で眺めるやうになつて参ります。まことに吾《われ》ながら呆《あき》れるやうな心の移り変りでございました。

……

　その間にも戦さの成行きは日に細川方が振はず、勢《いきおい》を得た山名《やまな》方は九月朔日《ついたち》つひに土御門万里《つちみかどまで》の小路の三宝院に火をかけて、ここの陣所を奪ひとり、愈〻《いよいよ》戦火は内裏《だいり》にも室町殿にも及ばう勢となりました。その十三日には浄華院の戦さ、守る京極《きようごく》勢は一たまりもなく責め落され、この日の兵火に三宝院の西は近衛《このえ》殿より鷹司《たかつかさ》殿、浄華院、日野殿、東は花山院殿、広橋殿、西園寺《さいおんじ》殿、転法輪《てんぽうりん》、三条殿をはじめ、公家《くげ》のお屋敷三十七、武家には奉行《ぶぎよう》衆のお舎《やど》八十ケ所が一片の烟《けむり》と焼けのぼりました。最早やかうなりましては、次の火に桃花坊の炎上は逃れぬところでございます。お屋敷の方はともあれかし、この世の乱れの収まつたのち、たとへ天下はどのやうに変らうとも、かならず学問の飢《かつ》ゑが来る、古《いにし》への鏡をたづねる時がかならず来る。あのお文倉《ふみぐら》だけは、この身は八つ裂きにならうとも守り通さずには措《お》かぬと、わたくしは愈〻《いよいよ》覚悟をさだめ、水を打つたやうなしいんとした諦《あきら》めのなかで、深く思ひきつたことでございました。さりながら、思へば人間の心当てほど儚《はかな》いものもございません。わたくしがそのやうに念じ抜きました桃華文庫も、まつたく思ひもかけぬ事故《ことゆえ》から烏《う》有《ゆう》に帰したのでございます。……

貞阿はほつと口をつぐんだ。流石《さすが》に疲れが出たのであらう、傍《かたわ》らの冷えた大湯呑《ゆのみ》をとり上げると、その七八分目まで一思ひに煽《あお》つて、そのまま座を立つた。風はいつの間にかやんでゐる。厠《かわや》の縁に立つて眺めると、雪もやがて霽《は》れるとみえ、中空には仄《ほの》かな光さへ射してゐる。ああ静かだと貞阿は思ふ。今しがたまで自分の語り耽《ふけ》つてゐた修羅黒縄《しゆらこくじよう》の世界と、この薄ら氷《ひ》のやうにすき透つた光の世界との間には、どういふ関はりがあるのかと思つてみる。これは修羅の世を抜けいでて寂光の土にいたるといふ何ものかの秘《ひそ》やかな啓《あか》しなのでもあらうか。それでは自分も一応は浄火の界《さかい》を過ぎて、いま涼道蓮台の門《かど》さきまで辿《たど》りついたとでも云ふのか。いや何のそのやうな生易《なまやさ》しいことが、と貞阿はわれとわが心を叱《しか》る。京の滅びなど此《こ》の眼で見て来たことは、恐らくはこの度の大転変の現はれの九牛《きゆうぎゆう》の一毛にしか過ぎまい。兵乱はやうやく京を離れて、分国諸領に波及しようとする兆《きざ》しが見える。この先十年あるひは二十年百年、旧《ふる》いものの崩れきるまで新しいものの生れきるまでは、この動乱は瞬時もやまずに続くであらう。人間のたかが一世や二世で見きはめのつくやうな事ではあるまい。してみればいま眼前のこの静寂は、仮の宿りにほかならぬ。今宵《こよい》の雪の宿りもまた、所詮《しよせん》はわが一生の間にたまさかに恵まれる仮の宿りに過ぎないのだ。……貞阿はさう思ひ定めると、暫《しばら》くじつと瞑目《めいもく》した。雪が早くも解けるのであらう、どこかで樋《ひ》をつたふ水の音がする。……

やがて座に戻つた連歌師《れんがし》は、玄浴主《よくす》の新たに温めてすすめる心づくしの酒に唇をうるほしながら、物語の先をつづけた。

それは九月の十九日でございました。明け方から凄《すさ》まじい南の風が吹き荒れてをりましたが、その朝の巳《み》の刻なかばに、お屋敷のすぐ南、武者の小路《こうじ》の上《かみ》の方に火の手があがつたのでございます。つづいてその下《しも》にも上《かみ》にも二つ三つと炎があがります。火の手は忽《たちま》ちに土御門の大路を越えて、あつと申す間もなく正親町《おおぎまち》を甞《な》めつくし、桃花坊は寝殿《しんでん》といはずお庭先といはず、黒煙りに包まれてしまひました。折からの強風にかてて加へて、火勢の呼び起すつむじ風もすさまじいことで、御泉水あたりの巨樹大木も一様にさながら箒《ほうき》を振るやうに鳴りざわめき、その中を燃えさかつたままの棟《むなぎ》木の端や生木《なまき》の大枝が、雨あられと落ちかかつて参ります。やがて寝殿の檜皮葺《ひわだぶ》きのお屋根が、赤黒い火焔《かえん》をあげはじめます。お軒先《のきさき》をめぐつて火の蛇《へび》がのたうち廻ると見るひまに、囂《ごう》と音をたてて蔀《しとみ》が五六間ばかりも一ときに吹き上げられ、御殿の中からは猛火《みょうか》の大柱が横ざまに吐き出されます。それでもう最後でございます。わたくしは、居残つてをります十人ほどの青侍《あおさぶらい》や仕丁の者らと、兼ねてより打合せてありました御泉水の北ほとりに集まり、その北に離れてをりますお文倉《ふみぐら》をそびらに庇《かば》ふやうに身構へながら、程なく寝殿やお対屋《たいのや》の崩れ落ちる有様を、あれよあれよとただ打ち守るばかり。さあ、寝殿の焼け落ちましたのは、やがて午《うま》の一つ頃でもございましたらうか、もうその時分には火の手は一条大路を北へ越して、今出川の方《かた》もまた西の方小川《かたこかわ》のあたりも、一面の火の海になつてをりました。

その中を、どこをどう廻つて来られたものか、松王さまは学僧衆三四人と連れ立たれて走せつけて下さいました。わたくしは忝《かたじ》けなさと心づよさに、お手をじつと握りしめた儘《まま》、しばしは物も申せなかつたことでございました。お文倉にも火の粉《こ》や余燼《もえさし》が落下いたしましたが、それは難なく消しとめ、やがて薄らぎそめた余煙の中で、松王さまもわたくしどもも御文庫の無事を喜び合つたことでございます。松王さまは小半時ほど、焼跡の検分などをお手伝ひ下さいましたが、もはや大事《だいじ》もあるまいとの事で、間もなく引揚げておいでになりました。

　その未《ひつじ》の刻もおつつけ終る頃でございましたらうか。わたくしどもは、兼ねて用意の糒《ほしひ》などで腹をこしらへ、お文庫の残つた上はその壁にせめて小屋なりと差掛け、警固いたさねばなりませんので、寄り寄りその手筈《てはず》を調へてをりました所、表の御門から雑兵《ぞうひょう》およそ三四十人ばかり、どつとばかり押し入つて参つたのでございます。その暫《しばら》く前に二三人の足軽《あしがる》らしい者が、お庭先へ入つては参りましたが、青侍《あおさぶらい》の制止におとなしく引き退《さが》りましたので、そのまま気にも留めずにゐたのでございます。その同勢三四十人の形《なり》の凄《すさ》まじさと申したら、悪鬼羅刹《あっきらせつ》とはこのことでございませうか、裸身の上に申訳ばかりの胴丸《どうまる》、臑当《すねあて》を着けた者は半数もありますことか、その余の者は思ひ思ひの半裸のすがた、抜身《ぬきみ》の大刀《たち》を肩にした数人の者を先登に、あとは一抱へもあらうかと思はれるばかりの檜《ひのき》の丸太を四五人して舁《かつ》いで参る者もあり、空手《からて》で踊りつつ来る者もあり、あつと申す暇もなくわたくしどもは、お文倉《ふみぐら》との間を隔てられてしまつたのでございます。刀の鞘《さや》を払つて走せ向つた血気の青侍二三名は、忽《たちま》ちその大丸太の一薙《ひとな》ぎに遇ひ、脳漿《のうしょう》散乱して仆《たお》れ伏します。その間にもはや別の丸太を引つ背負つて、南面の大扉にえいおうの掛声《かけごえ》も猛に打ち当つてをる者もございます。これは到底ちからで歯向つても甲斐《かい》はあるまい、この倉の中味を説き聴かせ、宥《なだ》めて帰すほかはあるまいとわたくしは心づきまして、一手の者の背後に離れてお築山《つきやま》のほとりにをりました大将株とも見える髯《ひげ》男の傍へ歩み寄りますと、口を開く間もあらばこそ忽《たちま》ちばらばらと駈《か》け寄つた数人の者に軽々と担ぎ上げられ、そのまま築山の谷へ投げ込まれたなり、気を失つてしまつたのでございます。足が地を離れます瞬間に、何者かが顔をすり寄せたのでございませう、むかつくやうな酒気が鼻をついたのを覚えてゐるだけでございます。……

　やがて夕暮の涼気にふと気がつきますと、はやあたりは薄暗くなつてをります。風は先刻よりは余程ないで来た様子ながら、まだひようひようと中空に鳴つてをります。倒れるときお庭石にでも打ちつけたものか、脳天がづきりづきりと痛《や》んでをります。わたくしはその谷間をやうやう這《は》ひ上りますと、ああ今おもひ出しても総身《そうみ》が粟《あわ》だつことでございます。あの宏大もないお庭先一めんに、書籍冊巻の或ひは引きちぎれ、或ひは綴《つづ》りをはなれた大小の白い紙片が、折りからの薄闇のなかに数しれず怪しげに立ち迷つてゐるではございませんか。そこここに散乱したお文櫃《ふみびつ》の中から、白蛇のやうにうねり出てゐる経巻《きようかん》の類《たぐ》ひも見えます。それもやがて吹き巻く風にちぎられて、行方も知らず鼠《ねずみ》色の中空へ立ち昇つて参ります。寝殿《しんでん》のお焼跡のそこここにまだめらめらと炎の舌を上げてゐるのは、そのあたりへ飛び散つた書冊が新たな薪《たきぎ》となつたものでもございませう。燃えながらに宙へ吹き上げられて、お築地《ついじ》の彼方《かなた》へ舞つてゆく紙帖もございます。わたくしはもうそのまま身動きもできず、この世の人の心地もいたさず、その炎と白と鼠いろの妖《あや》しい地獄絵巻から、いつまでもじいつと瞳を放てずにゐたのでございます。口をしいことながら今かうしてお話し申しても、口不調法《ぶちようほう》のわたくしには、あの怖ろしさ、あの不気味さの万分の一もお伝へすることが出来ませぬ。あの有様は未だにこの眼の底に焼きついてをります。いいえ、一生涯この眼から消え失せる期《ご》のあらうことではございますまい。

　やうやくに気をとり直してお文倉《ふみぐら》に入つてみますと、さしもうづ高く積まれてありましたお文櫃は、いづくへ持ち去つたものやら、そこの隅かしこの隅に少しづつ小さな山を黒ずませてゐるだけでございます。青侍《あおさぶらい》どもはみな逃亡いたして姿を見せません。顫《ふる》へながらも居残つてをりました仕丁両三名を励ましつつ、お倉の中を検分にかかりますと、そこの山の隈《くま》かしこの山の陰から、ちよろちよろと小鼠《こねずみ》のやうに逃げ走る人影がちらつきます。難民の小倅《こせがれ》どもがまだ諦《あきら》めきれずに金帛《きんぱく》の類を求めてゐるのでございませう。……かうしてさしもの桃華文庫もあはれ儚《はかな》く滅尽いたしたのでございます。残りましたお文櫃はそれでも百余合ほどございましたが、これは光明峰寺へ移し納め、わたくしもそれに附いてそちらへ引き移りました。わたくしは取るものも取《とりあ》敢へずその夜のうちに随心院へ参り、雑兵《ぞうひよう》劫掠《きようりやく》の顚末《てんまつ》を深夜のことゆゑお取次を以て言上《ごんじよう》いたしましたところ、太閤《たいこう》にはお声をあげて御痛哭《つうこく》あそばしました由《よし》、それを伺つてわたくしはしんから身を切られる思ひを致したことでございました。光明峰寺へ移されましたお櫃の中には新玉集の御稿本は終《つい》に一帖も見当らなかつたのでございます。

　いやもう一つ、わたくしが気を失つて倒れてをりました間に、つい近所の町筋では無慚《むざん》な出来事が起つたのでございました。翌日になつて人から聞かされました事ゆゑ、くはしいお話は致し兼ねますが、兼ねて下京《しもぎょう》を追出されてをりました細川方の郎党衆、一条小川《こかわ》より東は今出川まで一条の大路に小屋を掛けて住居してをりましたのが、この桃花坊の火、また小笠原殿の余炎に懸《かか》つて片端より焼け上り、妻子の手を引き財物を背に負うて、行方も知らず右往左往いたした有様、哀れと言ふも愚かであつたと人の語つたことでございました。かやうにして内裏《だいり》の東西とも一望の焼野原となりました上は、細川方は最早や相国寺を最後の陣所と頼んで、立《た》籠《こも》るばかりでございます。

けれども程なく十月の三日には、その相国寺の大伽藍《だいがらん》も夥《おびただ》しい塔頭《たっちゅう》諸院ともども、一日にして悉皆《しっかい》炎上いたしたのでございます。山名方の悪僧が敵に語らはれて懸けた火だと申します。この日の戦さの凄《すさ》まじさは後日人の口より色々と聞き及びましたが、ともあれ黄昏《たそがれ》に至つて両軍相引きに引く中を、山名方は打首《うちくび》を車八輛《りょう》に積んで西陣へ引上げたとも申し、白雲の門より東今出川までの堀を埋《うず》むる屍《しかばね》幾千と数知れなかつたとも申してをります。

さあこの報せが光明峰寺にとどきますと、鶴姫様の御心配は筆舌《ひっぜつ》の及ぶところではございません。早々にお見舞ひの御消息がわたくしに托《たく》せられます。それを懐《ふところ》にわたくしが相国寺の焼跡に立つたのは、翌《あく》る日のかれこれ巽《たつみ》の刻でもございましたらうか。さしも京洛《きょうらく》第一の輪奐《りんかん》の美を謳《うた》はれました万年山相国の巨刹《きょさつ》も悉《ことごと》く焼け落ち、残るは七重の塔が一基さびしく焼野原に聳《そび》え立つてゐるのみでございます。そこここに死骸《しがい》を収める西方らしい雑兵どもが急しげに往来するばかり、功徳池《くどくいけ》と申す蓮池《はすいけ》には敵味方の屍がまだ累々《るいるい》と浮いてをりますし、鹿苑院《ろくおんいん》、蔭凉軒《おんりょうけん》の跡と思《おぼ》しきあたりも激しい戦《いくさ》の跡を偲《しの》ばせて、焼け焦げた兵どもの屍が十歩に三つ四つは転《まろ》んでゐる始末でございます。物を問はうにも学僧衆はおろか、承仕法師《じょうじほうし》の姿さへ一人として見当りません。もしや何か目じるしの札でもと存じ灰塵瓦礫《かいじんがれき》の中を掘るやうにして探ねましたが、思へば剣戟《けんげき》猛火のあひだ、そのやうなものの残つてゐよう道理もございません。わたくしは途方に暮れて佇《たたず》んでしまひました。

その日は空しく立戻り、次の日もまた次の日も、わたくしは御文を懐《ふところ》にしつつ或《ある》は功徳池のほとりに立ち暮らし、或は心当てもなく焼け残つた巷々《ちまたちまた》を探ね廻りましたが、松王様に似たお姿だに見掛けることではございません。そのうちに日数はたつて参ります。相国寺合戦の日の色々と哀れな物語も自然と耳にはいつて参ります。中でも一入《ひとしお》の涙を誘はれましたのは、細川殿の御曹子《おんぞうし》、六郎殿のおん痛はしい御最後でございました。当年十六歳の六郎殿は、この日東の総大将として馬廻りの者わづか五百騎ばかりを以て、天界橋《てんがいばし》より攻め入る大敵を引受け、さんざんに戦はれましたのち、大将はじめ一騎のこらず討死《うちじに》せられたのでございますが、戦さ果てても御遺骸《いがい》を収める人もなく、犬狗《いぬえのこ》のやうに草叢《くさむら》に打棄《うちす》ててありましたのを、やうやく御生前に懇意になされた禅僧のゆくりなくも通りすがつた者がありまして、泣く泣くおん亡骸《なきがら》を取収め、陣屋の傍に卓《つくえ》を立て、形ばかりの中陰《ちゆういん》の儀式をしつらへたのでございます。ところが或る日のこと、ふとその禅僧が心づきますと、硯《すずり》箱《ばこ》の蓋《ふた》に上絵《うわえ》の短冊が入れてありまして、それには、

　さめやらぬ夢とぞ思ふ憂《う》きひとの烟《けむり》となりしその夕べより

と、哀れな歌がしたためてあつたと申すことでございます。人の噂《うわさ》では、これはさる公卿《くぎよう》の御息女とこの六郎殿と御契りがありまして、常々文《ふみ》を通はせられてをられましたが、その方の御歌とか申しました。この物語を耳にしましたとき、あまりの事の似通ひにわたくしは胸をつかれ、こればかりは姫のお耳に入れることではない、この心一つに収めて置かうと思ひ定めましたが、なほも日数を経て何ひとつお土産《みやげ》話もない申訳なさに、ある夕まぐれついこのお話を申上げましたところ、もはや夕闇にまぎれて御几帳《きちよう》のあたりは朧《おぼ》ろに沈んでをりますなかで、忍び音《ね》に泣き折れられました御様子に、わたくしも母親も共々に覚えず衣の袖《そで》を絞つたことでございました。

　そのやうな不吉な兆《きざ》しに心を暗くしながらも、なほもお跡を尋ねてその日その日を過ごしてをりますうち、やがて十一月の声を聞いて二三日がほどを経ました頃でございます。わたくしは今出川の大路を東へ、橋を越して尚《なお》もさ迷つて参りますうち、地獄谷への坂道にやがて掛らうといふあたりで、のそりのそりと前を歩んで参る僧形《そうぎよう》の肩つきが、なんと松王様に生き写しではございませんか。もしやとお声をかけてみますと、振向かれたお顔にやはり間違ひはございませんでした。やれ嬉《うれ》しやとわたくしは走せ寄りまして、お怨《うら》みも御祝著《ごしゆうちやく》も涙のうちでございます。「いや許せ許せ。俺《おれ》が悪かつたよ」と相変らずの御豁達《かつたつ》なお口振りで、「俺はあれから

こつち、この谷奥の庵《いおり》に住んでゐる。真蘂《しんずい》和尚と一緒だよ。地獄谷に真蘂とは、これは差向き落首《らくしゅ》の種になりさうな。あの狸《たぬき》和尚、一思ひに火の中へとは考へたが、やつぱり肩に背負つて逃げだして、あとから瑞仙《ずいせん》殿に散々に笑はれたわい。まあこの辺が俺のよい所かも知れん」などと早速の御冗談が出ます。まあ少し歩きながら話さうとの仰《おお》せで、わたくしの差上げました御消息ぶみ七八通を、片はしより披《ひら》かれてお眼を走らせながら、坂を足早に登つて行かれます。池田のあたりから右へ切れて、小高い丘に出たところで、さつさとその辺の石に腰をおかけになります。「まあそなたも坐《すわ》れ。ここからは京の焼跡がよう見えるぞ」とのお言葉に、わたくしも有合ふ石に腰をおろしました。

わたくしは更《あらた》めて一望の焼野原をつくづくと眺めました。本式の戦さが始まつてより、まだ半年にもならぬ間に、まつたくよくも焼けたものでございます。ちやうど真向ひに見えてをります辺りには、内裏《だいり》、室町殿、それに相国寺の塔が一基のこつてをりますだけ、その余は上京下京《かみぎょうしもぎょう》おしなべて、そこここに黒々と民家の塊《かたま》りがちらほらしてをりますばかり、甍《いらか》を上げる大屋高楼は一つとして見当りません。眺めてをりますうちに、くさぐさの思ひが胸に迫り、覚えずほろほろと涙があふれさうになつて参ります。松王様も押黙られたまま、姫の御消息を打ち返し打ち返し読んでをられます。沈黙《しじま》のうちに小半時もたちましたでせうか。……

と、松王様はゆきなりお文を一くるみに荒々しく押し揉《も》まれて、そのまま懐《ふところ》ふかく押し込まれると、つとこちらを振り向かれて、「どうだ、よう焼けをつたなあ。相国《てら》も焼けた、桃花文庫《ふみぐら》も滅んだ、姫もさらひそこねた、ははは」と激しい息使ひで吐きだすやうにお話しかけになりました。例になく上ずつたお声音《こわね》に、わたくしは初めのうちわが耳を疑つたほどでございます。わたくしが何と申上げる言葉もないままでをりますと、松王様は尚《なお》もつづけて、お口疾《くちど》にあとからあとから溢《あふ》れるやうに、さながら憑物《つきもの》のついた人のやうにお話しかけになります。それが後では、もうわたくしなどのゐることなどてんでお忘れの模様で、まるで吾《われ》とわが心に高声で言ひ聴かすといつた御様子でございました。わたくしは何か不気味な胸さわぎを覚えながら、じつと耳を澄まして伺つてをりました。いろいろと難しい言葉も出て参りますので一々はつきりとは覚えませんけれど、大よそはまづ次のやうなお話なのでございました。

「この焼野原を眺めて、そなたはさぞや感無量であらうな。俺も感無量と言ひたいところだが、実を云へば頭の中は空つぽうになりをつた。今日は珍しく京のどこにも兵火の見えぬのが却《かえ》つて物足らぬぐらゐだ。俺は事に餓《う》ゑてをる。事がなくては一日半時も生きてはゆけぬと思ふほどだ。それを紛らはさうと、そなたはよもや知るまいが、俺は夜闇にまぎれて毘沙門《びしやもん》谷のあたりを両三度も徘徊《はいかい》してみたぞ。姫があの寺へ移られたことは直きに耳に入つたからな。そしてあの小径《こみち》この谷陰と、姫をさらふ手立をさまざまに考へた。どういふ積りかは知らぬが、仰山《ぎようさん》に薙刀《なぎなた》までも抱へてをつた。いや飛んだ僧兵だわい。その三晩目に、姫を寝所から引つさらふことは、案外に赤子の首をひねるよりた易《やす》いことが分つた。手順は立派に調つた。そなたなんどは高鼾《たかいびき》のうちに手際よくやつてのけられる。そこで俺は馬鹿《ばか》々々しくなつてやめてしまつた。よくよく考へてみたところ、俺の欲しいのは姫ではなくして事であつた。それが生憎《あいにく》『事』ほどの事で無いのが分つたまでだ。姫のうへは気の毒に思ふ。だが所詮《しよせん》、俺が引つさらつて見たところであの姫の救ひにはならぬ、この俺の救にもならぬ。……

「それ以来、俺は毎日この丘へ登つて、焼跡を見て暮した。何か事を見附けださうとしてだ。どこぞで火煙の立つ日は心が紛れた。それのない日は屈托《くつたく》した。さて、恋が事でなかつたとすればお次は何だ。俺はまづ政治といふものを考へてみた。今度の大乱の禍因をなしたのは誰だ、それを考へてみようとした。それで少しは心が慰さまうかと思つたのだ。世間では伊勢殿が悪いといふ。成程《なるほど》あの男は奸物《かんぶつ》だ、淫乱だ、私心もある、猿智《さるぢ》慧《え》もある。それに俺としても家督を追はれた怨《うら》みがある、親の仇《かたき》などと旧弊な言掛《いいがか》りも附けようと思へば附けられよう。だがこの男も結局は俺の心を掻《か》き立てては呉《く》れぬ。小さいのだ、下らぬのだ。あれほどの野心家なら、どこの城どこの寺の隅にも一人や二人は巣喰つてをる。それでは蔭涼軒《おんりようけん》はどうだ。世間ではあの老人が義政公を風流讌楽《えんらく》に唆《そその》かし、その隙《すき》にまぎれて甘い毒汁を公の耳へ注ぎ込んだ張本人のやうに言ふ。赤入道（山名宗全《そうぜん》）なんぞは、とり分けて蔭涼の生涯失はるべしなどと、わざわざ公方《くぼう》に念を押しをる。それほどに憎らしいか、それほどに怖ろしいか。俺はあの老人とこれで丸六年のあひだ一緒に暮して来たが、唯《ただ》の詩の好きな小心翼々たる坊主だ。もそつと詩の上手なあの手合は五山の間にごろごろしてをる。あれを奸悪《かんあく》だなど言ふのは、奸悪の牙《きば》を磨く機縁に恵まれぬ輩《やから》の所詮《しょせん》は繰り言にしか過ぎん。ではそんな詰らん老人をなぜ背負つて火の中を逃げた。孟子《もうし》は何とやらの情《じょう》と言つたではないか。俺の知つた事ではない。……

「とするとこの両名の言ふなりになつた公方が悪いといふことになる。成程あまり感服のできる将軍ではない。畏《かしこ》くも主上《しゅじょう》は満城紅緑為誰肥と諷諫《ふうかん》せられた。それも三日坊主で聞き流した。横川景三《おうせんけいさん》殿の弟子分《ぶん》の細川殿も早く享徳《きょうとく》の頃から『君慎』とかいふ書を公方に上《たてまつ》つて、『君行跡悪《あ》しければ民順《したが》はず』などと口を酸くした。それもどこ吹く風と聞き流した。俺は相国寺の焼ける時ちよつと驚いたのだが、あの乱戦と猛火《みょうか》が塀一つ向ふで熾《おこ》つてゐる中を、折角《せっかく》はじめた酒宴を邪魔するなと云つて遂《つい》に杯を離さず坐《すわ》り通したさうだ。あれは生易《なまやさ》しいことで救へる男ではない。政治なんぞで成仏《じょうぶつ》できる男ではない。まだまだ命のある限り馬鹿《ばか》の限りを尽すだらうが、ひよつとするとこの世で一番長もちのするものが、あの男の乱行沙汰《ざた》の中から生れ出るかも知れん。……

「そこで近頃はやりの下剋上《げこくじょう》はどうだ。これこそ腐れた政治を清める大妙薬だ。俺もしんからさう思ふ。自由だ、元気だ、潑剌《はつらつ》としてをる。障子《しょうじ》を明け放して風を入れるやうな爽《さわや》かさだ。俺は近ごろ足軽《あしがる》といふものの髯《ひげ》づらを眺めてゐて恍惚《こうこつ》とすることがある。あの無智な力の美しさはどうだ。宗湛《そうたん》もよい蛇足《じゃそく》もよい。だが足軽の顔を御所の襖絵《ふすまえ》に描く絵師の一人や二人は出てもよからう。まあこれはよい方の面だ。けれど悪い面もある。人心の荒廃がある。世道の乱壊がある。第一、力は果して無智を必須の条件とするか、それが大いに疑問だ。一時は俺も髪の毛をのばして、箒《ほうき》を槍《やり》に持ち替へようかと本気で考へてみたが、それを思つてやめてしまつた。……

「ではその荒廃乱壊を救ふものは何か。差当《さしあた》つては坊主だ。俺は東福で育つて管領に成り損ねて相国に逆戻りした男だ。五山の仏法はよい加減厭《あ》きの来るほど眺めて来た。そこで俺の見たものは何か。驚くべき頽廃《たいはい》堕落だ。でなければ見事きはまる賢哲保身だ。それを粉飾せんが為の高踏廻避と、それを糊塗《こと》せんが為の詩禅一致だ。済世《さいせい》の気魄《きはく》など薬にしたくもない。俺は夢厳和尚の痛罵《つうば》を思ひだす。『五山ノ称ハ古《いにしえ》ニ無クシテ今ニアリ。今ニアルハ何ゾ、寺ヲ貴《とうと》ンデ人ヲ貴バザルナリ。古ニ無キハ何ゾ、人ヲ貴ンデ寺ヲ貴バザルナリ。』またかうも言はれた。『法隆将《まさ》ニ季ナラントシ、妄庸ノ徒声利ニ垂涎《すいぜん》シ、粉焉杳然、風ヲ成シ俗ヲ成ス。』人は惜しむらくは罵詈《ばり》にすぎぬといふ。しかし克《よ》く罵言をなす者すら五山八千の衆徒の中に一人もないではないか。いや一人はゐる。宗純《そうじゆん》和尚（一休）がそれだ。あの人の風狂には、何か胸にわだかまつてゐるものが迸出《ほうしゆつ》を求めて身《み》悶《もだ》えしてゐるといつた趣《おもむき》がある。気の毒な老人だ。だがその一面、狂詩にしろ奇行にしろ、どうもその陰に韜《とう》晦《かい》する傾きのあるのは見逃せない。俺にはとてもついて行けない。……

「そこで山外の仏法はどうか。これは俺の知らぬ世界だから余り当てにはならぬが、どうやら人物がゐるらしい。『祖師の言句をなみし経教《きようぎよう》をなみする破木杓、脱底桶《つう》のともがら』を言葉するどく破せられた道元和尚の法燈《ほうとう》は、今なほ永平寺に消えずにゐるといふ。それも俺は見たい。応永のころ一条戻橋《もどりばし》に立つて迅烈《じんれつ》な折伏《しやくぶく》を事とせられたあの日親といふ御僧——、義教《よしのり》公の怒《いかり》にふれて、舌を切られ火《ひ》鍋《なべ》を冠《かぶ》らされながら遂《つい》に称名《しようみよう》念仏を口にせなんだあの無双の悪比丘《あくびく》は、今どこにどうしてをられる。それも知りたい。叡山《えいざん》の徒に虐《しいた》げられて田舎《いなか》廻りをしてゐる一向の蓮如《れんによ》、あの人の消息も知りたい。新しい世の救ひは案外その辺から来るのかも知れん。だがこれも今のところ俺には少しばかり遠い世界だ。……

「方々見廻しては見たが、まあ現在の俺には、諦《あきら》めて元の古巣へ帰るほかに途《みち》はなさそうだ。それそれそなたの主人、一条のおやぢ様の書かれた本にもあるではないか。『理ハ寂然《じやくねん》不動、即《すなわ》チ心ノ体《たい》、気ハ感ジテ遂《つい》ニ通ズ、即チ心ノ用』……あの世界だ。あのおやぢ様は道理にも明るく経綸《けいりん》もあるよい人だ。只《ただ》惜しいかな名利が棄《す》てられぬ。信頼《のぶより》や信西《しんぜい》ほどの実行の力も気概もない。そして関白争ひなどと云ふをかしな真似《まね》をしでかしては風流学問に身をかはす。惜しい人物だ。それにつけても兄《あに》様の一慶和尚は立派なお人であつたぞ。いまだに覚えてゐる、『儒教デモ善ト云フモ悪ニ対スルホドニ善ト悪トナイゾ、中庸ノ性ト云フタゾ』などと、幼な心に何の事とも分らず聞いてをつたあの咄々《とつとつ》とした御音声《ごおんじよう》が、いまだに耳の中で聞えてゐる。そもそも俺のやうな下《け》品下生《ぼんげしよう》の男が、実理を覚《さと》る手数を厭《いと》うて空理を会《え》さうなどともがき廻るから間違ひが起る。さうだ、帰るのだ、やつと分つたよ。虎関、夢窓、中巌、義堂、そして一慶さま……あの懐しい師匠たちの棲《す》まふ伝統へ、宋《そう》の学問へ、俺は帰るのだ。」

そこでやうやく言葉を切られますと、そのまま石からお腰を上げて、こちらは見向きもなさらず丘を下りて行かれます。わたくしは呆《あき》れて追ひすがり、「ではこの先どこへおいで遊ばす」と伺ひますと、「明日にも近江へ往く、あの瑞仙和尚がをられるのだ。何か言伝《ことづ》てでもあるかな」とのお答へ。「姫君へお返りごとは」と重ねて伺ひますと、「いま喋《しやべ》つたことが返事だ。覚えてゐるだけお伝へするがいい。」さうお言ひ棄《す》てになるなり、風のやうに丘を下りて行かれたのでございます。

近江へ往くとは仰《おつ》しやいましたが、わたくしには実《まこと》とは思はれませんでした。なぜかしらそんな気が致したのでございます。ひよつとしたらあのまま東の陣にでもお入りになつて、斬《き》り死になさるお積りではあるまいかとも疑つてみました。これもそのやうな気がふと致しただけでございます。いづれに致せ、その日以来と申すもの、松王様の御消息は皆目《かいもく》わからずなつてしまひました。地獄谷の庵室《あんしつ》と仰しやつたのを心当てに尋ねてみましたが、これはどうやら例のお人の悪い御嘲弄《ちようろう》であつたらしく、真蘂西堂《しんずいせいどう》は前の年の九月に伊勢殿と御一緒にあさましい姿で都落ちをされたなりであつたのでございます。ちよつと潜《ひそ》かに上洛《じようらく》されたやうな噂《うわさ》もありましたので、それを種に人をお担ぎになつたのでございませう。鶴姫様の御悲歎《ひたん》は申すまでもございません。

南禅相国両大寺の炎上ののちは、数千人の五山の僧衆、長老以下東堂西堂あるひは老若《ろうにやく》の沙弥《しやみ》喝食《かつしき》の末々まで、多くは坂下《さかもと》、山上《やまのうえ》の有縁《うえん》を辿《たど》つて難を避けてをられる模様でございましたので、その御在所御在所も随分と探ねてまはりました。瑞仙様が景三、周鱗《しゆうりん》の両和尚と御一緒に往つてをられます近江の永源寺、あるひは集九様のをられる近江の草野、または近いところでは北岩倉の周鳳《しゆうほう》様のお宿、それに念のため薪《たきぎ》の酬恩庵《あん》にお籠《こも》りの一休様のところまでも探ねてみましたが、お行方は遂《つい》に分らず、その年も暮れ、やがて応仁二年の春も過ぎてしまひました。

そのうち毘沙門《びしやもん》の谷には、お移りになりまして二度目の青葉が濃くなつて参ります。明けても暮れても谷の中は喧《かしま》しい蟬時雨《せみしぐれ》ばかり。その頃になりますと、この半年ほど櫓《やぐら》を築いたり塹《ほり》を掘つたりして睨《にら》み合ひの態《てい》でをりました東西両陣は、京のぐるりでそろそろ動き出す気配を見せはじめます。七月の初《はじめ》には山名方が吉田に攻め寄せ、月ずゑには細川方は山科《やましな》に陣をとります。八月になりますと漸《ようや》く藤ノ森や深草《ふかくさ》のあたりに戦《いくさ》の気配が熱してまゐり、さてこそ愈々《いよいよ》東山にも嵯峨《さが》にも火のかかる時がめぐつて来たと、わたくしどもも私《ひそ》かに心の用意を致してをりますうち、その十三日のまだ宵の口でございました。遽《にわ》かに裏山のあたりで只《ただ》ならず喚《わめ》き罵《のし》る声が起つたかと思ふうち、忽《たちま》ち庫裡《くり》のあたりから火があがりました。かねて覚悟の前でもあり、幸ひ御方様も姫君も山門のほとりの寿光院にお宿をとつておいででしたから、東福寺の方角にはまだ何事もないらしい様子を見澄まし、折からの闇にまぎれて、すばやく偃月橋《えんげつきよう》よりお二方ともお落し申上げました。

　残りました手の者たちとわたくしは、百余合のお文櫃《ふみびつ》の納めてあります北の山ぎはの経蔵のほとりに佇《たたず》んで、成行きをじつと窺《うかが》つてをります。当夜は風もなく、更にはまた谷間のことでもあり、火の廻りはもどかしい程に遅く感ぜられます。そのうちに食堂《じきどう》、つづいて講堂も焼け落ちたらしく、火の手が次第に仏殿に迫つて参ります頃には、そこらにちらほら雑兵《ぞうひよう》どもの姿も赤黒く照らし出されて参ります。どうやら西方の大内《おおうち》勢らしく、聞き馴《な》れぬ言葉訛《なま》りが耳につきます。そのやうな細かしい事にまで気がつくやうになりましたのも、度重なる兵火をくぐつて参りました功徳《くどく》でもございませうか。やがて仏殿にも廻廊づたひにたうとう燃え移ります。それとともに、大して広からぬ境内《けいだい》のことゆゑ、鐘楼《しゆろう》も浴室も、南麓《ろく》の寿光院も、一ときに明るく照らし出されます。こちら側の経蔵もやはり同じことであつたのでございませう、松明《たいまつ》を振りかざした四五人の雑兵《ぞうひよう》が一散に馳《は》せ寄つて参りました。その出会ひがしらに、思ひもかけぬ経蔵の裏の闇から、僧形《そうぎよう》の人の姿が現はれて、妙に鷹揚《おうよう》な太刀《たち》づかひで先登の者を斬《き》つて棄《す》てました。その横顔を、ああ松王様だとわたくしが見てとりましたとき、こちらを向いてにつこりお笑ひになりました。残兵どもは一たん引きました。その隙《すき》に「姫は」とお尋ねになります。「お落し申しました。」「やあ、また仕損じたか」と、まるで人ごとのやうな平気な仰《おつ》しやりやうをなさいます。つづけて、「細川の手の者が隣の羅刹《らせつ》谷に忍んでゐる。ここは間もなく戦場になるぞ。そなたも早く落ちたがよい。俺も今度こそは安心して近江へ往く。これを取つて置け」と小柄《こづか》をわたくしの掌《てのひら》に押しつけられたなり、そこへ迫つて参りました新手《あらて》の雑兵数人には眼もくれず、のそりと経蔵のかげへ消えてゆかれました。それなりわたくしはあの方にはお目にかからないのでございます。いいえ、今度こそは近江へ行かれたに違ひございません。これもわたくしのほんの虫の知らせではありますけれど、これがまた奇妙に当るのでございますよ。

そののちのことは最早や申上げるほどの事もございますまい。その月の十九日には、関白さまは東の御方、鶴姫さまともども、奈良にお下りになりました。そして月の変りますと早々、これもあなた様よく御存じのとほり、姫君はおん齢《とし》十七を以て御落飾、法華寺の尼公にお直り遊ばしたのでございます。……ああ、あの文庫のことをお尋ねでございますか。あの夜ほどなく経蔵にも火はかかつたのでございますが、幸ひ兵どもが早く引上げて行つて呉《く》れましたため、百余合のうち六十二合は無事に助け出すことが叶《かな》ひました。それは只今《ただいま》当地の大乗院にお移ししてございます。先日もそのお目録のお手伝ひを致したところでございますが、もとの七百余合のうち残りましたのは十の一にも満ちませぬとは申せ、前に申上げました玉葉、玉蘂をはじめ、お家累代《るいだい》の御記録としましては、後光明峰寺殿（一条家経《いえつね》）の愚暦《ぐれき》五合、後芬陀利花院《ふだらくいん》の玉英一合、成恩寺殿《じようおんじ》（同経嗣《つぐ》）の荒暦《こうりやく》六合、そのほか江次第《ごうしだい》二合、延喜式《えんぎしき》、日本紀、文徳実録、寛平御記《かんぴようぎよき》各一合、小右記《しようゆうき》六合などの恙《つつが》なかつたことは、不幸中の幸ひとも申せるでございませう。それに致しましても此度《このたび》の兵乱にて、洛中洛外《らくちゆうらくがい》の諸家諸院の御文書御群書の類《たぐ》ひの焼亡いたしましたことは、夥《おびただ》しいことでございましたらう。それを思ひますと、あらためてまた桃花坊のあの口惜《くちお》しい日のことも思ひいでられ、この胸はただもう張りさけるばかりでございます。人伝《ひとづ》てに聞及びました所では、昨年の暮ちかく上皇様には、太政官《だいじようかん》の図籍の類を諸寺に移させられました由《よし》でございますが、これも今では少々後の祭のやうな気もいたすことでございます。

ああ、どうぞして一日も早く、このやうな戦乱はやんで貰《もら》ひたいものでございます。さりながら京の様子を窺《うかが》ひますと、わたくしのまだ居残つてをりました九月の初《はじめ》には嵯峨の仁和《にんな》、天竜《てんりゆう》の両巨刹《きよさつ》も兵火に滅びましたし、船岡山では大合戦があつたと申します。十月には伊勢殿の御勘気も解けて、上洛《じようらく》御免のお沙汰《さた》がありましたとやら、またそのうち嘸《さぞ》かし色々と怪しげな物ごとが出来《しゆつたい》いたすことでございませう。さう申せば早速にも今出川殿（足利義視《よしみ》）は、霜月《しもつき》の夜さむざむと降りしきる雨のなかを、比叡へお上りになされたとの事、いやそれのみか、遂《つい》には西の陣へお奔《はし》りになつたとやら。この師走《しわす》の初め頃、今出川殿討滅御祈禱《きとう》の勅命《ちよくめい》が興福寺に下りました折ふしは、いや賑《にぎ》やかなことでございましたな。さてもこの世の嵐はいつ収まることやら目当てもつきませぬ。お互ひにあまりくよくよするのは身の毒でございませう。はや夜もだいぶん更けました様子。どれお名残《なご》りにこれだけ頂戴《ちょうだい》いたして、あす知らぬわが身の旅の仮の宿、お障子《しょうじ》にうつる月かげなど賞しながら、お隣でゆるりと腰をのさせていただきませう。……

（昭和二一年四月「文芸」）

化粧

これは昔ばなしである。——

二人はをさない頃から仲よしだつた。家は大和《やまと》の国の片ほとり、貧しい部落に、今ならばさしづめ葭簀《よしず》ばりの屋台で、かすとり焼酎《しようちゆう》でも商《あき》なふところか、日ごとに行商をして暮らしを立てる、隣どうしであつた。

幼い二人は背戸《せど》の井筒《いづつ》のほとりで、ままごとや竹馬あそびをしてゐた。遊びにあきると二人で井筒《いづつ》に寄り添つて丈くらべをした。年は少年が三つ上だつたが、背丈は少女の方が高かつた。少年はいつも負けて口惜《くや》しがつた。

井筒につける二人の爪《つめ》の痕《あと》が、だんだん上へ伸びていつた。やがて井筒の丈では間に合はなくなつた。二人はあまり遊ばなくなつた。水を汲《く》みに来てぱつたり出会ふと、二人は頬《ほお》を赤らめた。

さうして何年かたつた。

「さあ今ではもう、井筒に印しをつけることもいるまいね。僕はこんな脊高《せいたか》のつぽになつたからね」と、ある日のこと青年が言つた。

「わたしの振分髪《ふりわけがみ》も、あの頃はあなたと追つつかつつでしたが、ほらもうこんなに、肩の下まで来ましたわ。この髪を搔《か》きあげてくださるのは誰かしら?」と、乙女《おとめ》は答へた。

さうして二人は結婚した。

やがて女の母親も死んだ。二人は自分で暮らしを立てることになつた。

そこで男はやはり行商に出ることにきめて、河内《かわち》の国の高安《たかやす》の市へ、仕入れに出かけることになつた。市の商人は愛想がよかつた。娘たちは花やかに着かざつてゐた。若者は目がさめたやうな気がした。

そのうち彼には恋人ができた。仕入れの旅がだんだん長びいて、十日になり、半月になつた。若い妻はそのわけをさとつた。けれど怨《うら》む様子も妬《ねた》む気色《けしき》も、一向に見えなかつた。

若い妻は、甲斐々々《かいがい》しく立ち働いて、をつとの旅立ちの仕度にしても、却《かえ》つて前より念入りにする。男はふしぎに思つた。ひよつとするとこれは、別の男でもできたのではないかと疑つた。

嫉妬《しっと》に責められだしたのは、却つて男の方だつた。

そこで男は、ある日やはり河内へ旅だつた振りをして、村はづれまで来ると、こつそり後へ引き返した。さうして庭先の萩《はぎ》のしげみに身を忍ばせて、夕闇の迫るまで、ひそかに妻の様子をうかがつてゐた。

若い妻は夕方になると、身じまひをし、薄つすらと化粧までして、膳部《ぜんぶ》を二つ、縁先ちかくならべて据《す》ゑた。けれど、箸《はし》を手にとるでもなく、そのまま縁へにじり出て、ぼんやりと庭先などを眺めてゐる。その物案じ顔が、男の心には人待ち顔に見えるのである。

すつかり夜になつて、裏山に月が出た。男のかくれてゐる萩のしげみが、さやさやと鳴る。妻はふと、

「ああ風が出た。竜田山《たつたやま》の草も木も、さぞ白波《しらなみ》のやうにそよぐことだらう。そのなかを、ちやうど真夜中ごろ、あの方は一人でお越えになるのだ」と独りごちた。

男はどきりとした。恥かしさと、いとほしさが、胸にこみ上げてきた。清らかに化粧した妻の顔が、月かげに濡《ぬ》れてゐるのを、男は吾《われ》を忘れて見まもつてゐた。……

それからのち、男はもう河内の女のところへ、あまり通はないやうになつた。

それでも時たまは、仕入れの旅の疲れを、高安の女のところで休めることが、ないではなかつた。その女は、はじめのうちこそ念入りに化粧をして迎へるのだつたが、やがてだんだん気をゆるして、男の泊つてゆくやうな晩でも、しどけない細帯すがたで、膝《ひざ》をくづしてゐたりした。

ある日、ふと前ぶれもなく、その女の家へ寄ることになつて、垣のすきまから何気なしに覗《のぞ》いてみると、女

はちやうど食事をするところであつた。例によつて細帯すがたで、横坐《よこずわ》りをして、召使もゐないではないのに、手づから杓文字《しやもじ》をにぎつて、大きな飯《めし》びつから飯をお椀に盛つてゐる。面長《おもなが》な色の白い女である。唇ばかり毒々しく塗り立ててゐる。それが何だか赤児でも食つたやうに見えた。

男は身ぶるひをして、そのまま立ち去つた。

女からは歌を添へなどした消息が度々きたが、男はもはやふつつり通はなくなつた。

これは古い物語である。——

（昭和二二年一一月「婦人文庫」）

三つの挿話

Ａ氏は南露出身の機械技師である。北鉄譲渡の決済事務で東京へやって来てから二ケ月ほどたち、そろそろ日本人の人情にも慣れ気持のゆとりも出来てきたので、平気で一人旅をするやうになつた。これも、Ａ氏があ る工場へ買付品の検収のため旅行したときの挿話である。

その二等車は大して混み合つてゐたわけでもなかつたが、Ａ氏の向ひは空席ではなく一人の若い日本の令嬢が腰を下ろしてゐた。この令嬢は始発駅で発車間ぎはにすうつと乗り込んで来て、ほかに適当な席も見当らなかつたのだらう、別にこだはる様子もなく外国人であるＡ氏の前に席をとつたのである。持物といつたらハンドバッグ一つきり、連れがあるかと思へばさうでもない。黒いスーツに黒い外套《がいとう》、それを細つそりした身に上品に着こなしてゐる。席につくなりＡ氏に一瞥《いちべつ》を与へるでもなく、窓外へ眼をそらした。

尤《もつと》もＡ氏の方でも、この令嬢を初めからじろじろ眺める非礼を敢《あえ》てしたわけではない。彼はだいぶん時代のついたボストン・バッグから、今朝事務所で受けとつた妻の便りや新聞や、また検収に必要な規格上の要項やさうしたものを取り出して読み耽《ふけ》つた。二時間ほどして、もうほかに読むものがなくなつたとき、思ひ出したやうにポケットの煙草《たばこ》へ手をやりながら、はじめて向ひ側の令嬢に注意したのである。

彼女は相変らず窓外の景色に所在なささうな眸《ひとみ》を放つてゐる。Ａ氏には彼女が、乗り込んだ時から身じろぎもせずにその退屈な姿勢をとりつづけてゐるもののやうに見える。うち見たところ教養も豊かに具《そな》へてゐるに違ひないこの令嬢が、雑誌一つ開くではなくぼんやりと窓外へ眼をやつてゐるのが、ひどく不思議なやうな気がした。いや、不思議といへばそれだけではない。よく見ると、西洋の鷹匠《たかじょう》のかぶるやうな黒い帽子で半ばかくされてゐるその額《ひたい》が、思ひなしか妙に蒼《あお》ざめて深い憂愁を湛《たた》へてゐるやうにさへ見えるのである。光線の具合かな、とA氏は思つた。だがそれにしても……。

一体A氏は日本の令嬢なるものをしげしげと観察する機会にめぐまれたのはこれが初めてなのである。来朝以来、公けの席などで芸者といふものを恰《あたか》も日本の代表的女性のやうに誇示される機会はあるにはあつたが、正直のところA氏はこの種の女性には怖毛《おぞけ》をふるつてゐる。不自然な結髪、生彩のない厚化粧、そして何よりも堪《たま》らないあの髪油の匂ひ、といふよりも寧《むし》ろ臭気。さうした死んだ美を敢《あえ》て外国人に誇示する日本人の心理を、寧ろ怪訝《けげん》なものにさへ思つてゐる。といつて日本の家庭に縁のないA氏は、銀座や劇場などで見かける潑《はつ》剌《らつ》とした令嬢に、わづかに日本女性の生ける美を見出《みいだ》して来たに過ぎない。

しかし、いま眼《ま》のあたりにするこの令嬢は、少くもそれら嬉々《きき》とした令嬢群とも選を異にしてゐるやうである。ひよつとしたらこれは、日本の智的な女性の代表的タイプの一つかも知れない。憂愁の底に一種をかし難い気品がある。それが平ぜい女性の前で煙草を喫《す》ふことなど一向に平気なA氏にも、何か一言ゆるしを得たい義務感のやうなものを強《し》ひるのである……。

A氏は次第にいまいましくなつた。そこで思ひ切つてホープの函《はこ》をポケットからとり出すと、ふと小声で独りごちたのである。——

「お嬢さん、何だつてさう浮かない顔をしてらつしやる?」

これは断じてこの令嬢に言ひかけたのではない。ふつとさういふ母国語の一句が鼻唄のやうな韻律をもつて口をついたに過ぎなかつた。

と、その途端に再びA氏を愕《おどろ》かせることが起つた。その令嬢は、つと窓の外からA氏の顔に眼を転ずると、意外なことに生粋《きつすい》のロシヤ語で——恐らくA氏が来朝以来はじめて日本人の口から聞くことが出来たほどの生粋のロシヤ語で、切つて返して来た。

「何でもございませんわ。私はただ退屈なだけですの。」

A氏は啞《あ》然《ぜん》とした。次いでさつと顔を紅らめた。次いで、ああ飛んでもないことを言はなくつてよかつたと胸を撫《な》でおろした。

　この退屈した二人が、令嬢の下車した温泉駅までの時間を、お互ひに意外な話相手を見出《みいだ》したことは言ふまでもない。Ａ氏の聞いた所によると、何でもその令嬢は外交官の娘で、永らくロシヤに滞在したことのある人だつたさうである。


　Ａ氏はこの話をして、「全く独り言でもうつかりした事は言へないものだ」と感慨ぶかさうに繰り返すのだつたが、これを聞いてゐた日本人のＢ（これは僕の友人で、対蘇《たいソ》貿易に従事してゐる或る会社に勤めてゐる。僕はこのＢの口からこれらの挿話を又聞きに聞いたのである――）も、頗《すこぶ》るこの話に興味をそそられた。で或る時、これも北鉄のことで滞京してゐる技師Ｃにその話をし、君も何か面白い話の種を持つてゐないかねと尋ねた。するとモスクヴァつ児《こ》であるＣ技師は、にやりと一笑して、次のやうな譬喩《ひゆ》を以て答へた。

　……ウクライナのさるところに猟の名手がゐた。あるとき虎狩りに出かけて行つて、かういふ土産話《みやげ》をした。

　僕がさる淋《さび》しい谷間に辿《たど》りついて、ふと前方を見ると、遥か彼方《かなた》の丘の蔭から何と虎の頭がのぞいてゐるぢやないか。僕は勇躍狙《ねら》ひをさだめ、ずどんと一発ぶつ放した。勿論《もちろん》みごとに命中して、虎の頭はがくりと落ちて見えなくなつた。仕澄ましたりと僕は歩み寄る。と何歩も行かぬうちに、又してものそりと虎が頭を出した。はてな、仕損じたかなと僕は思つて、再び狙ひを定めてぶつ放した。今度もたしかに手ごたへあつて、黄色い頭は丘のうしろにがくりと落ちた。大丈夫だらうとは思つたが、万一の用心に暫《しばら》く様子を窺《うかが》つた。今度は参つたと見えて、頭はそれなり現はれない。そろそろと僕は歩み寄る。するとまあ何としたことだ、又してもむつくり黄色い頭がもちあがつたぢやないか。何たる往生際《おうじようぎわ》の悪い奴《やつ》だ、と僕は思はず舌うちしたね。そこで再び銃をとり直し、慎重の上にも慎重に狙ひを定めて火蓋《ひぶた》を切つた。何しろこの僕が腕に縒《よ》りをかけた一発だ。頭は三たび丘の蔭に落ちたんだ。今度こそは大丈夫とは思つたが、それでも十分ばかりは様子を窺つてゐたね。相手が頗る獰猛《どうもう》な奴かも知れんからな。しかし今度は参つたと見えて一向頭は現はれない。そこでそろりそろりとその丘を登つて、こつそり樹蔭《こかげ》から現場を覗《のぞ》いて見た。……どうだい、わかるかね。僕がそこに何を見出したと思ふかい？

さあ、分からんなあ、と相手が答へる。

なあに君、虎が三匹枕を並べて討死《うちじに》したまでの話さ。……

モスクヴァ生れのC技師はここまで話して、からからと大口あけて笑つた。日本人のBはそこで、C氏がこの譬喩でもつてA氏をも含めての南露人の法螺《ほら》吹きの一面を笑ひ飛ばしたことを卒然として悟つたが、さりとてあの令嬢の一件をまんざらA氏の千三《み》つ――否、虎三《み》つ振りだとも断定できないのを感じた。よしんばあの話が、A氏の裡《うち》のやみがたい郷愁の語らせた作り話であるにしても、それならそれで美しいではないかとも思はれたし、またA氏の持つかなり観察の鋭い一面も知つてゐて、さうさう与太を飛ばす人ではないやうに思つてゐたからである。そのA氏の観察の細かさについては、例へば次のやうな挿話がある。

或る日のことBは商用のためA氏に附き添つて東北方面へ旅行した。車中の無聊《ぶりよう》を紛らすため、Bは近頃になつて習ひ覚えた西洋将棋の盤を出して、かねがねその道の達人と聞いてゐるA氏に挑戦した。A氏も固《もと》より異存のある筈《はず》がない。二人は忽《たちま》ち夢中で駒《こま》を動かしはじめた。

それは半分に仕切つた二等車だつた。唯《ただ》でさへ碁将棋には物見だかい日本人のことだから、一人寄り二人集まりして、しまひには乗り合はした五六人の客は残らず盤のまはりに顔を並べてしまつた。

「へえ、桂馬《けいま》が後びつしやりしますのかい？」

などと頓狂《とんきよう》声を上げる商人風の男もあつた。中でも一ばん熱心に観戦してゐたのは、一人の海軍下士官だつた。二三局目になると、殆《ほとん》ど駒の動き方を覚えてしまひ、自分でも手を出し兼ねないやうな勢ひで、逃げ廻つてゐるBの王様に盛んに声援を与へたりした。

やがて汽車が海軍の飛行場のあるといふ駅に着くと、下士官はあわてて荷物をまとめて下りて行つた。そこでBは初めて、その男が航空隊の人だつたことに気がついた。

「ねえAさん、さつきの将棋の好きな男、誰だか知つてゐますか？　あれは飛行家なんですよ。」とBは、数番たてつづけに敗けたあとでA氏に言つて見た。するとA氏は別に意外でもないといつた顔つきで、かう答へた。

「ああ飛行家か。いや多分機関士だらうぜ。僕は前から気がついてたのさ。」

「どうして分かるんです？　あの徽章《きしよう》でですか？」

「いや、僕には日本の軍人の徽章なんかちつとも分からんさ。僕があの人を機関士だと断定したのは、実は国際的な一つの特徴をあの人が具《そな》へてゐたからさ。」

Bは頗《すこぶ》る好奇心をそそられた。然《しか》し、彼の問ひに答へてA氏の与へた解答は、次のやうな何の変哲もないものだつた。

「先刻あの軍人は便所へ行つたらう。出て来るとズボンのかくしからハンカチを取り出して、手を拭《ふ》いたが、それがただの拭き方ぢやなかつたのさ。両手で団子をこねるやうにくしやくしやに丸めて、それなりポンと自分の座席へ抛《ほう》り出したのさ、僕はそれを見て思はず微笑を禁じ得なかつたね。あれぢやたとへキモノを着てゐたところで襤褸《ぼろ》つきれで掌《てのひら》の機械油をごしごし拭きつけた人なることは一目瞭然《りようぜん》ぢやないか。」

Bはこの説明を聞いて、ふつとロシヤ製のシャーロック・ホームズと対面してゐるやうな気がしたさうである。


（未詳）

水に沈むロメオとユリヤ

弗羅曼《フラマン》の娘、近つ代の栄えのひとつ、
弗羅曼の昔ながらに仇気ない……（オノレ・ド・バルザック）

黄昏《たそがれ》の街が懶《ものう》く横たはつたまま、そつと伸びあがつて自分の溝渠《ほりわり》に水鏡した。――この様な句を読むとすると、嘗《かつ》てロデンバックの短篇集を繙《ひもと》いたことのある人ならきつとあの廃都ブリュジュの夕暮を思ひ描くに相違ない。そして彼等は聴くであらう、同時に近くから遠くから涌《わ》き起る洞《うつ》ろな鐘のひびきを、続いて無数の黄ばんだ祈りの声を。のみならず、たとへば私なら、もつと先を想像することが出来る。――そんな夜更け、ゴチック風の表飾りのある旅館の湿気《しけ》た寝台のうへには、滅びた恋の野辺の送りをするために、屍灰《しかい》さながらの味《あじわ》ひを互《たがい》の唇のうへになほも吸ひ合ふ恋人たちの横たはつてゐるのを。……何といふ頽廃《たいはい》、何といふ無気力と人は言ふであらう。然《しか》り、私もそれは知つてゐる。けれど、私たちが如何様《いかよう》に自分の住む此《こ》の近代の都市を誇称しようとも、そして昼夜のあらゆる時を通じて其処《そこ》に渦巻くどんな悪徳や鋭ぎ澄ました思想によつて昂奮《こうふん》し偽瞞《ぎまん》されてゐようとも、やはり私たちの都市の疲れてゐることは事実である。そして嘗《かつ》ては或る役所の吏《り》として夕暮から夜更けの川筋を巡邏《じゅんら》の軽舟に揺られて行つたことのある私にとつては、私が此《こ》の物語を始めた句はさほど私たちの都市東京にそぐはないものとも思へない。

東京を流れる六十九筋の溝渠《ほりわり》や川の底から一年のあひだに浚渫《しゅんせつ》される泥土の量が二万立方坪にも近いといふ事実は大して人々を驚かすものではない。それは年老いた此《こ》の都市から泌《し》み出る老廃物のごく小量の分け前にしか過ぎないのだから。これらの疲労した川筋を通して一年に七千四百万貫の塵芥《じんかい》を吹き、六十万石《ごく》の糞尿《ふんにょう》を棄《す》て、さらに八億立方尺《しゃく》にも余る汚水を吐き出す此《こ》の巨大な怪獣の皮腺《ひせん》から漏《も》れる垢脂《こうし》に過ぎないのだから。

……のみならず、この夥《おびただ》しい排泄《はいせつ》物の腐れた臭ひに半ばは埋《うも》れて一万二千の小舟が動き廻り、三万余りの男女がその中に「生きて」ゐるのを私たちは知つてゐる。私たちが殆《ほとん》ど忘れたままでゐる自分の蹠《あなうら》よりももつと低いところに。そして黄昏《たそがれ》が消えると街は彼女の鏡を力無く取り落すのである。街と川とは別々に、秘密に満ちた夜闇に陥つて行くのである。

大正十二年の罹災《りさい》によつて一時はその数を三分の一にも減じた水上生活者の群が、いつとは知れず再び元通りの数に近づかうとしてゐた頃の或る夏近くのことであるが、ステラと名づけられた一隻《せき》の真白な快走船が隅田川の下流を中心にある仕事に従ふ様になつて、その際だつた姿態によつて他の舟々の眼を惹《ひ》いてゐた。ステラが「仲間」の眼を惹いたのはしかしその船体によつてだけではなく、その名のとほり「星」のやうな船長の一人娘の耀《かがや》きによつてでもあつた。肉づきのいい大柄な此《こ》の娘は真白なセイラーの裳《もすそ》を川風にひるがへして、甲板《かんぱん》に立つて舵《かじ》を操つた。彼女は花子と呼ばれた。そして偶然の導きによつて、ステラが夜の泊りにする慣はしである明石橋を入り込んだささやかな湾《いりうみ》に似た水に、しかもよく隣り合はせて夜を睡《ねむ》る一隻の名もない古びた伝馬《てんま》船があつた。その仲間の言葉で「風来船」と呼びならされる一群の船のひとつである此《こ》の船の息子に定と呼ばれる少年があつた。此《こ》の少年が間もなく花子を恋する様になつた。

定の父親は赭《あか》ら顔の酒食ひで陸に暮してゐた頃から定職がなかつたと同様、川に追はれて来てもやはり彼の船は定つた航路を有《も》たなかつた。船は時にその腹に汚水や糞尿を船脚《ふなあし》の重くなるまで満喫する代りには時に淫《いん》蕩《とう》な男女の秘密を載せて軽々と浮く様な性質のものであつた。従つてその泊り場も一定してゐた訳ではなく、或る時は隅田川の上流の人気《ひとけ》ない浅瀬に、或る時は都市の中央に架《かか》つた巨大な橋の下に。その年、夏ちかく川筋一帯を襲つた浅ましい「不景気」のため、此《こ》の船は一と月あまりの間も明石河岸《がし》にへたばり着いたまま死んだものの様に動かなかつた。父親は乏しい質草《しちぐさ》を次から次へと飲みあげ、濁声《だみごえ》で歌を唄《うた》ひ、稀《まれ》には「女」といぎたなく船底にもぐつて眠つた。定は陸《おか》を怖れてゐたので街をうろつくことは無かつたものの、その様な夜更けには板子の上に突つ起《た》つてはげしく然《しか》し声もなく月に向つて吠《ほ》えわめいた。彼が花子を恋する様になつたの

はそんな夜の一つであつた
　定は闇の中にぢつと何かを見つめて立つてゐた。彼にはそれが何なのか解らなかつた。唯《ただ》其処《そこ》から鈍い光りがにぢみ出てゐるのには相違なかつた。昼のあひだの酷《ひど》い暑気に蒸された川の面の臭ひに夜更けの冷気がしんしんと入れ混つて、たとへば葦間《いかん》の腐臭を嗅《か》ぐやうな不思議な匂《におい》を有《も》つた靄《もや》が、風が無いのでヒソリともしない水面低く立ち迷つてゐた。犬のやうにクンクンと鼻を鳴らしながら定は自分が深いところへと落ち込んで行くのを感じた。定はふらふらと仄光《ほのあかり》の方へよろめき動いた。軈《やが》て燈火は彼の眼した三間《けん》のあたりに現はれた。彼はそれがすぐ傍に繫《つな》がれたステラの船室から漏《も》れる明るさなのを了解した。そのとき引き残された窓布のすきに妙に黄ばけた腓《こむら》がふと動いた。彼はすばやく別の舷《ふなばた》へと跳び移つた。その拍子に蹴込《けこ》んだらしい小石か何かの立てた鈍い水音を定は耳殻の後方に聞き流した。船室の屋根の手欄につかまりながら何故《なぜ》ともなしに上方を仰いだ彼の眼に、夥《おびただ》しい星影がまるで砂礫《されき》か何かのやうに無意味であつた。船の揺れはぢきに止つた。定は屈《かが》み込んで船扉を引き上げた。彼の眼にうつつた狭い船室の内部は思つたよりも煌々《こうこう》として居、其処にただ一の陰影しか残されてはゐなかつた。
　そのとき花子は二十、定は二つ歳下の十八であつた。

　しかし恋の楽欲《ぎょうよく》を先《ま》づ了解したのは寧《むし》ろ花子であつた。彼女は自分の肉体が女王に、自分の精神が奴隷《どれい》になり果てるのを急激に経験し理解した。彼女にとつてそれが恋の死ぬばかりの快よさの全部であつた。定はこの様な花子の前に俘囚《ふしゅう》のやうに盲従しなければならない自分の位置を間もなく知つた。夏になり、やがて暦のうへの夏が畢《おわ》つた。残暑の日が長たらしく続き、それが水の上の生活を沙漠《さばく》に咲き誇る石鹼天《さぼてん》の様に荒廃させた。密度の高い瘴気《しょうき》が来る日も来る日も彼等の周囲を罩《こ》めて凝固してゐた。白昼の太陽が別の世界の太陽でもあるかのやうに実に高い所でくるめいた。暑い瘴気の層を透して人々は昼の星宿の回転する響音を聴いた。そんな真昼どき花子は定に自分の妊娠《にんしん》を告げた。彼女は晩夏の花のやうに傲慢《ごうまん》に唇をそらした。定は黙つて彼女を聴き、聴き畢ると眼を真昼の星宿の方へと投げた。彼は自分の裡《うち》に判然《はっきり》とした形をとつた花子への「憎悪」

をはじめて此《こ》の時に感じた。彼の心は悲哀に満ち、彼には蒼《あお》ざめた星宿が無性になつかしかつた。

憎悪といへば娘の妊娠《にんしん》についてステラの船長は定よりももつと致命的な憎悪を感じた。彼はチョッキの前を掻《か》きむしり乍《なが》ら嗚咽《おえつ》しわめいた。――「お前のお母さんを見ろ！　立派なお邸《やしき》の『奥女中』として陸の上で歴《れつ》乎《き》として暮しをしてゐるではないか。『御前《ごぜん》様』がくたばれば大した遺産の分け前も約束されてゐるのだ。俺《おれ》はどうせ下積で死ぬとしてもせめてお前だけはお母さんに『恥しくない』立派な身分に仕立て上げたかつたのに！　今では俺の苦心も水の泡だ。しかも相手もあらうに風来船の青二才なんかと！　この恥知らずの女《あま》め！」船長は力に任せて花子を引き倒した。花子がドサリと横に倒れその重みで船が傾《かし》ぐほど揺れて激しい水音が舷側《げんそく》にすると、彼は見る見る狂暴になつた。船長は床の上から鉄のハンドルを摑《つか》むと娘の腿《もも》のあたりを所きらはず乱打した。鉄の棒に響いて来る彼女の肉体の強靭《きようじん》な弾力を残忍な位ヒシヒシと心に感じながら。そこへ定が現はれた。争闘は短かかつた。船長は鞠《まり》の様にすばやく転び上ると何やら激しく叫び立て乍《なが》ら逃れ去つた。逃げしなに彼の投げた手裏剣《しゆりけん》、青痰《たん》の一塊《いつかい》が定の真白い肩先にペッタリとへばり着いた。

花子は定の腕の中に仰向《あおむ》けに抱きかかへられたまま薄眼を開いてゐた。脹《は》れぼつたい唇が暗紫色に染まりその間から小さな舌の尖《さき》があらはれてゐた。定は裳《もすそ》をひき上げて花子の創痕《きずあと》をしらべた。並行して血を滲《にじ》ませた幾条かの打ち創のあるものはひそやかに血潮を吹いてゐた。定は静かに頭《こうべ》を垂れると次々にその創痕に唇を当てて行つた。その味《あじわ》ひは塩辛く彼の胸には苦艾《にがよもぎ》に似た悔恨が疼《うず》いた。しかし彼はその瞬間ごとに花子の薄眼のすきから誘惑に満ちた紫色の視線がほとばしり出るのを知らなかつた。滅びる前の最後の情欲の美しい燃え立ちが。

市立産院の燈火は終夜その黄いろな眼を開いてゐる。清潔な沢山《たくさん》の寝台の中には貧しい母親たちが彼女たちから奪はれて行つた産児への手振りを無駄《むだ》にガランとした空間に描いてゐる。母親たちの眼は力無く終夜閉ぢられてゐる。彼女たちの弱つた注意力はそれでも長い廊下を隔てた乳児院の物の気配へと絶えず張られてゐる。いまその廊下を一人の若い看護婦が足音も立てずに真直《まつすぐ》に産児院の方へと歩いて行く。彼女の横顔は尼僧の様に冷たい線を有つてゐる。彼女は静かにノッブを廻して室内にあらはれる。可愛《かわい》らしい寝台の上には初生児たちがガーゼに包まれて一つづつ置いてある。女は腰をかがめて一つ一つを覗《のぞ》いてまはる。此《こ》の室《へや》の空気には生物学の標本室の匂《におい》がする。初生児は皮膚で呼吸する動物のやうにまるで音を立てない。看護婦は再びノッブを廻して次の室へとあらはれる。かすかに揺れ動いた風の気配に、壁にもたれて睡《やす》んでゐた若い保姆《ほぼ》の一人が眼をさまして立ち上る。二人の女は眼を見合はせ、さてさも物珍らしげに室内を見廻す。此《こ》の室の寝台は檻《おり》を思はせる。もう立ち上ることの出来る幼児たちが保姆を「あまり」妨げないために寝台は四囲に二尺ばかりの鉄柵を有つてゐるのである。幼児等《ら》は昼間でもその檻から出ない。看護婦は第一の寝台に近づく。そのとき四番目の寝台から男の児《こ》が小さな幽霊のやうに起きあがる。彼はよろめきながら、昼間ぢゆうつかまり続けた鉄柵につかまつて立つてゐる。その眼は何も見てゐない。二人の女はぎよつとして再び眼を見合ふ。二人はヒソヒソと話しをはじめる。

「また寝ぼけたのではなくて、あの児は。」

「毎晩のやうにああして起き上るのよ。」

「私なんだか気味がわるい。私にはあの児が四つとはどうしても思へない。妙に智能の発達が遅いくせに身体ばかり発育して七つ位にも見える。顔が妙に青つぽくむくんで、瞳ばかりがきれいに澄んでゐる。あの児のお母さんはどうしたの。」

「あの子を産むとぢきに死んだのよ。三号室で。あの子のお母さんは何か悪い病気を持つてゐたのかも知れない。」

「あの子はまだ口がきけないのではなくて?」

「あの子ばかりではなく、此《こ》の室の児はみんなまるで唖《おし》のやうにまだ口をきかないのよ。」

二人の女は忍びやかに笑ふ。それがガランとした室内に無気味にこもつた反響をする。四番目の幼児はふと泣きはじめる。けれど彼の栄養の悪い生理が彼に泣くことを拒否する。彼は病犬のやうに鈍い響を断続させる。静寂がその声のために一層沈んで行く。保姆はいきなり幼児を抱きかかへた。鉄柵を越えて幼児の肉体が宙に浮く。保姆《ほぼ》は扉から急ぎ足で庭へ出る。幼児は一きは高く泣いて間もなく黙る。秋の微風と星光が保姆にたのしい。彼女は川の方へと行く。崖《がけ》のうへに出る木扉を押さうとして彼女はフト佇《たたず》む。彼女はすぐ傍に忍びやかな話声を聞く。男の声と女の声がきこえる。——

「いまの声が聞えた？　赤ん坊が欷《な》いてゐる！」

「聞えたわ。赤ん坊が欷いてゐた。それをあやす女の声もした。」

「赤ん坊はお乳が欲しいから欷くんだね。もう真夜中だから。」

「さうなのね。」

「僕はとても幸福な気持がする。僕にはいまの赤ん坊の欷声《なきごえ》が天国から聞える様に思へた。」

「私にも何だか遠い世界から聞えて来る様に思へた。けれど天国からぢやなかつたわ。」

「どうしてそんな事を言ふの？　天国からさ！　僕はぢきにお父さんになるんだ。」

「子供のくせにそんな事いふもんぢやないわ。……いや！　およしつてば！　そんな事するものぢやなくてよ。」

「僕は赤ん坊がもう触《さわ》れやしないかと思つたのだよ。僕たちの天国の赤ん坊が。……」

「…………」

「なぜ何にも言はないの？　なぜそんな冷たい表情をするの？　その顔はお月様の光に凍《こご》えついてしまひさうな顔つきだ。花ちやんは随分やせたね。かうして見てゐると眼の下の骨が見えるよ。」

「気が附いた？　——私お父さんにぶたれ通しだもの。それに赤ちやんが出来ると痩《や》せるものなのよ。」

「ちつとも嬉《うれ》しい気持なんかしないの？」

「なぜ嬉しいの？」

「僕はその赤ん坊をどうしても陸の子にしてやらうと思ふんだよ。陸の子には僕たちの知らない色んな珍らしい物や事があるにきまつてるもの。僕たちの赤ん坊はきつと思ひがけない幸福に出逢《であ》ふ様な気がするんだよ。」

「…………」

「なぜ黙てゐるの。――おや！　立つてこつちへ来てご覧よ。垣根の間から立派なお邸《やしき》が見えるよ。さつき赤ん坊の欷《な》いてゐたお邸だ。たくさん燈《あか》りがついてゐる。随分ひろびろしたお庭だ。もう赤ん坊は欷いてゐない。きつとお乳を呑《の》んでゐるんだね。」

「何もこんな立派なお邸でなくつてもいいんだよ。陸の上でさへあれば。」

「私こんな気がする。赤ちやんが生まれないさきに私はきつと殺されてしまふ。いぢめ殺されてしまふ。」

「逃げよう。陸《おか》へ逃げて隠れてゐよう。」

「それが出来ると思つて？　私の叔父《おじ》さんを知つてるわね。あの叔父さんが昨日来てお父さんと話しをしてゐた。」

「え！　叔父さんが？　……」


その夜から数日ののち、夕暮どきの混雑にまぎれて二人の幼い恋人たちは或る造船所の裏手から一隻の破れた小舟を盗み出して隅田川の下流に近い埋立地の溝渠《ほりわり》を漕《こ》ぎ上つて行つた。そして淋《さび》しい場所に出ると彼等は葭《あし》の間に舟をかくして夜の更けるのを待つた。花子が寒さに顫《ふる》へるのを定は膝《ひざ》の上にぢつと抱きしめてやつた。彼は絶えず美しい夢を見た。二人は殆《ほと》んど口をきかなかつた。やがて真夜中が来たとき、彼等は舟を流れの中ほどに出しお互《たがい》の身体をしつかりと結び付けて舟を静かに倒した。ごく低い水音がして瀝青《れきせい》と芥《あくた》の波が少し立つた。その夜は月が無かつた。彼等は一たん底まで沈んだが、やがて浮き上つて来たときには泥を含んだ藁屑《わらくず》を肩や顔にかぶつて醜くかつた。花子がまだ時々身を踠《もが》くたびに藁屑の上で夜光虫が青い光を放つた。暫《しばら》くすると二人は河底の深い泥の中に再び沈み込んで夜通し其処《そこ》でぢつとしてゐた。引き潮に押されて彼等が東京湾へ出たのは暁方《あけがた》ちかい頃であつた。

（昭和五年三月「文学」）

死児変相

母上さま、――

久しくためらつてゐましたこの御報告の筆を、千恵はやうやく取りあげます。

じつは姉上のお身の上につき申しあぐべきことのあらましは、もう一月ほど前から大よその目当てはついてをりました。だのに千恵は、「わからない、わからない」と、先日の手紙でも申しあげ、またつい一週間前の短かい手紙にも繰りかへしました。それもこれも嘘でした。いいえ、嘘といふよりむしろ希望のやうなものでした。つまり千恵は、お母さまがそのうちいつか忘れておしまひになりはしまいかと、それを心頼みにしてゐたのでした。けれど一昨日いただいたお手紙（それは途中どこかで迷つてゐたらしく、十日あまりも日数がかかつてゐましたが――）の様子では、忘れておしまひになるどころか、なまじ御報告を一寸《ちょつと》のばしに延ばせば延ばすほど、却《かえ》つてますます御不安をつのらせるだけらしいことが、千恵にもよくよく呑《の》みこめました。三晩もかさねて、不吉な夢をごらんになつたのですね。それがどんな中身の夢だつたのか、お手紙には書いてありませんが、前後のお言葉から大よその察しのつかないものでもありません。そんな悪夢をまでごらんになるやうな母上を前にしては、千恵はもはや空しい希望を捨てなければなりません。それに、母上のあのお手紙をいただいたその明くる日――つまり昨日、まるで申し合はせでもしたやうに千恵がこの目であのやうなことを見てしまつた今となつては、もう何もかも有りのままに申しあげて、あとは宏大な摂理の御手に一切をおゆだねするほかないことを感じます。

……………………

ですが千恵のたどたどしい筆では、昨日見たことはもとよりのこと、姉上の身におこつた変りやうの一々を、ただしくお伝へする自信はとてもありません。ほんたうなら、たとへ二日でも三日でも休暇をとつて、人なみの帰省をし、ひと晩ゆつくり口づてから母上にお話しするのが一番にちがひありません。口づてならば曲りなりにも、なんとか見聞きしたことだけはお伝へできさうに思はれます。足りないところは顔色なり身ぶりなり、あるひは声音《こわね》なり涙なりが、補なひをつけてくれるでせうから。……信州の山かひは、さぞもう雪が深いことでせう。火燵《こたつ》もおきらひ、モンペもおきらひなお母さまが、どんなにしてこの冬を過ごされるのかと思ふと、居ても立つてもゐられないやうな気もし、同時にまた、クスリと笑ひだしたいやうな気持にもなります。お母さまにとつて、疎開地の冬はこれでもう五度目ですものね。ずいぶんお馴《な》れになつたに違ひありません。ずるい千恵は、戦争のすんだ冬のはじめに、さつさと東京へ飛びだしてしまひましたけれど、お母さまにはあれから二度三度と、千恵にとつては何としても居たたまれなかつた北ぐにの冬がつづいてゐるのですものね。あの陽気なお母さまが、それにお馴《な》れにならないはずはありません。それどころか、もうりつぱに「征服」してしまひになつたに違ひありません。いつぞやのお手紙に、「頰《ほお》の色つやもめつきり増し、白毛《しらが》も思ひのほかふえ申さず、朝夕の鏡にむかふたびに、これがわが顔かと吾《われ》ながら意外の思ひを……」とありましたが、あのお言葉を千恵はそつくりそのまま安心して信じます。だつて千恵のお母さまは、どうしてもそんなお人でなくてはならないのですもの。それでこそ千恵のお母さまなのですもの。

なんだか急にお顔が見たくなりました。かうして土曜日の晩ごとに、みじかい或ひは長い手紙を書くたびに、かならずそんな気持がしてくるのですけれど、今夜はまた格別です。もちろんそれには、姉さまのことをたどたどしい筆で申しあげるよりは、一目でもお目にかかつてお話しした方がいいといふ気持も手伝つてゐるには違ひありませんが、といつてそればかりでもないやうです。千恵は「つやつやした」お母さまの顔を久しぶりで拝見したいことも勿論《もちろん》ですが、元気なこの千恵の顔も、ついでに見ていただきたいのです。しかも冬の休暇はつい目と鼻の先です。往きに十二時間、帰りに十一時間、それに中一日か二日の滞在――どうしてそれつぱかしの暇もないのかと、お疑ひかもしれません。ですがこれは誓つて申しますが、千恵はべつにれんあいをしてゐるわけではありません。たしかにまだ処女のままですし、ましてやおぽんぽもまだ大きくなつてはをりません。……こんな話が出ると、顔を赤くなさるのはきまつてお母さまの方で、姉さまや千恵は却《かえ》つてけろりとした顔をしてをりましたつけね。ずいぶん昔の思ひ出です。もう一つついでに、あれはまだお父様の御在世中のことで、もう十年あまりも前のことになるでせうか、姉さまの縁談で仲うどのCさんが見えてゐた時、お母さまは「……たしかあれはまだ処女のはずで……」と仰《おつ》しやいましたつけね。あの時ちやうどドアのかげで、こつそり立聴きしてゐた姉さまと千恵とは、もうをかしくつてをかしくつて笑ひがとまらず、両手で顔をおさへて這《は》ふやうにして奥へ逃げこんだものでした。あの頃のことを思ひ出すとまるで夢のやうな気がします。

そのCさん御夫妻が間もなく亡くなり、つづいてお父様が、やがて姉さまの縁づいた先のS家のお父様もなくなりました。あんまり死が立てつづけに続くので、ついその方に気をとられてゐるひまに、大陸の方の戦争はいつのまにか段々ひろがつて、たうとう潤吉兄さまは応召将校として大陸に渡つておいでになつたのでしたね。かうしてS家には、お母さまと姉さまと、それにまだ赤んぼの男の子――あの潤太郎さんと、それだけしかゐなくなつた時になつて、千恵ははじめて姉さまがじつは千恵の実の姉さまではなくて、亡くなつた前のお母さまの忘れがたみだつたといふことを初めて知つたのでした。いいえ、知つたのではありません、無理やり、いや応なしに、ざんこくな方法で知らされたのでした。それがあんまり残酷な方法だつたので、腹ちがひといふ事実そのものや、それからぢかに筋をひくさまざまな感動や驚きや怨《うら》みや憎しみなどは、何ひとつ感じないで済んだほどでした。羞《はず》かしめさへ感じないですんだのでした。やつと十九になつたかならぬの千恵の心の歴史にとつて、それはまだしも幸ひだつたとお母さまは言つて下さるのですか？　けれど千恵は、そんなつもりでこれを申すのではありません。心にしろからだにしろ、どうせ傷つかずには済まぬものなら、いつそ早い時機に、なんとかまだ癒着力のあるうちに、思ひきり傷ついてしまつた方がいいと思ひます。……少くも……すくなくも昨日のあの怖ろしい姿をこの目で見てしまつた今になつては、千恵はさう信じないわけには行かないのです。

……………………………………

何をかう、千恵はうろうろ書きまどつてゐるのでせうか？　今はもう怖れもありません。それにお母さまの前ですもの、なんの遠慮もあらう道理はありません。ええ、さうです。姉さまは生きておいでです。確かに生きておいでです。この一月ほどのうちに、なんども千恵は姉さまをこの目で見ました。現に昨日も見ました。それはいかにも怖ろしい姿でしたが、だといつて何も、姉さまのお顔に戦災で引つ攣《つ》れができてゐるわけでも、片眼がつぶれておいでのわけでも、虱《しらみ》だらけの乞食《こじき》のなりをしておいでのわけでも、またはそれとあべこべに、敗戦後の東京で特に大はやりのれいの職業婦人めいた毒々しい身なりをしておいでだつたわけでもありません。黒つぽいスーツに濃い茶色のオーヴァをぴつちり召して、帽子はかぶらず、かなり踵《かかと》の高い靴をはいておいでです。それに、両脚をまつすぐ伸ばして、やや気ぜはしく小刻みにこつこつ歩くところも、昔の姉さまそのままです。思ひなしか少しばかり猫背におなりのやうですが、それでゐて身丈《みたけ》は昔より一層すらりと高く見受けられるのは、やはり幾ぶんお痩《や》せになつたせゐかも知れません。そんなふうな恰好《かっこう》で、いつも看護婦のFさん（これも姉さまに劣らず背の高い人なのです――）の肩にもたれかかるやうにして、さつさと歩いておいでの様子は、遠目にはまず堅気《かたぎ》な西洋婦人の二人連れとも見えて、行きずりの人目をひくやうなものは何一つありません。……さうした点を一つ一つかぞへあげて、それで人間の生き死にを判断してよいものなら、たしかに姉さまは立派に生きておいでなのです。……生きて歩いておいでなのです。

ただどこかしら病気なだけなのです。これは連れのFさんが、その所属病院のきまりがあつて、濃紺の制服も、白い布のついた同じく濃紺の制帽も、けつして脱いだ例《ため》しのない人ですから、なんとしても疑ふわけにはいきません。千恵がはじめて姉さまの姿を見かけた時も、やはりそのままの二人連れでした。しかもその場所が聖アグネス病院の庭のなかでしたから、千恵はすぐさま、

「ああ、ご病気なのだ！」

と気がつきました。ふらふらつと立ちあがつて、思はず追ひかけようとさへしました。嬉《うれ》しかつたのです。思へば危ないところでした。もし千恵の坐《すわ》つてゐた場所がもう二三間《けん》も小径《こみち》に近く、そして二人の足の運びがもう少し遅かつたら、千恵はきつと追ひすがつて、「姉さま！」と声をかける余裕があつたに違ひありません。

そして姉さまはふり向いて、すぐもう千恵だといふことに気がおつきだつたに違ひありません。さうして千恵は今晩とはまつたく違つた性質の手紙を、もう一月も前にお母さまに書いたに相違ありません。偶然が救つてくれたのです。いいえ、偶然と言つたのでは嘘になります。ふらふらつと立ちあがつた瞬間からして、何かしら千恵の足をもつれさせるものがあつたのです。その変にもやもやした束の間のためらひ、それがみるみるうちに濃いはつきりした形をとりだして、千恵の足をほとんど意識的にゆるめさせたのです。そのまに二人はずんずん遠ざかつて、やがて白い病棟の角に消えてしまひました。

この千恵のためらひを、お母さまは何だとお思ひですか?

「そんなこと、わかつてるぢやないの!」

と仰《おつ》しやるお母さまの陽気な笑顔が、目の前にちらつくやうです。それは世の中の人がよくするやうなあの空とぼけたやうな笑ひでも、はぐらかすやうな笑ひでも、または何かしら眩《まぶ》しいやうな笑ひでもありません。それはあくまで明るい、あくまで快活な笑ひで、ただただ真つ正直な、それなりに気の毅《つよ》いところもある、そして何から何まで自分の良心で割り切つて、いつも清々《すがすが》しい気持でゐられるやうな人の顔にだけ浮ぶ――あの表情なのです。そんなすがすがしい気分のためには、その人は自分の下着の最後の一枚までぬいで、他人に投げ与へることも厭《いと》はないでせう。それどころか自分の腕一本、あるひは腿《もも》一本もぎとつて、飢ゑた虎《とら》にさつさと投げ与へさへするでせう。この何とも云へずさばさばした気前のよさ! それは千恵もだいぶお母さまから受けついでゐるので、かなりよく分るつもりです。それはひとへに良心の満足のためにあります。いいえむしろ、良心の勝利のためにあるのです!

千恵はさうした気性をお母さまから受けついで、それぱかりかその善いことを確《かた》く信じさへして、おかげで少女時代を快活に満ち足りて過ごしてまゐりました。幸福に――とさへ言つていいでせう。それについては心からお礼を申したいほどです。しかもその一方、正直に申すと、あのS家のごたごた騒ぎがあつて以来、いいえそもそものあの騒ぎの最中から今申したやうな善行の意味に、千恵はかすかな疑ひを持つやうになりました。娘の幸福に何かしら影のやうなものが射して来ました。そのごたごたと云ふのが、潤吉兄さまの出征後まもなくもちあがつた姉さまの出るの出ないのといふ騒ぎだつたことは、今さら申すまでもないでせう。「いいぢやないの。かうして先方の言ひなりにこつちはこの通り丸裸かになつてさ、この上なんの怨《うら》まれることがあるものかね！」と、たしか騒ぎが一応落着した頃、千恵の顔に何か心配さうな色を見てとられたのでせうか、相変らずの陽気な調子で、さうお母さまが慰めて下すつたことがありましたね。そのとき千恵は成程《なるほど》と思ひ、何かひどく済まないやうなことをしたやうな気のしたことも、はつきり覚えてをります。

まつたく仰《おつ》しやる通りに違ひありませんでした。もちろん千恵はまだほんの小娘でしたから、ほんたうの事情は当時はもとより今でもよく分つてはゐませんし、またべつに分りたいとも思ひません。とにかく普通の離婚沙汰《ざた》だけのものでなかつたことは娘ごころにも察しがつきました。また一概に先方のお母さまの腹黒さのせゐばかりでもなかつたやうですし、また家風に合ふとか合はないとかそんな言ひがかりの古めかしさ馬鹿《ばか》らしさはまあそれとして、姉さま自身にだつて今になつて冷静に考へてみれば、やつぱり人間としてそれ相応の欠点はちやんと具《そな》へておいでなのでした。もつともこれは、実の姉いもうとと信じこんで永年一つ部屋に暮らしてゐた千恵が、今の身にひき比べてはじめて申せることなのですが。

まあそんな罪のなすり合ひを今更はじめたところで仕方がありません。結局はだれにも悪意はなかつたのだらうと思ひます。ただ人間どうしの関係といふものは、こじれだしたが最後どうにも始末のわるいものだといふことの、ほんの一例みたいなものだつたのかも知れません。第一かんじんの潤吉兄さまを差しおいて、出すの出るのといがみ合ふなどといふことは、「家」といふものが曲りなりにも解消した今日の眼からは勿論《もちろん》のこと、当時の常識から考へても随分と妙なものに違ひありませんでした。とどのつまりが別居といふことになつて、そこでお母さま一流の気前のよさが始まりました。一々おぼえてもゐませんが、別荘や家作《かさく》が片つぱしからS家の名義に書き換へられたやうでした。そのほか土蔵のなかの骨董《こつとう》や什器《じゆうき》の類《たぐ》ひから宝石類に至るまで、殆《ほとん》ど洗ひざらひ姉さまのところへ運び出されたやうな感じでした。あんまりぽんぽん整理されて行くので、千恵も娘ごころに寧《むし》ろ痛快なほどで、ある日お寝間の化粧簞笥《だんす》のなかに最後にのこつた宝石函《ばこ》を選りわけながら、「まあこれとこれは千恵ちやんのお嫁入り道具にとつて置きませうかね。」

などとお母さまが仰《おつ》しやると、なんだか後ろめたい興ざめな気持がしたほどでした。
まあそんなことは一々みんな結構なのです。さうなるともう只《ただ》の気前のよさとか潔癖とかいふものではなくて、いはば女の意地の張りあひでした。千恵にもその気持は同感できましたし、またそのおかげでなんの後ろめたさも卑屈さも味ははずに、最近五六年の烈《はげ》しい時勢の波を、とにかくここまで乗り切つてくることができました。財産の焼けるのを空しく見まもつた人と、あらかじめそれを投げ捨てた人と、その差はほんの皮一重《ひとえ》のやうに見えながら実に大きな余波のひらきのあることに、このごろ学友の誰かれを眺めながらつくづく思ひ当ります。お母さまの思ひきつたあの処理のため、千恵はほんとに打つてつけの時機に、依頼心といふものからも射倖心《しやこうしん》といふものからも切り離されました。これはしみじみ有難いと思ひます。
おや、またお母さまの笑顔がちらつきます。こんどは何を笑つておいでなのですか？「そんなこと、わざわざお礼には及びませんよ。母さんはただ自分のしたいことをしたまでの話ですよ」と仰しやるのですか？まさかさうではありますまい。「母さんのしたことがいいか悪いか、まあそんなことにはくよくよせずに、せつせと勉強しなさいよ。をかしな子だねえ」と仰しやるのですか？　もちろんさうでもありますまい。どうぞ千恵の不遠慮な推量をおゆるし下さい。どうやら千恵の眼には、お母さまの苦しさうな笑顔がちらつくやうです。当りましたか、それとも……いいえ、これが当らないはずはありません。それでなくつてどうしてお母さまが、姉さまの行方をあんなに気になさるはずがありませう。どうして姉さまのことで、悪夢などまでごらんになるはずがありませう。それとも……

……………………………………

いやいや、やつぱりこれは千恵の思ひすごしではないはずです。お母さまは姉さまを愛しておいでなのです。実の娘どうやうに、いえ実の娘以上にさへ愛しておいでなのです。「当り前ぢやないの！」つて、お母さまは小声でそつと抗議なさるでせう。千恵もさう信じます。それでこそあなたは千恵のお母さまなのです。けれどお母さまは、あんまり多くをお与へになつたのです。そのため何か大切なものをお失ひになつたのです。その報いが来たのです。……

千恵はお母さまを責めようなどとは考へてをりません。人間が人間を責めることができるものかどうか、そんなことすら考へてはをりません。罪は多分どこにも、誰にもありはしないのです。ただ人の子を躓《つま》づかせるものがあるだけなのです。

……ここまで書いて来て、千恵はどうやらやつと覚悟がきまりました。ではお母さま、以下が千恵の御報告です。この報告を書くことを、おそらく千恵は後悔しないでせう。これをお読みになつて、お母さまもどうぞ後悔なさいませんやうに！　千恵はそれを祈りもし、またほとんど信じさへしてをります。

……………………………

千恵が姉さまの姿をはじめて見たのは、前にも書いたやうに今日から一月あまり前、あの聖アグネス病院の庭のなかでした。聖アグネス病院といふのは、ご存じないかも知れませんが、築地《つきじ》の河岸《かし》ちかく三方を掘割にかこまれてゐる一劃《いつかく》に、ひつそり立つてゐるあまり大きくない病院です。小さいながらも白堊《はくあ》の三階建なのですが、遠見にはかなり深い松原にさへぎられて、屋根のてつぺんにある古びた金色の十字架さへ、よつぽど注意して見ないことには分らないほどです。じつは千恵も学校の実習であそこへ配属されるまでは、かすかに名を聞いた覚えがあるだけで、どこにある病院なのかさつぱり見当もつかないほどでした。

実習といつても、勿論《もちろん》まだ自分で診察したり施術をしたりするのではなく、まあ看護婦の見習ひみたいな仕事が主でしたが、その三ケ月の実習期間もそろそろ尽きようとする頃になつて、千恵は姉さまにめぐり会つたのです。つまり姉さまは、ついその二三日前に入院していらしたわけなのです。まつたくの偶然でした。今だからこそ白状しますが、あの湯島の別宅で戦災にあつた後の姉さまやS家の人たちの消息を、なんとかして探りだすやうにといふお母さまの強い御希望を伺ひながら、千恵はほとんど何もしなかつたのです。もとより一応は区役所へ行つて聞いてはみました。都庁の何とかいふ係りへも紹介状をもらつて行つてみました。けれど両方とも結局むだ足でした。なるほど近頃のお役所の人たちは、言葉づかひこそ少しは柔らかになつたやうですが、そのため却《かへ》つて中身の空つぽさや不親切さが露《あら》はになつて、見てゐる方ではらはらさせられるやうな気味があるやうです。民主化なんて大騒ぎをしてゐますが、つまるところは日本人にもう一つ別の狡《ず》るさを身につけさせるだけのことにならないものでもありません。お母さまのおいでの田舎《いなか》の方には、そんな現象は見えないでせうか？

それはとにかく、書類も焼け、なんの届けも出てゐないと言はれては、所詮《しよせん》のれんに腕押しです。一番ありさうなことは、姉さまも潤太郎さんも一緒に焼け死んでしまつたといふ想像でした。あの湯島のへんは火の廻りが早かつたせゐで、一家焼死の例が大そう多いとのことですから。……千恵はほとんどさう信じました。むしろ、さう信じたいと強く望んだ——と言つた方が当つてゐるかもしれません。これもやはり一種の狡《ず》るさなのかも知れません。もしさうでしたら、どうぞこの千恵をお気のすむまでお責めください。

幸ひ千恵は、頭もさう悪くないさうで、そのうへ医学にはぜひとも必要な或る沈着さが女には珍らしくあるとのことで、G先生には割合ひ信用のある方らしいのです。それで今度の学年のはじめから、夕方から夜にかけてG先生の自宅の方へ代用看護婦のやうな資格で住みこませていただくことができるやうになり、おかげでまたこの冬も、同級の誰かれがそろそろ気に病んでゐるやうなアルバイト苦労から一応たすかつてゐるのです。同級のかたがたの中には、洋裁店の外交や政党の封筒書きあたりならまだしものこと、キャバレーのダンサーだの絵かきのモデルだのをまで志願してゐる人があるのです。それどころか現に三人ばかり、平生《へいぜい》から半ば公然とお妾《めかけ》稼業をして学資にあててゐる人たちもあるくらゐです。でもみんな仲よく助け合つて毎日やつてをります。いづれ行き着く先はいろいろと違ひが出てくるのでせうが、まだ今のところはさつぱり分りません。ただその日その日があるだけです。

そんな生活をしてゐる千恵のことですから、当てどもなく姉さまの行方をさがすやうな時間のゆとりもなく、その伝手《つて》もないことは分つていただけるでせう。もし偶然の手助けがなかつたら、姉さまにめぐりあふ見込みはまづ全くなかつたのでした。

ですから一たん病院の庭で姉さまの姿を見てからといふもの、そして危く言葉をかけそこねて以来といふもの、千恵にはこのめぐりあひが只《ただ》の偶然ではなくて、何かもつと深い或る予定のあらはれとしか思へなくなりました。さう思ふのもやはり、はかない人間の気休めの一種なのかも知れませんが、とにかく千恵は、このめぐりあひの意味なり正体なりを、じつと見つめてやらうと心に誓ひました。さうなるともう、(申し訳のないことですが――)姉さま自身のその後の運命や、またそれに就いてのお母さまの心づかひなどは、第二第三の問題にすぎないのでした。千恵はつまり、こつちは一さい姿をあらはさずに、こつそり姉さまの跡をつけてやらうと決心したのです。

もちろん第一着手は、姉さまの病室や病名を調べることでした。これは診療カードを繰《く》れば造作もなく分りました。病名は抑鬱《よくうつ》症でした。軽度だが慢性に近いとも書いてありました。病室は三階の三一八号で、これはちやうどその頃わたしが同級のK子さんと一緒に看護婦見習をつとめてゐた三〇一号から三〇八号室までの一郭とは反対側の、東側病棟のほぼ中央にある部屋でした。受持の看護婦が、Fさんといふ殆《ほとん》ど婦長次席とも云つてもいいくらゐの格の人だといふことも、すぐに分りました。この病院では外部からの附添看護婦といふものを一さい受けつけず、どんな重症患者、どんな長期入院患者の場合でも、かならず病院直属の看護婦が受けもつことになつてゐるのです。

ところで、その三階の東側病棟といふのは、聖アグネス病院のなかでは一種特別の扱ひを受けてゐる、ちよつと神秘めいた一郭なのでした。看護婦仲間の通りことばでは、「神聖区域」と呼ばれてゐましたが、たしかにそこは、わたしたち実習生がやがてもう三ケ月近くにもならうといふ実習期間を通じて、たえて足ぶみを許された例《ため》しのなかつた区域なのでした。うはさによれば、それは或る特別扱ひの患者だけを収容する大型の病室から成つてゐて、まあ一種の禁断の場所のやうなものだといふことでした。特別扱ひといつても、何もそれが財力だの門閥《もんばつ》だのといふ俗世の特権ばかりを目やすにしたものでないことは、もともとこの病院の帯びてゐる宗教的な性質から見て明らかでしたが、さうかと云つて別にとりわけ重症患者ばかりを収容してゐるわけでもないところを見ると(現に姉さまは庭をかなり足早やに散歩していらしたのですものね――)、或ひは何かしら俗世のものならぬ特権――いはば教団のえにしとか篤信のあかしとかいふものによつて、選ばれた人たちのための病棟なのかも知れません。まあそんなせんさくだてはともかくとして、姉さまの居場所が思ひのほか近いことを知つた千恵としては、さぐる上の大きな便宜をあたへられたと同時に、こちらの姿を感づかれないために一応の気をくばらなければならない羽目にもなつたのでした。

ですが、これには大して心配も苦労もいらないことが間もなく分りました。若い女にとつての五六年の歳月といふものは、ひよつとするとどんな上手な変装よりも効果が強いかも知れません。ましてや最近三年ほどの東京の生活は、優に戦争前の二十年にも三十年にも劣らぬほどの遷《うつ》り変りを含んでゐると言はれてゐます。のみならず千恵は、すくなくもこの実習の期間中は病院のさだめに従つて、鼠《ねずみ》色の質素な見習看護婦服のほかは一さい着ることができないのです。それに同じく鼠色のハンカチのやうな頭布をピンで留めてゐるのですから、これはもう姉さまの方でこの病院にはてつきり千恵がゐるにちがひないと思ひこんで、行きあふ女の顔を一つ一つじつと覗《のぞ》きこみでもなさらないかぎりは、決して見つけられる気づかひはないはずなのです。さう思ふと割に気持が楽になりました。千恵はわざわざ二階へ降りるのに東側の階段を使つたりして、なるべく廊下の往き来を頻繁《ひんぱん》にして、再び姉さまの姿をよそながら見る機会を、ひそかに窺《うか》がつてゐました。

ふしぎなもので、その二度目の機会はなかなか来ませんでした。こつちで会はうとする人には、あせればあせるほど益々《ますます》めぐり会へないものと見えます。千恵が三階の廊下を、わざと遠廻りに東側の階段へまはつてみたり、あるひは昇りしなにその逆の道順をとつてみたりするたびに、廊下にも階段にもまるつきり人影の見えないのが常でした。つやつやと拭《ふ》きこまれたリノリウムに、朝の日ざしが長く長くのびてゐたこともあります。ちやうど三一八号室の角のへんに、患者運搬用の白い四輪車が、置き忘れられたみたいに立つてゐたこともあります。けれど姉さまの姿もFさんの姿も、あの日以来ぱつたり見えないのでした。ただでさへひつそりしてゐるその「特別区域」が、そんな失望のあとではまるで無人の沙漠《さばく》のやうに味気なく思ひ返されるのでした。いつのまにか姉さまは退院なすつたのではあるまいか——そんな疑念さへきざすのでした。

やがて日曜が来ました。千恵が三階の受持ちになつてからたしか二度目の日曜でした。

カトリックの病院ですから、礼拝堂のあるのは当り前ですが、それが庭の一隅に別棟になつてゐるのではなくて、この病院では三階の中央の南側へ張りだした広間があてられてゐました。

そんなところに礼拝堂のあることを、三階の受持ちになつて初めて知つたほどですから、千恵もよくよくの不信心者にちがひありません、はじめの日曜は、ちやうど朝九時のおミサが始まつて間もなく、患者さんの体温表を下の医務室へとどけに行きがてら、その礼拝堂の前を通りかかり、ふと清らかな聖歌の歌ごゑを耳にしただけでした。下りるとそのまま或る若い婦人の急性虫状突起炎の手術のお手伝ひをすることになり（千恵は同級の人たちのあまり喜ばない手術や解剖に、むしろ進んでお手伝ひをすることにしてゐます。現在お世話になつてゐるG博士は、この病院の外科部長でもおありなのです——）おミサのことはそのまま忘れてしまひましたが、清らかな歌ごゑだけはその日の手術のあひだも妙に耳の底にのこつて、消えてはまたふつと現はれたやうな気がします。なんといふ聖歌なのか知りませんが、その旋律は日ましにおぼろになりながら却《かえ》つて印象はだんだん強くなつて、ある聯想《れんそう》と次第にはつきり結びついてゆきました。それは一口に言へば、姉さまはきつとあのおミサの会衆のなかにいらしたに違ひないといふ聯想でした。この聯想はやがて確信になりました。……

次の日曜日のことでした。折あしく受持ちの患者さんの一人が熱を出して、うは言までちよいちよい言ふ始末で、正規の看護婦はみんな信者ですからおミサに行つて留守《るす》ですし、千恵はなかなか病室をはなれられず、やつと隙を見て礼拝堂へ駈《か》けつけた時にはもうおミサは終りに近いらしく、静まり返つた堂内には一せいに跪《ひざまず》いた会衆のうしろ姿だけが、扉のない入口から見てとれました。その静寂をおして堂内へはいることは憚《はばか》られました。千恵は上靴《うわぐつ》の音を忍ばせて、こつそり廊下の小窓へ寄つて、唐草模様の銅格子《ごうし》ごしにそつと堂内をのぞき込みました。すると姉さまがいらしたのです。思ひがけないほど近いところに、その小窓からほんの二三人目のところに、大柄な上半身をつつましく前こごみに跪いてゐるのが附添看護婦のFさんでした。その肩に頬《ほお》を寄せかけるやうにして、うつとりと祭壇の方を見あげてゐる蒼白《あおじろ》い横顔が、姉さまだといふことはすぐ分りました。予期の的中したあまりの思ひがけなさに、千恵がはつと息をつめた瞬間、姉さまの顔が閃《ひら》めくやうにこちらを振り向きました。千恵は思はずぞつと立ちすくみました。けれど気のせゐだつたのです。会衆が一どきに立ちあがりました。千恵はとつさに、さも入口のすぐ外に跪いてゐたやうな身ぶりを装つて、流れ出る会衆の先頭に立つて礼拝堂を離れました。

廊下のわかれる角まで来て、千恵は四五人の見習看護婦や看護婦をやりすごしながら、そこにじつと立つて、東側の廊下へまがる人の群に目をつけました。ちらりとFさんの恰幅《かつぷく》のいい肩が見え、その陰からまたしても閃《ひら》めくやうに、姉さまの白い顔がこちらを振り返つたやうな気がしました。それもやはり気のせゐだつたらしく、何ごとも起りませんでした。姉さまの姿は人波にかくれて、そのまま、見えなくなつてしまひました。……

……………………………

かうして千恵は姉さまの姿を、はじめて近々と見たのです。それはほんの横顔にすぎず、いいえ寧《むし》ろ後姿とも云つていいほどでしたが、しかも二度までちらりと千恵の方を振り返つたやうな気がしたのは、一たいなぜでしたらうか？　もちろん千恵の気のせゐに相違ありません。けれど、よしんば刹那《せつな》の錯覚だつたにせよ、その二度までも閃めいた蒼《あお》ざめた姉さまの顔には、何か言ひやうもないやうな或る表情がありました。その顔は白くやつれてゐました。五年前の姉さまには見られなかつた或るするどさ、或るとげとげしさがありました。それと同時に何かしら或る崇高さと、遠い遠いところを見つめるやうな視線の遠さがありました。そんなことを千恵は一どきに感じたのです。直覚とか霊感とかいふものだつたのかもしれません。髪のほつれが目につきました。それもこれもまんざら心の迷ひでなかつたことが、あとになつて段々たしかめられたのです。……

お母さま。——

もうためらはずに、何もかも申してしまひませう。千恵があの礼拝堂の銅格子《ごうし》ごしに見た姉さまの顔は、まぎれもなく狂女の顔だつたのです。

そのあくる日も、またそのあくる日も、千恵は廊下で姉さまとすれ違ひました。二度ともお午《ひる》すこし過ぎた時刻で、中庭には冬の日ざしが満ちて、廊下は決して暗くはありませんでした。けれど二度とも、姉さまは千恵に気がつきませんでした。鼠《ねずみ》色の見習看護服が、千恵といふものの姿を殆《ほとん》ど見わけにくくしてゐることは確かでせう。ですが本当を申すと、姉さまはすれちがふ人にちらとでも目をくれるやうな目つきではありませんでした。あの印象ぶかい大きな眼は、どこか遠い遠いところにじつと注がれてゐたのです。

それから四五日して、千恵は三階の病室が二つまで空になつたのを機会に、附属の産院の方へ廻されました。こんどは夜勤でした。

千恵が姉さまの病状について色々とこまかいことを知つたのは、ほかならぬその産院の夜勤のあひだでした。それを申しあげる段どりになりました。決してお驚きになつてはいけません。それは病状といふよりも、むしろ運命とも言ふべきものでした。千恵はそれを冷静に書きしるしませう。運命の前に驚きあわてることは、ひよつとすると人間の傲慢《ごうまん》さなのかも知れません。それをどうぞお考へください。

産院といつても、千恵の廻されたのは施療別館の方で、それは殆《ほとん》ど川ぞひと云つてもいいほどの構内の東南隅にぽつんと立つてゐる木造の古びた別棟でした。夜が更けてあたりがひとときはシーンとすると、川を上り下りするポンポン蒸汽の音が、たまらないほど耳につくのです。夜勤は九時から二時までとなつてゐましたから、番のあひだはその音が結構ねむけ覚ましになるのですが、いざ宿直室へ引きとつて眠らうとすると、その鈍い規則的な爆音が意地わるく耳について、なかなか寝つけないのでした。千恵の受持ちはその産院のなかでも、ふつう産児室と呼ばれてゐる二つの大きな部屋でした。そこへは廊下と扉にへだてられて、産児のにぎやかな泣声もそれをあやす貧しい母親たちの声も、ほとんど聞えて来ません。この二た部屋に収容されるのが、あるひは産褥《さんじよく》で母親と死別したり、またはその他の事情で生まれて早々母親と生別しなければならなかつた、不幸な嬰児《えいじ》たちに限られてゐたからです。そんな赤ん坊用の大小のベットはおよそ四五十もあつたでせうが、それがみんな四方にかなり高い鉄の手すりの附いた、まるで檻《おり》のやうな恰好《かつこう》のベットなのでした。大きな二つの部屋を、六人ほどの看護婦で受持たなければならなかつたからです。わざと燭光を低くした黄いろい電燈が、とろんとにぶく部屋を照らしてゐます。夜がふけると、まるで無人の死亡室にでもゐるやうな不気味さでした。ベットはほとんど満員なのですが、張りのある元気な泣声を立てるやうな赤ん坊は一人もゐないのでした。あの押しつぶされたやうなみじめな嗄《しわが》れ声で泣く赤ん坊――それも広い部屋のなかに二人か三人ぐらゐなものでしたが、産児室の夜勤をしてくらした十日ほどの経験を、千恵はもう二度とふたたび繰り返したくないと思ひます。子供を生むといふことの怖ろしさ、女に生まれたことの罪ぶかさ……そんなことがしみじみ思ひ知られるのでした。ベットはみんな、どうしたわけか水色に塗つてありました。

二号室のほぼ中央の列の、割合に窓に寄つたところにある大型ベットにゐる子は、そもそもの最初の晩から千恵の注意をひきました。それは大柄な男の子で、生後八ケ月たらずでしたが二つにも三つにも見える青ぶくれの気味のわるい子でした。母親はお産のあとで肺浸潤と診断されて、本館の西病棟に寝てゐるといふことでしたが、この子もなりは大きいくせに智慧《ちえ》づきはひどく遅く、おまけに毎晩かならず一度は寝ぼけて起きあがる癖がありました。かと云つて泣いたり騒いだりするのではありません。時刻も大がい十時半ごろに限つてゐましたが、すうつと音もなく立ちあがつて、手すりにぼんやりつかまつてゐるのです。よだれを垂らし眼はうつろで、べつに手すりを伝はつて廻るのでもなく、幽霊みたいにじいつと立つてゐるのです。一晩目も二晩目も千恵は急に泣きだした窓ぎはの赤んぼに気をとられてゐて、この子の立ちあがるところは見ませんでした。いつのまにか立つてゐるのに暫《しばら》くしてから気がついて、思はずぞつとしたのです。幸ひその晩は古参の保姆《ほぼ》さんがまだ残つてゐて、その子の癖や扱ひ方などを千恵に教へてくれました。さはらずに放つておいても別に危険はないらしいのです。ただかうした頭でつかちの子供の常として、脚《あし》の発育はひどく後れてゐるから、手すりから手をはなす瞬間だけは気をつけないとあぶない。その時そつとうしろから手を持ち添へてやれば、ひとりでにまた元の場所に仰向《あおむ》けに寝てしまふ。決してあわてて声を立てたり、揺りおこさうなどとしてはいけない……まあそんな話でした。

そんな話をしてくれる保姆さんと一しよに千恵がこはごはじつと見てゐると、その子は手すりに両手をかけたまま、まんじりともせずに中有《ちゆうう》をみつめてゐました。うつろな大きな眼でした。昼間みると青々と澄んだきれいな眼をした子なのでしたが、とろんと黄いろい電燈のしたで見るせゐでせうか、まるで浮きあがつた魚のやうな気味のわるい白眼に見えました。瞳孔《どうこう》もかなり大きく開いてゐるのですが、それの向いてゐる先は天井ともつかず壁ともつかず、かといつて真ん前からさし覗《のぞ》いてゐる保姆さんの顔でも千恵の顔でも勿論《もちろん》ありません。まるで何かそのへんにふわふわ漂つてゐるものがあつて、それにぼんやり見とれてゐでもするやうな様子でした。思ひなしかその視線は、じわじわと移つてゆくやうでもあります。けれどその動きは、決してあの分針の動きより速くはないやうに思はれました。……「覚めてゐるのでせうか?」と千恵は小声できいてみました。「さうではないでせう」と保姆《ほぼ》さんが答へます。「これで笑ふか泣くかしてくれると、まだしも助かるんだけれどねえ……」まつたく保姆さんの言ふ通りでした。ものの三四分ほど、そんなふうにじつと立つてゐたあとで、その子はやがてそろそろと用心しいしいお尻《しり》をうしろへ突きだすやうにして腰を沈めると、ふわりと手を手すりからはなして、また仰向けに寝てしまひました。「ね、あの腰つきを見たでせう? ああしながらこの子はおしつこを漏《も》らすんですよ」と保姆さんは言ひながら、物馴《ものな》れた手つきでその子の前をはだけて、おむつを替へてやるのでした。千恵の手に渡された濡《ぬ》れたおむつには、なるほど湯気でも立ちさうな尿温がありました。……

「ああ厭《いや》だ厭だ、もし自分にこんな子が生まれたら……」ふと千恵はさう思ひ、反射的にハッとしました。「済まない、こんなことを思つて!」と、部屋の隅にある洗濯物の籠《かご》へそのおむつを投げ入れながら、千恵は胸のなかで何ものかに手を合せました。本館に寝たままでゐる母親のいのちも、どうやら危いらしいといふ話でした。

三晩目のことです。病院にはさすがに停電こそありませんが、その晩は殊《こと》のほか電圧がさがつてゐるらしく、只《ただ》でさへうす暗い電球はどれもみんな、なかの繊《ほそ》い線が赤ぼんやりと浮いて見えるほどでした。交代になつて出た頃には子どもはみんな寝しづまつてゐて、寝つきのわるいのが癖の窓ぎはの赤んぼまでが、その晩はふしぎなほど穏やかでした。時をり隣の部屋から、まだ生まれたての赤んぼらしく、ひ弱さうな嗄《しわが》れた泣声がほそぼそと聞えて、またぱつたり絶えてしまひます。それが却《かえ》つてこちらの部屋の静けさを深めるのでした。例の古参の保姆さんはその晩は非番で、代りにゐるのはちよつと目に険のある若い人でした。もちろんその晩が初対面で、千恵が「どうぞよろしく」と丁寧に挨拶《あいさつ》しても、こくりと一つうなづいたきりで、ちやうどその時むづかりだした子の方へさつさと行つてしまひました。おそるおそるそのあとからついて行つた千恵には目もくれず、さつさと自分でおむつの処置をして寝せつけてしまふと、それなり壁ぎはの椅子《いす》にかけて雑誌か何かを読みはじめました。そんな取りつく島もないやうな人でしたので、千恵はなんだか一そう心細く、いつそ誰か子どもが二三人いちどきに泣きだしでもしてくれたら気がまぎれるのにと、すやすや寝息をたててゐる赤んぼの顔をそろそろ覗《のぞ》いて廻りながら、妙に怨《うら》めしい気持がしたほどでした。

やがてどこか遠いところで時計が一つ鳴りました。腕時計を見ると十時四十分です。そろそろあの子が寝ぼけだす頃だと思つて、千恵は保姆《ほぼ》さんと反対側の壁ぎはの椅子をはなれて、そつとその子のベットのそばへ寄つて行きました。かなり大きく薄眼をあけて、よく寝てゐる様子です。口も半びらきになつて、よだれが出てゐます。そつとガーゼで拭《ふ》いてやりました。青ぶくれの顔が却《かえ》つて透きとほるやうに見え、へんに不気味な大人つぽい感じなのですが、よく見るとさう悪い顔だちでもありません。きつとこの子は父親似なのだらうと思ひました。なんとなくそんな気がしたのです。しばらくその顔を見守つてゐましたが、べつに起きだすやうな気色《けしき》はなく、身じろぎ一つしません。薄く開いてゐる目蓋《まぶた》のあひだが、なんだか青い淵《ふち》のやうでした。……

そんなふうにしてどのくらゐ時間がたつたか知りません。五分か、たぶん十分にはならなかつたと思ひます。ふと千恵は何か白いものの気配を目の端に感じて、その方をふり向きました。そこは廊下の窓でした。その窓のそとから、姉さまがじつとこちらを見てゐました。……その白い顔が姉さまだといふことは千恵にはすぐ分りました。驚くひまも、あわてるひまもなかつたほどでした。暗い廊下の闇のなかに、くつきりと浮びあがつてゐる白い顔。それがもし姉さまの稍〻《やや》面《おも》やつれのした尖《とが》つたやうなお顔でなかつたら、千恵は却つて恐怖の叫びをあげたかも知れないのです。千恵は動じませんでした。落ちついてさへゐました。じつと姉さまの顔を見返しながら、「大丈夫、千恵の方は逆光線になつてゐる……」とそんな意識が心のどこかにあつたほどです。それでも動いたり顔色を変へたりしてはいけないと思ひました。姉さまは大きな眼で、食ひいるやうにこちらを見てゐましたが、そのくせ千恵には気づいてもゐず、眼の行く先もすこし外れてゐることが、すぐに分つたのです。でも、そのそれてゐる視線の先にやがて気がついたとき、千恵は思はずアッと声を立てるところでした。青ぶくれの男の子が起きあがつてゐたのです。いつのまにか、音もなく、まるで姉さまの眼の磁気に吸はれでもしたやうに立ちあがつて、手すりにつかまりながら、じつと姉さまの方を見てゐるらしい様子でした。……

サラサラと衣ずれの音がして、すぐ後ろで人の気配が迫りました。ぎよつとして振り返ると、あの若い保姆《ほぼ》さんでした。「また来たわね。ふん、厭《いや》んなつちまうね」と、ぞんざいな妙にガサガサした声で保姆さんは言ふと、千恵の顔にちらりと嘲《あざ》けるやうな眼を投げ、かなり手荒くその男の子をうしろ抱きにしてベットに寝かせました。子供はべつにもがくでもなく、弾力のなくなつたゴム人形みたいにそのまま寝息を立てはじめました。

……………………………………

ふと気がついて窓の方を見ると、顔はもう消えてゐました。

「あんた初めて？　ぢや、ちよいとびつくりするわねえ」と保姆さんは案外なれなれしげな調子で言つて、またちらりと千恵の顔を見ました。――

「特別室の患者さんよ、三日にあげずああして覗《のぞ》きに来るわ。」

「何かこの部屋に、縁のつながつた子供でもゐるのですの？」

「ばかな！　この部屋にゐるのはみんな貧民の子ばつかりよ！」

保姆さんは吐きすてるやうに言ひましたが、またチラッと千恵の顔へ走らせた眼のなかには、何か憫《あわ》れむやうな微笑がありました。そしていきなり、

「あの人かはいさうに」と人さし指で自分のこめかみをトンと叩《たた》いて、「脳バイだつて噂《うわさ》もあるわ」と、思ひがけないことを言ひだしました。

千恵は呆気《あつけ》にとられました。といふより、何か金槌《かなづち》のやうなもので脳天をガアンとやられたやうな気持でした。その千恵の表情にまたチラッと眼を走らせた保姆さんは、何を勘ちがへしたものか「可哀《かわい》さうに！」とまるで千恵をあはれみでもするやうな調子でつぶやくと、

「初めてぢや無理もないけど、でもばかに感動しちまつたものねえ。……けどね。ちよつとばかり不気味ぢやあるけど、あの人ほんとは可哀さうな人なんだわ。聞きたい、あの人のこと？　変てこな縁で、あたしあの人のことは割合よく知つてるのよ。」

ますます意外な話の成りゆきに、千恵はすつかり固くなつて、「ええ」とも「いいえ」とも答へられず、Hさん（これがその保姆《ほぼ》さんの名前でした）の顔を見つめてゐました。唇がわれにもあらず顫《ふる》へてゐました。顔色もさぞ蒼《あお》かつたことでせう。

おびえあがつたやうな千恵の様子を見ると、Hさんはたちまち態度が変つて、さも世話ずきらしいおしやべりな女になりました。それが地金《ぢがね》だつたのです。つまりHさんは、残忍と親切とを半々につきまぜた、世間によくあるあの単純な女の一人だつたのです。なりに似合はず臆病《おくびよう》な小娘にぶつかつて、これはいい睡気《ねむけ》ざましの相手が見つかつたと内々ほくほくしてゐるらしいことは、つい先刻まであんなに不愛想だつた一重《ひとえ》まぶたの小さな眼が、生き生きと得意さうに輝きだしてゐることからも察しがつきました。思へば不思議な一夜でした。千恵はじつと聴耳《ききみみ》をたててゐました。Hさんは時どき横目を千恵の顔のうへに走らせて、そこに紛れもない恐怖の色をたしかめると、また安心して話の先をつづけるのでした。風が出たらしく、松林がざわざわと鳴つてゐました。急に温度がさがつて、Hさんも、千恵もショールを控室《ひかえしつ》へとりにいつて、それを首へ巻きつけたほどでした。

その晩Hさんが千恵にしてくれた話といふのは、おほよそ次のやうなものです。Hさんは、あの姉さまの湯島の家とおなじ町内にある大きな薬局の娘なのでした。それで姉さまはもとより、Sの兄さまや潤太郎さんのことまで、前々からそれとなしに知つてゐたらしい上、S家の事情にもかなりよく通じてゐる模様でした。この奇遇を、千恵は感謝していいものかどうかは知りません。……

…………………………

本郷の南から神田にかけての一帯が焼けたとき、Hさんはまだ産婆《さんば》学校へ通つてゐたので、やはり湯島の本宅で罹災《りさい》したのださうです。夜間の空襲がやつと始まつた頃のことで、「なあに大したことは……」といつた気分のまだまだ強かつた時分でした。その日ちよつと学校の帰りの遅くなつたHさんが暫《しばら》くぶりのお風呂にはいり、「さあ今のうちに寝とかなくちや」などと冗談を言ひながら二階の寝床へもぐりこんで、とろとろとしたかしないかの間ださうです。隣に寝てゐた妹にいきなり手荒に揺りおこされ、ハッと気がついた拍子に、何やら自転車が二三台ほど空から降つて来でもしたやうな物音が、すぐ裏庭のあたりで立てつづけにしたと言ひます。あとはもう無我夢中で、暗がりの梯子段《はしごだん》をよくまあ踏みはづさなかつたと思ふくらゐ、下の座敷へ飛びこんでみると庭の雨戸はいつのまにか一枚のこらず外され、おやもう夜が明けるのかしらと思つたほど明るかつた。その中で甲斐々々《かいがい》しく立ち働らいてゐる人影が、お母さんやお祖母《ばあ》さんや若い女中だといふことにさへ咄嗟《とつさ》には気がつかなかつたさうです。そこへ縁先から飛びこんできた兄さんに何やら大きな声でどなりつけられ、やつと目が覚めたやうな思ひがしたのもほんの束の間で、あとはまたもや無我夢中。……「大学へ逃げろ。大学へ逃げろ」と、誰かの大声が耳のなかでがんがんするばかり、それにそこらぢゆう一面まるで花火をばら撒《ま》きでもしたやうな閃光《せんこう》で埋まつてゐるやうな気がしただけださうです。

Hさんがやつと炎の海に気づいた時は、大学病院寄りの電車道でお母さんの手をしつかり握つて立つてゐました。一しきり何か物凄《ものすご》い音がして、途方もなく大きな火の蛇《へび》が、ざざーつと這《は》ひ過ぎたのをはつきり覚えてゐるさうです。Hさんはお母さんと大学病院の繁《しげ》みのなかで夜を明かしました。朝の九時近くになつて、Hさんは先《ま》づ妹と女中に逢《あ》ひ、つづいて兄さんたちや弟と行き会つたさうですが、お祖母さんが道ばたの防空壕《ぼうくうごう》のなかで焼け死んでゐることが分つたのは、やつとお午《ひる》近くになつてからでした。……

とりあへずお母さんとHさんは駿河台《するがだい》の従姉《いとこ》の家へ、のこる家族は駒込《こまごめ》だかの親類の家に転がりこむことになりました。その従姉といふ人は後家《ごけ》さんで、あの有名なN会堂のすぐ崖《がけ》下に住んでゐました。その教会の古くからの信者で、それが縁で構内に宿をもらつて、司教館の家政婦のやうな役目をしてゐたのです。やつと持ち出した二つ三つの風呂敷包やリュックと一緒に、Hさん親子がその宿に移つたその夕方ちかく、N会堂では思ひがけない不思議なことが起りました。何百といふ焼死体が、トラックや手車でぞくぞくと本堂へ運びこまれたのです。Hさんは実際にその有様を見たのださうです。そればかりか、そのうち十体ほどは運び込む手伝ひをさへしたと言つてゐます。さすがに気持が悪くなつて、いそいで家へ逃げこんで蒲団《ふとん》にもぐりこんださうですが。……

なぜそんな奇妙なことが起つたかといふと、あとから考へれば理由は簡単なのでした。つまり警察当局がおびただしい焼死体の処置に窮したのでした。まさか引取人《ひきとりにん》を待たずに、すぐさま現場で焼いてしまふわけにも行かなかつたのでせう。そこで管内の焼け残つた学校などに収容したらしいのですが、それで収容しきれなくなつた屍体《したい》を、幸ひ最寄りにあるこの大きな会堂へ持ち込んできたといふわけなのです。この交渉を受けた司祭さんは、Ｈさんの形容によると太つ腹なはつきりした人ださうです。折から風邪《かぜ》気で引つ籠《こも》り中だつた司教の意向をただすまでもなく、「よろしい、わたしの責任でお引き受けしませう」と相手のお役人に答へると、言下に本堂の正面の扉を真一文字《まいちもんじ》に開かせたと言ふことです。これには相手の方が却《かえ》つて呆《あつけ》気にとられたほどだつたさうです。

引取人は翌《あく》る朝まだきから、続々とつめかけて来ました。その人たちの啜《すす》り泣きや号泣《ごうきゆう》の声が高い円《まる》天井に反響して、それが時折り構内へもれて聞えるのが、最初の二三日はなんとも言へず不気味だつたさうです。何かの用事で構内を横ぎる時など、思はず耳に蓋《ふた》をせずにはゐられなかつたと、Ｈさんはさすがに眉《まゆ》をひそめて話すのでした。けれど、それはまだまだよかつたのです。やがて二三日すると、屍体はあらかた引取られましたが、それでもまだ二三十体は残つてゐました。それがそろそろ屍臭《ししゆう》を発しはじめたのです。もちろん堂内の窓といふ窓は鉄扉《てつぴ》をかたくとざしてあります。入口の大扉も、引取人が殆《ほとん》ど来つくした今となつては閉めきりになつてゐるので、その異臭が外へもれる心配はまづありません、それなりに、いくら大きなあの本堂だとはいへ、密閉された空気は何しろ春さきのことですから、むうつと蒸れるやうな生温かさです。で、事情を知つた者の鼻には、その本堂から一ばん離れてゐる西門をくぐつた瞬間にすら、異様な臭気がどことなく漂よつてくるやうな気がしたと言ひます。

さすがの司祭さんもたうとう堪《たま》りかねて、残る屍体の引取り方をやかましく警察へ交渉しはじめましたが、さうなると中々らちが明きません、四日目になり五日目になり、たうとう六日目になつてから、やつとトラックが一台きて、どこかへ運んで行つたさうです。けれどやはり載せきれずに、まだ五六体ほど残つたのですが、もうそろそろ夕方近くだつたので、翌る朝でなければ残りは運べないことになりました。

その夕方はじめて、Ｈさんは本堂へ足を踏み入れてみたさうです。それがどれほど無残な有様だつたかを、

Hさんはこまごまと物語りました。あとになつて思ひ合はせると、Hさんが一ばん力を入れて話したのは、ほかならぬその地獄絵のやうな光景だつたらしくさへ思はれるほどです。それを物語るHさんの頰《ほお》には、怪談をして幼い者をおびえあがらせる人の無邪気な情熱と、あの得意の色とがはつきり浮んでゐました。が今晩の千恵には、それを事こまかに母さまにお伝へする興味もなければ、またその必要もありません、地獄絵のあとに、聴く身にとつては何層倍も身の毛のよだつやうな物語が続いたのですから。……

……………………………………

その夕方、空が晴れわたつてまだ堂内がかなり明るく、それに珍らしくその日は警報の気配がないのを見て、信仰の篤《あつ》いHさんの従姉《いとこ》は、久しく肉の汚れに染められた聖堂のなかを、一まづ清掃してはどうかと司祭さんに提議したのでした。――あすの朝になれば一体あまさず引取つてもらへるのだから、浄《きよ》めはまあそれからでもいいではないか、と司祭さんは一おう制したさうですが、「それは如何《いか》にもそれに違ひはないが、現に日ましに烈《はげ》しくなる空襲の模様をみると、あすまたどのやうな事がはじまるものやら分つたものではない。いやそれどころか、第一わたしたちの命にしたところで、あすの日は知られないではないか……」といふ、敬虔《けいけん》な家政婦の尤《もつと》もでもあれば熱心でもある言葉に、司祭さんも結局賛成せずにはゐられませんでした。Hさんもその清掃の手伝ひをさせられたわけです。さう事が決まると司祭さんは、ゲートルを巻いた防空服装のまま跣足《はだし》になつて、みづからその浄めの奉仕の先頭に立ちました。

　奉仕の人数は四人でした。もう一人、古島さんといふ教僕が、すすんで手伝ひをしたからです。この古島さんといふ人は、なんでも九十九里あたりの漁村から来た青年ださうですが、奇妙なことには片腕――しかも右の腕が、根もとからありませんでした。その不具の原因は、千恵もたうとう聞き出すことができませんでしたが、決して戦地だの空襲だののせゐではなくて、幼いころ何か大病を患《わず》らつたときに切断されたものだといふことでした。そんな不幸な生ひ立ちの人ですから、子供の頃から教育も満足ではなく、信仰の道に入つたことはごく自然の成行きでせうが、もう一つ古島さんには、天成のすぐれた画才がありました。その画才と篤信《とくしん》が、どういふ筋道だつたかは存じませんが司祭さんに見出《みいだ》されて、だいぶ前からN会堂の教僕として住み込んでゐたのです。といふのはその司祭さんが、聖職者には珍らしく洋画（それも聖画ではなしに主に風景画ですが――）の道では、素人《しろうと》の域を脱した腕前を持つてゐたからでした。千恵はついこのあひだ、司祭さんの絵もそれとなく拝見する機会がありましたし、とりわけ古島さんの未完成の絵を見せられて、なんとも言へない感動にとらはれたのです。けれど絵のことは、とりあへず後廻しにしませう。……

その古島さんといふ青年は、見れば見るほど不思議な人でした。左手で立派に絵をかきます。のみならずほんのちよつとしたメモのやうなものを見たことがありますが、その筆蹟《ひつせき》もなかなか几帳面《きちようめん》で、これが小学も満足に出てゐない人の書いたものかと思はれるほど正しい字づかひでした。しかもその左手で、掃除のバケツも握れば炊事の釜《かま》も洗ふのです。千恵はこの人と言葉こそ交はしたことはありませんが、よそ目ながらN会堂の構内で二度ほど行き会つたことがあります。その一度などは揚水ポンプのついた井戸端で洗濯物をしてゐるところでしたが、その片手の使ひ方の器用なことと云つたら、見てゐる方で妙に不気味な感じがしてくるほどでした。痩《や》せ細つて、背はむしろ低い方、両頬《ほお》がこけて、ちよつとスプーンのやうな妙な恰好《かつこう》をした顎《あご》ひげを生やしてゐます。そのため青年のくせに何だか年寄りじみて見えましたが、年は二十七だとかいふことでした。するどい、まるで射るやうな眼をしてゐます。けれどその眼も、たつた一ぺんだけ視線を合はせたことがありますが、こちらがハッとした次の瞬間には、虔《つつ》ましく地に伏せられてをりました。声も扉ごしにふと耳にしたことがありましたが、それは一言々々尾をひくやうな物静かな柔和《にゆうわ》な声音《こわね》で、しかもその底に妙にはつきりした物に動じない気勢が感じられました。

……それはまあさうとして、Hさんも加へた同勢四人の手で、聖堂の浄《きよ》めは手順よく運んでゆきました。青黒く変色した幾体かの焼死体は、左手の外陣の一隅に片寄せられて、上から真新らしい菰《こも》がかぶせられました。左右の外陣の窓の鉄扉はあけはなされて、春の夕暮の風がしだいに異臭をうすめてゆきました。あとは百坪は優にあらうかと思はれるコンクリートの床の水洗ひが残るだけでしたが、これが中々の大仕事でした。うづ高いほど積まれてゐた屍体《したい》からいつのまにか泌《し》みだした血あぶらで、床はいちめん足の踏み場もない有様だつたといふことです。しかもそれが、ちつとやそつとの水洗ひではいつかな落ちず、手に手に棒ブラシを持つた四人は思はず顔を見あはせて、深いため息をついたさうです。金色の壁面にさまざまの聖者の像の描いてある聖障は、もちろんぴつたり閉ざしてあります。けれど折からの夕日が西向きのバラ窓から射しこんで、内陣にあふれるその光が高い円《まる》天井に反射し、堂内はまるで夢のやうな明るさだつたと言ひます。その光のなかに、いくら拭《ふ》いても擦《こす》つてもぎらぎら浮いてゐる血あぶらの色だけは、とても一生涯わすれられさうもないと、さすがのHさんも話しの途中で殊勝らしく眼をつぶりました。

その夕日の色もだいぶ暗くなつて来た頃のことださうです。ふと何やらけたたましい人声がして、それが仰《ぎょう》山《さん》に円天井にこだましたので、Hさんがギョッとしてあたりを見廻すと、屍体を片寄せた左手の外陣のあたりを先刻から懸命に洗つてゐた小柄な古島さんが、誰かしら見知らぬ人影とまるで組打ちでもするやうな恰好《かっこう》で争つてゐるのが見えました。その異様な声は、争ひながら古島さんが夢中で立てた悲鳴だつたらしいのです。そのころ三人は思はず棒ブラシを捨てて、その不意の闖入者《ちんにゅうしゃ》のそばへ走せ寄りました。それは紫色のモンペをはいた、かなり背の高い女でした。防空頭巾《ずきん》もかぶらず、髪をふり乱して、透きとほるやうな蒼白《あおじろ》い顔をして、その婦人はぎろりと三人の方を振り向きました。それが……姉さまだつたのです。

「あ、Sの奥さま!」と、Hさんは思はず叫び声をたてました。湯島の同じ町内で、Hさんは姉さまの顔をよく見知つてゐたからでした。それればかりか罹災《りさい》のつい二三日前にも、ちやうどHさんが夕方ひとりで店番をしてゐた時、姉さまが心配さうな蒼い顔をして、小児用のイチジク灌腸《かんちょう》を買ひに見えたのださうです。もう都内の薬局は何によらず品薄になつてゐた頃で、もちろんイチジク灌腸もその例外ではありませんでしたが、普通ならにべもなく「お生憎《あいにく》さま」で済ますところを、Hさんは姉さまの真剣な顔つきに気押《けお》されて、気前よく手持ちのなかから半ダース譲つてあげたのださうです。そんなことがあつたので、尚《なお》のことHさんの眼は敏感にはたらいたわけなのでした。

そのHさんの叫び声に、姉さまはじいつとHさんの顔を見つめましたが、そのまなざしは全くうつろな、感動の色も識別力の気配も全然ない、いはばほうけきつたやうな眼だつたさうです。

そんな眼つきで暫《しばら》くHさんの顔を見てゐた姉さまは、やがてにたりと不気味な薄笑ひを蒼白い顔にうかべると、その時までしつかり摑《つか》まへてゐた古島さんの片腕をはなして、すうつと足音も立てず出口の方へ出ていつてしまつたのでした。駈《か》けつけた三人は呆然《ぼうぜん》とその後ろ姿を見おくりました。ふとHさんが気がついてみると、古島さんはいつのまにかまた棒ブラシを拾ひあげて、そのくせ床を拭《ふ》きはじめるのでもなく、ぼんやりと眼の前の屍体《したい》の一つを見つめてゐたさうです。……

あとで古島さんが司祭さんに打明けたところによると、古島さんが姉さまの姿をその堂内で見かけたのは、その夕方がはじめてではなかつたのでした。何べんといふことははつきり覚えがないにしても、その眼つきのするどい、背のすらりと高い、色の抜け出るほど蒼白《あおじろ》い婦人の姿は、たしかに三度か四度は屍体引取りに来た人の群のなかで見かけた記憶があつたさうです。もちろん身寄りの誰かれの屍体をたづねてN会堂を訪れた人びとは、もしそれが女ならば、みんな一様に血走つた眼つきをし蒼ざめた顔をしてゐたに相違ありません。が、そのなかで姉さまのお顔や眼だけがそんなふうに古島さんの印象にはつきり焼きついてゐたのには、もとよりそれ相応のわけがあるに相違ありません。一体なぜだつたのでせうか？　それは「あのかたの眼でした」と、古島さんはきつぱり言ひ切つたとHさんは語りました。千恵はそれを聞いたとき、思はずつい一時間かそこら前に廊下の窓からじいつと室内をのぞきこんでゐた姉さまの凝視を、まざまざと思ひ浮べました。さうです、いかにもあのかたの眼つきに相違ありません。あのなんとも言ひやうのない凝視を一度でも見た者は、もはや決してその持主を思ひちがへる筈《はず》はないのです。

それにしても、姉さまは一たい誰をさがしてゐたのでせうか。Hさんのお祖母《ばあ》さんは道ばたの防空壕《ぼうくうごう》のなかで焼け死んだと言ひます。そんな聯想《れんそう》から、千恵はひよつとしたらS家のお母さまの行方が知れないのではあるまいかと一応は考へてみました。もちろんこの考へ方がほんの気休めにすぎまいことには、千恵も初めから気がついてをりました。行きがた知れずになつたのが、あの確かその頃六つだつたはずの潤太郎さんだといふことは、今ではもう色々の理由から千恵は疑へなくなつてをります。S家のお母さまなら、疎開などではなしに、とうから御殿場《ごてんば》の別荘にお住みだつたはずではありませんか。じつは千恵は、姉さまもとうに湯島の本宅は引払つて、もとより仲違《なかたが》ひをしたSのお母さまのところではないにしても、どこか軽井沢か五色《ごしき》か、あの辺の山小屋みたいな別荘へ疎開してらつしやることと思ひ、むりやりさう信じようとしてゐました。けれどこれは、はかない空頼みにすぎませんでした。現に姉さまは、ちやうどその頃Hさんの店へ、イチジク灌腸《かんちょう》を買ひに見えたといふではありませんか。そして恐らく方々の屍体収容所を探《たず》ねあぐねた末に、N聖堂の中をまで一度ならずうろついていらしたといふではありませんか。潤太郎さんはきつと何かの病気だつたに違ひありません。その病気の潤太郎さんと、姉さまはあの騒ぎの中ではぐれておしまひになつたに相違ありません。潤太郎さんは若い気の利かない小女《こおんな》か何かの手に抱かれたまま、どこかで一緒に焼け死んだのかも知れません。

　不吉な予想です。それは重々わかつてをります。ですが千恵は、現にその姉さまの一人ぼつちの姿も見、その怖ろしい眼《まな》ざしも現にこの目で見、またHさんの物語も聞いてしまひました。これはもう予想ではありません。それでも母さまは無理に陽気な笑ひごゑをお立てになるのですか？　千恵はもしそんな母さまだつたら心からお怨《うら》みします。……古島さんの話によると、その夕方ふじゆうな片腕で一心に棒ブラシを使つてゐた古島さんは、ふと外陣《げじん》の暗がりの中でうごめいてゐる人の気配を感じて、ぎよつとしたのださうです。死人が蘇《よみが》へつたのではあるまいか——と、咄嗟《とつさ》にそんな錯覚をさへ感じたさうです。それがその婦人なのでした。姉さまはいつの間にかこつそり忍び込んで、残る幾体かの青黒い屍体《したい》を、身をかがめて一つ一つ覗《のぞ》きこんでゐたさうです。古島さんが呆然《ぼうぜん》としてその姿を見守つてゐると、とつぜん足もとまで這《は》ふやうに寄つて来てゐた姉さまが、矢庭《やにわ》に片手で古島さんの二の腕をつかみ、のこる手を背の低い古島さんの顎《あご》へかけて、ぐいぐい恐ろしい力で突きあげながら、「ああ坊や、坊やだつたのね、ほんとに坊やだつたのね。お母さんは……」とまで言ひかけて、あとははらはらと落涙したのださうです。古島さんはもちろん無我夢中でした。あの落ちついた物に動じない青年が、夢中で悲鳴をあげたのでした。それでもさすがに古島さんは、驚きうろたへながらも、上からまじまじと自分を覗きこんでゐる婦人の眼を、ほんの束《つか》の間見返すだけの余裕があつたさうです。その眼の印象を古島さんは、前にも記しました通り、「それはあのかたの眼でした、確かにあのかたの眼でした……」と司祭さんに告げたのでした。この「あのかた」といふのが誰を指すものか、Hさんの話を聞いた当座の千恵には分りませんでした。Hさん自身にしても分つてゐなかつたのでせう。けれど、やがてあとになつて……

いいえ、千恵はなんだか頭がこんぐらかつて来ました。窓を、窓をあけようと思ひます。……

……………………………

夜気が流れこんで来ます。まるで霜《しも》のやうに白々《しらじら》とした夜気です。北の空は痛いほど冴《さ》えかへつて、いつのまにか母さまのお好きなあの七つ星が中ぞら近くかかつてゐます。もう夜半はとうに過ぎたのでせう。なんの物音もしません。しんしんと沁《し》みこむ夜気を、千恵の頭はむしろ涼しいやうに感じます。しばらく、向ふの森かげから覗《のぞ》いてゐる焼けただれた工場の黒々とした残骸《ざんがい》に、千恵はほうけたやうに見入つてをりました。

だいぶ頭が冷えて来ました。まだ頭の芯《しん》は妙にもやもや火照《ほて》つてゐますけれど、でももうあと一踏んばりです。千恵はこの手紙をとにかく最後まで書きあげて、封をしてしまはないことには、とても今夜は眠れさうもありません。あとほんの少しです。母さまももう暫《しばら》くがまんして下さい。……

どこまで書きましたかしら? ああさうさう、「あのかた」といふ文句で千恵は爪《つま》づいたのでした。

Hさんの話によると、姉さまの姿はその後もちよいちよいN会堂の構内に見受けられたさうです。残りの屍《し》骸《がい》は約束どほりその翌《あく》る朝には全部はこび去られ、聖堂の浄《きよ》めもすつかり済んだあとでは、日ましに烈《はげ》しくなる空襲のもと、正面の鉄扉は再び固くとざされてしまつたので、もちろん姉さまは堂内にはいつてわが子の屍体をさがし求める機会は二度と再びありませんでした。その頃はもう通り抜ける人影も稀《まれ》な上に、植込みのそこここには空掘《からぼ》りの防空壕《ぼうくうごう》も散在してゐようといふ荒れさびた聖堂の構内を、姉さまは当てもなくうろつくだけのことでした。その時間も、十分二十分と行きつ戻りつするならまだしものこと、時によると一時間ちかくも構内をさまよつてゐたことさへあつたと云ふことです。当のさがす相手も、もはや幼な子の惨死体などではなくて、まぎれもないあの古島さんの生ける姿だつたらしいことは、姉さまの挙動や眼つきを遠目ながら窺《うかが》ふ機会のあつたほどの人なら、異口同音に断言したさうです。もちろん古島さんはすつかり怖気《おぞけ》をふるつてしまつて、姉さまの紫色のモンペ姿がちらりと見えようものなら、血相かへて自分の部屋へ逃げこんでしまふのでした。それでも出逢《であ》ひがしらに危くつかまりさうになつたことも、一二度はあつたさうです。

「色きちがひぢやないかね……そんな噂《うわさ》までが、会堂の関係者のあひだに、ひそひそ声でささやかれたものでしたよ。もつとも私たちに言はせれば、あのSの奥さんは、やつぱりここんところ（と、自分の額《ひたい》を指さきで軽く叩《たた》いてみせて——）が、ちよいと変になつてゐるだけのことだといふぐらゐは、まあ見当がついちやゐましたがね。……」

とHさんは長談義をやうやく結びながら、ニッと冷やかな微笑を浮べて、またもやあの忌《いま》はしい病気の名を口にするのでした。……風が出て、一しきり松原を鳴らして過ぎました。飛行機が一台、かなりゆるい速度で海の方からはいつて来て、都心の方角へ遠ざかつてゆきました。そんな物音が夜の深さをしんしんと感じさせたのを千恵はよく覚えてをります。語りやんだHさんはさも誇らしげな目つきで、じろじろ千恵の顔を観察してゐました。もちろん千恵の唇には血の気が失《う》せてゐたでせう。そのくせ、「見たけりやたんと見るがいい！」とでも云つた捨鉢《すてばち》な、しかも妙な落着きのやうなものが千恵の胸のそこにはありました。ふてくされながら、かげで舌を出してるみたいな気持でした。汚辱とでも屈辱とでも云へる或る毒気のやうなものが千恵のおなかの中に渦巻いてゐるのは事実でしたが、しかもそれが鵜《う》の毛ほどもHさんに感づかれてゐないといふ自信は、なんとしても快いものでした。「ええ、わたしはこの通り臆病《おくびよう》な小娘ですのよ」——すなほに伏目《ふしめ》を作りながら、千恵は思ふぞんぶんHさんに凱歌《がいか》を奏させてあげたのです。それがせめてものお礼ごころなのでした。

交替の時間まではまだ少し間がありました。そのうちだんだん千恵も口をきく余裕が出てきて、二つ三つ腑《ふ》に落ちぬ点を聞き返すことができました。

「すると、あの奥さんは行方しれずになつたその坊ちやんのことがまだ思ひきれずに、ああして産院なんかを覗《のぞ》きにくるのでせうかしら？……」

「一口に言ふと、まあそんなことなのね。けれど実際に生きてる子にめぐり会へる気でゐるのかどうかといふことになると、そこがどうやら怪しいのよ。現にああして廊下の窓から覗《のぞ》いてゐる目附きにしたところで、何かを捜すやうな落着きのない目つきぢやなくて、何かじいつと一点を見つめるやうでゐて、そのくせ妙にとりとめのない、まあ要するに夢と現《うつ》つの間をさまよつてゐるみたいな目つきなんだわ。それだけに一層もの凄《すご》く感じられるわけなのね。……いつぞやわたし、附添ひのFさんにちよつと聞いてみたことがあるけれど、あれでゐてあの奥さんとても大人しいんだつて。へたに逆らはずにそつとして置きさへすれば、ふつうの人以上に扱ひやすい患者さんだつてFさん言つてゐたわ。分裂症であんなおだやかな人は珍らしいと、先生がたも言つてゐるさうよ。Fさんの話だけれど、あんなふうに窓を覗きにくるのだつて、何もはじめからその積りで来るのぢやなくて、夜の散歩のついでにふとこの産院の灯《あか》りが目にはいると、何か誘はれるみたいにふらふらつと庭のガラス戸を自分で押すのださうよ。あの奥さんちよつと不眠症の気があるので、夜九時になるときまつて一時間ぐらゐ庭の散歩に連れだすことになつてゐるんですつて。はじめは松原のなかを、ゆつくりゆつくり歩きまはる。それから河岸《かし》へ出て、闇夜でも月夜の晩でも、あすこのベンチに腰かけて、じいつと河の面《も》をみつめる。時たま発動機船がエンジンの鼓動を立てながら、黒々と貨物の山を盛りあげた艀《はしけ》を曳《ひ》いて河口をのぼつて行つたり、あべこべに河口から湾内の闇へ吸ひこまれて行つたりするけれど、奥さんはその黒い影が目にはいるのやら、そのエンジンの音が耳にはいるのやら、さつぱり分らない。身じろぎもせず、じいつと河の面をみつめてゐる。時たまは空を見あげて、何か或るきまつた星を、かなり長い間じつと見守つてゐる。それから突然たちあがると、自分からさつさと本館の方へとつて返す。そしてあの前の院長さんの胸像の立つてゐる円《ま》るい芝生のところまで来たところで、奥さんの足が右へ廻るか左へ廻るかによつて、その夜の散歩が伸びたり縮んだりする。左へ廻ればまつすぐ本館の裏口で、あとは三階の病室まで無口のままゆつくり登つていつて、精も根《こん》もつき果てたやうにベッドに倒れて、着替へもそこそこにぐつすり寝こんでしまふ。右へ廻ると、まづ大抵はこの産院の灯が目にはいる。そこで庭のガラス戸を自身の手でそつと押す。あの戸は本館の医務室へ通じる近道なので、夜でも錠はおろさないことになつてゐる。廊下を足音も立てずに歩いて来て、まづ一号室の窓にたたずみ、それから二号室の窓にたたずむ。それぞれ二分か三分ぐらゐのあひだ、Fさんは黙つて二三歩さがつて見てゐる。やがて奥さんはまた先に立つて、さつさとガラス戸の方へとつて返す。そして芝生へおりる石段の上で立ちどまつて、ふーっと大きな溜《た》め息をもらす。……それからあとは、至極《しごく》おだやかに寝てしまふのださうですよ。」

「ではあの奥さん、べつにあの気味のわるい児《こ》だけを目がけて来るわけでもないのですね？　さつきはちやうど覗いてゐる最中に、あの児がぬつと起きあがつたりしたので、余計にぞつとしたのですけど。……何かその行方しれずになつた子とあの子のあひだに、眉《まゆ》つきとか口もととかの似てゐるところでもあるのかしらと思つて……」

と千恵は、さりげなくHさんの口占《くちうら》を引いてみました。何しろ潤太郎さんのことは、ほんの幼な顔しか覚えがなく、その記憶も今では随分うすれて、どこか面影《おもかげ》がその児《こ》に通ふやうでもあり、さうかと思ふと通ふやうでもなし、そのため不気味さがますます募るやうに思はれ、やりきれなかつたからです。Hさんなら潤太郎さんの顔を、割合ひ最近まで折ふし見かける機会があつたに相違ありません。

「そりや、まるで似もつきはしないわ！」とHさんは言下に答へました。——「あの坊ちやんは眼のくりくりした、頰《ほお》の色つやのいい子で、あんな青んぶくれのぶよぶよぢやなかつたことよ！」

そんな語気から察するところ、その児と潤太郎さんとを同列に置いて考へることさへ、Hさんにはさもさも心外だといつたふうに取れました。それが千恵にはもちろん満足でもあり、と同時にHさんの人の好い気負《きお》つた様子が、なんだか少し滑稽《こつけい》でもありました。千恵がそのまま下を向いて黙つてゐると、やがてHさんはまだ腹の虫が収まらないといつた調子で、早口にこんなことを言ひだしました。

「さつきのあの青んぶくれが起きあがつたのなんか、ほんの偶然なのよ。ちやうど寝ぼける時刻にぶつかつたからなんだわ。これまでにも三度か四度そんな偶然の一致があつたけど、あの奥さんの眼、だいいちあの児をなんか見てゐやしなかつたわよ。もつと宙ぶらりんの、当てどもないやうな、妙に切ないみたいな見つめやうなんだわ。いはばまあ、この部屋や隣りの部屋にゐるのだけではない、子供ぜんたいをうつとり見つめてゐる……とでもいつたふうのね。一度なんか窓のすぐ内側にわたしが立つてゐて、近々とあの奥さんの眼を覗《のぞ》いたことがあつたけれど、そんな近くにわたしがゐることなんか、てんで目もくれやしないのよ。……だつてさうぢやない？」と、そこでHさんは言葉を切つて、効果をためすやうに千恵の顔をちらりと見ると、また先をつづけました。——

「ね、さうぢやない？　あのN堂へだつて、まだ時たま思ひだしたやうに姿を現はすんだものねえ！」

千恵は思はずどきりとしました。顔色も変つたに違ひありません。思はず眼を伏せましたが、やがておづおづと眼をあげたとき、Hさんはもうすつかり気が変つたみたいな顔をして、何やら小声で流行《はや》り唄《うた》か何かをうたつてゐました。そして交替時間が来て、わたしたちは別々の部屋へ引きとりました。……


………………………………


姉さまがいまだにN会堂へ姿を見せると聞かされて、なぜそんなにびつくりしたものやら、千恵はわれながらわけが分りません。ただ何がなしに寒気が背すぢを走つて、そのためぞおーっと総毛《そうけ》だつたのです。そこには何かしら異常なものがありました。千恵はよつぽどどうかしてゐたのに違ひありません。

その夜はなかなか寝つけませんでした。妙に風の音ばかり耳につきました。それでもやがて眠つてしまつたらしく、なんだか混み入つた夢を見ました。はじめは何でもその病院の庭を、ふらふら歩いてゆくやうでした。千恵ひとりで、もの凄《すご》いほど明るい月夜でした。芝生がいちめんまるで砂浜みたいに白く浮いて、遠くの松原が黒ぐろと影を描いてゐました。その黒い樹《こ》だちのなかに、ところどころ白い斑《まだ》らが落ちて、その一つ一つがよく見ると、まるで姉さまの姿のやうに思はれました。どれがほんとの姉さまかしら？……ふとそんな疑念がきざしたとたんに、夢がぐるぐると目まぐるしいほど急調子に展開しはじめて、あざやかな場面が際限もなく繰りひろげられたやうです。今ではもう跡形もないはずのあの大磯の別荘の芝生を、やはり月夜なのでせう、はつきり見える姉さまの顔と並びあひながら、何やらしきりと口論しながら歩いてゐる場面が妙にはつきり思ひだされるだけで、あとはきれいに忘れてしまひました。

まあつまらない夢の話なんかやめませう。あくる朝――といつてもお午《ひる》ちかく起きると、千恵はそんな夢のことより、N会堂のことが気になつて気になつて仕方がありませんでした。千恵はそれまでN会堂はあの大きなドオムを遠目に眺めるだけで、一度も門内へはいつたことさへありませんでしたが、さうなるともう、あの聖堂のなかに何か容易ならぬ謎《なぞ》がひそんでゐるやうな気がしきりにしだして、矢も楯《たて》もたまらなくなりました。ところが産院の方は本館づとめとは違つて色々と雑用が多く、受持も育児室から産室、それから分娩《ぶんべん》室といふ工合《ぐあい》にぐるぐる廻るものですから、外出の機会がなかなかありません。それでもやつと何かの用事にかこつけて抜けだして、まるで息せき切つた思ひであの会堂に寄つてみました。午後だつたせゐか本堂の扉はしまつてゐましたが、構内にはちらほら学生などの影も見えたので、千恵も暫《しばら》く散歩のふりをしながら、本堂から小会堂のあたり、裏門の方にある庵室《あんしつ》のへんなどをぶらぶらしてみました。あの古島といふ青年をはじめて見かけたのはこの時でした。片手にバケツをさげて、庵室の横手からひよつくり姿を現はしたのです。かねてHさんから聞いてゐた人相書にそつくりでした。はつと思つた瞬間、眼が合つてしまひました。その眼のことは前にも書いた通りです。無精《ぶしよう》ひげの生えたやつれた顔は、案外血色がわるくはなく、何やら微笑のやうなものが浮んでゐました。瞬間おもはずキッと見つめた千恵の眼に、何か異様なものがあつたのでせう、——古島さんの両眼はぎらりと不気味に光りましたが、すぐまたつつましい伏眼《ふしめ》になつて、そのまますれ違つてしまひました。

　ふしぎな焼けつくやうな印象でした。なぜ姉さまはあんな妙な人にすがりつきなんぞしたのだらう？……千恵は帰りの混んだ電車のなかで考へました。しかも「坊やなのね、坊やなのね！」などとまで口走つたといふではないか。そしてあの人のあのぎらつくやうな眼のなかを一心に覗《のぞ》きこんだといふではないか。つかのまの幻覚だつたのだらうか。……それにしても姉さまがあの瘠《や》せこけた小柄な古島さんをしつかり摑《つか》まへて、上からしげしげと覗きこんでゐる図を目に浮べてみると、妙に切ない、それでゐて何かしら笑ひだしたくなるやうな感じを、どうにもできないのでした。千恵はしだいにこつちまで頭が変になつてくるやうな気がしました。

　二三日たつて、千恵はまたN会堂へ行きました。それからまた一度、もう一度。……帰りの電車のなかでは、もう決して足ぶみもしまいと決心するのですが、暫くするとまた例の謎《なぞ》がだんだん膨《ふく》れあがつて、ついまたふらふらと誘ひ寄せられてしまふのです。古島さんには行会ふ時も行会はない時もありました。本堂の扉はまるでわざとのやうに、いつもぴつたり閉ぢてゐました。いいえ、一度だけ扉がひろびろと開け放されてゐたことがありましたが、その日は何かお葬式でもあるらしい様子で、黒の盛装をした外国人の男女が急がしさうに出たりはいつたりしてゐました。その外国人は、盛装をしてゐるため却《かえ》つて変に貧しさが目につくやうな人たちでした。千恵は暫く物珍らしさうに樹《こ》かげに立つて眺めてゐましたが、古島さんの姿はたうとう見かけませんでした。……

さうかうするうちに病院の実習期も終つて、千恵はまたG博士のお宅で起居することになりました。Hさんにはその後かけちがつて聖アグネス病院ではたうとう会はずじまひでした……。

…………………………

さうです、母さま、いつそ本当に会はずじまひになつた方が、どれほどよかつたか知れないと思ひます。さうなれば千恵は、しぜん姉さまの消息からも遠のいて、やがて運命の波がふたたびめぐり会ふこともないくらゐ、遠く二人を隔ててくれたかも知れないのです。千恵もじつは内々それを願つてゐました。だのに結局きのふといふ日が来てしまつたのです。

きのふは朝からびしよびしよ降りの雨でした。おまけに季節はづれの生温い風がふいて、窓ガラスがすつかり曇つてしまふほどでした。お午《ひる》近くになつて突然、G博士は何か急な用事を思ひだしたと見え、分厚な封書を千恵に渡すと、すぐ神田O町のある外科病院へ行つて、院長さんの返事をもらつてくるやうに言ひつけました。雨降りの日によくある電話の故障で、あらかじめ院長の在否を確かめることはできませんでしたが、まあ大抵はおいでだらうと高《たか》をくくつて行つたところ、あいにく院長は埼玉県とかの患者の招きで朝おそく出かけてお留守《るす》、帰りは早くて五時にはなるだらうとのことでした。G病院との電話の連絡は相変らずつかず、よつぽど出直さうかと思ひましたが、行つたり来たりするうちには三時間ぐらゐすぐ経《た》つてしまふ、それに院長のお帰りだつて案外早いことがないとも限らないと思ひ返し、千恵は畳じきの狭い待合室の片隅でとにかく待つてみることにしました。外科の待合室なんてあんまり気味のいいものではありません。もつとも悪性の伝染病の心配だけはまづ無いはずですけれど、頁《ページ》のまくれあがつた手垢《てあか》だらけの娯楽雑誌なんか、手にとるより先に虫酸《むしず》が走ります。こんなことなら文庫本でも持つて出るのだつたと後悔しても今さら追ひつきません。仕方なしに長椅子《いす》の一ばん隅つこに小さくなつて、居眠りの真似《まね》でもしようとしたのですが、どうしたものか妙に患者が立てこんで、ざわつく人々の出はいりに眼をねむつてばかりもゐられません。そのうちに、仮はうたいの上へどす黒い血がにじんでゐるやうな患者も、いやでも二人三人と目につきます。そんなことで二三十分もたつたでせうか。千恵は例のHさんに声をかけられてしまつたのです。
奇遇でした。いいえ、むしろ悪運といつた方がいいかも知れません。Hさんはちよつとした破傷風《はしようふう》で二三日前から休暇をとり、その病院へ通つてゐるのだといふ話でした。今しがた繃帯《ほうたい》を更《か》へてもらつたところださうで、なるほど左の指が三本ほど一緒に真新《まあたら》しい繃帯でゆはへてありました。

Hさんもこの奇遇には驚いたと見えます。暫《しばら》く話してゐるうちに、千恵が時間を持てあましてゐることを知ると、そのまにN会堂の中を案内してあげようと熱心に言ひはじめました。なるほどN会堂はすぐ近所なのでした。「それに、あんたにちよいと見せたいものもあるのよ」とHさんは言ひました。このあんたにといふ言葉は、まるで雷のやうに千恵の耳を打ちました。……

「なぜですの？　どうしてわたしにですの？」と、千恵は思はず言ひ返さうと身構へましたが、ふと思ひついてやめました。それは千恵の弱身からくる思ひすごしでした。Hさんは結局のところ好人物なのです。またもや怪談で千恵をおどかして、退屈しのぎをしようとしてゐるだけのことです。ほんとを言へば、千恵は手頃の案内人の見つかつたことが、むしろ嬉《うれ》しかつたのかも知れません。

外へ出ると、かなりの吹き降りになつてゐました。それが刻一刻とはげしくなるばかりで、やがてO町の交叉点からN会堂の方へのぼるだだつ広い鋪装《ほそう》道路にかかつた頃には、コウモリもまともには差してゐられないほどになりました。どうやら風向きも変つたらしく、北の空めがけてどす黒い鉛《なまり》いろの雲が、ひしめき上つてゆくのが見えました。そんな空を背景に、もうついそこに黒々と姿をあらはしてゐるN堂のドオムは、まるでゆらゆら揺れてゐるやうに見えました。千恵はさつきのHさんの言葉を思ひ出しました。「見せたいものもある」なんて、一体なんのことなんだらう。……今度はさつきとは違つて、この変にぼやかした尻《し》つ尾《ぽ》の方が気になりました。「なあに、どうせHさんのことだ。ひよつとするとどこか柱のかげあたりに、例の血あぶらの染《し》みか何かがこびりついてゐでもして、それを千恵に自慢さうに見せてくれるぐらゐなところなのだらう。よし、今日はうんと平気なふりをしてやらう」……そんな妙なことを千恵は考へました。そのくせ胸の中はだんだん不安になつて行きました。

やがてHさんは見知らぬ横町へ折れました。するとすぐ会堂の裏門がありました。それまでもう何べんか会堂の構内をふらつき廻つてゐたくせに、千恵はそんなところに裏門のあることはつい知らずにゐました。白い門柱のあひだを通ると、そこはちよつとした谷間みたいな感じの一廓でした。両側には住宅風の小さな二階家が立ちならび、正面は幅のひろい切り立つやうな石の段々でした。その段々の上はすぐN堂の灰色のずしりと重たい胴体でした。もう大円蓋《えんがい》は目に入らず、ただその寒ざむとした胴の灰色の壁だけが、のしかかるやうに聳《そび》えてゐるのでした。その谷間は風の吹きだまりになつてゐるらしく、雨に叩《たた》き落された柏《かしわ》や何かの大きな枯葉が、ところどころべつたり敷石に貼《は》りついてゐて、千恵は何べんも足を滑らせさうになりましたが（ほら、母さまもご存じのあの古いゴムの編上靴《あみあげ》をはいてゐたのです——）やがて石段を登りかけようとして、二人は思はずあッと声を立ててしまひました。それは石段ではなくて滝だつたのです。

ふしぎな光景でした。水はものの四五間《けん》もありさうな石段の幅ぜんたいにひろがつて、音もなくゆつくり流れ落ちてゐるのでした。風が本堂の両側からこの谷間へ吹きおろすたびに、一段々々きれいなさざ波を立ててしぶくのでしたが、そのため水は片側に吹き落されるでもありませんでした。相変らずゆつくり一段ごとに流れおりてくるのです。その水は階段のすぐ足もとにかなりの大きさの水溜《みずたま》りを作つて、それから左右に分れて土の上を流れるのでしたが、そこはもう奔流といつてもいいくらゐの勢ひでした。さすがのHさんもこんな光景は初めてだと見えて、暫《しばら》く呆《あき》れたやうに立ちすくんでゐましたが、やがて何か冗談めいたことを言ふと、水溜りをぼちやぼちや渡つて、石段をのぼりだしました。千恵もそれに従ひました。

もちろん足をさらはれるほどの水勢ではありません。ただちよつと気味が悪いだけのことです。水はあとからあとから流れ落ちて来ます。それはちやうど、本堂の裾《すそ》から垂れてゐる経帷子《きょうかたびら》の裾を踏んで行くやうな気持だつたと言つたら、母さまはお笑ひになるでせうか。でも千恵は冗談どころではありませんでした。どうしたわけか胸が早鐘《はやがね》をうつてゐました。もつともそれは、ほとんど絶え間なしに本堂のあたりから吹きおろしてくる風に傘をうばはれまいとする、その努力のせゐも手伝つてゐたかも知れません。

それでも十段ほど登つて、そこで一休みし、また暫く登りつめたころ、横なぐりに吹きつけた風に傘をながされて、千恵の頭のうへが空つぽになりました。それで黒つぽい雨具をつけた婦人が二人、上からおりてくるのに気がつきました。「おや、あんなところに人が！」とは思ひましたが、まさかそれが姉さまとFさんだらうとは、その瞬間おもひもかけなかつたのです。あちらも用心しいしい悠《ゆっ》くり下りてくるのですから、すれ違ふまでにはだいぶ時間がかかつたのです。距離がやがて二三段にまで縮まつて、二人のレーンコートの黒い裾が目にはいりだした時、また千恵の傘がぐいと横にかしいで、思はず千恵は姉さまの顔を下から見上げてしまつたのです。その刹那《せつな》、眼と眼がぶつかつたやうな気がしました。ひやりとして、あわてて眼をそらしましたが、もうその時は傘がひとりでに立ち直つて、姉さまの上半身は隠れてしまつてゐました。その足もとが何かためらふやうに、ほんの二三秒動かなかつたのを、千恵は覚えてをります。その二三秒のあひだに、とても永い永い時間が流れたやうな気がいたします。ひよつとするとそれは、実際かなり長い時間だつたのかも知れません。やがて二人はそろそろと千恵の横をおりて行きました。二人とも傘はささずに手に持ち、Fさんが片つ方の腕を姉さまの背中へ軽く廻してゐました。

気がつくとHさんが五六段うへに立つて、千恵を見て笑つてゐました。片眼をつぶつて、舌でも出したさうな笑ひ顔でした。「ほらね、やつぱり私の言つた通りでしよ?」と、その顔には書いてありました。千恵はさも平気さうなふりをしてHさんに追ひつき、からうして「姉さま！」と呼びかける機会は千恵にとつて永遠に失はれてしまつたのです。

やがてHさんと千恵は、石段をのぼりきつたすぐ横手にある小さな潜《くぐ》り戸《ど》から、本堂へはいりました。閂《かんぬき》に錠がかけてなく、引くとすぐ開いたのに、Hさんはちよつと小首をかしげたやうな様子でした。……

……………………………

母さま、千恵はからうしてかねがね一目みたいと心にかけてゐたあの本堂の中へはいつたわけなのですが、思ひ構へてゐたやうな大層なことは、何一つそこにはありませんでした。千恵は何かしら姉さまの秘密をとく鍵のやうなものがあすこに隠れてゐるやうな気がして、その幻の鍵がしだいにふくれあがつて来て、一頃はどうにも始末がならなかつたものでしたが、いざこの眼で見てみれば、秘密も謎《なぞ》も鍵も、そんなものは初めから何もありはしなかつたのです。堂内は冷えびえした午後の薄ら明りでした。吹き降りの気配は忘れたやうに去つて、静寂がさむざむとあたりを籠《こ》めてゐるだけでした。その静寂のなかに、どこからかお香の匂ひが漂つてくるやうな気がしました。もつともこれは気のせゐだつたかも知れません。期待した血なまぐさい臭《にお》ひなんか、これつぱかしも残つてはゐませんでした。広びろしたコンクリートの床は掃除がきれいに行きとどいてゐて、血の痕《あと》はおろか、足跡ひとつ塵《ちり》つぱ一本落ちてはゐませんでした。ただ千恵たちが最初のぞきこんだ場所から少し離れたところに、ぽつぽつと小さな水の垂れた痕があつて、それが右手の外陣のあたりまでずうつと続いてゐただけです。何か漏《も》るバケツでも運んでいつた跡のやうに見えました。

内陣は金色の聖障にさへぎられて、何一つ見えないのですが、なんだかほんのりした光が中にこもつてゐるやうな気がしました。そのため内陣の天井のあたりは、うつすらと薔薇《ばら》色に煙つてゐるやうに思はれました。何かしら温かい感じのあるのはそこだけで、あとはそらぞらしい一面の散光でした。金色の聖障に描きならべてある聖者たちの像までが、そんな光線のなかでは変にけばけばしい、うそ寒い感じを吹きつけてくるのでした。

「ほら、あの辺が最後まで死骸《しがい》が残つてゐた場所なのよ」と、Hさんは外陣の一角を指さして見せました。それは例のバケツの水みたいな痕が行つてゐる先のところでした。質素な木の長椅子《いす》が五六脚つみ重ねてあるだけで、もちろん何一つ目につくやうなものはありませんでした。

さうです、それは初めから分りきつてゐたことなのです。千恵がばかだつただけの話なのです。

「古島さんがゐると、内陣の中が見せてもらへるんだけどねえ」

と、Hさんがちよつと言訳めいた調子で言ひました、――「あいにくと今日はどこかへ出かけたらしいわ。いつもなら今じぶんあの部屋で勉強してゐるんだけれど。……内陣には色んな立派な宝物があるのよ。……」

さう言はれてみれば、さつき潜り戸から暗い廊下へはいつた時、とつつきの物置めいた小部屋の戸をHさんは軽く叩《たた》いて、返事がないので中を覗《のぞ》きこんだりしましたが、あれはつまりあの青年をさがしてゐたものと見えます。すると結局、さつきHさんが「見せたいもの」と言つたのは、その宝物のことだつたといふわけになります。「なあんだ！」と千恵は思ひ当つて、あやふく笑ひだしさうになりました。やつぱりHさんはHさんだつたので、とんだ取越し苦労が千恵はわれながらをかしかつたのです。

内陣があかないとなれば、そのまま引返すよりほかありません。また暗い廊下を通つて外へ出ようとした時、Hさんはまた例の小部屋のドアを開けてみました。千恵もふとした好奇心で、Hさんのあとから覗《のぞ》きこみました。中は相変らず空《から》つぽでした。

「出かけたんだわ、一張羅《いつちようら》の上衣《うわぎ》がないもの」とHさんは呟《つぶや》いて、首を引つこめようとしましたが、うしろから覗きこんでゐる千恵に気がつくと、すぐまた気を変へて、

「ちよつとはいつてみる？　あの人らしい絵がどつさりあるわよ。この物置、あの人のアトリエなんだもの。」

千恵はうなづきました。あの片腕のない奇妙な青年がどんな絵をかくのか、ちよつと見て置きたい気持がしたのです。

さして広くもない部屋が、半分ほどは椅子《いす》テーブルの山でした。小さな窓が一つあいてゐて、その下に白木のきたならしいデスクが押しつけてあります。その前に椅子が一つ、その背中に千恵にも見覚えのある油じみたブラウスが、だらんと投げかけてありました。床の入口に近いところに、これもやはり油じみて黒光りのしてゐる冷飯草履《ひやめしぞうり》が丁寧に揃《そろ》へてあり、身の廻りのものといつたら唯《ただ》それだけ、あとは足の踏み場もないほど、ぎつしり画架やカンヴァスで埋まつてゐるのでした。

「岡田さんなんかの話だと、これでなかなか見どころがあるんださうだけど、あたしにや何のことやらさつぱり分りやしない。……」

そんなことをぶつぶつ言つてゐるHさんを差し置いて、千恵はいつの間にか部屋の中ほどに立つて、互ひにもたれ掛つたり隠しあつたりしてゐる絵の上に、あてどのない視線をさまよはせてゐました。自画像らしい描きかけの絵もありました。白鬚《ひげ》の老人の肖像もありました。風景画はほとんどなく、大抵は人物や街頭の光景を扱つたものでしたが、ふとその下から半分ほど覗いてゐるかなり大きな絵に目を惹《ひ》かれて、それを邪魔してゐる絵をそつと片寄せたとき、千恵の注意は思はずその画面に釘づけになつてしまひました。

あれは何号といふのでせうか、四尺《しやく》に三尺ほどの横長の絵でした。前景には瘠《や》せこけて骨ばつた男の裸体が、長々と画面いつぱいに横たはつてゐます。そのすぐ後ろの中央には、黒衣の婦人が坐《すわ》つて、どこか中有《ちゆうう》を見つめてゐます。そのうしろには氷河だか石の壁だか、とにかく白々《しらじら》とした帯が水平に流れ、背景ははるかな樅《もみ》の林らしく濃い緑いろでした。千恵が注意をひきつけられたのは、なかでもその婦人の眼つきでした。はじめは中有を見つめてゐるやうに思へたその眼が、よく見ると殆《ほとん》どねむつてゐるのでした。その重なり合つた上下の目蓋《まぶた》の間からかすかに漏《も》れてゐるらしい視線は、よく見ると、下に横たはつてゐる裸かの男の髯《ひげ》もじやの顔をじつと眺めてゐるやうでもありました。あごを突きだして、斜めに反らしたその白い顔には、まぎれもない深い悲哀が浮んでゐます。絵のことにはうとい千恵ですが、それが「悲しみの聖母」といふ画題をあらはした絵らしいといふことは、一目みて推量がつきました。その聖母のやつれた顔をじいつと眺めてゐるうちに、千恵にはそれがどことなく姉さまのあの時の表情に似てゐるやうな気がしだしました。この「あの時」といふのは、いつぞやの晩あの育児室の窓ごしに覗《のぞ》きこんでゐた時のことかも知れません。つい今しがた石段の滝のなかで擦《す》れちがつた、その瞬間のことかも知れません。いいえひよつとすると、この聖堂の小暗《おぐら》い外陣の片すみで、いきなりあの古島さんといふ青年に抱きついた刹那《せつな》、下から見あげた古島さんの眼にうつつた姉さまの表情だつたのかも知れません。そのどれでもあるやうでもあり、そのどれでもないやうな気もしました。

「あんまり気味のいい絵でもないわねえ。いかにもあの古島さんらしいわ……」と、いつのまにか千恵の後ろに立つてゐたHさんが、持前のがさがさした嗄《しわが》れ声で言ひました。千恵は思はず夢から覚めたみたいになつて、いそいでその絵の前を離れようとしました。二三歩あるきかけて、ふとまた振返つてみました。そのとき眼にはいつたのは偶然その裸か男の髯《ひげ》もじやの顔でしたが、それがにたりと薄笑ひを浮べたやうな気がしました。もちろん千恵の心の迷ひだつたに違ひありません。けれどその薄笑ひをした顔つきが、ほかならぬあの古島さん自身の笑ひ顔に似てゐたことだけは、たしかに千恵の気の迷ひではありませんでした。……

　Hさんは用心ぶかく、さつき千恵が片寄せた絵を元へ戻すと、千恵のあとから出てきてドアを閉めました。千恵は自分の胸が大きく波を打つてゐるやうな気がしてなりませんでしたが、Hさんは一向気づかない様子で、

潜《くぐ》り戸《ど》の外へ出ると、

「悪かつたわね、大して面白いものも見てもらへないで……」と、千恵にあつさり別れを告げました。千恵はそのHさんから逃げだすやうな勢ひで、相変らずの吹き降りの中を、傘もささずに表門の方へ駈《か》けだしました。本堂の正面を駈け抜けるとき、千恵の耳には、堂内がごうごうと鳴つてゐるやうな凄《すさ》まじい音が、はつきり聞えました。それはまるで火焔《かえん》が堂内いつぱいに渦まいてゐるやうな音でした。くやしいことですけれど、あとはもう夢中でした。いつのまにO町の外科病院へたどり着いたものやら、さつぱり覚えがありません。気がついてみると、何か吐き気のやうなものがしてゐました。たうとう我慢がならず、お手洗ひへ立ちましたが、結局なんにも吐くものはありませんでした。ただの目まひだけだつたらしいのです。……

……………………………

母上さま、――

千恵にはもうこれ以上なんの御報告すべきこともございません。結局なんにも分らないぢやないかと、母さまはひよつとするとお咎《とが》めになるかも知れません。それも致し方のないことです。現にこの千恵自身にも、さつぱり訳が分らないのですから。

とにかくこれが、母さまのお求めになつた姉さまの消息について、千恵がさぐり出すことのできた全部です。もうこれで姉さまのことは御免をかうむりたいと存じます。姉さまが現にああして生きておいでになる以上、その消息をもとめる役目はこれで役ずみになる筈《はず》はありません。千恵もそれぐらゐのことはよく分つてゐます。けれどこの上の探索は千恵の力がゆるしません。そして恐らくこの手紙をお読みになつた母さまは、もう二度とふたたびこんな役目を千恵にお押しつけになる筈はあるまいと、千恵は固く信じてをります。あれは死んだ姉さまなのです。千恵は今こそはつきりさう申します。姉さまはあの業火《ごうか》のなかで亡くなつたのです。どうぞ母さまもさう信じてくださいますやうに！

こんなに度たび姉さまと顔を合せながら、つひに一度も「姉さま！」と呼びかけずにしまつた千恵の薄情さを、母さまはお咎《とが》めになるのですか？「だから千恵さんは情《じよう》が剛《こわ》いといふのですよ！」と、そんな母さまのお声が耳の底できこえるやうです。そのお咎めなら千恵はいくらでも有難く頂戴《ちようだい》するつもりです。どうせ千恵は情のこはい、現実のそろばんを弾《はじ》いてばかりゐるやうな女です。そのことは幼い頃から母さまにさんざ言はれましたたし、この先もきつと一生涯さうに違ひありません。さうですとも、千恵は生きなければならないのです。生きてゆく以上、死人の世界になんぞかかづらはつてはゐられないのです。千恵はそこまではつきり申しあげてもいいのです。……

でも時たまは、姉さまをほんとにお気の毒だと思ふこともないではありません。なにかしら姉さまのためにお祈りしたいやうな気持の湧《わ》くこともあります。でもその祈りの気持といふのは、煎《せん》じつめてみると結局、このうへ姉さまに俗世のきづなの苦しみを与へてはならないのだ――といふことに落ちついてしまひます。もうすこしきれいな言ひ方をすると、それは姉さまの幸福を傷つけたくないといふ気持――そんなふうにも言へるのかも知れません。

母さま、――これは偽善の言葉でせうか？　でも千恵は、偽善なら偽善でいいのです。そんな偽善よりももつと怖ろしい悪に、わたしたち人間は知らず知らず落ちこみがちなことに、千恵はやうやく気づいてをります。それを母さまの前ではつきり何と名ざすのは、なんぼ千恵でも随分とつらいことです。まあそんな話はやめに致しませう。そろそろ夜明けが近いやうな空気の薄さが感じられます。今日は朝十時から子宮癌《がん》患者の手術がありますす。千恵はG先生のお手伝ひをすることになつてゐるので、明るくならないうちに一時間でも二時間でも眠つておかなくてはなりません。では御機嫌よう。これで千恵はおしまひに致します。

それにしても、お母さま、もしわたしたちのS家にたいする態度が、当時あれほど寛大でなかつたら、わたしたちは狂気の姉さまとふたたび仲よく暮らせたでせうに！……

（昭和二四年三月「別冊芸術」）

ジェイン・グレイ遺文

チュドル王朝第三代エドワアド六世の御宇《ぎよう》のこと、イングランドのほぼ中央リスタアの町に程遠からぬ、ブラッドゲイト城の前庭を、のちのエリザベス女王の御教育掛《がかり》、碩学《せきがく》ロウジャ・アスカムが横ぎつて行く。季節は卯薔薇《うばら》の花乱れ咲く春、それも極くのどかな午《ひる》さがりと思ひたい。霧の深い秋のことではなかつたらう。アスカムの齢《とし》は三十六か七か、それにしては悠々たる足どり。やがて城を登る。が、小肥《こぶと》りの軀《からだ》をつつむ寛《ゆる》い黒衣の影を石階の日溜《ひだま》りに落したまま、暫《しば》しは黙然《もくねん》と耳を澄ます。遥かチャアンウッドの森を伝つて来る笛の音こそ、城の主、のちのサフォオク公ヘンリイ・グレイが、奥方はじめ一統を引き連れての、徒然《つれづれ》の狩遊びと見えた。四つの櫓《やぐら》のそそり立つ方形の城の中は、森閑《しんかん》として物音もない。絵のやうに霞《かす》むリスタアの風物のさなか、春の日ざしに眠つてゐる。

「長閑《のどか》なことよ。御一統には狩遊びと見ゆる」

と、出会ふた侍女にアスカムは声を和らげて問ふ。侍女は上眼づかひに「御館《みたち》に残らるるは上の姫様だけ」と答へる。「ジェイン様か、それは。」碩学の肉づきのいい額《ひたい》を、かすかに若皺《わかじわ》が寄る。身を飜《ひるがえ》して、日も射さねば仄暗《ほのぐら》い拱廊《きようろう》をやや急ぎ足に渡つて行く。黒い影が、奥まつた急な階段をものの二丈ほど音もなく舞ひ昇つて、やがて上の姫の居間の閾《しきい》に立つた。丈の高い樫《かし》の椅子《いす》が、厳《いか》つい背をこちらへ向けて、掛けた人の姿はその蔭にかくれて見えぬ。雪のやうな裳《も》すそのみゆたかに床に這《は》ふ。

「姫！」と呼んだ。

届かぬ沓《くつ》の爪先《つまさき》をやつと床に降して、ジェインは振り向く。二つに分けた亜麻《あま》色の垂髪《たれがみ》は、今年わづかに肩先を越えたばかり、それを揺《ゆす》つて澄みかへつた瞳を、師と呼べば呼べる人の面《おもて》に挙げた。

「まあ、アスカム様。」

読みさしの書を傍の小卓のうへに押しやつて、数へ年十五の姫は立つた。アスカムはその手を止めて、手ざはりの粗い頁《ページ》のうへ、刷りの黄ばんだ希臘《ギリシヤ》文字に、すばやく眸《め》を走らせる。

「フェドンを読まれてか？」

と、ややあつて訊《き》く。姫は巴旦杏《はたんきよう》のやうに肉づいた丸い脣《くちびる》を、物言ひたげに綻《ほころ》ばせたが、思ひ返したのかそのままに無言で点頭《うなず》いた。アスカムは窓に満ちる春霞《はるがすみ》の空へと眼を転ずる。揚《あ》げ雲雀《ひばり》の鋭い声が二つ三つ続けざまに、霞を縦に貫《つらぬ》いて昇天する。やがて彼が優しく問ひかけた。

「あの雲雀のやうに春の日を遠慮なしに浴びるのはお厭《いや》か。なぜに父御と一緒に狩に興ぜられぬ？」

ジェインは微笑《ほほえ》んだ。智に澄んだ瞳のやや冷やかな光がその漾《ただよい》に消える。

「園の遊びごとは」と彼女が言ふ、「プラトンの書に見る楽しみにくらべて物の数には入りませぬ。まことの幸の棲処《すみか》もえ知らぬ、世の人心のうたてさ。」……

古《いにし》への物語はやはり古風な話し振りをせねばならぬので骨が折れる。が兎《と》に角《かく》、一五五一年、時の碩学《せきがく》ロウジャ・アスカムがブラッドゲイトの城にジェイン・グレイを訪ねて、その叡才《えいさい》に舌を捲《ま》いた折の情景は、僕《やつがれ》未だ彼自らの手に成る記録を読む機会を得ず、他人の抜書きしたのを一見したのに過ぎぬが、先《ま》づこの様なものだつたらうと想像する。なほジェインの話は続いて、その読書の道に入つた動機を滔々《とうとう》と述べ立ててゐるのだが、長くなるから割愛することにして、以下少しばかり智の権化《ごんげ》のやうなこの少女の上を振りかへつて見たい。

『倫敦塔《ロンドンとう》』のなかで漱石の言つた通り、「英国の歴史を読んだもので彼女の名を知らぬ者はあるまいし、又其《そ》の薄命と無残の最後に同情の涙を濺《そそ》がぬ者はない」に違ひない。

しかし、ここに遺憾なことは、人々の興味がヘンリイ八世の小姪に当る高貴なその生れとか、数奇を極めた十七年の生涯とか、その美貌《びぼう》とかの方へ牽《ひ》かれがちなため、彼女の魂の美しさを物語る遺文がともすれば、好事家《こうずか》の賞玩《しょうがん》にのみ委《ゆだ》ねられてゐることではあるまいか。尤《もっと》も彼女の遺文は主として哲学乃至《ないし》は宗教の論議に渉《わた》るものであり、且《か》つその一部が羅典語《ラテン》で記されてゐることなどが、ながく一般の注意の彼方《かなた》に逸し去つた原因であるかも知れぬ。それにせよ、ジェイン・グレイの遺文に満ち溢《あふ》れるばかりの博識と信念、深情と智性とが、不滅の文学的モニュマンを築き上げてゐることに変りはない。

伝へに依《よ》れば、彼女は羅典、希臘《ギリシヤ》をはじめ、ヘブライ、カルデヤ、アラビヤ、仏蘭西《フランス》、伊太利《イタリヤ》と、都合七つの外国語に通暁《つうぎょう》してゐたことになつてゐる。これは少し割引きして見ることにしても、その他音楽にも針仕事にも堪能だつたと言はれる彼女の博学と文藻《ぶんそう》、それから女性らしい優雅さは疑ふことは出来ないのだ。その遺文として今日確証されてゐるものは次の八種である。

（一）チュリッヒの牧師ハインリヒ・ブリンゲルに宛てたる書簡三通（ともに羅典語）
（二）旧教に改宗せる友（恐らくサフォオク公附の牧師ハアヂング博士ならん）を責めたる書簡
（三）処刑に先立つ四日、ウェストミンスタアの僧院長にしてメリイ女王附《つき》牧師たりしフェッケンハムと試みたる信教問答
（四）処刑に先立つ数日間に綴《つづ》れる祈禱《きとう》文
（五）処刑に先立つ数週、塔中より父サフォオク公に宛てたる書簡
（六）処刑の前夜、最後の思出として希臘文新約聖書の巻尾に記して妹カザリンに与へたる訓戒
（七）処刑台上にて述べたる談話
（八）祈禱《きとう》書に挟める犢皮《こうしがわ》に記したる覚書《おぼえがき》（大英博物館所蔵）

試みにこのうちの（六）を、掻《か》いつまんで訳してみよう。――

「愛《いと》しい妹カザリンよ、あなたにこの本を贈ります。この本の外側には黄金の飾《かざり》もなく巧みな刺繍《ししゅう》の綾《あや》も

ありませんが、中身はこの広い世界が誇りとするあらゆる金鉱にも増して貴いものです。これは主の掟《おきて》の書、主が私共哀れな罪人にと遺《のこ》された聖約また遺言なのです。これによれば私共は永遠のよろこびへと導かれませう。もしこの本を心籠《こ》めて読みこの掟を守らうと心掛けるなら、あなたに不滅の生の齎《もたら》されることは疑ひありません。この本はあなたに生き方を、そして死に方を教へて呉《く》れませう。（中略）

それから私の死のことを申せば、愛しい妹よ、どうぞ私と同じやうによろこんで下さい。私は穢《けが》れを捨てて清浄を着るのですから。

（そして相当の長さに亘《わた》つて信教に関する力強い訓戒が語られ、最後は次の様に結んである）

では、もう一度左様《さよう》なら、愛しい妹よ、そして何卒《なにとぞ》あなたを救ふ唯一者、神にあなたの唯《ただ》一つの信仰を置くやうに。

アーメン。」

これを書き写しながら図らずも思ひ浮ぶのは、モンテエニュがその『随筆』のなかに引用した「哲学を学ぶは死することを学ぶに外《ほか》ならぬ」といふシセロの言葉である。モンテエニュは実に「死ぬことを学ぶ」ことに苦心した人であつた。「余が自らに就《つ》いて最も気掛りになつてゐるのは、余が美しく、即《すなわ》ち気長に騒がずに、悠揚として死にたいと云ふことだ」と言つてゐる。そしてジェイン・グレイは全くこの境に到達してはゐないだらうか。例へば前に挙げた手紙などは、処刑前夜の十七歳の一少女の手記としては余りに冷静なのに人々は驚くであらう。しかもそれは魂の冷やかさから来る感じでは決してないのだ。最も純粋な道徳の状態と言ふものは斯《か》かる姿をしてゐるのではないか。また最も高揚された情緒と言ふものは斯《こ》ういふ境地なのではあるまいか。

その翌日、一五五四年二月十二日は来た。已れの意に反してイングランドの王位に在ること僅《わず》か九日、その次の日には早くも死を宣せられた幽囚の女王としてボアシャン塔に送られ、この日まで数へれば七ケ月は流れてゐる。刑場に於ける彼女の気高い態度、そして従容《しようよう》たる死に就いては、スタエル夫人も麗筆を振ひ、また手近かな所では漱石の所謂《いわゆる》「仄筆《そくひつ》」も振はれてゐる。だが事実は詩人の空想よりもつと残酷であつた。

はじめメリイ女王の考へでは、ジェインとその夫ギルフォオド・ダッドレイを一緒にして、塔の広場で処刑することにしてあつた。が結局余りに強烈な印象を生むのを怖れて、ギルフォオドのは広場で、ジェインのは塔の構内でと、別々に行はれることに変更された。先《ま》づギルフォオドが曳《ひ》かれて行つた。彼が妻の獄窓の下を通りかかつた時、二人は七ケ月振りの、そして最後の眸《ひとみ》を無言のまま見交すことが出来た。

やがて彼の処刑が終るや否や、直ちにジェインは呼び出された。彼女には動じた気配はいささかも見えなかつた。祈禱《きとう》書を手に、物静かに牽《ひ》かれて行く様子は、恰《あたか》も愛人の許《もと》へ伴はれる花嫁に似てゐたと言はれる。が、この時運命は彼女のために、もつとも残酷な試練を用意してゐたのであつた。彼女は刑場に充《あ》てられた「塔の芝生《タワ・グリイン》」へ入らうとして、思ひがけず、丁度《ちようど》広場から礼拝堂へ運び入れられる夫の血まみれの屍《しかばね》に行き会はなければならなかつた。彼女は夫を見た。祈禱書を握りしめ、彼女の眼は涙の影をさへ見せなかつた。却《かえ》つて傍にあつた侍女エリザベス・チルニイやヘレンの咽《むせ》び泣く声が、無気味な静寂をいたづらにかき乱した。

……

（昭和七年一一月「セルパン」）

青いポアン

第一部

明子は学校でポアンといふ綽名《あだな》で通つてゐた。ポアンは点だ、また刺痛だ。同時にそれが、ポアント（尖《さき》、鋭い尖）も含めて表はしてゐることが学校仲間に黙契されてゐた。特に彼女の場合、それは青いポアンであつた。

明子はポアンといふ名に自分の姿が彫り込まれてゐるのに同感した。のみならず、この綽名を発見した或る上級生に畏怖《いふ》に似た感情を抱かずには居られなかつた。同時に敵手ともして。

——あの子は硬い一つのポアンよ。

その上級生が或るとき蒼《あお》ざめて学友に言つた。そして色については次の様に言ひ足した。

——しかも青いポアンだわ。

学友たちはどうしてこの少女が蒼ざめたのか知らなかつた。しかしこの奇妙な綽名は鋭敏な嗅覚《きゆうかく》の少女たちの間にすばやく拡《ひろが》つて行つた。この符牒《ふちよう》の裏にポアント——鋭い尖、の意味を了解したのも彼等独特の鋭い感応がさせる業《わざ》にほかならなかつた。

その郊外の日当りのいい学園には沢山《たくさん》の少女たちが、自らの神経によつてひなひなと瘠《や》せ細りながら咲いてゐた。彼らの触手が学園のあらゆる日だまりに青い電波のやうに顫《ふる》へてゐた。その少女たちが蕁麻《いらくさ》の明子をどうして嗅《か》ぎつけずにゐよう。彼女らの或る者は嗅ぎつけない前に、この蕁麻に皮膚を破られて痛々しく貧血質の血を流した。

明子は畸形《きけい》的に早い年齢に或る中年の男と肉体的経験を有《も》つてゐた。彼女自身にとつては全く性的衝動なしに為《な》し遂《と》げられたこの偶発事件は、彼女を肉体的にではなしに、精神的にのみ刺戟《しげき》したかの様であつた。混血の少女たちによく見られる蒼《あお》ざめた痿黄病《いおうびよう》的な症状が彼女を苦しめはじめた。とぎ澄された彼女の神経は容赦なく彼女自身のうちに他の少女たちと異つた要素や境遇を露《あら》はにした。神経は残酷なやり方で生理を堰《せ》きとめてしまつた。少女たちが瘠せ細りながらも神経がやや脂肪づき、兎《と》に角《かく》卯《う》薔薇《ばら》ほどの花になつて咲く年齢になつても、明子だけは依然色を失《な》くした蕁麻《いらくさ》として残つた。これには更に一つの理由として、彼女の心臓の弱さを附け加へることが出来る。

この不思議な退化をなしつつある少女は一つの稀《まれ》な才能を示すやうに見えた。それは彼女の素描にあらはれる特殊な線の感じに於《お》いて。素描の時間に助手の仕事をつとめることになつてゐた或る上級生が、明子のこの才能を愛した。彼女は明子を画家伊曽に紹介した。伊曽にとつてその上級生は画《え》の弟子であり、また情婦たちの一人でもあつた。

結果は思ひがけなかつた。伊曽を中心とする事件に於て、その上級生は明子のため硬度のより高い宝石と一緒の袋で遠い路《みち》を運ばれた黄玉《トパアズ》のやうに散々に傷《きず》ついた。その挙句《あげく》、明子はこの上級生を棄《す》てた。

青いポアンといふ綽名《あだな》がこの少女の口から漏《も》れ、一群の少女たちの間に拡つたのはそれから間もないことだつた。その上級生の名は劉子《りゆうこ》といつた。

伊曽は実にさまざまの女を知つてゐた。女たちが彼の庭の向日葵《ひまわり》のやうに、彼の皮膚を黄色い花粉で一ぱいにしてゐた。彼は飽かなかつた。伊曽は野蛮な胸を有つてゐた。

実に多くの女たちが彼の周囲には群《むらが》つてゐた。彼はもともと卑しい心の持主ではなかつたから、自ら少しは人のいい驚きを感じてゐたのに異《ちが》ひないのだが、しかも片つぱしから機械的な成功を収めて行つた。それは昆虫たちにとつて地獄である南方の或る食虫花を思はせる行為だつた。

数多い伊曽の情婦たち――自ら甘んじて伊曽の腕に黄色い肉体を投じたこれらの女たちのうちで、劉子だけは謬《あやま》つて伊曽に愛された女性と謂《い》ふべきであつた。つまり伊曽が劉子を愛したのは少女としてより寧《むし》ろ少年としてであつた。ただ若い女性の性的知識の不足が、この伊曽の愛し方の異《ちが》ひを彼女自身に悟らせなかつたばかりである。それにせよ結果は同じことだつた。劉子はアポロの鉄の輪投げの遊戯のため額《ひたい》から血を流して花に化したヒヤシンスのやうに、最後には伊曽によつて頸《くび》に血を噴くことになり、自らの少年であることを証明しなければならなかつた、だがこれは少し後の話である。

はじめ伊曽は、幾分不良性のある令嬢といふ注意がき附きで或る友人から劉子を紹介された。これは伊曽のやうな男にとつては実に滑稽《こつけい》な注意であつたに異ひない。彼はこの注意がきの底に、聡明さによつて結婚前の暇をたまらなく持て余してゐる、一人の少女を想像せずには居られなかつた。

彼は劉子に会つた。意外なことに、彼は劉子の智によつて磨かれた容姿の端麗さに、彼には不似合なほどの強い驚異を感じた。その端麗さは彼の想像を知らず知らずレカミエ夫人の方へ牽《ひ》きずつて行つた。

一体伊曽は画家には風変りなくらゐ歴史や自然科学に凝る男で、実に雑多な知識を彼一流の明晳《めいせき》な方法でその脳襞に蓄積してゐた。彼の画《え》がこれらの知識によつて頭脳的に構成されたものであることは事実だつた。この様にして彼は、ルイ王朝の一つの秘密についても知つてゐた。それはレカミエ夫人がその端麗無比な容姿を裏切つて、性的に一種の不具だつた事実である。この知識が彼に禍《わざわい》した。

彼の獣性は半ば惰力によつて回転をはじめてゐた。彼は劉子の端麗さに総《すべ》ての野蛮人に共通な或る恐怖に似た感情を抱きながら、しかも彼女を、眠り込んだまま彼の××に攀《よ》ぢ登るあらゆる少女並に扱つたのである。彼は機械的に彼女を×××誘つた。ところが劉子は醒《さ》めたままで×××登つた。反対に眠り込む状態に置かれたのは伊曽である。劉子の端麗さはその程度にまで高かつた。

伊曽は劉子を経験した。けれど彼女を犯し得なかつた。彼は劉子にレカミエ夫人と全く同じの不具を発見したのである。

これは何であらう！　容姿の相似が肉体の同じ不具に根ざしてゐようとは。流石《さすが》の伊曽もそんな学説までは知らなかつた。明らかにこれは偶然であつた。この偶然が伊曽を混乱させた。彼は習慣に甘やかされ眠り込んだ意識の状態から急に呼び起された。すべてが急速に転廻し、彼は一時あらゆる自己の見解を奪はれた。これは天罰に近いものだつた。

が、間もなく一つの奇蹟《きせき》が行はれはじめてゐた。不具の故に伊曾は劉子に牽《ひ》かれるのを感じはじめたのである。劉子の場合、その性的不具は一つの完成のやうに見えた。

全く劉子は愕《おどろ》くべき一つの完成であつた。彼女は柔軟や叡智《えいち》や健康などのあらゆる女性の美徳を典型的に一身に具現しながら、しかもそれらの衰褪《すいたい》から全く免れてゐる異常な少女に異《ちが》ひなかつた。美の脆弱《ぜいじやく》さが彼女には欠けてゐた。その不具によつて、劉子のは象牙《ぞうげ》の彫像のやうに永遠に磨滅することのない美であつた。これは永遠の不具乃至《ないし》は完成であつた。総《すべ》ての女性はその美の脆弱さによつて男性の感情の弱さにつけ入る。が劉子の場合、彼女はその美の硬さによつて伊曾の強さにつけ入つたと言ふべきだらう。彼は劉子を驚異した。彼は新たな一つの意識に眼ざめた幼児の輝かしさで彼女を見た。全く別の情欲が彼を囚《とら》へてゐた。レカミエ夫人の秘密についての彼の法医学がかつた知識が彼の劉子への愛慕を不思議に聖化した。

彼等は主に朝の時間、外苑の透明な空気の中で会ふことにしてゐた。劉子は彼女の家に近い小さな陸橋を渡つて来た。伊曾はその反対側の赤煉瓦《れんが》の兵営の蔭を、紫色に染まりながら大股《おおまた》に歩いてやつて来た。そして大抵は先に来て、青いベンチの前の砂利《じやり》にパラソルの尖《さき》で何かの形を描きながら、しかも注意ぶかくあたりを警戒してゐるらしい彼女を発見した。

芝生の植込に彼は遠くから劉子の姿を見つけるのだつた。たしかに跫音《あしおと》はそれと聞えるに異ひない距離になつても、彼女はその端麗な姿勢を決して崩さうとしなかつた。しつかりした跫音が彼女の真前《まんまえ》にとまるとはじめて劉子は顔を上げて、きつぱりした態度で伊曾をまともに視《み》た。その眸《ひとみ》は殆《ほとん》ど彼等の恋愛を詰問するかの様に智によつて澄みかへつてゐた。

伊曾は外苑の朝の光のなかに彼女を置くことを愛した。朝の光線は次第に強まる輝きにもかかはらず、どこかに軽微な暗灰色を蔵してゐた。これが彼女の皮膚の明皙《めいせき》さに或る潤《うれ》ひを与へる様に思はれた。彼等は並んでベンチに腰をおろした。伊曾は強い香気を嗅《か》いだ。しかし何の温度も感じなかつた。これは他の女たちによつて彼が曾《かつ》て経験したことのない不思議な現象だつた。彼は劉子の白い肉体を人並以上に温い血がめぐつてゐるのを直接触れて知つてゐた。が、彼女の体温はその皮膚の外には全然発散されないものの様だつた。それは彼女自身の衣服にさへも移らないかの如《ごと》く見えた。彼女の衣服は朝の爽《さわ》やかな風のなかでいつも実に端正であつた。伊曾は彼女に、つひに何ものをも失ふことのない女性を見た。

或る日、やはりその様な時間に、劉子が伊曾に言つた。

——女学部の五年に不思議な線を描く子がゐるのよ。不思議なと言つて、何だかその子の性格にも病的な明るさが見えるの。

話は伊曾が別のことを考へてゐたので、そのまま断たれた。彼等が別れるとき、劉子はパラソルをひらいて立ち上りながら、又急に思ひ出した様に早口に言つた。

——さつきお話しした子、明子さんて言ふの。自分でもあなたにデッサンを見て貰《もら》ひたいらしいから、いつかそのうち伺はせてもいい？　眼鏡《めがね》をかけた弱さうな子だから、気に入らないかも知れないけど。

伊曾は別に興味も感じなかつた。寧《むし》ろ何故《なぜ》劉子がその子のことを二度も言ひ出したのか不思議に感じさへした。

やがて或る土曜日の朝、明子が一人で伊曾のアトリエを訪れた。彼女は丁度《ちょうど》奥の窓から額際《ひたいぎわ》に落ちるキラキラした朝の日光《ひかげ》を眩《まぶ》しさうに眼を顰《しか》めながら、閾《しきい》のうへに爪立《つまだ》つやうにして黒い外套《がいとう》を脱いだ。すると無邪気な濃紺のジャンパアの胸もとにポプリンの上衣《うわぎ》がはみ出て、まるで乱れた花のやうに匂つてゐるのがあらはれた。少女は素足の脛《すね》を幾分寒さうに伸《の》ばしながら、奥まつた一隅に朝着のまま立つてゐる伊曾の方へ臆《おく》した様子もなく進んで行つた。

——御免なさい、お兄様。私たうとう来てしまひましたの。劉子姉さまが来てもいいつて仰言《おつしや》つたものですから。

少女は伊曾と向ひ合つて立つたとき、かう言つてちよつと口を綻《ほころ》ばせて憂鬱《ゆううつ》な笑ひを見せた。伊曾はそこからみそつ歯がのぞきはしまいかと気遣つた。彼女は、少し背伸びをしてゐるやうに見えた。蒼白《あおじろ》い、光の鈍い顔だつた。縁の無い近眼鏡のレンズだけが、滑らかな光を彼女の顔に漾《ただよ》はせて、妙に大人びた表情を生み出してゐた。伊曽は不調和な印象を受け取つた。

不調和は随所に見出《みいだ》された。第一、お兄様といふ呼掛けからして幾分伊曽を戸迷ひさせるものだつた。

——この少女は親しくもない男を習慣的にから呼ぶ癖があるのか。それとも一応は理性で濾過《ろか》して、つまり劉子姉さまといふ呼《よび》かけと対照させてさう呼ぶことに決めて来たのだらうか。

伊曽は知らず知らず明子を点検するやうな態度に陥りながら、こんな事を思ひ惑つてゐた。後者とすれば、口調に自分と劉子の関係を忖度《そんたく》した様な態《わざ》とらしさも見えない所がをかしい。やはり前者に異《ちが》ひあるまい。……しかし、少女は伊曽の沈黙を訝《いぶか》るやうな眼の色を見せてこの時彼を見上げてゐた。彼は何か言はなければならなくなつた。

——明子さん、あなたは僕に画《え》を見せに来たのでせう。

成るべく優しい口調にならうとした余勢でそれが子供に対する大人の話し掛けに響いたのに気づいて伊曽ははつとした。だが少女は敏捷《びんしょう》にそれを利用して、子供つぽい口調で話しはじめてゐた。

——劉子姉さまはさう仰言《おつしや》つたの。でも本当はそれはどうでもいいことだつたのよ。ただお兄さまにうまくお眼にかかれれば。……でも、何だか悪いやうな気がするから、やつぱり見て戴《いただ》くわ。私の画つて、これ。手当り次第引つぱり出して来ましたの。

明子は狡《ずる》さうな笑ひを一瞬見せながら、三枚の素描を膝《ひざ》のうへの画板から抜き出して卓子の上に並べた。並べる指もやはり蒼ざめた光沢の鈍いものなのを伊曽は見た。彼女はいそいでそれを引込めた。伊曽は止むを得ず卓上を一瞥《いちべつ》した。三枚とも少女の裸体習作だつた。

——なぜ風景を持つて来なかつたんです。

——風景はわたくし嫌ひですから。

——ぢや、なぜ静物を、例へば花を……はじめから人体は無理ぢやないですか。

――わたくし花は下手なんです。

こんなことを話しながら伊曽は次第に注意深く素描に見入つてゐた。

――これはモデルを使つたんですね。

――え、どれ？

明子はのぞき込む様に首を伸《のば》した。その身体が不自然に揺れたやうに思へた。

――それ？　まあ半分半分なの。本当を言ふと、それはわたくしのからだなんです。

伊曽は少女の顔を凝視してゐた。明子の顔はこのとき一層蒼《あお》ざめたやうに見え、その眼は殆《ほとん》ど睨《にら》むやうに彼を見返してゐた。明らかな反抗がそこに見られた。

――僕もさうだらうと思つた。が、どうして自分なんか描いたんです。

――鏡に映して。……あ！　何故《なぜ》と仰言《おつしや》つたの？　だつて、いち番手近かなモデルぢやありませんこと？　それに私は自分のからだが憎らしかつたのです。

伊曽は真白な壁に衝《つ》き当つた様に感じた。

若《も》し伊曽が明子の過去について知つて居たら、彼は或ひは不幸から救はれたかも知れない。だが彼は知らない。彼は引きずられて堕《お》ち込むほかはなかつた。

その次、明子が伊曽を訪問したとき、彼女は目に見えて快活だつた。これは少くとも装つた快活ではない。強《し》ひて言へば、不自然な快活さだ。何かの理由で今まで堰《せ》かれてゐた快活の翼が急に眼醒《めざ》めたやうな。……伊曽は鋭い眸《ひとみ》で少女を見すゑながらさう直感した。

明子は、今度は二三枚静物の素描を持つて来てゐた。だが彼女は壺《つぼ》を人体のやうに描いてゐた。彼女が言つた。

――わたくしの画《え》はお兄様の真似《まね》なのよ。どうしてこの前のときお兄様がその事を仰言らなかつたか、わたくし不思議な気がして帰りましたの。

——でも、そんな事言つたつて仕方がないからです。

伊曽はむつつりした調子で答へた。実際、明子の素描の線が伊曽のそれの少女らしい模倣《もほう》に過ぎない事ぐらゐ彼はとつくに見てとつてゐた。けれど伊曽としては其処《そこ》に並々でない感受性が現はれてゐることにより多く気を取られてゐた。彼はこの秘密を解く方に殆《ほと》ど全部の注意を向けてゐたのだ。

急に明子が声を立てて笑ひ出した。今まで彼女につきまとつてゐた憂鬱《ゆううつ》さが消えて、はじめて丸やかな女の肉声をその笑《わらい》に聴くやうに伊曽は思つた。

——何故急にそんなにをかしくなつたんです。

——お憤《おこ》りになつちやいや。本当は真似ぢやないの。画《え》といつたらわたくしお兄さまのしか知らないんですの。展覧会でもお兄さまの画しか見ないんです。べつにさう決めた訳でもないんですけど、自然さうなつちやつたんですもの。

——それでをかしいんですか。

二人は思はず顔を見合つた。

明子はその後もしげしげと伊曽のアトリエに通つて来た。少くとも素描を見て貰《もら》ひに来るのでないことは明かだつた。

そのたび毎《ごと》に伊曽の眼に明子のあらゆる不調和がその度を強めて行つた。同時にその不調和な不思議な方法で次第に整理されて、二つの相反する極に吸ひ寄せられて行くやうに思へた。伊曽は心に分裂直前の生殖細胞のなかで染色体が二つの極に牽引され綺麗《きれい》な列に並ぶ状態を思ひ浮べた。彼は明子がそのうちいきなり彼の眼の前で黒と白の二つの要素に分身するのではないかとさへ思つた。彼は妙な恐怖に捉《とら》はれた。

明子は確かに自分の肉体を投げやりにとり扱つてゐた。手の甲にも顔の皮膚にも、その蒼白《あおじろ》い鈍さを滑らかにするための少女らしい手入れの跡すらないことは明らかに見てとられた。彼女は自分の素足の脛《すね》を平気で伊曽の眼の前で組んで見せた。それはどう見ても美しいといふ批評の下せない足だつた。蒼白い彼女の足の形は、すらつとしてゐると言ふより寧《むし》ろ瘠《や》せてゐると言つた方が至当だつた。その十三歳の少女のやうな足にも、成長の情感が仄《ほの》かにあらはれはじめてゐるのは争はれなかつた。にもかかはらず、明子は足を露《あら》はに晒《さら》すことに何の羞恥《しゆうち》も示さなかつた。自分の皮膚を棄《す》てて顧みないやうな無関心さがあつた。或ひはそれを伊曽に、全く別の事にいつも気を取られてゐるといふ風にも見えた。

皮膚に対する彼女の態度とはまるで反対に、明子は自分の心は実に大切さうに包みかくしてゐた。伊曽にはそれが堪《たま》らなくもどかしかつた。

或る時、伊曽は明子の咽喉《のど》もとの皮膚の白さを凝視してゐた。そこは彼女が何かを熱心に話してゐたので絶えず動いてゐた。伊曽の眼には、彼女がやはり投げやりな調子でブロオチを低すぎる位置に留めてゐたため開いた胸の皮膚の一部もうつつてゐた。その寧ろ骨立つた胸の部分にも成長の影は見逃せなかつた。謎《なぞ》はその部分に比較的はつきりと顕《あらわ》れてゐるやうに伊曽は思つた。彼は執拗《しつよう》に凝視を続けてゐた。明子が彼の視線の方向に気づいてゐることは疑《うたがい》もなかつた。伊曽はその効果を待つた。彼女はしかし子供つぽい調子でやつぱり何か饒舌《しやべ》り続けてゐた。それがどんな内容を持つてゐるのか伊曽は全く捉《とら》へてゐなかつた。彼は自分の耳が空洞《うつろ》になつたのをぼんやり感じながら、何物かを待ち続けた。だがつひに明子の巧みに包まれた心は皮膚面にあらはれては来なかつた。

いつの間にか明子が話しをやめてゐた。伊曽は彼女の顔に茫然《ぼうぜん》と眼を移した。彼の眼に不用意な卑屈さが混つた。

明子がそのとき、ぼんやりした彼の眼界の中心から彼を見てゐた。静かな薄笑ひをさへ浮べて。その表情のどこかに何か温かさの漂つてゐるのを伊曽は感じた。謎の温かさのやうでもあるし、また母性の温かさのやうでもあつた。

伊曽はこの微笑にはどこかで会つたことのあるのに気がついた。屢〻《しばしば》自分の夢のなかにまで現はれたこともある。自らの乱行に懶《ものう》く疲れはてた彼の夢の中で、この微笑は彼を柔《やさ》しく叱責《しつせき》した。あの微笑だ。彼はそれがモナ・リザの微笑であることに気づいた。

彼は明子を発見した。

数日ののち、明子は伊曽の長椅子《ながいす》の上にゐた。伊曽が明子に訊《き》いた。

——君はどうして自分のからだなんか描いたの?

——自分のからだが憎らしかつたからよ。

瘠《や》せたモナ・リザは寧《むし》ろ快活に同じ答を与へた。

丁度《ちようど》その頃、劉子は女性らしい心遣ひから伊曽の肉体に明子の匂《におい》を嗅《か》ぎ知つて遠ざかつて行つた。蒼《あお》ざめて、彼女は明子が青いポアンとして、自分の歴史に一つの句読点を打つたのをさとつた。

第二部

黄に透く秋風が彼女の裳《もすそ》をくぐり抜けて遠慮なく皮膚を流れた。明子はその秋自分の皮膚が非常に薄くなつたのを感じた。

爪紅《つまべに》のやうに、しかしもつと情感的な丹紅《たんこう》を漲《みなぎ》らせながら、ピンと張りきつた彼女の腹部の皮膚が、その印象がきびしく自らの眼にあざやかだつた。更に日を歴《へ》ると、皮膚は薄膜のやうに透き徹《とお》りはじめた。学校の実験室で見た繭《まゆ》の透き徹《とお》りを思はせた。明子はねばねばした幼児の四肢がそこに透いて見えるのを想像した。

それに伴《つ》れて、彼女の内心から搾《し》め出される膏脂《こうし》が皮膚につややかさを流した。彼女の皮膚が生れてはじめての不思議な滑らかさを有《も》つた。処女が母性の肉体に花咲いた様だつた。明子は自分の生理の美しさに驚嘆した。それは全く罪悪の感情には遠いものだつた。

その脂質の爪紅色が今は皮膚の底に眠り込んでしまつてゐた。すべては曇つた日の白つぽい光に似た。彼女の内心の膏脂は涸《か》れはてたもののやうに見えた。明子は永遠に未完成な母親として残された。腹部の皮膚はやはり薄いままに残つた。悲しい薄さだつた。その薄さを、黄に透く秋風が流れた。

明子の皮膚をそんな処女の豊富さにまで張りきらせた幼児は、母体の心臓を死から救ふために、白い影になつて医者の秘密なポケットにすべり落ちた。すくなくも医者はすべり落ちたと信じた。が、彼は空《くう》を摑《つか》んだのである。その幼児がいつも宙有《ちゆうう》に浮いてゐた。神話のやうに奇妙な光景だつた。色褪《あ》せた幼児がいつも明子の瞼《まぶた》に斜めの空間に浮いてゐた。

明子は自分の歪《ゆが》められた母性と闘つた。母性と同時に処女が花咲いたかのやうであつた。もし母性の歪められた痕跡《こんせき》が彼女に残るのなら、処女の花もどうしてそのままに凋《しぼ》んでいいものだらうか。明子はこの神聖な特権に死にものぐるひで縋《すが》りついた。彼女の額《ひたい》には蒼白《あおじろ》い神聖さが百合《ゆり》の花を開いた。まだ恋愛は新たな気息を盛りかへさなければならなかつた。だが黄に透く秋風が遠慮なく彼女の皮膚を流れて、彼女のあらゆる花房を吹きちらした。皮膚にはもう少女らしい血行はなかつた。踏み荒された皮膚に感性の不透明さが日ましに拡《ひろが》つて行つた。彼女は盲目になつて行く自分を意識した。いつか明子は自分の皮膚に酸つぱい匂ひさへ発見してゐた。

彼女は黒い靴下を椅子《いす》の傍に蛇《へび》のやうにうねうねさせて、窓ぎはに立つた。ひだの無い裳《もすそ》が明子の腿《もも》の線をふとぶとと描いた。彼女は肉体だけで立つてゐる様に見えた。疲れて。

明子は幼児の幻影を払ひ退《の》けようとして幾度も手のひらを瞼《まぶた》に斜めの空間に振つた。しかし彼女の手は空しく冷え冷えした秋の風を切つた。ときに、彼女は自分の手が幼児を透《とお》すあたりにほの温《あたたか》に触感を手のひらに感じることがあつた。

彼女が嬰児《えいじ》の形の代りに幼児を空間に見たのは、彼女が未完成の母親だつたからだ。幼児は幾ケ月かを地上にすごしたかのやうな皮膚を有《も》つてゐた。明子のからだが恢復《かいふく》するにしたがつてこの幼児の幻影も次第に丸やかな完成を見せた。それは憂鬱《ゆううつ》症のあらはれではなかつた。それは寧《むし》ろ母性のふくよかな成長として彼女に影響するやうに見えた。

村瀬は明子が恢復しはじめた頃から再び手紙を寄越《よこ》すやうになつてゐた。明子の母はまだ過敏な警戒を彼女の身辺に怠《おこた》らずにゐたけれど、村瀬の手紙だけは開封もせずに渡した。ときには部屋の一隅に何か口実を見つけて佇《たたず》んだまま、手紙を読んで行く明子の顔をそれとなく窺《うかが》つてゐたりした。そして母は比較的明るい印象を娘の表情から得てゐたものらしかつた。母の警戒は伊曽に関するものなら一切、たとへそれが展覧会についての二三行の新聞記事であつても、決して娘の眼に触れさせなかつた。その反面に、村瀬を許すやうな素振りを見せさへした。

明子にはこの母の態度がひどく神経にさはつた。彼女は母の見え透いた技巧を侮蔑《ぶべつ》した。

今更のやうに明子は苦渋な反芻《はんすう》をした。――

モナ・リザの微笑に惑《まど》はされた伊曽が結婚について夢中になり出したとき、明子は寧ろ冷やかにそれを利用したのだ。彼女は自ら、モナ・リザの微笑がすばやく消失するだらうことはよく知つてゐた。そんな微笑の脆《もろ》さを自分で見抜いてゐた彼女はただ冷やかに成行を見てゐた。この結婚の成就《じようじゆ》は彼女に一つの欲望を満足させる道を開くだけのものに過ぎないのを彼女は感じてゐた。彼女は伊曽の肉体も感情も二つとも所有してゐた。その上にもう一つのそして最後の欲望は彼を独占することだつた。これは強い欲望だつた。だが、それを遂《と》げるための戦《いくさ》は寧《むし》ろ結婚ののちに開始されるに異《ちが》ひなかつた。彼等は別々の意味でその結婚を急いでゐたのだが、どつちかと言へば、子供のやうな単純さで自ら瞞《だま》されてゐた愚かさは伊曽の方にあつたと言へる。

果して彼女が期待した通り、結婚はあまりに早いモナ・リザの消失に過ぎなかつた。これは覚悟してゐた。彼女は自ら用意してゐたと信じた第二の武器に縋《すが》りついた。が間もなく、彼女の過信だつたことが明かになつた。明子は敗れた。明子が女性としての武器を確かに握りしめてゐると思つた自分の手の中は空つぽだつた。伊曽が愚かな洪水のやうに、彼女を越えて奔流した。

冷たい理智でこの機会を待ち設けてゐたに異《ちが》ひない劉子は伊曽を奪ひ返しはじめてゐた。つい六ケ月ほどまへ劉子の歴史に一つのポアンを打つたばかりの明子は、再び硬いポアンとして青空の真中へ弾《はじ》き出される運命を自覚することになつた。明子は歯をくひしばつてこの変化の中に身もだえした。だが、身をもがけばもがくだけ、彼女には自分が瘠《や》せて蒼白《あおじろ》い一人の少女に過ぎないことがはつきりと感じられた。劉子の呪《のろ》ひにかかつて、実際自分が硬い一つのポアンにかじかんでしまつたやうな気がした。

　村瀬が明子の周囲に現はれはじめたのは丁度《ちょうど》こんな争闘の前後にだつた。彼女は或る会館のプールのふちで、この青年が彼女に近づきたがつてゐるのを発見した。明子は青年の姿を藍《あい》色の層をした水に映して眺めたとき、鼻を鳴らして慕ひ寄る一匹の小犬を聯想《れんそう》した。実際小犬のやうに青年は潔白だつた。だが明子はこの青年に、彼が欲しがつてゐる肉体は与へなかつた。その一歩手まへのものは投げるやうにして早く与へてゐたけれど。青年は従順に彼女の後に従つて来た。明子の女が期待を失しながらも次第に眼を開きかけてゐたのである。

　一方危機は明子の心臓の昂進《こうしん》とともに確実な足どりで近づきつつあつた。それは主として伊曽に起つた新たな欲望に因《よ》るものだつた。伊曽と劉子は日ごとに白い死の方へと堕《お》ちて行つた。

　白い格闘が果てしなく繰返され、つひにある時明子はその最後の徴《しる》しを見た様に思つた。不幸なことに、全く同時に彼女は心臓の激しい発作で卒倒しかけた。突然一つの腕が彼女を支へた。村瀬の腕だつた。明子は村瀬と一つ影になつて失踪《しつそう》した。白痴的なこの最後の芝居が、一つの決定を促《うなが》すことになつた。彼等の失踪の翌夜、伊曽と劉子の情死が行はれたのである。伊曽の手で鋭いメスの一撃が劉子の頸部《けいぶ》に加へられた。劉子の端麗な容貌《ようぼう》が音もなく彼の腕の中で失心して行つた。次《つ》いで伊曽は自らの頸部を切り裂いた。

　失踪した村瀬と明子は三の宮駅で家からの追手に発見された。彼等は色を失つた宝石だつた。二人は別々の列車で東京に連れ帰された。途中の寝台車のなかで、明子は自らの肉体の中に或る不思議な他の者の動揺を感じた。胎動《たいどう》に異《ちが》ひなかつた。それに伴《つ》れて彼女の心臓も思ひ出したやうに苦痛を訴へはじめた。明子はこの時さめざめと泣いた。人々は彼女の不幸を哀れんだ
　人々は何も知らなかつたのだ。明子がはじめての母性の感傷に囚《とら》はれて泣いたのであることも、心臓の苦痛はただ彼女の泣声を昂《たか》めただけに過ぎないことも、彼女の涙が寧《むし》ろ幸福な温い涙であつたことも、人々は何も知らないのだ。……

恢復《かいふく》期にある明子はよくこの苦渋な回想を反芻《はんすう》した。彼女はそれに残酷な愉《たの》しさを味《あじわ》ふと言ふ風にさへ見え

た。しかしこれらの光景の展開は彼女の恢復《かいふく》にしたがつて、次第に朦朧《もうろう》とした霧の向ふに消えて行つた。その霧の表面には幼児の蒼《あお》ざめた四肢が来て伸び横《よこた》はつた。

明子は家の中でさへ素足では歩かないやうになつてゐた。彼女は脚《あし》を厚い毛の靴下で包んだ。膏脂《こうし》の涸《か》れた彼女の皮膚は痛々しく秋風に堪へなかつた。いつか彼女の手の尖《さき》には化粧の匂ひが消えずに残りはじめた。ふくよかな化粧の香気が秋の進むにつれて次第に濃く彼女の身辺にまつはつた。彼女は自分の皮膚を包む癖を覚えてしまつた。

その頃になつて、ある日明子は村瀬に手紙を書いて彼を誘ひ出した。彼等は諜《しめ》し合はせて或る映画館の一隅で落ち合つた。三の宮駅で離されて以来はじめての会見だつた。

彼等が取つた席はエクランとはひどく斜めの位置にあつた。映画は始まつてゐた。彼等の席の周囲には黒い人影が混み合つて無言のまま前後左右に揺れ動いてゐた。彼等も黙つてそれらの影に加はつた。何か古ぼけた曲馬団の悲劇がエクランを流れてゐた。道化役の白い衣裳《いしよう》が不恰好《ぶかつこう》に歪《ゆが》んで吊《つる》されたやうにエクランの中心を横切つたりした。その白ぼけた光がある時はエクラン一ぱいに膨らみ、客席の人の顔を鈍く照し出すのだつた。明子はそのたびに隣の村瀬の方をぬすみ見した。微光はすぐに消えて、彼女は青年の表情を読むひまはなかつた。何時《いつ》のまにか明子は、きつちりと黒の手袋をはめた自分の手の中に村瀬の手を握りしめてゐた。村瀬はぼんやりと映画の流れに視線をまかせてゐる風に見えた。

彼女は熱い吐息をボアの羽根毛のなかに漏《もら》した。彼女に何物かが潤《うる》んで見えた。何処《どこ》かに生温い涙の匂ひを嗅《か》ぐやうに思つた。明子は眼をつぶつて頸《くび》を縮め、ボアの羽根毛のなか深く顔を埋め込んだ。吐息に蒸されて滴《しずく》を結んだ羽根毛がつめたく鼻のあたりを湿《しめ》した。それが情感の遣《や》り場のない涙の感触に肖《に》てゐたのかも知れない。エクランでは銀色に溶け入るやうな脚をした一人の踊子が、乱れた食卓の上で前屈《かが》みに佇《たたず》んで、不思議に複雑な笑ひを漏した。

映画が消えた。花咲いた明るい燈光のなかで二人は久し振りに顔をまともに見合つた。青年は案外に健康さうな双頬《そうきよう》に純真な火照《ほて》りを漂はせて明子を眩《まぶ》しさうに見上げてゐた。明子の顔を微笑が波うつた。二人はうなづき合つて外に出た。彼等は群《むらが》る自動車の濤《なみ》を避けて、濠端《ほりばた》の暗い並木道に肩を並べた。妙に犯すことの出来ない沈黙が二人を占めてゐた。明子が先にそれを破つて青年に言つた。

——私をどうして下さるの？

漠然と響いて呉《く》れればいいと冀《こいねが》つた。けれど声が変に熱い波動を帯びて顫《ふる》へてゐた。明子は意識しながら、それをどうすることも出来なかつた。

——え？

青年は訝《いぶか》るやうに、が予期してゐたかの様に立ちどまつて彼女を視《み》た。彼は明子の声を顫へを認めたのだ。言葉の意味は、寧《むし》ろ青年の寄越《よこ》した手紙の束を内容づける将来の決心に対する漠然とした質問には異《ちが》ひなかつた。仮令《たとえ》さうにせよ、青年はこの瞬間、抽象的な説明がただ一つの現実行動によつて置換され満足される或微妙な一瞬の到来を見破つたのである。しばらく青年はためらひながら明子を熟視した。やがて村瀬の眼に青年らしい決断の色が閃《ひら》めいた。一台の自動車がそれを狙《ねら》つてゐたかのやうに音も無く滑り寄つて来た。明子は不思議な感動が自分の総身《そうみ》を熱くするのを感じた。あらゆる毛孔《けあな》が一時に息を吐いたやうだつた。明子はその秘密に気取《けど》られるのを嫌忌《けんき》するかの様にすばやく身を飜《ひるがえ》して自動車のステップを踏んだ。女は熱く湿つた呼吸をボアの羽根毛に埋め込んだ。

明子は村瀬の肉体を知つた。彼女はレダのやうに身をもがいた。彼女の顔には、幼児に乳をふくませる母親の柔和さがあつた。ともすればそれは、反対に幼児から血を吸ひ取る残酷なものの微笑とも思はれた。

その頃街に一つの噂《うわさ》があつた。

第一の人が言つた。

——私は彼等が公園を歩いて行くのを見た。彼等は頸《くび》に菊の花を着けて誇らしげな様子だつた。

第二の人が言つた。

――私は彼等が百貨店の陳列窓を覗《のぞ》いてゐるところを見掛けた。私が近づいて行くと男は傲然《ごうぜん》と私を見返したが、女は寧《むし》ろ避けるやうに自分の菊の花を向ふ側に向けた。

第三の人が言つた。

――私は女が一人で或る省線の歩廊から電車に乗らうとするところに行き会つた。私が性急に乗り込まうとすると、女は一たん車台に掛けた片足を態々《わざわざ》引つ込めて、人を見下すやうな例の微笑を示しながら私に先を譲つた。頸《くび》には紫色の菊の花をつけて。

噂《うわさ》は明子の耳にも伝つて来た。言ふまでも無くそれは伊曽と劉子に関するものに異《ちが》ひなかつた。そしてこれらの人々の観察はどれも夫々《それぞれ》一面の真相と一面の反感に依《よ》る大きな歪《ゆが》みとを有《も》つてゐるのに相違なかつた。

明子はこの噂を耳にしたとき、不思議に美しいものを見たやうに思つた。それは或ひは、さまざまな出来事が彼女を無残に踏み荒したあとの疲労が知らず知らず彼女の情感の反射熱を昂《たか》めてゐたせゐに異ひない。情感はいつ知れず彼女の胸に丸やかな肉の線を与へてゐた。呼吸をするたびに、その胸の線がまるで白鳥の胸のやうに豊かにふくらんだ。膏脂《こうし》が体内に沈澱《ちんでん》して何か不思議な重さで彼女自身を懶《ものう》くした。いつか皮膚にも同じ膏脂は再び流れはじめてゐたが、それは外光に見るとき寧ろ醜い色合を有つてゐた。彼女は日に幾度ひそかにそれを化粧水で拭《ふ》きとるか知れなかつた。そんな状態にある明子が、彼等二人の頸に咲いてゐるといふ血紫色の菊の花をまざまざと見るやうに思つた。

明子はこの二つの花がまるで彼女自身の許しを得て開いたもののやうに感じた。彼女の許しなしには遂《つい》に咲く機会のなかつたに異ひない菊の花なのだ。折角《せっかく》こんな麗《うる》はしさに花咲いた菊を今更どこへ置かうかと思ひ惑《まど》つた。

敗北の感じも、憎悪の感じも、二つながら無かつた。明子は劉子の呪《のろ》ひの輪を抜け出して、今はもう硬い青いポアンなんかではなかつた。そんな窮屈な輪は苦渋な涙と一緒に消え弾《はじ》け、彼女はもつとふくよかに空間に拡《ひろが》つた一つの美しい円であつた。寧《むし》ろ彼等二人を憐《あわれ》まなければならないのは彼女の方だつた。彼等はお互《たがい》に菊の花を有《も》ちながら、いつ迄その子供らしい危険な遊戯を続けて行くのであらうか。その菊の花は私が貰《もら》はなければならない。……母親が危険な玩具《おもちや》を子供たちから取り戻すやうな気持で、明子はさう思ひめぐらした。

秋がおほらかに天を渡りつつあつた。この豊かな光の下で彼等二人も美しい生活を織り始めてゐるのに異《ちが》ひなかつた。明子は明子で自らの美しい生活を振り返つた。彼女の眼に村瀬の栗色《くりいろ》の肉体が仄見《ほのみ》えた。ただ一つ、菊の花の遣《や》り場が彼女を思ひ惑はせてゐた。

仄見えた村瀬の肉体がこのとき不思議な方法で変化しつつあつた。明子は夢みる眸《ひとみ》を空間に送つてゐた。やがて変化が完成された。そこには彼女の天の幼児が蒼《あお》ざめた肉体を横《よこた》へてゐた。彼女は思ひ当つた。

——さう、あの二つの菊の花はあの子の両手にこそふさはしい。

彼女の思念をこの時何物かが音もなく溶け去つて行つた。彼女は豊かに胸をはつて、満足した母親の眼を天の幼児に投げた。幸福な一瞬がそこを訪れてゐた。彼女は思ひ疲れていつか眼をつぶつた。

村瀬が急に変つた徴候をあらはしはじめた。子供じみた彼の顔から血紅が落潮の早さで退《ひ》いて行くのを明子は見た。それと反対に、彼は屢〻《しばしば》子供つぽい反抗を彼女に示すやうになつた。憑《つ》かれたもののやうに、眼を一杯に見開いて突然彼女の腕を逃れようと身もだえすることも度重《たびかさ》なつた。

明子は、村瀬が確かに何かを見たのに異ひないと思つた。だが、この青年にこんな影響を与へるものとは一体何だらう。明子は或る時思ひ切つてこのことを村瀬に詰問した。

——僕はあなたの肖像を見ちやつたんです。

村瀬が子供つぽい反抗に唇を蒼《あお》ざめさせてさう答へた。

——それは、伊曽が描いたものだつたの？

——もしさうだつたとしたら、貴女《あなた》はどんな気がします。

彼は興奮で白つぽくなりながら叫んだ。

——さうね。少しは淋《さび》しい気がするかしら。でも、何故《なぜ》それがそんなに一生懸命にならなければならない問題なの。あの人にはあの人の世界があるわ。その世界で何を描いたつて、何も私まで大騒ぎすることはないでせう。

明子は落着いた調子で答へた。その声は幼児に対する慈母の優しさを帯びてゐた。だが、声を裏切つて、明子の顔にこのとき不思議な表情が浮んでゐた。蒼《あお》ざめた唇が歪《ゆが》み、彼女は久し振りで、忘れられたモナ・リザの笑ひを笑つた。村瀬は彼女の顔を見たが、もう何も言はなかつた。

明かに村瀬は何かを匿《かく》してゐた。彼は子供の執拗《しつよう》さで秘密を守つた。世間から遠ざかつてゐる明子には想像出来ない、何かつまらぬ物に異《ちが》ひなかつた。明子にはそれを強《し》ひて問ひ糺《ただ》す必要もなかつた。一つの事が明子の眼にはつきりしてゐた。それは村瀬が遅れ走《ば》せながら、彼等三人の場面に駈《か》け上るべく何かに鞭《むち》うたれてゐたことである。嵐は三人の上に既に去つてゐた。三人の人間は、ある者は肉体に血紫色の菊の花を着け、ある者は情感の喪服に身をつつんで、それぞれに静穏な秋の日を愉《たの》しんでゐた。その今になつて、村瀬は狂熱の発作に囚《とら》はれた人のやうに取乱してその伝説の中へ、もう廻転し去つてゐる伝説の中へ躍《おど》り込まうとしてゐたのだ。明子ははつきりそれを見た。

村瀬にやつて来たこの危機を見ながら、明子は妙に平静な気持だつた。彼女の歴《へ》て来た苦渋な疲労感が、まだ肉体の一隅に残つてゐて、それが彼女を賢く昂奮《こうふん》から遠ざからせてゐるやうだつた。明子の失はれない平静のなかで情感の炎がゆるやかに燃えつづけてゐた。彼女はもう一ぺん村瀬の肉体を桃色のラムプのやうに燃え立たせようと試みた。静かな桃色の炎のなかにこの青年を眠り込ませようと冀《こいねが》つた。彼女は以前にもまして熱い愛撫《あいぶ》を村瀬に与へた。

明子の優しい心遣ひにもかかはらず、村瀬の狂暴さはつのつて行つた。まるつきり手のつけられない子供のやうに彼は明子のちよつとした事にも反抗した。彼には近頃不眠の夜が続くらしかつた。その後での疲労しきつた睡眠の中で色々な夢を見るらしかつた。夢のことを彼はよく明子に話すやうになつた。だがどれも手足だけに切り離された夢で、大事なところになると彼は急いで菓子を匿《かく》す子供の狡猾《こうかつ》さを取戻した。

——さう、それだけだつたの。

明子がおだやかな言葉遣ひでいつも彼の未完成な夢の話に結末をつけてやつた。村瀬は意地の悪い刺笑を歯に浮べながら黙つてゐた。彼の症状は日ましに悪くなつて行つた。

或る日、明子は到頭《とうとう》決心して、村瀬を旅に連れ出した。彼は珍しく明子の提議には従つた。彼女と一緒に天の幼児もついて来た。

旅が終りに近づきかけた或る朝、村瀬が突然ホテルのベッドの上で喀血《かつけつ》した。衝立《ついたて》の蔭《かげ》で朝の化粧をしてゐた明子は、彼の叫声《さけびごえ》に愕《おどろ》いて飛び出して来た。白いシイツに血が鋭く鮮紅の箭《や》を射てゐた。はじめ彼女は村瀬が何か鋭利な刃物で自殺をはかつたのだと信じた。

——コップ。コップ。

彼が咳《せ》き入つて叫んだ。明子が枕許《まくらもと》のコップを口に当てがつてやると彼は待ち兼ねたやうに二度目の多量の喀血をした。血がコップを溢《あふ》れて明子の手の甲を汚した。血は皮膚の脂肪にはじかれて斑《まだ》らに残つた。これで落着くかと彼女は思つた。明子には先《ま》づこの血に満ちたコップをどう処置するかが非常に重要なことに考へられて、ぢつとそれを握りしめてゐた。

しかし第三の発作が起つた。村瀬が胸をのめらせて枕に縋《すが》りついた。明子は突嗟《とつさ》に自分の両手で吐かれる血を受けた。彼女は血だらけになつた両手を村瀬の口に押しつけながら、顔すれすれに近づけてささやいた。涙が冷たく蒼《あお》ざめた頬《ほお》に散つた。

——どうしたの、一体。

今度は比較的量は少なかつたが、それでも両手の窩《あな》をほとんど満《みた》した。それでやつと病人は落着いたやうだつた。彼女は洗面台へ手を洗ひに立つた。水の音を聞くと村瀬はむつくりと半身をもたげた。彼女には手を浄《きよ》めるひまもなかつた。

——何です。どうするの。動いちやいけません。

——あれを、あれを取るんです。

村瀬が歯をくひしばつてやつと言つた。彼の片手は壁の棚に達してゐた。

――そんな事なら私がして上げます。あなたはそつとして居なくちや駄目《だめ》よ。

明子が遮《さえぎ》らうとしたとき、村瀬の手は案外脆《もろ》くがくりと垂れた。がそれと、棚から一冊の鼠《ねずみ》色の本が頁《ページ》を飜《ひるがえ》してベッドに伏《ふ》さつて落ちたのとは全く同時だつた。村瀬はすばやくその本を摑《つか》んでゐた。

――これなんです。

彼が不気味に顔を曲げて笑はうとした。

――何、それは?

――これに書いてあるんです。それが長い間僕を苦しめてゐたんです。しかし、やつと解つた。やつぱり僕だつたのだ。

明子は伏さつた本の表紙に眼を走らせた。そこに伊曽の名が刷つてあつた。とすれば、それは伊曽の飜訳《ほんやく》で近ごろ出版された或るイギリスの新しい作家の小説に異《ちが》ひなかつた。村瀬がこの鼠色の部厚な本をよく抱へてゐるのには明子も気がついてゐた。が、それが伊曽の本だつたことは、彼女は今はじめて知つた。彼が譫言《うわごと》のやうに言ひ続けてゐた。

――頁の折つてある処《ところ》を開けて御覧なさい。そこに黝《くろ》い球のことが書いてあるでせう。黝い球つて毒薬なんです。それを僕が呑《の》むか、あなたが呑むか、どつちかに決つてゐたんです。が、やつぱり僕だつた。今やつと解つた。

彼は力が尽きたやうにベッドに仰向《あおむ》けに倒れ落ちた。そして眼を閉ぢてしまつた。それに引き込まれて明子も椅子《いす》に沈んだ。勿論《もちろん》その本などには触つて見る気も起らなかつた。村瀬が子供つぽい仕草で彼女に匿《かく》してゐたものはこれだつた。彼はこの本の数行の活字を梯《はしご》にして、三人の伝説に攀《よ》ぢ登らうと一生懸命になつてゐたのだ。だが、どうして? 何のために? 明子はやはりそこに何か気味の悪いものの命令を嗅《か》ぎつけない訳には行かなかつた。それは或ひは伊曽の眼のやうでもあつた。そして一瞬間彼女は、全く久し振りで伊曽が単独で彼女の傍に来て坐《すわ》るのを見た。不気味に、音もなく。

彼女には纔《わず》かにその輪廓《りんかく》だけしか想像されずにゐた長い争闘によつて傷《きず》いた青年がそこに横《よこた》はつてゐた。彼女は惘《あわ》れむやうに青年の姿を改めて見直した。彼の胸ははだけて、寝衣の間から蒼《あお》ざめた皮膚が浮び上るやうに眺められた。次の瞬間、彼女は全く別のことを考へてゐた。長い間推《お》し秘《かく》された一つの影響がこの時花さいたもののやうだつた。あたりが花の匂ひに満ちた。蒼ざめた天の幼児がそつと降りて来て、村瀬の皮膚に合体したのが見えた。幼児が成長して地上のものの姿でその肉体を明子の前に横たへたかの様だつた。彼女は、自分が村瀬を愛したのは幼児の蒼ざめた皮膚を愛するためにだつた事をはつきりと了解した。眼の前の青年の胸には二つの菊の花までが、その血紫色を黝《くろ》ずませて。……

やがて明子は立ち上つた。彼女は医者を呼ぶために壁のボタンを長く押し続けた。

（昭和五年一二月「作品」）

解説

もう一つの原作

池内紀

神西清は三島由紀夫と並び、とびぬけて早熟だった。十五歳のときの詩「鴉」のなかに書いている。

陰気な空模様
雨だれが気ちがいになつて
私の頭をかきむしる

二十歳で編んで詩集に、誇らかに前書きをつけた。
「本書にをさむる者は、たとへ拙作であつても、自己に問ふて恥しくない作である。本集はこの意味に於て、かなり大胆な正直な厳選を経て居る」

明治三十六年（一九〇三）、東京・牛込の生まれである。幼いころ官吏であった父の転任につれ各地を転々とし、台北で父を失った。その後、母につれられて上京、一高理科に入り堀辰雄を知る。このころより文学に耽溺、一高を中退して東京外語のロシア語科に転じた。昭和三年、外語を卒業、北大図書館に勤務。札幌にあって処女作『恢復期』を書いた。その後、三年ばかりソ連通商部に勤めたのち、文筆生活に入り、チェーホフ、ツルゲーネフ、プーシキン、ジッドなどの翻訳のかたわら、小説を書きつぎ、昭和十七年、短篇集『垂水』によって一部の注目をあびた。

戦後、二十年代の前半に『雪の宿り』『灰色の眼の女』『聖痕』『ローザムンデ舞曲』などをやつぎばやに発表。だが、その後は翻訳や批評、エッセイの仕事のなかで小説家としてはしだいに寡作になり、昭和三十年、『少年』を完成させたにとどまった。二年後、舌癌のために死去、五十三歳だった。

ところで今日、作家神西清をだれが知るだろう。この名前はわずかにチェーホフやシャルドンヌの訳者としてのこっている。全六巻を予定された『神西清全集』（文治堂）は全集の名をおびたなかで、もっとも少ない読者を相手としたのではあるまいか。それは途中、中絶したのかと思わせるほどヒマがかかった。続巻を待ちくたびれて、私の書棚では四巻目でとまっている。

神西清は堀辰雄の友人であり、もっともよき理解者だった。この人があってはじめて作家堀辰雄は誕生したとすらいっていい。その堀辰雄の声価が高まるなかで神西清は忘れられた。当人自身、あらためて創作に打ちこもうとした矢先、病いに倒れた。

シャルドンヌの『ロマネスク』やチェーホフの『犬をつれた奥さん』は、神西訳にかぎるといわれている。といってこの名訳者が翻訳をたのしんだのかというと、そうでもない。「翻訳の生理・心理」と題したエッセイのなかで述べている。「翻訳といふ問題はもともと生木のやうにくすぶるのが運命である。もともと自然の法則に反して燃えることを強制されてゐるからである」

資質、感性、知識、どれをとっても並外れたものをもちながら、この人はついに本来の自分の作品をもたなかった。書くべきものを書き得ずして終わったかのようである。

翻訳家神西清をめぐって、先にみておく。

神西清には、さきほど触れた「翻訳の生理・心理」のほかにも、「翻訳遅疑の説」や「旧訳と新訳」「翻訳のむづかしさ」など、翻訳をめぐる一連のエッセイがある。

「およそ多少とも良心的な翻訳者が、仕事に当つてまづ用意する心構へは、自己を棄てるといふことの他の何物でもあるまい」

極力自分をゼロのものとして原作の意味や思想に没入しようとする。その一方で、同時にまた、原作者の創作を支えていた情熱や気分にまで、みずからを転化させようとする。その種の「まことに不思議な欲望」に誘われるものだという。

「それは極端にいふと、観念として抽象し得るもののみにとどまらず、原作者の体温とでもいつた肉体的な要素にまで迫らうとする欲望である」

神西清の翻訳をめぐる一連のエッセイをひとことにしていえば、翻訳という「まことに不思議な欲望」のもついかがわしさに言い及んで懐疑を表明したものばかりなのだ。しかし、そのかたわら、神西清は半生にわたり間断なく翻訳しつづけた。名訳として知られるもののほかにも、バルザックやガルシンやレスコーフを訳し、ゴーリキの『どん底』やアンデルセンの『即興詩人』なども訳している。おもえば多少とも奇妙なことではあるまいか。自分がしていることは、ほんらい可能なことなのかどうか、いっさい心を煩わさないのが翻訳者には一番だ。自分の仕事を文字どおりの「手職」としてする。これが他人にも有用なはずだと決めてかかる。逆にいえばこうだろう。自分がしようとすること、その可能性について考えはじめたとき、すでにしてそれができない。建てる前に崩壊のプロセスがはじまっている。

くり返し翻訳のもついかがわしさ、その営みのうしろめたさを口にしつつ、神西清は翻訳をやめなかった。遅筆、かたくなさをいわれながらも、せっせと反訳にいそしんだ。生活のため、ついては伎倆の習練の結果だけでは言いきれない何かがあったからではあるまいか。また彼の翻訳がおおく抄訳、部分訳であったことからもうかがえる。それは神西清にとって、他人の秘密に対面するための場であったはずである。いわば他人の心の暗室にしのびこみ、闇によく光る猫の目で、そこの秘密をみてとる作業を意味していた。変則的な人間観察のたのしみ——他人の内面に入りこみ、相手にとって何げない、だが意味深く、それだけ一層劇的な瞬間をとらえ、その微妙な心の状態に敏感に反応する、すこぶる意地悪なたのしみである。

ためしにチェーホフの『犬を連れた奥さん』でいうとして、ところは避暑地の小さな町、妻子ある中年男が年若い人妻と知りあった。その日、男はホテルの床についてから、彼女のほっそりとした首すじや、美しい灰色の目を思い浮かべる。男が寝入る前に思ったところを、神西清は訳している。

「それにしても、あの女にはなにかこういじらしいところがあるわい」

比較のために、べつの訳者の訳文をあげておく。

「それにしても、彼女には何か痛々しいところがあるな」

一週間後、二人は散歩にいった。人かげの絶えた波止場に佇んでいる。

「夕方から少しはましな天気になりましたね」と彼は言った。「さてこれからどこへ行きましょう？　ひとつどこかへドライヴとしゃれますかな？」

他訳の一つ。

「夕方になって天気がよくなりましたね」と彼は言った。「さて、これからどこに行きましょうか？　どこかへ馬車で遠出でもしませんか？」

もう一つをみておくとして、『スタヴローギンの告白』。ドストエフスキーの『悪霊』より。神西清はこの部分だけを訳して、昭和九年に公刊した。スタヴローギンが少女マトリョーシャを犯す直前のくだり。彼はレストランで食事を終えて、夕方、マトリョーシャの家を訪ねた。部屋には少女のほかにだれもいない。マトリョーシャがちらっとスタヴローギンをみたが、彼は気づかないふりをした。定評のある米川正夫訳ではこうである。

「マトリョーシャに話しかけないで焦慮《あせら》すのが、余はたまらなく嬉しかった」

神西清は、それを次のように訳した。

「マトリョーシャに話しかけずに、じりじり苦しめてやるのが何故だか知らぬが、ひどくいい気持ちだった」

スタヴローギンという、世界文学のなかでもとりわけ無気味な人間の陰惨さ、悪の意志といったものが、なんとさりげなく写しとってあることだろう。神西清の翻訳はいたって狡猾、かつは硬質である。繊細な工夫をもって、すこぶる自然らしいのだ。むろん、その自然らしさがクセモノであって、それは原作よりもさらに聡明な、いわばもう一つの「原作」のなかにある。この訳者は生涯にわたり、まるで身を削るようにしてその種の「もう一つの原作」をつくりつづけた。

作家神西清について——いや、私は翻訳家神西清を通してすでに半ばがた、この作家のことを語ってきたつもりである。

「夜の鳥」では、夜ふけに耳にした鳥の啼き声がきっかけだった。その声にふと思い出したことがあるといって旧友が話しだした。「ハビアン説法」では、日曜日の往来で弁士が熱弁を振っている。「雪の宿り」では、旅まわりの連歌師が、雪の日にありついた一夜の礼までに、戦乱の京の都の見聞を物語る。「死児変相」は、母親に宛てた手紙のかたちによる女のひとり語り。「ジェイン・グレイ遺文」は題名どおり、遠い昔をつたえる遺文のスタイルであって、文中、作者自身が半ばのアイロニーと、半ばの誇りをこめてボヤいている。「古《いにしえ》への物語はやはり古風な話し振りをせねばならぬので骨が折れる」

神西清の場合、ことばのスタイルがなによりも先にあった。彼は生きたのではなく、書いた。だからこそ人は神西清を忘れ、堀辰雄を——戦後のある時期——九天の高みにもちあげた。

堀辰雄自身、徹底したスタイルの作家だった。軽井沢や信濃追分、あるいは富士見のサナトリュウムにおける男女の物語、死の影の色濃いあの世界は、つまるところペン一本でつくられた文学空間に類したものであって、現実の進行とはなんらかかわらない。だが軽井沢も信濃追分も地上のたしかな現実であり、そこにはおあつらえ向きに作者その人にあたる人物がいた。一度かぎりの人生を生きようとし、ついでふたたび生きることなしに、ひたすら眺める人間がいた。少なくとも読者にそのように錯覚させるべく周到な用意がこらされていた。徹底したことばの作家が、甘美な病いと死を「生きた」作家として愛好された。

一人のまことの作家をいうのに無意味でもパラドックスでもないと思うので、もう一度、くり返すとして、神西清は生きたのではなく、書いた。というのは、まことの作家にとって、いわゆる体験なるものはいかなる問題でもないからだ。せいぜいのところ、それは外部世界における刺激性の強い調味料といったものにすぎないだろう。まことの作家は自分の人生を一つの理念によって生きることができる。その理念を生かすことによって、つまりは受難することによって生きるわけだ。体験を味付けして報告しても、いかなる文学でもないだろう。

神西清の小説に、なるほど、「私」は登場する。ときおり、若いころの神西清が勤めたような仕事の場が顔を出す。だが、自己描写にあたるものはまったくない。その「私」は、危機のさなかの人間を配置するのに必要な道具立ての一つにとどまっている。

その小説で語り手となる人間は、ある危機のさなかにある。人間は自分の生を生きるだけではなく、自分の生について考え、頭を悩ますこともできるからだ。それは当然のことながら、一種のハムレット主義を生み出すだろう。あれか、これか、決断できないということ。だからこそ彼あるいは彼女は他人に語る。ちょっとしたきっかけから語りだす。

「……つまらん話だがそれでもしようか」

「よいかな、お立会」

「御承知のとほり、わたくしは幼少の頃より、十六の歳でお屋敷に上りますまで、東福寺の喝食を致してをりました」

「母上さま、——久しくためらつてゐましたこの御報告の筆を、千恵はやうやく取りあげます」

話し出す前と、話し終わったあとと、何がどう変わっただろう？　それは心理的な問題というよりも知的な問題に属している。ひとり語りを通して浮かび上がってくるものは、終始一貫してある一つのタイプである。自分の情熱を耐え、かたわらそれを観察すること、判定することをついぞやめない人間類型、そこから生じてくるハムレット主義。

だからこそ、だれもがひそかな緊張のなかに立っている。いや、「立っている」というのはことばのアヤであって、その足元にあるのは「無」の踏み台、踏みしめるとサラサラと崩れていく飛砂のようなもの。そもそも一方的なひとり語りにあっては、語り手の真偽のほどに判定がつかないのだ。語られたものに対する一切の確認がない。「事実」はずっとのち、ふとした偶然に判明する。あるいはたしかめられる。

一見、多種多様な小説を書きわけた作家だったが、むしろただ一つの主題をかぎりなく変奏させたというべきだ。だからこそ神西清の長篇小説はおおかたが未完に終わった。終わらせることができなかったというよりも、終わらせようのない小説。あるいは終わりを必要としない小説だった。この点、しかるべき納得のいく終わりがなくてははじまらない世間にあって、およそ合わない人だった。

神西清は終始、端正である。この世にあって、何が現実を幻想から区別するのか？　ひとり語りの手法は言外に語っている。区別は見かけ上のことにすぎず、しばしば幻想こそ現実だ。端正なこの作家は、人物それぞれの性格と思惑に応じ、おのおのの流儀に即して幻想を語らせる。いかなるたしかな基盤も与えない。事実などいかなる現実でもないからだ。つくられた事実は、より真実ではないかもしれないが、しかし、はるかに現実的であるからだ。そのようにして作家神西清は繊細な工夫をこらし、手のこんだ短篇を書いた。わが国の文学風土になじみのない「もう一つの原作」をつくりつづけた。

石川淳

池内紀 編

邂　逅

瓜喰ひの僧正

わたくしの手許《てもと》に、さる好事家から贈られた一巻の古書がある。ふらんす古代の伝説数種を収録したものだが、惜しいことに、考証の拠《よ》るべきもの無く、まだ其《そ》の由来を詳《つまびらか》にしない。僅《わずか》に『碧玉念珠《へきぎょくねんじゅ》』（原名LE ROSAIRE d'émeraude）の題名を記した、もろつこ皮の表紙の手触りに、過ぎ去つた時代を偲《しの》ぶばかりである。書中多くLais bretons（ぶるとん体古詩）を存する点から推《お》すと、とりすたんの恋物語が世に伝へられた頃の作と思はれる節もあるが、全篇の風格に、むうどんの司祭の趣《おもむき》を窺《うかが》ふところから見れば、或《あるい》は、中世の僧院に籠《こも》つた拗者《すねもの》が故《ことさ》らに昔人の筆を摸したのであるかも知れない。

わたくしは、今、同書の中から瓜喰《うりく》ひの僧正の一篇を採つて、次に語り出《い》でやうと思ふ。

処は南の国の僧院の中庭。巴旦杏《はたんきょう》の葉陰にそよぐ風も快い或る朝のこと。

僧正は、地に曳《ひ》く法衣の裾《すそ》も寛《ゆるや》かに庭上の椅子《いす》に腰を下して、手に祈禱《きとう》書を開いて居た。しかし、心は頁《ページ》の上になかつた。僧正は時々巻を閉ぢて、尖塔《せんとう》の上に浮ぶ白雲の彼方《かなた》に眼を投げた。梢《こずえ》を洩《も》れる日の光に、銀の長髯《ちょうぜん》を波打たせて、天の一方を望んだ僧正の姿は、また一際《ひときわ》神々《こうごう》しい。

僧正の想《おもい》は何の上に巡らされて居たか。――殉教伝中の使徒のことか。門前に遊ぶ村の子供達のことか。それとも、居酒屋に酔ひ痴《し》れた、度し難い邪教の徒のことか。孰《いず》れにしても、救世の念に胸を湧《わ》かして居たことゝ人は考へやう。

ところが、僧正の此処《ここ》に思ひ悩んで居たのは、しかく超俗の事柄ではない。実は、あらうことか、貪食の戒もあるのに、僧正は、茂みの静さに反《かへ》つて心を乱されて、口舌の渇を嘆じて居たのだつた。

と云つたばかりでは解るまい。生れ附き健かな僧正が老いて益々盛《ますますさかん》なことは、其《そ》の赭《あか》く輝いた双頬《そうきよう》を見たゞけでも察しられやう。骨構へ、眼の配り、世の常でないのは、祭壇に経を誦《ず》するよりも、馬上に打物《うちもの》を取るにふさはしい。——素性《すじよう》は争はれない。此《こ》の人元来武門の出だと云ふ。但《ただ》し、其《そ》の発心《ほつしん》の機縁は誰あつて知る者もない。

されば、その健啖《けんたん》の程も偲《しの》ばれやう。在俗の身ならば、一台の大臠《たいれん》はおろかなこと、酒杯の合戦にも、めつたにひけは取るまい。

しかし、多年抖擻《とそう》の境涯に馴《な》れた今日となつては、僧院の食卓に好みを云ふ気は全く絶えたが、唯々《ただただ》時折抑へることの出来なかつたのは、街のものゝ誘惑だつた。

例へば、秋の夕日を浴びて、肉屋の店頭に吊《つる》された獣の肉の生々しい血の滴《したた》りや、又は、春宵《しゆんしよう》の灯影を通して、遠くから洩《も》れて来る芳《かんば》しい酒の香が、僧正の胸を苦しめる料《たね》となつた。

わしが、神に仕へる身にも係らず、かく迄酒肉に心を奪はれると云ふのは、生来の好みの傾く所とは云へ、詮《せん》ずるに修業の未熟故《ゆえ》であらう。——僧正は、かう肚《はら》の中で呟《つぶや》きながら、胸に十字を切るのが常だつた。どうしてと云ふに、かう云ふ時こそ、悪魔が屈竟の附け込み所だつたから。

さて、僧正は、此処《ここ》に——巴旦杏《はたんきよう》の木陰に——風の伝へて来る新緑の気に浸りながら、ふと街のものゝ匂《におい》を感じたのだつた。

僧正は、いつもの通り、立ち上つて十字を切つた。したが、如何《いか》なことか、今日は祈《いのり》もあまり利目がない。青葉の香は益々強く迫つて、僧正の心をそゝり立てた。折も折、最前から、巴旦杏の木の股《また》に悪魔が尻尾を縮めて忍んで居たのだつた。

此時《このとき》、庭口に現はれた一人の寺僕は、手に瓜《うり》を盛つた盆を捧げて、此方《こちら》へ近づいて来た。

寺僕は、僧正の前へ恭々《うやうや》しく跪《ひざまず》いて、口上を述べた。

『此《これ》は村方より僧正様への献上物でござります。本年は、殊の外《ほか》、瓜の当りぢやげに承《うけたまわ》りました』

僧正は、流し目にじろりと盆の上を見やつたが、忽《たちま》ち面《おもて》をそむけた。青くさい瓜の匂《におい》が、胸をむか〱させた。村人の心を籠《こ》めた贈物の前に、僧正は眉《まゆ》を顰《ひそ》めるばかりだつた。

しかし、平常情を矯《た》める習《ならい》とて、あらはには不快の色を示さなかつた。僅《わずか》に太い眉毛《まゆげ》をぴくりと動かしたゞけだつたが、それがまた反《かえ》つて、寺僕の眼には僧正満悦の体《てい》と映つたのだつた。

『何さま、村の衆の自慢だけあつて、此《こ》の瓜は、生れたての赤児のやうに、熟れきつて居《お》りまするわい。先《ま》づ一つ召されては如何《いかが》でござります。味《あじわ》ひも定めし格別でござりましやう。』

寺僕は、独りで喋《しゃべ》りながら、盆に添へた庖刀《ほうとう》を片手に、一番大きな瓜を撰《えら》み取ると、ざくりと縦に割り附けて僧正の前に差し出した。

僧正は、断る間もなく目の前に捧げられた瓜を、手にしないわけにはいかなかつた。

好まぬ物を進められるのは、近頃迷惑の至りぢやが、かほどの志《こころざし》を無下《むげ》に斥《しりぞ》けることもなるまい。若《も》し、此《こ》の瓜が、犢《こうし》の肉や橙《だいだい》の酒のやうなめでたい味を持つて居る物ぢやつたら、其《それ》に越したことはあるまいに――

ふと、僧正はそんな考《かんがえ》を浮べたが、慌てゝ自分で打ち消した。

此時《このとき》迄、巴旦杏《はたんきよう》の木陰に仔什《しじゆう》の様子を窺《うかが》つて居た悪魔は、時分は宜《よ》しと忽《たちま》ち一粒の種子と身を変じて、今僧正の手に取り上げた瓜の中へ、ぱつくり割れた其《そ》の切口から飛び込んだ。

僧正は徐《おもむ》ろに瓜を唇に近づけた。すると、不思議や、そのかみの豪奢《ごうしや》な饗宴《きようえん》を想ひ起させるやうな旨《うま》い匂が鼻の先に拡がつて来た。そこで僧正はがぶりと一口喰ひ欠いた。今度は忽ち舌の上に、過ぎ去つた日の犢の肉の味や、橙の酒の香が甦《よみがえ》つた。

『いや、これは稀代《きたい》の珍味ぢや。禁苑《きんえん》の木の実も此《これ》には遠く及ぶまい。此のやうな瓜が世にあらうとは思ひもかけなんだ。もう一つ所望いたさう。』

かう云ひながら、僧正は、最後に口の中に残つた一粒の種子までも惜しさうに舐《ねぶ》つた後、其《それ》を指先に撮《つま》んで盆の隅へ置いた。

すると、其《そ》の種子は、折から巴旦杏の葉を揺がせて吹き渡つた微風と共に、何処《いずこ》ともなく消え失せた。――

風の中に飛び去つた悪魔の唇に、皮肉な北叟笑《ほくそえみ》が浮んで居たことは云ふまでもあるまい。

さて僧正が、寺僕の差し出す第二の瓜を、待ち兼ねて口許《くちもと》へ近づけた時、前とはうつて変つて、青々と澄み渡つた畑の気が眼に沁《し》みた。そこで、一口試みると、ほろりと酸《す》い清冷な汁が歯にひびいた。其《そ》の汁が口中に拡がるに従ひ、其処《そこ》に残つて居た肉の脂《あぶら》や酒の香と一に融け合つて、例へやうもなくめでたいものゝの味が、舌の根に徹《とお》つた。

『いや、此《これ》はまた格別ぢや』と、僧正は思はず叫んだ。『これこそ、本当の瓜の味と申すのであらう。して見ると、最前のは変り種であつたかも知れぬ。やはり、本物の品は一段と立ち勝《まさ》つて覚える。幸ひ、空腹ぢやて、もう一つ参らう。』

それから後は、どの瓜も、淡脆《たんぜい》な風味を僧正の舌に伝へた。

爾来《じらい》、僧正は限りなく瓜を愛した。瓜ばかりでなく、其他《そのほか》の野菜の味も棄《す》て難いものとなつた。それと同時に、今迄心を惑はした酒や肉のことは思ふにも耐へられなくなつた。兼珍の皿を並べた宴席の卓よりも、捥《も》ぎ立ての萵苣《ちしや》の葉色も鮮かな、僧院の厨《くりや》が、又となく懐しくなつた。

わしがこれ迄、瓜初め総じて青物をさほど好まなかつたのは云ひ知れぬ天然のものゝ味《あじわ》ひが解らなかつた故《ゆえ》ぢや。永らくそこに気が附かなんだ身の愚さはさることながら、剰《あまつさ》へ、酒肉に道心を乱されて居《お》つたとは、憶《おも》ひ出すも嘘のやうぢや。したが、わしが瓜の本当の味を知つた元はと云へば、あの変り種の瓜を食したがためぢや。ことによると、あの瓜は、神様のお恵みぢやつたかも知れぬ。——僧正は時々こんなことを考へた。

さて、こゝに一年経《た》つた。

処は同じ僧院の中庭。巴旦杏《はたんきよう》の青葉がそよ風に光る頃である。

僧正は、庭上の椅子に腰を下して、心静かに、祈禱《きとう》書を誦《ず》して居た。今度は、思ひを悩ますものもなく、新緑の梢《こずえ》から湧《わ》き出る朝の気も、一段と清々《すがすが》しい。

僧正は、ふと書から眼を離して、面《おもて》を上げた時、向ふから近づいて来る寺僕の姿を認めた。見ると手には瑞々《みずみず》しい瓜を盛り上げた、一箇の盆を捧げて居る。僧正は、覚えず莞爾《かんじ》として立ち上つた。

『僧正様』寺僕は、傍へ来て一揖《いちゆう》した。『これは献上の瓜でござります。昨年にも劣らぬ当りぢやと申すことで、取り敢《あ》へず、御《お》目《め》通《どお》りへ持つて参じました。』

『これは見事ぢや』と、僧正が云つた。『いかにも、うち見た所、例年に勝つた出来と思はれる。どれ、早速一つ賞翫《しょうがん》するといたさうか。』

寺僕は、直《すぐ》に庖刀《ほうとう》を取り上げて一際《ひときわ》熟した瓜を撰《えら》み出し、真二つに截《た》ち割つて僧正の前に進めた。

折しも、一しきり、巴旦杏《はたんきょう》の枝を鳴らして、吹き渡つた風に乗じて、悪魔が此《こ》の場を通りかゝつた。彼は此《こ》の体《てい》を見るや、何の猶予もなく、忽《たちま》ち身を変じて一粒の種子となり、今当《まさ》に僧正の唇に触れやうとして居る瓜の中へ、そつと忍び入つた。

僧正は手に取り上げた瓜を一口嚙《かじ》るや否《いな》や、『や、これはいかぬ、変り種ぢや。』と、云ひざま、吐き出してしまつた。

種子は、強く地に吹き附けられ、泥に塗《まみ》れて、叢《くさむら》の陰に形を消した。――さしも人の気を悟るに妙を得た悪魔も途中の出来事ではあり、前年の例もあるので、全く僧正の肚《はら》を読み違へてしまつた。此《こ》の失策のために、彼は、其《その》後暫《しばら》く、尻尾を捲《ま》いて悄気《しょげ》返つて居たと伝へられる。

『此《これ》はわしの口に合はぬ。』と、僧正は残りの分まで下に置きながら云つた。『やはり、並の瓜がよい。他のを一つ割《わっ》て見てくれぬか。』

僧正は、寺僕の差し出す次の瓜に、先《ま》づ鼻を近づけて、微笑《ほほえ》みながら、呟《つぶや》いた。

『いつもながら、よい香ぢや。天地の気は一箇の瓜の中に在る、とでも申さうか。』

僧正は、船底形の瓜の切口に唇を附けて、銀髯《ぎんぜん》に飛沫《ひまつ》を跳ねかせ、ちゆうちゆうと音を立てゝ、汁を啜《すす》つた。

格　言――好悪ノ情ハ両頭ノ蛇ノ如シ。


（大正一一年六月「現代文学」）

山桜

判りにくい道といつてもかうして図に描けば簡単だが、どう描いても簡単にしか描けないとすればこれはよほど判りにくい道に相違なく、第一今鉛筆描きの略図をたよりに杖《つえ》のさきで地べたに引いてゐる直線や曲線こそ簡単どころか、この中には丘もあるし林もあるし流もあるし人家もあるし、しかもその道をこれからたどらねばならぬ身とすればそろそろ茫然《ぼうぜん》としかけるのだが、肝腎《かんじん》の行先は依然として見当がつかず、わづかに測定しえたかと思はれるのは二つの点、つまり現在のわたしの位置と先刻電車をおりた国分寺のありどころだけであつた。駅から南寄りに一里ばかり、もうすこし伸《の》せば府中あたりへ出るのであらうか、ここは武蔵野のただ中、とある櫟林《くぬぎばやし》のほとりで、わたしは若草の上に寝ころび晴れわたつた空の光にうつらうつらとしてゐる。それといふのもはじめての判りにくい道を御丁寧にもさらにあらぬ方へと踏み迷つたためで、その元は一本の山桜のせゐだが、いつたいどうしてこんな思ひがけぬところにまで出て来たかといふに、これは畢竟《ひつきよう》ヂェラール・ド・ネルヴァルのマントのせゐらしい。何もかもあのせゐこのせゐと、はたにかづけるのは気のさすはなしだが、実際のところ昨日の正午《ひる》さがりわたしが神田の片隅にある貸間、天井の低い二階の四畳半から寝巻姿のままふらりと町中へさまよひ出たのはまさしくネルヴァルのマントのなせるわざであつた。さてこのマントといふやつには格別の仔細《しさい》はなく、かつて読んだある本の中に「ヂェラール・ド・ネルヴァルが長身に黒のソフト、黒のマントをひらひらと夜風になびかせ……」とあつた、それだけのみじかい文句が不思議にも体内に沁《し》み入り、あたかもわたしみづからネルヴァルに出逢《であ》つたかのごとくときどきその光景を想ひ見るのだが、そのをりにはたちまち魔法にかかつたやうにからだが宙に吊《つ》り上げられて、さあかうしてはゐられないぞと、ぢつところへるすべもあることか、真昼深夜のわかちなくあやしい熱に浮かされて外へ駆け出てしまふといふ、これは何ともえたいの知れぬあさましいわたしの発作なのだ。で、昨日もかうしてニコライ堂の下あたり、雨あがりの、春の日とはいへいちめんにぎらぎら照りつける鋪道《ほどう》の上を歩いてゐると、うしろで「おい、おい。」はつとわれに返り、ふり向くまでもなく巡査よりほか出す声でないとは知れたがそのまま行き過ぎようとすると、また「おい、おい。」よんどころなく立ちどまつて、「何です。」「どこへ行く。」わたしにとつてこれ以上の難問はないので黙つてゐると、「けふは仕事は休みか、朝めしはどこで食つた。」勤労者と見立ててくれたばかりか食事の心配までしてくれる親切をもてあましながら、わたしは四辻《よつつじ》のほこりを頭から浴びて返答もしどろもどろであつた。結局その場は無事にすんだものの考へるまでもなく咎《とが》はこちらにあるので、おどろの髪をふりみだし、よれよれの寝巻の上から垢《あか》まみれのレインコートをかぶつて、すり減つた朴歯《ほおば》をがらがらといふ風態《ふうてい》を白日の下にさらしたのではたれの眼にも不審に見えようではないか。今やわたしを生活の閾《しきい》ぎはに食ひとめ此世《このよ》の屈辱から守つてくれるものは世間並の実直な服装よりほかないのだと、わたしはすぐ青山の親戚、退職判事のもとを訪れて、「金を貸してくれませんか。」「何にする。」「洋服を質から出すんです。」「洋服はともかく、そんなくらしぶりをいつまでつづけるつもりなのだ。職にでも就いたらどうだ。」「どんな職があるんです。画なんぞいくら描いたつて売れないし、寄席《よせ》の下足番にでもと思つても、しろうとはおことわりださうですし、この上は山伏修験《やまぶししゆげん》の道でも学ぶよりほかありません。」「くだらんことをいつてをるひまに生活の建て直しを考へたらどうだ。」「それにしても金です。」「わしのやうな貧棒人《びんぼう》のところへ来て金、金といつてもせいぜい五円か十円か、それさへさしつかへるくらゐだ。吉波に相談してみたか。」「いいえ。」「一応頼んでみるがよからう。あれも善太郎が病身でな、今国分寺の別荘へ行つとる。きみはまだあの家を知らんか。図を描いてやらう。」鉛筆描きの略図に添へて出された十円札でどうにかみなりをととのへ、さて今草に寝ころんでゐるわたしのふところにはもう帰りの電車賃しか残つてはゐず、しかもたづねる吉波善作の別荘はどの方角やら、やつと判つたのが前に述べた二つの地点だけとすれば、もはやこの二点を結ぶ直線をたどり返すより仕方なく、駅からまた電車でお茶の水まで逆もどりをするばかり。——かうなると結句のんびりして、金策の件はどうともなれ、まだ残つてゐるたばこが尽きたらば帰るまでのこと、晩にはまた洋服を元に納めて安酒でもと、あふむけにふり仰ぐ中空にゆらゆらと山桜のすがた……これとてもネルヴァルのマント同様何のたわいもないことで、さきほど原中の道のわかれ目で一本の山桜を見たといふだけのはなしである。

もつとも多少の因縁といへば、わたしはもう十二年ばかり前青山の判事の家で庭にただ一本の山桜の下に判事の娘の京子を立たせて写真をとつたことがあるのだ。当時わたしは写真に凝つて三脚の附いた重いのをやたらにかつぎ廻つたものだが京子をとつたのはそれ一度きり、たぶん京子がその春結婚する前に、これもわたしの遠縁にあたる吉波、現在は予備の騎兵大佐で某肥料会社の重役をつとめてゐる善作のもとへ嫁《とつ》ぐ前に記念のためといふのでもあつたか、父親の判事も縁先に出てうしろから眺めてゐたと思ふ。しかし先刻道ばたの山桜の下にたたずんだとき、わたしは京子の回想といふよりも思ひがけなく写真機の亡霊に取り憑《つ》かれてしまつた。つまり突然たれかがわたしの背後に忍びよつて例の赤裏の黒布を頭からすつぽりかぶせ、うろたへる眼の先にレンズをぎゆつと押しあてでもしたかのやうに、もうわたしは宙にちらちらする花びらよりほか何も見えなくなつてしまつた。それはすでに一本の山桜ではなくて一目《ひとめ》千本の名所に分け入つたごとく、わたしは頼みの略図を忘れてついまぼろしに釣られつつ、物見遊山《ゆさん》にでも出て来たやうな浮かれごこちになり宛《あて》もなくふはふはここまで迷ひこんだ始末である。どうやらわたしは吉波の家を訪ねることは気がすすまないらしくもあるが、それよりも第一今日の糧《かて》にも窮する身の上でありながら銀貨の夢でも見ることか、こんな呆《ほう》けたていたらくでは生活の建て直しどころではなく、のんきとか、づぼらとか、づうづうしいとか、これは今やそんなことばではかたのつかぬわたしの本性なのであらうか。せめては本性の見極めがつくならばともかく、何が本性やら化性やら、途方にくれて寝ころんでゐるわたしであつてみれば、ただ意味のない線を杖《つえ》のさきで地べたにしるすばかりであるが、そのとき眼の前の草の上に影がさしたのにふと頭をあげて見ると、赤い小型自転車にもたれて子供が一人立つてゐた。ひよろひよろと長い脛《すね》の、その靴下のまくれたところから見える肌の色が顔の色とおなじく蒼白《そうはく》な、早熟らしい眼鼻だちだが、金ぼたんの光る上著《うわぎ》のポケットのふくれてゐるのはキャラメルでもはひつてゐさうな小学生であつた。

「をぢさん。」

「うん。」

「ぼく、をぢさん識つてるよ。」

「どうして。」

「をぢさん、画を描くをぢさんだろ。」

「あ、さうか。」まへにこの子供がまだ七八歳のころ見たことがあつたのを思ひ出して、

「善坊か。善太郎君だつたな、きみは。大きくなつたな。」

「をぢさん、どこへ行くの。」

「きみのところへでも行かうかと思つてる。」

「ぢやいつしよに行かう。パパゐるよ。」

「どこだい、きみのうちは。」

「あすこ。」と子供の指さした森のかなたに、西洋瓦《がわら》の屋根が見えがくれしてゐた。

わたしは善太郎といつしよに歩き出したが、それはほとんどわたし独りで歩いて行つたやうなものだ。原をよこぎりながら前にちらつく小型自転車の赤い色こそ眼に残つてゐるが、子供が何をはなしかけたか、それにどんな受けこたへをしたか、あるひは黙つたままでゐたか、どうもおぼろげなのだ。じつはこのとき気になりかけたのは靴の裏皮のことで、わたしの靴はとうに底が破れてぱくぱくになり、いつも踏みつけるたびごとにづきんと虫歯で石を嚙《か》んだやうな思ひをしてゐるのだが、この柔軟な草の上にあつて突然田舎《いなか》道の小砂利の痛さがざらざらと頭にひびきはじめ、一つ気になり出すと涯《はてし》のない癖でわけもなくささくれる焦躁《しようそう》に息を切らしてゐるうちに、さつと日がかげつて風がひややかになり、いつか原が尽きてそこは森の中で、今わたしの靴はわだかまつた木の根や落ち散つた小枝の上を踏み越えてゐるにも係らずもう裏皮のことは念頭にのぼらず、わたしはまたも茫然《ぼうぜん》たる沈静の底に吸ひこまれてゐた。

森の涯《はて》といふよりも森の一部を仕切つた粗《あら》い柵《さく》の中にその家は建つてゐるのだが、ひとは道を行きながらつ

いそこに迷ひ入り、向うにエスパニヤ風の玄関を望むまでは大きい自然木の門を通り過ぎたことに気がつかないくらゐだ。ここに、わたしはその門内の立木のあひだを歩きつつ先刻から奇怪にも額《ひたい》がぢりぢり焦げつくやうな感じに責め立てられ、太陽に近づくイカルさながら進むにつれて髪の根が燃えるばかりの苦しさに頭を一ふり揺り上げると、前面の二階に張り出した露台の上で、欄干《らんかん》に蔽《おお》ひかぶさる葉ごもりを透して二つの眼が爛《らん》爛《らん》とこちらを睨《にら》んでゐた。がつしり椅子《いす》に倚《よ》つた著流《きなが》しのからだつきは吉波善作と一目で知れたが、わたしはその視線の鋭さ烈《はげ》しさに突然魔物にでも出逢《であ》つたごとく狼狽《ろうばい》しかけたとき、善作はついと立つて手を振りかざした。それは決して歓迎の意をあらはした態度ではなく、呪詛《じゅそ》にみちみちたひとの恰好《かっこう》にほかならず、あはや巨大な鉄の熊手が風を切つて頭上に落ちかかるのではないかと思はずわたしは頸《くび》をちぢめたが、そのとたん善作の手は空にさつと弧を描いて振りおろされ、同時にぴしやりといふ音がひびいた。椅子とか卓とかを打つ音ではなく、それはまさしく憎悪をもつて人間の生身を打つ音なのだ。わたしは自分の耳朶《じだ》を張りとばされたと同然どきんと息をつまらせてふり仰ぐと、欄干の葉がくれにぶるぶるふるへる袂《たもと》、しつとり水に濡《ぬ》れたやうな著物のぬしは、京子でなくてたれであらう、わたしの足はぎよつとしてそこに釘《くぎ》づけになつてしまつた。打たれたのが京子にほかならないとすれば、これはどうしたわけなのか。善作がその粗野な愛情を捧げつくしてゐるといふ妻をなんで打たなければならないのか。しかも今冴《さ》えきつてゐるわたしの耳にかすかな悲鳴さへ聞えて来ないのは、いつたい京子がどれほどの悩みに歯を食ひしばらなければならないといふのだ。あやふくのけぞらうとするのをぐつと踏みこたへると、ついそばの柔いものに突き当り、ああさうだ、善太郎がゐたのだと気がつきながらそのまま手をかけて小さい肩にすがつたが、このとき顔と顔をひたと突き合せるや、どこの悪魔の不意打か、わたしはううんと恐怖のうめきをあげて、奈落に落ちるばかりに顚倒《てんとう》してしまつた。今のあたりに見る顔はわたしの顔よりほかのものではない。ときどき鏡の中に見かける顔、まがふ方ないわたし自身の相好《そうごう》なのだ。じつはさきほど原の中で善太郎の顔を見た際、ゆゑ知らず胸をとどろかし、いや、これは京子のまぼろしに脅《おびや》かされたか、とんだ通俗小説の一場面を演じたものかなと苦笑したのであつたが、今はもう苦笑どころではなく、わたしは瘧《おこり》やみのごとくがたがたふるへ出す全身を抑へやうもなかつた。いつてみれば、これとても通俗小説的な感動ではあらう。しかし生爪《なまづめ》を剝《は》がしたぐらゐのことにも、わが身の上となればひとは苦痛に堪へられないではないか。この衝撃のきびしさに、虚心も反省もあつたことか、わたしは醬《ひしお》のやうにぺちやんと叩《たた》きつけられてしまつた。いつたいたれがこんな落し穴を掘つておいたのか。かかる怖ろしい秘密がいつの間にわたしを待ち受けてゐたのか。なるほど、かうして善太郎とわたしとならんだところを眺めては善作の眼が呪詛《じゅそ》に燃え出すのも無理はないが、そもそも善作はあの粗《あら》い神経をもつて一目でこの秘密を見破りえたのであらうか。当人のわたしこそ知らぬがほとけであるにしても、おそらく傍目《はため》のたしかさは神経のきめに係りないのであらう。第一これは善作の身にとつて容易ならぬ急所の一えぐりではないか。いや、いや、そんなはずはない、善作は今突然この秘密に気づいたのではないのだ。この必至の場面は前もつて善作の心のうちに練り上げられてゐたものに相違あるまい。その証拠には、わたしが門内に踏み入るやいなや、あの眼の光は早くも遠くからわたしの額《ひたい》に焼きつきはじめたではないか。京子にしても、げんに京子は善作の打撃の下に声一つ立てえないほどあらかじめこの秘密に圧《お》しひしがれてゐるではないか。これはわたし一人にとつての不意打でしかなく、吉波一家にあつてはもはや疑惑嫉妬《しつと》などといふなまやさしいさざなみを越えたいのち取りの渦潮《うずしお》なのだ。ところでわたしは今この渦の中にだらしなく鼻の穴をひろげ、破れ靴を曳《ひ》きずりながら金を貸してくれといひに行かうとしてゐるのだ……

「どうしたの、をぢさん。上らうよ、さあ。」

　このときわたしの想像の中でわたしは善太郎の手を振りきつてまつしぐらに門外に駆け出してゐたにも係らず、いつか雲を踏むやうな足どりで玄関を過ぎ露台へ通ずる階段を上つてゐたといふのはもう他人の示す指先よりほかわたしには方向が……いや、無意味なことをしやべり出したものだ、今時分方向のあるなしがどうしたといふのだ。じつはポオの書いたある人物のやうにわたしはここでわが身が独楽《こま》になつたと思ひこみ、ぶんぶんからだを振りまはしかねない状態であつたが、かうして階段の上に立つたわたしは鶯《うぐいす》の谷渡りとでもいふ独楽のすがたで、夢うつつの堺の糸に乗りながら、あれよと見る間にすべりのぼる自分をどうしようもなかつた。

露台で、善作は籐椅子《とういす》にかけて葉巻を噛《か》んでゐた。すこし離れたところに、欄干《らんかん》まで伸びて来てゐる梢《こずえ》のかげに横顔をかくして、京子がやはり籐椅子の上にゐた。わたしがふるへのとまらぬ脚を突つぱりながらおどおど挨拶《あいさつ》のことばをかけても京子は身うごきもせず、善作はわづかに「やあ」と頭を振つたきり、すぐ善太郎のはうへ向いて、

「善太郎、どこへ行つてたんだ、御飯もたべないで。」

「ぼく、お友だちんところで遊んでたんだよ。帰りに原つぱでをぢさんに逢《あ》つたからつれて来てあげたの。」

「いいから下へ行つてなさい。」

善太郎が行つてしまふと椅子をくるりと廻して向うを眺めてゐる善作に取りつく島もなく、わたしはうそ寒くちぢまつて咽喉《のど》をからからに乾《ひ》からびさせるばかりであつたが、もはやこの沈黙に堪へきれず、かかる異常な重圧の下に胸を緊《し》めつけられてゐるよりはどんな愚かしいひびきを立てるにしろ、いつそ音に出《い》でて吐息をつかうと、そのときわたしのもつれる舌から押し出されたことばは、ああ、「金を貸してくれませんか。」とたんに、からだぢゆうに赫《かつ》と汗が湧《わ》き出て、わたしは屈辱に歯ぎしりしはじめた。

「金。ふん、金か。」

やはりそつぽを向いたまま鼻でうそぶいてゐた善作はむつくり立ち上つて、

「ただ金、金とさわいだところで、金がふつて来るはずもなからう。だが、せつかく来たものだからすこしぐらゐなら用立ててもいい。洒落《しやれ》や道楽で出すわけぢやない。きみに早く帰つてもらはうと思つてな。こつちはいそがしいからだだからきみの相手なんかしてをれん。」

身から出た錆《さび》とはいへ、わたしは京子の眼の前であまりの侮辱に忍びかね、今下へおりて行く善作の後姿に飛びかからうとしかけたが、軍隊できたへた逞《たく》ましい腕に細い襟《えり》くびをねぢあげられて猫の仔《こ》のやうに抛《ほう》り出されるまでのことと思へば、腑甲斐《ふがい》なく椅子にしがみついたまま、一度恥をかき出すと止度《とめど》なく恥をかくものだなと籐の網目にからだがちぎれるほどのせつなさで、うはべはすれからしの銭貰《ぜにもら》ひ同然しやあしやあとした面《つら》の皮をさらしてゐる有様であつた。だが、かうして二人きりになつても、やはり京子は声をかけるはおろか

ふり向いてさへくれないのだ。わたしはさつきから京子のことばを今か今かと待つてゐるのだが、この冷淡さは善作の侮辱にもまして我慢がならず、われを忘れて跳ね上りながら「京子さん」と呼んだ。沈黙。もう一度呼んでみたが依然として手応《てごた》へのない相手にこちらから何と切り出さうことばとてはなく、また椅子《いす》によろけかかつてむなしく京子を見つづけた。この邂逅《かいこう》は何年ぶりのことであらう。しかしわたしにとつてこれは意外の京子ではないのだ。といふのは、わたしはときどき独り紙を伸べて京子の姿を描きかけることがあるのだが、いつも紙の上にしるされるのは著物をきた女の形だけで、肝腎《かんじん》の顔の線はどう探つても満足に引かれたためしがなく、白紙を前にぢつと凝視すればするほどわたしの瞼《まぶた》はいつか濛濛《もうもう》と曇つてしまふのだ。げんにかうしてまのあたりに京子を見つめながら、藍地《あいじ》に青海波《せいがいは》の著物の模様はいたづらにあざやかでもつめたい横顔は葉くれに白くちらちらするばかりで、それさへ空の碧《あお》に融《と》けがちである。今わたしはふところから紙片を取り出して、ここに京子のスケッチをこころみてゐるのだが、二枚、三枚と鉛筆をはしらせても結果はいつもとおなじこと、いかにへぼ画描きにせよ、へたはへたなりの出来上りがあらうものをと、わたしは首のない女の像を前にしてあたかも名工苦心のていのやうであつたとはいへ、内心は何の精進ぞ、ただわくわく胸を波うたせてあきれたゆたふほかなく、またもあへぎながら「京子さん、ちよつとこつちを向いて下さい。ぼくはあなたの顔を見なければならないんだ。」とわめいた。そのときかすかに揺れたかと思はれた京子の姿に近寄る間もなく、うしろから脊椎《せきつい》にひびくほど押し迫るもののけはひにふり返ると、善作がそこに立つてゐた。わたしは善作の体臭にくらくらとして、「あつ」とさけびながら倒れかかるからだを卓の上に投げて、ひろげたままの紙片をとつさにかくさうとしたが、をののく指先をすべり抜けて、首のない女の像はあからさまにはらはらと床に落ち散つた。かうしてこちらから秘密の底を割つて見せた上は、どんなみじめな敗北に打ちのめされようとも善作とたたかはなければならないのだと、わたしは動悸《どうき》をおさへながら静脈のふるへる拳《こぶし》に力をこめて起き上つた。善作は立つたままぢつとわたしを睨《にら》んでゐたが、突然さつと針のやうな光を瞳《ひとみ》に走らせ、てのひらにくちやくちやとにぎつてゐたものをわたしの面上に投げつけると、大声にさけびながら階段を駆けおりて行つた。散乱した数枚の紙幣とともに善作の声がひびきわたつた。

「かへつてくれ、さつさとかへつてくれ、かへれ。」

わたしは椅子の上にくづ折れ、もう一歩を踏み出す力もうせて、どこでどんな位置におかれてゐようとかまひなく、きよとんと眼を空に据《す》ゑてゐた。しかし、決してぼんやりしてゐるどころか、かかる場合にこそ到底ぼんやりしてなどゐられるものではない。理性につながるわがための命綱がさいはひにまだ朽《く》ちきつてゐないならば今こそ綱の端にすがらなければならないときだらう。だが、いつたいどこの綱手をどう手繰《たぐ》れば鈴が鳴るといふのか。堂堂たる理法の綾《あや》の中にまぎれこまうなどといふ贅沢《ぜいたく》な望みではなく、どんな頼りないことばの藁《わら》ぎれでもつかみたいとあへいでゐる有様なのだが、それほどの手がかりさへぷつつり断たれてゐるほどわたしは痴呆性《ちほうしよう》だといよいよ相場がきまつたのであらうか。それならそれで、わたしにも覚悟のきめやうがあらうに……しかしその覚悟にたどりつくまでのゆとりもこのとき許されなかつた。といふのは、いつの間にか上つて来た善太郎の声をついそばに聞かなければならなかつたのだ。

「をぢさん邪魔だよ。轢《ひ》いちやうよ、ぽう、ぽう、ぽう。」

善太郎は鋼《はがね》のレールを床の上に敷いて外国製らしい汽《き》鑵車《かんしや》を走らせる支度をしてゐた。子供といつても十一二歳のませた性なのにこんながんぜない遊びをするとは、わたしのためにはしやいで見せたのであらうか。わたしは今度こそぼんやりして小さい汽車のうごくのを眺めはじめたのだが、突然善太郎は何をみとめたのか欄《らん》干《かん》のはうへ駆けて行き「パパ、パパ」と手を叩《たた》きながらをどり出した。わたしも立ち上つて見ると、すぐ下の池のそばで、遠乗にでも行くのであらう、乗馬服にきかへた善作がこちらに背中を向けて石の上に腰かけ、鞭《むち》をふるつてぴしやりぴしやりと水の面を打つてゐた。水のしぶきの中でいくつかの緋鯉《ひごい》の鱗《うろこ》が跳ねかへつて光るのに、善作の鞭は一さう猛《たけ》り狂ひ、空を切つてひゆうひゆうと鳴りひびいた。そもそもはじめからわけのわからぬことづくめだのに、こちらがそれに輪をかけた判じ物の面相をしてゐたのではますますはなしがこじれる一方ではないか、いつそ、けらけらと笑つてやれと、わたしはこの光景を前にして洞穴《ほらあな》からひよつくり首を出したやうにあやしくも闊然《かつぜん》として天地の開ける思ひをしたが、ここに恥づかしいことにはわたしは突拍子もないときに愚かなことばを口走る病があるので、今も、「京子さん、お宅ではいつもああして鯉に運動させるんですか」といひながら、うしろをふり向くと、とたんに京子の姿は籐椅子の上から拭いたやうに消えうせ、下枝《しずえ》の葉が二三片風に落ちてゐるばかりであつた。そのときはつと、さうだ、京子は去年のくれ肺炎でたしかに死んでしまつてゐるのだ、まつたくさうだつたと、ぴんと鳴らす指の音で鼻づらを打たれたごとく、わたしの眼路《めじ》のかぎりにたちこめた霧は今とぎれとぎれに散りかけるのであつたが、さてそんなにも明るい光線の下でまだかたくなに鞭をふるつてゐる善作の背中の表情に直面しなければならぬ羽目に立ち至つたかと思へば、ほつと一息入れる束《つか》の間の安息とてはなく、わたしは襟《えり》もとがぞくぞくしてその場に立ちすくんでしまつた。

（昭和一一年一月「文芸汎論」）

ころび仙人

董生《とうせい》が仙人にならうと志したのは何でも酒に酔つてころんだのが元だと云ふことであつた。酒に酔つたことと、ころんだことに就いては、確かな証人がおほぜいゐる。酒のはうは毎夜の常で、わざわざ証人には及ばないのだが、ころんだ件は見栄坊《みえぼう》なこの男が初め秘し隠してゐたのを、ごくだう仲間がつい尻尾《しつぽ》を抑へてしまつたのだ。

鵲《かささぎ》のやうに貧乏のくせに、身なりだけは崩さず、どこで手に入れたのか大きな真珠の玉の附いた指環を穿《は》めて、毎夜必ず洛陽《らくよう》の酒楼滄浪亭《そうろうてい》の隅の卓子《テーブル》に、しやなりと現はれる、その董生の姿の見えないことが二晩三晩とつづいたので、忽《たちま》ち仲間の噂《うわさ》のたねになつた。事に依《よ》つたらば、滄浪亭の娘青々《せいせい》に対する叶《かな》はぬ恋を自ら覚《さと》つて、さすが己惚《うぬぼれ》のつよいあの男もしよげ返つてゐるのかと、二三人が面白半分で、町はづれの露地の奥、夕闇さびしい長屋に訪ねて行くと、戸がぴつたり閉まつてゐた。

しかし、歪《ゆが》んだ戸の隙間《すきま》から細い灯影が洩《も》れるのに、おい、董生、開けろ、開けろと叫ぶと、中から弱々しい声で、かんべんしてくれ、病が重い、当分誰にも会はぬと言ふ。暫《しばら》く押問答を繰り返したが、所詮《しよせん》開けさうもない様子に、不憫《ふびん》や、しほらしい恋わづらひかと、また露地の口に出て来ると、そこに、白い衣の裾《すそ》長く、手に芭蕉《ばしよう》の打羽《うちわ》を提げて、近所の医師の楽道人がえへらえへらと笑ひながら立つてゐた。

先生、どうしたのです、あの男の病気はと、口々に問ひかけるのを、軽く打羽で払つて、いや、案ずるほどではないが、迂闊《うかつ》には喋《しやべ》れぬと、ちよつと気を持たせておいてから、実は相手ほしげに語り出したのはつい先夜の出来事で、その真夜中過ぎ、とうに閉ざした医師の門をどんどん叩《たた》いて、先生、先生と悲しげに呼ばはる声に、しぶしぶ出て見るとこれが菫生で、頭から足の先まで泥まみれ、おまけに鼻血でどす黒く、しかし酒くさい息を吐きながら、ぱつたり倒れて、先生、助けて下さい。

まづ井戸端に連れて行つて、したたか水を浴びせたが、それでも酔のさめぬ重いからだを引きずり上げ、裸にして検《しら》べると、肘《ひじ》と膝《ひざ》に薄く血がにじんでゐるばかり。何をして来たと訊ねると、ころびました、溝《どぶ》に落ちましたで、あほらしい、これしきの傷に療治はいらぬ、早く帰つて寝ろと突き放す袖《そで》に縋《すが》つて、先生、鼻の頭、鼻の頭とわめく。見ると、なるほど鼻の頭が赤く腫《は》れ上つてはゐたが、そんなものはなほさら傷のうちには入らぬと言ひきかせても、いいえ、ほかの場所ならともかく、鼻の頭がこんな恰好《かつこう》になつては、とても生きてはゐられませんと、酒のおくび交《まじ》りに叫び立てる態《さま》に、さてはこいつのからみ酒か、面倒なと袂《たもと》くそを紙に包んで、さあ、この名薬を持つて帰れと、やうやく追ひ出した。

ところが、その帰りがけの玄関で、ふと医師の一人娘に出会ふと、どうしたことか、菫生は慌てて懐《ふところ》をさぐつて白銀一枚を取り出し、うやうやしく娘の手に握らせたさうで、それはおそらくどこかの酒場にでもゐるつもりになつたのであらう。それにしても、鼻の頭の腫れが引くまでは、美男きどりの菫生は当分外にも出られまい、だが一番重いのは二日酔さと言ひ捨てて、楽道人はふらふら向うへ行つてしまつた。

滄浪亭に引き返して来ると、一同卓子《テーブル》をかこんで、やはり病の元は恋らしい。醜女《しこめ》で評判の楽道人の娘に、なんで貧乏なあの男がなけなしの懐をはたくものか。たぶん酔眼朦朧《もうろう》と、あの醜女をここの店の佳人と見ちがへたのであらう。女さへ見れば、みんな青々に見えるのだ。鼻の頭ぐらゐがそんなに気になるのはおのづから故《ゆえ》ありさと、高声の笑ひ話に、ひそかに胸をときめかせたのは当の青々で、かねてこちらでも憎からず思つてゐた菫生のこと、生悴本性たがはぬ白銀一枚をよその鳶《とんび》に攫《さら》はれたのも口惜《くや》しく、それほどの心中ぢかに確めようと、次の夜人知れず、菫生の住居に来て、締まりのない裏手から、そつと忍び入つた。

菫生はそこにゐた。しかし、青々が途中ひとりで夢みて来たやうな濡場《ぬれば》のけしきに、ふさはしい恰好とは見受けられなかつた。

薄暗い灯影に浸つて、ぼんやり床《とこ》の上に坐りながら、傍に擦り寄つた美しい女の姿も、やさしい声も、温い手も、まるで感じないのか、体ぢうが痺《しび》れてしまつたと云ふふうに、身動きもせず、ただ瞳の色だけが奇妙な光を湛《たた》えて、闇のかなたへ、物のけのない遠くへ、きらきら漂つてゐた。そして、ふるへる唇から、微《かす》かな吐息が遣瀬《やるせ》なく洩《も》れて、ああ、紫いろの国、紫いろの国……そんな言葉が吐息の間に縺《もつ》れてゐた。

あほ向けになつた鼻の頭には、さしも大騒ぎを演じたと伝へられる有名な蚯蚓腫《みみずばれ》が赤く糸を引いてゐたが、その傷のことどころか、今董生は自分に鼻の頭があることさへ気がつかぬらしい態《てい》であつた。

青々は柔かな指さきに情をこめて、相手の膝《ひざ》をゆすりながら、どこを見ておいでなの、何もないところを見るなんて詰《つま》らないぢやありませんか。ねえ、こつちを見て。ここにあたしがゐるのよ、あなたの青々が……

すると、忽《たちま》ち董生の唇が狂ほしく動き出した。だが、それは青々に答へるためではなくて、ああ、紫いろの国……わたしはその国を見たのだ。その国に住んだのだ。どれほど長く、どれほど短く。一刹那《せつな》の間か、数劫《すうこう》の間か。それはわたしが酒に酔ひ、道ばたでころび、溝《どぶ》の中に落ちたと云ふことよりも、もつと確かなことだ。わたしは溝の中に落ちたと思つた。とたんに、わたしは紫いろの国にゐたのだ。そこは寂寞《じやくまく》で、陽気で、しんとして、賑《にぎや》かで、冷えびえとして、ぽかぽかとして……ああ、詩でも絵でも現はしきれることではない。そこには何もなかつた。つまり、いろいろなものがあつた。いろいろと言つたぐらゐではとても言ひ尽せないやうな豊饒《ほうじよう》なものがあつた。有るのか無いのか判らないところで茫《ぼう》としてゐた。だが、わたしは永久に無限にその国に留《とど》まることを許されなかつた。わたしは溝泥で真黒になつて、そこから突き落された。せめてもう一度、たつたもう一度でもあの国へ行けるものなら……ああ、紫いろの国……

青々はすつかり腹を立てて、おそろしい権幕で、この張合《はりあい》のない男にどなりつけた。あたしはもう腑抜《ふぬけ》のあなたと、礼知らずのうはことは真平《まつぴら》です。あなたとは一切縁きりです。ときに、酒代のはうはどうしてくれるつもりですか。今までかはいさうだと思つて借しといて上げたのに、まさか踏み倒すのぢやないでせうね。さあ、たつた今、耳をそろへて払つて下さい。そして男まさりの娘は董生の指から例の真珠の玉を抜き取つてしまつた。あれほど大事にしてゐた指環を抜かれたことさへ、もちろん董生は気がつく筈《はず》もなかつた。

この夜、滄浪亭で、青々がそんなに美しく見えたことは曽《かつ》てなかつた。しなやかな指に真珠の玉をきらめか

梅木英治
転生の刻

《新編・日本幻想文学集成》
全9巻

＊

【第1巻】
幻戯の時空
安部公房／倉橋由美子／中井英夫／日影丈吉

【第2巻】
エッセイの小説
澁澤龍彥／吉田健一／花田清輝／幸田露伴

【第3巻】
幻花の物語
谷崎潤一郎／久生十蘭／岡本かの子／円地文子

【第4巻】
語りの狂宴
夢野久作／小栗虫太郎／岡本綺堂／泉鏡花

【第5巻】
大正夢幻派
江戸川乱歩／稲垣足穂／宇野浩二／佐藤春夫

【第6巻】
幻妖メルヘン集
宮沢賢治／小川未明／牧野信一／坂口安吾

【第7巻】
三代の文豪
三島由紀夫／川端康成／正宗白鳥／室生犀星

【第8巻】
漱石と夢文学
夏目漱石／内田百閒／豊島与志雄／島尾敏雄

【第9巻】
鷗外の系譜
森鷗外／芥川龍之介／中島敦／神西清／石川淳

せて、青々は若者たちと共に飲み、笑ひ、歌ひ、踊つた。一同は時々あはれな愚かな菫生のことを思ひ出して、腹を抱へて笑ひころげ、その話を肴《さかな》にさらに盃を重ね、やがて乱ちき騒ぎの中に何もかも忘れてしまつた。

さて、菫生は日々に痩《や》せおとろへ、もう訪ねる仲間もない露地の奥で息絶えだえの有様となつたが、或る日、お人よしの楽道人がいささか気にも懸《かか》るのか、ぶらりと見舞に来た。

すると、若者は肉の落ちた手を伸べ、白衣の裾《すそ》に摑《つか》まつて、先生、紫いろの国へ行く薬を下さい。死ぬ前にたつた一度でいいのです。そして、いかに宥《なだ》めても承知しないその気ちがひぶりに、持てあました医師は逃口上で、いや、そんな薬はわしの手には及ばぬ。羅真人《らしんにん》にでも頼むほかなからうと言へば、病人は急に眼を輝かせて、おお、どうしてわたしは今日までそれに思ひ当らなかつたでせう。全く、あの隠れもない仙術の名誉、羅真人ならば、きつとわたしの願ひを叶《かな》へて下さるでせう。だが、一体どこへ尋ねて行つたらば、羅真人に会へるのですか。

冗談を真《ま》に受けられて、楽道人はまごつきながら、仙人のゐどころなど、なんでわしが知るものか。まあ、気を確かに、ゆつくり養生することだと、そろそろと腰を浮かせたのに、相手はしつこく搦《から》まつて、いえ、どうしても教へて下さい、ぜひ、ぜひと叫ぶ顔つきはただならず、よんどころなく気休めに、さあ、裏の山にでも登つてみなさい。大きに藁《わら》小屋の中にでもゐるかも知れぬ。

菫生は杖《つえ》に縋《すが》つて、ひとりとぼとぼ、喘《あえ》ぎながら裏の山に登つた。岩角、草の根を分けて、からくも頂上に辿《たど》り着くと、そこに小さな藁小屋が一つ立つてゐた。しかし、それは豚《ぶた》一匹もぐりこむのさへ覚束《おぼつか》なく見えたほど小さなもので、入口らしい隙間《すきま》の前に破れ蓆《むしろ》がぶらさがつて、風にゆれてゐるばかりであつたが、菫生は少しもたぢろがず、その蓆を排《ひろ》げて、真闇《まつくら》な穴の中にくぐり入つた。

とたんに、ふはりと天地が開けた。晴れたやうな、曇つたやうな、冷えびえとして、ぽかぽかとして……つまり、一瞬にしてそれは紫いろの国であつた。

菫生は夢みごこちで、わくわくしながら、あたりを見廻すと、向うに峨々《がが》として、地上のどこを探してもありつこないやうな立派な宮殿が聳《そび》えてゐた。おそるおそる、その門内に入つた。ひつそりしてゐたが、どこかに楽の音が浮き立ち、愉《たの》しく、ぞつとした。奥に堂があつた。堂の奥に榻《とう》があつた。榻の上に、一箇の老人が白髯《はくぜん》をしごき、傍に童子をはべらせて、ゆつたり構へてゐた。

おお、これこそ音に聞く羅真人《らしんにん》であらう。菫生は畏《おそ》れおののき、たましひを飛ばせ、息を呑《の》んで、床にひれ伏した。

菫生、おまへの来ることは見通しであるぞと、羅真人の声が頭上にひびいた。酒に酔ひ、道ばたでころび、溝《どぶ》の中に落ちるやうな、粗忽者《そこつもの》は世間に数限りがない。しかし、その輩《やから》はおほむね鼻の頭を擦り剝《む》くに止まり、たとへ物のまちがひにしろ、紫いろの国の片影《へんえい》なりと窺《うかが》ひ得た者はさだめし稀《まれ》であらう。おまへはその百年に一度の仕合せに巡り合ひながら、あまつさへ常住この国で暮らしたいなど、身分不相応の大願を発した。横着者め、近よれ。わしがその不届きな人相を改めてやらう。そして、今度はからからと笑ひ声が鳴りわたつた。菫生はそつと頭を上げた。洞穴のやうな口がそこにぱつくり割れて、真赤な舌がひらひら動いてゐた。歯は一枚もなく、舌は花びらよりもみごとで、香《かぐ》はしかつた。

さし招かれて、菫生は傍に寄り卓子《テーブル》を隔てて真向ひの椅子《いす》にかけた。もう頭を上げるどころではなかつた。爛々《らんらん》と睨《にら》みつける大きな眼の下で、隠れやうもなく、身を縮ませてゐるばかりであつた。さうして暫《しばら》く経《た》つた。突然、ぽかりと音がした。思はず菫生がふり仰ぐと、羅真人は右手に如意《によい》の棒を摑《つか》み、左手で卓上にころがつてゐる一顆《か》の瓜《うり》を取り上げて、悠然とそれを食つてゐた。そんな瓜は今まで見えなかつたもので、そして、傍にゐた筈の童子の姿は消えてゐた。食つてしまふと、羅真人は口からぷつと一粒の種子をはき出した。種子は宙に躍《おど》つて、忽《たちま》ち童子の姿となり、傍にはべつた。すると、羅真人は手中の如意を振つた。如意はぽかりと童子の頭を叩《たた》き、童子の姿は搔《か》き消えて、その代りに卓上には一顆の瓜がころがつてゐた。羅真人はその瓜を取り上げて、しかし今度は自分の口にではなく、いきなり菫生の口許《くちもと》に突きつけて、さあ、これを食へと、言つた。

呆気《あつけ》にとられて眺めてゐた菫生は面色蒼《あお》ざめ、ぶるぶる顫《ふる》へながら跪《ひざまず》き、尻ごみするばかりで、声も出なかつた。

つた。さうかと羅真人は凄《すさ》まじい調子で浴びせかけた。おまへはこの瓜が食へぬと言ふのだな。だが、これを食はなくては、おまへは到底仙人にはなれないのだ。どうだ、食ふか、食はぬか。よおし、この大事の機に臨んで尻ごみするやうな奴は捨ててはおけん。食はぬとあらば、わしがおまへを瓜にして食つてしまふぞ。いいか。大喝と共に、羅真人は右手に如意《によい》を振りかざし、左手に瓜を攫《つか》んで、雷霆《らいてい》のごとく落ちかかつた……

董生は瓜を食はされたのか、それとも瓜にされて食はれてしまつたのか、そのへんのところは漠として知る由もない。と云ふのは、あはれな若者はとたんにきやつと叫んで卒倒してしまつたのだ。そして、気がついた時には、先刻の藁《わら》小屋の前に伸びてゐて、既に黄昏《たそがれ》の雲に蓋《おお》はれた山頂にあつて、風にはためく破れ蓆《むしろ》の音よりほか、遠い国からの便りはなかつた。

その後董生がどうなつたか、これは洛陽《らくよう》ぢうがみな承知してゐる。

好奇心を持つ人があるならば、夜更《よふけ》に溝《どぶ》の傍を通ればよい。董生はいつも酔ひつづけ、ころびつづけ、のべつに溝の中に落ちてゐる。もう本物の気ちがひとして誰も顧《かえりみ》る者はない。おまけに、董生はころびながら泡を吹き出した。楽道人の見立に依《よ》ると、それはてんかんに相違なかつた。

しかし、その楽道人ひとりは親切にも、時々溝の中の董生を見舞に来た。そこに、泥まみれのまま、奇妙な光を湛《たた》へた瞳を上げて、天の一方を仰ぎながら、董生は悠々ところがつてゐた。さすがにお人よしと呼ばれた楽道人だけあつて、ひよつとするとこの若者は本当に紫いろの国へ行つてしまつたのではないかと云ふ疑《うたがい》を起した。

だが溝の中にころがつて泡を吹いてゐるやうな代物を、世間が仙人として承認する筈はなかつた。それにも係らず、てんかんと云ふ色気のない見立よりも、仙人と云ふ奥床《おくゆか》しい疑のはうを信用したい気持であつたのか、楽道人は或る日思ひ立つて、羅真人の意見を求めるべく、裏の山に登つて行つた。そこには、羅真人の姿はおろか、藁小屋の影さへも見当らなかつた。

（昭和一四年七月「若草」）

鉄枴

むかし、シナのある大国の都に鉄枴《てつかい》といふ青年がゐた。それは史上とくに活潑《かつぱつ》にあちこちでいくさがおこなはれてゐた時代であつたが、さすがに大国のことではあり、ひとびとがもうなにも気にするひまがないほどいくさに慣れきつてゐたので、兵火に燃える山村はともかく、ひとたび都の城門の内にはひると、これはいつも変らぬ泰平の繁昌《はんじよう》で、巷《ちまた》には盛装の子女がむれ、酒店には春醪《しゆんろう》の香がみち、わかものは日夜の歓楽をたのしみながら詩書礼楽《れいがく》でなければ語らなかつた。その中でも鉄枴は衆に超えて都第一の秀才として知られてゐた。もともと家は富み、六芸《りくげい》に通じ、双親はすでに没し、妻妾《さいしよう》はまだ迎へず、官職の累《るい》はなく、友だちの情は厚く、そのうへ無類の美男なので、この地上の幸運をひとり占めにしてゐるけしきであつた。

当時学術の粋はみな都にあつまつてゐたが、総じて物があまり盛《さかん》になると、物とはいつたいなにかといふことが疎略にされがちで、都に学者多しとはいへ、その学が天地間のどのへんに位していかなる秘義をもつてゐるのか、ついぞ見届けえた者はゐなかつた。これはかれらの怠慢よりも、むしろ学に夢中になりすぎた迂闊《うかつ》さのせゐであらう。もしたれかの手で頬《ほお》の肉をつねられたとしたらば、たしかにそれが痛いといふことは知つたであらうが、手が離れればすぐ忘れてしまふほど、かれらはぼんやりしてゐたやうである。ところで、鉄枴はひとり秀才の名に背かず、ひとが痛いと感ずるためには頬の肉がどのやうな状態に置かれるものか、ちやんと承知してゐたし、またそれを知ることがたいへん貴重であることもよく弁《わきま》へてゐた。しかし、この抜群の智慧《ちえ》者にして、いかに根《こん》かぎり考へても、どうしても判らぬことがあつた。それは頬の肉がある状態に置かれれば、なにゆゑにひとはそれを痛いと感じなければならないかといふことであつた。まづ痛さを知り、つぎに痛さの元を探り、さらにその元の仕掛を調べ上げて、そこまでの段どりは十分判明したのだが、痛くなるはずの理窟《りくつ》と、痛がらなければならぬ因縁とはそもそもどういふいきさつになつてゐるのか、初めはなほざりに見すごしたその間の開きが考へるにつれてますます茫漠《ぼうばく》として来て、理窟の筋もとぎれ詮索《せんさく》のすべも絶え、不思議の霧が濛濛《もうもう》と立ちこめた深淵の前に鉄枴は遺瀬《やるせ》なく取り残されてしまつた。そこで、鉄枴はさらに思《おもい》を凝らして、諸書に渉《わた》り、師に質《ただ》し、この秘密を見破らうと努めたが、疑ひはいよいよ深くなるばかりで、結局これはもう学といふものではなく、おそらくかの道といふものではないかと、はかない見当をつけるにをはつた。さういつても、道とは何であるか、それが漂渺《ひようびよう》として手の届かぬところにあるかぎり、判らぬことは依然として判らぬことであつた。本も、師も、自分の精いつぱいの努力も、それを解き明かしてくれるものはなにもなかつた。伝へ聞く遠西のぎりしやといふ国に一箇の哲人あり、その哲人は理窟や詮索では間にあはないやうな難問にぶつかると、だいもにおんといふものに相談して解決するさうであつた。運のわるいことに、鉄枴はさういふ重宝《ちようほう》な相談相手を身辺にもつてはゐなかつた。いろいろ考へ抜いた揚句、このうへはもう地上のあがきは役だたず、太上老君《たいじようろうくん》の教《おしえ》を乞《こ》ふほかはないと思ひ極《き》めた。太上老君は人跡を絶した崋山《かざん》の巓《いただき》に住まつて、霊異の名は世に鳴りひびいてゐたが、姿は雲上に隠れて見えず、俗の身をもつてそれに近づかうなどとはそらおそろしいことであつた。しかし、切羽《せつぱ》つまつた求道の念の前には、いかなる難事も物の数ではなかつた。鉄枴は太上老君のもとに参ずることに堅く決心した。

ある夜、鉄枴は親しい友だち数人を自邸に招いて、盛宴を催した。宴なかばに、鉄枴は立ち上り、咳《せき》ばらひ一つして、つぎのやうに説き出した。不肖は幼より学にこころざし、さいはひに師友の提撕《ていせい》をかうむり、下根《げこん》の身ながら力を尽したので、どうやら一通り物の理窟が判るところまで漕《こ》ぎつけることができた。元来不肖の学は栄達のためでもなく、利慾のためでもなく、まして雅文弁慧《べんけい》をもつて世に誇るためでもない。ただ、みづから学んでゐるものの正体を突きとめようと苦心して来た。ところで、その正体がだんだん判りかけて来たかと思はれたとき、たちまちなにもかも判らない羽目にぶつかつてしまつた。そのやうな羽目にぶつかつたという仕合せは、それこそ多年の努力のたまものであらうから、微塵《みじん》も悲しむべきではないが、ここで不肖が後にも先にも身を処するすべをうしなつたことはたしかだ。といつて、むなしく前面の壁に頭を突きあててくたばるわけにはゆかぬ。このうへは太上老君のもとに参じて道を求めるほかはないと覚悟した。これはもちろん凡俗の身として大それた高望みなのだから、たとへさいはひに崋山《かざん》の雲に攀《よ》ぢのぼりえたとしても、生きながらこの土に立ち帰ることができるかどうか判らぬ。もつともおのれ一人道を領受したところで、肉身が亡びてしまつたのではいかにして道を開顕すべきか。それでは実《み》も蓋《ふた》もないことになる。道のために、学のために、願はくは身を全《まつと》うして還《かえ》りたい。さりながら、生死はもとより測り知れないので、あるひはこれが永の別れともならうか。今宵ただちに崋山に向つて発足するに臨み、諸君とともにこころよく盞《さかずき》をあげたいと思ふ。そこまで一息に述べたてて、鉄枴は残りの酒をぐつと飲みほした。一座はしんとして、きぬずれの音も聞えなかつた。とたんに、鉄枴の隣の席から、女の泣き声がほとばしつた。声のぬしは盧《ろ》家の女、莫愁《ばくしゆう》であつた。

莫愁は都第一の美女であつた。さういつただけで、わざわざことわるまでもなく、都第一の秀才鉄枴とかねて恋仲であつたことは明かであらう。鉄枴はやさしく莫愁の背を撫《な》でながら、莫愁よ、なげくな、不肖はかならず帰つて来る。そして、親友の中でもとくに相許した夏生《かせい》をかへりみて、夏生よ、きみに託すべき後事がある。崋山に至るにしても、千鈞《せんきん》の重みあるこの肉身を提げて雲を攀ぢることは思ひもよるまい。依《よ》つて、不肖はたましひだけで飛行《ひぎよう》し、形骸は南園の榻《とう》の上に残しておかう。七日目の日没まで、大切に保存しておいてくれ。万一七日たつても帰つて来なかつたなら、丁寧に埋葬してくれ。そのときは、不肖はすでに崋山の鬼となつたときであらう。揺がしがたい鉄枴の覚悟を見てとつて、一同はなにもいはず、道のために、学のために、親友の飛行を祝して乾杯した。その夜すぐ、形骸を南園の榻の上にとどめて、鉄枴のたましひは遠く崋山に向つて飛び去つた。

七日目の日没ごろ、莫愁、夏生はじめ友人一同は南園の榻を囲んであつまつてゐた。もう数刻前から待ちわびてゐるのだが、鉄枴は帰つて来なかつた。日は沈みかけてゐる、鉄枴はまだ帰らない。日は沈んでしまつた、鉄枴はたうとう帰つて来なかつた。そこで、夏生は約束にしたがひ一同とともにねんごろに遺骸を葬つて、今は雲の上に消え去つた曠達《こうたつ》の友のために、遥かに讃仰《さんぎよう》と哀惜の意を表した。七日目といふ約束はきはめて厳粛なものなので、未練らしくもう一日待たうなどと考へたものは一人もゐなかつた。

ところで、八日目の日没ごろ、鉄枴のたましひは南園の榻《とう》の上にもどつて来た。この一日の食ひちがへはいかなる事情に依るのか、つひに明かでない。それよりも明かでないのは、崋山《かざん》の雲上に於ける太上老君と鉄枴との会見の模様である。ただ、げんにたましひが帰つて来た以上、鉄枴がむだ足をしなかつたことはたしかで、まさしく望み通り道は求めえたのであらうが、その道とは何か、うかがひ知るべき手がかりが絶えてゐる。もしその道が天下に伝つたとしたらば、地上の姿はいちじるしく変化してゐるはずであらう。せつかくつかんで来た道が持ちくされになつたところに鉄枴の名が残つたとは、鉄枴の不幸であつた。由来道と人間の世とは食ひちがはなければならぬやうな仕組になつてゐるのか、ここに南園の榻の上で、求道者のたましひと形骸とは永劫《えいごう》に引き離されてしまつた。

さて地上にかへつて来た鉄枴のたましひはからの榻を見出《みいだ》して悲歎《ひたん》にくれてゐるひまはなく、まづはなはだしく狼狽《ろうばい》した。それは道の開顕のためにかならず肉を取らなければならなかつた。あはれなたましひは行方も知らずふはふはと迷ひあるいて、宿るべき肉体をさがし求めたが、あいにく繁華無双の都大路なので誂《あつら》へむきの死骸などごろごろ転がつてゐるわけがなかつた。そこで、夜風に揺られながら城門の外に出ると、をりしもころは乱世で、剣戟《けんげき》を手にした血まみれの肉体が至るところに地をおほつてゐたが、都合のわるいことにそのどれもがずたずたに傷を受けてゐるか、あるひは無慙《むざん》にも腐爛《ふらん》してゐて、物の用に立つけしきはなかつた。たづねあぐんで、ある丘のほとりに来かかると、そこに一箇の死骸が倒れてゐた。これは行き倒れの餓死人と察せられ、身分は農夫らしく、さいはひ五体満足であつたが、ただふた眼と見られぬ醜貌《しゅうぼう》で、あさましく痩《や》せおとろへ、そのうへ跛《びっこ》であつた。だが、さしあたり撰《え》り好みをしてゐる場合でなく、鉄枴のたましひはついその死骸の中にはひつた。

鉄枴は跛を引きひき、途中で拾つた杖《つえ》にすがつて、あへぎながらふたたび城内にたどり著《つ》いた。もう朝になつてゐた。擦れちがふひとびとは鉄枴の姿を見ると、みな眉《まゆ》をひそめて、べつと唾《つば》を吐いた。華やかに飾つた女たちは衣裳《いしょう》がよごれでもするかのやうに、遠くから避けて通つた。平常懇意の連中も、にがにがしくそつぽをむいて行き過ぎた。しかし、鉄枴はさういふことを全然気にかけず、まつすぐに大路をわたつて廬家の門の前に立つた。すると、鉄枴がまだなにもいはないさきに、下男が駆け出して来て、棒を振つて、行け、行けとどなりつけた。やむなく、鉄枴は裏手のはうへまはつて、こころみに木戸を押すとすぐ開いたので、中にはひつた。そして、案内知つた庭をよこぎつて、運よくたれにも見咎《みとが》められず、家の奥にある莫愁の部屋に忍びこんだ。部屋の中には人影がなく、なまめかしい香がほんのりただよつてゐるばかりであつた。その香にまじつてなにか焦げくさいにほひがした。見ると、火桶《ひおけ》の灰の上に、黒く燃された紙の束があつた。燃え残りの端切《はぎれ》に記されてゐる文字から推測すると、それはまさしく鉄枴がかつて莫愁に書きおくつた愛情ある手簡《しゆかん》のかずかずであつた。

やがて、鉄枴は夏生の邸《やしき》のほとりに来てゐた。今度は表門にかかるのをやめて、すぐ裏手へまはつたが、木戸に鎖《じよう》がおりてゐたので、たいへんくるしい思ひをして、跛《びつこ》の足で塀を乗り越さなければならなかつた。奥庭のはうへはひつて行くと、向うにいつぱい咲きほこつた夾竹桃《きようちくとう》の花のかげに、ひとのけはひがした。前の池の水に、花のかげで手を取りあつて愉《たの》しげに語らふ美しい男女の影が揺れてゐた。それを見ると、鉄枴はわれを忘れて大きい声をあげ、蟇《がま》が跳ねるやうに飛び出した。おお、恋人よ、友だちよ、鉄枴こそ今もどつたぞ。首尾よく道を手に入れてかへつて来たぞ。ひとの世のいかなる難問でもすらりと解ける宇宙の公式はわが懐中にあるぞ。きみたちにこそ真先にこのよろこびを伝へるのだ。夾竹桃の花がみだれて、夏生と莫愁の姿があらはれた。とたんに、莫愁はきやつとさけんで夏生の腕の中に倒れかかつた。夏生は莫愁をうしろにかばひ、頼もしく立ちはだかつて、抱きつかうとする鉄枴を突き放した。かつたいめ、出てうせろ。そして、声を張りあげてひとびとを呼んだ。

邸の中では、ひとは祝宴のさいちゆうであつた。それは夏生と莫愁の婚約が披露された日であつた。鉄枴のゐない今では、夏生は申分なき都第一の秀才なので、それが都第一の美女を娶《めと》ることはきはめて当然な、また結構なことだと思はれた。そして莫愁はといへば、これはげんに在るものをいつも一番よいものとするところの健全なる婦徳を遵守《じゆんしゆ》したまでであつた。これほどめでたい祝宴にけちをつける不吉な闖入者《ちんにゆうしや》を、ひとは決して許さなかつた。鉄枴は棒と石の雨に逐《お》はれて門外にたたき出された。もちろん、それが鉄枴であらうなどと、たれも考へる者はなかつた。もし自分たちの考へてゐるかたちに欲《は》まらないやうな鉄枴だと見定めえたとしたらば、ひとはかならずそのやうな怪物を打ち殺してしまつたに相違ない。

その後、深山に踏み入つた樵夫《きこり》が異人を見たといふうはさを伝へた。跛《びつこ》で醜面の異人が巌頭に腰かけて、ひとり瓢簞《ひようたん》を傾けて酒を飲みながら、ふうと吹く息とともに、おのれの分身、やはり跛で醜面の小異人を口中から吐き出してゐたといふ。さういふわけの判らぬ人間がめつたにゐるはずはなかつたが、世間はわけの判らぬ人間の存在をみとめることを好まなかつたので、万一の場合、秩序の維持のために、それを仙人といふ籍の中に置いて取扱ふことにしてゐた。かうして鉄枴は仙人となり、めづらしい話題として当座ひとびとにおもしろがられ、やがてそのうはさが倦《あ》きられると、うそにされてしまつた。しかし、仙人が浮世の沙汰《さた》と係りをもつわけがないので、鉄枴は鉄枴で、ひとりで山の中にくらしてゐた。そして、仙人には通力《つうりき》が附物《つきもの》なので、その通力に依《よ》つて格別不自由も退屈も感じなかつた。ただ、こまつたことが一つあつた。今、鉄枴は道のかたまりでしかなかつたので、口をあくと、すぐ道がぼろぼろこぼれ出した。それが此世《このよ》の風にあたつたかたちは、やはり現在のからだつきのままに、跛で醜面の畸《き》形《けい》であつた。息を吐くそばから、小型の餓死人の醜骸《しゆうがい》が浮んでは消えて行つた。天竺《てんじく》の釈迦《しやか》は弥陀《みだ》を呑《の》みこんで血肉となし、弥陀は釈迦の自証に於て姿を示したさうである。しかし、仕合せなことに、釈迦は最後まで悉達《しつた》太子の肉身をうしなはなかつたので、仏陀《ぶつだ》であると同時に地上第一の美男であるといふ贅沢《ぜいたく》きはまる身分を保有してゐた。しかるに、鉄枴はやつと太上老君を会得《えとく》したかと思ふと、それを顕現するに好都合な元の肉身を取りそこなつてしまつた。おかげで、せつかくの太上老君はさて措《お》いて、あまり本当のものがまぜものなしに地上にあらはれたときにはかならず奇怪なかたちを取るといふやつかいな宿命を自証しなければならなかつた。それにしても、当人の眼にその恰好《かつこう》が見せつけられるとは何の因果であらう。いかに物事におどろかぬ仙人にしろ、自分まで自分のかたちを奇怪と見なければならぬやうな本当のものは、身につけてゐても始末にこまるばかりである。鉄枴はこまりながら、酒を飲んだり、滝を見たり、松風を聴いたりして、ぶらぶら日をおくつてゐた。そのじつ、息を吐くたびごとに、ひとりでいやな思ひをしてゐた。そして、仙人といへども息は吐かざるをえないので、鉄枴はいつも浮かぬ顔つきをしてゐた。

（昭和一三年一〇月「科学知識」）

しぐれ歌仙

一

その朝、亥吉《いきち》は逃げる支度をしてゐた。どこから。逃げるといへば、現在の自分といふものから逃げ出すことのほかにはありえない。そのための支度ならば、亥吉はいつもこころがけて来たといへた。しかし、こころがけだけでは、柳行李《やなぎごうり》一つしばれない。自分の無精《ぶしよう》をひつぱたくやうにして、つい手を下して、ありつたけの現金とか証券とか、身のまはりのものを鞄《かばん》一つにまとめたのは、このあけがたであつた。いつぱいに詰まつた鞄にぴしりと鍵をかけたとき、決心が形式をとりはじめたとさとつた。その赤皮の鞄が全財産であつた。いや、手でつかめるやうに整理された現在の自分の目方がそこにあつた。この荷物をどこかに運搬するためにではなく、やがてこいつを投げ捨てるために、出発しなくてはならない。亥吉はちよつと鞄をさげてみて、それをベッドの下に置いた。そして、出発するまへに、しばらくベッドの上に寝ころんで、うとうと眠らうとした。

やうやく眠りかけたとき、ヂーと、ベルの音が強く鳴つた。たれかが門のベルを押してゐる。つづけて、ヂー、ヂーと、いらだたしく鳴つた。はつきり目がさめて、時計を見ると、八時になつたばかりである。亥吉はそのベルの音に不吉な予感がした。これほど朝はやくたづねて来るものは無いはずであつた。電報かなにかならば、裏口にまはつて戸をたたくだらう。ベルは鳴りつづけてゐる。しかも、それはあたりはばからず、強引に押しかけて来た調子にきこえた。なにものか、門のあくのを待ちかねて、舌打しながら、やけにぎゆつとベルを押しつけてゐるさまが見えるやうであつた。

こちらも舌打しながら出て行つて、門のくぐりをあけると、とたんに、あたまからさきに頭突きといふ姿勢

で、ぬつと踏みこんで来た男ふたり、

「税務署のものです。」

さういつて、上著《うわぎ》の胸をひろげて、ちらと手帖《てちょう》をのぞかせた。身分証明書のやうに見えた。それはほとんど刑事の気合に似てゐた。この来訪は亥吉にとつてまんざら意外ではなかつたが、これから出発といふまぎはに、どうも迷惑であつた。しかし、ひとりぐらしの亥吉のところでは、本人のほかに応対に出るものはゐなかつた。

「今、出かけるところですが……」

相手は耳にも入れないふりで、

「けふはあなたの滞納についてゆつくり御相談にうかがつたのです。」

とても門さきでおとなしく引きさがりさうもないけはひと見て、亥吉はこれを家の中に通した。

亥吉の商売、そのほんたうのところは別に伏せてあつたが、おもてむきは紙のブローカーといふことになつてゐた。そして、おもてむきだけのものにしろ、実績はわづかにしても、いささかの収入が無いこともなかつた。しかし、世わたりのための看板ならば、どれも似たやうなその場しのぎのものではないか。亥吉は自分がたのしんでゐるわけでもない仕事について、不当に高率の税金のことまで考へる義理……いや、ひまが無かつた。それは亥吉の生活上あきらかにむだな屈托《くつたく》であつた。したがつて、滞納は自然の成行であつた。取立てる側にしてみると、督促もまた当然といへばいへるかも知れない。敵にも三分の理はあるのだらう。めんどくせえ、勝手にしろ。二三の問答ののち、亥吉はもういひあらそつてみるといふ好奇心をうしなつて、口をとざした。なにをいつても、結果に於ておなじことではないか。実際に、それはおなじことであつた。「ゆつくり御相談」といふ敵のセリフの具体的内容は、はじめから勝手にべたべた差押《さしおさえ》の札を貼《は》るといふことにきまつてゐたやうであつた。家は借家である。家財道具にもろくなものは無い。それらはすべて亥吉にとつて不要のもの、現在では拋棄《ほうき》したものにひとしかつた。あれにもこれにも札が貼られて、自分と品物との縁が完全に絶たれて行くけしきを、亥吉はゆつくりながめてゐることができた。

最後に、敵はベッドの下の赤革の鞄《かばん》に目をとめた。

「これは何ですか。」

はたと、亥吉は当惑した。といふのは、その鞄の底には実弾をこめたピストル一挺《ちよう》とアヘン一包が秘められてゐたからである。

「あけて見せて下さい。」

敵は容赦なく迫つた。しかし、ピストルは無届《むとどけ》のもの、アヘンは禁制のもので、いづれも亥吉の商売上の秘密に関係する品物であつた。

「あけられないといふのですか。」

ためらつてゐては、なほうたがひを濃くするだらう。亥吉は肚《はら》をきめた。鞄をぱつくりあけて見せて、上のはうに入れておいた現金を出して、そつくりわたすことにしよう。その下には、いいあんばいに、肌著《はだぎ》のたぐひがごちやごちやと詰まつてゐる。現金さへわたせば、おそらく底をはたいてまでしらべもしまい。亥吉は上著のポケットに手を入れて、鍵を出さうとした。しかし、鍵はそこに無かつた。ずぼんのポケットかな。そこにも無い。どのポケットをさぐつても、鍵は手にあたらなかつた。いや、ポケットではない、さつきテイブルの上に置いたはずだ。しかし、そこにも見えない。テイブルの下をのぞいても、落ちてゐなかつた。

「鍵が無い。見えなくなつた。たしかに、ここに置いといたのだが。どうしたのか。」

敵はその亥吉のやうすをにらんでゐたが、だまつて鞄の鍵穴のところに差押の札をぴたりと貼《は》つた。

闖入者《ちんにゆうしや》がかへつたあとで、亥吉はあらためてテイブルからベッドから床に至るまで隈《くま》なくさがしたが、鍵はつひに見つからなかつた。どうしても、テイブルの上に置いたにちがひない。しかし、それが見えないといふことはどうにもならなかつた。鞄は元のままベッドの下にある。依然として、整理された現在の自分の目方がそこにあると見られる。ただ、運搬するにしろ、投げ捨てるにしろ、それはもう自分の手で処分することのできぬものになつてしまつた。差押へられた鞄でも、手にさげて逃げることはできるだらう。また鍵をうしなつた鞄でも、刃物をもつて切りひらくことはできるだらう。しかし、国内にとどまるかぎりでは、それはやがて自分の身柄がなにものかの手につかまへられて、どこか暗いところに鍵をかけて閉ぢこめられるといふことではないか。逃げきつてしまへなくては、逃げたことにはならない。もつとも、税金をはらふといふ簡単な手はある。さうすれば、差押は解かれて、鞄《かばん》は無事に手もとにのこるだらう。ところで、その金策のためには、まづ鞄をあけて、現金、証券、そのほか金のくめんに必要なものをとり出さなくてはならない。しかるに、鍵はすでにうしなはれて、鞄の鍵穴は封じられてゐる。そのとき、逃げるといふことがいかに壮烈な行為であるか、亥吉は強く自覚した。そして、その自覚が強いだけに、現在どうすればよいか、まつたく途方にくれた。

亥吉はおもはずつぶやいた。

「どうして、かうなのか。おれはどうしてかういふ目に逢《あ》はされなくちやならぬのだ。」

すると、いきなり廊下のはうから、

「おもしろいわ。あたし、おもしろくつて。いいきみだわ。」

つい閾《しきい》ぎはにあらはれたのに、

「なんだ、来てゐたのか。」

となりの家の辰子《たつこ》であつた。その夫の子之助《ねのすけ》とも、亥吉は懇意にしてゐた。

「なんだかごたごたしてゐるとおもつて、さつき裏からそつとはひつて来たの。世話場を見物させていただきましたわ。たまにはこれくらゐの目に逢つたはうがいいわ。」

となりとの堺は荒い竹の垣根で、そのくずれから通りぬけになつてゐた。ひろくない家の、この部屋と台所とはうすい羽目板一重なのだから、こちらのやうすはすつかり判つたにちがひなかつた。

「おれのこまるのが、そんなにおもしろいのか。」

「あたし、男がこまつてゐるところを見るの好きよ。もつと、もつと、棒かなにかでぶんなぐられたはうがいいんだ。」

辰子はときどきひどく乱暴な口のきき方をした。

「こいつ。」

亥吉は辰子の肩をつかまへてぐつと抱きよせた。それはすでに自分の女房をあつかふやうな仕打であつた。辰子は急にぐつたり亥吉の腕にもたれかかつて来て、

「ねえ、いついつしよにくらすの。」

いつも、ほかのはなしの途中でも、リフレンのやうにひびかせることばがそれであつた。亥吉もまたいつもとおなじことばで答へた。

「たつた今から。」

しかし、その「たつた今」はいつといふことなしに延びて来てゐた。

「いつしよに逃げるといつたわね。いつ逃げるの。はやく逃げて。」

つい先刻ならば、亥吉は即座に「たつた今から」と答へたにちがひない。そのために、右手にさげるべき鞄《かばん》の用意はできてゐた。そして、左手には辰子といふもう一つの荷物をかかへて、今ごろはどこかの駅に車を乗りつけてゐたはずであつた。亥吉はちよつとだまつてゐたが、やがて力をこめて辰子を抱きしめながら、かういひ出した。

「おい、たつた今、けふからここでいつしよにくらさう。いつ、どこでと、あるかどうかも判らない絶好の時と処とをさがして、今までうろうろ考へこんでゐたのが馬鹿《ばか》だつたんだ。ぼくが愛してゐるのは現在のきみだ。そして、きみの相手もまた現在のぼくだ。未来のきみと未来のぼくとがいづれそのせつ附合ひませうといふ相談をしてるのぢやないね。これは今のことだ。はつきりしてるぢやないか。ぼくは今ここにゐる。きみはすぐここに来てくれ。逃げるのはそれからさきのはなしだ。さうでなくては、いつしよに逃げられないぢやないか。おこるかも知れないごたごたは、それが実際におこつたときに処理すればいい。判つたか。」

辰子はすぐに返事をしなかつた。亥吉は自分の胸にもたれてゐる小さいあたまの中に、なにが浮び、なにが消えて行くとも判じかねた。

外にはすこし風が出て来たらしく、ばたん、ばたんと、戸の刎《は》ねかへる音がきこえた。その音は門のはうとおもはれた。おそらく、さつきの闖入者《ちんにゆうしや》がかへりがけに、くぐりの戸をあけはなしのままで行つたのだらう。

音はあひだをおいてまだきこえる。亥吉はそれが気になつたやうすで、

「ちよつと待つてゐてくれ。」

辰子を椅子《いす》に押しつけて、門のはうに出て行つた。そして、くぐりの戸をしめて、もどらうとすると、ぱらぱら、ふるともなく、かすかな雨が落ちて来た。

こちらと地つづきの、荒い竹の垣根をへだてたとなりの庭……といふほどでもない空地に、白いけむりが立ちのぼつてゐて、そこに子之助のうしろすがたが見えた。ゴミかなにかを燃してゐるのだらう。挨拶《あいさつ》をするでもなく、もどりかけた亥吉に、先方から声がかかつて、

「朝つぱらから、おとりこみのやうだな。」

垣根にちかく、笑《わらい》をふくんだ子之助の顔がこちらを向いてゐた。

「いや……。」

子之助は建築のはうの技術家で、どこやらの会社につとめてゐるといふことであつたが、毎日出かけるやうすも見えず、つとめむきのことは当人もいはず、かなりのんびりと、しかし実直にくらしてゐた。この技術家と亥吉は奇妙に気が合つた。以前はもとより、ちかごろ女中が暇をとつた亥吉の家に、手つだひと称して、辰子がおほつぴらに出入するやうになつてからも、ふたりで口あらそひ一つしたことはなかつた。いや、もつと奇妙なことに、以前よりもなほ親密になつたやうにさへ見えた。辰子といふ橋がかかつて、この二軒の家の中はほとんど筒抜《つつぬけ》であつた。それとは別に、亥吉は子之助とまじはる一つの機縁をもつてゐた。道楽といつてはなにも無い子之助に、ただ俳諧《はいかい》の癖《へき》があつた。その癖にもまた亥吉はつながつてゐて、ときどきあやしげな附《つけ》合《あい》といふあそびをこころみたが、それは碁将棋《ごしようぎ》を好むものどうしが顔をあはせるとすぐ一局といふのに似てゐた。ところで、辰子のおほつぴらの出入ののち、このはうはついかけちがつて、まだ一度もこころみるをりをえないでゐた。

今、子之助の顔を見ると、亥吉はふつと附合《つけあい》のことをおもひ出した。すると、はやくも相手のはうから、

「これぢや、句も出ないだらう。」

さういはれて、負けない気も手つだつて、

「いや、一つこしらへたよ。急場のことだから、実景そのままだ。」

みつぎとり踏みこむ門のしぐれかな
それを口に出していつて、亥吉はすぐ引つこむつもりでゐたところ、相手はただちに脇を附けるつもりか、垣根にもたれて考へこんだのに、しぜん足をとめないわけにいかなくなつた。さいはひ、かすかな雨は濡《ぬ》れるといふほどではなかつた。

子之助はちよつと考へて、

「こつちも実景で行かう。」

枯葉ひそかに犬のなく声
枯葉。なにが実景なものか。ゴミではないか。犬といへば、子之助の足の下にちよろちよろして、小犬が一匹ゐることはゐた。しかし、このとなりの小犬は御用聞が来たのにさへきやんきやんとおびえて、縁の下に逃げこんでしまふ。とても踏みこんで来たみつぎとりにむかつて盛大に吠《ほ》えついてくれるやうなたのもしいやつではなかつた。もしかすると、子之助はひそかにゴミを焼きながら、こちらのごたごたを犬のわめく声同然に聞きとつたのではないのか。さうとすれば、その犬の声の中には、みつぎとりの声とともに、自分の声もはひることになると、亥吉はちよつと邪推しかけたが、子之助は他意のなささうな顔つきをしてゐた。亥吉は気をしづめて、枯葉ひそかに……と、相手の附句《つけく》をくりかへしながら案じてゐるうちに、たちまち目のまへに深い山のけしきがひらけて来た。山は枯葉にしづもつてゐる。そこに、静寂をやぶつて、犬の声がきこえる。これはどうしても獲物を狩り出し追ひ立てる犬である。すると、鉄砲打か鷹狩《たかがり》かといふことになるだらう。しかし、前句の犬の声はみつぎとりの見舞を受けた人物が聞いたものである。もう発句《ほつく》に拘泥《こうでい》するにはおよばないとしても、ここですぐ狩のはうに飛ぶのは飛びすぎるやうではないか。いや、これはげんに差押《さしおさえ》をくつた当人が夢みてゐるけしきであつた。

亥吉はなほしばらく案じたのちに、

「くれに迫つての差押のあとだから、縁起直しに、正月にもつて行かう。うまく附いてくれるかどうか。」

初夢は鷹《たか》の羽音にさむるらむ

子之助はふむふむとうなづきながら、その句を舌の上にころがしてゐるふぜいであつたが、突然嚙《か》んで吐き出すやうに、

「さうか……さうか。」

低くうなつて、眉《まゆ》のあひだに皺《しわ》がけはしく見えたのに、亥吉はおどろいた。なにか気にさはつたのか。おもひなしか、顔の色もすこしいかつくなつて来たやうであつた。子之助はむつつり腕組して、そつぽを向いてゐた。しかし、やがて眉の皺がとけて、しづかにつぎの句をいつた。

床にほどよき梅黄水仙《きずいせん》

無理にもおめでたがつて見せた前句に対して、夢のさめた枕もとに春の植物をいけた床《とこ》の間《ま》のけしきを配したものと、亥吉は無事に聞きとつた。しかし、黄水仙……そのことばをくりかへして、どきりと虚をつかれた。これは梅とともに辰子の好みである。そして、水仙はすなはちナルシスではないか。いつであつたか、亥吉は辰子にむかつて「きみは女のナルシスぢやないかな」といつたことがあつた。辰子はたしかにひとの目をひくほどに美しくはあつたが、どうも当人が容姿に自信をもちすぎてゐるやうに見えた。さういつても、のべつに鏡をのぞきこんで、おのれの影に見とれてゐたといふことではない。反対に、鏡は辰子にとつて不要であつた。辰子はほとんど鏡を見るといふことをしなかつた。おしろいは絶対にきらつた。化粧といへば、口紅のほかには、クリームをちよつとつけて、ガーゼで拭《ふ》く。髪にはあまり油をつけず、小さい櫛《くし》できゆつきゆつと搔《か》く。すこし伸びると、自分で鋏《はさみ》をもつて、うしろのはうをばさりと切る。これが生れつきいいぐあひに縮れてゐて、美容院といふところにはつひぞ足踏みしない。風呂にはひるときは、ざぶりとつかつただけで、すぐに出てしまふ。きものを著《き》るときは、姿見なんぞと相談するまでもなく、晴著でも、寝巻でも、無造作にひつかけて、手間がとれることはない。それが辰子の美容術のすべてであつた。そして、それだけで申し分ないと、じつは亥吉の目も納得させられた。辰子は自分の容姿をいはばおもひきつていけぞんざいにあつかひながら、しかし

いかなる晴の場所に押し出しても、いつも姿勢の安定を保つてゐて、ひけ目とか、こころのみだれとか、さういふ暗い影は微塵《みじん》も示さなかつた。当人がこれほどにおちついてゐられるのは、おそらく無意識のうちに、自分の容姿について、それがかならず申し分ないといふことを隈《くま》なく知りつくしてゐるのではないか。それはあたかもつねに鏡の間のまん中にゐて、自分の前向きの顔、横向きの顔、立すがた、うしろすがたのことごとくを十分たんのうするまでにたしかめ、もはや自信の堺を越えて、じつはやつぱりおのれの影に見とれてゐるといふことにひとしいやうであつた。亥吉がナルシスといつたのは、ひよつと出たことばではあつたが、もしか当つてゐるのかも知れなかつた。

辰子はまた自分の容姿について他人がいつたことばは、揶揄《やゆ》であらうと、悪口であらうと、すべて褒《ほめ》ことばとして呑《の》みこんでしまふといふ習性をもつてゐた。すなはち、いかなる批評からも、辰子は完全に無疵《むきず》でありえた。そして、その批評あるひは褒ことばを、当人がときにはひとにはなして聞かせもした。げんに、さういふはなしを、亥吉も聞かされたことがあつた。ナルシスの件にしても、辰子はやつぱりたれかにはなしてゐるのではないだらうか。すくなくとも、子之助にはいつてゐるだらう。いや、だらうではない、たしかに亥吉のゐるまへで辰子は子之助にむかつてそれをいつてゐた。句に黄水仙とあるのは、もしかすると、ナルシスにひつかけてゐるのではないか。つまり、辰子のことになる。床とはどこの床か。この床はどうしても子之助の家の床であつて、他人の家の床ではあるまい。それならば、辰子は絶対に子之助の家のものであつて、他人の手にはわたさないといつてゐるやうにきこえて来る。これはまんざら邪推ともおもはれなかつた。いつたいさきの初夢の句を、子之助は何の意に聞きとつたのか、知れたものではない。こちらの初夢はどうもおめでたすぎた。鷹《たか》の羽音は矢音にかはつたやうである。相手は意外なところで、突つ張つて出たものだ。さうか、絶対に辰子はわたさないといふか。今度はこちらが「さうか」と考へこむ番であつた。これには何をもつてむくいるか。つぎの句はすぐには出かねた。

しかし、目をあげると、子之助のすがたはもう垣根のそばに見えず、いつか本ぶりになりはじめたほそい雨のあしの下に、ゴミの燃えのこりがぷすぷすいぶつてゐた。

亥吉が家の中にはひつたとき、辰子はすでにそこにゐなかつた。

〔未完〕

（昭和三〇年一月「群像」）

無尽燈

一

戸棚の上の段の、隅のはうに、小さい棚が吊《つ》つてあつて、そこになにか箱でも積んでおけばただの棚だが、ときに神祇釈教《じんぎしやつきよう》に関するものを載せれば神棚ともなり仏壇ともなるやうな仕掛で、げんに不動尊の札が二枚立てかけてあり、そのまへに榊《さかき》が供へてあるけしきは、これはともかくわが家の祭壇と見なすほかない。わが家といつたところで、たかがアパートの一室の、ひとりで住むにさへ狭い場所では、目のとどかぬ隈《くま》もないはずだが、戸棚の中にまで立ち入つてこまかく世話もやきかねるままに、この祭壇は室内に於けるわたしの精神の支配がしばらく大目に見のがしてゐた神秘的な片隅であつた。もともと、かういふ棚の仕掛はわたしが考案したものではない。それは当時わたしといつしよにくらしてゐた女、つまりわたしの女房といふことになるが、弓子がいはばわたしの目をしのんで、しかし剛情に、自分の手で打ちつけた細工であつた。戸棚の中を撰《えら》んだのは、日常わたしの癇癖《かんぺき》からなるべく離れたところにそれを置かうとした心づかひなのだらう。ここに当時といふのは、戦乱のさなか、やがて市街のあちこちに火の手が揚がらうとしてゐたころである。

その棚の上に立てかけた不動尊の札二枚も、弓子が自分で成田まで行つて受けて来たものであつた。成田参詣《さんけい》といへば、ふつう役者とか芸者とか縁起商売のものがおほいやうに聞いてゐる。しかし、弓子の生れなり育ちなりを、また気質なり嗜好《しこう》なりをざつと見わたしたかぎりでは、さういふ俗信との関係についてなるほどとおもひ当るやうなふしが無く、わたしはずつとまへから、まだわたしのもとに来ないまへからの弓子を知つてはゐたが、それがいつどうして不動尊のはうに引かれて行く次第になつたのか、つひに知るに至らない。そして、事の不明は不明のままにしておいて、わたしはそんなことは勝手にしろと突き放してゐたやうなぐあひである。さうはいつても、この二枚の札はまのあたりの事実で、一枚には「心願成就」とあつて、弓子みづからの名が記してあり、もう一枚には「商売繁昌《はんじよう》」とあつて、そこに記されてゐるのはわたしの名にほかならず、いつのまにか、わたしもまた避けがたい巻添《まきぞえ》をくはされてゐた。

「商売繁昌」とは、けだし弓子がわたしのために祈つたのだらう。いつたいわたしの商売とはなにか。わたしは相場師でもなく角力取《すもうとり》でもなく、まして兵隊でもなく徴用工でもなく、他の何業でもない身の上なのだから、それは結局ささやかな筆のいとなみをさすものと推されるが、さうとすれば、わたしの商売は今もむかしも繁昌したためしが無い。とくに、いくさのあひだは不振であつた。それが個人的な生活事情に関するかぎりでは、困苦欠乏はかねてわが家の常なので、わたしは急にあわてることもなかつたが、女房の身になれば、一般に婦女子の大きらひなものは貧棒《びんぼう》にきまつてゐるのだから、やはり商売繁昌のはうを望んで、糠《ぬか》に釘《くぎ》のまじなひにしろ、事のついでにわたしの件も不動尊に口をかけておいたのだらう。事のついでにといふのは、弓子が成田で護摩《ごま》をあげた眼目はかならずや「心願成就」の件に係るべきことをおもつたからである。では、その弓子の心願とはなにか。

弓子がいかなる心願の筋を秘めてゐたか、じつはわたしは正確には知らなかつた。ただ判つてゐたのは、その心願の筋と、げんに当人の身柄がわたしのもとに来てゐるといふ事実とは無関係ではないといふことで、わたしはそれを弓子とわたしとの愛情の交渉の中に感じあててゐた。すなはち、わたしはわたしの生活の中に弓子をむかへ入れたことに依《よ》つて揣《はか》らずも弓子の心願の片棒をかつぐやうな廻合《めぐりあわ》せになつたわけだが、しかもそのかつがされた荷物の中みは明かでないといふ状態であつた。さういふ状態に生活を食ひこまれてしまふことは、精神の衛生学にとつてありがたくないものである。そこで、弓子の心願の正体を突きとめにかかるとすれば、わたしはわたしといふ質点に於て傾斜して来たところの、ひとりの女の心情曲線を微分して行くことになるだらう。そして、わたしが無芸の一つおぼえにもつてゐる思考の方法は散文よりほかに無いのだから、この微分の操作をつづけて行つた揚句はしぜん小説の形式に出来上つてしまふかも知れないだらう。そのとき、わたしはいいつらの皮に、出来上つた作品からわたしの現実の生活にむかつて細目の照し合せを要求されるといふ窮屈な目に逢《あ》はされるにちがひない。弓子がわたしの女房であるかぎり、またわたしが女房を愛してゐて、めつたに人目にさらしたくないほど、外の世界の荒い風にあてたくないほど痛切に愛してゐるかぎり、この女《によ》人《にん》像の身《み》許《もと》については、わたしの生活が保証に立つほかあるまい。どこまで行つても地上のくされ縁がたたき切れずに、行つたさきから振出しに跳ねかへつて来るやうなぐあひに、所詮《しよせん》作者の生活に還元されてしまふべきことを見越しながら、書かれるであらう作品といふものは、わたしの小説観にとつてぞつとしないしろものである。

　しかし、わたしが女房の心願を戸棚の隅の棚の上にあげて、当分知らぬ顔ですませておいたのは、あながち小説観がぞつとしなかつたせゐではない。単にわたしは戦乱このかた気が永くなりはじめてゐたからである。これが一むかしまへならば、なにか身辺にえたいの知れぬ事件がおこると、あたかも事あれかしと待ちかまへてでもゐたかのやうに、生れつきのあわてものの、さつそく呼出しに乗つて、盲滅法《めくらめつぽう》に波瀾《はらん》のただなかに飛びこんで行き、ずゐぶん傷だらけになりながら現象をごちやごちや攪《か》きまはして、事態を悪化させ自分を茫然《ぼうぜん》とさせるためにしか運動しないといふ芸当を演じて見せたところだらう。それといふのも、わたしは青春の数年間、けふ死ぬかあす死ぬか、いや、たつた今死ぬかと、のべつに死の観念の立合をもとめつつ、ばたばた騒ぎをしてゐなくては生活の意味を見うしなつてしまひさうな性分であつたためだらう。しかるに、いくさはあわてものに附ける妙薬であつた。われわれの生活を力学的に無理な恰好《かつこう》に捩《ね》ぢまげたところの、いくさの世の中といふ特別の仕掛が作り上げられたやうな形勢になつて、そこに必至に追ひこまれるに至つたとき、わたしはとたんに不死の権利を身に附けてしまつた。歴史のながれも人間のあゆみも、すべてうごくもの走るものはみな暴力をもつて堰《せ》き止められて、ひとりでまへ勝手に空を海を横行してゐるかと見えた軍艦飛行機のたぐひでさへ、じつは政治の恣意《しい》に依《よ》つて描かれた空虚なる観念図形の中をうろうろしてゐただけの有様であつてみれば、どこをむいても理念ばやりのわるい循環の中に閉ぢこめられた生活にとつて、もはや時間は無くなつてゐた。そして、わたしといふ生理的存在はいつの日か遠い世界像につながりをもちうるであらう時、はじめて歴史のながれに合せるべき現実の呼吸を回復するはずのものなのだから、それまでの空白を塡《うず》めるものはわたしの寿命よりほかになく、またその空白の長さは、すでに時間が無くなつてゐるのだから、かりに一秒であらうと一億光年であらうとわたしの寿命に比してこれを零《ゼロ》とおくことができる。すなはち、いくさ仕掛の世の中にあつて、わたしの寿命の無限につづくべきことが約束されたやうなものである。わたしは羽根のはえた使者がひよつとお迎へに来てくれても目下死んでやりやうがないといふ不幸なる権利をえた。せつかちにばたばた騒ぎをしてみせようと、気永にのんびりかまへてみせようと、どのやうな身ぶりでも、わたしの生活の意味あるひは無意味にとつてもうおなじことである。わたしがいかに生れつきのあわてものであつたにしろ、しぜん気が永くならざることをえない。わたしは気が永くなつた。そして気永に待つた。

いくさの見かけの波瀾《はらん》は、精神の運動にとつては、じつは無意味なる平地であつた。わたしは平地に真の波瀾のおこるべき日を気永に待つた。わたしの非力《ひりき》では何とも手の出しやうもなかつた形勢なので、いつか歴史のながれをしてふたたび流れしめ人間のあゆみをしてふたたび歩ましめる底の大きい事件が、いはばひとりでに、向うからおこつて来るであらうのを待つほかなかつた。わたしはせつかちのくせに、また無精者《ぶしよう》でもあつたので、宛《あて》にもならないものを漠然と待つといふことは存外性に合つてゐたのかも知れない。待つついでに、女房の心願の件も、やはりひとりでに、いつか向うから底を割つて来るであらうのを待つことにした。歴史に関する大きい事件と女房に関する小さい事件とは、わたしの身にしてみれば、生活上いづれを重くいづれを軽しともにはかに定めかねた。それでも歴史に関するもののはうをやや重く感じたのは、いつおこるとも知れぬ大きい事件がどのやうなものとも判らぬままに、ずつとかなたに霞《かす》んでゐて、手を伸べてもとどかず、声をかけても応へず、絶望的に遠く翔《かけ》りながら、しかもその羽ばたきの音はときに息ぐるしいほどまぢかに切迫して来て、はやくもわたしの生活を支配するかのごときいきほひを暗示してゐたからであつた。女房のはうは、何といつても、これは日常そばにゐて、その姿を見もし、その肉体にふれもして、こころの奥のうつろひまでは支配しがたいにしろ、ともかくわたしの手の下に在るもので、もし欲するならばこちらから任意になにか事件をおこしかけることもできさうであつたし、またもつと簡単につい声をかけるぐらゐのことは容易であつた。

「おまへ、そんなに不動様がありがたいのか。」

「行く道に萩《はぎ》が咲いてて、よかつた。」

「ごまかすなよ。」

「ふうん。」

「女の子の願掛《がんかけ》たいきなもんだ。この御時勢にはめづらしい。心願成就といふのは、なにかがめでたく叶《かな》つたといふことか。」

「いはへん。」

「なんの心願でもかまはないが、浮気の筋だつたら、なるべく控へ目にしといたはうが無事だらう。世の中が荒れてるからといつて、わざわざうちの中まで荒らさなくてもいい。まをとこは一度すればたくさんだ。おれもおまへと一度でこりこりした。」

「あほかいな。」

弓子がとうに忘れてゐるはずの京訛《なまり》をつかふのが、なにかそらとぼけて聞えた。そして、さういふとき、弓子は顔つきもあどけなく、少女のやうに見えた。

「まあ、いいさ。じつは、浮気の筋ならおれも好物だ。へたにほんとのことをいつて、味噌醤油《みそしょうゆ》のぐちみたいなものを聞かされるよりは、器用にウソをついてくれたはうがいい。そのはうがほんとらしい。」

「それがいけないのよ。」と、ふつうの調子になつて、「あなたはあたしのいふことは何でもウソだとおもつてる。心願成就のわけをいひませうか。あなたとごいつしよになれて、よかつたといふことなの。」

「それは御奇特なことだ。」

「すぐさういふふうにおつしやるぢやないの。あなたのはうがよつぽどウソつき。」

「さうかね。」

「さつき隣組で勤労奉仕に出てくれつていつて来たとき、なんていつた。胸膜炎で出られないつて、いつたぢやないの。」

「いつたさ。」

「ウソついて協力しないぢやないの。」

「おまへが軍のまはしものた知らなかつた。勤労奉仕に出ないといふところに、おれの真実がある。胸膜炎だつて、まんざらウソぢやない。おれのからだは、かうして平気ぢやゐるが、医者に見せたらきつと難癖《なんくせ》をつけるにちがひない。勤労奉仕に出たら請合《うけあ》つて胸膜炎になつてみせる。なんだか血を吐きさうになつて来た。」

「それが自分勝手よ。あたしはほんとのことといつても、何でもウソにされちやふとおもふもんだから、ついウソをいふやうになるのよ。あなたがあたしにウソをつかせるのよ。あたしのいふこと、あたまから信用しないおつもり。」

「そんなことはない。なるべく信用したいとこころがけてゐる。」

「きつと、さうか。信用するか。もうウソだなんていはないか。」

とたんに、弓子はわたしの膝《ひざ》の上に乗つて来て、ふはりと、しなやかに、指さきが肩にすべつて……どうも、いけない。色模様になつて来た。世の中はいくさ仕掛、女房は色仕掛では、わたしもさうさうは附合ひかねた。

わたしの生活はいくさの濃い雲の影になつてゐて、そこにまた弓子の淡い雲の影がかさなつて来て、しばらくうす暗い季節がつづいた。外からさしこむ光はなにも無く、わづかにほそい明りがともつてゐたのは、まだ胸膜炎にもならないところの、わたしの肉体のねばり強さだけであつた。わたしは糊口《ここう》のためにときどき本屋に金を借りて、その借金の埋合せとでもいふふうにすこしばかりなにやら書いて、そして、おほむねぼんやりくらしてゐた。ただ、をりにふれて、わたしは天明《てんめい》ぶりを我流にくづしたやうな、へたな狂歌をつくつてみるといふことをした。ひとには見せないそのわざくれが、いくさのあひだ、わたしの唯一の文学的事業であつた。しかし、わたしがここに書かうとしてゐるのは狂歌のことではない。

二

山に十里の遠あり、石に十歩の真なし、といふ。十里の距離をおいてこそよく見えるもの、十歩と離れてはもはやよく見えないものは、ただ山や石のみにはかぎらないだらう。いくさのあひだの、わたしのささやかな経験の中でさへ、さまざまの事柄につき、その意味をさとり、その性質をさぐらうとするにあたつて、なほ山に似たもの石に似たものがある。当時では漠然として腑《ふ》におちかねてゐたが、後日になつてふりかへるとその全貌《ぜんぼう》と正体とがはつきり見てとれるやうな事件もあるし、またそのときにはいやに切実に身に迫つて来たのに今日ではもう影うすくしか感じられないやうな現象もある。たかが一個人の、狭い経験上のごたごたにしろ、時間的にはちぐはぐにしか呑《の》みこめないところの、異質の、雑多な材料を一まとめにして、これを具象的に把握しつつ、よく再現の正確を期さうとするのは、あたかも山と石とを十里もしくは十歩のおなじ距離において同時にこれを写生しつつ、しかも二つながら真形をえようとするかのごとくである。わたしはさういふ重宝《ちようほう》な操作を知らない。それに、当時の事象観測ノートも火災のためにうしなつてゐる。

きもちといふ不潔なものをひどく大事がつて、経験の混乱の跡始末に理窟《りくつ》の十露盤《そろばん》をはじいて、ときどき心理的大福帳の帳尻《ちようじり》を合はせるやうなことをする、謂《い》ふところの整理の仕方は、わたしとは縁の無いものである。わたしの知つてゐるのは、わたしの生活系に於て、現実の流《ながれ》に対応する点に観測者を配置しておき、流にしたがつて位置を移動させながら、刻刻の事象観測をするといふ操作である。その観測者とはわたしみづからにほかならない。そして、わたしのうちにはまた認識者がゐて、観測者の報告を受けとるといふ仕掛になつてゐる。しかるに、いくさのあひだの観測を書きとめておいたノートが焼けうせた今では、わたしはこの数年間の生活について記すにあたつて、もはや拠《よ》るべき手がかりをもたない。記憶をたどつてそれを再現するといふか。あいにく、わたしは人間の記憶といふものをぜんぜん信用しない。またわたしの頭脳は回想といふ女こども常習の舌たるい遊戯に慣れてゐない。すでに観測ノートの掛替《かけがえ》が無いとすれば、わづかに焼けのこつてゐるのはわたしの認識だけである。しかし、認識の展開して行くさきはかならずや生活ばなれして来て、所詮《しよせん》歴史にもなるまいし、ただのはなしにもなるまい。すると、いくさのあひだの、現実の流とわたしの生活との交渉につき、わたしの記しうるかぎりは歴史ともつかず、ただのはなしともつかず、また認識論でもなくて、茫漠《ぼうばく》たる観念にただよひがちだらう。ただし、その茫漠《ぼうばく》たる観念に対応するやうなぐあひに奇妙な生活事実があつて、それが記述の支へになるはずである。すなはち、わたしの生活の女房に関係した部分である。女房はいはばわたしの内にあつたと同時にまた外にもあつたもので、それに関する記録は紙の上にではなく、わたしの肉体の上に消えがたく刻印されてゐる。

ところで、わたしは弓子をわがもののやうに女房と呼んでゐるが、じつは他人の女房といふべきであつた。それがわたしの生活の中に闖入《ちんにゆう》するに至つた来歴と事情とは、けだし世の私小説業者とその愛読者とが結託してよろこぶところの好話柄だらう。しかし、わたしはここでそのやうな文筆の店をひろげるつもりはないし、また女房の過去の身上噺《みのうえばなし》などは愚にもつかぬ俗事談でもあるので、千枚二千枚にも書きのばすに堪へる材料の中からたつた一行抜きとつて、弓子の先夫はわたしとはふるい附合の、弁護士を業とする人物であつたといふことだけをことわつておく。その先夫の弁護士は弓子と最後に別れるとき、「おまへはあの男のところに行つたら、しまひには玉の井に売りとばされるやうな目に逢《あ》はされるぞ。」といつて、声をあげて泣いたさうである。「あの男」とは、いふまでもなくわたしのことをさす。むかしの友だちだけあつて、弁護士はよほどわたしを買ひかぶつてゐたらしい。わたしは一介の貧棒《びんぼう》書生にすぎず、とても女房を「玉の井に売りとばす」ことができるほどの豪傑ではない。それはともかく、すこしは世間に知られた法律家でもあり、上品な紳士でもあるその人物が声をあげて泣いたと聞いて、わたしは旧友の性質のひたむきであつたこと、弓子への愛慕のふかかつたこと、またわたしへの友情のあつかつたことをおもひ、「あのばか野郎」といひながら、こちらもほとんど声をあげて泣かうとしたほど、きれいな印象をうけた。そして、わたしは当分のあひだ、弓子が依然として弁護士の妻であるやうな、なにか大切なあづかりものでもしたやうな気がしてゐた。

その後、弁護士もわたしも双方交渉が絶えた。弓子は先夫が泣いて止める手を振り切るやうにして出て来たのではあつたが、これは法律の上では表沙汰《おもてざた》にならない事件であつた。といふのは、弁護士と弓子とはずつと以前に結婚して、引きつづき同棲《どうせい》してゐたにも係らず、籍はまだ入れてなかつたからである。その籍を入れなかつたといふことには格別の理由はないらしい。もともと弁護士は商売柄にも似ず、芸術一般につき、正確には芸術家らしさといふことにつき熱狂に近いほどの憧憬《しようけい》をもつてゐて、通俗と非通俗とを当人は当人なりの判断に依《よ》つて峻別《しゆんべつ》しつつ、何事も中みは手堅く締めながら、見かけはノンシャランスをよそほふところに生活上の美学があるのだと、おもひこんでゐるやうな人物であつた。結婚生活の形式に関しても、やはりこの美学がはたらいて、世間の俗物がたれでもする入籍の手続といふものを軽蔑《けいべつ》したのだらう。そして、かういふ傾向はまた弓子の生れつきにもかなつてゐたのだらう。わたしは以前は友だちとして、かれら夫婦の生活の実状を目撃してゐたので、今このやうに臆測《おくそく》することができる。げんに、そのころ、といふのはもう十年もまへだが、弁護士はある日気まぐれのやうに、弓子の籍はやつぱり入れといたはうがよささうだといひ出して、わたしに婚姻届の証人になつてくれと頼んで来たことがあつた。わたしはすぐ承知はしたものの、その届におす判にはわたしのもつてゐた出来合の認印《みとめいん》では「優雅でない」といふので、とくにあたらしい判を懇意の篆刻《てんこく》家に註文した。しかし、その判がやがてできて来たときには、当の弁護士はすでに届のことは忘れてゐるやうすで、もとよりこちらから催促すべき筋合のものではなく、はなしはうやむやになつてしまつた。それほど親しい附合であつた弁護士とわたしとのあひだが、弓子の事件がおこるよりもまへからなにといふことなしにいつか疎遠になりがちであつたのは、どうしたわけだらう。それはどうもこの数年来、わたしが小説を書きはじめてから以後のこととおもはれる。弁護士は小説を好まないのではなく、反対に翻訳小説などはずゐぶんひろく読んでゐて、文壇のたれかれにも交友はあるのだが、ただあまり小説家との附合に深入りすると、ひよつと自分のことを小説に書かれるやうな羽目になりはしまいかといふ懸念におびえてゐたらしく、まだたれも書かないさきに、はやくも自分の妄想で自分の虚を突いたふうであつた。弓子にあたへた最後の忠告の、「玉の井に売りとばされるやうな目に逢《あ》はされるぞ」といふことばにしても、ことによると、わたしの手で小説に書かれるかも知れぬ危険があるぞといふ意味がふくまれてゐるやうでもある。もしその儀だとすれば、心配にはおよばぬことであつた。わたしは豪傑ではないとともに私小説業者でもないのだから、この事件を小説に書かうとはおもつてゐない。それにしても、わたしがここに弓子とのそもなれそめのいきさつを書かないですましてゐるのは、記述の筋が通りにくいといふうらみがあるばかりでなく、あるひは小説家として懈怠《けたい》に似るかも知れない。しかし、記述が片輪にならうとも、わたしは自分の色事などを自分で鼻をつまみながら書き立てるやうな真似はまつぴらだと、もちまへの性分で押しきるほかない。

さて、弓子がわたしのもとに来たときは太平洋にいくさがおこつた年の、まだその火蓋《ひぶた》がきられるに至らない夏の末で、世の中さわがしく、雲行《くもゆき》の次第にわるくなつて行きさうなけはひが見越されて、さすがに胸膜炎の兆候を示すまでにはなほしばらくの合間はあつたが、わたしは早手まはしにいつか気を永くすることのはうに傾きかけてゐた。そして、弓子に対しては、性急に生活上の調和をもとめることをしないで、どういふぐあひにわたしに適合して行くか、あるひは適合して行かないかを、長い目で見るやうな姿勢になつてゐた。さうするほかに、わたしは女房を愛する仕方を知らなかつた。しかし、わたしがどれほど弓子を愛してゐたにしても、わたしの側から弓子の側に適応して行くやうなぐあひに、わたしの生活の仕方をすこしでも修正しようなどとは、おもひもよらなかつた。愛するといふことは、折合《おりあい》をつけるといふことではない。死ぬほど愛してゐる女人《によにん》でも、わたしの生活の仕方に関係して来たかぎりでは、究極に於て、それはわたしの精神にとつて一箇の物体にほかならない。むしろ、それを物体としてあつかふまでに、生活機構の中に取り入れたといふことが、すなはちわたしがその女人によつぽど惚《ほ》れたといふことである。この事情は気のながいみじかいとは関係の無いことであつた。家の中はたつた二人きりの世界なので、わたしの生活の仕方と弓子の存在とが対決にまで至るべき危機はありえたはずだが、実際には当座のところその羽目にはならなかつた。わたしはうすぼんやりした夫、弓子はにはかづくりの世話女房で、さういふ無難なけしきを、わたしがまた見物してゐるといふふうであつた。

その年の十一月に入つて、ある日、わたしが外からかへつて来ると、弓子がテイブルのまへに立つてなにかしかけてゐるところであつた。狭い部屋の中のことで、こちらは見るともなく見たのだが、弓子のはうでは、はつとしたらしい、そのけはひが尋常《じんじよう》でなかつた。近づいて行くと、弓子はこちらに向き直つて、右手をテイブルに突いて、その手の下になにかを隠すやうにおさへてゐた。ぴんと立つたからだ全体が険《けわ》しい表情であつた。

「なにをしてゐる。」

返事がない。弓子の手の下にあつたのは一枚の書附《かきつけ》で、その字づらは代書人でなくては書けないやうな筆蹟《ひつせき》と見た。そのとき弓子はにぎりしめてゐた左手のはうをテイブルの上にひらいた。ぽたりと落ちたものがある。わたしの判である。十年ほどまへわたしが弁護士と弓子との婚姻届のために作つたところの、そして、実際にはそのために使用しなかつたところの、その判であつた。

「どうしたんだ。」

「籍、入れるの。」

「籍。」

「絶体絶命なの。」

やうやく、さういつた弓子の声は、低く、かすれたやうに聞えた。

「見せろ。」

弓子はだまつてテイブルの上に書附をすべらせた。しかし、おさへた手は堅く離さない。それはわたしの手で書附を取りあげて見ることを拒むやうなしぐさであつた。わたしは手を出さないで、上からのぞいて見た。

書附はたしかに婚姻届と知れた。いつ頼んだのか、証人ふたりの署名と捺印《なついん》とがある。ふたりとも弓子の親戚のものであつた。そして、わたしの名が弓子の筆蹟《ひつせき》で書入れてあつて、判はすでにおさつてゐた。

「なぜ、ことわつてからにしない。」

「あなたが反対なさるとおもつたから。」

書附をのぞいて見てゐるうちに、わたしはどきりとした。気のついたことがある。弓子の指である。指がしなふまでに懸命におさへてゐた箇所は、紙の上のどこであつたか。弓子の名が書いてある次の一行、そこに中指がきゆつと吸ひついてゐた。そこは弓子の生年月日が書いてあるべき箇所に相違なかつた。

弓子がいくつになるのか、わたしはその年齢についてかんがへてみたことはなかつた。およそいくつぐらゐか、年齢をあたへてみたこともなかつた。それはいまだにわたしが知らないことである。もしこのとき弓子の指を払ひのけて見たとすれば、それは紙の上に書かれてゐたにちがひない。しかし、わたしはさうすることをあへてしえなかつた。おそらく弓子はわたしに知られることを好まないやうな年齢であつたのだらう。これほど懸命におさへてゐる指を払ひのけることは、その指を切り落すことよりも、もつと残酷な行為とおもはれた。いつたい弓子の年齢を知るといふことがわたしにとつて何なのか。わたしはただ無言で立つたまま、弓子の中指の、こめた力のあまりに蒼白《あおじろ》くそつて、草の葉のやうにあざやかに、肌理《きめ》の浮き出たさまを眺めてゐた。

弓子は書附をたたんで、すばやくハンドバッグの中に入れてぱちりと音をたてて蓋《ふた》をしめた。

「これでうちの勝や。」

勝とはなにか。なにについて勝負を決したといふのだらう。ついさきに「絶体絶命なの」といつたが、どうしてそのやうな勝負どころにまで追ひつめられたといふのだらう。わたしはまのあたりにもう険《けわ》しさの消えた弓子のすがたを見、あかるくはづんだ声を聞き、そのほかにはなにも判らなかつた。わたしの無言はいつか婚姻届に承諾をあたへたやうなものになつてゐた。

一片のうすい紙切に法律上どれほどの目方があらうとも、法律には関係しないわたしの生活の仕方にとつて、それは無きにひとしかつた。しかし、わたしが無言で弓子のなすがままにほつておいたのは、さういふ計算の結果ではなかつた。それは単にわたしが弓子に惚《ほ》れてゐたからである。いつたいわたしは弓子のどこに惚れてゐたのだらう。ひとは自分の好む女人について気だてのやさしさとか、もの判りのよさとか、声の美しさとか、鼻のとがりぐあひとか、とくに惚れたところをみづから明示することはむつかしいとおもふかも知れない。そして、結局ただ何となく惚れたのだといふかも知れない。しかし、ただ何となく惚れたといふのは、精神の支配に対する心情の放埓《ほうらつ》である。恋愛は精神上の事件であるはずなのに、心情が勝手にこれをおのれの畠《はたけ》のはうにさらつて行き、そこで現象化してみせるのは、生活を低下させる所以《ゆえん》だらう。惚れるといふ操作を受持つのは心情の係ではあらうが、その惚れたものをひとり占めにして、いはば精神にかくしだてをして、報告をおこたることは許しがたい。わたしは弓子のどこに惚れたか、みづから明示しなくてはならない。わたしが惚れたのは、弓子の肉体の抵抗である。

はじめ、弓子はいつも自分に似合はないやうなきものしか著《き》てゐない、さういふきものしか持つてゐないやうに見えた。わたしはそれを当人の撰択《せんたく》がまちがつてゐるのだといふふうにおもつて、わたしの眼で別の生地《きじ》と柄とを見たててあたへたが、やはりおなじやうな効果であつた。あらい生地でもしなやかな生地でも、はでな柄でもじみな柄でも、赤でも紫でも、どのやうな精巧な織物も弓子にはたやすくなじまうとしない。そして、それは著こなしがまづいといふこととはちがつてゐた。また弓子は服飾の側からあいそをつかされるやうな不快な容貌《ようぼう》でもなく、貧相な体格でもなかつた。きものは女人の皮膚であり、その生理が語ることばであるのに、いはば十人並の女人の身で、どのきものを著てもかならず似合はないといふことがあるだらうか。わたしはしばらく腑《ふ》に落ちかねたままでゐた。

あるとき、わたしは町の四辻《よつつじ》で弓子と待合せる約束をして、定めの時刻にその四辻の角にある喫茶店の中にゐて待つてゐた。店は窓を広くとつてあつて、硝子張《ガラスばり》なので外がよく見えた。やがて、向う側の鋪道《ほどう》に弓子のすがたが見えて、電車道をななめにこちら側にわたつて来た。真昼の秋の日ざしの、ほこりが透きとほるまでに明るい光の中をさつさとあるいて来るそのすがたは烈《はげ》しくわたしの眼を打つて、アパートの狭い室内では気がつくに至らなかつたところの、この広い場所に置いてこそはじめてそれと知れるやうな、さういふ弓子を突然そこに見た。あたらしく仕立てた衣裳《いしよう》を著たすがたが別様に見えたといふことではない。室内では似合つたやうには見えなかつたその衣裳がここではよく似合つて見える、いや、それが似合つて見えないといふところに美しさが不意に露出してゐた。この衣裳にかぎらず、今やなにを著てもかならず美しくしか見えないだらう弓子のすがたが、窓硝子ごしに、まのあたりに迫つて来た。裸身に衣裳をまとふと、ただそれを著るといふ数秒の操作のうちに、あたかも肉体と衣裳とのあひだにしぜんの黙契があるやうなふぜいで、双方からとたんに調和の一点に結びついて来て、狂ひのない女人像ができあがるといふ美しさとは、それはちがふものであつた。反対に、すがりつかうとする衣裳を刎《は》ねかへして、いはば決してそのやうな親和を受附けまいとするために、弓子の肉体は猛烈ないきほひで、ほとんど胸がはだけ裾《すそ》がひるがへらうとするほど、すさまじく格闘してゐる。著てゐるものが突き放され、すべり落ちて、弓子が白昼の街頭であやふく裸身にならずにすんだのは、わづかに一本の帯がそれをきゆつと食ひとめてゐたからだらう。わたしは弓子の裸身のみごとなことをつとに知つてゐた。しかし、ここに見る弓子の、衣裳《いしやう》に抵抗する肉体の、たたかひのすがたは、裸身よりも一段と立派であつた。じつはこのときまで、わたしは自分が弓子を愛してゐるのは主としてその裸身がもてあそぶによきものであるためではなからうかと、ひそかにさうおもふはうに傾いてゐたが、ここに至つて、そのかならずしも然《しか》らざることをさとつた。弓子の肉体と衣裳とのあひだのたたかひの場、弓子の生理の究極のことばが語られてゐる瀬戸ぎはこそ、わたしの切羽つまつた惚《ほ》れどころであつた。

わたしの生活にとつて好都合なことに、弓子はこどもを生むといふことを知らなかつた。一般にこどもを生むといふことは女人の生理がもちうる表現の極致かも知れないが、わたしはさういふ野蛮な表現を好まない。また弓子にしても、その肉体の抵抗に於て強烈なことばをもつてゐる以上、なにをくるしんで他のあやふやなたどたどしい表現をもとめる要があらうか。弓子の生理について受胎といふことがぜんぜんかんがへられなかつたとおなじぐらゐ、その口から出ることばになにか充実した意味があらうとは、惚れたわたしには信ぜられなかつた。入籍の件を放任しておいたことはこちらの惚れた弱みともいへるだらう。しかし、「絶体絶命」とか「勝」とかいふことばを漫然と聞きながしたままでゐたのは、むしろ惚れた強みともいふべきであつた。

この入籍のことがあつてからほどなく、その年は十二月に迫つた。そして、われわれは十二月八日の朝をもつた。わたしはこの朝おこつた事件を「国難ここに見る」とさけんだラヂオのやうに国難と観ずることはできなかつた。国難か、国難か。わたしはただわたしのかぎりなく愛するこの国の風土のあまりに狭くして、どこをさがしても林泉の無いことを歎《たん》じた。もしわたしが宋元《そうげん》の間もしくは明清《みんしん》の間に身を置いたとしたらば、かならずや草菴《さうあん》を林泉の中にもとめて、そこを最後の生活の在りどころとしたことだらう。今やわたしのわづかに身を寄せるべき仮の宿は、あはれむべし、胸膜炎のほか無かつた。胸膜炎はわたしのささやかな草菴である。ただし、いはば女房の油断のすきにいとなまれたこの草菴に、わたしは女房の身柄までともども引きずりこまうとはしなかつた。またさうしてみたところで、やすやすと引きずられて来るやうな女房でもなささうであつた。といふのは、この十二月八日の朝以来、弓子はそれまでなほざりにしてゐた隣組の仕事とか火消の稽古《けいこ》とかに、かなり熱心に、モンペをはいて乗り出して行くやうすに見えたからである。さういふ弓子を、わたしは意識の中に入れながら、さして痛いともおもはなかつた。惚《ほ》れた弱みか強みか、わたしはこれを知らない。すでに、わたしの草菴《そうあん》の中には、時間は無くなつてゐた。そのあひだに、地上にはやがて三年の月日がながれた。弓子はときどき協力のことをいひ、また疎開のことをいひ出したりして、あたかもわたしの無能と無精《ぶしよう》と懶惰《らんだ》と旧弊とを責めるがごとくであつたが、わたしはわたしの草菴を措《お》いて、なにをすること、どこに行くことがあらう。そのうちに、われわれの住む都市はいづれは来るべき火災の厄《やく》からのがれられないやうな形勢が見越されるに至つた。わたしの部屋の、戸棚の隅に、ふつて湧《わ》いたやうに神棚の仕掛ができたのはそのころのことである。

三

わたしはこの三年のあひだ外界の事象についてひそかに観測ノートを作つてゐた。わたしの生活の内幕はすでに弓子とのくらしと草菴のくらしとの二つに分れてゐる。そして、草菴のはうではひとりぐらしである。観測ノートを作るかたはら、ひとりぐらしのつれづれに、狂歌もさることながら、やはりひそかに、わたしはなにか書いてみようとおもつた。書かうとしたのは一つの物語だが、これも実際にはノートを作りかけただけのことにをはつたものである。

唐代《とうだい》のひとが長安から遠く西のかた大秦国《たいしんこく》にむかつて行くとする。わたしは文献に拠《よ》つて旧事をたづね地理をかんがへなくてはならない。この道程を記すだけでも、手がるにはすまないだらう。長安を立つて行く人物は、坊主は願下《ねがいさ》げである。私慾にみち、奸智《かんち》にたけ、義理にくらく、計数にあかるい俗物がよい。すなはち、交易商人といふことになる。商人が大秦国にもとめるものは宝玉である。商人は利を追ひつつ、道の艱嶮《かんけん》をしのいで、やがて西方の地に至るだらう。地はシリヤのアンチオキヤでもよく、エヂプトのアレクサンドリヤでもよい。そして、惨澹《さんたん》たる苦心の末に、無双の美玉を手に入れるだらう。無双の美玉である以上、何でもよいといふわけにゆかない。ダイヤモンドとかルビイとか地球のはらわたの中にごろごろしてゐるやうな無粋《ぶすい》なしろものであるはずがないだらう。それはかならず硝子玉《ガラス》でなくてはならない。といふのは、作者のわたしが硝子玉を此世《このよ》で最上の美玉とこころえてゐる俗物だからである。硝子玉のはなしだけではあまりに曲が無いやうならば、それに西域産の無双の美女をからませてもよい。無双の美女である以上、何でもよいといふわけにゆかない。それはかならず硝子玉にも比すべき、男子の心胆をひやりとさせるやうな生きものでなくてはならない。といふのは、作者のわたしが女房の弓子に惚《ほ》れた急所は、これを硝子玉の光彩に比することができるからである。

人間精神がいかに美しいはたらきをするか、まのあたりに知らうとすれば、精神が物質とたたかつてつひにそれを征服したところの形式に於て見とどけるほかない。精神の運動はいつも物質の運動よりも速いだらう。また精神の達すべき目的は、物質の達すべき目的よりも、かならずや高次の世界にあるだらう。われわれは精神に依《よ》つて征服された物質の実例を機械一般に於て見てゐる。飛行機を美しいと見るのは精神と物質とがあひ搏《う》つところの形式をそこに見るといふことにほかならない。もしこの格闘の跡をきれいに拭《ふ》き消して、しばらく精神のはたらきと物質の抵抗とを忘れさせるやうな、あたかも征服の結果だけがひとりでに此世《このよ》に生れ出たやうな観を呈するものがあるとすれば、これに完成の美を許さなくてはならない。そして、わたしの俗眼では、硝子を措《お》いて、他にこれほどまで完成の美のよく俗化しえたものを知らない。

硝子はわたしの通俗美学上の理想に相当することになるが、わたしが女房に惚れた所以《ゆえん》のものについて硝子玉を引合《ひきあい》に出したのは、なにも弓子が完成の美の典型だといふやうな、そらおそろしいはなしではない。弓子の肉体は目下せいぜい衣裳《いしよう》とたたかつてゐるのが関の山である。そして、わたしは弓子を征服しうるに至るどころか、戸棚の奥の神棚でこちらが食ひこまれてゐるやうなていたらくである。しかも、なほこの通俗美学上の理想を掲げなくてはならないのは、それこそわたしが弓子に惚れてゐる証拠である。たかがつい手の下にある女房にしろ、男子が女人に惚れるためには、せめてこの程度の理想はもつてゐなくては不便であつた。それでも、さいからして、わたしと弓子との交渉は生活上の理想化された実験になりさうな傾きがあつた。

はひ二人きりの、外から干渉して来るものの無い世界だから、この実験はすぐそれが生活であるやうな仕掛になつてゐる。われわれはこの仕掛の上で、あまり犬も食はぬやうな騒動をおこさずに、かなり仲よく、ときどきは配給の酒でさしつおさへつ、日常息災にくらしてゐた。しかし、この見かけの静謐《せいひつ》の下に、じつはわれわれはたがひに刃をふところに秘めてゐたやうなものであつたといふことを、わたしはやがてさとり出す羽目になつた。

わたしの物語はどういふふうに鳧《けり》がつくか、書かないさきから判るわけもなかつた。しかし、商人がからうじて手に入れることをえた宝玉の行末はどうなるか。それが完全に保たれるにしろ、あるひはうしなはれるにしろ、あるひはまた砕かれるにしろ、その運命はしぜん作者であるわたしの生活に関係するものであつた。わたしが物語そのものよりも、硝子《ガラス》玉の運命が気になつたといふのは、わたしと弓子との生活上の結合が今後どこまでもつづくか、またはいつかいかなる変化に、いかなる破局にぶつかるか、ぜんぜん見通しがつかないといふ事情に対応するかのやうであつた。じつは、そのやうな事情を物語の中にもちこんで、なにやら仔細《しさい》ありげに書きこなすといふさかしらは元来わたしの好まない姑息《こそく》な手段である。物語に関するノートはこの思ひつきからはじまつたものではあつたが、わたしはいつか次第に交易商人も硝子玉も投げ捨てて、いや、それを書くといふことをも忘れ去つて、もつぱら長安から大秦国に通ふ道筋につきあれこれと考定する仕事のはうに引かれて行つた。わたしの精神にとつては、ウソ噺《ばなし》の筋立よりも、かういふ仕事のはうが的確な手ごたへがあつた。それに、わたしの草菴《そうあん》はあまりに狭く、移り行くべき林泉はどこにも無いのだから、わたしは西方の、アジヤとヨーロッパとの堺に茫茫《ぼうぼう》とひろがるところの、山岳平野湖沼沙漠《さばく》の間に、せめて地図の上でも、踏査いそがしく、駆けめぐらなくてはならぬといふ衛生上の必要があつた。

とどのつまり、わたしの生活では、なにも書かないでゐるといふことがもつともよく美的形式をととのへる所以《ゆえん》であつた。そして、女房との関係では、なるべくものをいはないでゐるといふことがもつともよく平和を保つ手段であつた。すでに時間がなく、今また仕事がない。女房ともあまり口をきかない。ただし、わたしは自分に状態を課して生活を水ぶくれにすることを好まない性分なので、この草菴の図形は、もし中みを割つてみたとすれば精神しか無いやうなぐあひに、またもし時間を導入したとすれば任意にすぐ打ち破ることができるやうなぐあひに、設計しておいたつもりである。いくさ仕掛の世の中にあつて、無器用なわたしがどうやら生きて載筆の兇人《きようじん》たることをまぬがれ、死んで……いや、とんでもない、気永に寿命を延ばしうるやうにはからふためには、たつたそれだけの秘訣《ひけつ》しかなかつた。

しかし、わたしといへども、たまには草菴《そうあん》を出て、しばらく無沙汰《ぶさた》の外の風に吹かれて、四方のけしきを眺めるといふことはあつた。ある日わたしはある会議を見物に行つた。送つてよこしたひとあつめの刷物《すりもの》に依《よ》ると、会議の場所は市中の芝居小屋、晴の登場者は遠く禹《う》域韃靼《いきだつたん》から出張して来たジャーナリズムの紳士諸君、和朝側は当世に利をえたる文筆の要人ぞろへで、議題はなにともしかと承知しなかつたが、わたしは後日の語りぐさに世のさまの片はしでものぞいておかうと、現象の世界にはひつて見た。わたしが見物席の隅に腰かけたときには、幕はとうにあいてゐて、舞台上手《かみて》に椅子《いす》をならべた役人衆とおぼしい一かたまりの中から一箇の壮漢が立ちあがつて、まへの弁士と入れ代つて、正面の壇にすすみ出たところで、くだんの上役人、テイブルをたたくと、さつそく咆吼《ほうこう》すさまじく、国運を一手に請負《うけお》ひでもしたやうな、えたいの知れぬタンカをきりはじめた。こいつは附合ひきれねえとおもつたが、まあ聞きながしてゐるうちに、やがて弁士交代、プログラムがすすんで、宣誓とかいふ段どりになつた。いつたい誓《ちかい》とは何だらう。そのころは隣組でものべつに誓が流行してゐたやうだが、大丈夫《だいじようぶ》が誓を立てるのは一生に一度でたくさんではないか。もつとも、流行なればこそかういふ会議には欠かされない演出なのかと見てゐるうちに、今度はよぼよぼしたぢいさんが壇上にはひ出して来た。隣席のひとのささやくのを聞けば、ぢいさんはもとはサーベルをぶらさげて、ヒトゴロシ仲間の肝煎《きもいり》をした前科もあるさうで、目下は歌よみを渡世にしてゐるといふ。ぢいさんはなにやら書きつけた紙切をささげて、しやがれ声で読み上げはじめたが、わたしはそのけつたいな文句よりも、ぢいさんの手足がぶるぶるふるへて今にもその場に倒れさうなありさまを見ながら、およそ人間はかうまで安つぽく、かうまで滑稽《こつけい》な恰好《かつこう》に興奮して見せることができるものかと、ほとほとあきれた。かういふ会議の仕組にこれ以上附合ふのは酔興にもほどがある。わたしは大いそぎで席を立つて、外に出て、息もつけなかつた。ずゐぶん憂鬱《ゆううつ》であつた。それ以来、すべて郷曲《きょうきょく》に武断しようといふ肚黒《はらぐろ》さをもつた集会には、わたしは怖毛《おぞけ》をふるつて、まちがつても近寄らないことにした。

やはりそのころ、世間では一般にことばがおそろしく乱れはじめてゐたが、わけても憂鬱《ゆううつ》に堪へなかつたのは、わたしがつねに大切にしてゐるところの、精神といふことばが濫用されるのを見ることであつた。日本の精神史の井戸替《がえ》でもはじめたやうに、なんとか精神と称して、あやしげなものがごろごろ掘り出されて来た中に、葉隠《はがくれ》といふのがある。すぐにことわつておくが、わたしは葉隠といふものを、いくさがすんだ後の今日でも、さう安つぽくは踏みつけない。これを政治学上の仮説と見るやうな、しやれた別口の解釈のはうには、あわてて賛成して行かない。テーヌはドーリヤ様式を評して「幾何学の三つか四つかの基本図形だけをもつて一切の支出を賄《まかな》つてゐる」といつたさうである。葉隠の場合は、何といふべきか。君主といふ棒と死といふ棒と、たつた二本の棒のほかに、この世界を支へてゐるやうなにがあるのか。これが日本の発明かとおもふとずゐぶん貧弱で、窮屈で、うんざりするほどだが、たつた二本の棒の組立は存外緊密にできてゐて、ともかく精神の乗物である。ただ、ここではいさぎよい死といふ一方口のほかには人間は解放されず、その死んださきには何の観念も設定されてゐないのだから、精神の運動する場があまりに狭く切り詰められてゐて、ひとがそこに精神を見ようとすると、つい死に於てしか見ることができない。それを奴隷《どれい》の精神だときめつけることは容易だが、できあがつた世界は奴隷ばなれしてゐる。しかるに、いくさのあひだ、しきりに呼号された葉隠と称するものはよく歴史的原型をつたへてゐたかどうか、あいまいな意匠と眺められた。

封建制下の武士が後世サーベルをぶらさげた月給取に変つて来たのは開化か堕落か、まあどちらでもよい。しかし、実践に於てのみ把握されるべき葉隠が後世の解釈に依《よ》る複製をもつて配附されるやうになつたのは、明かに堕落と見るほかない。物は落ちはじめるときりの無いもので、葉隠の晩年はすつかり博徒《ばくと》じみて来た。そして、武士道のなれのはて、いよいよ犬死と相場がきまつたとき、青春あはれむべし、特攻といふ陰惨な仕掛が強制されて来た。ここには基本図形のなんのと、さういふ高級なものはみぢんも無い。ただ前面に硬い壁が立つてゐて、そこまで追ひこまれた人間がついあたまを打ちつけるといふだけである。そのみじめさ、いやらしさ、人間は閉鎖されたきりで、憂鬱を通り越して、ずゐぶんかなしい。特攻の生き残り、きのどくだが犬死の死そこなひ、これが酸鼻の極の一歩てまへで身を転じて、なに、わざわざ崩れてみせるまでもない、そのままの姿勢で、今日ヤミに居直つたのは、当然の落ち行くさきだらう。これひとへに精神といふ大切なことばを、またことば一般を濫用したといふことの、てきめんの報いにほかならない。

ところで、わたしと女房とのあひだでは、格別ことばが濫用されたといふほどの不始末はなかつたはずだが、世の中の狂ひかけて来たのにしたがつて、どうも女房の調子がをかしくなつて行くやうであつた。弓子はときどき「勝ち抜く」といふことばをつかつた。かならずしも隣組の流行にならつたのではないらしく、弓子がさういふと、そのことばはなにやら別の意味ありげに聞えた。なにを勝ち抜くつもりなのか。やがて、世の中の雲行はますます険悪になつて来て、それにつれて弓子はうちを留守にしがちになつた。たしかに隣組に狩り出されて行くことはある。しかし、それよりも、ひとりで勝手に出て行くことのはうが明かにおほい。ときどき夜おそく、非常におそく帰つて来る。どこへ行くのか。ハイクを作りに行く、そのあつまりはたいがい夜なので、それでおそくなるのだといふ。ハイクとは、漢字で俳句と宛《あ》てて書くところの、俳諧の精神とは毫末《ごうまつ》のつながりも無い、碁将棋玉突《ごしょうぎ》に類する暇つぶしのことをいふのだらう。当時は暇つぶしも、暇さへも、すでにうしなはれかけてゐたのだから、弓子がわづかの暇をハイクでつぶしたといつたところで、わたしがそれを咎《とが》めるわけもなかつた。そして、わたしは弓子を放任するとともに、いつたい弓子とハイクといかなる縁故があるのか、かんがへてみるといふことをも拋棄《ほうき》してゐた。わたしは弓子を隈《くま》なく愛するために、弓子のいふことは何にかぎらず、それを疑つたり裏がへしにして見たりすることなく、いはばことばの表面の意味が一本筋に生理にまで徹《とお》つてゐるものとしてまともに受取るといふ習慣をみづから課することに努めてゐたのだが、しかしその態度は、かりにわたしが弓子のいふことは一切あたまから尻尾《しっぽ》までぜんぜん信用しないときめてかかつたであらう場合と、かたちの上ではざつと似たやうなことであつたかも知れない。

年のくれに、わたしの住む町の近くに火災がおこつた。それがこの都市に揚つた最初の火の手であつた。そのときの被害は軽くすんだが、隣組の触《ふれ》あるきは一そううるさくなつて、世話人どもが時をえがほに駆けまはり出した。それでも、五六日たつて、火の手がつづいて揚らなかつたので、ひとびとは嘗《な》めたやうな料簡《りようけん》になつたらしく、なあにといふ平静にもどつて、夕方、弓子はまたハイクといつて外に出て行つた。

その夜は、わたしもよそに行くところがあつたので、弓子のあとから出て、おそく帰つて来た。電車をおりて、そこからアパートまで四五町ほどの道をあるいて来ると、空はうす曇りの、両側の灯影はすでに絶えた、そのまつくらな道を、すこしさきに、もつれながら行く人影がぼんやり見透かされた。けはひが男女のやうであつた。ほかに通るひとはない。道はあちこち掘りかへされて、大きい穴があいてゐて、それに蓋《ふた》がかぶさつてゐないのだから、うつかりすると足をすべらす危険がある。さきに行くふたりの影が一かたまりになつて見えるのは、足もとの危険を避けて寄り添つてゐるのか、それともとくに親密に腕を組んでゐるのか、あるひはこちらの夜目《よめ》に茫《ぼう》とさう見えるといふだけか、判然としないうちに、やがてアパートの一町ほどてまへ、そこになにやらの店の、戸口から洩《も》れるほそい光が道にながれてゐるところにさしかかつて、その一かたまりの影がほんのり映り出たと見るまに、ぱつとふたつに分れて、青年……どうも青年らしい、男のはうが帽子をとつて挨拶《あいさつ》して、ひとり道を横にそれて行つてしまつた。そして、残つた一つの影はそこから急に足をはやめて、さつさとアパートに近づき、玄関をはひつて行つた。遠くから見える玄関のうすぐらい灯の下で、そのからだつきが、はつきりそれとは見定めかねたが、どうも弓子のやうであつた。あとから、わたしが玄関を通つて、部屋にはひると、そこに弓子がゐた。もうずつとまへに帰つて来てゐたやうな顔つき、とりなりであつた。しかし、著てゐる紺《こん》の上衣《うわぎ》の、赤い糸で花模様を縫ひとつてあるのは、外出のときの服装であつた。わたしはなにかいはうとして、ちよつと黙つてゐたが、つひに黙つたままで、すぐ寝た。

あくる日、弓子は昼間から出て行つて、晩になつても帰らなかつた。そして、その夜はたうとう帰つて来なかつた。弓子がひとりで夜うちをあけたのは、このときがはじめてであつた。そのあくる日、弓子は朝はやく帰つて来た。たれの身もこのさきどうなるか判らない世の中だから、郊外の親戚を久しぶりにたづねて、おそくなつたので泊つたといふ。今度はハイクとはいはなかつた。それから、弓子は非常にやさしく、ちやうどわれわれがはじめて契《ちぎ》つたときのやうな姿勢で、わたしに愛撫《あいぶ》をもとめて来た。わたしはやはりなにもいはなかつた。

そのころ、わたしは観測ノートになにか書きつけることをつづけてはゐたが、弓子に関してはつひに一字も記したことはない。またそのノートの中みを弓子にあけて見せたこともない。

四

年を越すと、町の火の手の揚ることが次第にしげくなつて、夜も昼もサイレンが鳴りつづけ、あらぬ噂《うわさ》が飛びちがつて、それでも止《とど》めを刺されるまでの被害はなかつたが、ひとびとはさすがにもう嘗《な》めたやうな料簡《りようけん》をもちこたへられず、外に出るときなどには、しぐれの晴間を待つやうに、サイレンとサイレンとの合間をねらつて、あわただしく駆け出すといふふうであつた。しかし、ひとびとはいつかさういふ状態にも慣れて来て、まだまだだと、巷《ちまた》には捨鉢《すてばち》にちかい最後の気勢がただよつてゐた。

大雪のふつた日、都市の内外にかなり大きい火災がおこつた。それから二三日たつて、天候がややをさまりサイレンが小止みになつたとき、弓子はその機を待ちかねたやうすで、ふつと外に出て行き、夜も帰らず、つぎの夜も帰らなかつた。わたしは弓子のすることにつき努めて猜疑《さいぎ》をさしはさまないやうにしてゐたが、やはりその行方が気になつて、それを気にしながら急に酒がのみたくなつて、外に出た。省線の某駅のちかくに酒をのませる店があつて、そこがわたしの行きつけであつた。

その某駅まで電車で行き、改札口を出てあるきかけると、せまい構内の、つい鼻のさき、小荷物をあつかふ場所の、硝子《ガラス》戸のまへに、こちらむきになつて立つてゐた人物が、たがひに眼をそらしやうもなく、ひたと顔をあはせて、おもはず同時に、

「やあ。」

弓子の先夫、わたしの旧友の弁護士が国民服に鉄兜《てつかぶと》を背負つて、長靴、太いステッキといふこしらへであつた。むかしは衣裳《いしよう》道楽の、洋服などずゐぶん凝つてゐた人物だけに今のみなりは見ちがへるほどで、顔の色も

だいぶ黒くなつてゐたが、こちらもあまりぱつとしない古背広をきた風態《ふうてい》で、弓子の件で交渉が絶えたままの気まづさの上に、時勢の影が灰色にのしかかつて来たやうであつた。なにをいふこともなく、わたしが会釈しただけで行きすぎようとすると、「あ……」と、向うから呼びとめて、

「どう、ちかごろは。」

「はつは。」

「きみにちよつとはなしときたいことがあるんだが……」

「なに。」

「ここで立ばなしもできない。いいのか、きみの都合は。」

「かまはない。きみは。」

「疎開の荷物のことで来たんだが、もう用はすんだ。またいつどこで逢《あ》へるか判らないから……」と、すこし感傷的な調子で、「どこか、このへんに休むやうなところが……といつても、無いだらうが。」

「ぢや、いつしよに来ないか。」

駅からほどちかい、なじみの酒場に行くと、このごろでは常連しか入れない店の、まだ昼のうちで、他に客はなく、われわれがはひつたあとはまた入口をとざし黒い幕をおろして、うす暗くはあつたが、対談には都合がよかつた。何年ぶりかでふたりさしむかひになると、顔を合はせるといふ気まづさの関をもう通り越したていで、双方ともいつそあからさまのきもちが、ぐつとあふる……ウイスキーではない、焼酎《しようちゆう》のコップの、荒つぽいのみ方にも出た。そのとき、弁護士のはなしたことといふのは、ざつとつぎのやうなものであつた。

われわれのふるい友だちに作曲家がある。年輩はわたしよりも年上の、弁護士とほぼおなじぐらゐだらう。作曲家はいくさがおこるよりもずつとまへから、胸のわるいせゐもあつて、山国に移り住んでゐて、いくさ以来すつかりその土地におちついてゐる。弓子に関する事件、つまり弓子がわたしのもとに来るやうになつたといふことについては、作曲家はなにも知らないはずである。それを知らないのは作曲家ばかりではない。わたしも、弓子も、おそらく弁護士も、この事件をむやみにひとにはなすわけがないのだから、知つてゐるのは交

友のあひだの、ごく少数にかぎられてゐる。ところで、つい三月ほどまへ、作曲家は一通の手紙を受取つた。差出人は弓子である。住所はこの都市の郊外にある弓子の親戚の家になつてゐる。そして、手紙の内容はぜひ逢《あ》ひたい、逢つてはなしを聞いてもらひたい、許されればすぐにも山国まで行きたいといふことのほかには、何のはなしとも、また何の事情ともぜんぜん書いてなかつた。ただし、その文言といひ、書きぶりといひ、それははなはだ恋文に似てゐて、綿綿とかきくどく婦女子の姿態が見えるやうであつた。作曲家は意外におもひ、かつ当惑した。作曲家はむかし弓子にピヤノの手ほどきをしたことはあつたが、その当時をおもひかへしてみてもただ師弟といふほかには何の関係もなく、久しく往来のとだえた今になつて、突然この恋文にも似た手紙を寄こされるやうないはれはとんと身におぼえがなかつた。そして、結局これは女人にありがちの一時の心情の狂ひと見て、手紙はにぎりつぶし、返事は出さないことにした。すると、一週間ほどたつてまた手紙が来た。ほとんど求愛の手紙である。つづいて、また来た。ほとんど求愛の手紙である。ここに至つて、作曲家は決心した。友だちの細君の身の上にこれほどの心情上の異変がおこつてゐるのに、それを友だちに知らせずにおくとすれば、友情を裏ぎるやうなものだらう。作曲家はいまだに弓子の夫だとおもひこんでゐるところの弁護士にあてて、この三月間に来た三通の手紙を一まとめにして、つい数日まへに送つてよこした。それには別に手紙が添へてあつて、事の次第を記した末に、どうかこれはなるべく奥さんには内証にしておいてくれ、内証にできないまでも決して事を荒だてないでくれ、奥さんをやさしくしてあげてくれ云云《うんぬん》と、あつたといふ。

「その手紙はここにもつてゐないが、ぼくはよつぽどそれをきみのところに送つてやらうかとおもつたんだが……」

「いや、はなしだけでよく判つた。」

「ことによると、弓子はきみのところにゐないんぢやないかともおもつた。それで、じつはひとに頼んで調べさせたのだが、ちやんとゐるといふ。」

「うむ。」

「ところで、ぼくがきみにこんなはなしをするのは、はつきりことわつておくが、きみに対するむかしの友情のためなんかぢやない。ぼくは黙つて、知らん顔してゐてもよかつたんだ。要するに、きみに関するかぎりは、もうぼくの知つたことぢやない。しかし、さつき偶然きみに出逢《であ》つたとたん、これはやつぱりはなしておくべきだとおもつた。かういふことは、ぼくが黙つてゐても、いつかはかならずきみが知るにちがひない。そのくらゐなら、ぼくからはなしておいたはうがいい。それは……」

「それは……どうした。」

「ぼくは弓子を愛してゐた。そして、今でも、意味はちがふが、愛してゐる。」

「それで……」

「ぼくは弓子のことでは、将来にむかつても、いはば永久の責任があるやうに感じてゐる。」

「何について、責任があるんだ。」

「弓子の貞操上の純潔についてだ。ぼくは弓子が最初に知つた男だ。そして、弓子はこの世でたつた二人の男しか知つてゐない。きみとぼくだ。ぼくは弓子が将来もしか堕落するかも知れない場合のことをおもふと、ぢつとしてゐられない。万一きみが弓子を堕落させるやうなことがあつたとすれば、ぼくは弓子側の証人として、きみとたたかふ。」

「ぼくはのつけから、弓子については、堕落といふことがかんがへられない。弓子の生理の中には、堕落といふ観念がぜんぜんはひつて来ないやうなぐあひだね。あの肉体がモラルを生きてゐるやうなものだね。どうして大した権威なのだよ。そして、当人は自分の権威には気がつかないで、なにか他の権威をもとめさがしてゐる。そして、それがなかなか見つからないので、迷つてゐる。貪婪《どんらん》だよ。何でも食つてしまふのだ。ぼくもそろそろ食はれかけて来たらしい。さういふ弓子に惚《ほ》れてゐるのだから、ぼくの惚れ方は抜きさしならないのだよ。」

「それでは、きみは弓子がなにをしようと疑ふといふことはないのかね。」

「なにを疑ふのだ。」

「嫉妬《しつと》しないのかといふことだ。」

「ありていにいつて、嫉妬しないとはいへない。しかし、ぼくの惚《ほ》れ方では、嫉妬《しっと》に感情上の優位をあたへてゐない。今も作曲家のはなしを聞きながら、いかにしてもつと深く弓子を信じきるべきかと、かんがへてゐたくらゐだ。きみのいはゆる貞操上の純潔についてだよ。」

「それははなしが手紙だから、かんがへる余裕があるのだらう。最近の弓子の行状については、どうだね。」

「弓子が青年といつしよに町をあるいたといふことか。」

「その青年がひとりやふたりではないとしたら。そして、ときどき、かれらといつしよに泊るとしたら……ぼくはそこまで気をまはして調べさせたわけではないが、調べた男が報告をもつて来た。」

「それをまたぼくに報告するのは、どういふつもりだね。」

「もちろん、きみを安心させようといふつもりぢやない。しかし、奇妙なことに、ぼくは結果に於てきみを安心させなくちやならない。弓子がたとへ何人の青年といつしよに町をあるかうと、またときには雑魚寝《ざこね》をしようと、貞操についてはまちがひないとおもつていい。これはさつきいつたぼくの責任の上からいふのだが。」

「そこまで調べがとどいてゐるのかね。」

「いや、調べぢやない。ぼくの経験からさう信ずるのだ。」

「経験とは。」

「弓子がぼくのもとを去つて、きみのところに行かうとしたまぎはに、やはりさういふことがあつた。今またそれとおなじやうな現象がおこつてゐるのは、弓子がやがてきみのもとを去らうとする前兆にちがひない。弓子がぼくからきみに移る途中では、貞操のことで非難すべき点は無かつた。今度、もし作曲家が手紙を文面どほりに受け入れてゐたとしたらば、弓子はすぐ飛び立つて、とうに山国に行つてゐただらう。しかし、作曲家が拒絶してゐる現在では、弓子はこれからどこへ行くのか、ぼくにも判らない。」

三杯ときめられた焼酎《しょうちゅう》を、もう一杯追加して、その四杯目のコップもからにならうとしてゐた。弁護士はすこし酔がまはつて来たやうすで、

「ぼくは作曲家がぼくにむかつていつて来たことばを、どうやらきみにむかつていひ出しさうな気がする。」

「その儀ならば、いはれるまでもない。この件について、ぼくが事を荒だてるわけもない。またとくに弓子をやさしくしないといふ法もない。」

「そんなことをきみの口から聞かされるやうでは、ぼくもうんざりさ。どうもいかん。ぼくは強くならうとすると、甘くしかなれないんだね。きもちに負けるんだね。」

よわい声でさういつて、弁護士が最後にあふつたコップの、底に二三滴しか残つてゐなかつたのが、さむざむとしたけはひであつた。

「ときに、いろいろはなしが出たからいふが、弓子がぼくのところに来て、自分から勝手に籍を入れたが、あれはどういふ料簡《りようけん》か、はつきりしないいんだが……」

「はつはつは。」と弁護士は急に大きい声で笑ひ出した。「きみは世間にうとい小説家だから、なにか神秘的な意味のはうに気をつかつて、そんな間の抜けたことをいふんだよ。弓子が籍を入れたとすれば、それは見物にむかつて自分の立場を公告したといふことさ。つまり、弓子はぼくに捨てられたんぢやなくて、逆にぼくを捨てて、自分の意志で勝手にきみのところに行つたのだといふ事情を形式であらはして、見物に確認させるためだよ。そんな見物はどこにもゐなくても、一般に女はさういふことをする習性をもつてゐるんだね。きみもぼくも、じつはダシに使はれて、ざまを見ろなのさ。」

われわれは立ち上つた。

外に出ると、もう夕方の、薄日はさしてゐたが、鋪道《ほどう》に消え残りの雪が泥まみれに凍《こお》つて、風がひどくつめたかつた。さいはひ、サイレンは鳴らない。

「これでもうばつたり出逢《であ》ふといふこともなささうだな。」

「まあ御無事で、といふやつか。」

そこで、すぐ別れようとしたまぎはに、弁護士がたつた一言、

「ぼくはこないだ、あたらしい女房をもらつたよ。今度は見合結婚だ。」

そして、さつさと向うへ行つてしまつた。弁護士が作曲家の手紙に対してどういふ返事を出したか、または

何の返事も出さなかつたか、聞かずじまひであつた。

勤め人の引けどきの満員の電車に揉《も》まれながら、アパートにかへる途中、わたしは弓子が今どこにゐるのか、なにをしてゐるのか、気がかりで茫《ぼう》となつて、あやふく電車を乗り越さうとしたほどであつた。これほどいとほしく、いはば弁護士の愛し方で、弓子を愛したことはなかつた。電車をおりたのも夢中で、アパートのそばまで来て、もし弓子が帰つてゐてくれたら、うちにゐてくれさへしたら……と、見上げた二階の、わたしの部屋の窓に、黒い幕を引いてある隙間《すきま》から、ぼうと灯影が映つてゐるのに、足をはやめて玄関に駆け入つた。

部屋にはひると、弓子はこちらに背をむけて、窓ぎはのテイブルにむかつて、なにか書いてゐるやうすであつた。

「どうした、弓子。」

弓子はふりむからとしない。そのうしろに寄つて行つて、つとめてやさしく、

「なにをしてゐる。」

肩に手をかけようとしたとき、弓子は書きかけてゐた紙を裏がへしに伏せて、ぴたりと両手でおさへながら、

「ハイク。」

突き放すやうな一言であつた。そのハイクといふことばに、われにもなく赫《かつ》として、

「見せろ。」

手を払つて、取り上げた、その紙の上には、鉛筆でぎゆつと力をこめて、ほとんど紙いつぱいに、必勝、必勝、必勝……と書いてあるのに、おもはず、つかんだ指さきに力がはひつて、びりびりつ……と、いけない、とたんに、もちまへの、気がみじかくなつた。

「ふざけるな」

ひびきを立てて、弓子も椅子《いす》も、もろともに床の上に倒れた。わたしが弓子を打つたのは、このときはじめてであつた。がらがらと、なにかが壊れた。もう止めどがない。それからさきは、すべてくそを食らへであつた。戸棚の奥の神棚をはづして来て、そのうすつぺらな板をたたき割つた。そして、二枚の札も……そのとき、

突然けたたましく、サイレンが鳴りわたつた。

「あつ。」と、低くさけんで、倒れてゐた弓子がおきあがつたのは、サイレンのためであつたか、それとも割られようとする札のためであつたか、わたしは知らない。わたしは容赦なく二枚の札を一気に踏み折つてしまつた。

ラヂオがするどく鳴つて、急を告げた。アパートの内外がさわがしくなつて、さけびあふ声、駆けまはる足音が入口の扉にも、窓の硝子《ガラス》にもひびいて来た。わたしは電燈を消して椅子《いす》にかけた。おきあがつた弓子はふらふらとベッドのところまで行つてその上にまた倒れた。たれかが扉をたたいてゐる。だまつてゐるとそのひとは行つてしまつた。外の、街路のすぐ向うにある井戸で、しきりにポンプを押す音が聞えた。

それから二時間か三時間か、どのくらゐたつたか知らない。外のさわぎは次第にをさまつて、ひとびとはめいめい家に引揚げて行くらしく、やがてひつそりした。窓ぎはに寄つて、黒い幕をかかげて見ると、遠くの空にまだ火の色があかく映つてゐて、その火のほてりが顔にあたつて来るやうであつた。

部屋の中はまつくらである。手さぐりにスイッチをひねつてみたが、電燈はつかない。つきさうなけはひも無い。マッチをすつて、あたりをさがすと、蠟燭《ろうそく》がたつた一本あつた。その蠟燭をともしてテイブルの上に立てた。燃えのこりの、痩《や》せた蠟燭の、うす明るくともつてゐるのがいつそさびしく、寒さが急に身にこたへて来た。しかし、炭は無い。部屋の隅になにやら食べものがあるやうだが、手をつける気もしない。わたしは外套《がいとう》を著たまま椅子にかけて、ぢつとしてゐた。弓子はベッドの上に倒れたきり、むかうむきになつて、うごけしきはなかつた。

蠟燭の光はベッドの上までにはほのかにしかとどかない。この夜のつめたさの底に、薄闇の中に倒れてゐる女人のすがたを眺めながら、ふつとあるかんがへがうかんで来た。永遠の恋人といふことである。すぐ連想されるのは、ダンテのベアトリイチェのことだらう。それは男子が憧憬《しょうけい》するところの女人像である。しかし、女人のはうで戦慄《せんりつ》しつつ恋慕するやうな、永遠の、理想の男子像はないものだらうか。弓子はなにをもとめ、なにをさがしてゐるのか。弁護士か、わたしか、青年群か、作曲家か、あるひは他のたれかか、あるひはまた永遠の男子像か、わたしはつひにこれを知ることをえない。薄闇の中に倒れてゐるのは、弓子のやうでもあり弓子のやうでもなかつた。竜女《りゆうによ》でもあり、人間でもあり、fée でもあり、ケダモノでもあり、またさうでもなかつた。それがなにものなのか、やはりつひに知ることをえない。それにしても、この女人の倒れてゐるところはあまりに暗かつた。その手に燈を挑《かか》げもたせなくてはならない。そこに一燈がともれば、火は女人から女人へと、つぎつぎに移されて行き、伝へられて尽きず、いつか女人といふもののすがたを分明に照らし出すかも知れない。維摩《ゆいま》が女人にむかつて無尽燈の法門を説いたのは、けだしゆゑあるのだらう。しかし、わたしにはとても維摩の器量は無い。そして、わたしの火はたつた一本の、燃えのこりの、痩《や》せた蠟燭《ろうそく》でしかない。その蠟燭も心ぼそくゆらぎながら、あはや尽きようとしてゐる……

灯は消えた。わたしはマッチの光をたよりに、椅子《いす》を二つ三つならべて、その上に寝ころび、毛布をかぶつた。

やがて、窓がしらんで来た。夜は明けるにちかい。あたまをあげて見ると、ベッドの上に、弓子がおき直つてゐた。わたしは立つて行つて、かういつた。

「おまへは今すぐここを出て行つたはうがいい。さしあたり、郊外の親戚のうちにでも行くか。荷物はまたいつでも取りに来たらいいだらう。ぼくが留守でも判るやうに部屋の鍵はアパートにあづけておく。勝手にはひつて来て、この部屋の中にあるものは何でも、もつて行つてかまはない。それから、籍は抜いておいたはうが、おたがひに便利だらう。手続は、入籍のときもおまへが自分でしたのだから、今度も自分でしてくれ。ぼくの判はわたしておく。届におしてしまつたら、判はすぐ焼き捨ててくれ。」

わたしは判をわたした。弓子はハンドバッグ一つもつたきりで、だまつて出て行つた。

そのあとで、気がつくと、部屋の隅に、ゆうべの神棚の折れ屑《くず》などが散つてゐる中に、なにか厚い紙が落ちてゐた。拾ひあげて見ると、写真であつた。作曲家の、たぶんその若いころの、写真である。神棚の上のどこかに載せてあつたのかも知れない。弓子はわたしの写真をもつてゐたはずだが、それがありさうな場所には、どこにも見あたらなかつた。わたしは作曲家の写真を弓子の鞄《かばん》の中に入れておいた。

五

数日たつて、わたしの留守のあひだに、部屋の中のがらくたがだいぶ整理されて、きれいに掃除してあるのを、かへつて来て見た。弓子が荷物を取りに来たものと知れた。これで、わたしの生活はいよいよ草菴《そうあん》一本建になつたわけで、もうまぜものの無いひとりぐらしである。しかし、このとき、決してくたばらないはずのわたしの寿命はいささか行末おぼつかなく見えて来た。わたしの命数をおびやかすものは時間ではない。また病気でもない。事件である。ここに、この国土のあるひはうしなはれるかも知れぬといふ椿事《ちんじ》のさきぶれが、風雨はげしく、わたしの草菴をゆすぶつて来た。わたしはせつかくの胸膜炎を自分の手で一気に癒《いや》さうかと思つたほど、気がみじかくなつて来た。ひとりぐらしの、わたしの世界で、気永がのんびり住んでゐるところに、気みじかが不意に割りこんで来たやうなぐあひであつた。

わたしは今まで、勝手だが女房のことにかまけてゐて、はた目にはおそらく国土の災難をよそに見てゐるといふ体裁であつたらう。しかし、わたしはそのやうな小粋《こいき》な恰好《かつこう》をして見せることができるほど器用なうまれつきではない。もともと、「国難ここに見る」と、鼻唄《はなうた》ひとつうたへないやうな野暮天《やぼてん》である。いくさといふ血なまぐさい細工物《さいくもの》にこそ縁は無かつたが、この国土はそこがぎりぎりの、わたしの棲家《すみか》である。わたしは精神にはできるだけ贅沢《ぜいたく》をさせたい方針だから、草菴をいとなむ土地は世界中どこでも地代さへ安ければと、いかさまな地所を借りて間に合せるわけにゆかず、それは必至にこの国土でなくてはならない。わたしの生理が遠い世界像につながる所以《ゆえん》のものも、またかならずやこの国の風土に徹するところからはじまるだらう。しかるに、町に野に燃える火の手が烈《はげ》しくなるにつれて、国土の立ちぶりが今はあぶなく見越され、草菴もまたしたがつてあぶなく、それでは精神のいふ目が出ないことになりさうな急場に迫つて、ええ、じれつてえと、気みじかが乗り出して来て、得意のぶちこはしの一手で、事のついでに胸膜炎もなほしてしまひさうな風向になつた。胸膜炎の癒《い》えるときは、すなはちわたしの命数が絶えるときにほかならない。

わたしは血を見ることを好まない臆病者《おくびよう》だから、もし修羅場のまんなかに置かれたとしても、手にひと殺しの道具をとつて立つことはよくしないだらう。きつと手をつかねて死ぬだけにちがひない。ただ、わたしは襲つて来るなにものに対しても、そのつかねた手を決してあげることはしまい。精神が手をあげるといふことを、かんがへることができるだらうか。ひとり手をつかねて死ぬ。何分にも気がみじかくなつて、せつかちのむかしに返つたのだから、土壇場の身支度といつても、はなしがはやい。たつたこれだけである。さいはひ、この国には死をいさぎよしとする思想があるので、それを借りてみづから最後の化粧《けしよう》をしておけば、わたしの虚栄心もまあ我慢しなくてはなるまい。女房をたたき出してのち、わたしの生活姿勢はざつとかういふぐあひに支へられてゐた。

ところで、それからぢきに、わたしは住む場所を焼かれた。わたしのみならず、都市ぜんたいが燃えあがつた。その後ほどなく、いくさがをはつた。そして、わたしは今日に生きのこつてゐる。すでに住む場所が無いのだから、当分ひとの家の庇《ひさし》を借りるほかない。胸膜炎は……まだ半分ぐらゐ残つてゐる。つまり、わたしのうちには、気永と気みじかとが引きつづき背中あはせにくらしてゐて、その仲はかならずしもわるくない。わたしは明日まで長生しさうでもあり、また今夜にも頓死《とんし》しさうでもある。たつしやな顔つきで巷《ちまた》をあるきもするが、ときどきは、ごほんごほんと、血を吐きさうな咳《せき》もしてみせる。このところ、否応《いやおう》なしに、かういふ状態がつづくだらう。わたしは揣《はか》らずも今日の世のすがたに打つてつけたやうな風来坊《ふうらいぼう》である。

弓子はどうしたか、その行くところを知らない。郊外の親戚の家といふのは、うはさに聞くと焼けた地域のまんなかに当つてゐる。しかし、家は焼けても、弓子が死ぬといふことはないだらう。生きて巷《ちまた》をあるいてゐて、ことによると、もう何遍も町の角ですれちがつてゐるかも知れない。ただ、わたしはもはや弓子を、いや、ある女人を他の女人から見分けることができない。ちかごろでは、ひとごみの中にはひつて行つても、そこに、ここにと、女のひとのゐることに気がついたためしはとんと無い。衣裳《いしよう》がほろび服飾がおとろへてゐるので、盛装の女人を見ることがないせゐだらう。女のひとはかならず精根のかぎりをつくして綺羅《きら》をかざらなくてはならない。身支度が非の打ちどころなくととのはなくては、気のきいた色事はできないだらう。すなはち男女の心情の附合が、きもののよごれの増すにしたがつて、日ごとに堕落して行く所以《ゆえん》である。これを救援するためには、繊維製品の出まはりを待つほかない。それまでは、聖者といへども、燈を挑《かか》げて女人のぼろとぢくりを照らすといふ残酷な仕打はさし控へるべきだらう。わたしもまた当分婦女子には目をくれない。

以前の、わたしの観測ノートはすでに焼けうせた。今日、わたしはなにもノートをもつてゐない。ノートの無いものが風来坊《ふうらいぼう》だからである。おかげで、当分なにも書かないですむ。しかし、わたしもさうさうひとの軒下で雨やどりばかりもしてゐられないから、なるべくはやく仮小屋を見つけなくてはならない。そのうち風の吹きまはしで、二三本の棒きれでも手にはひるやうになれば、またどこかにささやかな草菴《そうあん》をいとなむことにもなるだらう。今度は色仕掛は配置しないつもりである。それよりも世の中の雲行に依《よ》つては、草菴の突《つ》つかへ棒として、かつての胸膜炎に代るべきものを新規に編み出さなくてはなるまい。いづれ、そのせつには、またそのことを書くかも知れない。

（昭和二一年七月「文藝春秋」）

焼跡のイエス

炎天の下、むせかへる土ほこりの中に、雑草のはびこるやうに一かたまり、葭簀《よしず》がこひをひしとならべた店の、地べたになにやら雑貨をあきなふのもあり、衣料などひろげたのもあるが、おほむね食ひものを売る屋台店で、これも主食をおほつぴらにもち出して、売手は照りつける日ざしで顔をまつかに、あぶら汗をたぎらせながら、「さあ、けふつきりだよ。けふ一日だよ。あしたからはだめだよ。」と、をんなの金切声《かなきりごえ》もまじつて、やけにわめきたててゐるのは、殺気立つほどすさまじいけしきであつた。けふ昭和二十一年七月の晦日《みそか》、つい明くる八月一日からは市場閉鎖といふ官のふれが出てゐる瀬戸ぎはで、さうでなくとも鼻息の荒い上野のガード下、さきごろも捕吏を相手に血まぶれさわぎがあつたといふ土地柄だけに、ここの焼跡からしぜんに湧《わ》いて出たやうな執念の生きものの、みなはだか同然のうすいシャツ一枚、刺青《いれずみ》の透いてゐるのが男、胸のところのふくらんでゐるのが女と、わづかに見わけのつく風態《ふうてい》なのが、葭簀のかげに毒気をふくんで、往来の有象無象《うぞうむぞう》に嚙《か》みつく姿勢で、がちやんと皿の音をさせると、それが店のまへに立つたやつのすきつ腹の底にひびいて、とたんにくたびれたポケットからやすつぽい札が飛び出すといふ仕掛だが、買手のはうもいづれ似たもの、血まなこでかけこむよりもはやく、わつと食らひつく不潔な皿の上で一口に勝負のきまるケダモノ取引、ただしいくら食つても食はせても、双方がもうこれでいいと、背をのばして空を見上げるまでに、涼しい風はどこからも吹いて来さうにもなかつた。

あやしげなトタン板の上にちと目もとの赤くなつた鰯《いわし》をのせてぢゆうぢゆうと焼く、そのいやな油の、胸のわるくなるにほひがいつそ露骨に食欲をあふり立てるかと見えて、うすよごれのした人間が蠅《はえ》のやうにたかつてゐる屋台には、ほんものの蠅はかへつて火のあつさをおそれてか、遠巻にうなるだけでぢかには寄つて来ず、魚の油と人間の汗との悪臭が流れて行く風下《かざしも》の、となりの屋台のはうへ飛んで行き、そこにむき出しに置いてある黒い丸いものの上に、むらむらと、まつくろにかたまつて止まつてゐた。

その屋台にはちよつと客がとぎれたていで、売手のほかにはたれもゐなかつた。蠅がたかつてゐる黒い丸いものはなにか、外からちらと見たのでは何とも知れぬ恰好《かつこう》のものであつたが、「さあ、焚《た》きたての、あつたかいおむすびだよ。白米《はくまい》のおむすびが一箇十円。光つたごはんだよ。」とどなつてゐるのを聞けば、それはにぎりめしにちがひないのだらう。上皮が黒つぽくなつてゐるのは、なるほど海苔《のり》で包んであるものと見てとれた。しかし、その海苔はぱりぱりする頼もしい色艶《いろつや》ではなく、紫蘇《しそ》の枯葉のやうにしほれた貧相なやつで、それのあちこち裂けた隙間《すきま》から白い粒がのぞいてゐるのは懸声《かけごえ》どほり正真の白米らしいが、このめし粒もまたひからびて、こびりついて、とてもあたたかい湯気の立ちさうなけはひはなかつた。

焚きたての白米といふ沸きあがる豊饒《ほうじよう》な感触は、むしろ売手の女のうへにあつた。年ごろはいくつぐらゐか、いや、ただ若いとだけいふほかない、若さのみなぎつた肉づきの、ほてるほど日に焼けた肌のうぶ毛のうへに、ゆたかにめぐる血の色がにほひ出て、精根をもてあました肢体《したい》の、ぐつと反身《そりみ》になつたのが、白いシュミーズを透かして乳房を匕首《あいくち》のやうにひらめかせ、おなじ白のスカートのみじかい裾《すそ》をおもひきり刎《は》ねあげて、腰掛にかけたままあらはな片足を恥らひもなく膝《ひざ》の上に載せた姿勢は、いはば自分で自分の情慾を挑発してゐる恰《かつ》好《こう》ではありながら、かうするよりほかに無理のないからだの置き方は無いといふやうすで、そこに醜悪と見るまでに自然の表現をとつて、強烈な精力がほとばしつてゐた。人間の生理があたりをおそれず、かう野蛮な形式で押し出て来ると、健全な道徳とは淫蕩《いんとう》よりほかのものでなく、肉体もまた一つの光源で、まぶしく目を打つてかがやき、白昼の天日《てんじつ》の光のはうこそ、いつそ人工的に、おつとりした色合に眺められた。女はときどき声を張り上げて、しかしテキヤの商業的なタンカとはちがつて、地声の、どこかあどけない調子で、「さあ、焚きたてのおむすびが一箇十円だよ……」

そのとき、イワシ屋の店の中が急にざわざわとさわがしく「あ、きたねえ、こいつ。」「さはるな、そばに寄るな。さはつちやいけねえ。」「あつちへ行け。はやく出て行け。」と狼狽《ろうばい》した声で、そこへ駆けつけて来た半ずぼんに兵隊靴をはいた男の、どうやらこの市場の見まはりらしいのが「こいつ、また来やがつたな。始末のわるいやつだ。きたなくつて手がつけられねえ。さあ出て行け。今度来たらぶち殺すぞ。はやく行け。」と、あらあらしく、しつしつと犬でも追ふ調子で、鞭《むち》のやうに打ちつける罵詈《ばり》の下に、ぱつと店の中から、いや、ほとんどひとびとの股《また》のあひだから、外に飛び出して来たのは、一箇の少年……さう、たしかに生きてゐる人間とはみとめられるのだから、男女老幼の別をもつて呼ぶとすれば、ただ男のこどもといふほかないが、それを呼ぶに適切十分なる名をたれも知らないやうな生きものであつた。

道ばたに捨てられたボロの土まみれに腐つたのが、ふつとなにかの精に魅入《みい》られて、すつくり立ち上つたけしきで、風にあふられながら、おのづとあるく人間のかたちの、ただ見る、溝泥《どぶどろ》の色どすぐろく、垂れさがつたボロと肌とのけじめがなく、肌のうへにはさらに芥《あくた》と垢《あか》とが鱗形《うろこがた》の隈《くま》をとり、あたまから顔にかけてはえたいの知れぬデキモノにおほはれ、そのウミの流れたのが烈日《れつじつ》に乾きかたまつて、つんと目鼻を突き刺すまでの悪臭を放つてゐて、臭いもの身知らずの市場のともがら、ものおぢしさうもない兵隊靴の男でさへそばに寄りつきえず、どら声ばかりはたけだけしいが、あとずさりに手を振つて、および腰で控へるていであつたのは、むしろ兵隊靴のはうこそ通り魔の影におびえて遠吠《とおぼ》えする臆病《おくびょう》な犬のやうに見てとれた。

まつたく、その少年が突然道のまんなかにあらはれたときには、あたりの店のものも、ちかくを行きずりのものも、みな一様にどきりとして、兵隊靴の男とおなじく身をかがめるふうにして、足のすくんだ恰好《かっこう》であつた。そして、めいめいにおもひがけないこの一様の姿勢をとらせたものは、ここにいきなり襲つて来たある強い感情のせゐだといふこと、その感情とは恐怖にほかならないといふことを、さしも狂暴なかれらの身にしても、ひたとさとらざるをえないいけはひであつた。けだし、ひとがなにかを怖れるといふことをけろりと忘れはててからもうずゐぶん久しい。日附のうへではつい最近の昭和十六年ごろからかぞへてみただけでも、その歴史的意味ではたつぷり五千年にはなる。ことに猛火に焼かれた土地の、その跡にはえ出た市場の中にまぎれこむと、前世紀から生き残りの、例の君子国の民といふつらつきは一人も見あたらず、たれもひよつくりこの土地に芽をふいてとたんに一人前に成り上つたいきほひで、新規発明の人間世界は今日ただいま当地の名産と観ぜられた。このへんをうろうろするやからはみなモラル上の瘋癲《ふうてん》、生活上の兇徒《きょうと》と見えて、すでに昨日がなくまた明日もない。天はもとより怖れることを知らず、ひとを食ふことは目下金まうけの商売である。正朔《せいさく》の奉ずべきものがあたへられてゐないのだからけふはいつの幾日でもかまはず、律法の守るべきものをみとめないのだから取締規則は其《その》筋でもあの筋でもくそを食らへの鼻息だが、そのくせほこりといつしよにたたき立てる商品は今日禁制の、すなはち巷間《こうかん》横行中の食ふもの著《き》るもの其他《そのた》、流通貨幣はやはり官の濫造《らんぞう》に係る札束で、したがつてせつかくの新興民族の生態も意識も今日的規定の埒外《らちがい》には一歩も踏み出してゐない。劣情旺盛《おうせい》取引多端の一事は旧に依《よ》つて前世紀からの引継ぎらしく、旧にもまして今いそがしいさいちゆうに、それほど大切な今日といふものがじつはつい亡ぶべき此世《このよ》の時間であつたと、うつかり気がつくやうな間抜けな破れ穴はどこにもあいてゐないのだらう。その虚を突いてふつと出現した少年の、きたなさ、臭さ、此世ならぬまで黒光りして、不潔と悪臭とにみちたこの市場の中でもいつそみごとに目をうばつて立つたのに、当地はえ抜きのこはいもの知らずの賤民《せんみん》仲間も、おもはずわが身をかへりみておのれの醜陋《しゅうろう》にぎよつとしたやうな、悲鳴に似た戦慄《せんりつ》の波を打つた。

　少年はふた目と見られぬボロとデキモノにも係らず、その物腰恰好は乞食《こじき》のやうでもなく掻払《かつぱら》ひのやうでもなく、また病人とも気ちがひともおもはれず、他のなにものとも受けとれなかつたが、次第に依つてはずゐぶん強盗にもひと殺しにも、他のなにものにでもなりかねない風態《ふうてい》であつた。しかし、ウミのあひだにうかがはれる目鼻だちはまあ尋常《じんじょう》のはうで、ぴんと伸びた背骨の、肩のあたりの肉づきも存外健康らしく、もし年齢をあたへるとすれば十歳と十五歳の中ほどだが、いはゆる育つさかりの、四肢《しし》の発育がいぢけずに約束されてゐて、まだこどもつぽい柔軟なからだつきで、それが高慢なくらゐに胸を張りながら、まはりの雑閙《ざつとう》にはふりむかうともせず、いつたい何の騒動がおこつたのかと、ひとり涼しさうに遠くを見つめて、役者が花道に出たやうにすうとあるいて行くのは、どうしておちつきはらつたもので、よほどみづから恃《たの》むところがないと、かうしぜんには足がはこぶまいとおもはれた。少年はどこから来てどこへ行かうとするのか。たれも知らない。この新開地では、種族を判別しがたい人間どもがどこからともなくわらわらとあつまつて来て、どこへ行くともなく右往左往してゐる中に、ひとり権威をもつて行くべき道をこころえたやうな少年の足どりの軽さはすでに十分ひとをおどろかすに堪へた。もし一瞬の白昼のまぼろしとして、ひよつと少年のすがたがまのあたりに掻《か》き消えたとしても、たれもこのうへにおどろく余地はなかつたらう。

　ところで、ここに意外の事件がおこつた。少年がイワシ屋の店を出てすうとあるきはじめたときには、たれの眼にもつい消えうせるかと見えたのに、それがとたんに身をひるがへして、となりのムスビ屋の店に飛びこみ、どこに入れてあつたのか折目のつかないまあたらしい札を一枚出して台の上におくと、まつくろに蝿《はえ》のたかつたムスビを一つとつて、蝿もろともにわぐりと嚙《か》みついた。はたからさへぎる隙《すき》もない速い動作で、店番の若い女がなにかさけびながら立ちあがらうとしたひまに、ムスビはすでに食はれてゐた。そして、おなじくすばやい身のうごきで、少年は今度はムスビではなく、立ち上らうとした女のはうにをどりかかつて腰掛の上に押しつけるぐあひに、肉の盛りあがつたそのはだかの足のうへに、ムスビに嚙みつくやうにぎゆうつと抱きついた。女の足の肉と少年の顔とのぶつかる音が外にまで聞えたほど烈《はげ》しい力であつた。女は悲鳴とともに飛び立つて、「なにしやがんだい、畜生《ちくしよう》、ガキのくせに。」これも懸命の力で振りもぎらうとするが、少年はなかなか離れない。そこへ、兵隊靴の男がまた駆けつけて来て、ほそい竹の棒を振りまはしながら、しかしただ「畜生、畜生」とさけぶだけで、やはりボロとデキモノに怖れをなしてゐるのか、揉《も》みあふ二人のからだのまはりを飛びまはつて、ぴゆつぴゆつと竹を鳴らすにとどまつて、よく手を出して引分けることをしかねた。女と少年とは一体になつて、搦《から》んだまま店の外に出て来て、よろよろと倒れさうになつたのが、もろにこちらへ、ちやうどそこに立つてゐたわたしのはうにぶつかつて来た。そのとき、わたしはムスビ屋のとなりの飴屋《あめや》のまへに立つてゐて、飴屋が石油鑵《かん》の中にかくしてあるたばこを買ひ、その一本に火をつけかけたところであつた。

　わたしはとつさによろけて来る一かたまりの肉塊《にくかい》を抱きとめようとする姿勢をとつた。さうしなかつたとすれば、わたしは倒れかかるもののいきほひに圧《お》されて、ともに地べたにころがつたにちがひないだらう。その一かたまりの肉塊は女のからだと少年のからだとの合体から成り立つてゐる。わたしはやはりとつさに判断をはたらかして、ボロとデキモノとウミとおそらくシラミとにみちた部分よりも、ふれるにこころよい柔かな肌の部分のはうに抱きつくことを撰《えら》んだ。といふのは、はづかしいことだが、わたしは先刻から女のはだかの足のみごとな肉づきに見とれてゐて、公然とそれに抱きつくことをあへてしなかつたのは単に少年の示したごとき勇猛心に欠けてゐたためにほかならず、揣《はか》らずも今あたへられた機会に、いはば少年の勇猛心の余徳を利用して幸便《こうびん》に陋劣《ろうれつ》なおもひをとげようとしながら、しかも少年のからだのはうは邪慳《じやけん》に突き放して、もつぱら女の背中をねらつて組みとめるに努めた。しかし、わたしはてきめんに罰をかうむつたかたちで、非力《ひりき》をもつて支へるによしなく、実際には女の張りきつた腰のあふりを食つて跳ねとばされ、したたか地べたにたたきつけられてしまつた。

肱《ひじ》と膝《ひざ》とをすりむき、痛さをこらへて、わたしがやつとおきあがつたときには、少年はどこに消えたのか、もうその影も見えなかつた。そして、女はなにやらわめきながらひどい権幕でわたしを睨《にら》んでゐる。そのそばに、例の兵隊靴の男がまたもほそい竹の棒をぴゆつぴゆつと鳴らしながら、わたしを威嚇《いかく》するやうに立ちはだかつてゐる。どうやらはづみにわたしのたばこの火が女の背中に飛んで、シュミーズに大きい焼穴ができたといふことらしい。まはりには、すでにいつぱいひとだかりがしてゐて、みなわたしに対して敵意をもつてゐる形相《ぎようそう》と見えた。わたしは先刻女の足に抱きついた当の犯人がわたし自身であつたかのやうに（じつはわたしもまたその恥づべき行為の荷担者にはちがひないのだが）、顔をまつかにして、一つには白昼ひとだかりのまんなかでこのうへいかなる恥辱をうけるのかといふ危惧《きぐ》にをののきながら、はやくこの場をのがれたいとおもひ、人垣の隙《すき》をうかがつて、いちばん弱さうなぼんやりしたやつを突きとばし、みだれた列のあひだを縫つて、市場の外へと、夢中で駆け出した。

せまい市場の、すぐ外側が電車通で、そこまで駆け抜けてほつと息をつき、ふりかへつて見るとさいはひ追いかけて来るものもなかつた。気がつくと道を行くひとがみな咎《とが》めるやうな眼つきでこちらを見てゐる。なるほどあたまから泥まみれ、手足のすりむきで血に染んでゐて、おまけにつらつきの市場じみたところがまだ改まつてゐないやうだから、さだめて異様な風態《ふうてい》だらう。わたしは生れつき虚栄心満満としてもつぱら体裁をつくることに苦心し、恥知らずの市場の雑閙《ざつとう》に入りまじつてさへ、たとへばムスビ屋の店番の女にちよつと岡惚《おかぼれ》してみたにしろ決して劣情は色に出さず、なるべくきどつて、品のよささうな恰好《かつこう》をこしらへあげることに努めてゐたのに、それがかういふ惨澹《さんたん》たる結果になつて来ると、市場の中のいちばん恥知らずよりもなほ恥知らずで、まことに賤民《せんみん》中の賤民とは自分のことであつたと、照る日の光とか他人の見る目などへの気がねはさておき、なによりもわが虚栄心のてまへいひわけ立ちがたく煩悶《はんもん》ひとかたでなかつた。わたしは泥をはらひ血をふいて、ほどけた靴の紐《ひも》をむすび直し、さりげないふうをよそほつてあるき出したが、どうも足どりがまだすらすらと行かなかつた。それにつけても先刻の少年はどうすればあのやうに沈著《ちんちやく》に、かつ機敏に、むしろ堂堂たる態度をもつて市場の悪党どものまんなかを押しあるいてゐられるのだらう。どこの天の涯《はて》からか、またはどこの地の底からか、この新規にひらかれた市場の土地に遣《つか》はされて来て、ここの曠野《こうや》に芽ばえる種族の先祖はおれだといつてゐるやうな押し出しである。かくのごとく律法の無い、汚辱のほかにはなにも著てゐない、下賤《げせん》のはだかの徒に、たれが味方するのか。しかし、メシヤはいつも下賤のものの上にあるのださうだから、また律法の無いものにこそ神は味方するのださうだから、かの少年は存外神と縁故のふかいもので、これから焼跡の新開地にはびこらうとする人間のはじまり、すなはち「人の子」の役割を振りあてられてゐるものかも知れない。少年がクリストであるかどうか判明しないが、イエスだといふことはまづうごかない目星だらう。按《あん》ずるに、行為がことばだといふわけだらう。そしてその行為は一つ一つ、たとへばイワシをよこせとか、ムスビを食はせろとか、女の股《また》に抱きつかせろとかいふやうに、命令のかたちをとつてゐる。それが命令である以上かならずやなにか神学的意味がふくまれてゐて、俗物がまださとりえないでゐるところの、ものの譬《たとえ》になつてゐるにちがひない。けだしナザレのイエスの言行に相比《あいひ》すべきものである。もしたれかが少年の日常の行動を仔細《しさい》に観察し、これを記録にとどめて集成したとすれば、「山上の垂訓」にくらべられるやうなあたらしい約束の地の説教集が編まれるだらう。おもへば、あの風采《ふうさい》とてもどうして大した貫禄《かんろく》のものであつた。ボロとデキモノとウミとおそらくシラミとをもつて鏤《ちりば》めた盛装は、威儀を正した王者でなくては、とても身につけら

【全巻購読者特典案内】

梅木英治画の絵葉書33枚セット

全巻購読の読者にもれなく進呈

［内容］梅木英治（1951-2009）が旧版《日本幻想文学集成》のカバーのために
描き下ろした画を使用した絵葉書33枚セット。

＊

《新編・日本幻想文学集成》（全9巻）を全巻購読された方々に、もれなく無料で差し上げます。
下記の方法でご請求下さい。ご請求後、2か月以内にお届けします。

＊

［請求方法］《新編・日本幻想文学集成》の配本開始後、各巻の帯に刷り込まれる
特典シールを切り取り、全巻分の計9枚を郵便はがきに貼って、ご住所・ご氏名を明記の上、
「国書刊行会営業部　日本幻想文学集成係」へお送りください。
請求締め切りは最終回配本の6か月後とします。

《新編・日本幻想文学集成》全巻構成

【第1巻】幻戯の時空
安部公房／倉橋由美子／中井英夫／日影丈吉
ISBN978-4-336-06026-6
定価：本体5000円+税［刊行記念特別価格］

【第2巻】エッセイの小説
澁澤龍彥／吉田健一／花田清輝／幸田露伴
ISBN978-4-336-06027-3
定価：本体5800円+税

【第3巻】幻花の物語
谷崎潤一郎／久生十蘭／岡本かの子／円地文子
ISBN978-4-336-06028-0

【第4巻】語りの狂宴
夢野久作／小栗虫太郎／岡本綺堂／泉鏡花
ISBN978-4-336-06029-7

【第5巻】大正夢幻派
江戸川乱歩／稲垣足穂／宇野浩二／佐藤春夫
ISBN978-4-336-06030-3

【第6巻】幻妖メルヘン集
宮沢賢治／小川未明／牧野信一／坂口安吾
ISBN978-4-336-06031-0

【第7巻】三代の文豪
三島由紀夫／川端康成／正宗白鳥／室生犀星
ISBN978-4-336-06032-7

【第8巻】漱石と夢文学
夏目漱石／内田百閒／豊島与志雄／島尾敏雄
ISBN978-4-336-06033-4

【第9巻】鷗外の系譜
森鷗外／芥川龍之介／中島敦／神西清／石川淳
ISBN978-4-336-06034-1

れるものではない。わたしも平常おしやれに憂身《うきみ》をやつしたいといふひそかな念願があつて、例の虚栄心で物資不足のをりずゐぶん苦労してゐるが、まだまだ王者の盛装までには手がとどきさうもない。すでにして、敵はイエスである。わたしがムスビ屋の女を引張り合つて手足をすりむいたぐらゐのことは、まあ災難がかるかつたと、あきらめるほかないだらう。わたしはすこし気がしづまつて来た。

　わたしは気をしづめて広小路の四辻《よつつじ》に立つた。そして、谷中《やなか》のはうへ行く電車をしばらく待つてゐたが、どうも来さうなけしきがなかつた。わたしはまたあるき出して上野の山にのぼつた。これから東照宮の境内《けいだい》を抜けて、山の下の道におりて、谷中まであるいて行かうといふつもりである。その谷中に行くといふことは、わたしがけふわざわざここまで出て来た目的であつた。

　先日、わたしはさる用件で谷中まで行くことがあつて、そのかへりみちに、太宰春台《だざいしゆんだい》の墓のある寺のまへを通りかかつた。そのへん一帯の地はさいはひに猛火の厄《やく》をまぬがれてゐて、家並はおほむね元どほり残つてゐる。わたしは寺の門をくぐつて、墓地にまはつてみた。しかし、わたしがふと掃苔《そうたい》の念を発したのは、春台を弔《とむら》ふためではない。わたしは経学《けいがく》の門外漢だから、太宰氏の学風とは縁がなく、またその伝へられる人柄も好まない。わたしの目当とするところは春台の墓の石である。その石に刻してある数行の文字、すなはち墓碣銘《ぼけつめい》である。銘文は服元喬《ふくげんきよう》の撰《せん》に係る。服部南郭《はつとりなんかく》ならば江戸詩文の大宗《たいそう》として、わたしとはまんざら縁のないこともない。明和安永天明の間江戸の文苑《ぶんえん》に風雅が栄えたのは、南郭先生がさきだつて世にひろめた瀟洒《しようしや》たる唐山《とうざん》の詩の余韻に負ふところすくなしとしない。けだし、しやれた学問の根柢《こんてい》である。太宰氏の墓石は今につつがなく、南郭の墓碣銘も欠けてゐない。それでも、これは焼け残つたとはいふものの、世間のひとの忘却の中では存否《そんぴ》不明同様の取扱ひだらう。わたしは今のうちにこの墓碣銘を拓本《たくほん》にとつておきたいとおもつた。そして、改めて、拓本をとるための用意をしてまたこの寺をたづねることにした。その日を改めてといふのが、つまりけふである。げんに、わたしは小さい風呂敷包をさげてゐる。包の中には、拓本用の紙墨《しぼく》とともに弁当用のコペが二きれはひつてゐる。拓本がとれたときには、それは亡《ほろ》びた世の、詩文の歴史の残欠となるだらう。仮寓《かぐう》の壁の破れをつくろふにはちやうどよい。

さて、わたしは上野の山にのぼつて清水堂の下あたりまで来たとき、なにげなくうしろをふりむくと、二町ほどあとからボロとデキモノの少年のこちらへむかつてあるいて来るのが見えた。まがふ方なく、先刻の少年である。わたしはすでに市場で道草を食ふことをやめて、拓本への方向をとりもどしてゐたので、少年についてはもう大して関心がもてなくなつてゐた。それに、不思議なことには、この山の上の広い場所で眺めると、少年の姿は市場の中に於けるがごときイエスらしい生彩をうしなつて、ただ野獣などの食をあさつてうろつくやう、聖書に記されてゐる悪鬼が乗り移つた豚《ぶた》の裔《すえ》の、いまだに山のほとり水のふちをさまよつてゐるかのやうであつた。わたしは興ざめて、少年をうしろに見捨てたまま、さきにすすんだ。このへんまで来ると、もはやものを売る店もなく、ひと通りもすくないので、わたしがどれほど浮気の性であつたにしろ、女の足の肉づきに見とれて道をまちがへる危険はない。

　東照宮の鳥居のまへに来て、またなにげなくふりかへると、やはり少年がうしろに、今度はぐつと距離をちぢめて、つい十間《けん》ほどあとに迫つてゐた。わたしはぎよつとして息を呑《の》んだ。明かに敵はわたしをつけて来てゐる。その形相がただごとでない。これはもうあはれな豚の裔ではなくて、血に飢ゑた狼《おおかみ》にほかならなかつた。眼に殺気がほとばしつて、剝《む》き出した歯が白く光り、顔のウミは生餌《いきえ》などを食つたあとの返り血を浴びたやうにあかぐろく、肌にぴつたり貼《は》りついたボロはほんものの狼の毛皮そつくりに荒く逆立つて、猛烈な闘志を示してゐる。いつたい敵は何のためにわたしを狙《ねら》つてゐるのだらう。怨恨《えんこん》か。こちらの身にはおぼえがない。物取りか。ずぼんのポケットに財布が押しこんではあるが、中みはしごく軽い。わたしの生血《いきち》か。それならば財布の中みよりも一そう貧弱なはずである。しかし、すべて人間側の論理は狼側に通用するわけがないだらう。何のためにしろ、敵がわたしを狙つて飛びかからうとしてゐることは眼前のおそるべき事実であつた。

　わたしはなるべくあわてないやうに、しひてゆつくりした足どりで、東照宮の境内にはひつて行つた。もうふりかへつて見るまでもなく、敵の次第にまぢかに肉薄して来るのが判る。襲撃の気勢がわたしの背骨にひびいて来る。あたりにはひとの影もない。木立はまばらで、楯《たて》として頼むにたりない。日ざしはあひかはらず強く、じりじり照りつけて来て、わたしはあぶら汗で浮くやうに濡《ぬ》れた。

やうやく拝殿の裏手まで来た。崖《がけ》の道をおりれば、家並のつづいてゐる町である。しかし、もはやその道をおりて行く余裕はない。敵の吐く息、鳴らす歯の音がするどく耳を打つて聞える。つい一飛びで、敵はわたしの背中に嚙《か》みつきうるほど近くに迫つてゐる。わたしははやく人家のあるところに出ようとあせつてゐたが、それがかへつて敵の術中に落ちて、ここの草むらと赤土の上、もつとも流血に適した場所にまで追ひつめられたぐあひであつた。うつかり声をあげたり駆け出したりすれば、それこそ百年目である。またさうしなくても、おなじことだらう。どのみち、敵はわたしののど笛を狙《ねら》つて飛びかかつて来るにちがひない。もうふりむいて敵をむかへ打つ体勢をととのへるやうなひまもない。このとき、わたしの手にあるものは、小さい風呂敷包、包の中の一枚の紙だけであつた。それはやがて亡《ほろ》びた世の、詩文の歴史の残欠になるであらうところの、しかし今はただの白い紙でしかないところの、うすいぺらぺらしたものである。わたしはこのうすい白紙をとつて狼の爪牙《そうが》とたたかはなくてはならない。絶体絶命である。

前面のいちばん大きい木のそばまで来たとき、わたしは決心してくるりとふりむいた。とたんに敵はぱつと飛びかかつて来た。土を蹴《け》つてぶつかつて来たものは、悪臭にむつとするやうな、ボロとデキモノとウミとおそらくシラミとのかたまりである。それを受けとめようとして揚げたわたしの手に、敵の爪が歯が嚙《か》みついて来て、ホワイトシャツがびりりと裂け、前腕にぐいと爪が突き立つのを感じた。そのあとは夢中であつた。わたしはボロとデキモノとウミとおそらくシラミとのかたまりと一体になつて地べたにころがつた。その無言の格闘の中で、わたしはからうじて敵の手首を押さへつけることができた。ひどい力で、すばやくうごく手首である。しかし、それはおもひのほか肌理《きめ》がこまかで、十歳と十五歳の中ほどにある少年の、なめらかな皮膚の感触であつた。わたしは死力をつくして、どうやら敵を組み伏せた。今、ウミと泥と汗と垢《あか》とによごれゆがんで、くるしげな息づかひであへいでゐる敵の顔がついわたしの眼の下にある。そのとき、わたしは一瞬にして恍惚《こうこつ》となるまでに戦慄《せんりつ》した。わたしがまのあたりに見たものは、少年の顔でもなく、狼の顔でもなく、ただの人間の顔でもない。それはいたましくもヴェロニックに写り出たところの、苦患《くげん》にみちたナザレのイエスの、生きた顔にほかならなかつた。わたしは少年がやはりイエスであつて、そしてまたクリストであつたことを痛烈にさとつた。それならば、これはわたしのために救ひのメッセーヂをもたらして来たものにちがひない。わたしはなに一つ取柄のない卑賤《ひせん》の身だが、それでもなほ行きずりに露店の女の足に見とれることができるといふ俗悪劣等な性根《しようね》をわづかに存してゐたおかげには、さいはひ神の御旨《みむね》にかなつて、ここに福音の使者を差遣《さしつかわ》されたのであらうか。わたしは畏《おそ》れのために手足がふるへた。そのすきに、敵の手首はつるりとわたしの手の下から抜けて、逆にわたしのあごをはげしく突きあげて来た。わたしはあふむけに倒れた。ちやうど、倒れたあたまのところに、わたしの風呂敷包が破れて落ちてゐて、白紙が皺《しわ》だらけになつて散り、二きれのコペが泥の中にころがつてゐた。敵はすばやくそのころがつたパンを拾ひとると、白紙をつかんで泥といつしよにわたしの顔に投げつけて、さつと向うへ駆け出して行つた。

あとで、わたしがおきあがつてみると、手足のあちこちに歯の傷、爪の傷を受けてゐた。そして、ずぼんの泥をはたいたとき、ポケットがからになつてゐることに気がついた。財布は無かつた。

あくる日、朝のうちに、わたしはまた上野の市場まで出て来た。きのふの格闘であぶら汗をながしつくしたせゐか、わたしもすこしは料簡《りようけん》が小ざつぱりとして、けふは谷中の墓石のことはかんがへなかつた。ここに来たのは、きのふのイエスの顔をもう一度まぢかに見たいとおもつたからである。そして、ついでに、やはりもう一度ぐらゐは、あのムスビ屋の女の足を行きずりに見物してもよいといふとどきな料簡はまだあつた。しかし、市場のけしきは一夜にしてがらりと変つてゐた。

八月一日から市場閉鎖といふあてにならないはずの官のふれが今度はめづらしく実行にうつされたのだらう。電車道から市場の中に通ずるいくつかの横町の角には、それぞれ縄が張つてあつて、そこに白服をきた邏卒《らそつ》が二三人づつ、杭《くい》のやうにぼんやり立つてゐた。めつたに通行をゆるさないけはひである。縄の外側に、すこし離れたところに、ひとのむれが横町の中を透かして見るやうにのぞいてゐる。わたしもそのむれに立ちまじつて、白服の杭の隙間《すきま》から中のはうをのぞくと、しらじらとして人間の影もささなかつた。きのふまでの有象無象《うぞうむぞう》はみな地の底に吸ひこまれてしまつたのだらう。イエスのすがたも、女の足も、今は見るよしがない。もしわたしの手足にまだなまなましく残つてゐる歯の傷爪の傷がなかつたとしたならば、わたしはきのふの出来事を夢の中の異象としてよりほかにおもひ出すすべがないだらう。

横町の内部、きのふまで露店がずらりとならんでゐたあとには、ただ両側にあやしげな葭簀張《よしずばり》の、からの小屋が立ち残つてゐるだけで、それが馬のゐない厩舎《きゆうしや》の列のやうであつた。横町のずつと奥のはうまで、地べたがきれいに掃きならしてあつて、その土のうへにぽつぽつとなにやら物の痕《あと》の印されてゐるのが、あたかも沙《さ》漠《ばく》の砂のうへに踏みのこされたけものの足跡、蹄《ひづめ》のかたちのやうに見えた。

（昭和二一年一〇月「新潮」）

曽呂利咄

鶏林《けいりん》の干戈《かんか》はさることながら嵐山《あらしやま》の花だよりに京の賑《にぎわ》ひは格別、その春の夜の盞《さかずき》を銜《ふく》んでひとり町中の佗住《わびずまい》、泰平法楽の姿とはいへ油断のならぬ天《あめ》が下《した》、わけても利休居士《こじ》刑死の後は世上とかうの取沙汰《とりざた》取締の掟《おきて》きびしく、禁句づくめで洒落《しやれ》も出ず、上臈《じようろう》相手のおどけも物憂《ものう》く、所労と称して聚楽《じゆらく》の第《だい》にも伺候《しこう》を怠り、いつそ酔うて寝るだけの浮世《うきよ》と、衡門《こうもん》閉ざして肱枕《ひじまくら》、軒端《のきば》ゆかしき月かげに陶然と独吟《どくぎん》、いつか夢路に入りかけたところへ俄《にわ》かに来客の知らせ、客は奉行《ぶぎよう》石田三成と聞いて、はて心得ぬ、出頭第一の権者《きけもの》が夜陰《やいん》にまぎれて訪れは何事か、むげに断りもなるまいと渋〻《しぶしぶ》起き上つた曽呂《そろ》利新左衛門、衣紋《えもん》掻い繕《つく》ろひつつ出《い》で迎へ、これは治部《じぶ》殿、朧夜《おぼろよ》のお忍びとは風雅な、まづ一献《いつこん》と銚子《ちようし》取り上げる手許《てもと》押さへて三成が、いや、今宵《こよい》人知れず参つたはさやうな浮いた沙汰《さた》ではない、ちとそなたの智慧《ちえ》を借りたい一儀がある、さりとはお眼違《めちが》へ、当時底の抜けたてまへの智慧袋とんとお役には立ちますまい、まづ聴け、偽病《けびよう》つかつて太閤《たいこう》の御機嫌をも伺はぬ曲者《くせもの》の性根《しようね》見込んでの頼みごと、その仔細《しさい》は、都三条小橋のほとりに代〻《だいだい》住居《すまい》する酒問屋、杉葉屋といへば隠れもない分限《ぶげん》者《しや》、当主の又六は宗祇《そうぎ》の風《ふう》を慕つて発句《ほつく》の一つもひねり利休の流《ながれ》を汲んで茶席の法も聞きかじつた男、これはつねづね邸《やしき》にも出入を許してゐる者だが、さきごろ囲《かこい》にて薄茶の相手申しつけたをり、談話の末に又六内密にて訴訟いたすには、およそ十五六日前、或る夜又六犬筑波《いぬつくば》を読みふけつて思はず深更に及び、寝所を出て厠《かわや》に上り、戻りがけに廊下の雨戸を開け手水鉢《ちようずばち》の柄杓《ひしやく》を手にしながらふと空をふり仰ぐと、星影もない闇の中にぴかりと眼を射る光り物、店の裏手に立ち並ぶ酒蔵のあたりより迸《ほとばし》つて夜天を斜《はす》かひに戌亥《いぬい》の方へ飛ぶよと見る間に消え失せ、あとは風のそよぎも死んで寂寞《せきばく》、面妖《めんよう》なとは思ひつつその時はそのまま枕に就《つ》いたが、三晩ほどたつてやはり同じ時刻厠《かわや》の戻りに雨戸を開けて眺めると、又してもかの光り物、寸分違《たが》はぬ怪しきけはひ審《いぶ》かしく、夜の明けるのを待ちかね酒蔵に入つて検分するに錠前《じようまえ》の堅《かた》めは常の如く、塗壁の色も頼もしく、据ゑられた酒樽《さかだる》の数〻《かずかず》も揺ぎなき態《てい》と見えたのに、はて気にするほどのことかと安堵《あんど》しながら、何げなく傍の大樽を叩《たた》くと間の抜けたやうな手応へ合点《がてん》行かず、早速中身を改めたところ、さしもの大樽一滴も残さずからりと乾《ひ》上《あが》り、隣の樽の二つ三つも嵩《かさ》いちじるしく減つてあるのに、安からぬことかな、樽には鵜《う》の毛の疵《きず》もなし、奉公人一統身許《みもと》確かの者なれば店に黒鼠《くろねずみ》ありとも覚えず、思案を胸一つに畳んで、その夜念のため重ねて時刻を計り空のけしきを窺《うかが》ふに光り物飛ぶこと前夜と変らず、さてこそ化性《けしよう》のものの仕業と極まつた、徒《いたず》らに騒ぎ立てるも本意《ほい》なし、我ひとりにて委細見届けようと、又六町人に似合はぬ胆《きも》太き男、次の夜家内寝しづまるや臥床《ふしど》抜け出して単身酒蔵に忍びこみ、大樽のかげに身を潜《ひそ》め、来国俊《らいくにとし》の脇差膝許《わきざしひざもと》に引きつけて様子いかがと待ち受けるうち、やがて丑満時《うしみつどき》、忽《たちま》ち錠前堅固の大扉音もなく左右に開くとともに、白昼をあざむく光眩《くる》めくばかりにさし入り、晃〻《こうこう》と隈《くま》なく照りわたる中を、ゆらりゆらりと虚空《こくう》に漂ひ来《きた》つたのは一箇の大盃《たいはい》、径五六尺《しやく》もあらうかと思はれる朱塗の逸物《いちもつ》の、真中に笹竜胆《ささりんどう》の金紋美〻《びび》しく輝いたのが、鳳凰桐花《ほうおうとうか》に舞ふごとく酒樽の上を翔《か》けるとひとしく、なみゐる樽の蓋《ふた》一度にぱつと刎《は》ね返つて、延寿不老の菊の酒たうたうどくどく滝津《たきつ》瀬《せ》のひびきをなして降り注ぎ、見る見る間に琥《こ》珀《はく》の色盃中満〻《まんまん》と漲《みなぎ》れば、朱塗の大盃又もゆらりゆらりと夜天に躍《おど》り出《い》で、一条の金光を放つて戌亥《いぬい》の空へと飛び去り、大扉おのづから堅く閉ざし、樽の蓋《ふた》元に納まつて塵《ちり》一つ揚らず、あとはひつそり真の闇、最前より物かげにてこの態窺《ていうかが》つた又六、不思議なる盃の振舞かな、いで正体をと、国俊の柄《つか》に手をかけ心励まして駆け出ようとしたが五体しびれて働かず、ただ茫然《ぼうぜん》と眺めるばかり、程なく盃の光消えた闇の中で我に返り、ほうと溜息《ためいき》つきながら腕拱《こまね》いて思ふやう、およそ行者飛鉢《ぎようじやひはつ》の法を修することは異国はさて措《お》き我朝《わがちよう》にもその例珍らしからず、物の本にも見えてはゐれどそれは上古の話、近き世では稀有《けぶ》なこと、まして太閤の武威大明《だいみん》にまで及ぶ今日繁華第一の洛中《らくちゆう》にてかかる沙汰《さた》は奇怪至極《しごく》、都あたりの山〻《やまやま》はみな婦女遊楽の地なれば道術神妙の聖《ひじり》など住まうとも覚えず、さりとて狐狸《こり》の仕業とも受け取りがたく、これあるひは切支丹《キリシタン》の邪法か、切支丹といへば先師利休居士《こじ》の最期に就《つ》いても怪しき噂《うわさ》とりどり、当節ではうつかりした口はきけず、ましてその利休の末流にて些《いささ》か文読むすべも弁《わきま》へたこの又六の家にかやうの怪事ありと伝へられたらば、世間の騒ぎ、上向きへの聞え、事に依《よ》ると不慮の災厄《さいやく》を招き身の破滅となるやも知れず、如何《いかん》せんと途方にくれつつ一まづ寝所に戻つて眠れぬ一夜を明かし、その後数日誰にも秘してひとり思案をこらしたものの、所詮我手《しよせんわがて》にて埒《らち》あける分別も出ず、捨ておいては酒蔵の酒みなになるは必定《ひつじよう》、もし余人にけどられては一大事と、つねづね恩顧を蒙《こうむ》る三成をたよりに、よき折から茶席にて内〻《ないない》の訴へ、三成も奇異の思ひして、早速心利《き》いたる家来数人を又六ともども深更の酒蔵に忍ばせて様子検分させたところ、その夜も果して盃の振舞又六の言に違《たが》はず満〻《まんまん》と酒を湛《たた》へて飛び去らうとするのに、やらじと追ひかけた家来ども、用意の馬に打ち乗り戌亥《いぬい》の方へ都大路を驀《まつしぐ》らに馳《は》せ抜け、洛西嵯峨野《らくせいさがの》のほとりに至り、かの盃野のただ中に落ちたとまでは見届けたが、行方いづこやら烏羽玉《うばたま》の闇にまぎれて尋ねるに由なく、立ち帰つてかくと注進、依つて次の日さらに人数を増し嵯峨野一円隈《くま》なく探索させると、をりしも春の草萌《も》える野の片ほとりについぞ見馴《みな》れぬ庵《いおり》一つ見つけ出し、仔細《しさい》ありげな伏家《ふせや》と、近寄つて柴垣《しばがき》の隙《すき》より覗《のぞ》けば、僧ともつかず俗ともつかぬ翁《おきな》ひとり、年老いたれど筋骨抜群逞《たく》ましき面魂《つらだましい》したのが仏前にて看経《かんきん》の態《てい》であつたが、その傍に物〻《ものもの》しく据ゑてあつたのは経五六尺もあらう朱塗の大盃、金紋輝く笹竜胆《ささりんどう》はまさしくそれと、追手の面〻《めんめん》勇み立ち、槍《やり》刀振りかざし一度にどつとをめいて駆け入らうとするに、不思議や今まで目前にあつた庵も翁も忽《たちま》ちぱつと形を掻《か》き消し、ただ見る草茫茫《ぼうぼう》と風になびくばかり、一同呆《あき》れて顔見合せ、手の下しやうもなくすごすご引き揚げ、四五丁戻つてふと後をふり向けば、こはいかに、かの庵また元のところに生え出《い》で看経の声さへ洩《も》れて来るのに、馳《は》せ返つて討《う》ち入らうとすれば消え失せること先のごとく、遠のけばまた顕《あら》はれ、武蔵野にありときくなる逃水《にげみず》の、手に捕りがたき奇怪の幻術、追手の同勢遂《つい》に空《むな》しく返つたが、このことといつか世上に洩れ、又しても切支丹《キリシタン》の取沙汰《とりざた》しきりに行はれ、今にも都修羅《しゆら》の巷《ちまた》と化さうなど無根の流言飛び違ひ、奉行職の威令を貶《おと》すこと一方ならず、乃《すなわ》ち三成千〻《ちぢ》に心を砕いた末きつと裁きを下し、杉葉屋又六こそかねて切支丹と気脈を通じ、邪法を究《きわ》め、分身の妖術を使つて嵯峨野の翁となり、あらぬ怪事を作り上げ、世を乱し掟《おきて》を蔑《ないがし》ろにした稀代《きたい》の曲者《くせもの》、このたび上《かみ》の御威光を以て罪状分明仕置申しつけると触れ出し杉葉屋の店は闕所《けつしよ》、家財は没収、又六の首打つて四条河原《しじょう》に暴《さら》し、さしも騒がしかりし洛中洛外《らくちゅうらくがい》の民心をぴたりと鎮めたは近頃もっぱら評判、又六不憫《ふびん》ながら小の虫殺して治世安民の大道立て通したはこの三成が才覚と、弁舌爽《さわや》かに滔〻《とうとう》述べ来《きた》つた治部少輔《じぶのしょう》この時中《ちゅう》啓《けい》取り直して声を潜め、さて曽呂利、そこでそなたに頼みといふは、これにて表向き一件落著《らくちゃく》とは申せ、片のつかぬはかの嵯峨野の老怪、何者とも素姓《すじょう》知れず、果して切支丹《キリシタン》の一味か、或《あるい》は関東徳川の廻し者か、それとも大明《だいみん》より忍びこんだ間者《かんじゃ》のたぐひか、酒問屋は杉葉屋一軒ではなし、又いつ何時《なんどき》盃の妖術使はぬとも限らず、その時は辛《から》くも立てた奉行の面目丸つぶれ、延《ひ》いては天下の一大事、危《あやう》きに先だつて禍《わざわい》の根を刈るについては武略ばかりでは手に了《お》へず、大義ながらそなた明日にも嵯峨野へ立ち越え、日本無双の頓智《とんち》を以て件《くだん》の痴者《しれもの》の正体見顕《みあら》はしてはくれまいかと説きつければ、曽呂利うしろへ退《すさ》つて手を振り、これは近頃御難題、政道に嘴《くちばし》を入れぬことはてまへ目下のたてまへ、まして筋違への探索方など平《ひら》にお断りといひ切つても、三成いつかな承知せず、いや、天狗《てんぐ》を掌《てのひら》に丸めて呑《の》まうほどのそなたの器量、ぜひに頼む、だが決してただは頼まぬ、かねてそなたが狙《ねら》つてをる太閤御秘蔵の山楽《さんらく》の一軸、日の出に鶴《つる》の図は世に稀《まれ》な名作、あれを取らさう、実はこのほど淀殿《よどどの》のとりなしで拝領してある、即《すなわ》ち今宵《こよい》の手みやげと、さし出したのは五三の桐《きり》の紋散らした金梨《きんなし》地《じ》の箱、蓋《ふた》とつて改めれば錦襴《きんらん》の表装燦然《さんぜん》として霊筆の鶴夜風に飛び立たんばかり、曽呂利あつと感じ入つて心中に思ふには、くそ面白くもないこの日頃浮世附合《づきあい》には飽きあきしてゐたところへ、今聞けば嵯峨野の翁《おきな》とやら、とんだ話相手になりさうな、かつは目の前の授かり物逃すも惜ししと、げに達人に公《おおやけ》なし、ただ私慾の赴くところに従ふとはこのことか、につこり笑つて一軸取り上げた曽呂利が、折角《せっかく》のお言葉故《ゆえ》ずゐぶん勤めてみませうが、敵は今の世の張子房治《ちょうしぼうじ》部《ぶ》殿の明察にも尻尾《しっぽ》を見せぬ手だれ者、やりそこなひは御容赦といへば、三成も満足げに頷《うなず》いて、承引《しょういん》過分そなたならば仕損じあるまい、首尾よく行つた暁《あかつき》は改めて褒美《ほうび》として黄金百枚、身貧なれどもてまへ黄白《こうはく》には望みなし、願はくは名酒一樽、みなまで申すな、一樽はおろか酒蔵一棟《ひとむね》寄進につかう、はや月かげも三更《さんこう》、さらば明日、大事の役目ぬかるな曽呂利といひ捨てて、袴《はかま》さやさや立ちかかる……霞《かすみ》ににほふ嵯峨野の奥、桜花咲き土筆《つくし》の萌《も》える原中に、柴垣《しばがき》竹の戸心にくき一構《ひとかまえ》、をりしもそよ吹く朝風につれて内より聞える読経《どきょう》の声、〽観自在菩薩《かんじざいぼさつ》、行深般若波羅密多《ぎょうしんはんにゃはらみった》、時照見五蘊皆空《じしょうけんごうんかいくう》、度《ど》一切苦厄《いっさいくやく》と、朗〻《ろうろう》ひびきわたるところへ、ぶらりと来て戸口に佇《たたず》んだのは、浅葱《あさぎ》の著附《きつけ》に同じ色の頭巾《ずきん》、白脚絆《しろきやはん》に草鞋《わらじ》、背には笈《おい》、頸《くび》には珠数《じゆず》、竹の杖《つえ》つき鈴振つて、姿は巡礼にやつせど、変らぬ顔は曽呂利新左衛門、内なる看経《かんきん》終る頃を見すまして、鈴の音きよらかに声張り上げ、〽補陀落《ふだらく》や岸打つ波は三熊野《みくまの》の、と詠ずれば、庵主《あんじゆ》の翁《おきな》立ち出《い》でて、あたかも今日は故人の命日、供養《くよう》のをりから来合はせた巡礼ゆゑ心ばかりの施しをと、さし出す鳥目載《ちようもくいただ》き曽呂利一礼して、只今《ただいま》これにて揣《はか》らずも結構なお経聴問いたし、天竺《てんじく》の乳糜《にゆうび》飲んだやうなよいここち、とてものことに、松と桜を織りまぜたこの風雅のお宿で、しばらく端居《はしい》お許し下され、御法話承《うけたまわ》りたいものといへば、翁《おきな》も興がる面持《おももち》で、自体そなたは何のための巡礼かと問ふに、されば、てまへは花に浮かれ、酒に酔ひ、此世《このよ》ならぬ夢の国を探して歩きたい念願、ほほう、それではわしよりそなたの物語こそ面白からう、まづから通れと、導かれた縁先に曽呂利腰かけ四方を眺めつつ、絶景かな、松の緑、花の匂《におい》、それにも増してよいものがこの笈《おい》の中に仕掛けてある、即《すなわ》ちお近づきの印《しるし》にまでと、酒壺《さかつぼ》取り出し土杯添へてすすめるのを、これは思ひがけぬと受ける翁《おきな》、甘露《かんろ》甘露と曽呂利も傾け、さてさて庵主《あんじゆ》のお顔色は若衆《わかしゆ》も及ばぬ艶〻《つやつや》しさ、抑〻《そもそも》いくつにおなりやら、されば二百歳までは数へたれどといひさして口ごもる翁の態《てい》に、や、これは粗忽《そこつ》、お年のことより近頃都の時花唄《はやりうた》二つ三つ御披露いたさうと、曽呂利舞扇かざして立てば翁手拍子打つて囃《はや》し、次第にやはらぐ座のけしき、時に曽呂利咳《せき》ばらひして、〽なほなほめぐる盞《さかずき》の、たび重なれば有明《ありあけ》の、天も花にええりいやアと唄ひかけるを、翁聞くより感に堪へ、その小謡《こうたい》は大江山、このわれは僧形《そうぎよう》なれど鬼にも似たる境涯と呟《つぶや》くのに、曽呂利透《す》かさず、いや庵主の若盛りこそ定めて武勇すぐれし鬼武者、戦場の手柄話ちと承《うけたまわ》りたしと誘へば、翁もいつか興に乗つて、おお、それよ、忘れもせぬ奥州高館《たかだち》の合戦に判官殿《ほうがんどの》武運拙《つたな》く打ち破れ、御生害《ごしようがい》と見せてひそかに蝦夷《えぞ》地へ落ちさせたまひ、あとには宗徒《むねと》の面〻《めんめん》懸命の防矢仕《ふせぎやつかまつ》るうち、頼みに思ふ武蔵坊《むさしぼう》は立往生、味方散〻《さんざん》に討ちなされ、さしも西海《さいかい》の波濤《はとう》にとどろかせし勇名遂《つい》に奥の細道に窮《きわ》まる、運の末とはいひながら思へば無念と、歯ぎしりしつつ落涙の態《てい》を、曽呂利たしかに見て取り、すつくり立ち上つて大音《だいおん》あげ、やあ、今こそ読めた御身《おんみ》の素姓《すじよう》、判官殿の身内にてその終《おわり》を知らずと伝へられる常陸坊海尊《ひたちぼうかいそん》と見たは僻目《ひがめ》か、稀《き》代《たい》の長寿といひ、今の物語の様子といひ、かつは床上《しようじよう》の大盃笹竜胆《たいはいささりんどう》の紋打つたは源家《げんけ》の由縁《ゆかり》疑ひなし、いかに、いかにと詰め寄れば、翁忽《たちま》ち満面に朱を注ぎ大眼刮《かつ》と剝《む》いて睨《ね》めつけ、むう、うかとなんぢの誘ひに釣られて口辷《すべ》らし、正体見抜かれしことの不覚さよ、いかにもわれは常陸坊《ひたちぼう》の転身、過ぎし世の合戦にひとり不思議に生き残つたれど、もはや地上に望みなく、それより羽黒山に入つて修験《しゅげん》の道を究め、長生《ちょうせい》の法を得、出羽の三山はいふに及ばず、相模《さがみ》の足柄《あしがら》山、加賀の白山《はくさん》、大和《やまと》の大峰《おおみね》、伯耆《ほうき》の大山《だいせん》、筑紫《つくし》の彦山《ひこさん》、六十余州の山〻《やまやま》を駆け巡り、今に至つて数百載、さすがに山にも飽きたれば、都路《みやこじ》の春たづねんと近頃この嵯峨野に来て、桜のかげに庵《いおり》を結び、昼は隠者の態《てい》にて行ひすまし、有りがたさうな経文《きょうもん》など誦《ず》してはゐれど、夜な夜な魔界の大酒盛、盃を飛ばして洛中《らくちゅう》より酒取り寄せ、判官《ほうがん》殿はじめ武蔵坊四天王の面〻《めんめん》打ち集《つど》ひ、末世《まっせ》汚濁《おだく》の相をあざ笑ひつつ飲めよ歌への観楽、これまで誰一人気づく者なかつたに、今わが素姓を見破つたなんぢは、察するに当時都に名の高い頓智《とんち》頓才《とんさい》の曽呂利であらう、石田に頼まれて探りに来たか、おのれ生けては帰さぬと気負ひかかるのを、曽呂利押し止《とど》め、待たれよ海尊、不肖《ふしょう》ながら治部《じぶ》の手先に非《あら》ず、近頃味の抜けた世の中にうんざりしてゐたところへ、嵯峨野にこそ無双の痴者《しれもの》住むと聞き、よきをりの話相手とわざわざ訪れた仕儀なれば、心置なく酒酌《く》み交し、あの世この世の物語、花の下にて楽しまうと述べるのに、海尊術なげに首振つて、さすがは曽呂利、志《こころざし》は殊勝なれどその儀はもはや叶《かな》ひがたし、わが正体知れた上は何しにこの土《ど》に止《とど》まらう、それに杉葉屋の一件以来都の酒屋用心怠りなく、加持《かじ》祈禱《きとう》やら魔除《まよけ》の貼札《はりふだ》やら、酒の調達思はしからず、またわが活眼を以て見通すところ、なんぢが大檀那《だいだんな》と頼む太閤の命数近く尽き、世は再び乱れ、天下はやがて関東に帰《き》さう、既に日の本の山をも里をも見尽したわれなれば、このたびは遠く海彼《かいひ》の国めぐり、天竺震旦《てんじくしんたん》はおろか、おらんだ、えすぱにや、ほるとがる、まだ見ぬ土地にわたつて、切支丹《キリシタン》の魔法を修めるかたはら、陽春白雪の曲を聴き、葡萄《ぶどう》林檎《りんご》の酒に酔ひ、活計観楽を極《きわ》める所存、いざ共〻《ともども》と誘ひたいが、不憫《ふびん》やなんぢは地上の羽根なしにて、飛行《ひぎょう》の術を弁《わきま》へざれば智慧《ちえ》才覚も役立たず、われに従ふこと思ひも寄るまい、さらば曽呂利、この海尊の振舞見よと、いふとひとしく朱塗の大盃《たいはい》小脇に抱へ、金剛杖《こんごうづえ》を取つて床を打てば、今までありし庵《いおり》一瞬にして掻《か》き消え、曽呂利草の上にだうとなるひまに、海尊腰をひねつて伸びあがり、丈《たけ》高きこと数十尺、赤鼻隆〻《りゅうりゅう》と天日《てんじつ》に輝き、両の腋《わき》の下より翅《はね》もくもくと生へ出て、忽《たちま》ち虚空《こくう》に身を躍《おど》らせ、かんらかんらと笑ふ声もはや白雲の上、曽呂利地に足摺《あしずり》して、口惜《くちお》しきことかな、心は逸《はや》れど翅なき身の詮《せん》すべなし、海尊に笑はれたかと歎《なげ》くをりしも、傍の笈《おい》の中にてばたばたと羽ばたきの音、曽呂利引き寄せ蓋《ふた》開くや、忍ばせた山楽の一軸おのづから光を発し、六法《ろつぽう》の義に適《かな》へる名画の威徳眼《ま》のあたり、丹頂の鶴絹を抜け出て輪舞しつつ、羽色きらきら草の上に降り立てば、曽呂利ひらりと飛び乗つて、いかに海尊、天翔《あまが》ける術を得たるは修験《しゆげん》の道のみかは、神妙神秘の芸道の奇瑞《きずい》これ見よと、かげろふの糸にまぎれ、散る花の中に漂ひ、舞ひのぼる空のかなた、姿は雲に隠れて、跡吹きとぢる春風……春とはいへ、夜更《よふけ》の風酔ざめの襟《えり》に沁《し》み、はつと夢破れて起きあがつた曽呂利が大きな嚔《くさめ》一つ、ほい、まだ地上に生きてゐたか。

（昭和一三年五月「文芸汎論」）

かくしごと

寛永《かんえい》のころ、江戸の浅草蔵前に、苗字《みようじ》は何とも知れず、五郎左《ごろうざ》といふ浪人がひとりわびしく住んでゐた。浪人。府内どこに行つても犬のくそほどにころがつてゐるもののことなんぞを、たれも頭痛にやむひまはない。馬の骨の素姓《すじよう》来歴のごときは、他人にとつて無きにひとしかつた。いや、当人ですら越し方行末をおぼえぬけしきで、冬日向《ひなた》に寝ころびながら、近所となりに念仏五郎左とささやかれるにまかせた。この男、をりをりのくちぐせに、南無《なむ》……といふ。ひとりごとにも、ついそれが出た。しかし、南無のあとにすぐ阿弥陀仏《あみだぶつ》とはつづかず、口をもぐもぐさせて、ぐつとのどの奥に呑《の》みこむやうであつた。そのあだ名の念仏さへまんぞくには唱《とな》へかねるくらゐだから、もとより無口、しかもずぬけた大男の、つらがまへ尋常《じんじよう》ならず見えたので、ひと附《づき》合《あい》のよいはずはなかつたが、ただ見かけとちがつて立居しほらしく、どうやら無害らしいところが愛嬌《あいきよう》になつて、うしろ指をさされるとか、毛ぎらひされるとかいふこともなかつた。

この五郎左、あるとき駒形河岸をあるいてゐると、向うから来かかつた五人づれ、これも浪人ながら、ばか長い刀をさしほらして、大手をふつた伊達《だて》風俗は、当時はやりのカブキモノ、いづれも事を好む荒くれ仲間と知れた。袖《そで》すりあつただけでも喧嘩《けんか》のきつかけ、五人すぐにも刀を抜きかけて、五郎左を中にとりこめる。まはりに、たちまち弥次馬《やじうま》が遠巻きにあつまつた。その真中に立つて、大男、まづ、まづ、まづ……と、ことば低く、両手でおよぐやうなかたちをしたのは、平あやまりにあやまつてゐるものとしか見えなかつたが、しかしその手のあたるところ、目にもとまらず、五人の肱《ひじ》を打ち、刀の柄《つか》がしらを打つて、つひにこれを抜かせなかつた。荒くれのかしら分らしいのが、さすがに手練《しゆれん》をさとつたか、にはかにことばを柔げて、仲直りの酒にさそふ。五郎左、これにもいやといはず、のそのそ引かれて行つたさきは、うまれてはじめての廓《くるわ》といふところ。そこの酒盛の席に、遊女と語らふでもなく、さかづきもさのみ重ねずに、大男ひとり隅にしりぞいて、ありあはせの紙に矢立《やたて》の筆でなにやら書きつけてゐる。なにごとかと問へば、答へるやうは、あまりの手持無沙汰《てもちぶさた》に、刀の鞘《さや》の禿《は》げたことをおもひ出して、鞘師に註文を書いてゐるといふ。一座みな笑ひこけて、花の山に入りながら手も出さぬのかと、大男をしり目にかけて、なほも酒のみ、女にたはける。揚句のはてに、勘定はすべて五郎左に負はされて、ふところをはたいても不足の分は、鞘の註文どころか、脇差《わきざし》の目貫《めぬき》をはづし、鐔《つば》まではづした。

　このうはさが蔵前までつたはると、近所となり一統あきれて、さても、見かけだふしのウドの大木にもせよ、ゐくぶんは豪傑の気味もあるかと、せつかく今まで買ひかぶつてゐてやつたのに、喧嘩《けんか》は平あやまり、おまけにひとのあそびの勘定までしよひこみとは、よくよくの臆病者《おくびようもの》、これでは高禄《こうろく》出して召抱へる大名はあるまいと、よそながら不憫《ふびん》がつて、笑ひぐさにした。

　さて、歳晩《さいばん》せまつて、ある夜のこと、浪宅はゆたかでもなく、むさくるしくもなく、五郎左は炉端《ろばた》にひとり坐して、菜の粥《かゆ》を煮てゐた。外は星のこごえる寒さなのに、土鍋《どなべ》はふつふつと音をたてて沸きかかつた。すると、遠くからざわめきがきこえて来た。耳をすませるにもおよばず、ののしる声、みだれる足音は次第に近づき、一きはさうざうしく家の表を駆け過ぎたかとおもふと、つい引きかへして来て、二度三度、闇の中に渦を巻いたのちは、またも遠くにうすれて行つた。そのとき、裏口にかたりと音がして、締まりのしてない戸があいた。そこに、抜刀白く冴《さ》えて、ひげづらの男が立つてゐた。

　五郎左は吹きあがる土鍋のふたをしづかに切つて、

「追はれて来たものか。」

　男はつかつかと踏んごんで、炉端に立ちはだかつたまま、

「しづかにしろ。さわぐと斬《き》る。」

「おまへこそ、まづ下にをれ。」

ぢろりと、鼻のさきの白刃《はくじん》を見て、

「ひとを斬つて来たものではないな。」

刀身に血の色はとどめてゐなかつた。五郎左の目の下に、男は刀を鞘にをさめて、そこに坐した。

「じつは、ばくちの上の喧嘩にて、刀を振りまはして逃げたが、おほぜいに追ひつめられた。」

「ここに逃げこんで何とする。」

「しばらくひそんで、やうすを見る。追手が散つたなら、出ても行かう。」

「血を見なかつたのは重畳《ちようじよう》。」

ぽつりと吐き出していふと、五郎左はもうそこにゐる男のひげづらに目もくれないやうであつた。男のはうでは、炉端に置いた身がぬくもるにつれて、かへつてそはそはして、はじめのいきほひに似ず、尻《しり》のおちつかぬけはひと見えた。外の闇はひつそりしづまつてゐた。そして、危険はすでに去つたかとおもはれたとき、またしても、闇の底におもく、道を踏みつけて行く足音がきこえた。ただし、今度はその足音に気合が抜けてゐた。遠くまで追ひかけて行つたものどもが、敵を見うしなつて、おそらく見きりをつけて、ぽつりぽつりもどつて来たにちがひなかつた。それでも、男はあからさまに狼狽《ろうばい》の色をうかべて、膝《ひざ》を立てかけた。

「よし。」

五郎左は土鍋《どなべ》を炉のふちに移して、かういつた。

「窮したとあらば、かくまはう。」

そして、燃える火に灰をかぶせておいて、ついと立つと、刀をつかんで、ひとり外に出て行つた。のこされた男はとぼつとして、腰が抜けたやうにうごかなかつた。

五郎左、闇の中に、大音《だいおん》あげて呼ばはるには、

「めんめんにもの申す。さがす敵はここにをるぞ。おれがかくまつた。おれが相手になる。かくいふは、さきごろ断絶したもとの福島の家中に、進《しん》五郎左衛門ときこえたものだ。うまれついて、かくしごとは知らず、ウソいつはりはいつたことが無い。またいかなるときにも、敵にうしろを見せたことが無い。ただし、尋常《じんじよう》の武

功とおもふな。ひとを殺し首とつて手柄とするものとはちがふ。かの関ケ原の合戦には、二間《けん》柄大身《おおみ》の槍《やり》の、穂の長さ一尺《しゃく》、赤さびにさびたるをもつて、これを血にけがすことなく、むらがる石田勢を防ぎとめ追ひちらした。また大阪のいくさのあと、江戸にのぼる道中に、左衛門大夫《たいふ》殿は故主の豊臣に弓を引いたとあつて、評判きはめてよろしからず、宿場の女ども馬子《まご》のたぐひに至るまで、あれこそ福島者よと、うしろ指さしてあざけつたが、おれはよくその恥辱にも堪へた。また芸州にて城に火を発したとき、おれは一番乗に駆けつけて、小《こ》書院の屋根にのぼつて、破風《はふ》が燃えてもしりぞかず、つひに炎を消しとめて、最後に屋根から飛びおりたが、傷一つ負はなかつた。また亡主左衛門大夫殿、かくれなき酒乱にて、宴中ゆゑなくしてひとを斬《き》つたが、おれはその血刀を掻《か》いくぐつて殿をおさへた。されば、なにものにもおくれをとらず、なにものをも傷つけたおぼえなし。今、かの男、たしかにおれがかくまつた。この五郎左が相手をする。追手のめんめん、かかれ、かかれ。」

そのいきほひにおびえたか、あるひはすでに散り去つたあとか、飛びかかつて来るものは一人もなく、声はちかくの川風に吹きながれて、夜ふけの闇はなほさら濃くあたりを塗りつぶした。

五郎左が炉端にもどつて来ると、かの男はしげしげと見あげて、

「おぬしのかくまひやうには、おれもあきれた。その刀もまた赤さびか。」

「うむ。」

「かくしごとは知らずと申されたな。」

「いかにも。」

「おぬしの胸にはなにも秘めてをらぬのか。胸中ただ清風の吹き抜けか。」

「清風に似たものは、胸中ふかく秘めてをる。」

「風のやうなものにしても、秘めたものは秘めたものだ。それでは、かくしごとは知らずとは申されまい。かくしておいて、かくさぬといふ。ウソいつはりに似るではないか。」

「ふかく秘めたものがあればこそ、ウソいつはりはいはぬのだ。」

五郎左は火箸《ひばし》をとつて、灰の中の火を搔《か》き立てながら、

「行け。もはや用はあるまい。」

「それがさ。」

ひげづらを撫《な》でて、

「じつは、こまつたことがある。この座におちついてから気がついたのだが、せつかくばくちで勝つた財布を途中でおとしたらしい。それがなくては、逃げるにもすぐさしつかへる。」

「おとしたのは、どのあたりだ。」

「そこの町角までは、たしかに懐中にあつた。当家に来るあひだの道か。」

五郎左はだまつて提灯《ちようちん》をつけて、また外に出て行つたが、しばらくして、

「これか。」

もどつて来るなり、どさりと投げつけて、おこしかけの火のはうにむき直つた。

「かたじけない。」

男は財布を手につかんで、

「これで助かつた。いささか礼のしるし、小判一枚置いて行かう。」

「いらぬ。」

五郎左は火箸《ひばし》をもつて軽く男の手を打つた。財布が飛んで、男はあつとうつ伏した。総身《そうみ》がしびれたやうであつた。

「いらぬとあれば、せん方ない。おれが使ふまでのことだ。さらば。」

男は財布をひろつておきあがると、つい戸口のはうに立つて行き、そこで猫のやうにふりかへつて、去りぎはの一言は、

「おれも浪人だ。浪人のふところは見すかしてゐる。おぬしがふかく秘めたといふもの、読めたぞ。ただの風ではなくて、嵐だらう。謀叛《むほん》人だな。」

さういひすてるやいなや、男はおぢけづいたやうすで、一目散に逃げて行つた。

五郎左は背をむけたまま、

「南無……」

よく蒸《む》れた土鍋《どなべ》のふたをとつた。

それから三日ほどたつと、さりげないおもむきで、五郎左は奉行所に呼び出された。白洲《しらす》に控へると、奉行著座《ちやくざ》。

「なんぢ、謀叛《むほん》のたくらみあるよし。ありていに申せ。」

たちまちあつかひが変つて、五郎左はきびしく縄うたれた。

「おぼえ無い。」

「かたちにあらはれずとも、ふかく秘めたものはあらうな。」

「たれの胸にもふかく秘めたものはあるはず。」

「余人のことではない。なんぢのことをいへ。」

「なにをいへといふか。」

家さがしをして、見つけたものは具足一領、大太刀《おおだち》一振《ひとふり》、小判十枚。

「この武具と小判は。」

「当然のたしなみ。」

「謀叛のための凶器、またそのための軍用金か。」

「ちがふ。」

「この小判、どこで盗んだ。」

「盗みははたらかぬ。」

「浪人が小判をもつてをれば、かならず盗んだものにほかならぬ。」

なほも身もとを洗つたが、うたがはしいものは出ない。

「いよいよ謀叛《むほん》ときまつたぞ。」

「なにゆゑに。」

「証拠をさがしても見つからぬといふのは、すなはちどこかに隠してゐるといふ証拠にちがひない。いはねば牢問《ろうもん》にかけるぞ。」

手をかへ品をかへ、痛め吟味《ぎんみ》をくりかへしても、痛さうな顔もしない。

「なんぢ、すでに謀叛のうたがひを受け、盗賊の汚名をかうむり、また牢問にまでかかつて、恥とおもはぬか。」

「恥は奉行の身にあらう。」

「だまれ。恥を知らぬやつ、腹切るすべも知るまい。」

「それこそ奉行のことだな。おれはひとの首も切らぬが、わが腹も切らぬ。」

「よくいつた。腹黒い申条、逆心うたがひなしと見えた。はらわたを吐かせて改めるにもおよばぬ。その素《そ》つ首《くび》、たちどころにぶちおとしてくれよう。」

すなはち、打首ときまつて、刑場に引き出される。ときに、五郎左、大眼かつと見ひらいて、検分役のめんめんをにらみわたしていふには、

「なんぢら、耳あらばよつく聴け。おれの胸にふかく秘めた声を、今こそはばからず、大鐘つき鳴らすがごとくに唱へてきかせるぞ。これをば、この五郎左の声とおもふな。これぞ天の声よ。世を救はせたまふおん声と聴け。なんぢら、無縁の逆徒、おどろき畏《おそ》れよ。つつしめ。」

ものに憑《つ》かれたやうにさけぶのに、検分役のめんめん、あわてて、

「こやつにむだごと吐かせるな。引き据ゑて、ただ斬《き》れ。」

首斬役、刀を振りあげれば、五郎左、いのちの瀬戸ぎはに、

「南無……」

振りおろす刀の下に、首は飛びながらも、高く唱へつづけた。

「さんたまりや。」

一説に、天草《あまくさ》にきこえた千千岩《ちぢわ》五郎左衛門、かの宗門の一揆《いつき》敗亡のをり討死《うちじに》とつたへられたが、じつはひそかに逃れて、世をしのんで生きのびたなれのはてがこの五郎左であつたといふ。しかし、これは寛永元年福島正則の死んだのち、あまり遠からぬころのはなしのやうにおもふ。さうとすれば、寛永十四年におこつた天草のいくさとは関係が無い。これを千千岩に擬するのは、後人《こうじん》の附会か。

（昭和三三年一二月「別冊文藝春秋」）

怪異石仏供養

一

　京の六波羅《ろくはら》の六道《りくどう》といふところに、むかしは大寺であつたとつたへられるが、世世の火に焼けほそつたか、この宝暦《ほうれき》のころには、寺とは名ばかりの、その寺号さへ知られず、宗旨もなにやら、門はかたむき、垣はやぶれ、こどももはひる、犬もはひる、荒れるにまかせた境内《けいだい》のすさまじさに、ちかごろは犬までおびえるけしきながら、しかし無住《むじゆう》でもないらしく、朽《く》ちくづれた堂宇のかげに、秋風のそよぎにも消えさうな菴《いおり》一つ。その菴のまへに、草を踏みわけて来た男の、これは分別ざかりの年配と見えて、身なりもいやしくないのが、くもり日の軒の下をのぞきこむやうにして、

「ごめん下さい。」

　返事が無い。いや、返事はなくても、ついそこに、うしろむきになつてゐた坊主あたまが軽くこちらにふりかへつて、ちらと横目をくれはしたが、皺《しわ》づらに鼻毛ながく、火のけのかすかな炉端《ろばた》からうごかうともしなかつた。きこえたことはきこえたのだらう。

「わたくしは三条小橋のほとりに住む町人、山崎屋四郎右衛門と申すものでございます。ぶしつけながら、ちと御無心の儀があつて……」

　さういひかけて、やうすをうかがつた。山崎屋といへば、都一の分限者《ぶげんしや》と、かくれもない油問屋である。ことば丁寧に、のつけに名のつて出たのは、折目ただしい作法とはいへ、この荒れた軒端《のきば》のことにすると、しぜん分限の名を押しつけて来たやうなけはひにならないでもなかつた。しかし、坊主あたまには何の手ごたへも

あらはれない。

「じつは、わたくし、洛中洛外《らくちゆうらくがい》の寺寺をめぐつて、日ごろのたのしみに、石仏のかたちよろしきものを見つけては、せめて仏縁《ぶつえん》のはしにつながらうともねがひ、また一つには目の保養にもいたしてをります。さきの日、ふとこのあたりを通りかかつて、御門前に足をとめ、卒爾《そつじ》ながら中にはひつて、御境内を拝見したところ、これはまあ何と石のほとけだちのおみごとなことか。いつの世のものかは存ぜず、何体となく、いづれも由緒ありげに古びたおすがたは、おひ茂る草がくれに、一しほありがたく拝されました。しばらくはこころ酔へるやうに、と見かう見して、立ち去りかねたほどでございます。家にかへつて、日かずをへても、石のたたずまひはなほ目につよくしみのこつて、夢にもわすれられず、おもひあまつて、ふたたびお詣《まい》りにあがつた次第。ついては、かの石仏の、どれとは申しませぬが、せめて一体なりとも、わたくしにお譲りねがへませぬか。」

坊主あたまは作りつけのやうにゆらぎもせず、口もひらかない。山崎屋はふかく執心のていで、縁さきにすり寄つて、なほも説きつづけた。

「わたくし、このほど東山《ひがしやま》のかたほとりにささやかな寮をしつらへましたが、これは町中の住居とはちがつて、四季のながめおもしろく、庭もまづは広ければ、みほとけを迎へて置きまゐらせるところにはくるしみませぬ。よのつねの風流沙汰《ざた》とのみお思ひ下さるな。朝夕に念仏おこたらず、我慢の角《つの》を折つて菩提《ぼだい》の水を増すことを、一期《いちご》のねがひといたします。もし、いつの日か、御当山に再建のおん儀がありましたなら、微力といへど、一燈の寄進にもつきませう。かの石仏のこと、まげてお許しを。」

無言。さては無言の行か。あるひは、つんぼか。どうやらつんぼと見えたのに、山崎屋は声を大きくして、

「御坊《ごぼう》、お耳が遠いか、筆談にでもいたしませうか。」

とたんに、

「だまつてもつて行つたら、よささうなものぢや。」

木魚《もくぎよ》をたたいたやうに、坊主あたまから枯れた太い声がひびき出て、あきらかにつんぼでないことを告げた。

「とおつしやるのは。」

「石仏がほしいといつたではないか。無用な口をきく。」

「それはお許し下さるといふことか。かたじけない。」

「わしが許すも許さぬもない。石仏は寺に附いたものぢや。売らうにも、譲らうにも、わしの手にはあつかへぬ。寺はすでに荒れた。草みだれて、石仏のなほつつがなくおはすことは、これもほとけのみこころであらう。しかし、垣のやぶれから、ひとが出入もしよう。石のかたちのめでたきを見て、ほしがりもしよう。俗情《ぞくじよう》のごくままに、盗み出しもしよう。けふ盗まれるといふのは、これまた因縁のさだまるところか。すべてわしの思案にはおよばぬ。」

「けしからぬことをいはれる。この山崎屋、盗みははたらきませぬぞ。」

「だまつて盗むも、ことわつて盗むも、似たやうなことぢや。盗まぬものなら、なにゆゑにほしがるか。」

「ただいただかうとは申さぬ。些少《さしよう》ながら、当座のお礼のしるしまで。」

小判何枚か、紙に包んだのをさし出せば、目もくれずに、

「それは町人の算用ぢや。仏家《ぶつけ》には通ぜぬ。黄金をもつていざなふのと、白刃《はくじん》をもつておびやかすのと、何の差があるか。ほしいといひかけられたのが因果とおもふばかりぢや。あまたの石仏のうち、どれを盗み出すか知らぬが、盗まれた一体に流転《るてん》の相を見るのみ。無用の金子《きんす》、そのへんに置かれては、なほさら迷惑する。そなたにとつては気やすめではあらうが、ひとの目にふれれば、またしても盗みごころをおこさせるたねとならう。荒寺には、香花《こうげ》の料はいらぬよ。」

「それでも……」

「行け。」

ついと立つて、坊主あたまは奥の間《ま》に消えた。そこが仏間か、冷えた灰のにほひがほそくながれた。

「石仏一体、いただきますぞ。」

山崎屋はうしろからさけびかけた。

「金子は無用とあらば、わざとさしあげますまい。その代りに、報恩のしるしとして、あすより七日のあひだ、

都の七口《ななくち》に仮小屋を立てて、石仏供養のため、往来の旅人には粥《かゆ》を、病人にはくすりを、貧者には鳥目《ちようもく》をほどこしませう。盗んだとはいはせぬ。いや、御坊が何といはうと、この山崎屋の帰依信心、不退転のこころざしは、みほとけにはお見通しであらうものを。」

山崎屋四郎右衛門、一向宗《いつこうしゆう》の凝りかたまりと、京の町に知らぬものはなかつた。

二

山崎屋の東山の寮に石仏を安置したといふうはさは、かの七日にわたるほどこしの評判とともに、洛の内外のみならず、旅人の口から口へと、西は淀川《よどがわ》を下つて大阪から中国筋に、東は鈴鹿《すずか》山を越えて名古屋から海道筋に、やがてはるか江戸にまで風のたよりにきこえるに至つた。評判に乗つてひろまつたのは、ほとけ信心のことだけではない。商売の油の売行もまたしたがつてさらに伸びたやうであつた。油の本場といへば、古くより山崎である。屋号にいつはりなく、四郎右衛門はもとかの地にうまれた。げんに、三条小橋のほとりをつねの住居《すまい》とする今でも、本宅は山崎に根をおろして、そこが旧に依《よ》つて商売上の本拠にあたる。しかし、もとの身分をあらふと、四郎右衛門はうまれながらの油問屋の家柄ではなくて、問屋の店に雇はれて油を売つてあるく男のひとりであつた。山崎の油売。古例に依れば、毎年正月、山崎の八幡宮《はちまんぐう》に油売免状の式あり、諸国の油売ども、さだめの日に四方よりこの宮にあつまつて来て、免許の文言型のごとき朱印一紙をさづかつたといふ。古例すでにすたれて、今は神威のにらみもあまねく四方にまではおよびかねたが、山崎の油屋はなほ格式をとどめて、朱印両三紙、これを受ける店はのこつてゐる。その中に一の看板は山崎屋、下からたたきあげて、うなぎのぼりに、やがて本業のほかにも地所もち家作《かさく》もち、現物がものいふいきほひ八幡宮をしのいで、それこそ諸国にきこえるほどの貫禄《かんろく》をきづいたのは、この四郎右衛門、もとよりするどい商才のうへに、根からの剛情一徹、かうとおもつたことはあとに引かず、ねらつたものはあくまで取るといふ星まはりが運つよく時勢の波に乗つたものと見えたが、当人のくちぐせでは、これひとへに一向宗信心のおかげと、まんざらウソのやうでもなく、十露盤《そろばん》をはじきながらも念仏つぶつぶとなへた。ただむかしをわすれぬため、家のものを戒《いまし》めるためともいひたてて、古画の筆つきに摸した油売の図を何枚もゑがかせて、本宅別宅あちこちの壁にわざわざ掲げたありさまは、ちと鼻につく悪あぶらのにほひか。図には歌が書きつけてある。すなはち、職人尽歌合《しよくにんづくしうたあはせ》のうち山崎の油売の歌。

宵ごとに都に出《い》づる油売更けてのみ見る山崎の月

「ほどなく月が出ませう。こよひはゆるゆるおすごし下さい。」

あたらしい寮の、灯《ひ》がはひつたばかりの座敷に、あるじ四郎右衛門、さかづきをとつて客にすすめる。客はひとり。雅ともつかず俗ともつかぬ風態《ふうてい》の、四十がらみの男がふとつた膝《ひざ》をくつろがせて、

「江戸からのぼつて来て、ひさびさの京の酒に東山の月とは、なによりのおもてなしぢや。をりしもこちらの御普請《ごふしん》ができあがつて、よきをりにめぐりあつたのは、この身の果報。とりあへずお祝《いわい》の寸志をあらはしたいものだが、あいにくこれといふほどの江戸みやげも無い。お許しねがふ。」

「いや、こちらこそおねがひの儀があつて、おいでを待つてをりました。烏石《うせき》先生。無風流《ぶふうりゆう》な拙宅のために、一つ亭号をおさづけ下さいませぬか。御逗留中に扁額《へんがく》に御染筆《ごせんぴつ》をいただきたい。」

「こころえました。」

烏山烏石《からすやまうせき》。江戸の書家として、当時いささか名を売つてゐたものである。先年、朝鮮使節来朝のみぎり、かの国に返翰《へんかん》をおくるにあたつて、その書はすなはち烏石に命ぜられた。それをきつかけに、文徴明《ぶんちようめい》流の能書《のうしよ》なんぞと、世間にもてはやされて、当人も内心は鼻たかく、もともと世わたりの道にうとくない性分の、一ぱし門戸を張るやうになつた。この男、ときには京にのぼつて来る。来れば如才《じよさい》なく縉紳《しんしん》家にも出入し、町家にも附合《つきあい》を欠かさない。このたびは、山崎屋の寮ができたのをしほに、まづここに草鞋《わらじ》をぬいだ。しかし、山崎屋との附合のはじめは、書には係りがなかつた。おなじ宗旨の縁につながれた仲間である。烏石もまた一向宗の信者であつた。これは書家の看板のてまへ、すこしは本も読み、なほすこしは仏典ものぞいてゐるらしく、いふことにも一応の筋が立つてゐて、まんぞくな口のきけない善男善女《ぜんなんぜんによ》のあひだではまづ物識で通つた。

烏石はさかづきを置いて、

「や、お待ちなさい。こころえたとは申したが、わしに思案がある。かうなされてはいかが。扁額の儀は、正《おお》親《ぎ》町大納言家《まちだいなごん》におねがひしてはどうか。」

「ほう。町人のわたくしどもに、大納言さまのお筆がいただけませうか。」

「御当家のことならば、おねがひできぬこともありますまい。いづれお目にかかつたをりに、わしからよしなに申しあげてみませう。おまかせ下さい。」

「なにとぞ、よろしく。それはそれとして、先生にもなにか御揮毫《ごきごう》を。」

「大納言家から亭号を下されたなら、わしは亭記を書かせてもらひませうか。撰文《せんぶん》はまた然《しか》るべき方におねがひしよう。わしの書も引き立たうといふものぢや。」

「ついて、大納言さまに礼物《れいもつ》は……」

「それもおまかせ下さい。」

鷹揚《おうよう》にうなづいて、烏石、咳《せき》ばらひまでしてみせた。

「ときに、御当家では石仏を手に入れられたさうな。」

「さいはひに。」

「道中の泊り泊りでも、ひとびと、石仏供養のうはさでもちきつてをりましたぞ。ありがたい善根をほどこしなされた。御名誉なことぢや。わしにも、そのみほとけを拝ませて下さらぬか。」

「おつしやるまでもなく、信心あさからぬ先生には、ぜひ御覧に入れたいと存じてをりました。」

「どこに安置されたな。」

「ついこの庭のさきに。」

山崎屋がかなたを指さしたのに、

「これは暗くてなにも見えぬ。夜はをがめませぬな。ともしの支度をねがふこともない。あすの朝まで待ちませう。」

「なに、お待ちなさるにはおよびませぬ。ともしも不要。わざわざ庭におりて行かずとも、そこの縁さきに居ながらにしてをがめます。」

「はて。」

「いまにも月がのぼつたときは、光は庭にふりしいて、石のおすがたはまぎれもなく木《こ》の間《ま》にあらはれませう。」

「これはこれは。無風流《ぶふうりゆう》どころか、みやびなことを申された。」

そこに、またも酒のさかながはこばれて来て、京の習《ならい》の、皿数はおほくても、中みはぽつちり、こまごまとならべられた。そして、これも小ぶりな年わかい女の、じみな著《き》つけだが、さかな同様に色香《いろか》まんざらでないのが酌に出た。このもの、てつきり山崎屋がちかごろの妾《めかけ》か。石仏のほかにも、この新築の寮に納めるものがあつたのかと、見抜けないやうな烏石ではなかつた。

「あれ、月が出ました。」

女は立ちあがつて、かぎの手になつた障子をいちめんにあけはなした。山崎屋は縁のはしに、烏石もあとにつづけば、

「先生、ごらん下さい。」

庭は山を負つて、自然のすがたそのままに、木立《こだち》にはわざと手を入れず、岩は苔《こけ》青く、地は土の肌あざやかに掃きならされて、ひろびろと月の光をむかへた。地の尽きて林に入らうとするところに、岩を踏まへて石仏一体、大ならず小ならず、大木のみどりを刳《く》りぬいて、龕《ずし》の中に立つもののごとく、不壊《ふえ》の位さだまつたと見れば、たちまち光の波にゆらぎ出て、金色《こんじき》のほとけのかたち、舞ひあがつて中空に、またふり落ちて地に、林のかなたにも遠ざかり、庭のまぢかをも掠《かす》め、きらきらと舞ひめぐつて、もとの岩の上にかへる。ふたたび、みたび、遊戯くりかへすことといくたびか。月の照りまさるにしたがつて、仏身の舞はほとんど狂ふに以て、変《へん》化《げ》微妙、時のうつるも知らず、烏石ただ茫然《ぼうぜん》とためいきついて見とれてゐたが、やがて月は雲にかくれて、目のかぎり闇に閉ざされると、夜寒《よさむ》にはかに迫つて、ぞくりと身ぶるひした。

声もなく、畳の席にもどつて、烏石、腕を組んでうなだれたまま、すすめる酒も受けようとしないのに、

「いかがなされた。夜風にあたつて、御気分がおわるいか。」

あたまを振つて見せただけで、答へようともしない。山崎屋はひとりでうなづいて、

「さては、かの石仏をごらんになつて、それほどまでに感に堪へられたか。わたくしとても、何のめぐりあはせか、結構なみほとけをさづかつたものと、見れば見るほどありがたく感じ入つてをります。これひとへに一向宗信心のおかげ、祖師のおみちびきに依《よ》るものか。」

烏石、やうやく口をひらいて、

「まことに、月あかりの遠目ながら、みごとな石仏とをがみました。信心の徳を積まなくては、かほどの宝はさづかりますまい。ただそれにつけても、おもひあはせるのは……」

さういひかけて、ほろりと膝《ひざ》になみだをおとした。

「これはしたり。なにを左様《さよう》におなげきなさる。」

「されば、石仏の奇瑞《きずい》をまのあたりに見るにつけ、祖師親鸞上人《しんらんしようにん》のおんことをおもひ、つねづね気がかりの一儀をおもひあはせて、不覚のなみだにくれました。」

「その一儀とは。」

烏石、かたちを正して説き出るには、

「御承知のごとく、祖師上人、いまだ大師号《だいしごう》の御沙汰《ごさた》をうけたまはりませぬ。われら宗門のめんめんにとつて、このこと、いかにもくちをしい。唐天竺《からてんじく》の善導天台、わが朝の弘法伝教《こうぼうでんぎよう》のためしを引くまでもなく、古来いきぼとけと拝される尊者はみな大師号をつけたまふ。近くは常憲院殿（綱吉）の御代《みよ》に桂昌院勅免《けいしよういんちよくめん》をかうむつて、法然《ほうねん》上人、円光大師とあがめられた。しかるに、われらの祖師上人には、いかなれば大師号のおゆるしがないのか。宗門のほまれのために、これはぜひ御沙汰をいただきたいものぢや。」

「いかにも、わたくしどもに至るまで、その儀はこころにかかつてをります。なにか手だてはないものでせうか。」

「なにぶんにも勅免をあふがなくてはならぬことぢや。われら地下《じげ》のものの思案にはあたはぬ。しかし、その道をもつてすれば、叶《かな》はぬ望《のぞみ》でもあるまい。」

「その道とは。」

烏石は一段と声をひそめて、

「山崎屋どのにはいずれお力を借りなくてはならぬことでもあり、うちあけておはなしするが、他言は無用。じつは、わしがこのたびの上洛《じようらく》はその儀に係つてをる。」

「ほう。」

「先年以来、わしが堂上家《どうじようけ》に出入してをるのを、一身の名聞《みようもん》のためとのみおもつて下さるな。をりを見ては、脈を引いたり、水をむけたり、陰に陽に大師号のはなしをすすめて来ました。すでに正親町《おおぎまち》大納言をはじめ、坊城中納言、高野中将、中院少将、町尻三位《さんみ》なんぞの方方には、ほぼ御内意をえた。このたびこそは、もう一押しで望《のぞみ》は叶《かな》ふと見越してをりますぞ。」

「ありがたいおはなしをうけたまはる。」

「ところで、このもう一押しといふのが難儀ぢや。堂上の歴歴、取次衆執奏《しつそう》衆のひとびとのほかにも、当地の所司代《しよしだい》、また江戸表の役向《やくむき》に周旋しなくては埒《らち》があかぬ。一応の手を打つてはおいたが、さてさて、役人といふものは袖《そで》の下がなければうごかぬものぢやて。また堂上の歴歴にしても、格式こそ高けれ、内情は、それ、御承知のごとくなれば。」

「金子《きんす》とおつしやるか。」

「さればさ。」

山崎屋は座に乗り出して、

「金子さへととのへば、大師号のおん儀は首尾よくはこびませうか。」

「申すまでもない。」

「祖師上人のおんためとあらば、わたくし不束《ふつつか》ながら、よろこんで御用をつとめませう。ここはこの山崎屋にもぜひ一役買はせていただきたい。」

「おこころざし、無にはしませぬ。宗門のためなれば、遠慮せずに、浄財《じようざい》かたじけなくお受けしませう。あらためて、おねがひする。それに、堂上と所司代に油をさしておけば、のちのち御当家のためにならぬものでもない。いつかは苗字帯刀《みようじたいとう》御免《ごめん》の御沙汰《ごさた》もありませうて。」

「いやいや、おのが身のことは考へませぬ。ついて、さしあたり、金子はどれほど御入用か。」

「さのみ大金はいりますまい。」

「五百両ではいかが。」

「多すぎませう。あとのはなしは別として、さしあたつては、三百両もあれば。」

「いとやすいことでございます。」

山崎屋は立ちあがつて、袋戸棚から手筥《てばこ》を取り出した。この男がちかごろ諸家に金子用達《ようたし》をして身代をふとらせてゐるらしいことは、烏石はよそながら嗅《か》ぎつけてゐた。

「山崎屋どの。かさねて申すが、他言は堅く無用。途中で事が洩《も》れては、おもはぬ邪魔がはひりませう。とりわけ、本願寺のはうに知れてはまづい。われらが痛くない腹をさぐられる。抜駈《ぬけがけ》の功をいそぐかとうたぐられて、事めんだうになること必定《ひつじよう》ぢや。」

山崎屋が金包をならべる手つきを、烏石はさりげなくにらんだ。その手つきに、しぶる色が見えない。この分ならば、三千両ぐらゐは引き出せる。どうやら読筋のやうであつた。

三

山崎屋の寮の裏山に、にはかに土木をおこして、京だけでは人手がたりず、淀伏見《よどふしみ》よりも狩りあつめ、大工左官数百人、日夜しきりに工をいそいで、その年の霜月《しもつき》には、はやくも一宇《いちう》の堂が成つた。名ある仏師《ぶつし》に命じて、祖師親鸞の木像を作らせて、すなはち本尊としてこれを安置する。ただし、この木像、うしろむきに置かれた。

「山崎屋どの。ほどなく御本尊を前むきにして見せますぞ。そのせつには、堂上家の御筆にて、大額を掲げませう。堂号はすなはち大師号。これは亭号よりも御当家の名誉になることぢや。京の名所がまた一つふえましたな。」

烏石はあたまを丸めて、白綸子《りんず》のこしらへ、さすがにまだ緋《ひ》の衣は著ないが、殊勝らしく水晶の数珠《じゅず》をつまぐつた。

年越えて、早春のころ、木像は前むきに据ゑ直されて、掲げられた大額二つ。その一は正親町大納言筆にて法安堂の三字をしるし、その二は法安堂記とあつて、西洞院少納言撰《にしのとういんしょうなごんせん》、烏山烏石謹書と読めた。法安堂の三字はまさにかの大納言の真蹟《しんせき》に相違なく、堂記の文もまたかの少納言の撰とたしかめられた。烏石は菊の紋章を金蒔絵《きんまきえ》した黒漆《くろうるし》の箱をささげて、

「山崎屋どの。みだりに手をふれてはならぬ。おそれおほくも、宸筆《しんぴつ》をたまはつた。それにて拝されよ。」

蒔絵の箱の中に、二重に白木《しらき》の箱あり、ふたをとれば、すなはち大師号宣下《せんげ》の文書《もんじょ》、祖師は法安大師と拝された。

ここに至るまで、山崎屋の出費といへば、かの三百両のあとにまた五百両七百両ときりがなく、もはや烏石のいざなひを待たず、みづからすすんで、蛙《かえる》のはらわたのやうにげろげろと吐き出し、堂の普請《ふしん》のほかにも雑用いろいろ、毎日ひとの出入しげく、公家《くげ》ざむらひが来る、えたいの知れぬ坊主が来る、そのたびごとに酒飯の包金のと、やすく踏んでもかれこれ二万両は越えた。信心ますます堅く、ほんもののアミダかキツネか乗りうつつたけしきで、ばら撒《ま》いた小判の数だけ結縁《けちえん》の花を咲かせたつもりか、当人は前後不覚、利益《りやく》てきめんに、すでに二万両の元手で生きながら極楽へ湯治にでも行つたやうな、この世に浮きあがりの鼻の穴をひろげた。

しかし、法安堂のはうはかならずしも経費だふれではなく、日日いささかの利子に相当するほどの賽銭《さいせん》はあがつた。あらたに出現した大師堂の評判はたちまち洛中洛外《らくちゅうらくがい》にひろまり、遠く大阪から堺《さかい》あたりにまでおよんで、さきの石仏供養のききめも手つだつてか、この霊場に詣《まい》らぬは信心のおこたりとあつて、一向宗一筋の善

男善女、参拝の跡を絶たず、境内に物売の店が出るまでのにぎはひを呈して、京に名所がまた一つと大口きいた烏石の見とほしは当らぬでもなかつた。

ここに、たれいふとなく、京の町にうはさが立つた。

「東山の堂には人間が出さかるばかりか、鳥けものも出るさうな。」

「山ならば鳥けものが出もしよう。」

「いや、土蔵の中に出るときいたぞ。」

「なに、バケモノが出るのよ。石のほとけがものいふさうな。」

「もつたいない。これぞ一向念仏の功徳《くどく》。みほとけが石のかたちを借りて、金口《こんく》をもつて経を説かせたまふのぢや。」

「あほなことをいふ。操芝居《あやつりしばい》のカラクリとちがふか。」

「そのカラクリが土蔵の中にあるらしい。地獄極楽、一目で見えるとやら。」

信心をよそに高見の見物、めづらしいものならば見のがすまいと、何宗を問はず、老弱みな東山に押しかけたが、境内に土蔵は見えなかつた。ただ本堂の奥、かの祖師の木像を安置した壁の裏手にあたつて、塗籠《ぬりごめ》くろぐろと厚い扉一つ、そこが土蔵の入口のやうにうかがはれたものの、扉はいつも錠前きびしく閉ざされて、みだりにひとの近づくことを許さず、一切のうはさのたねを真偽わかちがたく封じてゐた。

その当時、京の町のうはさといへば、あやしいたねは尽きなかつた。某日の夜、流星巽《たつみ》(東南)より乾《いぬい》(西北)の方に飛び去つて、しばらくのち雷のごとき音を発し、洛中《らくちゆう》の眠《ねむり》をおどろかしたといふ。また女の髪を切られることしきりにて、いつなにものに切られたとも知れず、ここの娘かしこの女房の害をかうむる例あまたあり、すべてこれ髪切虫と呼ばれる妖のしわざといふ。また洛中洛外の人家の石臼《いしうす》、みな一夜のうちに目を切られて、あたらしい石のやうになつたが、これは野狐《のぎつね》のしわざともいひ、先年渡来したイタリヤ人の魔法のしわざともいふ。また上京《かみぎよう》に住む胆《きも》ふとき男、加茂川《かもがわ》に夜網に行くとて、今出川のほとりに至つたとき、黒谷《くろだに》の方より狐火が飛んで来たのを、かの男、待ちかまへて、網をもつて打ち伏せれば、一声大きくさけんで、狐火は網の中に搦《から》めとられた。これを手でおさへてよくよく見れば、照りかがやく一箇の美玉であつたといふ。その他にも、好奇の取沙汰《とりざた》いちいちかぞへきれない。しかるに、おなじく当時のことにして、まさにひとの口のはにのぼるべきはずなのに、うはさどころか、このやうなことありとさへ知られもしなかつた事件が一つあつた。

ときに、徳大寺家に仕へて竹内式部《たけのうちしきぶ》ときこえたもの、みだりに神儒の書を講じて、公家の間に奔走し、王事につとめると称して、江戸幕府に対してひそかに謀叛《むほん》のはかりごとをめぐらす。かくのごときは先年より堂上家に武技鍛練の風がおこつたことと関係なしとはいへない。この一件、市中には知られずとも、武家方をあざむくことはできなかつた。所司代いちはやく目を光らせて式部をにらむ。所司代の目が法安堂の土蔵にむかつて光ること遅きに似たのは、市中取締の手から水が洩《も》れたのではなくて、それとは別の方向に、すなはち式部一件についての探索に手いつぱいであつたためか。もつとも、この一件をめぐつて流言《りゆうげん》がおこなはれる代りに、世はどこ吹く風で、俗信繁昌《はんじよう》の評判にあけくれしたのは、むしろ所司代の望むところのやうであつた。

四

法安堂の奥に、くろぐろと閉ざした塗籠《ぬりごめ》の扉をあけると、下りの低い階段が附いてゐて、それがとぎれながらに、くの字なりにいくつもつづくのにしたがつて、燭をたよりにおりて行けば、内部はなかなかに広く、昼でも日の光はささないが、香煙のにほひただよつて、もののけはひ尋常《じんじよう》ならず、なほたどつて行く廊下のはてに、金色《こんじき》の拝壇、燭台まばゆくつらねて、晃晃《こうこう》と照つたのは、このところこそつねに深い夜の底とおもはれた。祭壇のかなたに、おごそかに立つた石仏一体、これはかの寮の庭に置かれてゐたものにまぎれもなかつた。世に法安堂の土蔵といふのはすなはちこの場にほかならない。

じつは、このところもまた寮の庭うちであつた。高みに建てられた法安堂の裏手は、すなはち山の斜面となつて、ゆるやかに寮のはうに下る。土蔵は斜面とすれすれに、モグラモチのやうに地の中を這《は》ひめぐつて、縄張をかためてゐる。もつとも、そのところどころは外の風を通はせるために、地の上にあたまを突き出し、五輪塔のかたちをよそほつてゐて、その状あたかも雲のきれめにあらはれる竜の片鱗《へんりん》に似た。しかし、その片鱗さへも外からは見わけがたい。といふのは、斜面はすべて林と草むらと岩とにおほはれてゐるからである。すなはち、斜面の木《こ》がくれ土がくれにして、無明《むみよう》のさかひに、ここにまた一宇《いちう》の法場《ほうじよう》がきづかれて、はるかに山の上の堂に気合を入れてゐるやうであつた。おもての堂の祖師像と、土蔵にひそむ石仏と、霊験いづれがまさるとも知れなかつた。

　堂に詣《もうで》る信徒の数はおほくても、そのみなが土蔵の中に入ることを許されたわけではない。石仏参拝には、きびしく身分をあらためる。もとより信心堅固にて、浄財あるかぎりを捧げて惜しまないものにかぎられた。そのうへにうまれつき愚痴ならば、すぐにも浄土に送りつけるに値したのだらう。許されて土蔵の奥に通されたものは、まづ石仏を拝してのちに、かさねて身をきよめて、大鏡のまへに立たされる。燭光照りはえるところ、壁いちめんに張りわたして、氷るまでに磨きぬかれた大鏡。これ、いかなる鏡か。尋常のものがみだりにそのまへに立つても、鏡の面はただしらじらと光つて、何の影をもうつさない。

「こころをしづめ、おのれをむなしくして、よつく鏡を見られよ。はじめに霧のごときものがかかる。なほもつくづくと見入れれば、やがて霧晴れて、ものの影がうつり出よう。その影こそ、そなたの本性ぢや。ただし、ひとの本性、この世にては罪障にけがれ塵《ちり》にくもるならひなれば、影もさだめて異形《いぎよう》のものに見えよう。たとひ異形を見たとても、泣きさけぶこと無用。ただ瞑目《めいもく》して十念となへられよ。宗門の功徳《くどく》、なげかずとても、救ひの法はあるものを。」

　長身に黒衣の裾《すそ》ながく立つて、烏石、弁舌さはやかにいひはなつ。ときに鐘鼓《しようこ》の音ひびき、読経《どきよう》の声おこる中に、信徒おそるおそる鏡の中をうかがへば、まさしく霧のごときものの散るにつれて、影あきらかにうつり出る。そこに見るかたち、なになにぞ。あるひは犬、あるひは牛、あるひは蛇、また鳶《とび》、梟《ふくろう》、蝙蝠《こうもり》と畜類さまざまのかたちをあらはせば、

「さわぐな。おちつけ。まことに罪障の淵ふかければこそ、弘誓《ぐぜい》の舟あり。ただ弥陀《みだ》の本願を頼め。別しては、

祖師上人のおん誓《ちかい》、末の世にも朽《く》ちぬぞ。今こそ、そなたのために罪障消滅の秘法をとりおこなふ。すみやかに財宝をなげうつて、ひとへに報土をねがふべし。」

これを一向宗土蔵相伝といふ。

ちなみに、かの大鏡のうつし出す影はいつも畜類にかぎられてゐたが、ただ一度、それよりも異形のものをあらはしたことがあつた。土蔵の成つた日、烏石は最初に山崎屋をここにみちびき入れて、

「よつく鏡を……」

鏡の中に、霧をやぶつて、仏菩薩《ぶつぼさつ》のすがたが光をはなつた。見るより、山崎屋はをののいて床にたふれた。この日以来、この奇特な長者は五体しびれて、手足はたらかず、ものいふに舌もつれ、よだれをながして、寝たきりになつた。そして、山崎屋の妾《めかけ》はといへば、これは鏡の中になにを見たとも知れないが、ふかく帰依《きえ》のこころざしを発して、あるじ病臥《びようが》ののちは、信心ひたむきに、烏石にしたがつて土蔵の中の勤行《ごんぎよう》につとめたといふ。土蔵も、大鏡も、すべてこの秘密の仕掛は烏石の法術に依《よ》つて編み出されたものである。後日、おなじ宗門の中にこの法術を盗んだものがあり、それをまた盗むものも出て、それからそれとひろまり、土蔵相伝は一時の流行を見たと、当時の記録にしるされてゐる。ただ祖師上人大師号の件は他にまねた例が無い。後日の詮議《せんぎ》に依ると、かの大師号宣下の宸筆《しんぴつ》はにせ筆ときめつけられた。しかし、烏石が語らつた堂上家はみなほんものであつたやうだから、王室式微《しきび》の当時のことにして、宸筆はやつぱり宸筆であつたとしても、まんざら筋の通らぬはなしでもない。

ある日、所司代の役人が法安堂に踏みこんだ。本願寺側からの訴《うつたえ》に依るものといふ。ときすでに、烏石のすがたは土蔵の中から消えてゐた。山崎屋の妾も、たくはへたとおもはれる金銀も、またそこに見えなかつた。ただ残された石仏のうしろに、外に出る抜穴が見つけられた。

五

宝暦八年戊寅《つちのえとら》七月二十三日、竹内式部、所司代の手に捕はる。あくる二十四日、禁裏《きんり》に解官《げかん》のことあり。これは禁裏の側に於て、右の式部一件に関係ありとみなされた公家の処分をいひわたしたものである。連坐するものは正親町《おおぎまち》三条大納言、徳大寺権大納言、烏丸《からすまる》大納言、坊城中納言、高野中将、西洞院《にしのとういん》少納言、中院少将、勘解由小路《かげゆこうじ》左中弁ほかすべて十七人。処分は永蟄居《えいちつきよ》と蟄居と遠慮とにわかたれる。永蟄居と蟄居とは、親族一門たりとも面会堅く停止。

これは式部一件についての処分であるが、罪せられた公家の中には、かの法安堂一件ともいささか係るところあるやうなものの名がまじつてゐる。ちやうど、これと前後して、所司代は山崎屋四郎右衛門に処《ところ》追放、家財没収《もつしゆ》の仕置をいひわたした。そして、東山の寮にあそんだことのある公家にして、宇和島藩に預《あずけ》となつたものも出た。市中の地下《じげ》の側から遠くこの成行を見あげれば、かの禁裏解官の処分は、実状不明の式部一件よりも、うはさで知つてゐる法安堂一件のはうと、あたかも連累《れんるい》であるかのごとくにおもひなされぬでもなかつた。ちなみに、山崎屋の妾《めかけ》はその後大阪あたりで捕へられたが、これはことばも通ぜぬ痴呆《ちほう》同然、乞食《こじき》のすがたになりはててゐたといふ。烏石はつひにながく行方知れずのままにをはつた。のちに、この男はどうやら異国にのがれたらしいといふうはさが立つて、さては切支丹《キリシタン》の魔法つかひときまつた。ただし、このうはさの出どころは本願寺側と見られて、所司代もしひて切支丹説のながれるのを禁じなかつたやうである。結果に於て、官は竹内式部と土蔵相伝と切支丹とを一からげにして、一撃のもとに、しかし区別曖昧《あいまい》に処分したかのやうな錯覚を市中にあたへることになつた。法の措置として、腑《ふ》におちぬといふか。いや、官はひそかに明断をほこつてゐたのかも知れない。

ところで、かの石仏の始末はといへば、所司代の下役ども、これに縄うつて四条河原に引き出し、みじんに砕き捨てた。そして、ひとの霊でもとむらふやうに、あとねんごろに供養した。おそらく、この石仏はたたるといふうはさがながれ出してゐたからだらう。もしうはさのごとくならば、けだし荊州記《けいしゆうき》にいふ監賀馮乗県東の祟石のたぐひか。

ほどへて、六波羅の六道《りくどう》のほとりに行つたひとがふと通りがかりに、かの破れ寺の内をのぞいて見ると、もとは数おほく立つてゐた石仏が一つのこらず、雪のやうに消えうせて、台座の跡もとどめてゐなかつた。そして、かのささやかな菴《いおり》はまつたく朽《く》ちはてて、そこに住むものがあらうともおもはれなかつた。

（昭和三四年二月「別冊文藝春秋」）

喜寿童女

一

江戸下谷数寄屋町《したやすきやまち》の妓《ぎ》に花といふものがゐた。このもの、容姿と捷悟《しようご》と多芸と、またすこぶる浮気の性をもつて嬌名《きようめい》一時に鳴つた。当時すでに市井《しせい》の無名子の筆にかかつて、見聞録ふうの雑記の中に、その一項として、名妓花女の記事が出てゐる。筆まめな無名子はひとりではない。わたしの目にふれたかぎりでも、ちがつた写本が三種ある。しかし、刊本にはついぞこれを見ない。写本の記事はいづれもみじかく、内容は大同小異、花女は老いてもなほ精気おとろへず、生涯に男を知ること千人を越えて、その色道の附合《つきあい》のおよぶところ、役者には七代目市川団十郎、画師《えし》には五渡亭《ごとてい》国貞、狂歌師には芍薬亭長根《しやくやくていながね》なんぞがあつたといふ。ただ、いづれの記事も、ある年次については一致してゐる。それは天保四年癸巳《みずのとみ》三月一日、午さがりから夕刻にかけて、上野山下の料理茶屋河内屋《かわちや》にて花女の七十七歳の賀宴が催されたといふことである。そして、その賀宴の直後におこつた事件についても、記すところみなおなじ。すなはち、花女は河内屋を出たのち、つれのものも気がつかないうちに、夕闇にまぎれて、ふつとすがたを消して、夜陰におよんでも家にもどらず、そのまま行方知れずになつたといふ。ひとびと、おどろいて、手わけして諸方をさがしたが、さつぱり判らない。喜寿の祝《いわい》とはいつても、身のほどをわきまへて、おもてむきには名のらず、さる札差《ふださし》の肝煎《きもいり》で、河東節《かとうぶし》のさらへと称して、客筋、芸人仲間、ごく内輪のものばかりあつまつたのだから、官のとがめを受けたのでもない。神かくし。江戸ではよくあつたことだが、こどもならばともかく、老妓の例はめづらしい。おそらく、この神かくし一件が巷《ちまた》の好奇心をそそつて、無名子に筆をとらせたのだらう。花女が色道の罪ほろぼしのためにひそかに尼法師になつたとか、巡礼の旅に出たとかいふ当《あて》推量は、筆まかせの蛇足《だそく》にすぎない。その後、消息はまつたく絶えて、跡なし。これだけである。しかし、これだけのことならば、わたしが今さら書きつたへるにはおよばなかつた。

　ちかごろ某家の古書売立あり、そのこぼれとして、古ぼけた写本一束がわたしの手に入つた。もともと一束にあつかはれるくちだから、これといふほどの本ではないが、中について、うすい二部の書を一冊に合綴《がつてつ》したものがある。題して、一は妖女伝、他の一は妖女伝続貂《ぞくちょう》とある。内容をざつと読みかけて、たちまちわたしは意外におもつた。そこにはかの花女の神かくし後の成行が記されてゐた。かういふものがどうして一束の中にまぎれこんでゐたのか。なるほど、体裁はよろしくない。いくさのあひだ、防空濠《ぼうくうごう》にでもぶちこまれたことがあるらしく、表紙がちぎれて、水のシミまで附いて、本文ところどころ汚損のため判読に便ならず、まさに屑《くず》本《ほん》のていたらくである。わたしもはじめはつまらぬ写本のやうに見くびつたが、仔《し》細《さい》に検するに、どうやら稿本とみとめた。しかも、この本には本としての由来がある。そのことはのちに書かう。まづ順を追つて、妖女伝から見る。

　妖女伝、筆者の名字号をしるさず、序跋《ばつ》年記もないが、本文の記事から推《お》して、おそらく嘉永《かえい》末年ごろのものか、美濃《みの》罫紙《けいし》にて墨附十七丁、すこぶる達筆の細字をもつてカナまじりに書かれてゐる。ただし、達筆のわりに、文章は妙といへない。ときには論孟《ろんもう》なんぞの章句を引いて時世をなげく口ぶりもあり、ときには平談俗語をはさんで稗史《はいし》まがひの手つきも見せながら、この漢文くづしはどうも生硬である。学殖はあつても、筆をとることに慣れないひとが書いたものにちがひない。したがつて、原文そのままに写したのでは、読みづらいのみならず、漢字漢語を目のかたきにする今日に通用しないだらう。さうかといつて、この材料を仕立直して、週刊雑誌むきの絵入読物を一箇でつちあげても、わたしの自慢にはなるまい。わたしはほぼ原文の意を取つて、無用の叙述をけづり、またみだりに潤色をほどこさないやうにして、その大体を左につたへる。もし拙文にも稗史まがひのところが出たとすれば、それはつい商売の癖といふよりは、むしろ原文の影響を受けたものと見るべきだらう。

二

かの天保四年三月一日の夕ぐれ、花女がすがたを消したころ、河内屋からほど近く、おなじ上野の山下に岡村といつて、これは当時てんぷら茶漬をもつて売りこんだ店の、いれごみの座敷の隅に、柱を背にして、坊主あたまの客がひとり、ちびちび酒をのんでゐた。あたまは丸めてゐても、あきらかに僧侶ではない。年のころは四十がらみ、あぶらぎつて、渋ごのみの風采《ふうさい》はわるくないが、いくぶん伝法の気味があつた。そこに、武家の若党と見えて、こころきいたらしいのが、つとはひつて来て、坊主あたまのまへに、「先生」と、声をひそめてなにやらはなしかけた。世間ばなしのていで、ふたりとも、さりげなく、茶漬まで食つて、やがて座を立つた。そのをりに、坊主あたまのもらした一言。「うまくいつたな。」そばにゐた女中がふと聞きつけたが、なにがうまくいつたのか、もとより気にとめるわけがない。ことばはたれの耳にも入らないにひとしかつた。しかし、花女の神かくしの件につき、外部にもれたことばといへば、この内容不明の一言のほかにはなにも無かつた。

岡村の店からすこし離れたところに、薄闇《うすやみ》にまぎれて、黒塗の駕籠《かご》が一丁待つてゐた。坊主あたまが乗り、若党が徒《カチ》でしたがつて、棒鼻《ぼうばな》は小石川白山《はくさん》のはうにむけられた。駕籠の著《つ》いたところは、薬草園のほとりの、庭ひろく構へたさる「下屋敷」であつた。妖女伝はここに「下屋敷」とのみ記して、その大名のなにものであるかをいはない。伝中、公儀に係りのある固有名詞はつとめてこれを伏せてゐるやうに察せられる。ただかの坊主あたまの名は、これをあらはして憚《はばか》らない。すなはち、千賀一栄といふものである。

一栄の父の千賀氏は幕府天文方に属して、数学をもつて仕へた。一栄もまた早くから天文暦数の理をまなんで、いささか才能を示した。ある年、父にしたがつて長崎にあそぶ。父の意は子に蘭学を仕込むことにあり、子も西洋究理の学のめづらしいのをよろこんで、はじめのうちは修業をおこたらなかつた。しかるに、中道にして、少年はたまたま唐館を過ぎて一清人《しんじん》に逢《あ》ひ、その修めるところの術の神妙なるものをうかがひ知るにおよんで、鬼に憑《つ》かれたやうに、即座に清人の門に入つて、ふたたび蘭学にもどらうとしない。かの神妙の術とは、清医胡兆新《こちようしん》伝来の秘法であつたといふ。またおなじころ、少年はふと丸山の遊里にまぎれこんで、茶屋酒の味をおぼえて、小うるさい庭訓《ていきん》よりも糸竹《しちく》の音を聴くことを好むやうになつた。ほどなく、父は幕命に依《よ》つて帰府。子はなほ学習をいひたてて、ちとの金をたばかり取つたが、じつは妓院《ぎいん》の食客、浮生《ふせい》おもしろく崎陽《きよう》にとどまる。やがて、そのよしが知れて、父からは勘当、すでに一ぱしの道楽者ができあがつてゐた。その後、年をへて、一栄が江戸に舞ひもどつて来たときには、父はとうに死んで、家は姉聟《あねむこ》の代、親類はどこも鼻つまみ、こちらからも寄りつかず、すなはち器用にまかせて町医と化けて世をわたるに、これが長崎仕込といふ評判で、専門を気にするやつもなく、商売おほきにはやつた。のみならず、一栄はどうやらかの下屋敷の大名の眷顧《けんこ》をかうむつて、これこそ正真の長崎仕込の、胡兆新伝来の秘法を実地にこころみる好機をえたやうであつた。その仔細はつぎのくだりに見える。

　さきの年、くだんの大名は江戸城の大奥に世にまれな一物を献上した。五色鶏。その名のごとく、羽毛五色にかがやく生ける鶏である。これをうるには、どうするか。鯉《こい》の目方数斤《きん》におよぶもの一尾、はらわたを去り、硫黄《いおう》を腹に詰め、瓶《かめ》の中に入れて密封する。冬七日、秋五日、これを取り出して、粉末に砕く。さて、鶏を餓ゑさせること三日、かの粉末を食はせれば、羽毛ことごとく脱けて、あらたに五色を生ずといふ。この法をおこなつたものは一栄にほかならない。

　五色鶏すでに献ぜらる。妖女伝には「いたく御意《ぎよい》に叶《かな》ひ、稀代《きたい》のものよとて、日夜おん手づからこれを愛玩《あいがん》したまひて……」と書いてあるが、なにものがこれをよろこんだのか、この文の主格はあきらかでない。しかし、それが将軍家斉《いえなり》をさしてゐることは、前後の文意から容易にあたりがつく。さういつても、右の「愛玩」しかじかのあとにすぐつづけて、「つひに枕席《ちんせき》を去らしめたまはず」とあるのは、何の意か。けだし、五色鶏は淫具《いんぐ》であつた。将軍、鶏を犯す。鶏すなはち死す。家斉もとより荒淫《こういん》、妻妾《さいしよう》五十人をもつてかぞへたが、年すでに花甲《かこう》、やうやく尋常《じんじよう》のたのしみに倦《う》み、閨中《けいちゆう》に珍奇をもとめたのだらう。鶏は一時のたはむれのみ。そのしきりに欲したのは、もはや成人の女ではなくて、年いまだ破瓜《はか》に至らない童女であつた。童女の美なるものはいくらもゐる。はやく、これをこころみもした。ただ童女にしてよく閨房《けいぼう》の事に通じ、その千変《せんぺん》の妙技に熟したものといふと、これはやすやすと見つけがたい。将軍もまたなやみあり。そのなやみは側近につたはり、側近よりかの大名へもつたへられた。

大名はまさに将軍の欲するところのものをえようとして、これを一栄に謀《はか》つた。ときに、一栄は目に異様の光を発して、をののくばかりに感動したさうである。

「それがし愚鈍の身にして多年殿の高庇《こうひ》をかうむる。この期《ご》を逸しては、なにをもつて君恩に報ぜんや。ここに胡《こ》氏伝来の法に、甘菊の秘法といへるあり。もつとも、これ当流第一の奥儀《おうぎ》なれば、よのつねのものならず。かの五色鶏のごときは児女のもてあそびにて、また白雀《はくじやく》、緑毛亀《りよくもうき》、千里酒、千里茶のたぐひならば即座にも調《ととの》へたてまつるべきも、およそ甘菊の秘法をおこなふにあたつては、まづ肝腎《かんじん》の一物《もつ》なくては叶《かな》ひがたし。ねがはくは、ことし歳次癸巳《みずのとみ》、七十七歳の老女にして、かねがね色道練磨、その好きごころ今なほ妙齢のむかしに減ぜざるがごときものをえて、これをそれがしの手にあづけたまはらば、すなはち玄妙の秘術をほどこして、五年のあひだに、衰残の老媼《ろうおう》をも変じて多淫の童女と化し、容色年歯《ねんし》のごときは望みたまふままに作りなしまゐらすべし。当流にては、この修法、一世一度と厳に定められたり。それがし精進潔斎、身命をなげうつて、この儀うけたまはり、もつて大樹の淫慾《いんよく》をみたさしめ、別しては殿のおん宿願を助けたてまつらん。」これが医師の答申であつた。まことに星のめぐりに狂ひなく、右のことばに応ずるやうに、あたかもよし、この年七十七の花女の賀宴があつた。白羽の矢はここに立てられた。

その河内屋の宴のをり、顔を出した客筋の中に、かの大名の留守居役某がゐた。もとより粋人《すいじん》、かねて花女のひいきであつた。宴の肝煎《きもいり》はさる札差《ふださし》とつたへられるが、かげの策師はおそらくこの某か。某は夕刻かへりがけに、ひそかに花女の耳にかうささやいたといふ。「近く柳橋にて茶番の催しあり。その趣向につきて、そなたの智慧《ちえ》を借りたし。一座をあつといはせる所存なれば、他人に聞かれてはおもしろからず。そなたとふたり、ごく内密に、この場から落人《おちうど》としやれて……」といふことになつて、ひと目を避けつつ、庭さきから裏木戸に、かねて用意の駕籠《かご》、女を乗せたにしては供まはりきびしく、これがつい白山に飛んだ。その知らせをうけて、てんぷら茶漬の坊主あたまが「うまくいつたな」とおもはず一言もらしたのは無理もない。一世一度の甘菊の秘法。「宿願」は大名よりも、むしろ坊主あたまに係つてゐたやうである。

さて、下屋敷の離れにつれこまれて、「茶番の趣向」じつはこれこれと聞かされたとき、花女はおどろくかとおもひのほか、につこりしていふことには、「妾《わたし》は幼より淫《いん》を好み、男とあれば武家と町人とをきらはず、優倡《ゆうしよう》より緇衣《しい》に至るまで、これと交らざることなし。然《しか》れども、身は潑賤《はつせん》の妓《ぎ》なれば、いまだ高貴のおん方のあぢはひを知らず。揣《はか》らざりき、今ふたたび花容のむかしにかへつて、大樹の枕席に侍し、情の発するところをおこなつて、無上のたのしみを極めんとは……」と、二つ返事で、今日のことばでいへばゴキゲンですらあつたが、さすがに一抹《いちまつ》の不安を示した。かの五色鶏とおなじやうに、七日とたたぬうちに、いのち死ぬのではないか。その懸念であつた。このとき、かたはらの千賀一栄、からからと笑つて、さとしていふことに、「知らぬうちこそ、さもあらめ。案ずることなかれ。そなたの前生《ぜんしよう》はことし七十七歳をもつて終れども、わが秘法の力をかうむるときは、そなたの後生《ごしよう》はことしよりかぞへてさらに七十七年目の、己酉《つちのととり》の年まで、玉の緒の絶ゆることなしと知るべし。しかも、花の色もまた永く移ることなからん。これこそ不老長生の秘術なれ。むかし、秦《しん》の始皇帝、万乗《ばんじよう》のおん身をもつて、この術を東海にもとめて、つひに得たまはず。そなた、身は塵網《じんもう》の中に落ちたれど、たまたま時のよろしきにめぐり逢《あ》つて、今まさにこの至福をさづからんとす。ゆめ疑ふべからず。」不老長生。このことばに、いつはりは無かつた。ただその「不老」とはどういふことか。それはのちに花女が身にしみておもひ知らなくてはならぬことであつた。

一栄ここに甘菊の秘法をおこなふ。さいはひに、下屋敷の近くに薬草園がある。すなはち三月上寅《じよういん》日に苗を採り、名づけて玉英といふ。六月上寅日に葉を採り、名づけて容成といふ。九月上寅日に花を採り、名づけて金精といふ。十二月上寅日に根を採り、名づけて長生といふ。四味みなカゲボシにすること百日、それぞれ等分に取合せて、杵《きね》にてつくこと千《ち》たび、かくて粉末をうれば、これを蜂蜜《はちみつ》にて練つて丸《がん》をつくる。丸の大きさ青桐《あおぎり》の種子のごとし。この間ほぼ一年、花女は邸内の離れにとどめられて、食は堅く魚鳥の肉を禁じ、ただ菜根をもつて身をやしなふ。あくる天保五年三月、吉日を卜《ぼく》して、これより丸を服しはじめる。一服七丸、清酒をもつてこれを下す。一日三服。つづけること百日にして、身かるく気うるほふ。一年にして、髪の白きものは黒く照る。二年にして、歯は落ちてあらたに生ずる。五年にして、老女は変じて童女となる。
五年の期みちて、すなはち天保十年三月、幼童花女つひに成つて、よはひ十一歳をあたへられた。一栄はさらに秘法を凝らして、三月三日に桃花を採り、七月七日に鶏血を採り、二味を和して童女の顔に塗れば、顔は光をはなつこと花のごとくであつた。おなじ年の秋、名花はじめて大奥に入る。身分は奥医師千賀一栄の養女としてある。すでにして、一栄は幕府医官の列にのぼつてゐた。

家斉はこの非常の童女をえて「われ王母千年の桃をえたり」とさけんださうである。しかし、妖女伝はただ「御喜悦の状筆紙につくしがたし」とだけ記して、さきの五色鶏のときほど形容のことばを費《ついや》してゐない。おそらく筆紙につくせなかつたのは、筆者みづからのなげき、いきどほりのやうに推される。美辞をつらねるまでもなく、「千年の桃」のききめはてきめんにあらはれた。このころより、家斉ほどの vert galant も、気力にはかにおとろへ出して、翌天保十一年の秋には中風の床にたふれ、越えて明年、天保十二年閏《うるう》一月三十日、行年《ぎようねん》六十九をもつて死んだ。その死の床にあつても、なほ花女の手をもとめて、よだれをながしながら号泣したといふ。

わたしは妖女伝をここまで読んで来て、家斉に花女を献じた大名といふのは、てつきり女謁《じよえつ》をもつて将軍の寵《ちよう》をえようとくはだてたもの、すなはちかの中野石翁《せきおう》なんぞと同心のものでもあらうかと、漫然さうおもひなしてゐた。しかるに、つぎの記述はわたしの早合点《はやがてん》をとがめるにたりた。筆はたちまち激越の調をおびて、かういふ。

「国に奸邪《かんじや》の小人《しようじん》あつて明君の徳をそこなふことは史上その例多しといへども、かの奸臣《かんしん》の悪計のごときは古来その比を見ざるものなり。奸臣一味のものども、かねて西丸《にしのまる》様（家慶《いえよし》）に媚《こ》びへつらひ、大御所《おおごしよ》様（家斉）を目の上の瘤《こぶ》と見奉つて、その色を好ませたまふ隙《すき》に乗じ、妖女を献じて、淫毒《いんどく》をもつて天寿をちぢめまゐらすと覚えたり。しかも、先君御他界の後は、三年その制を改むべきにあらねば、新君を諫《いさ》めて孝子の道をつくさせ奉るべきに、左《さ》はなくて、一味のめんめん、廟堂《びようどう》に押しのぼつて羽翼を張る。口にはさかしらに享保《きようほう》の善政にかへるべしなんどと、しきりに改革を唱へつつも、実はただ私腹を肥やし衆庶を苦しむるのみ。天あにこの不義を許さんや。はたせるかな、三年を出《い》でずして、巨魁《きょかい》まづ台閣より逐《お》はれ、ついで封を削られて……」

文中「奸臣」といふのは、あきらかにかの大名をさしてゐる。そして、もし「巨魁」もまた同人とすれば、それは実在の水野忠邦《ただくに》に相当するもののやうに解せられる。わたしは江戸城内の裏面史に暗いから、事の真偽を知らず、したがつて水越にとつて冤《えん》なるや否やを弁ずることができない。記述はなほ花女一栄の後日にもおよぶ。

「また千賀一栄といへるは、かの奸臣一味の間者《かんじゃ》として陋巷《ろうこう》より奥医師に這《は》ひのぼれるものなれども、巨魁はじめみなみな沈落の際にあたつて、何のお咎《とが》めもかうむらず、その職にとどまるのみか、かへつて目にあまる増長慢は、世にこれを憎まざるものなし。その仔細如何《いかん》となれば、手妻《てづま》のたねはかの妖女にあり。この童女、大奥より親許《おやもと》なる千賀宅にさがり来《きた》りしが、両人しめし合せ、奸智《かんち》をめぐらして、富貴《ふうき》の諸侯と見れば媚《こび》をもつて狎《な》れちかづき、権門には色仕掛、官辺には賄賂《わいろ》、つねに時の権勢と縁故を絶つことなく、もつぱら不義の栄華を極めたり。そもそも、花女なるものは、年をへて容色さらに旧とかはらず、肢体《したい》もまた童形《どうぎょう》を保つこと然《しか》り。世に不思議はすくなからざれど、これ当時七不思議の随一なるべし。また近きころのことにて、さる嘉永酉《とり》どし（二年）、表医師奥医師一統に外科眼科のほかは蘭方《らんぽう》御禁止のむね仰出《おおせいだ》されたるは、かねて洋学ぎらひの一栄が裏にまはりての小細工ならずやと、うはさ紛紛《ふんぷん》たり。洋学の門戸またしても閉ざされたるは、国益のために真に惜しむべく……」

妖女伝はこのあとに花女一栄の「奸智《かんち》」のいろいろ「栄華」のさまざまを記して、悪人かへつて善果をうる世のすがたをなげきつつ、筆を投げてゐる。末段に至つて、文字の書きぶりのみだれてゐるのは、筆者の憂患のせゐか、老年のためか。しかし、みだれながらに、草行の字画あやまたず、文章の意気かへつて揚《あが》つてゐるやうに見えるのは、尋常《じんじょう》書生の筆写には似ない。さだめてこれ自筆の稿本である。筆者の正体はつひに知れない。おそらく天保より嘉永の間、政治の外に立つて、幕府の運のかたむくのを見つめてゐた直参《じきさん》の士だらう。その蘭方の禁を難ずる口吻《こうふん》をおもへば、あるひはこのひとみづから洋学にこころざしを潜《ひそ》めた医官の一人か。

三

この妖女伝といふ稿本には喜多村氏の蔵書印がある。もし伝の筆者が幕府医官のやうに考へられるとすれば、この印章を見て、かの五月雨草紙《さみだれぞうし》の著者、竜尾園喜多村香城をおもふのは自然のいきほひだらう。いそいでことわつておくが、わたしはいきほひに乗つて、香城老人をもつて伝の筆者に擬するのではない。反対に、伝の文と五月雨草紙の文とをくらべれば、あきらかに呼吸がちがつてゐる。また、わたしは香城の墨蹟《ぼくせき》を見なれてはゐないが、筆つきも相似とはおもはれない。ただ臆断《おくだん》をあへてすれば、伝の筆者は幕府医官としておそらく香城の先輩であり、その稿本がのちに竜尾園に秘められたのではないかといふのみである。冊のをはりに、本文とは似ない書きぶりで、勿妄出于門外の六字が記されてゐる。これあるひは香城筆か。この推定がまちがつたとしても、印章の喜多村氏を香城とすることは、かならずしもわたしの臆断ではない。ここに合綴《がつてつ》された妖女伝続貂《ぞくちょう》の記事がよそながらそのむねをほのめかしてゐるやうである。

妖女伝続貂。墨附九丁。さきの伝とおなじく美濃罫紙《みのけいし》を使つてゐるが、このはうは柱に榛原《はいばら》製としてある。序跋《ばつ》年記のないことも、またさきとおなじ。しかし、内容を見れば、この筆録が明治末年か、遅れても大正のはじめに係ることは判然としてゐる。これは明治のジャーナリズムに於ける慣用の文語体をもつて書かれてゐて、小説ふうではない。筆蹟《ひっせき》はまあまあか。筆者は氏名を出さないで、文中に迂生《うせい》をもつて一人称としてゐる。そして、記事のところどころに「鋤雲《じょうん》先生御咄《おはなし》に」とか「故先生仏蘭西《フランス》より御帰朝後に」とかいふ文句が見える。この「迂生」は栗本鋤雲の門流にちがひない。鋤雲はいふまでもなく香城の弟である。臆測《おくそく》するに、かの妖女伝の稿本は香城鋤雲をへて迂生（便宜上遠慮なくさう呼ぶ）の手にわたり、迂生がさらに続貂（いひおとしたがこれもまさに稿本）を書いて、合綴《がつてつ》……さあ、合綴が当人の手に依《よ》つたものかどうかは判然としないが、それはどちらでもよいだらう。続貂といふことばには、先人をおもんずる気味がある。もしかすると、妖女伝の筆者について、そのひとは識らなくても、その名だけは、迂生は聞きおよんでゐたのではないか。もしその名を知りながら、それを記事の中に出さなかつたのだとすれば、先人のみづから顕《あら》はすことを欲しなかつたところを、迂生《うせい》もまたあとから顕《あら》はすことを憚《はばか》つたのだらう。ここに至つて、わたしはふと気のついたことがある。さきに妖女伝の文章の部分について、稗官者流《はいかんしや》のはしくれにほかならぬわたしがいささかこれを見くびつてみだりに「稗史《はいし》まがひ」といつた。じつに、その「稗史まがひ」の形式に於て、筆者は著意《ちやくい》して内容の真実を守つたのではなかつたか。すなはち、もしや後人の目にふれたとき、それがウソとしか見えないやうに、筆者は真実といふ白烟《はくえん》を秘めるために「稗史まがひ」といふ手筥《てばこ》を撰《えら》んだのではなかつたか。その「稗史まがひ」の細工の器用か不器用かは、稗官者流ではない先人の問ふところではなかつたのだらう。けだし、先人の苦衷《くちゆう》の存するところである。わたしはみづから戒《いまし》める。うつかりした口をきくものでない。

さて、続貂《ぞくちよう》の記事はなにを告げてゐるか。わたしは叙述をいそがなくてはならない。さいはひに、迂生さんの文章は新聞記事的に敏速また簡潔なのだから、わたしもさつさと書き飛ばすことができる。記事の内容は明治以後に於ける花女の成行に係つてゐる。その明治以前を語らないのは、今日の流行語を使つていへば、そこに断絶があるからだらう。また千賀一栄の名がさつぱり見えないのは、この人物がとうに死んでゐたにちがひないからだらう。材料の出どころは明白でないが、おそらく鋤雲先生および門下の迂生みづからの見聞を主として、いくらか又聞《またぎき》の又聞もまじつてゐるやうである。記事は編年体を取らない。また日附に拘泥《こうでい》してゐない。また感想もしくは短評のたぐひを挟んでゐない。わたしのせつかちにとつて、好都合である。

明治以後、花女のすがたが最初にひとの目にとまつたところは横浜であつた。そこに、十一歳の童女が水のほとりをあるいてゐた。ひとは迷子かとおもつたさうである。しかし、つれがあつた。つれは異人すなはちイギリス人と見られた。場所は横浜とはかぎらない。東京に、横須賀に、大坂に、神戸に、また札幌にまで、花女は転転とした。そして、つれはいつも異人。それがときにフランス人、ドイツ人、ロシヤ人、アメリカ人、イタリヤ人、中国人、つひに国籍不明のものにまでおよんだ。十一歳の童女は万国旗をもつて飾られたやうである。服装もまたそのときに応じて万国的であつた。さういつても、日本のきものと縁が切れたわけではない。剣客榊原《さかきばら》健吉が剣術興業をぶつたとき、その小屋掛に振袖《ふりそで》をきた花女があらはれて、剣舞を演じたといふ。その剣舞すがたはのちに日比野雷風一座の呼物にもなつた。すでに剣舞である。さらに玉乘《たまのり》の小屋に出たにしても、あやしむにたりない。ひとが花女をもとめて見つからないときには、やつぱり振出しの横浜に行つて、そのいつかあらはれるのを気ながに待つほかなかつた。この土地に富貴楼の倉ときこえたものが花女のめんだうを見てゐるといふうはさであつた。やがて、明治も四十年を過ぎた。十一歳の不老にとつて、たつた四十年が何だらう。ある日、盛装した花女がハルピンの駅頭に立つた。つれは、異人ではなく、このときはじめて日本人であつた。突然ピストルが鳴つて、伊藤博文といふ名の、その日本人が血に染んでたふれた。その場から、花女はすがたを消して、どこに行つたのか、ひとがあちこち行方をさがしたが、つひに見つからずじまひになつた。のちに、伊藤博文の遺品である旅行用のシナ鞄《かばん》がひらかれたとき、その鞄の底に、あまたの淫具《いんぐ》の下にうづもれて、小さい童女の人形がひそんでゐたのを、ひとが見つけ出した。人形の顔は生ける花女の顔そつくりに光をはなつて冴《さ》えてゐたが、著せられたものはといへば、どこの国の服装とも知れず、ふれる手に音なく、たとへば枯葉の枯れきつておのづから裂けるやうに、つい剝《は》げ落ちて、さらし出された胴体はほとんど人間の死体と変らなかつた。

ここに、迂生子《うせいし》、はじめて感慨を記していふ。

「嗚呼《ああ》、明治四十二年十月二十六日。指折り数ふれば、まさにこれ天保四年より七十七年目に当る己酉《きゆう》の年に非《あら》ずや。迂生じつに奇異の感を抑へんと欲して能《あた》はざるなり。花女の霊はいづこの天に飛びたるか。その肉はいづこの土に化したるか。あに霊肉混然として元素に帰せりといはざるべけんや。迂生ここに於てそぞろに奇異の感を二重にせずんば非ず。この夜眠らんと欲して両眼いよいよ鋭く闇黒《あんこく》を見たり。たちまち一事に思ひあたつて、駭然《がいぜん》床を蹴《け》つて絶叫せんと欲す。おもへ、かの十一代将軍も、今また春畝公《しゆんぽ》も、両位の英雄ともに行年六十九をもつて薨《こう》じたることを。迂生さらに奇異の感を三重にせずんば非ず。」

それが人生の真実ならば、奇異の感を何重にもめぐらしてみたところで、感慨は無きにひとしい。

（昭和三五年七月「小説中央公論」）

二人権兵衛

この男の名は、もし漢字で書けば、おそらく権兵衛である。しかし、当人は漢字を知らない。知つてゐる文字といへば、わづかに三箇のヒラガナ、すなはちおのれの名をしるす三字だけで、他のすべての文字は書けないどころか読めもしない。生涯にたつた一度、どうしてもある証文に自分で名を書かなくてはならぬ羽目に立ち至つたとき、当人その無けなしの三字を書いて見せた。ごんべ。したがつて、この男の名を標記するには、この三字を使ふのが妥当のはずだらう。さういつても、ヒラガナまじりの文章の中にヒラガナの人名を書きこんだのでは、目がちらちらして読みにくいとおもはれるので、ここではカタカナでゴンベとしておく。

さて、その証文といふのは、本文左のごとし。

一首

右正に借用仕《つかまつり》候《そうろう》事《こと》実証也然《しか》らば当盂蘭盆《うらぼん》までに返済不相叶《あいかなわざる》節《せつ》は米一俵《ぴょう》お取り下されうとも決しておうらみには存じ申間敷《もうすまじく》候

酉三月晦

下総《しもう》葛飾《さかつしか》村百姓

ごんべ　拇印

船橋

権兵衛殿

文字を知らない当人に書けるわけがない。これを書いたのは相手方の権兵衛であつた。しかし、文言《もんごん》にいつはりは無かつた。首はまさにゴンベの首に相違ない。げんに、ゴンベはあまりぱつとしないわが名を書いて、いや、無理やりに書かされて、おまけに拇印《ぼいん》までおさせられてゐる。この拇印のはうは、さすがに葛飾の「百姓」だけあつて、くろぐろと太くたくましく、指の生地にしみこんだ畑の土のにほひさへするやうであつた。ちなみに「酉」とあるのはおそらく天保八年丁酉《ひのととり》に係る。といふのは、前後のはなしが飢饉《ききん》に関係してゐるからである。すでに飢饉のさいちゆうとすれば、米一俵の値打はたしかに水呑《みずのみ》百姓の太鼓判をおして首と引替に相当するものと見つもれた。

いつたい葛飾のゴンベは現在胴につながつて生きてゐる自分の首をなにゆゑに他人から「借用」しなくてはならぬことになつたのか、当人は茫《ぼう》としてゐたらしいが、船橋の権兵衛の側のいひぶんを聞けば、まんざら無筋のいひがかりでもないやうであつた。この権兵衛といふもの、もとは下野那須《しもつけなす》あたりの郷士《ごうし》の出とやらで、それがどうして船橋くんだりにながれて来たのか、ともかくそこにいぶせき一戸をかまへて、四十がらみの男のさだまる妻もなく、また格別の世才があらうとも見えなかつたが、ただ狐《きつね》を釣ることに妙をえて、そのわざをもつて日日のくらしをたててゐた。この男の術として、狐を釣るには月の無い夜をえらぶ。月あきらかな夜には、狐は光の中に稲妻《いなずま》のごとく山野を駆けめぐり、奸智《かんち》いよいよ冴《さ》えて、とても人間のたくらんだワナにはかからない。これが暗夜になると、尻尾《しつぽ》おのづからちぢまつて、平生《へいぜい》の通力《つうりき》がおとろへるといふ。すなはち、月のみそかの夜をもつて、ワナを仕掛けるにもつともよしとする。この三月のみそか、まだ日のくれないうちに、権兵衛は中山法華経寺《ほけきようじ》の裏山にのぼつて、然《しか》るべきところにワナを張つておき、いつたん引きかへして、夜陰におよび、ほどよき刻限に、またそのところにのぼつて行つた。行つて見るまでもなく、いつもの習《ならい》に依《よ》つて、狐はてつきりそこに落ちてゐるものと知れてゐた。権兵衛はつゆ疑はなかつた。しかるに、目じるしのさくらの大木をあてに、提燈《ちようちん》をかざして近づくにつれて、その木の下に、うすい月の影がさしたやうに、ぼうと一ところ、あかるい色のながれるのが見えた。こちらの提燈のあかりが向うにうつつたのか。いや、さうではない。向うにもまた提燈《ちようちん》が一つ。すなはち、人間がひとりそこに立つてゐた。まぢかに寄つて見ると、それがゴンべであつた。そして、ワナはこはされてゐた。狐はゐない。遅ざくらの花びらの地に白く散つた中に、むしれた狐の毛がまじつてゐるやうであつた。

　ゴンべは百姓にはちがひないが、ほかにも仕事をもつてゐた。さあ、これが仕事といへるかどうか、農耕のひまに、あちこちの神社の縁日なんぞに奉納の神楽《かぐら》をつとめる一座ができてゐて、この男はその仲間であつた。年はまだ三十にみたず、二つ年上の女房がゐる。この女房がとんだはたらきもので、畑仕事をとりしきつてゐるので、当人いい気になつて、神楽の稽古《けいこ》といつてはとかく家をあけがちになる。近くであそぶところといへば、まづ船橋のアサリくさい飯盛《めしもり》。をりにふれて、この男のとぼけづらは権兵衛も見知つてゐた。したがつて、この男がなにをいはうと、すべて見えすいたいひのがれ、とぼけた口上としかきこえなかつた。神楽の稽古のかへり道に夜の山を越すといふことがあるだらうか。げんにこの場に立つてゐながら、狐も見かけないワナにも気がつかないとはなにごとか。こいつめが、あそびの金につまつて、狐をぬすんで、どこかにかくしたにきはまつた。ついぞ釣りそこなつたためしの無いこの権兵衛が今夜はじめての不首尾。おのれそのぶんには捨ておかぬ。しばらくわすれてゐたさむらひことばを使つて、脇差《わきざし》をひねつて、つべこべ押問答の末に、脇差の代りに腰の矢立《やたて》を抜いて、有無《うむ》をいはせず、くだんの証文一通。即座に討《う》つべき首は盆まで当人に一時あづけにして、その夜はひとまづ事なきをえた。

　ところで、いかにとぼけづらであつたにしても、ゴンべは見たものを見ないといつてしらをきつたのではなかつた。このあたりに住む神楽仲間の家に寄合があつて、そのかへりに近道の山を越えて来ただけである。提燈は借物。もつとも、行く道のほとりでこころぼそい提燈の光の中にさくらの花びらの散つてゐるのが浮びあがつたとき、そこにさくらの木が立つてゐることはみとめた。蠟燭《ろうそく》のあかりにしても、花びらを照らし出すと、そこに月影がながれたのに似る。さういふ実感はあつた。しかし、そのとき、なにものの影とも知れず、ただまつしろなもののぱつとそこに掠《かす》め飛んだのを見たとおもつたことが、狐を見たといふことになるだらうか。またそのとき、つい足のさきにかたりと物音がきこえたとおもつたにはせよ、それがワナのこはれた音とまではすぐ気のつくわけもないだらう。いひがかり。しかも先方は本気で詰めよつて来る。この押問答といふやつは元来不得手であつた。こちらに理があつても、押しきられて負けるにきまつてゐる。ことばはのどにつかへるだけで、舌に乗つて出ない。おまけに脇差をひねられたのでは、すでに舌の根を絶たれたも同然。切羽《せつぱ》つまつたところに来て、その脇差にくらべれば、証文のはうがまだしもであつた。しやべることばですら手におへないのに、いろはも知らない文字のことになれば、まつたく世界がちがふ。いつそ気苦労はいらないといふにひとしかつた。それに、証文となれば、ずゐぶん遠い後日のはなしではないか。秋の盂蘭盆《うらぼん》まで両手の指を折つてもかぞへきれない。急場のしのぎはたつた親指一本、矢立《やたて》の墨をつけておしながら、ゴンベはそれこそ真に迫つてとぼけた顔をして見せた。泥だらけの親指もとんだ役に立つたものである。さういつても、読んできかされた証文の中の、米一俵といふのがあとになつて一きはどきりと胸に……いや、腹にこたへた。そして、どこにもざらにころがつてゐるやうな雁首《がんくび》とはいへ、当人の身には掛替《かけがえ》のない首がわるくすると飛びかねない肝腎《かんじん》の件については、奇妙なことに、脳味噌《のうみそ》のめぐりがとぼけて、どうも切実におそろしいとはおもはれなかつた。それといふのも、ゴンベはこの日ごろものすごく腹がすききつてゐたせゐだらう。人間、腹の底がからつけつに乾《ひ》あがつてゐるときには、たかが首一つ飛ぶぐらゐのことをまともに心配してゐるひまは無い。

　腹がすききつてゐたのはゴンベだけではなかつた。船橋の権兵衛のはうでも、おなじおもひであつたのだらう。てきめんに、とつさの証文にしるしたごとく、もらつてもじやまつけな首なんぞよりは、腹にこたへるある米一俵のはうをあきらかに高く踏んでゐるではないか。正当な値ぶみである。たれでもこれをみとめるほかない。といふのは、ときに天下ことごとく腹の底が乾あがつてゐたからである。飢饉《ききん》。この前の月、大坂の「大塩様」といふひとが謀叛《むほん》をおこしたといふうはさはつとに葛飾の在にまできこえてゐた。「大塩様」では遠すぎて身にしみないにしても、つい川を越した江戸の町では、この月のはじめ品川板橋千住《せんじゅ》新宿の四宿に官の救小屋《すくいごや》ができたといふことは目前のためしであつた。しかし、ゴンベが天下の腹ぐあひにまで気はまはさない。すなはち、まだ気はたしかである。目前のためしに、そだちのわるい畑の土に荒れた自分の手があつて、その手でわづかにかこつておいた痩《や》せたイモが家の納屋《なや》にあつた。イモをおもひ出したのは里ごころがついたといふことだらう。この夜は船橋の飯盛《めしもり》のところにはまはらないで、ゴンベは年上の女房のゐる家にもどつた。

家の土間にはひるると、ほそい燈心のあかりがぼんやり壁にあたつて、その禿《は》げた壁に、ぶらさげた蓑《みの》のかげから、狐……ほんものでないと知れてゐる神楽《かぐら》の狐の面が、さういつても、いきいきと、ほんもののしやつつらのやうにゴンベの目を打つた。とたんに、あがり口に出て来た女房の顔に異様の色がはしつた。どうしたときくと、今おまへがはひつて来たうしろから、まつしろなものがぱつと飛んで、一あしさきに飛び抜けて、壁にぶつかつたやうではないかといふ。ふむ。あらためて壁を見まはしたが何のこともない。狐の面はもとからそこに掛けてあつたものである。ゴンベは畳にあがつてさつそく焼酎《しようちゆう》の膳《ぜん》にむかふと、もうなにも気にしなかつた。女房も同様。森と田圃《たんぼ》の夜ならば、まつしろなもの、まつくろなものがちよくちよく飛びもしよう。めずらしくもない。ゴンベはやぶれ畳におちつき、そのやうな亭主を見て、女房もおちついた。じつをいへば、この土地うまれの亭主にとつても女房にとつても、日日のくらしむきについて、ちかごろの飢饉《ききん》のさいちゆうほど、これでおちついたといふ実感をもつたことは今までに無かつた。食ふ心配にかけては、実情はいはば親代代の飢饉つづき、世は豊年でもついぞ豊年をたのしんだおぼえがない。それがいよいよほんものの飢饉にめぐり逢《あ》つた段になると、世間一統ひとしく困窮《こんきゆう》のまんなかで、とりわけ型やぶりにこまつて見せてゐるわけでもなく、荒れた土地にしてもどうやらそこにしがみついてゐるおかげには、救小屋に這《は》ひこまうの、ひとを殺して食はうのといふところにまでは至らず、痩せたイモ、しほれた菜つ葉、たまには焼酎といふ最後の栄耀《ええよう》は食ひとめた。この仕合せはゴンベの神楽がものをいつたのではなくて、たしかに女房の手八丁の功である。炉《ろ》端《ばた》で夫婦ふたり、世間なみのさしむかひで、欠茶碗《かけぢやわん》のやりとりでも、飢饉をたのしむけしきと見えないこともなかつた。

酔つたときの癖で、とぼけづらはうかれ上戸《じようご》、ひとりで笛を吹いたり鉦《かね》をたたいたりする。その鉦を取つて、チャン、チャンチキチと打ちこんだとき、音に応じて、土間の壁のはうで、かさかさと、なにか鳴つたやうにおもつた。そのはうを見たが、どうもない。風か鼠《ねずみ》だらう。蓑も狐の面も元のまま。ただかうして見ると、狐が蓑の中にかくれて首だけ突き出してゐるやうであつた。ゴンベはふらふらと立つて行つて、狐の面を取つて来て、それをかぶつた。そして、しぜんに手足がぢつとしてゐられないといふけはひで、自分で鉦《かね》をたたきながら、恰好《かつこう》おもしろく、をどりはじめた。もう当人は夢中なのだらう、せまい畳に跳ねまはり飛びめぐつて、そのをどりも鉦もおのづから調子に合つて、今は狐《きつね》の面がただちにゴンベの顔であつた。女房はといへば、これは芸能にはとんと気乗がしないらしく、焼酎《しようちゆう》のあとはすぐいつしよに寝るものとこころえて、亭主がやがてさわぎくたびれるのを待つてゐた。この深夜のをどりを見てゐるものは、女房のほかにたれも……いや、戸口の外に立つて、船橋の権兵衛がひそかにのぞいてゐた。

権兵衛は先刻証文を取りはしたものの、肝腎《かんじん》の狐がどうなつたのか、ゴンベがそれをほんたうに盗んだのかどうか、呑《の》みこめないふしがあつた。そして、かへつて行くゴンベのあとから、おなじ道を途中まであるいて来て、そこで横にまがるところを、やつぱりまつすぐに、あとをつけたかたちで、この戸口まで来た。のぞきこんだ権兵衛の目に、ゴンベは見えなかつた。ただゴンベの恰好をした一匹の狐が鉦をたたきながらをどりくるつてゐた。しかも、ゴンベの女房がそれをあやしむけしきもなく、いくらか酔のまはつたみだらな目もとで、うつとり見とれてゐるではないか。ぞーつとした。とても踏んごむどころではない。この権兵衛、脇差《わきざし》はひねつても、根が胆《きも》のふとい男ではなかつた。狐を釣るのが商売とはいへ、人間に化けた古狐には手を出しかねた。狐にうらまれる筋は身におぼえがある。もしかすると、タタリはこちらの身におよぶかも知れない。そのうちに、をどりがやんで、狐はばつたり畳にたふれた。女房がそばに寄つて、つぎだらけの掻巻《かいまき》をかけてやつて、横すべりに、からだをうねらせて、行燈《あんどん》の灯をふつと消す。とたんに、その女房のからだつきにさむけがするほど露骨な色慾のけはひがにじみ出て、闇の中にまでもののうごきが見えるやうであつた。権兵衛は戸口からすごすご引きさがるほかなかつた。

その後、つい四月に入つてから、江戸の町に奇怪なうはさが立つた。ときには千住ときには品川と、四宿の救小屋のあるところに、狐の面をかぶつた男が鉦をたたきながらをどつてあるくといふ。いや、人間ではない、狐が化けたのだといふ。いや、化けたのではない、老狐のまつしろなやつが飛んだといふ。やがて、うはさにとどまらず、あちこちの救小屋に物見高いひとがたかつて、人間か狐かの詮議《せんぎ》はともかく、をどりはまさに神楽《かぐら》のはやしに乗つたをどりと見とどけられた。豊年をどり。いつかさういふ名がおこなはれて、これは神明《しんめい》の示現か、飢饉《ききん》の厄《やく》はらひと、市中のもてはやしになつた。ただそれをどるのはなにものか、どこから来てどこに去るのか、ものずきなやつがあとをつけて行くと、途中でぱつと消えて、つひに判らなかつた。それからほどなく、豊年をどりは河岸《かし》をかへて、今度は浅草の奥山とか両国の広小路とか、目貫《めぬき》のさかり場にあらはれた。たちまち見物がたかつたことに変りはないが、かの救小屋のときとはちがつて、ここではぱらぱらとゼニが投げられた。三人投げると、つづいて十人二十人、ぞくぞく、八方からゼニがふつて来て、をどりのための毛氈《もうせん》をしいたやうに、地べたは見るまに大小の鳥目《ちようもく》にうづまつた。一わたりをどつてしまふと、狐《きつね》の面はゼニを掻《か》きあつめてかへる。吾妻《あずま》橋なり両国橋なり橋をわたつて川向うに行くとは見えたが、そのうしろすがたは夕日の影にまぎれた。

この狐の面が葛飾の夜道にかかつて、面をとると、例のとぼけづらはまさにゴンベと知れた。しかし、いつたいどうすればかういふ仕儀になつて来たのか、当人みづからさつぱり知らなかつた。豊年をどりで跳ねまはつてゐたやつは、自分か他人か、どこのたれなのか、すべて茫《ぼう》とした。そして、気がついたときには、いつも葛飾の夜道に、これはたしかに自分がゐた。さういつても、豊年をどりが白日の夢なんぞであつてよいはずがない。なによりの証拠に、肩にかけた袋にずつしりゼニが詰まつてゐる。このゼニはまちがつても木の葉ではない。どこに出しても刻印どほりものをいふ。げんに、ゼニ勘定にするどい船橋の飯盛《めしもり》にすら、ぱりつと通用した。すなはち、この夜のかへりには、ゴンベはしぜん船橋のほうに足がむいた。豊年をどりの例として、日はかならず晴天、夜風はさはやかであつた。さういふ日がとびとびにつづいて、暦はすでに夏のはじめになつてゐた。

ゴンベがうちをあけた夜には、女房は以前からひとりですごすことに慣れてゐた。それがちかごろでは船橋の権兵衛といつしよにすごすことに慣れるやうになつた。といふのは、権兵衛は日のくれがたによく戸口にしのんで来て、亭主の留守をたしかめると、のこのこはひりこんで来る習《ならい》をつけてしまつたからである。はじめは通りがかりと見せて立ちばなし。つぎは土間で茶ばなし。やがて、焼酎《しようちゆう》をみやげにぶらさげて畳に這《は》ひあがる段になると、女房のはうがこころえたもので、あとはいつしよに寝るほかない。権兵衛としては、例の証文の利子でも取りたてたやうな料簡《りようけん》なのだらう。女房の算用は出ず入らず。相手が狐《きつね》でなかつたのは残念なくらゐであつた。しかも、あくる朝になると、亭主のとぼけづらがだいぶ軽くなつたとはいへゼニの袋をしよつて舞ひもどつて来るのだから、これはとんだ福運にめぐまれた。そして、亭主のゴンベの身になれば、ゼニの出どころを問ひただされるでもなく、また小うるさいぐちだのいやみだのを聞かされなくてもすむ。三方まるく納まつたとは、このことにちがひない。

暑中の炎天つづきに、ゴンベはしばらく江戸に出ることをやめてゐた。そのあひだに、浅草から両国にかけて、ゴンベのまねをして豊年をどりをぶつものが三人も五人も出てゐた。これはどう見ても白狐《びやつこ》のなんのとだいそれたしろものではなくて、投銭めあての人間のいかさま師と、たちまち正体をあらはした。その投銭はろくにあつまりもせず、いかさま師は敗亡。浮気な江戸の市中では、豊年をどりは束《つか》の間《ま》にすたりものになつてしまつた。

秋になつた。あひかはらずのひでりに、飢饉《ききん》は一向におとろへを見せない。米一俵はおろか、イモ一籠《ひとかご》のくめんにすら、どこの家でも難渋した。いつそ首をきられたはうがどれほどらくか。いいあんばいに、ゴンベは残暑にあてられて寝こんだ。それでも、盆が来ることは来た。そして、葛飾の里にも旧に依《よ》つて盆をどりがおこなはれた。諸事手づまりの秋に、これだけはあたらしい趣向がある。豊年をどり。江戸のすたりものが遅れて近在のはやりものになるのは世のならはしであつた。すでにはやりものなのだから、とくにゴンベが出るにおよばず、くだんのをどりの手もはやしも、男女みな見たり聞いたりで知つてゐた。それに、飢饉のありがたさには、わざわざ揃《そろい》の狐の面をかぶらなくても、ひとはみな頰《ほお》がこけて、目がつりあがつて、狐そつくりのつらがまへと見立てられた。

その盆をどりの宵のくちに、船橋の権兵衛は脇差《わきざし》をぶちこんで、かの証文をふところにして葛飾の里に出むいて来た。けふは女房がねらひではなくて、亭主のとぼけづらの首根つ子をおさへようといふ気合であつた。途中、神社のある森のほとりに来かかると、そこで豊年をどりの一むれに出逢《であ》つた。それを避けて通らうとすると、また他の一むれ。をどりの輪はもつれあひ渦を巻いて、波が木ぎれをさらふやうに、くるくると権兵衛を吸ひこんだ。抜け出ようとすれば、なほ流される。それどころか、鉦《かね》の音にぎやかに、チャン、チャンチキチと打ちこまれると、手足がおのづから、チキ、チャンチキと跳ねあがつて、権兵衛はしぶい顔をしながら、あらぬ方角に浮かれて行くほかなかつた。そのとき、ひとびとのあたまを掠《かす》めて、まつしろなものの影がさつと飛んだ。すると、どこからともなく、さけびがあがつた。ぶちこはせ。立ちどころに、ひとびとがみな声をそろへてさけんだ。ぶちこはせ。をどりはすさまじい調子にかはつて、みな一かたまりに駆けはじめた。駆けつけたさきに、代官所があつた。その裏手から火が放たれた。殺気立つたむれの先頭に、権兵衛はいつか押し出されて、われにもなく脇差をかざしてわめいてゐた。しかし、騒動はあつけなくしづまつた。棒をもち刀を抜いた役人のむれがあらはれたのを見ると、ひとびとはぱつと四方に散つた。火はすぐ消された。一揆《いつき》の頭取《とうどり》をしばれ。逃げおくれた権兵衛は即座にしばられた。斬《き》れ。声に応じて、ぽろりと首が落ちた。証文の文言《もんごん》まさに相違なく、それが権兵衛のものだらうとゴンベのものだらうと、粗末ながら首一つでケリがついた。反故《ほご》の書附《かきつけ》のごときは、どさくさまぎれにどこかへ吹つとんだやうであつた。

　ゴンベのはうはといへば、元来たつしやなたちの、物あたりはけろりと直つて、あひかはらずの屋根の下に例のつらつきをとりもどしてゐた。壁にぶらさがつた蓑《みの》も狐《きつね》の面も、ちかごろは煤《すす》けたままで、そのやぶれ蓑の中にほんものの狐がかくれてゐるやうなんぞとはまさか見えなかつた。狐にしても、豊年をどりはもうたくさんだらう。盂蘭盆《うらぼん》の夜のこととて、膳《ぜん》に焼酎《しようちゆう》はいふまでもない。あるかなきかの霊棚《たまだな》の前には、女房がつつましく控へて、なんと、これは貞女らしい仕打であつた。このぶんでは、飢饉《ききん》がつづいてくれるかぎり、ゴンベはいつまでも御息災《ごそくさい》にとぼけてゐられさうであつた。

（昭和三七年一月「別冊文藝春秋」）

無明

庄内藩酒井氏の家中に多賀弥太郎といふもの、田宮流の居合をよくして、容姿もみにくからず、近習《きんじゅ》に召出《めしだ》されて江戸にのぼつた。はじめての出府《しゅつぷ》に、ものめづらしく、暇があれば市中をめぐつてあるく。ある日、湯《ゆ》島天神下《しまてんじんした》を通りかかつて、一軒の道具店が目にとまつた。鐔《つば》がいろいろならべてある。店にはひつて、その鐔の一つを手に取つて見た。みごとな作である。手から離しがたいおもひがして、それを打ちかへして見てゐるところに、ぬつと踏みこんで来たのは、供を四人つれて、みなりきらきらしく、大身《たいしん》の武家にちがひなかつた。武家は店の中を一わたり見まはすと、いきなり、ものもいはず、弥太郎が手にした鐔をさつとひつたくつた。そこにたれがゐるか歯牙《しが》にもかけぬといふ態度であつた。性急の弥太郎はこらへかねて、これはさむらひの作法ともおぼえぬ、茶屋酒にでも酔ひしれたかとなじれば、武家はあざ笑つて、なんぢ陪臣の若輩者ふぜいが将軍直参《じきさん》にむかつてなにをいふぞ、身分の上下をわきまへぬ不届者と、さもにくていにいひののしる。赫《かつ》として刀をつかむに、さきも手が早く、抜きはなつて、右の臂《ひじ》に斬《き》りつけて来た。ただし浅手《あさで》。弥太郎ひるまず、抜《ばっ》刀《とう》にただ一刀、これを袈裟《けさ》がけに斬りたふした。そのいきほひ猛《たけ》く、かの供四人はみな逃げうせて、ちかづくものもない。弥太郎はつれて来た下男を呼んで、やむをえぬ仕儀を申しふくめ、いそぎ屋敷にかへしたあと、たふれた武家にとどめを刺し、その死骸《しがい》の上に腰かけて、もはやこれまでと切腹、刀を口にくはへて死んだ。ときに正保《しょうほう》三年丙戌《ひのえいぬ》十一月、弥太郎十九歳。

　事はどうやらそれなりにすんだが、弥太郎のうはさはしばらく家中に残つた。その武勇をよろこぶものもあり、その軽はずみをそしるものもある。いかに血気のしわざとはいへ、ほかに仕様もあるべきに、一旦《いったん》の怒《いかり》に前後をわすれて無用のあらそひはいかがといふ声が絶えない。うはさにつれて、それとなく引合に出されるものがゐた。馬廻《うままわり》役百五十石《こく》、篠崎源内。これまた居合の術に達して据物斬《すえものぎり》は無双ときこえたうへに、すこぶる大ぢからにて、また走ることは狐《きつね》よりも速く、かねて勇猛の名をえてゐたが、ただうまれつき粗暴、ひとづきあひはよくない。弥太郎をそしる声は陰に源内にあてつけるやうにも聞きなされた。これには仔細《しさい》がある。源内がつねづね十あまり年下の弥太郎と衆道のちぎりをかさねてゐたことは家中にたれ知らぬものはなかつた。あつたら念者《ねんじや》をうしなつたのみならず、針をふくんだかげぐちがひろまつては、さしもの剛情者もおもしろからず、なほさら仏頂《ぶつちよう》づらをふくらませて、病といひたてて籠《こも》りがちで、しぜん勤めむきもおろそかになつた。うさはらしに市中に出ても、江戸は大名旗本が羽振よく綺羅《きら》をかざつたのを見ては、微禄《びろく》の田舎《いなか》ざむらひは身のつたなさをおもひ知らされる。そのうちに、源内の身について奇怪なうはさがながれた。紀州家に奏者三百石にて召抱へられるといふはなしがあつて、当人はもつけのさいはひと内内《ないない》に取立をねがつてゐるといふ。うはさは事実としてあらはれるには至らない。しかし、ちかごろでは藩主のことさへあしざまにいひふらしてははばからぬ源内には、出奔《しゆつぽん》のうたがひが濃かつた。藩に於てきつと処分するはずのところ、やがて藩主帰国の日がせまつてゐたために、のびのびとなつて、いよいよ発駕《はつが》といふまぎはに、源内のすがたが消えた。出奔。ただちに屈強の討手《うつて》五人をえらんでこれを追はせる。討手は源内の逃げた道筋をたどつて、千住《せんじゆ》まで来てやうやく追ひついた。源内は手痛くたたかつて、からくも五人を斬りはらひ、血路をひらいて逃げのびた。藩主はあらためて矢木七郎左衛門に討手を命じて帰国の途についた。

　矢木は念流の剣法に熟して驍勇《ぎようゆう》をもつて鳴つたものである。徒士《かち》十人をしたがへて、まづ千住から奥州《おうしゆう》街道をさぐり、引きかへして府内をめぐつたが、手がかりがない。転じて千葉道に出て、つひに源内が葛西《かさい》村の農家にひそむことを突きとめた。とりあへず村の名主《なぬし》のもとをたづねて、かの農家のあるじを呼出して事のよしを告げれば、あるじはこころえて家にもどつた。源内はうたがはしげな目つきでこれを見る。あるじはさりげなくいひこしらへて、にごり酒をすすめながら、ちとの隙《すき》に源内の刀を取らうとすると、拳《こぶし》をもつてはげしく眉間《みけん》を打たれた。ころげ出て名主のところに駆けつける。事は急である。農家には表口と裏口とがあると聞いて、表口から十人、声をかけて討入《うちい》れば、ときに源内は炉端《ろばた》にゐてさわがず、自在《じざい》を切つて釜《かま》を火中に落し、灰かぐら濛濛《もうもう》と立つにまぎれて、すばやく裏口に抜けて出た。裏口には矢木一人、ものかげに薙刀《なぎなた》をかまへて待ちうけて、源内の両膝《ひざ》を薙ぎはらひ、たふれるところに附け入つて首を刎《は》ねた。多賀弥太郎の死後ざつと一年、正保四年丁亥《ひのとい》十月のことであつた。

　矢木七郎左衛門は道をいそいで出羽国《でわのくに》庄内にかへり著《つ》いてかの首を献じた。手柄は手柄といつても、しかし賞はおこなはれず、矢木は逆に禄《ろく》を削られた。討手のかしらともあらうのに、はじめから裏口にまはつたといふことを、藩主がよろこばなかつたからである。矢木は心外におもつた。目ざす敵を討《う》ちもらしてこそ恥ではあらう。これを逃がさぬために裏口にそなへたのは臆《おく》したせゐではない。勢子《せこ》を使つて猪狩《いのしがり》をしたやうなものではないか。やがて年越えて慶安元年戊子《つちのえね》、春三月の雪解を待つて、矢木はひそかに藩から脱走した。藩ではをりを見てこれを本知《ほんち》に復させるつもりでゐたのに、鼻をあかされたやうであつた。おそらく脇奉公をねがつたものか。つらあてがましい振舞、捨ておかれずとあつて、さつそく討手のひとえらびにかかつた。

　ここに、おなじ家中に、神尾伊兵衛、斎木庄右衛門の両人は友として善かつた。神尾は柔術、斎木は剣法、いづれも技の精妙をきはめ、勇名ならび立つて、ひとはこれを神社の高麗犬《こまいぬ》にたとへた。あるとき、両人あひつれて野遊《のあそび》のかへりに、夕ぐれの墓地を通りすぎると、堤の下の草かげになにやら坊主あたまのあやしきものが駆けてゆくのを見つけた。さだめて狐狸《こり》なんぞのしわざか、おれが手捕《てどり》にしてくれようと神尾がいへば、よし、堤の上に投げあげてみよ、ただまつ二つと斎木が応ずる。いふより早く、神尾は堤の下に飛んで、草むらをわけて、かの坊主あたまを追ひかけ追ひつめ、片手で鷲《わし》づかみに、堤めがけて投げつけると、それが地に落ちぬさきに、斎木は抜きはなつて二つに斬《き》つた。これは老狐が坊主の生首の肉を食ひつくして残つたあたまをかぶつてゐたものと知れて、両人武辺のほまれはなほ高くなつた。このたび矢木の討手にはこの神尾斎木のうちどちらかと、詮議《せんぎ》の末に、神尾ときまる。高麗犬の一方が選にあたり一方がはづれては決著《けつちやく》いかがと安ずるむきもあつたが、両人は気にもとめなかつた。神尾発足《ほつそく》の前日、斎木がたづねて来ていふには、おぬしの差料《さしりよう》は名剣なれど古身《ふるみ》にてカサネがうすい。斬合《きりあい》はげしいときに折れるおそれなしともいへまい。おれの差料は承知のごとくカサネ厚く寸もよし、たびたび試したが切味もよし、鉄をも断たう。すなはち越前住国次《えちぜんじゆうくにつぐ》在銘二尺《しやく》六寸《すん》。さむらひ冥加《みようが》、首尾よく御用をはたすために、なんと刀を取替へぬかと申し出た。斎木は刀の目《め》利《きき》ときこえたものである。友のこころざし。神尾はよろこんでこれを受けた。

　神尾伊兵衛、したがふ手のもの数人、庄内を立つてまづ越後《えちご》路《じ》に入る。矢木は西国《さいごく》辺の大名の家中にしるべありと聞いて、北越《ほくえつ》より近江《おうみ》に下つて、京方《がた》さして行くほどに、たまたま大津の宿はづれにて当の七郎左と出《で》逢《あ》つた。討手の中より三人、功をあせつて抜きつれてかかれば、矢木こころえて二人まで斬《き》り伏せる。神尾いらつて打つ太刀《たち》を、矢木受けながして、しばらくは双方気合するどく斬りむすぶさなかに、いかなこと、国次の刀が鐔《つば》元から折れた。神尾はもとより柔術名誉にて、敵の刀の下をくぐつて組みつき、たがひにねぢ伏せようとあらそふをりから、春の泥に足すべらして、もろともに田に落ちた。両人田の中に泥まみれになつて、顔も見わけがたく揉《も》みあふところに、神尾の手のものが駆けつけて声をかけ、こたへる声をしるべに矢木の髪をつかんで引きずりあげれば、神尾はすかさず短刀をもつてこれを刺した。

　討手が首をたづさへて庄内にかへると、神尾は功に依《よ》つて今までの百三十石から二百石に取立てられた。古例、二百石より馬を立てる。すなはち、定めの騎馬二百五十騎の列に入つたことになる。ときに、家中の取沙《とりざ》汰《た》に、かの折れまじき国次の刀が折れたのは斎木のたくらみではないかといふものがゐた。討手の選にもれたのをうらみにおもつて、刀剣に目のきいた斎木がわざと疵《きず》のある業物《わざもの》をすすめたのだらうといふ臆測《おくそく》であつた。名刀といへども、ときに折れることがある。曽我十郎の太刀のごときも然《しか》り。むかしから、そのためしは少くない。神尾は友を信じきつてうたがひの色も見せなかつた。しかし、それを横目でうたがひたがるやうな赤の他人はおほぜいゐて、この取沙汰をひろめることにつとめた。臆測はさらにふくれあがつて、狐《きつね》のたたりにまでおよんだ。狐退治は両人のしわざである。その一方が異例の取立にあづかつたのに、一方が貧棒《びんぼう》くじを引いたのは、武道に於て狐に隙《すき》をねらはれるやうな欠けたところがあるからではないか。ころげおとされた高麗犬《こまいぬ》のかたわれはさぞかし他のかたわれの出世をねたんでゐることだらう。すべてこのうはさはつひに藩主の耳にまでとどいたやうであつた。藩主がそれを信じたかどうか知れないが、うはさを取りついだものの名はすぐ知れた。近習《きんじゅ》がしらの牧源七郎にちがひない。牧については、家中では君寵《くんちょう》におごる佞者《ねいしゃ》といふささやきがくすぶつてゐた。また斎木庄右衛門はかつて事にふれてこのものをきびしくたしなめたことがあつた。

慶安二年己丑《つちのとうし》正月、城内に年賀の礼がおこなはれた。斎木も登城したが、みな顔をそむけて、挨拶《あいさつ》もろくに受けつけない。背後ではおそらくかげぐちか。それは実際に耳をかすめた。遠くで祝《いわい》の酒に酔つた牧がうしろ指をささないばかりにあざ笑つてゐた。斎木は早めに退出して城門のほとりに立つた。そして、おくれて出て来た牧を見ると、声をかけて、一刀にこれを斬つて、つい小屋にかへつた。城内では時を移さず討手をえらぶ。そこに討手の供をねがひ出たものがあつた。軽輩《けいはい》の小黒善助といつて、これは斬《き》られた源七郎の亡父恩顧のものである。ただし、この善助、軽輩ではあつても、藩の槍術《そうじゅつ》指南役田村八右衛門にまなんで無辺《むへん》流の極意をえてゐた。ちなみに、家にこもる敵に立ちむかふときには、討手はずゐぶん著込《きこみ》に身をかためてあやまちなきことをこころがけるのが古実といふ。ひとが善助に鎖の籠手《こて》を附けるやうにすすめると、善助答へて、それは士分のこと、足軽の身の軽さには素肌に布子《ぬのこ》一つで事たりるといつた。

斎木庄右衛門は小屋にかへると、門ぐちをあけはなつて、座敷を掃ききよめて香を焚《た》き、衣服をあらためて、しづかに待つた。もとより妻子はない。みづから腹を切つてもよし、討手の刀を受けてもよい。所詮《しょせん》討たれる覚悟と見えた。ほどなく討手おほぜい押し寄せて来たが、かねて斎木の手練《しゅれん》を知つて、すぐには踏んごまず、内のやうすをうかがふ。ときに、小黒善助ただ一人、槍《やり》をさげて、広くもない庭からまはつて、座敷の縁側にせまつて行つた。斎木はこのていを見て、小黒、おまへひとりかと声をかければ、善助は見参《げんざん》とさけんで、縁側に飛びあがつて槍を突き出した。斎木はすわつたまま、槍を避けようともしないで、刀を抜いて一振した。槍は斎木の胸を背までつらぬき、刀は善助のはだかの左腕を肱《ひじ》から斬つておとした。討手がどつと駆け入つたとき、善助は左の腕からほとばしる血に染んで、右手に抜いた大脇差《おおわきざし》を杖《つえ》に、斬りとつたばかりの斎木の首のもとどりを口にくはへて立ちかかつてゐた。

小黒善助は破格のあつかひに依《よ》つて百石をさづけられた。もつとも、出血おびただしく、当人はその場に悶《もん》絶《ぜつ》して、戸板に載せられてかへり、床に臥《ふ》したまま起きることをえない。生死のほどもおぼつかなければ、とりあへず正米百俵《しようまいひやつぴよう》を賜はる。けだし、せめては最期にこの俵《たわら》を見て死ねといふ意である。しかるに、それを見たときから、このものたちまち息を吹きかへして、おひおひ傷養生につとめたが、ただ辺陬《へんすう》に医薬とぼしく、回復はかどらず、一進一退ながら、それでもやうやく秋に入つてどうやら立居がらくになつたのをしほに、藩はこれを江戸に送つて良医の手当を受けるやうにはからつた。江戸に来てから半年ほどのあひだに、手当のかひあつてか、善助はめきめき気力をとりもどして、片手で棒を使つてみせるまでに至つた。すでに年越えて、慶安三年庚寅《かのえとら》、さくらの花の咲くころ、ここに異様なきざしがあらはれて、この善助のいふことなすこと、すべていぶかしく、常人に似ない。乱心か。さういつても、あばれさわぐのではない。鬱《うつ》気内にこもつて散ぜずといふ見立《みたて》である。ひとはこれを百石きちがひと呼んだ。やがて若葉のころになれば、家中のものが芝浦の浜に釣に行くについて、たまには善助も外の風にあたるがよいと、これをさそつた。浜に来ても、善助は釣はうはのそら、ひとり酒をのんでゐるうちに、どうしたことか、突然これがあばれ出した。手なれの棒をとつて、ひとの見さかひなく打ちかかる。きちがひのばかぢから。しかも、片手とはいへ無辺流鍛練《たんれん》のわざがある。つれがとめようとしても敵しがたく、縁もゆかりもない往来のたれかれまで打ちのめされた。善助は今は棒を捨てて、刀を抜きはなつて、増上寺《ぞうじようじ》の山門のはうに駆けて行く。もし山内《さんない》をさわがすやうなことになつては、公儀におそれがある。つれは血まなこであとを追ひかけた。すると、山門のほとりにゐあはせた浪人と見えるのが一人、ふところ手のまま善助のまへにぬつと立つて、足をあげてこれを蹴《け》たふし、おきあがらうとする背中を踏みつけて、やすやすとさわぎをしづめた。つれは厚く礼をのべて、立ちながらの挨拶《あいさつ》もいかが、とてものことに藩邸まで同道をと、去らうとする袖《そで》にすがつて、をがむやうにして、浪人をともなつてかへつた。

浪人はガラク玉之介と名のつた。ガラクは瓦落と書くさうである。六尺ゆたか、筋骨岩のごとく、見るからにたのもしげな風態《ふうてい》であつた。祖父は蒲生氏郷《がもううじさと》に仕へて武功あり、父は仕官をきらつて京のどこやらに隠棲《いんせい》したものといふ。ときに藩主在府、事のよしを聞いて、ぜひその浪人を見たいとある。浪人はどこに出てもあけつぴろげのやうすで、ものにおぢない。その手練《しゆれん》のほどはいかばかりと、家中の武辺者をすぐつてむかはせると、みな苦もなくあしらはれて、勝負にならない。藩主のたつての懇望《こんもう》に依《よ》つて、浪人はこの屋敷に足をとめることを呑《の》んだ。当座は禄《ろく》百石。住むところは今まで善助がゐた小屋。ただし勝手づとめ。禄も小屋も、いはれるままにふむふむと聞きながして、浪人は妾《めかけ》一人をたづさへてのつそり移つて来た。ちなみに、小黒善助は即日座敷牢入ときまつて、これはのちにみづから首をくくつて死んだといふ。

瓦落玉之介はここにとどまること一年あまり、あくる慶安四年辛卯《かのとう》八月二十四日の朝まだきにふつとすがたを消した。これまでにもぶらぶら出て行くことはあつたが、ぢきにもどつて来た。しかし、けさはどうもをかしい。さては逃げられたか。目附《めつけ》役が小屋に行つてみると、妾がひとり残つてゐた。いや、これも逃げようとするまぎはであつた。さつそく妾を引つ立てて、痛め吟味《ぎんみ》までして調べると、包みきれずにいふことに、昨夜丸橋忠弥《まるばしちゆうや》どのお召捕《めしとり》。玉之介は丸橋どのといつしよに江戸城に攻め入る手だてのところ、事あらはれては詮《せん》なし。今は正雪どのの跡を追つてともかくもならうと、いそぎの旅に出たといふ。しまつた。もしこれが公儀の手にさへぎられて、庄内藩士なんぞと名のられてはいかにせん。ほのかに聞けば、由比正雪《ゆいしようせつ》は駿府《すんぷ》に下つたとか。玉之介が箱根を越えぬうちに、早く追ひついてこれを斬《き》れと、すなはち、騎馬五十騎、徒士《かち》百人、土けむりを巻きあげて海道にむかつた。

討手の大将は宮崎七弥四十二歳、副将は戸田主水《もんど》二十五歳、ともに藩中きつての剛のものである。ことに主水は藩主から佩刀《はいとう》をさづけられて、かならずこの敵と刺しちがへるべきいのちときまつた。二騎の馬はすぐれて駿足にて、遠く他を引きはなして駆けぬける。駆けつづけて、小田原宿のはづれまで来ると、かなたの松並木のかげにねらふ敵のすがたが見えた。両人まぢかにせまつて馬をおりる。玉之介は松の幹を背にして立つてうごかない。主水はいちはやく刀を抜いて踏み出さうとすれば、七弥が押しとどめて、一《いち》の太刀《たち》はおれといふ。いや、おれこそ主命に依《よ》つてと、主水は袖《そで》を振りきる。たがひにあらそつてはてしがないのに、玉之介はからからと笑つて、よしなきものの手にかかつては無念のきはみ。どうで死ぬるいのちなれば、この場に於て腹を切る。なんぢら検分せよと、いひもをはらず、立ちながらに腹一文字に切つて、かへす刀をわが手でわが首の根にあてて、ぽろりと搔《か》きおとした。首のない胴体はなほも立ちはだかつて、やがてそれが松の幹になるやうであつた。地に落ちた首はすでに海道の砂の中に消えてゐた。討手の両人ただ茫然《ぼうぜん》としてゐたが、しばらくして戸田主水、宮崎にむかつていふには、おぬしがいらざるじやまだてをしたばかりに、おれは一世一代の死にどころをうしなつたぞ。かくては世に生きてひとに合せる顔なし。おれはこの場からすぐに世を捨て、ひとも捨て、この太刀《たち》も……と、かの佩刀《はいとう》を松並木の下にあるこやしの桶《おけ》の中にぶちこんで、さつさとあるき去つた。宮崎はあきれて、これ、どこに行くぞ、待てと呼びとめても、主水はもはやその声のとどかないところに遠ざかつて行つた。

宮崎が馳《は》せもどつて、かくと告げれば、藩主はいきどほつて、主水の小わつぱめが、わが佩刀をこやしの桶の中にぶちこむとはなにごとぞ。小わつぱめをさがし出して、生きながらに皮を剝《は》げ。首をのこぎりびきにせよ。当藩の武道はこれまでかとわめいて、討手を四方にはなつて諸州隈《くま》なくさがさせたが、主水の行くところ終るところはつひに知れなかつた。

（昭和四一年五月「新潮」）

解説

ガラス玉演戯

池内紀

二十代のはじめにペンをとった。世に出たのは四十歳前。次々と問題作を発表したのち、九十ちかくになっても少しも筆力おとろえず、いぜんとしてみずみずしい文章を書きつづけている老人がいたとしたら、むろん、人はおどろく。感嘆するとともに、少々うす気味悪く思うのではあるまいか。それは元来、すべての能力が退化していく老いの生理と一致しない。年をとっても、いつまでもイロケづいていて性欲におとろえをみせない老人がうす気味悪いように、筆力におとろえをみせない老人もまた気味悪い。どことなくバケモノじみているのである。

幸か不幸か、わが国にはそのような老人はいたって少ない。全集が出たり文化勲章とやらが舞い込むころ、おおかたの老人はめでたく干からびる。新聞の随筆欄にたわいのない随筆を書き、生まれ故郷の名誉市民におさまって、そのうち名前を聞かなくなる。ある日、顔写真つきの死亡記事が出て、「かけがえのない人を失って残念でならない」といった型どおりの悼辞とともに、あの世へと送られる。

石川淳はそうではなかった。「瓜喰ひの僧正」などの一連の短篇を書いたのが二十三のとき、長篇「蛇の歌」が死によって中絶したのが八十八歳。最初の全集が完結をみたのち大作にとりくみ、想をかえ稿をついで、えいえいと書きつづけた。死の直前まで洒落っけたっぷり、知識、感性ともに溌剌としていささかのおとろえもみせず、さながら当人が書いたとおりの「喜寿童女」とそっくり。

明治三十二年（一八九九）、東京・浅草に生まれた漢学者の息子は、学校を出たのち、のらくらと低回して定職というものにつかなかった。ほんのいっとき教師になったが、あっさりとび出す。以後は放浪と無頼。ホームスパンに下駄履き、フランス製のハンチングを被るのが好みのスタイルであったらしい。人みな愛国心に燃えたっていたころはソッポを向き、ものみな消え失せ、地上が焦土と化したとたん、猛然と奮い立った。この手の筋金入りのヘソ曲がりが、悟りすました老人になる気づかいがないではないか。彼はついぞ小市民的な生存のスタイルを志さなかったが、当然、その文学のスタイルとも共通する。すなわち、毅然として美しく、魔術的でいかがわしい。

あらためて「無尽燈」より引いておく。

人間精神がいかに美しいはたらきをするか、まのあたりに知らうとすれば、精神が物質とたたかつてつひにそれを征服したところの形式に於て見とどけるほかない。精神の運動はいつも物質の運動よりも速いだらう。また精神の達すべき目的は、物質の達すべき目的よりも、かならずや高次の世界にあるだらう。

精神によって征服された物質の実例——飛行機を美しいと見るのは、精神と物質とが「あひ撲《う》つところの形式」をそこに見るからだ。

その格闘のあとをいささかもとどめず、しばらく精神のはたらきと物質の抵抗とを忘れさせるような、まるで征服の結果だけがひとりでにこの世に生れ出たような観を呈するものがあるとすれば、それこそ完成の美というのに値する。

わたしの俗眼では、硝子《ガラス》を措いて、他にこれほどまで完成の美のよく俗化しえたものを知らない。

自作自注、それもひときわ的確に、みずからの特徴を語っている。石川淳の小説におなじみの催眠的魅惑の秘訣といったものが告げられている。

念のためにもう一つ引く。ややあとのくだり。

完全に保たれるにしろ、あるひはうしなはれるにしろ、あるひはまた砕かれるにしろ、その運命はしぜん作者であるわたしの生活に関係するものであつた。わたしが物語そのものよりも、硝子玉の運命が気になつたといふのは……

どうしたはずみでそれが畳の上にころがり落ちたのか、私はもはや覚えていない。いま思えば、それはいわゆる蜻蛉《とんぼ》玉。小さな、まん丸いガラスの玉だった。いずれ仏具か、何かその種の装身具に使われていたものにちがいない。澄んだ青磁色に、淡い黄色の斑紋が走り、真中に一本、細い孔がとおっていた。掌にのせると、ひんやりと冷たく、かすかな光沢のなかで、やがて仄《ほの》かなあたたかみをおびてくるのだった。

以来、それは少年の日の私の宝物の一つとなった。ひっそりかんとした田舎の古家の縁側で、私はそれを飽きもせず軒端のひさしに投げあげて、たそがれがせまるまでの時をすごしたものだ。

ところでその後、あのガラス玉を、私は一体どうしたのだろう？　枇杷《びわ》の実や、水晶石や、フィルムの切れはし、象牙のペン軸といった他の宝物といっしょに机の抽斗《ひきだし》にしまいこみ、おいおい忘れはてたのか、そうかもしれぬ。年とともにいたって順調に、私は記憶を脱落させることを学んだのだから。

しかしながら、指先で触れたガラス玉の感触は、いまになおなまなましい。昨日のことのように覚えている。私は断言するのだが、あの玉のなかには小宇宙が封じこめられていた。それと知らず握りしめ、投げやって、やがて視野からそらしてしまった。

ガラスの生理を数えてみよう。それがそのまま石川淳の作品世界を描いていかないか。紅切子の杯《さかずき》や船形鉢、あるいはビードロの櫛といった逸品にかぎらない。ごくありふれた水飲みコップから、そうめん鉢まで、ラムネ玉から土にちらばる板ガラス破片でさえいいだろう。ガラスはどこかしら悪の匂いがする。これは禁欲的で、同時に淫蕩、精神主義的で、同時に自堕落、生まじめで同時に気まぐれ。

まことにこれは奇妙な素材である。素材がそのまま同時に作品をつくり、任意にはじまって絶対的な終わりを知らない。実用を旨としてつくられながら、その装飾への意志が実用性を追い払う。技巧を母型として生まれ出たにもかかわらず、きれいさっぱり労苦のあとを払拭している。

粗野な日常に不可欠のあまりもの。何ごとも散漫な世界にあって、ガラスばかりはきわめて高度に集中している。食欲のための用途に供されようとも、これは太鼓腹をつくるためにあるわけではない。せいぜいが精妙なアペリチーフのための道具である。

かつて人々はガラスをビードロとよんだ。あるいは典雅にギヤマンといい、玻璃《はり》とも称した。その命名の仕方にも、汗くさい日常の品々から区別した次第がみてとれる。もしかすると先人たちの本能は、ガラスの孕《はら》む不自然な自然さといったものを、いち早くかぎつけていたのかもしれない。

まったくこれは、すこぶる向こうみずな有用の装飾品だ。きわめて不自然であるからこそ、まさにそのためにきわめて自然な素材である。その形と色の融通無礙ぶり、変身の自在さはどうだろう。これを貫くのはピリリと辛いエスプリ、ややコケットのシャンパンの精神。その味わいはシャーベットの味。たしかメリメの描いた貴婦人だったと思うが、高価なフルーツ・シャーベットを食べ終わったあと、ふと呟いた。

「これが罪でないのが残念だわ」

「無尽燈」ひとつにかぎらない。石川淳は自作にまつわって、しばしば「精神の運動」の言葉をつかった。とりわけ、ある一点——まさしくそこから精神の運動がはじまる一点——を力説した。それは無限に、みずからとひとしいものを生み出していく万能の一点でもある。そして、そのような「点」のイメージにおいて、世界の起源あるいは萌芽を語った。

最小の「点」はそのまま「無限大」ともなるだろう。数学の定理をかりるまでもなく、まず2まで数えられたら、たとえそれ以上を数えられないとしても、同じ規則による無限の計算は可能なのだ。とすれば、その「点」はあらゆる事物に押し入って、みずからを無限に変身させる。「鉄枴《てつかい》」に語られている分身の法こそ、つまりは石川淳の骨法である。深山に踏み入った木こりは一人の異人を見た。その男は巖頭に腰かけ、瓢箪を傾けて酒を飲みながら、ふうと吹く息とともにつぎつぎと「おのれの分身」を口中から吐き出していたという。

あらためてことわるまでもなく、「精神の運動」にまつわる「点」の思想は、いかにも傲慢《ごうまん》な思想である。大まじめに述べたとしたら、それはおどけ者の思想であり、くわせ者の哲学ということになる。そしてむろん、石川淳は大まじめに述べた。たぶん、彼にとってそれが唯一自分にふさわしい表現形式であったからだ。想像力の実験であり、とともにそれ自体が想像力の証明にひとしかった。

ガラス玉に立ちもどる。

ガラスほど、それを成り立たせている材質の制約から自由なものもないだろう。はなはだ通俗の手続きにより、味けない労苦にもとづく生産物でありながら、きれいさっぱり俗世間のレアリテを含まない。そのみやびやかな変幻ぶりこそ、きわめつきの見物《みもの》である。ひたすら予感と夢想のヴィジョンとしてあって、実体感を与ってない。イマジネールな空間にただよって、秘儀的で、技巧的で、つねにはかりごとの匂いがする。潜在的なエロティスムと、そして犯罪とをひめている。

いたって脆《もろ》いものだ。打てば一瞬に砕け散る。カリカチュアに達するまでに、徹底して装飾的で、自己享楽のけはいがする。冷めたナルシシスムといったものにみちており、あきらかに自然の対極にある。ひたすら飛躍することをめざした想像力の産物であって、一途に魅惑し、幻惑したがっている。

名調子。語り口のうまさ。石川淳については、たえずこのことが言われてきた。なにしろここにいるのは「手に応じ、心に厭ふて、もつて妙にいたつた」名人なのだ。語り出し、転調、締めの一行、それぞれがピタリとおさまり、寸分の狂いもない。

カンプクの吐息でもって読み終わって、しかし、どこか合点がゆかない。あざやかな手品に立ち会ったごとくであって、きつねにつままれたぐあいなのだ。いかにも多くが連歌の趣向にあやかって多少の因縁の糸が引いてある。しかし、そういった物語自体よりも、むしろ構成にかかわり、何らかの仕掛けがあって、それにまんまとはめられるからではあるまいか。だましガラスさながらに、微妙に遠近法が狂わせてあり、ために視覚がときならぬ変調をきたすのだ。

　いわば直線的に語ってきて、あるところでゆるりと曲線をはさみ込む——ちょうど手品師が整然とすすむ手順のなかに、きわどい一手をすべり込ませるように。正確な像をむすんでいるさなかに、ある一点で、前後とくらべて何倍かの凝縮もしくは拡大の手続きがほどこしてある。この人にお好みの、にょきにょきとおっ立つ陽根とそっくり。部分の比率を無視して大活躍するあのシロモノ。

　石川淳の生み出した人物たち。

　彼らはこぞって奇妙な特徴をおびて、この世に送り出されていないだろうか。それは奇妙な特徴というよりも、奇妙な病いといったほうがわかりいいかもしれない。

　そもそもはじめからわけのわからぬことづくめだのに、こちらがそれに輪をかけた判じ物の面相をしてゐたのではますますはなしがこじれる一方ではないか、いつそ、けらけらと笑つてやれと……

「山桜」の主人公の「わたし」。「ころび仙人」の董生《とうせい》。「しぐれ歌仙」では、冒頭にきちんと「病い」が明示してある。

　その朝、亥吉は逃げる支度をしてゐた。どこから。逃げるといへば、現在の自分といふものから逃げ出すことのほかにはありえない。

あるいは「かくしごと」の五郎左。

　彼らはいずれも自分が恐れているものを求めて行動する。そして念願かない、あるいは期せずして恐れていたものに至りついたとたん、まるでお役目終了といったかねあいで消え失せる。もしくは物語が終了する。俗人は俗の俗たるところを求め、愚か者は愚かさの故の屈辱を求め、まさにその屈辱のなかで汗を流すのだ。賢者は知恵の空しさを求め、求めたとおりに空しく拒絶される。権謀家は裏切りを求めて、めでたく裏切られる。青年は若さの故の未熟さを求め、父親はわが子に対する無理解の証拠を求め、男は女の冷酷を求めて、首尾よく冷酷に扱われる。絶筆となった「蛇の歌」では、心臓病をかかえた男が、まさしく心臓の停止を求めて権謀を振ったのちに、パタリと心臓が停止して消滅した。

これらマゾヒストたちこそ作者の人間観を代弁する者にちがいない。いうところの「精神の運動」の応用例にあたるだろう。深い不信、あるいは、はらわたにしみついた懐疑主義。

ひとことにしていえばタルチュフである。辛辣な道化的観察者。この手のもとでは愚弄も意のまま、悪意ある注解も、気ままな展開も自由自在。

彼らタルチュフの分身たちは、おのれの自己欺瞞には気づかない。それが彼らの自己欺瞞の最たるものであり、みずからそれが信じられなくなった瞬間に、すみやかに消滅する。入れかわり立ちかわり、あれほど多くの人物を登場させながら、その小説が少しの破綻もみせないのはそのせいだ。登場の条件と合わせて消滅の原理もそなえており、その原理に忠実に消されていく。

ついでながら短篇作家時代につづいて登場した、もう一人の石川淳のデータをあげておく。「荒魂《あらたま》」を書いたのが六十四歳、ついで「至福千年」を書き、さらに十年の歳月にわたって「狂風記」を書き継いだ。そのあとが「六道遊行《りくどうゆぎよう》」、「天門」を完成したのが八十六歳のときである。そのあと「蛇の歌」をはじめ、死によって絶筆となったのは先に述べたとおり。

天翔《あまが》ける術はもとより、神妙神秘の芸道、かげろうの糸にまぎれ、散る花のなかにただよい、舞いのぼる空のかなた――

姿は雲に隠れて、跡吹きとぢる春風……春とはいへ、夜更の風酔ざめの襟に沁み、はつと夢破れて起きあがつた曽呂利が大きな嚔《くさめ》一つ、ほい、まだ地上に生きてゐたか。

この大いなる虚偽の作り手は、あきれるほど理想的に生きたわけだ。

芥川龍之介

橋本治 編

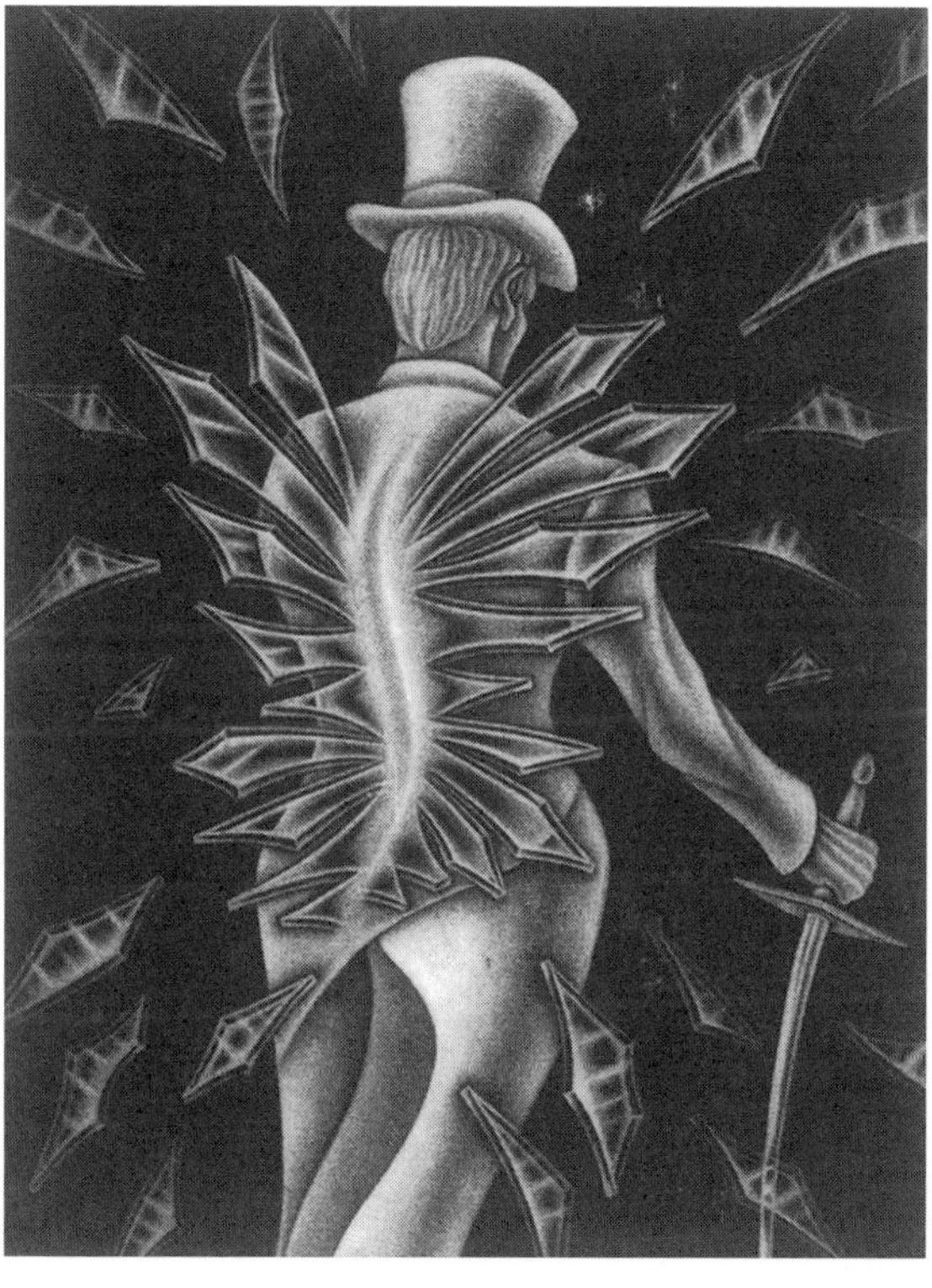

玻　璃

離れで電話をかけて、皺《しわ》くちやになつたフロックの袖《そで》を気にしながら、玄関へ来ると、誰もゐない。客間を覗《のぞ》いたら、奥さんが誰だか黒の紋付《もんつき》を着た人と話してゐた。が、そこと書斎との堺には、さつきまで柩《ひつぎ》の後に立てゝあつた、白い屛風《びようぶ》が立つてゐる。どうしたのかと思つて、書斎の方へ行くと、入口の所に和辻さんや何かが二三人かたまつてゐた。中にも勿論《もちろん》大ぜいゐる。丁度《ちようど》皆が、先生の死顔に、最後の別れを惜《おし》んでゐる時だつたのである。

僕は、岡田君のあとについて、自分の番が来るのを待つてゐた。もう明くなつた硝子《ガラス》戸の外には、霜《しも》よけの藁《わら》を着た芭蕉《ばしよう》が、何本も軒《のき》近くならんでゐる。書斎でお通夜をしてゐると、何時《いつ》もこの芭蕉が一番早く、うす暗い中からうき上つて来た。——そんな事をぼんやり考へてゐる中《うち》に、やがて人が減つて書斎の中へはいれた。

書斎の中には、電燈がついてゐたのか、それとも蠟燭《ろうそく》がついてゐたのか、それは覚えてゐない。が、何でも、外光だけではなかつたやうである。僕は、妙に改まつた心もちで、中へはいつた。さうして、岡田君が礼をした後で、柩の前へ行つた。

柩の側には、松根さんが立つてゐる。さうして右の手を平《たいら》にして、それを臼《うす》でも挽《ひ》く時のやうに動かしてゐる。礼をしたら、順々に柩の後を廻《まわ》つて、出て行つてくれと云ふ合図だらう。

柩は寝棺《ねかん》である。のせてある台は三尺《じやく》ばかりしかない。側《そば》に立つと、眼《め》と鼻の間に、中が見下された。中には、細くきざんだ紙に南無阿弥陀仏《なむあみだぶつ》と書いたのが、雪のやうにふりまいてある。先生の顔は、半ば頰《ほお》をその紙の中に埋めながら、静《しずか》に眼をつぶつてゐた。丁度《ちようど》、蠟《ろう》でゞもつくつた、面型のやうな感じである。輪廓《りんかく》は、生前と少しもちがはない。が、どこか容子《ようす》がちがふ。唇の色が黒《くろず》んでゐたり、顔色が変つてゐたりする以外に、どこかちがつてゐる所がある。僕はその前で、殆《ほとんど》無感動に礼をした。「これは先生ぢやない。」そんな気が、強くした。（これは始《はじめ》から、さうであつた。現に今でも僕は誇張なしに先生が生きてゐるやうな気がして仕方がない。）僕は、柩《ひつぎ》の前に一二分立つてゐた。それから、松根さんの合図通り、後《あと》の人に代つて、書斎の外へ出た。

所が、外へ出ると、急に又先生の顔が見たくなつた。何だかよく見て来るのを忘れたやうな心もちがする。さうして、それが取り返しのつかない、莫迦《ばか》な事だつたやうな心もちがする。僕はよつぽど、もう一度行かうかと思つた。が、何だかそれが恥しかつた。それに感情を誇張してゐるやうな気も、少しはした。「もう仕方がない」――さう、思つてとうとうやめにした。さうしたら、いやに悲しくなつた。

外へ出ると、松岡が「よく見て来たか」と云ふ。僕は、「うん」と答へながら、嘘をついたやうな気がして、不快だつた。

青山の斎場《さいじょう》へ行つたら、靄《もや》が完《まった》く晴れて、葉のない桜の梢《こずえ》にもう朝日がさしてゐた。下から見ると、その桜の枝が、丁度鉄網のやうに細く空をかがつてゐる。僕たちはその下に敷いた新しい蓆《むしろ》の上を歩きながら、みんな、体を反らせて、「やつと眼がさめたやうな気がする」と云つた。

斎場は、小学校の教室とお寺の本堂とを、一つにしたやうな建築である。丸い柱や、両方の硝子《ガラス》窓が、甚《はなはだ》みすぼらしい。正面には一段高い所があつて、その上に朱塗の曲彔《きよくろく》が三つ据《す》えてある。それが、その下に、一面に並べてある安直な椅子《いす》と、妙な対照をつくつてゐた。「この曲彔を、書斎の椅子にしたら、面白いぜ」――僕は久米にこんな事を云つた。久米は、曲彔の足をなでながら、うんとか何とかいゝ加減な返事をしてゐた。

斎場を出て、入口の休所へかへつて来ると、もう森田さん、鈴木さん、安倍さん、などが、かんかん火を起した炉のまはりに集つて、新聞を読んだり、駄弁を振《ふる》つたりしてゐた。新聞に出てゐる先生の逸話や、内外の人の追憶が時々問題になる。僕は、和辻さんに貰《もら》つた「朝日」を吸ひながら、炉のふちへ足をかけて、ぬれた靴から煙が出るのを、ぼんやり、遠い所のものを見るやうに眺めてゐた。何だか、みんなの心もちに、どこか穴の明いてゐる所でもあるやうな気がして、仕方がない。

そのうちに、葬儀の始まる時間が近くなつて来た。「そろそろ受附へ行かうぢやないか。」――気の早い赤木君が、新聞を抛《ほう》り出しながら、「行」の所へ独特なアクセントをつけて云ふ。そこでみんな、ぞろぞろ、休所を出て、入口の両側にある受附へ分れ分れに、行く事になつた。松浦君、江口君、岡君が、こつちの受附をやつてくれる。向ふは、和辻さん、赤木君、久米と云ふ顔ぶれである。その外《ほか》、朝日新聞社の人が、一人づゝ両方へ手伝ひに来てくれた。

やがて、霊柩車《れいきゆうしや》が来る。続いて、一般の会葬者が、ぽつ〱来はじめた。休所の方を見ると、人影が大分ふへて、その中に小宮さんや野上さんの顔が見える。中幅《ちゆうはば》の白木綿《しろもめん》を薬屋のやうに、フロックの上からかけた人がゐると思つたら、それは宮崎虎之助氏だつた。

始めは、時刻が時刻だから、それに前日の新聞に葬儀の時間が間違つて出たから、会葬者は存外少からうと思つたが、実際はそれと全く反対だつた。愚図々々してゐると、会葬者の宿所を、帳面につけるのも間に合はない。僕はいろんな人の名刺をうけとるのに忙殺された。

すると、どこかで「死は厳粛である」と云ふ声がした。僕は驚いた。この場合、こんな芝居じみた事を云ふ人が、僕たちの中にゐるわけはない。そこで、休所の方を覗《のぞ》くと、宮崎虎之助氏が、椅子《いす》の上へのつて、伝道演説をやつてゐた。僕はちよいと不快になつた。が、あまり宮崎虎之助らしいので、それ以上には腹も立たなかつた。接待係の人が止《と》めたが、やめないらしい。やつぱり右手で盛《さかん》なジエスチユアをしながら、死は厳粛であるとか何とか云つてゐる。

が、それも程なくやめになつた。会葬者は皆、接待係の案内で、斎場の中へはいつて行く。葬儀の始まる時刻が来たのであらう。もう受附へ来る人も、あまりない。そこで、帳面や香奠《こうでん》を始末してゐると、向ふの受附にゐた連中が、揃《そろ》つてぞろぞろ出て来た。さうして、その先に立つて、赤木君が、しきりに何か憤慨してゐる。聞いて見ると、誰かが、受附掛は葬儀のすむまで、受附に残つてゐなければならんと云つたのださうである。

至極《しごく》尤《もつとも》な憤慨だから、僕も早速これに雷同した。さうして皆で、受附を閉ぢて、斎場へはいつた。

正面の高い所にあつた曲禄《きよくろく》は、何時《いつ》の間にか一つになつて、それへ向うをむいた宗演老師が腰をかけてゐる。その両側にはいろいろな楽器を持つた坊さんが、一列にづつと並んでゐる。奥の方には、柩《ひつぎ》があるのであらう。夏目金之助之柩と書いた幡《はた》が、下の方だけ見えてゐる。うす暗いのと香《かう》の煙とで、その外《ほか》は何があるのだかはつきりしない。唯《ただ》花輪の菊が、その中で堆《うづたか》く、白いものを重ねてゐる。――式はもう誦経《ずきやう》がはじまつてゐた。

僕は、式に臨んでも、悲しくなる気づかひはないと思つてゐた。さう云ふ心もちになるには、あまり形式が勝つてゐて、万事が大仰に出来すぎてゐる。――さう思つて、平気で、宗演老師の秉炬法語《へいきよほうご》を聞いてゐた。だから、松浦君の泣き声を聞いた時も、始めは誰かが笑つてゐるのではないかと疑つた位である。

所が、式がだんだん進んで、小宮さんが伸六さんと一しよに、弔辞を持つて、柩の前へ行くのを見たら、急に眶《まぶた》の裏が熱くなつて来た。僕の左には、後藤末雄君が立つてゐる。僕の右には、高等学校の村田先生が坐《すわ》つてゐる。僕は、何だか泣くのが外聞の悪いやうな気がした。けれども、涙はだん〳〵流れさうになつて来る。僕の後に久米がゐるのを、僕は前から知つてゐた。だからその方を見たら、どうかなるかもしれない。――こんな曖昧《あいまい》な、救助を請ふやうな心もちで、僕は後をふりむいた。すると、久米の眼《め》が見えた。が、その眼にも、涙が一ぱいにたまつてゐた。僕はとうとうやりきれなくなつて、泣いてしまつた。隣にゐた後藤君が、けゞんな顔をして、僕の方を見たのは、未だによく覚えてゐる。

それから、何がどうしたか、それは少しも判然しない。唯《ただ》久米が僕の肘《ひじ》をつかまへて、「おい、あつちへ行かう」とか何とか云つた事だけは、記憶してゐる。その後で、涙をふいて、眼をあいたら、僕の前に掃き溜《だ》めがあつた。何でも、斎場とどこかの家との間らしい。掃き溜めには、卵の殻が三つ四つすててあつた。

少したつて、久米と斎場へ行つて見ると、もう会葬者が大方出て行つた後で、広い建物の中はどこを見ても、がらんとしてゐる。さうして、その中で、埃《ほこり》のにほひと香《かう》のにほひとが、むせつぽく一しよになつてゐる。僕たちは、安倍さんのあとで、御焼香をした。すると、又、涙が出た。

外へ出ると、ふてくされた日が一面に霜《しも》どけの土を照らしてゐる。その日の中を向ふへ突《つつ》きつて、休所へはひつたら、誰かが蕎麦饅頭《そばまんじゆう》を食へと云つてくれた。僕は、腹がへつてゐたから、すぐに一つとつて口へ入れた。そこへ大学の松浦先生が来て、骨上《こつあ》げの事か何か僕に話しかけられたやうに思ふ。僕は、天とうも蕎麦饅頭も癪《しやく》にさはつてゐた時だから、甚《はなはだ》無礼な答をしたのに相違ない。先生は手がつけられないと云ふ顔をして、帰られたやうだつた。あの時の事を今思ふと、少からず恐縮する。

涙の乾いた後には、何だか張合ない疲労ばかりが残つた。会葬者の名刺を束にする。弔電や宿所書きを一つにする。それから、葬儀式場の外の往来で、柩車《きゆうしや》の火葬場へ行くのを見送つた。

その後は、唯、頭がぼんやりして、眠いと云ふ事より外《ほか》に、何も考へられなかつた。

（大正六年三月「新思潮」）

田端日記

廿七日――

朝床《とこ》の中でぐづゝいてゐたら、六時になつた。何か夢を見たと思つて考へ出さうとしたが思ひつかない。

起きて顔を洗つて、にぎり飯を食つて、書斎の机に向つたが、一向ものを書く気にもならない。そこで読みかけの本をよんだ。何だかへんな議論が綿々と書いてある。面倒臭くなつたから、それもやめにして腹んばひになつて、小説を読んだ。土左衛門《どざえもん》になりかゝつた男の心もちを、多少空想的に誇張して、面白く書いてある。こいつは話せると思つたら、こないだから頭に持つてゐる小説が、急に早く書きたくなつた。

バルザツクか、誰かゞ小説の構想をする事を『魔法の巻煙草《まきたばこ》を吸ふ』と形容した事がある。僕はそれから魔法の巻煙草とほんものゝ巻煙草とを、ちやんぽんに吸つた。さうしたらぢきに午《ひる》になつた。

午飯《ひるめし》を食つたら、更に気が重くなつた。かう云ふ時に誰か来ればいゝと思ふが、生憎《あいにく》誰も来ない。さうかと云つてこつちから出向くのも厄介である。そこで仕方がないから、籐《とう》の枕をして、又小説を読んだ。さうして読みながら、いつか午睡をしてしまつた。

眼《め》がさめると、階下《した》に大野さんが来てゐる。起きて顔を洗つて、大野さんの所へ行つて、骨相学の話を少しゝた。骨相学の起源は動物学の起源と関係があると云ふやうな事を聞いてゐる中《うち》にアリストテレスがどうとか云ふむづかしい話になつたから、話の方は御免を蒙《こうむ》つて、一つ僕の顔を見て貰《もら》ふ事にした。すると僕は、直覚力も推理力も甚《はなはだ》円満に発達してゐると云ふのだから大したものである。尤《もつと》もこれは、あとで「動物性も大分あります」とか何か云はれたので、結局帳消しになつてしまつたらしい。

大野さんが帰つたあとで湯にはひつて、飯を食つて、それから十時頃まで、調べ物をした。

廿八日――

涼《すず》しいから、から云ふ日に出なければ出る日はないと思つて、八時頃うちを飛び出した。動坂《どうざか》から電車に乗つて、上野で乗換へて、序《ついで》に琳琅閣《りんろうかく》へよつて、古本をひやかして、やつと本郷の久米の所へ行つた。すると南町へ行つて、留守だと云ふから本郷通りの古本屋を根気よく一軒々々まはつて歩いて、横文字の本を二三冊買つて、それから南町へ行くつもりで三丁目から電車に乗つた。

所が電車に乗つてゐる間に、又気が変つたから今度は須田町で乗換へて、丸善へ行つた。行つて見ると狆《ちん》を引張つた妙な異人の女が、ジエコブの小説はないかと云つて、探してゐる。其《その》女の顔をどこかで見たやうだと思つたら、四五日前に鎌倉で泳いでゐるのを見かけたのである。あんな崔嵬《さいかい》たる段鼻《だんばな》は日本人にもめつたにない。それでも小僧さんは、レデイ・オヴ・ザ・バアヂならございますとか何とか、丁寧に挨拶《あいさつ》してゐた。大方此《この》段鼻も涼しいので東京へ出て来たのだらう。

丸善に一時間ばかりゐて、久しぶりで日吉町へ行つたら、清がたつた一人で、留守番をしてゐた。入学試験はどうしたいと尋《き》いて見たら、「えゝ、まあ」と云ひながら、坊主頭を撫《な》でゝ、にや〳〵してゐる。それから暇つぶしに清を相手にして、五目ならべをしたら、五番の中《うち》四番ともまかされた。

その中《うち》に皆帰つて来たから、一しよに飯を食つて、世間話をしてゐると、八重子が買ひたての夏帯を、いゝでせうと云つて見せに来た。面倒臭いから、「うんいゝよ、いゝよ。」と云つてゐると、わざ〳〵しめてゐた帯をしめかへて、「あゝしめにくい。」と顔をしかめてゐる。「しめにくければ、買はなければいゝのに」と云つたら、すぐに「大きなお世話だわ」とへこまされた。

日暮方に、南町へ電話をかけて置いて、帰らうとしたら、清が「今夜皆で金春館《こんぱるかん》へ行かうつて云ふんですがね。一しよに行きませんか」と云つた。八重子も是非《ぜひ》一しよに行けと云ふ、これは僕が新橋の芸者なるものを見た事がないから、その序《ついで》に見せてやらうと云ふ厚意なのださうである。僕は八重子に、「お前と一しよに行くと、御夫婦だと思はれるからいやだよ」と云つて外へ出た。さうしたら、うしろで「いやあだ」と云ふ声と、猪口《ちよく》の糸底ほどの脣《くちびる》を、反らせて見せるらしいけはひとがした。

外濠線《そとぼり》へ乗つて、さつき買つた本をいゝ加減にあけて見てゐたら、その中に春信論《はるのぶ》が出て来て、ワツトオと比較した所が面白かつたから、いゝ気になつて読んでゐると、うつかりしてゐる間に、飯田橋の乗換へを乗越して新見附《しんみつけ》まで行つてしまつた。車掌にさう云ふのも業腹《ごうはら》だから、下りて、万世橋《まんせいばし》行へ乗つて、七時すぎにやつと満足に南町へ行つた。

南町で晩飯の御馳走《ごちそう》になつて、久米と謎々《なぞなぞ》論をやつてゐたら、忽《たちまち》九時になつた。帰りに矢来《やらい》から江戸川の終点へ出ると、明き地にアセチリン瓦斯《ガス》をともして、催眠術の本を売つてゐる男がある。そいつが中々踔厲風《たくれいふう》発《はつ》してゐるから、面白がつて前の方へ出て聞いてゐると、あなたを一つかけて上げませうと云はれたので、匆々《そうそう》退却した。こつちの興味に感ちがひをする人間ほど、人迷惑なものはない。

家へ帰つたら、留守に来た手紙の中に成瀬のがまじつてゐる。紐育《ニユーヨーク》は暑いから、加奈陀《カナダ》へ行くと書いてある。それを読んでゐると久しぶりで成瀬と一しよにあげ足のとりつくらでもしたくなつた。

廿九日――

朝から午《ひる》少し前まで、仕事をしたら、へとへとになつたから、飯を食つて、水風呂へはひつて、漫然と四角な字ばかり並んだ古本をあけて読んでゐると、赤木桁平が、帷子《かたびら》の上に縞絽《しまろ》の羽織《はおり》か何かひつかけてやつて来た。

赤木は昔から李太白《りたいはく》が贔屓《ひいき》で、将進酒《しようしんしゆ》にはウエルトシユメルツがあると云ふやうな事を云ふ男だから、僕の読んでゐる本に李太白の名がないと、大《おおい》に僕を軽蔑《けいべつ》した。そこで僕も黙つてゐると負けた事にされるから暑いのを我慢して、少し議論をした。どうせ暇つぶしにやる議論だから勝つても負けても、どつちでも差支へない。その中《うち》に赤木は、「一体支那《しな》人は本へ朱で圏点をつけるのが皆うまい。日本人にやとてもあゝ円《まる》くは出来ないから、不思議だ」と、つまらない事を感心し出した。朱でまるを描く位なら、己《おれ》だつて出来ると思つたが、うつかりそんな事を云ふと、すぐ「ぢや、やつて見ろ」位な事になり兼《か》ねないから、「成程さうかね」とまづ敬して遠ざけて置いた。

日の暮れ方に、二人で湯にはひつて、それから、自笑軒へ飯を食ひに行つた。僕はそこで一杯の酒を持ちあつかひながら、赤木に大倉喜八郎と云ふ男が作つた小唄《こうた》の話をしてやつた。何がどうとかしてござりんすと云ふ、大へんな小唄である。文句も話した時は覚えてゐたが、もうすつかり忘れてしまつた。赤木は、これも二三杯の酒で赤くなつて、へえゝ、聞けば聞くほど愚劣だねと、大にその作者を罵倒《ばとう》してゐた。

かへりに、女中が妙な行燈《あんどん》に火を入れて、門まで送つて来たら、その行燈に白い蛾《が》が何匹もとんで来た。それが甚《はなはだ》、うつくしかつた。

外へ出たら、この儘《まま》家へかへるのが惜しいやうな気がしたから、二人で電車へ乗つて、桜木町の赤木の家へ行つた。見ると石の門があつて、中に大きな松の木があつて、赤木には少し勿体《もつたい》ないやうな家だから、おい家賃はいくらすると訊《き》いて見たが、なに存外安いよとか何とか、大に金のありさうな事を云つてすましてゐる。それから、籐椅子《とういす》に尻《しり》を据《す》ゑて、勝手な気焔《きえん》をあげてゐると、奥さんが三つ指で挨拶《あいさつ》に出て来られたのには、少からず恐縮した。

すると、向うの家の二階で、何だか楽器を弾き出した。始《はじめ》はマンドリンかと思つたが、中ごろから、赤木があれは琴だと道破した。僕は琴にしたくなかつたから、いや二絃琴《にげんきん》だよと異《い》を樹《た》てた。しばらくは琴だ二絃琴だと云つて、喧嘩《けんか》してゐたが、その中《うち》に楽器の音が、ぴつたりしなくなつた。今になつて考へて見ると、どうもあれはこつちの議論が、向うの人に聞えたのに相違ない。さう思ふと、僕はいゝが、赤木は向う同志と云ふ関係上、もつと恐縮して然《しか》る可《べ》き筈《はず》である。

帰りに池《いけ》の端《はた》から電車へ乗つたら、左の奥歯が少し痛み出した。舌をやつてみると、ぐら〳〵動くやつが一本ある。どうも赤木の雄弁に少し祟《たた》られたらしい。

三十日――
朝起きたら、歯の痛みが昨夜よりひどくなつた。鏡に向つて見ると、左の頬《ほお》が大分腫《は》れてゐる。いびつになつた顔は、確《たしか》にあまり体裁の好いものぢやない。そこで右の頰をふくらせたら、平均がとれるだらうと思つて、そつちへ舌をやつて見たが、やつぱり顔は左の方へゆがんでゐる。少くとも今日一日、こんな顔をしてゐるのかと思つたら、甚《はなはだ》不平な気がして来た。

所が飯を食つて、本郷の歯医者へ行つたら、いきなり奥歯を一本ぬかれたのには驚いた。聞いて見ると、この歯医者の先生は、未嘗《いまだかつて》歯痛の経験がないのださうである。それでなければ、とてもこんなに顔のゆがんでゐる僕をつかまへて辣腕《らつわん》をふるへる筈《はず》がない。

かへりに区役所前の古道具屋で、青磁の香炉《こうろ》を一つ見つけて、いくらだと云つたら、色眼鏡《めがね》をかけた亭主が開闢《かいびやく》以来のふくれつ面をして、こちらは十円と云つた。誰がそんなふくれつ面の香炉を買ふものか。

それから広小路で、煙草《たばこ》と桃とを買つてうちへ帰つた。歯の痛みは、それでも前と殆《ほとんど》変りがない。午飯《ひるめし》の代りに、アイスクリームと桃とを食つて、二階へ床《とこ》をとらせて、横になつた。どうも気分がよくないから、検温器を入れて見ると、熱が八度ばかりある。そこで枕を氷枕に換へて、上からもう一つ氷嚢《ひようのう》をぶら下げさせた。

すると二時頃になつて、藤岡蔵六が遊びに来た。到底起きる気がしないから、横になつた儘《まま》、いろ〳〵話してゐると、彼が三分ばかりのびた髭《ひげ》の先をつまみながら、僕は明日か明後日御嶽《おんたけ》へ論文を書きに行くよと云つた。どうせ蔵六の事だから僕がよんだつてわかるやうなものは書くまいと思つて、又カントかとか何とかひやかしたら、そんなものぢやないと答へた。それから、ぢやデカルトだらう。君はデカルトが船の中で泥棒に遇《あ》つた話を知つてゐるか。と自分でも訳のわからない事をえらさうにしやべつたら、そんな事は知らないさと、あべこべに軽蔑《けいべつ》された。大方僕が熱に浮かされてゐるとでも思つたのだらう。このあとで僕の写真を見せたら、一体君の顔は三角定規を倒《さかさ》にしたやうな顔だのに、かう髪の毛を長くしちや、愈々《いよいよ》エステテイツシユな趣《おもむき》を損《そこな》ふよ。と、入らざる忠告を聞かせられた。

蔵六が帰つた後で夕飯に粥《かゆ》を食つたが、更にうまくなかつた。体中がいやにだるくつて、本を読んでも欠伸《あくび》ばかり出る。その中《うち》に何時《いつ》か、うと〳〵眠つてしまつた。

眼がさめて見ると、知らない間に、蚊帳《かや》が釣つてあつた。さうして、それにあけて置いた窓から月がさしてゐた。無論電燈もちやんと消してある。僕は氷枕の位置を直しながら、蚊帳ごしに明るい空を見た。さうしたらこの三年ばかり逢《あ》つた事のない人の事が頭に浮んだ。どこか遠い所へ行つて恐らくは幸福にくらしてゐる人の事である。

僕は起きて、戸をしめて電燈をつけて、眠くなるまで枕もとの本を読んだ。

（大正六年九月「新潮」）

きりしとほろ上人伝

小序

これは予が嘗《かつ》て三田文学紙上に掲載した「奉教人《ほうきようにん》の死」と同じく、予が所蔵の切支丹《きりしたん》版「れげんだ・あうれあ」の一章に、多少の潤色を加へたものである。但《ただ》し「奉教人の死」は本邦西教徒《せいきようと》の逸事であつたが、「きりしとほろ上人伝《しようにんでん》」は古来洽《あまね》く欧洲天主教国に流布した聖人《しようにん》行状記の一種であるから、予の「れげんだ・あうれあ」の紹介も、彼是《ひし》相俟《あいま》つて始めて全豹《ぜんぴよう》を彷彿《ほうふつ》する事が出来るかも知れない。

伝中殆《ほとん》ど滑稽《こつけい》に近い時代錯誤や場所錯誤が続出するが、予は原文の時代色を損《そこな》ふまいとした結果、わざと何等の筆削《ひつさく》をも施さない事にした。大方《たいほう》の諸君子にして、予が常識の有無を疑はれなければ幸甚である。

一　山ずまひのこと

遠い昔のことでおぢやる。「しりあ」の国の山奥に、「れぷろぼす」と申す山男がおぢやつた。その頃「れぷろぼす」ほどな大男は、御主《おんあるじ》の日輪《にちりん》の照らさせ給《たま》ふ天《あめ》が下はひろしと云へ、絶えて一人もおりなかつたと申す。まづ身の丈《たけ》は三丈あまりもおぢやらうか。葡萄蔓《えびかずら》かとも見ゆる髪の中には、いたいけな四十雀《しじゆうから》が何羽とも知れず巣食うて居《お》つた。まいて手足はさながら深山《みやま》の松檜《まつひのき》にまがうて、足音は七つの谷々にも谺《こだま》するばかりでおぢやる。さればその日の糧《かて》を猟《あさ》らうにも、鹿熊《しかくま》なんどのたぐひをとりひしぐは、指の先の一ひねりぢや。又は折ふし海べに下り立つて、すなどらうと思ふ時も、海松房《みるふさ》ほどな髯《ひげ》の垂れた頤《おとがい》をひたと砂につけて、ある程の水を一吸ひ吸へば、鯛《たい》も鰹《かつお》も尾鰭《おびれ》をふるうて、ざは〳〵と口へ流れこんだ。ぢやによつて沖を通る廻船《かいせん》さへ、時ならぬ潮のさしひきに漂はされて、水夫《かこ》楫取《かんどり》の慌てふためく事もおぢやつたと申し伝へた。

なれど「れぷろぼす」は、性得心根《しょうとくこころね》のやさしいものでおぢやれば、山ずまひの杣猟夫《そまかりゅうど》は元より、往来の旅人にも害を加へたと申す事はおりない。反《かえ》つて杣の伐《き》りあぐんだ樹は推《お》し倒し、猟夫の追ひ失うた毛物《けもの》はとつておさへ、旅人の負ひなやんだ荷は肩にかけて、なにかと親切をつくいたれば、遠近《おちこち》の山里でもこの山男を憎まうずものは、誰一人おりなかつた。中にもとある一村《ひとむら》では、羊飼のわらんべが行き方知れずになつた折から、夜さりそのわらんべの親が家の引き窓を推し開くものがあつたれば、驚きまどうて上を見たに、箕《みの》ほどな「れぷろぼす」の掌《たなごころ》が、よく眠入つたわらんべをかいのせて、星空の下から悠々と下りて来たこともおぢやると申す。何と山男にも似合ふまじい、殊勝な心映《こころば》えではおぢやるまいか。

されば山賤《やまがつ》たちも「れぷろぼす」に出合へば、餅《もち》や酒などをふるまうて、へだてなく語らふことも度々《どど》おぢやつた。さるほどにある日のこと、杣の一むれが樹を伐らうずとて、檜山《ひのきやま》ふかくわけ入つたに、この山男がのさ〳〵と熊笹の奥から現れたれば、もてなし心に落葉を焚《た》いて、徳利の酒を暖めてとらせた。その滴《しずく》ほどな徳利の酒さへ、「れぷろぼす」は大きに悦《よろこ》んだけしきで、頭の中に巣食うた四十雀《しじゅうから》にも、杣たちの食《は》み残いた飯をばらまいてとらせながら、大あぐらをかいて申したは、

「それがしも人間と生まれたれば、あつぱれ功名手がらをも致いて、末は大名ともならうずる」と云へば、杣たちも打ち興じて、

「道理《ことわり》かな。おぬしほどな力量があれば、城の二つ三つも攻め落さうは、片手業《わざ》にも足るまじい」と云うた。

その時「れぷろぼす」が、ちともの案ずる体《てい》で申すやうは、

「なれどこゝに一つ、難儀なことがおぢやる。それがしは日頃山ずまひのみ致いて居《お》れば、どの殿の旗下《はたもと》に立つて、合戦《かっせん》を仕《つかま》らうやら、とんと分別《ぶんべつ》を致さうやうもござない。就《つ》いては当今天下《てんが》無《む》双《そう》の強者《つわもの》と申すは、いづくの国の大将でござらうぞ。誰にもあれそれがしは、その殿の馬前に馳《は》せ参じて、忠節をつくさうずる」と問うたれば、

「さればその事でおぢやる。まづわれらが量見《りようけん》にては、今天《あめ》が下に「あんちをきや」の帝《みかど》ほど、武勇に富んだ大将もおぢやるまい。」と答へた。山男はそれを聞いて、斜《なな》めならず悦《よろこ》びながら、

「さらばすぐさま、打ち立たうず」とて、小山のやうな身を起《おこ》いたが、ここに不思議がおぢやつたと申すは、頭の中に巣食うた四十雀《しじゆうから》が、一時にけたたましい羽音を残いて、空に網を張つた森の梢《こずえ》へ、雛《ひな》も余さず飛び立つてしまうた事ぢや。それが斜に枝を延《の》ばいた檜《ひのき》のうらに上《のぼ》つたれば、とんとその樹は四十雀が実のつたやうぢやとも申さうず。「れぷろぼす」はこの四十雀のふるまひを、訝《いぶか》しげな眼《まなこ》で眺めて居つたが、やがて又初一念を思ひ起いた顔色で、足もとにつどうた杣《そま》たちにねんごろな別《わかれ》をつげてから、再び森の熊笹を踏み開いて、元来たやうにのしのしと、山奥へ独り往《い》んでしまうた。

されば「れぷろぼす」が大名にならうず願望がことは、間もなく遠近《おちこち》の山里にも知れ渡つたが、ほど経て又かやうな噂《うわさ》が、風のたよりに伝はつて参つた。と申すは国ざかひの湖で、大ぜいの漁夫《りようし》たちが泥に吸はれた大船をひきなずんで居つた所に、怪しげな山男がどこからか現れて、その船の帆柱をむづとつかんだと見てあれば、苦もなく岸へひきよせて、一同の驚き呆《あき》れるひまに、早くも姿をかくしたと云ふ噂ぢや。ぢやによつて「れぷろぼす」を見知つたほどの山賤《やまがつ》たちは、皆この情ぶかい山男が、愈《いよいよ》「しりや」の国中《こくちゆう》から退散したことを悟つたれば、西空に屏風《びようぶ》を立てまはした山々の峯《みね》を仰ぐ毎《ごと》に、限りない名残りが惜しまれて、自《おのずか》らため息がもれたと申す。まいてあの羊飼のわらんべなどは、夕日が山かげに沈まうず時は、必《かならず》村はづれの一本杉にたかだかとよぢのぼつて、下につどうた羊のむれも忘れたやうに、「れぷろぼす」恋しや、山を越えてどち行つたと、かなしげな声で呼びつづけた。さてその後《のち》「れぷろぼす」が、如何《いか》なる仕合せにめぐり合うたか、右の一条を知らうず方々はまづ次のくだりを読ませられい。

二　俄大名のこと

さるほどに「れぷろぼす」は、難なく「あんちをきや」の城裡《じようり》に参つたが、田舎《いなか》の山里とはこと変り、この

「あんちをきや」の都と申すは、この頃天《あめ》が下に並びない繁華の土地がらゆゑ、山男が巷《ちまた》へはいるや否や、見物の男女《なんによ》夥《おびただ》しうむらがつて、はては通行することも出来まじいと思はれた。されば「れぷろぼす」もとんと行かうず方角を失うて、人波に腰を揉《も》まれながら、とある大名小路《だいみようこうじ》の辻に立ちすくんでしまうたに、折よくそこへ来かかつたは、帝《みかど》の御輦《ぎよれん》をとりまいた、侍《さむらい》たちの行列ぢや。見物の群集《ぐんじゆ》はこれに先を追はれて、山男を一人残いた儘《まま》、見る見る四方へ遠のいてしまうた。ぢやによつて「れぷろぼす」は、大象《だいぞう》の足にもまがはうずしたゝかな手を大地《だいじ》について、御輦の前に頭《かしら》を下げながら、

「これは「れぷろぼす」と申す山男でござるが、唯今《ただいま》「あんちをきや」の帝は、天下無双《てんがむそう》の大将と承《うけたま》はり、御奉公申さうずとて、はる〴〵これまでまかり上《のぼ》つた」と申し入れた。これよりさき、帝の同勢も、「れぷろぼす」の姿に胆《きも》をけして、先手《さきて》は既に槍薙刀《やりなぎなた》の鞘《さや》をも払はうずけしきであつたが、この殊勝な言《ことば》を聞いて、異心もあるまじいものと思ひつらう、とりあへず行列をそこに止《とど》めて、供頭《ともがしら》の口からその趣をしか〴〵と帝へ奏聞《そうもん》した。帝はこれを聞し召されて、

「かほどの大男のことなれば、一定《いちじよう》武勇も人に超えつらう。召し抱へてとらせい」と、仰せられたれば、格別の詮義とあつて、すぐさま同勢の内へ加へられた。「れぷろぼす」の悦《よろこ》びは申すまでもあるまじい。ぢやによつて帝の行列の後《うしろ》から、三十人の力士もえ舁《か》くまじい長櫃《ながびつ》十棹《さお》の宰領《さいりよう》を承つて、ほど近い御所《ごしよ》の門まで、鼻たかだかと御供《おんとも》仕《つかまつ》つた。まことこの時の「れぷろぼす」が、山ほどな長櫃を肩にかけて、行列の人馬を目の下に見下《みくだ》しながら、大手をふつてまかり通つた異形《いぎよう》奇体の姿こそ、目ざましいものでおぢやつたらう。

さてこれより「れぷろぼす」は、漆紋《うるしもん》の麻裃《あさがみしも》に朱鞘《しゆざや》の長刀《なががたな》を横たへて、朝夕「あんちをきや」の帝の御所を守護する役者の身となつたが、幸《さいわい》こゝに功名手がらを顕《あらわ》さうず時節が到来したと申すは、ほどなく隣国の大軍がこの都を攻めとらうと、一度に押し寄せて参つたことぢや。元来この隣国の大将は、獅子王《ししおう》をも手打ちにすると聞えた、万夫不当《ばんぷふとう》の剛《ごう》の者でおぢやれば、「あんちをきや」の帝とても、なほざりの合戦はなるまじい。ぢやによつて今度の先手は、今まゐりながら「れぷろぼす」に仰せつけられ、帝は御自《おんみずか》ら本陣に御輦をすゝめて、号令を司《つかさど》られることゝなつた。この采配《さいはい》を承《うけたまわ》つた「れぷろぼす」が、悦び身にあまりて、足の踏みど

も覚えなんだは、毛頭無理もおぢやるまい。

やがて味方も整へば、帝《みかど》は、「れぷろぼす」をまつさきに、貝金陣太鼓《かいがねじんだいこ》の音を勇しう、国ざかひの野原に繰り出された。かくと見た敵の軍勢は、元より望むところの合戦ぢやによつて、なじかは寸刻もためらはう。野原を蔽《おお》うた旗差物《はたさしもの》が、俄《にわか》に波立つたと見てあれば、一度にどつと鬨《とき》をつくつて、今にも懸け合はさうずけしきに見えた。この時「あんちをきや」の人数《にんず》の中より、一人悠々と進み出《だ》いたは、別人でもない「れぷろぼす」ぢや。山男がこの日の出で立ちは、水牛の兜《かぶと》に南蛮鉄の鎧《よろい》を着下《きおろ》いて、刃渡り七尺《しゃく》の大薙刀《おおなぎなた》を柄《え》みぢかにおつとつたれば、さながら城の天主に魂が宿つて、大地も狭しと揺《ゆる》ぎ出《いだ》いた如《ごと》くでおぢやる。さるほどに「れぷろぼす」は両軍の唯中《ただなか》に立ちはだかると、その大薙刀をさしかざいて、遥《はるか》に敵勢を招きながら、雷《いかずち》のやうな声で呼《よば》はつたは、

「遠からんものは音にも聞け、近くばよつて目にも見よ。これは「あんちをきや」の帝が陣中に、さるものありと知られたる「れぷろぼす」と申す剛《ごう》の者ぢや。辱《かたじけな》くも今日《こんにち》は先手《さきて》の大将を承《うけたまわ》り、こゝに軍を出《いだ》いたれば、われと思はうずるものどもは、近う寄つて勝負せよやつ」と申した。その武者ぶりの凄《すさま》じさは、昔「ぺりして」の豪傑に「ごりあて」と聞えたが、鱗綴《うろことじ》の大鎧に銅《あかがね》の矛《ほこ》を提《ひっさ》げて、百万の大軍を叱咤《しった》したにも、劣るまじいと見えたれば、さすが隣国の精兵たちも、しばしがほどは鳴《なり》を静めて、出で合《あお》うずものもおりなかつた。されば敵の大将も、この山男を討たいでは、かなふまじいと思ひつらう。美々しい物の具に三尺の太刀《たち》をぬきかざいて、竜馬《りゅうめ》に泡を食《は》ませながら、これも大音《だいおん》に名乗りをあげて、まつしぐらに「れぷろぼす」へ打つてかゝつた。なれどもこなたはものともせいで、大薙刀をとりのべながら、二太刀三太刀あしらうたが、やがて得物をからりと捨てゝ、猿臂《えんぴ》をのばいたと見るほどに、早くも敵の大将を鞍壺《くらつぼ》からひきぬいて、目もはるかな大空へ、礫《つぶて》の如く投げ飛ばいた。その敵の大将がきりきりと宙に舞ひながら、味方の陣中へどうと落ちて、乱離骨灰《らりこっぱい》になつたのと、「あんちをきや」の同勢が鯨波《とき》の声を轟《とどろ》かいて、帝の御輦《ぎょれん》を中にとりこめ、雪崩《なだれ》の如く攻めかゝつたのとが、間《かん》に髪《はつ》をも入れまじい、殆《ほとん》ど同時の働きぢや。されば隣国の軍勢は、一たまりもなく浮き足立つて、武具馬具のたぐひをなげ捨てながら、四分五裂《しぶごれつ》に落ち失《う》せてしまうた。まことや「あんちをき

や」の帝がこの日の大勝利は、味方の手にとつた兜首《かぶとくび》の数ばかりも、一年の日数《ひかず》よりは多かつたと申すことでおぢやる。

ぢやによつて帝は御悦《おんよろこ》び斜《なな》めならず、目でたく凱歌《がいか》の裡《うち》に軍《いくさ》をめぐらされたが、やがて「れぷろぼす」には大名の位を加へられ、その上諸臣にも一々勝利の宴を賜《たまわ》つて、ねんごろに勲功をねぎらはれた。その勝利の宴を賜つた夜のこと〻思召《おぼしめ》されい。当時国々の形儀《かたぎ》とあつて、その夜も高名《こうみょう》な琵琶《びわ》法師《ほうし》が、大燭台の火の下に節面白う絃《げん》を調じて、今昔《いまむかし》の合戦のありさまを、手にとる如《ごと》く物語つた。この時「れぷろぼす」は、かねての大願《だいがん》が成就したことでおぢやれば、涎《よだれ》も垂れようずばかり笑《え》み傾いて、余念もなく珍陀《ちんだ》の酒を酌《く》みかはいてあつた所に、ふと酔うた眼《め》にもとまつたは、錦の幔幕《まんまく》を張り渡いた正面の御座《ぎょざ》にわせられる帝《みかど》の異《い》な御《おん》ふるまひぢや。何故《なぜ》と申せば、検校《けんぎょう》のうたふ物語の中《うち》に、悪魔《ちゃぼ》と云ふ言《ことば》がおぢやると思へば、帝はあはたゞしう御手《おんて》をあげて、必ず十字の印《いん》を切らせられた。その御ふるまひが怪《け》しからずもの〱しげに見えたれば、「れぷろぼす」は同席の侍《さむらい》に、

「何として帝は、あのやうに十字の印を切らせられるぞ」と、卒爾《そつじ》ながら尋ねて見た。所がその侍の答へたは、

「総じて悪魔《ちゃぼ》と申すものは、天《あめ》が下の人間をも掌《たなごころ》にのせて弄《もてあそ》ぶ、大力量のものでおぢやる。ぢやによつて帝も、悪魔《ちゃぼ》の障碍《しょうげ》を払はうずと思召《おぼしめ》され、再三十字の印を切つて、御身《おんみ》を守らせ給《たま》ふのぢや」と申した。「れぷろぼす」はこれを聞いて、迂論《うろん》げに又問ひ返したは、

「なれど今「あんちをきや」の帝は、天が下に並びない大剛《たいごう》の大将と承《うけたまわ》つた。されば悪魔《ちゃぼ》も帝の御身には、一指をだに加へまじい」と申したが、侍は首をふつて、

「いや、いや、帝も、悪魔《ちゃぼ》ほどの御威勢はおぢやるまい」と答へた。山男はこの答を聞くや否や、大いに憤《いきどお》つて申したは、

「それがしが帝に随身《ずいじん》し奉《たてまつ》つたは、天下無双《てんがむそう》の強者《つわもの》は帝ぢやと承つた故《ゆえ》でおぢやる。しかるにその帝さへ、悪魔《ちゃぼ》には腰を曲げられるとあるなれば、それがしはこれよりまかり出でて、悪魔《ちゃぼ》の臣下と相成らうず」と喚《わめ》きながら、ただちに珍陀《ちんだ》の盃を抛《なげう》つて、立ち上らうと致いたれば、一座の侍はさらいでも、「れぷろぼす」が今

度の功名を妬《ねた》ましう思うて居つたによつて、

「すは、山男が謀叛《むほん》するわ」と、異口同音《いくどうおん》に罵《ののし》り騒いで、やにはに四方八方から搦《から》めとらうと競《きそ》ひ立つた。もとより「れぷろぼす」も日頃ならば、さうなくこの侍だちに組みとめられう筈《はず》もあるまじい。なれどもその夜は珍陀《ちんだ》の酔《よい》に前後も不覚の体《てい》ぢやによつて、しばしがほどこそ多勢を相手に、組んづほぐれつ、揉《も》み合うても居つたが、やがて足をふみすべらいて、思はずどうとまろんだれば、えたりやおうと侍だちは、いやが上にも折り重つて、怒り狂ふ「れぷろぼす」を高手小手《たかてこて》に括《くく》り上げた。帝もことの体たらくを始終残らず御覧《ごろう》ぜられ、「恩を讐《あだ》で返すにつくいやつめ。匆々《そうそう》土の牢《ろう》へ投げ入れい」と、大いに逆鱗《げきりん》あつたによつて、あはれや「れぷろぼす」はその夜の内に、見るもいぶせい地の底の牢舎へ、禁獄《きんごく》せられる身の上となつた。さてこの「あんちをきや」の牢内に囚《とら》はれとなつた「れぷろぼす」が、その後如何《ごいか》なる仕合せにめぐり合ふたか、右の一条を知らうず方々は、まづ次のくだりを読ませられい。

三　魔往来のこと

さるほどに「れぷろぼす」は、未だ縄目《なわめ》もゆるされいで、土の牢の暗《やみ》の底へ、投げ入れられたことでおぢやれば、しばしがほどは赤子のやうに、唯《ただ》おうおうと声を上げて、泣き喚《わめ》くより外《ほか》はおりなかつた。その時いづくよりとも知らず、緋《ひ》の袍《ころも》をまとうた学匠《がくしよう》が、忽然《こつねん》と姿を現《あらわ》いて、やさしげに問ひかけたは、

「如何《いか》に「れぷろぼす」おぬしは何として、かやうな所に居《お》るぞ」とあつたれば、山男は今更ながら、滝のやうに涙を流いて、

「それがしは、帝《みかど》に背き奉《たてまつ》つて、悪魔《ぢやぼ》に仕へやうずと申したれば、かやうに牢舎致されたのでおぢやる。おう、おう、おう」と歎《なげ》き立てた。学匠はこれを聞いて、再びやさしげに尋ねたは、

「さらばおぬしは、今もなほ悪魔《ぢやぼ》に仕へやうず望《のぞみ》がおりやるか」と申すに、「れぷろぼす」は頭《こうべ》を竪《たて》に動かいて、

「今もなほ、仕へやうずる」と答へた。学匠は大いにこの返事を悦《よろこ》んで、土の牢《ろう》も鳴りどよむばかり、からからと笑ひ興じたが、やがて三度《みたび》やさしげに申したは、

「おぬしの所望《しよもう》は、近頃殊勝千万ぢやによつて、これよりただちに牢舎を赦《ゆる》いてとらさうずる」とあつて、身にまとうた緋《ひ》の袍《ころも》を、「れぷろぼす」が上に蔽《おお》うたれば、不思議や総身《そうみ》の縛《いまし》めは、悉《ことごと》くはらりと切れてしまうた。山男の驚きは申すまでもあるまじい。されば恐る恐る身を起いて、学匠の顔を見上げながら、慇懃《いんぎん》に礼を為《な》いて申したは、

「それがしが縄目《なわめ》を赦いてたまはつた御恩は、生々世々《しようじようよよ》忘却つかまつるまじい。なれどもこの土の牢をば、何として忍び出で申さうずる」と云うた。学匠はこの時又えせ笑ひをして、

「かうすべいに、なじかは難からう」と申しも果《はて》ず、やにはに緋の袍《うわぎ》の袖《そで》をひらいて、「れぷろぼす」を小脇に抱《いだ》いたれば、見る見る足下《あしもと》が暗うなつて、もの狂ほしい一陣の風が吹き起つたと思ふほどに、二人は何時《いつ》か宙を踏んで、牢舎を後に飄々《ひようひよう》と、「あんちをきや」の都の夜空へ、火花を飛《とば》いて舞ひあがつた。まことやその時は学匠の姿も、折から沈まうず月を背負うて、さながら怪しげな大蝙蝠《おおかわほり》が、黒雲《くろくも》の翼を一文字《いちもんじ》に飛行《ひぎよう》する如《ごと》く見えたと申す。

されば「れぷろぼす」は愈《いよいよ》胆《きも》を消《け》いて、学匠もろとも中空《なかぞら》を射る矢のやうに翔《かけ》りながら、戦《おのの》く声で尋ねたは、

「そもそもごへんは、何人《なんびと》でおぢやらうぞ。ごへんほどな大神通《だいじんづう》の博士《はかせ》は、世にも又とあるまじいと覚ゆる」と申したに、学匠は忽《たちま》ち底気味悪いほくそ笑《えみ》を洩《もら》しながら、わざとさりげない声で答へたは、

「何を隠さう、われらは、天《あめ》が下の人間を　掌《たなごころ》にのせて弄《もてあそ》ぶ、大力量の剛《ごう》の者ぢや」とあつたによつて「れぷろぼす」は始めて学匠の本性が、悪魔《ぢやぼ》ぢやと申すことに合点《がてん》が参つた。さるほどに悪魔《ぢやぼ》はこの問答の間さへ、妖霊星《ようれいぼし》の流れる如く、ひた走りに宙を走つたれば、「あんちをきや」の都の燈火《あかり》も、今ははるかな闇の底に沈みはてゝ、やがて足もとに浮んで参つたは、音に聞く「えじつと」の沙漠《さばく》でおぢやらう。幾百里とも知れまじい砂の原が、有明《ありあけ》の月の光の中に、夜目にも白々《しらじら》と見え渡つた。この時学匠は爪長《つまなが》な指をのべて、下界をゆび

さしながら申したは、
「かしこの藁家《わらや》には、さる有験《うげん》の隠者が住居《すまい》致いて居《お》ると聞いた。まづあの屋根の上に下らうずる」とあつて、「れぷろぼす」を小脇に抱《いだ》いた儘《まま》、とある沙山陰《すなやまかげ》のあばら家《や》の棟《むね》へ、ひらひらと空から舞ひ下つた。

こなたはそのあばら家に行ひすまいて居つた隠者の翁《おきな》ぢや。折から夜のふけたのも知らず、油火《あぶらび》のかすかな光の下で、御経《おんきよう》を読誦《どくじゆ》し奉《たてまつ》つて居つたが、忽《たちま》ちえならぬ香風が吹き渡つて、雪にも紛はうず桜の花が紛々《ふんぷん》と飜《ひるがえ》り出《いだ》いたと思へば、いづくよりともなく一人の傾城《けいせい》が、鼈甲《べつこう》の櫛笄《くしこうがい》を円光の如《ごと》くさしないて、地獄絵を繍《ぬ》うた襠《うちかけ》の裳《もすそ》を長々とひきはえながら、天女《てんによ》のやうな媚《こび》を凝《こら》して、夢かとばかり眼《め》の前へ現れた。翁はさながら「えじつと」の沙漠《さばく》が、片時《かたとき》の内に室神崎《むろかんざき》の廓《くるわ》に変つたとも思ひつらう。あまりの不思議さに我を忘れて、しばしがほどは惚々《ほれぼれ》と傾城の姿を見守て居つたに、相手はやがて花吹雪を身に浴びながら、につこと微笑《ほほえ》んで申したは、

「これは「あんちをきや」の都に隠れもない遊びでおぢやる。近ごろ御僧《ごそう》のつれづれを慰めまいらせうと存じたれば、はるばるこれまでまかり下つた」とあつた。その声《こわ》ざまの美しさは、極楽に棲むとやら承《うけたまわ》つた伽陵頻伽《かりようびんが》にも劣るまじい。さればさすがに有験《うげん》の隠者もうかとその手に乗らうとしたが、思へばこの真夜中に幾百里とも知らぬ「あんちをきや」の都から、傾城などの来よう筈《はず》もおぢやらぬ。さては又しても悪魔《ちやぼ》めの悪巧《わるだく》みであらうずと心づいたによつて、ひたと御経に眼を曝《さら》しながら、専念に陀羅尼《だらに》を誦《ず》し奉つて居つたに、傾城はかまへてこの隠者の翁を落さうと心にきはめつらう。蘭麝《らんじや》の薫《かおり》を漂はせた綺羅《きら》の袂《たもと》を弄《もてあそ》びながら、嫋々《たよたよ》としたさまで、さも恨めしげに歎《なげ》いたは、

「如何《いか》に遊びの身とは申せ、千里の山河《さんか》も厭《いと》はいで、この沙漠までまかり下つたを、さりとは曲もない御方《おんかた》かな」と申した。その姿の妙《たえ》にも美しい事は、散りしく桜の花の色さへ消えようずると思はれたが、隠者の翁は遍身《へんしん》に汗を流いて、降魔の呪文《じゆもん》を読みかけ読みかけ、かつふつその悪魔《ちやぼ》の申す事に耳を借さうず気色《けしき》すらおりない。されば傾城もかくてはなるまじいと気を苛《いら》つたか、つと地獄絵の裳《もすそ》を飜して、斜《ななめ》に隠者の膝《ひざ》へとすがつたと思へば、

「何としてさほどつれないぞ」と、よよとばかりに泣い口説《くど》いた。と見るや否や隠者の翁《おきな》は、蝎《さそり》に刺されたやうに躍《おど》り上つたが、早くも肌身につけた十字架《くるす》をかざいて、霹靂《はたたがみ》の如《ごと》く罵《ののし》つたは、

「業畜《ごうちく》、御主《おんあるじ》「えす・きりしと」の下部《しもべ》に向つて無礼《むらい》あるまじいぞ」と申しも果てず、てうと傾城《けいせい》の面《おもて》を打つた。打たれて傾城は落花の中に、なよなよと伏しまろんだが、忽《たちま》ちその姿は見えずなつて、唯《ただ》一むらの黒雲《くろくも》が湧《わ》き起つたと思ふほどに、怪しげな火花の雨が礫《つぶて》の如く乱れ飛んで、

「あら、痛や。又しても十字架《くるす》に打たれたわ」と唸《うめ》く声が、次第に家の棟《むね》にのぼつて消えた。もとより隠者はかうあらうと心に期《ご》して居つたによつて、この間も秘密の真言《しんごん》を絶えず声高《こわだか》に誦し奉つたに、見る見る黒雲も薄れれば、桜の花も降らずなつて、あばら家の中には又もとの如く、油火ばかりが残つたと申す。

なれど隠者は悪魔《ちやぼ》の障碍《しようげ》が猶《なお》もあるべいと思うたれば、夜もすがら御経の力にすがり奉つて、目蓋《まぶた》も合はさいで明《あか》いたに、やがてしらしら明けと覚《おぼ》しい頃、誰やら柴《しば》の扉《とぼそ》をおとづれるものがあつたによつて、十字架《くるす》を片手に立ち出でて見たれば、これは又何ぞや、藁家《わらや》の前に蹲《うずくま》つて、恭《うやうや》しげに時儀を致いて居つたは、天から降つたか、地から湧《わ》いたか、小山のやうな大男ぢや。それが早くも朱《あけ》を流いた空を黒々と肩にかぎつて、隠者の前に頭《かしら》を下げると、恐る恐る申したは、

「それがしは「れぷろぼす」と申す「しりや」の国の山男でおぢやる。ちかごろふつと悪魔《ちやぼ》の下部《しもべ》と相成つて、はるばるこの「えじつと」の沙漠《さばく》まで参つたれど、悪魔《ちやぼ》も御主《おんあるじ》「えす・きりしと」とやらんの御威光には叶《かな》ひ難く、それがし一人を残し置いて、いづくともなく逐天《ちくてん》致いた。自体それがしは今天《あめ》が下に並びない大剛《たいごう》の者を尋ね出《いだ》いて、その身内に仕へようずる志がおぢやるによつて、何とぞこれより後は不束《ふつつか》ながら、御主「えす・きりしと」の下部の数へ御加《おんくわ》へ下されい」と云うた。隠者の翁はこれを聞くと、あばら家の門《かど》に佇《たたず》みながら、俄《にわか》に眉《まゆ》をひそめて答へたは、

「はてさて、せんない仕宜《しぎ》になられたものかな。総じて悪魔《ちやぼ》の下部となつたものは、枯木《かれき》に薔薇《ばら》の花が咲かうずるまで、御主「えす・きりしと」に知遇し奉《たてまつ》る時はござない」とあつたに、「れぷろぼす」は又ねんごろに頭《かしら》を下げて、

「たとへ幾千歳《ざい》を経ようずるとも、それがしは初一念を貫かうずと決定《けつじやう》致いた。さればまづ御主《おんあるじ》「えす・きりしと」の御意《みこころ》に叶ふべい仕業の段々を教へられい」と申した。所で隠者の翁《おきな》と山男との間には、かやうな問答がしかつめらしうとり交されたと申す事でおぢやる。

「ごへんは御経《おんきやう》の文句を心得られたか。」

「生憎《あいにく》一字半句の心得もござない。」

「ならば断食は出来申さうず。」

「如何《いか》なこと、それがしは聞えた大飯食《おおめしくら》ひでおぢやる。中々断食などはなるまじい。」

「難儀かな。夜もすがら眠らいで居《お》る事は如何《いかが》あらう。」

「如何なこと、それがしは聞えた大寝坊でおぢやる。中々眠らいでは居《お》られまじい。」

それにはさすがの隠者の翁も、ほとほと言《ことば》のつぎ穂さへおぢやらなんだが、やがて掌《たなごころ》をはたと打つて、したり顔に申したは、

「ここを南に去ること一里がほどに、流沙河《りゆうさが》と申す大河がおぢやる。この河は水嵩《みかさ》も多く、流れも矢を射る如《ごと》くぢやによつて、日頃から人馬の渡りに難儀致すとか承《うけたまわ》つた。なれどごへんほどの大男には、容易《たやす》く徒渉《かちわた》りさへならうずる。さればごへんはこれよりこの河の渡し守《もり》となつて、往来の諸人を渡させられい。おのれ人に篤《あつ》ければ、天主も亦《また》おのれに篤からう道理《ことわり》ぢや。」とあつたに、大男は大いに勇み立つて、

「如何にも、その流沙河とやらの渡し守になり申さうずる」と云うた。ぢやによつて隠者の翁も、「れぷろぼす」が殊勝な志をことの外悦《ほかよろこ》んで、

「然《しか》らば唯今《ただいま》、御水《おんみず》を授け申さうずる」とあつて、おのれは水瓶《みずがめ》をかい抱きながら、もそもそと藁家《わらや》の棟《むね》へ這《は》ひ上つて、漸《やうや》く山男の頭の上へその水瓶《みずがめ》の水を注ぎ下いた。ここに不思議がおぢやつたと申すは、得度《とくど》の御儀式が終りも果てず、折からさし上つた日輪《にちりん》の爛々《らんらん》と輝いた真唯中《まつただなか》から、何やら雲気《うんき》がたなびいたかと思へば、忽《たちま》ちそれが数限りもない四十雀《しじゆうから》の群となつて、空に聳《そび》えた「れぷろぼす」が叢《くさむら》ほどな頭の上へ、ばら〳〵と舞ひ下つたことぢや。この不思議を見た隠者の翁は、思はず御水《おんみず》を授けようず方角さへも忘れはてゝ、うつとり

と朝日を仰いで居つたが、やがて恭《うやうや》しく天上を伏し拝むと、家の棟《むね》から「れぷろぼす」をさし招いて、「勿体《もつたい》なくも御水《おんみず》を頂かれた上からは、向後《こうご》「れぷろぼす」を改めて、「きりしとほろ」と名のらせられい。思ふに天主もごへんの信心を深う嘉《よみ》させ給《たま》ふと見えたれば、万一勤行《ごんぎょう》に懈怠《けたい》あるまじいに於《おい》ては、必定《ひつじょう》遠からず御主《おんあるじ》「えす・きりしと」の御尊体をも拝み奉《たてまつ》らうずる。」と云うた。さて「きりしとほろ」と名を改めた「れぷろぼす」が、その後如何《いか》なる仕合せにめぐり合うたか、右の一条を知らうず方々はまづ次のくだりを読ませられい。

四　往生のこと

さるほどに「きりしとほろ」は隠者の翁に別れを告げて、流沙河《りゅうさが》のほとりに参つたれば、まことに濁流滾々《こんこん》として、岸べの青蘆《あおあし》を戦《そよ》がせながら、百里の波を飜《ひるがえ》すありさまは、容易《たやす》く舟さへえ通ふまじい。なれど山男は身の丈凡《たけおよ》そ三丈あまりもおぢやるほどに、河の真唯中を越す時さへ、水は僅《わずか》に臍《ほぞ》のあたりを渦巻きながら流れるばかりぢや。されば「きりしとほろ」はこの河べに、さゝやかながら庵《いおり》を結んで、時折渡りに難《なや》むと見えた旅人の影が眼に触れゝば、すぐさまそのほとりへ歩み寄つて、「これはこの流沙河の渡し守《もり》でおぢやる」と申し入れた。もとより並々の旅人は、山男の恐しげな姿を見ると、如何なる天魔波旬《てんまはじゅん》かと始《はじめ》は胆《きも》も消《け》いて逃げのいたが、やがてその心根《こころね》のやさしさもとくと合点《がてん》行つて、「然《しか》らば御世話に相成らうず」と、おづ〱「きりしとほろ」の背にのぼるが常ぢや。所で「きりしとほろ」は旅人を肩へゆり上げると、何時《いつ》も汀《みぎわ》の柳を根こぎにしたしたたかな杖をつき立てながら、逆巻《さかま》く流れをことゝもせず、ざんざざと水を分けて、難なく向うの岸へ渡いた。しかもあの四十雀《しじゅうから》は、その間さへ何羽となく、さながら楊花《ようか》の飛びちるやうに、絶えず「きりしとほろ」の頭《かしら》をめぐつて、嬉《うれ》しげに囀《さえず》り交《かわ》いたと申す。まことや「きりしとほろ」が信心の辱《かたじけな》さには、無心の小鳥も随喜《ずいき》の思《おもい》にえ堪えなんだのでおぢやらうず。

かやう致いて「きりしとほろ」は、雨風《あめかぜ》も厭《いと》はず三年が間、渡し守の役目を勤めて居つたが、渡りを尋ねる旅人の数は多うても、御主《おんあるじ》「えす・きりしと」らしい御《おん》姿には、絶えて一度も知遇せなんだ。が、その三年目の或《ある》夜のこと、折から凄《すさま》じい嵐があつて、神鳴《かみな》りさへおどろと鳴り渡つたに、山男は四十雀《しじゆうから》と庵《いおり》を守つて、すぎこし方のことゞもを夢のやうに思ひめぐらいて居つたれば、忽ち車軸を流す雨を圧して、いたいけな声が響いたは、

「如何《いか》に渡し守はおりやるまいか。その河一つ渡して給はれい。」と、聞え渡つた。されば「きりしとほろ」は身を起いて、外の闇夜へ揺《ゆら》ぎ出《いだ》いたに、如何なこと、河のほとりには、年の頃もまだ十には足るまじい、みめ清らかな白衣《びやくい》のわらんべが、空をつんざいて飛ぶ稲妻《いなずま》の中に、頭《かしら》を低《た》れて唯《ただ》ひとり、佇《たたず》んで居つたではおぢやるまいか。山男は稀有《けう》の思《おもい》をないて、千引《ちびき》の巌《いわお》にも劣るまじい大の体をかゞめながら、慰めるやうに問ひ尋ねたは、

「おぬしは何としてかやうな夜更けにひとり歩くぞ」と申したに、わらんべは悲しげな瞳《ひとみ》をあげて、

「われらが父のもとへ帰らうとて」と、もの思はしげな声で返答した。もとより「きりしとほろ」はこの答を聞いても、一向不審は晴れなんだが、何やらその渡りを急ぐ容子《ようす》があはれにやさしく覚えたによつて、

「然《しか》らば念無う渡さうずる」と、双手《もろて》にわらんべをかい抱いて、日頃の如《ごと》く肩へのせると、例の太杖《ふとづえ》をてうとついて、岸べの青蘆《あおあし》を押し分けながら、嵐に狂ふ夜河《よかわ》の中へ、胆《きも》太くもざんぶと身を浸《ひた》いた。が、風は黒雲を巻き落いて、息もつかすまじいと吹きどよもす。雨も川面《かわも》を射白《いしら》まいて、底にも徹《とお》らうずばかり降り注いだ。時折闇をかい破る稲妻の光に見てあれば、浪《なみ》は一面に湧《わ》き立ち返つて、宙に舞上る水煙も、さながら無数の天《あん》使《ぢよ》たちが雪の翼をはためかいて、飛びしきるかとも思ふばかりぢや。さればさすがの「きりしとほろ」も、今宵はほとほと渡りなやんで、太杖にしかとすがりながら、礎《いしずえ》の朽《く》ちた塔のやうに、幾度《いくたび》もゆらゆらと立ちすくんだが、雨風よりも更に難儀だつたは、怪《け》しからず肩のわらんべが次第に重うなつたことでおぢやる。始《はじめ》はそれもさばかりに、え堪えまじいとは覚えなんだが、やがて河の真唯中《まつただなか》へさしかかつたと思ふほどに、白衣のわらんべが重みは愈《いよいよ》増いて、今は恰《あたか》も大磐石《だいばんじやく》を負ひないてゐるかと疑はれた。所で遂《つい》には「きりしとほろ」も、あまりの重さに圧《お》し伏されて、所詮《しよせん》はこの流沙河《りゆうさが》に命を殞《おと》すべいと覚悟したが、ふと耳にはいつて来たは、例

の聞き慣れた四十雀《しじゆうから》の声ぢや。はてこの闇夜に何として、小鳥が飛ばうぞと訝《いぶか》りながら、頭《かしら》を擡《もた》げて空を見たれば、不思議やわらんべの面《おもて》をめぐつて、三日月ほどな金光が燦爛《さんらん》と円《まる》く輝いたに、四十雀はみな嵐をものともせず、その金光のほとりに近く、紛々《ふんぷん》と躍《おど》り狂つて居つた。これを見た山男は、小鳥さへかくは雄々しいに、おのれは人間と生まれながら、なじかは三年の勤行《ごんぎよう》を一夜に捨つべいと思ひつらう。あの葡萄蔓《えびかずら》にも紛《まが》はうず髪をさつさつと空に吹き乱いて、寄せては返す荒波に乳のあたりまで洗はせながら、太杖《ふとづえ》も折れよとつき固めて、必死に目ざす岸へと急いだ。

　それが凡《およ》そ一時《ひととき》あまり、四苦八苦の内に続いたでおぢやらう。「きりしとほろ」は漸《ようや》く向うの岸へ、戦ひ疲れた獅子王《ししおう》のけしきで、喘《あえ》ぎ々々よろめき上ると、柳の太杖を砂にさいて、肩のわらんべを抱《いだ》き下しながら、吐息《といき》をついて申したは、

「はてさて、おぬしと云ふわらんべの重さは、海山《うみやま》量り知れまじいぞ」とあつたに、わらんべはにつこと微笑《ほほえ》んで、頭上の金光を嵐の中に一きは燦然《さんぜん》ときらめかいながら、山男の顔を仰ぎ見て、さも懐しげに答へたは、

「さもあらうず。おぬしは今宵と云ふ今宵こそ、世界の苦しみを身に荷《にの》うた「えす・きりしと」を負ひないたのぢや」と、鈴を振るやうな声で申した。……………

　その夜この方流沙河《かたりゆうさが》のほとりには、あの渡し守《もり》の山男がむくつけい姿を見せずなつた。唯後《ただあと》に残つたは、向うの岸の砂にさいた、したたかな柳の太杖で、これには枯れ枯れな幹のまはりに、不思議や麗《うるわ》しい紅《くれない》の薔薇《ばら》の花が、薫《かぐわ》しく咲き誇つて居つたと申す。されば馬太《またい》の御経《おんきよう》にも記《しる》いた如《ごと》く「心の貧しいものは仕合せぢや。一定《いちじよう》天国はその人のものとならうずる。」

――八年三月作――

（大正八年三、五月「新小説」）

じゆりあの・吉助

一

じゆりあの・吉助《きちすけ》は、肥前国彼杵郡浦上村《ひぜんのくにそのきごおりうらかみむら》の産《さん》であつた。早く父母に別れたので、幼少の時から、土地の乙《おと》名《な》三郎治《さぶろうじ》と云ふものゝ下男になつた。が、性来愚鈍《ぐどん》な彼は、始終朋輩《ほうばい》の弄《なぶ》り物にされて、牛馬同様な賤役《せんやく》に服さなければならなかつた。

その吉助が十八九の時、三郎治の一人娘の兼《かね》と云ふ女に懸想《けそう》をした。兼は勿論《もちろん》この下男の恋慕の心などは顧《かいりみ》なかつた。のみならず人の悪い朋輩は、早くもそれに気がつくと、愈《いよいよ》彼を嘲弄《ちようろう》した。吉助は愚物《ぐぶつ》ながら、悶々《もんもん》の情に堪へなかつたものと見えて、或《ある》夜私《ひそか》に住み慣れた三郎治の家を出奔《しゆつぽん》した。

それから三年の間、吉助の消息は杳《よう》として誰も知るものがなかつた。

が、その後《ご》彼は乞食《こじき》のやうな姿になつて、再び浦上村へ帰つて来た。さうして元の通り三郎治に召使はれる事になつた。爾来《じらい》彼は朋輩《ほうばい》の軽蔑《けいべつ》も意としないで、唯《ただ》まめまめしく仕へてゐた。殊《こと》に娘の兼に対しては、飼犬よりも更に忠実だつた。娘はこの時既に婿を迎へて、誰も羨《うらや》むやうな夫婦仲であつた。

かうして一二年の歳月は、何事もなく過ぎて行つた。が、その間《あいだ》に朋輩は吉助の挙動に何となく不審な所のあるのを嗅《か》ぎつけた。そこで彼等は好奇心に駆られて、注意深く彼を監視し始めた。すると果して吉助は、朝《あさ》夕《ゆう》一度づゝ、額《ひたい》に十字を劃《かく》して、祈禱《きとう》を捧げる事を発見した。彼等はすぐにその旨を三郎治に訴へた。三郎治も後難を恐れたと見えて、即座に彼を浦上村の代官所へ引渡した。

彼は捕手《とりて》の役人に囲まれて、長崎の牢屋へ送られる時も、更に悪びれる気色《けしき》を示さなかつた。いや、伝説によれば、愚物の吉助の顔が、その時はまるで天上の光に遍照《へんしよう》されたかと思ふ程、不思議な威厳に満ちてゐたと云ふ事であつた。

二

奉行《ぶぎよう》の前に引き出された吉助は、素直に切支丹《きりしたん》宗門を奉ずるものだと白状した。それから彼と奉行との間には、かう云ふ問答が交換された。

奉行「その方どもの宗門神は何と申すぞ。」

吉助「べれんの国の御若君《おんわかぎみ》、えす・きりすと様、並《ならび》に隣国の御息女《ごそくじよ》、さんた・まりや様でござる。」

奉行「そのものどもは如何《いか》なる姿を致して居《お》るぞ。」

吉助「われら夢に見奉《みたてまつ》るえす・きりすと様は、紫の大振袖《おおふりそで》を召させ給《たも》うた、美しい若衆《わかしゆ》の御姿《おんすがた》でござる。まつたさんた・まりや姫は、金糸《きんし》銀糸《ぎんし》の繡《ぬい》をされた、襠《かいどり》の御姿と拝み申す。」

奉行「そのものどもが宗門神となつたは、如何なる謂《いわ》れがあるぞ。」

吉助「えす・きりすと様、さんた・まりや姫に恋をなされ、焦れ死に果てさせ給うたによつて、われと同じ苦しみに悩むものを、救うてとらせうと思召《おぼしめ》し、宗門神となられたげでござる。」

奉行「その方は何処《いずこ》の何ものより、さやうな教《おしえ》を伝授されたぞ。」

吉助「われら三年の間、諸処を経《へ》めぐつた事がござる。その折さる海辺にて、見知らぬ紅毛人《こうもうじん》より伝授を受け申した。」

奉行「伝授するには、如何なる儀式を行《おこの》うたぞ。」

吉助「御水《おんみず》を頂戴致いてから、じゆりあのと申す名を賜《たまわ》つてござる。」

奉行「してその紅毛人は、その後何処へ赴《おもむ》いたぞ。」

吉助「されば稀有《けう》な事でござる。折から荒れ狂うた浪《なみ》を踏んで、いづ方へか姿を隠し申した。」

奉行「この期《ご》に及んで、空事《そらごと》を申したら、その分にはさし置くまいぞ。」
吉助「何で偽《いつわり》などを申上げうず。皆紛《まぎ》れない真実でござる。」
奉行は吉助の申し条を不思議に思つた。それは今まで調べられた、どの切支丹《きりしたん》門徒の申し条とも、全く変つたものであつた。が、奉行が何度吟味《ぎんみ》を重ねても、頑として吉助は、彼の述べた所を飜《ひるがえ》さなかつた。

三

じゆりあの・吉助は、遂《つい》に天下の大法《たいほう》通り、磔刑《たくけい》に処せられる事になつた。

その日彼は町中を引き廻《まわ》された上、さんと・もんたにの下の刑場で、無残にも磔《はりつけ》に懸けられた。磔柱は周囲の竹矢来《たけやらい》の上に、一際《ひときわ》高く十字を描いてゐた。彼は天を仰ぎながら、何度も高々と祈禱《きとう》を唱へて、恐れげもなく非人の槍《やり》を受けた。その祈禱の声と共に、彼の頭上の天には、一団の油雲《あぶらぐも》が湧《わ》き出《い》でゝ、程なく凄《すさま》じい大雷雨が、沛然《はいぜん》として刑場へ降り注いだ。再び天が晴れた時、磔柱の上のじゆりあの・吉助は、既に息が絶えてゐた。が、竹矢来の外にゐた人々は、今でも彼の祈禱の声が、空中に漂つてゐるやうな心もちがした。

それは「べれんの国の若君様、今は何処《いずこ》にましますか、御褒《おんほ》め讃《たた》へ給《たま》へ」と云ふ、簡古素朴な祈禱だつた。

彼の屍骸《しがい》を磔柱《はりつけばしら》から下した時、非人は皆それが美妙な香《かおり》を放つてゐるのに驚いた。見ると、吉助の口の中からは、一本の白い百合《ゆり》の花が、不思議にも水々しく咲き出てゐた。

これが長崎著聞集《ちよもんしゆう》、公教遺事《こうきようい じ》、瓊浦把燭談《けいぼはしよくだん》等に散見する、じゆりあの・吉助の一生である。さうして又日本の殉教者中、最も私の愛してゐる、神聖な愚人の一生である。


——八年八月——

（大正八年九月「新小説」）

藪の中

検非違使に問はれたる木樵りの物語

さやうでございます。あの死骸《しがい》を見つけたのは、わたしに違ひございません。わたしは今朝何時《いつ》もの通り、裏山の杉を伐《き》りに参りました。すると山陰《やまかげ》の藪《やぶ》の中に、あの死骸があつたのでございます。あつた処《ところ》でございますか？　それは山科《やましな》の駅路《えきろ》からは、四五町程隔たつて居《お》りませう。竹の中に痩《や》せ杉の交《まじ》つた、人気《ひとけ》のない所でございます。

死骸は縹《はなだ》の水干《すいかん》に、都風のさび烏帽子《えぼし》をかぶつた儘《まま》、仰向《あおむ》けに倒れて居りました。何しろ一刀《ひとかたな》とは申すものの、胸もとの突き傷でございますから、死骸のまはりの竹の落葉は、蘇芳《すおう》に滲《し》みたやうでございます。いえ、血はもう流れては居りません。傷口も乾いて居つたやうでございます。おまけに其処《そこ》には、馬蠅《うまばえ》が一匹、わたしの足音も聞えないやうに、べつたり食ひついて居りましたつけ。

太刀《たち》か何かは見えなかつたか？　いえ、何もございません。唯《ただ》その側《そば》の杉の根がたに、縄が一筋落ちて居りました。それから、――さうさう、縄の外《ほか》にも櫛《くし》が一つございました。死骸のまはりにあつたものは、この二つぎりでございます。が、草や竹の落葉は、一面に踏み荒されて居りましたから、きつとあの男は殺される前に、余程手痛い働きでも致したのに違ひございません。何《なに》、馬はゐなかつたか？　あそこは一体馬なぞには、はひれない所でございます。何しろ馬の通ふ路《みち》とは、藪一つ隔たつて居りますから。

検非違使に問はれたる旅法師の物語

あの死骸の男には、確かに昨日《きのう》遇《あ》つて居ります。昨日《きのう》の、――さあ、午頃《ひるごろ》でございませう。場所は関山《せきやま》から山科へ、参らうと云ふ途中でございます。あの男は馬に乗つた女と一しよに、関山の方へ歩いて参りました。女は牟子《むし》を垂れて居りましたから、顔はわたしにはわかりません。見えたのは唯萩重《はぎがさ》ねらしい、衣《きぬ》の色ばかりでございます。馬は月毛《つきげ》の、――確か法師髪《ほうしがみ》の馬のやうでございました。丈《たけ》でございますか？　丈は四寸《き》もございましたか？――何しろ沙門《しやもん》の事でございますから、その辺ははつきり存じません。男は、――いえ、太刀も帯《お》びて居れば、弓矢も携へて居りました。殊《こと》に黒い塗り箙《えびら》へ、二十あまり征矢《そや》をさしたのは、唯今でもはつきり覚えて居ります。

あの男がかやうにならうとは、夢にも思はずに居りましたが、真《まこと》に人間の命なぞは、如露《によろ》亦如電《やくによでん》に違ひございません。やれやれ、何とも申しやうのない、気の毒な事を致しました。

検非違使に問はれたる放免の物語

わたしが搦《から》め取つた男でございますか？　これは確かに多襄丸《たじようまる》と云ふ、名高い盗人《ぬすびと》でございます。尤《もつと》もわたしが搦め取つた時には、馬から落ちたのでございませう、粟田口《あわだぐち》の石橋の上に、うんうん呻《うな》つて居りました。時刻でございますか？　時刻は昨夜の初更《しよこう》頃でございます。何時《いつ》ぞやわたしが捉《とら》へ損じた時にも、やはりこの紺《こん》の水干《すいかん》に、打出《うちだ》しの太刀《たち》を佩《は》いて居りました。唯今《ただいま》はその外《ほか》にも御覧の通り、弓矢の類さへ携へて居ります。さやうでございますか？　あの死骸《しがい》の男が持つてゐたのも、――では人殺しを働いたのは、この多襄丸に違ひございません。革を巻いた弓、黒塗りの箙《えびら》、鷹《たか》の羽《はね》の征矢《そや》が十七本、――これは皆、あの男が持つてゐたものでございませう。はい。馬も仰有《おつしや》る通り、法師髪の月毛《つきげ》でございます。その畜生《ちくしよう》に落されるとは、何かの因縁《いんねん》に違ひございません。それは石橋の少し先に、長い端綱《はづな》を引いた儘《まま》、路《みち》ばたの青芒《あおすすき》を食つて居りました。

この多襄丸と云ふやつは、洛中《らくちゅう》に徘徊《はいかい》する盗人《ぬすびと》の中でも、女好きのやつでございます。昨年の秋鳥部寺《とりべでら》の賓頭盧《びんずる》の後《うしろ》の山に、物詣《ものもう》でに来たらしい女房が一人、女の童《めのわらわ》と一しよに殺されてゐたのは、こいつの仕業だとか申して居りました。その月毛《つきげ》に乗つてゐた女も、こいつがあの男を殺したとなれば、何処《どこ》へどうしたかわかりません。差出《さしで》がましうございますが、それも御詮議下さいまし。

検非違使に問はれたる媼の物語

はい、あの死骸は手前の娘が、片附いた男でございます。が、都のものではございません。若狭の国府《こくぶ》の侍《さむらい》でございます。名は金沢《かなざわ》の武弘《たけひろ》、年は二十六歳でございました。いえ、優しい気立《きだて》でございますから、遺《い》恨《こん》なぞ受ける筈《はず》はございません。

娘でございますか？　娘の名は真砂《まさご》、年は十九歳でございます。これは男にも劣らぬ位、勝気の女でございますが、まだ一度も武弘の外《ほか》には、男を持つた事はございません。顔は色の浅黒い、左の眼尻《めじり》に黒子《ほくろ》のある、小さい瓜実顔《うりざねがお》でございます。

武弘は昨日《きのう》娘と一しよに、若狭へ立つたのでございますが、こんな事になりますとは、何と云ふ因果でございませう。しかし娘はどうなりましたやら、婿《むこ》の事はあきらめましても、これだけは心配でなりません。どうかこの姥《うば》が一生のお願ひでございますから、たとひ草木を分けましても、娘の行方をお尋ね下さいまし。何《なん》に致せ憎いのは、その多襄丸とか何《なん》とか申す、盗人のやつでございます。婿ばかりか、娘までも……（跡《あと》は泣き入りて言葉なし。）

＊　　＊　　＊　　＊　　＊

多襄丸の白状

あの男を殺したのはわたしです。しかし女は殺しはしません。では何処《どこ》へ行つたのか？ それはわたしにもわからないのです。まあ、お待ちなさい。いくら拷問にかけられても、知らない事は申されますまい。その上わたしもかうなれば、卑怯《ひきよう》な隠し立てはしないつもりです。

わたしは昨日《きのう》の午《ひる》少し過ぎ、あの夫婦に出会ひました。その時風の吹いた拍子に、牟子《むし》の垂絹《たれぎぬ》が上《あが》つたものですから、ちらりと女の顔が見えたのです。ちらりと、——見えたと思ふ瞬間には、もう見えなくなつたのですが、一つにはその為もあつたのでせう、わたしにはあの女の顔が、女菩薩《によぼさつ》のやうに見えたのです。わたしはその咄嗟《とつさ》の間《あいだ》に、たとひ男は殺しても、女は奪はうと決心しました。

何、男を殺すなぞは、あなた方の思つてゐるやうに、大した事ではありません。どうせ女を奪ふとなれば、必《かならず》、男は殺されるのです。唯《ただ》わたしは殺す時に、腰の太刀《たち》を使ふのですが、あなた方は太刀は使はない、唯権力で殺す、金《かね》で殺す、どうかするとお為ごかしの言葉だけでも殺すでせう。成程血は流れない、男は立派に生きてゐる、——しかしそれでも殺したのです。罪の深さを考へて見れば、あなた方が悪いか、わたしが悪いか、どちらが悪いかわかりません。（皮肉なる微笑）

しかし男を殺さずとも、女を奪ふ事が出来れば、別に不足はない訳です。いや、その時の心もちでは、出来るだけ男を殺さずに、女を奪はうと決心したのです。が、あの山科《やましな》の駅路《えきろ》では、とてもそんな事は出来ません。そこでわたしは山の中へ、あの夫婦をつれこむ工夫をしました。

これも造作《ぞうさ》はありません。わたしはあの夫婦と途《みち》づれになると、向うの山には古塚《ふるづか》がある、この古塚を発《あば》いて見たら、鏡や太刀が沢山《たくさん》出た、わたしは誰も知らないやうに、山の陰の藪《やぶ》の中へ、さう云ふ物を埋《うず》めてある、もし望み手があるならば、どれでも安い値に売り渡したい、——と云ふ話をしたのです。男は何時《いつ》かわたしの話に、だんだん心を動かし初めました。それから、——どうです、慾《よく》と云ふものは恐しいではありませんか？ それから半時《はんとき》もたたない内に、あの夫婦はわたしと一しよに、山路《やまみち》へ馬を向けてゐたのです。

わたしは藪《やぶ》の前へ来ると、宝はこの中に埋《うず》めてある、見に来てくれと云ひました。男は慾《よく》に渇いてゐますから、異存のある筈《はず》はありません。が、女は馬も下りずに、待つてゐると云ふのです。又あの藪の茂つてゐるのを見ては、さう云ふのも無理はありますまい。わたしはこれも実を云へば、思ふ壺《つぼ》にはまつたのですから、女一人を残した儘《まま》、男と藪の中へはひりました。

藪は少時《しばらく》の間《あいだ》は竹ばかりです。が、半町程行つた処《ところ》に、やや開《ひら》いた杉むらがある、――わたしの仕事を仕遂《しと》げるのには、これ程都合の好《い》い場所はありません。わたしは藪を押し分けながら、宝は杉の下に埋《うず》めてあると、尤《もつと》もらしい嘘をつきました。男はわたしにさう云はれると、もう痩《や》せ杉が透《す》いて見える方へ、一生懸命に進んで行《ゆ》きます。その内に竹が疎《まば》らになると、何本も杉が並んでゐる、――わたしは其処《そこ》へ来るが早いか、いきなり相手を組み伏せました。男も太刀《たち》を佩《は》いてゐるだけに、力は相当にあつたやうですが、不意を打たれてはたまりません。忽《たちま》ち一本の杉の根がたへ、括《くく》りつけられてしまひました。縄ですか？ 縄は盗人《ぬすびと》の有難さに、何《い》時《つ》塀を越えるかわかりませんから、ちやんと腰につけてゐたのです。勿論《もちろん》声を出させない為にも、竹の落葉を頬張《ほおば》らせれば、外《ほか》に面倒はありません。

わたしは男を片附けてしまふと、今度は又女の所へ、男が急病を起したらしいから、見に来てくれと云ひに行《ゆ》きました。これも図星《ずぼし》に当つたのは、申し上げるまでもありますまい。女は市女笠《いちめがさ》を脱いだ儘《まま》、わたしに手をとられながら、藪の奥へはひつて来ました。所が其処《そこ》へ来て見ると、男は杉の根に縛られてゐる、――女はそれを一目見るなり、何時《いつ》の間《ま》に懐《ふところ》から出してゐたか、きらりと小刀《さすが》を引き抜きました。わたしはまだ今までに、あの位気性の烈《はげ》しい女は、一人も見た事がありません。もしその時でも油断《ゆだん》してゐたらば、一突きに脾腹《ひばら》を突かれたでせう。いや、それは身を躱《かわ》した所が、無二無三に斬《き》り立てられる内には、どんな怪我《けが》も仕兼《しか》ねなかつたのです。が、わたしも多襄丸ですから、どうにかかうにか太刀も抜かずに、とうとう小刀《さすが》を打ち落しました。いくら気の勝つた女でも、得物《えもの》がなければ仕方がありません。わたしはとうとう思ひ通り、男の命は取らずとも、女を手に入れる事は出来たのです。

男の命は取らずとも、――さうです。わたしはその上にも、男を殺すつもりはなかつたのです。所が泣き伏した女を後《あと》に、藪《やぶ》の外《そと》へ逃げようとすると、女は突然わたしの腕へ、気違ひのやうに縋《すが》りつきました。しかも切れ切れに叫ぶのを聞けば、あなたが死ぬか夫が死ぬか、どちらか一人死んでくれ、二人の男に恥を見せるのは、死ぬよりもつらいと云ふのです。いや、その内どちらにしろ、生き残つた男につれ添ひたい、――さうも喘《あえ》ぎ喘ぎ云ふのです。わたしはその時猛然と、男を殺したい気になりました。（陰鬱《いんうつ》なる興奮）

　こんな事を申し上げると、きつとわたしはあなた方より、残酷な人間に見えるでせう。しかしそれはあなた方が、あの女の顔を見ないからです。殊《こと》にその一瞬間の、燃えるやうな瞳《ひとみ》を見ないからです。わたしは女と眼《め》を合せた時、たとひ神鳴《かみなり》に打ち殺されても、この女を妻にしたいと思ひました。妻にしたい、――わたしの念頭にあつたのは、唯《ただ》かう云ふ一事《いちじ》だけです。これはあなた方の思ふやうに、卑しい色慾《しきよく》ではありません。もしその時色慾の外《ほか》に、何も望みがなかつたとすれば、わたしは女を蹴倒《けたお》しても、きつと逃げてしまつたでせう。男もさうすればわたしの太刀《たち》に、血を塗る事にはならなかつたのです。が、薄暗い藪の中に、ぢつと女の顔を見た刹那《せつな》、わたしは男を殺さない限り、此処《ここ》は去るまいと覚悟しました。

　しかし男を殺すにしても、卑怯《ひきよう》な殺し方はしたくありません。わたしは男の縄を解《と》いた上、太刀打ちをしろと云ひました。（杉の根がたに落ちてゐたのは、その時捨て忘れた縄なのです。）男は血相を変へた儘《まま》、太い太刀を引き抜きました。と思ふと口も利かずに、憤然とわたしへ飛びかかりました。――その太刀打ちがどうなつたかは、申し上げるまでもありますまい。わたしの太刀は二十三合《ごう》目に、相手の胸を貫《つらぬ》きました。二十三合目に、――どうかそれを忘れずに下さい。わたしは今でもこの事だけは、感心だと思つてゐるのです。わたしと二十合斬《き》り結んだものは、天下にあの男一人だけですから。（快活なる微笑）

　わたしは男が倒れると同時に、血に染まつた刀を下げたなり、女の方を振り返りました。すると、――どうです、あの女は何処《どこ》にもゐないではありませんか？　わたしは女がどちらへ逃げたか、杉むらの間を探して見ました。が、竹の落葉の上には、それらしい跡《あと》も残つてゐません。又耳を澄ませて見ても、聞えるのは唯《ただ》男の喉《のど》に、断末魔の音がするだけです。

　事によるとあの女は、わたしが太刀打を始めるが早いか、人の助けでも呼ぶ為に、藪をくぐつて逃げたのかも知れない。——わたしはさう考へると、今度はわたしの命ですから、太刀《たち》や弓矢を奪つたなり、すぐに又もとの山路《やまみち》へ出ました。其処《そこ》にはまだ女の馬が、静かに草を食つてゐます。その後《ご》の事は申し上げるだけ、無用の口数に過ぎますまい。唯、都へはひる前に、太刀だけはもう手放してゐました。——わたしの白状はこれだけです。どうせ一度は樗《おうち》の梢《こずえ》に、懸ける首と思つてゐますから、どうか極刑《ごくけい》に遇《あ》はせて下さい。（昂然《こうぜん》たる態度）

清水寺に来《きた》れる女の懺悔

——その紺の水干《すいかん》を着た男は、わたしを手ごめにしてしまふと、縛られた夫を眺めながら、嘲《あざけ》るやうに笑ひました。夫はどんなに無念だつたでせう。が、いくら身悶《みもだ》えをしても、体中にかかつた縄目は、一層ひしひしと食ひ入るだけです。わたしは思はず夫の側へ、転ぶやうに走り寄りました。いえ、走り寄らうとしたのです。しかし男は咄嗟《とつさ》の間《あいだ》に、わたしを其処《そこ》へ蹴倒《けたお》しました。丁度《ちょうど》その途端です。わたしは夫の眼《め》の中に、何とも云ひやうのない輝きが、宿つてゐるのを覚《さと》りました。何とも云ひやうのない、——わたしはあの眼を思ひ出すと、今でも身震ひが出ずにはゐられません。口さへ一言《いちごん》も利けない夫は、その刹那《せつな》の眼の中に、一切の心を伝へたのです。しかも其処に閃《ひらめ》いてゐたのは、怒りでもなければ悲しみでもない、——唯わたしを蔑《さげす》んだ、冷たい光だつたではありませんか？　わたしは男に蹴られたよりも、その眼の色に打たれたやうに、我知らず何《なに》か叫んだぎり、とうとう気を失つてしまひました。

　その内にやつと気がついて見ると、あの紺の水干の男は、もう何処かへ行つてゐました。跡には唯杉の根がたに、夫が縛られてゐるだけです。わたしは竹の落葉の上に、やつと体を起したなり、夫の顔を見守りました。が、夫の眼の色は、少しもさつきと変りません。やはり冷たい蔑みの底に、憎しみの色を見せてゐるのです。恥しさ、悲しさ、腹立たしさ、——その時のわたしの心の中《うち》は、何と云へば好《よ》いかわかりません。わたしはよろよろ立ち上りながら、夫の側《そば》へ近寄りました。

「あなた。もうかうなつた上は、あなたと御一しよには居《お》られません。わたしは一思ひに死ぬ覚悟です。しかし、――しかしあなたもお死になすつて下さい。あなたはわたしの恥を御覧になりました。わたしはこの儘《まま》あなた一人、お残し申す訳には参りません。」

わたしは一生懸命に、これだけの事を云ひました。それでも夫は忌《いま》はしさうに、わたしを見つめてゐるばかりなのです。わたしは裂けさうな胸を抑へながら、夫の太刀《たち》を探しました。が、あの盗人《ぬすびと》に奪はれたのでせう、太刀は勿論《もちろん》弓矢さへも、藪《やぶ》の中には見当りません。しかし幸ひ小刀《さすが》だけは、わたしの足もとに落ちてゐるのです。わたしはその小刀《さすが》を振り上げると、もう一度夫にかう云ひました。

「ではお命を頂かせて下さい。わたしもすぐにお供します。」

夫はこの言葉を聞いた時、やつと脣《くちびる》を動かしました。勿論口には笹《ささ》の落葉が、一ぱいにつまつてゐますから、声は少しも聞えません。が、わたしはそれを見ると、忽《たちま》ちその言葉を覚《さと》りました。夫はわたしを蔑《さげす》んだ儘、『殺せ』と一言《ひとこと》云つたのです。わたしは殆《ほとん》ど、夢うつつの内に、夫の縹《はなだ》の水干《すいかん》の胸へ、づぶりと小刀《さすが》を刺し通しました。

わたしは又この時も、気を失つてしまつたのでせう。やつとあたりを見まはした時には、夫はもう縛られた儘、とうに息が絶えてゐました。その蒼《あお》ざめた顔の上には、竹に交《まじ》つた杉むらの空から、西日が一すぢ落ちてゐるのです。わたしは泣き声を呑《の》みながら、死骸《しがい》の縄を解き捨てました。さうして、――さうしてわたしがどうなつたか？　それだけはもうわたしには、申し上げる力もありません。兎《と》に角《かく》わたしはどうしても、死に切る力がなかつたのです。小刀《さすが》を喉《のど》に突き立てたり、山の裾《すそ》の池へ身を投げたり、いろいろな事もして見ましたが、死に切れずにかうしてゐる限り、これも自慢にはなりますまい。（寂しき微笑）わたしのやうに腑甲斐《ふがい》ないものは、大慈《だいじ》大悲《だいひ》の観世《かんぜ》音《おん》菩《ぼ》薩《さつ》も、お見放しなすつたものかも知れません。しかし夫を殺したわたしは、盗人の手ごめに遇《あ》つたわたしは、一体どうすれば好《よ》いのでせう？　一体わたしは、――わたしは、――（突然烈《はげ》しき歔欷《すすりなき》）

巫女《みこ》の口を借りたる死霊の物語

——盗人《ぬすびと》は妻を手ごめにすると、其処《そこ》へ腰を下した儘《まま》、いろいろ妻を慰め出した。おれは勿論口は利けない。体も杉の根に縛られてゐる。が、おれはその間《あいだ》に、何度も妻へ目くばせをした。この男の云ふ事を真《ま》に受けるな、何を云つても嘘と思へ、——おれはそんな意味を伝へたいと思つた。しかし妻は悄然《しようぜん》と笹の落葉に坐《すわ》つたなり、ぢつと膝《ひざ》へ目をやつてゐる。それがどうも盗人の言葉に、聞き入つてゐるやうに見えるではないか？　おれは妬《ねた》ましさに身悶《みもだ》えをした。が、盗人はそれからそれへと、巧妙に話を進めてゐる。一度でも肌身を汚《けが》したとなれば、夫との仲も折り合ふまい。そんな夫に連れ添つてゐるより、自分の妻になる気はないか？　自分はいとしいと思へばこそ、大それた真似《まね》も働いたのだ、——盗人はたうとう大胆にも、さう云ふ話さへ持ち出した。

盗人にかう云はれると、妻はうつとりと顔を擡《もた》げた。おれはまだあの時程、美しい妻は見た事がない。しかしその美しい妻は、現在縛られたおれを前に、何と盗人に返事をしたか？　おれは中有《ちゆうう》に迷つてゐても、妻の返事を思ひ出す毎《ごと》に、瞋恚《しんい》に燃えなかつたためしはない。妻は確かにかう云つた、——「では何処《どこ》へでもつれて行つて下さい。」（長き沈黙）

妻の罪はそれだけではない。それだけならばこの闇の中に、いま程おれも苦しみはしまい。しかし妻は夢のやうに、盗人に手をとられながら、藪《やぶ》の外へ行《ゆ》かうとすると、忽ち《たちま》顔色《がんしよく》を失つたなり、杉の根のおれを指さした。「あの人を殺して下さい。わたしはあの人が生きてゐては、あなたと一しよにはゐられません。」——妻は気が狂つたやうに、何度もかう叫び立てた。「あの人を殺して下さい。」——この言葉は嵐のやうに、今でも遠い闇の底へ、まつ逆様《さかさま》におれを吹き落さうとする。一度でもこの位憎むべき言葉が、人間の口を出た事があらうか？　一度でもこの位呪《のろ》はしい言葉が、人間の耳に触れた事があらうか？　一度でもこの位、——（突然迸る《ほとばし》如き《ごと》嘲笑《ちようしよう》）その言葉を聞いた時は、盗人さへ色を失つてしまつた。「あの人を殺して下さい。」——妻はさう叫びながら、盗人の腕に縋《すが》つてゐる。盗人はぢつと妻を見た儘、殺すとも殺さぬとも返事をしない。——

と思ふか思はない内に、妻は竹の落葉の上へ、唯一蹴《ただひとけ》りに蹴倒《けたお》された。（再《ふたたび》、迸《ほとばし》る如《ごと》き嘲笑《ちようしよう》）盗人《ぬすびと》は静かに両腕を組むと、おれの姿へ眼《め》をやつた。「あの女はどうするつもりだ？ 殺すか、それとも助けてやるか？ 返事は唯頷《うなず》けば好《よ》い。殺すか？」――おれはこの言葉だけでも、盗人の罪は赦《ゆる》してやりたい。（再、長き沈黙）

妻はおれがためらふ内に、何か一声《ひとこえ》叫ぶが早いか、忽《たちま》ち藪《やぶ》の奥へ走り出した。盗人も咄嗟《とつさ》に飛びかかつたが、これは袖《そで》さへ捉へなかつたらしい。おれは唯幻のやうに、さう云ふ景色を眺めてゐた。

盗人は妻が逃げ去つた後《のち》、太刀《たち》や弓矢を取り上げると、一箇所だけおれの縄を切つた。「今度はおれの身の上だ。」――おれは盗人が藪の外へ、姿を隠してしまふ時に、かう呟《つぶや》いたのを覚えてゐる。その跡《あと》は何処も静かだつた。いや、まだ誰かの泣く声がする。おれは縄を解きながら、ぢつと耳を澄ませて見た。が、その声も気がついて見れば、おれ自身の泣いてゐる声だつたではないか？（三度《みたび》、長き沈黙）

おれはやつと杉の根から、疲れ果てた体を起した。おれの前には妻が落した、小刀《さすが》が一つ光つてゐる。おれはそれを手にとると、一突きにおれの胸へ刺した。何か腥《なまぐさ》い塊《かたまり》がおれの口へこみ上げて来る。が、苦しみは少しもない。唯胸が冷たくなると、一層あたりがしんとしてしまつた。ああ、何と云ふ静かさだらう。この山陰《やまかげ》の藪の空には、小鳥一羽囀《さえず》りに来ない。唯杉や竹の杪《うら》に、寂しい日影が漂つてゐる。日影が、――それも次第に薄れて来る。もう杉や竹も見えない。おれは其処《そこ》に倒れた儘《まま》、深い静かさに包まれてゐる。

その時誰か忍び足に、おれの側《そば》へ来たものがある。おれはそちらを見ようとした。が、おれのまはりには、何時《いつ》か薄闇が立ちこめてゐる。誰か、――その誰かは見えない手に、そつと胸の小刀《さすが》を抜いた。同時におれの口の中には、もう一度血潮が溢《あふ》れて来る。おれはそれぎり永久に、中有《ちゆうう》の闇へ沈んでしまつた。…………

…………

（大正一一年一月「新潮」）

トロツコ

小田原《おだわら》熱海《あたみ》間に、軽便《けいべん》鉄道敷設の工事が始まつたのは、良平《りようへい》の八つの年だつた。良平は毎日村外れへ、その工事を見物に行つた。工事を――といつた所が、唯《ただ》トロツコで土を運搬する――それが面白さに見に行つたのである。

トロツコの上には土工が二人、土を積んだ後《うしろ》に佇《たたず》んでゐる。トロツコは山を下るのだから、人手を借りずに走つて来る。煽《あお》るやうに車台《しやだい》が動いたり、土工の袢天《はんてん》の裾《すそ》がひらついたり、細い線路がしなつたり――良平はそんなけしきを眺めながら、土工になりたいと思ふ事がある。せめては一度でも土工と一しよに、トロツコへ乗りたいと思ふ事もある。トロツコは村外れの平地へ来ると、自然と其処《そこ》に止まつてしまふ。と同時に土工たちは、身軽にトロツコを飛び降りるが早いか、その線路の終点へ車の土をぶちまける。それから今度はトロツコを押し押し、もと来た山の方へ登り始める。良平はその時乗れないまでも、押す事さへ出来たらと思ふのである。

或《ある》夕方、――それは二月の初旬だつた。良平は二つ下の弟や、弟と同じ年の隣の子供と、トロツコの置いてある村外れへ行つた。トロツコは泥だらけになつた儘《まま》、薄明るい中に並んでゐる。が、その外《ほか》は何処《どこ》を見ても、土工たちの姿は見えなかつた。三人の子供は恐る恐る、一番端にあるトロツコを押した。トロツコは三人の力が揃《そろ》ふと、突然ごろりと車輪をまはした。良平はこの音にひやりとした。しかし二度目の車輪の音は、もう彼を驚かさなかつた。ごろり、ごろり、――トロツコはさう云ふ音と共に、三人の手に押されながら、そろそろ線路を登つて行つた。

その内に彼是《かれこれ》十間《けん》程来ると、線路の勾配《こうばい》が急になり出した。トロツコも三人の力では、いくら押しても動かなくなつた。どうかすれば車と一しよに、押し戻されさうにもなる事がある。良平はもう好《よ》いと思つたから、年下の二人に相図《あいず》をした。

「さあ、乗らう！」

彼等は一度に手をはなすと、トロツコの上へ飛び乗つた。トロツコは最初徐《おもむ》ろに、それから見る見る勢《いきお》よく、一息に線路を下《くだ》り出した。その途端につき当りの風景は、忽《たちま》ち両側へ分かれるやうに、ずんずん目の前へ展開して来る。顔に当る薄暮の風、足の下に躍《おど》るトロツコの動揺、――良平は殆《ほとん》ど有頂天になつた。

しかしトロツコは二三分の後《のち》、もうもとの終点に止まつてゐた。

「さあ、もう一度押すぢやあ。」

良平は年下の二人と一しよに、又トロツコを押し上げにかかつた。が、まだ車輪も動かない内に、突然彼等の後《うしろ》には、誰かの足音が聞え出した。のみならずそれは聞え出したと思ふと、急にかう云ふ怒《ど》鳴《な》り声に変つた。

「この野郎！　誰に断つてトロに触つた？」

其処《そこ》には古い印袢天《しるしばんてん》に、季節外れの麦藁帽《むぎわらぼう》をかぶつた、背の高い土工が佇《たたず》んでゐる。――さう云ふ姿が目にはひつた時、良平は年下の二人と一しよに、もう五六間逃げ出してゐた。――それぎり良平は使《つかい》の帰りに、人気《ひとけ》のない工事場のトロツコを見ても、二度と乗つて見ようと思つた事はない。唯《ただ》その時の土工の姿は、今でも良平の頭の何処《どこ》かに、はつきりした記憶を残してゐる。薄明りの中に仄《ほの》めいた、小さい黄色い麦藁帽、――しかしその記憶さへも、年毎《としごと》に色彩は薄れるらしい。

その後《のち》十日余りたつてから、良平は又たつた一人、午《ひる》過ぎの工事場に佇みながら、トロツコの来るのを眺めてゐた。すると土を積んだトロツコの外《ほか》に、枕木を積んだトロツコが一輛《りよう》、これは本線になる筈《はず》の、太い線路を登つて来た。このトロツコを押してゐるのは、二人とも若い男だつた。良平は彼等を見た時から、何だか親しみ易《やす》いやうな気がした。「この人たちならば叱《しか》られない。」――彼はさう思ひながら、トロツコの側《そば》へ駈《か》けて行つた。

「おぢさん。押してやらうか?」

その中の一人、——縞《しま》のシヤツを着てゐる男は、俯向《うつむ》きにトロツコを押した儘、思つた通り快い返事をした。

「おお、押してくよう。」

良平は二人の間《あいだ》にはひると、力一杯押し始めた。

「われは中中力があるな。」

他《た》の一人、——耳に巻煙草《まきたばこ》を挾んだ男も、から良平を褒《ほ》めてくれた。

その内に線路の勾配《こうばい》は、だんだん楽になり始めた。「もう押さなくとも好《よ》い。」——良平は今にも云はれるかと内心気がかりでならなかつた。が、若い二人の土工は、前よりも腰を起したぎり、黙黙と車を押し続けてゐた。良平はたうとうこらへ切れずに、怯《お》づ怯づこんな事を尋ねて見た。

「何時《いつ》までも押してゐて好《い》い?」

「好《い》いとも。」

二人は同時に返事をした。良平は「優しい人たちだ」と思つた。

五六町余り押し続けたら、線路はもう一度急勾配になつた。其処《そこ》には両側の蜜柑畑《みかんばたけ》に、黄色い実がいくつも日を受けてゐる。

「登り路《みち》の方が好《い》い、何時《いつ》までも押させてくれるから。」——良平はそんな事を考へながら、全身でトロツコを押すやうにした。

蜜柑畑の間《あいだ》を登りつめると、急に線路は下りになつた。縞のシヤツを着てゐる男は、良平に「やい、乗れ」と云つた。良平は直《すぐ》に飛び乗つた。トロツコは三人が乗り移ると同時に、蜜柑畑の匂《におい》を煽《あお》りながら、ひた辷《すべ》りに線路を走り出した。「押すよりも乗る方がずつと好《い》い。」——良平は羽織《はおり》に風を孕《はら》ませながら、当り前の事を考へた。「行《い》きに押す所が多ければ、帰りに又乗る所が多い。」——さうも考へたりした。

竹藪《たけやぶ》のある所へ来ると、トロツコは静かに走るのを止《や》めた。三人は又前のやうに、重いトロツコを押し始めた。竹藪は何時か雑木林《ぞうきばやし》になつた。爪先上《つまさきあが》りの所所には、赤錆《あかさび》の線路も見えない程、落葉のたまつてゐる場所もあつた。その路《みち》をやつと登り切つたら、今度は高い崖《がけ》の向うに、広広と薄ら寒い海が開けた。と同時に良平の頭には、余り遠く来過ぎた事が、急にはつきりと感じられた。

三人は又トロツコへ乗つた。車は海を右にしながら、雑木《ざうき》の枝の下を走つて行つた。しかし良平はさつきのやうに、面白い気もちにはなれなかつた。「もう帰つてくれれば好《い》い。」――彼はさうも念じて見た。が、行《い》く所まで行《い》きつかなければ、トロツコも彼等も帰れない事は、勿論《もちろん》彼にもわかり切つてゐた。

その次に車の止まつたのは、切崩した山を背負つてゐる、藁屋根《わらやね》の茶店《ちやみせ》の前だつた。二人の土工はその店へはひると、乳呑子《ちのみご》をおぶつた上《かみ》さんを相手に、悠悠と茶などを飲み始めた。良平は独りいらいらしながら、トロツコのまはりをまはつて見た。トロツコには頑丈な車台《しやだい》の板に、跳ねかへつた泥が乾いてゐた。

少時《しばらく》の後茶店《のちちやみせ》を出て来《き》しなに、巻煙草《まきたばこ》を耳に挾んだ男は、(その時はもう挾んでゐなかつたが)トロツコの側《そば》にゐる良平に新聞紙《がみ》に包んだ駄菓子《だがし》をくれた。良平は冷淡に「難有《ありがと》う」と云つた。が、直《すぐ》に冷淡にしては、相手にすまないと思ひ直した。彼はその冷淡さを取り繕《つくろ》ふやうに、包み菓子の一つを口へ入れた。菓子には新聞紙にあつたらしい、石油の匂《におい》がしみついてゐた。

三人はトロツコを押しながら緩い傾斜を登つて行つた。良平は車に手をかけてゐても、心は外《ほか》の事を考へてゐた。

その坂を向うへ下《お》り切ると、又同じやうな茶店があつた。土工たちがその中へはひつた後《あと》、良平はトロツコに腰をかけながら、帰る事ばかり気にしてゐた。茶店の前には花のさいた梅に、西日の光が消えかかつてゐる。「もう日が暮れる。」――彼はさう考へると、ぼんやり腰かけてもゐられなかつた。トロツコの車輪を蹴《け》つて見たり、一人では動かないのを承知しながらうんうんそれを押して見たり、――そんな事に気もちを紛《まぎ》らせてゐた。

所が土工たちは出て来ると、車の上の枕木に手をかけながら、無造作《むざうさ》に彼にかう云つた。

「われはもう帰んな。おれたちは今日は向う泊りだから。」

「あんまり帰りが遅くなるとわれの家《うち》でも心配するずら。」

良平は一瞬間呆気《あつけ》にとられた。もう彼是《かれこれ》暗くなる事、去年の暮母と岩村まで来たが、今日の途《みち》はその三四倍ある事、それを今からたつた一人、歩いて帰らなければならない事、――さう云ふ事が一時《いちじ》にわかつたのである。良平は殆《ほとん》ど泣きさうになつた。が、泣いても仕方がないと思つた。泣いてゐる場合ではないとも思つた。彼は若い二人の土工に、取つて附けたやうな御時宜《おじぎ》をすると、どんどん線路伝ひに走り出した。

良平は少時《しばらく》無我夢中に線路の側を走り続けた。その内に懐《ふところ》の菓子包みが、邪魔になる事に気がついたから、それを路側《みちばた》へ抛《ほ》り出す次手《ついで》に、板草履《いたぞうり》も其処《そこ》へ脱ぎ捨ててしまつた。すると薄い足袋《たび》の裏へじかに小石が食ひこんだが、足だけは遥かに軽くなつた。彼は左に海を感じながら、急な坂路《さかみち》を駈《か》け登つた。時時涙がこみ上げて来ると、自然に顔が歪《ゆが》んで来る。――それは無理に我慢しても、鼻だけは絶えずくうくう鳴つた。

竹藪《たけやぶ》の側を駈け抜けると、夕焼けのした日金山《ひがねやま》の空も、もう火照《ほて》りが消えかかつてゐた。良平は愈《いよいよ》気が気でなかつた。往《ゆ》きと返りと変るせゐか、景色の違ふのも不安だつた。すると今度は着物までも、汗の濡《ぬ》れ通つたのが気になつたから、やはり必死に駈け続けたなり、羽織《はおり》を路側《みちばた》へ脱いで捨てた。

蜜柑畑《みかんばたけ》へ来る頃には、あたりは暗くなる一方だつた。「命さへ助かれば」――良平はさう思ひながら、辷《すべ》つてもつまづいても走つて行つた。

やつと遠い夕闇の中に、村外れの工事場が見えた時、良平は一思ひに泣きたくなつた。しかしその時もべそはかいたが、たうとう泣かずに駈け続けた。

彼の村へはひつて見ると、もう両側の家家には、電燈の光がさし合つてゐた。良平はその電燈の光に、頭から汗の湯気の立つのが、彼自身にもはつきりわかつた。井戸端《いどばた》に水を汲《く》んでゐる女衆《おんなしゅう》や、畑から帰つて来る男《おとこ》衆《しゅう》は、良平が喘《あえ》ぎ喘ぎ走るのを見ては、「おいどうしたね？」などと声をかけた。が、彼は無言の儘《まま》、雑貨屋だの床屋だの、明るい家の前を走り過ぎた。

彼の家《うち》の門口《かどぐち》へ駈《か》けこんだ時、良平はたうとう大声に、わつと泣き出さずにはゐられなかつた。その泣き声は彼の周囲《まわり》へ、一時《いちじ》に父や母を集まらせた。殊《こと》に母は何とか云ひながら、良平の体を抱へるやうにした。が、良平は手足をもがきながら、啜《すす》り上げ啜り上げ泣き続けた。その声が余り激しかつたせいか、近所の女衆も三四人、薄暗い門口へ集《あつま》つて来た。父母《ちちはは》は勿論《もちろん》その人たちは、口口に彼の泣く訣《わけ》を尋ねた。しかし彼は何と云はれても泣き立てるより外《ほか》に仕方がなかつた。あの遠い路《みち》を駈け通して来た、今までの心細さをふり返ると、いくら大声に泣き続けても、足りない気もちに迫られながら、…………

良平は二十六の年、妻子と一しよに東京へ出て来た。今では或《ある》雑誌社の二階に、校正の朱筆《しゆふで》を握つてゐる。が、彼はどうかすると、全然何の理由もないのに、その時の彼を思ひ出す事がある。全然何の理由もないのに？――塵労《じんろう》に疲れた彼の前には今でもやはりその時のやうに、薄暗い藪《やぶ》や坂のある路が、細細と一すじ断続してゐる。…………

（大正一一年三月「大観」）

毛利先生

　歳晩《さいばん》の或暮方《あるくれがた》、自分は友人の批評家と二人で、所謂腰弁街道《いわゆるこしべんかいどう》の、裸になつた並樹の柳の下を、神田橋《かんだばし》の方へ歩いてゐた。自分たちの左右には、昔、島崎藤村が「もつと頭をあげて歩け」と慷慨《こうがい》した、下級官吏らしい人々が、まだ漂つてゐる黄昏《たそがれ》の光の中に、蹌踉《そうろう》たる歩みを運んで行く。期せずして、同じく憂鬱《ゆううつ》な心もちを、払ひのけようとしても払ひのけられなかつたからであらう。自分たちは外套《がいとう》の肩をすり合せるやうにして、心もち足を早めながら、大手町《おおてまち》の停留場《ていりゅうば》を通りこすまでは、殆《ほとん》ど一言《ひとこと》もきかずにゐた。すると友人の批評家が、あすこの赤い柱の下に、電車を待つてゐる人々の寒むさうな姿を一瞥《いちべつ》すると、急に身ぶるひを一つして、

「毛利先生の事を思ひ出す。」と、独り語《ごと》のやうに呟《つぶや》いた。

「毛利先生と云ふのは誰だい。」

「僕の中学の先生さ。まだ君には話した事がなかつたかな。」

　自分は否《いな》と云ふ代りに、黙つて帽子の庇《ひさし》を下げた。これから下に掲げるのはその時その友人が、歩きながら自分に話してくれた、その毛利先生の追憶である。――

　もう彼是《かれこれ》十年ばかり以前、自分がまだ或《ある》府立中学の三年級にゐた時の事である。自分の級に英語を教へてゐた、安達《あだち》先生と云ふ若い教師が、インフルエンザから来た急性肺炎で、冬期休業の間に物故してしまつた。それが余り突然だつたので、適当な後任を物色する余裕がなかつたからの窮策であらう。自分の中学は、当時或私立中学で英語の教師を勤めてゐた、毛利先生と云ふ老人に、今まで安達先生の受持つてゐた授業を一時嘱《しょく》

托《たく》した。

自分が始めて毛利先生を見たのは、その就任当日の午後である。自分たち三年級の生徒たちは、新しい教師を迎へると云ふ好奇心に圧迫されて、廊下に先生の靴音が響いた時から、何時《いつ》になくひつそりと授業の始まるのを待ちうけてゐた。所がその靴音が、日かげの絶えた、寒い教室の外に止《とど》まつて、やがて扉《ドア》が開かれると、——あゝ、自分はかう云ふ中《うち》にも、歴々とその時の光景が眼《め》に浮んでゐる。扉《ドア》を開いてはいつて来た毛利先生は、何より先《さき》その背の低いのが、よく縁日の見世物に出る蜘蛛《くも》男と云ふものを聯想《れんそう》させた。が、其《そ》の感じから暗澹たる色彩を奪つたのは、殆《ほとん》ど美しいとでも形容したい、光滑々《かつかつ》たる先生の禿《は》げ頭で、これはまだ後頭部のあたりに、種々《しようしよう》たる胡麻塩《ごましお》の髪の毛が、僅《わず》かに残喘《ざんぜん》を保つてゐたが、大部分は博物の教科書に画が出てゐる駝鳥《だちよう》の卵なるものと相違はない。最後に先生の風采《ふうさい》を凡人以上に超越させたものは、その怪しげなモオニング・コオトで、これは過去に於《おい》て黒かつたと云ふ事実を危《あやう》く忘却させる位、文字通り蒼然《そうぜん》たる古色を帯びたものであつた。しかも先生のうすよごれた折襟《おりえり》には、極めて派手な紫の襟飾《ネクタイ》が、まるで翼をひろげた蛾《が》のやうに、ものものしく結ばれてゐたと云ふ、驚く可《べ》き記憶さへ残つてゐる。だから先生が教室へはいると同時に、期せずして笑《わらい》を堪《こら》へる声が、そここゝの隅から起つたのは、元より不思議でも何でもない。

が、読本《とくほん》と出席簿とを抱へた毛利先生は、恰《あたか》も眼中に生徒のないやうな、悠然とした態度を示しながら、一段高い教壇に登つて、自分たちの敬礼に答へると、如何《いか》にも人の好さゝうな、血色の悪い丸顔に愛嬌《あいきよう》のある微笑を漂はせて、

「諸君」と、金切声《かなきりごえ》で呼びかけた。

自分たちは過去三年間、未嘗《いまだかつ》てこの中学の先生から諸君を以て遇せられた事は、一度もない。そこで毛利先生の「諸君」は、勢ひ自分たち一同に、思はず驚嘆の眼を見開かせた。と同時に自分たちは、既に「諸君」と口を切つた以上、その後はさしづめ授業方針か何かの大演説があるだらうと、息をひそめて待ちかまへてゐたのである。

しかし毛利先生は、「諸君」と云つた儘《まま》、教室の中を見廻《みまわ》して、暫《しばら》くは何とも口を開かない。肉のたるんだ

先生の顔には、悠然たる微笑の影が浮んでゐるのに関らず、口角《こうかく》の筋肉は神経的にびくびく動いてゐる。と思ふと、どこか家畜のやうな所のある晴々《はればれ》した眼《め》の中にも、絶えず落ち着かない光が去来した。それがどうも口にこそ出さないが、何か自分たち一同に哀願したいものを抱いてゐて、しかもその何ものかと云ふ事が、先生自身にも遺憾ながら判然と見きはめがつかないらしい。

「諸君」

やがて毛利先生は、かう同じ調子で繰返した。それから今度はその後《あと》へ、丁度《ちようど》その諸君と云ふ声の反響を捕へようとする如《ごと》く、

「これから私が、諸君にチヨイス・リイダアを教へる事になりました」と、如何《いか》にも慌《あわただ》しくつけ加へた。

自分たちは益々《ますます》好奇心の緊張を感じて、ひつそりと鳴りを静めながら、熱心に先生の顔を見守つてゐた。が、毛利先生はさう云ふと同時に、又哀願するやうな眼つきをして、ぐるりと教室の中を見廻《みまわ》すと、それぎりで急に椅子《いす》の上へ、弾機《バネ》がはづれたやうに腰を下した。さうして、既に開かれてゐるチヨイス・リイダアの傍へ、出席簿をひろげて眺め出した。この唐突たる挨拶《あいさつ》の終り方が、如何に自分たちを失望させたか、と云ふよりも寧《むしろ》、失望を通り越して、如何に自分たちを滑稽《こつけい》に感じさせたか、それは恐らく云ふ必要もない事であらう。

しかし幸《さいわい》にして先生は、自分たちが笑《わらい》を洩《もら》すのに先立つて、あの家畜のやうな眼を出席簿から挙げたと思ふと、忽《たちまち》自分たちの級の一人を「さん」づけにして指名した。勿論《もちろん》すぐに席を離れて、訳読して見ろと云ふ相《あい》図《ず》である。そこでその生徒は立ち上つて、ロビンソン・クルウソオか何かの一節を、東京の中学生に特有な、気の利いた調子で訳読した。それを又毛利先生は、時々紫の襟飾《ネクタイ》へ手をやりながら、誤訳は元より些細《ささい》な発音の相違まで、一々丁寧に直して行く。発音は妙に気取つた所があるが、大体正確で、明瞭《めいりよう》で、先生自身もこの方面が特に内心得意らしい。

が、その生徒が席に復して、先生がそこを訳読し始めると、再び自分たちの間には、そこゝから失笑の声が起り始めた。と云ふのは、あれ程発音の妙を極めた先生も、いざ飜訳《ほんやく》をするとなると、殆《ほとん》ど日本人とは思はれない位、日本語の数を知つてゐない。或《あるい》は知つてゐても、その場に臨んで急には思ひ出せないのであらう。

たとへばたつた一行を訳するのにしても、「そこでロビンソン・クルウソオは、とう〳〵飼ふ事にしました。何を飼ふ事にしたかと云へば、それ、あの妙な獣《けだもの》で――動物園に沢山《たくさん》ゐる――何と云ひましたかね、――えゝと、よく芝居をやる――ね、諸君も知つてゐるでせう。それ、顔の赤い――何、猿《さる》? さう〳〵、その猿です。その猿を飼ふ事にしました。」

勿論猿でさへこの位だから、少し面倒な語《ことば》になると、何度もその周囲を低徊《ていかい》した揚句《あげく》でなければ、容易に然《しか》る可《べ》き訳語にはぶつからない。しかも毛利先生は、その度にひどく狼狽《ろうばい》して、殆どあの紫の襟飾《ネクタイ》を引きちぎりはしないかと思ふ程、頻《しきり》に喉元《のどもと》へ手をやりながら、当惑さうな顔をあげて、慌《あわただ》しく自分たちの方へ眼を飛ばせる。と思ふと又、両手で禿《は》げ頭を抑へながら、机の上へ顔を伏せて、如何《いか》にも面目なさゝうに行きづまつてしまふ。さう云ふ時は、唯《ただ》でさへ小さな先生の体が、まるで空気の抜けた護謨《ごむ》風船のやうに、意気地なく縮み上つて、椅子《いす》から垂れてゐる両足さへ、ぶらりと宙に浮びさうな心もちがした。それを又生徒の方では、面白い事にして、くす〳〵笑ふ。さうして二三度先生が訳読を繰返す間には、その笑ひ声も次第に大胆になつて、とうとうしまひには一番前の机からさへ、公然と湧《わ》き返るやうになつた。から云ふ自分たちの笑ひ声が、どれ程善良な毛利先生につらかつたか、――現に自分ですら今日その刻薄《こくはく》な響《ひびき》を想起すると、思はず耳を蔽《おお》ひたくなる事は一再でない。

それでも猶《なお》毛利先生は、休憩時間の喇叭《らっぱ》が鳴り渡るまで、勇敢に訳読を続けて行つた。さうして、漸《よう》く最後の一節を読み終ると、再《ふたたび》元のやうな悠然たる態度で、自分たちの敬礼に答へながら、今までの惨澹たる悪闘も全然忘れてしまつたやうに、落ち着き払つて出て行つてしまつた。その後《あと》を追ひかけてどつと自分たちの間から上つた、嵐のやうな笑ひ声、わざと騒々しく机の蓋《ふた》を開けたり閉めたりさせる音、それから教壇へとび上つて、毛利先生の身ぶりや声色《こわいろ》を早速使つて見せる生徒――あゝ、自分はまだその上に組長の章《しるし》をつけた自分までが、五六人の生徒にとり囲まれて、先生の誤訳を得々と指摘してゐたと云ふ事実すら、思ひ出さなければならないのであらうか。さうしてその誤訳は? 自分は実際その時でさへ、果してそれがほんたうの誤訳かどうか、確な事は何一つわからずに威張《いば》つてゐたのである。

それから三四日経た或午《あるひる》の休憩時間である。自分たち五六人は、機械体操場の砂だまりに集まつて、ヘルの制服の脊《せ》を暖い冬の日向《ひなた》に曝《さら》しながら、遠からず来る可《べ》き学年試験の噂《うわさ》などを、口まめにしやべり交《かわ》してゐた。すると今まで生徒と一しよに鉄棒へぶら下つてゐた、体量十八貫《かん》と云ふ丹波先生が、「一二」と大きな声をかけながら、砂の上へ飛び下りると、チヨツキばかりに運動帽をかぶつた姿を、自分たちの中に現して、

「どうだね。今度来た毛利先生は。」と云ふ。丹波先生はやはり自分たちの級に英語を教へてゐたが、有名な運動好きで、兼《か》ねて詩吟《しぎん》が上手だと云ふ所から、英語そのものは嫌つてゐた柔剣道の選手などと云ふ豪傑連の間にも、大分評判がよかつたらしい。そこで先生がかう云ふと、その豪傑連の一人がミツトを弄《もてあそ》びながら、

「えゝ、あんまり——何です。皆あんまり、よく出来ないやうだつて云つてゐます。」と、柄《がら》にもなくはにかんだ返事をした。すると丹波先生はズボンの砂を手巾《ハンケチ》ではたきながら、得意さうに笑つて見せて、

「お前よりも出来ないか。」

「そりや僕より出来ます。」

「ぢや、文句を云ふ事はないぢやないか。」

豪傑はミツトをはめた手で頭を掻《か》きながら、意気地なくひつこんでしまつた。が、今度は自分の級の英語の秀才が、度の強い近眼鏡をかけ直すと、年に似合はずませた調子で、

「でも先生、僕たちは大抵専門学校の入学試験を受ける心算《つもり》なんですから、出来る上にも出来る先生に教へて頂きたいと思つてゐるんです。」と、抗弁した。が、丹波先生は不相変《あいかわらず》勇壮に笑ひながら、

「何、たつた一学期やそこいら、誰に教はつたつて同じ事さ。」

「ぢや毛利先生は、一学期だけしか御教へにならないんですか。」

この質問には丹波先生も、聊《いささか》急所をつかれた感があつたらしい。世故《せこ》に長《た》けた先生はそれにはわざと答へずに、運動帽を脱ぎながら、五分刈《ごぶがり》の頭の埃《ほこり》を勢よく払ひ落すと、急に自分たち一同を見渡して、

「そりや毛利先生は、随分古い人だから、我々とは少し違つてゐるさ。今朝も僕が電車へ乗つたら、先生は一

番まん中にかけてゐたつけが、乗換への近所になると、『車掌、車掌』つて声をかけるんだ。僕は可笑《おか》しくつて、弱つたがね。兎《と》に角《かく》一風変つた人には違ひないさ。」と、巧《たくみ》に話頭を一転させてしまつた。が、毛利先生のさう云ふ方面に関してなら、何も丹波先生を待たなくとも、自分たちの眼《め》を駭《おどろ》かせた事は、あり余る程沢山《たくさん》ある。――

「それから毛利先生は、雨が降ると、洋服へ下駄《げた》をはいて来られるさうです。」

「あの何時《いつ》も腰に下つてゐる、白い手巾《ハンカチ》へ包んだものは、毛利先生の御弁当ぢやないんですか。」

「毛利先生が電車の吊皮《つりかわ》につかまつてゐられるのを見たら、毛糸の手袋が穴だらけだつたつて云ふ話です。」

自分たちは丹波先生を囲んで、こんな愚にもつかない事を、四方からやかましく饒舌《しやべ》り立てた。所がそれに釣りこまれたのか、自分たちの声が一しきり高くなると、丹波先生も何時か浮き浮きした声を出して、運動帽を指の先でまはしながら、

「それよりかさ。あの帽子が古物《こぶつ》だぜ――」と、思はず口へ出して云ひかけた、丁度《ちようど》その時である。機械体操場と向ひ合つて、僅《わずか》に十歩ばかり隔たつてゐる、二階建の校舎の入口へ、どう思つたか毛利先生が、その古物の山高帽《やまたかぼう》を頂いて、例の紫の襟飾《ネクタイ》へ仔細《しさい》らしく手をやつた儘《まま》、悠然として小さな体を現した。入口の前には一年生であらう、子供のやうな生徒が六七人、人馬《ひとうま》か何かして遊んでゐたが、先生の姿を見ると、これは皆先を争つて、丁寧に敬礼する。毛利先生も亦《また》、入口の石段の上にさした日の光の中に佇《たたず》んで、山高帽をあげながら笑つて礼を返してゐるらしい。この景色を見た自分たちは、流石《さすが》に皆一種の羞恥《しゆうち》を感じて、暫《しばら》くの間はひつそりと、賑《にぎやか》な笑ひ声を絶つてしまつた。が、その中で丹波先生だけは、唯《ただ》、口を噤《つぐ》むべく余りに恐縮と狼狽《ろうばい》とを重ねたからでもあつたらう。「あの帽子が古物だぜ」と、云ひかけた舌をちよいと出して、素早く運動帽をかぶつたと思ふと、突然くるりと向きを変へて、「一――」と大きく喚《わめ》きながら、チヨツキ一つの肥つた体を、やにはに鉄棒へ抛《ほう》りつけた。さうして「海老《えび》上り」の両足を遠く空ざまに伸《のば》しながら、「二――」と再び喚いた時には、もう冬の青空を鮮《あざやか》に切りぬいて、楽々とその上に上《あが》つてゐた。この丹波先生の滑稽《こつけい》なてれ隠しが、自分たち一同を失笑させたのは無理もない。一瞬間声を呑《の》んだ機械体操場の生徒たちは、鉄棒の上の丹波先生

を仰ぎながら、まるで野球の応援でもする時のやうに、わつと囃《はや》し立てながら、拍手をした。

から云ふ自分も皆と一しよに、喝采《かつさい》したのは勿論《もちろん》である。が、喝采してゐる内に、自分は鉄棒の上の丹波先生を、半ば本能的に憎み出した。と云つてもそれ丈《だけ》又、毛利先生に同情を注いだと云ふ訳でもない。その証拠にはその時自分が、丹波先生へ浴びせた拍手は、同時に毛利先生へ、自分たちの悪意を示さうと云ふ、間接目的を含んでゐたからである。今の自分の頭で解剖すれば、その時の自分の心もちは、道徳の上で丹波先生を侮《ぶ》蔑《べつ》すると共に、学力の上では毛利先生も併せて侮蔑してゐたとでも説明する事が出来るかも知れない。或《あるい》はその毛利先生に対する侮蔑は、丹波先生の「あの帽子が古物《こぶつ》だぜ」によつて、一層然《しか》る可《べ》き裏書きを施されたやうな、づう〳〵しさを加へてゐたとも考へる事が出来るであらう。だから自分は喝采しながら、聳《そび》やかした肩越しに、昂然《こうぜん》として校舎の入口の方を眺めやつた。するとそこには依然として、我《わが》毛利先生が、まるで日の光を貪《むさぼ》つてゐる冬蠅《ふゆばい》か何かのやうに、ぢつと石段の上に佇《たたず》みながら、一年生の無邪気な遊戯を、余念もなく独り見守つてゐる。その山高帽子とその紫の襟飾《ネクタイ》と――自分は当時、寧《むしろ》、哂《わら》ふ可き対象として、一瞥《いちべつ》の中に収めたこの光景が、何故《なぜ》か今になつて見ると、どうしても又忘れる事が出来ない。……

* * *

就任の当日毛利先生が、その服装と学力とによつて、自分たちに起させた侮蔑の情は、丹波先生のあの失策(?)があつて以来、愈《いよいよ》級全体に盛《さかん》になつた。すると、又、それから一週間とたゝない或《ある》朝の事である。その日は前夜から雪が降りつゞけて、窓の外にさし出てゐる雨天体操場の屋根などは、一面にもう瓦《かわら》の色が見えなくなつてしまつたが、それでも教室の中にはストオヴが、赤々と石炭の火を燃え立たせて、窓硝子《ガラス》につもる雪さへ、うす青い反射の光を漂はす暇《ひま》もなく、溶けて行つた。そのストオヴの前に椅子《いす》を据《す》ゑながら、毛利先生は例の通り、金切声《かなきりごえ》をふりしぼつて、熱心にチヨイス・リイダアの中にあるサアム・オヴ・ライフを教へてゐたが、勿論誰も真面目《まじめ》になつて、耳を傾けてゐる生徒はない。ない所か、自分の隣にゐた、或柔道の選手の如《ごと》きは、読本《とくほん》の下へ武俠《ぶきよう》世界をひろげて、さつきから押川春浪《おしかわしゅんろう》の冒険小説を読んでゐる。

それが彼是《かれこれ》二三十分は続いたであらう。その中《うち》に毛利先生は、急に椅子から身を起すと、丁度《ちようど》今教へてゐるロングフエロオの詩にちなんで、人生と云ふ問題を弁じ出した。趣旨はどんな事だつたか、更に記憶に残つてゐないが、恐らくは議論と云ふよりも、先生の生活を中心とした感想めいたものだつたと思ふ。と云ふのは先生が、まるで羽根を抜かれた鳥のやうに、絶えず両手を上げ下げしながら、慌《あわただ》しい調子で饒舌《しやべ》つた中に、「諸君にはまだ人生はわからない。ね。わかりたいつたつて、わかりはしません。それだけ諸君は幸福なんでせう。我々になると、ちやんと人生がわかる。わかるが苦しい事が多いです。ね。苦しい事が多い。これで私にしても、子供が二人ある。そら、そこで学校へ上げなければならない。上げれば――えゝと――上げれば――学資？ さうだ。その学資が入《い》るでせう。ね。だから中々苦しい事が多い……」と云ふやうな文句のあつた事を、かすかに覚えてゐるからである。が、何も知らない中学生に向つてさへ、生活難を訴へる――或《あるい》は訴へない心算《つもり》でも訴へてゐる、先生の心もちなぞと云ふものは、元より自分たちに理解されやう筈《はず》がない。それより訴へると云ふその事実の、滑稽《こつけい》な側面ばかり見た自分たちは、かう先生が述べ立てゝゐる中《うち》に、誰からともなくくす〳〵笑ひ出した。唯《ただ》、それが何時《いつ》もの哄然《こうぜん》たる笑声《わらいごえ》に変らなかつたのは、先生の見すぼらしい服装と金切声《かなきりごえ》をあげて饒舌《しやべ》つてゐる顔つきとが、如何《いか》にも生活難それ自身の如《ごと》く思はれて、幾分の同情を起させたからであらう。しかし自分たちの笑ひ声が、それ以上大きくならなかつた代りに、暫《しばら》くすると、自分の隣にゐた柔道の選手が、突然武侠《ぶきよう》世界をさし置いて、虎《とら》のやうな勢《いきおい》を示しながら、立ち上つた。さうして何を云ふかと思ふと、

「先生、僕たちは英語を教へて頂く為に、出席してゐます。ですからそれが教へて頂けなければ、教室へはいつてゐる必要はありません。もしもつと御話が続くのなら、僕は今から体操場へ出て行きます。」

かう云つて、その生徒は、一生懸命に苦《にが》い顔をしながら、恐しい勢で又席に復した。自分はその時の毛利先生位、不思議な顔をした人を見た事はない。先生はまるで雷《らい》に撃たれたやうに、口を半ば開《あ》けた儘《まま》、ストオヴの側《そば》へ棒立ちになつて、一二分の間は唯、その慓悍《ひようかん》な生徒の顔ばかり眺めてゐた。が、やがて家畜のやうな眼《め》の中に、あの何かを哀願するやうな表情が、際《きわ》どくちらりと閃《ひらめ》いたと思ふと、急に例の紫の襟飾《ネクタイ》へ手をやつて、二三度禿《は》げ頭を下げながら、

「いや、これは私が悪い。私が悪かつたから、重々あやまります。成程諸君は、英語を習ふ為に出席してゐる。その諸君に英語を教へないのは、私が悪かつた。悪かつたから、重々あやまります。ね。重々あやまります。」と、泣いてゞもゐるやうな微笑を浮べて、何度となく同じやうな事を繰り返した。それがストオヴの口からさす赤い火の光を斜《ななめ》に浴びて、上衣《うわぎ》の肩や腰の摺《す》り切れた所が、一層鮮《あざやか》に浮んで見える。と思ふと先生の禿げ頭も、下げる度に見事な赤銅《しやくどう》色の光沢を帯びて、愈駝鳥《いよいよだちよう》の卵らしい。

が、この気の毒な光景も、当時の自分には徒《いたずら》に、先生の下等な教師根性を曝露《ばくろ》したものとしか思はれなかつた。毛利先生は生徒の機嫌をとつてまでも、失職の危険を避けようとしてゐる。だから先生が教師をしてゐるのは、生活の為に余儀なくされたので、何も教育そのものに興味があるからではない。――朧《おぼろ》げながらこんな批評を逞《たくまし》うした自分は、今は服装と学力とに対する侮蔑《ぶべつ》ばかりでなく、人格に対する侮蔑さへ感じながら、チヨイス・リイダアの上へ頬杖《ほおづえ》をついて、燃えさかるストオヴの前へ立つた儘《まま》、精神的にも肉体的にも、火炙《ひあぶ》りにされてゐる先生へ、何度も生意気な笑ひ声を浴びせかけた。勿論《もちろん》これは、自分一人に限つた事でも何でもない。現に先生をやりこめた柔道の選手なぞは、先生が色を失つて謝罪すると、ちよいと自分の方を見かへつて、狡猾《こうかつ》さうな微笑を洩《もら》しながら、すぐ又読本《とくほん》の下にある押川春浪の冒険小説を、勉強し始めたものである。

それから休憩時間の喇叭《らつぱ》が鳴るまで、我《わが》毛利先生は何時《いつ》もより更にしどろもどろになつて、憐《あわれ》む可《べ》きロングフエロオを無二無三に訳読しようとした。「Life is real, life is earnest」――あの血色の悪い丸顔を汗ばませて、絶えず知られざる何物かを哀願しながら、かう先生の読み上げた、喉《のど》のつまりさうな金切声《かなきりごえ》は、今日《こんにち》でも猶《なお》自分の耳の底に残つてゐる。が、その金切声の中に潜んでゐる幾百万の悲惨な人間の声は、当時の自分たちの鼓膜を刺戟《しげき》すべく、余りに深刻なものであつた。だからその時間中、倦怠に倦怠を重ねた自分たちの中には、無遠慮な欠伸《あくび》の声を洩らしたものさへ、自分の外《ほか》にも少くはない。しかし毛利先生は、ストオヴの前へ小さな体を直立させて、窓硝子《ガラス》をかすめて飛ぶ雪にも全然頓着《とんちやく》せず、頭の中の鉄条《ゼンマイ》が一時にほぐれたやうな勢《いきおい》で、絶えず読本をふりまはしながら、必死になつて叫びつゞける。「Life is real, life is earnest. ――Life is real, life is earnest」……

から云ふ次第だつたから、一学期の雇傭期間がすぎて、再び毛利先生の姿を見る事が出来なくなつてしまつた時も、自分たちは喜びこそすれ、決して惜しいなどとは思はなかつた。いや、その喜ぶと云ふ気さへ出なかつた程、先生の去就には冷淡だつたと云へるかも知れない。殊《こと》に自分なぞはそれから七八年、中学から高等学校、高等学校から大学と、次第に成人《おとな》になるのに従つて、さう云ふ先生の存在自身さへ、殆《ほとん》ど忘れてしまふ位、全然何の愛惜も抱かなかつたものである。

すると大学を卒業した年の秋――と云つても、日が暮れると屡《しばしば》深い靄《もや》が下りる、十二月の初旬近くで、並木の柳や鈴懸《すずかけ》などが、とうに黄いろい葉をふるつてゐた、或《ある》雨あがりの夜の事である。自分は神田の古本屋を根気よくあさりまはつて、欧洲戦争が始まつてから、めつきり少くなつた独逸《ドイツ》書を一二冊手に入れた揚句《あげく》、動くともなく動いてゐる晩秋の冷《つめた》い夜気を、外套《がいとう》の襟《えり》に防ぎながら、ふと中西屋の前を通りかゝると、何故《なぜ》か賑《にぎやか》な人声と、暖い飲料とが急に恋しくなつたので、そこにあつたカツフエの一つへ、何気なく独りではいつて見た。

所が、はいつて見るとカツフエの中は、狭いながらがらんとして、客の影は一人もない。置き並べた大理石の卓《テエブル》の上には、砂糖壺《つぼ》の鍍金《めつき》ばかりが、冷《つめた》く電燈の光を反射してゐる。自分はまるで誰かに欺《あざむ》かれたやうな、寂しい心もちを味ひながら、壁にはめこんだ鏡の前の、卓へ行つて腰を下した。さうして、用を聞きに来た給仕に珈琲《コーヒー》を云ひつけると、思ひ出したやうに葉巻を出して、何本となくマチを擦《す》つた揚句、やつとそれに火をつけた。すると間もなく湯気の立つた珈琲茶碗が、自分の卓の上に現れたが、それでも一度沈んだ気は、外に下りてゐる靄のやうに、容易な事では晴れさうもない。と云つて今古本屋から買つて来たのは、字の細《こまか》い哲学の書物だから、こゝでは折角《せつかく》の名論文も、一頁《ページ》と読むのは苦痛である。そこで自分は仕方がなく、椅子《いす》の脊《せ》へ頭をもたせて、ブラジル珈琲《コーヒー》とハヴアナと代る〴〵使ひながら、すぐ鼻の先の鏡の中へ、漫然と煮え切らない視線をさまよはせた。

鏡の中には、二階へ上る楷子《はしご》段《だん》の側面を始《はじめ》として、向うの壁、白塗りの扉《ドア》、壁にかけた音楽会の広告などが、舞台面の一部でも見るやうに、はつきりと寒く映《うつ》つてゐる。いや、まだその外《ほか》にも、大理石の卓《テエブル》が見えた。大きな針葉樹の鉢も見えた。天井から下つた電燈も見えた。大形な陶器の瓦斯《ガス》煖炉も見えた。その煖炉の前を囲んで、頻《しきり》に何か話してゐる三四人の給仕の姿も見えた。さうして——から自分が鏡の中の物象を順々に点検して、煖炉の前に集まつてゐる給仕たちに及んだ時である。自分は彼等に囲まれながら、その卓に向つてゐる一人の客の姿に驚かされた。それが、今まで自分の注意に上《のぼ》らなかつたのは、恐らく周囲の給仕にまぎれて、無意識にカツフエの厨丁《コック》か何かと思ひこんでゐたからであらう。が、その時、自分が驚いたのは、何もゐないと思つた客が、ゐたと云ふばかりではない。鏡の中に映つてゐる客の姿が、こちらへは僅《わずか》に横顔しか見せてゐないにも関らず、あの駝鳥《だちよう》の卵のやうな、禿《は》げ頭の恰好《かつこう》と云ひ、あの古色蒼然《そうぜん》としたモオニング・コオトの容子《ようす》と云ひ、最後にあの永遠に紫な襟飾《ネクタイ》の色合ひと云ひ、我《わが》毛利先生だと云ふ事は、一目ですぐに知れたからである。

自分は先生を見ると同時に、先生と自分とを隔てゝゐた七八年の歳月を、咄嗟《とつさ》に頭の中へ思ひ浮べた。チヨイス・リイダアを習つてゐた中学の組長と、今こゝで葉巻の煙を静《しずか》に鼻から出してゐる自分と——自分にとつてその歳月は、決して短かゝつたとは思はれない。が、すべてを押し流す「時」の流も、既に時代を超越したこの毛利先生ばかりは、如何《いかん》ともする事が出来なかつたからであらうか。現在この夜《よる》のカツフエで給仕と卓《テエブル》を分つてゐる先生は、宛然《えんぜん》として昔、あの西日もさゝない教室で読本《とくほん》を教へてゐた先生である。禿げ頭も変らない。紫の襟飾《ネクタイ》も同じであつた。それからあの金切声《かなきりごえ》も——さういへば、先生は、今もあの金切声を張りあげて、忙しさうに何か給仕たちへ、説明してゐるやうではないか。自分は思はず微笑を浮べながら、何時《いつ》かひき立たない気分も忘れて、ぢつと先生の声に耳を借した。

「そら、こゝにある形容詞がこの名詞を支配する。ね、ナポレオンと云ふのは人の名前だから、そこでこれを名詞と云ふ。よろしいかね。それからその名詞を見ると、すぐ後に——このすぐ後にあるのは、何だか知つてゐるかね。え。お前はどうだい。」

「関係——関係名詞。」

給仕の一人が吃《ども》りながら、かう考へた。

「何、関係名詞？　関係名詞と云ふものはない。関係――えゝと――関係代名詞？　さうさう、関係代名詞だね。代名詞だから、そら、ナポレオンと云ふ名詞の代りになる。ね。代名詞とは名に代る詞《ことば》と書くだらう。」

　話の具合では、毛利先生はこのカツフエの給仕たちに英語を教へてゞもゐるらしい。そこで自分は椅子《いす》をずらせて、違つた位置から又鏡を覗《のぞ》きこんだ。すると果してその卓《テエブル》の上には、読本《とくほん》らしいものが一冊開いてある。毛利先生はその頁《ページ》を、頻《しきり》に指でつき立てながら、何時《いつ》までも説明に厭《あ》きる容子《ようす》がない。この点も亦《また》先生は、依然として昔の通りであつた。唯《ただ》、まはりに立つてゐる給仕たちは、あの時の生徒と反対に、皆熱心な眼《め》を輝かせて、目白押しに肩を合せながら、慌《あわただ》しい先生の説明におとなしく耳を傾けてゐる。

　自分は鏡の中のこの光景を、暫《しばら》く眺めてゐる間に、毛利先生に対する温情が、次第に意識の表面へ浮んで来た。一そ自分もあすこへ行つて、先生と久闊《きゆうかつ》を叙し合はうか。が、多分先生は、たつた一学期の短い間、教室だけで顔を合せた自分なぞを覚えてゐまい。よし又覚えてゐるとしても――自分は卒然として、当時自分たちが先生に浴びせかけた、悪意のある笑ひ声を思ひ出すと、結局名乗なぞはあげない方が、遥《はるか》に先生を尊敬する所以《ゆえん》だと思ひ直した。そこで珈琲《コーヒー》が尽きたのを機会にして、短くなつた葉巻を捨てながら、そつと卓から立上ると、それが静《しずか》にした心算《つもり》でも、やはり先生の注意を擾《みだ》したのであらう。自分が椅子を離れると同時に、先生はあの血色の悪い丸顔を、あのうすよごれた折襟《おりえり》を、あの紫の襟飾《ネクタイ》を、一度にこちらへふり向けた。家畜のやうな先生の眼と自分の眼とが、鏡の中で刹那《せつな》の間《あいだ》出合つたのは正にこの時である。が、先生の眼の中には、さつき自分が予想した通り、果して故人に遇《あ》つたと云ふ気色《けしき》らしいものも浮んでゐない。唯、そこに閃《ひらめ》いてゐたものは、例の如《ごと》く何ものかを、常に哀願してゐるやうな、傷《いた》ましい目《ま》なざしだけであつた。

　自分は眼を伏せた儘《まま》、給仕の手から伝票を受けとると、黙つてカツフエの入口にある帳場の前へ勘定に行つた。帳場には自分も顔馴染《なじ》みの、髪を綺麗《きれい》に分けた給仕頭《がしら》が、退屈さうに控へてゐる。

「あすこに英語を教へてゐる人がゐるだらう。あれはこのカツフエで頼んで教へて貰《もら》ふのかね。」

　自分は金を払ひながら、かう尋ねると、給仕頭は戸口の外の往来を眺めた儘、つまらなさうな顔をして、こんな答を聞かせてくれた。

「何、頼んだ訳ぢやありません。唯、毎晩やつて来ちや、あゝやつて、教へてゐるんです。何でももう老朽《ろうきゆう》の英語の先生ださうで、どこでも傭《やと》つてくれないんだつて云ひますから、大方暇つぶしに来るんでせう。珈琲一杯で一晩中、坐《すわ》りこまれるんですから、こつちぢやあんまり難有《ありがた》くもありません。」

これを聞くと共に自分の想像には、咄嗟《とつさ》に我《わが》毛利先生の知られざる何物かを哀願してゐる、あの眼《め》つきが浮んで来た。あゝ、毛利先生。今こそ自分は先生を――先生の健気《けなげ》な人格を始めて髣髴《ほうふつ》し得たやうな心もちがする。もし生れながらの教育家と云ふものがあるとしたら、先生は実にそれであらう。先生にとつて英語を教へると云ふ事は、空気を呼吸すると云ふ事と共に、寸刻と雖《いえど》も止《や》める事は出来ない。もし強《し》ひて止めさせれば、丁度《ちようど》水分を失つた植物か何かのやうに、先生の旺盛《おうせい》な活力も即座に萎微《いび》してしまふのであらう。だから先生は夜毎《ごと》に英語を教へると云ふその興味に促されて、わざ〳〵独りこのカツフエへ一杯の珈琲《コーヒー》を啜《すす》りに来る。勿論《もちろん》それはあの給仕頭《がしら》などに、暇つぶしを以て目さるべき悠長な性質のものではない。まして昔、自分たちが、先生の誠意を疑つて、生活の為と嘲《あざけ》つたのも、今となつては心から赤面の外《ほか》はない誤謬《ごびゆう》であつた。思へばこの暇つぶしと云ひ生活の為と云ふ、世間の俗悪な解釈の為に、我《わが》毛利先生はどんなにか苦しんだ事であらう。元よりさう云ふ苦しみの中にも、先生は絶えず悠然たる態度を示しながら、あの紫の襟飾《ネクタイ》とあの山高帽《やまたかぼう》とに身を固めて、ドンキホオテよりも勇ましく、不退転の訳読を続けて行つた。しかし先生の眼の中には、それでも猶《なお》時として、先生の教授を受ける生徒たちの――恐らくは先生が面してゐるこの世間全体の――同情を哀願する閃《ひらめ》きが、傷《いた》ましくも宿つてゐたではないか。

刹那《せつな》の間《あいだ》こんな事を考へた自分は、泣いて好《い》いか笑つて好いか、わからないやうな感動に圧せられながら、外套《がいとう》の襟《えり》に顔を埋《うず》めて、匇々《そうそう》カツフエの外へ出た。が、後《あと》では毛利先生が、明るすぎて寒い電燈の光の下で、客がゐないのを幸《さいわい》に、不相変《あいかわらず》金切声《かなきりごえ》をふり立てゝ、熱心な給仕たちにまだ英語を教へてゐる。

「名に代る詞《ことば》だから、代名詞と云ふ。ね。代名詞。よろしいかね……」

――大正七年十二月――

（大正八年一月「新潮」）

舞踏会

一

明治十九年十一月三日の夜《よる》であつた。当時十七歳だつた――家《け》の令嬢明子《あきこ》は、頭の禿《は》げた父親と一しよに、今夜の舞踏会が催さるべき鹿鳴館《ろくめいかん》の階段を上《のぼ》つて行つた。明い瓦斯《がす》の光に照らされた、幅の広い階段の両側には、殆《ほとん》ど人工に近い大輪の菊の花が、三重の籬《まがき》を造つてゐた。菊は一番奥のがうす紅《べに》、中程のが濃い黄色、一番前のがまつ白な花びらを流蘇《ふさ》の如《ごと》く乱してゐるのであつた。さうしてその菊の籬の尽きるあたり、階段の上の舞踏室からは、もう陽気な管絃楽《かんげんがく》の音《ね》が、抑へ難《がた》い幸福の吐息のやうに、休みなく溢《あふ》れて来るのであつた。

明子は夙《つと》に仏蘭西《フランス》語と舞踏との教育を受けてゐた。が、正式の舞踏会に臨《のぞ》むのは、今夜がまだ生まれて始めてであつた。だから彼女は馬車の中でも、折々《おりおり》話しかける父親に、上《うわ》の空の返事ばかり与へてゐた。それ程彼女の胸の中には、愉快なる不安とでも形容すべき、一種の落着かない心もちが根を張つてゐたのであつた。彼女は馬車が鹿鳴館の前に止《とま》るまで、何度いら立たしい眼《め》を挙げて、窓の外に流れて行《ゆ》く東京の町の乏《とぼ》しい燈火《ともしび》を、見つめた事だか知れなかつた。

が、鹿鳴館の中へはひると、間もなく彼女はその不安を忘れるやうな事件に遭遇《そうぐう》した。と云ふは階段の丁度《ちょうど》中程まで来かかつた時、二人は一足先《ひとあしさき》に上《のぼ》つて行《ゆ》く支那《しな》の大官に追ひついた。すると大官は肥満した体を開《ひら》いて、二人を先へ通らせながら、呆《あき》れたやうな視線を明子へ投げた。初々《ういうい》しい薔薇《ばら》色の舞踏服、品《ひん》好く頸《くび》へかけた水色のリボン、それから濃い髪に匂つてゐるたつた一輪の薔薇の花――実際その夜《よ》の明子の姿は、この長い辮髪《べんぱつ》を垂れた支那の大官の眼を驚かすべく、開化の日本《にほん》の少女の美を遺憾なく具《そな》へてゐたのであつた。と思ふと又階段を急ぎ足に下りて来た、若い燕尾服《えんびふく》の日本人も、途中で二人にすれ違ひながら、反射的にちよいと振り返つて、やはり呆《あき》れたやうな一瞥《いちべつ》を明子の後姿に浴《あび》せかけた。それから何故《なぜ》か思ひついたやうに、白い襟飾《ネクタイ》へ手をやつて見て、又菊の中を忙《いそが》しく玄関の方へ下りて行つた。

二人が階段を上《のぼ》り切ると、二階の舞踏室の入口《いりくち》には、半白《はんぱく》の頬鬚《ほおひげ》を蓄《たくわ》へた主人役の伯爵が、胸間に幾つかの勲章を帯びて、路易《ルイ》十五世式の装ひを凝らした年上の伯爵夫人と一しよに、大様《おおよう》に客を迎へてゐた。明子はこの伯爵でさへ、彼女の姿を見た時には、その老獪《ろうかい》らしい顔の何処《どこ》かに、一瞬間無邪気な驚嘆の色が去来したのを見のがさなかつた。人の好《い》い明子の父親は、嬉《うれ》しさうな微笑を浮べながら、伯爵とその夫人とへ手短に娘を紹介した。彼女は羞恥《しゅうち》と得意とを交《かわ》る〳〵味《あじわ》つた。が、その暇にも権高《けんだか》な伯爵夫人の顔だちに、一点下品な気があるのを感づくだけの余裕があつた。

舞踏室の中にも至る所に、菊の花が美しく咲き乱れてゐた。さうして又至る所に、相手を待つてゐる婦人たちのレエスや花や象牙《ぞうげ》の扇《おうぎ》が、爽《さわや》かな香水の匂《におい》の中に、音のない波の如《ごと》く動いてゐた。明子はすぐに父親と分れて、その綺羅《きら》びやかな婦人たちの或《ある》一団と一しよになつた。それは皆《みな》同じやうな水色や薔薇色の舞踏服を着た、同年輩らしい少女であつた。彼等は彼女を迎へると、小鳥のやうにさざめき立つて、口々に今夜の彼女の姿が美しい事を褒《ほ》め立てたりした。

が、彼女がその仲間へはひるや否や、見知らない仏蘭西《フランス》の海軍将校が、何処からか静《しず》かに歩み寄つた。さうして両腕を垂れた儘《まま》、叮嚀《ていねい》に日本風の会釈《えしやく》をした。明子はかすかながら血の色が、頬《ほお》に上《のぼ》つて来るのを意識した。しかしその会釈が何を意味するかは、問ふまでもなく明かだつた。だから彼女は手にしてゐた扇を預つて貰《もら》ふべく、隣に立つてゐる水色の舞踏服の令嬢をふり返つた。と同時に意外にも、その仏蘭西の海軍将校は、ちらりと頬に微笑の影を浮べながら、異様なアクサンを帯びた日本語で、はつきりと彼女にかう云つた。

「一しよに踊つては下さいませんか。」

間もなく明子は、その仏蘭西の海軍将校と、「美しく青きダニウブ」のヴアルスを踊つてゐた。相手の将校は、頬の日に焼けた、眼《め》鼻立《はなだ》ちの鮮《あざやか》な、濃い口髭《くちひげ》のある男であつた。彼女はその相手の軍服の左の肩に、長い手袋を嵌《は》めた手を預《あず》くべく、余りに背《せい》が低かつた。が、場馴《ばな》れてゐる海軍将校は、巧《たくみ》に彼女をあしらつて、軽々と群集の中を舞ひ歩いた。さうして時々彼女の耳に、愛想の好《い》い仏蘭西《フランス》語の御世辞《おせじ》さへも囁《ささや》いた。

　彼女はその優しい言葉に、恥しさうな微笑を酬《むく》いながら、時々彼等が踊つてゐる舞踏室の周囲へ眼《め》を投げた。皇室の御紋章《ごもんしよう》を染め抜いた紫縮緬《むらさきちりめん》の幔幕《まんまく》や、爪《つめ》を張つた蒼竜《そうりゆう》が身をうねらせてゐる支那《しな》の国旗の下には、花瓶々々の菊の花が、或《あるい》は軽快な銀色を、或は陰鬱《いんうつ》な金色《きんいろ》を、人波の間《あいだ》にちらつかせてゐた。しかもその人波は、三鞭酒《シャンパニエ》のやうに湧《わ》き立つて来る、花々しい独逸《ドイツ》管絃楽《かんげんがく》の旋律の風に煽《あお》られて、暫《しばら》くも目まぐるしい動揺を止《や》めなかつた。明子はやはり踊つてゐる友達の一人と眼を合はすと、互に愉快さうな頷《うなず》きを忙《せわ》しい中に送り合つた。が、その瞬間には、もう違つた踊り手が、まるで大きな蛾《が》が狂ふやうに、何処《どこ》からか其処《そこ》へ現れてゐた。

　しかし明子はその間《ま》にも、相手の仏蘭西の海軍将校の眼が、彼女の一挙一動に注意してゐるのを知つてゐた。それは全くこの日本に慣れない外国人が、如何《いか》に彼女の快活な舞踏ぶりに、興味があつたかを語るものであつた。こんな美しい令嬢も、やはり紙と竹との家の中に、人形の如《ごと》く住んでゐるのであらうか。さうして細い金属の箸《はし》で、青い花の描《か》いてある手のひら程の茶碗《ちやわん》から、米粒を挟んで食べてゐるのであらうか。――彼の眼の中にはかう云ふ疑問が、何度も人懐しい微笑と共に往来するやうであつた。明子にはそれが可笑《おか》しくもあれば、同時に又誇らしくもあつた。だから彼女の華奢《きやしや》な薔薇《ばら》色の踊り靴は、物珍しさうな相手の視線が折々《おりおり》足もとへ落ちる度に、一層身軽く滑《なめらか》な床の上を辷《すべ》つて行《ゆ》くのであつた。

　が、やがて相手の将校は、この児猫《こねこ》のやうな令嬢の疲れたらしいのに気がついたと見えて、劬《いたわ》るやうに顔を覗《のぞ》きこみながら、

「もつと続けて踊りませうか。」

「ノン・メルシイ。」

　明子は息をはずませながら、今度ははつきりとかう答へた。

　するとその仏蘭西の海軍将校は、まだヴアルスの歩みを続けながら、前後左右に動いてゐるレエスや花の波

を縫つて、壁側《かべぎわ》の花瓶の菊の方へ、悠々と彼女を連れて行つた。さうして最後の一回転の後《のち》、其処《そこ》にあつた椅《い》子《す》の上へ、鮮《あざやか》に彼女を掛けさせると、自分は一旦《いつたん》軍服の胸を張つて、それから又前のやうに恭《うやうや》しく日本風の会《えし》釈《やく》をした。

その後《ご》又ポルカやマズユルカを踊つてから、明子はこの仏蘭西《フランス》の海軍将校と腕を組んで、白と黄とうす紅《べに》と三重の菊の籬《まがき》の間《あいだ》を、階下の広い部屋へ下りて行つた。

此処《ここ》には燕尾服《えんびふく》や白い肩がしつきりなく去来する中に、銀や硝子《がらす》の食器類に蔽《おお》はれた幾つかの食卓が、或は肉と松露《しようろ》との山を盛り上げたり、或はサンドウイッチとアイスクリイムとの塔を聳《そば》立てたり、或《あるい》は又柘榴《ざくろ》と無花果《いちじく》との三角塔を築いたりしてゐた。殊《こと》に菊の花が埋《うず》め残した、部屋の一方の壁上《へきじよう》には、巧《たくみ》な人工の葡萄蔓《ぶどうづる》が青々とからみついてゐる、美しい金色《きんいろ》の格子《こうし》があつた。さうしてその葡萄の葉の間《あいだ》には、蜂《はち》の巣のやうな葡萄の房が、累々《るいるい》と紫に下《さが》つてゐた。明子はその金色の格子の前に、頭の禿《は》げた彼女の父親が、同年輩の紳士と並んで、葉巻きを啣《くわ》へてゐるのに遇《あ》つた。父親は明子の姿を見ると、満足さうにちよいと頷《うなず》いたが、それぎり連れの方を向いて、又葉巻きを燻《くゆ》らせ始めた。

仏蘭西の海軍将校は、明子と食卓の一つへ行つて、一しよにアイスクリイムの匙《さじ》を取つた。彼女はその間《ま》も相手の眼《め》が、折々《おりおり》彼女の手や髪や水色のリボンを掛けた頸《くび》へ注がれてゐるのに気がついた。それは勿論《もちろん》彼女にとつて、不快な事でも何でもなかつた。が、或刹那《あるせつな》には女らしい疑ひも閃《ひらめ》かずにはゐられなかつた。そこで黒い天鵞絨《びろうど》の胸に赤い椿《つばき》の花をつけた、独逸《ドイツ》人らしい若い女が二人の傍《かたわら》を通つた時、彼女はその疑ひを仄《ほの》めかせる為に、かう云ふ感歎《かんたん》の言葉を発明した。

「西洋の女の方《かた》はほんたうに御美しうございますこと。」

海軍将校はこの言葉を聞くと、思ひの外真面目《ほかまじめ》に首を振つた。

「日本の女の方《かた》も美しいです。殊にあなたなぞは——」

「そんな事はございませんわ。」

「いえ、御世辞《おせじ》ではありません。その儘《まま》すぐに巴里《パリー》の舞踏会へも出られます。さうしたら皆《みんな》が驚くでせう。ワットオの画《え》の中の御姫様のやうですから。」

明子はワットオを知らなかつた。だから海軍将校の言葉が呼び起した、美しい過去の幻も――仄暗《ほのくら》い森の噴水と凋《すが》れて行《ゆ》く薔薇《ばら》との幻も、一瞬の後《のち》には名残《なご》りなく消え失《う》せてしまはなければならなかつた。が、人一倍感じの鋭い彼女は、アイスクリイムの匙《さじ》を動かしながら、僅《わずか》にもう一つ残つてゐる話題に縋《すが》る事を忘れなかつた。

「私も巴里の舞踏会へ参つて見たうございますわ。」

「いえ、巴里の舞踏会も全くこれと同じ事です。」

海軍将校はかう云ひながら、二人の食卓を繞《めぐ》つてゐる人波と菊の花とを見廻《みまわ》したが、忽《たちま》ち皮肉な微笑の波が瞳《ひとみ》の底に動いたと思ふと、アイスクリイムの匙を止《や》めて、

「巴里ばかりではありません。舞踏会は何処《どこ》でも同じ事です。」と半ば独り語《ごと》のやうにつけ加へた。

一時間の後《のち》、明子と仏蘭西《フランス》の海軍将校とは、やはり腕を組んだ儘《まま》、大勢の日本人や外国人と一しよに舞踏室の外にある星月夜の露台に佇《たたず》んでゐた。

欄干《らんかん》一つ隔てた露台の向うには、広い庭園を埋《うず》めた針葉樹《しんようじゅ》が、ひつそりと枝を交《かわ》し合つて、その梢《こずえ》に点々と鬼灯提燈《ほおずきぢょうちん》の火を透《す》かしてゐた。しかも冷《ひや》やかな空気の底には、下の庭園から上《のぼ》つて来る苔《こけ》の匂《におい》や落葉の匂が、かすかに寂しい秋の呼吸を漂はせてゐるやうであつた。が、すぐ後《うしろ》の舞踏室では、やはりレエスや花の波が、十六菊を染め抜いた紫縮緬《むらさきちりめん》の幕の下に、休みない動揺を続けてゐた。さうして又調子の高い管絃楽《かんげんがく》のつむじ風が、不相変《あいかわらず》その人間の海の上へ、用捨もなく鞭《むち》を加へてゐた。

勿論《もちろん》この露台の上からも、絶えず賑《にぎやか》な話し声や笑ひ声が夜気《やき》を揺《ゆす》つてゐた。まして暗い針葉樹の空に美しい花火が揚《あが》る時には、殆《ほとんど》人どよめきにも近い音が、一同の口から洩《も》れた事もあつた。その中に交《まじ》つて立つてゐた明子も、其処《そこ》にゐた懇意の令嬢たちとは、さつきから気軽な雑談を交換してゐた。が、やがて気がついて見

ると、あの仏蘭西《フランス》の海軍将校は、明子に腕を借した儘《まま》、庭園の上の星月夜へ黙然《もくぜん》と眼《め》を注《そそ》いでゐた。彼女にはそれが何となく、郷愁でも感じてゐるやうに見えた。そこで明子は彼の顔をそつと下から覗《のぞ》きこんで、

「御国《おくに》の事を思つていらつしやるのでせう。」と半ば甘えるやうに尋ねて見た。

すると海軍将校は不相変《あいかわらず》微笑を含んだ眼で、静《しずか》に明子の方へ振り返つた。さうして「ノン」と答へる代りに、子供のやうに首を振つて見せた。

「でも何か考へていらつしやるやうでございますわ。」

「何だか当てて御覧なさい。」

その時露台に集《あつま》つてゐた人々の間《あいだ》には、又一しきり風のやうなざわめく音が起り出した。明子と海軍将校とは云ひ合せたやうに話をやめて、庭園の針葉樹《しんようじゅ》を圧してゐる夜空の方へ眼をやつた。其処《そこ》には丁度《ちょうど》赤と青との花火が、蜘蛛手《くもで》に闇を弾《はじ》きながら、将《まさ》に消えようとする所であつた。明子には何故《なぜ》かその花火が、殆《ほとんど》悲しい気を起させる程それ程美しく思はれた。

「私は花火の事を考へてゐたのです。我々の生《ヴィ》のやうな花火の事を。」

暫《しばら》くして仏蘭西の海軍将校は、優しく明子の顔を見下《みおろ》しながら、教へるやうな調子でかう云つた。

二

大正七年の秋であつた。当年の明子は鎌倉の別荘へ赴《おもむ》く途中、一面識のある青年の小説家と、偶然汽車の中で一しよになつた。青年はその時網棚の上に、鎌倉の知人へ贈るべき菊の花束を載せて置いた。すると当年の明子――今のH老夫人は、菊の花を見る度に思ひ出す話があると云つて、詳しく彼に鹿鳴館の舞踏会の思ひ出を話して聞かせた。青年はこの人自身の口からかう云ふ思出《おもいで》を聞く事に、多大の興味を感ぜずにはゐられなかつた。

その話が終つた時、青年はH老夫人に何気なくかう云ふ質問をした。

「奥様はその仏蘭西《フランス》の海軍将校の名を御存知ではございませんか。」

するとH老夫人は思ひがけない返事をした。

「存じて居《お》りますとも。Julien Viaud と仰有《おつしや》る方でございました。」

「では Loti だつたのでございますね。あの「お菊夫人」を書いたピエル・ロティだつたのでございますね。」

青年は愉快な興奮を感じた。が、H老夫人は不思議さうに青年の顔を見ながら何度もかう呟《つぶや》くばかりであつた。

「いえ、ロティと仰有《おつしや》る方ではございませんよ。ジユリアン・ヴィオと仰有る方でございますよ。」


（大正九年一月「新潮」）

庭

上

昔はこの宿《しゆく》の本陣《ほんじん》だつた、中村と云ふ旧家《きゆうか》の庭である。

庭は御維新後十年ばかりの間《あいだ》は、どうにか旧態を保つてゐた。瓢簞《ひようたん》なりの池も澄んでゐれば、築山《つきやま》の松の枝もしだれてゐた。栖鶴軒《せいかくけん》、洗心亭《せんしんてい》、――さう云ふ四阿《あずまや》も残つてゐた。池の窮《きわ》まる裏山の崖《がけ》には、白白《しろじろ》と滝も落ち続けてゐた。和《かず》の宮様御《みやさまご》下向《げこう》の時、名を賜《たま》はつたと云ふ石燈籠《いしどうろう》も、やはり年年に拡がり勝ちな山吹《やまぶき》の中に立つてゐた。しかしその何処《どこ》かにある荒廃の感じは隠せなかつた。殊《こと》に春さき、――庭の内外《うちそと》の木木の梢《こずえ》に、一度に若芽の萌《も》え立つ頃には、この明媚《めいび》な人工の景色の背後に、何《なに》か人間を不安にする、野蛮な力の迫つて来た事が、一層露骨に感ぜられるのだつた。

中村家の隠居、――伝法肌《でんぽうはだ》の老人は、その庭に面した母屋《おもや》の炬燵《こたつ》に、頭瘡《ずそう》を病んだ老妻と、碁《ご》を打つたり花合せをしたり、屈託のない日を暮らしてゐた。それでも時時は立て続けに、五六番老妻に勝ち越されると、むきになつて怒《おこ》り出す事もあつた。家督を継いだ長男は、従兄妹《いとこ》同志の新妻《にいづま》と、廊下続きになつてゐる、手狭い離れに住んでゐた。長男は表徳《ひようとく》を文室《ぶんしつ》と云ふ、癇癖《かんぺき》の強い男だつた。病身な妻や弟たちは勿論《もちろん》、隠居さへ彼には憚《はば》かつてゐた。唯《ただ》その頃この宿《しゆく》にゐた、乞食宗匠《こじきそうじよう》の井月《せいげつ》ばかりは、度度彼の所へ遊びに来た。長男も不思議に井月にだけは、酒を飲ませたり字を書かせたり、機嫌の好《い》い顔を見せてゐた。『山はまだ花の香《か》もあり時鳥《ほととぎす》、井月。ところどころに滝のほのめく、文室』――そんな附合《つけあい》も残つてゐる。その外《ほか》にまだ弟が二人、――次男は縁家《えんか》の穀屋《こくや》へ養子に行《ゆ》き、三男は五六里離れた町の、大きい造り酒屋に勤めてゐた。彼等は二人とも云ひ合せたやうに、滅多《めつた》に本家には近づかなかつた。三男は居どころが遠い上に、もともと当主とは気が合はなかつたから。次男は放蕩《ほうとう》に身を持ち崩した結果、養家《ようか》にも殆《ほとん》ど帰らなかつたから。

　庭は二年三年と、だんだん荒廃を加へて行つた。池には南京藻《なんきんも》が浮び始め、植込みには枯木が交《まじ》るやうになつた。その内に隠居の老人は、或旱《あるひで》りの烈《はげ》しい夏、脳溢血《のういつけつ》の為に頓死《とんし》した。頓死する四五日前、彼が焼酎《しようちゆう》を飲んでゐると、池の向うにある洗心亭へ、白い装束をした公卿《くげ》が一人、何度も出たりはひつたりしてゐた。少くとも彼には昼日《ひるひ》なか、そんな幻が見えたのだつた。翌年は次男が春の末に、養家の金《かね》をさらつたなり、酌婦《しやくふ》と一しよに駈落《かけお》ちをした。その又秋には長男の妻が、月足らずの男子《おとこのこ》を産み落した。

　長男は父の死んだ後《のち》、母と母屋《おもや》に住まつてゐた。その跡《あと》の離れを借りたのは、土地の小学校の校長だつた。校長は福沢諭吉翁《おう》の実利の説を奉じてゐたから、庭にも果樹を植ゑるやうに、何時《いつ》か長男を説き伏せてゐた。爾来《じらい》庭は春になると、見慣れた松や柳の間《あいだ》に、桃だの杏《あんず》だの李《すもも》だの、雑色の花を盛《さか》るやうになつた。校長は時時長男と、新しい果樹園を歩きながら、「この通り立派に花見も出来る。一挙両得ですね」と批評したりした。しかし築山《つきやま》や池や四阿《あずまや》は、それだけに又以前よりも、一層影が薄れ出した。云はば自然の荒廃の外《ほか》に、人工の荒廃も加はつたのだつた。

　その秋は又裏の山に、近年にない山火事があつた。それ以来池に落ちてゐた滝は、ぱつたり水が絶えてしまつた。と思ふと雪の降る頃から、今度は当主が煩《わずら》ひ出した。医者の見立てでは昔の癆症《ろうしよう》、今の肺病とか云ふ事だつた。彼は寝たり起きたりしながら、だんだん癇《かん》ばかり昂《たかぶ》らせて行つた。現に翌年の正月には、年始に来た三男と激論の末、手炙《てあぶ》りを投げつけた事さへあつた。三男はその時帰つたぎり、兄の死に目にも会はずにしまつた。当主はそれから一年余り後《のち》、夜伽《よとぎ》の妻に守られながら、蚊帳《かや》の中に息をひきとつた。「蛙《かえる》が啼《な》いてゐるな。井月《せいげつ》はどうしつら?」――これが最期の言葉だつた。が、もう井月はとうの昔、この辺の風景にも飽きたのか、さつぱり乞食にも来なくなつてゐた。

　三男は当主の一週忌をすますと、主人の末娘と結婚した。さうして離れを借りてゐた小学校長の転任を幸ひ、新妻と其処《そこ》へ移つて来た。離れには黒塗の箪笥《たんす》が来たり、紅白の綿が飾られたりした。しかし母屋ではその間《あいだ》に、当主の妻が煩ひ出した。病名は夫と同じだつた。父に別れた一粒種の子供、――廉一《れんいち》も母が血を吐いてからは、毎晩祖母と寝かせられた。祖母は床《とこ》へはひる前に、必《かならず》頭に手拭《てぬぐい》をかぶつた。それでも頭瘡《ずそう》の臭気《しゆうき》をたよりに、夜更《よふけ》には鼠《ねずみ》が近寄つて来た。勿論《もちろん》手拭を忘れでもすれば、鼠に頭を噛《か》まれる事もあつた。同じ年の暮に当主の妻は、油火の消えるやうに死んで行つた。その又野辺《のべ》送《おく》りの翌日には、築山《つきやま》の陰の栖鶴軒《せいかくけん》が、大雪の為につぶされてしまつた。

もう一度春がめぐつて来た時、庭は唯《ただ》濁つた池のほとりに、洗心亭の茅屋根《かややね》を残した、雑木原《ぞうきばら》の木の芽に変つたのである。

中

或《ある》雪曇りの日の暮方、駈落《かけお》ちをしてから十年目に、次男は父の家へ帰つて来た。父の家――と云つてもそれは事実上、三男の家と同様だつた。三男は格別嫌な顔もせず、しかし又格別喜びもせず、云はば何事もなかつたやうに、道楽者の兄を迎へ入れた。

爾来《じらい》次男は母屋《おもや》の仏間《ぶつま》に、悪疾《あくしつ》のある体を横たへたなり、ぢつと炬燵《こたつ》を守つてゐた。仏間には大きい仏壇に、父や兄の位牌《いはい》が並んでゐた。彼はその位牌の見えないやうに、仏壇の障子《しようじ》をしめ切つて置いた。まして母や弟夫婦とは、三度の食事を共にする外《ほか》は、殆《ほとん》ど顔も合せなかつた。唯みなし児《ご》の廉一だけは、時時彼の居間へ遊びに行つた。彼は廉一の紙石板《かみせきばん》へ、山や船を描《か》いてやつた。「向島《むこうじま》花ざかり、お茶屋の姐《ねえ》さんちよいとお出で。」――どうかするとそんな昔の唄《うた》が、覚束《おぼつか》ない筆蹟《ひつせき》を見せる事もあつた。

その内に又春になつた。庭には生《お》ひ伸びた草木《くさき》の中に、乏《とぼ》しい桃や杏《あんず》が花咲き、どんより水光りをさせた池にも、洗心亭の影が映り出した。しかし次男は相不変《あいかわらず》、たつた一人仏間に閉ぢこもつたぎり、昼でも大抵はうとうとしてゐた。すると或日彼の耳には、かすかな三味《しやみ》線《せん》の音《ね》が伝はつて来た。と同時に唄の声も、とぎれとぎれに聞え始めた。「この度諏訪《すわ》の戦ひに、松本《まつもと》身内《みうち》の吉江《よしえ》様、大砲固《おおづつがた》めにおはします。……」次男は横になつた儘《まま》、心もち首を擡《もた》げて見た。と、唄も三味線も、茶の間《ま》にゐる母に違ひなかつた。「その日の出で立ち花やかに、勇み進みし働きは、天《あ》つ晴《ぱれ》勇士と見えにける。……」母は孫にでも聞かせてゐるのか、大津絵《おおつえ》の替へ唄を唄ひ続けた。しかしそれは伝法肌《でんぼうはだ》の隠居が、何処《どこ》かの花魁《おいらん》に習つたと云ふ、二三十年以前の流行唄《はやりうた》だつた。「敵の大玉《おおだま》身に受けて、是非《ぜひ》もなや、惜しき命を豊橋《とよはし》に、草葉《くさば》の露《つゆ》と消えぬとも、末世《まっせ》末代《まつだい》名は残る。……」次男は無精髭《ぶしょうひげ》の伸びた顔に、何時《いつ》か妙な眼《め》を輝かせてゐた。

それから二三日たつた後《のち》、三男は蕗《ふき》の多い築山の陰に、土を掘つてゐる兄を発見した。次男は息を切らせながら、不自由さうに鍬《くわ》を揮《ふる》つてゐた。その姿は何処か滑稽《こっけい》な中《うち》に、真剣な意気組《いきぐ》みもあるものだつた。「あに様、何をしてゐるだ?」――三男は巻煙草《まきたばこ》を啣《くわ》へたなり、後《うしろ》から兄へ声をかけた。「おれか?」――次男は眩《まぶ》しさうに弟を見上げた。「こけへ今せんげ(小流れ)を造らつと思ふ。」「せんげを造つて何《なに》しるだ?」「庭をもとのやうにしつと思ふだ。」――三男はにやにや笑つたぎり、何《なん》ともその先は尋ねなかつた。

次男は毎日鍬を持つては、熱心にせんげを造り続けた。が、病に弱つた彼には、それだけでも容易な仕事ではなかつた。彼は第一に疲れ易《やす》かつた。その上慣れない仕事だけに、豆を拵《こしら》へたり、生爪《なまづめ》を剝《は》いだり、何《なに》かと不自由も起り勝ちだつた。彼は時時鍬を捨てると、死んだやうに其処《そこ》へ横になつた。彼のまはりには何時《いつ》になつても、庭をこめた陽炎《かげろう》の中に、花や若葉が煙つてゐた。しかし静かな何分《なんぷん》かの後《のち》、彼は又蹌踉《よろよろ》と立ち上ると、執拗《しつよう》に鍬を使ひ出すのだつた。

しかし庭は幾日たつても、捗捗《はかばか》しい変化を示さなかつた。池には相不変《あいかわらず》草が茂り、植込みにも雑木《ぞうき》が枝を張つてゐた。殊《こと》に果樹の花の散つた後《あと》は、前よりも荒れたかと思ふ位だつた。のみならず一家の老若《ろうにゃく》も、次男の仕事には同情がなかつた。山気《やまぎ》に富んだ三男は、米相場や蚕《かいこ》に没頭してゐた。三男の妻は次男の病に、女らしい嫌悪を感じてゐた。母も、――母は彼の体の為に、土いぢりの過ぎるのを惧《おそ》れてゐた。次男はそれでも剛《ごう》情《じょう》に、人間と自然とへ背を向けながら、少しづつ庭を造り変へて行つた。

その内に或《ある》雨上りの朝、彼は庭へ出かけて見ると、蕗《ふき》の垂れかかつたせんげの縁《ふち》に、石を並べてゐる廉一《れんいち》を見つけた。「叔父《おじ》さん。」――廉一は嬉《うれ》しさうに彼を見上げた。「おれにも今日から手伝はせておくりや。」「うん、手伝つてくりや。」次男もこの時は久しぶりに、晴れ晴れした微笑を浮べてゐた。それ以来廉一は、外へも出ずにせつせと叔父の手伝ひをし出した。――次男は又甥《おい》を慰める為に、木かげに息を入れる時には、海とか東京とか鉄道とか、廉一の知らない話をして聞かせた。廉一は青梅《あおうめ》を嚙《か》ぢりながら、まるで催眠術にでもかかつたやうに、ぢつとその話に聞き入つてゐた。

その年の梅雨《つゆ》は空《から》梅雨だつた。彼等、――年とつた廃人《はいじん》と童子とは、烈《はげ》しい日光や草いきれにもめげず、池を掘つたり木《き》を伐つたり、だんだん仕事を拡げて行つた。が、外界の障害にはどうにかかうにか打ち克《か》つて行つても、内面の障害だけは仕方がなかつた。次男は殆《ほとん》ど幻のやうに昔の庭を見る事が出来た。しかし庭木の配りとか、或《あるい》は径《みち》のつけ方とか、細かい部分の記憶になると、はつきりした事はわからなかつた。彼は時時仕事の最中、突然鍬《くわ》を杖《つえ》にした儘《まま》、ぼんやりあたりを見廻《みまわ》す事があつた。「何《なに》しただい?」――廉一は必ず叔父《おじ》の顔へ、不安らしい目付きを挙げるのだつた。「此処《ここ》はもとどうなつてゐつらなあ?」――汗になつた叔父はうろうろしながら、何時《いつ》も亦《また》独り語《ごと》しか云はなかつた。「この楓《かえで》は此処になかつらと思ふがなあ。」廉一は唯《ただ》泥まみれの手に、蟻《あり》でも殺すより外《ほか》はなかつた。

内面の障害はそればかりではなかつた。次第に夏も深まつて来ると、次男は絶え間ない過労の為か頭も何時か混乱して来た。一度掘つた池を埋《うず》めたり、松を抜いた跡《あと》へ松を植ゑたり、――さう云ふ事も度度あつた。殊《こと》に廉一を怒《おこ》らせたのは、池の杭《くい》を造る為めに、水際《みずぎわ》の柳を伐《き》つた事だつた。「この柳はこの間植ゑたばつかだに。」――廉一は叔父を睨《にら》みつけた。「さうだつたかなあ。おれには何だかわからなくなつてしまつた。」――叔父は憂鬱《ゆううつ》な目をしながら、日盛りの池を見つめてゐた。

それでも秋が来た時には、草や木の簇《むら》がつた中から、朧《おぼろ》げに庭も浮き上つて来た。勿論《もちろん》昔に比べれば、栖鶴《せいかく》軒《けん》も見えなかつたし、滝の水も落ちてはゐなかつた。いや、名高い庭師の造つた、優美な昔の趣《おもむき》は、殆《ほとん》ど何処《どこ》にも見えなかつた。しかし「庭」は其処《そこ》にあつた。池はもう一度澄んだ水に、円《まる》い築山《つきやま》を映してゐた。松ももう一度洗心亭の前に、悠悠と枝をさしのべてゐた。が、庭が出来ると同時に、次男は床《とこ》につき切りになつた。熱も毎日下らなければ、体の節節《ふしぶし》も痛むのだつた。「あんまり無理ばつかしるせゐぢや。」――枕もとに坐《すわ》つた母は、何度も同じ愚痴を繰り返した。しかし次男は幸福だつた。庭には勿論何箇所でも、直したい所が残つてゐた。が、それは仕方がなかつた。兎《と》に角《かく》骨を折つた甲斐《かい》だけはある。――其処《そこ》に彼は満足してゐた。十年の苦労は詮《あきら》めを教へ、詮めは彼を救つたのだつた。

その秋の末、次男は誰も気づかない内に、何時《いつ》か息を引きとつてゐた。それを見つけたのは廉一だつた。彼は大声を挙げながら、縁続《えんつづ》きの離れへ走つて行つた。一家は直《すぐ》に死人のまはりへ、驚いた顔を集めてゐた。「見ましよ。兄様《あにさま》は笑つてゐるやうだに。」――三男は母をふり返つた。「おや、今日は仏様の障子《しようじ》が明いてゐる。」――三男の妻は死人を見ずに、大きい仏壇を気にしてゐた。

次男の野辺《のべ》送《おく》りをすませた後《のち》、廉一はひとり洗心亭に、坐つてゐる事が多くなつた。何時も途方に暮れたやうに、晩秋の水や木を見ながら、…………

下

昔はこの宿《しゆく》の本陣《ほんじん》だつた、中村と云ふ旧家《きゆうか》の庭である。それが旧に復した後《のち》、まだ十年とたたない内に、今度は家ぐるみ破壊された。破壊された跡《あと》には停車場《ていしやば》が建ち、停車場の前には小料理屋が出来た。

中村の本家はもうその頃、誰も残つてゐなかつた。母は勿論とうの昔、亡い人の数にはひつてゐた。三男も事業に失敗した揚句《あげく》、大阪へ行つたとか云ふ事だつた。

汽車は毎日停車場へ来ては、又停車場を去つて行つた。停車場には若い駅長が一人、大きい机に向つてゐた。彼は閑散な事務の合ひ間に、青い山山を眺めやつたり、土地ものの駅員と話したりした。しかしその話の中にも、中村家の噂《うわさ》は上《のぼ》らなかつた。況《いわん》や彼等のゐる所に、築山や四阿《あずまや》のあつた事は、誰一人考へもしないのだつた。

が、その間《あいだ》に廉一は、東京赤阪の或《ある》洋画研究所に、油画《あぶらえ》の画架《がか》に向つてゐた。天窓《てんまど》の光、油絵の具の匂《におい》、桃《もも》割《われ》に結つたモデルの娘、――研究所の空気は故郷の家庭と、何の連絡もないものだつた。しかしブラツシユを動かしてゐると、時時彼の心に浮ぶ、寂しい老人の顔があつた。その顔は又微笑しながら、不断の制作に疲れた彼へ、きつとかう声をかけるのだつた。「お前はまだ子供の時に、おれの仕事を手伝つてくれた。今度はおれに手伝はせてくれ。」……………………

廉一は今でも貧しい中に、毎日油画《あぶらえ》を描《か》き続けてゐる。三男の噂《うわさ》は誰も聞かない。

（大正一一年七月「中央公論」）

彼

一

僕はふと旧友だつた彼のことを思ひ出した。彼の名前などは言はずとも好《い》い。彼は叔父《おじ》さんの家を出てから、本郷の或《ある》印刷屋の二階の六畳に間借りをしてゐた。階下の輪転機のまはり出す度に丁度《ちようど》小蒸汽の船室のやうにがたがた身震ひをする二階である。まだ一高の生徒だつた僕は寄宿舎の晩飯をすませた後《のち》、度たびこの二階へ遊びに行つた。すると彼は硝子《ガラス》窓の下に人一倍細い頸《くび》を曲げながら、いつもトランプの運だめしをしてゐた。その又彼の頭の上には真鍮《しんちゆう》の油壺《あぶらつぼ》の吊りランプが一つ、いつも円《まる》い影を落してゐた。……

二

彼は本郷の叔父さんの家から僕と同じ本所《ほんじよ》の第三中学校へ通《かよ》つてゐた。彼が叔父さんの家にゐたのは両親のゐなかつた為である。両親のゐなかつた為と云つても、母だけは死んではゐなかつたらしい。彼は父よりもこの母に、——このどこかへ再縁した母に少年らしい情熱を感じてゐた。彼は確か或《ある》年の秋、僕の顔を見るが早いか、吃《ども》るやうに僕に話しかけた。

「僕はこの頃《ごろ》僕の妹が（妹が一人あつたことはぼんやり覚えてゐるんだがね。）縁づいた先を聞いて来たんだよ。今度の日曜にでも行つて見ないか？」

僕は早速彼と一しよに亀井戸《かめいど》に近い場末の町へ行つた。彼の妹の縁づいた先は存外見つけるのに暇どらなかつた。それは床屋の裏になつた棟割《むねわ》り長屋の一軒だつた。主人は近所の工場《こうじよう》か何《なに》かへ勤めに行つた留守《るす》だつたと見え、造作《ぞうさく》の悪い家の中には赤児《あかご》に乳房《ちぶさ》を含ませた細君《さいくん》、――彼の妹の外《ほか》に人かげはなかつた。彼の妹は妹と云つても、彼よりもずつと大人じみてゐた。のみならず切れの長い目尻《めじり》の外《ほか》は殆《ほとん》ど彼に似てゐなかつた。

「その子供は今年生れたの？」

「いいえ、去年。」

「結婚したのも去年だらう？」

「いいえ、一昨年《おととし》の三月ですよ。」

彼は何かにぶつかるやうに一生懸命に話しかけてゐた。が、彼の妹は時々赤児をあやしながら、愛想《あいそ》の善《よ》い応対をするだけだつた。僕は番茶の渋《しぶ》のついた五郎《ごろ》八茶碗《はちちやわん》を手にしたまま、勝手口の外を塞《ふさ》いだ煉瓦塀《れんがべい》の苔《こけ》を眺めてゐた。同時に又ちぐはぐな彼等の話に或《ある》寂しさを感じてゐた。

「兄さんはどんな人？」

「どんな人つて……やつぱり本を読むのが好きなんですよ。」

「どんな本を？」

「講談本や何かですけれども。」

実際その家の窓の下には古机が一つ据《す》ゑてあつた。古机の上には何冊かの本も、――講談本なども載つてゐたであらう。しかし僕の記憶には生憎《あいにく》本のことは残つてゐない。唯《ただ》僕は筆立《ふでた》ての中に孔雀《くじやく》の羽根が二本ばかり鮮《あざや》かに挿してあつたのを覚えてゐる。

「ぢや又遊びに来る。兄さんによろしく。」

彼の妹は不相変《あいかわらず》赤児に乳房を含ませたまま、しとやかに僕等に挨拶《あいさつ》した。

「さやうですか？　では皆さんによろしく。どうもお下駄《げた》も直しませんで。」

僕等はもう日の暮に近い本所《ほんじよ》の町を歩いて行つた。彼も始めて顔を合せた彼の妹の心もちに失望してゐるのに違ひなかつた。が、僕等は言ひ合せたやうに少しもその気もちを口にしなかつた。彼は、――僕は未だに覚えてゐる。彼は唯《ただ》道に沿うた建仁寺《けんにんじ》垣《がき》に指を触れながら、こんなことを僕に言つただけだつた。

「かうやつてずんずん歩いてゐると、妙に指が震へるもんだね。まるでエレキでもかかつて来るやうだ。」

三

彼は中学を卒業してから、一高の試験を受けることにした。が、生憎《あいにく》落第した。彼があの印刷屋の二階に間借りをはじめたのはそれからである。同時に又マルクスやエンゲルスの本に熱中しはじめたのもそれからである。僕は勿論《もちろん》社会科学に何の知識も持つてゐなかつた。が、資本だの搾取《さくしゆ》だのと云ふ言葉に或《ある》尊敬――と云ふよりも或恐怖を感じてゐた。彼はその恐怖を利用し、度たび僕を論難した。ヴェルレェン、ラムボオ、ボオドレェル、――それ等《ら》の詩人は当時の僕には偶像以上の偶像だつた。が、彼にはハッシッシュや鴉片《あへん》の製造者に外《ほか》ならなかつた。


僕等の議論は今になつて見ると、殆《ほとん》ど議論にはならないものだつた。しかし僕等は本気になつて互《たがい》に反駁《はんばく》を加へ合つてゐた。唯《ただ》僕等の友だちの一人、――Kと云ふ医科の生徒だけはいつも僕等を冷評してゐた。

「そんな議論にむきになつてゐるよりも僕と一しよに洲崎《すさき》へでも来いよ。」

Kは僕等を見比《みくら》べながら、にやにや笑つてから言つたりした。僕は勿論内心では洲崎へでも何でも行《ゆ》きたかつた。けれども彼は超然と（それは実際「超然」と云ふ外《ほか》には形容の出来ない態度だつた。）ゴルデン・バットを銜《くわ》へたまま、Kの言葉に取り合はなかつた。のみならず時々は先手を打つてKの鋒先《ほこさき》を挫《くじ》きなどした。

「革命とはつまり社会的なメンスツラチィオンと云ふことだね。………」

彼は翌年の七月には岡山の六高へ入学した。それから彼是《かれこれ》半年ばかりは最も彼には幸福だつたのであらう。彼は絶えず手紙を書いては彼の近状を報告してよこした。（その手紙はいつも彼の読んだ社会科学の本の名を列記してゐた。）しかし彼のゐないことは多少僕にはもの足らなかつた。僕はKと会ふ度に必ず彼の噂《うわさ》をした。Kも、――Kは彼に友情よりも殆ど科学的興味に近い或興味を感じてゐた。

「あいつはどう考へても、永遠に子供でゐるやつだね。しかしああ云ふ美少年の癖に少しもホモ・エロティッシュな気を起させないだらう。あれは一体どう云ふ訳かしら？」

Ｋは寄宿舎の硝子《ガラス》窓を後《うし》ろに真面目《まじめ》にこんなことを尋ねたりした、敷島《しきしま》の煙を一つづつ器用に輪にしては吐き出しながら。

四

彼は六高へはひつた後《のち》、一年とたたぬうちに病人となり、叔父《おじ》さんの家へ帰るやうになつた。病名は確かに腎臓結核だつた。僕は時々ビスケットなどを持ち、彼のゐる書生部屋へ見舞ひに行つた。彼はいつも床《とこ》の上に細い膝《ひざ》を抱いたまま、存外快濶《かいかつ》に話したりした。しかし僕は部屋の隅に置いた便器を眺めずにはゐられなかつた。それは大抵硝子の中にぎらぎらする血尿を透《す》かしたものだつた。

「かう云ふ体ぢやもう駄目《だめ》だよ。到底《とうてい》牢獄生活も出来さうもないしね。」

彼はかう言つて苦笑するのだつた。

「バクニィンなどは写真で見ても、逞《たくま》しい体をしてゐるからなあ。」

しかし彼を慰めるものはまだ全然ない訳ではなかつた。それは叔父さんの娘に対する、極めて純粋な恋愛だつた。彼は彼の恋愛を僕にも一度も話したことはなかつた。が、或日《あるひ》の午後、――或花曇りに曇つた午後、僕は突然彼の口から彼の恋愛を打ち明けられた。突然？――いや、必《かなら》ずしも突然ではなかつた。僕はあらゆる青年のやうに彼の従妹《いとこ》を見かけた時から何か彼の恋愛に期待を持つてゐたのだつた。

「美代ちやんは今学校の連中《れんじゆう》と小田原へ行つてゐるんだがね、僕はこの間何気《あいだなにげ》なしに美代ちやんの日記を読んで見たんだ。……」

僕はこの「何気なしに」に多少の冷笑を加へたかつた。が、勿論《もちろん》何も言はずに彼の話の先を待つてゐた。

「すると電車の中で知り合になつた大学生のことが書いてあるんだよ。」

「それで?」

「それで僕は美代ちやんに忠告しようかと思つてゐるんだがね。………」

僕はとうとう口を辷《すべ》らし、こんな批評を加へてしまつた。

「それは矛盾《むじゆん》してゐるぢやないか？　君は美代ちやんを愛しても善《い》い。美代ちやんは他人を愛してはならん、――そんな理窟《りくつ》はありはしないよ。唯《ただ》君の気もちとしてならば、それは又別問題だけれども。」

彼は明かに不快らしかつた。が、僕の言葉には何も反駁《はんばく》を加へなかつた。それから、――それから何を話したのであらう？　僕は唯僕自身も不快になつたことを覚えてゐる。それは勿論《もちろん》病人の彼を不快にしたことに対する不快だつた。

「ぢや僕は失敬するよ。」

「ああ、ぢや失敬。」

彼はちよつと頷《うなず》いた後《のち》、わざとらしく気軽につけ加へた。

「何か本を貸してくれないか？　今度君が来る時で善《い》いから。」

「どんな本を?」

「天才の伝記か何かが善い。」

「ぢやジァン・クリストフを持つて来ようか?」

「ああ、何でも旺盛《おうせい》な本が善い。」

僕は詮《あきら》めに近い心を持ち、弥生町《やよいちよう》の寄宿舎へ帰つて来た。窓硝子《ガラス》の破れた自習室には生憎誰《あいにくたれ》も居合せなかつた。僕は薄暗い電燈の下《もと》に独逸《どいつ》文法を復習した。しかしどうも失恋した彼に、――たとひ失恋したにもせよ、兎《と》に角叔父《かくおじ》さんの娘のある彼に羨望《せんぼう》を感じてならなかつた。

五

彼は彼是《かれこれ》半年の後《のち》、或《ある》海岸へ転地することになつた。それは転地とは云ふものの、大抵は病院に暮らすものだつた。僕は学校の冬休みを利用し、はるばる彼を尋ねて行つた。彼の病室は日当りの悪い、透《す》き間《ま》風の通る二階だつた。彼はベッドに腰かけたまま、不相変《あいかわらず》元気に笑ひなどした。が、文芸や社会科学のことは殆《ほとん》ど一言《ひとこと》も話さなかつた。

「僕はあの棕櫚《しゅろ》の木を見る度に妙に同情したくなるんだがね。そら、あの上の葉つぱが動いてゐるだらう。――」

棕櫚の木はつい硝子《ガラス》窓の外に木末《こずえ》の葉を吹かせてゐた。その葉は又全体も揺らぎながら、細かに裂けた葉の先々を殆ど神経的に震はせてゐた。それは実際近代的なもの哀れを帯びたものに違ひなかつた。が、僕はこの病室にたつた一人暮してゐる彼のことを考へ、出来るだけ陽気に返事をした。

「動いてゐるね。何をくよくよ海べの棕櫚はさ。……」

「それから?」

「それでもうおしまひだよ。」

「何だつまらない。」

僕はかう云ふ対話の中にだんだん息苦しさを感じ出した。

「ジァン・クリストフは読んだかい?」

「ああ、少し読んだけれども、……」

「読みつづける気にはならなかつたの?」

「どうもあれは旺盛《おうせい》すぎてね。」

僕はもう一度一生懸命に沈み勝ちな話を引き戻した。

「この間《あいだ》Kが見舞ひに来たつてね。」

「ああ、日帰りでやつて来たよ。生体解剖の話や何《なに》かして行つたつけ。」

「不愉快なやつだね。」

「どうして？」

「どうしてつてこともないけれども。……………」

僕等は夕飯をすませた後《のち》、丁度《ちようど》風の落ちたのを幸ひ、海岸へ散歩に出かけることにした。太陽はとうに沈んでゐた。しかしまだあたりは明るかつた。僕等は低い松の生えた砂丘の斜面に腰をおろし、海雀《うみすずめ》の二三羽飛んでゐるのを見ながら、いろいろのことを話し合つた。

「この砂はこんなに冷たいだらう。けれどもずつと手を入れて見給《みたま》へ。」

僕は彼の言葉の通り、弘法麦《こうぼうむぎ》の枯《か》れ枯《が》れになつた砂の中へ片手を差しこんで見た。するとそこには太陽の熱がまだかすかに残つてゐた。

「うん、ちよつと気味が悪いね。夜になつてもやつぱり温いかしら。」

「何《なに》、すぐに冷たくなつてしまふ。」

僕はなぜかはつきりとかう云ふ対話を覚えてゐる。それから僕等の半町《はんちよう》ほど向うに黒ぐろと和《なご》んでゐた太平洋も。……………

六

彼の死んだ知らせを聞いたのは丁度《ちようど》翌年の旧正月だつた。何でも後《のち》に聞いた話によれば病院の医者や看護婦たちは旧正月を祝ふ為に夜更けまで歌留多《かるた》会をつづけてゐた。彼はその騒ぎに眠られないのを怒《いか》り、ベッドの上に横たはつたまま、おほ声に彼等を叱《しか》りつけた、と同時に大喀血《だいかつけつ》をし、すぐに死んだとか云ふことだつた。僕は黒い枠のついた一枚の葉書を眺めた時、悲しさよりも寧《むし》ろはかなさを感じた。

「尚《なお》又故人の所持したる書籍は遺骸《いがい》と共に焼き棄て候《そうら》へども、万一貴下より御貸与《ごたいよ》の書籍もその中《うち》にまじり居《お》り候節《そうろうせつ》は不悪《あしからず》御赦《おゆる》し下され度《たく》候。」

これはその葉書の隅に肉筆で書いてある文句だつた。僕はかう云ふ文句を読み、何冊かの本が焔《ほのお》になつて立ち昇る有様を想像した。勿論《もちろん》それ等《ら》の本の中にはいつか僕が彼に貸したジァン・クリストフの第一巻もまじつてゐるのに違ひなかつた。この事実は当時の感傷的な僕には妙に象徴らしい気のするものだつた。

それから五六日たつた後《のち》、僕は偶然落ち合つたKと彼のことを話し合つた。Kは不相変《あいかわらず》冷然としてゐた。のみならず巻煙草《まきたばこ》を銜《くわ》へたまま、こんなことを僕に尋ねたりした。

「Xは女を知つてゐたかしら?」

「さあ、どうだか……………」

Kは僕を疑ふやうにぢつと僕の顔を眺めてゐた。

「まあ、それはどうでも好《い》い。……………しかしXが死んで見ると、何《なに》か君は勝利者らしい心もちも起つて来はしないか?」

僕はちよつと逡巡《しゆんじゆん》した。するとKは打ち切るやうに彼自身の問に返事をした。

「少くとも僕はそんな気がするね。」

僕はそれ以来Kに会ふことに多少の不安を感ずるやうになつた。

――大正一五・一一・一三――

（昭和二年一月「女性」）

あの頃の自分の事

以下は小説と呼ぶ種類のものではないかも知れない。さうかと云つて、何と呼ぶべきかは自分も亦《また》不案内である。自分は唯《ただ》、四五年前の自分とその周囲とを、出来る丈《だけ》こだはらずに、ありのまま書いて見た。従つて自分、或《あるい》は自分たちの生活やその心もちに興味のない読者には、面白くあるまいと云ふ懸念もある。が、この懸念はそれを押しつめて行けば、結局どの小説も同じ事だから、そこに意を安んじて、発表する事にした。序《ついで》ながらありのままと云つても、事実の配列は必《かならず》しもありのままではない。唯事実そのものだけが、大抵ありのままだと云ふ事をつけ加へて置く。

一

十一月の或《ある》晴れた朝である。久しぶりに窮屈な制服を着て、学校へ行つたら、正門前でやはり制服を着た成瀬に遇《あ》つた。こつちで「やあ」と云ふと、向うでも「やあ」と云つた。一しよに角帽を並べて、法文科の古い煉瓦造《れんがづくり》の中へはいつたら、玄関の掲示場の前に、又和服の松岡がゐた。我々はもう一度「やあ」と云つた。

立ちながら三人で、近々出さうとしてゐる同人雑誌『新思潮』の話をした。それから松岡がこの間、珍しく学校へ出て来て、西洋哲学史か何かの教室へはいつたが、何時《いつ》まで待つても、先生は勿論《もちろん》学生も来る容子《ようす》がない、妙だと思つて、外へ出て小使に尋《き》いて見たら、休日だつたと云ふ話をした。彼は電車へ乗る心算《つもり》で、十銭持つて歩きながら、途中で気が変つて、煙草屋《たばこ》へはいると、平然として「往復を一つ」と云つた人間だからこんな事は家常茶飯《かじようさはん》である。その中《うち》に、傴僂《せむし》のやうな小使が朝の時間を知らせる鐘を振つて、大急ぎで玄関を通りすぎた。

朝の時間はもう故人になつたロオレンス先生のマクベスの講義である。松岡と分れて、成瀬と二階の教室へ行くと、もう大ぜい学生が集つて、ノオトを読み合せたり、むだ話をしたりしてゐた。我々も隅の方の机に就《つ》いて、新思潮へ書かうとしてゐる我々の小説の話をした。我々の頭の上の壁には、禁煙と云ふ札が貼《は》つてあつた。が、我々は話しながら、ポケツトから敷島《しきしま》を出して吸ひ始めた。勿論我々の外《ほか》の学生も、平気で煙草をふかしてゐた。すると急にロオレンス先生が、鞄《かばん》をかかへて、はいつて来た。自分は敷島を一本完全に吸つてしまつて、殻《から》も窓からすてた後だつたから、更に恐れる所なく、ノオトを開いた。しかし成瀬はまだ煙草を啣《くわ》へてゐたから、すぐにそれを下へ捨てると、慌《あわ》てて靴で踏み消した。幸《さいわい》、ロオレンス先生は、我々の机の間から立昇る、縷々《るる》とした一条の煙に気がつかなかつた。だから出席簿をつけてしまふと、早速何時《いつ》もの通り講義にとりかゝつた。

講義のつまらない事は、当時定評があつた。が、その朝は殊《こと》につまらなかつた。始《はじめ》からのべつ幕なしに、梗《こう》槩《がい》ばかり聴かされる。それも一々Act 1 Scene 2と云ふ調子で、一くさりづつやるのだから、その退屈さは人間以上だつた。自分は以前はかう云ふ時に、よく何の因果で大学へなんぞはいつたんだらうと思ひ思ひした。が、今ではそんな事も考へない程、この非凡な講義を聴く可《べ》く余儀なくされた運命に、すつかり黙従し切つてゐた。だからその時間も、機械的にペンを動《うご》かして、帝劇の筋書の英訳のやうなものを根気よく筆記した。が、その中《うち》に教室に通つてゐるステイムの加減で、だんだん眠くなつて来た。そこで勿論《もちろん》、眠る事にした。

うとうとして、ノオトに一頁《ページ》ばかりブランクが出来た時分、ロオレンス先生が、何だか異様な声を出したので、目がさめた。始めはちよいと居睡《いねむ》りが見つかつて、叱《しか》られたかと思つたが、見ると先生は、マクベスの本をふり翳《かざ》しながら、得意になつて、門番の声色《こわいろ》を使つてゐる。自分もあの門番の類だなと思つたら、急に可笑《おか》しくなつて、すつかり眠気がさめてしまつた。隣では成瀬がノオトをとりながら、時々自分の方を見て、くすくす独りで笑つてゐた。それから又、二三頁ノオトをよごしたらやつと時間の鐘が鳴つた。さうして自分たちは、ロオレンス先生の後《あと》から、ぞろぞろ教室の外の廊下へ溢《あふ》れ出した。

廊下へ出て、黄いろい葉を垂らした庭の樹木を見下してゐると、豊田実君が来て、「ちよいとノオトを見せてくれ給《たま》へ」と云つた。それからノオトを開けて見せると、豊田君の見たがつてゐる所は、丁度《ちやうど》自分の居眠りをした所だつたので、流石《さすが》に少し恐縮した。豊田君は「ぢやようござんす」と云つて、悠然と向うへ行つてしまつた。悠然と云ふのは、決して好《い》い加減な形容ぢやない。実際君は何時でも、悠然と歩いてゐた。豊田君は今どこで何をしてゐるか、判然とした事は承知しないが、ロオレンス先生に好意を持ち、若《も》しくはロオレンス先生が好意を持つた学生の中で、我々――と云つて悪るければ、少くとも自分が、常に或《ある》程度の親しみを感じてゐた、たつた一人の人間である。自分はこれを書いてゐる今でも、君の悠然とした歩き方を思ひ出すと、もう一度君と大学の廊下に立つて、平凡な時候の挨拶《あいさつ》でも交換したいやうな気がしないでもない。

その中《うち》に又、鐘が鳴つて、我々は二人とも下の教室へ行く事になつた。今度は藤岡勝次博士の言語学の講義である。外《ほか》の連中は皆先へ行つて、ちやんと前の方の席をとつて置くが、なまけ者の我々は、何時でも後《あと》からはいつて行つて、一番隅の机を占領した。その朝もやはりかう云ふ伝《でん》で、愈々《いよいよ》鐘が鳴る間際まで、見晴しの好《い》い二階の廊下に彽徊《ていかい》してゐたのである。藤岡博士の言語学の講義は、その朗々たる音吐《おんと》とグロテスクな諧謔《かいぎやく》とを聞くだけでも、存在の権利のあるものだつた。尤《もつと》も自分の如《ごと》く、性来《せいらい》言語学的な頭脳に乏しい人間にとつては、それだけで存在の権利があつたと云ひ直しても別に差支へはない。だから今日も、ノオトをとつたりやめたりしながら、半分はさう云ふ興味で、マツクミユラアがどうとかしたとか云ふ講義を、面白がつて聴いてゐた。すると自分の前の席に、髪の毛の長い学生が坐《すわ》つてゐて、その人の髪の毛が、時々自分のノオトの上を、掃くやうにさらさら通りすぎた。自分は相手が名前も知らない人の事だから、どう云ふ了見で、あんな長髪を蓄《たくわ》へてゐるのだか、つひ今日に至るまで問ひ質《ただ》す機会を失つてしまつたが、兎《と》に角《かく》それが彼自身の美的要求には合してゐても、他人の実際的要求と矛盾《むじゆん》し得る事を発見したのは、正にこの言語学の講義を聞いてゐた時間である。しかし幸《さいわい》、その講義を聴かうと云ふ、自分の実際的要求がそれ程痛切でなかつたから、髪の毛が邪魔になつた所だけは、ノオトをとらずに捨てゝ置いた。その中には邪魔にならない所でも、ノオトの代りに画を描《か》く事にした。所が向うに坐つてゐる、何《なに》とか云ふ恐しくハイカラな学生の横顔を、半分がた描いた所で、運悪く鐘が鳴つた。講義の終を知らせると同時に、午《ひる》になつた事を知らせる鐘である。

我々は一しよに大学前の一白舎《いつぱくしや》の二階へ行つて、曹達水《ソーダすい》に二十銭の弁当を食つた。食ひながら、いろんな事を弁じ合つた。自分と成瀬との間には、可成懸隔《かなりかけへだ》てのない友情が通つてゐた。その上その頃は思想の上でも、一致する点が少くなかつた。殊《こと》に二人とも、偶然同時にジアン、クリストフを読み出して、同時にそれに感服してゐた。だからかう云ふ時になると、毎日のやうに顔を合せてゐる癖に、やはり話がはづみ勝ちだつた。すると二人のゐる所へ、給仕の谷がやつて来て、相場の話をし始めた。それも「まかり間違つたら、これになる覚悟でなくつちや駄目《だめ》ですね」と、手を後《うしろ》へまはせて見せたのだから盛《さかん》である。成瀬は「莫迦《ばか》だな」と云つて、取合はなかつたが、当時「財布」と云ふ小説を考へてゐた自分は、さまざまな意味で面白かつたから、食事をしまふまで谷の相手になつた。さうして妙な相場の熟語を、十《とお》ばかり一度に教へられた。

午後は講義がなかつたから、一白舎を出ると二人で、近所の宮裏《みやうら》に下宿してゐる久米の所へ遊びに行つた。久米は我々以上のなまけ者だから、大抵は教室へも出ずに、下宿で小説や芝居を書いてゐたのである。行つて見ると、やはり机の側《そば》に置炬燵《おきごたつ》を据《す》えて、「カラマゾフ兄弟」か何か読んでゐた。あたれと云ふから、我々もその置炬燵へはいつたら、懸蒲団《かけぶとん》の脂臭《あぶらくさ》い匂《におい》が火臭い匂と一しよに鼻を打つた。久米は今、彼の幼年時代に自殺した阿父《おとう》さんの事を、短篇にして書いてゐると云つた。小説はこれが処女作同様だから、見当がつかなくて困るとも云つた。が、相不変《あいかわらず》元気の好《よ》ささうな顔をして、余り困つてゐるらしい容子《ようす》もなかつた。その後で「君はどうした」と尋《き》くから、「やつと『鼻』を半分ばかり書いた」と答へた。成瀬も今年の夏、日本アルプスへ行つた時の話を書きかけてゐると云ふ事だつた。それから三人で、久米の拵《こしら》へた珈琲《コーヒー》を飲みながら、創作上の話を長い間した。久米は文壇的閲歴の上から云つて、ずつと我々より先輩だつた。と同時に又表現上の手腕から云つても、やはり我々に比べると、一日の長がある事は事実だつた。特に自分はこの点で、久米が三幕物《みまくもの》や一幕物《ひとまくもの》を容易にしかも短い時間で、書き上げる技倆《ぎりよう》に驚嘆してゐた。だから我々の中で久米だけは、彼自身の占めてゐる、或《あるい》は占めんとする、文壇的地位に相当な自信を持つてゐた。さうしてその自信が又一方では、絶えず眼高手低《がんこうしゆてい》の歎《たん》を抱《いだ》いてゐる我々に、我々自身の自信を呼び起す力としても働いてゐた。実際自分の如《ごと》きは、もし久米と友人でなかつたなら、即《すなわち》彼の煽動《せんどう》によつて、人工的にインスピレエションを製造する機会がなかつたなら、生涯一介の読書子たるに満足して、小説なぞは書かなかつたかも知れない。さう云ふ次第だから創作上の話になると――と云ふより文壇に関係した話になると、勢《いきおい》何時《いつ》も我々の中では、久米が牛耳《ぎゆうじ》を執《と》る形があつた。その日も彼が音頭《おんど》とりで、大分議論を上下したが、何かの関係で田山花袋《たやまかたい》氏が度々問題に上つたやうに記憶する。

　今になつて公平に考へれば、自然主義運動があれ丈《だけ》大きな波動を文壇に与へたのも、全く一つは田山氏の人格の力が然《しか》らしめたのに相違ない。その限りに於《おい》て田山氏は、氏の「妻」や「田舎《いなか》教師」が如何《いか》に退屈であるにしても、乃至《ないし》又氏の平面描写論が如何に幼稚であるにしても、確に我々後輩の敬意――とまで行かなければ、少くとも興味位は惹《ひ》くに足る人物だつた。が、遺憾ながら当時の我々は、まだこの情熱に富んだ氏の人格を、評価するだけの雅量に乏しかつた。だから我々は氏の小説を一貫して、月光と性慾《せいよく》とを除いては、何ものも発見する事は出来なかつた。と同時に氏の感想や評論も、その怪しげな à la Huysmans の入信生活を聞かされる度に、先《まず》Durtal と田山花袋氏との滑稽《こつけい》な対照を思ひ出させて、徒《いたずら》に我々の冷笑を買ふばかりだつた。では我々は氏を目《もく》して、全然ハムバツグとしてゐたかと云ふと必《かならず》しも亦《また》さうぢやない。成程小説家としての氏や思想家としての氏は、更に本質的なものだとは思はなかつたが、それらに先立つて我々は、紀行文家としての田山氏を認めていた。Sentimental landscape-painter――これが当時の自分が、田山氏へ冠《かぶ》らせてゐた渾名《あだな》だつた。実際氏は、小説や評論を書く合ひ間に、根気よく紀行文を書いてゐた。いや少し誇張して云へば、小説の多くも紀行文で、その中に Venus Libentina の信者たる男女《なんによ》を点出したものに過ぎなかつた。さうしてその紀行文を書いてゐる時の氏は、自由で、快活で、正直で、如何にも青艸《あおくさ》を得た驢馬《ろば》のやうに、純真無垢《むく》な所があつた。従つてそれだけの領域では、田山氏はユニイクだと云はうが何だらうが差支へない。が、氏を自然主義の小説家たり、且《かつ》思想家たる文壇の泰斗《たいと》と考へる事は、今よりも更に出来憎かつた。遠慮のない所を云ふと、自然主義運動に於ける氏の功績の如きも、「何しろ時代が時代だつたからね」なぞと軽蔑《けいべつ》してゐたものである。

大体こんなやうな気焔をあげてから、又成瀬と二人で、久米の下宿を出た。出た時分には、短い冬の日脚《ひあし》が、もう往来へ長い影を落してゐた。我々は我々のよく知つてゐる、しかも常になつかしい興奮を感じながら、本郷三丁目の角まで歩いて行つて、それから別々の電車へ乗つた。

二

三四日たつた、これも好《い》い天気の日の事である。自分は午前の講義に出席してから、成瀬と二人で久米の下宿へ行つて、そこで一しよに昼飯を食つた。久米は京都の菊池が、今朝送つてよこしたと云ふ戯曲の原稿を見せた。それは「坂田藤十郎《さかたとうじゆうろう》の恋」と云ふ、徳川時代の名高い役者を主人公にした一幕物だつた。読めと云ふから読んで見ると、テエマが面白いのにも関らず、無暗《むやみ》に友染縮緬《ゆうぜんちりめん》のやうな台辞《せりふ》が多くつて、どうも永井荷風氏や谷崎潤一郎氏の糟粕《そうはく》を嘗《な》めてゐるやうな観があつた。だから自分は言下《ごんか》に悪作だとけなしつけた。成瀬も読んで見て、やはり同感は出来ないと云つた。久米も我々の批評を聞いて、「僕も感服出来ないんだ。一体に少し高等学校情調がありすぎるよ」と、同意を表した。それから久米が我々一同を代表して、菊池の所へその意味の批評を、手紙で書いてやる事にした。そこへ幸ひ松岡も遊びに来た。松岡は我々三人が英文科に籍を置いてゐるのにも関らず、独り哲学科へはいつてゐた。が、勿論《もちろん》我々と同じやうに、創作もする心算《つもり》だつた。彼は我々の中で、一番久米と親しかつた。一しきりは二人で、同じ家に下宿してゐた事もあつた。それは砲兵工《こう》廠《しよう》の裏にある、職工服を造る家だつた。実生活上のロマンテイケルだつた久米は、今にあの青い職工服を着て、アトリエのやうな書斎へ西洋机を据《す》えて、その書斎を久米正雄工房と名づけたいなどと云ふ、途方もない夢をよく見てゐた。自分は彼等をその下宿に訪問すると、何時《いつ》もかう云ふ久米の夢を思ひ出したものだつた。が、松岡はその時分から、余り職工服とは縁のない思想なり心もちなりを持つてゐるらしかつた。まだ感傷癖こそ脱しなかつたが、彼の中には宗教の匂《におい》のするものが、もうふんだんに磅礴《ぼうはく》してゐた。彼はその東洋とも西洋ともつかないイエルサレムの建設を目《もく》ろみながら、キエルケガアドを愛読したり、怪しげな水彩画を描いて見たりした。当時彼の描いた水彩画の一つにさかさまにした方が遥に画らしくなるものゝあつたのは、今でもよく覚えてゐる。その後松岡は久米が宮裏《みやうら》へ移ると共に、本郷五丁目へ下宿を移した。さうして今でもそこにゐて、釈迦《しやか》伝から材料を取つた三幕物の戯曲を書いてゐた。

我々四人は、又久米の手製の珈琲《コーヒー》を啜《すす》りながら、煙草《たばこ》の煙の濛々《もうもう》とたなびく中で、盛《さかん》にいろんな問題をしやべり合つた。その頃は丁度《ちようど》武者小路実篤《むしやのこうじさねあつ》氏が、将《まさ》にパルナスの頂上へ立たうとしてゐる頃だつた。従つて我々の間でも、屢《しばしば》氏の作品やその主張が話題に上つた。我々は大抵、武者小路氏が文壇の天窓を開け放つて、爽《さわやか》な空気を入れた事を愉快に感じてゐるものだつた。恐らくこの愉快は、氏の踵《くびす》に接して来た我々の時代、或《あるい》は我々以後の時代の青年のみが、特に痛感した心もちだらう。だから我々以前と我々以後とでは、文壇及《および》それ以外の鑑賞家の氏に対する評価の大小に、径庭《けいてい》があつたのは已《や》むを得ない。これは丁度我々以前と我々以後とで、田山花袋氏に対する評価が、相違するのと同じ事である。（唯《ただ》、その相違の程度が、武者小路氏と田山氏とで、どちらが真に近いかは疑問である。念の為に断つて置くが、自分が同じ事だと云ふのは、程度まで含んでゐる心算《つもり》ぢやない。）が、当時の我々も、武者小路氏に文壇のメシヤを見はしなかつた。作家としての氏を見る眼《め》と、思想家としての氏を見る眼と――この二つの間には、又自《おのずか》らな相違があつた。作家としての武者小路氏は、作品の完成を期する上に、余りに性急な憾《うらみ》があつた。形式と内容との不即不離な関係は、屢《しばしば》氏自身が『雑感』の中で書いてゐるのにも関らず、忍耐よりも興奮に依頼した氏は、屢《しばしば》実際の創作の上では、この微妙な関係を等閑に附して顧みなかつた。だから氏が従来冷眼に見てゐた形式は、「その妹」以後一作毎《ごと》に、徐々として氏に謀叛《むほん》を始めた。さうして氏の脚本からは、次第にその秀抜な戯曲的要素が失はれて、（全くとは云はない。一部の批評家が戯曲でないやうに云ふ「或《ある》青年の夢」でさへ、一齣《いつせつ》一齣の上で云へばやはり戯曲的に力強い表現を得た個所がある。）氏自身のみを語る役割が、己自身を語る性格の代りに続々としてそこへはいつて来た。しかもそこに語られた思想なり感情なりは、必然性に乏しい戯曲的な表現を借りてゐるだけ、それだけ一層氏の雑感に書かれたものより稀薄《きはく》だつた。「或家庭」の昔から氏の作品に親しんでゐた我々は、その頃の――「その妹」の以後のから云ふ氏の傾向には、慊《あきた》らない所が多かつた。が、それと同時に、又氏の雑感の多くの中には、我々の中に燃えてゐた理想主義の火を吹いて、一時に光焰を放たしめるだけの大風のやうな雄々しい力が潜んでゐる事も事実だつた。往々にして一部の批評家は、氏の雑感を支持すべき論理の欠陥を指摘する。が、論理を待つて確められたものゝみが、真理である事を認めるには、余りに我々は人間的な素質を多量に持ちすぎてゐる。いや、何よりもその人間的な素質の前に真面目《まじめ》であれと云ふ、それこそ氏の闡明《せんめい》した、大いなる真理の一つだつた。久しく自然主義の淤泥《おでい》にまみれて、本来の面目を失してゐた人道《ユウマニテエ》が、あのエマヲのクリストの如《ごと》く「日昃《かたぶ》きて暮に及」んだ文壇に再《ふたたび》姿を現した時、如何《いか》に我々は氏と共に、「われらが心熱《もえ》し」事を感じたらう。現に自分の如く世間からは、氏と全然反対の傾向にある作家の一人に数へられてゐる人間でさへ、今日も猶《なお》氏の雑感を読み返すと、常に昔の澎湃《ほうはい》とした興奮が、一種のなつかしさと共に還《かえ》つて来る。我々は――少くとも自分は氏によつて、「驢馬《ろば》の子に乗り爾《なんじ》に来《きた》る」人道を迎へる為に、「その衣《ころも》を途《みち》に布《し》き或《あるい》は樹の枝を伐《き》りて途に布く」先例を示して貰《もら》つたのである。

散々話をした後で、我々は皆一しよに、久米の下宿を出た。それから本郷三丁目で成瀬と松岡とに別れた。久米と自分とは電車で銀座へ行つて、カツフエ・ライオンで少し早い晩飯をすませてから、ちよいと歌舞伎座《かぶきざ》の立見《たちみ》へはいつた。はいると新狂言の二番目もので、筋は勿論外題《もちろんげだい》さへ、更に不案内なものだつた。舞台には悪く納《おさま》つた茶室があつて、造花の白梅《はくばい》が所々に、貝殻細工のやうな花を綴《つづ》つてゐた。さうしてその茶室の椽側《えんがわ》で、今の中車《ちゆうしや》の侍《さむらい》が、歌右衛門《うたえもん》の娘を口説《くど》いてゐた。東京の下町に育ちながら、更に江戸趣味なるものに興味のない自分は、芝居に対しても同様に、滅多《めつた》にドラマテイツク・イリユウジヨンは起す事が出来ない程、冷淡に出来上つた人間だつた。（或《あるい》は冷淡にならされた人間かも知れない。芝居を見る事は二歳位の頃から、よく家のものと一しよに見た。）だから芝居よりも役者の芸が、役者の芸よりも土間桟敷《どまさじき》の見物が、余程自分には面白かつた。その時も自分の隣にゐた、どこかの御店者《おたなもの》らしい、鳥打帽《とりうちぼう》をかぶつた男が、甘栗《あまぐり》を食ひながら、熱心に舞台を見てゐる方が、天下の名優よりも興味があつた。この男は熱心に舞台を見てゐると云つたが、同時に又甘栗もやはり熱心に食つてゐた。それが懐《ふところ》へ手を入れたかと思ふと、甘栗を一つつまみ出して、割るが早いか口へ入れる、口へ入れたと思ふと、又懐へ手を入れて、つまみ出すが早いか割つて食ふ。しかもその間中、眼《め》は終始一貫として、寸分《すんぶん》も舞台を離れない。自分はこの視覚と味覚との敏捷《びんしよう》な使ひ分けに感心して、暫《しばら》くはその男の横顔ばかり眺めてゐたが、とう〳〵しまひに彼自身はどちらを真剣にやつてゐる心算《つもり》だか、尋《き》いて見たいやうな気がして来た。するとその時、自分の側《そば》で、久米がいきなり「橘屋《たちばなや》あ」と、無鉄砲に大きな声を出した。自分はびつくりして、思はず眼を舞台の方へやつた。見ると成程、女をたらすより外《ほか》には何等《なんら》の能もなささうな羽左衛門《うざえもん》の若侍が、従容《しようよう》として庭伝ひに歩いて来る所だつた。が、隣の御店者《おたなもの》は、久米の「橘屋」も耳にはいらないやうに、依然として甘栗《あまぐり》を食ひながら、食ひつくやうな眼で舞台を眺めてゐる。自分も今度はその滑稽《こつけい》さが、笑ふには余りに真剣すぎるやうな気がして来た。さうして又そこに小説めいた心もちも感じられた。しかし舞台の上の芝居は、折角《せつかく》その「橘屋」が御出《おい》でになつても、池田輝方《いけだてるかた》氏の画以上に俗悪だつた。自分はとうとう一幕が待ち切られなくつて、舞台が廻《まわ》つたのを潮《しお》に、久米をひつぱつて外へ出た。

星月夜の往来へ出てから「あんな声を出して、莫迦《ばか》だな」と云つたが、久米は「何、あれだつて中々好《い》い声だよ」と自慢して容易にその愚を認めなかつた。今でもあの時の事を考へると、彼はカツフエ・ライオンで飲んだウイスキイに祟《たた》られてゐたものとしか思はれない。

三

「一体大学の純文学科などゝ云ふものは、頗《すこぶる》怪しげな代物《しろもの》だよ。あゝやつて、国漢英仏独の文学科があるけれども、あれは皆何をやつてゐるんだと思ふ? 実は何をやつてゐるか、僕にもはつきりとはわからないんだ。成程研究してゐるものは、各国の文学に違ひなからう。さうしてその文学なるものは、まあ芸術の一部門とか何とか云へるにや違ひない。しかしその文学を研究する学問だね、あれは一体学問だらうか。(或《あるい》は独立した学問だらうかと云つても好いが)もし学問とすれば、——むづかしく云へば、Wissenschaft として成立するのに必要な条件を具《そな》へるとすればだね。さうすれば美学と同じものになつちまふぢやないか。いや、美学ばかりぢやない。文学史なんぞは、始《はじめ》から史学と同じものだらうと思ふんだ。そりや成程今純文学科でやつてゐる講義にや、美学や史学と縁のないものだつて、沢山《たくさん》ある。が、その沢山あるものは、義理にも学問だとは思はれないぢやないか。あれはまあよく云へば先生の感想を述べたもので、悪く云へば出たらめだからね。だから僕は大学の純文学科なんぞは、廃止しちまつた方がほんたうだと思ふんだ。文学概論や何かは美学と一しよにする。文学史は史学へ片づけてしまふ。さうしてあとに残つた講義は、要するに出たらめだから、大学外へ駆《く》逐《ちく》しちまふんだ。出たらめだからと云つて悪るければ、余りに高尚で、大学のやうな学問の研究を目的にする所には、不釣合だと云つても好い。これは確に目下の急務だよ。さもないと同じ出たらめでも、新聞や雑誌へ出た評論より、大学でやる講義の方が、上等のやうな誤解を天下に与へ易《やす》いからね。それも実は新聞や雑誌へ出る方は、世間を相手にしてゐるんだが、大学でやる方は学生だけを相手にしてゐるんだから、それだけ馬脚《ばきやく》が露《あらわ》れずにすんでゐるんだらう。その安全なる出たらめが、一層箔《はく》をつけてゐるのは、どう考へたつて不公平だ。実際僕なんぞは無責任に、図書館の本を読まう位な了見で、大学にはいつてゐるんだから好《い》いが、真面目《まじめ》に研究心でも起したら、一体どうすれば文学の研究になるんだか、途方にくれちまふのに違ひない。それや市河三喜さんのやうに言語学的に英文学を研究するんなら、立派に徹底してゐると思ふんだ。けれどもさうすると、シエクスピイアだらうが、ミルトンだらうが、詩でも芝居でもなくなつて、唯《ただ》の英語の行列だからね。それぢや僕はやる気もないし、やつたつて到底ものにはなりさうもないだらう。勿論《もちろん》出たらめで満足してゐりや好いが、それなら御苦労にも大学へはいらずとも事だ。又美学なり史学なりの立ち場から、研究しようと云ふんなら、外《ほか》の科へ籍を置いた方がどの位気が利いてゐるかわからない。から考へて来ると、純文学科のレエゾン・デエトルは、まあ精々便宜的位な所だね。が、いくら便宜でも、有害の方が多くつちや、勿論ないのに劣つてゐると云ふもんだ。劣つてゐる以上は、廃止した方が正当だよ。――何、あれは中学の教師を養成する為に必要だ？　僕は皮肉を云つてゐるんぢやない。これでも大真面目な議論なんだ。中学の教師を養成するんなら、ちやんと高等師範と云ふものがある。高等師範を廃止しろなんと云ふのは、それこそ冠履《かんり》顚倒《てんとう》だ。その理屈で行つても廃止さるべきものは大学の純文学科の方で、高等師範は一日も早くあれを合併してしまふが好い。」

その頃の或日《あるひ》、古本屋ばかり並んでゐる神田《かんだ》通りを歩きながら、自分は成瀬をつかまへて、こんな議論をふつかけた事がある。

四

十一月もそろそろ末にならうとしてゐる或晩、成瀬と二人で帝劇のフイル・ハアモニイ会を聞きに行つた。行つたら、向うで我々と同じく制服を著《き》た久米に遇《あ》つた。その頃自分は、我々の中で一番音楽通だつた。と云ふのは自分が一番音楽通だつた程、それ程我々は音楽に縁が遠い人間だつたのである。が、その自分も無暗《むやみ》に、音楽会を聞いて歩いただけで、鑑賞は元より了解する事も頗《すこぶる》怪しかつた。先《ま》ず一番よくわかるものは、リストに止《とど》めをさしてゐた。何時《いつ》か帝国ホテルで、あのベツツオルド夫人と云ふお婆《ばあ》さんが、リストの der heilige Antonius schreitend auf den Wellen（だと思ふ。ちがつたら御免なさい。）を弾いた時も、そのピアノの音の一つ一つは、寸刻も流動して止《とどま》らない、しかも不思議に鮮《あざやか》な画面を、ありありと眼《め》の前へ浮ばせてくれた。その画面の中には、どこを見ても、際限なく波が動いてゐた。それからその波の上には、一足毎《ごと》に波紋を作る人間の足が動いてゐた。最後にその波と足との上に、煌々《こうこう》たる光があつて、それが風の中の太陽のやうに、眩《まばゆ》く空中で動いてゐた。この明い幻を息もつかずに眺めてゐた自分は、演奏が終つて拍手の声が起つた時に、音楽の波動が消えてしまつた、空虚な周囲の寂しさがしみじみ情なく感じられた。が、こんな事は前にも云つた通り、リストが精々行きどまりで、ベエトオフエンなどゝ云ふ代物は、好《い》いと思へば好いやうだし、悪いと思へば悪いやうだし、更に見当がつかなかつた。だからフイル・ハアモニイ会を聞くと云つても、一向芸術家らしくない、怪しげな耳をそば立てて、楽器の森から吹いて来るオオケストラの風の音を、漫然と聞いてゐたのである。

当夜は閑院宮《かんいんのみや》殿下も御臨場になつたので、帝劇のボツクスや我々のゐるオオケストラ・ストオルには、模様を着た奥さんや御嬢さんが大分方々に並んでゐた。現に自分の隣なぞにも、白粉《おしろい》をつけた骨と皮ばかりの老夫人が、金の指環をはめて、金の時計の鎖を下げて、金の帯留《おびどめ》の金物《かなもの》をして、その上にもまだ慊《あきた》らず、歯にも一面に金を入れて、（これは欠伸《あくび》をした時に見えたのである。）端然として控えてゐた。が、前に歌舞伎《かぶき》座の立見をした時とは異なつて、今夜は見物の紳士淑女より、シオパンやシユウベルトの方が面白かつたから、それ以上自分はこの白粉と金とに埋《うま》つてゐる老夫人に、注意を払はなかつた。尤《もつと》も彼女自身は、自分に輪をかけた、デイスイリユウジヨンそれ自身のやうな豪傑だつたと見えて、舞台の上で指揮杖を振つてゐる山田耕作氏には眼《め》もくれず、頻《しきり》に周囲ばかり見廻《みまわ》してゐた。

　その中《うち》に山田夫人の独唱か何かで、途中の休憩時間になると、我々は三人揃《そろ》つて、二階の喫煙室へ出かけて行つた。するとそこの入口に黒い背広の下へ赤いチヨツキを着た、背の低い人が佇《たたず》んで、袴羽織《はかまはおり》の連れと一しよに金口《きんぐち》の煙草《たばこ》を吸つてゐた。久米はその人の姿を見ると、我々の耳へ口をつけるやうにして、「谷崎潤一郎だぜ」と教へてくれた。自分と成瀬とはその人の前を通りながら、この有名な耽美《たんび》主義の作家の顔を、偸《ぬす》むやうにそつと見た。それは動物的な口と、精神的な眼とが、互に我《が》を張り合つてゐるやうな、特色のある顔だつた。我々は喫煙室の長椅子《ながいす》に腰を下して、一箱の敷島《しきしま》を吸ひ合ひながら、谷崎潤一郎論を少しやつた。当時谷崎氏は、在来氏が開拓して来た、妖気靉靆《あいたい》たる耽美主義の畠に、「お艶《つや》殺し」の如《ごと》き、「神童」の如き、或《あるい》は又「お才と巳之助《みのすけ》」の如き、文字通り底気味の悪い Fleurs du Mal を育てゝゐた。が、その斑猫《はんみよう》のやうな色をした、美しい悪の花は、氏の傾倒してゐるポオやボオドレエルと、同じ壮厳な腐敗の香《か》を放ちながら、或《ある》一点では彼等のそれと、全く趣が違つてゐた。彼等の病的な耽美主義は、その背景に恐る可《べ》き冷酷な心を控えてゐる。彼等はこのごろた石のやうな心を抱いた因果に、嫌でも道徳を捨てなければならなかつた。嫌でも神を捨てなければならなかつた。さうして又嫌でも恋愛を捨てなければならなかつた。が、彼等はデカダンスの古沼《ふるぬま》に身を沈めながら、それでも猶《なお》この仕末に了《お》へない心と――une vieille gabare sans mâts sur une mer monstrueuse et sans bords の心と睨《にら》み合つてゐなければならなかつた。だから彼等の耽美主義は、この心に劫《おびや》かされた彼等の魂のどん底から、やむを得ずとび立つた蛾《が》の一群だつた。従つて彼等の作品には、常に Ah!

Seigneur, donnez-moi la force et le courage／De contempler mon cœur et mon corps sans dégoût と云ふせつぱつまつた嘆声が、瘴気《しようき》の如く纏綿《てんめん》してゐた。我々が彼等の耽美主義から、厳粛な感激を浴びせられるのは、実にこの「地獄のドン・ジュアン」のやうな冷酷な心の苦しみを見せつけられるからである。しかし谷崎氏の耽美《たんび》主義には、この動きのとれない息苦しさの代りに、余りに享楽的な余裕があり過ぎた。氏は罪悪の夜光虫が明滅する海の上を、まるでエル・ドラドでも探して行くやうな意気込みで、悠々と船を進めて行つた。その点が氏は我々に、氏の寧軽蔑《むしろけいべつ》するゴオテイエを髣髴《ほうふつ》させる所以《ゆえん》だつた。ゴオテイエの病的傾向は、ボオドレエルのそれとひとしく世紀末の色彩は帯びてゐても、云はば活力に満ちた病的傾向だつた。更に洒《しや》落れて形容すれば、宝石の重みを苦にしてゐる、肥満したサルタンの病的傾向だつた。だから彼には谷崎氏と共に、ポオやボオドレエルに共通する切迫した感じが欠けてゐた。が、その代りに感覚的な美を叙述する事にかけては、滾々《こんこん》として百里の波を飜《ひるがえ》す河のやうな、驚く可《べ》き雄弁を備へてゐた。（最近広津和郎《ひろつかずお》氏が谷崎氏を評して、余り健康なのを憾《うらみ》とすると云つたのは、この活力に満ちた病的傾向を指摘したものだらうと思ふ。が、如何《いか》に活力に溢《あふ》れてゐても、脂肪過多症の患者が存在し得る限り、やはり氏のそれは病的傾向に相違ない。）さうして此《こ》の耽美主義に慊《あきた》らなかつた我々も、流石《さすが》にその非凡な力を認めない訳に行かなかつたのは、この滔々《とうとう》たる氏の雄弁である。氏はありとあらゆる日本語や漢語を渫《さら》ひ出して、ありとあらゆる感覚的な美を（或《あるい》は醜を）、刺青《しせい》以後の氏の作品に螺鈿《らでん》の如《ごと》く鏤《ちりば》めて行つた。しかもその氏の Les Emaux et Camées は、朗々たるリズムの糸で始《はじめ》から終《おわり》まで、見事にずつと貫《つらぬ》かれてゐた。自分は今日《こんにち》でも猶《なお》、氏の作品を読む機会があると、一字一句の意味よりも、寧《むしろ》その流れて尽きない文章のリズムから、半ば生理的な快感を感じる事が度々ある。ここに至るとその頃も、氏はやはり今の如く、比類ない語《ことば》の織物師だつた。たとひ氏は暗澹たる文壇の空に、「恐怖の星」はともさなかつたにしても、氏の培《つちか》つた斑猫色《はんみよういろ》の花の下には、時ならない日本の魔女のサバトが開かれたのである。――

やがて又演奏の始まりを知らせる相図《あいず》のベルと共に、我々は谷崎潤一郎論を切り上げて、下の我々の席へ帰つた。帰る途中で久米が、「一体君は音楽がわかるのかい」と云ふから、「隣の金《きん》と骨と皮と白粉《おしろい》とよりはわかりさうだ」と答へた。それから又その老夫人の隣へ腰を下して、ショルツ氏のピアノを聞いた。確《たしか》、シオパンのノクテユルヌとか何とか云ふものだつたと思ふ。シモンズと云ふ男は、小供の時にシオパンの葬式の進行曲を聞いて、ちやんとわかつたと広告して居るが、自分はショルツ氏の器用に動く指を眺めながら、年齢の差を勘定に入れないでも、この点ではシモンズに到底及ばないと観念した。そのあとは何があつたか、もう今は覚えてゐない。が、会が終つて外へ出たら、車寄《くるまよせ》のまはりに馬車や自働車が、通りぬけられない程沢山《たくさん》並んでゐた。さうしてその中の一つの自働車には、あの金と白粉との老夫人が毛皮に顔を埋《うず》めながら、乗らうとしてゐる所だつた。我々は外套《がいとう》の襟《えり》を立てて、その間をやつと風の寒い往来へ出た。ふと見ると、我々の前には、警視庁の殺風景な建物が、黒く空を衝《つ》いて聳《そび》えてゐた。自分は歩きながら、何だかそこに警視庁のある事が不安になつた。で、思はず「妙だな」と云つたら、成瀬が「何が?」と聞き咎《とが》めた。自分はいやとか何とか云つて、好《い》い加減に返事を胡麻化《ごまか》した。その時はもう我々の左右を、馬車や自働車が盛んに通りすぎてゐた。

五

フイル・ハアモニイ会へ行つたあくる日、午前の大塚博士の講義（題目はリツケルトの哲学だつた。これが自分が聞いた中では最も啓発される所の多かつた講義である。）をすまさせた後で、又成瀬と凩《こがらし》の吹く中を、わざわざ一白舎《いつぱくしや》へ二十銭の弁当を食ひに行つたら、彼が突然自分に、「君は昨夜僕等の後《うしろ》にゐた女の人を知つてゐるかい」と尋ねた。「知らない。知つてゐるのは隣の金と皮と骨と白粉《おしろい》とだけだ。」「金と皮と――何だい、それは。」「何でも好《い》い。兎《と》に角《かく》、後にゐた女の人ぢやない事は確だ。さうして君は又その女の人に惚《ほ》れでもしたのかい。」「惚れる所か、僕も知らなかつたんだ。」「何だ、つまらない。そんな人間なら、ゐたつてゐなくたつて、同じ事ぢやないか。」「所がね。家へ帰つたらムツタアが後の女の人を見たかと云ふんだ。つまりその人が僕の細君《さいくん》の候補者だつたんださうだね。」「ぢや見合ひか。」「見合ひ程まだ進歩したものぢやないんだらう。」「だつて見たかつて云へば、見合ひぢやないか。君のムツタアも亦《また》、迂遠《うえん》だな。見せる心算《つもり》なら、前へ坐《すわ》らせりや好いのに。後《うしろ》にゐるものが見える位なら、こんな二十銭の弁当なんぞ食つてゐやしない。」成瀬は親孝行な男だから、自分がかう云ふと、ちよいと妙な顔をした。が、すぐに又、「しかし向うの女の人を本位にして云へば、僕等が前にゐた事になるんだからな。」「成程、あすこぢや両方で向ひ合つてゐやうと思つたら、どつちか一方が舞台へ上らなくつちやならない訳だ。――訳だが、それで君は何つて返事をしたんだい。」「見なかつたつて云つたあね。実際見なかつたんだから仕方がないぢやないか。」「さう今になつて、僕に鬱憤《うつぷん》を洩《もら》したつて駄目《だめ》だよ。だが惜しい事をしたな。一体あれは音楽会だつたから、いけないんだ。芝居なら僕が頼まれなくつたつて、帝劇中の見物をのこらず物色をしてやるんだのに。」――成瀬と自分とはこんな話をしながら、大笑ひに笑ひ合つた。

　その日は午後には、独逸《ドイツ》語の時間があつた。が、当時我々はアイアムビツクに出席するとか何とか云つて、成瀬が出れば自分が休み、自分が出れば成瀬が休んでゐた。さうして一つ教科書に代る代る二人で仮名をつけて、試験前には一しよにその教科書を読んで間に合せてゐた。丁度《ちようど》その午後の独逸語は成瀬が出席する番に当つてゐたから、自分は食事をしまふと、成瀬に教科書を引き渡して、独りで一白舎《いつぱくしや》の外へ出た。

　出ると外は凩《こがらし》が、砂煙を往来の空に捲《ま》き上げてゐた。黄いろい並木の銀杏《いちよう》の落葉も、その中でくるくる舞ひながら、大学前の古本屋の店の奥まで吹かれて行つた。自分はふと松岡を訪ねて見ようと云ふ気になつた。松岡は自分と（恐らくは大抵な人と）違つて大風の吹く日が一番落着いて好いと称してゐた。だからその日などは殊《こと》に落着いてゐるだらうと思つて、何度も帽子を飛ばせさうにしながら、やつと本郷五丁目の彼の下宿まで辿《たど》りつくと、下宿のお婆《ばあ》さんが入口で、「松岡さんはまだ御休みになつていらつしやいますが」と、気の毒さうな顔をして云つた。「まだ寝てゐる？　恐ろしく寝坊だな。」「いえ、昨夜徹夜なすつて、ついさつきまで起きていらしつたんですがね、今し方寝るからつて、床へおはいりになつたんでございますよ。」「ぢやまだ眼《め》がさめてゐるかも知れない。兎《と》に角《かく》ちよいと上つて見ませう。寝てゐればすぐに下りて来ます。」自分は松岡のゐる二階へ、足音を偸《ぬす》みながら、そつと上つた。上つてとつつきの襖《ふすま》をあけると、二三枚戸を立てた、うす暗い部屋のまん中に、松岡の床がとつてあつた。枕元には怪しげな一閑張《いつかんば》りの机があつて、その上には原稿用紙が乱雑に重なり合つてゐた。と思ふと机の下には、古新聞を敷いた上に、夥《おびただ》しい南京豆《なんきんまめ》の皮が、杉形《すぎなり》に高く盛り上つてゐた。自分はすぐに松岡が書くと云つてゐる、三幕物の戯曲の事を思ひ出した。「やつてゐるな」――ふだんならかう云つて、自分はその机の前へ坐《すわ》りながら、出来ただけの原稿を読ませて貰《もら》ふ所だつた。が、生憎《あいにく》その声に応ずべき松岡は、髭《ひげ》ののびた顔を括《くく》り枕の上にのせて、死んだやうに寝入つてゐた。勿論《もちろん》自分は折角《せつかく》徹夜の疲《つかれ》を癒《いや》してゐる彼を、起さうなどと云ふ考《かんがえ》はなかつた。しかし又この儘《まま》帰つてしまふのも、何となく残り惜しかつた。そこで自分は彼の枕元に坐りながら、机の上の原稿を、暫《しばら》くあつちこつち読んで見た。その間も凩《こがらし》はこの二階を揺《ゆさ》ぶつてしつきりなく通りすぎた。が、松岡は依然として、静《しずか》な寝息ばかり洩《もら》してゐた。自分はやがて、かうしてゐても仕方がないと思つたから、物足りない腰をやつと上げて、静に枕元を離れようとした。その時ふと松岡の顔を見ると、彼は眠りながら睫毛《まつげ》の間へ、涙を一ぱいためてゐた。いや、さう云へば頬《ほお》の上にも、涙の流れた痕《あと》が残つてゐた。自分はこの思ひもよらない松岡の顔に気がつくと、さつきの「やつてゐるな」と云ふ元気の好《い》い心もちは、一時にどこかへ消えてしまつた。さうしてその代りに、自分も夜通し苦しんで、原稿でもせつせと書いたやうな、やり切れない心細さが、俄《にわか》に胸へこみ上げて来た。「莫迦《ばか》な奴《やつ》だな。寝ながら泣く程苦しい仕事なんぞをするなよ。体でも毀《こわ》したら、どうするんだ。」――自分はその心細さの中で、かう松岡を叱《しか》りたかつた。が、叱りたいその裏では、やつぱり「よくそれ程苦しんだな」と、内証で褒《ほ》めてやりたかつた。さう思つたら、自分まで、何時《いつ》の間にか涙ぐんでゐた。

それから又足音を偸《ぬす》んで、梯子段《はしごだん》を下りて来ると、下宿の御婆《おばあ》さんが心配さうに、「御休みなすつていらつしやいますか」と尋《き》いた。自分は「よく寝てゐます」とぶつきらばうな返事をして、泣顔を見られるのが嫌だつたから、匆々《そうそう》凩の往来へ出た。往来は相不変《あいかわらず》、砂煙が空へ舞ひ上つてゐた。さうしてその空で、凄《すさま》じく何か唸《うな》るものがあつた。気になつたから上を見ると、唯《ただ》、小さな太陽が、白く天心に動いてゐた。自分はアスファルトの往来に立つた儘《まま》、どつちへ行かうかなと考へた。

――大正七年十二月――

（大正八年一月「中央公論」）

蜘蛛の糸

一

或《ある》日の事でございます。御釈迦《おしやか》様《さま》は極楽《ごくらく》の蓮池《はすいけ》のふちを、独りでぶらぶら御歩きになつていらつしやいました。池の中に咲いてゐる蓮《はす》の花は、みんな玉《たま》のやうにまつ白で、そのまん中にある金色《きんいろ》の蕊《ずい》からは、何《なん》とも云へない好《よ》い匂《におい》が、絶間なくあたりへ溢《あふ》れて居《お》ります。極楽は丁度《ちようど》朝なのでございませう。

やがて御釈迦様はその池のふちに御佇《おたたず》みになつて、水の面《おもて》を蔽《おお》つてゐる蓮の葉の間《あいだ》から、ふと下の容子《ようす》を御覧になりました。この極楽の蓮池の下は、丁度地獄の底に当つて居りますから、水晶のやうな水を透《す》き徹《とお》して、三途《さんず》の河や針の山の景色が、丁度覗《のぞ》き眼鏡《めがね》を見るやうに、はつきりと見えるのでございます。

するとその地獄の底に、犍陀多《かんだた》と云ふ男が一人、外《ほか》の罪人と一しよに蠢《うごめ》いてゐる姿が、御眼《おめ》に止りました。この犍陀多と云ふ男は、人を殺したり家に火をつけたり、いろいろ悪事を働いた大泥坊でございますが、それでもたつた一つ、善《よ》い事を致した覚えがございます。と申しますのは、或時この男が深い林の中を通りますと、小さな蜘蛛《くも》が一匹、路《みち》ばたを這《は》つて行《ゆ》くのが見えました。そこで犍陀多は早速足を挙げて、踏み殺さうと致しましたが、「いや、いや、これも小さいながら、命のあるものに違ひない。その命を無暗《むやみ》にとると云ふ事は、いくら何でも可哀《かわい》さうだ。」と、かう急に思ひ返して、とうとうその蜘蛛を殺さずに助けてやつたからでございます。

御釈迦様は地獄の容子を御覧になりながら、この犍陀多には蜘蛛を助けた事があるのを御思ひ出しになりました。さうしてそれだけの善い事をした報《むくい》には、出来るなら、この男を地獄から救ひ出してやらうと御考へになりました。幸《さいわい》、側《そば》を見ますと、翡翠《ひすい》のやうな色をした蓮の葉の上に、極楽の蜘蛛が一匹、美しい銀色の糸をかけて居ります。御釈迦様はその蜘蛛の糸をそつと御手《おて》に御取りになつて、玉のやうな白蓮《しらはす》の間《あいだ》から、遥か下にある地獄の底へ、まつすぐにそれを御下《おお》しなさいました。

二

こちらは地獄の底の血の池で、外《ほか》の罪人と一しよに、浮いたり沈んだりしてゐた犍陀多《かんだた》でございます。何しろどちらを見ても、まつ暗で、たまにそのくら暗《やみ》からぼんやり浮き上つてゐるものがあると思ひますと、それは恐しい針の山の針が光るのでございますから、その心細さと云つたらございません。その上あたりは墓の中のやうにしんと静まり返つて、たまに聞えるものと云つては、唯《ただ》罪人がつく微《かすか》な嘆息《ためいき》ばかりでございます。これはここへ落ちて来る程の人間は、もうさまざまな地獄の責苦に疲れはてて、泣声を出す力さへなくなつてゐるのでございませう。ですからさすが大泥坊の犍陀多も、やはり血の池の血に咽《むせ》びながら、まるで死にかかつた蛙《かわず》のやうに、唯もがいてばかり居りました。

所が或《ある》時の事でございます。何気《なにげ》なく犍陀多が頭を挙げて、血の池の空を眺めますと、そのひつそりとした暗《やみ》の中を、遠い遠い天上から、銀色の蜘蛛《くも》の糸が、まるで人目にかかるのを恐れるやうに、一すぢ細く光りながら、するすると自分の上へ垂れて参るではございませんか。犍陀多はこれを見ると、思はず手を拍《う》つて喜びました。この糸に縋《すが》りついて、どこまでものぼつて行《ゆ》けば、きつと地獄からぬけ出せるのに相違ございません。いや、うまく行《ゆ》くと、極楽《ごくらく》へはいる事さへも出来ませう。さうすれば、もう針の山へ追ひ上げられる事もなくなれば、血の池に沈められる事もある筈《はず》はございません。

かう思ひましたから犍陀多は、早速その蜘蛛の糸を両手でしつかりとつかみながら、一生懸命に上へ上へとたぐりのぼり始めました。元より大泥坊の事でございますから、かう云ふ事には昔から、慣れ切つてゐるのでございます。

しかし地獄と極楽との間《あいだ》は、何万里となくございますから、いくら焦《あせ》つて見た所で、容易に上へは出られません。稍《やや》しばらくのぼる中《うち》に、とうとう犍陀多《かんだた》もくたびれて、もう一たぐりも上の方へはのぼれなくなつてしまひました。そこで仕方がございませんから、先《まず》一休み休むつもりで、糸の中途にぶら下りながら、遥かに目の下を見下《みおろ》しました。

すると、一生懸命にのぼつた甲斐《かい》があつて、さつきまで自分がゐた血の池は、今ではもう暗《やみ》の底に何時《いつ》の間《ま》にかかくれて居ります。それからあのぼんやり光つてゐる恐しい針の山も、足の下になつてしまひました。この分でのぼつて行《ゆ》けば、地獄からぬけ出すのも、存外わけがないかも知れません。犍陀多は両手を蜘蛛《くも》の糸にからみながら、ここへ来てから何年にも出した事のない声で、「しめた。しめた。」と笑ひました。所がふと気がつきますと、蜘蛛の糸の下の方には、数限《かずかぎり》もない罪人《ざいにん》たちが、自分ののぼつた後《あと》をつけて、まるで蟻《あり》の行列のやうに、やはり上へ上へ一心によぢのぼつて来るではございませんか。犍陀多はこれを見ると、驚いたのと恐しいのとで、暫《しばら》くは唯《ただ》、莫迦《ばか》のやうに大きな口を開《あ》いた儘《まま》、眼《め》ばかり動かして居りました。自分一人でさへ断《き》れさうな、この細い蜘蛛の糸が、どうしてあれだけの人数《にんず》の重みに堪へる事が出来ませう。もし万一途中で断れたと致しましたら、折角《せつかく》ここへまでのぼつて来たこの肝腎な自分までも、元の地獄へ逆落《さかおと》しに落ちてしまはなければなりません。そんな事があつたら、大変でございます。が、さう云ふ中《うち》にも、罪人たちは何百となく何千となく、まつ暗な血の池の底から、うようよと這《は》ひ上《あが》つて、細く光つてゐる蜘蛛の糸を、一列になりながら、せつせとのぼつて参ります。今の中《うち》にどうかしなければ、糸はまん中から二つに断れて、落ちてしまふのに違ひありません。

そこで犍陀多は大きな声を出して、「こら、罪人ども。この蜘蛛の糸は己《おれ》のものだぞ。お前たちは一体誰に尋《き》いて、のぼつて来た。下りろ。下りろ。」と喚《わめ》きました。

その途端でございます。今まで何ともなかつた蜘蛛の糸が、急に犍陀多のぶら下つてゐる所から、ぷつりと音を立てて断れました。ですから、犍陀多もたまりません。あつと云ふ間もなく風を切つて、独楽《こま》のやうにくるくるまはりながら、見る見る中《うち》に暗《やみ》の底へ、まつさかさまに落ちてしまひました。

後《あと》には唯極楽《ただごくらく》の蜘蛛の糸が、きらきらと細く光りながら、月も星もない空の中途に、短く垂れてゐるばかりでございます。

三

御釈迦様は極楽の蓮池《はすいけ》のふちに立つて、この一部始終をぢつと見ていらつしやいましたが、やがて犍陀多《かんだた》が血の池の底へ石のやうに沈んでしまひますと、悲しさうな御顔《おかお》をなさりながら、又ぶらぶら御歩きになり始めました。自分ばかり地獄からぬけ出さうとする、犍陀多の無慈悲な心が、さうしてその心相当な罰《ばち》をうけて、元の地獄へ落ちてしまつたのが、御釈迦様の御目《おめ》から見ると、浅間《あさま》しく思召《おぼしめ》されたのでございませう。

しかし極楽の蓮池の蓮は、少しもそんな事には頓着《とんちやく》致しません。その玉《たま》のやうな白い花は、御釈迦様の御足《おみあし》のまはりに、ゆらゆら萼《うてな》を動かして、そのまん中にある金色《きんいろ》の蕊《ずい》からは、何《なん》とも云へない好い匂《におい》が、絶間なくあたりへ溢《あふ》れて居ります。極楽ももう午《ひる》に近くなつたのでございませう。

――大正七年四月――

（大正七年七月「赤い鳥」）

地獄変

一

堀川《ほりかわ》の大殿様《おおとのさま》のやうな方は、これまでは固《もと》より、後《のち》の世にも恐らく二人とはいらつしやいますまい。噂《うわさ》に聞きますと、あの方の御誕生になる前には、大威徳明王《だいいとくみようおう》の御姿《おんすがた》が御母君《おんははぎみ》の夢枕にお立ちになつたとか申す事でございますが、兎《と》に角《かく》御生れつきから、並々の人間とは御違ひになつてゐたやうでございます。でございますから、あの方の為《な》さいました事には、一つとして私《わたくし》どもの意表に出てゐないものはございません。早い話が堀川のお邸《やしき》の御《ご》規模を拝見致しましても、壮大と申しませうか、豪放と申しませうか、到底私どもの凡慮《ぼんりよ》には及ばない、思ひ切つた所があるやうでございます。中にはまた、そこを色々とあげつらつて大殿様の御《ご》性行を始皇《しこう》帝《てい》や煬帝《ようだい》に比べるものもございますが、それは諺《ことわざ》に云ふ群盲の象を撫《な》でるやうなものでもございませうか。あの方の御思召《おおぼしめし》は、決してそのやうに御《ご》自分ばかり、栄耀栄華《えいようえいが》をなさらうと申すのではございません。それよりはもつと下々《しもじも》の事まで御考へになる、云はば天下と共に楽しむとでも申しさうな、大腹中《だいふくちゆう》の御《ご》器量がございました。

それでございますから、二条大宮《にじようおおみや》の百鬼夜行《ひやつきやぎよう》に御遇《おあ》ひになつても、格別御障《おさわ》りがなかつたのでございませう。又陸奥《みちのく》の塩竈《しおがま》の景色を写したので名高いあの東三条《ひがしさんじよう》の河原院《かわらのいん》に、夜な〱現はれると云ふ噂のあつた融《とおる》の左大臣の霊でさへ、大殿様のお叱《しか》りを受けては、姿を消したのに相違ございますまい。かやうな御《ご》威光でございますから、その頃洛中《らくちゆう》の老若男女《ろうにやくなんによ》が、大殿様と申しますと、まるで権者《ごんじや》の再来のやうに尊み合ひましたも、決して無理ではございません。何時《いつ》ぞや、内《うち》の梅花の宴からの御帰りに御車の牛が放れて、折から通りかゝつた老人に怪我《けが》をさせました時でさへ、その老人は手を合せて、大殿様の牛にかけられた事を難有《ありがた》がつたと申す事でございます。

さやうな次第でございますから、大殿様御《ご》一代の間には、後々《のちのち》までも語り草になりますやうな事が、随分沢《たく》山《さん》にございました。大饗《おおみうけ》の引出物に白馬《あおうま》ばかりを三十頭、賜《たまわ》つたこともございますし、長良《ながら》の橋の橋柱《はしばしら》に御寵《ごちょう》愛《あい》の童《わらべ》を立てた事もございますし、それから又華陀《かだ》の術を伝へた震旦《しんたん》の僧に、御腿《おんもも》の瘡《もがさ》を御切らせになつた事もございますし、――一々数へ立てゝ居《お》りましては、とても際限がございません。が、その数多い御逸事《ごいつじ》の中でも、今では御家の重宝《ちょうほう》になつて居ります地獄変の屏風《びょうぶ》の由来程、恐ろしい話はございますまい。日頃は物に御騒ぎにならない大殿様でさへ、あの時ばかりは、流石《さすが》に御驚きになつたやうでございました。まして御側《おそば》に仕へてゐた私どもが、魂も消えるばかりに思つたのは、申し上げるまでもございません。中でもこの私なぞは、大殿様にも二十年来御奉公申して居りましたが、それでさへ、あのやうな凄《すさま》じい見物《みもの》に出遇《であ》つた事は、ついぞ又となかつた位でございます。

しかし、その御話を致しますには、予《あらかじ》め先《ま》づ、あの地獄変の屏風《びょうぶ》を描きました、良秀《よしひで》と申す画師《えし》の事を申し上げて置く必要がございませう。

二

良秀と申しましたら、或《あるい》は唯今《ただいま》でも猶《なお》、あの男の事を覚えていらつしやる方がございませう。その頃絵筆をとりましては、良秀の右に出るものは一人もあるまいと申された位、高名《こうみょう》な絵師でございます。あの時の事がございました時には、彼是《かれこれ》もう五十の阪に、手がとゞいて居りましたらうか。見た所は唯、脊《せ》の低い、骨と皮ばかりに痩《や》せた、意地の悪さうな老人でございました。それが大殿様の御邸《おやしき》へ参ります時には、よく丁子染《ちょうじぞめ》の狩衣《かりぎぬ》に揉烏帽子《もみえぼし》をかけて居りましたが、人がらは至つて卑《いや》しい方《かた》で、何故《なぜ》か年よりらしくもなく、脣《くちびる》の目立つて赤いのが、その上に又気味の悪い、如何《いか》にも獣めいた心もちを起させたものでございます。中にはあれは画《え》筆《ふで》を舐《な》めるので紅《べに》がつくのだなどゝ申した人も居りましたが、どう云ふものでございませうか。尤《もつと》もそれより口の悪い誰彼は、良秀の立居振舞《たちいふるまい》が猿《さる》のやうだとか申しまして、猿秀と云ふ諢名《あだな》までつけた事がございました。

いや猿秀と申せば、かやうな御話もございます。その頃大殿様の御邸には、十五になる良秀の一人娘が、小《こ》女房《にようぼう》に上《あが》つて居りましたが、これは又生みの親には似もつかない、愛嬌《あいきよう》のある娘でございました。その上早く女親に別れましたせゐか、思ひやりの深い、年よりはませた、悧巧《りこう》な生れつきで、年の若いのにも似ず、何かとよく気がつくものでございますから、御台様《みだいさま》を始め外《ほか》の女房たちにも、可愛《かわい》がられて居たやうでございます。

すると何かの折に、丹波《たんば》の国から人馴《ひとな》れた猿を一匹、献上したものがございまして、それに丁度《ちようど》悪戯盛《いたずらざか》りの若殿様が、良秀と云ふ名を御つけになりました。唯《ただ》でさへその猿の容子《ようす》が可笑《おか》しい所へ、かやうな名がついたのでございますから、御邸中誰一人笑はないものはございません。それも笑ふばかりならよろしうございますが、面白半分に皆のものが、やれ御庭の松に上《のぼ》つたの、やれ曹司《ぞうし》の畳をよごしたのと、その度毎《ごと》に、良秀々々と呼び立てゝは、兎《と》に角《かく》いぢめたがるのでございます。

所が或日《ある》の事、前に申しました良秀の娘が、御文《おふみ》を結んだ寒紅梅《かんこうばい》の枝を持つて、長い御廊下《おろうか》を通りかゝりますと、遠くの遣戸《やりど》の向うから、例の小猿の良秀が、大方足でも挫《くじ》いたのでございませう、何時《いつ》ものやうに柱へ駆け上る元気もなく、跛《びつこ》を引き／＼、一散に、逃げて参るのでございます。しかもその後《あと》からは楚《すわえ》をふり上げた若殿様が「柑子盗人《こうじぬすびと》め、待て。待て。」と仰有《おつしや》りながら、追ひかけていらつしやるのではございませんか。良秀の娘はこれを見ますと、ちよいとの間ためらつたやうでございますが、丁度その時逃げて来た猿が、袴《はかま》の裾《すそ》にすがりながら、哀れな声を出して啼《な》き立てました――と、急に可哀《かわい》さうだと思ふ心が、抑へ切れなくなつたのでございませう。片手に梅の枝をかざした儘《まま》、片手に紫匂《むらさきにおい》の袿《うちぎ》の袖《そで》を軽さうにはらりと開きますと、やさしくその猿を抱き上げて、若殿様の御前《ごぜん》に小腰をかゞめながら「恐れながら畜生《ちくしよう》でございます。どうか御《ご》勘弁遊ばしまし。」と、涼《すず》しい声で申し上げました。

が、若殿様の方は、気負《きお》つて駆けてお出でになつた所でございますから、むづかしい御顔をなすつて、二三度御《お》み足を御踏鳴《ふみなら》しになりながら、

「何でかばふ。その猿は柑子《こうじ》盗人《ぬすびと》だぞ。」

「畜生でございますから、……」

娘はもう一度かう繰返しましたがやがて寂しさうにほほ笑みますと、

「それに良秀と申しますと、父が御折檻《ごせつかん》を受けますやうで、どうも唯《ただ》見ては居《お》られませぬ。」と、思ひ切つたやうに申すのでございます。これには流石《さすが》の若殿様も、我《が》を御折りになつたのでございませう。

「さうか。父親の命乞《いのちごい》なら、枉《ま》げて赦《ゆる》してとらすとしよう。」

不承無承にかう仰有《おつしや》ると、楚《すわえ》をそこへ御捨てになつて、元いらしつた遣戸《やりど》の方へ、その儘御帰りになつてしまひました。

三

良秀の娘とこの小猿との仲がよくなつたのは、それからの事でございます。娘は御姫様から頂戴した黄金《こがね》の鈴を、美しい真紅《しんく》の紐《ひも》に下げて、それを猿の頭へ懸けてやりますし、猿は又どんな事がございましても、滅多《めつた》に娘の身のまはりを離れません。或《ある》時娘の風邪《かぜ》の心地で、床に就《つ》きました時なども、小猿はちやんとその枕もとに坐《すわ》りこんで、気のせゐか心細さうな顔をしながら、頻《しきり》に爪《つめ》を噛《か》んで居りました。

かうなると又妙なもので、誰も今までのやうにこの小猿を、いぢめるものはございません。いや、反《かえ》つてだん〳〵可愛《かわい》がり始めて、しまひには若殿様でさへ、時々柿《かき》や栗《くり》を投げて御やりになつたばかりか、侍《さむらい》の誰やらがこの猿を足蹴《あしげ》にした時なぞは、大層御立腹にもなつたさうでございます。その後大殿様がわざ〳〵良秀の娘に猿を抱いて、御前《ごぜん》へ出るやうと御沙汰《おさた》になつたのも、この若殿様の御腹立《おはらだち》になつた話を、御聞きになつてからだとか申しました。その序《ついで》に自然と娘の猿を可愛がる所由《いわれ》も御耳にはいつたのでございませう。

「孝行な奴《やつ》ぢや。褒《ほ》めてとらすぞ。」

かやうな御意《ぎょい》で、娘はその時、紅《くれない》の袙《あこめ》を御褒美《ごほうび》に頂きました。所がこの袙を又見やう見真似《みまね》に、猿が恭《うやうや》しく押頂きましたので、大殿様の御機嫌は、一入《ひとしお》よろしかつたさうでございます。でございますから、大殿様が良秀の娘を御贔屓《ごひいき》になつたのは、全くこの猿を可愛《かわい》がつた、孝行恩愛の情を御賞美なすつたので、決して世間で兎《と》や角《かく》申しますやうに、色を御好みになつた訳ではございません。尤《もつと》もかやうな噂《うわさ》の立ちました起りも、無理のない所がございますが、それは又後《のち》になつて、ゆつくり御話し致しませう。こゝでは唯《ただ》大殿様が、如何《いか》に美しいにした所で、絵師風情《ふぜい》の娘などに、想ひを御懸けになる方ではないと云ふ事を、申し上げて置けば、よろしうございます。

さて良秀の娘は、面目を施して御前《ごぜん》を下《さが》りましたが、元より悧巧《りこう》な女でございますから、はしたない外《ほか》の女房たちの妬《ねたみ》を受けるやうな事もございません。反《かえ》つてそれ以来、猿と一しよに何かといとしがられまして、取分け御姫様の御側《おそば》からは御離れ申した事がないと云つてもよろしい位、物見車《ものみぐるま》の御供にもついぞ欠けた事はございませんでした。

が、娘の事は一先《ひとま》づ措《お》きまして、これから又親の良秀の事を申し上げませう。成程猿の方は、かやうに間もなく、皆のものに可愛がられるやうになりましたが、肝腎の良秀はやはり誰にでも嫌はれて、相不変《あいかわらず》陰へまはつては、猿秀呼《よばわ》りをされて居りました。しかもそれが又、御邸《おやしき》の中ばかりではございません。現に横川《よかわ》の僧都《そうず》様も、良秀と申しますと、魔障《ましよう》にでも御遇《おあ》ひになつたやうに、顔の色を変へて、御憎み遊ばしました。（尤もこれは良秀が僧都様の御行状《ごぎようじよう》を戯画《ざれえ》に描《か》いたからだなどと申しますが、何分下《しも》ざまの噂でございますから、確に左様《さよう》とは申されますまい。）兎に角、あの男の不評判は、どちらの方に伺ひましても、さう云ふ調子ばかりでございます。もし悪く云はないものがあつたと致しますと、それは二三人の絵師仲間か、或《あるい》は又、あの男の絵を知つてるだけで、あの男の人間は知らないものばかりでございませう。

しかし実際、良秀には、見た所が卑《いや》しかつたばかりでなく、もつと人に嫌がられる悪い癖があつたのでございますから、それも全く自業自得とでもなすより外《ほか》に、致し方はございません。

四

その癖と申しますのは、吝嗇《りんしょく》で、慳貪《けんどん》で、恥知らずで、怠けもので、強慾《ごうよく》で――いや、その中でも取分け甚《はなはだ》しいのは、横柄《おうへい》で高慢で、何時《いつ》も本朝第一の絵師と申す事を、鼻の先へぶら下げてゐる事でございませう。それも画道の上ばかりならまだしもでございますが、あの男の負け惜しみになりますと、世間の習慣《ならわし》とか慣例《しきたり》とか申すやうなものまで、すべて莫迦《ばか》に致さずには置かないのでございます。これは永年良秀の弟子になつてゐた男の話でございますが、或日《あるひ》さる方の御邸で名高い檜垣《ひがき》の巫女《みこ》に御霊《ごりよう》が憑《つ》いて、恐しい御託宣《ごたくせん》があつた時も、あの男は空耳《そらみみ》を走らせながら、有合せた筆と墨とで、その巫女の物凄《ものすご》い顔を、丁寧に写して居つたとか申しました。大方御霊の御祟《おたた》りも、あの男の眼《め》から見ましたなら、子供欺《だま》し位にしか思はれないのでございませう。

さやうな男でございますから、吉祥天《きつしようてん》を描く時は、卑しい傀儡《くぐつ》の顔を写しましたり、不動明王《ふどうみようおう》を描く時は、無頼《ぶらい》の放免の姿を像《かたど》りましたり、いろ〳〵の勿体《もつたい》ない真似《まね》を致しましたが、それでも当人を詰《なじ》りますと「良秀の描《か》いた神仏が、その良秀に冥罰《みようばつ》を当てられるとは、異《い》な事を聞くものぢや」と空嘯《そらうそぶ》いてゐるではございませんか。これには流石《さすが》の弟子たちも呆《あき》れ返つて、中には未来の恐ろしさに、匆々《そうそう》暇をとつたものも、少くなかつたやうに見うけました。――先《ま》づ一口に申しましたなら、慢業重畳《まんごうちようじよう》とでも名づけませうか。兎《と》に角《かく》当時天《あめ》が下《した》で、自分程の偉い人間はないと思つてゐた男でございます。

従つて良秀がどの位画道でも、高く止つて居りましたかは、申し上げるまでもございますまい。尤《もつと》もその絵でさへ、あの男のは筆使ひでも彩色でも、まるで外《ほか》の絵師とは違つて居りましたから、仲の悪い絵師仲間では、山師だなどと申す評判も、大分あつたやうでございます。その連中の申しますには、川成《かわなり》とか金岡《かなおか》とか、その外《ほか》昔の名匠の筆になつた物と申しますと、やれ板戸の梅の花が、月の夜毎《よごと》に匂つたの、やれ屏風《びようぶ》の大宮人《おおみやびと》が、笛を吹く音《ね》さへ聞えたのと、優美な噂《うわさ》が立つてゐるものでございますが、良秀の絵になりますと、何時《いつ》でも必ず気味の悪い、妙な評判だけしか伝はりません。譬《たと》へばあの男が竜蓋寺《りゆうがいじ》の門へ描《か》きました、五趣生死《ごしゆしようじ》の絵に致しましても、夜更けて門の下を通りますと、天人の嘆息《ためいき》をつく音や啜《すす》り泣きをする声が、聞えたと申す事でございます。いや、中には死人の腐つて行く臭気を、嗅《か》いだと申すものさへございました。それから大殿様の御云ひつけで描《か》いた、女房たちの似絵《にせえ》なども、その絵に写されたゞけの人間は、三年と尽《た》たない中《うち》に、皆魂の抜けたやうな病気になつて、死んだと申すではございませんか。悪く云ふものに申させますと、それが良秀の絵の邪道に落ちてゐる、何よりの証拠ださうでございます。

が、何分前にも申し上げました通り、横紙《よこがみ》破りな男でございますから、それが反《かへ》つて良秀は大自慢で、何時《いつ》ぞや大殿様が御冗談に、「その方《ほう》は兎角《とかく》醜いものが好きと見える。」と仰有《おつしや》つた時も、あの年に似ず赤い脣《くちびる》でにやりと気味悪く笑ひながら、「さやうでござりまする。かいなでの絵師には総じて醜いものゝ美しさなどと申す事は、わからう筈《はず》がございませぬ。」と、横柄《おうへい》に御答へ申し上げました。如何《いか》に本朝第一の絵師に致せ、よくも大殿様の御前《ごぜん》へ出て、そのやうな高言が吐けたものでございます。先刻引合に出しました弟子が、内々師匠に「智羅永寿《ちらえいじゆ》」と云ふ諢名《あだな》をつけて、増長慢《ぞうちようまん》を譏《そし》つて居りましたが、それも無理はございません。御承知でもございませうが、「智羅永寿」と申しますのは、昔震旦《しんたん》から渡つて参りました天狗《てんぐ》の名でございます。

しかしこの良秀にさへ――この何とも云ひやうのない、横道者《おうどうもの》の良秀にさへ、たつた一つ人間らしい、情愛のある所がございました。

五

と申しますのは、良秀が、あの一人娘の小女房《こにようぼう》をまるで気違ひのやうに可愛《かわい》がつてゐた事でございます。先刻申し上げました通り、娘も至つて気のやさしい、親思ひの女でございましたが、あの男の子煩悩《こぼんのう》は、決してそれにも劣りますまい。何しろ娘の着る物とか、髪飾《かみかざり》とかの事と申しますと、どこの御寺の勧進《かんじん》にも喜捨《きしや》をした事のないあの男が、金銭には更に惜し気もなく、整へてやると云ふのでございますから、嘘のやうな気が致すではございませんか。

が、良秀の娘を可愛《かわい》がるのは、唯《ただ》可愛がるだけで、やがてよい聟《むこ》をとらうなどと申す事は、夢にも考へて居りません。それ所か、あの娘へ悪く云ひ寄るものでもございましたら、反《かえ》つて辻冠者《つじかんじや》ばらでも駆り集めて、暗《やみ》打《うち》位は喰《く》はせ兼《か》ねない量見でございます。でございますから、あの娘が大殿様の御声がゝりで、小女房《こにようぼう》に上《あが》りました時も、老爺《おやじ》の方は大不服で、当座の間は御前《ごぜん》へ出ても、苦《にが》り切つてばかり居りました。大殿様が娘の美しいのに御心を惹《ひ》かされて、親の不承知なのもかまはずに、召し上げたなどと申す噂《うわさ》は、大方かやうな容子《ようす》を見たものゝ当推量《あてずいりよう》から出たのでございませう。

尤《もつと》も其《その》噂は嘘でございましても、子煩悩《こぼんのう》の一心から、良秀が始終娘の下《さが》るやうに祈つて居りましたのは確《たしか》でございます。或《ある》時大殿様の御云ひつけで、稚児文殊《ちごもんじゆ》を描きました時も、御寵愛《ごちようあい》の童《わらべ》の顔を写しまして、見事な出来でございましたから、大殿様も至極《しごく》御満足で、

「褒美《ほうび》には望みの物を取らせるぞ。遠慮なく望め。」と云ふ難有《ありがた》い御言《おことば》が下りました。すると良秀は畏《かしこ》まつて、何を申すかと思ひますと、

「何卒《なにとぞ》私の娘をば御下げ下さいまするやうに。」と臆面《おくめん》もなく申し上げました。外《ほか》のお邸《やしき》ならば兎《と》も角《かく》も、堀川の大殿様の御側《おそば》に仕へてゐるのを、如何《いか》に可愛いからと申しまして、かやうに無躾《ぶしつけ》に御暇《おいとま》を願ひますものが、どこの国に居りませう。これには大腹中《だいふくちゆう》の大殿様も聊《いささ》か御機嫌を損じたと見えまして、暫《しばら》くは唯黙つて良秀の顔を眺めて御居《おい》でになりましたが、やがて、

「それはならぬ。」と吐出《はきだ》すやうに仰有《おつしや》ると、急にその儘《ままお》御立《たち》になつてしまひました。かやうな事が、前後四五遍もございましたらうか。今になつて考へて見ますと、大殿様の良秀を御覧になる眼《め》は、その都度にだんだんと冷やかになつていらしつたやうでございます。すると又、それにつけても、娘の方は父親の身が案じられるせゐでゞもございますか、曹司《ぞうし》へ下《さが》つてゐる時などは、よく袿《うちぎ》の袖《そで》を噛《か》んで、しく〱泣いて居りました。そこで大殿様が良秀の娘に懸想なすつたなどゝ申す噂が、愈々《いよいよ》拡がるやうになつたのでございませう。中には地獄変の屏風《びようぶ》の由来も、実は娘が大殿様の御意《ぎよい》に従はなかつたからだなどと申すものが居りますが、元よりさ

やうな事がある筈《はず》はございません。

　私どもの眼から見ますと、大殿様が良秀の娘を御下げにならなかつたのは、全く娘の身の上を哀れに思召《おぼしめ》したからで、あのやうに頑《かたく》な親の側へやるよりは御邸《おやしき》に置いて、何の不自由なく暮させてやらうと云ふ難有い御考へだつたやうでございます。それは元より気立ての優しいあの娘を、御贔屓《ごひいき》になつたのには間違ひございません。が、色を御好みになつたと申しますのは、恐らく牽強附会《けんきようふかい》の説でございませう。いや、跡方《あとかた》もない嘘と申した方が、宜しい位でございます。

　それは兎《と》も角《かく》も致しまして、かやうに娘の事から良秀の御覚えが大分悪くなつて来た時でございます。どう思召《おぼしめ》したか、大殿様は突然良秀を御召《おめし》になつて、地獄変の屏風《びようぶ》を描《か》くやうにと、御云ひつけなさいました。

六

　地獄変の屏風と申しますと、私はもうあの恐ろしい画面の景色が、ありありと眼《め》の前へ浮んで来るやうな気が致します。

　同じ地獄変と申しましても、良秀の描きましたのは、外《ほか》の絵師のに比べますと、第一図取りから似て居りません。それは一帖《いちじよう》の屏風の片隅へ、小さく十王を始め眷属《けんぞく》たちの姿を描いて、あとは一面に紅蓮大紅蓮《ぐれんだいぐれん》の猛火が剣山刀樹《けんざんとうじゆ》も爛《ただ》れるかと思ふ程渦を巻いて居りました。でございますから、唐《から》めいた冥官《みようかん》たちの衣裳《いしよう》が、点々と黄や藍《あい》を綴《つづ》つて居ります外《ほか》は、どこを見ても烈々とした火焔の色で、その中をまるで卍《まんじ》のやうに、墨を飛ばした黒煙《くろけむり》と金粉を煽《あお》つた火の粉とが、舞ひ狂つて居るのでございます。

　こればかりでも、随分人の目を驚かす筆勢でございますが、その上に又、業火《ごうか》に焼かれて、転々と苦しんで居ります罪人も、殆《ほとん》ど一人として通例の地獄絵にあるものはございません。何故《なぜ》かと申しますと良秀は、この多くの罪人の中に、上は月卿雲客《げつけいうんかく》から下は乞食《こじき》非人まで、あらゆる身分の人間を写して来たからでございます。束帯《そくたい》のいかめしい殿上人《てんじようびと》、五つ衣《ぎぬ》のなまめかしい青女房《あおにようぼう》、珠数《じゆず》をかけた念仏僧、高足駄《たかあしだ》を穿《は》いた侍《さむらい》学生《がくしよう》、細《ほそ》長《なが》を着た女《め》の童《わらわ》、幣《みてぐら》をかざした陰陽師《おんみようじ》――一々数へ立てゝ居りましたら、とても際限はございますまい。兎《と》に角《かく》さう云ふいろ〳〵の人間が、火と煙とが逆捲《さかま》く中を、牛頭《ごず》馬頭《めず》の獄卒に虐《さいな》まれて、大風に吹き散らされる落葉のやうに、紛々《ふんぷん》と四方八方へ逃げ迷つてゐるのでございます。鋼叉《さすまた》に髪をからまれて、蜘蛛《くも》よりも手足を縮めてゐる女は、神巫《かんなぎ》の類《たぐい》でゞもございませうか。手矛《てほこ》に胸を刺し通されて、蝙蝠《こうもり》のやうに逆《さかさま》になつた男は、生《なま》受領《ずりよう》か何かに相違ございますまい。その外或《ほかあるい》は鉄《くろがね》の笞《しもと》に打たれるもの、或は千《ち》曳《びき》の磐石《ばんじやく》に押されるもの、或は怪鳥《けちよう》の嘴《くちばし》にかけられるもの、或は又毒竜の顎《あぎと》に噛《か》まれるもの――、呵責《かしやく》も亦《また》罪人の数に応じて、幾通りあるかわかりません。

が、その中でも殊《こと》に一つ目立つて凄《すさま》じく見えるのは、まるで獣《けもの》の牙《きば》のやうな刀樹の頂きを半ばかすめて（その刀樹の梢《こずえ》にも、多くの亡者が纍々《るいるい》と、五体を貫《つらぬ》かれて居りましたが）中空《なかぞら》から落ちて来る一輛《りよう》の牛車《ぎつしや》でございませう。地獄の風に吹き上げられた、その車の簾《すだれ》の中には、女御《にようご》、更衣《こうい》にもまがふばかり、綺羅《きら》びやかに装つた女房が、丈《たけ》の黒髪を炎の中になびかせて、白い頸《うなじ》を反《そ》らせながら、悶《もだ》え苦しんで居りますが、その女房の姿と申し、又燃えしきつてゐる牛車と申し、何一つとして炎熱地獄の責苦を偲《しの》ばせないものはございません。云はゞ広い画面の恐ろしさが、この一人の人物に輳《あつま》つてゐるとでも申しませうか。これを見るものゝ耳の底には、自然と物凄い叫喚《きようかん》の声が伝はつて来るかと疑ふ程、入神《にゆうしん》の出来映えでございました。

あゝ、これでございます、これを描《か》く為めに、あの恐ろしい出来事が起つたのでございます。又さもなければ如何《いか》に良秀でも、どうしてかやうに生々《いきいき》と奈落の苦艱《くげん》が画《えが》かれませう。あの男はこの屛風《びようぶ》の絵を仕上げた代りに、命さへも捨てるやうな、無惨な目に出遇《であ》ひました。云はゞこの絵の地獄は、本朝第一の絵師良秀が、自分で何時《いつ》か堕《お》ちて行く地獄だつたのでございます。……

私はあの珍しい地獄変の屛風の事を申上げますのを急いだあまりに、或《あるい》は御話の順序を顚倒《てんとう》致したかも知れません。が、これからは又引き続いて、大殿様から地獄絵を描けと申す仰せを受けた良秀の事に移りませう。

七

良秀はそれから五六箇月の間、まるで御邸《おやしき》へも伺はないで、屏風《びやうぶ》の絵にばかりかゝつて居りました。あれ程の子煩悩《こぼんのう》がいざ絵を描くと云ふ段になりますと、娘の顔を見る気もなくなると申すのでございますから、不思議なものではございませんか。先刻申し上げました弟子の話では、何でもあの男は仕事にとりかゝりますと、まるで狐《きつね》でも憑《つ》いたやうになるらしうございます。いや実際当時の風評に、良秀が画道で名を成したのは、福《ふく》徳《とく》の大神《おおかみ》に祈誓《きせい》をかけたからで、その証拠にはあの男が絵を描いてゐる所を、そつと物陰《ものかげ》から覗《のぞ》いて見ると、必ず陰々として霊狐《れいこ》の姿が、一匹ならず前後左右に、群つてゐるのが見えるなどと申す者もございました。その位でございますから、いざ画筆《えふで》を取るとなると、その絵を描き上げると云ふより外《ほか》は、何も彼《か》も忘れてしまふのでございませう。昼も夜も一間に閉ぢこもつたきりで、滅多《めつた》に日の目も見た事はございません。――殊《こと》に地獄変の屏風を描いた時には、かう云ふ夢中になり方が、甚《はなは》しかつたやうでございます。

　と申しますのは何もあの男が、昼も蔀《しとみ》を下《おろ》した部屋の中で、結燈台《ゆいとうだい》の火の下に、秘密の絵の具を合せたり、或は弟子たちを、水干《すいかん》やら狩衣《かりぎぬ》やら、さまぐ〵に着飾らせて、その姿を、一人づゝ丁寧に写したり、――さう云ふ事ではございません。それ位の変つた事なら、別にあの地獄変の屏風を描かなくとも、仕事にかゝつてゐる時とさへ申しますと、何時《いつ》でもやり兼《か》ねない男なのでございます。いや、現に竜蓋寺の五趣生死《ごしゆしやうじ》の図を描きました時などは、当り前の人間なら、わざと眼《め》を外《そ》らせて行くあの往来の屍骸《しがい》の前へ、悠々と腰を下して、半ば腐れかかつた顔や手足を、髪の毛一すぢも違へずに、写して参つた事がございました。では、その甚しい夢中になり方とは、一体どう云ふ事を申すのか、流石《さすが》に御わかりにならない方もいらつしやいませう。それは唯《ただ》今《いま》詳しい事は申し上げてゐる暇もございませんが、主な話を御耳に入れますと、大体先《まず》、かやうな次第なのでございます。

　良秀の弟子の一人が（これもやはり、前に申した男でございますが）或日《あるひ》絵の具を溶《と》いて居りますと、急に

師匠が参りまして、

「己《おれ》は少し午睡《ひるね》をしようと思ふ。がどうもこの頃は夢見が悪い。」とかう申すのでございます。別にこれは珍しい事でも何でもございませんから、弟子は手を休めずに、唯《ただ》、

「さやうでございますか。」と一通りの挨拶《あいさつ》を致しました。所が、良秀は、何時《いつ》になく寂しさうな顔をして、

「就《つ》いては、己《おれ》が午睡《ひるね》をしてゐる間中、枕もとに坐《すわ》つてゐて貰《もら》ひたいのだが。」と、遠慮がましく頼むではございませんか。弟子は何時になく、師匠が夢なぞを気にするのは、不思議だと思ひましたが、それも別に造作《ぞうさ》のない事でございますから、

「よろしうございます。」と申しますと、師匠はまだ心配さうに、

「では直《すぐ》に奥へ来てくれ。尤《もつと》も後で外《ほか》の弟子が来ても、己の睡つてゐる所へは入れないやうに。」と、ためらひながら云ひつけました。奥と申しますのは、あの男が画を描《か》きます部屋で、その日も夜のやうに戸を立て切つた中に、ぼんやりと灯《ひ》をともしながら、まだ焼筆《やきふで》で図取りだけしか出来てゐない屏風《びょうぶ》が、ぐるりと立て廻《まわ》してあつたさうでございます。さてこゝへ参りますと、良秀は肘《ひじ》を枕にして、まるで疲れ切つた人間のやうに、すや〳〵、睡入《ねい》つてしまひましたが、ものゝ半時《はんとき》とたちません中《うち》に、枕もとに居ります弟子の耳には、何とも彼《か》とも申しやうのない、気味の悪い声がはいり始めました。

八

それが始めは唯、声でございましたが、暫《しばら》くしますと、次第に切れ〴〵な語《ことば》になつて、云はゞ溺《おぼ》れかゝつた人間が水の中で呻《うな》るやうに、かやうな事を申すのでございます。

「なに、己に来いと云ふのだな。――どこへ――どこへ来いと？　奈落へ来い。炎熱《えんねつ》地獄へ来い。――誰だ。さう云ふ貴様は。――貴様は誰だ――誰だと思つたら」

弟子は思はず絵の具を溶《と》く手をやめて、恐る〳〵師匠の顔を、覗《のぞ》くやうにして透《すか》して見ますと、皺《しわ》だらけな

顔が白くなつた上に大粒《おおつぶ》な汗を滲《にじ》ませながら、脣《くちびる》の干《かわ》いた、歯の疎《まばら》な口を喘《あえ》ぐやうに大きく開けて居ります。さうしてその口の中で、何か糸でもつけて引張つてゐるかと疑ふ程、目まぐるしく動くものがあると思ひますと、それがあの男の舌だつたと申すではございませんか。切れ切れな語《ことば》は元より、その舌から出て来るのでございます。

「誰だと思つたら――うん、貴様だな。己《おれ》も貴様だらうと思つてゐた。なに、迎へに来たと？　だから来い。奈落へ来い。奈落には――奈落には己の娘が待つてゐる。」

その時、弟子の眼《め》には、朦朧《もうろう》とした異形《いぎよう》の影が、屏風《びようぶ》の面《おもて》をかすめてむら／＼と下りて来るやうに見えた程、気味の悪い心もちが致したさうでございます。勿論《もちろん》弟子はすぐに良秀に手をかけて、力のあらん限り揺《ゆ》り起しましたが、師匠は猶夢現《なおゆめうつつ》に独り語《ごと》を云ひつゞけて、容易に眼のさめる気色《けしき》はございません。そこで弟子は思ひ切つて、側《かたわら》にあつた筆洗《ひつせん》の水を、ざぶりとあの男の顔へ浴びせかけました。

「待つてゐるから、この車へ乗つて来い――この車へ乗つて、奈落へ来い――」と云ふ語《ことば》がそれと同時に、喉《のど》をしめられるやうな呻《うめ》き声に変つたと思ひますと、やつと良秀は眼《め》を開いて、針で刺されたよりも慌《あわただ》しく、矢《や》庭《にわ》にそこへ刎《は》ね起きましたが、まだ夢の中の異類異形《いぎよう》が、眶《まぶた》の後《うしろ》を去らないのでございませう。暫《しばら》くは唯《ただ》恐ろしさうな眼つきをして、やはり大きく口を開きながら、空《くう》を見つめて居りましたが、やがて我に返つた容子《ようす》で、

「もう好《い》いから、あちらへ行つてくれ」と、今度は如何《いか》にも素《そ》つ気《け》なく、云ひつけるのでございます。弟子はかう云ふ時に逆《さから》ふと、何時《いつ》でも大小言《おおこごと》を云はれるので、匆々《そうそう》師匠の部屋から出て参りましたが、まだ明い外の日の光を見た時には、まるで自分が悪夢から覚めた様な、ほつとした気が致したとか申して居りました。

しかしこれなぞはまだよい方なので、その後《ご》一月ばかりたつてから、今度は又別の弟子が、わざわざ奥へ呼ばれますと、良秀はやはりうす暗い油火《あぶらび》の光りの中で、絵筆を噛《か》んで居りましたが、いきなり弟子の方へ向き直つて、

「御苦労だが、又裸になつて貰《もら》はうか。」と申すのでございます。これはその時までにも、どうかすると師匠が云ひつけた事でございますから、弟子は早速衣類をぬぎすてて、赤裸《あかはだか》になりますと、あの男は妙に顔をしか

めながら、

「わしは鎖《くさり》で縛られた人間が見たいと思ふのだが、気の毒でも暫《しばら》くの間、わしのする通りになつてゐてはくれまいか。」と、その癖少しも気の毒らしい容子《ようす》などは見せずに、冷然とかう申しました。元来この弟子は画筆などを握るよりも、太刀《たち》でも持つた方が好《よ》ささうな、逞《たくま》しい若者でございましたが、これには流石《さすが》に驚いたと見えて、後々までもその時の話を致しますと、「これは師匠が気が違つて、私を殺すのではないかと思ひました」と繰返して申したさうでございます。が、良秀の方では、相手の愚図々々《ぐずぐず》してゐるのが、燥《じれ》つたくなつて参つたのでございませう。どこから出したか、細い鉄の鎖をざら〳〵と手繰《たぐ》りながら、殆《ほとん》ど飛びつくやうな勢ひで、弟子の脊中《せなか》へ乗りかかりますと、否応《いやおう》なしにその儘《まま》両腕を捻《ね》ぢあげて、ぐる〳〵巻きに致してしまひました。さうして又その鎖の端《はし》を邪慳《じやけん》にぐいと引きましたからたまりません。弟子の体ははづみを食つて、勢《いきおい》よく床《ゆか》を鳴らしながら、ごろりとそこへ横倒しに倒れてしまつたのでございます。

九

その時の弟子の恰好《かつこう》は、まるで酒甕《さかがめ》を転がしたやうだとでも申しませうか。何しろ手も足も惨《むご》たらしく折り曲げられて居りますから、動くのは唯《ただ》首ばかりでございます。そこへ肥《ふと》つた体中の血が、鎖に循環《めぐり》を止められたので、顔と云はず胴と云はず、一面に皮膚の色が赤み走つて参るではございませんか。が、良秀にはそれも格別気にならないと見えまして、その酒甕のやうな体のまはりを、あちこちと廻《まわ》つて眺めながら、同じやうな写真の図を何枚となく描《か》いて居ります。その間、縛られてゐる弟子の身が、どの位苦しかつたかと云ふ事は、何もわざ〳〵取り立てゝ申し上げるまでもございますまい。

が、もし何事も起らなかつたと致しましたら、この苦しみは恐らくまだその上にも、つゞけられた事でございませう。幸《さいわい》（と申しますより、或《あるい》は不幸にと申した方がよろしいかも知れません。）暫《しばら》く致しますと、部屋の隅にある壺《つぼ》の陰から、まるで黒い油のやうなものが、一すぢ細くうねりながら、流れ出して参りました。それが始《はじめ》の中《うち》は余程粘《ねば》り気《け》のあるものゝやうに、ゆつくり動いて居りましたが、だん〳〵滑らかに辷《すべ》り始めて、やがてちら〳〵光りながら、鼻の先まで流れ着いたのを眺めますと、弟子は思はず、息を引いて、

「蛇《へび》が――蛇が。」と喚《わめ》きました。その時は全く体中の血が一時に凍るかと思つたと申しますが、それも無理はございません。蛇は実際もう少しで、鎖《くさり》の食ひこんでゐる、頸《うなじ》の肉へその冷い舌の先を触れようとしてゐたのでございます。この思ひもよらない出来事には、いくら横道《おうどう》な良秀でも、ぎよつと致したのでございませう。慌《あわ》てゝ画筆《えふで》を投げ棄《す》てながら、咄嗟《とつさ》に身をかがめたと思ふと、素早く蛇の尾をつかまへて、ぶらりと逆《さかさま》に吊り下げました。蛇は吊り下げられながらも、頭を上げて、きり〳〵と自分の体へ巻つきましたが、どうしてもあの男の手の所まではとどきません。

「おのれ故《ゆえ》に、あつたら一筆《ひとふで》を仕損じたぞ。」

良秀は忌々《いまいま》しさうにかう呟《つぶや》くと、蛇はその儘《まま》部屋の隅の壺の中へ抛《ほう》りこんで、それからさも不承無承《ふしようぶしよう》に、弟子の体へかゝつてゐる鎖を解いてくれました。それも唯《ただ》解いてくれたと云ふ丈《だけ》で、肝腎の弟子の方へは、優しい言葉一つかけてはやりません。大方弟子が蛇に噛《か》まれるよりも、写真の一筆を誤つたのが、業腹《ごうはら》だつたのでございませう。――後で聞きますと、この蛇もやはり姿を写す為に、わざ〳〵あの男が飼つてゐたのださうでございます。

　これだけの事を御聞きになつたのでも、良秀の気違ひじみた、薄気味の悪い夢中になり方が、略《ほぼ》御わかりになつた事でございませう。所が最後に一つ、今度はまだ十三四の弟子が、やはり地獄変の屏風《びようぶ》の御かげで、云はゞ命にも関はり兼《か》ねない、恐ろしい目に出遇《であ》ひました。その弟子は生れつき色の白い女のやうな男でございましたが、或《ある》夜の事、何気なく師匠の部屋へ呼ばれて参りますと、良秀は燈台の火の下で掌《てのひら》に何やら腥《なまぐさ》い肉をのせながら、見慣れない一羽の鳥を養つてゐるのでございます。大きさは先《まず》、世の常の猫ほどもございませうか。さう云へば、耳のやうに両方へつき出た羽毛と云ひ、琥珀《こはく》のやうな色をした、大きな円《まる》い眼《まなこ》と云ひ、見た所も何となく猫に似て居りました。

十

元来良秀と云ふ男は、何でも自分のしてゐる事に嘴《くちばし》を入れられるのが大嫌ひで、先刻申し上げた蛇などもさうでございますが、自分の部屋の中に何があるか、一切さう云ふ事は弟子たちにも知らせた事がございません。でございますから、或時《あるとき》は机の上に髑髏《されこうべ》がのつてゐたり、或時は又、銀《しろがね》の椀《まり》や蒔絵《まきえ》の高坏《たかつき》が並んでゐたり、その時描《か》いてゐる画《え》次第で、随分思ひもよらない物が出て居りました。が、ふだんはかやうな品を、一体どこにしまつて置くのか、それは又誰にもわからなかつたさうでございます。あの男が福徳《ふくとく》の大神《おおがみ》の冥助《みようじよ》を受けてゐるなどゝ申す噂《うわさ》も、一つは確《たしか》にさう云ふ事が起りになつてゐたのでございませう。

そこで弟子は、机の上のその異様な鳥も、やはり地獄変の屏風《びようぶ》を描くのに入用なのに違ひないと、から独り考へながら、師匠の前へ畏《かしこ》まつて、「何か御用でございますか」と、恭々《うやうや》しく申しますと、良秀はまるでそれが聞えないやうに、あの赤い脣《くちびる》へ舌なめずりをして、

「どうだ。よく馴《な》れてゐるではないか。」と、鳥の方へ頤《あご》をやります。

「これは何と云ふものでございませう。私はついぞまだ、見た事がございませんが。」

弟子はから申しながら、この耳のある、猫のやうな鳥を、気味悪さうにじろ〳〵眺めますと、良秀は相不変《あいかわらず》何時《いつ》もの嘲笑《あざわら》ふやうな調子で、

「なに、見た事がない？　都育《みやこそだ》ちの人間はそれだから困る。これは二三日前に鞍馬《くらま》の猟師がわしにくれた耳木兎《みみずく》と云ふ鳥だ。唯《ただ》、こんなに馴れてゐるのは、沢山《たくさん》あるまい。」

から云ひながらあの男は、徐《おもむろ》に手をあげて、丁度《ちようど》餌を食べてしまつた耳木兎の脊中《せなか》の毛を、そつと下から撫《な》で上げました。するとその途端でございます。鳥は急に鋭い声で、短く一声啼《ひとこえな》いたと思ふと、忽《たちま》ち机の上から飛び上つて、両脚の爪《つめ》を張りながら、いきなり弟子の顔へとびかゝりました。もしその時、弟子が袖《そで》をかざして、慌《あわ》てゝ顔を隠さなかつたら、きつともう疵《きず》の一つや二つは負はされて居りましたらう。あつと云ひながら、

その袖《そで》を振つて、逐《お》ひ払はうとする所を、耳木兎《みみずく》は蓋《かさ》にかかつて、嘴《くちばし》を鳴らしながら、又一突き——弟子は師匠の前も忘れて、立つては防ぎ、坐《すわ》つては逐ひ、思はず狭い部屋の中を、あちらこちらと逃げ惑ひました。怪《け》鳥《ちょう》も元よりそれにつれて、高く低く翔《かけ》りながら、隙《すき》さへあれば驀地《まつしぐら》に眼《め》を目がけて飛んで来ます。その度にばさ〳〵と、凄《すさま》じく翼を鳴《なら》すのが、落葉の匂《におい》だか、滝の水沫《しぶき》とも或《あるい》は又猿酒《さるざけ》の饐《す》ゑたいきれだか何やら怪しげなものゝけはひを誘つて、気味の悪さと云つたらございません。さう云へばその弟子も、うす暗い油火《あぶらび》の光さへ朧《おぼろ》げな月明りかと思はれて、師匠の部屋がその儘《まま》遠い山奥の、妖気に閉された谷のやうな、心細い気がしたとか申したさうでございます。

しかし弟子が恐しかつたのは、何も耳木兎に襲はれると云ふ、その事ばかりではございません。いや、それよりも一層身の毛がよだつたのは、師匠の良秀がその騒ぎを冷然と眺めながら、徐《おもむろ》に紙を展《の》べ筆を舐《ねぶ》つて、女のやうな少年が異形《いぎょう》な鳥に虐《さいな》まれる、物凄い有様を写してゐた事でございます。弟子は一目それを見ますと、忽《たちま》ち云ひやうのない恐ろしさに脅《おびや》かされて、実際一時は師匠の為に、殺されるのではないかとさへ、思つたと申して居りました。

十一

実際師匠に殺されると云ふ事も、全くないとは申されません。現にその晩わざ〳〵弟子を呼びよせたのでさへ、実は耳木兎を唆《けし》かけて、弟子の逃げまはる有様を写さうと云ふ魂胆らしかつたのでございます。でございますから、弟子は、師匠の容子《ようす》を一目見るが早いか、思はず両袖に頭を隠しながら、自分にも何と云つたかわからないやうな悲鳴をあげて、その儘《まま》部屋の隅の遣戸《やりど》の裾《すそ》へ、居すくまつてしまひました。とその拍子に、良秀も何やら慌てたやうな声をあげて、立上つた気色《けしき》でございましたが、忽ち耳木兎の羽音が一層前よりもはげしくなつて、物の倒れる音や破れる音が、けたゝましく聞えるではございませんか。これには弟子も二度、度を失つて、思はず隠してゐた頭を上げて見ますと、部屋の中は何時《いつ》かまつ暗になつてゐて、師匠の弟子たちを呼び立てる声が、その中で苛立《いらだた》しさうにして居ります。

やがて弟子の一人が、遠くの方で返事をして、それから灯《ひ》をかざしながら、急いでやつて参りましたが、その煤臭《すすくさ》い明りで眺めますと、結燈台《ゆいとうだい》が倒れたので、床も畳も一面に油だらけになつた所へ、さつきの耳木兎《みみずく》が片方の翼ばかり、苦しさうにはためかしながら、転げまはつてゐるのでございます。良秀は机の向うで半ば体を起した儘《まま》、流石《さすが》に呆気《あつけ》にとられたやうな顔をして、何やら人にはわからない事を、ぶつ〱呟《つぶや》いて居りました。――それも無理ではございません。あの耳木兎の体には、まつ黒な蛇《へび》が一匹、頸《くび》から片方の翼へかけて、きり〱と捲《ま》きついてゐるのでございます。大方これは弟子が居すくまる拍子に、そこにあつた壺《つぼ》をひつくり返して、その中の蛇が這《は》ひ出したのを、耳木兎がなまじひに摑《つか》みかゝらうとしたばかりに、とう〱かう云ふ大騒ぎが始まつたのでございませう。二人の弟子は互に眼《め》と眼とを見合せて、暫《しばら》くは唯《ただ》、この不思議な光景をぼんやり眺めて居りましたが、やがて師匠に黙礼をして、こそ〱部屋の外へ引き下つてしまひました。蛇と耳木兎とがその後どうなつたか、それは誰も知つてゐるものはございません。――

かう云ふ類《たぐい》の事は、その外《ほか》まだ、幾つとなくございました。前には申し落しましたが、地獄変の屛風《びようぶ》を描《か》けと云ふ御沙汰《ごさた》があつたのは、秋の初《はじめ》でございますから、それ以来冬の末まで、良秀の弟子たちは、絶えず師匠の怪しげな振舞に、脅《おびや》かされてゐた訳でございます。が、その冬の末に良秀は何か屛風の画で、自由にならない事が出来たのでございませう、それまでよりは、一層容子《ようす》も陰気になり、物云ひも目に見えて、荒々しくなつて参りました。と同時に又屛風の画も、下画《したえ》が八分通り出来上つた儘、更に捗《はか》どる模様はございません。いや、どうかすると今までに描いた所さへ、塗り消してもしまひ兼ねない気色《けしき》なのでございます。

その癖、屛風の何が自由にならないのだか、それは誰にもわかりません。又、誰もわからうとしたものもございますまい。前のいろ〱な出来事に懲りてゐる弟子たちは、まるで虎狼《とらおおかみ》と一つ檻《おり》にでもゐるやうな心もちで、その後師匠の身のまはりへは、成る可《べ》く近づかない算段をして居りましたから。

十二

従つてその間の事に就《つ》いては、別に取り立てゝ申し上げる程の御話もございません。もし強《し》ひて申し上げると致しましたら、それはあの強情な老爺《おやじ》が、何故《なぜ》か妙に涙脆《もろ》くなつて、人のゐない所では時々独りで泣いてゐたと云ふ御話位なものでございませう。殊《こと》に或日《あるひ》、何かの用で弟子の一人が、庭先へ参りました時なぞは、廊下に立つてぼんやり春の近い空を眺めてゐる師匠の眼《め》が、涙で一ぱいになつてゐたさうでございます。弟子はそれを見ますと、反《かえ》つてこちらが恥しいやうな気がしたので、黙つてこそ〳〵引き返したと申す事でございますが、五趣生死《ごしゅしょうじ》の図を描《か》く為には、道ばたの屍骸《しがい》さへ写したと云ふ、傲慢《ごうまん》なあの男が、屏風《びょうぶ》の画《え》が思ふやうに描けない位の事で、子供らしく泣き出すなどと申すのは、随分異《い》なものでございませんか。

所が一方良秀がこのやうに、まるで正気の人間とは思はれない程夢中になつて、屏風の絵を描いて居ります中《うち》に、又一方ではあの娘が、何故かだん〳〵気鬱《きうつ》になつて、私どもにさへ涙を堪《こら》へてゐる容子《ようす》が、眼に立つて参りました。それが元来愁顔《うれいがお》の、色の白い、つゝましやかな女だけに、かうなると何だか睫毛《まつげ》が重くなつて、眼のまはりに隈《くま》がかゝつたやうな、余計寂しい気が致すのでございます。初《はじめ》はやれ父思ひのせゐだの、やれ恋煩《わずら》ひをしてゐるからだの、いろ〳〵臆測《おくそく》を致したものがございますが、中頃から、なにあれは大殿様が御意《ぎょい》に従はせようとしていらつしやるのだと云ふ評判が立ち始めて、夫《それ》からは誰も忘れた様に、ぱつたりあの娘の噂《うわさ》をしなくなつて了《しま》ひました。

丁度《ちょうど》その頃の事でございませう。或夜、更《こう》が闌《た》けてから、私が独り御廊下を通りかゝりますと、あの猿《さる》の良秀がいきなりどこからか飛んで参りまして、私の袴《はかま》の裾《すそ》を頻《しき》りにひつぱるのでございます。確《たしか》、もう梅の匂《におい》でも致しさうな、うすい月の光のさしてゐる、暖い夜でございましたが、其《その》明りですかして見ますと、猿はまつ白な歯をむき出しながら、鼻の先へ皺《しわ》をよせて、気が違はないばかりにけたゝましく啼《な》き立てゝゐるではございませんか。私は気味の悪いのが三分と、新しい袴をひつぱられる腹立たしさが七分とで、最初は猿を蹴放《けはな》して、その儘《まま》通りすぎようかとも思ひましたが、又思ひ返して見ますと、前にこの猿を折檻《せつかん》して、若殿様の御不興を受けた侍《さむらい》の例もございます。それに猿の振舞が、どうも唯事《ただごと》とは思はれません。そこでとう〳〵私も思ひ切つて、そのひつぱる方へ五六間《けん》歩くともなく歩いて参りました。

　すると御廊下が一曲り曲つて、夜目にもうす白い御池の水が枝ぶりのやさしい松の向うにひろびろと見渡せる、丁度そこ迄《まで》参つた時の事でございます。どこか近くの部屋の中で人の争つてゐるらしいけはひが、慌《あわただ》しく、又妙にひつそりと私の耳を脅《おびやか》しました。あたりはどこも森《しん》と静まり返つて、月明りとも靄《もや》ともつかないものゝ中で、魚の跳《はね》る音がする外《ほか》は、話し声一つ聞えません。そこへこの物音でございますから。私は思はず立止つて、もし狼藉者《ろうぜきもの》でゞもあつたなら、目にもの見せてくれようと、そつとその遣戸《やりど》の外へ、息をひそめながら身をよせました。

十三

　所が猿は私のやり方がまだるかつたのでございませう。良秀はさも〳〵もどかしさうに、二三度私の足のまはりを駈《か》けまはつたと思ひますと、まるで咽《のど》を絞められたやうな声で啼《な》きながら、いきなり私の肩のあたりへ一足飛《いつそくとび》に飛び上りました。私は思はず頸《うなじ》を反《そ》らせて、その爪《つめ》にかけられまいとする、猿は又水干《すいかん》の袖《そで》にかじりついて、私の体から辷《すべ》り落ちまいとする、――その拍子に、私はわれ知らず二足三足よろめいて、その遣《や》り戸《ど》へ後《うしろ》ざまに、したゝか私の体を打ちつけました。かうなつては、もう一刻も躊躇《ちゆうちよ》してゐる場合ではございません。私は矢庭《やにわ》に遣り戸を開け放して、月明りのとどかない奥の方へ跳《おど》りこまうと致しました。が、その時私の眼《め》を遮《さえぎ》つたものは――いや、それよりももつと私は、同時にその部屋の中から、弾《はじ》かれたやうに駈け出さうとした女の方に驚かされました。女は出合頭《であいがしら》に危《あやう》く私に衝《つ》き当らうとして、その儘《まま》外へ転び出ましたが、何故《なぜ》かそこへ膝《ひざ》をついて、息を切らしながら私の顔を、何か恐ろしいものでも見るやうに、戦《おのの》き〳〵見上げてゐるのでございます。

それが良秀の娘だつたことは、何もわざ〳〵申し上げるまでもございますまい。が、その晩のあの女は、まるで人間が違つたやうに、生々《いきいき》と私の眼に映りました。眼は大きくかゞやいて居ります。頰《ほお》も赤く燃えて居りましたらう。そこへしどけなく乱れた袴《はかま》や袿《うちぎ》が、何時《いつ》もの幼さとは打つて変つた艶《なまめか》しささへも添へてをります。これが実際あの弱々しい、何事にも控へ目勝《がち》な良秀の娘でございませうか。――私は遣《や》り戸に身を支へて、この月明りの中にゐる美しい娘の姿を眺めながら、慌《あわただ》しく遠のいて行くもう一人の足音を、指させるものゝやうに指さして、誰ですと静《しずか》に眼で尋ねました。

すると娘は脣《くちびる》を嚙《か》みながら、黙つて首をふりました。その容子《ようす》が如何《いか》にも亦《また》、口惜《くや》しさうなのでございます。

そこで私は身をかゞめながら、娘の耳へ口をつけるやうにして、今度は「誰です」と小声で尋ねました。が、娘はやはり首を振つたばかりで、何とも返事を致しません。いや、それと同時に長い睫毛《まつげ》の先へ、涙を一ぱいためながら、前よりも緊《かた》く脣を嚙みしめてゐるのでございます。

性得愚《しょうとくおろか》な私には、分りすぎてゐる程分つてゐる事の外《ほか》は、生憎《あいにく》何一つ呑《の》みこめません。でございますから、私は言《ことば》のかけやうも知らないで、暫《しばら》くは唯《ただ》、娘の胸の動悸《どうき》に耳を澄ませるやうな心もちで、ぢつとそこに立ちすくんで居りました。尤《もっと》もこれは一つには、何故かこの上問ひ訊《ただ》すのが悪いやうな、気咎《きとが》めが致したからでもございます。――

それがどの位続いたか、わかりません。が、やがて明け放した遣り戸を閉しながら、少しは上気の褪《さ》めたらしい娘の方を見返つて、「もう曹司《ぞうし》へ御帰りなさい」と出来る丈《だけ》やさしく申しました。さうして私も自分ながら、何か見てはならないものを見たやうな、不安な心もちに脅《おびやか》されて、誰にともなく恥しい思ひをしながら、そつと元来た方へ歩き出しました。所が十歩と歩かない中《うち》に、誰か又私の袴《はかま》の裾《すそ》を、後《うしろ》から恐る〳〵、引き止めるではございませんか。私は驚いて、振り向きました。あなた方はそれが何だつたと思召《おぼしめ》します？

見るとそれは私の足もとにあの猿《さる》の良秀が、人間のやうに両手をついて、黄金《こがね》の鈴を鳴《なら》しながら、何度となく丁寧に頭を下げてゐるのでございました。

十四

するとその晩の出来事があつてから、半月ばかり後《のち》の事でございます。或《ある》日良秀は突然御邸《おやしき》へ参りまして、大殿様へ直《じき》の御眼《おめ》通りを願ひました。卑《いや》しい身分のものでございますが、日頃から格別御意《ぎよい》に入《い》つてゐたからでございませう。誰にでも容易に御会ひになつた事のない大殿様が、その日も快く御承知になつて、早速御前《ごぜん》近くへ御召しになりました。あの男は例の通り、香染《こうぞ》めの狩衣《かりぎぬ》に萎《な》えた烏帽子《えぼし》を頂いて、何時《いつ》もよりは一層気むづかしさうな顔をしながら、恭《うやうや》しく御前へ平伏致しましたが、やがて嗄《しわが》れた声で申しますには、

「兼《か》ね〴〵御云ひつけになりました地獄変の屏風《びようぶ》でございますが、私《わたくし》も日夜に丹誠を抽《ぬき》んでて、筆を執《と》りました甲斐《かい》が見えまして、もはやあらましは出来上つたのも同然でございまする。」

「それは目出度《めでた》い。予も満足ぢや。」

しかしかう仰有《おつしや》る大殿様の御声には、何故《なぜ》か妙に力の無い、張合《はりあい》のぬけた所がございました。

「いえ、それが一向《いつこう》目出度くはござりませぬ。」良秀は、稍《やや》腹立しさうな容子《ようす》で、ぢつと眼を伏せながら、「あらましは出来上りましたが、唯《ただ》一つ、今以て私には描《か》けぬ所がございまする。」

「なに、描けぬ所がある？」

「さやうでございまする。私は総じて、見たものでなければ描けませぬ。よし描けても、得心《とくしん》が参りませぬ。それでは描けぬも同じ事でございませぬか。」

これを御聞きになると、大殿様の御顔には、嘲《あざけ》るやうな御《ご》微笑が浮びました。

「では地獄変の屏風を描かうとすれば、地獄を見なければなるまいな。」

「さやうでござりまする。が、私は先年大火事がございました時に、炎熱《えんねつ》地獄の猛火にもまがふ火の手を、眼《ま》のあたりに眺めました。「よぢり不動」の火焔を描きましたのも、実はあの火事に遇《あ》つたからでございまする。御前もあの絵は御承知でございませう。」

「しかし罪人はどうぢや。獄卒は見た事があるまいな。」大殿様はまるで良秀の申す事が御耳にはいらなかつたやうな御容子《ごようす》で、かう畳みかけて御尋ねになりました。

「私は鉄《くろがね》の鎖《くさり》に縛《いまし》められたものを見た事がございまする。怪鳥《けちよう》に悩まされるものゝ姿も、具《つぶさ》に写しとりました。されば罪人の呵責《かしやく》に苦しむ様《さま》も知らぬと申されませぬ。又獄卒は――」と云つて、良秀は気味の悪い苦笑を洩《もら》しながら、「又獄卒は、夢現《ゆめうつつ》に何度となく、私の眼《め》に映りました、或《あるい》は牛頭《ごず》、或《あるい》は馬頭《めず》、或は三面六臂《さんめんろつぴ》の鬼の形が、音のせぬ手を拍《たた》き、声の出ぬ口を開いて、私を虐《さいな》みに参りますのは、殆《ほとん》ど毎日毎夜のことと申してもよろしうございませう。――私の描《か》からとして描けぬのは、そのやうなものではございませぬ。」

それには大殿様も、流石《さすが》に御驚きになつたのでございませう。暫《しばら》くは唯苛立《ただいらだ》たしさうに、良秀の顔を睨《にら》めて御出《おいで》になりましたが、やがて眉《まゆ》を険《けわ》しく御動かしになりながら、

「では何が描けぬと申すのぢや。」と打捨《うつちや》るやうに仰有《おつしや》いました。

十五

「私《わたくし》は屏風《びようぶ》の唯中《ただなか》に、檳榔毛《びろうげ》の車が一輛《いちりよう》空から落ちて来る所を描からと思つて居りまする。」良秀はかう云つて、始めて鋭く大殿様の御顔を眺めました。あの男は画《え》の事を云ふと、気違ひ同様になるとは聞いて居りましたが、その時の眼のくばりには確《たしか》にさやうな恐ろしさがあつたやうでございます。

「その車の中には、一人のあでやかな上﨟《じようろう》が、猛火の中に黒髪を乱しながら、悶《もだ》え苦しんでゐるのでございまする。顔は煙に咽《むせ》びながら、眉を顰《ひそ》めて、空ざまに車蓋《やかた》を仰いで居りませう。手は下簾《したすだれ》を引きちぎつて、降りかゝる火の粉の雨を防がうとしてゐるかも知れませぬ。さうしてそのまはりには、怪しげな鷙鳥《しちよう》が十羽となく、二十羽となく、嘴《くちばし》を鳴らして紛々《ふんぷん》と飛び繞《めぐ》つてゐるのでございまする。――あゝ、それが、その牛車《ぎつしや》の中の上﨟が、どうしても私には描けませぬ。」

「さうして――どうぢや。」

大殿様はどう云ふ訳か、妙に悦《よろこ》ばしさうな御気色《みけしき》で、かう良秀を御促《おうなが》しになりました。が、良秀は例の赤い脣《くちびる》を熱でも出た時のやうに震はせながら、夢を見てゐるのかと思ふ調子で、

「それが私には描けませぬ。」と、もう一度繰返しましたが、突然嚙《か》みつくやうな勢ひになつて、

「どうか檳榔《びろう》毛《げ》の車を一輛《いちりよう》、私の見てゐる前で、火をかけて頂きたうございまする。さうしてもし出来まするならば――」

大殿様は御顔を暗くなすつたと思ふと、突然けたたましく御笑ひになりました。さうしてその御笑ひ声に息をつまらせながら、仰有《おつしや》いますには、

「おゝ、万事その方が申す通りに致して遣《つか》はさう。出来る出来ぬの詮議は無益《むやく》の沙汰《さた》ぢや。」

私はその御言《おことば》を伺ひますと、虫の知らせか、何となく凄《すさま》じい気が致しました。実際又大殿様の御容子《ごようす》も、御口の端《はし》には白く泡がたまつて居りますし、御眉《おんまゆ》のあたりにはびく〳〵と電《いなずま》が走つて居りますし、まるで良秀のもの狂ひに御染《おそ》みなすつたのかと思ふ程、唯《ただ》ならなかつたのでございます。それがちよいと言《ことば》を御切りになると、すぐ又何かが爆《は》ぜたやうな勢ひで、止め度なく喉《のど》を鳴らして御笑ひになりながら、

「檳榔毛の車にも火をかけよう。又その中にはあでやかな女を一人、上﨟の装《よそおい》をさせて乗せて遣はさう。炎と黒煙《くろけむり》とに攻められて、車の中の女が、悶《もだ》え死《じに》をする――それを描《か》かうと思ひついたのは、流石《さすが》に天下第一の絵師ぢや。褒《ほ》めてとらす。おゝ、褒めてとらすぞ。」

大殿様の御言葉を聞きますと、良秀は急に色を失つて喘《あえ》ぐやうに唯、脣ばかり動して居りましたが、やがて体中の筋が緩んだやうに、べたりと畳へ両手をつくと、

「難有《ありがた》い仕合《しあわせ》でございまする。」と、聞えるか聞えないかわからない程低い声で、丁寧に御礼を申し上げました。これは大方自分の考へてゐた目《もく》ろみの恐ろしさが、大殿様の御言葉につれてありありと目の前へ浮んで来たからでございませうか。私は一生の中《うち》に唯一度、この時だけは良秀が、気の毒な人間に思はれました。

十六

それから二三日した夜《よる》の事でございます。大殿様は御約束通り、良秀を御召しになつて、檳榔毛《びろうげ》の車の焼ける所を、目近《まぢか》く見せて御やりになりました。尤《もつと》もこれは堀川の御邸《おやしき》であつた事ではございません。俗に雪解《ゆきげ》の御所《ごしよ》と云ふ、昔大殿様の妹君がいらしつた洛外《らくがい》の山荘で、御焼きになつたのでございます。

この雪解の御所と申しますのは、久しくどなたも御住ひにはならなかつた所で、広い御庭も荒れ放題荒れ果てて居りましたが、大方この人気《ひとけ》のない御容子《ごようす》を拝見した者の当推量《あてずいりよう》でございませう。こゝで御歿《おな》くなりになつた妹君の御身《おみ》の上にも、兎角《とかく》の噂《うわさ》が立ちまして、中には又月のない夜毎々《よごと》に、今でも怪しい御袴《おんはかま》の緋《ひ》の色が、地にもつかず御廊下を歩むなどと云ふ取沙汰《とりざた》を致すものもございました。――それも無理ではございません。昼でさへ寂しいこの御所は、一度日が暮れたとなりますと、遣《や》り水の音が一際《ひときわ》陰に響いて、星明りに飛ぶ五位鷺《ごいさぎ》も、怪形《けぎよう》の物かと思ふ程、気味が悪いのでございますから。

丁度《ちようど》その夜はやはり月のない、まつ暗な晩でございましたが、大殿油《おおとのあぶら》の灯影《ほかげ》で眺めますと、縁《えん》に近く座を御占めになつた大殿様は、浅黄《あさぎ》の直衣《のうし》に濃い紫の浮紋《うきもん》の指貫《さしぬき》を御召しになつて、白地の錦の縁《ふち》をとつた円座《わろうだ》に、高々とあぐらを組んでいらつしやいました。その前後左右に御側《おそば》の者どもが五六人、恭《うやうや》しく居並んで居りましたのは、別に取り立てて申し上げるまでもございますまい。が、中に一人、眼《め》だつて事ありげに見えたのは、先年陸奥《みちのく》の戦ひに餓《う》ゑて人の肉を食つて以来、鹿《しか》の生角《いきづの》さへ裂くやうになつたと云ふ強力《ごうりき》の侍《さむらい》が、下に腹巻を着こんだ容子で、太刀《たち》を鴎尻《かもめじり》に佩《は》き反《そ》らせながら、御縁《ごえん》の下に厳《いか》しくつくばつてゐた事でございます。――それが皆、夜風に靡《なび》く灯《ひ》の光で、或《あるい》は明るく或は暗く、殆《ほとん》ど夢現《ゆめうつ》を分たない気色《けしき》で、何故《なぜ》かもの凄《すご》く見え渡つて居りました。

その上に又、御庭に引き据《す》ゑた檳榔毛の車が、高い車蓋《やかた》にのつしりと暗《やみ》を抑へて、牛はつけず黒い轅《ながえ》を斜《ななめ》に榻《しじ》へかけながら、金物《かなもの》の黄金《きん》を星のやうに、ちら〳〵光らせてゐるのを眺めますと、春とは云ふもの〻何となく肌寒い気が致します。尤《もつと》もその車の内は、浮線綾《ふせんりよう》の縁《ふち》をとつた青い簾《すだれ》が、重く封じこめて居りますから、輫《はこ》には何がはいつてゐるか判りません。さうしてそのまはりには仕丁《じちよう》たちが、手ん手に燃えさかる松明《まつ》を執《と》つて、煙が御縁《ごえん》の方へ靡《なび》くのを気にしながら、仔細《しさい》らしく控へて居ります。

当の良秀は稍《やや》離れて、丁度《ちようど》御縁の真向《まむかい》に、跪《ひざまず》いて居りましたが、これは何時《いつ》もの香染《こうぞ》めらしい狩衣《かりぎぬ》に萎《な》えた揉烏帽子《もみえぼし》を頂いて、星空の重みに圧《お》されたかと思ふ位、何時もより猶《なお》小さく、見すぼらしげに見えました。その後《うしろ》に又一人、同じやうな烏帽子狩衣の蹲《うずくま》つたのは、多分召し連れた弟子の一人でもございませうか。それが丁度二人とも、遠いうす暗がりの中に蹲つて居りますので、私のゐた御縁の下からは、狩衣の色さへ定かにはわかりません。

十七

時刻は彼是《かれこれ》真夜中にも近かつたでございませう。林泉《りんせん》をつゝんだ暗《やみ》がひつそりと声を呑《の》んで、一同のする息を窺《うかが》つてゐるかと思ふ中には、唯《ただ》かすかな夜風の渡る音がして、松明《まつ》の煙がその度に煤臭《すすくさ》い匂《におい》を送つて参ります。大殿様は暫《しばら》く黙つて、この不思議な景色をぢつと眺めていらつしやいましたが、やがて膝《ひざ》を御進めになりますと、

「良秀、」と、鋭く御呼びかけになりました。

良秀は何やら御返事を致したやうでございますが、私の耳には唯、唸《うな》るやうな声しか聞えて参りません。

「良秀。今宵はその方《ほう》の望み通り、車に火をかけて見せて遣《つか》はさう。」

大殿様はかう仰有《おつしや》つて、御側《おそば》の者たちの方を流《なが》し眄《め》に御覧になりました。その時何か大殿様と御側の誰彼との間には、意味ありげな微笑が交《かわ》されたやうにも見うけましたが、これは或《あるい》は私の気のせゐかも分りません。すると良秀は畏《おそ》る畏る頭を挙げて御縁の上を仰いだらしうございますが、やはり何も申し上げずに控へて居ります。

「よう見い。それは予が日頃乗る車ぢや。その方も覚えがあらう。――予はその車にこれから火をかけて、目《ま》のあたりに炎熱《えんねつ》地獄を現ぜさせる心算《つもり》ぢやが。」

大殿様は又言《ことば》を御止めになつて、御側の者たちに眴《めくば》せをなさいました。それから急に苦々《にがにが》しい御調子で、

「その内には罪人の女房が一人、縛《いまし》めた儘《まま》、乗せてある。されば車に火をかけたら、必定《ひつじよう》その女めは肉を焼き骨を焦《こが》して、四苦八苦の最期を遂げるであらう。その方が屏風《びょうぶ》を仕上げるには、又とないよい手本ぢや。雪のやうな肌が燃え爛《ただ》れるのを見のがすな。黒髪が火の粉になつて、舞ひ上るさまもよう見て置け。」

大殿様は三度口を御噤《おつぐ》みになりましたが、何を御思ひになつたのか、今度は唯《ただ》肩を揺つて、声も立てずに御笑ひなさりながら、

「末代までもない観物《みもの》ぢや。予もここで見物しよう。それ〳〵、簾《みす》を揚げて、良秀に中の女を見せて遣《つかわ》さぬか。」

仰《おおせ》を聞くと仕丁《じちよう》の一人は、片手に松明《まつ》の火を高くかざしながら、つか〳〵と車に近づくと、矢庭《やにわ》に片手をさし伸ばして、簾《みす》をさらりと揚げて見せました。けたゝましく音を立てて燃える松明《まつ》の光は、一しきり赤くゆらぎながら、忽《たちま》ち狭い輤《はこ》の中を鮮《あざや》かに照し出しましたが、輌《とこ》の上に惨《むごた》らしく、鎖《くさり》にかけられた女房は――あゝ、誰か見違へを致しませう。きらびやかな繡《ぬい》のある桜の唐衣《からぎぬ》にすべらかしの黒髪が艶《あで》やかに垂れて、うちかたむいた黄金《こがね》の釵子《さいし》も美しく輝いて見えましたが、身なりこそ違へ、小造りな体つきは、色の白い頸《うなじ》のあたりは、さうしてあの寂しい位つゝましやかな横顔は、良秀の娘に相違ございません。私は危《あやう》く叫び声を立てようと致しました。

その時でございます。私と向ひあつてゐた侍《さむらい》は慌《あわただ》しく身を起して、柄頭《つかがしら》を片手に抑へながら、屹《きつ》と良秀の方を睨《にら》みました。それに驚いて眺めますと、あの男はこの景色に、半ば正気を失つたのでございませう。今まで下に蹲《うずくま》つてゐたのが、急に飛び立つたと思ひますと、両手を前へ伸《のば》した儘《まま》、車の方へ思はず知らず走りかゝらうと致しました。唯生憎《ただあいにく》前にも申しました通り、遠い影の中に居りますので、顔貌《かおかたち》ははつきりと分りません。しかしさう思つたのはほんの一瞬間で、色を失つた良秀の顔は、いや、まるで何か目に見えない力が、宙へ吊

り上げたやうな良秀の姿は、忽《たちま》ちうす暗がりを切り抜いてあり〳〵と眼前へ浮び上りました。娘を乗せた檳榔《びろう》毛《げ》の車が、この時、「火をかけい」と云ふ大殿様の御言《おことば》と共に、仕丁《じちよう》たちが投げる松明《まつ》の火を浴びて炎々と燃え上つたのでございます。

十八

火は見る〳〵中《うち》に、車蓋《やかた》をつゝみました。庇《ひさし》についた紫の流蘇《ふさ》が、煽《あお》られたやうにさつと靡《なび》くと、その下から濛々《もうもう》と夜目にも白い煙が渦を巻いて、或《あるい》は簾《すだれ》、或は袖《そで》、或は棟《むね》の金物《かなもの》が、一時に砕けて飛んだかと思ふ程、火の粉が雨のやうに舞ひ上る――その凄《すさま》じさと云つたらございません。いや、それよりもめら〳〵と舌を吐いて袖格子《そでごうし》に搦《から》みながら、半空《なかぞら》までも立ち昇る烈々とした炎の色は、まるで日輪《にちりん》が地に落ちて、天火が迸《ほとばし》つたやうだとでも申しませうか。前に危く叫ばうとした私も、今は全く魂を消して、唯茫然《ただぼうぜん》と口を開きながら、この恐ろしい光景を見守るより外《ほか》はございませんでした。しかし親の良秀は――

良秀のその時の顔つきは、今でも私は忘れません。思はず知らず車の方へ駆け寄らうとしたあの男は、火が燃え上ると同時に、足を止めて、やはり手をさし伸した儘《まま》、食ひ入るばかりの眼《め》つきをして、車をつゝむ焔煙《えんえん》を吸ひつけられたやうに眺めて居りましたが、満身に浴びた火の光で、皺《しわ》だらけな醜い顔は、髭《ひげ》の先までもよく見えます。が、その大きく見開いた眼の中と云ひ、引き歪《ゆが》めた脣《くちびる》のあたりと云ひ、或《あるい》は又絶えず引き攣《つ》つてゐる頬《ほお》の肉の震へと云ひ、良秀の心に交々《こもごも》往来する恐れと悲しみと驚きとは、歴々と顔に描《か》かれました。首を刎《は》ねられる前の盗人《ぬすびと》でも、乃至《ないし》は十王の庁へ引き出された、十逆五悪《じゆうぎやくごあく》の罪人でも、あゝまで苦しさうな顔は致しますまい。これには流石《さすが》にあの強力《ごうりき》の侍《さむらい》でさへ、思はず色を変へて、畏《おそ》る〳〵大殿様の御顔を仰ぎました。

が、大殿様は緊《かた》く脣を御噛《おか》みになりながら、時々気味悪く御笑ひになつて、眼も放さずぢつと車の方を御見つめになつていらつしやいます。さうしてその車の中には――あゝ、私はその時、その車にどんな娘の姿を眺めたか、それを詳しく申し上げる勇気は、到底あらうとも思はれません。あの煙に咽《むせ》んで仰向《あおむ》けた顔の白さ、焔《ほのお》を掃《はら》つてふり乱れた髪の長さ、それから又見る間に火と変つて行く、桜の唐衣《からぎぬ》の美しさ、——何と云ふ惨《むご》たらしい景色でございましたらう。殊《こと》に夜風が一下《ひとおろ》しして、煙が向うへ靡《なび》いた時、赤い上に金粉を撒《ま》いたやうな、焔の中から浮き上つて、髪を口に噛《か》みながら、縛《いましめ》の鎖《くさり》も切れるばかり身悶《みもだ》えをした有様は、地獄の業苦《ごうく》を目《ま》のあたりへ写し出したかと疑はれて、私始め強力《ごうりき》の侍までおのづと身の毛がよだちました。

するとその夜風が又一渡り、御庭の木々の梢《こずえ》にさつと通ふ——と誰でも、思ひましたらう。さう云ふ音が暗い空を、どことも知らず走つたと思ふと、忽《たちま》ち何か黒いものが、地にもつかず宙にも飛ばず、鞠《まり》のやうに躍《おど》りながら、御所《ごしょ》の屋根から火の燃えさかる車の中へ、一文字《いちもんじ》にとびこみました。さうして朱塗のやうな袖格子《そでごうし》が、ばら〳〵と焼け落ちる中に、のけ反《ぞ》つた娘の肩を抱いて、帛《きぬ》を裂くやうな鋭い声を、何とも云へず苦しさうに、長く煙の外へ飛ばせました。続いて又、二声三声——私たちは我知らず、あつと同音に叫びました。壁代《かべしろ》のやうな焔を後《うしろ》にして、娘の肩に縋《すが》つてゐるのは、堀川の御邸《おやしき》に繋《つな》いであつた、あの良秀と諢名《あだな》のある、猿だつたのでございますから。その猿が何処《どこ》をどうしてこの御所まで、忍んで来たか、それは勿論《もちろん》誰にもわかりません。が、日頃可愛《かわい》がつてくれた娘なればこそ、猿も一しよに火の中へはいつたのでございませう。

十九

が、猿の姿が見えたのは、ほんの一瞬間でございました。金梨子地《きんなしじ》のやうな火の粉が一しきり、ぱつと空へ上《あが》つたかと思ふ中《うち》に、猿は元より娘の姿も、黒煙《くろけむり》の底に隠されて、御庭のまん中には唯《ただ》、一輛《いちりょう》の火の車が凄《すさま》じい音を立てながら、燃え沸《たぎ》つてゐるばかりでございます。いや、火の車と云ふよりも、或《あるい》は火の柱と云つた方が、あの星空を衝《つ》いて煮え返る、恐ろしい火焔の有様にはふさはしいかも知れません。

その火の柱を前にして、凝《こ》り固まつたやうに立つてゐる良秀は、——何と云ふ不思議な事でございませう。あのさつきまで地獄の責苦に悩んでゐたやうな良秀は、今は云ひやうのない輝きを、さながら恍惚《こうこつ》とした法悦の輝きを、皺《しわ》だらけな満面に浮べながら、大殿様の御前《ごぜん》も忘れたのか、両腕をしつかり胸に組んで、佇《たたず》んでゐるではございませんか。それがどうもあの男の眼《め》の中には、娘の悶《もだ》え死ぬ有様が映つてゐないやうなのでございます。唯美しい火焔の色と、その中に苦しむ女人《にょにん》の姿とが、限りなく心を悦《よろこ》ばせる――さう云ふ景色に見えました。

しかも不思議なのは、何もあの男が一人娘の断末魔を嬉《うれ》しさうに眺めてゐた、そればかりではございません。その時の良秀には、何故《なぜ》か人間とは思はれない、夢に見る獅子王《ししおう》の怒りに似た、怪しげな厳《おごそか》さがございました。でございますから不意の火の手に驚いて、啼《な》き騒ぎながら飛びまはる数の知れない夜鳥《よどり》でさへ、気のせゐか良秀の揉烏帽子《もみえぼし》のまはりへは、近づかなかつたやうでございます。恐らくは無心の鳥の眼にも、あの男の頭の上に、円光の如《ごと》く懸つてゐる、不可思議な威厳が見えたのでございませう。

鳥でさへさうでございます。まして私たちは仕丁《じちよう》までも、皆息をひそめながら、身の内も震へるばかり、異様な随喜《ずいき》の心に充《み》ち満ちて、まるで開眼《かいげん》の仏《ぶつ》でも見るやうに、眼も離さず、良秀を見つめました。空一面に鳴り渡る車の火と、それに魂を奪はれて、立ちすくんでゐる良秀と――何と云ふ荘厳《しようごん》、何と云ふ歓喜でございませう。が、その中でたつた一人、御縁《ごえん》の上の大殿様だけは、まるで別人かと思はれる程、御顔の色も青ざめて、口元に泡を御ためになりながら、紫の指貫《さしぬき》の膝《ひざ》を両手にしつかり御つかみになつて、丁度喉《ちようどのど》の渇いた獣のやうに喘《あえ》ぎつゞけていらつしやいました。……

二十

その夜《よ》雪解《ゆきげ》の御所《ごしよ》で、大殿様が車を御焼きになつた事は、誰の口からともなく世上へ洩《も》れましたが、それに就《つ》いては随分いろ〳〵な批判を致すものも居つたやうでございます。先《ま》づ第一に何故《なぜ》大殿様が良秀の娘を御焼き殺しなすつたか、――これは、かなはぬ恋の恨みからなすつたのだと云ふ噂《うわさ》が、一番多うございました。が、大殿様の思召《おぼしめ》しは、全く車を焼き人を殺してまでも、屏風《びようぶ》の画《え》を描《か》かうとする絵師根性の曲《よこしま》なのを懲《こ》らす御《お》心算《つもり》だつたのに相違ございません。現に私は、大殿様が御口づからさう仰有《おつしや》るのを伺つた事さへございます。

それからあの良秀が、目前で娘を焼き殺されながら、それでも屏風《びょうぶ》の画《え》を描きたいと云ふその木石のやうな心もちが、やはり何かとあげつらはれたやうでございます。中にはあの男を罵《ののし》つて、画の為には親子の情愛も忘れてしまふ、人間獣心の曲者《くせもの》だなどと申すものもございました。あの横川《よかわ》の僧都《そうず》様などは、かう云ふ考へに味方をなすつた御一人で、「如何《いか》に一芸一能に秀でやうとも、人として五常を弁《わきま》へねば、地獄に堕ちる外《ほか》はない」などと、よく仰有《おつしや》つたものでございます。

所がその後一月ばかり経《た》つて、愈々《いよいよ》地獄変の屏風が出来上りますと良秀は早速それを御邸《おやしき》へ持つて出て、恭《うやうや》しく大殿様の御覧に供へました。丁度その時は僧都様も御居合はせになりましたが、屏風の画を一目御覧になりますと、流石《さすが》にあの一帖《いちじょう》の天地に吹き荒《すさ》んでゐる火の嵐の恐しさに御驚きなすつたのでございませう。それまでは苦い顔をなさりながら、良秀の方をじろ〳〵睨《にら》めつけていらしつたのが、思はず知らず膝を打つて、「出かし居つた」と仰有いました。この言《ことば》を御聞になつて、大殿様が苦笑なすつた時の御容子《ごようす》も、未だに私は忘れません。

それ以来あの男を悪く云ふものは、少くとも御邸《おやしき》の中だけでは、殆《ほとん》ど一人もゐなくなりました。誰でもあの屏風を見るものは、如何《いか》に日頃良秀を憎く思つてゐるにせよ、不思議に厳《おごそ》かな心もちに打たれて、炎熱《えんねつ》地獄の大苦艱《だいくげん》を如実《によじつ》に感じるからでもございませうか。

しかしさうなつた時分には、良秀はもうこの世に無い人の数にはいつて居りました。それも屏風の出来上つた次の夜《よ》に、自分の部屋の梁《はり》へ縄をかけて、縊《くび》れ死んだのでございます。一人娘を先立てたあの男は、恐らく安閑《あんかん》として生きながらへるのに堪へなかつたのでございませう。屍骸《しがい》は今でもあの男の家の跡《あと》に埋《うず》まつて居ります。尤《もつと》も小さな標《しるし》の石は、その後何十年かの雨風《あめかぜ》に曝《さら》されて、とうの昔誰の墓とも知れないやうに、苔蒸《こけむ》してゐるにちがひございません。

——大正七年四月——

（大正七年五月「大阪毎日新聞」「東京日日新聞」）

裏畠

——素描三題より

それはKさんの家の後ろにある二百坪ばかりの畠だつた。Kさんはそこに野菜のほかにもポンポン・ダリアを作つてゐた。その畠を塞《ふさ》いでゐるのは一日に五、六度《たび》汽車の通る一間《けん》ばかりの堤《つつみ》だつた。

或夏《ある》も暮れかかつた午後、Kさんはこの畠へ出、もう花もまれになつたポンポン・ダリアに鋏《はさみ》を入れてゐた。すると汽車は堤の上をどつと一息に通りすぎながら、何度も鋭い非常警笛を鳴らした。同時に何《なに》か黒いものが一つ畠の隅へころげ落ちた。Kさんはそちらを見る拍子に「又庭鳥《にわとり》がやられたな」と思つた。それは実際黒い羽根に青い光沢を持つてゐるミノルカ種の庭鳥にそつくりだつた。のみならず何《なに》か鶏冠《とさか》らしいものもちらりと見えたのに違ひなかつた。

しかし庭鳥と思つたのはKさんにはほんの一瞬間だつた。Kさんはそこに佇《たたず》んだまま、あつけにとられずにはゐられなかつた。その畠へころげこんだものは実は今汽車に轢《ひ》かれた二十四五の男の頭だつた。

（未詳）

葱

漢《かん》の大将韓信《かんしん》は、両手を腰に組みながら、帷幕《いばく》の中を歩いてゐる。夜《よ》は既に更け渡つて、かすかな蟋蟀《こおろぎ》の声の外《ほか》に、陣営の静かさを擾《みだ》すものはない。いや、此処《ここ》に燃えてゐる一盞《いっさん》の燈火《ともしび》の光さへ、余りの静かさに気圧《きお》されたせいか、次第に陰々《いんいん》と暗くなつて、おごそかに金甲《きんこう》を鎧《よろ》つた彼の姿も、今では唯《ただ》影の如《ごと》く朦朧《もうろう》と見えるばかりである。趙《ちょう》の成安君陳余《せいあんくんちんよ》は、遂《つい》に広武君李左車《こうぶくんりさしゃ》の計《けい》を用ひなかつたらしい。が、二十万の趙軍は、夙《つと》に塁《とりで》を堅うして、漢軍の来《きた》り攻めるのを待つてゐる。この敵を破るのは容易でない。彼はかう云ふ問題に悩まされながら、今夜も遅くまで帷幕の中をあちらこちらと歩いてゐた。が、その内に何《なに》かふと心に浮んだ策があつたのであらう。韓信は急に足を止めると、会心の微笑を漏《も》らしながら、腰に組んだ両手を解《と》いて、帳前《ちょうぜん》の銅鑼《どうら》を三度鳴らした。誰《たれ》か来いと云ふ相図《あいず》である。と同時に燈火《ともしび》の丁字《ちょうじ》が落ちて、おごそかに金甲を鎧つた彼の姿は、帷幕の中を罩《こ》めたうす暗《やみ》から、神の如く鮮《あざやか》に浮び上つた。――と書き出すと、さも歴史小説の冒頭らしいが、そんなものを書く量見は毛頭《もうとう》ない。実は唯《ただ》その時の韓信の如《ごと》く、おれも新年号の小説を書く為に、七転八倒《しちてんばっとう》の苦しみをしたと云ふ事を、書きさへすれば好《よ》いのである。さうしてこれ又その時の韓信の如く、やつとおれの思ひついた一策が、背水の陣だつたと云ふ事を書きさへすれば好いのである。

おれは締切日を明日に控へた今夜、一気呵成《かせい》にこの小説を書かうと思ふ。いや、書かうと思ふのではない。書かなければならなくなつてしまつたのである。では何を書くかと云ふと、――それは次の本文《ほんもん》を読んで頂くより外《ほか》に仕方はない。

神田神保町《かんだじんぼうちよう》辺の或《ある》カツフエに、お君さんと云ふ女給仕がある。年は十五とか十六とか云ふが、見た所はもつと大人らしい。何しろ色が白くつて、眼《め》が涼しいから、鼻の先が少し上を向いてゐても、兎《と》に角《かく》一通りの美人である。それが髪をまん中から割つて、忘れな艸《ぐさ》の簪《かんざし》をさして、白いエプロンをかけて、自働ピアノの前に立つてゐる所は、とんと竹久夢二君の画中の人物が抜け出したやうだ。――とか何とか云ふ理由から、このカツフエの定連の間には、夙《つと》に通俗小説と云ふ渾名《あだな》が出来てゐるらしい。尤《もつと》も渾名にはまだいろいろある。簪の花が花だから、わすれな草。活動写真に出る亜米利加《アメリカ》の女優に似てゐるから、ミス・メリイ・ピツクフオオド。このカツフエに欠くべからざるものだから、角砂糖。ETC. ETC.

この店にはお君さんの外《ほか》にも、もう一人年上の女給仕がある。これはお松さんと云つて、器量は到底お君さんの敵ではない。まづ白麺包《パン》と黒麺包程の相違がある。だから一つカツフエに勤めてゐても、お君さんとお松さんとでは、祝儀の収入が非常に違ふ。お松さんは勿論《もちろん》、この収入の差に平《たいら》かなるを得ない。その不平が高じた所から、邪推もこの頃廻《まわ》すやうになつてゐる。

或夏の午後、お松さんの持ち場の卓子にゐた外国語学校の生徒らしいのが、巻煙草《まきたばこ》を一本啣《くわ》へながら、燐寸《マッチ》の火をその先へ移さうとした。所が生憎《あいにく》その隣の卓子では、煽風機《せんぷうき》が勢《いきおい》よく廻つてゐるものだから、燐寸の火は其処《そこ》まで届かない内に、何時《いつ》も風に消されてしまふ。そこでその卓子の側《そば》を通りかかつたお君さんは、暫《しばら》くの間風をふせぐ為に、客と煽風機との間へ足を止めた。その暇に巻煙草へ火を移した学生が、日に焼けた頰《ほお》へ微笑を浮べながら、「難有《ありがと》う」と云つた所を見ると、お君さんのこの親切が先方にも通じたのは勿論《もちろん》である。すると帳場の前へ立つてゐたお松さんが、丁度《ちようど》其処へ持つて行く筈《はず》の、アイスクリームの皿を取り上げると、お君さんの顔をぢろりと見て、「あなた持つていらつしやいよ。」と、嬌嗔《きようしん》を発したらしい声を出した。――

こんな葛藤が一週間に何度もある。従つてお君さんは、滅多《めつた》にお松さんには口をきかない。何時も自働ピアノの前に立つては、場所がらだけに多い学生の客に、無言の愛嬌《あいきよう》を売つてゐる。或《あるい》は業腹《ごうはら》らしいお松さんに無言ののろけを買はせてゐる。

が、お君さんとお松さんとの仲が悪いのは、何もお松さんが嫉妬《しつと》をするせいばかりではない。お君さんも内心、お松さんの趣味の低いのを軽蔑《けいべつ》してゐる。あれは全く尋常小学を出てから、浪花節《なにわぶし》を聴いたり、蜜豆《みつまめ》を食べたり、男を追つかけたりばかりしてゐた、そのせいに違ひない。かうお君さんは確信してゐる。ではそのお君さんの趣味と云ふのが、どんな種類のものかと思つたら、暫《しばら》くこの賑《にぎや》かなカツフエを去つて、近所の露路《ろじ》の奥にある、或女髪結《あるおんなかみゆい》の二階を覗《のぞ》いて見るが好《い》い。何故《なぜ》と云へばお君さんは、その女髪結の二階に間借《まがり》をして、カツフエへ勤めてゐる間の外《ほか》は、始終其処《そこ》に起臥《おきふし》してゐるからである。

二階は天井の低い六畳で、西日のさす窓から外を見ても、瓦《かわら》屋根の外《ほか》は何も見えない。その窓際の壁へよせて、更紗《さらさ》の布をかけた机がある。尤《もつと》もこれは便宜上、仮に机と呼んで置くが、実は古色を帯びた茶ぶ台に過ぎない。その茶ぶ――机の上には、これも余り新しくない西洋綴《とじ》の書物が並んでゐる。「不如帰《ほととぎす》」「藤村《とうそん》詩集」「松井須磨子の一生」「新朝顔日記」「カルメン」「高い山から谷底見れば」――あとは婦人雑誌が七八冊あるばかりで、残念ながらおれの小説集などは、唯《ただ》の一冊も見当らない。それからその机の側《そば》にある、とうにニスの剝《は》げた茶箪笥《ちゃだんす》の上には、頸《くび》の細い硝子《ガラス》の花立てがあつて、花びらの一つとれた造花の百合《ゆり》が、手際よくその中にさしてある。察する所この百合は、花びらさへまだ無事でゐたら、今でもあのカツフエの卓子に飾られてゐたのに相違あるまい。最後にその茶箪笥の上の壁には、いづれも雑誌の口絵らしいのが、ピンで三四枚とめてある。一番まん中なのは、鏑木清方《かぶらぎきよかた》君の元禄《げんろく》女で、その下に小さくなつてゐるのは、ラフアエルのマドンナか何からしい。と思ふとその元禄女の上には、北村四海《きたむらしかい》君の彫刻の女が御隣に控へたベエトオフエンへ滴《したた》る如《ごと》き秋波《しゅうは》を送つてゐる。但《ただ》しこのベエトオフエンは、唯お君さんがベエトオフエンだと思つてゐるだけで、実は亜米利加《アメリカ》の大統領ウツドロオ・ウイルソンなのだから、北村四海君に対しても、何とも御気の毒の至りに堪へない。――

かう云へばお君さんの趣味生活が、如何《いか》に芸術的色彩に富んでゐるか、問はずして既に明かであらうと思ふ。又実際お君さんは、毎晩遅くカツフエから帰つて来ると、必《かならず》このベエトオフエン alias ウイルソンの肖像の下に、「不如帰」を読んだり、造花の百合を眺めたりしながら、新派悲劇の活動写真の月夜の場面よりもサンテイマンタアルな、芸術的感激に耽《ふけ》るのである。

桜頃《さくらごろ》の或《ある》夜、お君さんはひとり机に向つて、殆《ほとんど》一番鶏《どり》が啼《な》く頃まで、桃色をしたレタア・ペエパアにせつせとペンを走らせ続けた。が、その書き上げた手紙の一枚が、机の下に落ちてゐた事は、朝になつてカツフエへ出て行つた後《のち》も、遂《つい》にお君さんには気がつかなかつたらしい。すると窓から流れこんだ春風が、その一枚のレタア・ペエパアを飜《ひるがえ》して、鬱金木綿《うこんもめん》の蔽《おお》ひをかけた鏡が二つ並んでゐる梯子段《はしごだん》の下まで吹き落してしまつた。下にゐる女髪結は、頻々《ひんぴん》としてお君さんの手に落ちる艶書《えんしよ》のある事を心得てゐる。だからこの桃色をした紙も、恐らくはその一枚だらうと思つて、好奇心からわざわざ眼《め》を通して見た。すると意外にもこれは、お君さんの手蹟《しゆせき》らしい。ではお君さんが誰かの艶書に返事を認《したた》めたのかと思ふと、「武男《たけお》さんに御別れなすつた時の事を考へると、私は涙で胸が張り裂けるやうでございます」と書いてある。果然お君さんは殆《ほとんど》徹夜をして、浪子《なみこ》夫人に与ふべき慰問の手紙を作つたのであつた。

　おれはこの挿話を書きながら、お君さんのサンテイマンタリズムに微笑を禁じ得ないのは事実である。が、おれの微笑の中には、寸毫《すんごう》も悪意は含まれてゐない。お君さんのゐる二階には、造花の百合《ゆり》や、「藤村詩集」や、ラフアエルのマドンナの写真の外《ほか》にも、自炊生活に必要な、台所道具が並んでゐる。その台所道具の象徴する、世智辛《せちがら》い東京の実生活は、何度今日までにお君さんへ迫害を加へたか知れなかつた。が、落莫《らくばく》たる人生も、涙の靄《もや》を透《とお》して見る時は、美しい世界を展開する。お君さんはその実生活の迫害を逃れる為に、この芸術的感激の涙の中へ身を隠した。其処《そこ》には一月六円の間代《まだい》もなければ、一升《しよう》七十銭の米代もない。カルメンは電燈代の心配もなく、気楽にカスタネツトを鳴らしてゐる。浪子夫人も苦労はするが、薬代の工面《くめん》が出来ない次第ではない。一言にして云へばこの涙は、人間苦の黄昏《たそがれ》のおぼろめく中に、人間愛の燈火をつつましやかにともしてくれる。あゝ、東京の町の音も全く何処《どこ》かへ消えてしまふ真夜中、涙に濡《ぬ》れた眼《め》を挙げながら、うす暗い十燭の電燈の下に、たつた一人逗子《ずし》の海風とコルドヴアの杏竹桃《きようちくとう》とを夢みてゐた、お君さんの姿を想像――畜生《ちくしよう》、悪意がない所か、うつかりしてゐるとおれまでも、サンテイマンタアルになり兼《か》ねないぞ。元来世間の批評家には情味がないと云はれてゐる、頗《すこぶる》理知的なおれなのだが。

　そのお君さんが或冬の夜、遅くなつてカツフエから帰つて来ると、始《はじめ》は例の如《ごと》く机に向つて、「松井須磨子の一生」か何か読んでゐたが、まだ一頁《ページ》と行かない内に、どう云ふ訳かその書物に忽《たちま》ち愛想をつかした如《ごと》く、邪慳《じやけん》に畳の上へ抛《ほう》り出してしまつた。と思ふと今度は横坐《よこずわ》りに坐つた儘《まま》、机の上に頬杖《ほおづえ》をついて、壁の上のウイル――ベエトオフエンの肖像を冷淡にぼんやり眺め出した。これは勿論《もちろん》唯事《ただごと》ではない。お君さんはあのカツフエを解傭《かいよう》される事になつたのであらうか。さもなければお松さんのいぢめ方が一層悪辣《あくらつ》になつたのであらうか。或《あるい》は又さもなければ齲歯《むしば》でも痛み出して来たのであらうか。いや、お君さんの心を支配してゐるのは、さう云ふ俗臭を帯びた事件ではない。お君さんは浪子夫人の如く、或は又松井須磨子の如く、恋愛に苦しんでゐるのである。ではお君さんは誰に心を寄せてゐるかと云ふと――幸《さいわい》お君さんは壁の上のベエトオフエンを眺めた儘、暫《しばら》くは身動きもしさうはないから、その間におれは大急ぎで、ちよいとこの光栄ある恋愛の相手を紹介しよう。

お君さんの相手は田中君と云つて、無名の――まあ芸術家である。何故《なぜ》かと云ふと田中君は、詩も作る、ヴアイオリンも弾く、油絵の具も使ふ、役者も勤める、歌骨牌《うたがるた》も巧《うま》い、薩摩琵琶《さつまびわ》も出来ると云ふ才人だから、どれが本職でどれが道楽だか、鑑定の出来るものは一人もゐない。従つて又人物も、顔は役者の如くのつぺりしてゐて、髪は油絵の具の如くてら〳〵してゐて、声はヴアイオリンの如く優しくつて、言葉は詩の如く気が利いてゐて、女を口説《くど》く事は歌骨牌をとる如く敏捷《びんしよう》で、金を借り倒す事は薩摩琵琶をうたふ如く勇壮活潑《かつぱつ》を極めてゐる。それが黒い鍔広《つばびろ》の帽子をかぶつて、安物らしい猟服を着用して、葡萄《ぶどう》色のボヘミアン・ネクタイを結んで――と云へば大抵わかりさうなものだ。思ふにこの田中君の如きは既に一種のタイプなのだから、神田本郷辺のバアやカツフエ、青年会館や音楽学校の音楽会（但《ただ》し一番の安い切符の席に限るが）兜屋《かぶとや》や三会堂《さんかいどう》の展覧会などへ行くと、必《かならず》二三人はこの連中が、傲然《ごうぜん》と俗衆を睥睨《へいげい》してゐる。だからこの上明瞭《めいりよう》な田中君の肖像が欲しければ、さう云ふ場所へ行つて見るが好《い》い。おれが書くのはもう真平御免《まつぴらごめん》だ。第一おれが田中君の紹介の労を執《と》つてゐる間《あいだ》に、お君さんは何時《いつ》か立上つて、障子《しようじ》を開けた窓の外の寒い月夜を眺めてゐるのだから。

瓦《かわら》屋根の上の月の光は、頸《くび》の細い硝子《ガラス》の花立てにさした造花の百合《ゆり》を照らしてゐる。壁に貼《は》つたラフアエルの小さなマドンナを照らしてゐる。さうして又お君さんの上を向いた鼻を照らしてゐる。が、お君さんの涼しい眼《め》には、月の光も映つてゐない。霜《しも》の下りたらしい瓦屋根《かわら》も、存在しないのと同じ事である。田中君は今夜カツフエから、お君さんを此処《ここ》まで送つて来た。さうして明日《あす》の晩は二人で、楽しく暮さうと云ふ約束までした。明日は丁度《ちようど》一月に一度あるお君さんの休日だから、午後六時に小川町《おがわまち》の電車停留場で落合つて、それから芝浦《しばうら》にかゝつてゐる伊太利《イタリイ》人のサアカスを見に行かうと云ふのである。お君さんは今日までに、未嘗《いまだかつて》男と二人で遊びに出かけた覚えなどはない。だから明日の晩田中君と、世間の恋人同志のやうに、つれ立つて夜の曲馬を見に行く事を考へると、今更のやうに心臓の鼓動が高くなつて来る。お君さんにとつて田中君は、宝窟《ほうくつ》の扉を開くべき秘密の呪文《じゆもん》を心得てゐる、アリ・ババと更に違ひはない。その呪文が唱へられた時、如何《いか》なる未知の歓楽境がお君さんの前に出現するか。――さつきから月を眺めて月を眺めないお君さんが、風に煽《あお》られた海の如《ごと》く、或《あるい》は又将《まさ》に走らんとする乗合自働車のモオタアの如く、轟《とどろ》く胸の中に描いてゐるのは、実にこの来《きた》るべき不可思議の世界の幻であつた。其処《そこ》には薔薇《ばら》の花の咲き乱れた路《みち》に、養殖真珠の指環だの翡翠《ひすい》まがひの帯止めだのが、数限りもなく散乱してゐる。夜鶯《ナイチンゲイル》の優しい声も、既に三越《みつこし》の旗の上から、蜜《みつ》を滴《したた》すやうに聞え始めた。橄欖《かんらん》の花の匂ひの中に大理石を畳んだ宮殿では、今やミスタア・ダグラス・フエアバンクスと森《もり》律子《りつこ》嬢との舞踏が、愈《いよいよ》佳境に入らうとしてゐるらしい。……………

　が、おれはお君さんの名誉の為につけ加へる。その時お君さんの描いた幻の中には、時々暗い雲の影が、一切の幸福を脅《おびやか》すやうに、底気味悪く去来してゐた。成程お君さんは田中君を恋してゐるのに違ひない。しかしその田中君は、実はお君さんの芸術的感激が円光を頂かせた田中君である。詩も作る、ヴアイオリンも弾く、油絵の具も使ふ、役者も勤める、歌骨牌《うたがるた》も巧《うま》い、薩摩琵琶《さつまびわ》も出来るサア・ランスロツトである。だからお君さんの中にある処女の新鮮な直観性は、どうかするとこのランスロツトの頗《すこぶる》怪しげな正体を感ずる事がないでもない。暗い不安の雲の影は、かう云ふ時にお君さんの幻の中を通りすぎる。が、遺憾ながらその雲の影は、現れるが早いか消えてしまふ。お君さんはいくら大人じみてゐても、十六とか十七とか云ふ少女である。しかも芸術的感激に充《み》ち満ちてゐる少女である。着物を雨で濡《ぬ》らす心配があるか、ライン河の入日の画端書《えはがき》に感歎《かんたん》の声を洩《も》らす時の外《ほか》は、滅多《めつた》に雲の影などへ心を止《と》めないのも不思議ではない。況《いわん》や今は薔薇の花の咲き乱れてゐる路《みち》に、養殖真珠の指環だの翡翠《ひすい》まがひの帯止《おびどめ》だのが――以下は前に書いた通りだから、其処《そこ》を読み返して頂きたい。

お君さんは長い間、シヤヴアンヌの聖・ジユヌヴイヴの如《ごと》く、月の光に照らされた瓦屋根《かわら》を眺めて立つてゐたが、やがて嚔《くさめ》を一つすると、窓の障子《しようじ》をばたりとしめて、又元の机の際《きわ》へ横坐《よこずわ》りに坐つてしまつた。それから翌日の午後六時まで、お君さんが何をしてゐたか、その間の詳しい消息は、残念ながらおれも知つてゐない。何故《なぜ》作者たるおれが知つてゐないかと云ふと――正直に云つてしまへ。おれは今夜中にこの小説を書き上げなければならないからである。

翌日の午後六時、お君さんは怪しげな紫紺《しこん》の御召《おめし》のコオトの上にクリイム色の肩掛をして、何時《いつ》もよりはそはそと、もう夕暗《ゆうやみ》に包まれた小川町の電車停留場へ行つた。行くと既に田中君は、例の如く鍔広《つばびろ》の黒い帽子を目深《まぶか》くかぶつて、洋銀の握りのついた細い杖をかいこみながら、縞《しま》の荒い半オヽヴアの襟《えり》を立てゝ、赤い電燈のともつた下に、ちやんと佇《たたず》んで待つてゐる。色の白い顔が何時もより一層又磨きがかゝつて、かすかに香水の匂《におい》までさせてゐる容子《ようす》では、今夜は格別身じまひに注意を払つてゐるらしい。

「御待たせして?」

お君さんは田中君の顔を見上げると、息のはづんでゐるやうな声を出した。

「なあに。」

田中君は大様《おおよう》な返事をしながら、何とも判然しない微笑を含んだ眼《め》で、じつとお君さんの顔を眺めた。それから急に身ぶるひを一つして、

「歩かう、少し。」

とつけ加へた。いや、つけ加へたばかりではない。田中君はもうその時には、アアク燈に照らされた人通りの多い往来を、須田町《すだちよう》の方へ向つて歩き出した。サアカスがあるのは芝浦である。歩くにしても此処《ここ》からは、神田橋の方へ向つて行かなければならない。お君さんはまだ立止つた儘《まま》、埃風《ほこりかぜ》に飜《ひるがえ》るクリイム色の肩掛へ手をやつて、

「そつち?・」

と不思議さうに声をかけた。が、田中君は肩越しに、

「あゝ。」

と軽く答へたぎり、依然として須田町の方へ歩いて行く。そこでお君さんも外《ほか》に仕方がないから、すぐに田中君へ追ひつくと、葉を振つた柳の並樹の下を一しよにいそ〳〵と歩き出した。すると又田中君は、あの何とも判然しない微笑を眼《め》の中に漂はせて、お君さんの横顔を窺《うかが》ひながら、

「お君さんには御気の毒だけれどもね、芝浦のサアカスは、もう昨夜でおしまひなんださうだ。だから今夜は僕の知つてゐる家へ行つて、一しよに御飯でも食べようぢやないか。」

「さう、私どつちでも好《い》いわ。」

　お君さんは田中君の手が、そつと自分の手を捕へたのを感じながら、希望と恐怖とにふるへてゐる、かすかな声でかう云つた。と同時に又お君さんの眼にはまるで「不如帰《ほととぎす》」を読んだ時のやうな、感動の涙が浮んで来た。この感動の涙を透《とお》して見た、小川町、淡路町《あわじちょう》、須田町の往来が、如何《いか》に美しかつたかは問ふを待たない。歳暮《せいぼ》大売出しの楽隊の音、目まぐるしい仁丹《じんたん》の広告電燈、クリスマスを祝ふ杉の葉の飾《かざり》、蜘蛛手《くもで》に張つた万国々旗、飾窓《かざりまど》の中のサンタ・クロス、露店に並んだ画端書《えはがき》や日暦《ひごよみ》――すべてのものがお君さんの眼には、壮大な恋愛の歓喜をうたひながら、世界のはてまでも燦《きら》びやかに続いてゐるかと思はれる。今夜に限つて天上の星の光も冷たくない。時々吹きつける埃風《ほこりかぜ》も、コオトの裾《すそ》を巻くかと思ふと、忽《たちま》ち春が返つたやうな暖い空気に変つてしまふ。幸福、幸福、幸福……

　その内にふとお君さんが気がつくと、二人は何時《いつ》か横町《よこちょう》を曲つたと見へて、路《みち》幅の狭い町を歩いてゐる。さうしてその町の右側に、一軒の小さな八百屋《やおや》があつて、明く瓦斯《ガス》の燃えた下に、大根、人参《にんじん》、漬け菜《な》、葱《ねぎ》、小《こ》蕪《かぶ》、慈姑《くわい》、牛蒡《ごぼう》、八《や》つ頭《がしら》、小松菜、独活《うど》、蓮根《れんこん》、里芋《さといも》、林檎《りんご》、蜜柑《みかん》の類が堆《うずたか》く店に積み上げてある。その八百屋の前を通つた時、お君さんの視線は何かの拍子に、葱の山の中に立つてゐる、竹に燭奴《つけぎ》を挟んだ札《ふだ》の上へ落ちた。札には墨黒々と下手な字で、「一束《ひとたば》四銭」と書いてある。あらゆる物価が暴騰した今日《こんにち》、一束四銭と云

ふ葱《ねぎ》は滅多《めった》にない。この至廉《しれん》な札を眺めると共に、今まで恋愛と芸術とに酔つてゐた、お君さんの幸福な心の中には、其処《そこ》に潜んでゐた実生活が、突如としてその惰眠から覚めた。間髪《かんはつ》を入れずとは正にこの謂《いい》である。薔薇《ばら》と指環と夜鶯《ナイチンゲイル》と三越の旗とは、刹那《せつな》に眼底を払つて消えてしまつた。その代り間代《まだい》、米代、電燈代、炭代、肴代《さかな》、醬油代《しょうゆ》、新聞代、化粧代、電車賃――その外《ほか》ありとあらゆる生活費が、過去の苦しい経験と一しよに、恰《あたか》も火取虫の火に集る如《ごと》く、お君さんの小さな胸の中に、四方八方から群つて来る。お君さんは思はずその八百屋の前へ足を止めた。それから呆気《あっけ》にとられてゐる田中君を一人後に残して、鮮《あざやか》な瓦斯《ガス》の光を浴びた青物の中へ足を入れた。しかも遂《つい》にはその華奢《きやしや》な指を伸べて、一束四銭の札が立つてゐる葱の山を指さすと、「さすらひ」の歌でもうたふやうな声で、

「あれを二束下さいな。」

と云つた。

埃風《ほこりかぜ》の吹く往来には、黒い鍔広《つばびろ》の帽子をかぶつて、縞《しま》の荒い半オオヴァの襟《えり》を立てた田中君が、洋銀の握りのある細い杖《つえ》をかいこみながら、孤影蕭然《しょうぜん》として立つてゐる。田中君の想像には、さつきからこの町のはづれにある、格子《こうし》戸造《どづくり》の家が浮んでゐた。軒《のき》に松《まつ》の家《や》と云ふ電燈の出た、沓脱《くつぬ》ぎの石が濡《ぬ》れてゐる、安普請《やすぶしん》らしい二階家である。が、かうして往来に立つてゐると、その小ぢんまりした二階家の影が、妙にだんだん薄くなつてしまふ。さうしてその後《あと》には徐《おもむろ》に一束四銭の札を打つた葱の山が浮んで来る。と思ふと忽《たちま》ち想像が破れて、一陣の埃風が過ぎると共に、実生活の如《ごと》く辛辣《しんらつ》な、眼《め》に滲《し》む如き葱の匂《におい》が実際田中君の鼻を打つた。

「御待ち遠さま。」

憐《あわれ》むべき田中君は、世にも情無《なさけな》い眼つきをして、まるで別人でも見るやうに、ぢろぢろお君さんの顔を眺めた。髪を綺麗《きれい》にまん中から割つて、忘れな草の簪《かんざし》をさした、鼻の少し上を向いてゐるお君さんは、クリイム色の肩掛をちよいと顋《あご》でおさへた儘《まま》、片手に二束八銭の葱を下げて立つてゐる。あの涼しい眼の中に嬉《うれ》しさうな微笑を躍《おど》らせながら。

とうとうどうにか書き上げたぞ。もう夜が明けるのも間はあるまい。外では寒さうな鶏《にわとり》の声がしてゐるが、折角《せつかく》これを書き上げても、いやに気のふさぐのはどうしたものだ。お君さんはその晩何事もなく、又あの女髪《おんなかみ》結《ゆい》の二階へ帰つて来たが、カツフエの女給仕をやめない限り、その後も田中君と二人で遊びに出る事がないとは云へまい。その時の事を考へると、——いや、その時は又その時の事だ。おれが今いくら心配した所で、どうにもなる訳のものではない。まあこの儘《まま》でペンを擱《お》かう。左様《さよう》なら。お君さん。では今夜もあの晩のやうに、此処《ここ》からいそいそ出て行つて、勇ましく——批評家に退治されて来給《きたま》へ。

——八年十二月——

(大正九年一月「新小説」)

わが散文詩

秋夜

火鉢に炭を継がうとしたら、炭がもう二つしかなかつた。炭取《すみとり》の底には炭の粉《こ》の中に、何《なに》か木《こ》の葉が乾反《ひそ》つてゐる。何処《どこ》の山から来た木の葉か？——今日の夕刊に出てゐたのでは、木曽《きそ》のおん岳《たけ》の初雪も例年よりずつと早かつたらしい。

「お父さん、お休みなさい。」

古い朱塗の机の上には室生犀星《むろうさいせい》の詩集が一冊、仮綴《かりとじ》の頁《ページ》を開《ひら》いてゐる。「われ筆をとることを憂《う》しとなす」——これはこの詩人の歎《なげ》きばかりではない。今夜もひとり茶を飲んでゐると、しみじみと心に沁《し》みるものはやはり同じ寂しさである。

「貞《てい》や、もう表《おもて》をしめておしまひなさい。」

この呉須《ごす》の吹きかけの湯のみは十年前に買つたものである。「われ筆をとることを憂しとなす」——さう云ふ歎《なげ》きを知つたのは爾来《じらい》何年の後《のち》であらう。湯のみにはとうに罅《ひび》が入《い》つてゐる。茶も亦《また》すつかり冷えてしまつた。

「奥様、湯たんぽを御入れになりますか？」

すると何時《いつ》か火鉢の中から、薄い煙が立ち昇つてゐる。何かと思つて火箸《ひばし》にかけると、さつきの木《こ》の葉が煙るのであつた。何処《どこ》の山から来た木の葉か？——この匂《におい》を嗅《か》いだだけでも、壁を塞《ふさ》いだ書棚の向うに星月夜《ほしづくよ》の山山が見えるやうである。

「そちらにお火はございますか？　わたしもおさきへ休ませて頂きますが。」

椎の木

椎《しい》の木の姿は美しい。幹や枝はどんな線にも大きい底力《そこぢから》を示してゐる。その上枝を鎧《よろ》つた葉も鋼鉄のやうに光つてゐる。この葉は露霜《つゆしも》も落すことは出来ない。たまたま北風に煽《あお》られれば一度に褐色の葉裏を見せる。さうして男らしい笑ひ声を挙げる。

しかし椎の木は野蛮ではない。葉の色にも枝ぶりにも何処《どこ》か落着いた所がある。伝統と教養とに培《つちか》はれた士《し》人《じん》にも恥ぢないつつましさがある。槲《かし》の木はこのつつましさを知らない。唯《ただ》冬との鬩《せめ》ぎ合ひに荒荒しい力を誇るだけである。同時に又椎の木は優柔でもない。小春日《こはるび》と戯《たわむ》れる樟《くす》の木のそよぎは椎の木の知らない気軽さであらう。椎の気はもつと憂鬱《ゆううつ》である。その代りもつと着実である。

椎の木はこのつつましさの為に我我の親しみを呼ぶのであらう。又この憂鬱な影の為に我我の浮薄を戒《いまし》めるのであらう。「まづたのむ椎の木もあり夏木立《なつこだち》」——芭蕉《ばしよう》は二百余年前にも、椎の木の気質を知つてゐたのである。

椎の木の姿は美しい。殊《こと》に日の光の澄んだ空に葉照《はで》りの深い枝を張りながら、静かに聳《そび》えてゐる姿は壮厳に近い眺めである。雄雄しい日本《にほん》の古天才《こてんさい》も皆《みな》この椎の老い木のやうに、悠悠としかも厳粛にそそり立つてゐたのに違ひない。その太い幹や枝には風雨の痕《あと》を残した儘《まま》。…………

なほ最後につけ加へたいのは、我我の祖先は杉の木のやうに椎の木をも神と崇《あが》めたことである。

虫干

この水浅黄《みずあさぎ》の帷子《かたびら》はわたしの祖父《おおじ》の着た物である。祖父《おおじ》はお城のお奥坊主《おくぼうず》であつた。わたしは祖父《おおじ》を覚えてゐない。しかしその命日毎《ごと》に酒を供へる画像を見れば、黒羽《くろは》二重《ぶたえ》の紋服《もんぷく》を着た、何処《どこ》か一徹らしい老人である。祖父《おおじ》は俳諧《はいかい》を好んでゐたらしい。現に古い手控《てびか》への中《うち》にはこんな句も幾つか書きとめてある。——「脇差しも老《おい》には重き涼《すず》みかな」

（おや。何《なに》か映つてゐる！　うつすり日のさした西窓の障子《しょうじ》に。）

その小紋《こもん》の女羽織《おんなばおり》はわたしの母が着た物である。母もとうに歿《ぼっ》してしまつた。が、わたしは母と一しよに汽車に乗つた事を覚えてゐる。その時の羽織はこの小紋か、それともあの縞《しま》の御召《おめ》しか？——兎《と》に角《かく》母は窓を後ろにきちりと膝《ひざ》を重ねた儘《まま》、小さい煙管《きせる》を啣《くわ》へてゐた。時時わたしの顔を見ては、何も云はずにほほ笑みながら。

（何かと思へば竹の枝か、今年生えた竹の枝か。）

この白茶《しろちゃ》の博多《はかた》の帯は幼いわたしが締めた物である。わたしは脾《ひ》弱《よわ》い子供だつた。同時に又早熟な子供だつた。わたしの記憶には色の黒い童女の顔が浮んで来る。なぜその童女を恋ふやうになつたか？　現在のわたしの眼《め》から見れば、寧《むし》ろ醜いその童女を。さう云ふ疑問に答へられるものはこの一筋《ひとすじ》の帯だけであらう。わたしは唯《ただ》樟脳《しょうのう》に似た思ひ出の匂《におい》を知るばかりである。

（竹の枝は吹かれてゐる。娑婆《しゃば》界《かい》の風に吹かれてゐる。）

線香

わたしは偶然垂れ布を掲げた。…………

妙に薄曇つた六月の或《ある》朝。

八大胡《はちだいこ》同《どう》の妓院《ぎいん》の或部屋。

垂れ布を掲げた部屋の中には大きい黒檀《こくたん》の円卓《テイブル》に、美しい支那《しな》の少女が一人、白衣《びやくえ》の両肘《ひじ》をもたせてゐた。

わたしは無躾《ぶしつけ》を恥ぢながら、もと通り垂れ布を下《おろ》さうとした。が、ふと妙に思つた事には、少女は黙然《もくねん》と坐《すわ》つたなり、頭の位置さへも変へようとしない。いや、わたしの存在にも全然気のつかぬ容子《ようす》である。

わたしは少女に目を注いだ。すると少女は意外にも幽《かす》かに瞼《まぶた》をとざしてゐる。年は十五か十六であらう。顔はうつすり白粉《おしろい》を刷《は》いた、眉《まゆ》の長い瓜実顔《うりざねがお》である。髪は水色の紐《ひも》に結んだ、日本《にほん》の少女と同じ下げ髪、着てゐる白衣は流行を追つた、仏蘭西《フランス》の絹か何《なに》からしい。その又柔かな白衣の胸には金剛石《ダイアモンド》のブロオチが一つ、水水しい光を放つてゐる。

少女は明《めい》を失つたのであらうか？　いや、少女の鼻のさきには、小さい銅の蓮華《れんげ》の香炉《こうろ》に線香が一本煙つてゐる。その一本の線香の細さ、立ち昇る煙のたよたよしさ、——少女は勿論《もちろん》目を閉ぢたなり、線香の薫りを嗅《か》いでゐるのである。

わたしは足音を盗みながら、円卓《テイブル》の前へ歩み寄つた。少女はそれでも身ぢろぎをしない。大きい黒檀の円卓《テイブル》は丁度《ちようど》澄み渡つた水のやうに、ひつそりと少女を映してゐる。顔、白衣《びやくえ》、金剛石《ダイアモンド》のブロオチ——何一つ動いてゐるものはない。その中に唯《ただ》線香だけは一点の火をともした先《さき》に、ちらちらと煙を動かしてゐる。

少女はこの一炷《しゆ》の香《こう》に清閑を愛してゐるのであらうか？　いや、更に気をつけて見ると、少女の顔に現れてゐるのはさう云ふ落着いた感情ではない。鼻翼《びよく》は絶えず震えてゐる。脣も時時ひき攣《つ》るらしい。その上ほのかに静脈《じようみやく》の浮いた、華奢《きやしや》な顳顬《こめかみ》のあたりには薄い汗さへも光つてゐる。……………

わたしは咄嗟《とつさ》に発見した。この顔に漲《みなぎ》る感情の何かを！

妙に薄曇つた六月の或《ある》朝。

八大胡《だいこ》同《どう》の妓院《ぎいん》の或部屋。

わたしはその後《ご》、幸か不幸か、この美しい少女の顔程、病的な性慾《せいよく》に悩まされた、いたいたしい顔に遇《あ》つたことはない。

山田右衛門作《やまだえもさく》は天草《あまくさ》の海べに聖母受胎の油画《あぶらえ》を作つた。するとその夜《よ》聖母「まりや」は夢の階段を踏みながら、彼の枕もとへ下《くだ》つて来た。

「右衛門作！　これは誰《たれ》の姿ぢや？」

「まりや」は画《え》の前に立ち止まると、不服さうに彼を振り返つた。

「あなた様のお姿でございます。」

「わたしの姿！　これがわたしに似てゐるであらうか、この顔の黄色い娘が？」

「それは似て居《お》らぬ筈《はず》でございます。――」

右衛門作は叮嚀《ていねい》に話しつづけた。

「わたしはこの国の娘のやうに、あなた様のお姿を描《か》き上げました。しかもこれは御覧の通り、田植の装束《しょうぞく》でございます。けれども円光がございますから、世の常の女人《にょにん》とは思はれますまい。

「後ろに見えるのは雨上りの水田、水田の向うは松山でございます。どうか松山の空にかかつた、かすかな虹《にじ》も御覧下さい。その下には聖霊を現す為に、珠数《じゅず》懸《か》け鳩《ばと》が一羽飛んで居ります。

「勿論《もちろん》かやうなお姿にしたのは御意《ぎょい》に入《い》らぬことでございませう。しかしわたしは御承知の通り、日本《にほん》の画師《えし》でございます。日本の画師はあなた様さへ、日本人にする外《ほか》はございますまい。何《なん》とさやうではございませんか？」

「まりや」はやつと得心《とくしん》したやうに、天上の微笑を輝かせた。それから又星月夜《ほしづくよ》の空へしづしづとひとり昇つて行つた。…………

玄関

わたしは夜寒《よさむ》の裏通りに、あかあかと障子《しようじ》へ火の映つた、或《ある》家の玄関を知つてゐる。玄関を、――が、その蝦夷松《えぞまつ》の格子戸《こうしど》の中へは一遍《いつぺん》も足を入れたことはない。まして障子に塞《ふさ》がれた向うは全然未知の世界である。

しかしわたしは知つてゐる。その玄関の奥の芝居を。涙さへ催させる人生の喜劇を。

去年の夏、其処《そこ》にあつた老人の下駄《げた》は何処《どこ》へ行つたか？

あの古い女の下駄とあの小さい女の子の下駄と――あれは何時《いつ》も老人の下駄と履脱《くつぬ》ぎの石にあつたものである。

しかし去年の秋の末には、もうあの靴や薩摩下駄《さつまげた》が何処からか其処へはひつて来た。いや、履き物ばかりではない、幾度《いくたび》もわたしを不快にした、あの一本の細巻きの洋傘《かさ》！　わたしは今でも覚えてゐる。あの小さい女の子の下駄には、それだけ又同情も深かつたことを。

最後にあの乳母車《うばくるま》！　あれはつひ四五日前から、格子戸の中にあるやうになつた。見給《みたま》へ、男女の履き物の間《あいだ》におしやぶりも一つ落ちてゐるのを。

わたしは夜寒《よさむ》の裏通りに、あかあかと障子へ火の映つた、或家の玄関を知つてゐる。丁度《ちようど》まだ読まない本の目次だけざつと知つてゐるやうに。


（大正一一年一一月「詩と音楽」大正一二年一月「女性」）

東京田端

時雨《しぐれ》に濡《ぬ》れた木木の梢《こずえ》。時雨に光つてゐる家家の屋根。犬は炭俵《すみだわら》を積んだ上に眠り、鶏《にわとり》は一籠《ひとかご》に何羽もぢつとしてゐる。

庭木に烏瓜《からすうり》の下つたのは鋳物師香取秀真《かとりほずま》の家。

竹の葉の垣に垂れたのは、画家《えし》小杉未醒《こすぎみせい》の家。

門内に広い芝生のあるのは、長者鹿島竜蔵の家。

ぬかるみの路《みち》を前にしたのは、俳人滝井折柴《たきいせっさい》の家。

踏石《ふみいし》に小笹《こざさ》をあしらつたのは、詩人室生犀星《むろうさいせい》の家。

椎《しい》の木や銀杏《いちょう》の中にあるのは、――夕ぐれ燈籠《とうろう》に火のともるのは、茶屋天然自笑軒。

時雨の庭を塞《ふさ》いだ障子《しょうじ》。時雨の寒さを避ける火鉢。わたしは紫檀《したん》の机の前に、一本八銭の葉巻を啣《くわ》へながら、一游亭《いちゆうてい》の鶏の画を眺めてゐる。

（未詳）

解説

殺された作家の肖像

橋本治

本集のテーマは、芥川龍之介に於ける「美」である。

この集を編むに当たって私のしたことは、随筆と小説との区別を捨てて芥川龍之介の作品すべてを読むことだった。

『幻想文学集成』と名づけられたアンソロジーの一冊に、作家の身辺雑記であるような随筆が収録されるのは甚だ奇異なことではあろうけれども、その理由は以下の如くである。

芥川龍之介は、現代日本語の文章を完成させた作家の一人でもあろうと、私は思う。その芥川龍之介は勤勉な量産家でもあったが、彼は一方遅筆でも知られる作家だった。彼の筆が進まないでいるそのことを、「作家としての良心」と捉えたり、「書けない作家の限界」としても仕方がない。実状は違うからである。

芥川龍之介は、彼自身も白状しているように、文語文ならいくらでもすらすらと書ける作家である。文語という書き言葉と、お喋りという話言葉は彼の中に等分にあって、しかしそれが口語文という一つの形にはなかなかなれなかった。彼の前には既に「近代の口語文」というものはあって、しかしそれは彼芥川龍之介にとってまだまだ不十分なものだった。彼はだからこそ、自分の中にある文語文という蓄積と、お喋りという現代の言葉の二つを一つにして彼に必要な「現代の口語文」を創らなければならなかった。多彩な文体の質を誇る彼芥川龍之介は、その文体の一つ一つを創造しながら書いて行った。まだ存在しない文体を創造しながら作品を仕上げて行くのだから、その執筆が遅々として捗らないのは当然のこととも言えよう。

芥川龍之介の悲劇は、この、一応の完成を見てしかしまだ十分な達成を得ていなかった日本文学の、中途半端な時間の悲劇でもある。

芥川龍之介にとって、それはまだ未完成なものだった。しかし、芥川龍之介自身を含む多くの文学青年にとって、それは十分に完成されているものだった。

この「それ」とは、まず第一に小説を書く為の文章のことであり、次いで「文学」と称される厄介なもののことである。芥川龍之介が自死に追いやられて行く時代は、私小説という文学のファシズムが擡頭して来る時代である。誰も人がそんなことを言わなくても、私はそう思うのでそのように言う。

芥川龍之介は、私小説というエゴイズムに殺された作家である。芥川龍之介を殺して昭和は始まり、芥川龍之介を排除して始まった昭和の文学は衰退によってそのピリオドを打った。至って簡単に言ってしまえば、そのようなことである。

芥川龍之介の時代には、様々な混乱があった。それは、足りない要素と過剰なる要素の入り混った錯乱である。「それでいい」と思う人間達は、その「十分」を前提にしてただ一途に確定された路線を突き進んで行く。その現状を「まだ足りない、貧しい」と思う人間は、そんな程度の現状に満足し精進するファナティズムを、「貧しい人間の愚かな精神主義」だと思う。そしてしかし、愚かな人間達は、たやすく「愚かでない人間」を殺す。

芥川龍之介の時代の文学はややこしい。

「小説」があって、「随筆」がある。「創作」があって「評論」がある。「小説」と「随筆」は同じ「創作」の中にあって、同じ身辺雑記が「小説」になったり「随筆」になったりする。更には、「小品」という、「随筆でもない、小説でもない、ただ長さによる便宜的な区分」という妙な区分もある。

「小説か随筆か」などという区別は簡単につきそうなものだが、「小品」という区分は、たやすくこの境界を消してしまう。そして、「私小説」という「自分絶対のファシズム」は、この区別をグチャグチャにする。「それは〝事実〟であるのか、あるいは〝創作〟であるのか」という詮索ばかりが先に立って、作品の善し悪しはどこかへ行ってしまう。

小説は明らかに「創作」なのだが、この「創作」が「事実か創作か」という文脈の中で使われると、「創作＝捏造」という意味になる。小説はフィクションで随筆はノンフィクションであるはずなのだが、フィクションがイコール「虚構」のことだということが分かると、「厳粛な文学に嘘はいけない」になる。

同じ材料を小説にするか随筆にするかの差は、実のところ、「随筆とは気楽に書き流すもの、小説とは一生懸命精進して書くもの」という態度の差にしかない。だから、この時代に「不真面目だ」と言われてしまえば、それはもう小説ではなく、だから当然文学でもない。なんとも愚かな時代で、さすがに軍国主義ファシズムへと至る偏狭な時代ではあるなと思うのだが、結局この時代の愚かしさこそが芥川龍之介という秀でた作家を死に追いやるのである。私は、芥川龍之介の死因は「いじめの結果」だとしか思わない。

「もっと正直になれ、もっと正直になれ」という血走った揶揄は、芥川龍之介というダンディの根本をズタズタにしてしまったのだろう。まだ文学が未熟であるということを自覚しない時代の愚かは、芥川龍之介という明晰でしかも同時に小心でもあるような作家を混乱に追いやった。「何を以て小説の第一等にするか――それは私小説である。あるいはプロレタリア文学である」といったようなつまらない詮索がなかったら、芥川龍之介はどれほどのびのびと作品に向かえただろう。そしてその結果どれほどいい作品を仕上げられただろうかと、私は思う。

　芥川龍之介の前に立ち塞がったものは、「事実」の壁である。Aという人間の経験したことをBという人間が小説にしてしまうと、「材料をAさんからいただいた」という挨拶が必要になる。Aなる人間のことをBなる人間が小説に仕立てると、「自分のことではない他人のことだから嘘だ（＝不真面目だ）」ということになる。私小説を第一とする議論の質はこんなものだが、この議論の中で否定される最大のものは、書き手の想像力である。「私小説」という事実第一主義のリアリズムは――材料とその包丁捌きばかりを問題にする偏狭な日本料理の板前のように、書き手の想像力を否定するのである。想像力を肯定するのであったなら、「事実か否か」を問題にする文学の議論などという愚かなものは生まれないだろう。私小説的な立場からすれば、想像力というものは、真摯に現実を直視しようとしない愚かで逃避的な態度を作り出すものでしかないのだ。

　そして無残なことに、芥川龍之介という作家は、豊かな想像力に恵まれた作家だった。そして、その芥川龍之介の想像力は、「空想する力」ではなく、「文章それ自体の持つ力」だった。それだからこそ、芥川龍之介の随筆は、やすやすと「小説」になるのだ。この集に収めた『葬儀記』『田端日記』『あの頃の自分の事』という随筆を読めば、そのことは簡単に分かるだろう。

　なにも知らずに『葬儀記』と題された文章を読み始めれば、誰だってこれを『葬儀記』と題された小説だと思うだろう。

《離れで電話をかけて、皺くちやになつたフロックの袖を気にしながら、玄関へ来ると、誰もゐない》――この書き出で、既に品格のある小説である。誰もこれを、夏目漱石の葬儀に立ち会った芥川龍之介自身の見聞記だとは思わない。作中に頻出する固有名詞は、当時の読者達、あるいは文学史に関心のある現代の読者にとっては、すべて存在理由のはっきりした「誰某」のことなのだが、しかしそれから遠い現代の我々にとって、それらはすべて、「葬儀という風景の中に点在する俗の形」でしかないのだ。

葬儀の中心にある《先生》と名づけられた遺体が、「誰」なのか、それは文章の後半に至るまでまったく説明されない。登場しても、その説明はただ《夏目金之助之柩》という間接的な形で処理されるだけだ。それが書き手にとっては「言うまでもない事実」で、当時の読者にとっても「周知の事実」であったということが省筆の巧を生んだということでもあるが、しかしその「事実」をこんな風に夢幻的な文章にしてしまうのは、明らかに芥川龍之介という作家の資質であろう。第一、この「私」でさえ、どんな〝誰〟なのかがよく分からない、曖昧な「私」だ。

この生々しい存在感を持って、しかし曖昧な「私」とは、一体何者なのだろう? この不思議な「私」は、「師夏目漱石の死を心から悲しむ若き芥川龍之介」という現実を超えて、妙に生々しい。生々しくて、十分に一般的である。だからこそ、最後の《その後は、唯、頭がぼんやりして、眠いと云ふ事より外に、何も考へられなかつた》という一行が、不思議な余韻を持つ。そのために、《涙をふいて、眼をあいたら、僕の前に掃き溜めがあつた。何でも、斎場とどこかの家との間らしい。掃き溜めには、卵の殻が三つ四つすててあつた》という描写が意味を持つ。

この《卵の殻が三つ四つ》は、なんともすごい。この《卵の殻が三つ四つ》というイメージの鮮烈が、この文章を『葬儀記』と題された小説にしてしまっていると言ってもいい。

『葬儀記』は、「行くあてがない」ということを自覚してしまった青年の心境を、不思議に具体的な情景を使って書き上げた小説なのである。だから、夏目漱石という作家を同時代人として持った——そして彼を敬愛した多くの青年達にとって、この『葬儀記』という文章は、見事に「その死を目の辺りにしてしまった者の悲しみを伝える見聞記」として成り立ったのである。その感情だけを共有して、夏目金之助も芥川龍之介も知らない現代の我々にとって、この文中の「私」は、どこの誰とも知らないけれども、しかし妙に自分自身と重なる不思議な分身なのである。

『田端日記』の最後は、更に印象的である。

《眼がさめて見ると、知らない間に、蚊帳が釣つてあつた。さうして、それにあけて置いた窓から月がさしてゐた。無論電燈もちやんと消してある。僕は氷枕の位置を直しながら、蚊帳ごしに明るい空を見た。さうしたらこの三年ばかり逢つた事のない人の事が頭に浮んだ。どこか遠い所へ行つて恐らくは幸福にくらしてゐる人の事である。／僕は起きて、戸をしめて電燈をつけて、眠くなるまで枕もとの本を読んだ》

本好きの芥川龍之介にとって《眠くなるまで枕もとの本を読んだ》は、いたって当たり前の日常的な光景なのだろう。がしかし、夜中に目覚めて、いきなり《三年ばかり逢つた事のない人の事が頭に浮かんだ》ということが、普通の人間に起こりうるだろうか？　それをいきなり《どこか遠い所へ行つて恐らくは幸福にくらしてゐる人》などという感慨で迎え入れられるだろうか？　その末尾の一節は、『田端日記』と題された身辺雑記の極みのような「随筆」を小説の天空に拉し去ってしまう上で、なくてはならない文章である。あるいは、芥川龍之介という作家は、この唐の詩人の感慨のような美しい夜の光景を創造してしまったのかもしれない。

彼が自然にそれをしたのか、意図的にそれをしたのかという詮索はどうでもいい。彼はそういう資質を持った――そういう文章を書いてしまう資質を持った作家なのである。

この文章の中には、美しい夜風が吹いている。それは、俗の極みでしかない一人の人間の日常を遠い夢の世界へ運び去ってしまうような、美しく青い夜風である。芥川龍之介の現実に恐らくそれはなく、しかし芥川龍之介の書く随筆には、至る所にこれが現れる。

《すると何時《いつ》か火鉢の中から、薄い煙が立ち昇つてゐる。何かと思つて火箸にかけると、さつきの木の葉が煙るのであつた。何処《どこ》の山から来た木の葉か？――この匂を嗅いだだけでも、壁を塞いだ書棚の向うに星月夜《ほしづくよ》の山山が見えるやうである》――『わが散文詩／秋夜』

《雄雄しい日本の古天才も皆この椎の老い木のやうに、悠悠としかも厳粛にそそり立つてゐたのに違ひない。その太い幹や枝には風雨の痕を残した儘。……》――『わが散文詩／椎の木』

《竹の枝は吹かれてゐる。娑婆《しやば》界《かい》の風に吹かれてゐる》
――『わが散文詩／虫干』

《「まりや」はやつと得心したやうに、天上の微笑を輝かせた。それから又星月夜の空へしづしづとひとり昇つて行つた。……》――『わが散文詩／日本の聖母』

《往来は相不変《あひかはらず》、砂煙が空へ舞ひ上つてゐた。さうしてその空で、凄じく何か唸るものがあつた。気になつたから上を見ると、唯、小さな太陽が、白く天心に動いてゐた。自分はアスファルトの往来に立つた儘、どつちへ行かうかなと考へた》――『あの頃の自分の事』

芥川龍之介の身辺雑記でもあるような随筆の多くは、最後必ず幻想の世界へと旅立ってしまう――そんな不思議な予感を読者に与える。芥川龍之介という人は、自分の書く文章がそういう文章にならなければ承知出来ない作家なのだろう。自然にそうなってしまうのが芥川龍之介の文章で、芥川龍之介にとって「文章」というものは、明らかにそういうものなのだ。それが分からない人は、芥川龍之介の読者にはなれない。

　だから私は、芥川龍之介という人はとんでもない不遇の内に死んでしまった作家なのだろうと思う。当時の文学的――あるいは文壇的な風潮は、今までに述べたような芥川龍之介の読み方を歓迎などしてはいないからだ。芥川龍之介は、自分の思うような文章を書き、あるいは書こうとして、そしてあっさりそれを拒絶されて、煩悶の内に死んでしまった作家なのである。私としてはそのように断ずるしかない。

　晩年になって、彼は『文藝的な、余りに文藝的な』を書き、その中で、〝「話」らしい話のない小説〟というものを提唱した。私が今までに述べて来た彼の「随筆＝小説」とは、この〝「話」らしい話のない小説〟のことであるはずなのだが、しかし彼の提唱したことは、ほとんど理解されないままに終わってしまった。彼は、耽美主義でもなく主知主義でもなく人道主義でもなく自然主義でもなくプロレタリア文学でもなく、主義という野暮を嫌った「文章の人」であろうと、私は思う。

　私は、芥川龍之介の「有名な作品群」をほとんど買わない。理由は、つまらないからだ。『羅生門』にしろ『鼻』にしろ『芋粥』にしろ、『孤独地獄』にしろ『或日の大石内蔵助』にして『枯野抄』にしろ、悪魔の登場する幾つかの短編にしろ、論を構えたような彼の小説はみんなつまらない。論のつきつめの甘さが、彼の人のよさをそのまま露呈しているように思われる。

　私は『羅生門』を評価しない。階上で死人の髪の毛を抜く老婆のセリフが余分だと思うからだ。「成程な、死人の髪の毛を抜くと云ふ事は、何ぼう悪い事かも知れぬ云々」は、地の文章に任せてしまえばよい。こういう『今昔物語』的な生き物が姑息な弁明をしてしまうという、そのこと自体がつまらない。

『鼻』の禅智内供が、見事に短くなった自分の鼻を見る人の視線から一挙に不満を発見してしまう件りも、持って回っていてしかも説明不足だと思う。

『芋粥』の主人公が、せっかくの芋粥をほとんど食べないままでいるのも、なんだか気取りすぎて気が利かない。嫌悪と負い目を等分に感じながら食べて、存分に食べた後で今更ながらのような嫌悪を十分に噛みしめればよいことだと思う。

　こうした作品の中にウィットや人生を発見して、それで芥川龍之介を「主知の作家」にしてしまうのは、彼に対して気の毒だ。また、それがいとも簡単に出来てしまうことに対して、「こしらえものですませる作家」というやっかみのレッテルを貼るのも無意味なことだ。

久生十蘭は、おそらく芥川龍之介に対して相当なライバル意識を隠し持っていた作家であろうと思う。そして、この二人の「短編小説の作家」を比べて、私は久生十蘭の方が芥川龍之介よりもずっと「うまい」と思う。在り物のネタを消化して自分の作品にしてしまうことの「うまさ」でいったら、芥川龍之介は到底久生十蘭に太刀打ち出来ないと思う。がしかし、芥川龍之介の文章は、久生十蘭のそれよりも、ずっとずっと美しい。これはもうどうしようもないことだ。

如何に文体に凝った作家だとはいえ、久生十蘭は『きりしとほろ上人伝』のような作品を書かないだろう。彼は、この物語を、彼一流のストーリーに置き換えてしまうだろう。久生十蘭は、希代のストーリーテラーだ。がしかし〝「話」らしい話のない小説〟を提唱する芥川龍之介は違う。『きりしとほろ上人伝』のこしらえ物としての見事さと純なる魂の美しさは、芥川龍之介以外には出来ないことだ。この文体の見事さ、その文体によって描き出されるイメージの絢爛さはちょっと類を見ない。天草版切支丹文学の文体の素朴さは、狂言の持つ簡明の美だ。そして、《雪にも紛はうず桜の花が紛々と飜り出いたと思へば、いづくよりともなく一人の傾城が》という強引な和洋折衷の草双紙趣味と素朴は、絶対に一つにはならない。ならないものが一つになってしまっている見事さに私は仰天して、感動してしまう。これは文章によって描き出された元禄歌舞伎だ。これだけのことをやれる人を、私は知らない。

芥川龍之介は、「美」の人であろうと、私は思う。『羅生門』の理屈はつまらないが、しかし羅生門に降る雨は美しい。芥川龍之介が書きたかった第一の物は、老婆の現実喝破でもなく、下人に代表される一般人の皮相なペシミズムでもなく、凄惨な廃墟に降り注いでそこを「美しい情景」に変えてしまう雨だろう。芥川龍之介にとって「小説」とは、そういう「美」を書くものであった。

芥川龍之介がどういう作家であったかは、一言で言えると思う。彼は、「ますらお振りの泉鏡花」なのだ。泉鏡花の「たおやめ振り」を頭におけばそうなる。

泉鏡花全集の編集委員になった芥川龍之介は、泉鏡花を気取った『妖婆』なる作品を書いた。これがまったく見るところのない失敗作で、同じ作を子供向きに書き直した『アグニの火』の方がずっと優れている。芥川龍之介の中には泉鏡花と共通する何かがあって、しかしそれは泉鏡花とは明らかに違うものだ。「たおやめ」の泉鏡花には幻想が似合って、しかし「ますらお」の芥川龍之介には現実が似合う。『今昔物語』の俗を材料にして怪異を題材にしなかった彼は、幻想を材にするよりも、

「幻想的な美が発生しうる現実という土壌」を手に入れた時、最もよくその真価を発揮する作家なのだ。それは、『毛利先生』『トロッコ』『庭』『彼』という作品群を見れば分かる。およそ幻想とは無縁な武骨な男達の中に、美しい風が吹き抜けて行く。

この武骨な主人公達の物語に対して、美しさでは彼の作品中随一であるような『舞踏会』は、現実に返った最後が些《いささ》か弱い。これは、ただ美しく消えて行く「遠い日の花火」で終わるものではなく、「ピエール・ロティ」なる有名人をあっさりと否定してしまう女主人公の恐ろしさがどこかに冷たく匂わなければいけないようなものでもあろう。

やはり、芥川龍之介は「女になって男を殺す作家」ではない。「死んでもまだ女に殺されることを恐れる男の作家」なのだ。推理小説仕立ての『藪の中』を読むと、それがよく分かる。別にこれは「人間心理の錯綜」を描いた心理小説ではないだろう。見栄っ張りの男達の中で冷静に事を運ぶ女の恐ろしさを書いたものだ。最初の〝木樵りの物語〟に出て来る《さうさう、縄の外《ほか》にも櫛が一つございました》のその〝櫛〟の意味がまったく問題にはされないが、これは当然妻のもので、だとしたら、死霊となった男の口さえも塞いでしまう〝恐怖〟の正体は彼女以外にない。「美」を描く人間は意外なところで冷酷で、芥川龍之介のそういう一面が問題にされないのが不思議でならない。

『蜘蛛の糸』で作者が書きたかったのは、あの最後の御釈迦様のニヒリズムだろう。《しかし極楽の蓮池の蓮は、少しもそんな事には頓着致しません。その玉のやうな白い花は、御釈迦様の御足《おみあし》のまはりに、ゆらゆら萼《うてな》を動かして、そのまん中にある金色《きんいろ》の蕊《ずゐ》からは、何とも云へない好い匂が、絶間なくあたりへ溢れて居ります。極楽ももう午に近くなつたのでございませう》――この極楽の蓮の花は、そのまま御釈迦様の心境で、それは『地獄変』の一方の雄堀川の大殿様のそれと共通するものだろう。『地獄変』の絵師良秀は犍陀多で、堀川の大殿様は御釈迦様だろう。

芥川龍之介は、淡々と冷酷の筆を運ぶ。人が死ぬのも夜風が通り過ぎるのも、彼にとっては同じ〝情景〟なのだろう。『素描三題』と題されたものの内の『裏畠』は、その典型だと思う。芥川龍之介は、「雪月花」の内の一つのように、列車事故の生首を扱っている。

芥川龍之介は、とても正直な人なのだ。『じゅりあの・吉助』の最後の一行は真実だろう。芥川龍之介はとても冷静でアナーキーで、冗談が好きで、そういうものを全部ひっくるめて「美」を最大の信条とする人だろうと思う。

芥川龍之介の「美」は耽美主義のそれとは違って、西洋的な毒々しさを排除してしまった清貧の美だ。芥川龍之介が「眼に見るやうな文章」を好きだというのは当然のことだろうし、その眼には『葱』のような世界も映るのだ。

私は、芥川龍之介がどんな作家になりたがっていたのかは簡単に分かるような気がする。彼は、「小説による松尾芭蕉」になりたがっていたのだ。そう思って、「どこが?」という声ばかり返って来る文壇に絶望してしまったのだろうと。『東京田端』は、正にそんな世界である。

森鷗外

須永朝彦 編

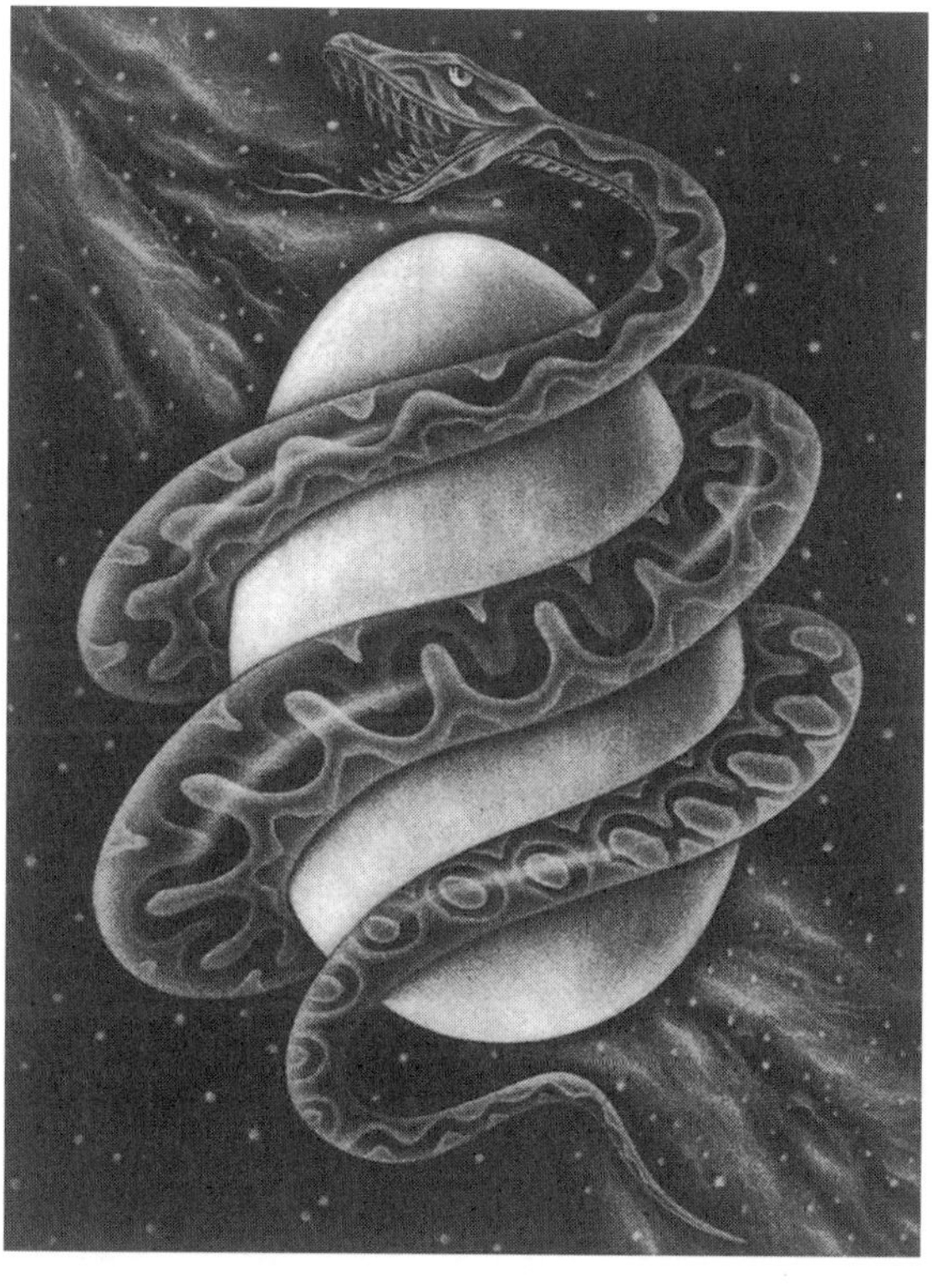

創　世

蛇

明け易《やす》い夏の夜《よ》に、なんだつてこんなさうざうしい家に泊り合はせたことかと思つて、己《おれ》はうるさく頬《ほお》のあたりに飛んで来る蚊《か》を逐《お》ひながら、二間《けん》の縁側《えんがわ》から、せせこましく石を据《す》ゑて、いろいろな木を植ゑ込んである奥の小庭を、ぼんやり眺めてゐる。

座布団の傍《かたわら》に蚊遣《かやり》の土器《どき》が置いてあつて、青い烟《けむり》が器《うつわ》に穿《うが》つてある穴から、絶えず立ち昇つて、風のない縁側で渦巻いて、身のまはりを繞《めぐ》つてゐるのに、蚊がうるさく顔へ来る。夕飯《ゆうめし》の饌《ぜん》に附けてあつた、厭《いや》な酒を二三杯飲んだので、息が酒の香《か》がするからだらうかと思ふ。飲まなければ好《よ》かつたに、咽《のど》が乾いてゐたもんだから、つひ飲んだのを後悔する。

ここまで案内をせられたとき、通つた間数《まかず》を見ても、由緒のありげな、その割に人けの少い、大きな家の幾《いく》間《ま》かを隔てて、女ののべつにしやべつてゐる声が、少しもと切《ぎ》れずに聞えてゐるのである。恐ろしく早言《はやこと》で、詞《ことば》は聞きとれない。土地の訛《なま》りの、にいと云ふ弖迩波《てには》が、数珠《じゆず》の数取《かずと》りの珠《たま》のやうに、単調にしやべつてゐる詞《ことば》の間々《あいだあいだ》に、はつきりと聞える。東京で、ねえと云ふところである。ここは信州の山の中の或る駅である。

暫《しば》く耳を済まして聞いてゐたが、相手の詞《ことば》が少しも聞えない。女は一人でしやべつてゐるらしい。挨拶《あいさつ》に出た爺《じ》いさんが、「病人がありまして、おやかましうございませう」と、あやまるやうに云つたが、まさか病人があんなにしやべり続けはすまい。

もしや狂人《きちがい》ではあるまいか。

詞《ことば》は分からないが、音調で察して見れば、何事をか相手に哀願してゐるやうである。

遠いところでぼんぼん時計《どけい》が鳴る。懐中時計を出して見れば、十時である。

月が小庭にさしてゐる。薄濁りのしたやうな、青白い月の光である。きのふ峠《とうげ》で逢《あ》つた雨は、日中《につちゆう》の照りに乾いて、けふは道が好かつたに、小庭の苔《こけ》はまだ濡《ぬ》れてゐる。「こちらが少しはお涼しうございませう」と云つて爺《じ》いさんに連れて来られた黄昏《たそがれ》に、大きな蝦蟇《がま》が一疋《いつぴき》いつまでも動かずに、をりをり口をぱくりと開《あ》けて、己《おれ》の厭《いや》がる蚊《か》を食《く》つてゐたのを思ひ出して、手水鉢《ちようずばち》の向うを見たが、もうそこにはなんにもゐなかつた。

此縁側《このえんがわ》の附いてゐる八畳の間《ま》には、黒塗の太い床縁《とこべり》のある床《とこ》の間《ま》があつて、黒ずんだ文人画の山水《さんすい》が掛《かか》つてゐる。向うに締め切つてある襖《ふすま》には、杜少陵《としようりよう》の詩が骨々《ほねぼね》しい大字《だいじ》で書いてある。何か物音がするやうに思つて、襖の方を見ると、丁度《ちようど》竹の筒《つつ》を台にした、薄暗いランプの附いてゐる向うの処《ところ》で、「和気日融々」と書いてある、襖が開《あ》いて、古帷子《ふるかたびら》に袴《はかま》を穿《は》いた、さつきの爺いさんが出て来た。

「あちらへお床《とこ》を延べました。いつでもお休みになりますなら。」

「さうさね。まだ寐《ね》られさうにないよ。お前詞《ことば》が土地の人と違ふぢやないか。」

「へえ。若い時東京に奉公をいたしてをりましたから、いくらか違ひますのでございませう」と云つて、禿《は》げた頭を搔《か》いてゐる。

次第に家の内がしんとして来るので、例の女の声が前よりもはつきり聞える。己《おれ》は覚えず耳を傾けると、爺いさんがその様子を見て、かう云つた。

「どうも誠に相済《あいす》みません。さぞおやかましうございませう。」

爺いさんのかう云ふ様子が、只《ただ》一通りの挨拶《あいさつ》でなく、心《しん》から恐れ入《い》つてゐるらしいので、己は却《かえつ》て気の毒に思つた。併《しか》しそれと同時に、聞けば聞く程怪しい物の言ひ振りなので、indiscret《アンヂスクレエ》 なやうだとは知りながら、どうした女だか聞いて見ようと決心した。

さうとは知らない爺いさんは、右の手尖《てさき》だけを畳に衝《つ》いて、腰を浮かせた。そして己《おれ》の顔を見て云つた。

「もう何も御用は。」

「さう。別になんにもないのだが、お前の方で忙しくないなら、少し聞いて見たいことがある。」

「いえ。どういたしまして。どうぞなんなりとも仰《おつし》やつて下さいまするやうに。」腰は又落ち着けられた。

「どうだい。ここいらでは夏でもそんなに遅くまで起きてはゐないのだらうが、かうしてお前を引き留めて、話をしてゐても好《い》いかい。」

「へえ。こちらなぞでは、宿屋と違ひまして、割合ひに早く休みまするが、わたくしはどうせ今夜も通夜《つや》をいたしまするのでございます。」

「通夜をするといふのかね。それでは近い頃不幸か何かあつたのだね。」

「へえ。主人の母親が亡くなりましてから、明日《みようにち》で二七日《ふたなぬか》になりますのでございます。」

「ふん。さつき聞けば病人があるさうだし、それに忌中《きちゆう》では、さぞ宿なんぞを引き受けて、迷惑な事だらうね。実に気の毒な事をした。併《しか》しもう御厄介になり序《つい》でだから為方《しかた》がない。縁側《えんがわ》は少しは涼しいから、まあ、ちつとこちらへ来て話したら好《い》いだらう。」

「難有《ありがと》うございます。いえ。県庁からお宿を仰附《おおせつ》けられましたのは、此上《このうえ》もない名誉な事でございます。かういふところへお留め申しまして、さぞ御迷惑でございませうが、当家ではこれもお上《かみ》へ対しまして、報恩の一つでございまするから。」

爺《じ》いさんはかう云ひながら、蚊遣《かやり》の煙の断《た》え断《だ》えになつたのを見て、袋戸棚《ふくろとだな》から蚊遣香《かやりこう》を出して取り換へて、その儘《まま》そこに据《す》わつた。そして己《おれ》が問ふ儘にぽつぽつこんな事を話した。

× × × ×

この穂積《ほづみ》といふ家は、素《も》と県で三軒《さんげん》と云はれた豪家《ごうか》の一つである。亡くなつた先代の主人は多額納税者で、貴族院議員になるところであつたが、病気を申し立てて早く隠居してしまつた。佐久間《さくま》象山《しようざん》先生を崇拝《そうはい》して、省諐録《せいけんろく》を死ぬるまで傍に置いてゐた。爺いさんは、「なんとかいふ、歌を四角な字ばかりで書いてある本」だと云つた。

それでゐて仏法の信者であつた。なんでもこれからの人は西洋の事を知らなくては行けない。併《しか》し耶蘇《やそ》教になつてはならない。耶蘇《やそ》教の本を読んで見たが、皆《みな》浅はかなもので、仏教の足元にも寄り附けないと云つてゐた。それで自分なぞにも、不断《ふだん》仏教の難有《ありがた》い事を話して聞《き》かせた。それは別にむづかしい事ではない。只四《ただし》恩《おん》といふものを忘れずにゐれば、それで好《よ》いと云ふ事であつたと、爺《じ》いさんは云つた。なる程さつきも、国家の義務だとでもいふやうなところを、「報恩」だと云つたつけと、己《おれ》は思ひ合せた。

先代の妻は実に優しい女で、夫の言ふことに何一つ負《そむ》いた事がない。そして自分を始め、下々《しもじも》のものをいたはつて使つてくれた。あすで二七日《ふたなぬか》になるといふのは、この女の事である。八十歳《はちじつさい》の長寿をして、こなひだ死ぬるまで、毎日十人宛《ずつ》の乞食《こじき》に二十五銭《せん》宛施《ほどこ》すことになつてゐたので、近年は郡役所で貧窮のものを調べて、代り代《がは》り貰《もら》ひに来させることになつてゐた。若い奉公人の中には、「御隠居様のお客様」と云つて、蔭《かげ》で笑ふものがあつたが、貰ひに来るものの感情を害するやうな事をしたものはない。

此《この》夫婦の間にどうしたわけか子がないので、ひどく歎《なげ》いてゐると、明治の初年に奥さんが四十《しじゆう》になつて妊娠《にんしん》した。夫婦は大層喜んだが、長野から請待《しようたい》した産科のお医者が、これまで四十の初産《ういざん》は手掛けたことがないと云つて、眉《まゆ》を蹙《ひそ》めたさうである。

それでも無事に今の主人は生れた。小学校といふものが始めて出来た頃に、好《よ》く物が出来るといふので、県庁までも知られてゐた。その頃自分は商人にならうと思つて、主人の取引をしてゐる、日本橋の問屋《といや》へ奉公に出た。小僧の時から奉公したのでなくては使はないといふのを、主人の保証で番頭の見習をさせて貰つた。

西南《せいなん》の戦争の時、問屋《といや》が糧秣品《りようまつひん》を納めて、大分《だいぶ》の利益を見てから、四五年立つた時であつた。いつか故参《こさん》になつた自分は、女房を持たせて、暖簾《のれん》を分けて貰《もら》ふことになつてゐると、先代の穂積の主人が卒中して、六十五歳で頓死《とんし》した。聞き取りにくい詞《ことば》で、「跡《あと》の事は清吉《せいきち》に頼め」と云つたのが、御隠居さんにやつと分かつたといふことである。

自分は取るものも取りあへず、此《この》土地へ帰つて来た。御隠居は五十を越してゐるのに、今の主人はやつと長野の中学校に這入《はい》つたばかりである。それからといふものは、穂積家一切の事を引き受けて、とうとう一生独身で暮したのである。

好《い》い子だと評判せられてゐた今の主人は、段々大きくなるに連れて、少し弱々しい青年になつた。学校の成績は相変らず好《い》い。是非《ぜひ》学士にすると云つてゐた、先代の遺志を紹《つ》いで、御隠居が世話をしてゐられた。先代の心安くした住職のゐる或る寺に泊つて、中学に通つてゐる主人の、暑中休暇や暮の休暇に帰つて来るのを、御隠居は楽《たのし》みにしてゐるのであつた。

その頃から今の主人はどうも体が悪い。少し無理な勉強をすると、眩暈《めまい》がして卒倒する。講堂で卒倒して、同級のものに送られて寺へ帰ることなぞがあつた。

それでも中学は相応に卒業したが、東京へ出て、高等学校の試験を受けることになつてから、度々《たびたび》落第して、次第に神経質になつた。無理な事をさせてはならないといふので、傍《はた》から勧《すす》めて早稲田《わせだ》に入《い》れることにした。それからは諦《あきら》めて余り勉強をしない。

そのうち適齢になつたので、一年志願兵の試験を受けたが、体格ではねられた。丁度日清《ちようどにつしん》戦争のある年に、早稲田の方が卒業になつて帰つた。

もう一人前の男になられたからと思つて、これまで形式的に御隠居に伺つてゐた穂積家の経営の事を、そろそろ相談し掛けて見ても、「清吉、お前に任せるから、これまで通りに遣《や》つてくれ」と云つて顧みようともしない。そんなら何か熱心にしてゐる事があるかと思つて、気を附けて見ても、分からない。もう六十を越してゐた御隠居には優しくして、一家《いつか》の事は自分に任せてゐるので、至極《しごく》結構な御主人ではあるが、どうも張合《はりあい》のないやうな気がして来た。

尤《もつと》も不思議に思つたのは、東京から帰つた翌年、二十四歳《にじゆうし》で今の奥さんを迎へた時の事である。身代《しんだい》は穂積家より小さくても、同郡で旧家《きゆうか》として知られてゐる家の娘に、これも東京に出て、高等女学校を卒業して帰つてゐるのがあつた。いつか越後《えちご》の人が此《この》娘を見て、自分の国は女の美しい国だが、お豊《とよ》さんのやうに美しいのは、見たことがないと云つたさうである。お豊さんの小さいとき、祭礼やなんぞで、穂積の今の主人と落ち合ふことがあると、穂積の千足《ちたる》さんとお豊さんとは好《い》い夫婦だと、人が好《よ》く揶揄《からか》つたもので、両家でなんの話もないのに、お豊さんが東京へ稽古《けいこ》に行《ゆ》けば、あれは千足さんの処《ところ》に嫁入をするとき、負けてはならぬから行《ゆ》くのだなどといふ噂《うわさ》さへあつた。それが十八になつて、穂積の息子と前後して都から帰つたのである。そこで二人の結婚は殆《ほとん》ど周囲から余儀なくせられたやうな有様であつた。今の主人は此《この》相談を母にせられたとき、どうでも好《い》いと云つた。母の方では、東京のやうな風儀の好《よ》くない土地にゐて、女の事に就いて何事もなかつた倅《せがれ》の、遠慮深い口から、どうでも好《い》いといふのは、喜んで迎へる気になつてゐるのだと思つて、直《す》ぐに話を運ばせた。先方では待つてゐたらしかつた。殊《こと》に娘さん自身が待つてゐたらしいといふことさへ、媒人《なこうど》の口から穂積家へ伝へられた。見合ひの済んだ頃には、珍らしい良縁だと、長野の新聞にまで出て、穂積の親類は勿論《もちろん》、知らぬ人まで讃《ほ》めて、羨《うらや》んで、妬《ねた》んで、騒いでゐる中に、只《ただ》清吉爺《じ》いさん一人は、若い主人の素振《そぶり》が腑《ふ》に落ちないやうに思つた。それは自分に問屋《とひや》の主人が女房を持たせると始《はじめ》て云つた時の事に思ひ較べて見たからである。自分は其時《そのとき》もう三十五になつてゐた。それまで死に身になつて稼《かせ》いだので、女と聞いて胸の轟《とどろ》く時は徒《いたず》らに過ぎ去つて、心が落ち着いてゐた。それでも只女房を持たせられると聞いたばかりで、どこの誰といふ当てもないのに、二三日の間はそはそはして物が手に附かなかつた。主人のどうでも好《い》いと云ふのが、隠居の思ふやうに、遠慮しての口上なら好《い》いが、どうも素振までがどうでも好《よ》ささうに見える。稼業の事もどうでも好《い》い。女房の事もどうでも好《い》い。そんな筈《はず》はないがと、自分丈《だけ》は思つたのである。

　婚礼は首尾好《よ》く済んだ。翌朝《よくあさ》の事である。朝飯《あさめし》の膳《ぜん》が並んだ。これまでは御隠居と若い主人とが上《かみ》に据《す》わる。自分は末座《まつざ》に連《つらな》つて食べることになつてゐた。これは先代の主人が亡くなつた年からの為来《しきた》りである。御遺言もあり、並の奉公人でないからといふので、御隠居がかう極《き》めたのである。後家《ごけ》の身の上ではあるが、もう六十になつてゐるから、遠慮はいるまいといふことであつた。親類には口のやかましい人もあつたが、かういふ事に非難も出なかつた。その朝は主人が真中《まんなか》にゐて、両側に御隠居と嫁さんとが据《す》わつた。美しい嫁を取つたのが嬉《うれ》しいと見えて、御隠居が楽しげに主人に話し掛ける。主人が返事をする。嫁さんは下を向いて聞いてゐたが、ろくに物も食べずに、誰よりも先きに黙つて席を立つてしまつた。自分は向ひで見てゐたが、多分極《き》まりが悪いので立つたのであらうと思つた。御隠居も主人もさう思つたことであらう。

　併《しか》し午《ひる》も晩も同じやうに、嫁さん丈《だけ》早く席を起《た》つた。その次の日からは、用事にかこつけて、嫁さんは遅れて食べに出る。主人がなぜかと思つて問ふと、どうもお母《か》あ様のお話が嫌ひでならないと云ふ。これは穂積家に限つてある事で、食事の時は何か近郷であつた嘉言善行《かげんぜんこう》といふやうな事を話すことになつてゐる。先代の主人のした流儀が残つてゐるのである。丁度《ちようど》新聞紙の三面記事の反面のやうな話である。若《も》しこれといふ出来事がないと、誰でも前日あたりに本か何かで読んだとか、人に聞いたとかいふ話をする。その為めに人の話を聞くにでも、本を読むにでも、食事の時の話の種子《たね》になるやうな事柄に耳を留《と》めて聞く、目を留めて見るといふことになつてゐるのである。

主人も不思議に思つた。善行嘉言なんぞといふものは、人によつては聞いて面白くないといふこともあらう。併《しか》し別に聞くに堪へないといふわけのものではない。うるさくても辛抱してゐられない筈《はず》はない。なぜだらうと云ふので、嫁さんに問うて見た。さうすると、あんな偽善の話は厭《いや》だと云つたさうである。

その事を聞いてから、御隠居は詞《ことば》少なに、遠慮勝ちになつた。話されないとなると話して見たいやうに感ずるのが、人情の常である。それを我慢する。我慢するのが癖になつて、外《ほか》の話のしたいのをも我慢する。

穂積家は沈黙の家になつた。

× × × ×

ここまで話を聞いた時、さつき清吉爺《じ》いさんの出て来た、「和気日融々」と書いてある襖《ふすま》が、又すうと開《あ》いた。

見れば薩摩飛白《さつまがすり》に黒絽《くろろ》の羽織《はおり》を着流した、四十恰好《しじゆうかつこう》の品《ひん》の好《い》い男が出た。神経の興奮してゐるらしい声で、かう云つた。

「わたくしは当家の主人で、穂積千足と申すものです。先生がお泊り下さいましたに、御挨拶《ごあいさつ》にも出ずにゐて、突然お席に参つたのですから、定めて変な奴《やつ》だと思召《おぼしめ》すでせうが、全く二週間程前から気分が優れませんで、休んでゐました。県庁からの指図で、郡役所から通知のありました時も、忌中《きちゆう》ではあるし、お断り申さうかとも考へましたが、近来不為合《ふしあわ》せな事が続きまして、この老人が大層心寂しく存じてゐる様子でして、名高い学者の方《かた》に泊つてお貰《もら》ひ申したら、何か心得になるやうな事が伺はれるかも知れないと申すのです。それで御迷惑かとは存じながら、お宿をお引受け申しました。先刻から清吉が色々お話をいたした様子ですが、わたくし共一家は実に悲惨な境遇に陥つてゐるのです。わたくしは今少し前に、お次まで参つてゐました。教育を受けたものが、立聞きをしては悪いといふこと位《ぐらい》は、わたくしも知つてゐます。併《しか》しお迎ひにも出ず、御挨拶にも出ずにゐて、突然伺ふのが、余り不躾《ぶしつけ》な様ですから、躊躇《ちゅうちょ》してゐたのです。清吉ぢぢいの申す通り、わたくしは小さい時から母に苦労を掛けてゐながら、母を寂しい家で死なせてしまひました。それは物質的な奉養は出来る丈《だけ》尽した積りです。併し母は晩年になつて、わたくし共夫婦の為めに、恐ろしく寂しい生活をしたのです。そんなら妻《さい》を離別したら好《よ》からうと、人は云ふでせうが、それがさう容易《たやす》く行《い》くものではありません。どう云ふわけか長い間子がなくてゐる妻《さい》ですから、それを離別する程容易《ようい》な事はない様です。併し民法もある世の中ですね。妻《さい》にこれと云つて廉立《かどだ》つた悪いことはありません。母に優しくない。それだと云つて、別に手荒い事もしない。よしやわたくしが離別しようとしたつて、妻《さい》は勿論《もちろん》同意しません。妻《つま》の積りでは、かうして一日一日と過すうちに、いつかは楽しい生活に入《い》る時が来るだらうと思つてゐたのです。妻《さい》がさう云ふ風で、合意が成り立たないのに、わたくしがどうしようと申したつて、里方《さとかた》の親類が承知しません。何をわたくしは理由にしませう。話をたんとしない。それが何の理由になりませう。無論法廷で争ふ理由なんぞにはなりません。その上世間体《せけんてい》といふものもあります。穂積といふ家は、信州では多少人も知つてゐる旧家《きゅうか》です。その内輪を新聞に書かれたくはありません。さういふ次第で、とうとう十四五年といふものが立つてしまつたのです。清吉ぢぢいなんぞは、こんな律義な男で、それに非常に耐忍力が強いのですから、黙つて内の事をしてゐてくれましたが、腹の中ではわたくしを意気地《いくじ》がないやうに思つたり、妻《さい》に惑溺《わくでき》してゐるやうに思つたりしてゐるやうです。わたくしは決して惑溺なぞはしてゐません。只《ただ》薄志弱行だと云はれれば、それ丈《だけ》はいたし方がありません。それにはわたくしに極《き》まつた人生観が無いのが原因になつてゐます。わたくしは病身で大学には這入《はい》ることが出来ませんでしたが、色々な学科を修めました。何かわたくしの生活の基礎になるやうな思想があつて、それを貫《つらぬ》く為めには、いかなるものをも犠牲にするといふ気になられたならば、これまでにどうにか解決が附いたのでせう。世間の毀誉褒貶《きよほうへん》は顧みない。人が死んでも好《い》い。自分が死んでも好《い》いと云ふ事なら、解決が附いたのでせう。それが無いので、今にぐづぐづしてゐるのです。そして母はとうとう亡くなつてしまふ。妻《さい》もあんな風に気が狂つてしまふ。わたくしもどうなるか知れません。」

主人の血走つた目は、ぢいつと己《おれ》の顔に注《そそ》がれてゐる。己はぞつとした。清吉爺《じ》いさんは腕組をして俯向《うつむ》いてゐる。十一時の時計が鳴つた。

「そんなら、さつき迄声のしてゐたのが奥さんですね」と、己は問うた。

「さうです。いつでも十一時前まではあの通りです。幻覚か何かがある様子であんな工合《ぐあい》にしやべり続けてゐて、草臥《くたび》れ切るまでは寐《ね》ないのです。」

「なる程。清吉さんの話では、奥さんが嘉言善行《かげんぜんこう》といふやうな話が嫌ひだと云つたのが、内輪の面白くなくなる初めだといふことでしたが、一体どういふわけだつたのですか。」

「実に馬鹿《ばか》げ切つてゐるのです。妻《さい》の考《かんがえ》では人間に真の善人といふものは無い。若《も》し有るとしても、広い国に一人あるとか、千百年の間に一人出るとかいふもので、実際附き合つてゐる人の中には、そんなものの有りやうがない。善い事をしたり言つたりするといふのは、為めにする所があるので、自分を利するのである。卑劣である。これに反して、悪い事は誰もしたい。併《しか》しそれを吹聴《ふいちょう》するには及ばないから、黙つてゐる方が好《よ》い。よし又言ふにしても、悪い事の方なら、正直に言ふのであるから、虚偽でもなければ、卑劣でもないと云ふのです。わたくしは妻《さい》が優しい顔をして、美しい声でそんな事を言ふのですから、馬鹿らしくもあり、不思議にも思つてゐました。そのうちに妙な事があつたのです。去年でしたか、東京にゐた頃、学校で心安くした友人が温泉へ来たといふので、わたくしの所へ寄りました。その男がかう云ふ事を言つたのです。妻《さい》を持つて子供が沢山《たくさん》出来た。ところが、其妻《そのさい》がauthority《オオソリチイ》といふものを一切認めぬ奴《やつ》で、言ふ事を少しも聞かない。それでは親に済むまいとか、お上《かみ》に済むまいとか、神様に済むまいとか、仏に済むまいとか、天帝に済むまいとか云はうとしても、どれも此《この》女に摑《つか》まへさせる力草《ちからぐさ》にはならない。どうも今の女学校を出た女は、皆《みな》無政府主義者や社会主義者を見たやうな思想を持つてゐるやうだと、さう云ふのです。其時《そのとき》はわたくしもこの男は随分《ずいぶん》思ひ切つた事を云ふと思つて聞いてゐましたが、好《よ》く考へて見ると、わたくしの妻《さい》などもオオソリチイは認めません。事によると、今の女は丸で動物のやうに、生存競争の為めには、あらゆるものと戦ふやうになつてゐるのではないでせうか。一体どうしてこんな風になつて来たのでせう。」

「打遣《うつちや》つて置けば、さうなるのです。赤ん坊は生れながらの égoiste《エゴイスト》 ですからね。」

「併《しか》しどうして男とは違ふのでせう。」

「それはなんと云つても、男の方は理性が勝つてゐるのでせう。君はさつき人生観を持つてゐないと云はれたが、持つてゐないと云つても、社会に立つての利害関係は知つてゐる。利己主義ばかりで推《お》して行《ゆ》けば、自分の立場がなくなるといふことは知つてゐる。Dogma《ドグマ》 は承認しない。勿《なか》れ勿れの教《おしえ》には服せない。併し利害の打算上から、むちやな事はしない。女だつて理性の勝つてゐる女は同じ事でせう。只《ただ》そんな女は少いのです。人間は利害関係丈《だけ》でも本当に分かつてゐれば、むちやな事は出来ない。基督《キリスト》の山の説教なんぞを高尚なやうに云ふが、あれも利害に愬《うつた》へてゐるのですからねえ。」

「なる程さうです。赤ん坊は赤い物に目を刺戟《しげき》せられれば、火をでも攫《つか》む。それと同じやうに、女は我慾を張り通して、自分が破滅するのですね。」

「まあ、そんな物でせう。だから、赤ん坊を泣かせて、火を攫ませないやうにする。赤ん坊を大人と一しよには扱はない。無政府主義者でも、社会主義者でも、下《げ》の下《げ》までの人間を理性のある人間と同一に扱はうとしてゐるから間違つてゐるのです。一般選挙権の問題でからがさうです。多数政治なんといふものも、将来これに代るべき、何等《なんら》かの好《い》い方法が立てば、棄《す》てられてしまふかも知れません。詰まり égalité《エガリテエ》 といふ思想が根本から間違つてゐるのですね。女だつて遠くが見えない為めに、自分の破滅を招くやうな事をすれば、暴力で留めなくてはならないでせう。」

「先生はさうお思ひですか。独逸《ドイツ》では小学校の教師に鞭《むち》で生徒を打つことが許してある。それから夫たるものは妻《つま》を打つても好《い》いことになつてゐるとか聞きましたが、先生のお考《かんがえ》では、あれも差支《さしつかえ》がないのでせうか。」

己《おれ》は覚えず微笑《ほほえ》んだ。「わたしなんぞもそれ程まで踏み込んだ考《かんがえ》を持つてゐるわけではありませんよ。先頃もフランスで誰やらが、英国の笞刑《ちけい》が好結果を奏してゐると新聞に書いた。すると、Bernard《バアナアド》 Shaw《ショオ》 がわざわざ反駁書《はんばくしよ》を出しました。兎に角《かく》打つなんといふことは非常手段ですから、教師だから打つても好《い》い、夫だから打つても好《い》いといふやうに、法則にして置くのは不都合でせう。」

「なる程さうでせう。兎《と》に角《かく》わたくしも或る場合には打つても好《い》いといふ位な、堅固《けんご》な意志を持つてゐましたら、可哀相《かわいそう》に妻《さい》をあんな物にはしませんでしたらう。ああ。亡くなつた母も気の毒ですが、妻《さい》も実に気の毒です。」

主人はぢつと考へ込んでゐる。

己《おれ》は問うた。「一体気の変になられたのは、どう云ふ動機からですか。」

腕組みをしてゐた清吉爺《じ》いさんが、手《しゆ》をほぐして膝《ひざ》を進めた。「実に申し上げにくい事でございますが、先生が理学博士で入《い》らつしやると承《うけたまわ》りまして、お泊りを願ふことが出来ましたら、それを伺つて見たいと存じてをりましたのでございます。初七日《しよなぬか》の晩でございました。奥さんが線香を上げに、仏壇を覗《のぞ》かれますと、大きな蛇のとぐろを巻いてゐましたのが、鎌首《かまくび》を上げて、ぢつと奥さんのお顔を見たさうでございます。きやつと云つて倒れておしまひになりましたが、それから只今《ただいま》のやうにおなりになりました。わたくし共も驚きまして、若い者の中に好《よ》く蛇抔《など》をいぢるものがございますので、摑《つか》まへさせまして、野原へ棄《す》てに遣《や》りました。主人は新しい学問もいたしてゐるものでございますから、なに、蛇といふものは気圧なんぞを鋭敏に感ずるものだから、暴風雨の前なんぞには、馴《な》れた棲家《すみか》を出て、人家《じんか》に這《は》入り込むことがあるさうだ。仏壇にゐたのは、全く偶然だと申してをりました。ところが、翌朝《よくちよう》になつて仏壇を見ますると、蛇はちやんと帰つてゐるのでございます。わたくしも此度《このたび》は前より一層驚きました。なんでもこんな事を下々《しもじも》に聞かせてはならない。昨日《きのう》奥さんの御病気になられたのでからが、御隠居様を疎々《うとうと》しくなされた罰《ばち》だなんぞと咡《ささや》き合つてゐるらしい。こんな事を知つたら、なんといふか分からないと存じますするから、それからはお仏間《ぶつま》には人を入《い》れないやうにいたしてをります。実はこれにをられまする主人には、直《す》ぐに相談いたしましたが、なに、あんなきたないものをいぢらなくとももの事だ、いつか逃げてしまふだらうと申して取り合ひません。迷信とか申すものかと存じますので、誠に恥ぢ入りまする次第でございまするが、先生がお出《い》でになりましたら、伺つて見たいと存じまして。」

　主人は苦々《にがにが》しさうな顔をして、黙つてゐる。

「今でもゐるのか」と、己《おれ》は爺《じ》いさんに問うた。

「はい。ぢつといたしてをります。」

「さうか」と云つて、己は話をする間《あいだ》飲んでゐた葉巻を棄《す》てて立つた。「一寸《ちよつと》わたしに見せて貰《もら》ひませう。」

　爺いさんは先きに立つて案内する。仏間《ぶつま》に入《い》つて見れば、二間《けん》幅の立派な仏壇に、蠟燭《らうそく》が何本も立てて、大きい銅の香炉《こうろ》に線香が焚《た》いてある。真中《まんなか》にある白い位牌《いはい》が新仏《しんぼとけ》のであらう。香炉の向うを覗《のぞ》いて見ると、果《はた》して蛇がゐる。

　大きな青大将である。ひどく栄養が好《い》いと見えて、肥満してゐる。尾はづん切《ぎ》つたやうなのが、とぐろを巻いてゐる体の前の方へ五寸ばかり出てゐる。

　己は仏壇の天井を仰いで見た。幅の広い、立派な檜《ひのき》の板で張つてあるのが、いつか反《そ》り返つた儘《まま》に古びて、真黒になつてゐる。

　爺いさんは据《す》わつて、口の内に仏名《ぶつみやう》を唱へてゐる。主人はsomnambule《ソンナンビユウル》のやうな歩き付きをして、跡《あと》から附いて来たのが、己の背後《うしろ》にぼんやり立つてゐる。

　己は爺いさんを顧みて云つた。「近い処《ところ》に米の這入《はい》つた蔵があるだらうね。」

「はい。直《ぢ》き一間《ひとま》先きに、戸前の廊下に続いてゐる蔵がございます。」

「そこから出て来たのだ。動物は習慣に支配せられ易《やす》いもので、一度止まつた処《ところ》には又止まる。外へ棄《す》てても、元の栖家《すみか》に帰る。何も不思議な事はないのですよ。兎《と》に角此《かくこの》蛇はわたしが貰《もら》つて行《い》かう。」

　爺いさんは目を円《まる》くした。「さやうなら、若い者を呼びまして。」

「いや。若い者なんぞに二度とは見せないといふ、お前さんの注意は至極《しごく》好い。蛇位《ぐらい》はわたしだつて摑《つか》まへる。毒のある蛇だと棒が一本いる。それで頸《くび》を押へて、項《うなじ》まで棒を転がして行つて、頭の直《す》ぐ根の処《ところ》を摑むのです。これは俗に云ふ青大将だ。棒なんぞはいらない。わたしの荷物の置いてある処に、きのふ岩魚《いわな》を入れて貰《もら》つた畚《びく》があります。あれを御苦労ながら持《も》て来て下さい。」

爺《じ》いさんは直ぐに畚を持つて来た。

己《おれ》は蛇の尾をしつかり攫《つか》んで、ずるずると引き出して、ちゆうに吊《つ》るした。蛇は頭を持ち上げて、自分の体を縄を綯《な》つたやうに巻いたが、手までは届かない。己は蛇を畚に入れて蓋《ふた》をした。

丁度《ちようど》時計が十二時を打つた。

×　　×　　×　　×

翌朝《よくあさ》立つ前に、己は主人の妻《つま》をどんな医者が見てゐるかと思つて問うて見ると、長野から呼んだのも、精神病専門の人ではないと云つた。己はこれ程の大家《たいけ》の事であるから、是非《ぜひ》東京から専門家を呼んで見せるが好《い》いと勧告して置いた。

（明治四四年一月「中央公論」）

流行

己《おれ》は妙な、暗い廊下に立つてゐる。天井が恐ろしく高い。なんだか、かう麻《あさ》の葉のやうに分野が出来てゐて、その葉脈になつて稜立《かどだ》つた処《ところ》が、己の立つてゐる傍の柱の頭に続いてゐる。ゴチツクの様式なのである。

己はなぜだか頭が少しぼんやりしてゐるのを自覚してゐる。どんなにぼんやりしてゐるかと云ふと、自分がここに何をしてゐるかが、どうもはつきり分らないのである。此《この》家は今目に見えてゐる周囲の構造が寺らしくても、寺ではない。誰《たれ》やらの住ひで、己はその主人に逢《あ》ひに来て廊下に待たせられてゐるらしい。もうかうして大《だい》ぶ永《なが》く立つてゐる。廊下は厭《いや》に蒸暑い。どこか窓でも開《あ》けてあれば好《い》いと思ふ。廊下の暗いのも好《い》いが、それよりは頭の暗いのが腑甲斐《ふがい》ない。どうして己はこんなにぼんやりしてゐるのだらう。

己はなんでも度々この廊下に立つてゐたことがある。そしてその度毎《たびごと》に頭がぼんやりしてゐたかと思ふ。併《しか》しかう云ふ周囲に身を置いたといふ事丈《だけ》は、はつきりしてゐる。

己は別に用事なんぞがあつて、それを忘れてゐるのではないやうだ。なんでも町を歩けばいろいろな物が必要もないのに目に触れると同じ事で、己はいろいろの場所でその日その日を過してゐる、その長い鎖の一節《いつせつ》として、ここに立つてゐるに過ぎない。己には期待も何もないから、ここにゐるのがどう云ふわけか分からなくても、大して困りはしない。唯《ただ》何物がどんな動機から、どんな働きをして、己をここに立たせて置くことになつたのだか、それが分からないのが遺憾である。

突然目の前の大きい扉が開かれた。そして何物かが頗《すこぶ》る敏捷《びんしよう》な運動を以て内から飛び出して来た。

扉の内はさう羞明《まぶし》がる程明るいのではなかつたが、こつちが暗い処《ところ》に久しくゐた為めに、暫《しばら》く物を見分けることが出来なかつた。

「Please, Sir《プリイス サア》」と云つたのは、その飛び出した奴《やつ》であつた。

声の主を恢復《かいふく》した網膜で見れば、小さい黒ん坊である。頗《すこぶ》る気の利いた姿勢をして、手附きで己《おれ》に這入《はい》れと案内をしてゐる。

己は一歩踏み込んだ。ここは丸《まる》で廊下と違つて、明るい壁にArt nouveau《アアル ヌ ヲ オ》の摸様《もよう》のある、極端に現代的な座敷である。一切の曲線を避けた、長方形の、大きい窓を見れば、庭の外囲《そとがこ》ひになつてゐるらしい木の末梢《うら》の上に、鼠色《ねずみいろ》の空が広々と見えてゐる。「やつぱりけふも梅雨《つゆ》だな」と、己は気楽な事を思つた。何をしに此《この》座敷に這入つたか分からずにゐても、己は物珍らしくその分からない事を分からせようとする努力をしてはゐない。

一人の男が両手で額《ひたい》を支へて、卓《つくえ》に倚《よ》り掛《かか》つてゐたのが、不精《ぶしよう》らしく立ち上がつて、一歩己の前に進んで来て、握手をした。涼しげな、明るい色の背広を着てゐる。年は三十と四十《しじゆう》との間である。

「君ひどく待たせはしなかつたかねえ。」

「なあに」と云つて、己はその男の顔をぢつと見た。貴族的な、立派な顔に、生活の受用から来たらしい疲れが、二三の鋭い線を刻み附けてゐる。此《この》顔は度々見たことのある顔である。併《しか》し誰だと云ふことは記憶しない。それがきのふ別れて今逢《あ》つたやうに、極《ごく》親しい物の言ひやうをする。己はそれを当り前のやうに感じてゐる。

「まあ、掛け給《たま》へ。」

かう云ひながら、主人は右の臂《ひじ》を長く伸ばして葉巻の箱を引き寄せて、蓋《ふた》を開《あ》けて己の前へ出した。Habana《ハバナ》のFlor Fina《フロオル フィナ》である。己は黙つて一本取つて、尖《さき》を切りながら、椅子《いす》に腰を掛けた。開《あ》いてゐる窓から涼しい風が這入つて卓《つくえ》の上の新聞を弄《もてあそ》んでゐるが、吹き飛ばす程でもない。Times《タイムス》かと思ふ広い版の新聞が一枚、半分吹き翻《ひるがえ》されては、又元の位置に帰つてしまふ。

己はポツケツトへ手を衝《つ》つ込んでマツチを捜した。どこかの店で朝日を買つた時、景物《けいぶつ》に添へてくれた、扁《ひら》つたいマツチの箱があつたやうに思つたのである。

「これで附け給《たま》へ」と、主人が云つて、傍の点火機の控鈕《ボタン》を押すと、青い焰《ほのお》がつつと出た。

己《おれ》が葉巻に火を附けてゐる間《ま》に、主人は又不精《ぶしよう》らしく臂《ひじ》を伸ばして、卓《つくえ》の上を這《は》つてゐる電索《でんさく》を引き寄せて、其端《そのはし》の控鈕《ボタン》を押すと、どこかでベルが鳴つた。

間もなく金色《きんいろ》の髪の上に白い小さいキヤツプを載せて、吭《のど》の下まである白い前掛《まえかけ》をした西洋人の女中が出た。

主人はそれに英語で茶を言ひ附けた。

「また黒ん坊が出るのかと思つた。」己は独言《ひとりごと》のやうに、から云つた。

「うん。Niggerboy《ニツガアボイ》か。あれは茶の給仕なんぞをするのぢやないよ。」

「いろんな物を使つてゐるねえ。」

「うん。今の女はアイルランド人だよ。アメリカではもう流行《はや》り已《や》んだ頃なのだが、これからこつちで流行り始めるのだ。なんでも流行り出す前には、嫌《いや》でも僕が使はなくてはならないのだから、溜《た》まらないよ。」

「さうかねえ。」

「お負けにそれが毎日入《い》り代はるのだからね。名を覚える隙《ひま》もありやあしない。」

「なぜそんなに取り換へるのだい。」

「なぜつて。知れた事さ。僕の内にゐたとさへ云へば、高い給金で傭《やと》はれるのだから。」

「さうかね。奉公人だつて、あんな exotique《エクソチツク》な代物《しろもの》は給金が高からうね。」

「なに。そんなに沢山《たくさん》置いて行《い》きもしないよ。」

「ええ。今君の云つた事は、僕には分からなかつたが、なんと云つたのだい。置いて行《い》くと聞えたが。」

「さう云つたに違ひないよ。僕の処《ところ》にあいつ等《ら》が金を置いて行《い》くことを言つたのだ。」

「はてな。君おこつては行《い》けないよ。僕は一体けふは頭がぼんやりしてゐるから、分からない事を言ふかも知れないがね。その何かい。君の処では奉公人に君が給金を払ふのではなくつて、奉公人が君に給金を。いや、どうも僕は頭が悪い。君にその献金をして行《い》くとでも云ふわけかね。」

「当り前さ。あいつ等がどこかの成金の処へ行つて、僕の内にゐたものだと云ふだらう。その時僕の処へ電話で問ひ合はす。僕がそんな奴《やつ》は知らないと云へば、その奉公口は駄目《だめ》さ。それがこはいから、僕はいらないと云ふのに、あいつ等は金を置いて行《い》くのさ。」

　己《おれ》はちよいと厭《いや》な心持《こころもち》がしたので、黙つてゐた。そこへアイルランドの女だと云ふのが、大きなタブレットに茶の道具を載せて、持つて来た。主人は茶を注《つ》いでくれながら、さも馬鹿《ばか》にしたやうな調子で、かう云つた。

「君、モラルを考へてゐるね。」

「失敬」と、己は正直にあやまつた。

「なる程君のやうに家に住まふにも、物を食ふにも、着物を着るにも、一々金を出して遣《や》つてゐる人の目から見たら、僕が横着《おうちやく》に見えるに違ひないよ。併《しか》し僕の身になつて見ると、どうも為方《しかた》がないね。朝と午《ひる》の食事を、常盤《ときわ》とフランス料理店から自動車で運んでくるものだから、八百善《やおぜん》が是非《ぜひ》晩は以前通《どおり》に取つてくれなくては、古い暖簾《のれん》が廃《すた》れると云つてくるだらうぢやないか。それはどの店だつて流行《はや》らせたくないのはないが、僕がどれも皆食つて遣るといふわけには行《い》かない。偶《たま》には鰻《うなぎ》も食つて遣らなくてはならない。支那《しな》料理も食はなくてはならない。天麩羅《てんぷら》や、鮓《すし》や、蕎麦《そば》や汁粉《しるこ》も食はなくてはならない。カツフエ・プランタンのマカロニも、資生堂のアイスクリイムも食つて遣らなくてはならない。ふいと忘れて二週間も食つて遣らずに置くと、もう客足が遠くなると云ふのだからね。それでも流石《さすが》名代《なだい》の店は感心なもので、馬鹿《ばか》げた大金なんぞを持つて来て、僕を困らせるやうな事はしないね。僕には僕のモラルがある。まづい料理を持つて来《く》りやあ、何千円持つて来ても、食つて遣《や》りやあしないよ。尤《もつと》もまづい物を丸《まる》で排斥するといふわけには行《い》かない。下等社会のものが腹一ぱい食ふやうな料理を廉《やす》く拵《こしら》へる店も流行らせなくてはならないからね。そんなのは内の自動車のchauffeur《シヨツフヨオル》なんぞに食はせることにしてゐる。併《しか》しさう云ふ奴等《やつら》も追々《おいおい》口が贅沢《ぜいたく》になつて困るよ。こなひだ来た奴なんぞは、アメリカで主人の娘を連れて逃げて、ヨオロツパへ渡つて、スパニアとかへ行つたことのある奴だと云《い》ふのだ。バアナアド・シヨオがそいつの事を脚本に書いてゐると云ふ事でね。そいつに芝の紅葉館《こうようかん》の料理を食はせたところが、こんなまづいものは食へないと云ふぢやあないか。あいつを雇《やと》つた家《うち》では困つてゐるだらうと思ふよ。」

己《おれ》は驚いて聞いてゐたが、その内に風がぱつたり這入《はい》らなくなつて、なんだか蒸暑くなつて来た。

「君暑いね。団扇《うちわ》があるなら、一本貸してくれ給《たま》へ。」

「団扇」と云つて、主人は意外なやうな顔をした。「団扇はこなひだ吾楽会《ごらくかい》とか云ふものが出来て、そこで売るのだとか云つて、変な蝿打《はえうち》のやうな、柄《え》の長い奴を二三百本持つて来たつけ。一本一円づつ添へてよこしやあがつた。さうすると珍らしいから国へ送ると云つて、女中やボオイが持つて行つたよ。」

から云ひながら、主人は又不精《ぶしよう》げに手を伸ばして、一本の電索《でんさく》を引き寄せて、控鈕《ボタン》を押すと、頭の上にある送風器が二つ程同時に廻転し出した。

「どうだらう。もう此位《このくらい》で好《い》いかね。あの部屋の隅にある奴も廻るやうにしても好《い》いが、新聞やなんぞが飛んでしまふからね。電気も瓦斯《ガス》と競争して、値段を引き下げるのは好《い》いが、その度ごとに僕の処《ところ》へは、段々金を余計に持つて来て困つてしまふ。瓦斯は又瓦斯同士で競争する。実に厄介だね。御覧の通りに、僕の家《いえ》は間毎《まごと》に様式を換へて立ててあるのだから、明りも煖炉もそれぞれ違つた型にして、世間にいろいろな明りや煖炉が流行《はや》るやうにして遣《や》るのだが、瓦斯の方は夏は烟草《たばこ》の火と台所位にしてゐるものだから、会社の方で幾分か悪影響を受けると云つて、苦情を持ち込むのさ。なんでも僕が少し搆《かま》はずにゐると、流行《はや》らなくなるのだからね。」

「なる程。お蔭で大《だい》ぶ涼しくなつた。」

「さうかい」と云つて、又控鈕《ボタン》を押すと、送風器が一つ止まつて、一つ丈《だけ》廻転してゐる。主人は又語り続けた。

「何がどうと云つても、僕の一番困るのは女だね。」

「はあ。」己《おれ》は目を瞬《みは》つた。

「芸者なんぞは、毎日三度見番《けんばん》から僕の家《うち》へよこすのに、飯を一ぱいづつ附《つけ》させて遣《や》るのさ。腹工合《はらぐあい》が少し悪いから少し飯を控へて置かうと思つて、もう好《い》いと云ふと、いつも僕が三杯は食ふと云ふので、三人来てゐるのが、一人無駄足《むだあし》をして帰ることになるだらう。あなた我慢してもう一杯上がつて下さいなと云ふだらう。そんな風だもんだから、段々一杯に盛る飯の分量を減《へ》して、一口位《ぐらい》にしてしまつたよ。さうすると一度に十人位《ぐらい》は給仕をしてくれることが出来るからね。それでも十人目の奴《やつ》があふれようものなら、やつぱり苦情を言ふだらうぢやないか。中には我儘《わがまま》な奴がをつて、どうも御飯《ごはん》のお給仕をした人よりは、お酒のお酌をした方が売れるやうだから、お酌をさせてくれろと云やあがる。いや、その方は半玉《はんぎよく》にさせるのだと云つても聴かないのだ。酒も好きだからと云つて、一つ酒ばかり飲んでゐると、不公平になるのだから、うつかりしてはゐられないよ。どんなに旨《うま》い本場のシヤンパンだつて、一ぱいしか飲めないのだから、不自由極まる。ムンム大使がゐた時、一家《いつけ》のムンム会社のシヤンパンを飲んでくれろと云ふもんだから、とうとう厭《いや》な独逸《ドイツ》のゼクトを一ぱい飲んで遣《や》つたつけ。女の処分に就いては、僕は早晩《そうばん》大改革を断行しようと思つてゐる。」

「ふん。どうしようと云ふのだね。」

「僕は十六世紀に羅馬《ロオマ》法皇の遣つた事と、今アメリカの大統領の遣つてゐる事とからヒントを得たのだよ。」

「はてね。」

「なんでもかう流行《はや》らせて遣らなくてはならない女が多くなつては始末に行《い》けないから、流行希望の女に番号札《ふだ》を売つて遣るのだ。その遣方《やりかた》は例の Tetzel《テツチエル》 とか云ふ坊主が、San Pietro《サンピエトロ》 寺《じ》建立のお札を売つたやうに、車に乗つて辻《つじ》に立つて売らせるのだ。その札を持つた奴の為めに、僕は面倒だけれど、日を極《き》めて置いて、丁度《ちようど》アメリカの大統領の面会日のやうに、握手をして遣《や》るのだね。番号順で僕の前を défilé《デフイレイ》 をして通れば好《い》いのだ。僕は只《ただ》立つてゐてちよつかいを出して遣れば好《い》いのだ。」

「ははあ。なる程。」己《おれ》は感心して聞いてゐた。

丁度この時戸を叩《たた》いて、黒ん坊が這入《はい》つて来て、食事の用意が出来てゐるから、いつでも召し上がるやうにと、主人に言つた。

「お客があるぞ」と、主人が云つた。黒ん坊がお客様のも用意してあると云つて、引き下がつた。

「今の黒ん坊はさつきのとは違ふやうだね。」

「午前に交代するやうになつてゐたのだらう。馴《な》れた人間を使ふことの出来ないと云ふものも、随分《ずいぶん》不自由なものだよ。けふの午《ひる》は特別に築地《つきじ》の精養軒《せいようけん》が受け持つと云ふことだつた。ルネツサンスの食堂で食ふ筈《はず》にしてあつた。君御苦労ながら一しよに来て、食つて遣つてくれ給《たま》へ。」

「難有《ありがと》う。話を聞いてゐるうちに、午《ひる》になつたのを知らずにゐた。」

「僕は一時《いちじ》に食ふのだが、十五分前に食卓を整理して、知らせに来るのだよ。」

から云つて、主人は白金《はつきん》のクロノメエトルを出してちよつと見た。左の薬指に篏《は》めてゐる指環の、豌豆《えんどう》程の大きさの金剛石《こんごうせき》がぴかりと光つた。

この時窓の外で、ぶつぶつと云ふ厭《いや》な音がして、キルラの鉄門の前に、自動車が一つ止まつた。

「誰か来たやうだね」と、己《おれ》は云った。

「今時分来る客はない筈《はず》だがね。料理や給仕を載せて来る自動車は裏門に来るのだし、それにもう疾《と》つくに来てゐるのだから。」

間もなく黒ん坊が案内をして来たのは、三越《みつこし》の使《つかい》であつた。立派な洋服を着て、手にパナマ帽を持つた紳士である。

「夏のお服が甚《はなは》だお遅くなりまして」と云つて、一つ一つ桐《きり》の箱に入れた上衣《うわぎ》やずぼんや外套《がいとう》を出して、卓《つくえ》の上に並べた。

「こんな時持つて来ては困るぢやないか。食事をしなくちやならないからな。置いて行つて貰《もら》はう。」行きなりけんつくを食はせたのである。

「恐れ入ります」と云つて、三越の紳士はもぢもぢしてゐたが、詞《ことば》を続《つ》いでから云つた。

「併《しか》しどうぞちよいとお改め下さいますやうに。」

「面倒《めんどう》だなあ。君ちよつと失敬。」主人は己の方を顧みてから云つて、服を一つ一つ手に取つて、裏を引つくり返した。さぞ好《い》い服なのだらうが、己にはちつとも分からない。

只《ただ》己が変だと思つたのは、どの服にも内隠《うちがく》しの処《ところ》に、紅白の絹糸で、Pentagramma《ペンタグランマ》のやうなものが縫ひ附けてある。ずぼんには尻《しり》に当てた布《きれ》の上に縫ひ附けてある。

「開《あ》けないか」と、主人が号令をするやうな調子で云ふと、紳士は女の持つポンパドウルのやうな小革包《こかばん》の中から、剪刀《はさみ》を一本出して、紅白の糸を切つた。

己《おれ》は不思議に思ひながら見てゐると、主人は例の不精《ぶしょう》らしい手附きをして、どの隠しからも、驚く勿《なか》れ、百円札を一枚づつ引き出して、卓《つくえ》の傍に置いてある、紙屑籠《かみくずかご》のやうな物の中へ抛《ほお》り込んでゐる。

ところが、最後に外套《がいとう》の番になると、主人は空手《からで》を隠しから出した。

紳士は「おや」と云つて、ひどく恐縮したやうな顔をして更にかう云つた。「どうも恐れ入りました。非常に為事《しごと》が籠《こ》み合つてゐるものでございますから、手落《ておち》がございましたと見えます。」

主人は真面目《まじめ》な顔をして云つた。「いや。偶《たま》には裏の附かないのがあつても好《い》いよ。四枚《よまい》も五枚もごまかして入れて来る奴《やつ》があるのだからな。帰つてさう云つてくれ給《たま》へ。三越だつて此上流行《このうえはや》らせなくつても好《い》いと云ふわけには行《い》くまいから、一枚づつは入《い》れても好《い》いが、どうぞ間違つて二枚も三枚も入れないやうにして貰《もら》ひたいと、さう云つてくれ給《たま》へ。」

紳士はかしこまつて帰つて行つた。己は始終の様子を見てゐて、又ひどく厭《いや》な心持《こころもち》がした。只《ただ》話を聞いた時より、実際を見ると、感じが強いからである。己は午食《ひるしょく》の馳走《ちそう》になるのも厭なやうに思つた。

「君またモラルを考へてゐるね」と、主人は己に憫笑《びんしょう》するやうな口吻《こうふん》で言つた。「さあ、食堂へ行《い》かう行かう。」

己は席を立ち掛けてぐづぐづしてゐた。その時大きな雷《かみなり》が鳴つて、盛んに雨が降つて来た。

己はびつくりして目が醒《さ》めた。ひどい夕立のしてゐるのは事実だが、書斎の机に倚《よ》り掛かつて仮寐《うたたね》をしてゐたのであつた。机の上にロンドンの書店から、シベリア便で送つてくれた新刊書の小包が載つてゐる。封を切つて開《あ》けて見たら、中には D'Orsay or The Complete Dandy《ドルセイ オア ゼ コンプリイト ダンヂイ》 と云ふ本が這入《はい》つてゐた。


（明治四四年七月「三越」）

百物語

何か事情があつて、川開《かわびら》きが暑中を過ぎた後《のち》に延びた年の当日であつたかと思ふ。余程年も立つてゐるので、記憶が稍《やや》おぼろげになつてはゐるが又却《かえつ》てそれが為めに、或る廉々《かどかど》がアクサンチユエせられて、翳《かす》んだ、濁つた、しかも強い色に彩《いろど》られて、古びた想像のしまつてある、僕の脳髄の物置の隅に転がつてゐる。勿論《もちろん》生れて始《はじめ》ての事であつたが、これから後《のち》も先《ま》づそんな事は無ささうだから、生涯に只《ただ》一度の出来事に出くはしたのだと云つて好《よ》からう。それは僕が百物語の催しに行つた事である。

小説に説明をしてはならないのださうだが、自惚《うぬぼれ》は誰にもあるもので、此《この》話でも万一ヨオロツパのどの国かの語《ことば》に翻訳せられて、世界の文学の仲間入《いり》をするやうな事があつた時、余所《よそ》の読者に分からないだらうかと、作者は途方もない考《かんがえ》を出して、行《い》きなり説明を以て此《この》小説を書きはじめる。百物語とは多勢《おおぜい》の人が集まつて、蠟燭《ろうそく》を百本立てて置いて、一人が一つ宛化物《ずつばけもの》の話をして、一本宛蠟燭を消して行《ゆ》くのださうだ。さうすると百本目の蠟燭が消された時、真の化物が出ると云ふことである。事によつたら例のフアキイルと云ふ奴《やつ》がアルラア・アルラアを唱へて、頭を掉《ふ》つてゐるうちに、覿面《てきめん》に神を見るやうに、神経に刺戟《しげき》を加へて行つて、一時幻視幻聴を起すに至るのではあるまいか。

僕を此《この》催しに誘ひ出したのは、写真を道楽にしてゐる蔀《しとみ》君と云ふ人であつた。いつも身綺麗《みぎれい》にしてゐて、衣類や持物に、その時々の流行を趁《お》つてゐる。或時《あるとき》僕が脚本の試みをしてゐるのを見てこんな事を言つた。「どうもあなたのお書きになるものは少し勝手が違つてゐます。ちよいちよい芝居を御覧になつたら好《い》いでせう。」これは親切に言つてくれたのであるが、こつちが却《かえ》つてその勝手を破壊しようと思つてゐるのだとは、全く気が附いてゐなかつたらしい。僕の試みは試みで終つてしまつて、何等《なんら》の成功をも見なかつたが、後継者は段々勝手の違つた物を出し出して、芝居の面目《めんもく》が今では大《だい》ぶ改まりさうになつて来てゐる。詰まり捩《ねじ》れた、時代を超絶したやうな考《かんがえ》は持つてもゐず、解せようともしなかつたのが、蔀君の特色であつたらしい。さ程深くもなかつた交《まじわり》が絶えてから、もう久しくなつてゐるが、僕はあの人の飽くまで穏健な、目前に提供せられる受用を、程好《ほどよ》く享受してゐると云ふ風の生活を、今でも羨《うらや》ましく思つてゐる。蔀君は下町の若旦那《わかだんな》の中で、最も聡明な一人であつたと云つて好からう。

　この蔀君が僕の内へ来たのは、川開きの前日の午《ひる》過ぎであつた。あすの川開きに、両国《りょうごく》を跡《あと》に見て、川上へ上《のぼ》つて、寺島《てらじま》で百物語の催しをしようと云ふのだが、行つて見ぬかと云ふ。主人は誰だ。案内もないに、行つても好《よ》いのかと、僕は問うた。「なに。例の飾磨屋《しかまや》さんが催すのです。大《だい》ぶ大勢の積りだし、不参の人もありさうだから、飛入《とびいり》をしても構はないのですが、それでは徳義上行《ゆ》かれぬなんぞと、あなたの事だから云ふかも知れない。併《しか》し二三日前に逢《あ》つた時、あなたにはわたくしから話をして見て、来られるやうなら、お連《つれ》申すかも知れないと、勝兵衛《しょうべえ》さんにことわつてあります。わたくしが一しよに行《い》くと好《い》いが、外《ほか》へ廻つて行《い》かなくてはならないから、一足先きへ御免を蒙《こうむ》ります」との事であつた。

　時刻と集合の場所とを聞いて置いた僕は、丁度外《ちょうどほか》に用事もないので、まあ、どんな事をするか行つて見ようと云ふ位の好奇心を出して、約束の三時半頃に、柳橋《やなぎばし》の船宿《ふなやど》へ行つて見た。天気はまだ少し蒸暑いが、余り強くない南風が吹いてゐて、凌《しの》ぎ好《よ》かつた。船宿は今は取り払はれた河岸《かし》で、丁度亀清《かめせい》の向側《むこうがわ》になつてゐた。多分増田《ますだ》屋《や》であつたかと思ふ。

　かう云ふ日に目貫《めぬき》の位置にある船宿一軒を借切《かりき》りにしたものと見えて、しかもその家は近所の雑沓《ざっとう》よりも雑沓してゐる。階上階下とも、どの部屋にも客が一ぱい詰め掛けてゐる。僕は人の案内する儘《まま》に二階へ升《のぼ》つて、一間《ひとま》を見渡したが、どれもどれも知らぬ顔の男ばかりの中に、鬚《ひげ》の白い依田学海《よだがっかい》さんが、紺絣《こんがすり》の銘撰《めいせん》の着流しに、薄羽織《うすばおり》を引つ掛けて据《す》わつてゐた。依田さんの前には、大層身綺麗《みぎれい》にしてゐる、少し太《ふと》つた青年が恭《うやうや》しげに据わつて、話をしてゐる。僕は依田さんに挨拶《あいさつ》をして、少し隔たつた所に割り込んだ。簾越《すだれご》しに川風が吹き込んで、人の込み合つてゐる割に暑くはなかつた。

僕は暫《しばら》く依田さんと青年との対話を聞いてゐるうちに、その青年が壮士俳優だと云ふことを知つた。俳優は依田さんの意を迎へて、「なんでもこれからの俳優は書見《しよけん》をいたさなくてはなりません」などと云つてゐる。そしてさう云つてゐる態度と、読書と云ふものとが、此上《このうえ》もない不調和に思はれるので、僕はおせつかいながら、傍で聞いてゐて微笑せざることを得なかつた。同時に僕には書見と云ふ詞《ことば》が、極めて滑稽《こつけい》な記憶を呼び醒《さま》した。それは昔どこやらで旧俳優のした世話物《せわもの》を見た中に、色若衆《いろわかしゆう》のやうな役をしてゐる役者が、「どれ、書見をいたさうか」と云つて、見台《けんだい》を引き寄せた事であつた。なんでもそこへなまめいた娘が薄茶か何か持つて出ることになつてゐた。その若衆のしらじらしい、どうしても本の読めさうにない態度が、書見と云ふ和製の漢語にひどく好《よ》く適合してゐたが、此《この》滑稽を舞台の外で、今繰り返して見せられたやうに、僕は思つたのである。

そのうち僕はかう云ふ事に気が附いた。しらじらしいのは依田さんに対する壮士俳優の話ばかりではない。此《この》二階に集まつた大勢の人は、一体に詞《ことば》少なで、それがたまたま何か言ふと、皆《みな》しらじらしい。同一の場所へ請待《しようだい》した客でありながら、乗合馬車や渡船《とせん》の中で落ち合つた人と同じで、一人一人の間になんの共通点もない。ここかしこで互《たがい》に何か言ふのは、時候の挨拶位《あいさつぐらい》に過ぎない。ぜんまいの戻つた時計を振ると、セコンドがちよつと動き出して、すぐに又止まるやうに、こんな会話は長くは持たない。忽《たちま》ち元の沈黙に返つてしまふのである。

僕は依田さんに何か言はうかと思つたが、どうも矢張《やはり》しらじらしい事しきや思ひ附かないので、言ひ出さずにしまつた。そしてそこ等《ら》の人の顔を眺めてゐた。どの客もてんでに勝手な事を考へてゐるらしい。百物語と云ふものに呼ばれては来たものの、その百物語は過ぎ去つた世の遺物である。遺物だと云つても、物はもう亡くなつて、只空き名《ただむなし》が残つてゐるに過ぎない。客観的には元から幽霊は幽霊であつたのだが、昔それに無い内容を嘘《ふ》き入れて、有りさうにした主観までが、今は消え失せてしまつてゐる。怪談だの百物語だのと云ふものの全体が、イブセンの所謂《いわゆる》幽霊になつてしまつてゐる。それだから人を引き附ける力がない。客がてんでに勝手な事を考へるのを妨《さまた》げる力がない。

人も我もぼんやりしてゐる処《ところ》へ、世話人らしい男が来て、舟へ案内した。此船宿《このふなやど》の桟橋ばかりに屋根船が五六艘《そう》着いてゐる。それへ階上階下から人が出て乗り込む。中には友禅《ゆうぜん》の赤い袖《そで》がちら附いて、「一しよに乗りたいわよ、こつちへお出《いで》よ」と友を誘ふお酌の甲走《かんばし》つた声がする。併《しか》し客は大抵男ばかりで、女は余り交《まじ》つてゐないらしい。皆乗り込んでしまふまで、僕は主人の飾磨屋《しかまや》がどこにゐるか知らずにしまつた。又蔀君にも逢《あ》はなかつた。

船宿の二階は、戸は開《あ》け放してあつても、一ぱいに押し込んだ客の人いきれがしてゐたが、舟を漕《こ》ぎ出すと、すぐ極好《ごくい》い心持《こころもち》に涼しくなつた。まだ花火を見る舟は出ないので、川面《かわづら》は存外込み合つてゐない。僕の乗つた舟を漕いでゐる四十恰好《しじゆうがつこう》の船頭は、手垢《てあか》によごれた根附《ねつけ》の牙彫《げぼり》のやうな顔に、極めて真面目《まじめ》な表情を見せて、器械的に手足を動かして艫《ろ》を操つてゐる。飾磨屋の事だから、定めて祝儀もはずむのだらうに、嬉《うれ》しさうには見えない。「勝手な馬鹿《ばか》をするが好《い》い。己《おれ》は舟さへ漕いでゐれば済むのだ」とでも云ひたさうである。

僕は薄縁《うすべり》の上に胡坐《あぐら》を掻《か》いて、麦藁《むぎわら》帽子を脱いで、ハンケチを出して額《ひたい》の汗を拭《ふ》きながら、舟の中の人の顔を見渡した。船宿を出て舟に乗るまでに、外《ほか》の座敷の客が交《まじ》つたと見えて、さつき見なかつた顔が大《だい》ぶある。依田さんは別の舟に乗つたと見えて、とうとう知つた顔が一人もなくなつた。そしてその知らない、幾《いく》つかの顔が、矢張《やはり》二階で見た時のやうに、ぼんやりして、てんでに勝手な事を考へてゐるらしい。

舟には酒肴《しゆこう》が出してあつたが、一々どの舟へも、主人側のものを配ると云ふやうな、細かい計画はしてなかつたのか、世話を焼いて杯《さかずき》を侑《すす》めるものもない。から云ふ時の習《ならい》として、最初は一同遠慮をして酒肴《しゆこう》に手を出さずに、只《ただにら》睨み合つてゐた。そのうち結城紬《ゆうきつむぎ》の単物《ひとえもの》に、縞絽《しまろ》の羽織《はおり》を着た、五十恰好《がつこう》の赤ら顔の男が、「どうです、皆さん、切角《せつかく》出してあるものですから」と云つて、杯を手に取ると、方方《ほうぼう》から手が出て、杯を取る。割《わり》箸《ばし》を取る。盛んに飲食が始まつた。併し話は矢張《やはり》時候の挨拶位《あいさつぐらい》のものである。「どうです。から天気続きでは、米が出来ますでせうなあ。」「さやうさ。又米が安過ぎて不景気と云ふやうな事になるでせう。」「そいつあ愜《かな》ひませんぜ。鶴亀鶴亀《つるかめつるかめ》。」こんな対話である。

僕のゐる所からは、すぐ前を漕《こ》いで行《ゆ》く舟の艫《とも》の方が見える。そこにはお酌が二人乗つてゐる。傍に頭を五分刈《ごぶがり》にして、織地《おりじ》の儘《まま》の繭紬《けんちゆう》の陰紋附《かげもんつき》に袴《はかま》を穿《は》いて、羽織を着ないでゐる、能役者のやうな男がゐて、何やら言つてお酌を揶揄《からか》ふらしく、きやつきやと云はせてゐる。

舟は西河岸《にしがし》の方に倚《よ》つて上《のぼ》つて行《ゆ》くので、厩橋手前《うまやばしてまへ》までは、お蔵《くら》の水門の外《そと》を通る度に、さして来る潮《しお》に淀《よど》む水の面《おもて》に、藁《わら》やら、鉋屑《かんなくず》やら、傘《かさ》の骨やら、お丸《まる》のこはれたのやらが浮いてゐて、その間に何事にも頓着《とんちやく》せぬと云ふ風《ふう》をして、鷗《かもめ》が波に揺られてゐた。諏訪町河岸《すわちようがし》のあたりから、舟が少し中流に出た。吾妻橋《あずまばし》の上には、人が大《だい》ぶ立ち止《と》まつて川を見卸《みおろ》してゐたが、その中に書生がゐて、丁度《ちようど》僕の乗つてゐる舟の通る時、大声に「馬鹿《ばか》」とどなつた。

舟の着いたのは、木母寺《もくぼじ》辺であつたかと思ふ。生憎《あいにく》風がぱつたり歇《や》んでゐて、岸に生えてゐる葦《あし》の葉が少しも動かない。向河岸《むこうがし》の方を見ると、水蒸気に飽いた、灰色の空気が、橋場《はしば》の人家《じんか》の輪廓《りんかく》をぼかしてゐた。土手《どて》下《した》から水際《みずぎわ》まで、狭い一本道の附いてゐる処《ところ》へ、かはるがはる舟を寄せて、先《ま》づ履物《はきもの》を陸《おか》へ揚げた。どの舟も、どの舟も、載せられる丈《だけ》大勢の人を載せて来たので、お酌の小さい雪踏《せつた》なぞは見附かつても、客の多数の穿《は》いて来た、世間並の駒下駄《こまげた》は、鑑定が容易に附かない。真面目《まじめ》な人が跣足《はだし》で下りて、あれかこれかと捜してゐるうちに、無頓着《むとんちやく》な人は好《い》い加減なのを穿いて行《ゆ》く。中には横着《おうちやく》で新しさうなのを選《よ》つて穿く人もある。僕はしかたがないからなるべく跡《あと》まで待つてゐて、残つた下駄を穿いたところが、歯の斜《ななめ》に踏み耗《へ》らされた、随分《ずいぶん》歩きにくい下駄であつた。後《のち》に聞けば、飾磨屋《しかまや》が履物《はきもの》の間違つた話を聞いて、客一同に新しい駒下駄を贈つたが、僕なんぞには不躾《ぶしつけ》だと云ふ遠慮から、此《この》贈物をしなかつたさうである。

定めて最初に着いた舟に世話人がゐて案内をしたのだらう。一艘《いつそう》の舟が附くと、その一艘の人が、下駄を捜したりなんかして、まだ行つてしまはないうちに、もう次の舟の人が上陸する。そして狭い道を土手《どて》へ上がつて、土手の内の田圃《たんぼ》を、寺島村《てらじまむら》の誰やらの別荘をさして行《ゆ》く。その客の群は切れたり続いたりはするが、切れた時でも前の人の後影《うしろかげ》を後《あと》の人が見失ふやうなことはない。僕も歯の歪《ゆが》んだ下駄を引き摩《ず》りながら、田の畔《くろ》や生垣《いけがき》の間の道を歩いて、とうとう目的地に到着した。

ここまで来る道で、幾らも見たやうな、小さい屋敷である。高い生垣《いけがき》を繞《めぐ》らして、冠木門《かぶきもん》が立ててある。それを這入《はい》ると、向うに煤《すす》けたやうな古家《ふるいえ》の玄関が見えてゐるが、そこまで行く間が、左右を外囲《そとがこい》よりずつと低いかなめ垣《がき》で為切《しき》つた道になつてゐて、長方形の花崗石《みかげいし》が飛び飛びに敷いてある。僕に背中を見せて歩いてゐた、偶然の先導者はもう無事に玄関近くまで行つてゐる頃、門と、玄関との中程で、左側のかなめ垣がとぎれてゐる間から、お酌が二人手を引き合つて、「こはかつたわねえ」と、首を縮めて囁《ささや》き合ひながら出て来た。僕は「何があるのだい」と云つたが、二人は同時に僕の顔を不遠慮に見て、なんだ、知りもしない奴《やつ》の癖にとでも云ひたさうな、極く愛相《あいそう》のない表情をして、玄関の方へ行つてしまつた。僕はふいと馬鹿《ばか》げた事を考へた。昔の名君は一顰一笑《いつぴんいつしよう》を惜《おし》んださうだが、こいつ等《ら》はもう只《ただ》で笑はない丈《だけ》の修行をしてゐるなと思つたのである。そんな事を考へながら、格別今女の子のこはがつた物の正体を確めたいと云ふ熱心もなく、垣《かき》のとぎれた所から、ちよつと横に這入《はい》つて見た。

そこには少し引つ込んだ所に、不断《ふだん》は植木鉢や箒《ほうき》でも入れてありさうな、小さい物置があつた。もう物陰は少し薄暗くなつてゐて、物置の奥がはつきり見えないのを、覗《のぞ》き込むやうにして見ると、髪を長く垂れた、等身大の幽霊の首に白い着物を着せたのが、萱《かや》か何かを束《たば》ねて立てた上に覗《のぞ》かせてあつた。その頃まで寄席《よせ》に出る怪談師が、明りを消してから、客の間を持ち廻つて見せることになつてゐた、出来《でき》合《あい》の幽霊である。百物語のアワン・グウはこんな物かと、稍《やや》馬鹿《ばか》にせられたやうな気がして、僕は引き返した。

玄関に上がる時に見ると、上がつてすぐ突き当る三畳には、男が二人立つて何か忙がしさうに囁き合つてゐた。「どうしやがつたのだなあ。」「それだからおいらが蠟燭《ろうそく》は舟で来る人なんぞに持《もた》せて来ては行《い》けないと云つたのだ。差当り燭台に立ててあるのしきやないのだから」と云ふやうな事を言つてゐる。楽屋の方の世話も焼いてゐる人達であらう。二人は僕の立つてゐるのには構はずに、奥に這入つてしまふ。入り替つて、一人の男が覗《のぞ》いて見て、黙つて又引つ込んでしまふ。

僕はどうしようかと思つて、暫《しばら》く立ち竦《すく》んでゐたが、右の方の唐紙《からかみ》が明《あ》いてゐる、その先きに人声《ひとごえ》がするので、その方へ行つて見た。そこは十四《じゆうよ》畳ばかりの座敷で、南側は古風に刈り込んだ松の木があつたり、雪見《ゆきみ》燈《どう》籠《ろう》があつたり、泉水《せんすい》があつたりする庭を見晴してゐる。此《この》座敷にもう二十人以上の客が詰め掛けてゐる。矢張《やはり》船宿《ふなやど》や舟の中と同じ様に、余り話ははずんでゐない。どの顔を見ても、物を期待してゐるとか、好奇心を持つてゐるとか云ふやうな、緊張した表情をしてゐるものはない。

丁度《ちようど》僕が這入《はい》つた時、入口《いりくち》に近い所にゐる、髯《ひげ》の長い、紗《しや》の道行触《みちゆきぶり》を着た中爺《ちゆうじ》いさんが、「ひどい蚊《か》ですなあ」と云ふと、隣の若い男が、「なに藪蚊《やぶか》ですから、明りを附ける頃にはゐなくなつてしまひます」と云ふその声が耳馴《みみな》れてゐるので、顔を見れば、蔀君であつた。蔀君も同時に僕を見附けた。

「やあ。お出《いで》なさいましたか。まだ飾磨屋《しかまや》さんを御存じないのでしたね。一寸《ちよつと》御紹介をしませう。」

から云つて蔀君は先きに立つて、「御免なさい、御免なさい」を繰り返しながら、平手で人を分けるやうにして、入口《いりくち》と反対の側《かわ》の、格子窓《こうしまど》のある方へ行《ゆ》く。僕は黙つて跡《あと》に附いて行つた。

蔀君のさして行《ゆ》く格子窓の下の所には、外《ほか》の客と様子の変つた男がゐる。しかも随分《ずいぶん》込み合つてゐる座敷なのに、その人の周囲は空席になつてゐるので、僕は入口に立つてゐた時、もうそれが目に附いたのであつた。

年は三十位《ぐらい》でもあらうか。色の蒼《あお》い、長い顔で、髪は刈つてから大《だい》ぶ日が立つてゐるらしい。地味な縞《しま》の、鈍《にぶ》い、薄青い色の勝つた何やらの単物《ひとえもの》に袴《はかま》を着けて、少し前屈《まえかが》みになつて据《す》わつてゐる。徹夜をした人の目のやうに、軽い充血の痕《あと》の見えてゐる目は、余り周囲の物を見ようともせずに、大抵直前《すぐ》の方向を凝視してゐる。

此《この》男の傍には、少し背後《うしろ》へ下がつて、一人の女が附き添つてゐる。これも支度が極《ごく》地味な好みで、その頃流行《はや》つた紋織《もんおり》お召《めし》の単物《ひとえもの》も、帯も、帯止《おびどめ》も、只管《ひたすら》目立たないやうにと心掛けてゐるらしく、薄い鼠《ねずみ》が根調をなしてゐて、二十《はたち》になるかならぬ女の装飾としては、殆《ほとん》ど異様に思はれる程である。中肉中背で、可哀《かわい》らしい円顔《まるがお》をしてゐる。銀杏返《いちようがえ》しに結《ゆ》つて、体中に外《ほか》にない赤い色をしてゐる六分珠《ろくぶだま》の金釵《きんかん》を挿した、たつぷりある髪の、鬢《びん》のおくれ毛が、俯向《うつむ》いてゐる片頬《かたほ》に掛かつてゐる。好《い》い女ではあるが、どこと云つて鋭い、際立《きわだ》つた線もなく、凄《すご》いやうな処《ところ》もない。僕は一寸《ちよつと》見た時から、此《この》男の傍に此《この》女のゐるのを、只《ただ》何となく病人に看護婦が附いてゐるやうに感じたのである。

蔀君が僕を此《この》男の前に連れて行つて、僕の名を言ふと、此《この》男は僕を一寸見て、黙つて丁寧に辞儀をした丈《だけ》であつた。蔀君はそこらにゐた誰やらと話をし出したので、僕はひとり縁側《えんがわ》の方へ出て、いつの間にか薄い雲の掛かつた、暮方《くれがた》の空を見ながら、今見た飾磨屋《しかまや》と云ふ人の事を考へた。

今紀文《いまきぶん》だと評判せられて、あらゆる豪遊をすることが、新聞の三面に出るやうになつてからもう大《だい》ぶ久しくなる。けふの百物語の催しなんぞでからが、いかにも思ひ切つて奇抜な、時代の風尚《ふうしょう》にも、社会の状態にも頓《とん》着《ちゃく》しない、大胆な所作《しょさ》だと云はなくてはなるまい。

原来《もとより》百物語に人を呼んで、どんな事をするだらうかと云ふ、僕の好奇心には、さう云ふ事をする男は、どんな男だらうかと云ふ好奇心も多少手伝つてゐたのである。僕は慥《たし》かに空想で飾磨屋と云ふ男を画《えが》き出してゐたには違ひないが、そんならどんな風《ふう》をしてゐる男だと想像してゐたかと云ふと、僕もそれをはつきりとは言ふことが出来ない。併《しか》し不遠慮に言へば、百物語の催主が気違染《きちがいじ》みた人物であつたなら、どつちかと云へば、必ず躁狂《そうきょう》に近い間違方《まちがいかた》だらうと丈《だけ》は思つてゐた。今実際に見たやうな沈鬱《ちんうつ》な人物であらうとは、決して思つてゐなかつた。此時《このとき》よりずつと後《のち》になつて、僕はゴリキイのフオマ・ゴルヂエフを読んだが、若《も》しけふあのフオマのやうに、飾磨屋が客を攫《つか》まへて、隅田川へ投げ込んだつて、僕は今見たその風采《ふうさい》ほど意外には思はなかつたかも知れない。

飾磨屋は一体どう云ふ男だらう。錯雑した家族的関係やなんかが、新聞に出たこともあり、友達の噂話《うわさばなし》で耳に入《い》つたこともあつたが、僕はそんな事に興味を感じないので、格別心に留めずにしまつた。併《しか》し此《この》人が何かの原因から煩悶《はんもん》した人若《も》しくは今もしてゐる人だと云ふことは疑《うたがい》がないらしい。大抵の人は煩悶して焼けになつて、豪遊をするとなると、きつと強烈な官能的受用を求めて、それに依《よ》つて意識をぼかしてゐようとするものである。さう云ふ人は躁狂に近い態度にならなくてはならない。飾磨屋はどうもそれとは違ふやうだ。一体あの沈鬱なやうな態度は何《なん》に根ざしてゐるだらう。あの目の血走つてゐるのも、事によつたら酒と色とに夜《よ》を更《ふ》かした為めではなくて、深い物思《ものおもい》に夜《よ》を穏《おだやか》に眠ることの出来なかつた為めではあるまいか。強《し》ひて推察して見れば、この百物語の催しなんぞも、主人は馬鹿《ばか》げた事だと云ふことを飽くまで知り抜いてゐて、そこへ寄つて来る客の、或《あるい》は酒食を貪《むさぼ》る念に駆られて来たり、或はまた迷信の霧に理性を鎖《とざ》されてゐて、こはい物見たさの稚《おさな》い好奇心に動かされて来たりするのを、あの血糸《ちいと》の通《とほ》つてゐる、マリシヨオな、デモニツクなやうにも見れば見られる目で、冷《ひやや》かに見てゐるのではあるまいか。こんな想像が一時《いちじ》浮んで消えた跡《あと》でも、僕は考へれば考へるほど、飾磨屋《しかまや》と云ふ男が面白い研究の対象になるやうに感じた。

僕はから云ふ風《ふう》に、飾磨屋と云ふ男の事を考へると同時に、どうも此男《この》に附いてゐる女の事を考へずにはゐられなかつた。

飾磨屋の馴染《なじみ》は太郎だと云ふことは、もう全国に知れ渡つてゐる。併《しか》しそれよりも深く人心《じんしん》に銘記せられてゐるのは、太郎が東京で最も美しい芸者だと云ふ事であつた。尾崎紅葉《こうよう》君が頰杖《ほおづえ》を衝《つ》いた写真を写した時、あれは太郎の真似《まね》をしたのだと、みんなが云つたほど、太郎の写真は世間に広まつてゐたのである。その紅葉君で思ひ出したが、僕は此《この》芸者をけふ始《はじめ》て見たのではない。

此時《このとき》より二年程前かと思ふ。湖月《こげつ》に宴会があつて行つて見ると、紅葉君はじめ、硯友社《けんゆうしや》の人達が、客の中で最多数を占めてゐた。床《とこ》の間《ま》に梅と水仙の生けてある頃の寒い夜《よ》が、もう大ぶ更《ふ》けてゐて、紅葉君は火鉢の傍《わき》へ、肱枕《ひじまくら》をして寐《ね》てしまつた。尤《もつと》も紅葉君は折々狸寐入《おりおりたぬきねいり》をする人であつたから、本当に寐てゐたかどうだか知らない。僕はふいと床《とこ》の間《ま》の方を見ると、一座は大抵縞物《しまもの》を着てゐるのに、黒羽二重《くろはぶたえ》の紋付《もんつき》と云ふ異様な出立《いでたち》をした長田秋濤《おさだしゆうとう》君が床柱《とこばしら》に倚《よ》り掛かつて、下太《しもぶと》りの血色の好《い》い顔をして、自分の前に据《す》わつてゐる若い芸者と話をしてゐた。その芸者は少し体を屈《かが》めて据わつて、沈んだ調子の静かな声で、只《ただ》の娘らしい話振《はなしぶり》をしてゐたが、島田に結《ゆ》つた髪の毛や、頰《ほお》のふつくりした顔が、いかにも可哀《かわい》らしいので、僕が傍《そば》の人に名を聞いて見たら、「君まだ太郎を知らないのですか」と、その人がさも驚いたやうな返事をした。

太郎が芸者らしくないと云ふ感じは、その時から僕にはあつたのだが、けふ見れば大《だい》ぶ変つてゐる。それでも矢張《やはり》芸者らしくはない。先きの無邪気な、娘らしい処《ところ》はもうなくなつて、その時つつましい中《うち》にも始終見せてゐた笑顔が、今はめつたに見られさうにもなくなつてゐる。一体あんなに飽くまで身綺麗《みぎれい》にして、巧者《こうしや》に着物を着こなしてゐるのに、なぜ芸者らしく見えないのだらう。そんならあの姿が意気な奥様らしいと云はうか。それも適当ではない。どうも僕には矢張さつき這入《はい》つた時の第一の印象が附き纏《まと》つてゐてならない。それはふと見て病人と看護婦のやうだと思つた、あの刹那《せつな》の印象である。

僕がぼんやりして縁側《えんがわ》に立つてゐる間《ま》に、背後《うしろ》の座敷には燭台が運ばれた。まだ電燈のない時代で、瓦斯《がす》も寺島村には引いてなかつたが、わざわざランプを廃《や》めて蠟燭《ろうそく》にしたのは、今宵《こよい》の特別な趣向であつたのだらう。燭台が並んだと思ふと、跡《あと》から大きな盥《たらい》が運ばれた。中には鮓《すし》が盛つてある。道行触《みちゆきぶり》のをぢさんが、「いや、これは御趣向《ごしゆこう》」と云ふと、傍にゐた若い男が「湯灌《ゆかん》の盥と云ふ心持《こころもち》ですね」と注釈を加へた。すぐに跡から小《こ》形《がた》の手桶《ておけ》に柄杓《ひしやく》を投げ入れたのを持つて出た。手桶からは湯気が立つてゐる。先《さ》つきの若い男が「や、閼伽《あか》桶《おけ》」と叫んだ。所謂《いわゆる》閼伽桶の中には、番茶が麻《あさ》の嚢《ふくろ》に入れて漬けてあつたのである。

この時玄関で見掛けた、世話人らしい男の一人が、座敷の真ん中に据《す》わつて「一寸《ちよつと》皆様に申し上げます」と冒頭を置いて、口上めいた挨拶《あいさつ》をした。段々準備が手おくれになつて済まないが、並の飯《めし》の方を好む人は、もう折詰《おりづめ》の支度もしてあるから、別間《べつま》の方へ来て貰《もら》ひたいと云ふ事であつた。一同鮓《すし》を食つて茶を飲んだ。僕には蔀君が半紙に取り分けて、持つて来てくれたので、僕は敷居の上にしやがんで食つた。「お茶も今上げます。盥《たらい》も手桶《ておけ》も皆新しいのです」と蔀君は言ひわけをするやうに云つて置いて、茶を取りに立つた。併《しか》しそんな言ひわけらしい事を聞かなくても、僕は飲食物の入物《いれもの》の形を気にする程、細かく尖《とが》つた神経を持つてはゐないのであつた。

僕が主人夫婦、いや、夫婦にはまだなつてゐなかつた、いやいや、矢張《やはり》夫婦と云ひたい、主人夫婦から目を離してゐたのは、座敷に背を向けて、暮れて行《ゆ》く庭の方を見ながら、物を考へてゐた間だけであつた。座敷を見てゐる間は、僕はどうしても二人から目を離すことが出来なかつた。客が皆飲食をしても、二人は動かずにぢつとしてゐる。袴《はかま》の襞《ひだ》を崩さずに、前屈《まえかが》みになつて据《す》わつた儘《まま》、主人は誰《たれ》に話をするでもなく、正面を向いて目を据ゑてゐる。太郎は傍に引き添つて、退屈らしい顔もせず、何があつても笑ひもせずに、をりをり主人の顔を横から覗《のぞ》いて、機嫌を窺《うかが》ふやうにしてゐる。

僕は障子《しようじ》のはづしてある柱に背を倚《よ》せ掛けて、敷居の上にしやがんで、海苔巻《のりまき》の鮓《すし》を頰張《ほおば》りながら、外を見てゐる振《ふり》をして、実は絶えず飾磨屋の様子を見てゐる。一体僕は稟賦《りんぷ》と習慣との種々な関係から、どこに出ても傍観者になり勝《がち》である。西洋にゐた時、一頃大そう心易《こころやす》く附き合つた爺《じ》いさんの学者があつた。その人は不《ふ》治《じ》の病《やまい》を持つてゐるので、生涯無妻《むさい》で暮した人である。その位だから舞踏なんぞをしたことはない。或る時舞踏の話が出て、傍の一人が僕に舞踏の社交上必要なわけを説明して、是非稽古《ぜひけいこ》をしろと云ふと、今一人が舞踏を未開時代の遺俗だとしての観察から、可笑《おか》しいアネクドオト交《まじ》りに舞踏の弊害を列《なら》べ立てて攻撃をした。その時爺いさんは黙つて聞いてしまつて、さてかう云つた。「わたくしは御存じの体ですから、舞踏なんぞをしたことはありません。自分の出来ない舞踏を、人のしてゐるのを見ます度に、なんだかそれをしてゐる人が人間ではないやうな、神のやうな心持《こころもち》がして、只目《ただ》を瞬《みは》つて視《み》てゐるばかりでございますよ」と云つた。爺いさんのかう云ふ時、顔には微笑の淡い影が浮んでゐたが、それが決して冷刻な嘲《あざけり》の微笑ではなかつた。僕は生れながらの傍観者と云ふことに就いて、深く、深く考へて見た。僕には不治の病はない。僕は生れながらの傍観者である。子供に交《まじ》つて遊んだ初《はじめ》から大人になつて社交上尊卑《そんひ》種々《しゆじゆ》の集会に出て行《ゆ》くやうになつた後《のち》まで、どんなに感興の涌《わ》き立つた時も、僕はその渦巻に身を投じて、心《しん》から楽《たのし》んだことがない。僕は人生の活劇の舞台にゐたことはあつても、役らしい役をしたことがない。高がスタチストなのである。さて舞台に上《のぼ》らない時は、魚《うお》が水に住むやうに、傍観者が傍観者の境に安んじてゐるのだから、僕はその時尤《もつと》も其所《そのところ》を得てゐるのである。さう云ふ心持《こころもち》になつてゐて、今飾磨屋《しかまや》と云ふ男を見てゐるうちに、僕はなんだか他郷《たきよう》で故人に逢《あ》ふやうな心持がして来た。傍観者が傍観者を認めたやうな心持がして来た。

僕は飾磨屋の前生涯を知らない。あの男が少壮にして鉅万《きよまん》の富を譲り受けた時、どう云ふ志望を懐《いだ》いてゐたか、どう云ふ活動を試みたか、それは僕に語る人がなかつた。併《しか》し彼が芸人附合《つきあい》を盛んにし出して、今紀文《いまきぶん》と云はれるやうになつてから、もう余程の年月《としつき》が立つてゐる。察するに飾磨屋は僕のやうな、生れながらの傍観者ではなかつただらう。それが今は慥《たし》かに傍観者になつてゐる。併しどうしてなつたのだらうか。よもや西洋で僕の師友にしてゐた学者のやうな、オルガニツクな欠陥が出来たのではあるまい。さうして見れば飾磨屋は、どうかした場合に、どうかした無形《むけい》の創痍《そうい》を受けてそれが癒《い》えずにゐる為めに、傍観者になつたのではあるまいか。

若《も》しさうだとすると、その飾磨屋《しかまや》がどうして今宵《こよい》のやうな催しをするのだらう。世間にはもう飾磨屋の破産を云々《うんぬん》するものもある。豪遊の名を一時《いちじ》に擅《ほしいまま》にしてから、もう大《だい》ぶ久しくなるのだから、内証《ないしょ》は或《あるい》はさうなつてゐるかも知れない。それでゐて、こんな催しをするのは、彼が忽《たちま》ち富豪の主人になつて、人を凌《しの》ぎ世に傲《おご》つた前生活の惰力《だりょく》ではあるまいか。その惰力に任せて、彼は依然こんな事をして、丁度《ちょうど》創作家が同時に批評家の眼で自分の作品を見る様に、過ぎ去つた栄華のなごりを、現在の傍観者の態度で見てゐるのではあるまいか。

僕の考《かんがえ》は又一転して太郎の上に及んだ。あれは一体どんな女だらう。破産の噂《うわさ》が、殆《ほとん》ど別な世界に栖息《せいそく》してゐると云つて好《い》い僕なんぞの耳に這入《はい》る位であるから、怜悧《れいり》らしいあの女がそれに気が附かずにゐる筈《はず》はない。なぜ死期《しご》の近い病人の体を蝨《しらみ》が離れるやうに、あの女は離れないだらう。それに今の飾磨屋の性質はどうだ。傍観者ではないか。傍観者は女の好んで択《えら》ぶ相手ではない。なぜと云ふに、生活だの生活の喜《よろこび》だのと云ふものは、傍観者の傍では求められないからである。そんなら一体どうしたと云ふのだらう。僕の頭には、又病人と看護婦と云ふ印象が浮んで来た。女の生涯に取つて、報酬を予期しない看護婦になると云ふこと、しかもその看護を自己の生活の唯一《ゆいいち》の内容としてゐると云ふこと程、大いなる犠牲は又とあるまい。それも夫婦の義務の鎖に繋《つな》がれてゐてする、イブセンの謂《い》ふ幽霊に祟《たた》られてゐてすると云ふなら、別問題であらう。この場合にそれはない。又恋愛の欲望の鞭《むち》でむちうたれてゐてすると云ふなら、それも別問題であらう。この場合に果《はた》してそれがあらうか、少くも疑《うたがい》を挟む余地がある。さうして見ると、財産でもなく、生活の喜《よろこび》でもなく、義務でもなく、恋愛でもないとして考へて、僕はあの女の捧げる犠牲のいよいよ大きくなるのに驚かずにはゐられなかつたのである。

僕はこんな事を考へて、鮓《すし》を食つてしまつた跡《あと》に、生姜《しょうが》のへがしたのが残つてゐる半紙を手に持つた儘《まま》、ぼんやりして矢張《やはり》二人の方を見てゐた。その時一人の世話人らしい男が、飾磨屋の傍へ来て何か囁《ささや》くと、これまで殆《ほとん》ど人形のやうに動かずにゐた飾磨屋が、つと起《た》つて奥に這入《はい》つた。太郎もその跡に引き添つて這入つた。

暫《しばら》くすると蔀君が僕のゐる所へ来て、縁側《えんがわ》にしやがんで云つた。「今あつちの座敷で弁当を上がつてゐなすつた依田先生が、もう怪談はお預けにして置いて帰ると云はれたので、飾磨屋さんは見送りに立つたのです。

もう暑くはありませんから、これから障子《しようじ》を立てさせて、狭くても皆さんにここへ集まつて貰《もら》つて、怪談を始めさせるのださうです」と云つた。僕はさつき飾磨屋《しかまや》を始《はじめ》て見たとき、あの沈鬱《ちんうつ》なやうな表情に気を附け、それからこの男の瞬《また》きもせずに、ぢつとして据《す》わつてゐるのを、稍《やや》久しく見て、始終なんだか人を馬鹿《ばか》にしてゐるのではないかといふやうな感じを心の底に持つてゐた。此《この》感じが鋭くなつて、一刹那《いつせつな》あの目をデモニツクだとさへ思つたのである。さうであるのに、この感じが、今依田さんを送りに立つたと云ふ丈《だけ》の事を、蔀君の話に聞いて、なんとなく少し和《やわら》げられた。僕は蔀君には、只《ただ》自分もそろそろ帰らうかと思つてゐると云ふことを告げた。僕は最初に、百物語だと云つて、どんな事をするだらうかと思つた好奇心も、催主の飾磨屋がどんな人物だらうかと思つた好奇心も、今は大抵満足させられてしまつて、此上《このうえ》雇はれた話家《はなしか》の口から、古い怪談を聞かうと云ふ希望は少しも無くなつてゐたからである。蔀君は留めようともしなかつた。

改まつて主人に暇乞《いとまごい》をしなくてはならないやうな席でもなし、集まつた客の中には、外《ほか》に知人もなかつたのを幸《さいわい》に、僕は黙つて起《た》つて、舟から出るとき取り換へられた、歯の斜《ななめ》に耗《へ》らされた古下駄《ふるげた》を穿《は》いて、ぶらりとこの怪物屋敷《ばけものやしき》を出た。少し目の慣れるまで、歩き艱《なや》んだ夕闇の田圃道《たんぼみち》には、道端《みちばた》の草の蔭で蛼《こおろぎ》が微《かす》かに鳴き出してゐた。

× × × ×

二三日立つてから蔀君に逢《あ》つたので、「あれからどうしました」と僕が聞いたら、蔀君がから云つた。「あなたのお帰りになつたのは、丁度好《ちょうどい》い引上時《ひきあげどき》でしたよ。暫《しばら》く談《はなし》を聞いてゐるうちに、飾磨屋さんがゐなくなつたので聞いて見ると、太郎を連れて二階へ上がつて、蚊屋《かや》を吊《つ》らせて寐《ね》たと云ふぢやありませんか。失礼な事をしても構はないと云ふやうな人ではないのですが、無頓着《むとんぢやく》なので、そんな事をもするのですね」と云つた。

傍観者と云ふものは、矢張《やはり》多少人を馬鹿《ばか》にしてゐるに極《き》まつてゐはしないかと僕は思つた。

（明治四四年一〇月「中央公論」）

不思議な鏡

一

「おい。己《おれ》の羽織《はおり》はどこにある。」

「今綻《ほころ》びを縫つてゐる所です。」

「少しは穴が小さくなつたかい。」

「もう半分位《ぐらい》小さくなりました。」

「そんならちよつとよこせ。己は急ぐ用があるから、着て出なくちやならない。跡《あと》は又帰つてから縫ひ潰《つぶ》して貰《もら》はう。今までの大きさの穴があつても着て出たのだから、それが半分になつてゐて見れば息張《いば》つて着て出ても好《い》いわけだ。」


かう云ふ問答が夫婦の間に交換せられるのは、奇とするに足りない。ここにそれに似た事がある。それは己の睡眠問題だ。

人間の体はアルカリ性で、その中をアルカリ性の血が巡《めぐ》つて養つてゐる。そこで働けば、体に酸が出来る。草臥《くたび》れた体が休んでゐるうちに、血が巡つて来て、その酸を中和してくれる。アルカリ性に戻る。又働く。酸つぱくなる。是《かく》の如《ごと》く循環《じゆんかん》して ad infinitum《アツト インフイニツム》 に遣《や》つて行《い》く。どつこい、待てよ。さう旨《うま》くは行《い》かない。さう旨く行《い》けは、mobile perpetuum《モビレ ペルペツウム》 が成功して、人間は不老不死になるわけだが、追々《おいおい》使つてゐるうちに、器械はがたぴしして来て、とうとう油をさしても動かなくなる。なんだ。縁起の悪い。鶴亀々々《つるかめつるかめ》だ。

己は睡眠の話をする筈《はず》であつた。脳髄も働けば酸つぱくなる。それをアルカリ性に戻す間休ませて置くのが睡眠である。丁度《ちょうど》羽織《はおり》を着てゐれば綻《ほころ》びる。それを縫ひ潰《つぶ》す間、寒くてもお上《かみ》さんの手に渡して置くやうなものである。モルフオイスの神の手に渡してある間は、考へたくても考へられない。それでも是非《ぜひ》何か考へなくてはならないとなると、少し酸《す》みの耗《へ》つた所で、ちよいと脳髄を取り戻して使ふ。綻びを半分潰した羽織を引つ掛けて、用を足しに出るやうなものである。

己《おれ》は昼は物なんぞ書いてはゐられない身の上なので、夜なかに起きて書く。穴の半分潰れた羽織を着るやうなものである。

それをどうかすると、冷かし半分に、精力絶倫と褒《ほ》める批評家がある。穴を半分潰した羽織を着て歩くのを見て、あれは勤勉無比の人だと云ふやうなものである。そんな事をするのは、羽織のためにも好《よ》くはあるまい。着てゐる人の信用も害せられずにはゐまい。

二

そのせいでもあるか、己の書くものは随分《ずいぶん》悪く言はれる。穴の半分あいてゐるのが人に見えるのかも知れない。書くものに「情《じょう》」がないさうだ。情が半分の穴から抜けて出たのかと思へば、さうではないさうだ。元から無いのださうだ。

ゆうべも新年早々起きて書いた。

御用始《ごようはじめ》に出勤し掛けてゐると、算盤《そろばん》を弾《はじ》いてゐるお上《かみ》さんが隣の間《ま》から声を掛ける。「あなた、年末もとう〳〵足りなかつたのね。」

「さうかなあ。もつと旨《うま》く遣《や》り繰《く》つて行《い》かれないかい。」

「そんな事を仰《おつし》やつたつて、わたくしのせいばかりぢやないわ。本の代も随分大変あつてよ。続蔵経《ぞくぞうきょう》なんぞ、あれはいつまで出るのでせう。もう置場所にも困るのですが、際限がないのね。大日本史料に古文書《こもんじょ》に古事類苑《こじるいえん》、まああんなのは知れたものですの。矢《や》つ張《ぱり》一番多いのは西洋の本よ。」

「さうだらう。併《しか》しそれは為方《しかた》がない。あれは己《おれ》の智慧《ちえ》が足りないから、西洋から借りて来るのだ。どうせ借《かり》物《もの》をしてゐては、自分で考へ出す人には愜《かな》はないが、どうもあれがなくては、己の頭の中の遣繰《やりくり》が旨《うま》く附かないからなあ。」

「そんなに西洋から借りてゐて、いつか返せて。」

「それは己の代にはむづかしい。子や孫の代にもどうだか。何代も何代も立つうちには、返す時もあるだらう。」

「まあ、のん気な話ね。」襖《ふすま》の向うに笑ふ声がする。それから又算盤《そろばん》をこちこち弾《はじ》く音がする。「お遣物《つかいもの》がなかなかあるのよ。御婚礼が三つ。三越の真綿《まわた》が十一円宛《ずつ》で三十三円。お葬《とむらい》の花が五つ。七円《しちえん》宛の花だから五七《ごしち》三十五円。年賀は一つしかなかつたわ。これも真綿が十一円。もう七十九《しちじゅうく》円になつたわ。それに方々へお歳暮《せいぼ》を遣《や》つたでせう。大変だわ。」

　己は黙つてゐる。

「なんとも仰《おつし》やらないのね。」

「うん。」

「在職二十五年のお祝《いわい》と云ふのが十二月にはありませんでしたわね。」

「うん。」

「あなた、うんうんとばかり仰やつて、厭《いや》な方《かた》ね。」

「うん。」

　こんな風に、それからは何を言つても「うん」としか云はない。お上《かみ》さんは呆《あき》れて構《かま》はずにゐた。

　己は器械的に、いつものやうに支度をしてしまつて、役所に出たが、御用始《ごようはじめ》の日は鋳型《いかた》に入《い》れたやうな雑務しかなかつたので、好《よ》く人の悪口《わるくち》に言ふ盲判《めくらばん》を大《だい》ぶ衝《つ》いた。多士済々《たしせいせい》のお役所には、下にも上にも、鵜《う》の目、鷹《たか》の目、lynx《リンクス》の目が揃《そろ》つてゐるから、途中にぼんやりした己が一人挟まつてゐても大いに会計検査院を累《わずら》はすやうな失錯もしなかつたらしい。アメリカ人の書いたものに、ロシアの役人が賭《かけ》をして、なんにも見ずに印《いん》を衝《つ》く大臣の所へ出す書類の間に、Paternoster《パアテルノステル》の祈禱文《きとうぶん》を書いて挟んで置いた。そしたら大臣が果《はた》してそれにも印を衝いたと云ふことが、事実談として出してある。ロシアは知らず、さう云ふ事はこつちの役所では不可能である。

三

一体どうして己《おれ》はその日に限つて、そんなにぼんやりしてゐたかと云ふに、何も前夜起きて物を書いたからと云ふわけではない。夜《よる》物を書いた翌日きつと気抜《きぬけ》がしてゐるなら、己は毎日のやうに気抜がしてゐなくてはならない。己だつてまさかそれ程ではない。

丁度《ちょうど》朝内《うち》にゐて、隣の間《ま》でお上《かみ》さんが遣物《つかいもの》の勘定をしてゐるのを聞いてゐた時であつた。譬《たと》へば磁石に鉄が吸ひ寄せられるやうに、己の魂は体を抜けて外に出た。皮の外へは出られないと、好《よ》く西洋人が云ふが、皮の外へ出られたのである。

日本画にかいてある人魂《ひとだま》は、青い火の玉だが、己の魂はそんな物にはならなかつた。体その儘《まま》の影になつたのである。今出掛けようとして支度をした、その支度の儘の影である。只《ただ》体の方は机の前に据《す》わつて、学生の持つやうな毛繻子《けじゅす》の嚢《ふくろ》に、物を入れてゐる。影の方はその前に立つて、ふらふらしながら、気の利かない体のする事を見てゐる丈《だけ》の相違である。

跡《あと》から思つて見れば、例の磁石の力が、皮から外へ魂を引き出す時強く働いて、魂がひよつこり抜け出すと、一時反動的にそれが弛《ゆる》んだものらしい。その間魂が体の近所にうろついてゐたのだらう。

体がお上《かみ》さんに何か言はれて、只「うんうん」とばかり云つてゐるのを見て、影は面白がつてゐる。併《しか》し気の毒だとは少しも思はない。なぜかと思つたら、己の魂は「あそび」の心持《こころもち》で万事《ばんじ》を扱ふと云ふので、何を見てもむやみに面白がるのださうだ。いつから世間でそれを知つたかと云ふと、或る時己がみじめな生活に安住してゐる腰弁当の身の上を書いて、その男に諦念《あきらめ》の態度を自白させる時、あそびと云ふ事を言つた。それを誰《たれ》やらが親切に、己《おれ》の自白だと認めてくれるや否や、善言《ぜんげん》でさへあれば、誰《たれ》の口から出ても、それを容《い》るるに吝《りん》ならざる一同が、あそびあそびと云つて己に指さしをして教へ合つた。隠れたるより顕《あらわ》るるはなしである。天に口なし、人をして言はしむである。此時《このとき》から己《おれ》の魂に立派な符牒《ふちょう》が附いた。そのあそびの essence《エッサンス》が抜け出したのだから、何を見ようが面白がる丈《だけ》である。おや又「うん」と云やあがる。ざまあ見ろ。面白いなと云ふやうな心持《こころもち》である。だから蟬脱《もぬけ》の殻の体が、どんなとんちんかんの返事をして、まごまごしてゐようと気の毒だと思ふ筈《はず》がない。同情はしない。情がないのだ。それも世間では疾《と》つくに認めてくれてゐる。あそびが肯定的評価で、情なしが否定的評価である。あちらが積極的言明で、こちらが消極的言明である。これが札《さつ》なら、和気清麿《わけのきよまろ》や、武内宿禰《たけのうちのすくね》の顔の附いてゐる表と、横文字の書いてある裏とのやうなものである。裏表ちやんと分かつて見れば、面倒《めんどう》なしに世間で通用する。市《いち》に定価ありと云ふわけだ。それを又、己が何か書く度に何遍《なんべん》でも繰り返して、あそびだ、情なしだと、極《き》まつてしまつてゐるものを、今更新発明らしく吹聴《ふいちょう》して、それを渡《と》世《せい》にしてゐる人のあるのも、妙なものだ。己の贋物《にせもの》なんか出来ないから、鑑定に骨は折れない。まだ若いが、小山内《おさない》君なんぞも、もう立派な符牒を附けられてゐる。「才の筆だ。只《ただ》それ丈《だけ》の事だ。ふうん」と云つたやうな調子で、鑑定は済んでしまふ。余り気楽らしいから、己も目利《めきき》の方に商売換《しょうばいがえ》をしようかしら。

四

己の魂は暫《しばら》くの間、体の側《そば》にふらついてゐたが、そのうち又すうと吸はれるやうな心持《こころもち》になつた。磁石が再び力を逞《たくまし》うするらしい。

西洋の古い伝説にこんなのがある。北の海に、磁石ばかりで出来てゐる、大きな山がある。船が漂流してその近所へ行《い》くと、船にある丈《だけ》の鉄が皆吸ひ寄せられて、空《くう》を飛んでその山にひつ付いてしまふ。船の細工に使つてある釘《くぎ》も、皆抜けて飛んで行《い》く。船はばらばらにこはれて、沈没してしまふと云ふのである。

さう云ふ磁石が吸ふのだと、己の魂と一しよに、外《ほか》の人の魂も吸はれて飛んで行《い》く筈《はず》だ。少くも東京にゐる丈《だけ》の人間の魂が皆抜けて飛んで行《い》く筈だ。併《しか》しさうではないらしい。己《おれ》は空中を只《ただ》一人で飛んでゐる。右を見ても左を見ても、魂仲間が一向《いつこう》見えない。盥《たらい》に乗つたり、箒《ほうき》に跨《また》がつたりして、ブロッケン山《ざん》へ飛んで行く魔女の行列なんぞとは、わけが違ふやうである。

どうしたわけだと云ふことが、跡《あと》で考へて見たら分かつた。北の海の磁石の山なんぞは野蛮な山だ。だから鉄でさへあれば吸ふ。宝剣でも折れ釘でも同じ事である。選択の自由がない。あの飛行船なんぞも、只空に上がつてゐる丈《だけ》では役に立たない。方向を選んで、どこへでも勝手に飛んで行《い》かれるやうになるまでは、野蛮の器械たるを免《まぬか》れなかつた。それが今は舵《かじ》が取られるやうになつた。それと同じ道理で、己の魂を吸つてゐる磁石力は、改良して現代的にしてあるから、自分の勝手な物を吸ひ寄せる。去年の暮には、己を大そう嫌つてゐる水野君の魂が吸ひ寄せられたさうだ。ぞつとするやうな、凄《すご》い、情《じよう》の有り余る魂である。

さて明治四十五《しじゆうご》年となつて、新年のお慰みに吸ひ寄せられると云ふ光栄を、己が担つたわけだ。屋の棟《むね》に白《しら》羽《は》の矢が立つと云ふのは古いから、おもちやの飛行機かなんかが飛んで来て、引つ掛かつた事だらう。そんな事とは知らずに、己は床《とこ》の中で物を書いてゐたと見える。

己の魂は山の手から下町の方へ飛んで行《い》く。最初は勲章を胸に一ぱい下げた人を乗せてゐる馬や、シルクハツトを被《かぶ》つた人を載せてゐる自動車が下に見えてゐたのが、段々羽織袴《はおりはかま》や、印絆纏《しるしばんてん》や、褄《つま》を取つた芸者が見えるやうになる。酔つぱらひが大通りの真ん中で、馳《は》せ違ふ人力車の間をよろよろして歩きながら、往来の人に片《かた》つ端《ぱし》から悪態《あくたい》を衝《つ》いてゐる。ふと見ると、ごたごたした狭い横町《よこちよう》に、平仮名《ひらがな》で名を書いた軒燈《けんとう》がどの家にも出してあつて、綺麗《きれい》に化粧をしたお酌が三四人追羽子《おいはご》をして、きやつきやと云つてゐる。友禅《ゆうぜん》の袂《たもと》や裾《すそ》が翻《ひるがえ》る。おやと思ふ隙《ひま》に、旗を上げた電車や、三越の自動車や新年の賀状を梱包《こんぽう》にして、山のやうに積んだ郵便局の赤《あか》馬車《ばしや》が、隙間《すきま》もなく通つてゐる上へ来る。

そのうち水平に働いてゐた磁石力が、忽《たちま》ち斜《ななめ》に下へ吸ふのを感じた。飛行機なら、降りてから地の上を摩《す》るのだが、魂は軽々《かるがる》と、或る石造《せきぞう》の立派な家の門口《かどぐち》をすうつと這入《はい》つた。

五

番頭や小僧の大勢ゐる広間を抜ける。電話が十《とお》位並べて掛けてある。それに一人一人小僧が附いてゐて、あらゆる学問技術の智識を供給して貰《もら》はうとしてゐる客馬鹿《きやくばか》に、けんつくを食はせてゐる。「へえ。なんですと。そんな本はありません。あなたが間違つてゐるのです。さやうなら。」「そんな人の本なんか内からは出しません。調べて下さいですつて。調べるまでもありません。さやうなら。」

製本の出来て来たのを受け取る所がある。新版の本を荷造《にづくり》して送り出す所がある。どの位文運の盛んな国にゐると云ふことは、ここに来て見なくては、想像が付かない。南は沖縄のはづれから、北は樺太《からふと》、朝鮮、満洲の租借地《そしやくち》まで、汽船、汽車、馬車、自動車を始《はじめ》として、大八車《だいはちぐるま》、三泣車《さんなきぐるま》、伝馬《てんま》、はしけに至るまで、あらゆる交通機関を利用して、此《この》店の出版物が配られる。本郷区、神田区以外では售《う》れない本なんぞとは、わけが違ふ。

数々の間《ま》を通り抜けて、「文芸唯一之《ゆいいつの》機関」と金《きん》文字で題してある大座敷の入口《いりくち》に来た。そこから中へ、ふらふらと吸ひ込まれると、正面が舞台のやうになつてゐて、真ん中に大鏡が据《す》ゑてある。己《おれ》の魂はその鏡へすうと吸ひ込まれた。それと同時に、己の影が大きな腕付《うでつき》の椅子《いす》に掛けさせられて、鏡面に現れた。丁度《ちようど》理髪店に行つて据《す》わつたやうな工合《ぐあい》だが、体はもう役所に出てゐるのだから、影丈《だけ》が真向《まむき》になつて現れてゐる。そしてその影に魂が這入《はい》つてゐるのだから、目も見えれば、耳も聞える。

己は生きながら浄玻璃《じようはり》の鏡に掛けられたやうなものである。

己は一座をずつと見渡した。かう云ふと、ひどく落ち着いてゐて、えらいやうだが、さうではない。磁石のやうな強い力のある鏡に、吸ひ寄せられてゐるのだから、動くことが出来ない。そこで目をぱちくりさせて、お座敷を拝見してゐるのだ。

広い、広い一間《ひとま》である。それが上段下段《げだん》に分かれてゐる。上段の間《ま》に、此《この》座敷の王様のやうにして控へてゐる人を見れば、昔馴染《なじみ》の田山君が、あの gigantesque《ジガンテスク》 な頭をして、腕のやうに太い、白い羽織《はおり》の紐《ひも》を締めてゐるのであつた。その周囲《まわり》にはちよいちよい方々で見掛ける顔がある。島崎君だの、島村君だの、徳田君だのが見える。その辺に若い人で知らない顔がある。その中には評判の正宗君《まさむね》なんぞがゐるのだらう。女のお客もをられる。「あら、水野さん」なんと云ふ挨拶《あいさつ》が聞える。下段の間《ま》は、男女交《まじ》つて、若い人ばかりがうようよしてゐる。書生さんが大多数を占めてゐて、中には綿《めん》ネルのシヤツを着た、田舎《いなか》の書生さんもある。書生さんでないのは、店員やら、給仕やら、電話の交換手やら、色々の人がゐるらしい。稀《まれ》には小学校の教員でもあらうかと思はれる、少し年を取つた人も見える。

上段の間《ま》は静かだが、下段の間はさうざうしい。「ああ」と大きな欠《あくび》をする人がある。「しつ」と云ふ。束髪《そくはつ》が囁《ささや》き合つて、くすくす笑ふ。

「なる程真剣でなささうな顔をしてゐるなあ。」

「なんだつてこんな魂を引つ張つて来たのだらう。」

「あそびか。へん。」

「情と云ふものがなくつて、感じと云ふものを丸《まる》で知らないのだとさ。」

「妙だねえ。」

「ここへ引つ張つて来られて、内心苦《くるし》んでゐるだらうなあ。」

「なに感じがないから、苦みはしないさ。」

「あれで翻訳は旨《うま》いのだと云ふぢやありませんか。」

「さうですつてねえ。だけれどわたし翻訳物は詰まらないから、読まないわ。」

「なに。古株《ふるかぶ》だと云ふ丈《だけ》ですよ。脚本なんぞは下手長《へたなが》くて、間《ま》があくのです。」

「一字も残さないやうに訳するので、長くなるのだと云ふことだ。」

「では忠実なのね。」

「ところが臆病《おくびやう》なのです。誤訳だと云つて、指摘《してき》されないやうにするから、長くなります。」

「夜寝ないさうですよ。」

「まあ、変人ね。」

「細君《さいくん》の小説も書いて遣《や》るのだと云ふぢやないか。」

「あら、嘘よ、奥さんの方が余《よ》つ程旨《ぼどうま》いわ。」

田山君が席を起《た》つて、鏡の前へ来た。それを見て、下段の間《ま》でがやがや云つてゐた連中が、皆黙つてしまつた。己《おれ》は田山君の影で、自分の影が消されるかと思つたが、田山君の影は映らない。

田山君は柄《がら》にもない優しい声をして、己に言ふのである。「けふは君に近作を一つ朗読して貰《もら》ひたいのだがね。」

己はちよつと、どぎまぎした。どうも影なんぞになつて、こんな所へ来てゐて、物が言はれるか、どうだかが疑問である。併《しか》し目が見えたり、耳が聞えたりする所を見れば、物も言はれるかも知れないと思つた。そこでこはごは、金魚が池の上に浮いてぱくぱく遣《や》るやうな工合《ぐあい》に、口を開《あ》いて、験《ためし》に云つて見た。「近作だつて。」案じるより産むが易《やす》い。旨く声が出た。

「さうさ。創作でなくては行《い》けない。」

己は物が腑《ふ》に落ちないと云ふ顔をして、田山君を見た。多分目まで金魚のやうになつただらう。こつちの方では、己の創作はひどく評判が悪い。現に田山君自身も可否《かひ》が言ひたくないと云つて逃げてゐる位である。それにどうやら、かうやら通用してゐる翻訳を遣《や》れと云はずに、創作を遣れと云ふのは、合点《がてん》が行《い》かない。世間では随分《ずいぶん》人に出来ない事をさせて慰みにすることもあるが、ここではまさかそんないたづらもすまい。田山君に聞いて見ようかとも思つたが、そんな愚痴つぽい、面倒《めんどう》な事も言ひにくい。それよりは言《こと》を左右に托《たく》してことわつてしまはうと、己は横着《おうちやく》な思案をした。「原稿も何も持つて来ないがね。」

田山君は都会の人が椋鳥《むくどり》のまごつくのを気の毒がる時のやうな顔をした。「それは君、心配しなくても好《い》いよ。君の読まうと思ふ本なり、原稿なりが、その鏡に映るのだ。」

かう云つたかと思ふと、腕附《うでつき》の椅子《いす》に腰を掛けてゐる、己の影の前へ、あの洋室で灰皿なんぞが載せてあるやうな小さい机が持つて来られた。その机の上には白紙が置いてある。なる程椅子も影丈《だけ》映つてゐるのだから、机や紙も影丈映らないわけはないと悟つて、己は茶を知らずに囲ひの中へ連れ込まれた人のやうに、事毎《ことごと》に驚いて黙つてゐた。

「なんでも君の読まうと思ふ物が、その紙に映るのだよ。なかなか鮮明だよ。」本屋に関係してゐる丈に、田山君は印刷を褒《ほ》めるやうな事を言つてゐる。

己《おれ》はいよいよ窮《きゆう》した。「演説や朗読は、僕は下手《へた》だがね。」

「上手《じようず》なお饒舌《しやべり》が聞きたいのなら、君に御苦労は掛けないよ。」

田山君が理窟《りくつ》つぽく出たので、こつちも理窟つぽく出た。「僕だつて下手《へた》な事はしたくない。」

田山君はちよいと己の顔を見た。己はぎくりとした。そんならなぜ小説を書くのだと云はれたやうに思つたのである。

下段の間《ま》がそろそろ辛抱してゐなくなつて来た。最初は咳払《せきばらい》をする。鼻をかむ。それから色々な声が聞え出す。

「どうしたのだ。」

「人を馬鹿《ばか》にしてゐるなあ。」

「田山先生。しつかり願ひます。」

「あんなに先生が気を揉《も》んで入《い》らつしやるのにねえ。」

「さうですよ。早く遣《や》つて早く引き下がれば好《い》いのだ。」

「遣れ遣れえ。」

次第に騒がしくなつて来る。

田山君は決心したらしく、己に宣告した。「そんならけふは顔を見せて貰《もら》つた丈《だけ》で好《い》いから、こん度にしてくれ給《たま》へ。」かう云つて、己にくるりと背中を向けて、一座を見渡した。「諸君。」

大座敷がしんとした。

「諸君。十五分間休憩します。」

上段の間《ま》でも、下段の間でも、話声《はなしごえ》が盛んに起る。あちこちで席を起《た》つ人がある。束髪《そくはつ》がさそひ合せて起つて行《い》く。

己《おれ》はそれを見てゐるうちに、眠つてゐる人が急に起されて床《とこ》を離れるやうに、ひよいと鏡の面を離れた。離れたかと思ふと、耳ががあんと云つて、目にはなんにも見えない。己の魂は銃口を離れた弾丸のやうに飛んで行《い》く。馬なんぞも帰りは急ぐものだが、魂の急ぎやうは特別だと云ふことを、己は経験した。

己は体の節々《ふしぶし》に痛みを覚えた。ふと気が附いて見れば、もう魂は体に戻つてゐる。己は机に倚《よ》り掛かつて、手に印形《いんぎよう》を持つて、支払《しはらい》命令に印《いん》を衝《つ》いてゐる。机の向うには属官が立つて待つてゐる。

己は今印を衝き掛けてゐる紙を見た。「玄米八斗五升《げんまいはつとごしよう》、糠三升《ぬかさんじよう》、鶏六羽《にわとりろつぱ》、蚯蚓《みみず》」と読み掛けて、属官の顔を見た。

属官は体を屈《かが》めて紙を覗《のぞ》いた。「それは鶏の餌《えさ》になりますのださうで。」

「さうかね」と云つて、己は印をぺたりと衝いた。


（明治四五年一月「文章世界」）

鼠坂

小日向《こびなた》から音羽《おとわ》へ降りる鼠坂《ねずみざか》と云ふ坂がある。鼠でなくては上がり降りが出来ないと云ふ意味で附けた名ださうだ。台町《だいまち》の方から坂の上までは人力車が通ふが、左側に近頃刈り込んだ事のなささうな生垣《いけがき》を見て右側に広い邸跡《やしきあと》を大きい松が一本我物顔《わがものがお》に占めてゐる赤土《あかつち》の地盤を見ながら、ここからが坂だと思ふ辺まで来ると、突然勾配《こうばい》の強い、狭い、曲りくねつた小道になる。人力車に乗つて降りられないのは勿論《もちろん》、空車《からぐるま》にして挽《ひ》かせて降りることも出来ない。車を降りて徒歩で降りることさへ、雨上《あまあ》がりなんぞにはむづかしい。鼠坂の名、真《しん》に虚《むな》しからずである。

その松の木の生えてゐる明屋敷《あきやしき》が久しく子供の遊場《あそびば》になつてゐたところが、去年の暮からそこへ大きい材木や、御蔭石《みかげいし》を運びはじめた。音羽の通《とおり》まで牛車《うしぐるま》で運んで来て、鼠坂の傍へ足場を掛けたり、汽船に荷物を載せるcrane《クレエヌ》と云ふものに似た器械を据《す》ゑ附けたりして、吊《つ》り上げるのである。職人が大勢這入《はい》る。大工は木を削《けず》る。石屋は石を切る。二箇月立つか立たないうちに、和洋折衷《せっちゅう》とか云ふやうな、二階家が建築せられる。黒《くろ》塗《ぬり》の高塀《たかべい》が繞《めぐ》らされる。とうとう立派な邸宅が出来上がつた。

近所の人は驚いてゐる。材木が運び始められる頃から、誰が建築をするのだらうと云つて、ひどく気にして問ひ合せると、深淵《ふかぶち》さんだと云ふ。深淵と云ふ人は大きい官員にはない。実業家にもまだ聞かない。どんな身の上の人だらうと疑つてゐる。そのうち誰やらがどこからか聞き出して来て、あれは戦争の時満洲で金を儲《もう》けた人ださうだと云ふ。それで物珍らしがる人達が安心した。

建築の出来上がつた時、高塀と同じ黒塗にした門を見ると、なる程深淵と云ふ、俗な隷書《れいしょ》で書いた陶器の札《ふだ》が、電話番号の札と並べて掛けてある。いかにも立派な邸《やしき》ではあるが、なんとなく様式離れのした、趣味の無い、そして陰気な構造のやうに感ぜられる。番町《ばんちよう》の阿久沢《あくざわ》とか云ふ家に似てゐる。一歩を進めて言へば、古風な人には、西遊記の怪物の住みさうな家とも見え、現代的な人には、マアテルリンクの戯曲にありさうな家とも思はれるだらう。

二月十七《じゆうしち》日の晩であつた。奥の八畳の座敷に、二人の客があつて、酒酣《たけなわ》になつてゐる。座敷は極めて殺風景に出来てゐて、床《とこ》の間《ま》にはいかがはしい文晁《ぶんちよう》の大幅《たいふく》が掛けてある。肥満した、赤ら顔の、八字髭《はちじひげ》の濃い主人を始《はじめ》として、客の傍にも一々《いちいち》毒々しい緑色の切れを張つた脇息《きようそく》が置いてある。杯盤《はいばん》の世話を焼いてゐるのは、色の蒼《あお》い、髪の薄い、目が好《よ》く働いて、しかも不愛相《ぶあいそう》な年増《としま》で、これが主人の女房らしい。座敷から人物まで、総《すべ》て新開地《しんかいち》の料理店で見るやうな光景を呈してゐる。

「なんにしろ、大勢行つてゐたのだが、本当に財産を拵《こしら》へた人は、晨星寥々《しんせいりようりよう》さ。戦争が始まつてからは丸一年になる、旅順《りよじゆん》は落ちると云ふ時期に、身上《しんしよう》の有る丈《だけ》を酒にして、漁師仲間を大連《たいれん》へ送る舟の底積《そこづみ》にして乗り出すと云ふのは、着眼が好《よ》かつたよ。肝心の漁師の宰領《さいりよう》は、為事《しごと》は当つたが、金は大して儲《もう》けなかつたのに、内では酒なら幾らでも売れると云ふ所へ持ち込んだのだから、旨《うま》く行つたのだ。」から云つた一人の客は大《だい》ぶ酒が利いて、話の途中で、折々《おりおり》舌の運転が悪くなつてゐる。渋紙《しぶかみ》のやうな顔に、胡麻《ごま》塩鬚《しおひげ》が中伸《ちゆうの》びに伸びてゐる。支那《しな》語の通訳をしてゐた男である。

「度胸だね」と今一人の客が合槌《あいづち》を打つた。「鞍山站《あんざんてん》まで酒を運んだちやん車《ぐるま》の主《ぬし》を縛り上げて、道で拾つた針金を懐《ふところ》に捩《ね》ぢ込んで、軍用電信を切つた嫌疑者にして、正直な憲兵《けんぺい》を騙《だま》して引き渡してしまふなんと云ふ為《し》組《くみ》は、外《ほか》のものには出来ないよ。」から云つたのは濃紺《のうこん》のジヤケツの下にはでなチヨツキを着た、色の白い新聞記者である。

この時小綺麗《こぎれい》な顔をした、田舎出《いなかで》らしい女中が、燗《かん》を附けた銚子《ちようし》を持つて来て、障子《しようじ》を開《あ》けて出すと主人が女房に目食《めく》はせをした。女房は銚子を忙《せわ》しげに受け取つて、女中に「用があればベルを鳴らすよ、ちりんちりんを鳴らすよ、あつちへ行つてお出《いで》」と云つて、障子を締めた。

新聞記者は詞《ことば》を続《つ》いだ。「それは好《い》いが、先生自分で鞭《むち》を持つて、ひゆあひゆあしよあしよあとかなんとか云つて、ぬかるみ道を前進しようとしたところが、騾馬《らば》やら、驢馬《ろば》やら、ちつぽけな牛やらが、ちつとも言ふことを聞かないで、綱がこんがらかつて、高粱《かおりやん》の切株だらけの畑中《はたなか》に立往生《たちおうじよう》をしたのは、滑稽《こつけい》だつたね。」記者は主人の顔をじろりと見た。

主人は苦笑《にがわらい》をして、酒をちびりちびり飲んでゐる。

通訳あがりの男は、何か思ひ出して舌舐《したなめ》ずりをした。「お蔭で我々が久し振《ぶり》に大牢《たいろう》の味《あじわ》ひに有り附いたのだ。酒は幾らでも飲ませてくれたし、あの時位《ぐらい》僕は愉快だつた事は無いよ。なんにしろ、兵站《へいたん》にはあんまり御馳《ごち》走《そう》のあつたことはないからなあ。」

主人は短い笑声《わらいごえ》を漏《も》らした。「君は酒と肉さへあれば満足してゐるのだから、風流だね。」

「無論さ。大杯《たいはい》の酒に大塊《たいかい》の肉があれば、能事《のうじ》畢《おわ》るね。これから又遼陽《りようよう》へ帰つて、会社のお役人を遣《や》らなくてはならない。実はそんな事はよして南清《なんしん》の方へ行《い》きたいのだが、人生意の如《ごと》くならずだ。」

「君は無邪気だよ。あの驢馬を貰《もら》つた時の、君の喜びやうと云つたらなかつたね。僕はさう思つたよ。君だの、あの騾馬を手に入れて喜んだ司令官の爺《じ》いさんなぞは、仙人だと思つたよ。己《おれ》は騎兵科で、こんな服を着て徒歩をするのはつらかつたが、これがあれば、もうてくてく歩きはしなくつても好《い》いと云つて、ころころしてゐた司令官も、随分《ずいぶん》好人物だつたね。あれから君は驢馬《ろば》をどうしたね。」記者が通訳あがりに問うたのである。

「なに。十里河《じゆうりが》まで行《ゆ》くと、兵站部《へいたんぶ》で取り上げられてしまつた。」

記者は主人の顔をちよいと見て、狡猾《こうかつ》げに笑つた。

主人は記者の顔を、同じやうな目《め》附《つき》で見返した。「そこへ行《ゆ》くと、君は罪が深い。酒と肉では満足しないのだから。」

「うん。大した違ひはないが、僕は今一つの肉を要求する。金も悪くはないが、その今一つの肉を得《う》る手段に過ぎない。金その物に興味を持つてゐる君とは違ふ。併《しか》し友達には、君のやうな人があるのが好《い》い。」

主人は持前《もちまえ》の苦笑《にがわらい》をした。「今一つの肉は好《い》いが、営口《えいこう》に来て酔つた晩に話した、あの事件は凄《すご》いぜ。」から云つて女房の方をちよいと見た。

上《かみ》さんは薄い脣《くちびる》の間から、黄ばんだ歯を出して微笑《ほほえ》んだ。「本当に小川さんは、優しい顔はしてゐても悪党だわねえ。」小川と云ふのは記者の名である。

小川は急所を突かれたとでも云ふやうな様子で、今まで元気の好《よ》かつたのに似ず、しよげ返つて、饌《ぜん》の上の杯《さかずき》を手に取つたのさへ、てれ隠しではないかと思はれた。

「あら。それはもう冷えてゐるわ。熱いのになさいよ。」上《かみ》さんは横から小川の顔を覗《のぞ》くやうにしてから云つて、女中の置いて行つた銚子《ちようし》を取り上げた。

小川は冷えた酒を汁椀《しるわん》の中へ明けて、上さんの注《つ》ぐ酒を受けた。

酒を注ぎながら、上さんは甘つたるい調子で云つた。「でも営口で内に置いてゐた、あの子には、小川さんも愜《かな》はなかつたわね。」

「名古屋ものには小川君にも負けない奴《やつ》がゐるよ。」主人が傍から口を挟んだ。

矢張《やはり》小川の顔を横から覗くやうにして、上さんが云つた。「なかなか別品《べつぴん》だつたわねえ。それに肌が好《よ》くつて。」

此時《このとき》通訳あがりが突然大声をして云つた。「その凄《すご》い話と云ふのを、僕は聞きたいなあ。」

「よせ」と、小川は鋭く通訳あがりを睨《にら》んだ。主人はどつしりした体で、胡坐《あぐら》を搔《か》いて、ちびりちびり酒を飲みながら、小川の表情を、睫毛《まつげ》の動くのをも見遁《みの》がさないやうに見てゐる。その癖顔は通訳あがりの方へ向けてゐて、笑談《じようだん》らしい、軽い調子で話し出した。「平山君はあの話をまだしらないのかい。まあどうせ泊ると極《き》めてゐる以上は、ゆつくり話すとしよう。なんでも黒溝台《こつこうだい》の戦争の済んだ跡《あと》で、奉天《ほうてん》攻撃はまだ始まらなかつた頃だつたさうだ。なんとか窩棚《かほう》と云ふ村に、小川君は宿舎を割り当てられてゐたのだ。小さい村で、人民は大抵避難してしまつて、明家《あきや》の沢山《たくさん》出来てゐる所なのだね。小川君は隣の家も明家だと思つてゐたところが、或る晩便所に行つて用を足してゐる時、その明家の中で何か物音がすると云ふのだ。」通訳あがりは平山と云ふ男である。

小川は迷惑だが、もうからなれば為方《しかた》がないので、諦念《あきら》めて話させると云ふ様子で、上《かみ》さんの注《つ》ぐ酒を飲んでゐる。

主人は話し続けた。「便所は例の通り氷つてゐる土を少しばかり掘り上げて、板が渡してあるのだね。そいつに跨《また》がつて、尻《しり》の寒いのを我慢して、用を足しながら、小川君が耳を澄まして聞いてゐると、その物音が色々に変化して聞える。どうも鼠《ねずみ》やなんぞではないらしい。狗《いぬ》でもないらしい。小川君は好奇心が起つて溜《た》まらなくなつた。その家は表からは開《あ》けひろげたやうになつて見えてゐる。炕《かん》の縁《ふち》にしてある材木はどこかへ無くなつて、築き上げた土が暴露してゐる。その奥は土地で磚《たん》と云つてゐる煉瓦《れんが》のやうなものが一ぱい積み上げてある。どうしても奥の壁に沿うて積み上げてあるとしか思はれない。小川君は物音の性質を聞き定めようとすると同時に、その場所を聞き定めようとして努力したさうだ。自分の跨がつてゐる坑《あな》の直前《すぐ》は背丈位《せたけぐらい》の石垣になつてゐて、隣の家の横側がその石垣と密接してゐる。物音はその一番奥の所でしてゐる。表から磚の積んだのが見えてゐる辺である。これ丈《だけ》の事を考へて、小川君はとうとう探検に出掛ける決心をしたさうだ。無論便所に行《ゆ》くにだつて、毛皮の大外套《おおがいとう》を着た儘《まま》で行《ゆ》く。まくつた尻を卸《おろ》してしまへば、寒くはない。丁度《ちょうど》便所の坑《あな》の傍に、実をむしり残した向日葵《ひまわり》の茎を二三本縛り寄せたのを、一本の棒に結び附けてある。その棒が石垣に倒れ掛かつてゐる。それに手を掛けて、小川君は重い外套《がいとう》を着た儘《まま》で、造做《ぞうさ》もなく石垣の上に乗つて、向側《むこうがわ》を見卸《みおろ》したさうだ。空は青く澄んで、星がきらきらしてゐる。そこら一面に雪が積つて氷つてゐる。夜の二時頃でもあらうが、明るい事は明るいのだね。」

小川はつぶやくやうに口を挟んだ。「人の出たらめを饒舌《しゃべ》つたのを、好《よ》くそんなに覚えてゐるものだ。」「好《い》いから黙つて聞いてゐ給《たま》へ。石垣の向側は矢《や》張磚《はりたん》が積んであつて降りるには足場が好《い》い。降りて家の背後《うしろ》へ廻つて見ると、そこは当り前の壁ではない。窓を締めて、外から磚で塞いだものと見える。暫《しばら》くその外に立つて聞いてゐると、物音はぢき窓の内でしてゐる。家の構造から考へて見ると、どうしても炕《かん》の上なのだ。表から見える、土の暴露してゐる炕は、鉤《かぎ》なりに曲つた炕の半分で、跡《あと》の半分は積み上げた磚で隠れてゐるものと思はれる。物音のするのは、どうしてもその跡の半分の炕の上なのだ。かうなると、小川君はどうも此《この》窓の内を見なくては気が済まない。そこで磚《たん》を除《の》けて、突き上げになつてゐる障子《しやうじ》を内へ押せば好《い》いわけだ。ところがその磚がひどくぞんざいに、疎《まばら》に積んであつて、十《とお》ばかりも卸《おろ》してしまへば、窓が開《あ》きさうだ。小川君は磚を卸し始めた。その時物音がぴつたりと息《や》んださうだ。」

小川は諦《あきら》めて飲んでゐる。平山は次第に熱心に傾聴してゐる。上《かみ》さんは油断なく酒を三人の杯《さかずき》に注《つ》いで廻る。

「小川君は磚を一つ一つ卸しながら考へたと云ふのだね。どうもこれは塞ぎ切《きり》に塞いだものではない。出入口にしてゐるらしい。併《しか》し中に人が這入《はい》つてゐるとすると、外から磚が積んであるのが不思議だ。兎《と》に角《かく》拳銃が寝床に置いてあつたのを、持つて来れば好《よ》かつたと思つたが、好奇心がそれを取りに帰る程の余裕を与へないし、それを取りに帰つたら、一しよにゐる人が目を醒《さ》ますだらうと思つて諦《あきら》めたさうだ。磚は造做《ぞうさ》もなく除《の》けてしまつた。窓へ手を掛けて押すとなんの抗抵《こうてい》もなく開《あ》く。その時がさがさと云ふ音がしたさうだ。小川君がそつと中を覗《のぞ》いて見ると、粟稈《あわがら》が一ぱいに散らばつてゐる。それが窓に障《さわ》つて、がさがさ云つたのだね。それは好《い》いが、そこらに甑《かめ》のやうな物やら、籠《かご》のやうな物やら置いてあつて、その奥に粟稈に半分埋《うず》まつて、人がゐる。慥《たし》かに人だ。土人の着る浅葱色《あさぎいろ》の外套《がいとう》のやうな服で、裾《すそ》の所がひつくり返つてゐるのを見ると、羊の毛皮が裏に附けてある。窓の方へ背中を向けて頭を粟稈に埋《うず》めるやうにしてゐるが、その背中はぶるぶる慄《ふる》えてゐると云ふのだね。」

小川は杯《さかずき》を取り上げたり、置いたりして不安らしい様子をしてゐる。平山はますます熱心に聞いてゐる。

主人はわざと間《ま》を置いて、二人を等分に見て話し続けた。「ところがその人間の頭が辮子《べんつう》でない。女なのだ。それが分かつた時、小川君はそれ迄交《まじ》つてゐた危険と云ふ念が全く無くなつて、好奇心が純粋の好奇心になつたさうだ。これはさもありさうな事だね。儞《にい》と声に力を入れて呼んで見たが、只慄《ただふる》えてゐるばかりだ。小川君は炕《かん》の上へ飛び上がつた。女の肩に手を掛けて、引き起して、窓の方へ向けて見ると、まだ二十《はたち》にならない位な、すばらしい別品《べつぴん》だつたと云ふのだ。」

主人は又間《ま》を置いて二人を見較べた。そしてゆつくり酒を一杯飲んだ。「これから先は端折《はしょ》つて話すよ。これまでのやうな珍らしい話とは違つて、いつ誰がどこで遣《や》つても同じ事だからね。一体支那《しな》人はいざとなると、覚悟が好《い》い。首を斬《き》られる時なぞも、尋常に斬られる。女は尋常に服従したさうだ。無論小川君の好嫖致《はおびやおち》な所も、女の諦念《あきらめ》を容易ならしめたには相違ないさ。そこで女の服従したのは好《い》いが、小川君は自分の顔を見覚えられたのがこはくなつたのだね。」ここまで話して、主人は小川の顔をちよつと見た。赤かつた顔が蒼《あお》くなつてゐる。

「もうよし給《たま》へ」と云つた小川の声は、小さく、異様に空洞《うつろ》に響いた。

「うん。よすよすよ。もうおしまひになつたぢやないか。なんでもその女には折々《おりおり》土人が食物をこつそり窓から運んでゐたのだ。女はそれを夜なかに食つたり、甂《かめ》の中へ便を足したりすることになつてゐたのを、小川君が聞き附けたのだね。顔が綺麗《きれい》たから、兵隊に見せまいと思つて、隠して置いたのだらう。羊の毛皮を二枚着てゐたさうだが、それで粟稈《あわがら》の中に潜《もぐ》つてゐたにしても、炕《かん》は焚《た》かれないから、随分《ずいぶん》寒かつただらうね。支那人は辛抱強いことは無類だよ。兎《と》に角《かく》その女はそれ切り粟稈の中から起《お》きずにしまつたさうだ。」主人は最後の一句を、特別にゆつくり言つた。

違棚《ちがいだな》の上でしつつこい金《きん》の装飾をした置時計がちいんと一つ鳴つた。

「もう一時だ。寝ようかな。」から云つたのは、平山であつた。

主客《しゅかく》は暫《しばら》くぐずぐずしてゐたが、それからはどうした事か、話が栄《は》えない。とうとう一同寝ると云ふことになつて、客を二階へ案内させるために、上《かみ》さんが女中を呼んだ。

一同が立ち上がる時、小川の足元は大《だい》ぶ怪しかつた。

主人が小川に言つた。「さつきの話は旧暦の除夜だつたと君は云つたから、丁度《ちょうど》今日が七回忌《しちかいき》だ。」

小川は黙つて主人の顔を見た。そして女中の跡《あと》に附いて、平山と並んで梯子《はしご》を登つた。

二階は西洋まがひの構造になつてゐて、小さい部屋が幾《いく》つも並んでゐる。大勢の客を留める計画をして建てた家と見える。廊下には暗い電燈が附いてゐる。女中が平山に、「あなたはこちらで」と一つの戸を指さした。戸の撮《つま》みに手を掛けて、「さやうなら」と云つた平山の声が小川にはひどく不愛相《ぶあいそう》に聞えた。

女中はずんずん先へ立つて行《ゆ》く。
「まだ先かい」と小川が云つた。
「ええ。あちらの方に煖炉が焚《た》いてございます。」かう云つて、女中は廊下の行《ゆ》き留《ど》まりの戸まで連れて行つた。

小川は戸を開《あ》けて這入《はい》つた。瓦斯《ガス》煖炉が焚いて、電燈が附けてある。本当の西洋間ではない。小川は国で這《は》入《い》つてゐた中学の寄宿舎のやうだと思つた。壁に沿うて棚を吊《つ》つたやうに寝床が出来てゐる。その下は押入れになつてゐる。煖炉があるのに、枕元に真鍮《しんちゆう》の火鉢を置いて、湯沸かしが掛けてある。その傍に九谷焼《くたにやき》の煎茶《せんちや》道具が置いてある。小川は吭《のど》が乾くので、急須《きゆうす》に一ぱい湯をさして、茶は出ても出なくても好《い》いと思つて、直《す》ぐに茶碗《ちやわん》に注《つ》いで、一口にぐつと呑《の》んだ。そして着てゐたジヤケツも脱がずに、行《い》きなり布団の中に這入つた。

横になつてから、頭の心《しん》が痛むのに気が附いた。「ああ、酒が変に利いた。誰だつたか、丸く酔はないで三角に酔ふと云つたが、己《おれ》は三角に酔つたやうだ。それに深淵奴《め》があんな話をしやがるものだから、不愉快になつてしまつた。あいつ奴、妙な客間を拵《こしら》へやがつたなあ。あいつの事だから、賭場《とば》でも始めるのぢやあるまいか。畜生《ちくしよう》。布団は軟《やわら》かで好《い》いが、厭《いや》な寝床だなあ。炕《かん》のやうだ。さうだ。丸《まる》で炕だ。ああ。厭だ。」こんな事を思つてゐるうちに、酔と疲れとが次第に意識を昏《くら》ましてしまつた。

小川はふいと目を醒《さ》ました。電燈が消えてゐる。併《しか》し部屋の中は薄明りがさしてゐる。窓からさしてゐるかと思つて、窓を見れば、窓は真つ暗だ。「瓦斯煖炉の明りかな」と思つて見ると、なる程、礬土《はんど》の管《くだ》が五本並んで、下の端《はし》だけ樺色《かばいろ》に燃えてゐる。併しその火の光は煖炉の前の半畳敷程の床《とこ》を黄いろに照してゐるだけである。それと室内の青白いやうな薄明りとは違ふらしい。小川は兎《と》に角《かく》電燈を附けようと思つて、体を半分起した。その時正面の壁に意外な物がはつきり見えた。それはこはい物でもなんでもないが、それが見えると同時に、小川は全身に水を浴せられたやうに、ぞつとした。見えたのは紅唐紙《べにとうし》で、それに「立春大吉」と書いてある。その吉《きち》の字が半分裂けて、ぶらりと下がつてゐる。それを見てからは、小川は暗示を受けたやうに目をその壁から放すことが出来ない。「や。あの裂けた紅唐紙の切れのぶら下つてゐる下は、一面の粟稈《あわがら》だ。その上に長い髪をうねらせて、浅葱色《あさぎいろ》の着物の前が開《ひら》いて、鼠色《ねずみいろ》によごれた肌着が皺《しわ》くちやになつて、あいつが仰《あお》向《む》けに寝てゐやがる。顋《あご》だけ見えて顔は見えない。どうかして顔が見たいものだ。あ。下脣《したくちびる》が見える。右の口角《こうかく》から血が糸のやうに一筋《ひとすじ》流れてゐる。」

小川はきやつと声を立てて、半分起した体を背後《うしろ》へ倒した。

翌朝《よくあさ》深淵の家へは医者が来たり、警部や巡査が来たりして、非常に雑遝《ざつとう》した。夕方になつて、布団を被《かぶ》せた吊台《つりだい》が舁《か》き出された。

近所の人がどうしたのだらうと囁《ささや》き合つたが、吊台《つりだい》の中の人は誰だか分からなかつた。「いづれ号外が出ませう」などと云ふものもあつたが、号外は出なかつた。

その次の日の新聞を、近所の人は待ち兼ねて見た。記事は同じ文章で諸新聞に出てゐた。多分どの通信社かの手で廻したのだらう。併《しか》し平凡極まる記事なので、読んで失望しないものはなかつた。

「小石川区小日向台町何丁目何番地に新築落成して横浜市より引き移りし株式業深淵某《ぼうし》氏宅にては、二月十七日の晩に新宅祝《いわい》として、友人を招き、宴会を催し、深更《しんこう》に及びし為め、一二名宿泊することとなりたるに、其《その》一名にて主人の親友なる、芝区南佐久間町何丁目何番地住《じゆう》何新聞記者小川某氏其夜《そのよ》脳溢血症《のういつけつしよう》にて死亡せりと云ふ。新宅祝の宴会に死亡者を出《いだ》したるは、深淵氏の為め、気の毒なりしと、近所にて噂《うわさ》し合へり。」

（明治四五年四月「中央公論」）

寒山拾得

唐《とう》の貞観《じょうかん》の頃だと云ふから、西洋は七世紀の初《はじめ》日《に》本《ほん》は年号と云ふもののやつと出来掛かつた時である。閭《りよ》丘胤《きゅういん》と云ふ官吏がゐたさうである。尤《もっと》もそんな人はゐなかつたらしいと云ふ人もある。なぜかと云ふと、閭は台州《たいしゅう》の主簿《しゅぼ》になつてゐたと言ひ伝へられてゐるのに、新旧の唐書に伝が見えない。主簿と云へば、刺史《しし》とか太《たい》守《しゅ》とか云ふと同じ官である。支那《しな》全国が道《どう》に分れ、道が州又は郡に分れ、それが県に分れ、県の下に郷《ごう》があり郷の下に里《り》がある。州には刺史と云ひ、郡には太守と云ふ。一体日本で県より小さいものに郡の名を附けてゐるのは不都合だと、吉田東伍《とうご》さんなんぞは不服を唱へてゐる。閭が果《はた》して台州の主簿であつたとすると日本の府県知事位の官吏である。さうして見ると、唐書の列伝に出てゐる筈《はず》だと云ふのである。しかし閭がゐなくては話が成り立たぬから、兎《と》も角《かく》もゐたことにして置くのである。

さて閭が台州に著任《ちゃくにん》してから三日目になつた。長安《ちょうあん》で北支那の土埃《つちほこり》を被《かぶ》つて、濁つた水を飲んでゐた男が台州に来て中央支那の肥《こ》えた土を踏み、澄んだ水を飲むことになつたので、上機嫌である。それに此三日《このみっか》の間に、多人数《たにんず》の下役《したやく》が来て謁見をする。受持々々の事務を形式的に報告する。その慌ただしい中に、地方長官の威勢の大きいことを味《あじわ》つて、意気揚々としてゐるのである。

閭は前日に下役のものに言つて置いて、今朝《けさ》は早く起きて、天台県の国清寺《こくせいじ》をさして出掛けることにした。これは長安にゐた時から、台州に著《つ》いたら早速往《ゆ》かうと極《き》めてゐたのである。

何の用事があつて国清寺へ往くかと云ふと、それには因縁がある。閭が長安で主簿の任命を受けて、これから任地へ旅立たうとした時、生憎《あいにく》こらへられぬ程の頭痛が起つた。単純なレウマチス性の頭痛ではあつたが、閭は平生《へいぜい》から少し神経質であつたので、掛かり附《つけ》の医者の薬を飲んでもなかなかなほらない。これでは旅立の日を延ばさなくてはなるまいかと云つて、女房と相談してゐると、そこへ小女《こおんな》が来て、「只今《ただいま》御門《ごもん》の前へ乞食《こじき》坊主《ぼうず》がまゐりまして、御主人にお目に掛かりたいと申しますがいかがいたしませう」と云つた。

「ふん、坊主か」と云つて閭は暫《しばら》く考へたが、「兎《と》に角逢《かくあ》つて見るから、こゝへ通せ」と言ひ附けた。そして女房を奥へ引つ込ませた。

元来《がんらい》閭は科挙《かきよ》に応ずるために、経書《けいしよ》を読んで、五言《ごごん》の詩を作ることを習つたばかりで、仏典を読んだこともなく、老子を研究したこともない。しかし僧侶や道士と云ふものに対しては、何故《なぜ》と云ふこともなく尊敬の念を持つてゐる。自分の会得《えとく》せぬものに対する、盲目の尊敬とでも云はうか。そこで坊主と聞いては逢《あ》はうと云つたのである。

間もなく這入《はい》つて来たのは、一人《いちにん》の背の高い僧であつた。垢《あか》つき弊《やぶ》れた法衣《ほうえ》を着て、長く伸びた髪を、眉《まゆ》の上で切つてゐる。目に被《かぶ》さつてうるさくなるまで打ち遣《や》つて置いたものと見える。手には鉄鉢《てつぱつ》を持つてゐる。

僧は黙つて立つてゐるので閭が問うて見た。「わたしに逢ひたいと云はれたさうだが、なんの御用かな。」

僧は云つた。「あなたは台州へお出《いで》なさることにおなりなすつたさうでございますね。それに頭痛に悩んでお出なさると申すことでございます。わたくしはそれを直して進ぜようと思つて参りました。」

「いかにも言はれる通《とおり》りで、其《その》頭痛のために出立《しゆつたつ》の日を延ばさうかと思つてゐますが、どうして直してくれられる積《つもり》か。何か薬方《やくほう》でも御存じか。」

「いや。四大の身を悩ます病は幻でございます。只清浄《ただしようじよう》な水が此《この》受糧器に一ぱいあれば宜《よろ》しい。呪《まじない》で直して進ぜます。」

「はあ呪をなさるのか。」かう云つて少し考へたが「仔細《しさい》あるまい、一つまじなつて下さい」と云つた。これは医道の事などは平生《へいぜい》深く考へてもをらぬので、どう云ふ治療ならさせる、どう云ふ治療ならさせぬと云ふ定見がないから、只《ただ》自分の悟性に依頼して、其折々《そのおりおり》に判断するのであつた。勿論《もちろん》さう云ふ人だから、掛かり附《つけ》の医者と云ふのも善く人選《にんせん》をしたわけではなかつた。素問《そもん》や霊枢《れいすう》でも読むやうな医者を捜して極《き》めてゐたのではなく、近所に住んでゐて呼ぶのに面倒《めんどう》のない医者に懸《か》かつてゐたのだから、ろくな薬は飲ませて貰《もら》ふことが出来なかつたのである。今乞食坊主《こじきぼうず》に頼む気になつたのは、なんとなくえらさうに見える坊主の態度に信を起したのと、水一ぱいでする呪《まじない》なら間違つた処《ところ》で危険な事もあるまいと思つたのとのためである。丁度《ちょうど》東京で高等官連中が紅《べに》療治や気合術に依頼するのと同じ事である。

閭は小女《こおんな》を呼んで、汲立《くみたて》の水を鉢に入れて来いと命じた。水が来た。僧はそれを受け取つて、胸に捧げて、ぢつと閭を見詰めた。清浄《しょうじょう》な水でも好《よ》ければ、不潔な水でも好《い》い、湯でも茶でも好《い》いのである。不潔な水でなかつたのは、閭がためには勿怪《もつけ》の幸《さいわい》であつた。暫《しば》く見詰めてゐるうちに、閭は覚えず精神を僧の捧げてゐる水に集注した。

此時《このとき》僧は鉄鉢《てつぱつ》の水を口に銜《ふく》んで、突然ふつと閭の頭に吹き懸けた。

閭はびつくりして、背中に冷汗《ひやあせ》が出た。

「お頭痛は」と僧が問うた。

「あ。癒《なお》りました。」実際閭はこれまで頭痛がする、頭痛がすると気にしてゐて、どうしても癒らせずにゐた頭痛を、坊主の水に気を取られて、取り逃がしてしまつたのである。

僧は徐《しず》かに鉢に残つた水を床に傾けた。そして「そんならこれでお暇《いとま》をいたします」と云ふや否《いな》や、くるりと閭に背中を向けて、戸口の方へ歩き出した。

「まあ、一寸《ちょっと》」と閭が呼び留めた。

僧は振り返つた。「何か御用で。」

「寸志のお礼がいたしたいのですが。」

「いや。わたくしは群生《ぐんしょう》を福利し、憍慢《きょうまん》を折伏《しゃくぶく》するために、乞食《こつじき》はいたしますが、療治代は戴《いただ》きませぬ。」

「なる程。それでは強《し》ひては申しますまい。あなたはどちらのお方か、それを伺つて置きたいのですが。」

「これまでをつた処《ところ》でございますか。それは天台の国清寺《こくせいじ》で。」

「はあ。天台にをられたのですな。お名は。」

「豊干《ぶかん》と申します。」

「天台国清寺の豊干と仰《おつ》しやる。」閭はしつかりおぼえて置かうと努力するやうに、眉《まゆ》を顰《ひそ》めた。「わたしもこれから台州へ往《ゆ》くものであつて見れば、殊《こと》さらお懐かしい。序《ついで》だから伺ひたいが、台州には逢《あ》ひに往《い》つて為めになるやうな、えらい人はをられませんかな。」

「さやうでございます。国清寺に拾得《じつとく》と申すものがをります。実は普賢《ふげん》でございます。それから寺の西の方に、寒巌《かんがん》と云ふ石窟《せきくつ》があつて、そこに寒山《かんざん》と申すものがをります。実は文殊《もんじゆ》でございます。さやうならお暇《いとま》をいたします。」から言つてしまつて、ついと出て行つた。

から云ふ因縁があるので、閭は天台の国清寺をさして出懸《でか》けるのである。


全体世の中の人の、道とか宗教とか云ふものに対する態度に三通《みとお》りある。自分の職業に気を取られて、唯《ただ》営々役々《えいえいえきえき》と年月《としつき》を送つてゐる人は、道と云ふものを顧みない。これは読書人でも同じ事である。勿論《もちろん》書を読んで深く考へたら、道に到達せずにはゐられまい。しかしさうまで考へないでも、日々の務《つとめ》だけは弁じて行《ゆ》かれよう。これは全く無頓著《むとんちやく》な人である。

次に著意《ちやくい》して道を求める人がある。専念に道を求めて、万事《ばんじ》を抛《なげう》つこともあれば、日々の務は怠らずに、断えず道に志《こころざ》してゐることもある。儒学に入《い》つても、道教に入《い》つても、仏法《ぶつぽう》に入《い》つても基督教《クリスト》に入《い》つても同じ事である。から云ふ人が深く這入《はい》り込むと日々の務が即《すなわ》ち道そのものになつてしまふ。約《つづ》めて言へばこれは皆道を求める人である。

この無頓著な人と、道を求める人との中間に、道と云ふものゝ存在を客観的に認めてゐて、それに対して全く無頓著だと云ふわけでもなく、さればと云つて自《みずか》ら進んで道を求めるでもなく、自分をば道に疎遠な人だと諦《あきら》め、別に道に親密な人がゐるやうに思つて、それを尊敬する人がある。尊敬はどの種類の人にもあるが、単に同じ対象を尊敬する場合を顧慮して云つて見ると、道を求める人なら遅れてゐるものが進んでゐるものを尊敬することになり、こゝに言ふ中間人物なら、自分のわからぬもの、会得《えとく》することの出来ぬものを尊敬することになる。そこに盲目の尊敬が生ずる。盲目の尊敬では、偶《たまたま》それをさし向ける対象が正鵠《せいこく》を得てゐても、なんにもならぬのである。

閭は衣服を改め輿《よ》に乗つて、台州の官舎を出た。従者が数十人ある。

時は冬の初《はじめ》で、霜《しも》が少し降つてゐる。椒江《しようこう》の支流で、始豊渓《しほうけい》と云ふ川の左岸を迂回《うかい》しつつ北へ進んで行《ゆ》く。初め陰《くも》つてゐた空がやうやう晴れて、蒼白《あおじろ》い日が岸の紅葉《もみじ》を照してゐる。路《みち》で出合ふ老幼は、皆輿を避けて跪《ひざまず》く。輿の中では閭がひどく好《い》い心持《こころもち》になつてゐる。牧民の職にゐて賢者《けんしゃ》を礼すると云ふのが、手柄のやうに思はれて、閭に満足を与へるのである。

台州から天台県までは六十里である。日本の六里半程である。ゆる〳〵輿を舁《か》かせて来たので、県から役人の迎へに出たのに逢《あ》つた時、もう午《ひる》を過ぎてゐた。知県の官舎で休んで、馳走《ちそう》になりつゝ聞いて見ると、こゝから国清寺までは、爪尖上《つまさきあが》りの道が又六十里ある。往《ゆ》き著《つ》くまでには夜《よ》に入《い》りさうである。そこで閭は知県の官舎に泊ることにした。

翌朝《よくちょう》知県に送られて出た。けふもきのふに変らぬ天気である。一体天台一万八千丈《じょう》とは、いつ誰《たれ》が測量したにしても、所詮《しょせん》高過ぎるやうだが、兎《と》に角虎《かくとら》のゐる山である。道はなか〳〵きのふのやうには捗《はかど》らない。途中で午飯《ひるめし》を食つて、日が西に傾き掛かつた頃、国清寺の三門に著いた。智者大師《ちしゃだいし》の滅後《めつご》に、隋《ずい》の煬帝《ようだい》が立てたと云ふ寺である。

寺でも主簿《しゅぼ》の御参詣《ごさんけい》だと云ふので、おろそかにはしない。道翹《どうぎょう》と云ふ僧が出迎へて、閭を客間に案内した。さて茶菓《ちゃか》の饗応《きょうおう》が済むと、閭が問うた。「当寺に豊干《ぶかん》と云ふ僧がをられましたか。」

道翹が答へた。「豊干と仰《おつし》やいますか。それは先頃《さきごろ》まで、本堂の背後《うしろ》の僧院にをられましたが、行脚《あんぎゃ》に出られた切《きり》、帰られませぬ。」

「当寺ではどう云ふ事をしてをられましたか。」

「さやうでございます。僧共《ども》の食べる米を舂《つ》いてをられました。」

「はあ。そして何か外《ほか》の僧達と変つたことはなかつたのですか。」

「いえ。それがございましたので、初め只骨惜《ただほねおし》みをしない、親切な同宿だと存じてゐました豊干《ぶかん》さんを、わたくし共が大切にいたすやうになりました。すると或る日ふいと出て行つてしまはれました。」

「それはどう云ふ事があつたのですか。」

「全く不思議な事でございました。或る日山から虎《とら》に騎《の》つて帰つて参られたのでございます。そして其儘《そのまま》廊下へ這入《はい》つて、虎の背で詩を吟《ぎん》じて歩かれました。一体詩を吟ずることの好《すき》な人で、裏の僧院でも、夜《よる》になると詩を吟ぜられました。」

「はあ。活《い》きた阿羅漢《あらかん》ですな。其《その》僧院の址《あと》はどうなつてゐますか。」

「只今《ただいま》も明家《あきや》になつてをりますが、折々夜《おりおりよる》になると、虎が参つて吼《ほ》えてをります。」

「そんなら御苦労ながら、そこへ御案内を願ひませう。」かう云つて、閭は座を起《た》つた。

道翹《どうぎよう》は蛛《くも》の網《い》を払ひつゝ先に立つて、閭を豊干のゐた明家に連れて行つた。日がもう暮れ掛かつたので、薄《うす》暗《くら》い屋内を見廻すに、がらんとして何一つ無い。道翹は身を屈《かが》めて石畳の上の虎の足跡《あしあと》を指さした。偶《たまたま》山風が窓の外を吹いて通つて、堆《うずたか》い庭の落葉を捲《ま》き上げた。其《その》音が寂寞《せきばく》を破つてざわ〳〵と鳴ると、閭は髪の毛の根を締め附けられるやうに感じて、全身の肌に粟《あわ》を生じた。

閭は忙《せわ》しげに明家を出た。そして跡から附いて来る道翹に言つた。「拾得《じつとく》と云ふ僧は、まだ当寺《とうじ》にをられますか。」

道翹は不審らしく閭の顔を見た。「好《よ》く御存じでございます。先刻あちらの厨《くりや》で、寒山《かんざん》と申すものと火に当つてをりましたから、御用がおありなさるなら、呼び寄せませうか。」

「はゝあ。寒山も来てをられますか。それは願つても無い事です。どうぞ御苦労序《ついで》に厨《くりや》に御案内を願ひませう。」

「承知いたしました」と云つて、道翹は本堂に附いて西へ歩いて行《ゆ》く。

閭が背後《うしろ》から問うた。「拾得さんはいつ頃から当寺にをられますか。」

「もう余程久しい事でございます。あれは豊干さんが松林の中から拾つて帰られた捨子《すてご》でございます。」

「はあ。そして当寺では何をしてをられますか。」

「拾はれて参つてから三年程立ちました時、食堂で上座《じようざ》の像に香《こう》を上げたり、燈明《とうみよう》を上げたり、其外供《そのほかそな》へものをさせたりいたしましたさうでございます。そのうち或る日上座《じようざ》の像に食事を供へて置いて、自分が向き合つて一しよに食べてゐるのを見付けられましたさうでございます。賓頭盧尊者《びんづるそんじや》の像がどれだけ尊《たつと》いものか存ぜずにいたしたことゝ見えます。唯今《ただいま》では厨《くりや》で僧共《ども》の食器を洗はせてをります。」

「はあ」と言つて、閭は二足三足《ふたあしみあし》歩いてから問うた。「それから唯今寒山と仰《おつ》しやつたが、それはどう云ふ方ですか。」

「寒山でございますか。これは当寺から西の方の寒巌と申す石窟《せきくつ》に住んでをりますものでございます。拾得が食器を滌《あら》ひます時、残つてゐる飯《めし》や菜《さい》を竹の筒に入れて取つて置きますと、寒山はそれを貰《もら》ひに参るのでございます。」

「なる程」と云つて、閭は附いて行《ゆ》く。心の中《うち》では、そんな事をしてゐる寒山、拾得が文殊《もんじゆ》、普賢《ふげん》なら、虎《とら》に騎《の》つた豊干はなんだらうなどと、田舎者《いなかもの》が芝居を見て、どの役がどの俳優かと思ひ惑《まど》ふ時のやうな気分になつてゐるのである。


「甚《はなは》だむさくるしい所で」と云ひつゝ、道翹は閭を厨《くりや》の中《うち》に連れ込んだ。

こゝは湯気が一ぱい籠《こ》もつてゐて、遽《にわか》に這入《はい》つて見ると、しかと物を見定めることも出来ぬ位である。その灰色の中に大きい竈《かまど》が三つあつて、どれにも残つた薪《まき》が真赤《まつか》に燃えてゐる。暫《しばら》く立ち止《と》まつて見てゐるうちに、石の壁に沿うて造り附けてある卓《つくえ》の上で大勢の僧が飯や菜や汁《しる》を鍋釜《なべかま》から移してゐるのが見えて来た。

この時道翹が奥の方へ向いて、「おい、拾得」と呼び掛けた。

閭が其《その》視線を辿《たど》つて、入口《いりくち》から一番遠い竈の前を見ると、そこに二人の僧の蹲《うずくま》つて火に当つてゐるのが見えた。

一人は髪の二三寸《ずん》伸びた頭を剥《む》き出して、足には草履《ざうり》を穿《は》いてゐる。今一人は木《き》の皮で編んだ帽を被《かぶ》つて、足には木履《ぼくり》を穿いてゐる。どちらも痩《や》せて身すぼらしい小男《こおとこ》で、豊干《ぶかん》のやうな大男ではない。

道翹《どうぎよう》が呼び掛けた時、頭を剥き出した方は振り向いてにやりと笑つたが、返事はしなかつた。これが拾得だと見える。帽を被《かぶ》つた方は身動きもしない。これが寒山なのであらう。

閭はかう見当を附けて二人の傍へ進み寄つた。そして袖《そで》を掻《か》き合せて恭《うやうや》しく礼をして、「朝儀大夫《ちようぎたいふ》、使持節《しじせつ》、台州の主簿《しゆぼ》、上柱国《じようちゆうこく》、賜緋魚袋《しひぎよたい》、閭丘胤と申すものでございます」と名告《なの》つた。

二人は同時に閭を一目見た。それから二人で顔を見合せて腹の底から籠《こ》み上げて来るやうな笑声《わらいごえ》を出したかと思ふと、一しよに立ち上がつて、厨《くりや》を駆け出して逃げた。逃げしなに寒山が「豊干がしやべつたな」と云つたのが聞えた。

驚いて跡《あと》を見送つてゐる閭が周囲には、飯《めし》や菜《さい》や汁《しる》を盛つてゐた僧等《ら》が、ぞろ〳〵と来てたかつた。道翹は真蒼《まつさお》な顔をして立ち竦《すく》んでゐた。

附寒山拾得縁起

徒然草《つれづれぐさ》に最初の仏はどうして出来たかと問はれて困つたと云ふやうな話があつた。子供に物を問はれて困ることは度々である。中にも宗教上の事には、答に窮することが多い。しかしそれを拒《こば》んで答へずにしまふのは、殆《ほとん》どそれは譃《うそ》だと云ふと同じやうになる。近頃帰一《きいち》協会などでは、それを子供のために悪いと云つて気遣《きづか》つてゐる。

寒山詩が所々《しよしよ》で活字本にして出されるので、私《わたくし》の内の子供が其《その》広告を読んで買つて貰《もら》ひたいと云つた。

「それは漢字ばかりで書いた本で、お前にはまだ読めない」と云ふと、重ねて「どんな事が書いてあります」と問ふ。多分広告に、修養《しゆうやう》のために読むべき書だと云ふやうな事が書いてあつたので、子供が熱心に内容を知りたく思つたのであらう。

私は取り敢《あ》へずこんな事を言つた。床《とこ》の間《ま》に先頃《さきごろ》掛けてあつた画《え》をおぼえてゐるだらう。唐子《からこ》のやうな人が二人で笑つてゐた。あれが寒山と拾得とをかいたものである。寒山詩は其《そ》の寒山の作つた詩なのだ。詩はなかなかむづかしいと云つた。

子供は少し見当が附いたらしい様子で、「詩はむづかしくてわからないかも知れませんが、その寒山と云ふ人だの、それと一しよにゐる拾得と云ふ人だのは、どんな人でございます」と云つた。私《わたくし》は已《や》むことを得ないで、寒山拾得の話をした。

私は丁度其時《ちようどそのとき》、何か一つ話を書いて貰《もら》ひたいと頼まれてゐたので、子供にした話を、殆《ほとんど》其儘《そのまま》書いた。いつもと違《ちが》つて、一冊の参考書をも見ずに書いたのである。

此《この》「寒山拾得」と云ふ話は、まだ書肆《しよし》の手にわたしはせぬが、多分新小説に出ることになるだらう。

子供は此《この》話には満足しなかつた。大人の読者は恐らくは一層満足しないだらう。子供には、話した跡《あと》でいろいろの事を問はれて、私は又已むことを得ずに、いろ〳〵な事を答へたが、それを悉《ことごと》く書くことは出来ない。最も窮したのは、寒山が文殊《もんじゆ》で、拾得は普賢《ふげん》だと云つたために、文殊だの普賢だのの事を問はれ、それをどうかかうか答へると、又その文殊が寒山で、普賢が拾得だと云ふのがわからぬと云はれた時である。私はとうとう宮崎虎之助《とらのすけ》さんの事を話した。宮崎さんはメツシアスだと自分で云つてゐて、又其《その》メツシアスを拝みに往《ゆ》く人もあるからである。これは現在にある例で説明したら、幾らかわかり易《やす》からうと思つたからである。

しかし此《この》説明は功を奏せなかつた。子供には昔の寒山が文殊であつたのがわからぬと同じく、今の宮崎さんがメツシアスであるのがわからなかつた。私《わたくし》は一つの関を踰《こ》えて、又一つの関に出逢《であ》つたやうに思つた。そうしてとう〳〵かう云つた。「実はパパアも文殊なのだが、まだ誰《たれ》も拝みに来ないのだよ。」

（大正五年一月「新小説」）

椙原品

一

私《わたし》が大礼《たいれい》に参列するために京都へ立たうとしてゐる時であつた。私《わたくし》の加盟してゐる某社の雑誌が来たので、忙しい中にざつと目を通した。すると仙台に高尾《たかお》の後裔《こうえい》がゐると云ふ話が出てゐるのを見た。これは伝説の誤《あやまり》であつて、しかもそれが誤だと云ふことは、大槻文彦《おおつきふみひこ》さんがあらゆる方面から遺憾《いかん》なく立証してゐる。どうして今になつてこんな誤が事新しく書かれただらうと云ふことを思つて見ると、そこには大いに考へて見て好《い》い道理が存《そん》じてゐるのである。

誰《たれ》でも著述に従事してゐるものは思ふことであるが、著述がどれ丈《だけ》人に読まれるかは問題である。著述が世に公《おおやけ》にせられると、そこには人がそれを読み得《う》ると云ふポツシビリテエが生ずる。しかし実にそれを読む人は少数である。一般の人に読者が少いばかりではない。読書家と称して好《い》い人だつて、其《その》読書力には際限がある。沢山《たくさん》出る書籍を悉《ことごと》く読むわけには行《い》かない。そこで某雑誌に書いたやうな、歴史に趣味を有する人でも、切角《せっかく》の大槻さんの発表に心附かずにゐることになるのである。

某雑誌の記事は奥州話《おうしゆうばなし》と云ふ書に本《もと》づいてゐる。あの書は仙台の工藤平助《くどうへいすけ》と云ふ人の女《むすめ》で、只野《ただの》伊賀《いが》と云ふ人の妻になつた文子《あやこ》と云ふものゝ著述で、文子は滝沢馬琴《たきざわばきん》に識られてゐたので、多少名高くなつてゐる。しかし奥州話は大槻さんも知つてゐて、弁妄の筆を把《と》つてゐるのである。

文子の説によれば、伊達綱宗《だてつなむね》は新吉原の娼妓《しようぎ》高尾を身受《みうけ》して、仙台に連れて帰つた。高尾は仙台で老いて亡くなつた。墓は荒町《あらまち》の仏眼寺《ぶつげんじ》にある、其《その》子孫が椙原氏《すぎのはらうじ》だと云ふことになつてゐる。

これは大《おお》いに錯《あやま》つてゐる。伊達綱宗は万治《まんじ》元年に歿《ぼつ》した父忠宗《ただむね》の跡《あと》を継いだ。踰《こ》えて三年二月朔《ついたち》に小石川の堀浚《ほりざらえ》を幕府から命ぜられ、三月に仙台から江戸へ出て、工事を起した。筋違橋《すじかえばし》即《すなわ》ち今の万世橋《まんせいばし》から牛込土橋《うしごめどばし》までの間の工事である。これがために綱宗は吉祥寺《きちじょうじ》の裏門内に設けられた小屋場《こやば》へ、監視をしに出向いた。吉祥寺は今駒込《こまごめ》にある寺で、当時まだ水道橋の北のたもと、東側にあつたのである。この往来《ゆきき》の間に、綱宗は吉原へ通ひはじめた。これは当時の諸侯としては類のない事ではなかつたが、それが誇大《かだい》に言ひ做《な》され、意外に早く幕府に聞えたには、綱宗を陥《おとし》いれようとしてゐた人達の手伝《てつだい》があつたものと見える。綱宗は不行迹《ふぎょうせき》の廉《かど》を以て、七月十三日に逼塞《ひっそく》を命ぜられて、芝浜の屋敷から品川に遷《うつ》つた。芝浜の屋敷は今の新橋停車場《ていしゃじょう》の真中《まんなか》程であつたさうである。次《つ》いで八月二十五日に、嫡子亀千代《ちゃくしかめちよ》が家督した。此時《このとき》綱宗は二十歳、亀千代は僅《わずか》に二歳であつた。堀浚《ほりざらえ》は矢張《やはり》伊達家で継続することになつたので、翌年工事を竣《おわ》つた。そこで綱宗の吉原へ通《かよ》つた時、何屋の誰《たれ》の許《もと》へ通つたかと云ふと、それは京町《きょうまち》の山本屋と云ふ家の薫《かおる》と云ふ女であつたらしい。それが決して三浦屋の高尾でなかつたと云ふ反証には、当時万治二年三月から七月までの間には、三浦屋に高尾と云ふ女がゐなかつたと云ふ事実がある。綱宗の通ふべき高尾と云ふ女がゐない上は、それを見受《みうけ》しやうがない。其上《そのうえ》、綱宗は品川の屋敷に蟄居《ちっきょ》して以来、仙台へは往《ゆ》かずに、天和《てんな》三年に四十四歳で剃髪《ていはつ》して嘉心《かしん》と号し、正徳《しょうとく》元年六月六日《むゆか》に七十二歳で歿《ぼつ》した。綱宗に身受せられた女があつた所で、それが仙台へ連れて行《ゆ》かれる筈《はず》がない。

文子は綱宗が高尾を身受して舟に載せて出て、三股《みつまた》で斬《き》つたと云ふ俗説を反駁《はんばく》する積《つもり》で、高尾が仙台へ連れて行かれて、子孫を彼地《かのち》に残したと書いたのだが、それは誤《あやまり》を以て誤に代へたのである。

二

然《しか》らば奥州話にある仏眼寺の墓の主《ぬし》は何人《なんぴと》かと云ふに、これは綱宗の妾品《しょうしな》と云ふ女で、初《はじめ》から相原氏《すぎのはらうじ》であつたから、子孫も相原氏を称したのである。品は吉原にゐた女でもなければ、高尾でもない。品は一体どんな女であつたか。私《わたくし》は品川に於ける綱宗を主人公にして一つの物語を書かうと思つて、余程久しい間、其《その》結構を工夫してゐた。綱宗は凡庸人ではない。和歌を善くし、筆札《ひつさつ》を善くし、絵画を善くした。十九歳で家督をして、六十二万石《ごく》の大名たること僅《わずか》に二年。二十一歳の時、叔父《おじ》伊達兵部少輔《ひょうぶしょうゆう》宗勝《むねかつ》を中心としたイントリイグに陥《おち》いつて蟄居《ちつきょ》の身となつた。それから四十四歳で落飾《らくしょく》するまで、一子亀千代の綱村にだに面会することが出来なかつた。亀千代は寛文《かんぶん》九年に十一歳で総次郎《そうじろう》綱基《つなもと》となり、踰《こ》えて十一年、兵部宗勝の嫡子《ちゃくし》東市正《いちのかみ》宗興《むねおき》の表面上の外舅《がいきゅう》となり、宗勝を贔屓《ひいき》した酒井《さかい》雅楽頭《うたのかみ》忠清《ただきよ》が邸《やしき》での原田《はらだ》甲斐《かい》の刃傷《にんじょう》事件があつて、将《まさ》に失はんとした本領を安堵《あんど》し、延宝《えんぽう》五年に十九歳で綱村と名告《なの》つたのである。暗中の仇敵《きゅうてき》たる宗勝は、父子《ふし》の対面に先だつこと四年、延宝七年に亡くなつてゐた。綱宗はこれより前も、これから後《のち》老年に至るまでも、幽閉の身の上でゐて、その銷遣《しょうけん》のすさびに残した書画には、往々《おうおう》知過必改《ちかひつかい》と云ふ印《いん》を用ゐた。綱宗の芸能は書画や和歌ばかりではない。蒔絵《まきえ》を造り、陶器を作り、又刀剣をも鍛《きた》へた。私《わたくし》は此《この》人が政治の上に発揮することの出来なかつた精力を、芸術の方面に傾注したのを面白く思ふ。面白いのはこゝに止《とど》まらない。綱宗は籠居《ろうきょ》のために意気を挫《くじ》かれずにゐた。品川の屋敷の障子《しょうじ》に、当時まだ珍しかつた硝子板《ガラスいた》四百余枚を嵌《は》めさせたが、その大きいのは一枚七十両で買つたと云ふことである。その豪邁《ごうまい》の気象が想ひ遣《や》られるではないか。かう云ふ人物の綱宗に仕へて、其《その》晩年に至るまで愛せられてゐた品と云ふ女も、恐らくは尋常の女ではなかつただらう。

綱宗には表立つた正室と云ふものがなかつた。その側にかしづいてゐた主《おも》な女は、亀千代を生んだ三沢初子《みさわはつこ》と品との二人で、初子は寛永十七年生れで綱宗と同年、品は十六年生れで綱宗より一つ年上であつたらしい。二人の中で初子は家柄が好《い》いのと後見《うしろみ》があつたのとで、綱宗はそれを納《い》れる時正式の婚礼をした。只《ただ》幕府への届が妻《さい》になつてゐなかつただけである。これは綱宗が家督する三年前で、綱宗も初子も十六歳の時であつた。それから四年目の万治二年三月八日に亀千代が生れた。堀浚《ほりざらえ》の命《めい》が伊達家に下《くだ》つた一年前である。品は初子が亀千代を生んだ年に二十一歳で浜屋敷に仕へることになつて、直《すぐ》に綱宗の枕席《ちんせき》に侍《じ》したらしい。或《あるい》は初子の産前産後の時期に寵《ちょう》を受けはじめたのではなからうか。

三

品に先《さき》だつて綱宗に仕へた初子は、其世系《そのせいけい》が立派である。六孫王経基《ろくそんのうつねもと》の四子陸奥守満快《むつのかみまんかい》の八世《せい》の孫飯島三郎広《そんいいじまさぶろうひろ》忠《ただ》が出雲《いずも》の三沢を領して、其曽孫《そのそうそん》が三沢六郎為長《ためなが》と名告《なの》つた。為長の十世の孫左《さ》京 亮為虎《きょうのすけためとら》が初め尼子義久《あまこよしひさ》に、後毛利輝元《のちもうりてるもと》に属して、長門《ながと》の府中に移つた。為虎の長男頼母助為基《たのものすけためもと》が父と争つて近江《おうみ》に奔《はし》つた。為基に男女の子があつて、兄権佐清長《ごんのすけきよなが》は美濃大垣《みのおおがき》の城主氏家広定《うじいえひろさだ》の養子になつてゐるうちに、関が原の役《えき》に際会して養父と共に細川忠興《ほそかわただおき》に預けられ、妹紀伊《きい》は忠興の世話で、幕府の奥に仕へ、家康《いえやす》の養女振姫《ふりひめ》の侍女になつた。紀伊が奥勤《おくづとめ》をしてゐると、元和《げんな》三年に振姫が伊達忠宗に嫁《か》したので、紀伊も輿入《こしいれ》の供をした。此間《このあいだ》に紀伊の兄清長は流浪《るろう》して、因幡《いなば》鳥取に往《い》つてゐて、朽木宣綱《くつきのぶつな》の女《むすめ》の腹に初子が出来た。初子は叔母《おば》紀伊に引き取られて、伊達家の奥へ来た。

振姫は実は池田輝政《いけだてるまさ》の子で、家康の二女督姫《こうひめ》が生んだのである。それを家康が養女にして忠宗に嫁せしめた。綱宗は忠宗の側室貝姫《かいひめ》の腹に出来たのを振姫が養ひ取つて、嫡出《ちゃくしゅつ》の子として届けたのである。貝姫は櫛笥《くしげ》左《さ》中 将隆致《ちゅうじょうたかむね》の女《むすめ》で、後西院《ごさいいん》天皇の生母御匣局《みくしげのつぼね》の妹である。

忠宗は世を去る三年前に、紀伊の連れてゐる初子の美しくて賢いのに目を附けて、子綱宗の妾《しょう》にしようと云ふことを、紀伊に話した。しかし紀伊は自分達の家世《かせい》を語つて、姪《めい》を妾にすることを辞退した。そこで綱宗と初子とは、明暦《めいれき》元年の正月に浜屋敷で婚礼をしたのである。

初子の美しかつたことは、其《その》木像を見ても想像せられる。短冊《たんざく》や、消息《しょうそこ》、自《みずか》ら書写《しょしゃ》した法華経《ほけきょう》を見るに、能書である。和歌をも解してゐた。容《かたち》が美しくて心の優しい女であつたらしい。それゆゑ忠宗が婚礼をさせてまで、妻《さい》の侍女の姪を子綱宗の配偶にしたのであらう。

此《この》初子が嫡男《ちゃくなん》まで生んでゐる所へ、側《はた》から入《い》つて来た品が、綱宗の寵《ちょう》を得たには、両性問題は容《た》易《やす》く理《り》を以て推《お》すべからざるものだとは云ひながら、品の人物に何か特別なアトラクションがなくては愜《かな》はぬやうである。

それゆゑ私《わたくし》は、単に品が高尾でないと云ふ事実、即《すなわ》ち疾《と》うの昔に大槻さんが遺憾《いかん》なく立証してゐる事実を、再び書いて世間に出さうと云ふためばかりでなく、相原品と云ふ女を一の問題としてこゝに提供したのである。

四

品の家世《かせい》はどうであるか。播磨《はりま》の赤松家の一族に、相原伊賀守賢盛《いがのかみかたもり》と云ふ人があつた。後《のち》に薙髪《ちはつ》して宗伊《そうい》と云つた人である。それが相原を名告《なの》つたのは、住んでゐた播磨の土地の名に本《もと》づいたのである。賢盛の後裔《こうえい》に新左衛門守範《しんざえもんもりのり》と云ふ人があつた。守範は赤松氏《うじ》の亡びた時に浪人になつて江戸に出て、明暦《めいれき》三年の大火に怪我《けが》をして死んださうである。赤松氏の亡びた時とは、恐らくは赤松則房《のりふさ》が阿波《あわ》で一万石を食《は》んでゐて、関が原の役《えき》に大阪に与《くみ》し、戦場を逃れて人に殺された時を謂《い》つたものであらうか。若《も》しさうなら、仮に当時守範は十五歳の少年であつたとしても、品の生まれる年には、五十三歳になつてゐる筈《はず》である。兎《と》に角《かく》品は守範が流浪《るろう》した後《のち》、年が寄つてから出来た女《むすめ》であらう。品を生んだ守範の妻《さい》が、麻布《あざぶ》の盛泰寺《せいたいじ》の日道《にちどう》と云ふ日蓮《にちれん》宗の僧の女《むすめ》であつたと云ふ所から考へても、守範は江戸の浪人でゐて、妻《さい》を娶《めと》つたものとは思はれる。守範には二人の子があつて、姉《あね》が品で、弟を梅之助《うめのすけ》と云つたが、此《この》梅之助は夭折《ようせつ》した。そこで守範の死んだ時には、十九歳になる品が一人残つて、盛泰寺に引き取られた。

それから中一年置いて、万治《まんじ》二年に品は浜屋敷の女中に抱へられて、間もなく妾《しょう》になつたらしい。妾になつてから綱宗が品を厚く寵遇《ちょうぐう》したと云ふことは、偶然伝へられてゐる一の事実で察せられる。それは万治三年に綱宗が罪を獲《え》て、品川の屋敷に遷《うつ》つた時、品は附いて往《い》つて、綱宗に請うて一日の暇《いとま》を得て、日道を始《はじめ》、親戚故旧を会して馳走《ちそう》し、永《なが》の訣別《けつべつ》をしたと云ふ事実である。これは一切の係累《けいるい》を絶つて、不幸なる綱宗に一身を捧げようと云ふ趣意であつた。綱宗もそれを喜んで、品に雪薄《ゆきすすき》の紋《もん》を遣《や》つたさうである。

品は初一念《しょいちねん》を翻《ひるがえ》さずに、とう〳〵二十《はたち》で情交を結んだ綱宗が七十二の翁《おきな》になつて歿《ぼつ》するまで、忠実に仕へて、綱宗が歿した時尼《あま》になつて、浄休院《じょうきゅういん》と呼ばれ、仙台に往《い》つて享保《きょうほ》元年に七十八歳で死んだ。

此間《このあいだ》に品が四十五歳の時、綱宗が薙髪《ちはつ》し、品が四十八歳の時、初子が歿した。綱宗入道嘉心《かしん》は此後《こののち》二十五年の久しい年月を、品と二人で暮したと云つても大過なからう。これは別に証拠はないが、私《わたくし》は豪邁《ごうまい》の気象を以て不幸の境遇に耐へてゐた嘉心を慰めた品を、啻《ただ》誠実であつたのみでなく、気骨《きこつ》のある女丈夫《じょじょうふ》であつたやうに想像することを禁じ得ない。

品は晩年に中塚十兵衛茂文《なかつかじゅうべえしげぶみ》と云ふ人の女石《むすめいし》を養女にして、熊谷斎直清《くまがいいつきなおきよ》と云ふ人に嫁《とつ》がせて置いたので、品の亡くなつた跡《あと》を、直清の二男常之《つねの》助《すけ》が立てることになつた。相原氏《うじ》は此《この》相原常之助から出てゐるのである。

五

綱宗が万治三年七月二十六日に品川の屋敷に遷《うつ》つてから、これを端緒《たんちょ》として、所謂《いわゆる》仙台騒動が発展して、寛文十一年三月二十七日に、酒井《さかい》忠清《ただきよ》の屋敷で、原田《はらだ》甲斐《かい》が伊達《だて》安芸《あき》を斬つたと云ふ絶頂まで到達した。それを綱宗は純粋な受動的態度で傍看《ぼうかん》しなくてはならなかつた。品川の屋敷と云ふのは、品川の南大井村にあつた手《て》狭《ぜま》な家を、寺や百姓家《や》を取り払はせて建て拡げたのである。綱宗は家老一人を附けられて、そこに住んだ。当時姉聟《あねむこ》立花忠茂《たちばなただしげ》が密《ひそか》に遣《や》つた手紙に、「御《おん》やしき中《うち》忍びにて御《おん》ありきはくるしからぬ儀と存じ候《そろ》」と云つて、丁寧に謹慎を勧めてゐる。邸内を歩くにも忍びに歩かなくてはならぬと云ふ拘束《こうそく》を豪邁《ごうまい》な性《さが》を有してゐる壮年の身に受けて、綱宗は穉《おさな》い亀千代の身の上を気遣《きづか》ひ、仙台の政治を憂慮した。その時附けられてゐた家老大町《おおまち》備前《びぜん》は、さしたる人物でなかつたらしいから、綱宗が抑鬱《よくうつ》の情《じょう》を打明けて語ることを得たのは、初子のみであつたらう。それに事によつたら、品も与《あずか》つたのではあるまいか。

綱宗の夢寐《むび》の間に想《おもい》を馳《は》せた亀千代は、万治三年から寛文八年二月まで浜屋敷にゐた。此《この》年の二月の火事に、浜屋敷は愛宕《あたご》下《した》の上《かみ》屋敷と共に焼けた。伊達家では上屋敷を廉立《かどだ》つた時に限つて使つたものらしく、綱宗の代には上屋敷が桜田にあつて、丁度《ちょうど》今の日比谷公園東北隅《ぐう》の所であつたが、綱宗は上使を受ける時などに、浜屋敷から出向いたものである。亀千代は火事に逢《あ》つて、麻布白金台《しろがねだい》に移つた。これは万治元年に桜田を幕府から召上げられた時に賜《たま》はつた替地《かへち》である。其時《そのとき》これまで中屋敷と云つてゐた愛宕下を、伊達家では上屋敷にした。それも浜屋敷と共に焼けたのである。それから火事のあつた年の十二月に愛宕下上屋敷の普請が出来て、亀千代はそこへ移つた。これから伊達家では不断《ふだん》上屋敷に住むことになつたのである。

此間《このあいだ》に亀千代は、万治三年八月に二歳で家督し、寛文四年六月には六歳で徳川家綱に謁見し、愛宕下に移つてから、同九年十二月に十一歳で元服して、総次郎綱基と名告《なの》り、後延宝《のちえんぽう》五年正月に綱村と改名した。

そして此《この》公生涯の裏面に、綱宗の気遣《きづか》ふも無理ならぬ、暗黒なる事情が埋伏《まいふく》してゐた。それは前後二回に行はれた置毒《ちどく》事件である。

初《はじめ》のは寛文六年十一月二十七日の出来事である。是《これ》より先には亀千代は寛文二年九月に疱瘡《ほうそう》をしたより外《ほか》、無事でゐた。側には懐守《だきもり》と云つて、数人《すにん》の侍が勤めてゐたが、十歳に足らぬ小児《しように》の事であつて見れば、実際世話をしたのは女中であらう。その主立《おもだ》つたものは鳥羽《とば》と云ふ女であつたらしい。これは江戸浪人榊田六左衛門《さかきだろくざえもん》重能《しげよし》と云ふものゝ女《むすめ》で、振姫の侍女から初子の侍女になり、遂《つい》に亀千代附《つき》になつたのである。此《この》年には四十七歳になつてゐた。

当日亀千代の前に出る膳部《ぜんぶ》は、例によつて鬼番衆《おにばんしゆう》と云ふ近臣《きんしん》が試食した。それが二三人即死した。米山兵左衛門《よねやまへいざえもん》、千田平蔵《せんだへいぞう》などと云ふものである。そこで中間《ちゆうげん》一人、犬二頭に食はせて見た。それも皆死んだ。後見《こうけん》伊達兵部少輔《ひようぶしようゆう》は報を聞いて、熊田治兵衛《くまだじへえ》と云ふものを浜屋敷に遣《や》つて、医師河野道円《こうのどうえん》と其子《その》三人とを殺させた。同時に膳番《ぜんばん》以下七八人の男と女中十人許《ばかり》とも殺されたさうである。此時《このとき》女中鳥羽は毒のあつた膳部の周囲を立ち廻つてゐたとかのために、仙台へ遣つて大条玄蕃《だいじようげんば》に預けられた。鳥羽は道円に舟で饗応《きようおう》せられたことなどがあるから、果《はた》して道円が毒を盛つたとすると、鳥羽に疑はしい節《ふし》がないでもないが、後《のち》に仙台で扶持《ふち》を受けて優遇せられてゐたことを思へば罪の有無《ゆうむ》が明かでなくなる。又道円を殺させた兵部が毒を盛らせたとすると、其《その》目的はどこにあつたらうか。亀千代が死んでも、初子の生んだ亀千代の弟があるから、兵部の子東市正《いちのかみ》に宗《そう》家《か》を襲《つ》がせることは出来まい。然《しか》らば宗家の封を削らせて、我家《わがいえ》の禄《ろく》を増させようとでもしたのだらうか。これは亀千代が八歳の時の出来事である。

六

二度目の置毒《ちどく》事件は寛文八年に白金台の屋敷で起つた。亀千代が浜屋敷で火事に逢《あ》つて移つて来てから、愛宕下の新築に入《い》るまでの間の出来事である。頃は八月某日《それのひ》に原田甲斐の世話で小姓になつてゐた塩沢丹三郎《しおさわたんざぶろう》と云ふものが、鱸《すずき》に毒を入れて置いて、それを自《みずか》ら食つて死んだ。原田に命ぜられて入れは入れたが、主《しゅう》に薦《すす》めるに忍びないで自ら食つたと云ふのである。此事《このこと》は丹三郎が前晩に母に打明けて置いたので、母も刃《やいば》に伏したさうである。亀千代はもう十歳になつてゐた。丁度《ちょうど》綱宗の漁色《ぎょしょく》事件に高尾が無いやうに、此《この》置毒事件にも終始俗説の浅岡《あさおか》に相当する女が無い。

亀千代のから云ふ危《あやう》い境遇を見て、初子は子のため、又品は主《しゅう》のため、保護しようとしたかも知れない。就《なかん》中《ずく》初子は亀千代の屋敷に往来した形迹《けいせき》があるが、惜《お》しむらくは何事も伝はつてゐない。

次に綱宗の憂慮した仙台の政治はどうであるか。仙台騒動の此《この》方面の中心人物は綱宗の叔父《おじ》にして亀千代の後見の一人たる伊達兵部少輔であつた。兵部に結べば功なきも賞せられ、兵部に抗すれば罪なきも罰せられたと云ふわけで、秕政《ひせい》の眼目は濫賞濫罰《らんしょうらんばつ》にあつたらしい。仙台にゐて之《これ》を行《おこな》つた首脳は渡辺金兵衛《わたなべきんべえ》で、寛文三年頃から目附《めつけ》の地位にゐて権勢《けんせい》を弄《ろう》しはじめ、四年に小姓頭《こしょうがしら》になつてから、愈〻《いよいよ》専横を極めた。後《のち》に伊達安芸が重罪を被《こうぶ》つたもの百二十人の名を挙げてゐるのを見ても、渡辺等《ら》の横暴を察することが出来る。其中《そのなか》で最も際立つて見えるのは、伊東采女《いとううねめ》が事と、伊達安芸が事とである。伊東采女は、寛文三年に病中国老になつて、間もなく歿《ぼつ》した伊東新左衛門《しんざえもん》の養子で、それが幽閉せられて死ぬることになるのは、席次の争《あらそい》が本《もと》であつた。寛文七年に幕府から来た目附《めつけ》を饗応《きょうおう》する時、先例は家老、評定役《ひょうじょうやく》、著座《ちゃくざ》、大番頭《おおばんがしら》、出入司《しゅつにゅうし》、小姓頭、目附役の順序を以て、幕府の目附に謁《えっ》し、杯《さかずき》を受けるのであるに、著座と称する家柄の采女が却《かえ》つて目附役の次に出された。これは渡辺金兵衛等の勧《すすめ》によつて原田甲斐が取り計らつたのである。伊達安芸は遠田郡《とおだごおり》を領して涌谷《わくや》に住んでゐたが、其《その》北隣の登米《とよま》郡は伊達式部が領して、これは寺池《てらいけ》に住んでゐた。然《しか》るに遠田郡の北境小里村《きたざかいおさとむら》と、登米郡赤生津《あかふづ》村とに地境《じざかい》の争《あらそい》があつた。安芸は此時《このとき》地を式部に譲つて無事に済ませた。これは寛文五年の事である。次いで七年に又桃生《ものふ》郡の西南にある式部が領分の飛地《とびち》と、これに隣接してゐる遠田郡の安芸が領地とにも地境の争が起つた。これは寛文七年の事で、八年に安芸がこれを国老に訴へ九年に検使が出張して分割したが、其《その》結果は安芸のために頗《すこぶ》る不利であつた。安芸はこれを憤《いきどお》つて、十一年に死を決して江戸に上《のぼ》つて訴へることになつた。それゆゑこの地境の争も、采女が席次の争と同じく、原来《がんらい》権利の主張ではあるが、采女も安芸も、これを機縁として渡辺等の秕政《ひせい》に反抗したのである。中にも安芸は主君のために、暴虐の臣を弾劾《だんがい》することを主とし、領分の境を正《ただ》すことを従とした。これが安芸の成功した所以《ゆえん》である。渡辺は伊達宮内少輔《くないしょうゆう》に預けられて絶食して死んだ。

私《わたくし》は此《この》伊達騒動を傍看《ぼうかん》してゐる綱宗を書かうと思つた。外《ほか》に向つて発動する力を全く絶たれて、純客観的に傍看しなくてはならなかつた綱宗の心理状態が、私《わたくし》の興味を誘《いざな》つたのである。私《わたくし》は其《その》周囲にみやびやかにおとなしい初子と、怜悧《れいり》で気骨《きこつ》のあるらしい品とをあらせて、此《この》三角関係の間に静中の動を成り立たせようと思つた。しかし私《わたくし》は創造力の不足と平生《へいぜい》の歴史を尊重する習慣とに妨げられて、此企《このくわだて》を拋棄《ほうき》してしまつた。

私《わたくし》は去年五月五日に、仙台新寺小路《しんてらこうじ》孝勝寺《こうしょうじ》にある初子の墓に詣《もう》でた。世間の人の浅岡の墓と云つて参るのがそれである。古色のある玉垣《たまがき》の中《うち》に、新しい花崗石《かこうせき》の柱を立てゝ、それに三沢初子之墓と題してある。それを見ると、近く亡くなつた女学生の墓ではないかと云ふやうな感じがする。あれは脇へ寄せて建てゝ欲しかつた。仏眼寺の品が墓へは、私《わたくし》は往《ゆ》かなかつた。

（大正五年一月「東京日日新聞」「大阪毎日新聞」）

寿阿弥の手紙

一

わたくしは渋江抽斎《しぶえちゆうさい》の事蹟《じせき》を書いた時、抽斎の父定所《ていしよ》の友で、抽斎に劇神仙《げきしんせん》の号を譲つた寿阿弥陀仏《じゆあみだぶつ》の事に言ひ及んだ。そして寿阿弥が文章を善くした証拠として其《その》手紙を引用した。

寿阿弥の手紙は苾堂《ひつどう》と云ふ人に宛てたものであつた。わたくしは初め苾堂の何人《なにひと》たるかを知らぬので、二三の友人に問ひ合せたが明答を得なかつた。そこで苾堂は誰《たれ》かわからぬと書いた。

さうすると早速其《その》人は駿河《するが》の桑原《くわばら》苾堂であらうと云つて、友人賀古鶴所《がこつるど》さんの許《もと》に報じてくれた人がある。それは二宮孤松《にのみやこしよう》さんである。二宮氏《うじ》は五山堂《ごさんどう》詩話の中の詩を記憶してゐたのである。

わたくしは書庫から五山堂詩話を出して見た。五山は其《その》詩話の正篇に於《おい》て、一たび苾堂を説いて詩二首を挙げ、再び説いて、又四首を挙げ、後《のち》補遺に於て、三たび説いて一首を挙げてゐる。詩の采録《さいろく》を経たるもの通計七首である。そして最初にかう云ふ人物評が下してある。「公圭書法嫺雅、兼善音律、其人温厚謙恪、一望而知為君子」と云ふのである。公圭《こうけい》は苾堂の字《あざな》である。

次《つい》で置塩棠園《おしおとうえん》さんの手紙が来て、わたくしは苾堂の事を一層精《くわ》しく知ることが出来た。

桑原苾堂、名は正瑞《せいずい》、字は公圭、通称は古作《こさく》である。天明《てんめい》四年に生れ、天保《てんぽう》八年六月十八日に歿《ぼつ》した。桑原氏《うじ》は駿河国《するがのくに》島田駅の素封家《そほうか》で、徳川幕府時代には東海道十三駅の取締を命ぜられ、兼《かね》て引替御用《ひきかえごよう》を勤めてゐた。引替御用とは為換方《かわせかた》を謂《い》ふのである。桑原氏が後《のち》に産を傾《かたぶ》けたのは此引換《このひきかえ》のためださうである。

菊池《きくち》五山は苾堂の詩と書と音律とを称してゐる。苾堂は詩を以て梁川星巌《やながわせいがん》、柏木如亭及《かしわぎじよていおよび》五山と交《まじわ》つた。書は子昂《すごう》を宗《そう》とし江戸の佐野東洲《さのとうしゆう》の教《おしえ》を受けたらしい。又画《え》をも学んで、崋山《かざん》門下の福田半香《ふくだはんこう》、その他勾田台嶺《たまがたたいれい》、高久隆古等《たかひさりゆうこら》と交つた。

苾堂の妻は置塩蘆庵《ろあん》の二女ためで、石川依平《いしかわよりひら》の門に入《い》つて和歌を学んだ。蘆庵は棠園さんの五世《ごせい》の祖である。苾堂の子は長《ちよう》を霜崖《そうがい》と云ふ。名は正旭《せいきよく》である。書を善くした。次を桂叢《けいそう》と云ふ。名は正望《せいぼう》である。画を善くした。桂叢の墓誌銘は斎藤拙堂《さいとうせつどう》が撰《えら》んだ。

桑原氏《うじ》の今の主人は喜代平《きよへい》さんと称して苾堂の玄孫《げんそん》に当つてゐる。戸籍は島田町《まち》にあつて、町の北半里許《ばかり》の伝心寺《でんしんじ》に住んでゐる。伝心寺は桑原氏が独力を以て建立した禅寺《ぜんでら》で、寺禄《じろく》をも有してゐる。桑原氏累代《るいだい》の菩提《ぼだい》所《しよ》である。

以上の事実は棠園さんの手書《しゆしよ》中より抄出《しようしゆつ》したものである。棠園さんは置塩氏《うじ》、名は維裕《いゆう》、字《あざな》は季余《きよ》、通称は藤四郎《とうしろう》である。居《い》る所を聴雲楼《ていうんろう》と云ふ。川田甕江《かわだおうこう》の門人で、明治三十三年に静岡県周知《すち》郡長から伊勢神宮《いせしんぐう》の神官に転じた。今は山田市岩淵町《いわぶちちよう》に住んでゐる。わたくしの旧知内田魯庵《うちだろあん》さんは棠園さんの妻の姪夫《めいむこ》ださうである。

わたくしは寿阿弥の手紙に由《よ》つて棠園さんと相識《そうしき》になつたのを喜んだ。

二

寿阿弥の手紙の宛名桑原苾堂を何人《なにひと》かと云ふことを、二宮孤松さんに由つて略《ほぼ》知ることが出来、置塩棠園さんに由つて委《くわし》く知ることが出来たので、わたくしは正誤文を新聞に出した。然《しか》るに正誤文に偶《たまたま》誤字があつた。市河三陽《いちかわさんよう》さんは此《この》誤字を正してくれるためにわたくしに書を寄せた。

三陽さんは祖父米庵《べいあん》が苾堂と交《まじ》はつてゐたので、苾堂の名を知つてゐた。米庵の西征日乗中《せいせいにちじようちゆう》癸亥《きがい》十月十七日の条に、「十七日、到島田、訪桑原苾堂已宿」と記《しる》してある。癸亥は享和《きようわ》三年で、安永八年生れの米庵が二十五歳、天明四年生《うまれ》の苾堂が二十歳の時である。客も主人《あるじ》も壮年であつた。わたくしは主客《しゆかく》の関係を詳《つまびらか》にせぬが、苾堂の詩を詩話中に収めた菊池五山が米庵の父寛斎《かんさい》の門人であつたことを思へば、米庵は苾堂がためには、啻《ただ》に己《おのれ》より長ずること五歳なる友であつたのみではなく、頗《すこぶ》る貴《とうと》い賓客《ひんかく》であつただらう。

三陽さんは別に其《その》祖父米庵に就いてわたくしに教ふる所があつた。これはわたくしが渋江抽斎の死を記《き》するに当つて、米庵に言ひ及ぼしたからである。抽斎と米庵とは共に安政五年の虎列拉《コレラ》に侵《おか》された。抽斎は文化二年生《うまれ》の五十四歳、米庵は八十歳であつたのである。しかしわたくしは略《ほぼ》抽斎の病状を悉《つく》してゐて、その虎列拉たることを断じたが、米庵を同病だらうと云つたのは、推測に過ぎなかつた。

わたくしの推測は幸《さいわい》にして誤《あやまり》でなかつた。三陽さんの言ふ所に従へば、神惟徳《しんいとく》の米庵略伝に下《しも》の如《ごと》く云つてあるさうである。「震災後二年を隔てゝ夏秋《かしゅう》の交《こう》に及び、先生時邪《じじゃ》に犯され、発熱《ほつねつ》劇甚にして、良医交〻来《こもごもきた》り診《しん》し苦心治療を加ふれど効験《こうげん》なく、年八十にして七月十八日溘然属纊《こうぜんぞっこう》の哀悼《あいとう》を至す」と云ふのである。又当時虎列拉に死した人々の番附が発刊せられた。三陽さんは其《その》二種を蔵してゐるが、並《ならび》に皆米庵を載せてゐるさうである。

寿阿弥の苾堂に遣《や》つた手紙は、二三の友人がこれを公《おおやけ》にせむことを勧めた。わたくしも此《この》手紙の印刷に附する価値あるものたるを信ずる。なぜと云ふに、その記《き》する所は開明史上にも文芸史上にも尊重すべき資料であつて、且《かつ》読んで興味あるべきものだからである。

手紙には考ふべき人物九人と苾堂の親戚知人四五人との名が出てゐる。前者中儒者には山本北山《やまもとほくざん》がある。詩人には大窪天民《おおくぼてんみん》、菊池五山、石野雲嶺《いしのうんれい》がある。歌人には岸本弦《きしもとゆづる》がある。画家には喜多可庵《きたかあん》がある。茶人には川《かわ》上宗寿《かみそうじゅ》がある。医師には分家《ぶんけ》名倉《なぐら》がある。俳優には四世坂東彦三郎《ばんどうひこさぶろう》がある。手紙を書いた寿阿弥と其《その》親戚と、手紙を受けた苾堂と其《その》親戚知人との外《ほか》、此等《これら》の人物の事蹟《じせき》の上に多少の光明《こうみょう》を投射する一篇の文章に、史料としての価値があると云ふことは、何人《なにひと》も否定することが出来ぬであらう。

三

わたくしは寿阿弥の手紙に註《ちゆう》を加へて印刷に付することにしようかとも思つた。しかし文政頃の手紙の文は、縦《たと》ひ興味のある事が巧《たくみ》に書いてあつても、今の人には読み易《やす》くは無い。忍んでこれを読むとしたところで、許多《あまた》の敬語や慣用語が邪魔になつてその煩《わずら》はしきに堪へない。ましてやそれが手紙にめづらしい長文なのだから、わたくしは遠慮しなくてはならぬやうに思つて差し控へた。

そしてわたくしは全文を載せる代りに筋書を作つて出すことにした。以下が其《その》筋書である。

手紙には最初に二字程下げて、長文と云ふことに就いてのことわりが言つてある。これだけは全文を此《ここ》に写し出す。「いつも余り長い手紙にてかさばり候故《そろゆえ》、当年は罫紙《けいし》に認《したため》候。御免可被下《くださるべく》候。」わたくしは此《この》ことわりを面白く思ふ。当年はと云つたのは、年が改まつてから始めて遣《や》る手紙だからである。其《その》年が文政十一年であることは、下《しも》に明証がある。六十歳の寿阿弥が四十五歳の苾堂に書いて遣つたのである。

寿阿弥と苾堂との交《まじわり》は余程久しいものであつたらしいが、其詳《そのつまびらか》なることを知らない。只此《ただこの》手紙の書かれた時より二年前に、寿阿弥が苾堂の家に泊つてゐたことがある。山内香雪《やまのうちこうせつ》が市河米庵に随《したが》つて有馬《ありま》の温泉に浴した紀行中、文政九年丙戌《へいじゆつ》二月三日の条に、「二日、藤枝《ふじえだ》に至り、荷渓《かけい》また雲嶺を問ふ、到島田問苾堂、寿阿弥為客こゝにあり、掛川仕立屋投宿」と云つてある。帰途に米庵等《ら》は苾堂の家に宿したが、只「主島田苾堂」とのみ記《しる》してある。これは四月十八日の事である。紀行は市河三陽さんが抄出《しようしゆつ》してくれた。

荷渓は五山堂詩話に出てゐる。「藤枝冢荷渓。碧字風暁。才調独絶。工画能詩。（中略）於詩意期上乗。是以生平所作。多不慊己意。撕毀摧焼。留者無幾。」菊池五山は西駿《せいしゆん》の知己《ちき》二人《にん》として、荷渓と苾堂とを並記してゐる。

次に書中に見えてゐるのは、不音《ぶいん》のわび、時候の挨拶《あいさつ》、問安《もんあん》で、其末《そのすえ》に「貧道無異《ぶい》に勤行《ごんぎよう》仕候《つかまつりそろ》間乍憚《あいだはばかりながら》御掛念《ごけねん》被下間敷候《くださるまじくそろ》」とある。勤行と書いたのは剃髪《ていはつ》後だからである。当時の武鑑《ぶかん》を閲《けみ》するに、連歌師《れんがし》の部に浅草日輪寺《にちりんじ》其阿《きあ》と云ふものが載せてあつて、寿阿弥は執筆日輪寺内寿阿曇奝《うちじゆあどんちよう》と記《き》してある。原来時宗《がんらいじしゆう》遊行派の阿弥号は相撲国高座郡藤沢《さがみのくにこうざごおりふじさわ》の清浄光寺《しようじようこうじ》から出すもので、江戸では浅草芝崎町《しばさきちよう》日輪寺が其《その》出張所になつてゐた。想ふに新石町《しんこくちよう》の菓子商で真志屋五郎作《ましやごろさく》と云つてゐた此《この》人は、寿阿弥号を受けた後《のち》に、去つて日輪寺其阿の許《もと》に寓したのではあるまいか。

寿阿弥は単に剃髪《ていはつ》したばかりでは無い。僧衣を著《つ》けて托鉢《たくはつ》にさへ出た。托鉢に出たのは某年正月十七日が始《はじめ》で、先《ま》づ二代目烏亭焉馬《うていえんば》の八丁堀《はつちようぼり》の家の門《かど》に立つたさうである。江戸町与力《まちよりき》の倅山崎賞次郎《せがれやまざきしようじろう》が焉馬の名を襲《つ》いだのは、文政十一年だと云ふことで、月日は不詳である。わたくしが推察するに、焉馬は文政十一年の元日から襲名したので、其《その》月十七日に寿阿弥は托鉢に出て、先づ焉馬を驚《おどろか》したのではあるまいか。若《も》しさうだとすると、苾堂に遣《や》る此遅馳《このおくればせ》の年始状を書いたのは、始《はじめ》て托鉢に出た翌月であらう。此《この》手紙は二月十九日の日附だからである。

寿阿弥が托鉢に出て、焉馬の門《かど》に立つた時の事は、仮名垣魯文《かながきろぶん》が書いて、明治二十三年一月二十二日の歌舞《かぶ》伎《き》新報に出した。わたくしの手許《てもと》には鈴木春浦《すずきしゆんぽ》さんの写してくれたものがある。

寿阿弥は焉馬の門《かど》に立つて、七代目団十郎の声色《こわいろ》で「厭離《おんり》焉馬、欣求浄土《ごんぐじようど》、寿阿弥陀仏《だぶつ》々々々々」と唱へた。

深川《ふかがわ》の銀馬《ぎんば》と云ふ弟子が主人に、「怪しい坊主が来て焉馬がどうのかうのと云つてゐます」と告げた。

焉馬は棒を持つて玄関に出て、「なんだ」と叫んだ。

寿阿弥は数歩退《しりぞ》いて笠《かさ》を取つた。

「先生悪い洒落《しやれ》だ」と、焉馬は棒を投げた。「まあ、ちよつとお通《とおり》下さい。」

「いや。けふは修行中の草鞋穿《わらじばき》だから御免蒙《こうむ》る。焉馬あつたら又逢《あ》はう。」云ひ畢《おわ》つて寿阿弥は、岡崎町の地蔵橋の方へ、錫杖《しやくじよう》を衝《つ》き鳴らして去つたと云ふのである。

魯文の記事には多少の文飾もあらうが、寿阿弥の剃髪《ていはつ》、寿阿弥の勤行《ごんぎよう》がどんなものであつたかは、大概此《この》出来事によつて想見することが出来よう。寛政三年生《うまれ》で当時三十八歳の戯作者《けさくしや》焉馬が、寿阿弥のためには自分の贔屓《ひいき》にして遣《や》る末輩《まつぱい》であつたことは論を須《ま》たない。

四

次に「大下《おおしも》の岳母《がくぼ》様」が亡くなつたと聞いたのに、弔書《ちようしよ》を遣らなかつたわびが言つてある。改年後始めて遣る手紙にくみやを書いたのは、寿阿弥が物事に拘らなかつた証《しよう》に充《み》つべきであらう。

大下の岳母が何人《なにひと》かと云ふことは、棠園さんに問うて知ることが出来た。駿河国志太郡《するがのくにしだごおり》島田駅で桑原氏《うじ》の家は駅の西端、置塩氏《うじ》の家は駅の東方にあつた。土地の人は彼を大上《おおかみ》と云ひ、此《これ》を大下《おおしも》と云つた。苾堂は大上の檀那《だんな》と呼ばれてゐた。苾堂の妻ためは大下の置塩氏《うじ》から来《きた》り嫁《か》した。ための父即《すなわ》ち苾堂の岳父《がくふ》は置塩蘆庵《ろあん》で、母即ち苾堂の岳母《がくぼ》は蘆庵の妻すなである。

さて大下の岳母すなは文政十年九月十二日に歿《ぼつ》した。寿阿弥は其《その》年の冬のうちに弔書を寄《よ》すべきであるのに、翌文政十一年の春まで不音《ぶいん》に打ち過ぎた。其詫言《そのわびこと》を言つたのである。

次に「清右衛門《せいえもん》様先《まず》はどうやらかうやら江戸に御辛抱の御様子故御案《ゆえおんあん》じ被成《なさる》間敷《まじく》候《そろ》」云々《しかじか》と云ふ一節がある。此《この》清右衛門と云ふ人の事蹟《じせき》は、棠園さんの手許《てもと》でも猶《なお》不明の廉《かど》があるさうである。しかし大概はわかつてゐる。苾堂の同家に桑原清右衛門と云ふ人があつた。同家とのみで本末は明白でない。清右衛門は名を公綽《こうしやく》と云つた。江戸に往《い》つて、仙石《せんごく》家に仕へ、用人《ようにん》になつた。当時の仙石家は但馬国出石郡《たじまのくにいずしごおり》出石の城主仙石道之助久利《みちのすけひさとし》の世である。清右衛門は仙石家に仕へて、氏名を原逸一《はらはやいつ》と更《あらた》めた。頗《すこぶ》る気節《きせつ》のある人で、和歌を善くし、又画《え》を作つた。画の号は南田《なんでん》である。晩年には故郷に帰つて、明治の初年に七十余歳で歿したさうである。文政十一年の二月は此《この》清右衛門が奉公口に有り附いた当座であつたのではあるまいか。気節のある人が志《こころざし》を得ないでゐたのに、昨今《さつこん》どうやらかうやら辛抱してゐると云ふやうに、寿阿弥の文は読まれるのである。

次の一節は頗る長く、大窪天民《おおくぼてんみん》と喜多可庵《きたかあん》との直話《じきわ》を骨子《こつし》として、逐年《ちくねん》物価が騰貴《とうき》し、儒者画家などの金を獲《う》ることも容易ならず、束脩《そくしゆう》謝金の高くなることを言つたものである。

大窪天民は、「客歳《かくさい》」と云つてあるから文政十年に、加賀から大阪へ旅稼《たびかせぎ》に出たと見える。天民の収入は、江戸に居《お》つても「一日に一分《ぶ》や一分二朱」は取れるのである。それが加賀へ往《い》つたが、所得は「中位《ちゆうくらい》」であつた。それから「どつと当るつもり」で大阪へ乗り込んだ。大阪では佐竹家蔵屋敷《さたけけくらやしき》の役人等《ら》が周旋して大賈《たいこ》の書を請ふものが多かつた。然《しか》るに天民は出羽国《でわのくに》秋田郡《ごおり》久保田の城主佐竹右京大夫《うきようたいふ》義厚《よしひろ》の抱への身分で、佐竹家蔵屋敷の役人が「世話を焼いてゐる」ので、町人共が「金子《きんす》の謝礼はなるまいとの間《かん》ちがひ」をしたので、ここも所得は少かつた。此《この》旅行は「都合日数二百日にて、百両ばかり」にはなつた。「一日が二分ならし」である。これでは江戸にゐると大差はなく、「出かけただけが損」だと云つてある。

五

天民が加賀から帰る途中の事に就《つい》て、寿阿弥はかう云つてゐる。「加賀の帰り高堂の前をば通らねばならぬ処《ところ》ながら、直通《すぐとお》りにて、其夜《そのよ》は雲嶺へ投宿のやうに申候《もうしそろ》、是《これ》は一杯飲む故《ゆえ》なるべし。」天民の上戸《じようご》は世の知る所である。此文《このぶん》を見れば、雲嶺も亦《また》酒を嗜《たし》んだことがわかり、又苾堂が下戸《げこ》であつたことがわかる。雲嶺は石《いし》野《の》氏《うじ》、名は世彝《せいい》、一に世夷《せいい》に作る、字《あざな》は希之《きし》、別に天均《てんきん》又皆梅《かいばい》と号した。亦駿河《またするが》の人で詩を善くした。皇朝分類名家《めいか》絶句等に其《その》作が載せてある。

皇朝分類名家絶句の事は、わたくしは初め萩野《はぎの》由之《よしゆき》さんに質《ただ》して知つた。これがわたくしの雲嶺の石野氏《うじ》なることを知つた始《はじめ》である。後《のち》にわたくしは拙堂文集を読んでふと「皆梅園記《かいばいえんき》」を見出《みい》だした。斎藤拙堂はかう云つてゐる。「老人姓石氏。本為市井人。住藤枝駅。風流温藉。以善詩聞於江湖上。庚子歳余東征。過憩駅亭。相見。間晤半日。知其名不虚。爾来毎門下生往来過駅。輒囑訪老人。得其近作以覧観焉。去年夏余復東征。宿駅亭。首問老人近状。駅吏曰。数年前辞市務。老於孤山下村。余即往訪之。従駅中左折数武。槐花満地。既覚非尋常行蹊。竹籬茅屋間。得門而入。老人大喜。迎飲於其舎。園数畝。経営位置甚工。皆出老人之意匠。有菅神廟林仙祠。各奉祀其主。有賜春館。傍植東叡王府所賜之梅。其他皆以梅為名。有小香国鶴避茶寮鶯遷戞玉泉等勝。前対巌田洞雲二山。風煙可愛。使人徘徊賞之。」庚子《こうし》は天保十一年で、拙堂は藤堂高猷《とうどうたかゆき》に扈随《こずい》して津《つ》から江戸に赴《おもむ》いたのであらう。記を作つたのは安政中の事かとおもはれる。

天民の年齢は、市河三陽さんの言《こと》に従へば、明和《めいわ》四年生《うまれ》で天保八年に七十一歳を以て終つたことになるから、加賀大阪の旅は六十一歳の時であつた。素通りをせられた苾堂は四十四歳であつた。

喜多可庵の直話《じきわ》を寿阿弥が聞いて書いたのも、天民と五山との詩の添削料の事である。これは首尾の整つた小品をなしてゐるから、全文を載せる。「画人武清上州桐生《ぶせいじようしゆうきりゆう》に游候時《あそびそろとき》、桐生の何某申候《なにがしもうしそろ》には、数年玉池《ぎよくち》へ詩を直してもらひに遣《つかわ》し候《そうら》へ共《ども》、兎《と》角斧《かくふ》正麤《せいろ》漏《そう》にて、時として同字などある時もありてこまり申候《もうしそろ》、これよりは五山へ願可申候間《ねがいもうすべくそろあいだ》、先生御紹介可被下《くださるべく》と頼候時《たのみそろとき》、武清申候には、随分《ずいぶん》承知致候《いたしそろ》、帰府の上なり共《とも》、当地より文通にてなり共、五山へ可申込候《もうしこむべくそろ》、しかしながら爰《ここ》に一つの訳合《わけあい》あり、謝物《しやもつ》が薄ければ、疎漏《そろう》は五山も同じ事なるべし、矢張馴染《やはりなじみ》の天民へ気を附《つけ》て謝物をするがよささうな物と申《もうし》てわらひ候由《そろよし》、武清はなしに御座候《ござそろ》。」武清は可庵の名である。又笑翁《しようおう》とも号した。文晁門《ぶんちようもん》で八丁堀に住んでゐた。安永五年生《うまれ》で安政三年に八十一歳で歿《ぼつ》した人だから、此《この》話を寿阿弥に書かれた時が五十三歳であつた。玉池は天民がお玉が池に住《じゆう》したからの称である。菊池五山は寿阿弥と同じく明和六年生で、嘉永《かえい》二年に八十一歳で歿したから、天民よりは二つの年下で、寿阿弥がこれを書いた時六十歳になつてゐた。

寿阿弥は天民の話と可庵の話とを書いて、さて束脩《そくしゆう》の高くなつたことを言つてゐる。其《その》文はかうである。「近年役者の給金のみならず、儒者の束脩までが高くなり、天民貧道など奚疑塾《けいぎじゆく》に居候《おりそろ》時分、百疋持《ひきもつ》た弟子入《いり》が参れば、よい入門と申候物《もうしそろもの》が、此頃《このころ》は天でも五山でも、二分《ぶ》の弟子入はそれ程好《よ》いとは思はず、流行はあぢな物に御座候。」寿阿弥は天民と共に山本北山に従学した。奚疑塾は北山の家塾《かじゆく》である。北山は寛延三年生で文化九年に六十一歳で歿したから、束脩百疋の時代は、恐らくはまだ二十に満たぬ天民、寿阿弥が三十幾歳《いくさい》の北山に師事した天明の初年であらう。此《この》手紙は北山歿後十六年に書かれたのである。天は天民の後略である。

次は寿阿弥が怪我《けが》をして名倉《なぐら》の治療を受けた記事になつてゐる。怪我をした時、場所、容体《ようだい》、名倉の診察、治療、名倉の許《もと》で邂逅《かいこう》した怪我人等が頗《すこぶ》る細かに書いてある。

時は文政十年七月末《すえ》で、寿阿弥は姪《おい》の家の板《いた》の間《ま》から落ちた。そして両腕を傷《いた》めた。「骨は不砕候《くだけずそうら》へ共《ども》、両腕共《とも》強く痛め候故《そろゆえ》」云々《しかじか》と云つてある。

六

寿阿弥が怪我をした家は姪《おい》の家ださうで、「愚姪方《ぐてつかた》」と云つてある。此姪《このおい》は其《その》名を詳《つまびらか》にせぬが、尋常の人では無かつたらしい。

寿阿弥の姪《おい》は茶技《ちやき》には余程精《くわ》しかつたと見える。同じ手紙の末《すえ》にかう云つてある。「近況茶事《ちやじ》御取出《おんとりだ》しの由《よし》川上宗寿、三島の鯉昇《りしよう》などより伝聞仕候《つかまつりそろ》、宗寿と申候者《もうしそろは》風流なる人にて、平家をも相応にかたり、貧道は連歌《れんが》にてまじはり申候、此節《このせつ》江戸一の茶博士《ちやはかせ》に御座候《ござそうろう》て、愚姪など敬伏仕《つかまつ》り居候事《おりそろこと》に御《ご》座《ざ》候《そろ》。」これは苾堂が一たびさしおいた茶を又弄《もてあそ》ぶのを、宗寿、鯉昇等《ら》に聞いたと云つて、それから宗寿の人物評に入《い》り、宗寿を江戸一の茶博士と称《たた》へ、姪《おい》も敬服してゐると云つたのである。

川上宗寿は茶技の聞人《ぶんじん》である。宗寿は宗什《そうじゆう》に学び、宗什は不白《ふはく》に学んだ。安永六年に生れ、弘化元年に六十八歳で歿《ぼつ》したから、此《この》手紙の書かれた時は五十二歳である。寿阿弥は姪《おい》が敬服してゐると云ふを以て、此《この》宗寿の重きをなさうとしてゐる。姪《おい》は余程茶技に精《くわ》しかつたものとしなくてはならない。手紙に宗寿と並べて挙げてある三島の鯉昇は、その何人《なにひと》たるを知らない。

寿阿弥は両腕の打撲《うちみ》を名倉弥次兵衛《なぐらやじべえ》に診察して貰《もら》つた。「はじめ参候節《まいりそろせつ》に、弥次兵衛申候《もうしそろ》は、生得《しようとく》の下戸《げこ》と、戒行《かいぎよう》の堅固な処《ところ》と、気の強い処と、三つのかね合故《あいゆえ》、目をまはさずにすみ申候、此《この》三つの内が一つ闕候《かけそうろう》ても目をまはす怪我《けが》にて、目をまはす程にては、療治も二百日余り懸《かか》り可申《もうすべく》、目をばまはさずとも百五六十日の日数を経ねば治《ち》しがたしと申候。」流行医の口吻《こうふん》、昔も今も殊《こと》なることなく、実に其《その》声を聞くが如《ごと》くである。

寿阿弥は文政十年七月の末《すえ》に怪我をして、其《その》時から日々《にちにち》名倉へ通《かよ》つた。「極月末《ごくげつすえ》までかゝり申候」と云つてあるから、五箇月間通つたのである。さて翌年二月十九日になつても、「今以而《いまもつて》全快と申《もうす》には無御座候而《ござなくそうろうて》、少々麻痺《まひ》仕候《つかまつりそろ》気味に御座候へ共《ども》、老体のこと故《ゆえ》、元の通りには所詮《しょせん》なるまいと、其儘《そのまま》に而《て》此節《このせつ》は療治もやめ申候」と云ふ転帰である。

手紙には当時の名倉の流行が叙してある。「元大阪町《ちょう》 名倉弥次兵衛と申候而《もうしそうろうて》、此節《このせつ》高名の骨接《ほねつぎ》医師、大《おおい》に流行にて、日々《にちにち》八十人九十人位づゝ怪我《けが》人参候《にんまいりそうろう》故《ゆえ》、早朝参候《まいりそうろう》而《て》も、順繰《じゅんぐり》に侍居候間《まちおりそろあいだ》、終日かゝり申候。」流行医の待合《まちあい》の光景も亦《また》古今同趣である。次《つい》で寿阿弥が名倉の家に於《おい》て邂逅《かいこう》した人々の名が挙げてある。「岸《きし》本椊園《もとざいえん》、牛込《うしごめ》の東更《とうこう》なども怪我《けが》にて参候《まいりそろ》、大塚三太夫《おおつかさんたいふ》息《そく》八郎と申人《もうすひと》も名倉にて邂逅《かいこう》、其節御噂《そのせつおんうわさ》も申出候《もうしいでそろ》。」やまぶきぞのの岸本由豆流《ゆづる》は寛政元年に生れ、弘化三年に五十八歳で歿《ぼつ》したから、寿阿弥に名倉で逢《あ》つた文政十年には三十九歳である。通称は佐佐木信綱《ささきのぶつな》さんに問ふに、大隅《おおすみ》であつたさうであるが、此《この》年の武鑑御弦師《おんつるし》の下《もと》には、五十俵白銀《ひょうしろかね》一丁目岸本能声《のうせい》と云ふ人があるのみで、大隅の名は見えない。能声と大隅とは同人《どうにん》か非《ひ》か、知る人があつたら教へて貰《もら》ひたい。牛込の東更は艸体《そうたい》の文字が不明であるから、読み誤つたかも知れぬが、その何人《なにひと》たるを詳《つまびらか》にしない。大塚父子《ふし》も未だ考へ得ない。

七

寿阿弥は怪我の話をして、其末《そのすえ》には不沙汰《ぶさた》の詫言《わびこと》を繰り返してゐる。「怪我旁《かたがた》」で疎遠に過したと云ふのである。此《この》詫言に又今一つの詫言が重ねてある。それは例年には品物を贈るに、今年は「から手紙」を遣《や》ると云ふので、理由としては「御存知の丸焼後《まるやけご》万事《ばんじ》不調」だと云ふことが言つてある。

寿阿弥の家の焼けたのは、いつの事か明かでない。又その焼けた家もどこの家だか明かでない。しかし試《こころみ》に推測すればかうである。真志屋《ましや》の菓子店《みせ》は新石町《しんこくちょう》にあつて、そこに寿阿弥の五郎作は住んでゐた。此《この》家が文政九年七月九日に松田町から出て、南風でひろがつた火事に焼けた。これが手紙に所謂《いわゆる》丸焼である。さて其跡《そのあと》に立てた家に姪《おい》を住まはせて菓子を売らせ、寿阿弥は連歌《れんが》仲間の浅草の日輪寺其阿が所に移つた。しかし折々は姪《おい》の店にも往《い》つてとまつてゐた。怪我《けが》をしたのはさう云ふ時の事である。わたくしの推測は、単に此《かく》の如《ごと》くに説くときは、余りに空漠であるが、下《しも》にある文政十一年の火事の段と併《あわ》せ考ふるときは、稍《やや》プロバビリテエが増して来るのである。

次に遊行上人《しようにん》の事が書いてある。手紙を書いた文政十一年三月十日頃に遊行上人は駿河国志太郡焼津《やいづ》の普門《ふもん》寺《じ》に五日程、それから駿河本町の一華堂《いちげどう》に七日程留錫《りゆうしやく》する筈《はず》である。さて島田駅の人は定めて普門寺へ十念を受けに往《ゆ》くであらう。苾堂の親戚が往く時雑遝《ざつとう》のために困《くるし》まぬやうに、手紙と切手とを送る。最初に往く親戚は手紙と切手とを持つて往《ゆ》くが好《よ》い。手紙は普門寺に宛てたもので、中には証牛《しようぎゆう》と云ふ僧に世話を頼んである。証牛は寿阿弥の弟子である。切手は十念を受ける時、座敷に通す特待券である。二度目からは切手のみを持つて行つて好《よ》いと云ふのである。寿阿弥は時宗の遊行派に縁故があつたものと見えて、海録にも山崎美成《やまざきびせい》が遊行上人の事を寿阿弥に問うて書き留めた文《ぶん》がある。

次に文政十一年二月五日の神田の火事が「本月五日」として叙してある。手紙を書く十四日前《ぜん》の火事である。単に二月十九日とのみ日附のしてある此《この》手紙を、文政十一年のものと定めるには、此《この》記事だけでも足るのである。火の起つたのは、武江《ぶこう》年表に暮六時《くれむつどき》としてあるが、此《この》手紙には「夜《よる》五つ時分」としてある。火元は神田多《た》町《ちよう》二丁目湯屋《ゆや》の二階である。これは二階と云ふだけが、手紙の方が年表より委《くわ》しい。年表には初め東風《とうふう》、後《のち》北風《ほくふう》としてあるのに、手紙には「風もなき夜《よ》」としてある。恐《おそら》くは微風であつたのだらう。

延焼の町名は年表と手紙とに互《たがい》に出入《しゆつにゆう》がある。年表には「東風にて西神田町《まち》一円に類焼し、又北風になりて、本銀町《ほんしろかねちよう》、本町《ほんちよう》、石町《こくちよう》、駿河町《するがちよう》、室町《むろまち》の辺に至り、夜亥《よるい》の下刻鎮《しず》まる」と云つてある。手紙には「西神田はのこらず焼失、北は小川町《まち》へ焼け出《い》で、南は本町一丁目片《かた》かは焼申候《やけもうしそろ》、(中略)町数《ちようすう》七十丁余、死亡の者六十三人と申候ことに御座候《ござそろ》」と云つてある。

わたくしの前に云つた推測は、寿阿弥が姪《おい》の家と此《この》火事との関係によつてプロバビリテエを増すのである。手紙に「愚姪方《ぐてつかた》は大道《だいどう》一筋の境にて東神田故《ゆえ》、此度《このたび》は免《まぬか》れ候《そうら》へ共《ども》、向側《むかいがわ》は西神田故過半焼失仕《つかまつ》り候《そろ》」と云つてある。わたくしはこの姪《おい》の家を新石町だらうと推《すい》するのである。

八

文政十一年二月五日に多町二丁目から出た火事に、大道一筋を境にして東側にあつて類焼を免《まぬか》れた家は、新石町にあつたとするのが殆《ほとん》ど自然であらう。新石町は諸書に見えてゐる真志屋の菓子店《みせ》のあつた街である。そこから日輪寺方へ移る時、寿阿弥は菓子店を姪《おい》に譲つたのだらう、其時《そのとき》昔の我《わが》店が「愚姪方《ぐてつかた》」になつたのだらうと云ふ推測は出て来るのである。

寿阿弥は若《も》し此《この》火事に姪《おい》の家が焼けたら、自分は無宿になる筈《はず》であつたと云つてゐる。「難渋之段愁訴可《なんじゆうのだんしゆうそつかま》仕《つるべき》水府《すいふ》も、先達而《せんだつて》丸焼故難渋申出候処無之《まるやけゆえなんじゆうもうしいでそろところこれなく》、無宿に成候筈《なりそろはず》」云々《うんぬん》と云つてゐる。これは此《この》手紙の中の難句で、句読《くとう》次第でどうにも読み得られるが、わたくしは水府もの下で切つて、丸焼は前年七月の真志屋の丸焼を斥《さ》すものとしたい。既に一たび丸焼のために救助を仰いだ水戸家に、再び愁訴することは出来ぬと云ふ意味だとしたい。なぜと云ふに丸焼故《ゆえ》の下で切ると、水府が丸焼になつたことになる。当時の水戸家は上《かみ》屋敷が小石川門外《もんぞと》、中《なか》屋敷が本郷追分《おいわけ》、目白の二箇所、下《しも》屋敷が永代新田《えいたいしんでん》、小梅村《こうめむら》の二箇所で、此等《これら》は火事に逢《あ》つてゐないやうである。寿阿弥が水戸家の用達《ようたし》商人であつたことは、諸書に載せてある通りである。

寿阿弥の手紙には、多町の火事の条下に、一の奇聞が載せてある。此《ここ》に其《その》全文を挙げる。「永富町《ながとみちよう》と申候処《もうしそろところ》の銅物屋《かなものや》大釜《おおがま》の中にて、七人やけ死申候《しにもうしそろ》、（原註、親父《おやじ》一人《いちにん》、息子一人、十五歳に成候《なりそろ》見せの者一人、丁稚《でつち》三人、抱への鳶《とび》の者一人）外《ほか》に十八歳に成候見せの者一人、丁稚一人、母一人、嫁一人、乳飲子《ちのみご》一人、是等《これら》は助《たすか》り申候、十八歳に成候者愚姪方にて去暮迄召仕候《さるくれまでめしつかいそろ》女の身寄之者、十五歳に成候者《は》愚姪方へ通ひづとめの者の宅の向ふの大工の倅《せがれ》に御座候《ござそろ》、此銅物屋《このかなものや》の親父《おやじ》夫婦貪慾《どんよく》強情にて、七年以前見せの手代一人《てだいいちにん》土蔵の三階《がい》にて腹《はら》切相果申候《きりあいはてもうしそろ》、此度《このたび》は其恨《そのうらみ》なるべしと皆人申候、銅物屋《かなものや》の事故大釜《ことゆえおおがま》二つ見せの前《まえ》左右にあり、五箇年以前此《この》辺出火之節、向ふ側計《ばかり》焼失にて、道幅も格別広き処故《ところゆえ》、今度ものがれ可申《もうすべく》、さ候《そうら》はば外《ほか》へ立《たち》のくにも及ぶまじと申候に、鳶《とび》の者もさ様《よう》に心得、いか様《よう》にやけて参候《まいりそろ》とも、此《この》大釜二つに水御座候故《みずござそろゆえ》、大丈夫助《たすか》り候由《そろよし》に受合《うけあい》申候、十八歳に成候《なりそろ》男は土蔵の戸前をうちしまひ、是迄《これまで》はたらき候《そうら》へば、私方《わたくしかた》は多町一丁目にて、此所《ここ》よりは火元へも近く候間《そろあいだ》、宅へ参り働き度《たく》、是《これ》より御暇被下《おんいとまくださ》れと申候て、自分親元へ働《はたらき》に帰り候故助り申候、此《この》者の一処《いっしょ》に居候間《おりそろあいだ》の事は演舌にて分り候へども、其跡《そのあと》は推量に御坐《ござ》候《そうら》へ共《ども》、とかく見《み》せ蔵《ぐら》、奥蔵《おくぐら》などに心のこり、父子《ふし》共に立のき兼《かね》、鳶の者は受合《うけあい》旁《かたがた》故《ゆえ》彼是《かれこれ》仕《つかまつり》候内《そろうち》に、火勢強く左右より燃《もえ》かかり候故、そりや釜の中《うち》よといふやうな事にて釜へ入候処《いりそろところ》、釜は沸上《わきあが》り、烟《けぶ》りは吹《ふき》かけ、大釜故入《い》るには鍔《つば》を足懸《あしがか》りに入候《いりそうら》へ共、出るには足がかりもなく、釜は熱く成旁《なりかたがた》にて死に候事《そろこと》と相見《あいみ》え申候、母と嫁と小児《しょうに》と丁稚《でっち》一人《いちにん》つれ、貧道弟子杵屋佐《きねやさ》吉《きち》が裏に親類御坐《ござ》候而《そろて》夫《それ》へ立退候故《たちのきそろゆえ》助り申候、一つの釜へ父子と丁稚一人、一つの釜へ四人入候て相果《あいはて》申候、此《この》事大《おお》評判にて、釜は檀那寺《だんなでら》へ納候《おさめそうら》へ共、見物《けんぶつ》夥敷《おびただしく》参《まいり》候而《そろて》不《ふ》外聞《がいぶん》の由にて、寺にては（自註、根津忠綱寺《ねづちゅうこうじ》一向宗《いっこうしゅう》）門を閉候由《とじそろよし》に御坐候、死の縁無量とは申《もうし》ながら、余り変なることに御坐候故、御覧も御面倒《ごめんどう》なるべくとは奉存候《ぞんじたてまつりそうら》へ共《ども》書付《かきつけ》申候。」

九

此銅物屋《このかなものや》は屋号三文字屋《さんもんじや》であつたことが、大郷信斎《おおごうしんさい》の道聴途説《どうていとせつ》に由《よ》つて知られる。道聴途説は林若樹《はやしわかき》さんの所蔵の書である。

釜《かま》の話は此《この》手紙の中で最も欣賞《きんしょう》すべき文章である。叙事は精緻《せいち》を極めて一の剰語《じょうご》をだに著《つ》けない。実に拠《よ》つて文《ぶん》を行《や》る間《あいだ》に、『そりや釜の中《うち》よ』以下の如《ごと》き空想の発動を見る。寿阿弥は一部の書をも著《あらわ》さなかつた。しかしわたくしは寿阿弥がいかなる書をも著はすことを得《う》る能文の人であつたことを信ずる。

次に笛の彦七《ひこしち》と云ふものと、坂東彦三郎《ばんどうひこさぶろう》とのコンプリマンを取り次いでゐる。彦七はその何人《なにひと》なるを考へることが出来ない。しかし「祭礼の節は不相変《あいかわらず》御《ご》厚情《こうせい》蒙《こうむ》り難有《ありがたき》由《よし》時々《じじ》申出候《もうしいでそろ》」と云つてあるから、江戸から神楽《かぐら》の笛を吹きに往《ゆ》く人であつたのではなからうか。

「坂東彦三郎も御噂《おんうわさ》申出《もうしいで》、兎角《とかく》駿河へ参りたい〳〵と計《ばかり》申居候《もうしおりそろ》」の句は、人をして十三駅取締の勢力をしのばしむると同時に、苾堂の襟懐《きんかい》をも想ひ遣《や》らせる。彦三郎は四世彦三郎であることは論を須《ま》たない。寛政十二年に生れて、明治六年に七十四歳で歿《ぼつ》した人だから、此《この》手紙の書かれた時二十九歳になつてゐた。「去《さる》夏狂言評好《よ》く拙作《せつさく》の所作《しよさ》事勤候処《ごとつとめそろところ》、先《ま》づ勤めてのき候故《そろゆえ》、去《さる》顔見せには三座より抱へに参候仕合故《まいりそろしあわせゆえ》、まづ役者にはなりすまし申候《もうしそろ》。」彦三郎を推称する語の中《うち》に、寿阿弥の高く自ら標置してゐるのが窺《うかが》はれて、頗《すこぶ》る愛敬がある。

次に茶番流行の事が言つてある。これは「別に書付《かきつけ》御覧に入候《いれそろ》」と云つてあるが、別紙は佚亡《いつぼう》してしまつた。「何かまだ申上度儀《もうしあげたきぎ》御座《ござ》候《そろ》やうながら、あまり長事故《ながきことゆえ》、まづ是《これ》にて擱筆《かくひつ》、奉待 後鴻 候《こうこうをまちたてまつりそろ》、頓首《とんしゆ》。」此《ここ》に二月十九日の日附があり、寿阿と署《しよ》してある。宛は苾堂先生座右《ざう》としてある。

次に苾堂の親戚及《および》同駅の知人に宛てたコンプリマンが書き添へてある。其《その》中に「小右衛門《こえもん》殿へも宜《よろ》しく」と特筆してあるから、試《こころみ》に棠園さんに小右衛門の誰《たれ》なるかを問うて見たが、これはわからなかつた。

寿阿弥は此等《これら》の人々に一々書を裁するに及ばぬ分疏《いいわけ》に、「府城、沼津、焼津等所々認候故《しよしよしたためそろゆえ》、自由ながら貴境は先生より御《ご》口達奉願《こうたつねがいたてまつり》候」と云つてゐる。わたくしは筆不精ではないが、手紙不精で、親戚故旧に不沙汰《ぶさた》ばかりしてゐるので、読んで此《ここ》に到つた時、寿阿弥のコルレスポンダンスの範囲に驚かされた。

寿阿弥の生涯は多く暗黒の中《うち》にある。抽斎文庫には秀鶴冊子《しゆうかくそうし》と劇神仙話とが各《おのおの》二部あつて、そのどれかに抽斎が此《この》人の事を手記して置いたさうである。青々園伊原《せいせいえんいはら》さんの言《こと》に、劇神仙話の一本は現に安田横阿弥《やすだよこあみ》さんの蔵弆《ぞうきよ》する所となつてゐるさうである。若《も》し其《その》本に寿阿弥が上に光明《こうみよう》を投射する書入《かきいれ》がありはせぬか。

抽斎文庫から出て世間に散らばつた書籍の中《うち》、演劇に関するものは、意外に多く横阿彌さんの手に拾ひ集められてゐるらしい。珍書刊行会は曽《かつ》て抽斎の奥書《おくがき》のある喜三二《きさんじ》が随筆を印行したが、大正五年五月に至つて、又飛蝶《ひちよう》の劇界珍話と云ふものを収刻した。前者は無論横阿弥さんの所蔵本に拠《よ》つたものであらう。後者に署してある名の飛蝶は、抽斎の次男優善後《やすよしのち》の優《ゆたか》が寄席《よせ》に出た頃看板に書かせた芸名《げいみよう》である。劇界珍話は優善の未定稿が渋江氏《うじ》から安田氏《うじ》の手にわたつてゐて、それを刊行会が謄写《とうしや》したものではなからうか。

十

寿阿弥の生涯は多く暗黒の中《うち》にある。写本刊本の文献に就《つい》てこれを求むるに、得《う》る所が甚《はなは》だ少い。然《しか》るにわたくしは幸《さいわい》に一人の活《い》きた典拠を知つてゐる。それは伊沢蘭軒《いさわらんけん》の嗣子《しし》榛軒《しんけん》の女《むすめ》で、棠軒《とうけん》の妻であつた曽能子《そのこ》刀自《じ》である。刀自は天保六年に生れて、大正五年に八十二歳の高齢を保つてゐて、耳も猶聡《なおさと》く、言舌《げんぜつ》も猶さわやかである。そして寿阿弥の晩年の事を実験して記憶してゐる。

刀自の生れた天保六年には、寿阿弥は六十七歳であつた。即《すなわ》ち此《この》手紙が書かれてから七年の後《のち》に、刀自は生れたのである。刀自が四五歳の頃は寿阿弥が七十か七十一の頃で、それから刀自が十四歳の時に寿阿弥が八十で歿《ぼつ》するまで、此畸人《このきじん》の言行《げんこう》は少女の目に映じてゐたのである。

刀自の最も古い記憶として遺《のこ》つてゐるのは寿阿弥の七十七の賀で、刀自が十一歳になつた弘化二年の出来事である。此《この》賀は刀自の父榛軒が主として世話を焼いて挙行したもので、歌を書いた袱紗《ふくさ》が知友の間に配られた。

次に寿阿弥の奇行が穉《おさな》かつた刀自に驚異の念を作《な》さしめたことがある。それは寿阿弥が道に溺《いばり》する毎《ごと》に手水《ちょうず》を使ふ料にと云つて、常に一升徳利《いっしょうとくり》に水を入れて携へてゐた事である。

わたくしは前に寿阿弥の托鉢《たくはつ》の事を書いた。そこには一たび仮名垣魯文のタンペラマンを経由して写された寿阿弥の滑稽《こっけい》の一面のみが現れてゐた。劇通で芝居の所作事《しょさごと》をしくんだ寿阿弥に斯《かく》の如《ごと》き滑稽のあつたことは怪《あやし》むことを須《もち》ゐない。

しかし寿阿弥の生活の全体、特にその僧侶としての生活が、啻《ただ》に滑稽のみでなかつたことは、活《い》きた典拠に由《よ》つて証せられる。少時の刀自の目に映じた寿阿弥は真面目《しんめんぼく》の僧侶である。真面目の学者である。只此《ただこの》僧侶学者は往々人に異なる行《おこない》を敢《あえ》てしたのである。

寿阿弥は刀自の穉かつた時、伊沢の家へ度々来た。僧侶としては毎月《まいげつ》十七日に闕《か》かさずに来た。これは此《この》手紙の書かれた翌年、文政十二年三月十七日に歿《ぼつ》した蘭軒の忌日《きにち》である。此《この》日には刀自の父榛軒が寿阿弥に読経《どきょう》を請ひ、それが畢《おわ》つてから饗応《きようおう》して還《かえ》す例になつてゐた。饗饌《きようぜん》には必ず蕃椒《とうがらし》を皿に一ぱい盛つて附けた。寿阿弥はそれを剰《あま》さずに食べた。「あの方は年に馬に一駄の蕃椒を食べるのださうだ」と人の云つたことを、刀自《とじ》は猶《なお》記憶してゐる。寿阿弥の著《き》てゐたのは木綿の法衣《ほうえ》であつたと刀自は云ふ。

寿阿弥に請うて読経せしむる家は、独り伊沢氏《うじ》のみではなかつた。寿阿弥は高貴の家へも回向《えこう》に往《ゆ》き、素封家《そほうか》へも往《い》つた。刀自の識つてゐた範囲では、飯田町《まち》あたりに此人《この》を請ずる《しよう》家が殊《こと》に多かつた。

寿阿弥は又学者として日を定めて伊沢氏に請ぜられた。それは源氏物語の講釈をしに来たのである。此講筵《このこうえん》も亦《また》独り伊沢氏に於《お》いて開かれたのみではなく、他家でも催されたさうである。刀自は寿阿弥が同じ講釈をしに永井《ながい》えいはく方へ多く往《ゆ》くと云ふことを聞いた。

永井えいはくは何人《なにひと》なるを詳《つまびらか》にしない。医師か、さなくば所謂《いわゆる》お坊主などで、武鑑に載せてありはせぬかと思つて検したが、見当らなかつた。表《おもて》坊主に横井栄伯《よこいえいはく》があつて、氏名が稍《やや》似てゐるが、これは別人であらう。或《あるい》は想ふに、永井氏《うじ》は諸侯の抱医師《かかえいし》若《も》しくは江戸の町医《まちい》ではなからうか。

十一

寿阿弥が源氏物語の講釈をしたと云ふことに因《ちな》んだ話を、伊沢の刀自は今一つ記憶してゐる。それはからである。或時《あるとき》人々が寿阿弥の噂《うわさ》をして、「あの方は坊さんにおなりなさる前に、奥さんがおありなさつたでせうか」と誰《たれ》やらが問うた。すると誰やらが答へて云つた。「あの方は己《おれ》に源氏のやうな文章で手紙を書いてよこす女があると、己はすぐ女房に持つのだがと云つて入《い》らつしやつたさうです。しかしさう云ふ女がとう〳〵無かつたと云ふことです。」此話《この》に由《よ》つて観れば、五郎作は無妻であつたと見える。五郎作が千葉氏《うじ》の女壻《じよせい》になつて出されたと云ふ、喜多村筠庭《きたむらいんてい》の説は疑はしい。

寿阿弥は伊沢氏《うじ》に来ても、回向《えこう》に来た時には雑談などはしなかつた。しかし講釈に来た時には、事果てゝ後《のち》に暫《しばら》く世間話をもした。刀自はそれに就いてかう云ふ。「惜《お》しい事には其時《そのとき》寿阿弥さんがどんな話をなさつたやら、わたくしは記《おぼ》えてゐません。どうも石川貞白《いしかわていはく》さんなどのやうに、子供の面白がるやうな事を仰《おつし》やらなかつたので、後《のち》にはわたくしは余り其《その》席へ出ませんでした。」石川貞白は伊沢氏と共に福山の阿部家に仕へてゐた医者である。当時阿部家は伊勢守正弘《いせのかみまさひろ》の代であつた。

刀自《とじ》は寿阿弥の姪《おい》の事をも少し知つてゐる。姪《おい》は五郎作の妹の子であつた。しかし恨《うら》むらくは其《その》名を逸した。刀自の記憶してゐるのは蒔絵師《まきえし》としての姪《おい》の号で、それはすゐさいであつたさうである。若《も》し其文字《そのもんじ》を知るたつきを得たら、他日訂正することゝしよう。寿阿弥が蒔絵師の株を貰《もら》つたことがあると云ふ筠庭の説は、これを誤り伝へたのではなからうか。

刀自の識つてゐた頃には、寿阿弥は姪《おい》に御家人の株を買つて遣《や》つて、浅草菊屋橋の近所に住はせてゐた。其《その》株は扶持《ふち》が多く附いてゐなかつたので、姪《おい》は内職に蒔絵《まきえ》をしてゐたのださうである。

或るとき伊沢氏《うじ》で、蚊母樹《いすのき》で作つた櫛《くし》を沢山《たくさん》に病家《びようか》から貰《もら》つたことがある。榛軒は寿阿弥の姪《おい》に誂《あつら》へて、それに蒔絵をさせ、知人《しるひと》に配つた。「大そう牙《は》の長い櫛でございましたので、其比《そのころ》の御婦人はお使《つかい》なさらなかつたさうです、今なら宜《よろ》しかつたのでせう」と刀自は云つた。

菊屋橋附近の家へは、刀自が度々榛軒に連れられて往《い》つた。始《はじめ》て往つた時は十二歳であつたと云ふから、弘化三年に寿阿弥が七十七歳になつた時の事である。其頃《そのころ》からは寿阿弥は姪《おい》と同居してゐて、とう〳〵其《その》家で亡くなつた。刀自はそれが盂蘭盆《うらぼん》の頃であつたと思ふと云ふ。嘉永元年八月二十九日に歿《ぼつ》したと云ふ記載と、略《ほぼ》符合してゐる。

寿阿弥の姪《おい》が茶技《ちやぎ》に精《くわ》しかつたことは、伯父《おじ》の手紙に徴《ちよう》して知ることが出来るが、その蒔絵を善くしたことは、刀自の話に由《よ》つて知られる。其他《そのた》蒔絵師としての号をすゐさいと云つたこと、寿阿弥がためには妹の子であつたこと、御家人であつたこと等の分かつたのも、亦《また》刀自の賜《たまもの》である。

最後に残つてゐるのは、寿阿弥と水戸家との関係である。寿阿弥が水戸家の用達《ようたし》であつたと云ふことは、諸書に載せてある。しかし両者の関係は必ず此《この》用達の名義に尽きてゐるものとも云ひ難《にく》い。

新石町の菓子商なる五郎作は富豪の身の上ではなかつたらしい。それがどうして三家《さんけ》の一たる水戸家の用達になつてゐたか。又剃髪《ていはつ》して寿阿弥となり、幕府の連歌師《れんがし》の執筆にせられてから後《のち》までも、どうして水戸家との関係が継続せられてゐたか。これは稍《やや》暗黒なる一問題である。

十二

何故《なにゆえ》に生涯富人《ふうじん》ではなかつたらしい寿阿弥が水戸家の用達《ようたし》と呼ばれてゐたかと云ふ問題は、単に彼《かの》海録に見えてゐる如《ごと》く、数代前《すだいぜん》から用達を勤めてゐたと云ふのみを以て解釈し尽されてはゐない。水戸家が此《この》用達を待つことの頗《すこぶ》る厚かつたのを見ると、問題は一層の暗黒を加ふる感がある。

手紙の記《しる》す所を見るに、寿阿弥が火事に遭《あ》つて丸焼《まるやけ》になつた時、水戸家は十分の保護を加へたらしい。それゆゑ寿阿弥は再び火事に遭つて、重ねて救《すくい》を水戸家に仰ぐことを憚《はば》かつたのである。これは水戸家の一の用達に対する処置としては、或《あるい》は稍《やや》厚きに過ぎたものと見るべきではなからうか。

且《かつ》寿阿弥の経歴には、有力者の渥《あつ》き庇保《ひほう》の下《もと》に立つてゐたのではなからうかと思はれる節《ふし》が、用達問題以外にもある。久しく連歌師の職に居《お》つたのなどもさうである。啻《ただ》に其《その》職に居つたと云ふのみではない。わたくしは寿阿弥が曇奝《どんちょう》と号したのは、芝居好《ずき》であつたので、緞帳《どんちょう》の音《おん》に似た文字を選んだものだらうと云ふことを推《すい》する。然《しか》るに此《この》号が立派に公儀に通つて、年久しく武鑑の上に赫《かがや》いてゐたのである。

次に渋江保《しぶえたもつ》さんに聞く所に依《よ》るに、寿阿弥は社会一般から始終一種の尊敬を受けてゐて、誰《たれ》も蔭で「寿阿弥が」云々《しかじか》したなどと云ふものはなく、必ず「寿阿弥さんが」と云つたものださうである。これも亦《また》仔細《さい》のありさうな事である。

次に寿阿弥は微官とは云ひながら公儀の務《つとめ》をしてゐて、頻繁《ひんぱん》に劇場に出入《いでいり》し、俳優と親しく交《まじわ》り、種々の奇行があつても、曽《かつ》て咎《とがめ》を被《こうむ》つたことを聞かない。これも其《その》類例が少からう。

此等《これら》の不思議の背後には、一の巷説《こうせつ》があつて流布せられてゐた。それは寿阿弥は水戸侯の落胤《らくいん》ださうだと云ふのであつた。此《この》巷説は保さんも母五百《いほ》に聞いてゐる。伊沢の刀自《とじ》も知つてゐる。当時の社会に於《おい》ては所謂《いわゆる》公然の秘密の如《ごと》きものであつたらしい。「なんでも卑しい女に水戸様のお手が附いて下げられたことがあるのださうでございます。菓子店《みせ》を出した時、大名よりは増屋《ましや》だと云ふ意で屋号を附けたと聞いてゐます」と、刀自《とじ》は云ふ。

わたくしはこれに関して何の判断を下すことも出来ない。しかし真志屋と云ふ屋号の異様なのには、わたくしは初《はじめ》より心附いてゐた。そして刀自の言《こと》を聞いた時、なるほどさうかと頷《うなず》かざることを得なかつた。兎《と》に角《かく》真志屋と云ふ屋号は、何か特別な意義を有してゐるらしい。只《ただ》その水戸家に奉公してゐたと云ふ女は必ずしも寿阿弥の母であつたとは云はれない。其《その》女は寿阿弥の母ではなくて、寿阿弥の祖先の母であつたかも知れない。海録に拠《よ》れば、真志屋は数代《すだい》菓子商で、水戸家の用達《ようたし》をしてゐたらしい。随《したが》つて落胤《らくいん》問題も寿阿弥の祖先の身の上に帰著《きちやく》するかも知れない。

若《も》し然《しか》らずして、嘉永元年に八十歳で歿《ぼつ》した寿阿弥自身が、彼《かの》疑問の女の胎内に舎《やど》つてゐたとすると、寿阿弥の父は明和五六年の交《こう》に於ける水戸家の当主でなくてはならない。即《すなわ》ち水戸参議治保《はるもり》でなくてはならない。

十三

わたくしは寿阿弥の手紙と題する此《この》文を草して将《まさ》に稿を畢《おわ》らむとした。然《しか》るに何となく心に慊《あきたら》ぬ節《ふし》があつた。何事かは知らぬが、当《まさ》に做《な》すべくして做さざる所のものがあつて存《そん》する如《ごと》くであつた。わたくしは前段の末《すえ》に一の終《おわり》の字を記《しる》すことを猶与《ゆうよ》した。

そしてわたくしはかう思惟《しゆい》した。わたくしは寿阿弥の墓の所在を知つてゐる。然るに未だ曽《かつ》て往《ゆ》いて訪《とぶら》はない。数《しばしば》其《その》名を筆にして、其《その》文に由《よ》つて其《その》人に親《したし》みつゝ、程近き所にある墓を尋ぬることを怠つてゐるのは、遺憾《いかん》とすべきである。兎《と》に角《かく》一たび往《い》つて見ようと云ふのである。

雨の日である。わたくしは意を決して車を命じた。そして小石川伝通院《でんづういん》の門外にある昌林院《しようりんいん》へ往つた。住持《じゆうじ》の僧は来意を聞いて答へた。昌林院の墓地は数年前《ぜん》に撤して、墓石《ぼせき》の一部は伝通院の門内へ移し入れ、他の一部は洲崎《すさき》へ送つた。寿阿弥の墓は前者の中《うち》にある、しかし柵が結《ゆ》つて錠《じよう》が卸《おろ》してあるから、雨中に詣《もう》づることは難儀である。幸《さいわい》に当院には位牌《いはい》があつて、これに記《しる》した文字《もんじ》は墓表と同じであるから仏壇へ案内して進ぜようと答へた。

わたくしは問うた。「柵が結つてあると仰《おつし》やるのは、寿阿弥一人の墓の事ですか。それとも石塔が幾《いく》つもあつて、それに柵が結ひ繞《めぐ》らしてあるのですか。」これは真志屋の祖先数代の墓があるか否《いな》かと思つて云つたのである。

「墓は一つではありません。藤井紋太夫《ふじいもんだゆう》の墓も、力士《りきし》谷《たに》の音《おと》の墓もありますから。」

わたくしは耳を欹《そばだ》てた。「それは思ひ掛《か》けないお話です。藤井紋太夫だの谷の音だのが、寿阿弥に縁故のある人達だと云ふのですか。」

僧は此間《このあいだ》の消息を詳《つまびらか》にしてはゐなかつた。しかし昔から一つ所に葬つてあるから、縁故があるに相違なからうとの事であつた。

わたくしは延《ひ》かれて位牌の前に往《い》つた。寿阿弥の位牌には、中央に東陽院《とうよういん》寿阿弥陀《だ》仏曇奝和尚《ぶつどんちようおしよう》、嘉永元年戊申《ぼしん》八月二十九日と書し、左右に戒誉西村清常居士《かいよせいそんせいじようこじ》、文政三年庚寅《こういん》十二月十二日、松寿院妙真日実信女《しようじゆいんみようしんにちじつしんによ》、文化十二年乙亥《おつがい》正月十七日と書してある。

僧は「こちらが谷の音です」と云つて、隣の位牌《いはい》を指さした。神誉行義居士《しんよぎようぎこじ》、明治二十一年十二月二日と書してある。

「藤井紋太夫のもありますか」と、わたくしは問うた。

「紋太夫の位牌はありません。誰《たれ》も参詣《さんけい》するものがないのです。しかしこちらに戒名《かいみよう》が書き附けてあります。」かう云つて紙牌を示した。光含院孤峯心了《こうごんいんこほうしんりよう》居士、元禄七年甲戌《こうじゆつ》十一月二十三日と書してある。

「では寿阿弥と谷の音とは参詣するものがあるのですね」と、わたくしは問うた。

「あります。寿阿弥の方へは牛込《うしごめ》の藁店《わらだな》からお婆《ばば》さんが命日毎《ごと》に参られます。谷の音の方へは、当主の関口《せきぐち》文蔵《ぶんぞう》さんが福島にをられますので、代参に本所緑町《ほんじよみどりちよう》の関重兵衛《せきじゆうべえ》さんが来られます。」

十四

命日毎に寿阿弥の墓に詣《もう》でるお婆あさんは何人《なんぴと》であらう。わたくしの胸中には寿阿弥研究上に活《い》きた第二の典拠を得《う》る望《のぞみ》が萌《きざ》した。そこで僧には卒塔婆《そとば》を寿阿弥の墓に建てることを頼んで置いて、わたくしは藁店《わらだな》の家を尋ねることにした。

「藁店の角店《かどみせ》で小間物屋ですから、すぐにわかります」と僧が教へた。

小間物屋はすぐにわかつた。立派な手広な角店で、五彩目を奪ふ頭飾《かみかざり》の類が陳《なら》べてある。店頭には、雨の盛《さかん》に降つてゐるにも拘《かかわ》らず、蛇目傘《じゃのめがさ》をさし、塗足駄《ぬりあしだ》を穿《は》いた客が引きも切らず出入してゐる。腰を掛けて飾《かざり》を選んでゐる客もある。皆美しく粧《よそお》つた少女のみである。客に応接してゐるのは、紺の前掛をした大勢の若い者である。

若い者はわたくしの店に入《い》るのを見て、「入らつしやい」の声を発することを躊躇《ちゅうちょ》した。わたくしも亦《また》忙しげな人々を見て、無用の閒話頭《かんわとう》を作《な》すを憚《はばか》らざることを得なかつた。

わたくしは若い丸髷《まるまげ》のお上《かみ》さんが、子を負《おぶ》つて門《かど》に立つてゐるのを顧みた。

「それ、雨こん〳〵が降つてゐます」などゝ、お上さんは背中の子を賺《すか》してゐる。

「ちよつと物をお尋ね申します」と云つて、わたくしはお上さんに来意を述べた。

お上さんは怪訝《かいが》の目を睜《みは》つて聞いてゐた。そしてわたくしの語を解せざること良久《やや》しかつた。無理は無い。此《かく》の如《ごと》き熱閙場裏《ねつとうじようり》に此《かく》の如き閒言語《かんげんぎよ》を弄《ろう》してゐるのだから。

わたくしが反復して説くに及んで、白い狭い額《ひたい》の奥に、理解の薄明《うすあかり》がさした。そしてお上さんは覚えず破顔一笑した。「あゝ。さうですか。ではあの小石川のお墓にまゐるお婆《ば》あさんをお尋《たずね》なさいますのですね。」

「さうです。さうです。」わたくしは喜《よろこび》禁ずべからざるものがあつた。丁度《ちょうど》外交官が談判中に相手をして自己の某《ぼう》主張に首肯せしめた刹那《せつな》のやうに。

お上《かみ》さんは繊《ほそ》い指尖《ゆびさき》を上框《あがりがまち》に衝《つ》いて足駄《あしだ》を脱いだ。そして背中の子を賺《すか》しつゝ、帳場の奥に躱《かく》れた。代つて現れたのは白髪《しらが》を切つて撫附《なでつけ》にした媼《おうな》である。「どうぞこちらへ」と云つて、わたくしを揮《さしまね》いた。わたくしは媼と帳場格子《ごうし》の傍に対坐した。

媼名は石《いし》、高野氏《たかのうじ》、御家人の女《むすめ》である。弘化三年生《うまれ》で、大正五年には七十一歳になつてゐる。少《わこ》うして御家《ごけ》人師岡久次郎《にんもろおかきゆうじろう》に嫁《か》した。久次郎には二人の兄があつた。長《ちよう》を山崎某《ぼう》と云ひ、仲《ちゆう》を鈴木某と云つて、師岡氏《うじ》は其《その》季《き》であつた。三人は同腹《どうふく》の子で、皆伯父《おじ》に御家人の株を買つて貰《もら》つた。それは商賈《しようこ》であつた伯父の産業の衰へた日の事であつた。

伯父とは誰《た》ぞ。寿阿弥である。兄弟三人を生んだ母とは誰《た》ぞ。寿阿弥の妹である。

十五

寿阿弥の手紙に「愚姪《ぐてつ》」と書してあるのは、山崎、鈴木、師岡の三兄弟《けいてい》中の一人でなくてはならない。それが師岡でなかつたことは明白である。お石さんは夫が生きてゐると大正五年に八十二歳になる筈《はず》であつたと云ふ。師岡は天保六年生で、手紙の書かれたのは師岡未生前《みしようぜん》七年の文政十一年だからである。山崎、鈴木の二人は石が嫁《か》した時皆歿《ぼつ》してゐたので、石は其齢《そのよわい》を記憶しない。しかし夫よりは余程の年上であつたらしいと云ふ。兎《と》に角《かく》齢の懸隔は小さからう筈《はず》が無い。彼《か》の文政十一年に既に川上宗寿の茶技《ちやき》を評した人は、師岡に比して大いに長じてゐなくてはならない。わたくしは石の言《こと》を聞いて、所謂《いわゆる》愚《ぐ》姪《てつ》は山崎の方であらうかと思つた。

若《も》し此《この》推測が当つてゐるとすると、伊沢の刀自《とじ》の記憶してゐる蒔絵師《まきえし》は、均《ひと》しく是《こ》れ寿阿弥の妹の子ではあつても、手紙の中《うち》の「愚姪」とは別人でなくてはならない。何故《なにゆえ》と云ふに石の言に従へば、蒔絵をしたのは鈴木と師岡とで、山崎は蒔絵をしなかつたさうだからである。

蒔絵は初め鈴木が修行したさうである。幕府の蒔絵師に新銀町《しんしろかねちよう》と皆川町《みなかわちよう》との鈴木がある。此《この》両家と氏《うじ》を同じうしてゐるのは、或《あるい》は故あることかと思ふが、今遽《にわか》に尋ねることは出来ない。次《つい》で師岡は兄に此技《このき》を学んだ。伊沢の刀自《とじ》の記憶してゐるすゐさいの号は、鈴木か師岡か不明である。しかしすゐさいの名は石の曽《かつ》て聞かぬ名だと云ふから、恐《おそら》くは兄鈴木の方の号であらう。

然《しか》らば寿阿弥の終焉《しゅうえん》の家は誰《たれ》の家であつたか。これはどうも師岡の家であつたらしい。「伯父《おじ》さんは内で亡くなつた」と、石の夫は云つてゐたさうだからである。

此《かく》の如《ごと》くに考へて見ると、寿阿弥の手紙にある「愚姪」、伊沢榛軒のために櫛《くし》に蒔絵をしたすゐさい、寿阿弥を家に居《お》いて生を終らしめた戸主《こしゅ》の三人を、山崎、鈴木、師岡の三兄弟《けいてい》で分担することゝとなる。わたくしは此《ここ》まで考へた時事の奇なるに驚かざることを得なかつた。

初めわたくしは寿阿弥の手紙を読んだ時、所謂《いわゆる》「愚姪《ぐてつ》」の女であるべきことを疑はなかつた。俗にをひを甥《せい》と書し、めひを姪《てつ》と書するからである。しかし石に聞く所に拠《よ》るに、寿阿弥を小父《おじ》と呼ぶべき女は一人も無かつたらしいのである。

爾雅《じが》に「男子謂姉妹之子為出、女子謂姉妹之子為姪」と云つてある。甥《せい》の字はこれに反して頗《すこぶ》る多義である。姪《てつ》は素《もと》女子の謂《い》ふ所であつても、公羊伝《くようでん》の舅出《きゅうしゅつ》の語が広く行はれぬので、漢学者はをひを姪と書する。そこで渓疑塾《けいぎじゅく》に学んだ寿阿弥は甥と書せずして姪と書したものと見える。此《ここ》に至つてわたくしは既に新聞紙に刊した文の不用意を悔いた。

わたくしは石に夫の家の当時の所在を問うた。「わたくしが片附いて参つた時からは、始終只今《ただいま》の山伏町《やまぶしちょう》の辺にをりました。其頃《そのころ》は組屋敷と申しました」と、石は云ふ。組屋敷とは黒鍬《くろくわ》組の屋敷であらうか。伊沢の刀自が父と共に尋ねた家は、菊屋橋附近であつたと云ふから、稍《やや》離れ過ぎてゐる。師岡氏《うじ》は弘化頃に菊屋橋附近にゐて、石の嫁《か》して行《ゆ》く文久前《ぜん》に、山伏町辺に遷《うつ》つたのではなからうか。

わたくしの石に問ふべき事は未だ尽きない。落胤《らくいん》問題がある。藤井紋太夫の事がある。谷の音の事がある。

十六

わたくしは師岡の未亡人《びぼうじん》石に問うた。「寿阿弥さんが水戸様の落胤《おとしだね》だと云ふ噂《うわさ》があつたさうですが、若《も》しあなたのお耳に入《い》つてゐはしませんか。」

石は答へた。「水戸様の落胤《おとしだね》と云ふ話は、わたくしも承《うけたま》はつてゐます。しかしそれは寿阿弥さんの事ではありません、いつ頃だか知りませんが、なんでも寿阿弥さんの先祖の事でございます。水戸様のお屋敷へ御奉公に出てゐた女《むすめ》に、お上《かみ》のお手が附いて妊娠《にんしん》しました。お屋敷ではその女《むすめ》をお下げになる時、男の子が生れたら申し出るやうにと云ふことでございました。丁度《ちょうど》生れたのが男の子でございましたので申し出ました。すると五歳になつたら連れて参るやうにと申す事でございました。それから五歳になりましたので連れて出ました。其子《その》は別間《べつま》に呼ばれました。そしてお前は侍になりたいか、町人になりたいかと云ふお尋《たずね》がございました。子供はなんの気なしに町人になりたうございますと申しました。それで別に御用は無いと云ふことになつて下げられたさうでございます。なんでも真志屋と云ふ屋号は其後《そのご》始《はじめ》て附けたもので、大名よりは増屋《ましや》だと云ふ意であつたとか申すことでございます。その水戸様のお胤《たね》の人は若くて亡くなりましたが、血筋は寿阿弥さんまで続いてゐるのだと、承《うけたまわ》りました。」

此言《このこと》に従へば、真志屋は数世《すうせい》続いた家で、落胤《らくいん》問題と屋号の縁起とは其《その》祖先の世に帰著《きちやく》する。

次にわたくしは藤井紋太夫の墓が何故《なにゆえ》に真志屋の墓地にあるかを問うた。石は答へた。「あれは別に深い仔細《しさい》のある事ではないさうでございます。藤井紋太夫は水戸様のお手討ちになりました。所が親戚のものは憚《はばかり》があつて葬式をいたすことが出来ませんでした。其時《そのとき》真志屋の先祖が御用達《ごようたし》をいたしてゐますので、内々《ないない》お許《ゆるし》を戴《いただ》いて死骸《しがい》を引き取りました。そして自分の菩提所《ぼだいしよ》で葬《とぶらい》をいたして進ぜたのだと申します。」

わたくしは落胤《らくいん》問題、屋号の縁起、藤井紋太夫の遺骸の埋葬、此等《これら》の事件に、彼《か》の海録に載せてある八百屋お七の話をも考へ合せて見た。

水戸家の初代威公頼房《いこうよりふさ》は慶長十四年に水戸城を賜《たま》はつて、寛文元年に薨《こう》じた。二代義公光国《ぎこうみつくに》は元禄三年に致《ち》仕《し》し、十三年に薨じた。三代粛公綱条《しゆくこうつなえだ》は享保三年に薨じた。

海録に拠《よ》れば、八百屋お七の地主河内屋《かわちや》の女《むすめ》島は真志屋の祖先の許《もと》へ嫁入《よめいり》して、其時《そのとき》お七のくれた袱帛《ふくさ》を持つて来た。河内屋も真志屋の祖先も水戸家の用達であつた。お七の刑死せられたのは天和三年三月二十八日である。即《すなわ》ち義公の世の事で、真志屋の祖先は当時既に水戸家の用達であつた。只《ただ》真志屋の屋号が何年から附けられたかは不明である。

藤井紋太夫の手討《てうち》になつたのは、元禄七年十一月二十三日ださうで、諸書に伝ふる所と、昌林院の記載とが符合してゐる。これは粛公の世の事で、義公は隠居の身分で藤井を誅《ちゅう》したのである。

此等《これら》の事実より推窮《すいきゅう》すれば、落胤《らくいん》問題や屋号の由来は威公の時代より遅れてはをらぬらしく、余程古い事である。始《はじめ》て真志屋と号した祖先某《ぼう》は、威公若《もし》くは義公の胤《たね》であつたかも知れない。

十七

わたくしは以上の事実の断片を湊合《そうごう》して、姑《しばら》く下《しも》の如《ごと》くに推測した。水戸の威公若くは義公の世に、江戸の商家の女《むすめ》が水戸家に仕へて、殿様の胤《たね》を舎《やど》して下げられた。此女《このむすめ》の生んだ子は商人になつた。此《この》商人の家は水戸家の用達《ようたし》で、真志屋と号した。しかし用達になつたのと、落胤《らくいん》問題との孰《いず》れが先と云ふことは不明である。その後《ご》代々の真志屋は水戸家の特別保護の下《もと》にある。寿阿弥の五郎作は此《この》真志屋の後《のち》である。

わたくしの師岡の未亡人《びぼうじん》石に問ふべき事は、只《ただ》一つ残つた。それは力士谷の音《おと》の事である。

石は問はれてから答へた。「それは可笑《おか》しな事なのでございます。好《よ》くは存じませんが其《その》お相撲《すもう》は真志屋の出入であつたとかで、それが亡くなつた時、何のことわりもなしに昌林院の墓所《はかしょ》にいけてしまつたのださうでございます。幾《いく》ら贔屓《ひいき》だつたと云つたつて、死骸《しがい》まで持つて来るのはひどいと云つて、こちらからは掛け合つたが、色々談判した挙句《あげく》に、一旦《いつたん》いけてしまつたものなら為方《しかた》が無いと云ふことになつたと、夫が話したことがございます。」石は関口と云ふ後裔《こうえい》の名をだに知らぬのであつた。

　余り長座《ながざ》をするもいかゞと思つて、わたくしは辞し去らむとしたが、ふと寿阿弥の連歌師《れんがし》であつたことに就いて、石が何か聞いてゐはせぬかと思つた。武鑑には数年間日輪寺其阿《きあ》と寿阿曇奝《じゆあどんちよう》とが列記せられてゐて、しかも寿阿の住所は日輪寺方だとしてある。わたくしは是《これ》より先、浅草芝崎町の日輪寺に往《い》つて見た。一つには寿阿弥の同僚であつた其阿の墓石《ぼせき》を尋ねようと思ひ、二つには日輪寺其阿の名が一代には限らぬらしく、古く物に見えてゐるので、それを確めようと思つたからである。日輪寺は今の浅草公園の活動写真館の西で、昔は東南共に街に面した角地面であつた。今は薪屋《まきや》の横町の衝当《つきあたり》になつてゐる。寺内の墓地は半ば水に浸《ひた》されて沮《しよ》洳《じよ》の地となり、藺《い》を生じ芹《せり》を生じてゐる。わたくしは墓を検することを得ずして還《かえ》つた。わたくしは石に問うた。「若《も》し日輪寺と云ふ寺の名をお聞《きき》になつたことはありませんか。」

「存じてをります。日輪寺は寿阿弥さんの縁故のあるお寺ださうで、寿阿弥さんの御位牌《ごいはい》が置いてありました。しかし昌林院の方にあれば、あちらには無くても好《よ》いと云ふことになりまして、只今《ただいま》は何もございません。」

　わたくしはお石さんに暇乞《いとまごい》をして、小間物屋の帳場を辞した。小間物屋は牛込肴町《さかなまち》で当主を浅井《あさい》平八郎《へいはちろう》さんと云ふ。初め石は師岡久次郎に嫁《か》して一人女京《ひとりむすめきよう》を生んだ。京は会津東山《ひがしやま》の人浅井善蔵《ぜんぞう》に嫁した。善蔵の女《むすめ》おせいさんが婿平八郎を迎へた。おせいさんは即《すなわ》ち子を負《おぶ》つて門《かど》に立つてゐたお上《かみ》さんである。

　寿阿弥の事は旧に依《よ》つて暗黒の中《うち》にある。しかしわたくしは伊沢の刀自や師岡の未亡人《びぼうじん》の如《ごと》き長寿の人を識ることを得て、幾分《いくぶん》か諸書の誤謬《ごびゆう》を正《ただ》すことを得たのを喜んだ。

　わたくしは再び此《この》稿を畢《おわ》らむとした。そこへ平八郎さんが尋ねて来た。前《さき》に浅井氏《うじ》を訪《と》うた時は、平八郎さんは不在であつたが、後《のち》にわたくしの事を外祖母《がいそぼ》に聞いて、今真志屋の祖先の遺物や文書《もんじよ》をわたくしに見せに来たのである。

　遺物も文書も、浅井氏に現存してゐるものゝ一部分に過ぎない。しかし其《その》遺物には頗《すこぶ》る珍奇なるものがあり、其《その》文書には種々の新事実の証《しよう》となすべきものがある。寿阿弥研究の道は幾度か窮《きわ》まらむとして、又幾度か通ずるのである。八百屋お七の手づから縫つた袱紗《ふくさ》は、六十三年前《ぜん》の嘉永六年に寿阿弥が手から山崎美成の手にわたされた如《ごと》くに、今平八郎さんの手からわたくしの手にわたされた。水戸家の用達《ようたし》真志屋十余代の継承次第は殆《ほとん》ど脱漏《だつろう》なくわたくしの目の前に展開せられた。

十八

わたくしは姑《しばら》く浅井氏《うじ》所蔵の文書《もんじょ》を真志屋文書と名づける。真志屋文書に徴《ちょう》するに真志屋の祖先は威公頼房が水戸城に入《い》つた時に供に立つてゐる。文化二年に武公治紀《はるとし》が家督して、四年九月九日に十代目真志屋五郎兵衛が先祖書《せんそがき》を差し出した。「先祖儀御入国の砌御供仕来元和年中引続《みぎりおんともつかまつりきたりげんわねんじゅうひきつづき》」云々《うんぬん》と書してある。入国とは頼房が慶長十四年に水戸城に入《い》つたことを指すのである。此《この》真志屋始祖西村氏《にしむらうじ》は参河《みかわ》の人で、過去帳に拠《よ》ると、浅《せん》誉日水信士《よにっすいしんし》と法諡《ほうし》し、元和二年正月三日に歿《ぼつ》した。屋号は真志屋でなかつたが、名は既に五郎兵衛《ごろべえ》であつた。二代は方誉《ほうよ》清西《せいせい》信士で、寛永十九年九月十八日に歿した。後《のち》の数代の法諡の例を以て推《お》すに、清西は生前《しょうぜん》に命じた名であらう。

三代は相誉《そうよ》清伝《せいでん》信士で、寛文四年九月二十二日に歿した。水戸家は既に義公光国の世になつてゐる。四代は西村清休居士《せいそんせいきゅうこじ》である。清休の時、元禄三年に光国は致仕《ちし》し、粛公綱条が家を継いだ。此代替《このだいがわり》に先《さき》だつて、清休の家は大いなる事件に遭遇した。真志屋の遺物の中《うち》に写本西山遺事《せいざんいじ》並《ならびに》附録三巻《がん》があつて、其《その》附録の末《すえ》一枚の表《おもて》に「文政五年壬午《みずのえうま》秋八月、真志屋五郎作秋邦謹書《あきくにきんしょ》」と署《しょ》した漢文の書後《しょご》がある。其中《そのうち》にかう云つてある。「嗚呼家先清休君、得知於公深、身庶人而俸賜三百石、位列参政之後」と云つてある。公は西山公を謂《い》ふのである。

此俸禄《このほうろく》の事は先祖書《せんそがき》の方には、側女中《そばじょちゅう》島を娶《めと》つた次の代廓清《かくせい》が受けたことにしてある。「乍恐御西山君様御《おそれながらおんせいざんくんさまご》代御側向御召抱《だいおんそばむきおんめしかかえ》お島之御方《しまのおんかた》と被申候《もうされそろ》を妻《つま》に被下置厚《くだしおかれあつ》き奉蒙御重恩候而《ごじゅうおんをこうむりたてまつりそろて》、年々御米《ねんねんおんこめ》百俵宛《ひょうずつ》三季《き》に享保年中《きょうほうねんちゅう》迄頂戴仕来冥加至極難有仕合《までちょうだいつかまつりきたりみようがしごくありがたきしあわせ》に奉存候《ぞんじたてまつりそろ》」と云つてある。しかし清休がためには、島は子婦《よめ》である。光国は清休をして島を子婦《よめ》として迎へしめ、俸禄を与へたのであらう。

八百屋お七の幼馴染《おさななじみ》で、後《のち》に真志屋祖先の許《もと》に嫁《か》した島の事は海録に見えてゐる。お七が袱紗《ふくさ》を縫つて島に贈つたのは、島がお屋敷奉公に出る時の餞別《せんべつ》であつたと云ふことも、同書に見えてゐる。しかし水戸家から下《さが》つて真志屋の祖先の許に嫁した疑問の女《おんな》が即《すなわ》ち此《この》島であつたことは、わたくしは知らなかつた。島の奉公に出た屋敷が即ち水戸家であつたことは、わたくしは知らなかつた。真志屋文書を見るに及んで、わたくしは落胤《らくいん》問題と八百屋お七の事とが倶《とも》に島、其岳父《そのがくふ》、其《その》夫の三人の上に輳《あつま》り来《きた》るのに驚いた。わたくしは三人と云つた。しかし或《あるい》は一人《いちにん》と云つても不可なることが無からう。其《その》中心人物は島である。

真志屋の祖先と共に、水戸家の用達《ようたし》を勤めた河内屋《かわちや》と云ふものがある。真志屋の祖先が代々五郎兵衛と云つたと同じく、河内屋は代々半兵衛《はんべえ》と云つた。真志屋の家説には、寛文の頃であつたかと云つてあるが、当時の半兵衛に一人の美しい女《むすめ》が生れて、名を島と云つた。島は後《のち》に父の出入屋敷なる水戸家へ女中に上《あが》ることになつた。

十九

河内屋は本郷森川宿《もりかわじゆく》に地所を持つてゐた。それを借りて住んでゐる八百屋市左衛門《いちざえもん》にも、亦《また》一人の美しい女《むすめ》があつて、名を七と云つた。七は島よりは年下であつたであらう。島が水戸家へ奉公に上《あが》る時、餞別《せんべつ》に手づから袱紗《ふくさ》を縫つて贈つた。表は緋縮緬《ひぢりめん》、裏は紅絹《もみ》であつた。

島が小石川の御殿に上《あが》つてから間もなく、森川宿の八百屋が類焼した。此《この》火災のために市左衛門等《ら》は駒込《こまごめ》の寺院に避難し、七は寺院に於《おい》て一少年と相識《そうしき》になり、新築の家に帰つた後《のち》、彼《かの》少年に再会したさに我家《わがいえ》に放火し、其科《そのとが》に因《よ》つて天和三年三月二十八日に十六歳で刑せられた。島は七の死を悼《いた》んで、七が遺物の袱紗に祐天《ゆうてん》上人筆《しようにんひつ》の名号《みようごう》を包んで、大切にして持つてゐた。

後《のち》に寿阿弥は此《この》袱紗の一辺に、白羽二重《しろはぶたえ》の切《きれ》を縫ひ附けて、それに縁起を自書した。そしてそれを持つて山崎美成に見せに往《い》つた。

此《この》袱紗は今浅井氏《うじ》の所蔵になつてゐるのを、わたくしは見ることを得た。袱紗は燧袋形《ひうちぶくろなり》に縫つた更紗縮緬《さらさちりめん》の上被《うわおい》の中《うち》に入れてある。上被には蓮華《れんげ》と仏像とを画《えが》き、裏面中央に「倣尊澄法親王筆《そんちようほうしんのうひつにならう》」、右辺《ゆうへん》に「保午《ほうご》浴仏日《よくぶつじつ》呈寿阿上人蓮座《じゆあしようにんれんざにていす》」と題し、背面に心経《しんぎよう》の全文を写し、其《その》右に「天保五年甲午《こうご》二月廿五日仏弟子《ぶつていし》竹谷依田瑾薫沐《ちくこくよだきんくんもくして》書《しよす》」と記《き》してある。依田《よだ》竹谷《ちくこく》、名は瑾《きん》、字《あざな》は子長《しちよう》、盈科斎《えいかさい》、三谷庵《さんこくあん》、又凌寒斎《りようかんさい》と号した。文晁《ぶんちよう》の門人である。此《この》上被に画《えが》いた天保五年は竹谷が四十五歳の時で、後《のち》九年にして此人《この》は寿阿弥に先《さきだ》つて歿《ぼつ》した。山崎美成が見た時には、上被はまだ作られてゐなかつたのである。

上被から引き出して見れば、袱紗《ふくさ》は緋縮緬《ひぢりめん》の表も、紅絹《もみ》の裏も、皆淡い黄色に褪《さ》めて、後《のち》に寿阿弥が縫ひ附けた白羽二重《しろはぶたえ》の古びたのと、殆《ほとん》ど同色になつてゐる。寿阿弥の仮名文《かなぶん》は海録に譲つて此《ここ》に写さない。末《すえ》に「文政六年癸未《きび》四月真志屋五郎作新発意《しんぼつち》寿阿弥陀仏《だぶつ》」と署《しよ》して、邦字《ほうじ》の華押《かおう》がしてある。

わたくしは更に此《この》袱紗に包んであつた六字の名号《みようごう》を披《ひら》いて見た。中央に「南無阿弥陀仏《なむあみだぶつ》」、其《その》両辺に「天下《てんか》和順《わじゆん》、日月清明《じつげつせいめい》」と四字づゝに分けて書き、下《しも》に祐天《ゆうてん》と署し、華押がしてある。装潢《そうこう》には葵《あおい》の紋のある錦《にしき》が用ゐてある。享保三年に八十三歳で、目黒村《めぐろむら》の草菴《そうあん》に於《おい》て祐天の寂《じやく》したのは、島の歿《ぼつ》した享保十一年に先《さきだ》つこと僅《わずか》に八年である。名号は島が親しく祐天に受けたものであらう。

島の年齢は今知ることが出来ない。遺物の中《うち》に縫薄《ぬいはく》の振袖《ふりそで》がある。袖の一辺に「三誉妙清様《さんよみようせいさま》小石川御屋形《おんやかたへ》江御上《おんあが》り之《の》節縫箔《せつぬいはく》の振袖《ふりそで》、其頃《そのころ》の小唄《こうた》にたんだ振れ〳〵六尺《しやく》袖をと唄ひし物是也《これなり》、享保十一年丙辰《へいしん》六月七日死《しす》、生年《しようねん》不詳、家説を以て考ふれば寛文年間なるべし、裔孫《えいそん》西村氏《うじ》所蔵」と記《き》してある。

島が若《も》し寛文元年に生れたとすると、天和元年が二十一歳で、歿年《ぼつねん》が六十六歳になり、寛文十二年に生れたとすると、天和元年が十歳で、歿年が五十五歳になる。わたくしは島が生れたのは寛文七年より前で、その水戸家に上《あが》つたのは、延宝《えんぽう》の末か天和の初《はじめ》であつたとしたい。さうするとお七が十三四になつてゐて、袱紗《ふくさ》を縫ふにふさはしいのである。いづれにしても当時の水戸家は義公時代である。

さていつの事であつたか詳《つまびらか》でないが、義公の猶《なお》位にある間に、即《すなわ》ち元禄三年以前に、水戸家は義公の側女《そばじよ》中《ちゆう》になつてゐた島に暇《いとま》を遣《や》つた。そして清休の子廓清が妻にせいと内命した。島は清休の子婦《よめ》、廓清の妻になつて、一子東清《とうせい》を挙げた。若《も》し島が下げられた時、義公の胤《たね》を舎《やど》してゐたとすると、東清は義公の庶子《しよし》であらう。

二十

既にして清休は未だ世を去らぬに、主家《しゆうけ》に於《おい》ては義公光国が致仕《ちし》し、粛公綱条《しゆくこうつなえだ》が家を継いだ。頃《しばら》くあつて藤井紋太夫の事があつた。隠居西山公《せいざんこう》が能の中入《なかいり》に楽屋に於て紋太夫を斬《き》つた時、清休は其《その》場に居合せた。真志屋の遺物写本西山遺事の附録末《すえ》二枚の欄外に、寿阿弥の手で書入《かきいれ》がしてある。「家説云《かせつにいわく》、元禄七年十一月廿三日、御能有之《おんのうこれあり》、公羽衣《はごろも》のシテ被遊《あそばさる》、御中入之節《おんなかいりのせつ》御楽屋に而《て》、紋太夫を御手討《おてうち》に被遊候《あそばされそろ》、(中略)、御楽屋に有合《ありあう》人々八方へ散乱せし内に、清休君《くん》一人公の御側《おんそば》をさらず、御刀《おんかたな》の拭《ぬぐい》、御手水一人《おんちようずいちにん》にて相勤《あいつとめ》、扨申上《さてもうしあげ》けるは、私《わたくし》共愚昧《ぐまい》に而《て》、かゝる奸悪之者共《かんあくのものとも》不存《ぞんぜず》、入魂《じゆつこん》に立入仕候段《たちいりつかまつりそろだん》、只今《ただいま》に相成《あいなり》重々奉恐入候《おそれいりたてまつりそろ》、思召次第如何様《おぼしめししだいいかよう》共御咎仰付可被下置段申上《ともおんとがめおおせつけくだしおかるべきだんもうしあげ》ける時、公笑はせ玉《たま》ひ、余が眼目をさへ眩《くら》ませし程のやつ、汝等《なんじら》が欺かれたるは尤《もつと》ものことなり、少《すこし》も咎申付《とがめもうしつく》る所存なし、しかし汝は格別世話にもなりたる者なれば、汝が菩提所《ぼだいしよ》へなりとも、死骸《しがい》葬り得さすべしと仰有之候《おおせこれありそろ》に付《つき》、則《すなわち》菩提所伝通院寺中昌林院へ埋《うず》め、今猶墳墓《いまなおふんぼ》あれども、一華《いちげ》を手向《たむ》る者もなし、僅《わずか》に番町辺の人一人正忌日《いちにんしようきにち》にのみ参詣《さんけい》すと云ふ、法名光含院孤峰心了居士《こうごういんこほうしんりようこじ》といへり。」

説いて此に至れば、独所謂落胤問題と八百屋お七の事のみならず、彼《かの》藤井紋太夫の事も亦《また》清休、廓清の父子《ふし》と子婦《よめ》島との時代に当つてゐるのがわかる。

清休は元禄十二年閏《うるう》九月十日に歿《ぼつ》した。次に其《その》家を継いだのが五代西村廓清信士《せいそんかくせいしんし》で、問題の女《おんな》島の夫、所謂落胤東清の表向《おもてむき》の父である。「御西山君様御代御側向御召抱《おんせいざんくんさまごだいおんそばむきおんめしかかえ》お島之《の》御方《おんかた》と被申候《もうされそろ》を妻に被下置《くだしおかれ》、厚き奉蒙御重恩候而《ごじゆうおんをこうむりたてまつりそろて》、年々御米《おんこめ》百俵宛《ひようずつ》三季《き》に」頂戴《ちようだい》したのは此《この》人である。此書上《このかきあげ》の文《ぶん》を翫味《がんみ》すれば、落胤《らくいん》問題の生じたのは、決して偶然でない。次《つい》で「元文《げんぶん》三年より御扶持方《おんふちかた》七人分被下置《くだしおかる》」と云ふことに改められた。

廓清は享保四年三月二十九日に歿《ぼつ》した。島は遅れて享保十一年六月七日に歿した。真志屋文書の過去帳に「五代廓清君室《しつ》、六代東清君母儀《ぼぎ》、三誉妙清信尼《さんよみようせいしんに》、俗名《ぞくみよう》嶋」と記《き》してある。当時水戸家は元禄十三年に西山公が去り、享保三年に粛公綱条が去つて、成公宗堯《せいこうむねたか》の世になつてゐた。

六代西村《せいそん》東清信士は過去帳一本に「幼名《ようみよう》五郎作自義《ぎ》公拝領、十五歳初御目見得《はつおんめみえ》、依願《ねがいによつて》西村家相続被仰付《にしむらけあいつぎおおせつけらる》、真志屋号拝領、高《たか》三百石被下置《こくくだしおかる》、俳名《はいみやう》春局《しゆんきよく》」と註してある。幼名拝領並《ならび》に初御目見得から西村家相続に至るには、年月が立つてゐたであらう。此人《この》が即《すなわ》ち所謂落胤《いわゆるらくいん》である。若《も》し落胤だとすると、水戸家は光国の庶兄頼重《しよけいよりしげ》の曽孫《そうそん》たる宗堯の世となつてゐたのに、光国の庶子東清は用達《ようたし》商人をしてゐたわけである。

過去帳一本の註に拠《よ》るに、五郎作の称が此時《このとき》より始まつてゐる。初代以来五郎兵衛と称してゐたのに、東清に至つて始めて五郎作と称し、後《のち》に寿阿弥もこれを襲《つ》いだのである。又「俳名春局」と註してあるのを見れば、東清が俳諧《はいかい》をしたことが知られる。

真志屋の屋号は、右の過去帳一本の言ふ所に従へば、東清が始《はじめ》て水戸家から拝領したものである。真志屋の紋は、金沢蒼夫《かなざわそうふ》さんの言《こと》に従へば、マの字に象《かたど》つたもので、これも亦《また》水戸家の賜《たま》ふ所であつたと云ふ。

東清は宝暦二年十二月五日に歿《ぼつ》した。水戸家は成公宗堯が享保十五年に去つて、良公宗翰《りようこうむねもと》の世になつてゐた。

二十一

真志屋の七代は西誉浄賀信士《さいよじようがしんし》である。過去帳一本に「実は東国屋《とうごくや》伊兵衛《いへえ》弟《おとうと》、俳名東之《とうし》」と註してある。東清の壻《むこ》養子であらう。浄賀は安永十年三月二十七日に歿した。水戸家は良公宗翰が明和二年に世を去つて、文《ぶん》公治保《こうはるもり》の世になつてゐた。

八代は薫誉沖谷居士《くんよちゆうこくこじ》である。天明三年七月二十日《はつか》に歿した。水戸家は旧に依《よ》つて治保の世であつた。

九代は心誉《しんよ》一鉄《いつてつ》信士である。此人《この》の代に、「寛政五丑年《うしどし》より暫《しばらく》の間三人半扶持《ふち》御減《おんへら》し当時三人半被下置《くだしおかる》」と云ふことになつた。一鉄の歿年は二種の過去帳が記載を殊《こと》にしてゐる。文化三年十一月六日とした本は手入の迹《あと》の少い本である。他の一本は此年月日《このねんげつじつ》を書してこれを抹殺し、傍《かたわら》に寛政八年十一月六日と書してある。前者の歿年に先《さきだ》つこと一年、文化二年に水戸家では武《ぶ》公治紀《こうはるとし》が家督相続をした。

十代は二種の過去帳に別人が載せてある。誓誉浄本居士《せいよじようほんこじ》としたのが其《その》一で、他の一本には此《ここ》に浄誉了蓮信士《じようよりようれんしんし》が入れて、「十代五郎作、後《のち》平兵衛」と註してある。浄本は文化十三年六月二十九日に歿《ぼつ》した人、了蓮は寛政八年七月六日に歿した人である。今遽《にわか》に孰《いず》れを是《ぜ》なりとも定め難いが、要するに九代十代の間《あいだ》に不明な処《ところ》がある。浄本の歿した年に、水戸家では哀公斉脩《あいこうなりのぶ》が家督相続をした。

これよりして後《のち》の事は、手入の少い過去帳には全く載せて無い。これに反して他の一本には、寿阿弥の五郎作が了蓮の後《のち》を襲《つ》いで真志屋の十一代目となつたものとしてある。寛政八年には寿阿弥は二十八歳になつてゐた。

寿阿弥は本江《もとえ》間《ま》氏《うじ》で、其《その》家は遠江国浜名郡舞坂《とおとうみのくにはまなごおりまいざか》から出てゐる。父は利右衛門《りえもん》、法諡《ほうし》頓誉浄岸居士《とんよじようがんこじ》である。過去帳の一本は此《この》人を以て十一代目五郎作としてゐるが、配偶其他《そのた》卑属を載せてゐない。此《この》人に妹があり、姪《おい》があるとしても、此《この》人と彼等とが血統上いかにして真志屋の西村氏《うじ》と連繫《れんけい》してゐるかは不明である。しかし此《この》連繫は恐らくは此《この》人の尊属姻戚《いんせき》の上に存《そん》するのであらう。

寿阿弥の五郎作は文政五年に出家した。これは手入の少い過去帳の空白に、後《のち》に加へた文と、過去帳一本の八日の下《もと》に記《き》した文とを以つて証することが出来る。前者には、「延誉《えんよ》寿阿弥、俗名《ぞくみよう》五郎作、文政五年壬午《じんご》十月於浅草日輪寺出家《あさくさにちりんじにおいてしゆつけ》」と記《き》してあり、後者は「光誉《こうよ》寿阿弥陀《だ》仏《ぶつ》、十一代目五郎作、実《じつは》江間利右衛門男《だん》、文政五年壬午十月於日輪寺出家《にちりんじにおいてしゆつけ》」と記《き》してある。後者は八日の条に出てゐるから、落飾《らくしよく》の日は文政五年十月八日である。

わたくしは寿阿弥の手紙を読んで、寿阿弥は姪《おい》に菓子店《みせ》を譲つて出家したらしいと推測し、又師岡未《び》亡人《ぼうじん》の言《こと》に拠《よ》つて、此姪《このおい》を山崎某であらうと推測した。後《のち》に真志屋文書《もんじよ》を見るに及んで、新《あらた》に寿阿弥の姪一人《おいいちにん》の名を発見した。此姪《このおい》は分明《ぶんめい》に五郎兵衛と称して真志屋を継承し、尋《つい》で寿阿弥に先だつて歿《ぼつ》したのである。

寿阿弥が自筆の西山遺事の書後に、「姪真志屋五郎兵衛清常、蔵西山遺事一部、其書誤脱不為不多、今謹考

数本、校訂以貽後生」と云ひ、「文政五年秋八月、真志屋五郎作秋邦謹書」と署《しよ》してある。此《この》年月は寿阿弥が剃髪《ていはつ》する二月前《げつぜん》である。これに由《よ》つて観《み》れば、寿阿弥が将《まさ》に出家せむとして、戸主たる姪《おい》清常のために此《この》文を作つたことは明《あきらか》である。わたくしは少しく推測を加へて、此《これ》を以つて十一代の五郎作即《すなわ》ち寿阿弥が十二代の五郎兵衛清常のために書いたものと見たい。

此《この》清常は過去帳の一本に載せてあり、又寿阿弥の位牌《いはい》の左辺に「戒誉《かいよ》西村《せいそん》清常居士《こじ》、文政十三年庚寅《こういん》十二月十二日」と記《き》してある。文政十三年は即ち天保元年である。清常は寿阿弥が出家した文政五年の後《のち》八年、真志屋の火災に遇《あ》つた文政十年の後三年、寿阿弥が苾堂《ひつどう》に与ふる書を作つた文政十一年の後二年にして歿《ぼつ》した。書中の所謂《いわゆる》「愚姪《ぐてつ》」が此清常であることは、殆《ほとん》ど疑《うたがい》を容れない。しかし此《この》人と石の夫師岡久次郎《きゆうじろう》の兄事《けいじ》した山崎某とは別人で、山崎某は過去帳の一本に「清誉涼風居士《せいよりようふうこじ》、文久元酉《がんとりのとし》 年七月二十四日、五郎作兄《あに》、行年《ぎようねん》四十五歳」と記《き》してあるのが即是《すなわちこれ》であらう。果《はた》して然《しか》らば山崎は恐らくは鈴木と師岡との実兄ではあるまい。所謂《いわゆる》「五郎作兄」は年齢より推《お》すに、寿阿弥の兄を謂《い》ふのでないことは勿論《もちろん》であるが、未だ考へられない。清常の歿《ぼつ》するに先《さきだ》つこと一年、文政十二年に、水戸家は烈公斉昭《れつこうなりあき》の世となつた。

二十二

清常より後《のち》の真志屋の歴史は愈《いよいよ》模糊《もこ》として来る。しかし大体を論ずれば真志屋は既に衰替《すいてい》の期に入《い》つてゐると謂《い》ふことが出来る。真志屋は自《みずか》ら支ふること能《あた》はざるがために、人の廡下《ぶか》に倚《よ》つた。初《はじめ》は「麹町二本伝次《こうじまちふたもとでんじ》方江同居《かたへどうきよ》」と云ふことになり、後《のち》「伝次不勝手に付《つき》金沢丹後方江《かたへ》又候《ぞろ》同居」と云ふことになつた。

真志屋文書に文化以後の書留と覚《おぼ》しき一冊子があるが、惜《おし》むらくはその載《の》する所の沙汰書《さたしよ》、伺書《うかがいしよ》、願書《ねがいしよ》等には多く年月日《ねんげつじつ》が闕《か》けてゐる。

此等《これら》の文に拠《よ》るに、家道衰微の原因として、表向《おもてむき》申し立てゝあるのは火災である。「類焼後御《おん》菓子製所大破に相成《あいなり》」云々《うんぬん》と云つてある。此《この》火災は寿阿弥の手紙にある「類焼」と同一で、文政十年の出来事であつたのだらう。

さて二本伝次の同居人であつた当時の真志屋五郎兵衛は、病に依《よ》つて二本氏《うじ》の族人《ぞくじん》をして家を嗣《つ》がしめたらしい。年月日を闕《か》いた願書《がんしょ》に、「願之上《ねがいのうえ》親類《しんるい》麹町《こうじまち》二本伝次方江《ふたもとでんじかたへ》同居仕《どうきよつかまつり》御用向《ごようむき》無滞《とどこおりなく》相勤候処《あいつとめてそろところ》、当夏中《とうなつちゅう》より中風《ちゅうふう》相煩《あいわずらい》歩行《ほこう》相成兼《あいなりかね》其上《そのうえ》甥《おい》鎌作《かまさく》儀《ぎ》病身《びょうしん》に付《つき》（中略）右伝次方《みぎでんじかた》私《わたくし》従弟《じゅうてい》定五郎《さだごろう》と申者江《もうすものへ》跡式《あとしき》相続《そうぞく》為仕度《つかまつらせたく》（中略）奉願候《ねがいたてまつりそろ》、尤《もっとも》従弟儀《じゅうていぎ》未若年《いまだじゃくねん》に御座候《ござそろ》に付《つき》右伝次儀《みぎでんじぎ》後見仕《こうけんつかまつり》」云々《うんぬん》と云つてある。署名者は真志屋五郎兵衛、二本伝次の二人《ににん》である。此願《このねがい》は定《さだめ》て聞き届けられたであらう。

しかし十二代清常と此《この》定五郎との接続が不明である。中風になつた五郎兵衛が二十歳で歿《ぼつ》した清常でないことは疑《うたがい》を容れない。已《や》むことなくば一説がある。同じ冊子の定五郎相続願《ねがい》の直前に、同じく年月日を闕《か》いた沙汰書《さたしょ》が載せてある。これは五郎兵衛の病気のために、伯父《おじ》久衛門《きゅうえもん》が相続することを聴許《ていきょ》する文である。此《この》五郎兵衛を清常とするときは、十三代久衛門、十四代定五郎となるであらう。

次に同じ冊子に嘉永七寅霜月《とらのしもつき》とした願書《ねがいしょ》があつて、これは真志屋が既に二本氏《うじ》から金沢氏《うじ》に転寓した後《のち》の文である。真志屋五郎作が金沢方にゐながら、五郎兵衛と改称したいと云ふので、五郎作の叔父永井栄伯が連署してゐる。此《この》願書が定五郎相続願の直後に載せてあるのを見れば、或《あるい》は定五郎は相続後に一旦《いったん》五郎作と称し、次《つい》で金沢氏に寓して、五郎兵衛と改めたのではなからうか。それは兎《と》も角《かく》も、山崎久次郎を以て兄とする五郎作は、此文《この》に見てゐる五郎作即《すなわ》ち永井栄伯の兄の子の五郎作ではなからうか。因《ちなみ》に云ふ。寿阿弥を請じて源氏物語を講ぜしめた永井栄伯は、真志屋の親戚であつたことが、此《この》文に徴《ちょう》して知られる。師岡氏《うじび》未亡人《ぼうじん》の言《こと》に拠《よ》れば、わたくしが前に諸侯の抱医《かかえい》か町医かと云つた栄伯は、町医であつたのである。

わたくしの真志屋文書より獲た所の継承順序は、概《おおむ》ね此《かく》の如《ごと》きに過ぎない。今にして寿阿弥の手紙を顧《かえりみ》ればその所謂《いわゆる》「愚姪《ぐてつ》」は寿阿弥に家人株《けにんかぶ》を買つて貰《もら》つた鈴木、師岡、乃至《ないし》山崎ではなくて、真志屋十二代清常であつた。鈴木、師岡は伊沢の刀自《とじ》や師岡未亡人《びぼうじん》の言《こと》の如く、寿阿弥の妹の子であらう。山崎は稍《やや》疑はしい。案ずるに偶然師岡氏と同称であつた山崎は、某《その》代五郎作の実兄《じっけい》で、鈴木と師岡とは義兄としてこれを遇してゐたのではなからうか。清常に至つては寿阿弥がこれを謂《い》つて姪《てつ》となす所以《ゆえん》を審《つまびらか》にすることが出来ない。

二十三

わたくしは師岡未亡人《びぼうじん》に、寿阿弥の妹の子が二人共蒔絵《まきえ》をしたことを聞いた。しかし先《ま》づ蒔絵を学んだのは兄鈴木で、師岡は鈴木の傍《かたわら》にあつてその為す所に傚《なら》つたのださうである。

わたくしは又伊沢の刀自《とじ》に、其《その》父榛軒《しんけん》が寿阿弥の姪《おい》をして櫛《くし》に蒔絵せしめたことを聞いた。此《この》蒔絵師の号はすゐさいであつたさうである。

師岡未亡人《びぼうじん》はすゐさいの名を識らない。夫師岡が此《この》号を用ゐたなら、識らぬ筈《はず》が無い。そこでわたくしは蒔《まき》絵《え》師すゐさいは鈴木であらうと推測した。

此《この》推測は当つたらしい。浅井平八郎さんは真志屋の遺物の中から、写本二種を選《え》り出して持つて来た。其《その》一は蒔絵の図案を集めたもので、西郭《せいかく》、渓雲《けいうん》、北可《ほくか》、玉燕女《ぎよくえんじよ》等と署《しよ》した画《え》が貼《は》り込んである。表紙の表には「画《え》本《ほん》」と題し、裏には通《とおり》二丁目山本と書して塗抹《とまつ》し、「寿哉《じゆさい》所蔵」と書してある。其《その》二は浮世絵師の名を年代順に列記し、これに略伝を附したもので、末《すゑ》に狩野家《かのけ》数世の印譜を写して添へてある。表紙の表には「古今《ここん》先生記」と題し、裏には「嘉永辛亥《しんがい》春」と書し、其《その》下に「鈴木寿哉」の印《いん》がある。伊沢榛軒のために櫛《くし》に蒔絵したのが、此《この》鈴木寿哉であつたことは、殆《ほとん》ど疑《うたがい》を容れない。寿哉は或《あるい》はしうさいなどと訓《よ》ませてゐたので、すゐさいと聞き錯《あやま》られたかも知れない。

初めわたくしは寿阿弥の墓を討《もと》めに昌林院へ往《い》つた。そして昌林院の住職に由《よ》つて師岡氏未亡人《うじびぼうじん》を知り、未《び》亡人《ぼうじん》に由つて真志屋文書を見るたつきを得た。然《しか》るにわたくしは曽《かつ》て昌林院に至りし日雨に阻《さまた》げられて墓に詣《もう》でなかつた。わたくしは平八郎さんが来た時、これに告ぐるに往訪《おうぼう》に意あることを以てした。其時《そのとき》平八郎さんはわたくしに意外な事を語つた。それはかうである。近頃昌林院は墓地を整理するに当つて、墓石《ぼせき》の一部を伝通院内に移し、爾余《じよ》のものは別に処分した。そして寿阿弥の墓は伝通院に移された墓石中には無かつた。師岡氏未亡人《うじびぼうじん》は忌日《きにち》に参詣《さんけい》して、寿阿弥の墓の失踪《しつそう》を悲《かな》しみ、寺僧に其《その》所在を問うて已《や》まなかつた。寺僧は資を捐《す》てて新《あらた》に寿阿弥の石を立てた。今伝通院にあるものが即是《すなわちこれ》である。未亡人石は毎《つね》に云つてゐる。「原《もと》の寿阿弥のお墓は硯《すずり》のやうな、綺麗《きれい》な石であつたのに、今のお墓はなんと云ふ見苦しい石だらう。」

わたくしは曩《さき》に寺僧の言《こと》を聞いた時、寿阿弥が幸《さいわい》にして盛世碑碣《せいせいひけつ》の厄《やく》を免《まぬか》れたことを喜んだ。然《しか》るに当時寺僧は実を以てわたくしに告げなかつたのである。寿阿弥の墓は香華《こうげ》未だ絶えざるに厄に罹《かか》つて、後僅《のちわずか》に不完全なる代償を得たのである。

大凡《おおよそ》改葬の名の下《もと》に墓石を処分するは、今の寺院の常習である。そして警察は措《お》いてこれを問はない。明治以降所謂《いわゆる》改葬を経て、踪迹《そうせき》の尋ぬべからざるに至つた墓碣《ぼけつ》は、その幾何《いくばく》なるを知らない。此《この》厄は世々《よよ》の貴人大官碩学鴻儒乃至《せきがくこうじゅないし》諸芸術の聞人《ぶんじん》と雖《いえども》免れぬのである。

此間《このかん》寺僧にして能過《よくあやまち》を悔いて、一旦《いったん》処分した墓を再建《さいこん》したものは、恐らくは唯《ただ》昌林院主一人《いちにん》あるのみであらう。そして院主をして肯《あえ》て財を投じて此稀有《このけう》の功徳《くどく》を成さしめたのは、実に師岡氏未亡人《びぼうじん》石が悃誠《こんせい》の致す所である。

二十四

真志屋の西村氏《うじ》は古くから昌林院を菩提所《ぼだいしょ》にしてゐた。然《しか》るに中ごろ婚嫁《こんか》のために、江間氏《うじ》と長島氏《うじ》との血が交《まじ》つたらしい。江間、長島の両家は浅草山谷《さんや》の光照院《こうしょういん》を菩提所にしてゐたのである。

わたくしは真志屋文書に二種の過去帳のあることを言つた。余り手入《ていれ》のしてない原本と、手入のしてある他の一本とである。其《その》手入は江間氏の人々の作《な》した手入である。姑《しばら》く前者を原本と名づけ、後者を別本と名づけることにする。

原本は昌林院に葬つた人々のみを載せてゐる。初代日水《にっすい》から九代一鉄《いってつ》まで皆然《しか》りである。そして此《この》本には十代を浄本《じょうほん》としてゐる。

別本は浄本を歴代の中《うち》から除《のぞ》き去つて、代《か》ふるに了蓮《りょうれん》を以てしてゐる。これは光照院に葬られた人で、恐らくは江間氏であらう。次が十一代寿阿弥曇奝《どんちよう》で、此《この》人が始《はじめ》て江間氏から出て遺骸《いがい》を昌林院に埋《うず》めた。

長島氏の事蹟《じせき》は頗《すこぶ》る明《あきらか》でないが、わたくしは長島氏が江間氏と近密なる関係を有するものと推測する。過去帳別本に「貞誉誠範居士《ていよせいはんこじ》、葬于光照院《こうしようゐんにほうむる》、長島五郎兵衛、□代五郎兵衛実父《じつぷ》、□□□月」として「二十日」の下《もと》に記《き》してある。四字は紙質が湿気のために変じて読むべからざるに至つてゐる。然《しか》るにこれに参照すべき戒名《みよう》が今一つある。それは「覚誉泰了居士《かくよたいりようこじ》、明和六年己丑《きちゆう》七月、遠州舞坂人《まいざかのひと》、江間小兵衛《えまこへえ》三男、俗名利右衛門《ぞくみようりえもん》、九代目五郎作実祖父、葬于浅草光照院《あさくさこうしようゐんにほうむる》」と、「四日」の下《もと》に記《き》してある泰了《たいりよう》である。

試みに誠範の所の何代を九代とすると、江間小兵衛の三男が利右衛門泰了、泰了の子が長島五郎兵衛誠範、誠範の子が真志屋九代の五郎作、後《のち》五郎兵衛一鉄と云ふことになる。別本一鉄の下《もと》には五郎兵衛としてあつて、泰了の下《もと》に九代目五郎作としてあるから、初《はじめ》五郎作、後《のち》五郎兵衛となつたものと見るのである。

更に推測の歩を進めて、江間氏《うじ》は世《よよ》利右衛門と称してゐて、明和六年に歿《ぼつ》した利右衛門泰了の嫡子《ちやくし》が寛政四年に歿した利右衛門浄岸《じようがん》で、浄岸の弟が長島五郎兵衛誠範であつたとする。さうすると浄岸の子寿阿弥と誠範の子一鉄とは従兄弟《じゆうけいてい》になる。わたくしは此《この》推測を以て甚《はなは》だしく想像を 肆《ほしいまま》にしたものだとは信ぜない。

わたくしはこれだけの事を考へて、二種の過去帳を、他の真志屋文書に併《あわ》せて平八郎さんに還《かえ》した。

わたくしは昌林院の寿阿弥の墓が新《あらた》に建てられたものだと聞いたので、これを訪《と》ふ念が稍《やや》薄らいだ。これに反して光照院の江間、長島両家の墓所は、わたくしに新《あらた》に何物をか教へてくれさうに思はれたので、わたくしは大いにこれに属望《ぞくぼう》した。わたくしは山谷の光照院に往《い》つた。

浅草聖天町《しようでんちよう》の停留場で電車を下りて吉野町を北へ行《ゆ》くと、右側に石柱鉄扉《てつぴ》の門があつて、光照院と書いた陶製の標札が懸《か》けてある。墓地は門を入《い》つて右手、本堂の南にある。

二十五

光照院の墓地の東南隅に、殆《ほとん》ど正方形を成した扁石《ひらいし》の墓があつて、それに十四人の戒名《かいみよう》が一列に彫《え》り付けてある。其中《そのうち》三人だけは後《のち》に追加したものである。追加三人の最も右に居《お》るのが真志屋十一代の寿阿弥、次が十二代の「戒誉西村清常居士《こじ》、文政十三年庚寅《こういん》十二月十二日」、次が「証誉西村清郷居士、天保九年戊戌《ぼじゅつ》七月五日」である。寿阿弥は西村氏《うじ》の菩提所《ぼだいしょ》昌林院に葬られたが、親戚が其《その》名を生家《せいか》の江間氏《うじ》の菩提所に留《とど》めむがために、此《この》墓に彫《え》り添へさせたものであらう。清常、清郷は過去帳原本の載せざる所で、独《ひとり》別本にのみ見えてゐる。残余十一人の古い戒名は皆別本にのみ出てゐる名である。清郷の何人《なにひと》たるかは考へられぬが、清常の近親らしく推《すい》せられる。

古い戒名の江間氏親戚十一人の関係は、過去帳別本に徴《ちょう》するに頗《すこぶ》る複雑で、容易には明《あきら》め難《がた》い。唯《ただ》二三の注意に値する件々を左《さ》に記《き》して遺忘に備へて置く。

十一人中に「法誉《ほうよ》知性大姉《ちしょうだいし》、寛政十年戊午《ぼご》八月二日」と云ふ人がある。十代の実祖母としてあるから、了蓮の祖母であらう。此《この》知性の父は「玄誉《げんよ》幽本居士《ゆうほんこじ》、宝暦九年己卯《きぼう》三月十六日」、母は「深誉《しんよ》幽妙大姉《ゆうみょうだいし》、宝暦五年乙亥《おつがい》十一月五日」としてある。更にこれより溯《さかのぼ》つて、「月窓妙珊《げつそうみょうさん》大姉、寛保元年辛酉《しんゆう》十月二十四日」がある。これは知性の祖としてあるから、祖母ではなからうか。以上を知性系の人物とする。然《しか》るに幽本、幽妙の子、了蓮の父母は考へることが出来ない。

十一人中に又「貞誉《ていよ》誠範《せいはん》居士、文政五年壬午《じんご》五月二十日」と云ふ人がある。即《すなわ》ち過去帳別本に読むべからざる記註を見る戒名《かいみょう》である。わたくしは其《その》「何代五郎兵衛実父《じつぷ》」を「九代」と読まむと欲した。残余の闕文《けつぶん》は月《げつ》字《じ》の上の三字で、わたくしは今これを読んで「同年五月」となさむと欲する。何故《なぜ》と云ふに、別本には誠範の右に「蓮誉定生大姉《れんよじょうしょう》、文政五年壬午八月」があつたから、此《かく》の如《ごと》くに読むときは、此《この》彫文と符するからである。果《はた》して誠範を九代一鉄の父長島五郎兵衛だとすると、此《この》名の左隣にある別本の所謂《いわゆる》九代の祖父「覚誉泰了居士、明和六年己丑《きちゅう》七月四日」は、誠範の父であらう。又此《この》列の最右翼に居《お》る「範叟道規《はんそうどうき》庵主《あんしゅ》、元文三年戊午《ぼご》八月八日」は、別本に泰了縁家《えんか》の祖と註してあるから、此《この》系の最も古い人に当り、又此《この》列の最左翼に居《お》る寿阿弥の父「頓誉浄岸《とんよじょうがん》居士、寛政四年壬子《じんし》八月九日」は、泰了と利右衛門の称《しょう》を同じうしてゐるから、泰了の子かと推《すい》せられる。以上を誠範系の人物とする。江間氏《うじ》と長島氏《うじ》との連繫《れんけい》は、此《この》誠範系の上に存《そん》するのである。

此大墓石《このだいぼせき》と共に南面して、其西隣《そのせいりん》に小墓石《しょうぼせき》がある。台石《だいいし》に長島氏と彫《え》り、上に四人の法諡《ほうし》が並記してある。二《に》人《にん》は女子、二人は小児《しょうに》である。「馨誉慧光大姉《けいよえこうだいし》、文政六年癸未《きび》十月二十七日」は別本に十二代五郎兵衛姉《あね》、実は叔母《しゅくぼ》と註してある。「誠月妙貞《せいげつみょうてい》大姉、安政三年丙辰《へいしん》七月十二日」は別本に五郎作母《はは》、六十四歳と註してある。小児は勇雪《ゆうせつ》、了智《りょうち》の二童子で、了智は別本に十二代五郎兵衛実弟と註してある。要するに此《この》四人は皆十二代清常の近親らしいから、所謂《いわゆる》五郎作母も清常の初称五郎作の母と解すべきであるかも知れない。別本には猶《なお》、次に記《き》すべき墓に彫《え》つてある蓮誉定生《れんよじょうしょう》大姉の下《もと》に、十二代五郎兵衛養母と註してある。清常には母かと覚《おぼ》しき妙貞があり、叔母《おば》慧光があつて、それが西村氏《うじ》に養はれてから定生を養母とし、叔母慧光を姉《あね》とするに至つた。以上を清常系の人物として、これに別本に見えてゐる慧光の実母を加へなくてはならない。即《すなわ》ち深川霊岸寺開山堂《かいさんどう》に葬られたと云ふ「華開生悟信女《けかいしょうごしんにょ》、享和二年壬戌《じんじゅつ》十二月六口」が其《その》人である。しかし清常の父の誰《たれ》なるかは遂《つい》に考へることが出来ない。

二十六

次に遠く西に離れて、茱萸《ぐみ》の木の蔭に稍《やや》新しい墓石《ぼせき》があつて、これも台石に長島氏《うじ》と彫《え》つてある。墓表には男女二人の戒名《かいみょう》が列記してある。男女の戒名は、「浄誉了蓮居士《じょうよりょうれんこじ》、寛政八辰天《しんてん》七月初七日」と「蓮誉定生大姉、文政五《ご》午天《てん》八月二十日」とで、其《その》中間に後《のち》に「遠誉清久《えんよせいきゅう》居士、明治三十九年十二月十三日」の一行が彫《え》り添へてある。了蓮は過去帳別本の十代五郎作、定生は同本の十二代五郎兵衛養母、清久は師岡久次郎即《すなわ》ち高野氏《うじ》石の亡夫である。

定生には父母があつて過去帳別本に見えてゐる。父は「本住院活法日観信士《ほんじゅういんかつぽうにつかんしんし》、天明《てんめい》四年甲辰《こうしん》十二月十七日」、母は「霊照院妙慧日耀信女《れいしょういんみょうえにちようしんにょ》、文化十二年乙亥《おつがい》正月十三日」で、並《ならび》に橋場長照寺《はしばちょうしょうじ》に葬られた。日観の俗名は別本に小林弥右衛門《こばやしやえもん》と註してある。然《しか》るに了蓮の祖母知性の母幽妙の下《もと》にも、別本に小林弥右衛門妻の註がある。此《この》二箇所に見えてゐる小林弥右衛門は同人であらうか、又は父子襲名であらうか。又定生の外祖母《がいそぼ》と称するものも別本に見えてゐる。「貞円妙達比丘尼《ていえんみようたつびくに》、天明七年丁未《ていび》八月十一日」と書し、深川佐賀町一向宗《いつこうしゆう》と註してあるものが即《すなわち》是《これ》である。

了蓮と定生との関係、清久の名を其間《そのあいだ》に厠《まじ》へた理由は、過去帳別本の記載に由《よ》つて明《あきらか》にすることが出来ない。師岡氏《うじ》未亡人《びぼうじん》は或《あるい》はわたくしに教へてくれるであらうか。

わたくしが光照院の墓の文字《もんじ》を読んでゐるうちに、日は漸《よう》く暮れむとした。わたくしのために香華《こうげ》を墓に供へた媼《おうな》は、「蠟燭《ろうそく》を点《とぼ》してまゐりませうか」と云つた。「なに、もう済んだから好《い》い」と云つて、わたくしは光照院を辞した。しかし江間、長島の親戚関係は、到底《とうてい》墓表と過去帳とに藉《よ》つて、明《あきら》め得《う》べきものでは無かつた。寿阿弥の母、寿阿弥の妹、寿阿弥の妹の夫の誰《たれ》たるを審《つまびらか》にするに至らなかつたのは、わたくしの最も遺憾《いかん》とする所である。

わたくしは新石町の菓子商真志屋が文政の末《すえ》から衰運に向つて、一たび二本《ふたもと》伝次に寄り、又転じて金沢丹後に寄つて僅《わずか》に自《みずか》ら支へたことを記《き》した。真志屋は衰へて二本に寄り、二本が真志屋と倶《とも》に衰へて又金沢に寄つたと云ふ此《この》金沢は、そもく\どう云ふ家であらう。

わたくしが此《この》「寿阿弥の手紙」を新聞に公《おおやけ》にするのを見て、或日金沢蒼夫《かなざわそうふ》と云ふ人がわたくしに音信《いんしん》を通じた。わたくしは蒼夫さんを白金台町《しろかねだいまち》の家に訪《と》うて交《まじわり》を結んだ。蒼夫さんは最後の金沢丹後で、祖父明了軒《めいりようけん》以来西村氏《うじ》の後《のち》を承け、真志屋五郎兵衛の名義を以て水戸家に菓子を調進した人である。

初めわたくしは渋江抽斎伝中の寿阿弥の事蹟《じせき》を補ふに、其尺牘一則《そのせきどくいつそく》を以てしようとした。然《しか》るに料《はか》らずも物語は物語を生んで、断えむと欲しては又続き、此《ここ》に金沢氏《うじ》に説き及ぼさゞることを得ざるに至つた。わたくしは此《この》最後の丹後、真志屋の鑑札を佩《お》びて維新前《ぜん》まで水戸邸の門を潜《くぐ》つた最後の丹後をまのあたり見て、これを緘黙《かんもく》に附するに忍びぬからである。

二十七

真志屋と云ふ難破船が最後に漕《こ》ぎ寄せた港は金沢丹後方である。当時真志屋が金沢氏に寄つた表向《おもてむき》の形式は「同居」で、其《その》同居人は初め五郎作と称し、後《のち》嘉永七年 即《すなわち》 安政元年に至つて五郎兵衛と改めたことが、真志屋文書に徴《ちょう》して知られる。文書の収むる所は改称の願書《ねがいしょ》で、其願《そのねがい》が聴許《ていきょ》せられたか否《いな》かは不明であるが、此《かく》の如《ごと》き願が拒止せらるべきではなささうである。

しかし此《この》五郎作の五郎兵衛は必ずしも実に金沢氏《うじ》の家に居《お》つたとは見られない。現に金沢蒼夫さんは此《かく》の如き寓公の居つたことを聞き伝へてゐない。さうして見れば、単に寄寓したるものゝ如くに粧《よそお》ひ成して、公辺を取り繕《つくろ》つたのであつたかも知れない。

蒼夫さんの知つてゐる所を以てすれば、金沢氏が真志屋の遺業を継承したのは、蒼夫の祖父明了軒《めいりょうけん》の代の事である。これより以後、金沢氏は江戸城に菓子を調進するためには金沢丹後の名を以て鑑札を受け、水戸邸に調進するためには真志屋五郎兵衛の名を以て鑑札を受けた。金沢氏の年々受け得た所の二様の鑑札は、蒼夫さんの家の篋《はこ》に満ちてゐる。鑑札は白木《しらき》の札に墨書《ぼくしょ》して、烙印《らくいん》を押したものである。札は孔《あな》を穿《うが》ち緒《お》を貫《つらぬ》き、覆ふに革袋を以てしてある。革袋は黒の漆塗《うるしぬり》で、その水戸家から受けたものには、真志の二字が朱書《しゅしょ》してある。

想ふに授受が真志屋と金沢氏との間に行はれた初《はじめ》には、縦《よし》や実に寓公たらぬまでも、真志屋の名前人《にん》が立てられてゐたが、後《のち》に至つては特にこれを立つることを須《もち》ゐなかつたのではなからうか。兎《と》に角《かく》金沢氏の代々の当主は、徳川将軍家に対しては金沢丹後たり、水戸宰相家《さいしょうけ》に対しては真志屋五郎兵衛たることを得たのである。「まあ株を買つたやうなものだつたのでせう」と蒼夫さんは云ふ。今の語を以て言へば、此《この》授受の形式は遂《つい》に「併合」に帰したのである。

真志屋の末裔《ばつえい》が二本に寄り、金沢に寄つたのは、啻《ただ》に同業の好《よしみ》があつたのみではなかつたらしい。二本は真志屋文書に「親類麹町二本伝次方」と云つてある。又真志屋の相続人たるべき定五郎は「右伝次方 私《わたくし》 従弟定五郎」と云つてある。皆真志屋五郎兵衛が此《かく》の如《ごと》くに謂《い》つたのである。金沢氏《うじ》は果《はた》して真志屋の親戚であつたか否《いな》か不明であるが、試《こころみ》に系譜を検するに、貞享中《じょうきょうちゅう》に歿《ぼつ》した初代相安院清頓《そうあんいんせいとん》の下《もと》に、「長島撿校《けんぎょう》」に嫁《か》した女子がある。此壻《このむこ》は或《あるい》は真志屋の一族長島氏《うじ》の人であつたのではなからうか。

金沢氏は本増田《もとますだ》氏《うじ》であつた。豊臣《とよとみ》時代に大和国郡山《やまとのくにこおりやま》の城主であつた増田長盛《ながもり》の支族で、曽《かつ》て加賀国《かがのくに》金沢に住したために、商家となるに及んで金沢屋と号し、後《のち》単に金沢と云つたのださうである。系譜の載《の》する所の始祖は又兵衛と称した。相摸国《さがみのくに》三浦郡《みうらごおり》蘆名村《あしなむら》に生れ、江戸に入《い》つて品川町《ちょう》に居《お》り、魚《うお》を鬻《ひさ》ぐを業とした。蒼夫さんの所有の過去帳に、「相安院浄誉清頓《せいとん》信士、貞享《じょうきょう》五年五月二十五日」と記《き》してある。

二十八

増田氏の二代三右衛門《さんえもん》は、享保四年五月九日に五十八歳で歿《ぼっ》した。法諡《ほうし》実相院頓誉浄円居士《じっそういんとんよじょうえんこじ》である。此人《この》が菓子商の株を買つた。

三代も亦《また》同じく三右衛門と称し、享保八年七月二十八日に三十七歳で歿《ぼっ》した。法諡寂苑院浄誉玄清居士《ほうしじゃくおんいんじょうよげんせいこじ》である。四代三右衛門の覚了院性誉一鎚自聞《かくりょういんしょうよいっついじもん》居士は、明和六年四月二十四日に四十六歳で歿した。五代三右衛門の自適斎真誉《じてきさいしんよ》東里《とうり》威性《いしょう》居士は、天保六年十月五日に八十四歳で歿した。此人《この》は増田氏《うじ》累世《るいせい》中で、最も学殖あり最も文事《ぶんじ》ある人であつた。所謂田威《いわゆるでんい》、字《あざな》は伯孚《はくふ》、別号は東里《とうり》である。詩を善くし書を善くして、一時の名流に交《まじわ》つた。文政四年に七十の賀をした時、養拙斎高岡秀成《ようせつさいたかおかしゅうせい》、字は実甫《じっぽ》と云ふものが寿序《じゅじょ》を作つて贈つた。二本伝次の妻は東里が長女の第八女であつた。真志屋が少くも此《この》家と間接に親戚たることは、此《この》一条のみを以てしても証するに足るのである。六代三右衛門はわたくしの閲《けみ》した系譜に載せて無い。増田氏は世《よよ》駒込願行寺《こまごめがんぎょうじ》を菩提所《ぼだいしょ》としてゐるのに、独り此人《この》は谷中《やなか》長運寺《ちょううんじ》に葬られたさうである。七代三右衛門は天保十一年十月二日に四十四歳で歿し、宝竜院乗誉依心連戒《ほうりゅういんじょうよえしんれんかい》居士と法諡せられた。

按ずるに此《この》頃に至るまでは、金沢三右衛門は丹後と称せずして越後《えちご》と称したのではなからうか。文化の末《すえ》に金沢瀬兵衛《せべえ》と云ふものが長崎奉行《ぶぎょう》を勤めてゐたが、此人《この》は叙爵《じょしゃく》の時越後守《えちごのかみ》となるべきを、菓子商の称を避けて百官名《ひゃっかんな》を受け、大蔵少輔《おおくらしょうゆう》にせられたと、大郷信斎《おおごうしんさい》の道聴塗説《どうていとせつ》に見えてゐる。或《あるい》はおもふに道聴塗説の越後は丹後の誤《あやまり》か。

八代は通称金蔵《きんぞう》で、天保三年七月十六日に六十一歳で歿《ぼつ》した。法諡《ほうし》梅翁日実居士《ばいおうにつじつこじ》である。九代は又三右衛門と称し、後《のち》に三輔《さんすけ》と改めた。素細工頭《もとさいくがしら》支配玉屋《たまや》市左衛門《いちざえもん》の子である。明治十年十一月十一日に六十四歳で歿し、明了軒唯誉《めいりようけんゆいよ》深広連海《しんこうれんかい》居士と法諡せられた。十代三右衛門、後《のち》の称《しよう》三左衛門は明治二十年二月二十六日に歿し、栄寿軒梵誉《えいじゆけんぼんよ》利《り》貞至《ていし》道《どう》居士と法諡せられた。此《この》栄寿軒の後《のち》を襲《つ》いだ十一代三右衛門が今の蒼夫さんで、大正五年に七十一歳になつてゐる。その丹後掾《たんごのじよう》と称したのは前代の勅賜《ちよくし》に本《もと》づく。

天保元年に真志屋十二代の五郎兵衛清常が歿した時、増田氏《うじ》の金沢には七十九歳の自適斎東里、五十九歳の梅翁、三十四歳の宝竜院依心、十七歳の明了軒深広、十歳の栄寿軒利貞が並存してゐた筈《はず》である。嘉永七年に最後の真志屋名前人《にん》五郎作が五郎右衛門《ごろえもん》と改称した時に至ると、明了軒が四十一歳、栄寿軒が三十四歳、弘化二年生《うまれ》の蒼夫さんが九歳になつてゐた筈である。

わたくしは前に、真志屋最後の名前人五郎作改め五郎兵衛は定五郎ではなからうかと云つた。それは定五郎が真志屋文書に載《の》する所の最後の家督相続者らしく見えるからであつた。しかし更に考ふるに、此《この》定五郎は幾《いくば》くならずして廃《や》められ、天保弘化の間に明了軒がこれに代つてゐて、所謂《いわゆる》五郎作 改《あらため》 五郎兵衛は明了軒自身であつたかも知れない。

真志屋の自立してゐた間の菓子店《みせ》は、既に屢《しばしば》云つたやうに新石町、金沢の店は本石町二丁目西角であつた。

二十九

わたくしは駒込《こまごめ》願行寺に増田氏《うじ》の墓を訪《と》うた。第一高等学校寄宿舎の西に、巷《こうじ》に面した石垣の新《あらた》に築かれてゐるのが此《この》寺である。露次《ろじ》を曲つて南向《みなみむき》の門を入《い》ると、左に大いなる鋳鉄《ちゆうてつ》の井欄《せいらん》を見る。井欄の前面に掌大《しようだい》の凸字《とつじ》を以て金沢と記《き》してある。恐らくは増田氏の盛時のかたみであらう。

墓は門を入《い》つて右に折れて往《ゆ》く塋域《えいいき》にある。上《かみ》に仏像を安置した墓の隣に、屋盖形《やねがた》のある石が二基並んで、南に面して立つてゐる。台石《だいいし》には金沢屋と彫《え》り、墓には正面から向つて左の面に及んで、許多《あまた》の戒名《かいみよう》が列記してある。読んで行《ゆ》く間に、明了軒の諡《おくりな》が系譜には運海と書してあつたのに、此《ここ》には連海に作つてあるのに気が付いた。金石文字《きんせきもんじ》は人の意を用ゐるものだから、或《あるい》は系譜の方が誤《あやまり》ではなからうか。

拝し畢《おわ》つて帰る時、わたくしは曽《かつ》て面《おもて》を識つてゐる女子に逢《あ》つた。恐《おそら》くは願行寺の住職の妻《さい》であらう。此《この》女子は曩《さき》の日わたくしに細木香以《こうい》の墓をしへてくれた人である。

「けふは金沢の墓へまゐりました。先日金沢の老人に逢つて、先祖の墓がこちらにあるのを聞いたものですから」とわたくしは云つた。

「さやうですか。あれはこちらの古い檀家《だんか》だと承《うけたま》はつてゐます。昔の御商売は何でございましたでせう。」

「菓子屋でした。徳川家の菓子の御用を勤めたものです。維新前《ぜん》の菓子屋の番附には金沢丹後が東の大関になつてゐて、風月堂《ふうげつどう》なんぞは西の幕の内の末《すえ》の方に出てゐます。本郷の菓子屋では、岡野《おかの》栄泉《えいせん》だの、藤村《ふじむら》だの、船橋屋《ふなばしや》織江《おりえ》だのが載つてゐますが、皆幕外です。なんでも金沢は将軍家や大名ばかりを得意先《ざき》にしてゐたものだから、維新の時に得意先と一しよに滅びたのださうです。今の老人の細君は木場《きば》の万和《まんわ》の女《むすめ》です。里親の万《よろず》屋《や》和《わ》助《すけ》なんぞも、維新前《ぜん》の金持の番附には幕の内に這入《はい》つてゐました。」

わたくしはこんな話をして女子に別《わかれ》を告げた。美しい怜悧《れいり》らしい言語《げんぎょ》の明晰《めいせき》な女子である。

増田氏《うじ》歴代の中で一人谷中長運寺に葬られたものがあると、わたくしは蒼夫さんに聞いた。家に帰つてから、手近い書に就いて谷中の寺を撿《けん》したが、長運寺の名は容易《たやす》く見附けられなかつた。そこでわたくしは錯《あやま》り聞いたかも知れぬと思つた。後《のち》に武田《たけだ》信賢《しんけん》著墓所集覧で谷中長運寺を撿出して往訪《おうぼう》したが、増田氏の墓は無かつた。寺は渡辺治《わたなべじ》右衛門《えもん》別荘の辺から一乗寺《いちじようじ》の辻《つじ》へ抜ける狭い町の中程にある。

蒼夫さんはわたくしの家を訪《と》ふ約束をしてゐるから、若《も》し再会したら重ねて長運寺の事をも問ひ質《ただ》して見よう。

三十

諸書の載《の》する所の寿阿弥の伝には、西村、江間、長島の三つの氏《うじ》を列挙して、曾《かつ》て其《その》交互の関係に説き及ぼしたものが無かつた。わたくしは今浅井平八郎さんの齎《もたら》し来《きた》つた真志屋文書に拠《よ》つて、記載のもつれを解きほぐし、明《あきら》め得らるゝだけの事を明めようと努めた。次《つい》で金沢蒼夫さんを訪《と》うて、系譜を閲《けみ》し談話を聴き、寿阿弥去後の真志屋のなりゆきを追尋《ついじん》して、あらゆるトラヂシヨンの糸を断《き》ち截《き》つた維新の期に迨《およ》んだ。わたくしの言はむと欲する所のものは略此《ほぼここ》に尽きた。

然《しか》るに浅井、金沢両家の遺物文書《もんじよ》の中には、撿閲《けんえつ》の際にわたくしの目に止まつたものも少く無い。左《さ》に其《その》二三を録存することゝする。

浅井氏《うじ》のわたくしに示したものゝ中《うち》には、寿阿弥の筆跡と称すべきものが少かつた。袱紗《ふくさ》に記《き》した縁起、西山遺事の書後並《ならび》に欄外書等は、自筆とは云ひながら太《はなは》だ意を用ゐずして写した細字《さいじ》に過ぎない。これに反してわたくしは遺物中に、小形の短冊二葉を糸で綴《と》ぢ合せたものゝあるのを見た。其《その》一には「七十九のとしのくれに」と端書《はしがき》して「あすはみむ八十《やそ》のちまたの門《かど》の松」と書し、下《しも》に一の寿字《じゆじ》が署《しよ》してある。今一葉には「八十になりけるとしのはじめに」と端書して「今朝《けさ》ぞ見る八十のちまたの門の松」と書し、下《しも》に「寿松《じゆしよう》」と署してある。

此《この》二句は書估《しよこ》活東子《かつとうし》が戯作者《けさくしや》小伝に載せてゐるものと同じである。小伝には猶《なお》「月こよひ枕団子《まくらだんご》をのがれけり」と云ふ句もある。活東子は「或《ある》年の八月十五夜に、病重く既に終らむとせしに快くなりければ、月今宵《こよい》云々《うんぬん》と書いて孫に遺《や》りけるとぞ」と云つてゐる。

寿阿弥は嘉永元年八月二十九日に八十歳で歿《ぼつ》したから、歳暮《さいぼ》の句は弘化四年十二月晦日《みそか》の作、歳旦《さいたん》の句は嘉永元年正月 朔《ついたち》の作である。後者は死ぬべき年の元旦の作である。これより推《お》せば、月今宵の句も同じ年の中《ちゆう》秋《しゆう》に成つて、後《のち》十四日にして病 革《すみやか》なるに至つたのではなからうか。活東子は月今宵の句を書いて孫に遺つたと云つてゐるが、寿阿弥には子もなければ孫もなかつたゞらう。別に「まごひこに別るゝことの」云々と云ふ狂歌が、寿阿弥の辞世として伝へられてゐるが、わたくしは取らない。

月今宵は少くも灑脱《しやだつ》の趣《おもむき》のある句である。歳暮歳旦の句はこれに反して極《きわめ》て平凡である。しかし万葉の百足《ももた》らず八十《やそ》のちまたを使つてゐるのが、寿阿弥の寿阿弥たる所であらう。
短冊の手迹《しゆせき》を見るに、寿阿弥は能書《のうしよ》であつた。字に媚嫵《びぶ》の態《たい》があつて、老人の書らしくは見えない。寿の一字を署したのは寿阿弥の省略《せいりやく》であらう。寿松の号は他に所見が無い。

三十一

連歌師《れんがし》としての寿阿弥は里村昌逸《さとむらしよういつ》の門人であつたかと思はれる。わたくしは真志屋の遺物中にある連歌の方式を書いた無題号の写本一冊と、弘化嘉永間の某年正月十一日柳営之御会《りゆうえいのおんかい》と題した連歌の巻《まき》数冊とを見た。無題号の写本は表紙に「如是縁庵《にょぜえんあん》」と書し、「寿阿弥陀仏印《じゆあみだぶついん》」の朱記がある。巻尾には「享保八年癸卯七月七日於京都、里村昌億翁以本書、乾正豪写之」と云ふ奥書《おくがき》があつて、其《その》次の余白に、「先師次第」と題した略系と「玄川先祖《ぜんせんせんそ》より次第」と題した略系とが書き添へてある。連歌の巻々《まきまき》には左大臣《さだいじん》として徳川家慶《とくがわいえよし》の句が入《い》つてゐる。そして嘉永元年前《ぜん》のものには必ず寿阿弥が名を列して居る。

先師次第にはかう記《しる》してある。「宗祇《そうぎ》、宗長《そうちよう》、宗牧《そうぼく》、里村元祖昌休《がんそしようきゆう》、紹巴《しようは》、里村二代昌叱《しようしつ》、三代昌琢《しようたく》、四代昌程《しようてい》、弟祖白《そはく》、五代昌陸《しようりく》、六代昌億《しようおく》、七代昌迪《しようてき》、八代昌桂《しようけい》、九代昌逸《しよういつ》、十代昌同《しようどう》」である。玄川先祖より次第にはかう記《しる》してある。「法眼《ほうげん》紹巴、同《おなじく》玄仍《げんじよう》、同玄陳《げんちん》、同玄俊《げんしゆん》、玄心《げんしん》、紹尹《しよういん》、玄立《げんりゆう》、玄立、法橋玄川《ほつきようげんせん》寛政六年二十日法橋」である。

二種の略系は里村両家の承統次第を示したものである。宗家《そうか》昌叱の裔《すえ》は世《よよ》京都に住み、分家玄仍の裔は世《よよ》江戸石原《いしはら》に住んでゐた。しかし後《のち》には両家共京住ひになつたらしい。

わたくしは此《この》略系を以て寿阿弥の書いたものとして、宗家の次第に先師と書したことに注目する。里村宗家は恐《おそら》くは寿阿弥の師家であつたのだらう。然《しか》るに十代昌同は寿阿弥の同僚で、連歌《れんが》の巻々《まきまき》に名を列してゐる。其《その》「先師」は一代を溯《さかのぼ》つて故人昌逸とすべきであらう。昌逸昌同共に「百石二十人扶持《ふち》京住居」と武鑑に註してある。

寿阿弥の連歌師としての同僚中、坂昌功《さかしょうこう》は寿阿弥と親しかつたらしい。真志屋の遺物中に、「寿阿弥の手向《たむけ》に」と端書《はしがき》して一句を書し、下《しも》に「昌功」と署《しょ》した短冊がある。坂昌功は初め浅草黒船町河岸《くろふねちょうがし》に住《じゅう》し、後《のち》根岸に遷《うつ》つた。句は秋季である。しかし録するに足らない。川上宗寿が連歌を以て寿阿弥に交《まじわ》つたことは、苾堂《ひつどう》に遣《や》つた手紙に見えてゐた。

真志屋の扶持は初め河内屋《かわちや》島が此《この》家に嫁《か》した時、米百俵《ひょう》づゝ三季に渡され、次《つい》で元文《げんぶん》三年に七人扶持に改められ、九代一鉄の時寛政五年に暫《しばら》くの内三人半扶持を減《へら》して三人半扶持にせられたことは既に記《き》した。真志屋文書中の「文化八年未《ひつじの》正月御扶持渡《おんふちわたし》通帳《かよいちょう》」に拠《よ》るに、此後《このの ち》文化五年戊辰《ぼしん》に「三人半扶持の内一人半扶持借《かり》上二《あげに》人扶持《にんふち》被下置《くだしおかる》」と云ふことになつた。これは十代若《もし》くは十一代の時の事である。真志屋文書はこれより後《のち》の記載を闕《か》いてゐる。然《しか》るに金沢蒼夫さんの所蔵の文書に拠れば、天保七年丙申《へいしん》に又「一人《いちにん》扶持借上暫《かりあげしばら》くの内一人扶持被下置」と云ふことになり、終《つい》に初《はじめ》の七人扶持が一人《いちにん》扶持となつたのである。しかし此《この》一人扶持は、明治元年藩政改革の時に至るまで引き続いて、水戸家が真志屋の後継者たる金沢氏《うじ》に給してゐたさうである。

三十二

西村廓清の妻島の里親河内屋半兵衛が、西村氏《うじ》の真志屋五郎兵衛と共に、世《よよ》水戸家の用達《ようたし》であつたことは、夙《はや》く海録の記《き》する所である。しかしわたくしは真志屋の菓子商たるを知つて、河内屋の何商たるを知らなかつた。そのこれを知つたのは、金沢蒼夫さんを訪《と》うた日の事である。

わたくしは蒼夫さんの家に於《おい》て一の文書《もんじょ》を見た。其中《そのうち》に「河内屋半兵衛、元和中より麪粉《めんふん》類御用相勤《あいつとめ》」云々《しかじか》の文があつた。河内屋は粉商であつた。島は粉屋の娘であつた。わたくしの新《あらた》に得た知識は啻《ただ》にそれのみではない。河内屋が古くより水戸家の用達をしてゐたとは聞いてゐたが、いつからと云ふことを知らなかつた。その元和以還の用達たることは此《この》文に徴《ちょう》して知られたのである。慶長中に水戸頼房入国の供をしたと云ふ真志屋の祖先に較ぶれば少しく遅れてゐるが、河内屋も亦《また》早く元和中に威公頼房の用達となつてゐたのである。

金沢氏《うじ》六代の増田東里には、弊帚集《へいそうしゅう》と題する詩文稿があることを、蒼夫さんに聞いた。わたくしは卒《にわか》に聞いて弊帚の名の耳に熟してゐるのを怪《あや》しんだ。後《のち》に想へば、水戸の栗山潜鋒《くりやませんぽう》に弊帚集六巻があつて火災に罹《かか》り、弟敦恒《とんこう》が其燼余《そのじんよ》を拾つて二巻を為《な》した。載せて甘雨亭《かんうてい》叢書《そうしょ》の中《うち》にある。東里の集は偶《たまたま》これと名を同じうしてゐたのであつた。

わたくしの言はむと欲した所は是《これ》だけである。只《ただ》最後に附記して置きたいのは、師岡未亡人《びぼうじん》石と東条琴台《きんたい》の家との関係である。

初め高野氏《うじ》石に一人の姉《あね》があつて、名をさくと云つた。さくは東条琴台の子信升《しんしょう》に嫁《か》して、名をふぢと改めた。ふぢの生んだ信升の子は夭《よう》し、其女《そのむすめ》が現存してゐるさうである。

浅井平八郎さんの話に拠《よ》るに、石は嘗《かつ》て此《この》縁故あるがために、東条氏《うじ》の文書《もんじょ》を託せられてゐた。文書は石が東条氏の親戚たる下田《しもだ》歌子《うたこ》さんに交付したさうである。

わたくしは琴台の事蹟《じせき》を詳《つまびらか》にしない。聞く所に拠れば、琴台は信濃《しなの》の人で、名は耕《こう》、字《あざな》は子臧《しぞう》、小字《おさなな》は義蔵《ぎぞう》である。寛政七年六月七日芝宇田川町に生れ、明治十一年九月二十七日に八十四歳で歿《ぼっ》した。文政七年林氏《うじ》の門人籍に列し、昌平黌《しょうへいこう》に講説し、十年榊原遠江守政令《さかきばらとおとうみのかみまさなり》に聘《へい》せられ、天保三年故《ゆえ》あつて林氏の籍を除《のぞ》かれ、弘化四年榊原氏《うじ》の臣《しん》となり、嘉永三年伊豆七島全図を著《あらわ》して幕府の譴責《けんせき》を受け、榊原氏の藩邸に幽せられ、四年謫《たく》せられて越後国高田《えちごのくにたかた》に往《ゆ》き、戊辰《ぼしん》の年には尚《なお》高田幸橋町《みゆきばしちょう》に居《お》つた。明治五年八月に七十八歳で向島亀戸《むこうじまかめど》神社の祠官《しかん》となり、眼疾《がんしつ》のために殆《ほとん》ど失明して終つたと云ふことである。先哲叢談続編《せんてつそうだん》に「先生後獲罪、謫在越之高田、（中略）無幾王室中興、先生嘗得列官于朝」と書してある。琴台の子信升の名は、平八郎さんに由《よ》つて始《はじめ》て聞いたのである。

（大正五年五月—六月「東京日日新聞」「大阪毎日新聞」）

うたかたの記

上

幾頭の獅子《しし》の挽《ひ》ける車の上に、勢《いきおい》よく突立《つきた》ちたる、女神《によしん》バワリアの像は、先王《せんのう》ルウドヰヒ第一世が此凱旋門《このがいせんもん》に据《す》ゑさせしなりといふ。その下《もと》よりルウドヰヒ町を左に折れたる処《ところ》に、トリエント産の大理石にて築きおこしたるおほいへあり。これバワリアの首府に名高き見ものなる美術学校なり。校長ピロツチイが名は、をちこちに鳴りひゞきて、独逸《ドイツ》の国々はいふもさらなり、新希臘《ギリシア》、伊太利《イタリア》、璉馬《デンマルク》などよりも、こゝに来《きた》りつどへる彫工、画工数を知らず。日課を畢《お》へて後《のち》は、学校の向ひなる、「カツフエエ、ミネルワ」といふ店に入りて、珈琲《カツフエエ》のみ、酒くみかはしなどして、おもひおもひの戯《たわぶれ》す。こよひも瓦斯《ガス》燈の光、半ば開きたる窓に映じて、内には笑ひさゞめく声聞ゆるをり、かどにきかゝりたる二人あり。

先に立ちたるは、かち色の髪のそゝけたるを厭《いと》はず、幅広き襟飾《えりかざり》斜《ななめ》に結びたるさま、誰《た》が目にも、ところの美術諸生と見ゆるなるべし。立ち住《どま》りて、後《あと》なる色黒き小男に向ひ、「こゝなり」といひて、戸口をあけつ。

先《ま》づ二人が面《おもて》を撲《う》つはたばこの烟《けぶり》にて、遽《にわか》に入りたる目には、中なる人をも見わきがたし。日は暮れたれど暑き頃なるに、窓悉《ことごと》くあけ放ちはせで、かゝる烟の中に居るも、習《ならい》となりたるなるべし。「エキステルならずや、いつの間にか帰りし。」「なほ死なでありつるよ。」など口々に呼ぶを聞けば、彼《かの》諸生はこの群《むれ》にて、馴《な》染《じみ》あるものならむ。その間、あたりなる客は珍らしげに、後につきて入来《いりきた》れる男を見つめたり。見つめらるゝ人は、座客《ざかく》のなめなるを厭《いと》ひてか、暫《しば》し眉根《まゆね》に皺《しわ》寄せたりしが、とばかり思ひかへしゝにや、僅《わずか》に笑《えみ》を帯びて、一座を見度《みわた》しぬ。

　この人は今着きし汽車にて、ドレスデンより来にければ、茶店のさまの、かしことこゝと殊《こと》なるに目を注《そそ》ぎぬ。大理石の円卓《まるづくえ》幾つかあるに、白布《はくふ》掛けたるは、夕餉《ゆうげ》畢《おわ》りし迹《あと》をまだ片附けざるならむ。裸なる卓《つくえ》に倚《よ》れる客の前に据《す》ゑたる土やきの盃《さかずき》あり。盃は円筒形にて、燗徳利《かんどくり》四つ五つも併《あわ》せたる大《おおい》さなるに、弓なりのとり手つけて、金蓋《かなぶた》を蝶番《ちょうつがい》に作りて覆《おお》ひたり。客なき卓に珈琲碗《カツフエエわん》置いたるを見れば、みな倒《さかしま》に伏せて、糸底の上に砂糖、幾塊《いくかたまり》か盛れる小皿載せたるもをかし。

　客はみなりも言葉もさま〴〵なれど、髪もけづらず、服も整へぬは一様なり。されどあながち卑しくも見えぬは、流石《さすが》芸術世界に遊べるからにやあるらむ。中にも際立《きわだ》ちて賑《にぎわ》しきは中央なる大卓《おおづくえ》を占めたる一群なり。余所《よそ》には男客のみなるに、独《ひとり》こゝには少女《おとめ》あり。今エキステルに伴はれて来し人と目を合はせて、互《たがい》に驚きたる如《ごと》し。

　来し人はこの群《むれ》に珍らしき客なればにや。また少女の姿は、初めて逢《あ》ひし人を動かすに余《あまり》あらむ。前庇《まえびさし》広く飾《かざり》なき帽を被《か》ぶりて、年は十七八ばかりと見ゆる顔ばせ、ヱヌスの古彫像を欺《あざむ》けり。そのふるまひには自《おのずか》ら気《け》高《だか》き処《ところ》ありて、かいなでの人と覚えず。エキステルが隣の卓なる一人の肩を拍《う》ちて、何事をか語居《かたりい》たるを呼びて、「こなたには面白き話一つする人なし。此《この》様子にては骨牌《カルタ》に遁《のが》れ球突《たまつき》に走るなど、忌《いま》はしき事を見むも知られず。おん連れの方と共に、こなたへ来たまはずや。」と笑《え》みつゝ勧むる、その声の清きに、いま来し客は耳傾《かたぶ》けつ。

「マリイの君の居《い》玉《たま》ふ処へ、誰《たれ》か行かざらむ。人々も聞け、けふ此《この》『ミネルワ』の仲間に入れむとて伴ひたるは、巨勢《こせ》君とて、遠きやまとの画工なり。」とエキステルに紹介せられて、随来《したがいき》ぬる男の近寄りて会釈《えしやく》するに、起《た》ちて名告《なの》りなどするは、外国人《とつくにびと》のみ。さらぬは坐《ざ》したる儘《まま》にて答ふれど、侮《あなど》りたるにもあらず、此《この》仲間の癖なるべし。

　エキステル、「わがドレスデンなる親族訪ねにゆきしは人々も知りたり。巨勢君にはかしこなる画堂にて逢ひ、それより交《まじわり》を結びて、こたび巨勢君、こゝなる美術学校に、しばし足を駐《とど》めむとて、旅立ち玉《たま》ふをり、われも倶《とも》にかへり路《じ》に上《のぼ》りぬ。」人々は巨勢に向ひて、はるぐ\来ぬる人と相識《あいし》れるよろこびを陳《の》べ、さて、「大学にはおん国人《くにびと》も、をりく\見ゆれど、美術学校に来たまふは、君がはじめなり。けふ着きたまひしことなれば、『ピナコテエク』、また美術会の画堂なども、まだ見玉はじ。されど余所《よそ》にて見たまひし処《ところ》にて、南独逸《ドイツ》の画《え》を何とか見たまふ。こたび来たまひし君が目的は奈何《いかに》。」など口々に問ふ。マリイはおしとゞめて、「しばししばし、かく口を揃《そろ》へて問はるゝ、巨勢君とやらむの迷惑、人々はおもはずや。聞かむとならば、静まりてこそ。」といふを、「さても女主人《おんなあるじ》の厳しさよ、」と人々笑ふ。巨勢は調子こそ異様《ことざま》なれ、拙《つたな》からぬ独逸語にて語りいでぬ。

「わがミユンヘンに来しは、このたびを始《はじめ》とせず。六年前にこゝを過ぎて、索遜《サキソニイ》にゆきぬ。そのをりは『ピナコテエク』に懸《か》けたる画を見しのみにて、学校の人々などに、交《まじわり》を結ぶことを得ざりき。そは故郷《ふるさと》を出《い》でし時よりの目あてなるドレスデンの画堂へ往《ゆ》かむと、心のみ急がれしゆゑなり。されど再びこゝに来て、君等《きみら》がまとゐに入ることとなりし、其《その》因縁をば、早く当時に結びぬ。」

「大人《おとな》気《げ》なしといひけたで聞き玉へ。謝肉の祭《カルネワル》、はつる日の事なりき。『ピナコテエク』の館《やかた》出でし時は、雪いま晴れて、街の中道《なかみち》なる並木の枝は、一つぐ\薄き氷にてつゝまれたるが、今点ぜし街燈に映じたり。いろいろの異様《ことざま》なる衣を着て、白く又黒き百眼《ひやくまなこ》掛けたる人、群《むれ》をなして往来し、こゝかしこなる窓には毛氈《もうせん》垂れて、物見としたり。カルヽの辻《つじ》なる『カツフエエ、ロリアン』に入りて見れば、おもひく\の仮装色を争ひ、中に雑《まじ》りし常の衣もはえある心地《ここち》す。みなこれ『コロツセウム』、『ヰクトリア』などいふ舞踏場のあくを待てるなるべし。」

かく語る処《ところ》へ、胸当《むねあて》につゞけたる白前垂《まえだれ》掛けたる下女《はしため》、麦酒《ビイル》の泡だてるを、ゆり越すばかり盛りたる例の大《おおさ》杯《かずき》を、四つ五つづゝ、とり手を寄せてもろ手に握りもち、「新しき樽《たる》よりとおもひて、遅うなりぬ。許したまへ」とことわりて、前なる杯飲みほしたりし人々にわたすを、少女《おとめ》、「こゝへ、こゝへ」と呼びちかづけて、まだ杯持たぬ巨勢が前にも置かす。巨勢は一口飲みて語りつゞけぬ。

「われも片隅《かたすみ》なる一榻《いっとう》に腰掛けて、賑《にぎ》はしきさま打見るほどに、門《かど》の戸あけて入りしは、きたなげなる十五ばかりの伊太利《イタリア》栗《ぐり》うりにて、焼栗《やきぐり》盛りたる紙筒を、堆《うずたか》く積みし箱かいこみ、『マロオニイ、セニヨレ。』（栗めせ、君）と呼ぶ声も勇ましき、後《うしろ》につきて入りしは、十二三と見ゆる女《おみな》の子なりき。旧《ふる》びたる鷹匠頭巾《たかじようずきん》、ふか〴〵と被《かぶ》り、凍《こご》えて赤うなりし両手さしのべて、浅き目籠《めかご》の縁《ふち》を持ちたり。目籠には、常盤木《ときわぎ》の葉、敷き重ねて、その上に時ならぬ菫花《すみれ》の束を、愛らしく結びたるを載せたり。『フアイルヘン、ゲフエルリヒ』（すみれめせ）と、うなだれたる首を擡《もた》げもあへでいひし声の清さ、今に忘れず。この童《わらべ》と女《おみな》の子と、道連れとは見えねば、童の入るを待ちて、これをしほに、女《おみな》の子は来《こ》しならむとおもはれぬ。」

「この二人のさまの殊《こと》なるは、早くわが目を射《い》き。人を人ともおもはぬ、殆《ほとんど》憎げなる栗うり、やさしくいとほしげなるすみれうり、いづれも群居《むれい》る人の間を分けて、座敷の真中《まなか》、帳場の前あたりまで来《こ》し頃、そこに休み居たる大学々生らしき男の連れたる、英吉利種《イギリスだね》の大狗《おおいぬ》、いまゝで腹這《はらば》ひて居たりしが、身を起して、背をくぼめ、四足を伸ばし、栗箱に鼻さし入れつ。それと見て、童《わらべ》の払ひのけむとするに、驚きたる狗、あとに附きて来し女《おみな》の子に突当れば、『あなや、』とおびえて、手に持ちし目籠《めかご》とり落したり。茎に錫紙《すずがみ》巻きたる、美しきすみれの花束、きら〳〵と光りて、よもに散りぼふを、好《よ》き物得つと彼《かの》狗、踏みにじりては、噛《くわ》へて引きちぎりなどす。ゆかは煖炉《だんろ》の温まりにて解けたる、靴の雪にぬれたれば、あたりの人々、かれ笑ひ、これ罵《ののし》るひまに、落花狼藉《らっかろうぜき》、なごりなく泥土《でいど》に委ねたり。栗うりの童は、逸足《いちあし》出《いだ》して逃去り、学生らしき男は、欠《あく》びしつゝ狗を叱《しっ》し、女《おみな》の子は呆《あき》れて打守《うちまも》りたり。この菫花《すみれ》うりの忍びて泣かぬは、うきになれて涙の泉涸《か》れたりしか、さらずは驚き惑ひて、一日の生計《たずき》、これがために已《や》まむとまでは想到《おもいいた》らざりしか。しばしありて、女《おみな》の子は砕けのこりたる花束二つ三つ、力なげに拾はむとするとき、帳場にゐる女の知らせに、こゝの主人《あるじ》出でぬ。赤がほにて、腹突きいだしたる男の、白き前垂《まえだれ》したるなり。太き拳《こぶし》を腰にあてゝ、花売りの子を暫《しば》し睨《にら》み、『わが店にては、暖簾師《のれんし》めいたるあきなひ、せさせぬが定《さだめ》なり。疾《と》くゆきね。』とわめきぬ。女《おみな》の子は唯《ただ》言葉なく出でゆくを、満堂の百眼《ひやくまなこ》、一滴の涙なく見送りぬ。」

「われは珈琲《カツフエ》代の白《はく》銅貨を、帳場の石板《いしいた》の上に擲《な》げ、外套《がいとう》取りて出《い》でゝ見しに、花売の子は、ひとりさめ〴〵と泣きてゆくを、呼べども顧みず。追付きて、『いかに、善《よ》き子、菫花《すみれ》のしろ取らせむ、』といふを聞きて、始めて仰見《あおぎみ》つ。そのおもての美しさ、濃き藍《あい》いろの目には、そこひ知らぬ憂《うれい》ありて、一たび顧みるときは人の腸《はらわた》を断たむとす。嚢中《のうちゅう》の『マルク』七つ八つありしを、から籠《かご》の木の葉の上に置きて与へ、驚きて何ともいはぬひまに、立去りしが、その面《おもて》、その目《まみ》、いつまでも目に付きて消えず。ドレスデンにゆきて、画堂の額うつすべき許《ゆるし》を得て、ヱヌス、レダ、マドンナ、ヘレナ、いづれの図に向ひても、不思議や、すみれ売のかほばせ霧の如《ごと》く、われと画額との間に立ちて障礙《しょうげ》をなしつ。かくては所詮《しょせん》、我業《わがわざ》の進まむこと覚束《おぼつか》なしと、旅店の二階に籠《こ》もりて、長椅子《ながいす》の覆革《おおいかわ》に穴あけむとせし頃もありしが、一朝大勇猛心《ゆうみょうしん》を奮《ふる》ひおこして、わがあらむ限《かぎり》の力をこめて、此《この》花売の娘の姿を無窮に伝へむと思ひたちぬ。さはあれどわが見し花うりの目《まみ》、春潮を眺むる喜《よろこび》の色あるにあらず、暮雲を送る夢見心あるにあらず、伊太利《イタリア》古跡の間に立たせて、あたりに一群の白鳩《しろばと》飛ばせむこと、ふさはしからず。我《わが》空想はかの少女《おとめ》をラインの岸の巌根《いわね》に居《お》らせて、手に一張《ひとはり》の琴《こと》を把《と》らせ、嗚《お》咽《えつ》の声を出《いだ》させむとおもひ定めにき。下なる流《ながれ》にはわれ一葉の舟を泛《うか》べて、かなたへむきてもろ手高く挙げ、面《おもて》にかぎりなき愛を見せたり。舟のめぐりには数知られぬ、『ニックセン』、『ニユムフエン』などの形波間《なみま》より出《い》でゝ揶揄《やゆ》す。けふ此《こ》のミユンヘンの府に来て、しばし美術学校の『アトリエ』借らむとするも、行李《こうり》の中、唯此一画藁《ただこのいちがこう》、これをおん身等《ら》師友の間に議《はか》りて、成しはてむと願ふのみ。」

巨勢はわれ知らず話しいりて、かくいひ畢《おわ》りし時は、モンゴリア形の狭き目も光るばかりなりき。「いしくも語りけるかな、」と呼ぶもの二人《ふたり》三人《みたり》。エキステルは冷淡に笑ひて聞居《ききい》たりしが、「汝《なんじ》たちもその図見にゆけ、一週が程には巨勢君の『アトリエ』とゝのふべきに」といひき。マリイは物語の半《なかば》より色をたがへて、目は巨勢が唇にのみ注《そそ》ぎたりしが、手に持ちし杯《さかずき》さへ一たびは震ひたるやうなりき。巨勢は初此《はじめこの》まとゐに入りし時、已《すで》に少女《おとめ》の我《わが》すみれうりに似たるに驚きしが、話に聞きほれて、こなたを見つめたるまなざし、あやまたず是《こ》れなりとは思はれぬ。こも例の空想のしわざなりや否《いな》や。物語畢りしとき、少女は暫《しば》し巨勢を見やりて、「君はその後、再び花うりを見たまはざりしか、」と問ひぬ。巨勢は直ちに答ふべき言葉を得ざるやうなりしが。

「否。花売を見し其夕《そのゆうべ》の汽車にてドレスデンを立ちぬ。されどなめなる言葉を咎《とが》め玉《たま》はずばきこえ侍《はべ》らむ。我《われ》すみれうりの子にもわが『ロオレライ』の画《え》にも、をり〳〵たがはず見えたまふはおん身なり。」

この群《むれ》は声高く笑ひぬ。少女、「さては画額ならぬ我姿と、君との間にも、その花うりの子立てりと覚えたり。我を誰《たれ》とかおもひ玉ふ。」起《た》ちあがりて、真面目《まじめ》なりとも戯《たわぶれ》なりとも、知られぬ様なる声にて。「われはその菫花《すみれ》うりなり。君が情《なさけ》の報《むくい》はかくこそ。」少女は卓越《つくえ》しに伸びあがりて、俯《うつむ》きゐたる巨勢が頭《かしら》を、ひら手にて抑へ、その額《ひたい》に接吻《せつぷん》しつ。

この騒ぎに少女《おとめ》が前なりし酒は覆《くつが》へりて、裳《もすそ》を浸《ひた》し、卓《つくえ》の上にこぼれたるは、蛇《へび》の如《ごと》く這《は》ひて、人々の前へ流れよらむとす。巨勢は熱き手掌《てのひら》を、両耳《りようじ》の上におぼえ、驚く間もなく、またこれより熱き唇、額に触れたり。

「我《わが》友に目を廻させたまふな。」とエキステル呼びぬ。人々は半ば椅子《いす》より立ちて「いみじき戯《たわぶれ》かな、」と一人がいへば、「われらは継子《ままこ》なるぞくやしき、」と外《ほか》の一人いひて笑ふを、余所《よそ》なる卓よりも、皆興ありげにうち守りぬ。

少女が側《そば》に坐《ざ》したりし一人は、「われをもすさめ玉《たま》はむや、」といひて、右手さしのべて少女が腰をかき抱きつ。少女は「さても礼儀知らずの継子どもかな、汝等《なんじら》にふさはしき接吻のしかたこそあれ。」と叫び、ふりほどきて突立《つきた》ち、美しき目よりは稲妻出《い》づと思ふばかり、しばし一座を睨《にら》みつ。巨勢は唯呆《ただあき》れに呆れて見居たりしが、この時の少女が姿は、菫花《すみれ》うりにも似ず、「ロオレライ」にも似ず、さながら凱旋門《がいせんもん》上のバワリアなりと思はれぬ。

少女は誰《た》が飲みほしけむ珈琲碗《カツフエエわん》に添へたりし「コツプ」を取りて、中なる水を口に銜《ふく》むと見えしが、唯一噀《ひとふき》。

「継子よ、継子よ、汝等誰《たれ》か美術の継子ならざる。フイレンチエ派学ぶはミケランジエロ、ヰンチイが幽霊、和蘭《オランダ》派学ぶはルウベンス、フアン、ヂイクが幽霊、我国のアルブレヒト、ドユウレル学びたりとも、アルブレヒト、ドユウレルが幽霊ならぬは稀《まれ》ならむ。会堂に掛けたる『スツヂイ』二つ三つ、直段《ねだん》好く売れたる暁《あかつき》には、われらは七星われらは十傑、われらは十二使徒と擅《ほしいまま》に見たてしてのわれぼめ。かゝるえり屑《くず》にミネルワの唇いかで触れむや。わが冷たき接吻《せつぷん》にて、満足せよ。」とぞ叫びける。

噴掛《ふきか》けし霧の下なる此《この》演説、巨勢は何事とも弁《わきま》へねど、時の絵画をいやしめたる、諷刺《ふうし》ならむとのみは推測《おしはか》りて、その面《おもて》を打仰《うちあお》ぐに、女神《にょしん》バワリアに似たりとおもひし威厳少しもくづれず、言畢《いいおわ》りて卓《つくえ》の上におきたりし手袋の酒に濡《ぬ》れたるを取りて、大股《おおまた》にあゆみて出《い》でゆかむとす。

皆すさまじげなる気色《けしき》にて、「狂人」と一人いへば、「近きに報《むく》せでは已《や》まじ」と外《ほか》の一人いふを、戸口にて振りかへりて。「遺恨に思ふべき事かは、月影にすかして見よ、額《ひたい》に血の迹《あと》はとゞめじ。吹きかけしは水なれば。」

中

あやしき少女《おとめ》の去りてより、程なく人々あらけぬ。帰り路《じ》にエキステルに問へば、「美術学校にて雛形《ひながた》となる少女の一人にて、『フロイライン』ハンスルといふものなり。見たまひし如《ごと》く奇怪なる振舞《ふるまい》するゆゑ、狂女なりともいひ、また外《ほか》の雛形娘と違ひて、人に肌見せねば、かたはにやといふもあり。その履歴知るものなけれど、教《おしえ》ありて気象よの常ならず、汚《けが》れたる行《おこない》なければ、美術諸生の仲間には、喜びて友とするもの多し。善き首《こうべ》なることは見たまふ如《ごと》し。」と答へぬ。巨勢、「我画《わがえ》かくにもようあるべきものなり。『アトリエ』とゝのはむ日には、来よと伝へたまへ。」エキステル、「心得たり。されど十三の花売娘にはあらず、裸体の研究、危《あやう》しとはおもはずや。」巨勢、「裸体の雛形《ひながた》せぬ人と君もいひしが。」エキステル、「現《げ》にいはれたり。されど男と接吻《せっぷん》したるも、けふ始めて見き。」エキステルがこの言葉に、巨勢は赤うなりしが、街燈暗き「シルレル、モヌメント」のあたりなりしかば、友は見ざりけり。巨勢が「ホテル」の前にて、二人は袂《たもと》を分ちぬ。

一週程後《のち》の事なりき。エキステルが周旋にて、美術学校の「アトリエ」一間《ひとま》を巨勢に借されぬ。南に廊下ありて、北面の壁は硝子《ガラス》の大窓《おおまど》に半《なかば》を占められ、隣の間《ま》とのへだてには唯帆木綿《ただほもめん》の幌《ほろ》あるのみ。頃はみな月《づき》半ばなれば、旅立ちし諸生多く、隣に人もあらず、業妨《わざさまた》ぐべき憂《うれい》なきを喜びぬ。巨勢は画額の架《たな》の前に立ちて、今入りし少女《おとめ》に「ロオレライ」の画を指さし示して、「君に聞かれしはこれなり。面白げに笑ひたはふれ玉《たま》ふときは、さしもおもはれねど、をり〳〵君がおも影の、こゝなる未成の人物にいとふさはしきときあり。」

少女は高く笑ひて。「物忘《ものわすれ》したまふな。おん身が『ロオレライ』の本の雛形、すみれ売の子は我なりとは、先の夜も告げしものを。」かくいひしが俄《にわか》に色を正して。「おん身は我を信じたまはず、げにそれも無理ならず。世の人は皆我を狂女なりといへば、さおもひたまふならむ。」この声戯《たわぶれ》とは聞えず。

巨勢は半信半疑したりしが、忍びかねて少女《おとめ》にいふ、「余りに久しくさいなみ玉《たま》ふな。今も我が額《ぬか》に燃ゆるは君が唇なり。はかなき戯《たわぶれ》とおもへば、しひて忘れむとせしこと、幾度か知らねど、迷《まよい》は遂《つい》に晴れず。あはれ君がまことの身の上、苦しからずは聞かせ玉へ。」

窻《まど》の下《もと》なる小机に、いま行李《こうり》より出《いだ》したる旧《ふる》き絵入新聞、遣《つか》ひさしたる油ゑの具の錫筒《すずづつ》、粗末なる烟管《きせる》にまだ巻烟草《まきたばこ》の端《はし》の残れるなど載せたるその片端に、巨勢はつら杖《づえ》つきたり。少女は前なる籐《とう》の椅子《いす》に腰かけて、語りいでぬ。

「まづ何事よりか申さむ。此《この》学校にて雛形の鑑札受くるときも、ハンスルといふ名にて通したれど、そは我《わが》真《まこと》の名にあらず。父はスタインバハとて、今の国王に愛《め》でられて、ひと時栄えし画工なりき。わが十二の時、王宮の冬園《とうえん》に夜会ありて、二親《ふたおや》みな招かれぬ。宴《うたげ》闌《たけなわ》なる頃、国王見えざりければ、人々驚きて、移植《うつしう》ゑし熱帯艸木《そうもく》いやが上に茂れる、硝子《ガラス》屋根の下《もと》、そこかこゝかと捜しもとめつ。園の片隅《かたすみ》にはタンダルヂニスが刻める、フアウストと少女との名高き石像あり。わが父のそのあたりに来たりし時、胸裂くるやうなる声して、『助けて、〱』と叫ぶものあり。声をしるべに、黄金《こがね》の穹窿《きゆうりゆう》おほひたる、『キオスク』(四阿屋《あずまや》)の戸口に立寄れば、周囲に茂れる椶櫚《しゆろ》の葉に、瓦斯《ガス》燈の光支へられたるが、濃き五色《しき》にて画《えが》きし、硝子を洩《も》りてさしこみ、薄暗くあやしげなる影をなしたる裡《うち》に、一人の女《おみな》の逃げむとすまふを、ひかへたるは王なり。その女《おみな》のおもて見し時の、父が心はいかなりけむ。かれは我《わが》母なりき。父はあまりの事に、しばしたゆたひしが、『許したまへ、陛下』と叫びて、王を推倒《おしたお》しつ。そのひまに母は走りのきしが、不意を打たれて倒れし王は、起き上りて父に組付きぬ。肥えふとりて多力なる国王に、父はいかでか敵し得《う》べき、組敷かれて、側《かたわら》なりし如露《じよろ》にてしたゝか打たれぬ。この事知りて諫《いさ》めし、内閣の秘書官チイグレルは、ノイシユワンスタインなる塔に押籠《おしこ》めらるる筈《はず》なりしが、救ふ人ありて助けられき。われは其夜《そのよ》家にありて、二親《ふたおや》の帰るを待ちしに、下女《はしため》来て父母帰り玉《たま》ひぬといふ。喜びて出迎《いでむか》ふれば、父舁《か》かれて帰り、母は我を抱《いだ》きて泣きぬ。」

少女《おとめ》は暫《しば》らく黙《もだ》しつ。けさより曇りたる空は、雨になりて、をり〳〵窻《まど》を打つ雫《しずく》、はら〳〵と音す。巨勢いふ。「王の狂人となりて、スタルンベルヒの湖に近き、ベルヒといふ城に遷《うつ》され玉ひしことは、きのふ新聞にて読みしが、さては其頃《そのころ》よりかゝる事ありしか。」

少女は語を継ぎて。「王の繁華の地を嫌ひて、鄙《ひな》に住まひ、昼寝《い》ねて夜起きたまふは、久しき程の事なり。独逸《ドイツ》、仏蘭西《フランス》の戦《いくさ》ありし時、加特力《カトリック》派の国会に打勝ちて、普魯西《プロシア》方につきし、王が中年のいさをは、次第に暴政の噂《うわさ》に掩《おお》はれて、公けにこそ言ふものなけれ、陸軍大臣メルリンゲル、大蔵大臣リイデルなど、故《ゆえ》なくして死刑に行はれむとしたるを、其《その》筋にて秘めたるは、誰《たれ》知らぬものなし。王の昼寝し玉《たま》ふときは、近衆《きんじゅ》みな卻《しりぞ》けられしが、囈語《うわごと》にマリイといふこと、あまたゝびいひたまふを聞きしもありといふ。我《わが》母の名もマリイといひき。望《のぞみ》なき恋は、王の病を長ぜしにあらずや。母はかほばせ我に似たる処《ところ》ありて、その美しさは宮の内にて類《たぐい》なかりきと聞きつ。」

「父は間もなく病みて死にき。交《まじわり》広く、もの惜《お》しみせず、世事には極めて疎《うと》かりければ、家に遺財つゆばかりもなし。それよりダハハウエル街の北のはてに、裏屋の二階明きたりしを借りて住みしが、そこに遷《うつ》りてより、母も病みぬ。かゝる時にうつろふものは、人の心の花なり。数知らぬ苦しき事は、わが穉《おさな》き心に、早く世の人を憎ましめき。明《あく》る年の一月、謝肉祭の頃なりき、家財衣類なども売尽《うりつく》して、日々の烟《けぶり》も立てかぬるやうになりしかば、貧しき子供の群《むれ》に入りてわれも菫花《すみれ》売ることを覚えつ。母のみまかる前、三日四日の程を安く送りしは、おん身の賜《たまもの》なりき。」

「母のなきがら片付けなどするとき、世話せしは、一階高くすまひたる裁縫師なり。あはれなる孤《みなしご》ひとり置くべきにあらずとて、迎取《むかえと》られしを喜びしこと、今おもひ出しても口惜《くちお》しき程なり。裁縫師には、娘二人ありて、いたく物ごのみして、みづから衒《てら》ふさまなるを見しが、迎取られてより伺へば、夜に入りて屢〻《しばしば》客あり。酒など飲みて、はては笑ひ罵《ののし》り、また歌ひなどす。客は外国《とつくに》の人多く、おん国の学生なども見えしやうなりき。或る日主人《あるじ》われにも新しき衣《きぬ》着よといひしが、そのをりその男の我を見て笑ひし顔、何となく怖ろしく、子供心にもうれしとはおもはざりき。午《ひる》すぎし頃、四十ばかりなる知らぬ人来て、スタルンベルヒの湖水へ往《ゆ》かむといふを、主人《あるじ》も倶《とも》に勧めき。父の世に在りしとき、伴はれてゆきし嬉《うれ》しさ、猶《なお》忘れざりしかば、しぶ〳〵諾《うべな》ひつるを、「かくてこそ善き子なれ」とみな誉めつ。連れなる男は、途《みち》にてやさしくのみ扱ひて、かしこにては『バワリア』といふ座敷船に乗り、食堂にゆきて物食はせつ。酒もすゝめぬれど、そは慣れぬものなれば、辞《いな》みて飲まざりき。ゼエスハウプトに船はてしとき、その人はまた小舟《おぶね》を借り、これに乗りて遊ばむといふ。暮れゆくそらに心細くなりしわれは、はやかへらむといへど、聴かずして漕出《こぎい》で、岸辺に添ひてゆくほどに、人げ遠き葦間《あしま》に来《きた》りしが、男は舟をそこに停めつ。わが年はまだ十三にて、初《はじめ》は何事ともわきまへざりしが、後《のち》には男の顔色もかはりておそろしく、われにもあらで、水に躍入《おどりい》りぬ。暫《しば》しありて我にかへりしときは、湖水の畔《ほとり》なる漁師の家にて、貧しげなる夫婦のものに、介抱せられて居たりき。帰るべき家なしと言張りて、一日《ひとひ》二日《ふたひ》と過す中《うち》に、漁師夫婦の質朴《しつぼく》なるに馴染《なじ》みて、不幸なる我身《わがみ》の上を打明けしに、あはれがりて娘として養ひぬ。ハンスルといふは、この漁師の名なり。」

「かくて漁師の娘とはなりぬれど、弱き身には舟の櫂《かい》取ることもかなはず、レオニのあたりに、富める英吉利《イギリス》人の住めるに雇はれて、小間使になりぬ。加特力《カトリック》教信ずる養父母は、英吉利人に使はるゝを嫌ひぬれど、わが物読むことなど覚えしは、彼《かの》家なりし雇《やとい》女教師の恵《めぐみ》なり。女教師は四十余《あまり》の処女なりしが、家の娘のたかぶりたるよりは、我を愛すること深く、三年が程に多くもあらぬ教師の蔵書、悉《ことごと》く読みき。ひがよみはさこそ多かりけめ。又ふみの種類もまち〳〵なりき。クニツゲが交際法あれば、フムボルトが長生術あり。ギヨオテ、シルレルの詩抄半ばじゆしてキヨオニヒが通俗の文学史を繙《ひもと》き、あるはルウヴル、ドレスデンの画堂の写真絵、繰りひろげて、テエヌが美術論の訳書をあさりぬ。」

「去年《こぞ》英吉利《イギリス》人一族を率《ひき》ゐて国に帰りし後《のち》は、然《しか》るべき家に奉公せばやとおもひしが、身元善からねば、ところの貴族などには使はれず。この学校の或る教師に、端《はし》なくも見出《みいだ》されて、雛形《ひながた》勤めしが縁になりて、遂《つい》に鑑札受くることゝなりしが、われを名高きスタインバハが娘なりとは知る人なし。今は美術家の間に立ちまじりて、唯《ただ》面白くのみ日を暮せり。されどグスタアフ、フライタハは流石《さすが》そら言《ごと》いひしにあらず。美術家ほど世に行儀悪《あ》しきものなければ、独立《ひとりた》ちて交《まじわ》るには、しばしも油断すべからず。寄らず、障《さわ》らぬやうにせばやとおもひて、計らず見玉《みたま》ふ如《ごと》き不思議の癖者《くせもの》になりぬ。をり〳〵は我《わが》身、みづからも狂人にはあらずやと疑ふばかりなり。これにはレオニにて読みしふみも、小し祟《たたり》をなすかとおもへど、若《も》し然《さ》らば世に博士と呼ばるゝ人は、抑〻《そもそも》いかなる狂人ならむ。われを狂人と罵《ののし》る美術家等《ら》、おのれらが狂人ならぬを憂へこそすべきなれ。英雄豪傑、名匠大家となるには、多少の狂気なくて愜《かな》はぬことは、ゼネカが論をも、シエヽクスピアが言をも待たず。見玉《みたま》へ、我《わが》学問の博《ひろ》きを。狂人にして見まほしき人の、狂人ならぬを見る、その悲しさ。狂人にならでもよき国王は、狂人になりぬと聞く。それも悲し。悲しきことのみ多ければ、昼は蟬《せみ》と共に泣き、夜は蛙《かわず》と共に泣けど、あはれといふ人もなし。おん身のみは情《つれ》なくあざみ笑ひ玉はじとおもへば、心のゆくまゝに語るを咎《とが》め玉ふな。嗚呼《ああ》、かういふも狂気か。」

下

定《さだめ》なき空に雨歇《や》みて、学校の庭の木立のゆるげるのみ曇りし窻《まど》の硝子《ガラス》をとほして見ゆ。少女《おとめ》が話聞く間、巨勢が胸には、さま〴〵の感情戦ひたり。或《ある》ときはむかし別れし妹に逢《あ》ひたる兄の心となり、或ときは廃園に僵《たお》れ伏したるヱヌスの像に、独《ひとり》悩める彫工の心となり、或るときは又艶女《えんにょ》に心動《うごか》され、われは堕《お》ちじと戒むる沙門《しゃもん》の心ともなりしが、聞きをはりし時は、胸騒ぎ肉顫《ふる》ひて、われにもあらで、少女が前に跪《ひざまず》かむとしつ。少女はつと立ちて「この部屋の暑さよ。はや学校の門《かど》もさゝるゝ頃なるべきに、雨も晴れたり。おん身とならば、おそろしきこともなし。共にスタルンベルヒへ往《ゆ》き玉《たま》はずや。」と側《そば》なる帽取りて戴《いただ》きつ。そのさま巨勢が共に行くべきを、つゆ疑はずと覚《おぼ》し。巨勢は唯《ただ》母に引かるゝ穉子《おさなご》の如《ごと》く従ひゆきぬ。

門前にて馬車雇ひて走らするに、程なく停車場に来ぬ。けふは日曜なれど、天気悪《あ》しければにや、近郷よりかへる人も多からで、こゝはいと静《しずか》なり。新聞の号外売る婦人あり。買ひて見れば、国王ベルヒの城に遷《うつ》りて、容体穏《おだやか》なれば、侍医グツデンも護衛を弛《ゆる》めさせきとなり。滊車《きしゃ》中には湖水の畔《ほとり》にあつさ避くる人の、物買ひに府に出《い》でし帰るさなるが多し。王の噂《うわさ》いと喧《かまびす》し。「まだホオヘンシユワンガウの城に居たまひし時には似ず、心鎮《しず》まりたるやうなり。ベルヒに遷さるゝ途中、ゼエスハウプトにて水求めて飲みたまひしが、近きわたりなりし漁師等《ら》を見て、やさしく頷《うなず》きなどしたまひぬ。」と訛《だ》みたることばにて語るは、かひもの籠《かご》手にさげたる老女《おうな》なりき。

車走ること一時間、スタルンベルヒに着きしは夕《ゆうべ》の五時なり。かちより往《ゆ》きてやう〳〵一日程の処《ところ》なれど、はやアルペン山の近さを、唯《ただ》何となく覚えて、此《この》くもらはしき空の気色《けしき》にも、胸開きて息せらる。車のあちこちと廻来《まわりこ》し、丘陵の 忽《たちまち》開けたる処に、ひろ〴〵と見ゆるは湖水なり。停車場は西南の隅に在りて、東岸なる林木、漁村はゆふ霧に包まれてほのかに認められど、山に近き南の方は一望きはみなし。

案内《あない》知りたる少女《おとめ》に引かれて、巨勢は右手《めて》なる石段をのぼりて見るに、こゝは「バワリア」の庭といふ「ホテル」の前にて、屋根なき所に石卓《いしづくえ》、椅子《いす》抔《など》並べたるが、けふは雨後なればしめ〴〵と人げ少し。給仕する僕《しもべ》の黒き上衣《うわぎ》に、白の前掛したるが、何事をかつぶやきつゝも、卓に倒しかけたる椅子を、引起して拭《ぬぐ》ひゐたり。ふと見れば片側の軒にそひて、つた蔓《かずら》からませたる架《たな》ありて、その下《もと》なる円卓《まるづくえ》を囲みたるひと群《むれ》の客あり。こは此《この》「ホテル」に宿りたる人々なるべし。男女《なんにょ》打ちまじりたる中に、先の夜「ミネルワ」にて見し人ありしかば、巨勢は往《ゆ》きてものいはむとせしに、少女《おとめ》おしとゞめて。「かしこなるは、君の近づきたまふべき群にあらず。われは年若き人と二人にて来たれど、愧《は》づべきはかなたにありて、こなたにあらず。彼はわれを知りたれば、見玉《みたま》へ、久しく座にえ忍びあへで隠るべし。」とばかりありて、彼《かの》美術諸生は果《はた》して起《た》ちて「ホテル」に入りぬ。少女《おとめ》は僕《しもべ》を呼びちかづけて、座敷船はまだ出《い》づべしやと問ふに、僕は飛行《とびゆ》く雲を指さして、この覚束《おぼつか》なきそらあひなれば、最早出《い》でざるべしといふ。さらば車にてレオニに行かばやとて言付けぬ。

馬車来ぬれば、二人は乗りぬ。停車場の傍《かたえ》より、東の岸辺を奔《はし》らす。この時アルペンおろしさと吹来《ふきき》て、湖水のかたに霧立ちこめ、今出でし辺《ほとり》をふりかへり見るに、次第々々に鼠色《ねずみいろ》になりて、家の棟《むね》、木のいたゞきのみ一きは黒く見えたり。御者ふりかへりて、「雨なり、母衣《ほろ》掩《おお》ふべきか。」と問ふ。「否《いな》」と応《こた》へし少女《おとめ》は巨勢に向ひて。「こゝちよの此遊《このあそび》や。むかし我《わが》命喪《うしな》はむとせしも此《この》湖の中なり。我命拾ひしもまた此《この》湖の中なり。さればいかでとおもふおん身に、真心打明けてきこえむもこゝにてこそと思へば、かくは誘ひまつりぬ。『カツフエエ、ロリアン』にて恥《はず》かしき目にあひけるとき、救ひ玉はりし君をまた見むとおもふ心を命にて、幾歳《いくとせ》をか経《へ》にけむ。先の夜『ミネルワ』にておん身が物語聞きしときのうれしさ、日頃木のはしなどのやうにおもひし美術諸生の仲間なりければ、人あなづりして不敵の振舞《ふるまい》せしを、はしたなしとや見《み》玉《たま》ひけむ。されど人生いくばくもあらず。うれしとおもふ一弾指《いちだんし》の間《かん》に、口張りあけて笑はずば、後にくやしくおもふ日あらむ。」かくいひつゝ被《かぶ》りし帽を脱棄《ぬぎすて》てゝ、こなたへふり向きたる顔は、大理石脈《みやく》に熱血跳る如《ごと》くにて、風に吹かるゝ金髪は、首打振りて長く嘶《いば》ゆる駿馬《しゅんめ》の鬣《たてがみ》に似たりけり。「けふなり。けふなり。きのふありて何かせむ。あすも、あさても空《むな》しき名のみ、あだなる声のみ。」

この時、二点三点、粒太き雨は車上の二人が衣を打ちしが、瞬《また》くひまに繁《しげ》くなりて、湖上よりの横しぶき、あらゝかにおとづれ来て、紅《べに》を潮《さ》したる少女《おとめ》が片頬《かたほ》に打ちつくるを、さし覗《のぞ》く巨勢が心は、唯《ただ》そらにのみやなりゆくらむ。少女《おとめ》は伸びあがりて、「御者、酒手《さかて》は取らすべし。疾《と》く駆《か》れ。一策《ひとむち》加へよ、今一策《ひとむち》。」と叫びて、右手《めて》に巨勢が頸《くび》を抱《いだ》き、己《おの》れは項《うなじ》をそらせて仰視《あおぎみ》たり。巨勢は絮《じょ》の如き少女《おとめ》が肩に、我頭《わがかしら》を持たせ、たゞ夢のこゝちしてその姿を見たりしが、彼凱旋門《かのがいせんもん》上の女神《にょしん》バワリアまた胸に浮びぬ。

国王の棲《す》めりといふベルヒ城の下《もと》に来し頃は、雨弥々劇《いよいよはげ》しくなりて、湖水のかたを見わたせば、吹寄する風一陣々、濃淡の竪縞《たてじま》おり出して、濃き処《ところ》には雨白く、淡《うす》き処には風黒し。御者は車を停《とど》めて、「しばしが程なり。余りに濡《ぬ》れて客人《まろうど》も風や引き玉《たま》はむ。又旧《ふる》びたれども此《この》車、いたく濡らさば、主人《あるじ》の嗔《いかり》に逢《あ》はむ。」といひて、手早く母衣打掩《ほろうちおお》ひ、又一鞭《ひとむち》あてゝ急ぎぬ。

雨猶《なお》をやみなくふりて、神おどろ〳〵しく鳴りはじめぬ。路《みち》は林の間に入りて、この国の夏の日はまだ高かるべき頃なるに、木下道《このしたみち》ほの暗うなりぬ。夏の日に蒸されたりし草木の、雨に湿《うるお》ひたるかをり車の中に吹入るを、渇《かつ》したる人の水飲むやうに、二人は吸ひたり。鳴神《なるかみ》のおとの絶間《たえま》には、おそろしき天気に怯《おく》れたりとも見えぬ「ナハチガル」鳥の、玲瓏《れいろう》たる声振りたてゝしばなけるは、淋《さび》しき路を独《ひと》りゆく人の、ことさらに歌うたふ類《たぐい》にや。この時マリイは諸手《もろて》を巨勢が項《うなじ》に組合せて、身のおもりを持たせかけたりしが、木蔭を洩《も》る稲妻に照らされたる顔、見合せて笑《えみ》を含みつ。あはれ二人は我を忘れ、わが乗れる車を忘れ、車の外なる世界をも忘れたりけむ。
林を出《い》でゝ、阪路《さかみち》を下るほどに、風村雲《むらくも》を払ひさりて、雨も亦《また》歇《や》みぬ。湖の上なる霧は、重ねたる布《ぬの》を一重《ひとえ》、二重《ふたえ》と剝《は》ぐ如《ごと》く、束《つか》の間《ま》に晴れて、西岸なる人家も、また手にとるやうに見ゆ。唯《ただ》こゝかしこなる木下蔭《このしたかげ》を過ぐるごとに、梢《こずえ》に残る露の風に払はれて落つるを見るのみ。

レオニにて車を下りぬ。左に高く聳《そばだ》ちたるは、所謂《いわゆる》ロットマンが岡にて、「湖上第一勝」と題したる石碑の建てる処《ところ》なり。右に伶人《れいじん》レオニが開きぬといふ、水に臨《のぞ》める酒店《さかみせ》あり。巨勢が腕《かいな》にもろ手からみて、縋《すが》るやうにして歩みし少女《おとめ》は、この店の前に来て岡の方をふりかへりて、「わが雇はれし英吉利《イギリス》人の住みしは、此半腹《このはんぷく》の家なりき。老いたるハンスル夫婦が漁師小屋も、最早《もはや》百歩が程なり。われはおん身をかしこへ、伴はむとおもひて来しが、胸騒ぎて堪へがたければ、此《この》店にて憩《いこ》はゞや。」巨勢は現《げ》にもとて、店に入りて夕餉《ゆうげ》誂《あつら》ふるに、「七時ならでは整はず、まだ三十分待ち給《たま》はではかなはじ、」といふ。こゝは夏の間のみ客ある処《ところ》にて、給仕する人も其《その》年々に雇ふなれば、マリイを識《し》れるもなかりき。

少女《おとめ》はつと立ちて、桟橋に繫《つな》ぎし舟を指さし、「舟漕《こ》ぐことを知り玉《たま》ふか。」巨勢、「ドレスデンにありし時、公園のカロラ池にて舟漕ぎしことあり、善くすといふにあらねど、君独《ひと》りわたさむほどの事、いかで做得《なしえ》ざらむ。」少女《おとめ》、「庭なる椅子《いす》は濡《ぬ》れたり。さればとて屋根の下は、あまりに暑し。しばし我を載せて漕ぎ玉へ。」

巨勢は脱ぎたる夏外套《なつがいとう》を少女《おとめ》に被《き》せて小舟《おぶね》に乗らせ、われは櫂《かい》取りて漕出《こぎい》でぬ。雨は歇《や》みたれど、天猶《なお》曇りたるに、暮色は早く岸のあなたに来ぬ。さきの風に揺られたるなごりにや、枻敲《かいたた》くほどの波は猶ありけり。岸に沿ひてベルヒの方へ漕ぎ戻す程に、レオニの村落果つるあたりに来ぬ。岸辺の木立絶えたる処に、真砂路《まさごじ》の次第に低くなりて、波打際《ぎわ》に長椅子《ながいす》据《す》ゑたる見ゆ。蘆《あし》の一叢《ひとむら》舟に触れて、さわ〳〵と声するをりから、岸辺に人の足音して、木の間を出《い》づる姿あり。身の長《たけ》六尺に近く、黒き外套を着て、手にしぼめたる蝙蝠傘《こうもりがさ》を持ちたり。左手《ゆんで》に少し引きさがりて随《したが》ひたるは、鬚《ひげ》も髪も皆雪の如《ごと》くなる翁《おきな》なりき。前なる人は俯《うつむ》きて歩み来ぬれば、縁《ふち》広き帽に顔隠れて見えざりしが、今木の間を出でゝ湖水の方に向ひ、しばし立ちとゞまりて、片手に帽をぬぎ持ちて、打ち仰ぎたるを見れば、長き黒髪を、後《うしろ》ざまにかきて広き額《ひたい》を露《あら》はし、面《おもて》の色灰のごとく蒼《あお》きに、窪《くぼ》みたる目の光は人を射たり。舟にては巨勢が外套《がいとう》を背に着て、蹲《うずく》まり居たるマリイ、これも岸なる人を見居たりしが、この時俄《にわか》に驚きたる如《ごと》く、「彼は王なり」と叫びて立ちあがりぬ。背なりし外套は落ちたり。帽はさきに脱ぎたるまゝ、酒店《さかみせ》に置きて出《い》でぬれば、乱れたるこがね色の髪は、白き夏衣の肩にたを〳〵とかゝりたり。岸に立ちたるは、実《まこと》に侍医グツデンを引《ひき》つれて、散歩に出でたる国王なりき。あやしき幻の形を見る如く、王は恍惚《こうこつ》として少女《おとめ》の姿を見てありしが、忽《たちまち》一声《ひとこえ》「マリイ」と叫び、持ちたる傘投棄《なげす》てゝ、岸の浅瀬をわたり来ぬ。少女《おとめ》は「あ」と叫びつゝ、その儘《まま》気を喪《うしな》ひて、巨勢が扶《たす》くる手のまだ及ばぬ間《ま》に僵《たお》れしが、傾《かたぶ》く舟の一揺《ひとゆ》りゆらるゝと共に、うつ伏《ぶせ》になりて水に墜《お》ちぬ。湖水はこの処《ところ》にて、次第々々に深くなりて、勾配《こうばい》ゆるやかなりければ、舟の停《とど》まりしあたりも、水は五尺に足らざるべし。されど岸辺の砂は、やう〳〵粘土まじりの泥となりたるに、王の足は深く陥《おち》いりて、あがき自由ならず。その隙《ひま》に随《したが》ひたりし翁《おきな》は、これも傘投棄《なげす》てゝ追ひすがり、老いても力や衰へざりけむ、水を蹴《けり》て二足三《ふたあしみ》足《あし》、王の領首《えりくび》むづと握りて引戻さむとす。こなたは引かれじとするほどに、外套は上衣《うわぎ》と共に翁が手に残りぬ。翁はこれをかいやり棄てゝ、猶《なお》も王を引寄せむとするに、王はふりかへりて組付き、彼此《かれこれ》たがひに声だに立てず、暫《しば》し揉合《もみあ》ひたり。

是《こ》れ唯《ただ》一瞬間の事なりき。巨勢は少女《おとめ》が墜《お》つる時、僅《わずか》に裳《も》を握《つか》みしが、少女《おとめ》が蘆間《あしま》隠《がく》れの杙《くい》に強く胸を打たれて、沈まむとするを、やう〳〵に引揚げ、汀《みぎわ》の二人が争ふを跡《あと》に見て、もと来し方へ漕《こ》ぎ返しつ。巨勢は唯奈何《いか》にもして少女《おとめ》が命助けむと思ふのみにて、外《ほか》に及ぶに遑《いとま》あらざりしなり。レオニの酒店《さかみせ》の前に来しが、こゝへは寄らず、是《これ》より百歩が程なりと聞きし、漁師夫婦が苫屋《とまや》をさして漕ぎゆくに、日もはや暮れて、岸には「アイヘン」、「エルレン」などの枝繁りあひ広ごりて、水は入江の形をなし、蘆《あし》にまじりたる水草に、白き花の咲きたるが、ゆふ闇にほの見えたり。舟には解《ほど》けたる髪の泥水にまみれしに、藻《も》屑《くず》かゝりて僵《たお》れふしたる少女《おとめ》の姿、たれかあはれと見ざらむ。をりしも漕来《こぎく》る舟に驚きてか、蘆間を離れて、岸のかたへ高く飛びゆく蛍《ほたる》あり。あはれ、こは少女《おとめ》が魂のぬけ出《い》でたるにあらずや。

しばしありて、今まで木影に隠れたる苫屋の燈《ともしび》見えたり。近寄りて、「ハンスルが家はこゝなりや、」とおとなへば、傾《かたぶ》きし簷端《のきば》の小《こ》開きて、白髪の老女《おうな》、舟をさしのぞきつ。「ことしも水の神の贄《にえ》求めつるよ。主人はベルヒの城へきのふより駆りとられて、まだ帰らず。手当して見むとおもひ玉《たま》はば、こなたへ。」と落付きたる声にていひて、の戸さゝむとしたりしに、巨勢は声ふりたてゝ、「水に墜ちたるはマリイなり、そなたのマリイなり、」といふ。老女は聞きも畢《おわ》らず、窻《まど》の戸を開《あ》け放ちたるまゝにて、桟橋の畔《ほとり》に馳出《はせい》で、泣く〳〵巨勢を扶《たす》けて、少女《おとめ》を抱きいれぬ。

入りて見れば、半ば板敷にしたるひと間のみ。今火を点《とも》したりと見ゆる小「ランプ」竈《かまど》の上に微《かすか》なり。四方《よも》の壁にゐがきたる粗末なる耶蘇《ヤソ》一代記の彩色画は、煤《すす》に包まれておぼろげなり。藁火《わらび》焚《た》きなどして介抱しぬれど、少女《おとめ》は蘇《よみがえ》らず。巨勢は老女と屍《かばね》の傍《かたわら》に夜をとほして、消えて迹《あと》なきうたかたのうたてき世を喞《かこ》ちあかしつ。

時は耶蘇暦千八百八十六年六月十三日の夕《ゆうべ》の七時、バワリア王ルウドヰヒ第二世は、湖水に溺《おぼ》れて殂《そ》せられしに、年老いたる侍医グッデンこれを救はむとて、共に命を殞《おと》し、顔に王の爪痕《そうこん》を留《とど》めて死したりといふ、おそろしき知らせに、翌《あくる》十四日ミユンヘン府の騒動はおほかたならず。街の角々には黒縁《くろふち》取りたる張紙に、此訃《このふ》音《いん》を書きたるありて、その下《もと》には人の山をなしたり。新聞号外には、王の屍見出《みい》だしつるをりの摸様《もよう》に、さまざまの臆説《おくせつ》附けて売るを、人々争ひて買ふ。点呼に応ずる兵卒の正服つけて、黒き毛植ゑたるバワリア鍪戴《かぶといただ》ける、警察吏の馬に騎《の》り、または徒立《かちだち》にて馳《は》せちがひたるなど、雑沓《ざっとう》いはんかたなし。久しく民に面《おもて》を見せたまはざりし国王なれど、流石《さすが》にいたましがりて、憂《うれい》を含みたる顔も街に見ゆ。美術学校にも此《この》騒ぎにまぎれて、新《あらた》に入《いり》し巨勢がゆくへ知れぬを、心に掛くるものなかりしが、エキステル一人は友の上を気づかひ居たり。

六月十五日の朝《あした》、王の柩《ひつぎ》のベルヒ城より、真夜中に府に遷《うつ》されしを迎へて帰りし、美術学校の生徒が「カッフエエ、ミネルワ」に引上げし時、エキステルはもしやと思ひて、巨勢が「アトリエ」に入りて見しに、彼はこの三日が程に相貌《そうぼう》変りて、著《し》るく痩《や》せたる如《ごと》く、「ロオレライ」の図の下に跪《ひざまず》きてぞ居たりける。

国王の横死の噂《うわさ》に掩《おお》はれて、レオニに近き漁師ハンスルが娘一人、おなじ時に溺《おぼ》れぬといふこと、問ふ人もなくて已《や》みぬ。

（明治二三年八月「柵草子」）

空車

上

むなぐるまは古言《こげん》である。これを聞けば昔の絵巻にあるやうな物見車《ものみぐるま》が思ひ浮べられる。

総《すべ》て古言はその行はれた時と所との色を帯びてゐる。これを其儘《そのまま》に取つて用ゐるときは、誰《たれ》も其間《そのあいだ》に異議を挟《さしはさ》むことは出来ない。しかしさうばかりしてゐると、其詞《そのことば》の用ゐられる範囲が狭められる。此《この》範囲はアルシヤイスムの領分を限る線に由《よ》つて定められる。そして其詞《そのことば》は擬古文の中《うち》にしか用ゐられぬことになる。

これは窮屈である。更に一歩《ほ》を進めて考へて見ると、此《この》窮屈は一層甚《はなは》だしくなつて来る。何故《なにゆえ》であるか。今むなぐるまと云ふ詞《ことば》を擬古文に用ゐるには異議が無いものとする。ところで擬古文でさへあるなら、文の内容が何《なに》であらうと、古言を用ゐて好《い》いかと云ふに、必ずしもさうで無い。文体にふさはしくない内容もある。都の手振《てぶり》だとか北里《ほくり》十二時《とき》だとか云ふものは、読む人が文と事との間に調和を闕《か》いでゐるのを感ぜずにはゐない。

此《この》調和は読む人の受用を傷《きず》つける。それは時と所との色を帯びてゐる古言が濫用せられたからである。

しかし此《ここ》に言ふ所は文と事との不調和である。文自体に於《おい》ては猶《なお》調和を保つことが努められてゐる。これに反して仮に古言を引き離して今体文《きんたいぶん》に用ゐたらどうであらう。極端な例を言へば、これを口語体の文に用ゐたらどうであらう。

文章を愛好する人は之《これ》を見て、必ずや憤慨《ふんがい》するであらう。口語体の文は文にあらずと云ふ人は姑《しばら》く置く。これを文として視《み》ることを容《ゆる》す人でも、古言を其中《そのうち》に用ゐたのを見たら、希世《きせい》の宝が粗暴な手に由《よ》つて毀《こぼ》たれたのを惜《おし》んで、作者を陋《ろう》とせずにはゐぬであらう。

以上は保守の見解である。わたくしはこれを首肯《しゆこう》する。そして不用意に古言《こげん》を用ゐることを嫌ふ。

しかしわたくしは保守の見解にのみ安住してゐる窮屈に堪へない。そこで今体文を作つてゐるうちに、ふと古言を用ゐる。口語体の文に於ても亦恬《またてん》としてこれを用ゐる。著意《ちやくい》して敢《あえ》て用ゐるのである。

そして自分で自分に分疏《いいわけ》をする。それはかうである。古言は宝である。しかし什襲《じゆうしゆう》してこれを蔵して置くのは、宝の持ちぐされである。縦《たと》ひ尊重して用ゐずに置くにしても、用ゐざれば死物である。わたくしは宝を掘り出して活《い》かしてこれを用ゐる。わたくしは古言に新《あらた》なる性命《せいめい》を与へる。古言の帯びてゐる固有の色は、これがために滅びよう。しかしこれは新なる性命に犠牲を供するのである。わたくしはこんな分疏《いいわけ》をして、人の誚《そしり》を顧みない。

下

わたくしの意中に言はむと欲する一事《いちじ》があつた。わたくしは紙を展《の》べて漫然空車《くうしや》と題した。題し畢《おわ》つて何《なに》と読まうかと思つた。音読すれば耳に聴いて何事とも弁《わきま》へ難《がた》い。然《しか》らばからぐるまと訓《よ》まうか。これはいかにも懐かしくない詞《ことば》である。その上軽さうに感ぜられる。痩《や》せた男が躁急《そうきゆう》、挽《ひ》いて行《ゆ》きさうに感ぜられる。此《この》感じはわたくしの意中の車と合致し難い。そこでわたくしはむなぐるまと訓むことにした。わたくしは著意《ちやくい》して此《この》古言の帯びてゐる時と所との色を奪つて、新なる語としてこれを用ゐるのである。そして彼《か》の懐かしくない、軽さうに感ぜさせるからぐるまの語を忌避《きひ》するのである。

空車《むなぐるま》はわたくしの往々街上《おうおうかいじよう》に於《おい》て見る所のものである。此車《このくるま》には定めて名があらう。しかしわたくしは不敏にしてこれを知らない。わたくしの説明に由《よ》つて、指す所の何《なに》の車たるを解した人が、若《も》し其名《そのな》を知つてゐたなら、幸《さいわい》に誨《おし》へて貰《もら》ひたい。

わたくしの意中の車は大いなる荷車である。其《その》構造は極めて原始的で、大八車《だいはちぐるま》と云ふものに似てゐる。只《ただ》大きさがこれに数倍してゐる。大八車は人が挽《ひ》くのに此《この》車は馬が挽く。

此《この》車だつていつも空虚でないことは、言《げん》を須《ま》たない。わたくしは白山《はくさん》の通《とおり》で、此《この》車が洋紙を梱載《こんさい》して王子から来るのに逢《あ》ふことがある。しかしさう云ふ時には此車はわたくしの目にとまらない。

わたくしは此《この》車が空車《むなぐるま》として行《ゆ》くに逢《あ》ふ毎《ごと》に、目迎《めむか》へてこれを送ることを禁じ得ない。車は既に大きい。そしてそれが空虚であるが故に、人をして一層その大きさを覚えしむる。この大きい車が大道《だいどう》狭しと行《ゆ》く。これに繋《つな》いである馬は骨格が逞《たくま》しく、栄養が好《い》い。それが車に繋がれたのを忘れたやうに、緩やかに行く。馬の口を取つてゐる男は背の直《すぐ》い大男である。それが肥えた馬、大きい車の霊でもあるやうに、大股《おおまた》に行《ゆ》く。此《この》男は左顧右眄《さこゆうへん》することをなさない。物に遇《あ》つて一歩《ぽ》を緩くすることをもなさず、一歩《ほ》を急にすることをもなさない。旁若無人《ぼうじゃくぶにん》と云ふ語は此《この》男のために作られたかと疑はれる。

此《この》車に逢へば、徒歩の人も避《よ》ける、騎馬の人も避ける。貴人《きにん》の馬車も避ける。富豪の自動車も避ける。隊伍《たいご》をなした士卒も避ける。送葬の行列も避ける。此《この》車の軌道を横《よこぎ》るに会へば、電車の車掌と雖《いえど》も、車を駐《とど》めて、忍んでその過ぐるを待たざることを得ない。

そして此《この》車は一の空車《むなぐるま》に過ぎぬのである。

わたくしは此《この》空車の行くに逢《あ》ふ毎《ごと》に、目迎《めむか》へてこれを送ることを禁じ得ない。わたくしは此《この》空車が何物をか載せて行《ゆ》けば好《い》いなどとは、かけても思はない。わたくしが此《この》空車と或物《あるもの》を載せた車とを比較して、優劣を論ぜようなどと思はぬことも、亦言《またげん》を須《ま》たない。縦《たと》ひその或物がいかに貴《とうと》き物であるにもせよ。

（大正五年七月「東京日日新聞」「大阪毎日新聞」）

秋夕夢　ガブリエレ・ダンヌンチオ

ヱネチアの貴族の邸宅。ブレンタ河《がわ》の岸にあり。故大統領が未亡人に譲りたるものにて、未亡人は日蔭者《ひかげもの》の如《ごと》く住《すま》ひゐる。秋の日暮《くれ》んとす。前の方《かた》に家の一翼《いちよく》を見《み》る。大理石もて圏状に造りたるものにて、円《まろ》き塔の形をなし階段を囲めり。階段も、円柱《まるばしら》も、欄干《らんかん》も、螺旋状《らせんじょう》に登り行《ゆ》く。その様《さま》ヱネチアのコルテ・コンタリナにあるデル・ボヲロ宮殿の階段に似たり。この華麗にして開濶《かいかつ》なる階段は上《かみ》に廻廊を戴《いただ》けり。廻廊は園《その》の全部と河と遠景とを見渡すやうに造りあれど、舞台の穹窿《きゅうりゅう》に遮《さえぎ》られて見えず。下《しも》の方《かた》、門の前に広間あり。広間は一種の屋根なき柱列にて彫像、松火台《たいまつだい》、腰懸《こしかけ》、トルコ製の氈《かも》にて飾りあり。広間と園との界《さかい》に稜柱《かどばしら》の上に立てたる格子《こうし》あり。格子の処《ところ》に金滅金《きんめつき》の大燈籠《だいとうろう》数個を懸《か》く。この燈籠は昔船の舳《へさき》に吊《つ》りしものなり。格子はヱロナなるスカリジエリ家（一二六〇乃至《ないし》一三八七年）の墓にあるものと似たり。格子の製作は極めて精巧にて、そよ吹く風にも揺《ゆら》ぐべきレエスの優しき織物のやうに見ゆ。○格子より向うに見ゆる果知《はてし》らぬ華麗なる遊園は、もみぢせる木《こ》の葉《は》、萎《しぼ》める花、余りに熟したる木《こ》の実《み》の茂みにて埋《うず》めらる。この遊園の傾斜をなしてブレンタ河に臨《のぞ》める状《さま》は、譬《たとえ》ば色気ある、疲れたる女の、今一度己《おのれ》の衰へたる色の最後の閃《ひらめ》きを写し見んと、鏡に俯向《うつむ》き覗《のぞ》きたる如《ごと》し。斜《ななめ》に照れる日光の下《もと》に、秋の丹朱の紅《くれない》と、サフランの黄とは常ならぬ力に輝けり。物の影の殆《ほとん》ど錆色《さびいろ》に見ゆるは、数多《あまた》の黄金《こがね》を積重《つみかさ》ねたる洞窟《どうくつ》の内なる物の影と同じ。山毛欅《ぶな》の木の傘の上、栢《ひのき》の屋根の上、すらりとしたる糸杉の金字塔の上には、清き琥珀《こはく》の大塊《だいかい》の如き、重く、動かず、輝ける雲を見る。この一切の物の静けさの上には、胸苦《むなぐる》しき期待の情《じょう》の漂へるを見る。○大統領未亡人グラデニガ夫人は、顔を格子《こうし》に押付け、色蒼《あお》き手の、指輪多く箝《は》めたる指は、何物をか待ちゐる、物狂《ものぐる》ほしきほどのじれつたさに、格子の黒き桟に搦《から》まりゐる。身を揉《も》むほどに、鉄の格子は撓《しな》ひて揺《ゆら》めけり。譬《たとえ》ば網のうちに捕はれたる猛獣の如《ごと》く、夫人は斯《か》く格子に縋《すが》りて立ち、声高く園《その》の方《かた》へ向きて呼ぶ。

夫人 （荒らかなる怒りの声。）ルクレチアや。オルデルラや。オルセオラや。バルバラや。カタリナや。ネリツサや。誰《たれ》も帰つて来ないの。まだ誰《たれ》も帰つて来ないの。ルクレチアや。カタリナや。（烈《はげ》しき怒《いかり》の発する儘《まま》に鉄の格子を揺《ゆす》れば、格子は揺らめき、きいきいと鳴る。苦しき息を吐《つ》き、どこを見るともなく迷へる目にて、後《うしろ》を振向き見る。容貌《ようぼう》凝り固《かたま》りて、色蒼ざめたる様《さま》、苦痛と忿怒《ふんぬ》との物狂ほしき痙攣《けいれん》に身を委《ゆだ》ねんとする刹那《せつな》に似たり。飾物《かざりもの》の内に古銅《こどう》にて造れる、殆《ほとん》ど黒きヱヌス像の台あり。夫人は二三歩進みて、この台の上の銀の鏡を摑《つか》み取り、ちよと顔を見る。さて驚き憎む状《さま》にて鏡を氈《かも》の上にぱたりと取落《とりおと》し、螺旋梯子《らせんばしご》の方《かた》に向きて駈《か》け行《ゆ》き、呼ぶ。）ペンテルラや、ペンテルラや。どこにゐるのだい。何が見えるかい。返事をおし。

ペンテルラ （見物には見えぬ廻廊の上にて。）ブレンタ河を船が一つ参ります。旗を沢山《たくさん》立てゝ、大勢で楽《がく》を奏してゐます。段々近くなつて参ります。併《しか》し例の船ではございません。そちらへ物の音は聞えませんか。（遠方より音楽聞ゆ。間《ま》。）又一艘《そう》参ります。二番目の船が。また一艘参ります。四つ、五つ、六艘でございます。皆旗を沢山立てゝ、大勢で楽を奏してゐます。流《ながれ》を下《くだ》つて参ります。河中《かわなか》が金色《きんいろ》に光つて参りました。祭《まつり》が始まるのでございませう。赤い旗ばかり立てゝゐる、千の焰《ほのお》が燃え立つやうな船が一艘ございます。あれがそでございませう。（夫人は夢中になりて階段を駈《か》け上《あが》らんとす。）いえ、いえ。さうではございません。花と獅子《しし》との記章《しるし》でございました。ソランツオでございました。

夫人 （最早《もはや》煩悶《はんもん》に堪へぬ様子にて踉《よろ》めき色真蒼《まつさを》になる。）下りてお出《い》で。こゝへ。そしてどうかしておくれ。わたしは死にさうだ。胸が、胸が。胸が裂けさうだ。（夫人は枢《とぼそ》に寄り掛《かか》り、両手にて胸を押《おさ》ふ。遠方より音楽聞ゆ。腰元ペンテルラ広き螺旋梯子を馳《は》せ下《くだ》る。その足取《あしどり》の早き為め、腰元の着物は、鳥の翼の如《ごと》く飜《ひるが》へる。さて夫人の傍に駈《か》け寄り、腕を伸べて夫人を支《ささ》ふ。）

ペンテルラ おう。基督様《キリストさま》。奥様のこのお苦しみをお救ひなされて下さりませ。

夫人 （弱々しく。）あの、わたしの脈を見ておくれ。何んだかわたしは毒に中《あた》つて死ぬるやうだ。わたしの唇には色も何も無くなつてゐるだらうね。わたしの頰《ほお》は緑色になつてゐやしないかい。目を塞《ふさ》ぐと瞼《まぶた》が目の玉をこすつて傷《いた》めさうだ。わたしの体《からだ》は心《しん》の心《しん》まで燃えてゐる。わたしの目の窪《くぼみ》には拳《こぶし》を入れるほどの透間《すきま》が出来た。自分で何をいつてゐるのか、ちつとも耳に聞えないで、たゞ動悸《どうき》と脈とが槌《つち》で物を打つやうに打つのが聞えるばかりだ。咽《のど》が乾く。始終乾く。それでゐて一口でも物を飲めば、熱が一層ひどくなる。焔《ほのお》に油を掛けたやうに。手を泉水《せんすい》に浸《つ》けて見れば、心持《こころもち》が好《よ》くはならずに、体中がその水の波立つやうに顫《ふる》へて来る。頭から爪先《つまさき》まで、体は衰へて行《い》くばかりだ。体を循《めぐ》る血といつては涙《なみだ》の交《まじ》つた血ばかりだ。

ペンテルラ　おう。基督様《キリストさま》。奥様のこのお苦しみをお救ひなされて下さりませ。

夫人　わたしは死ぬる。わたしは死ぬる。それまでにたつた一度逢《あ》つて死にたい。たつた一度で好《い》い。わたしはあの方《かた》を一度もはつきり見た事がないやうだ。わたしの物であつた時、一度もはつきり見て置かなかつたやうだ。わたしの処《ところ》へお出《いで》なさらなくなつて、お顔の記念《かたみ》までを、わたしの処から持つて逃げておしまひなさつた。わたしの心であの方のお顔を思ひ浮べて見ようとすると、わたしの目が昏《くら》んで来る。心に浮んで来るものが、みんなぼやけて流れ合つて焔《ほのお》の中に漬《つか》つてしまふ。何もかも只一色《ただひといろ》に、熔炉の中の火のやうに、地獄の中の罪のやうに、一色《ひといろ》になつてしまふ。おう。ペンテルラや。地獄に堕《お》ちてしまふまでに、あの方に一度逢《あ》はせておくれ。あの方の体に障《さは》らせておくれ。わたしを可哀《かわい》がつた事があつたか、わたしの胸に顔を押付《おしつ》けて下さつた事があつたか、問うて見させておくれ。行つて来ておくれ。お願ひだから。わたしは死ぬる。死なうと思つてゐる、お喜びなさるやうに死んで上げようと思つてゐると、さういつておくれ。入《いら》つしやつてさへ下されば、わたしは、目を瞑《ねむ》つて、決して又開《あ》けないから、つひ指で瞼《まぶた》を押へてさへ下されば好《い》い。わたしはあの方の足元に倒れて、決して又起きないから、つひあの方が土を掛けて埋《う》めて下されば好《い》い。行つておくれ。行つてさう云つておくれ。お願ひだから。何でもお前の欲しいものをやるから、どうぞ逢《あわ》れるやうにしておくれ。どんなものでもやらないとは云はない。わたしの持つてゐるものでさへあれば、みんなやる。飾《かざり》でも、トルコ珠《だま》でも、毛革でも、帯でも、布団でも、サン・ルカの宮殿でも、リアルトオの傍の屋敷でも、ヰルラ・ボナの領地でも、あの方をこゝへ連れて来てさへくれるなら、皆《みんな》お前にやつてしまふ。行つておくれ、行つて来ておくれ。

ペンテルラ　参ります、参ります、参ります。どうでもいたします。基督様《キリストさま》。奥様のこのお苦しみをお救ひなされて下さりませ。お救ひなされて下さりませ。

夫人　どこにお出《い》でなさるだらう。あの売女《ばいた》の処《ところ》にお出でなさるやら。お前はあの女子《おなご》を見た事があるのかい。パンテアといふ女子《おなご》を。

ペンテルラ　はい、見ました事がござります。

夫人　世間の人のいふやうに本当に美しいかい。

ペンテルラ　（ためらひつゝ。）いゝえ。美しうはござりません。

夫人　嘘をお云ひでない。美しうないものが、何で男といふ男を、みんな傍へ引寄《ひきよ》せて奴隷《どれい》のやうにする事が出来ようか。嘘をお云ひでない。（腰元黙る。夫人暫《しばら》く何物をか聞き定む。遠方より、ブレンタ河を下り来る船にて奏する音楽の声聞ゆ。）お聞きかい。お聞きかい。あれが凱歌《がいか》だよ。けふがあいつの凱旋の晩だよ。奴隷にした男をみな連れて、あの河を下つて来るのだ。その中にあの方が入《い》らつしやるだらうか。お前はなんとお思ひだえ。

ペンテルラ　（何と云ひて好《よ》きか迷ふ。）入《いら》つしやらないかも知れません。ことによつたらミラにでも入《いら》つしやるかも知れません。

夫人　えゝ。誰《たれ》も知らないとばかりいふ。その癖心当りには、わたしの廻し者のやつてない処《ところ》はない。それがなぜ帰つて来ないやら。ルクレチアも、バルバラも、カタリナも、オルセオラも何処《どこ》にゐるやら。ことによつたらあの女子《おなご》共《ども》は何処《どこ》かの木蔭で男とふざけてゐはすまいか。

ペンテルラ　お女中達は晩になるまで様子を見てゐるのかも知れません。

夫人　そして魔女《まおんな》はどうしたやら。日の暮《くれ》ないうちに連れて来てくれるだらうか。日の暮ないうちに、術をして貰《もら》はなくてはならない。お前にはわたしの心が分るかい。わたしは死ぬるのだよ。わたしの気分のはつきりしてゐるのも、もうけふ位かも知れない。もう今夜出る星の光を見ずに死んでしまふかも知れない。（腰元は再び大理石の階段を登りて見廻す。）誰《たれ》もわたしに云つては聞かせないが、わたしはよく知つてゐる。女《おな》子《ご》めがあの方《かた》を自分の船にかくまつてゐるに違ひない。自分の布団の中に隠してゐるに違ひない。あの方より好《い》い獲物が外《ほか》にある筈《はず》はないから。あの方が「若さ」に包まれてお出《い》でなさるのは尊い果物《くだもの》が旨《うま》い肉に包まれてゐると同じ事だ。あの方の体中には愛の血が漲《みなぎ》つてゐる。手足の指の爪《つめ》の根までその血が脈を打つてゐる。丁度《ちようど》猛獣が怒つてゐる時のやうに。まだわたしの物であつた時、折々《おりおり》わたしはあの方を、豹《ひよう》のやうだと思つたことがある。体がしなやかで、強くて、わたしの唇のむごく吸付《すいつ》いた跡《あと》がべた〱と見えてゐるのが、豹の皮の斑《ふ》のやうに思はれた。あの方の指がわたしの体に障《さわ》ると、脈と脈とを一本づゝ、髪の毛を分けるやうに、掻《か》き分けられるやうな心持《こころもち》がした。(燃ゆる如《ごと》きあこがれに身を委《ゆだ》ねて、夫人は空想が夕暗《ゆうやみ》の中《うち》に描き出《いだ》す形に身を寄せかけんとする如《ごと》し。)えゝ。仮令《たとえ》あなたがどの女をあの指でいぢつてお出《い》でなされても、あなたを初めて我物《わがもの》にしたのはわたしだ。どの女の唇でも、あなたの口に障《さわ》るのは、わたしのに障つた後《あと》だ。あなたの愛とあなたの力とは、最初にわたしの物になつたには違ひない。誰《だれ》が二番目の女であらうが、誰《たれ》が最後の女であらうと、最初の女はわたしには違ひない。仮令あなたがわたしのより紅《くれない》な唇をお見出《みだ》しなさつても、仮令わたしのより達者な腕があなたの体に抱き付いても、仮令あなたがわたしのよりふくよかな体にお寄添ひなされても、それが何の役に立ちませう。何の役に立ちませう。わたしがあなたを我物にしたやうに、外《ほか》の女子《おなご》はあなたを我物にする事は出来ますまい。あなたの体の顫《ふる》へるのをわたしの腕に覚えたやうに、外《ほか》の女はあなたの体の顫へるのを覚える事は出来ますまい。あなたはほんの子供であつた。詞《ことば》少なにはにかんだ子供であつた。わたしの目で見られるたびに、あなたのお顔が赤くなつたり蒼《あお》くなつたりする様子は、生と死とが往《い》つたり来たりするやうで、わたしの睫《まつ》毛の開《あ》くたびに、わたしの魂が灰と焔《ほのお》とで交《かわ》る交《がわ》るあなたを掩《おお》ふかと思ふやうでありました。あなたには恐いので、一足《ひとあし》づゝ恐る恐る近付いてお出でなされた。あなたのお腰は、猟の後《あと》の猟犬の腰のやうに顫へました。或晩《あるばん》の事、閨《ねや》の外の閾際《しきいぎわ》に倒れていらつしやつた事もある。あの頃わたしがあなたの体に潜《ひそ》んでゐる「若さ」の力を探り出したのは、丁度《ちようど》巴旦杏《はたんきよう》の肉を食べて白い核《さね》の出るまでにすると同じであつた。(男の体の障るやうな振《ふり》を手にてなし、身顫《みぶる》ひす。)あの時わたしの脈の中には、まあどれだけの渇きがあつたらう、どれだけの饑《うえ》があつたらう。あなたを吸取《すいと》らう、あなたの「若さ」を吸取らうと思ふわたしの力はどれだけであつたらう。夢の中でわたしの魂は、酒を飲むやうに、蜜《みつ》を食べるやうに、あなたの命を飲込《のみこ》んだ。あなたの胸の奥にある生々《いきいき》した心《しん》の臓を、わたしが痛くないやうに開《あ》けて上げた。わたしの為めには、あなたの血の滴《しずく》が柘榴《ざくろ》の核《さね》のやうであつた。暗い処《ところ》であなたの口に接吻《せつぷん》すると、あなたの血の好《い》い味がして、それと一しよにわたしの項《うなじ》に、死の息がぞつと触れた。あの時の事を覚えてお出《い》でなさいますか。覚えてお出でなさいますか。あなたとわたしとの唇は、死が二人の冷たい歯の上に押《おし》あてゝ潰《つぶ》す、たつた一つの木《こ》の実《み》のやうでございました。そして二人の目からは闇を照す稲妻《いなずま》が出ました。丁度《ちようど》入り乱れた髪の毛や睫毛《まつげ》に、渦巻く顳顬《こめかみ》の焰《ほのお》が移つたやうに。あなたのお顔は血の味がいたしました。そして今一つ何か知れぬ気味の悪いものゝ味がいたしました。あなただつてこの気味の悪い物を、わたしと一しよにお味はひなされたに違ひない。大統領がモオルだらけの繡《ぬい》の着物と、皮衣《かわごろも》との重りに押されて、眠つてゐる姿を、あなたが御覧なさる時、あなたのお目は鋼《はがね》のやうでございました。二人の恋の真中《まんなか》へ、死を呼んでお出でなされたのはあなたです。それでわたしは海に祈願を籠《こ》めました。わたしの身を波に隠してくれるやうに、わたしの秘密を海底に埋《うず》めてくれるやうに、わたし共二人を積つた水の強い背中に背負《おぶ》つてくれるやうに、祈つたのでございます。奢《おごり》の船を薫物《たきもの》の国へ走らするのを、窓から見て、わたしは体に巻いてゐた、まだ暖い帯を解《と》いて、祈願の印に投げました。そして海を越えて死を迎へに行つたのはあなたです。体に触れずに人を殺す、スラヲニアの魔女《まおんな》を、あなたが連れてお帰りなされた。

（最後の詞《ことば》を寛《ゆるや》かに云ひ終りて、自分は物思ひに沈みゐる。目をば空想の描き出せる人物に向けて睜《みは》りゐる。半ば閉《とざ》せる唇の上には、残酷なる表情を見る。）ほんにあのスラヲニアの女子《おなご》は上手であつた。二磅《ぽんど》の蠟《ろう》で人形《ひとがた》を拵《こしら》へた。それから本人の歯を一本、尊い膏《あぶら》を三滴、お祈《いのり》をした晩餐《ばんさん》のパンを一片《ひときれ》欲しいと云つた。それをわたしが出してやると、蠟の中へ練《ね》り交《まぜ》た。こんな事をわたしがしたのは、みんなあなたの為であつた。わたしの床《とこ》にあなたを寝せて見てゐたい為であつた。蠟には地獄の薫《かおり》がした。この人形《ひとがた》に着せる着物は、大統領の袍《ほう》の隅を、わたしが自身で鋏《はさみ》で切つた。蠟には地獄の薫がした。それを火鉢へ持つて行《い》くと、見る見る熔《と》けて流れてしまつた。それからといふものは、あの年寄は日に日に体が細くなり、顔色が蒼《あお》くなつた。額《ひたい》にあつた大創《おおきず》の痕《あと》までがしまひには色が褪《さ》めて見えなくなつた。祭の儀式のある日にも、錦《にしき》の袍《ほう》が重過《おもす》ぎて出られぬやうになつてしまつた。体が次第に衰へて、脈といふ脈は虚《から》になつた。そしてその血が何処《どこ》へ行つたやら誰《たれ》も知る者はない。とう〳〵玉座《ぎよくざ》の上に坐《すわ》つたまゝで、息の絶えた時の様子は、金《きん》の御厨子《みずし》に据《す》ゑてある聖者《せいしや》の遺骨のやうであつた。息の絶える直《す》ぐ前に、アアメンと一言《ひとこと》いつてわたしの顔を見た時は、枯萎《かれしな》びた口の中で、あの歯の抜けた齦《はぐき》の窪《くぼ》みが見えた。その目《まな》ざしは骸骨《がいこつ》の穴から光つた。恐しい深い処《ところ》から光つた。おう。こんな事をわたしがしたのは、みんなあなたの為であつた。この死骸《しがい》と罪とを背負《しよ》つて、わたしはわたしの玉座を降りてあなたの処へ行《い》きました。あなたと昼を一しよにゐる為め、あなたと夜《よる》を一しよにゐる為に行《い》きました。そしてわたしはあなたの命と入交《いれかわ》つてしまはうといたしました。丁度《ちようど》あなたの魂があなたの肉と交《かわ》るやうに。そしてわたしはあなたの中に入込《いりこ》んでしまはうといたしました。丁度あなたの息があなたの胸の中にゐるやうに。これだけの事をわたしがしたのはみんなあなたの為であつた。そしてあなたはわたしを可哀《かわい》がつて下さつた。可哀がつて下さつた。葡萄《ぶどう》を食べて肥《ふと》るやうに、わたしの甘みでお肥りなされた。わたしの甘みはあなたの体一ぱいになつて、首まで、目迄あなたの体に充《み》ちました。その時はあなたの目にも、わたしが美しく見えました。わたしの体に蘇合香《そごうこう》や真珠のあるのを、あなたは見付《みつけ》て下さつた。あなたはわたしを、八重《やえ》の花をむしるやうに、一枚一枚おむしりなさつた。あなたの為にもわたしの髪が海や密児拉《ミルラ》のやうに匂つた。薫物《たきもの》の山を積んだ船の縄のやうに薫《かお》つた。（間《ま》。夫人は夢見る如《ごと》き挙動にて、我《わが》髪、我頰《ほ》、我腮《あご》を撫《な》で見る。）それなのに、わたしの顔が直《すぐ》に死んだものゝやうにならねばならないのでございますか。一日《ひとひ》に枯れる木《こ》の葉《は》のやうにならねばならないのでございますか。わたしの頸《くび》の肌の上には、あなたの息がまだ温《あたた》かにかゝつてゐるのに。（夫人は頸を撫でゝ見て皺《しわ》を探さんとする如《ごと》くなりしが、力抜けたる如く顫《ふる》ふ。）わたしの頸《くび》に年浪《としなみ》の寄せた跡《あと》がある事に、あなたはお気が付きましたのか。（氈《かも》の上に落ちたる鏡を取上《とりあ》げ、照し見る。悲《かな》みに色蒼《あお》ざめ、夫人の顔は溶け去らんとす。鏡を持ちたるまゝに、両手を暫《しばら》く力無く垂れて、夫人は絶望の余り、化石したる如く凝立《ぎようりつ》す。）

ペンテルラ （螺旋梯子《らせんばしご》を降《くだ》る。）オルランダの街道を馬に乗つた者が二人参ります。

夫人 （慌《あわ》だしく。）パリスとアルモロオとだな。誰《たれ》も連れてはゐないかい。

ペンテルラ 驢《ろ》馬《ば》を一疋《ぴき》連れてゐます。驢馬には女子《おなご》が乗つてゐます。囚人《めしうど》のやうに驢馬の背に括《くく》り付けられてゐるやうでござります。

夫人 （喜びの叫びを発す。）魔女《まおんな》だ。連れて来た、連れて来た。（園《その》の上に懸《かか》れる、紅《くれない》と黄金色《こがねいろ》とに輝ける雲を、目を見開きて仰《あお》ぎ見、深き息をなす。折々《おりおり》遠方より、流《ながれ》を下《くだ》る船にて奏する音楽の音聞ゆ。生きんとし、受用せんとする、物狂《ものぐる》ほしき促《うなが》しに胸張る。）おう。パンテア奴《め》。そちが髪の毛一本でも、そちが着物の切端《きれはし》でも、そちの体の中の何かを、そちの身に付いたものゝ切端《きれはし》を手に入れたいものだ。そちの指の爪《つめ》でも好《い》い。そちが着物のほつれ糸一本でも好《い》い。その代りにならわたしの財産をみなでもやる。けふの中《うち》にそちが襟《えり》の襞飾《ひだかざり》の糸一筋《ひとすじ》を持て来たものには、わたしの金《かね》を、領分を、家屋敷をみんなやる。（夫人は顔を格子《こうし》に当て、網に押付くる如《ごと》く押付け、木《こ》の葉《は》の茂みを透《すか》し見て呼ぶ。）ネリツサや。カタリナや。オルセオラや。ヤコベルラや。お前達のうち、誰《たれ》がわたしに死を持つて来てくれるかい。誰《たれ》がわたしに命を持つて来てくれるかい。（夫人は茂れる園より上《あが》り来る成熟と壊滅との薫《かおり》を吸ふ。）まあ、果物《くだもの》の薫る事。重りに堪へない枝々が惜《おし》み嘆いてゐる間に、甘く熟して崩れて行《い》く木《こ》の実《み》の匂《におい》の重々しく不思議な事。誰《たれ》もあれを摘みはせぬ。誰《たれ》もあれをわたしの為に籠《かご》の中に摘入《つみい》れて、船の上に積みはせぬ。重みに押されて疲れた木は、余り栄耀《えよう》を為過《しす》ぎた罰《ばち》で、嘆きの声を立てゝゐる。落ちた木の実に土は肥えて、崩れた木の実の甘い肉が、土の表を油ぎらせて明るい色に替へてしまつた。物言はぬ、大きな口があれをみんな食べてしまふ。おう。あれがみんな無駄《むだ》になる。わたしの恋や促《うなが》しがあれを摘まずに置いたので、あれがみんな無駄になる。あれがみんな一つ一つわたしの手に渡つて、愛らしい、天鵞絨《びろうど》のやうな生毛《うぶげ》がわたしの手に触れる筈《はず》であつたのに。促しがわたしに幾千万《いくせんまん》の唇をくれたなら、あの果物みんなの汁を一日に吸ふのであつたらう。それがみんな駄目《だめ》になつた、駄目になつた。（夫人の指輪を嵌《は》めたる色蒼《あお》き指は格子の鉄の桟を滑りて、柘榴《ざくろ》の実のはじけて、露滴るやうになり、近く此方《こなた》へ差出《さしい》でたるを摑《つか》む。）おう。この果物の薫や甘みがわたしの五官の上に着物のやうに被《かぶ》さつてゐた時もあつた。大統領の夫人と呼ばれた頃は、この果物の収入が錦《にしき》の切《きれ》に代るやうに法律で極《き》めてあつた。玉座《ぎょくざ》に坐《すわ》つたわたしの姿を美しく立派に見せる為に、島の園《その》といふ園が裸体《はだか》にせられる頃は、あの方がわたしを可哀《かわい》がつて下さつた、可哀がつて下さつた。窓から港を見てゐれば角《つの》の入物《いれもの》に溢《あふ》れるほど物を盛り上げたやうに果物《くだもの》を積んで大船《おおぶね》の通るのが見えた。子供が舳《へさき》にゐて、さもおいしさうに林檎《りんご》に歯を立て、葡萄《ぶどう》の房にしやぶりつくと、果物が鋭い歯に嚙《か》まれて血を出すかと思ふやうであつた。わたしは大理石で積み上げたわたしの街へ這入《はい》つて行つて、そこの民を喜ばせるこのおいしい果物を見て、胸の内で土地から上《あが》る税金の高《たか》を勘定して見て、わたしの身につける絹や錦《にしき》の為立《したて》の工夫《くふう》をしたものだ。さういふ風に水々しいお前達の薫《かおり》や甘みを、わたしは着物にして身に付けて、あの方を嬉《うれ》しがらせた。えゝ。そのお前達の水々しさが、今日はもうわたしの身には付いてゐぬ。わたしの着物や被《かずき》の襞《ひだ》の間に付いてはゐぬ。だが今のわたしの脈の中にはお前達の熟した心持《こころもち》が解《と》けて流れてゐて、お前達の肉から溢《こぼ》れ出た甘みがわたしの血に沁込《しみこ》んでゐるやうだ。憎い女子《おなご》に騙《だま》されて、わたしを忘れてお出《い》でになるあの方が、ふいと帰つてお出でなされたら、あの方はわたしの唇に、まあどんな人を酔はすやうなおいしい味があるのを、お味はひなさるだらう。えゝ。パンテア奴《め》、パンテア奴。

（愛と憎みとに気を失はんとして、目は酔へるが如《ごと》く、怪しく迷ひて、少し蹌《よろめ》きつゝ振向《ふりむ》く。）

えゝ。生きて見たい。今一度生きて見たい。そしてあの方を火の中へ入《い》れるやうに、このわたしの苦痛の生涯で包んで上げたい。あの方の夜昼《よるひる》に新しい恋を覚えさせて上げたい。まだお覚えなさつた事のない楽《たのし》みを、世に未曽有《みぞう》な新しい工夫の楽みと悶《もだ》えとを覚えさせて上げたい。あゝ。わたしはこの体に持つてゐる熱と毒とで、新しい美《うつく》しさを作り上げて見ようと思ふ。

（慌《あわただ》しく落ちたる鏡を取上《とりあ》げ、その上に伏して、再び姿を照し見る。）

まあ。わたしの目のこんなに大きかつた事はない。そしてその周囲《まわり》にこれほど暈《くもり》のあつた事はない。あの方がお出《い》でなさつたらわたしの顔は見えないだらう。わたしの目の焔《ほのお》が、あの方に見せないやうに、顔を隠してしまふだらう。毎晩毎晩熱がわたしを待つてゐる。血に飢ゑた豹《ひょう》のやうに、熱がわたしの枕の処《ところ》で、わたしの来るのを狙《ねら》つてゐる。そしてわたしの顔を、骨になるまで食つてしまふ。

（唇を開《あ》け、指にて齦《はぐき》を指示《さししめ》す。）
わたしの唇は萎《しお》れてしまつた。だが、歯はまだ光つてゐる。昔わたしが晴着を着てサン・マルコオからリワへ下《お》りて行《い》くと、船の中にゐる船頭達がわたしの微笑《ほほえみ》の光るのを見たさうだ。あの方も、わたしが黒闇《くらやみ》でお話をすると、わたしの歯の光るのを御覧なさつて、何をお話申したかお耳には入《い》らなかつた。今帰つて入《い》らつしやつたら、この歯を何んと御覧なさるだらう。ひからびた花の萼《うてな》の底に置いた白露《しらつゆ》のやうなこの歯を。

ペンテルラ　（螺旋梯子《らせんばしご》の上より。）船が十二艘《そう》フイサオレから下《くだ》つて参ります。桜ん坊のやうな赤い色のダマスコの絹で屋根が張つてございます。舳《へさき》は銀で拵《こしら》へたシレンの姿で飾つてあります。船は花を編込《あみこ》んだ綱で繋《つな》いで二列に並べてあります。編んだ花が河面《かわづら》を一ぱい掩《おお》つて、それが水のまに〳〵浮いてゐます。船の中にも花が一ぱいあるのを、手に手に取つて河に投込んでをります。花に付いた葉の緑色で、河が一帯に緑に染《そま》りました。初《はじめ》は夕焼《ゆうやけ》の雲のやうに薔薇《ばら》色に見えましたのに。あら。何んといふ大きい雲でございませう。あちらのミラの方に。段々高くなつて参ります。高くなつて参ります。火が付いて燃え上る幕のやうに見えまする。

夫人　（この辺《あたり》の立像の、強き日の光に照さるゝに驚き心配げに。）そして馬に乗つたものはどうなつたのだえ。それに驢馬《ろば》は。驢馬は。オルランダの街道にまだ見えてゐるかい。段々近くなつて来るのかい。急いで来るかい。

ペンテルラ　只今《ただいま》は森に隠れて見えません。あれ、あれ。只今森の処《ところ》から出て参りました。段々近くなつて参ります。併《しか》し馬が並足でございます。お庭を女子《おなご》が一人こちらへ参ります。ルクレチアでございます。ルクレチアでござります。今一人跡《あと》から参ります。おや、又一人参ります。カタリナとオルセオラでござります。

夫人　（格子《こうし》に駈寄《かけよ》る。）あゝ。やう〳〵の事で。

（痙攣《けいれん》したる指にて格子戸を開《ひら》けば、戸はきいきいと鳴りて揺《ゆら》めく。○忍びの者ルクレチア登場。すらりとして、振舞《ふるまい》の敏捷《びんしょう》なる事猟犬の如《ごと》し。息を切らしてゐる。錆色《さびいろ》の衣《きぬ》を着、首《こうべ》には巾《きれ》を被《かむ》りたるが、風にひらめけり。夫人は女子《おなご》の手頸《てくび》を攫《つか》み、烈《はげ》しく前に引寄《ひきよ》す。）

あゝ。やう〳〵の事で。わたしは気が揉《も》めて胸が裂けるやうなのに、お前は帰つて来ないのだもの。帰つて来ないのだもの。何んとかお云ひよ。何んとかお云ひよ。何か知れたかい。何か見て来たかい。聞いて来たかい。何んとかお云ひよ。

（顔にまで掛《かか》りゐる巾《きれ》を引外《ひきはず》し、息忙《いきせわ》しき口の辺《あたり》を露《あら》はしやる。女は前に跪《ひざまず》く。）

あの方を見て来たかい。どこにお出《い》でだえ。あの女子《おなご》の処《ところ》にお出でかい。

ルクレチア　（がつかりしたる様子。）奥様。

（廻し者に出《いだ》しやられたる外《ほか》の女中二人も帰り来《きた》る。カタリナもオルセオラも錆色《さびいろ》の衣《きぬ》を着たるが、姿すらりとして、振舞《ふるまい》の敏捷《びんしょう》なる事猟犬の如《ごと》し。何《いず》れも息を切らしゐる。）

夫人　カタリナや。お前はどうだえ。オルセオラや。お前はどうだえ。こゝへお出で。こゝへお出で。何んでも好《い》いから、云つてお聞かせ。あの方がどこに入《い》らつしやるか、早く云はないと、お前達を縄で縛らせて河へ漬けてやるよ。あの方はパンテアの処《ところ》にお出でかい。

ルクレチア　（吃《ども》りつゝ。）いゝえ。奥様。わたくしはあのお方のジリアナに入《い》らつしやるのをお見受け申しました。

夫人　（ルクレチアの髪の毛を摑《つか》み引動《ひきうご》かす。）嘘をおつきでない。嘘をおつきでない。オルセオラや。お前お云ひ。あの方はどこにお出《い》でだえ。

オルセオラ　はい。奥様。わたくしはあのお方のパンテアが船に入《い》らつしやるのをお見受け申しました。

夫人　（ルクレチアを突放《つきはな》し、前に跪《ひざまず》きたるオルセオラを引寄《ひきよ》す。）こゝへお坐《すわ》り、こゝへお坐り。さあお云ひ。お前の見た事を云つてお聞かせ。何んでも好《い》いから、みんな、お云ひ。さあ、さあ。これを遣《や》るから。

（指輪を一つ外《はず》して遣る。）

まだ金《きん》で百ヅカアト遣るよ。

オルセオラ　（ぺら〳〵と。）はい。奥様。そのお船に入らつしやるのをお見受け申しました。御馳走《ごちそう》の出てゐる食卓の前に、天蓋《てんがい》の下に坐つておいでなさりました。食卓の上には、葡萄《ぶどう》酒を一杯ついだ盃《さかずき》が幾つも幾つも置いてありまするのに、パンテアはその食卓の上を、踊つて歩いてをりました。盃を倒しもせず、こはしも致しません。素足の足首には、真珠と宝石とを鏤《ちりば》めた小さい羽が括《くく》り付けてございます。踊つてゐますのは、いつぞやマンツアの公爵へ御馳走に工夫したといふ評判の翼踊《つばさおどり》と申すのでございます。あのお方は食卓の前に坐つていらつしやつて、一しよう懸命に見て入らつしやるうちに、お顔が段々机の上に伏さるやうになつておしまひなさります。さういたすと女子《おなご》は羽の付いた素足で、葡萄《ぶどう》酒のついである盃《さかずき》に障《さわ》つたり、あのお方の髪の毛に障つたり致します。とう〳〵しまひには、女子《おなご》が踵《かがと》で、あのお方の顳顬《こめかみ》をしつかり押へてしまひます。あのお方は目をお瞑《つぶ》りなさいまして、お顔の色は食卓に掛けてある巾《きれ》のやうに真白《まつしろ》におなりなさります。

（夫人はベンチの上に腰を据《す》ゑたるが、譬《たとえ》ば鉄砧《てつちん》の上に置ける熱鉄《ねつてつ》の如《ごと》く、残酷なる槌《つち》に打たれて、曲りくねり、火花を散《ちら》す。）

夫人　あの方が真白におなりなさつたといふのかい。それから。後を話しておくれ。話しておくれ。さあこれを遣《や》るから。

（おのづから屈《かが》む指より第二の指輪を抜取《ぬきと》りて、女中に遣る。カタリナ、ルクレチアの二人争ひてこの貴重なる装飾品を攫《つか》まんとす。）

オルセオラ　その時女子《おなご》は、体を弓のやうに曲げて、あのお方の唇に接吻《せつぷん》いたします。その途端《はずみ》に女子《おなご》の帯が、丁度琴《ちようどごと》に張つてある絃《いと》の切れるやうに、ぴんと音を立てゝ切れてしまひます。女子《おなご》は帯なしに立つてゐるのでございます。

夫人　（顫《ふる》ふ、沢《つや》なき声にて。）それから、それから。

オルセオラ　あのお方は飛上《とびあが》るやうにお立ちになります。お膝《ひざ》が顫《ふる》へてゐます。そしてお体も顫へてゐます。女子《おなご》は笑ひながら、あなたのお口の冷たい事、お体の血はどこへ行つてしまひましたのでせうと、さう申します。

夫人　（堪へ難《がた》き苦悩に身をよぢる。）あなたのお口の冷たい事といつたのだね。それはわたしが知つてゐる、知つてゐる。

オルセオラ　女子《おなご》がさう云つたのは、あのお方を揶揄《からか》ふ積りなのでございます。あのお方は気の狂つたやうに手を伸《のば》して女子《おなご》をつかまへようとなさる。女子《おなご》は素早く逃げて、ちよつとの間《ま》に遠い処《ところ》に行つてをります。そして、やはりあのお方を揶揄ふ積りで歌なんぞを歌ひます。歌は議官コンタリニ様の御寵愛《ごちようあい》なさつて入《い》らつしやつた美しいホルテンシアを、アレツサンドロオ・ストラデルラが連れて逃げた事を作つた歌でござります。

情《なさけ》に足を取られてはどうして逃げて行《い》かれよう。

あのお方は気の狂つたやうに追駆《おつか》けてつかまへようとなされます。女子《おなご》は身軽に、手際《てぎわ》を好《よ》く体をよぢつて逃げますのが、まるで踊を踊つてゐるやうでございます。さういふ風《ふう》に船の艫《とも》から舳《へさき》へ、舳から艫へと、女子《おなご》の笑つて逃げるのを、あのお方は、つかまへたら引裂《ひつさ》いてでもおしまひなさりさうな御様子で、うめきながら追駆《おつか》けてお出《い》でなさります。そのうちあのお方はとうとう女子《おなご》の着物の端《はし》をおつかまへなさりました。

夫人　（半ば息のつまりたる様子。）そしてどうなさつた。どうなさつた。

オルセオラ　女子《おなご》の着物は頸《くび》から膝《ひざ》までばらりと裂けまして、その巾《きれ》があのお方のお手に残りました。女子《おなご》は留め度もなく笑つてゐます。そして机の傍を通りながら、葡萄《ぶどう》酒の一ぱいついである盃《さかずき》の一つを取つて、あのお方のお顔へ葡萄酒を打掛《うちか》けて、さあ召上《めしあが》れ、咽《のど》がお渇きなさいませうと申すのでございます。そのうちいつもあの女子《おなご》の船の周囲《まわり》を附廻《つけまは》す貴族方《がた》の小さいお船が、次第に傍へ寄つて来まして、女子《おなご》の船をぐるりつと取巻《とりま》きます。船の数は次第に殖《ふ》える。河面《かわづら》は船で掩《おお》はれてしまひます。その寄つて来た大勢が、あの女子《おなご》を見よう見ようと致しますので、船はみなかしぎまして、も少しで船端《ふなばた》が水に付きさうになりまする、貴族方はみなお顔が真蒼《まつさお》になつてお出《い》でなさります。そして目だけが燃えるやうになつてお出でなさります。船頭達も同じ事でござります。どの男の体の中にも同じ願《ねがい》が満ち溢《あふ》れて、どの男も気が狂つてをりまする。誰《たれ》も誰《たれ》も女子《おなご》の方へ両手を伸《のば》して、みんな自分があの女子《おなご》を手に入れようと致してをりまする。そして口々に、パンテア、パンテア、パンテアと叫びます。しまひにはこの呼声《よびごえ》が河一ぱいになつて聞えまするので、パンテアも吃驚《びっくり》いたして立留《たちとま》りました。

夫人　そしてどうしたえ。

オルセオラ　その時あのお方は、一飛《ひととび》に女子《おなご》の傍へ寄つてお出《い》でなさりました。あの女子《おなご》を一呑《ひとのみ》に呑《の》んででもお了《しま》ひなさりさうに見えました。併《しか》し女子《おなご》は今度も素早く逃げ退《の》きまして、あのお方のお手には又着物の巾《きれ》が残りました。その時女子《おなご》は、もう体中に着物といふものはなくなりまして、たゞ両足に宝石の翼が付いてゐるだけでござります。そして恥し気《はずかげ》もなく、金《きん》で飾つた船の舳《へさき》に出て参りまして、大勢の男達に自分の体を見せまする。丁度《ちょうど》自分の体を火焔《かえん》の中へ投げるやうに、大勢の男の目に、自分の体を見せまする。男達はみな気が違つたやうに女子《おなご》の体を見詰めてゐて、パンテア、パンテアと叫びます。あの女子《おなご》が神様ででもあるやうに見えまする。どの男も、自分一人であの女子《おなご》を見てゐるやうに、自分の腕であの女子《おなご》を抱いてゐるやうに、逆《のぼ》せ上《あが》つてをりまする。船頭達がゐあひ腰になつて女子《おなご》を見てをりますのが、丁度恐しい猛獣が獲物を見て飛付《とびつ》きさうに致してゐるのと同じやうに見えまする。

夫人　そしてあのお方は。あのお方は。

オルセオラ　暫《しばらく》の間は、お手に残つた着物の巾《きれ》を足元へお投げ棄《す》て遊ばして、動かずに立つて入《い》らつしやいました。何《なん》だかその儘《まま》息が絶えて倒れておしまひなさりはすまいかと思はれるやうでございました。お見上げ申すのが、気味が悪いやうでござりました。云つて見れば、眩暈《めまい》が旋風《つむじかぜ》のやうに、あのお方のお命の周囲《まわり》を廻つてゐるとでも申したいやうでござりました。（間。）そのうち急に身顫《みぶる》ひをなさつて、船の舳《へさき》に立つてゐる女子《おなご》を一目御覧なさるや否《いな》や、矢のやうに傍へ飛んで入《い》らつしやつて、おつかみ付きなさりました。側《はた》で見てゐる大勢の男の百千本の手の力が、あのお方の手に入つてゐるやうに見えました。そして旗取《はたとり》の勝負の時、旗を引抜いて取るやうに、金《きん》で飾つた舳《へさき》から、女子《おなご》を抱下《だきおろ》しておしまひなさりました。

夫人　（真直《ますぐ》に突立《つきた》ち、吼《ほ》ゆるが如《ごと》く。）あゝ、あゝ。いまいましい。口惜《くちお》しい。

（譬《たとえ》ば大蛇《だいじゃ》にくるくると巻かれて、身を抜く事の出来ざる如く、悶《もだ》え苦しむ。）

ペンテルラや。ペンテルラや。

ペンテルラ　（螺旋梯子《らせんばしご》の上より。）ブレンタ河には、旗を立てた船の数が百艘《そう》以上見えまする。フイサオレからも、ミラからも、レ・ポルテからも段々船が下《くだ》つて参ります。（間。）マリピエロの鷲《わし》も見えまする。グリマニの束も見えまする。ロレダンの薔薇《ばら》も見えまする。

夫人　ペンテルラや。降りてお出《い》で。降りてお出で。お出でといふのに。

（苦痛と憤怒《ふんぬ》とに鞭《むち》打たれて、夫人は広場をあちこち馳《は》せ巡《めぐ》る。さて脅《おびや》かす如《ごと》き態度にて女中達に向ふ。）

そしてお前達のうち誰《たれ》一人あの女子《おなご》の着物の糸一筋《ひとすじ》、髪の毛一本持つて来て呉《く》れるものがないのだね。ええ。あの女子《おなご》を殺す事が出来なかつたら、お前達を生かしては置かないよ。

（ペンテルラが戸口に現はるゝや否《いな》や、夫人はつかまへて突放《つきはな》し、急《いそが》し立《だ》つ。）

早くお出《い》で、走つてお出で、そしてスラヲニアの女子《おなご》を連れてお出で。一刻も早くこゝへ連れてお出で。そしてさうお云ひ。黄金《こがね》と宝石とであの婆《ばば》の体を埋《うず》めてやる。何でもわたしの持つてゐるだけの物は、みなあの婆に呉《く》れてやる。早くお出で。走つてお出で。早くこゝへ連《つれ》てお出で。

（女中は格子《こうし》の外に出《い》で園《その》を走りつゝ見えずなる。）

そしてルクレチアや。お前は何《なん》にも云はないね。何にも云はないね。そしてカタリナや。お前も云ふ事がないのかい。

（猩々緋《しようじようひ》の布団を敷きて、寝床にしたる長椅子《ながいす》の上に身を投ぐ。）

何とかお云ひよ。お云ひよ。

（夫人は布団の上に長くなり、顔を布団に埋《うず》む。折々《おりおり》涙なき欷歔《すすりな》き夫人の体を揺《ゆす》る。女中等《ら》はしなやかに、恭《うやうや》しき態度にて、長椅子に近付く。オルセオラは微笑《ほほえ》みつゝ、貰《もら》ひたる二つの指環を眺む。）

ルクレチア　あの奥様、わたくしもあのお方がパンテアの船にお出でのをお見受け申しました。女子《おなご》は流行歌《はやりうた》を歌つてゐますと、あのお方がそれに合せて笛を吹いて入《い》らつしやりました。周囲《まわり》を取巻《とりま》いてゐる船の中の人達は息を詰めて聞いてをります。女子《おなご》の歌ふのは羅馬《ロオマ》の流行歌《はやりうた》でございます。

もう恋はいや、

もう熱はいや。

カタリナ　あの、奥様、わたくしもあの方をお見受け申しました。あのお方がハアプの箏《こと》の前に坐《すわ》つて入《い》らつしやりますと、女子《おなご》は髪を解《ほど》きまして、楽器の蓋《ふた》の上に伏さつてをります。女子《おなご》の顔はも少しであのお方のお顔に障《さわ》るやうになつてゐまして、髪の毛の一束があのお方のお頸《くび》に巻き付いてをりまする。あのお方が箏をお弾《ひ》き遊ばす。女子《おなご》は、俯向《うつむ》いて入らつしやるあのお方の耳に口を寄せて、小声で歌を歌ひます。箏の音は女子《おなご》の髪の上を滑つて参ります。丁度《ちようど》女子《おなご》と、あのお方と、そして箏とがたゞ一つの物のやうで、あのお方と女子《おなご》とは際限《さいげん》もない楽《たの》しみを感じてゐるやうに見えました。

ルクレチア　あの女子《おなご》が河の上で歌ひますと、その声を聞くものはみな引寄《ひきよ》せられて付いて参るのでござります。杜氏《とうじ》は酒桶《さかおけ》を打《うち》やつて河岸《かわぎし》へ馳付《かけつ》けます。昨日《さくじつ》も軛《くびき》を折つた牡牛が二疋《ひき》女子《おなご》の声に聞き惚《ほ》れて、河に飛《とび》込《こ》んださうでござります。坊様達は贄卓《にえづくえ》を打《うち》やつて馳出《かけだ》します。坊様達の中にも、侯爵様の御殿で歌を歌つた事のある赤法師《あかほうし》といふ仇名《あだな》の付いてゐる方がござります。それからサンタナトリアの聖アゴスチノの組合の坊様で、サンステフアノのオルガン弾《ひき》を致してゐる坊様がござります。この二人であの女子《おなご》の為に流行歌《はやりうた》やマドリガレの小歌の譜を作つて、地獄に堕《お》ちても構はないと申してゐるさうでござります。世間の噂《うわさ》には、あの女子《おなご》は水に住むシレネといふ化物《ばけもの》の秘密を持つてゐると申します。

カタリナ　世間で申しますには、あの女子《おなご》はカラブリア公爵様の御寵愛《ごちようあい》を受けてナポリにゐました時、或晩《あるばん》自分の住《すま》つてゐる宮殿の下の、波打際《なみうちぎわ》の洞穴《ほらあな》の中で、睡《ねむ》つてゐるシレネを見付けたと申します。

ルクレチア　奥様、本当の話でござります。

オルセオラ　奥様、本当の話でござります。トリスタン・チベルレツトオもキプロスの島から帰りまして、お妃《きさき》コルネル様がアルフオンソ王に御再縁を遊ばすお世話をいたしてゐる時、海で寝てゐるシレネを見たさうでござります。そして死なうと思ひまして、金剛石《こんごうせき》を呑込《のみこ》んださうでござります。

カタリナ　世間ではこんな事を申します。パンテアはシレネの寝てゐるのを見まして、髪に挿《さ》す針をシレネの頸《くび》に突差《つきさ》しまして、その創口《きずぐち》に口をあてゝ、シレネの魂を体から吸取《すいと》つてしまつたと申します。その時あの女子《おなご》の瞳《ひとみ》は、元両方とも黒かつたのが、片々碧《かたかたあお》くなつたと申します。又外《ほか》の人の申しますには、シレネといふ化物《ばけもの》は死ぬといふ事はございませんので、パンテアはそれを網で取りまして、大きな生洲《いけす》に入れました。それでシレネは海へ放して貰《もら》ふ代りにあらゆる秘密をパンテアに教へてしまつて、それからはそのシレネは啞《おし》になつてしまつたと申します。そのシレネは、パンテアの死ぬるのを待つて、自分の声を取戻《とりもど》さうと思つて、今でもあの女子《おなご》の船の通る処《ところ》で、折々《おりおり》夜中に波の間にゐるのが見える事があると申します。

（夫人は忽《たちま》ち布団を離れて起上《おきあが》る。顔は蒼《あお》ざめて異様になりゐる。譬《たとえ》ば海の深き渦巻に巻き込まれたる人の、折々《おりおり》呼吸せんが為に、水面に浮び出《いづ》る如《ごと》し。）

夫人　あの女子《おなご》を殺さずには置かぬ。殺さずには置かぬ。

（夫人は園《その》の方《かた》へ歩み出《い》で、ペンテルラの魔女《まおんな》を伴ひて帰るが待遠《まちどお》しき様子にて、彼方《かなた》を見る。恋の船々《ふねぶね》より音楽の音《ね》乱れて聞え来る。）

オルセオラや。行つておくれ、行つておくれ。ペンテルラはどうしてゐるか見に行つておくれ。行つてさうお云ひ。早くおし、馳《か》けてお出《い》でとさうお言ひ。さあ、お行《い》きよ。お行《い》きよ。ルクレチアや。お前はあの中庭の上の部屋へ上《あが》つて行つて火鉢に火が起してあるか見て、火が起してあるならこゝへ持つてお出で。

（オルセオラは園の方《ほう》へ馳《は》せ行《ゆ》き、見えずなる。ルクレチアは螺旋梯子《らせんばしご》を登り行《ゆ》く。）

まあ、ネリツサやバルバラや、ヤコベルラはどうしたのだらう。まだ帰つて来ないね。もしあれらの内誰《たれ》一人、あの女子《おなご》の髪の毛一本をも持つて来なかつたらどうしよう。カタリナや。お前はあのお方のお弾《ひき》になる箏《こと》の傍にゐたのではなかつたかい。

カタリナ　いゝえ。わたくしはあの女子《おなご》の船に乗つてゐましたのではございません。わたくしは余処《よそ》の船から始終の様子を見てゐましたのでございます。

夫人　（憤然として。）えゝ。お前達みんなを殺してしまはねば気が済まない。（間。）おう、魔女《まおんな》が、あれ、そこへ連れられて来る様だね。

（夫人は出《い》で迎へんとする如《ごと》く踊り上る。さて自《みづか》ら抑《おさ》ふる如く坐《すわ》りて、女中等《ら》の魔女《まおんな》を連れ来るを待つ。）

○オルセオラ、ペンテルラの二人に引かれて、魔女《まおんな》登場。疑ひ深き気色《けしき》。目はエマイユの如く輝きて残酷に見ゆ。白目は気味悪く、橄欖《かんらん》の如く褐色なる顔の上にきらめけり。魔女《まおんな》はその目にてあちこち見廻す。身に着けたるは長き、縞《しま》ある衣《い》にて、頭《こうべ》には黒き巾《きれ》を纏《まと》ひたり。その巾額《ひたい》と顎《あご》とを掩《おお》ひ隠せり。魔《ま》女《おんな》は大統領夫人の前に進み、身を屈《かが》めて敬礼す。）

夫人　スラヲニアのお婆《ばあ》さん。お前はわたしが呼んだのに来《こ》まいとしたね。

魔女《まおんな》　（へり下りて。）いえ、奥様。わたくしは参らうと存じたのでございます。生憎《あいにく》不実な女子《おなご》の為に、惚《ほれ》薬《ぐすり》を拵《こしら》へて貰《もら》はうと申しまして、或《ある》若者が参つてゐました。その若者がわたくしを引留《ひきと》めましたのでござります。その若者が何んと申しましても、惚薬を拵へるには、月の躔度《てんど》と申すものがございまして、丁度《ちょうど》その時に薬草を摘んで来て入れて煮《に》ねばなりません。それで直《す》ぐには出来ないと申すのをその若者が聞入《ききい》れずに、無暗《むやみ》にわたくしを引留めましたのでございます。惚薬《ほれぐすり》を呉《く》れぬなら殺してしまふと申します。あなた様の御家来達が、とう〳〵その男と打合《ぶちあ》つて、無理にわたくしをお連れなされました。わたくしはまだ命のあるのが不思議なやうでございます。荷物のやうに縛られて、驢馬《ろば》の背中へ括《くく》り付けられましたので、縄が肉に食《くい》込《こ》んで、体中が創《きず》だらけになりました。

夫人　（頸《くび》に掛けたる飾《かざり》の鎖を外《はず》して魔女《まおんな》に投げやる。）さあ、お前の肉に食込んだその縄の代りにこの鎖を取つてお置き。マヨルカ王の秘法の書物はこゝへ持つて来ただらうね。

魔女　書物は持つて参りました。

（魔女《まおんな》は懐中を探り、一巻の書物を取出《とりいだ》す。書物は、古びて切れ切れになりたる鞣革《なめしがわ》の平紐《ひらひも》にて巻きあり。）

夫人　お前はパンテアといふばいたの事を聞いてゐるだらうね。大統領の夫人でもあるやうな、贅沢《ぜいたく》な風《ふう》をして、遊山船《ゆさんぶね》でブレンタ河を漕《こ》がせてゐる女子《おなご》だ。

魔女　パンテアでござりまするか。あの片々碧《かたかたあお》い、片々黒い目をした女子《おなご》でございませう。エクバタナの魔女《まおんな》の申す事を聞かないで死んだ、怖しいアレクサンドロス王のやうな二色《ふたいろ》の目を致してゐる女子《おなご》でござりませう。あの女子《おなご》の星なら存じてをります。

夫人　いつかあの女子《おなご》を見た事があるのかい。

魔女　はい。見掛けた事がございます。つひ近頃の事で、ヱネチアでの事でございます。あの女子《おなご》は出窓の上に立つてゐました、髪の毛の黄金色《こがねいろ》を晒《さら》すと申して、日の光を浴びてをりました。その時リワの方からその姿を見詰めてゐた若い男がをりました。その男は桜の実のやうな赤色の上着を着てスフオルツア形《がた》の帽を冠《かむ》つてをりました。

夫人　はゝあ、お前は中々油断の出来ない女子《おなご》だね。それはさうと、わたしはお前に蠟《ろう》人形を拵《こしら》へて貰《もら》はなくてはならないよ。お聞きかい。パンテアは生かしては置《おか》れないのだよ。お聞きかい。パンテアは生かしては置れないのだよ。分つたかい。その代り何でもお前の欲しい物は、受合《うけあ》つてお前にやる。お前が故郷へ帰つて行《い》くなら山のやうに宝を積んだ船に乗せて送つてやる。お前が生きてゐる間何不足なく自分の家で暮して行《い》くやうにしてやる。

魔女　よろしうございます。奥さん。今宵《こよい》人形を拵《こしら》へませう。

夫人　いや、いや。今宵までは待たれない。今、今直《すぐ》に、そこで、即座に、このわたしの目の前で拵へておくれ。分つたかい。蠟の用意もしてある。火鉢には火がおこつてゐる。ルクレチアがこゝへ持《もつ》て来る筈《はず》だ。ペンテルラや。お前は急いで金《きん》の心《しん》の臓《ぞう》の間《ま》へ行つて蠟を持つてお出《い》で、一磅《ポンド》用意がしてある。それから箪《たん》笥《す》にある宝石と櫃《ひつ》にある銀貨の入物《いれもの》を持つてお出で。早くおし。

（ルクレチア耳の二つ付きたる火鉢を持ちて梯子《はしご》を降《お》り来る。ペンテルラは梯子を登り行《ゆ》く。）

魔女　（貪欲《どんよく》の心萌《きざ》す様子。）蠟《ろう》人形は只今直《ただいますぐ》に拵《こしら》へませう。併《しか》し、奥様。蠟には何をまぜるのでございますか。晩餐式《ばんさんしき》に使つた麪包《ぱん》、尊い膏《あぶら》、それから抜けた歯でもございますか。

（夫人ぎくりとする様子。夫人の燃ゆる如《ごと》き目の前には、重き、黄金《こがね》の飾りある装束を付けたる、衰へ果てし老人の霊の過ぎ行くを見るかと覚《おぼ》し。）

夫人　歯が入《い》るといふのかい。まだ何《なん》にもない。今迄待つてゐるのにまだ何《なん》にも手に入《い》らぬ。衣裳《いしよう》の糸の一筋《ひとすじ》も、髪の毛の一本も。だが待つてお出《い》で、少し待つてお出で。まだ女中達が帰つて来る筈《はず》だ。（間。）オルセオラや園《その》の方から帰つて来るのが見えはしないか、見てお出で。えゝ。何《なん》にも取つて来なかつたら、わたしは女中を殺してやる。一人も残さず殺してやる。

（じれつたさと、腹立《はらだた》しさとに、夫人は狂気の如《ごと》くなる。ルクレチアは焔《ほのお》の燃立つ火鉢を絨緞《じゅうたん》の上に下《おろ》す。ペンテルラは蠟、宝石の入物《いれもの》、金入《かねいれ》を持ち来《きた》る。）

夫人 （魔女《まおんな》に蠟を渡す。）これこゝに蠟がある。清浄《しょうじょう》な蠟だ。御覧。蘇合香《そごうこう》のやうに真黄色《まきいろ》で、水のやうに形を変へる事が出来る。人型《ひとがた》を拵へるのには一秒間もかゝるまい。それからこのお金は少し計《ばか》りだが手附《てつけ》に取つてお置き。（間。）どうだらうね。蠟計りで外《ほか》の物を交《まぜ》ずには目差す人を取殺《とりころ》す事は出来まいかい。

魔女 それは出来ないにも限りません。今日《こんにち》は好《い》い日でございます。今日《こんにち》の天使はアンホエルでございます。

夫人 さう思ふならやつて見てお呉《く》れ。さあ、お始め。お前を海の向うへ乗せて行《い》く船の支度を直《すぐ》にさせて、その船には宝を一ぱい積んでやる。あのパンテアめはどうしても殺してやらねばならぬ。

魔女 今日《こんにち》の天使はアンホエルでございます。

（魔女《まおんな》支度に取掛《とりかか》る。魔法の書物を開《ひら》けば、解《と》きほぐしたる鞣革《なめしがわ》の紐《ひも》、だらりと垂《た》る。魔女《まおんな》はその書物をエヌス像の台の上に、立像の銅の足に寄せかけて置く。これにて像の台は見台のやうになり、立ちながらその書物を読む事を得《う》べし。魔女《まおんな》は火鉢の上に俯向《うつむ》き、蠟《ろう》を熔《と》かさんとす。さて小声にて書物のうちの、分らぬ文句を読みつゝ指にて人型《ひとがた》を作る。夫人はあからめもせず蠟人形の出来るを見詰めゐる。その様憎悪《ぞうお》の力のありたけを蠟人形の内に込めんとする如《ごと》し。河の方《かた》、遠き処《ところ》より戦争の如き人音幽《ひとおとかすか》に聞ゆ。）

夫人 （踊り上る。）お聞きかい。お聞きかい。

（ペンテルラ様子を見に梯子《はしご》を登る。）

オルセオラ （園《その》の方《かた》より、息を切らして云ふ。）ネリツサが参ります。ヤコベルラが参ります。ヤコベルラの顔は血みどれになつてゐます。

（ヤコベルラ、息を切らし、色蒼《あお》ざめ、片頬《かたほ》を伝《つた》ひて血流るゝ姿にて登場。血は額《ひたい》の創《きず》より流れ出《い》づ。ネリツサは声を立てゝ泣きつゝ附添《つきそ》ひて登場。）

ヤコベルラ　奥様。

ネリツサ　奥様。

夫人　（ヤコベルラの近く進み寄るを見て。）その血はどうしたのだえ。誰《たれ》がお前に創を付けたか。云つてお聞かせ。

（舞台にゐたる女中達、みな今帰れる二人の周囲《まわり》に寄集《よりあつ》まる。魔女《まおんな》は構はずに為事《しごと》をしてゐる。）

ヤコベルラ　（物に恐るゝ如《ごと》き声にて。）わたくしは奥様に差上《さしあ》げるものを持《も》て帰りました。パンテアの髪の毛でございます。渦巻いた髪の毛で、長い髪の毛でございます。

夫人　（思ひがけぬ喜びに夢中になりたる様子。）何んとお云ひだえ。何んとお云ひだえ。

ヤコベルラ　わたくしの切取《きりと》つた、あの女子《おなご》の髪の毛でございます。たしかにこの手で切取りましたのでございます。（間。）こゝに持つてをりまする。こゝに持つてをりまする。

（痙攣《けいれん》する指にて胸の辺《あたり》を探す。その間ネリツサは涙にてぐつしより濡《ぬれ》たるハンケチを手に持ち、ヤコベルラの頬《ほお》に流るゝ血を、優しく拭《ぬぐ》ひやる。）

夫人　（四辺《あたり》の物事に構はず、為事《しごと》をしてゐる魔女《まおんな》に向ひ、物狂《ものぐる》ほしき喜びの声にて。）お前聞いたかい。あの女子《おなご》の髪の毛が手に入《い》つたのだよ。（間。）あの女子《おなご》の命はこつちの物だ。

ヤコベルラ　こゝにございます。こゝに。

（胸の辺《あたり》より、この尊き贓物《ぞうもつ》を入れたる、糸にて幾重《いくえ》にも巻ける小さき包《つつみ》を取出《とりいだ》す。）

こゝにございます。糸を解《ほど》かねばいけません。結び玉《たま》が幾つも幾つもございます。出来る事なら百も千も結んで置かうと存じましたのでございます。ネリツサさん。お前さんが結んでおくれだつたね。大相《たいそう》堅く結んでお置きだつたね。さあ、お解《と》き、お解き。

（二人にて結び目を解《と》かんとす。夫人は待兼《まちか》ねたる様子にて、折々《おりおり》手を包の方《かた》に差伸《さしのば》す。）

ペンテルラ　（この間《ま》に螺旋梯子《らせんばしご》の上より。）船がみな引返《ひきかへ》します。艪《ろ》に力を入れて上手《かみて》へ登らうと致してをります。かしぎさうになつてゐるやうに見えまする。（間。）下《しも》の方、レ・ポルテの方角に大相な物音が聞えます。（間。）稲光《いなびかり》のやうなものが見えまする。（間。）河は一体に真暗《まつくら》になりました。

ヤコベルラ （やう〳〵包を解《ほど》きて、髪の毛を取出《とりいだ》す。）こゝにござります。こゝにござります。長いではござりませんか。大したものではござりませんか。わたくしが、わたくしが切取《きりと》りました。隠し持つてゐた、此《こ》の鋏《はさみ》で切取つてやりました。

オルセオラ まあ、長い毛だ事ね。

カタリナ まあ、ぴか〳〵光つてゐるではありませんか。

ルクレチア ほんに大した光沢《つや》でござりますね。

（夫人は詞《ことば》無く、両手を皿のやうにして、殺すべき仇《あた》の身より盗み取りたるこの品物の方《かた》へ差出《さしいだ》す。さてヤコベルラの渡す髪の毛を受取《うけと》りて、両眼《りようがん》を閉ぢ、譬《たと》へば毒蛇《どくじや》に触れたる如《ごと》く、忽然《こつぜん》堪へ難《がた》き気味悪さを覚えて、全身凝り固《かたま》りてあり。夫人は斯《か》く、色蒼《あお》ざめ、詞《ことば》なくてあること数秒間。さて再び両眼を開《ひら》き、そのまゝの姿勢にて、徐《しず》かに、彼《か》の開きたる書物の前、銅像の足元にて蠟《ろう》人形を作りゐる魔女《まおんな》の方《かた》へ持ち行《ゆ》く。魔女《まおんな》は、夫人の手のうちなるパンテアが髪の毛を見んと身を屈《かが》む。）

ペンテルラ （この隙《ひま》に上より。）下《しも》の方、レ・ポルテの方角に大相《たいそう》な物音が致します。（間。）何千人かの人の声が致します。（間。）その声はパンテア、パンテアと申すやうでござります。河は一体に真暗《まつくら》でござります。たつた一筋《ひとすじ》赤く見えてゐる河面《かわづら》には、まだ流れて行《い》く花の鎖が見えてゐます。幾つも幾つも見えてゐます。（間。）船が一艘《そう》、乗つてゐる人もなんにもないのが、水のまにまに、下《しも》の方へ流れて参ります。

夫人 （魔女《まおんな》に。）さあお取り。これであの女子《おなご》の命はお前の手に渡つたのだよ。利目《ききめ》のある強い呪文《じゆもん》を唱へておくれ。

（魔女《まおんな》髪の毛を受取《うけと》り、蠟《ろう》人形の頭に巻き附く。）

魔女 これで宜《よろ》しうござります。もうこれで、硝子玉《がらすだま》が二つあれば宜しうござります。黒いのを一つと碧《あお》いのを一つと、両方の目に入《い》れるのでござります。

夫人　誰《たれ》か硝子《がらす》玉を繋《つな》いだ鎖を持つてゐないかい。金《きん》の鎖と替へてやる。

ルクレチア　わたくしが差上《さしあ》げます。

カタリナ　わたくしが。

オルセオラ　わたくしが。

（三人の貪《むさぼ》れる女中等《ら》頸《くび》に懸《か》けたる硝子玉の鎖を引《ひき》ちぎり、慌《あわただ》しく碧玉《あおだま》と黒玉とを探す。）

カタリナ　こゝに黒いのがございます。

ルクレチア　こゝに碧いのがございます。

（二人は硝子玉を魔女《まおんな》に渡す。魔女受取《まおんなうけと》りて、その玉を小さき蠟人形の顔に、瞳《ひとみ》として嵌《は》め込む。女中達の空手《からて》を差出《さしいだ》すを見て、夫人は猩々緋《しょうじょうひ》の長椅子《ながいす》の上に置きある宝石入《いれ》を開《ひら》く。）

夫人　（二人に頸飾《くびかざり》の鎖を渡しつゝ。）これがお前のだよ。これがお前のだよ。

（女中達は夫人の両手の上に身を伏せて接吻《せつぷん》す。さて嬉《うれ》しげに微笑《ほほえ》みつゝ貰《もら》ひたる頸飾を持ち、身軽に、恭《うやうや》しく引下《ひきさが》る。ヤコベルラは離れて脇の方にゐる。ネリツサは白き巾《きれ》にてヤコベルラの額《ひたい》を包みやる。白き巾《きれ》には忽《たちま》ち血にじむ。夫人この様子を見て二人の傍に寄る。）

ヤコベルラや。お前には何をやらうかね。お前一人脇へ退《の》いてゐておとなしくしてゐて、そして血を出してゐるのだね。お前にはわたしの一番大事な飾《かざり》をやりませう。その血の出てゐるお前の額へ真珠の冠《かんむり》を冠《かむ》せてやりませう。お前はいつまでも内へ置いて、わたしの傍を離さない積りだ。いつまでもわたしが贔屓《ひいき》にしてやる。これから先のお前の生涯は小川《こがわ》の水が流れるやうに楽にしてやる。（間。）そしてネリツサも、お前の仲好《なかよし》のネリツサも麁末《そまつ》にはせぬ。お前はネリツサが好きなのだね。あれを御覧。目に一ぱい涙をためてゐる。お前の創《きず》を苦にしてゐるのだ。いつまでもネリツサがお前に別れないやうにしてやる。二人ともいつまでもわたしの手元に置いてやる。お前達二人には苦労といふものをさせない積りだ。（間。）創《きず》が痛いかい。わたしに云つてお聞かせ。さあ云つてお聞かせ。誰《たれ》がお前を打《ぶ》つたのだい。あの女子《おなご》かい。お前が髪の毛を切つた時、あの女子《おなご》が打《ぶ》つたのかい。一体どうしてあの髪の毛を手に入れたのだえ。さあ。好《い》い子、云つてお聞かせ。わたしが聞くから。

（夫人はヤコベルラを長椅子《ながいす》の処《ところ》に連れ行《ゆ》き、布団を背中へ当《あて》がひ寄掛《よりかか》らす。）

魔女 （進み出《い》づ。）さあ、蠟《ろう》人形が出来ました。

（魔女《まおんな》は夫人の手に、髪の毛を頭に巻き附けたる、黄色なる裸体の蠟《ろう》人形に硝子玉《がらすだま》の目を入れたるを渡す。蠟人形は異教の民の祭る偶像の如《ごと》し。女中等《ら》は心に恐怖を抱《いだ》きつゝ無言にてこれを見る。）

これが死なねばならぬ婬婦《いんぷ》パンテアの人型《ひとがた》でござります。今日《こんにち》の天使はアンホエルでござります。

（この呪《のろい》の人形を受取《うけと》る時、夫人の両手は顫《ふる》ひわなゝけり。夫人は猩々緋《しょうじょうひ》の布団に腰掛け、人形を膝《ひざ》の上に据《す》ゑ、一秒間ほど、身を屈《かが》めてぢつと見る。その目には憎悪《ぞうお》の全破壊力を集中せり。さて烈《はげ》しき動作にて、忽然《こつぜん》自分の束髪《そくはつ》に挿しある長き、黄金《こがね》の針を抜き取る。その様《さま》匕首《あいくち》の鞘《さや》を払ふが如し。さてその針にて蠟人形を突刺《つきさ》す。魔女《まおんな》は銅像の台の傍に立ち、半ば口の内にて魔法の書物に書きある呪咀《まじない》の文句を読み、折々《おりおり》香気高き粉《こ》を燃ゆる火鉢の火に撮《つま》み入《い》る。真黒《まつくろ》になりたる園《その》の上には、重き、青緑色《あおみどりいろ》の雲棚引《たなび》く。）

ペンテルラ （この隙《ひま》に螺旋梯子《らせんばしご》の上より。）河面《かわづら》に、レ・ポルテの方角に火が見えまする。（間。）火が段々大きくなつて、近くなつて参ります。水の上で動いてゐる様子が船火事《ふなかじ》らしうござります。それとも慰みに火を焚《た》くのかも知れません。変な色でござります。火に照されてゐる処《ところ》に人の影が黒くなつて見えてゐます。丁度《ちょうど》踊を踊つてゐるやうでござります。火は段々大きくなつて参ります。

夫人 （憤怒《ふんぬ》の有様にて、又束髪《そくはつ》より針を一本抜き出《いだ》し、蠟《ろう》人形を突刺《つきさ》す。）えゝ。地獄の火の中へそちを投込《なげこ》んでやりたい。

（夫人は魔女《まおんな》の方《かた》へ振向《ふりむ》く。）

スラヲニアのお婆《ばあ》さん。あらゆる天使をお呼び。あらゆる悪魔をお呼び。そして彼女子《あのおなご》を、慰みの真最中《まつさいちゅう》に、粉微塵《こなみじん》にしてやるやうに骨を折つておくれ。何んでも約束をしただけのものはみんなお前にやるのだから。そればかりではない。まだ云はなかつたものも添へてやる。分つたかい。どうしてもあの女子《おなご》を殺すことだけは殺して貰《もら》はねばならないのだよ。あの女子《おなご》を呪《のろ》つておくれ。呪つておくれ。

（夫人はまた一本の針を髪より抜き出《いだ》し蠟人形に刺す。さて束髪に手をやりて針を探せども見当らず。腹立たしげに傍を見返り、絨緞《じゅうたん》の上に坐《すわ》りゐるヤコベルラの髪に挿したる針を抜取《ぬきと》る。ヤコベルラ額《ひたい》の創《きず》に触れられて痛みの叫びをなす。）

おう。ヤコベルラや。創があつたのだつけね。まだ血が出るかい。巾《きれ》が赤《あかく》なつてゐるね。（間。）さう〳〵お前はまだ云つて聞かせないね。その創は誰《たれ》に打《ぶ》たれた創なのだえ。あの女子《おなご》が打《ぶ》つたのかい。お前に髪を切られる時、打《ぶ》つて創を付けたのかい。どこの髪を切つたのだえ。耳の傍のかい。頸《くび》に垂れてゐたのかい。頸の、脈の打つてゐる処《ところ》に垂れてゐたのかい。

ヤコベルラ　項《うなじ》の髪でござります。女子《おなご》はそれを気取《けど》りました。鋏《はさみ》の音が聞えたのでござります。（間。）大相《たいそう》髪の多い女子《おなご》で髪を捌《さば》いてゐる時は、一体なら物音も聞えず、目に物も見えないのださうでござります。なんでも髪が重くつて、丁度《ちょうど》布団を一枚も被《かむ》つてゐるやうな心持《こころもち》なのださうでござります。髪を捌《さば》いてゐると息が詰ると申します。余り髪が重いので、折々《おりおり》は泣くと申すことでござります。丁度重荷を負うて山を登る人のやうに、折々は溜息《ためいき》をつくさうでござります。丁度垣の中に隠れてゐる鶯《うぐいす》のやうに。

（夫人はまた手を束髪《そくはつ》にやりて、残酷なる針を探せども得ず。身の周囲《まわり》には女中等《ら》跪《ひざまず》きゐる。夫人は女中達の頭を探る。そのうちオルセオラ自分の髪より針を抜き取りて夫人に渡す。夫人受取《うけと》りて憤怒《ふんぬ》の様子にて、その針を蠟《ろう》人形に刺す。）

夫人　それではお前は、船まで行つたのだね。どうして騙《だま》して乗込《のりこ》んだのだえ。それをわたしに云つてお聞かせ。

ヤコベルラ　パンテアは広告を致したのでござります。変つた髪結《かみゆい》が抱へたいと申すので。何か新しい工夫をして結《い》つて貰《もら》ひたいといふのでござります。あの女子《おなご》は、もう自分ではどうして見ようといふ工夫がなくなつたのでござります。これまでは色々な結方《ゆいかた》を致して見て世の中の美しいもの、派手なものを、何でも自分の髪で拵《こしら》へて見たのでござります。蜂《はち》の巣のやうにして見たり、牛の角《つの》のやうにして見たり、ヒアシントの花のやうにして見たり、海の波のやうにして見たり致したのでございます。わたくしは広告の事を聞きましたので、女中の一人にわたくしの手際《てぎわ》を吹聴《ふいちよう》して抱へて貰《もら》ふやうに致しました。為合《しあわ》せな事には、そんなら試《ため》しに結《ゆ》はせて見ようといふ事になりました。わたくしは船に乗込《のりこ》みます。ネリツサは傍の小船で待つてゐます。わたくしはあの女子《おなご》の船に乗込む時、やまならしといふ木《き》の葉のやうに、ぶる〳〵顫《ふる》へてをりました。

夫人 その時船にあのお方が入《い》らつしやつたかい。あのお方をお見上げ申したかい。

ヤコベルラ えゝ。入らつしやいました。香水の瓶《びん》を手にお持ちになつて、その薫《かお》りに酔ひたいといふ風《ふう》で、嗅《か》いで入らつしやいました。パンテアはわたくしの参るのを見まして、半分はじれつたがり、半分は可笑《おか》しがるといふ様子で、さう申すのでございます。おや。この女子《おなご》も手は二本しきや持つてゐないのだね。わたしの髪を掻《か》かせるには優しい、素早い指の百本位《ぐらい》ある女子《おなご》が欲しいものだと、申すのでございます。わたくしはぶる〳〵顫へてをりました。あのお方はわたくしをぢつと見て入らつしやりました。

夫人 どんな御様子だつたえ。

ヤコベルラ なんとも申しやうのないほどお美しうお見えなさりました。

（夫人は胸を刺されたる如《ごと》く首《こうべ》を後《うしろ》へ投ぐ。夫人の手は鋭き獲物を求むる如く、覚えず女中達の方へ差伸《さしのば》さる。ルクレチア我が束髪《そくはつ》の針を抜きて夫人に渡す。夫人受取《うけと》りて蠟《ろう》人形を突刺《つきさ》す。蠟人形は数多《あまた》の針に貫《つらぬ》かれて蝟《はりねずみ》の如くに見ゆ。）

夫人 わたしの問ふのは、どんなお心持《こころもち》で入《い》らつしやるやうに、お見受け申したかと云ふのだよ。嬉《うれ》しがつて入らつしやつたか。ぼんやりして入らつしやつたか。

ヤコベルラ 左様《さよう》でございますね。何だか額《ひたい》を曇らせて、眉根《まゆね》を寄せて入らつしやるやうでございました。お目は燃えるやうで、どちらかと申せば、曇つてゐる方でございました。

夫人 なんとか仰《おつし》やつたかい。

ヤコベルラ 何か考へ込んで入らつしやるやうでございました。わたくしをぢつと見て入らつしやりましたが、それから腰に挿して入らつしやつた小さい匕首《あいくち》をお抜きなさりまして、その切先《きつさき》を瓶《びん》にお漬けなさるのでござります。刃《やいば》に匂《におい》をお付け遊ばすのか、毒になるやうになさるのか、わたくしには分らなかつたのでござります。わたくしは女子《おなご》の髪の、重い束《たば》に束《つか》ねてあるのを解《ほど》きながら、体中が顫《ふる》へてをりました。広々とした黄金《こがね》の森に迷つた二枚の落葉のやうに、わたくしの手は髪の中をうろついてをりました。髪の中に隠れてゐる女子《おなご》が、何をするのだえ、何をするのだえと申すのでござります。大相《たいそう》腹を立てたやうな声なのでござります。わたくしはその時、ふいとあらがふやうな心持《こころもち》で気が強くなりました。そこでわたくしは稲妻《いなずま》のやうに、手品遣《てじなつかい》のやうに素ばしこく毛を一本切り取つて隠してしまひました。それを致してからといふものは、わたくしはもう逃げようと思ふ外《ほか》には何《なん》にも思つてゐなかつたのでござります。両手は死んだものゝやうに、利かなくなつてしまひました。女子《おなご》は大相怒りましてわたくしを追出《おいだ》しました、突出《つきだ》しました。キプロス生《うまれ》の一人の女中はわたくしを殺さうといたします。スラヲニア生の一人の女中はわたくしに犬をけし掛けます。

ネリツサ　（涙をはら〳〵と溢《こぼ》す。）まあ、奥様。お聞き下さいまし。あの時にヤコベルラがどうしてその場を逃れましたか、不思議なやうでござります。体中に打《ぶ》たれない処《ところ》は少しもござりません。肱《ひじ》にも肩にも、胸の処にも一ぱい創《きず》が付きました。

夫人　（ネリツサに。）さあ、さあ。ヤコベルラを連れてあつちへお出《い》で。そして介抱をしておやり。ペンテルラにさう云つてバルサムを付けておやり。ペンテルラや。ペンテルラや。

ペンテルラ　（高き処《ところ》より。）火が段々近くなつて参ります。水の流れに従つて下《くだ》つて参ります。河中《かわじゅう》が火に照らされて参りました。（間。）船がみんなその火を取巻《とりま》いて、込合《こみあ》つて、幾つともなく付いて参ります。大相《たいそう》な物音でござります。

オルセオラ　あの女子《おなご》の乗つてゐる船は、外《ほか》の船と一しよにこのお庭の傍を通るのださうだね。

カタリナ　夜中《よじゅう》ブレンタ河で遊んで東の白《しら》む時ヱネチアのジウデツカに乗込《のりこ》む筈《はず》だとね。

ルクレチア　東が白む時に、あの女子《おなご》もコンスタンチン様の御子《みこ》の、希臘生《ギリシャうまれ》のテオドラ・セルヲ様のやうに、朝露《あさつゆ》で行水をするのださうだね。

オルセオラ　さう、さう。テオドラ様の遊ばしたやうに、園《その》や野原の朝露を集めさせて、毎朝《まいちょう》行水をするのだつてね。

ヤコベルラ　あの女子《おなご》は世の中にありとあらゆる薫物《においもの》や香水を入れた、色々な大きさの瓶《びん》や壺《つぼ》を千計《ばか》りも持つてゐるのだとね。いつも乗つてゐる船にも薫物だけを入れる入物《いれもの》があるさうだね。それから連れて歩く女中のうちに、モルガンチナといふのがあるつてね。その女中が寝屋《ねや》の秘密を何《なん》でも心得てゐて女の色の衰へないやうにする呑薬《のみぐすり》や遣《つか》ひ水や膏薬《こうやく》や白粉《おしろい》を拵《こしら》へるのださうだね。

ルクレチア　世間でいふのに、あの女子《おなご》の体には黒子《ほくろ》一つ無いのだとね。たゞ脈の網が青く透通《すきとお》つて見える計《ばか》りだとね。肌の色は白いといふよりは、少し青味がゝつた方で、小さい子供の白目の色のやうに見えるつてね。

カタリナ　世間でいふのに、カラブリアの公爵様が、コンスタンチノポリスからお持帰《もちかえ》りになつた盃《さかずき》がある、その盃は希臘《ギリシヤ》の彫刻のへレナの像の乳房《ちぶさ》の型を取つたのだとね。そこで公爵様がパンテアの乳房の型を取つて、今一つお盃をお拵へになつた。それがヘレナの乳房で取つたのと双児《ふたご》のやうに揃《そろ》つてゐるのだとね。

（女中等《ら》は斯《か》く語りをる間に、おの〳〵頭より抜きて出《いだ》す針を、色々の白と科《せりふ》とにて夫人に渡し、夫人はそれを受取《うけと》りて蠟《ろう》人形を突刺《つきさ》す。一目碧《いちもくあお》く、一目黒き妖婦にかたどる蠟人形の周囲《めぐり》に、絶えずきらめく針のさまは、譬《たとえ》ば古代の打物《うちもの》のきらめき鳴るが如《ごと》くなり。魔女《まおんな》はそれに構はず、銅像の台と火鉢との間に立ち、マヨルカ王の魔法の書物を読みゐる。折々《おりおり》河の方《かた》より戦争の物音の如き物音聞ゆ。雲は次第に消え失せんとす。）

オルセオラ　あの物音をお聞きよ。

ルクレチア　まあ何んといふ声だらう。何んといふ声だらう。

カタリナ　世間で云ふのに、男があの女子《おなご》を見ると、牡牛が虻《あぶ》に附かれたやうに気が違つてしまふのだとね。

オルセオラ　本当だよ。本当だよ。金《きん》で飾つた船の舳《へさき》に出た時は、周囲《まわり》の船にゐる男達がみな気が違つたやうでした。

ヤコベルラ　あの女子《おなご》が目で物を見る時、二通《ふたとお》り見やうがある。碧い目と黒い目とで見られると、見られた男は何んにも分らないやうに夢中になるのだとね。

ルクレチア　あれお聞きよ。何んだかあの人声《ひとごえ》は遊山《ゆさん》をしてゐる声ではなくつて、戦争をしてゐる声のやうではないか。

カタリナ　なんでもあの女子《おなご》は代々の大統領夫人の遊山《ゆさん》に負けないやうにしようといふのだとね。これまで名高い遊山をしたのは、昔のモロシナ・モロシニ様、それからチリア・ブリウリ様、それからこちらの奥様、グラデニガ様なのだが、それより立派な遊山をして見せようといふのだとね。

ヤコベルラ　何千か知れない、ミルツスや、月桂《げつけい》や、糸杉の編物を河に投げて、ジウデツカまでも、サン・マルコまでもその緑の鎖が浮いてゐる間を船で行《い》かうといふのだとね。先へ投げた編物はヱネチアへ流れ付いて、船の来る先触《さきぶれ》になるのだとね。

オルセオラ　ほんに糸杉の分が先へ流れて行《い》けば好《い》い。

カタリナ　東が白む時、ヱネチア中の人が目を覚して、水に浮いた緑を見て、パンテアさんが乗込《のりこ》むのだといふやうにするのださうだ。その時十人の議官達や、大《おお》役人達が。

（突然、夫人の探す針の、誰《たれ》の頭にも無きに心付きて、詞《ことば》を切る。）

オルセオラ　奥様、もう誰《たれ》の髪にも針はござりません。

（斯《か》く云ひつゝ、女中等は猶《なお》銘々の髪を手探りにしてゐる。）

夫人　（魔女《まおんな》に。）スラヲニアのお婆《ばあ》さん、どんな様子だえ。呪文《じゆもん》の利目《ききめ》はどうだらうね。あの女子《おなご》は体の創《きず》を覚えるだらうかね。断末魔の苦しみを覚えるだらうかね。御覧。わたしはこんなに針で刺してやつたのだよ。蝟《はりねずみ》のやうになつてゐるのだよ。

（河の遠き処《ところ》より、怪しき物音再び聞ゆ。）

お聞きよ。お聞きよ。スラヲニアのお婆《ばあ》さん。あの凱歌《がいか》の声をお聞きよ。お前はもう一時間もかゝつて咀《のろ》つてゐるのに。

（魔女《まおんな》は静《しず》かに、魔法の書物を開《あ》けたるまゝに持ち、左に向き、夫人の方《かた》へ歩み寄る。さて数多《あまた》の針のきらめける蠟《らう》人形の上に屈《かが》み、右手《めて》を人形の首の上に置き、分らぬ呪文《じゆもん》を唱《とな》ふ。空より物の影落ち来《きた》り、雲は灰を蒙《かうむ》れる薪《たきぎ》の山の如《ごと》く見ゆ。）

松火《たいまつ》をお点《つ》け。日が暮れた。

（女中等松火台に馳《は》せ寄る。園《その》のうちにて、忽《たちま》ち叫び声を聞く。バルバラ、オルデルラの二人声高く叫びつゝ、園を馳せ来る。）

バルバラ　パンテアが焰《ほのお》に包まれてをりまする。

オルデルラ　パンテアが火に焚《や》かれてをりまする。

（夫人烈《はげ》しき運動にて踊り上《あが》る。蠟人形は夫人の手に押遣《おしや》られて地に落つ。）

バルバラ　（息を切らして馳せ付く。）パンテアは焼死《やけし》にまする。遊山船《ゆさんぶね》が燃上《もえあが》つてをりまする。男達はみな抜《ぬき》身《み》で斬合《きりあ》つてをりまする。

オルデルラ　遊山船《ゆさんぶね》が燃上《もえあが》つて、パンテアも、一しよに乗つてゐたものも残らず焼死にまする。船は焼けながら河を下《くだ》つて参ります。もう直《じ》きそこを通りませう。もうそこいらが船火事《ふなかじ》の火で明るくなつて参りました。

バルバラ　奥様。まるで戦争でござります。男達がみな気が狂つたやうになつてをります。そして船と船との間で斬合《きりあ》つてゐます。血だらけでござります。幾たり人死《ひとじに》があるやら分りません。

夫人　（気が気でなき様子。）えゝ。それなのにあのお方がその場に入《い》らつしやる。

オルデルラ　喧嘩《けんか》の始《はじま》りましたのは女子《おなご》が勝《かち》ほこつた真最中《まつさいちゆう》でござりました。何百か、何千か知れない、旗を立てた船が、女子《おなご》の遊山船を取巻《とりま》いて、河水《かわみず》に流す花の鎖が、水の見えない程になつて、歌の声と喜びの叫《さけび》とが遠い処《ところ》まで聞えてゐる真最中でござりました。掘割《ほりわり》を通つてミラノから来た方々でござります。プリアモ・グリツチ様、マリン・ボルヅウ様、ピエロ・サグレド様、この人達が武装した兵士を連れて船で参りまして、無理やりに遊山船に乗込《のりこ》んで、パンテアを我物《わがもの》にして、けふの祭の主人公にならうとしたのでござります。もし云ふ事を聞かないなら、遊山船を焼いてしまふ、刀に掛けても云ふ事を聞かせて見せると申したのでござります。

夫人 そしてあの方を殺してしまつたのかい。殺してしまつたのかい。本当の事をわたしに云つて聞かせておくれ。早く云つて聞かせておくれ。もしやお前があの方のお殺されなさるのを見てゐたのではないのかい。

オルデルラ あの方は御家来達と御一しよに乱暴な人達を遊山船《ゆさんぶね》に乗せまいと防いでお出《い》でなさりました。お討死《うちじに》なされた処《ところ》は、わたくしは見ませなんだ。わたくしの見ましたのは遊山船のブリッジへ飛乗《とびの》つたプリアモ・グリッツチと斬合《きりあ》つて入《い》らつしやる処でござりました。

バルバラ わたくしはプリアモ・グリッツチが血みどれになつたのを見掛けました。

オルデオラ しまひには只哮《ただたけ》り狂つた群衆《くんじゅ》が見える計《ばか》りでどなたが何処《どこ》にお出でなさるやら見分ける事が出来なくなつてしまひました。人の怒《いかり》が河一ぱいになつてゐました。旗を立てた船々が抜身《ぬきみ》の光で、大きな白い巾《きれ》に包まれたやうに見えました。そしてみな口々に、パンテア、パンテアと叫ぶのでござります。叫べば叫ぶほど、みなが逆《のぼ》せて参ると見えました。ミラノから来た人達が火矢《ひや》を投付《なげつ》けます。さう致すとあの女子《おなご》の遊山船が直《すぐ》に燃え上つてしまひます。その早い事と申したら、まるで枯《か》れた葡萄《ぶどう》の蔓《つる》の束に火が移るやうでござります。ほくちに火が付くやうでござります。船が燃上《もえあが》りますと、大勢の人達が斬合つてゐる河面《かわづら》一ぱいに強い薫《かおり》が致して参ります。そして燃立つ火の色が誰《たれ》も今まで見た事のない色合《いろあい》でござります。

バルバラ それは香水や炷物《たきもの》の木が湧《わ》き立つたり焼けたり致すのでござります。瓶《びん》に入れて船に乗せてあつた香水が湧いたり燃えたり致します。香木《こうぼく》と薬味《やくみ》とが一しよになつて燃えまする。船に火の移つたのがまたゝく隙《ひま》でござりまして、周囲《まわり》の空気は直《すぐ》に好《い》い匂《におい》で噎《む》せるやうになりました。それと一しよに男達の物狂《ものぐるい》が愈々《いよいよ》ひどくなりました。誰《たれ》も誰《たれ》も命掛けで斬合《きりあひ》ます。その船々が河を下《くだ》つて参ります。入乱《いりみだ》れて、重なり合つて、船の焼ける火を燈《あかり》にして斬合ふのでござります。もう直《じ》き其処《そこ》へ参ります。あれをお聞きなさりませ。あれをお聞きなさりませ。

（騒がしき物音の漸《ようや》く近付くを聞く。園《その》の背景は燃ゆる船の火にて赤く照さる。夫人は苦痛と恐怖との為に物狂《ものくる》ほしくなり、梯子《はしご》に馳《は》せ寄る。一二段登りてよろめく。女中達支へ助けんと馳せ寄る。魔女《まおんな》は地上に落ちたる蠟《ろう》人形を取上《とりあ》げ、ヱヌスの立像の足の元に置く。蠟人形に刺貫《さしつらぬ》きたる数多《あまた》の針、銅像の暗色なる肌に反映して白く光る。）

ペンテルラ　（螺旋梯子《らせんばしご》より。）あれ火が見えます。あれ火が見えます。遊山船《ゆさんぶね》でござります。女子《おなご》の遊山船でござります。火に一ぱい包まれて、赤く焼けた人の死骸《しがい》を一ぱい積んで参ります。大《おお》戦争でござります。刀が光ります。何千本か知れぬ刀が光ります。見えるものはみな焔《ほのお》と血とでござります。

（夫人は螺旋梯子の中程まで登り、二本の柱の間にて、欄干《らんかん》につかまり、身を屈《かが》めて覗《のぞ》き、苦痛と恐怖とにて物狂《ものぐる》ほしくなれる様にて詞《ことば》無し。火の子満ちたる煙と叫喚《きょうかん》の声とこの別荘の園《その》の上を越えて漲《みなぎ》り響く。屍《しかばね》の如《ごと》く蒼《あお》ざめたる夫人の顔、血の色の如き反射に染められて、この悲壮なる幻の崇高《そうこう》、美麗を遺《い》憾《かん》なく表現す。）

闘ふ人々の声　パンテア。パンテア。（幕。）

（明治四二年一一月・一二月「歌舞伎」）

小説といふものは何をどんな風に書いても好いものだ

須永朝彦

一　結びにくい人物像

鷗外森林太郎（一八六二〜一九二二）は、医学と文学と二つの博士号を持ち、所謂《いはゆる》二足の草鞋《わらぢ》を履き通した人で、然《しか》も巨人の足跡を残してゐる。編年体の全集（一九七一年〜岩波書店）は菊判で三十八巻（医事篇の六巻を含む）を数へ、著作の多い作家としては近代でも屈指の存在であらう。研究も盛んに行はれてをり、近年のものを瞥見すると、〈公生涯〉〈私生活〉〈文学活動〉などと劃《くぎ》つて隈無く洗ひ上げられてゐるごとくである。

鷗外は、石見国《いはみのくに》（島根県西部）津和野藩の典医の家に嫡男として生れ、十一歳で上京、一家の属望を一身に受け、明治新政府の下での立身を志したとされる。東京大学で医学を修め、卒業後は陸軍に奉職、官費で独逸《ドイツ》へ留学、衛生学を学び四年を過す。以後、一時不遇の時期もあつたが、結局は陸軍軍医総監・陸軍省医務局長といふ地位に登りつめる。自ら職を辞した後も、帝室博物館総長にして図書頭《づしよのかみ》を兼ねる顕職に就いてゐる。これは今日の国立博物館長と国会図書館長と宮内庁書陵部長を兼ねるやうなものなのか、よくは判らないが、正倉院の拝観特例の途《みち》を開いたのは鷗外の由である。その他にも、帝国美術院長とか臨時国語調査会長とか幾つもの要職に就き、死を迎へる前日には従二位に叙せられてゐる。近代文学、多士済々と雖《いへど》も、従二位の作家などは類例が無いだらう。以上が〈公生涯〉とか称されるものの概略である。〈私生活〉といふものの踏査も進んでゐて、胸膜炎なる持病の経過、留学中の国際的恋愛（？）や初婚の失敗の事から父母弟妹また妻子を率ゐての家長としての平坦ならざる日々の事まで微に入り細に亘つて調べ上げられてゐる。無論、これに〈文学活動〉といふ項目が加へられる訣《わけ》であるが、その為《つく》るところは漢詩・新体詩・短歌・俳句・戯曲・評論・小説・飜訳と多岐に亘つてをり、尋常ならざる〈公生涯〉の傍ら能《よ》くこれだけ書いたものだと感心させられ、即ち巨人のごとくに仰がれるのである。

明治時代に異色の履歴を誇る作家は多いだらうが、鷗外ほど多様な面を窺はせる人は稀である。和漢洋の諸学に通じた明晰な頭脳の持主——といふイメージを抱くのはごく尋常なることと聴《ゆる》されよう。旧幕時代の武士の傑物に通ずるやうな端正な風貌が看取される一方、西洋近代の学問に培はれた開明派ハイカラーの面影も具へてゐる。こゝに、三島由紀夫の言ふ「西欧的教養と東洋的教養の統一融合」の具現者といふ超人の肖像が、一つの鷗外像として説得力を持つて浮び上がる。然し、自己を曝《さら》して恬《てん》としてゐるやうな度量が窺へる反面、他者からの批評や挑発に一々拘泥せざるを得ないやうな神経の細さも垣間見られ、現に〈分裂性格〉だと断ずる論考も書かれてゐるのであり、誰もが納得するやうな肖像を描いて見せるのは容易ならざることのごとくである。世に鷗外論は少なくないが、人物論に傾いた評伝のごときが相当の割合を占めるのも頷かれると申すものである。

鷗外に敬意を表した作家は、上田敏や与謝野夫妻などの同時代人から、木下杢太郎・斎藤茂吉・芥川龍之介・佐藤春夫・日夏耿之介……石川淳・三島由紀夫・福永武彦に至るまで多士済々、流石《さすが》にリアリズム一辺倒とか私小説一筋などといふ人は見当らないが、敬して評するところには相応の差異が存するやうである。

二　収録作について

うたかたの記

「……明治十七年、若い陸軍二等軍医として戦陣医学と衛生学との研究のためにドイツに渡つた鷗外森林太郎の洋行の事実を近代日本文学の紀元としたいと思ふ」と述べた（昭和二十四年「森鷗外のロマンティシズム」）のは佐藤春夫であるが、はたして鷗外の執筆活動は独逸《ドイツ》より帰朝して間もない明治二十二年に始まる。自ら「しがらみ草紙」を創刊、数年に亘り目覚ましい活動を展開、その成果は『美奈和集《みなわしふ》』『つき草』『かげ草』に収められてゐるが、評論・飜訳が多数を占め、小説は『舞姫』『うたかたの記』『文づかひ』の三篇のみ、何《いづ》れも独逸を舞台に採つたもので、文語体である。

三篇の内、最も浪曼的息吹の感ぜられるのは『文づかひ』だが、仕掛が多く手のこんでゐるのは『うたかたの記』である。『舞姫』『文づかひ』の二篇が一人称であるのに対して、本篇のみ三人称で然も当時騒世の事件をそつくり取り込んでゐる。一八八六年六月十三日夜、バイエルン国王ルートヴィヒ二世はシュタルンベルク湖に於いて謎の溺死を遂げたが、折から鷗外はミュンヘンに滞在中で、『独逸日記』には「翌日聞けば拝焉《バイエルン》国王此夜ウルム湖の水に溺れたりしなり」云々とある。この事件を小説に作り、日本人の画学生を王の死に遭遇させてゐるのだから、これは相当な大技と申すべきだらう。王がマリイの母に道ならぬ恋慕を抱いたといふ虚構が設《しつら》へてあるが、ルートヴィヒは綽名《あだな》を〈童貞王〉といふくらゐで、女に興味を示さぬ王として生前から名高かつた。その事を鷗外は知らなかつたのであらうか？　この点に聊《いさゝ》かの疑問が残る。

　画学生の苗字は、王朝時代の絵師巨勢金岡《こせのかなをか》から採つたと推測されるが、人物像にはモデルがあり、ミュンヘンで識り合つた画家の原田直次郎がその人である。原田については、鷗外に「原田直二《（ママ）》郎に与ふる書」「原田直次郎」「原田の記念会」「再び原田の記念会に就いて」「原田の記念会余談」「原田直次郎年譜」があり、それらに拠れば、エクステルにもマリイにも同名のモデルのあつたことが知られる。

　本篇等の文体について、日夏耿之介は「……創作は感性感覚が知性と相弥《あいわた》りながら、旧と新とを弁別しつゝ、擬古文に於ける向新性を目ざしながら、自らにして和漢の素養が新を押へ、欧文の教養が旧を扼しつゝ、古風な雅文体のなかに、不思議にも欧文近代スタイルの呼吸が、シャヴァンヌ壁画中の現実性のやうに息づいてゐた。……」云々と説いてゐる。この雅文体は飜訳『即興詩人』（アンデルセン原作）に至つて完璧なものに磨き上げられるのを見るが、耿之介はなほ泉鏡花の文体に影響を及ぼしてゐると説く。

蛇

　雅文体の三篇を発表した後は、明治三十年発表の『そめちがへ』といふ戯作調の花柳物の短篇があるばかりで、凡そ十七八年間、鷗外は小説を書かなかつた。この間《かん》には、日清戦争への従軍、九州小倉への転任、日露戦争への従軍があつた。再び小説の筆を執り始めるのは雑誌「昴」が創刊された明治四十二年で、この時期、鷗外は公的生活に於いても私生活に於いても多くの難事に直面してゐたとされる。

　鷗外は『追儺《つひな》』の中で「小説といふものは何をどんな風に書いても好いものだ」といふ断案を下し、口語体を以て『半日』『追儺』『懇親会』『魔睡』『ヰタ・セクスアリス』『鶏』『金貨』『金毘羅』等々の小説を書き継いだごとくである。何れも己の身辺に材を求めたもので、これは、折から隆盛の自然主義一派の創作態度に歉《あきた》りぬものを覚えての試みであつたと推測されるが、今日読み比べてみれば、どちらにリアリズムの徹底が在つたかは火を見るよりも明らかである。文体に至つては、当時、鏡花や露伴を措いては鷗外に匹敵し得る作者は見当たらないだらう。耿之介曰く「昨日刷り上がつたばかりのインキの香の新鮮を永久に失はない」云々。

『半日』に描かれる嫁姑の確執は鷗外の家庭を写したものだとされる。『蛇』がその巧妙なヴァリエーションだといふことも既に言はれてゐるが、『半日』に比して遥かに小説らしくなつてゐる。それは、日本人の心の一隅に蟠《わだかま》る迷信・縁起・呪術の類に触れるところがあるからで、『金毘羅』や『鼠坂』にも同じことが言ひ得る。女性観も窺ひ得る。

流 行

鷗外には、皮肉の文芸とも申すべきものが幾つかあつて、『ル・パルナス・アンビユラン』『沈黙の塔』等の小説、戯曲『ファスチエス』などが挙げられよう。このうち『沈黙の塔』の諷刺は、パアシイ族に擬《なぞら》へられてゐる朝日新聞とその掲載記事「危険なる洋書」（明治四十三九月・十月）を容易に併読できぬ今日の読者には聊《いささ》か通じ難《にく》いものと化してゐる。如上の諸作に盛られた諷刺は芸術乃至《ないし》思想に関はるものだが、作者の自画像とも申すべき『あそび』『食堂』『田楽豆腐』をも併せ読むと、当時の鷗外の思考が理会し易いかと思ふ。

同じ諷刺小説でも『流行』は風俗に関はるものである。消費社会に流行は附物だから、日本でも江戸時代から様々な流行があり、それを操る者が存在し、モラルの欠如なども相応にあつたに違ひない。この作は日露戦後の流行の相を諷してゐる訣だが、豪邸の主人が資本家で奉公人が消費者といふ図式がちよつと突飛《とつぴ》で、従つて現実性に乏しく、その上に夢仕立なので、皮肉なメルヘンといふやうな味はひが生れてゐる。終章の倫敦《ロンドン》から届いた新刊書は、初出では著者名（W. Teignmouth Shore）も書肆名（Jhon Long, Limited.）も明記されてゐた。書名に出るD'Orsayとは、十八世紀前半の仏蘭西《フランス》人アルフレッド・ギヨーム・ガブリエル・ドルセー伯爵を指すやうで、この伯爵は軍人にして社交界に名を馳せたといふから、流行を操る人でもあつたのかも知れない。因みに発表誌の「三越」は同名の百貨店のPR誌であつた。

百物語

鷗外は屢々《しばしば》傍観者たることを標榜してゐるが、反面好奇心も旺盛であつたやうだ。抑《そもそ》もは〈百物語〉に対する好奇心から誘はれるまゝにかゝる会合に出かけた訣だが、その好奇心の対象が途中から主催者の飾磨屋《しかまや》と彼に寄り添ふ芸者へと移つてゆくところ、そして其処《そこ》に己と同類の傍観者を見出《みいだ》すところが眼目であらう。明治二十九年の実際の体験を基にしてゐるが、素材については森銑三に「森鷗外の『百物語』」と題する精緻な考証がある（『明治人物閑話』収録）ので参照されたい。鷗外は後に『細木香以』の中で、飾磨屋のモデルたる鹿島屋清兵衛の実名を挙げて本篇に触れてゐる。

大正期になると〈百物語〉の称は〈怪談会〉と変じたらしい。鏡花に怪談会を舞台にした怪異小説『露萩』があるので、本篇と読み比べてみるのも一興であらう。

不思議な鏡

鷗外の創作は、発表当時必ずしも十全の評価を得たとは言はれない。殊に明治四十年代には党派的な悪意の評に曝されるか、敬して遠ざける体《てい》の対応をされることが多かつたのである。日夏耿之介は「その昔鷗外森林太郎に対立したものは、硯友社でも自然派でもなく、樗牛でも逍遥でも漱石でもなく、ただただ俗衆々愚であつた」と述べ、更に「然し、鷗外と対立したのは俗衆であつたと云つても、それは形式上さういふ振合になつたまでの事で、鷗外自らは只の一度も愛すべき日本の民衆を衆愚などと貶めた事実なく、又一度も仇敵視したことなどもなく、民衆も亦声を揃へて、鷗外を文囿の頑迷な僭偽などと叫んだ事は絶対になかつた。（中略）透明で明晰極まる彼のあたまに一瞬のにごりを生ぜしめ、鳥渡額に八の字を寄せさせ、ゾラの所謂〃蛙を呑ませ〃たものは、さういふ衆愚を文筆稼業なる故を以て自ら進んで代表して出た末輩文士の雑言であつた」（昭和十六年「鷗外その日本的造立」）と続けてゐる。こゝにいふ〈末輩文士〉の多くは自然主義一派とみるべく、即ち『ル・パルナス・アンビユラン』は彼等に対する鷗外の我慢ならぬ心底を小説に托して諷したものであらう。本篇もまた同類の作ながら、こゝでは幾分自嘲気味に己を曝しつゝ、戯画風・非現実的な趣向結構を凝らし、前作を凌ぐ出来映えを示してゐる。田山（花袋）、島崎（藤村）、島村（抱月）、徳田（秋声）、正宗（白鳥）などと実名が沢山出てくるが、水野とあるのは今日の読者には馴染みが薄からう。この人は『明星』初期の同人で歌人・詩人として出立した水野葉舟（別号・蝶郎）、自然主義の興隆とともに小説に転じた。この時期の鷗外の小説には註釈無しに欧文が多用されてゐる。こゝに一々註するまでもないが、lynx といふのは動物の名だから〈大山猫〉のことと書き添へておく。

鼠　坂

鷗外は、江戸の小説や中国の古典も読み、ホフマンやポオやシュトローブルなどを飜訳してゐるし、おまけにドッペルゲンガーの愛好者だつたらしいふし（創作集の標題に『分身』あり）も窺へるから、浪曼的怪異的幻想的伝奇的傾向の文芸をも能く読《よ》み分けた人ならむと思ふが、左様な趣の小説は殆ど書いてゐない。資質に於いて、鏡花や露伴（無論この二人を同類視する訣にはまゐらない）とは対蹠的であつたと申すべきであらう。本篇などが、まづ鷗外の小説の中では最も怪異味の濃厚な作である。中国北部の村の描写は日露戦役の際の実見に基づくもの。標題など、うまいものである。序《ついで》ながら明治四十年代の見るべき小説として『木精』『青年』『花子』『妄想』『灰燼』等を挙げておかう。

寒山拾得

大正期になると、鷗外の小説は歴史それも近世のあまり知られぬ事件や人物に取材したものが多くなる。『興津弥五右衛門の遺書』『阿部一族』『佐橋甚五郎』『護持院河原の敵討』『堺事件』『安井夫人』『栗山大膳』『津下四郎左衛門』『ぢいさんばあさん』『高瀬舟』等。『山椒大夫』のごときは古浄瑠璃に拠つてゐる。これらの所謂〈歴史小説〉については、鷗外自ら「歴史其儘と歴史離れ」に聊か記すところがある。古代中国に取材したものに『魚玄機《ぎよげんき》』と本篇があり、何れも秀作である。特に本篇は解釈を読者に托すかの観があり、「水が来た」に象徴される簡潔な文体共々、妙味は一入《ひとしほ》と申し得る。なほ、『安井夫人』前後から筆名が本名の林太郎になつてゐる。

椙原品

鷗外晩年の創作は〈史伝〉と称されてゐる。馬琴の『弓張月』や『八犬伝』を〈読本の史伝物〉などと呼ぶ事もあるから何らかの区別の要を感じぬでもない。〈歴史〉とか〈考証〉とか称へる人もあるくらゐだが、まあ伝記文学といふことであらう。本篇は〈歴史小説〉から〈史伝〉に移る過渡的な作品とされるが、随筆また創作ノートと見て興趣を受け取るのがよい。伊達騒動をはじめ、加賀・黒田・柳沢・小笠原・秋田など旧幕時代の御家騒動と申すものは巷説化の過程に於いて尾鰭が附き、事実とは程遠い物語が流布してゐた。人々がこれを識るのは、浄瑠璃・歌舞伎か、講談か、〈実録〉と称する公の検閲を逃れた写本に拠つてであつた。伊達騒動などは『伽羅先代萩《めいぼくせんだいはぎ》』『伊達競阿国戯場《だてくらべおくにかぶき》』等の芝居によつて専《もつぱ》ら知られた経緯があり、講談や実録本が院本《ゐんぽん》・正本《しやうほん》の迹《あと》を追つた観さへある。明治に上演された河竹黙阿弥の『早《ほ》苗鳥《とゝぎす》伊達聞書《だてのきゝがき》（実録先代萩）』のごときでさへ尾鰭の方が威張つてゐる。かゝる様態を正さんとしたのが大槻文彦の『伊達騒動実録』であつた。

鷗外には、些細な事も見逃せぬといふか忽《ゆるが》せに出来ぬ性癖があつたやうで、大槻の書が出てゐるにもかゝはらず、自分の関係する雑誌に妄説の類が出たので、これを見逃す事が出来なかつたかのごとくである。遊女高尾に関する妄説の元凶たる『奥州ばなし』の著者只野文子は、正しくは綾子といひ、『真葛がはら』『みちのく日記』等の著作がある。

寿阿弥の手紙

鷗外は、近世に取材した〈歴史小説〉に手を染めて以来、武鑑（旧幕時代の武家名鑑）の蒐集を始め、集めた武鑑の中に「弘前医官渋江氏蔵書記」なる朱印を度々見出し、その人に興味を持つに至る。「奇縁」と述べてゐる渋江抽斎との出会であり、やがて長篇『渋江抽斎』が書かれる。抽斎に出遇ふことがなかつたならば、鷗外の〈史伝〉といふものは生れなかつたらう。寿阿弥も伊沢蘭軒も小島宝素もみな抽斎を介して知るに至つた人物で、北条霞亭は蘭軒に導き出された儒医であつた。そして、これらの人物の事蹟は、鷗外が採り上げなかつたならば、埋《うづ》もれたまゝに終つた可能性が強い。鷗外は時代の変革に際会して西洋医学を修めたが、その出自は小藩の典医の子であつたから、旧幕時代の武家医官には我々が想像する以上の親しみを抱いてゐたかと推測される。抑《そもそ》も往昔の典医の類は、単に医の技を以て仕へるに止《とゞ》まらず、儒学等の学者を兼ねたり文人の趣味に遊んだりする者が多かつたのであり、鷗外は彼等に己の学問・芸術の系譜上の知己の面影を見たのかも知れない。『渋江抽斎』は新聞に連載されたものである。如何《いか》に大正初年の事とはいへ、一般読者が喜ぶ作品とは申し難く、少なからぬ抗議が寄せられたといふのも無理はない。鷗外は読者に妥協しないのであり、殊に晩年の諸作は自ら読者を限定してゐる。

『寿阿弥の手紙』は『渋江抽斎』の余滴といふに近い作品ながら、一通の書簡を振出に寿阿弥の像を考証してゆく過程に、とくに第十三節あたりから一種探偵小説風の妙味が生じてをり、捨て難い。真志屋の出自を遡つて水戸家との関はりを調べ、水戸黄門光圀や八百屋お七に及ぶあたりは圧巻である。一篇は自づと真志屋一族への挽歌の体《てい》をなしてゐる。

空車

「サフラン」「なかじきり」「空車」は随筆と言はれてはゐるものの、他に類例を見出し得ない独特の散文である。こゝに採つた「空車」については、陸軍を退いた後の解放感のごときが籠められてゐるとされるが、別に左様な読み方に囚はれる必要もないだらう。講演筆記に「混沌」といふものがあり、これも傑れて奇妙な一文である。

秋夕夢

鷗外の訳業は、『即興詩人』や『ファウスト』をはじめ、厖大な量に上る。途中、鈴木春甫（春浦とも）といふ口述筆記者を得たとはいへ、鷗外は著述の専門家ではなかつたのだから、唯々敬服するばかりである。伝奇的幻想的なものを選ぶとなると『諸国物語』に輯《あつ》められた諸篇などが恰好かと思ふが、既に文庫版が出てゐるので、こゝにはダンヌンチオの戯曲を採つた。

ダンヌンチオは鷗外の同時代人であり、その名は伊太利《イタリア》のみならず広く西欧に知られてゐた。一口に〈官能的耽美的〉と評される作風で、わが国では小説『死の勝利』『イノセント』や霊験劇『聖セバスチャンの殉教』などが知られてゐる。『椋鳥通信』にも屢々登場するし、「妄人妄語」には小説『火（情炎）』『快楽』及び戯曲『ジョコンダ』の紹介があるから、鷗外はこの作家の動向に注意を払つてゐたものとみえる。

本篇には凄絶な嫉妬が描かれてゐるが、このヴェネチア大統領未亡人には吸血鬼の面影がちらつく。或は世紀末趣味と申すべきか。鷗外自身の解説として「秋夕夢に就いて」及び「妄人妄語」の一章がある。原題は〔Songo di un tramonto d'autunno〕、独逸語訳〔Traum eines Herbstabends〕からの重訳である。姉妹篇にトスカナを舞台とする『春曙夢』があり、小山内薫が飜訳してゐる。狂女が主人公で、こちらも傑作である。『春曙夢』は六世尾上菊五郎が飜案して上演、また松井須磨子も『緑の朝』なる邦題で演じたことがあるが、『秋夕夢』が上演されたといふ話は聞かない。

中島敦　年譜

明治四二年（一九〇九）〇歳
東京市四谷区に生れる（五月五日）。長男。中島家は江戸時代から続く儒家の家柄で、祖父は漢学者。父は中学校教師。

明治四三年（一九一〇）一歳
父の単身赴任のため、埼玉の祖父のもとに引きとられる。

大正三年（一九一四）五歳
父が敦の生母と離婚。同年に再婚する。

大正五年（一九一六）七歳
奈良県郡山男子尋常高等小学校に入学。

大正七年（一九一八）九歳
静岡県浜松尋常小学校に転入学。

大正九年（一九二〇）一一歳
父の転勤にともない、朝鮮京城市竜山小学校に転入学。

大正一一年（一九二二）一三歳
朝鮮京城中学校に入学。

大正一二年（一九二三）一四歳
義母死去。

大正一三年（一九二四）一五歳
父が再再婚。

大正一五・昭和元年（一九二六）一七歳
第一高等学校文科甲類に入学。この年に三つ子のきょうだいが誕生するが、二人は死亡。

昭和二年（一九二七）一八歳
肋膜炎にかかり一高を一年間休学。

昭和四年（一九二九）二〇歳
文芸部員となり《校友会雑誌》の編集に参加。

昭和五年（一九三〇）二一歳
妹死去。東京帝国大学文学部国文科に入学。

昭和七年（一九三二）二三歳
橋本たかと結婚。

昭和八年（一九三三）二四歳
東大国文科を卒業。卒論は「耽美派の研究」。同大学院に入学。横浜高等女学校教諭となる。長男誕生。

昭和九年（一九三四）二五歳
大学院を中退。「虎狩」を《中央公論》の懸賞に応募し、選外佳作となる。

昭和一一年（一九三六）二七歳
義母死去。

昭和一二年（一九三七）二八歳
長女誕生（生後三日で死去）。

昭和一四年（一九三九）三〇歳
この年より喘息の発作がひどくなる。

昭和一六年（一九四一）三二歳
横浜高等女学校を退職。パラオ島のパラオ南洋庁に赴任。

昭和一七年（一九四二）
帰京。「山月記」「文字禍」「光と風と夢」「盈虚」「牛人」を発表。第一創作集『光と風と夢』刊、芥川賞の候補となる。第二創作集『南島譚』刊。「名人伝」発表。喘息のため死去（一二月四日）、享年三三歳。

神西清　年譜

明治三六年（一九〇三）〇歳
東京市牛込区に生れる（一一月一五日）。長男。父が内務省の官吏だったため、幼児から香川・長野・島根などを転々とする。

明治四五・大正元年（一九一二）九歳
父の転勤先の台北で、日本人小学校に転校。父が台北で病死。

大正二年（一九一三）一〇歳
母の生地の東京に戻る。

大正四年（一九一五）一二歳
母の再婚のため、伯母の家にあずけられる。

大正五年（一九一六）一三歳
東京府立第四中学校に入学。竹山道雄を知る。

大正九年（一九二〇）一七歳
第一高等学校理科甲類に入学。堀辰雄を知る。

大正一四年（一九二五）二二歳
一高を中退。東京外国語学校露語科に入学。

大正一五・昭和元年（一九二六）二三歳
竹山道雄、堀辰雄、吉村鉄太郎、大野俊一等と同人誌《箒》創刊。

昭和三年（一九二八）二五歳
東京外国語学校を卒業。北海道帝国大学図書館に赴任。

昭和四年（一九二九）二六歳
ソ聯通商部に勤務。

昭和六年（一九三一）二八歳
田辺百合と結婚。母が死去。

昭和七年（一九三二）二九歳
ソ聯通商部を退職、文筆生活に入る。

昭和八年（一九三三）三〇歳
チェーホフ『犬を連れた奥さん』、プーシキン『スペードの女王』、ツルゲーネフ『散文詩』刊。

昭和九年（一九三四）三一歳
堀辰雄との共訳でジイド『田園交響楽』を刊行。

昭和一一年（一九三六）三三歳
長女誕生。

昭和一二年（一九三七）三四歳
企劃院に勤務。ガルシン『紅い花』刊。

昭和一三年（一九三八）三五歳
ガルシンなどの翻訳により池谷賞を受ける。

昭和一四年（一九三九）三六歳
東亜研究所に勤務。

昭和一五年（一九四〇）三七歳
次女誕生。

昭和一七年（一九四二）三九歳
『垂水』刊。

昭和二一年（一九四六）四三歳
シャルドンヌ『ロマネスク』刊。

昭和二二年（一九四七）四四歳
『恢復期』『詩と小説のあひだ』、ドストエフスキー『永遠の良人』刊。

昭和二五年（一九五〇）四七歳
バルザック『おどけ草紙』刊。

昭和二七年（一九五二）四九歳
チェーホフの翻訳により文部大臣賞を受賞。

昭和二八年（一九五三）五〇歳
堀辰雄が死去、堀辰雄全集の刊行委員となる。

昭和三〇年（一九五五）五二歳
『少年』刊。

昭和三二年（一九五七）
死去（三月一一日）、享年五三歳。

石川淳　年譜

明治三二年（一八九九）〇歳
東京浅草に生れる（三月七日）。斯波家の次男。父は東京市会議員。

明治四二年（一九〇九）一〇歳
祖父石川家の養子となる。

明治四五・大正元年（一九一二）一三歳
私立京華中学に入学。

大正六年（一九一七）一八歳
東京外国語学校仏語科に入学。

大正一二年（一九二三）二四歳
A・フランスの翻訳『赤い百合』刊。

大正一三年（一九二四）二五歳
福岡高等学校に仏語講師として赴任。

大正一四年（一九二五）二六歳
福岡高等学校を依願退職。鎌倉に移る。

昭和三年（一九二八）二九歳
ジイドの翻訳『法王庁の抜穴』刊。

昭和一〇年（一九三五）三六歳
「佳人」発表。

昭和一二年（一九三七）三八歳
『普賢』刊、芥川賞を受賞。

昭和一五年（一九四〇）四一歳
『白描』刊。

昭和一六年（一九四一）四二歳
『渡辺崋山』『森鷗外』刊。

昭和一七年（一九四二）四三歳
『文学大概』『山桜』刊。

昭和一九年（一九四四）四五歳
『義貞記』刊。

昭和二一年（一九四六）四七歳
『黄金伝説』刊。

昭和二二年（一九四七）四八歳
『かよい小町』刊。

昭和二三年（一九四八）四九歳
『処女懐胎』『無尽燈』刊。

昭和二七年（一九五二）五三歳
『夷斎筆談』『夷斎俚言』刊。

昭和二八年（一九五三）五四歳
『鷹』『珊瑚』刊。

昭和二九年（一九五四）五五歳
『夷斎清言』『鳴神』刊。

昭和三〇年（一九五五）五六歳
『虹』『落花』刊。

昭和三二年（一九五七）五八歳
前年の『紫苑物語』で芸術選奨文部大臣賞受賞。『諸国畸人伝』『白頭吟』刊。

昭和三三年（一九五八）五九歳
『修羅』刊。

昭和三六年（一九六一）六二歳
『石川淳全集』（全一〇巻）刊、芸術院賞を受賞。『おまへの敵はおまへだ』刊。

昭和三八年（一九六三）六四歳
『夷斎遊戯』『喜寿童女』刊。芸術院会員となる。

昭和三九年（一九六四）六五歳
『荒魂』刊。

昭和四二年（一九六七）六八歳
『至福千年』刊。

昭和四三年（一九六八）六九歳
『石川淳全集』（～昭和四四年、全一三巻）刊。

昭和四四年（一九六九）七〇歳
『天馬賦』刊。

昭和五〇年（一九七五）七六歳
『前賢余韻』刊。

昭和五五年（一九八〇）八一歳
『江戸文学掌記』『狂風記』刊。

昭和五八年（一九八三）八四歳
『六道遊行』刊。

昭和六一年（一九八六）八七歳
『天門』刊。

昭和六二年（一九八七）
死去（一二月二九日）、享年八八歳。

芥川龍之介　年譜

明治二五年（一八九二）〇歳
東京市京橋区に生れる（三月一日）。本名新原龍之介。長男。母の病気のため、母の実家芥川家で、母の兄に育てられる。
明治三一年（一八九八）六歳
江東小学校に入学。
明治三五年（一九〇二）一〇歳
同級生たちと回覧雑誌《日の出界》を編集し発行。母死去。
明治三七年（一九〇四）一二歳
芥川家に入籍。
明治三八年（一九〇五）一三歳
東京府立第三中学校に入学。
明治四三年（一九一〇）一八歳
第一高等学校一部乙に入学。
大正二年（一九一三）二一歳
東京帝国大学英文科に入学。
大正三年（一九一四）二二歳
豊島与志雄、菊池寛らと第三次《新思潮》を発刊。
大正四年（一九一五）二三歳
夏目漱石の門下となる。
大正五年（一九一六）二四歳
東大英文科を卒業。海軍機関学校の嘱託教官となる。
大正六年（一九一七）二五歳
『羅生門』『煙草と悪魔』刊。
大正七年（一九一八）二六歳
塚本文子と結婚。大阪毎日新聞社社友となる。『鼻』刊。
大正八年（一九一九）二七歳
『傀儡師』刊。大阪毎日新聞嘱託社員となる。父死去。
大正九年（一九二〇）二八歳
『影燈籠』刊。長男誕生。
大正一〇年（一九二一）二九歳
『夜来の花』刊。大阪毎日新聞社の海外視察員として中国へ行く。
大正一一年（一九二二）三〇歳
『点心』『邪宗門』刊。次男誕生。
大正一二年（一九二三）三一歳
『春服』刊。
大正一三年（一九二四）三二歳
『黄雀風』刊。
大正一四年（一九二五）三三歳
三男誕生。『支那游記』刊。
大正一五・昭和元年（一九二六）三四歳
『梅・馬・鶯』刊。
昭和二年（一九二七）
自宅で睡眠薬を致死量飲み自殺（七月二四日）、享年三五歳。

森鷗外　年譜

文久二年（一八六二）〇歳
島根県津和野に生れる（一月一九日・新暦二月一七日）。四人きょうだいの長男。本名林太郎。森家は津和野藩主亀井家の典医。

明治五年（一八七二）一〇歳
上京し、西周邸に身を寄せる。

明治七年（一八七四）一二歳
第一大学区医学校（現在の東大医学部）予科に入学。

明治一四年（一八八一）一九歳
東京大学医学部を卒業。東京陸軍病院勤務となる。

明治一七年（一八八四）二二歳
陸軍衛生制度、衛生学研究の目的でドイツ留学を命ぜられる。ライプチッヒ大学に入る。

明治二一年（一八八八）二六歳
帰国。陸軍医学舎教官に任命される。

明治二二年（一八八九）二七歳
赤松登志子と結婚。《しがらみ草紙》創刊。「於母影」発表。

明治二三年（一八九〇）二八歳
小説の処女作「舞姫」発表。長男誕生。登志子と離婚。

明治二四年（一八九一）二九歳
『文づかい』刊。医学博士となる。

明治二五年（一八九二）三〇歳
『美奈和集』刊。

明治二七年（一八九四）三二歳
日清戦争に出征。

明治二九年（一八九六）三四歳
《めさまし草》創刊。父死去。『月草』刊。

明治三二年（一八九九）三七歳
陸軍軍医監に任ぜられ小倉に赴任。

明治三三年（一九〇〇）三八歳
『審美新説』刊。

明治三五年（一九〇二）四〇歳
荒木茂子と結婚。『即興詩人』刊。

明治三六年（一九〇三）四一歳
長女誕生（後に作家となる茉莉）。日露戦争に出征。

明治四〇年（一九〇七）四五歳
次男誕生。『うた日記』刊。

明治四一年（一九〇八）四六歳
次男死去。

明治四二年（一九〇九）四七歳
次女誕生。『一幕物』刊。

明治四三年（一九一〇）四八歳
『黄金杯』『現代小品』『涓滴』刊。

明治四四年（一九一一）四九歳
三男誕生。

大正二年（一九一三）五一歳
『ファウスト』『ギョオテ伝』刊。

大正三年（一九一四）五二歳
『かのやうに』『天保物語』刊。

大正四年（一九一五）五三歳
『諸国物語』『妄人妄語』『雁』『沙羅の木』刊。

大正五年（一九一六）五四歳
「渋江抽斎」を連載。母死去。旭日大綬章を受ける。

大正六年（一九一七）五五歳
帝室博物館総長兼図書頭となる。

大正七年（一九一八）五六歳
『高瀬舟』刊。

大正八年（一九一九）五七歳
『蛙』『山房札記』刊。

大正一〇年（一九二一）五九歳
『帝諡考』刊。

大正一一年（一九二二）
七月九日死去、享年六〇歳。

［以上五年譜は編集部作成］

◉底本について

本書は「日本幻想文学集成」（一九九一年〜一九九五年）の、第九巻、第一九巻、第七巻、第二八巻、第一七巻を合本したものである。底本には、以下のものを使用した。

*『中島敦全集』（筑摩書房、一九七六年）
*『神西清全集』（文治堂、一九六一年〜一九七六年）
*『石川淳全集』（筑摩書房、一九八九年〜一九九三年）
*『芥川龍之介全集』（岩波書店、一九七七年〜一九七八年）
*『鷗外全集』（岩波書店、一九七一年〜一九七五年）

◉表記について

「新編・日本幻想文学集成」においては、各作品の底本を尊重しながら、次のような本文校訂の方針をとった。

一、仮名づかいは底本のままとする。
一、用字・用語についても底本を尊重し、明らかな誤植等と認められるもののみを改める。
一、「常用漢字表」に掲げられている漢字は原則として新字体とする。
一、読みにくい語、読み誤りやすい語には現代仮名づかいで振り仮名を付す。
一、今日の人権意識に照らして不当・不適切と思われる語句や表現については、作品の時代背景と文学的価値とに鑑み、そのままとした。

［編者略歴］
矢川澄子（やがわ・すみこ）
1930年生れ。2002年没。詩人・作家。
主要著書『矢川澄子作品集成』
『「父の娘」たち』『おにいちゃん』他。
池内紀（いけうち・おさむ）
1940年生れ。文芸評論家・独文学者。
主要著書『諷刺の文学』『恩地孝四郎』他。
橋本治（はしもと・おさむ）
1948年生れ。作家。主要著書『桃尻娘』
『窯変源氏物語』『ひらがな日本美術史』他。
須永朝彦（すなが・あさひこ）
1946年生れ。歌人・作家。主要著書『須永朝彦歌集』
『就眠儀式』『歌舞伎ワンダーランド』他。

新編・日本幻想文学集成 9

2018年３月20日　初版第1刷印刷
2018年３月24日　初版第1刷発行

著　者　中島敦／神西清／石川淳／芥川龍之介／森鷗外
編　者　矢川澄子／池内紀／橋本治／須永朝彦

発行者　佐藤今朝夫
発行所　株式会社国書刊行会
東京都板橋区志村1-13-15
電話 03(5970)7421
http://www.kokusho.co.jp

印刷製本　三松堂株式会社

ISBN978-4-336-06034-1